蔡东藩中国历代通俗演义丛书

全批全评全绣像版

南北史演義

蔡东藩　撰

华夏出版社
HUAXIA PUBLISHING HOUSE

图书在版编目（CIP）数据

南北史演义/（清）蔡东藩著. --北京：华夏出版社，2018.3
（蔡东藩中国历代通俗演义）
ISBN 978-7-5080-9404-5

Ⅰ.①南… Ⅱ.①蔡… Ⅲ.①章回小说-中国－现代
Ⅳ.①I246.4

中国版本图书馆CIP数据核字(2017)第316973号

南北史演义

著　　者	［清］蔡东藩
责任编辑	杜潇伟
责任印制	顾瑞清
出版发行	华夏出版社
经　　销	新华书店
印　　刷	三河市少明印务有限公司
装　　订	三河市少明印务有限公司
版　　次	2018年3月北京第1版 2018年3月北京第1次印刷
开　　本	880×1230　1/32
印　　张	25.5
字　　数	759千字
定　　价	62.00元

华夏出版社　地址：北京市东直门外香河园北里4号　邮编：100028
　　　　　　　网址：http://www.hxph.com.cn　电话：(010)64663331(转)
若发现本版图书有印装质量问题，请与我社营销中心联系调换。

总　序

杨天石

　　历史是既往的人类生活。人们渴望了解历史，了解本身所属国家、民族、社会的过去，总结成败经验，吸取智慧，于是，历史著作应运而生。历史著作以真实地记录历史过程、历史人物为目的，一般比较枯燥，趣味性差。为了克服这一毛病，于是，就有了创作历史文艺的需要。历史文艺虽以历史上发生过的某些情节为依据，但可以虚构、想像，作者有不同程度的自由挥洒的空间，自然，作品就远较历史著作生动、有趣。人们熟知《三国志》和《三国演义》的故事。前者至今仍是人们认识那段时期的权威著作，但它大抵只是少数历史学家的案头读物；后者深受老百姓的喜爱，长期流传不衰，但它并不是三国时期的真实历史。鲁迅曾说："我们讲到曹操，很容易就联想起《三国演义》，更而想起戏台上那一位花面的奸臣，但这不是观察曹操的真正方法。"近年来，影视界流行"戏说"，有几位皇帝、后妃及若干臣僚的形象在屏幕上活灵活现，收视率很高，说明老百姓爱看；但是，由于大异于历史记载，更大异于历史真相，不满者似乎也很不少。可见，真实性和趣味性历来是历史著作和历史文艺的两难问题。要严格忠实于历史，作品就很难生动；要提高生动性、趣味性，就必须虚构，从而在不同程度上损害历史的真实。蔡东藩先生的《中国历代通俗演义》总结前人经验，试图解决这一矛盾，努力使自己的著作既有真实性，又有趣味性，在中国丰富繁多的演义作品中，是很具特色的一部。

　　蔡东藩(1877—1945)，浙江萧山人。1890年(光绪十六年)考中秀才。1910年赴北京朝考得中，分发福建，以知县候补，因不满官场恶习，于1911年称病归里。其后长期以写作和在小学教书为生。抗日战争爆发，他不愿意在日寇的刺刀下生活，辗转避难，颠沛流离，逝世于抗战胜利前夕。

　　清朝末年，严复、夏曾佑等人看中小说的巨大社会教化作用，企图借小说宣传变法维新思想;戊戌政变后,梁启超流亡海外,创办《新小说》杂志,提倡"小说界革命"。自此,小说受到前所未有的重视,包括"历史演义"在内的各种小说风起云涌。民国时期,此风相沿,小说创作日趋繁荣。蔡东藩是个爱国者。他为武昌起义、共和初建兴奋过,欢呼过,但不久即遭逢袁世凯窃国。蔡东藩幽愤时事,立志"借说部体裁,演历史故事",以历史小说作为救国工具。自1916年至1926年的十年间,他夜以继日,笔耕不辍,陆续写成中国历代通俗演义十一部,一千零四十回,以小说形式再现了上起秦始皇、下讫民国的两千一百六十六年间的中国历史,加上另撰的《西太后演义》和他增补改写的《二十四史通俗演义》,总计约七百余万字,成为中国有史以来最大的历史演义作家。出版以后,迅速风行,多次再版。

蔡东藩的作品用章回体,取其为中国老百姓所喜闻乐见;用白话,取其浅显易懂。这些,他和明清以来的"演义"作家并无区别。蔡东藩作品的最大特色在于他对历史真实的严格追求。蔡东藩自幼爱好历史,熟读传统的经、史、子、集各类书籍,对中国历史作过深入的研究,甚至养成了"考据癖"。他写历史演义,"语皆有本",力求其主要情节均有历史记载作为根据;对于文献中的歧说和模糊不清之处,他常常博览群书,多方钩稽,力求找出客观真相;一时难以做出结论的,他就诸说并存;对他认定的史籍中的错误说法,就直接加以批驳。可以说,他是在用研究历史的精神和方法写"演义"。对于前人所写同类作品,蔡东藩颇多批评,或认为荒诞不经,或认为乖离史实,子虚乌有。他自称所编历史演义,"以正史为经,务求确凿;以逸闻为纬,不尚虚诬"。自然,作为"演义",他也有虚构,特别是人物对话,史无记载,他不能不动用自己的想象力,但是,他很谨慎,力求符合特定历史环境和特定历史人物的性格,不敢任意编造。因此,他的书,可以当作历史读。倘若读者要大体,而不是精确地了解中国历朝历代的大事经纬与主要人物,蔡东藩的书是值得一读的。1937年1月,毛泽东为了解决延安干部学习中国历史的需要,曾致电李克农,要他购买"中国历史演义"两部。这里所说的"中国历史演义",就是蔡东藩所著《中国历代通俗演义》。毛泽东卧室床侧,就放有蔡氏此书。由此不难看出,毛泽东对蔡著的喜爱。

中国历史学家有史德、史识、史才之说。所谓史德,指的是忠于历史,忠于史实,能在任何状况下"秉笔直书";所谓史识,指的是对历史判断方面的真知灼见;所谓史才,指的是掌握、剪裁史料以及叙事、表达能力。在这三方面,蔡东藩都颇多可取之处。据记载,当他写《民国通俗演义》时,曾有军人以请他吃"红丸子"(子弹)相威胁,书局因此要他"隐恶扬善",他断然拒绝,声称:"孔子作《春秋》,为惩罚乱臣贼子。我写的都有材料根据,要我捏造,我干不来!"自此愤然辍笔,以致书局不得不另请许廑父,将该书的后四十回续完。蔡东藩不屈于强权,宁可不写,决不伪造历史,表现出历史学家的可贵操守。他的书,努力寻求历代兴亡"关键",劝善惩恶,褒是斥非,洋溢着鲜明的历史正义感和爱国主义、民主主义精神。读蔡著,既可轻松愉快地获得历史知识,又可得到思想上的教育和启迪。当然,蔡著中也有一些陈腐观念,这是那个时代的烙印,在所难免。这一点,相信读者当能了解并鉴别。

2017 年 11 月写于中国社会科学院

说　　明

一，本书以1935年上海会文堂新记书局的铅印本为底本，参考了其他版本做了比较细致的校订，改正了原书中明显的错谬。

二，本书保留了蔡东藩先生的全部夹批和回评，并用楷体标志，以示区别。

三，本书收录了石印线装书中的全部人物绣像和插图。

自　序

　　子舆氏有言曰："世衰道微，邪说暴行有作，臣弑其君者有之，子弑其父者有之。孔子惧，作《春秋》。《春秋》作，而乱臣贼子惧。"夫孔子惧乱贼，乱贼亦惧孔子，则信乎一字之贬严于斧钺，而笔削之功为甚大也。春秋以降，乱贼之迭起未艾，厥惟南北朝，宋武为首恶，而齐而梁而陈，无一非篡弑得国，悖入悖出，忽兴忽亡。索虏适起而承其敝，据有北方，历世十一，享国至百七十余年。合东西二魏在内。夷狄有君，诸夏不如，可胜慨哉！至北齐、北周，篡夺相仍，盖亦同流合污，骎骎乎为乱贼横行之世矣。隋文以外戚盗国，虽得混一南北，奄有中华，而冥罚所加，躬遭子祸。阿麽弑君父，贼弟兄，淫烝无度，卒死江都，夏桀商辛不过是也。二孙俟立俟废，甚至布席礼佛，愿自今不复生帝王家，倘非乃祖之贻殃，则孺子何辜，乃遽遭此惨报乎？然则隋之得有天下，亦未始非过渡时代，例以旧史家正统之名，隋固不得忝列也。沈约作《宋书》，萧子显作《齐书》，姚思廉作梁、陈二书，语多回护，讳莫如深。沈与萧为梁人，投鼠忌器，尚有可原；姚为唐臣，犹曲讳梁、陈逆迹，岂以唐之得国，亦旧篡窃之故智欤？抑以乃父察之曾仕梁、陈，乃不忍直书欤？彼夫崔浩之监修《魏史》，直书无隐，事未蒇而身死族夷。旋以谄谀狡佞之魏收继之，当时号为"秽史"，其不足征信也明甚。《北齐书》成于李百药，《北周书》成于令狐德棻，率尔操觚，徒凭两朝之记录，略加删润，于褒贬亦无当焉。《隋书》辑诸唐臣之手，而以魏征标名。魏以直臣称，何以《张衡传》中，不及弑隋文事，明明为乱臣贼子，而尚曲讳之，其余何足观乎？若李延寿之作南北史，本私家之著述，作官书之旁参，有此详而彼略者，有此略而彼详者，兹姑不暇论其得失，但以隋朝列入《北史》，后人或讥其失宜，窃谓《春秋》用"夷礼"则夷之，李氏固犹此意也。嗟乎！乱臣贼子盈天下，即幸而牢笼九有，囊括万方，亦岂真足光耀史乘，流传后世乎哉？本编援李氏《南北史》之例，拾撦事实，演为是书；复因年序之相关，合南北为一炉，融而冶之，以免阅者之对勘，非敢谓是书之作，足以步官私各史之后尘。但阅正史者，常易生厌，而览小说者不厌求详。鄙人之撰历史演义也有年矣,每书一出,辄受阅者欢迎,得毋以辞从浅近,迹异虚诬,就令草草不工,而于通俗之本旨,固尚不相悖者欤!抑尤有进者,是书于乱贼之大防,冉三致意,不为少讳。值狂澜将到之秋,而犹欲扬汤止沸,鄙人固不敢出此也。若夫全书之体例,已数见前编之各历史演义中,兹姑不赘云。

中华民国十三年一月

古越蔡东藩自叙于临江书舍。

南史世系图

宋

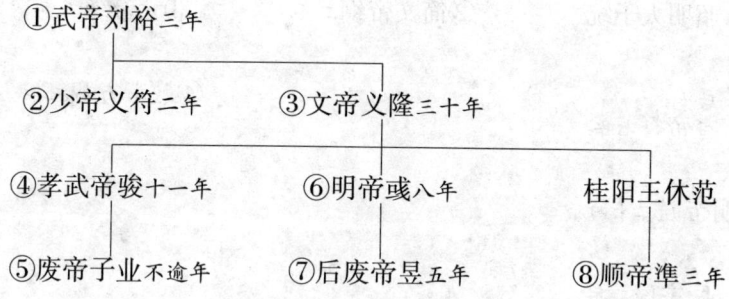

齐

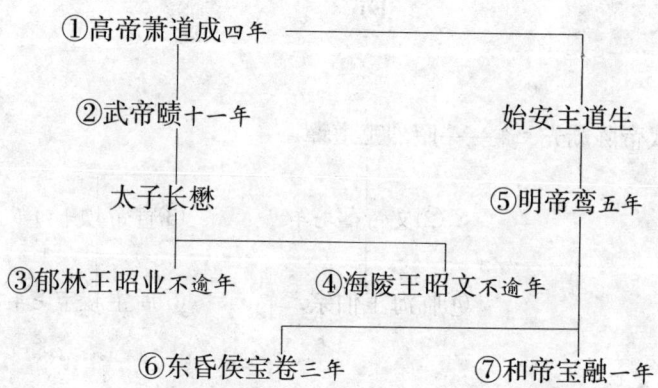

梁

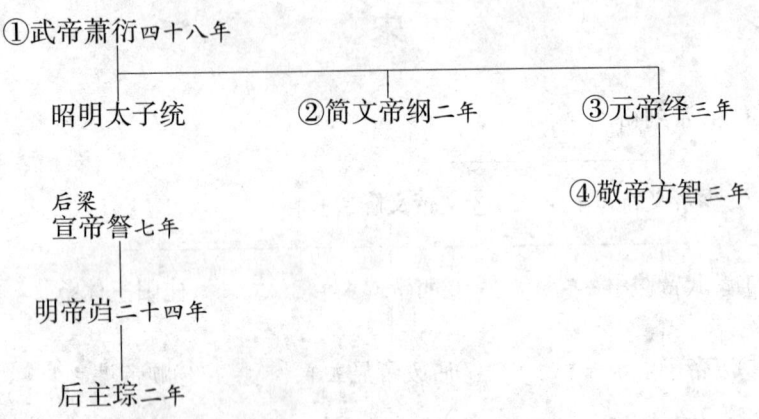

陈

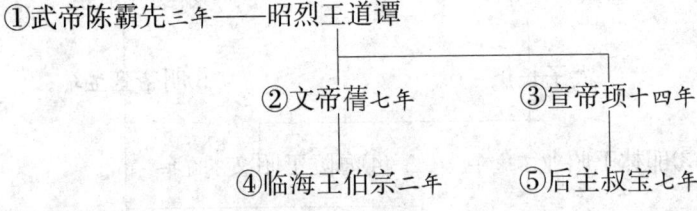

北史世系图

魏

①道武帝拓跋珪二十三年
　②明元帝嗣十五年
　③太武帝焘二十九年
　　景穆太子晃
　④文成帝濬十四年
　⑤献文帝弘六年

⑥孝文帝宏二十九年改姓元氏　　　　　　　　彭城王勰
⑦宣武帝恪十六年
⑧孝明帝诩十三年　　　　　　　　　　　　⑨孝庄帝子攸三年
　⑩广陵王羽
　节闵帝恭一年
　⑪广平王怀

孝武帝修三年　　　　京兆王愉　　　　　清河王怿
　　　　　　　　　　（西魏）
　　　　　　　　（1）文帝宝炬十七年　　清河王亶

　　　　　　　　　　　　　　　　　　　（东魏）
（2）废帝钦三年　（3）恭帝廓三年　（1）孝静帝善见十七年

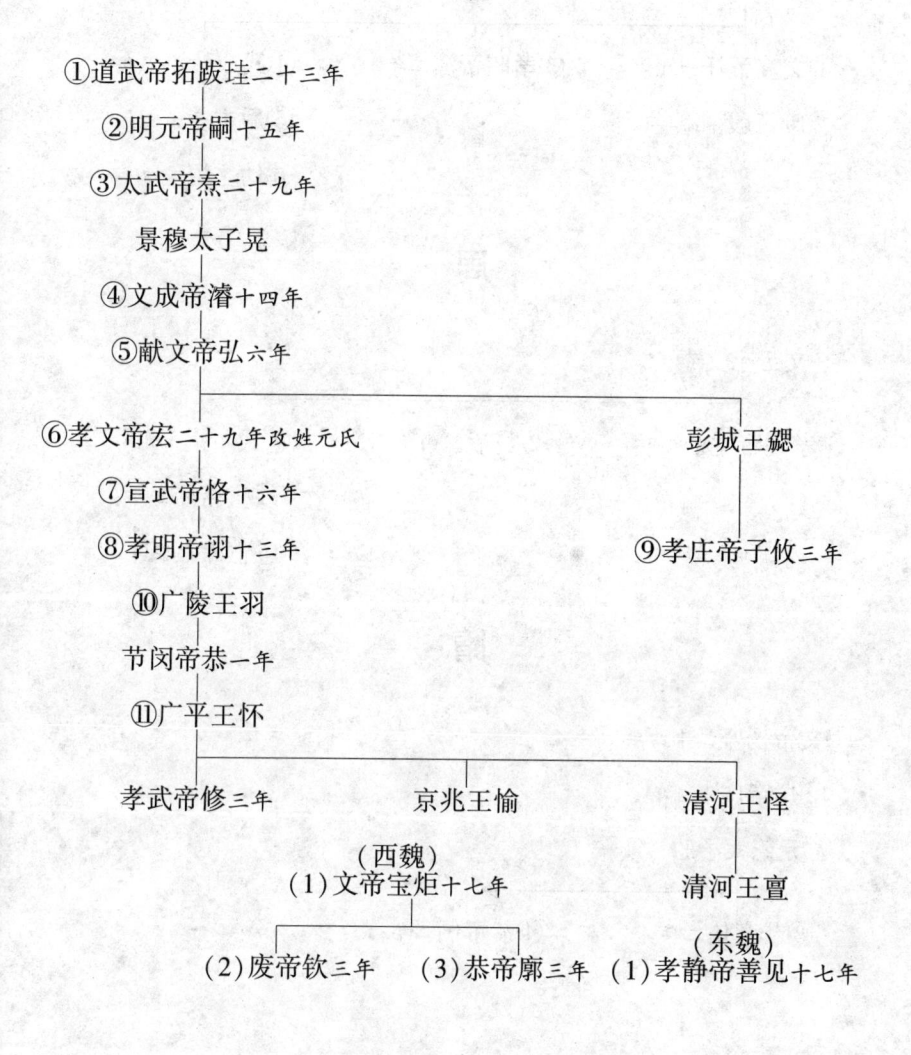

齐

神武帝高欢
- ①文宣帝洋 十年
- ②废帝殷 不逾年
- ③孝昭帝演 二年
- ④武成帝湛 五年
- ⑤后主纬 十三年
- ⑥幼主恒 不逾年

周

文帝宇文泰
- ①孝闵帝觉 不逾年
- ②明帝毓 四年
- ③武帝邕 十九年
- ④宣帝赟 二年
- ⑤静帝阐 三年

隋

- ①文帝杨坚 二十四年
- ②炀帝广 十三年
- 元德太子昭
  - ③恭帝侑 二年
  - ④恭帝侗 二年

目　录

第 一 回	射蛇首兴王呈预兆　睹龙颜慧妇忌英雄	/1
第 二 回	起义师入京讨逆　迎御驾报绩增封	/9
第 三 回	伐南燕冒险成功　捍东都督兵御寇	/17
第 四 回	毁贼船用火破卢循　发军函出奇平谯纵	/24
第 五 回	捣洛阳秦将败没　破长安姚氏灭亡	/32
第 六 回	失秦土刘世子逃归　移晋祚宋武帝篡位	/40
第 七 回	弑故主冤魂索命　丧良将胡骑横行	/48
第 八 回	废营阳迎立外藩　反江陵惊闻内变	/56
第 九 回	平谢逆功归檀道济　入夏都击走赫连昌	/64
第 十 回	逃将军弃师中虏计　亡国后侑酒作人奴	/73
第十一回	破氐帅收还要郡　杀司空白坏长城	/81
第十二回	燕王弘投奔高丽　魏主焘攻克姑臧	/88
第十三回	捕奸党殷景仁定谋　露逆萌范蔚宗伏法	/96
第十四回	陈参军立栅守危城　薛安都用矛刺房将	/104
第十五回	骋辩词张畅报使　贻溲溺臧质复书	/112
第十六回	永安宫魏主被戕　含章殿宋帝遇弑	/119
第十七回	发寻阳出师问罪　克建康枭恶锄奸	/127
第十八回	犯上兴兵一败涂地　诛叔纳妹只手瞒天	/135
第十九回	发雄师惨屠骨肉　备丧具厚葬妃嫱	/143
第二十回	狎姊姊宣淫鸾披　辱诸父戏宰猪王	/151
第二十一回	戕暴主湘东正位　讨宿孽江右麈兵	/159
第二十二回	扫逆藩众叛荡平　激外变四州沦陷	/167
第二十三回	杀弟兄宋帝滥刑　好佛老魏主禅统	/175
第二十四回	江上堕谋亲王授首　殿中醉寝狂竖饮刀	/183
第二十五回	讨权臣石头殉节　失镇地栎林丧身	/192
第二十六回	篡宋祚废主出宫　弑魏帝淫妪专政	/201
第二十七回	膺帝箓父子相继　礼名贤昆季同心	/209

第二十八回	造孽缘孽儿自尽　全愚孝愚主终丧	/217
第二十九回	萧昭业喜承祖统　魏孝文计徙都城	/225
第 三 十 回	上淫下烝丑传宫掖　内应外合刃及殿庭	/232
第三十一回	杀诸王宣城肆毒　篡宗祚海陵沉冤	/240
第三十二回	假仁袭义兵达江淮　易后废储衅传河洛	/248
第三十三回	两国交兵齐师屡挫　十王骈戮萧氏相残	/256
第三十四回	齐嗣主临丧笑秃鹙　魏淫后流涕陈巫蛊	/264
第三十五回	泄密谋二江授首　遭主忌六贵伏诛	/272
第三十六回	江夏王通叛亡身　潘贵妃入宫专宠	/279
第三十七回	杀山阳据城传檄　立宝融废主进兵	/287
第三十八回	张欣泰败谋罹重辟　王珍国惧祸弑昏君	/294
第三十九回	谏远色王茂得娇娃　窃大宝萧衍行弑逆	/302
第 四 十 回	萧宝夤乞师伏阙　魏邢峦遣将夺梁州	/311
第四十一回	弟子舆尸溃师洛口　将帅协力战胜钟离	/319
第四十二回	诬通叛魏宗屈死　图规复梁将无功	/327
第四十三回	充华产子嗣统承基　母后临朝穷奢极欲	/335
第四十四回	筑淮堰梁皇失计　害清河胡后被幽	/342
第四十五回	宣光殿省母启争端　沃野镇弄兵开祸乱	/350
第四十六回	诛元义再逞牝威　拒葛荣轻罹贼网	/358
第四十七回	萧宝夤称尊叛命　尔朱荣抗表兴师	/366
第四十八回	丧君有君强臣谢罪　因敌攻敌叛王入都	/373
第四十九回	设伏甲定谋除恶　纵轻骑入阙行凶	/381
第 五 十 回	废故主迎立广陵王　煽众兵声讨尔朱氏	/389
第五十一回	战韩陵破灭子弟军　入洛宫淫烝大小后	/397
第五十二回	梁太子因忧去世　贺拔岳被赚丧身	/405
第五十三回	违君命晋阳兴甲　谒行在关右迎銮	/413
第五十四回	饮宫中魏主遭鸩毒　陷泽畔窦泰死战场	/421
第五十五回	用少击众沙苑交兵　废旧迎新柔然纳女	/429
第五十六回	战邙山宇文泰败溃　幸佛寺梁主衍舍身	/437
第五十七回	责贺琛梁廷草敕　防侯景高氏留言	/445
第五十八回	悍高澄殴禁东魏主　智慕容计擒萧渊明	/453

第五十九回	纵叛贼朱异误国	却强寇羊侃守城	/460
第 六 十 回	援建康韦粲捐躯	陷台城梁武用计	/468
第六十一回	困梁宫君王饿死	攻湘州叔侄寻仇	/476
第六十二回	取公主侯景胁君	篡帝祚高洋窃国	/484
第六十三回	陈霸先举兵讨逆	王僧辩却贼奏功	/492
第六十四回	弑梁主大憝行凶	裔侯贼庶支承统	/500
第六十五回	杀季弟特遣猛将军	鸩故主兼及亲生女	/508
第六十六回	陷江陵并戕梁元帝	诛僧辩再立晋安王	/515
第六十七回	擒敌将梁军大捷	逞淫威齐主横行	/523
第六十八回	宇文护挟权肆逆	陈霸先盗国称尊	/531
第六十九回	讨王琳屡次交兵	谏高洋连番受责	/539
第 七 十 回	戮勋戚皇叔篡位	溺懿亲悍将逞谋	/547
第七十一回	遇强暴故后被污	违忠谏逆臣致败	/554
第七十二回	遭主嫌侯安都受戮	却敌军段孝先建功	/562
第七十三回	背德兴兵周师再败	揽权夺位陈主被迁	/569
第七十四回	昵奸人淫后杀贤王	信刁媪昏君戮胞弟	/578
第七十五回	斛律光遭谗受害	宇文护稔恶伏诛	/586
第七十六回	选将才独任吴明彻	含妒意特进冯小怜	/594
第七十七回	韦孝宽献议用兵	齐高纬挈妃避敌	/602
第七十八回	陷晋州转败为胜	擒齐主取乱侮亡	/610
第七十九回	老将失谋还师被虏	昏君嗣位惨戮沈冤	/618
第 八 十 回	宇文妇醉酒失身	尉迟公登城誓众	/626
第八十一回	失邺城皇亲自刎	篡周室勋戚代兴	/634
第八十二回	挥刀遇救逆弟败谋	酣宴联吟艳妃专宠	/642
第八十三回	长孙晟献谋制突厥	沙钵略稽首服隋朝	/650
第八十四回	设行省遣子督师	避敌兵携妃投井	/658
第八十五回	据湘州陈宗殉国	抚岭表冼氏平蛮	/666
第八十六回	反罪为功筑宫邀赏	寓剿于抚徙虏实边	/674
第八十七回	恨妒后御驾入山乡	谋夺嫡计臣赂朝贵	/682
第八十八回	太子勇遭谗被废	庶人秀幽锢蒙冤	/690
第八十九回	侍病父密谋行逆	烝庶母强结同心	/698

第九十回	攻并州分遣兵戎　幸洛阳大兴土木	/706
第九十一回	促蛾眉宣华归地府　驾龙舟炀帝赴江都	/714
第九十二回	巡塞北厚抚启民汗　幸河西穷讨吐谷浑	/722
第九十三回	端门街陈戏示番夷　观澜亭献诗逢鬼魅	/730
第九十四回	征高丽劳兵动众　溃萨水折将丧师	/738
第九十五回	杨玄感兵败死穷途　斛斯政拘回遭惨戮	/746
第九十六回	犯乘舆围攻紫寨　造迷楼望断红颜	/754
第九十七回	御苑赏花巧演古剧　隋堤种柳快意南游	/762
第九十八回	麻叔谋罪发受金刀　李玄邃谋成建帅府	/770
第九十九回	追起兵李氏入关中　嘱献书矮奴死阙下	/778
第一百回	弑昏君隋家数尽　鸩少主杨氏凶终	/786

第 一 回

射蛇首兴王呈预兆　睹龙颜慧妇忌英雄

　　世运百年一大变，三十年一小变，变乱是古今常有的事情，就使圣帝明王，善自贻谋，也不能令子子孙孙，万古千秋的太平过去，所以治极必乱，盛极必衰，衰乱已极，复治复盛，好似行星轨道一般，往复循环，周而复始。一半是关系人事，一半是关系天数，人定胜天，天定亦胜人，这是天下不易的至理。但我中国数千万里疆域，好几百兆人民，自从轩辕黄帝以后，传至汉、晋，都由汉族主治，凡四裔民族，僻居遐方，向为中国所不齿，不说他犬羊贱种，就说他虎狼遗性，最普通的赠他四个雅号，南为蛮，东为夷，西为戎，北为狄。这蛮夷戎狄四种，只准在外国居住，不许他闯入中原，古人称为华夏大防，便是此意。界划原不可不严，但侈然自大，亦属非是。

　　汉、晋以降，外族渐次来华，杂居内地，当时中原主子，误把那怀柔主义，待遇外人，因此藩篱自辟，防维渐弛，那外族得在中原境内，以生以育，日炽日长，涓涓不塞，终成江河，为虺勿摧，为蛇若何。嗣是五胡十六国，迭为兴替，害得荡荡中原，变做了一个胡膻腥膻的世界。后来弱肉强食，彼吞此并，辗转推迁，又把十六国土宇，浑合为一大国，叫作北魏。北魏势力，很是强盛，查起他的族姓，便是五胡中的一族，其时汉族中衰，明王不作，只靠了南方几个枭雄，抵制强胡，力保那半壁河山，支持危局，我汉族的衣冠人物，还算留贻了一小半，免致遍地沦胥，无如江左各君，以暴易暴，不守纲常，不顾礼义，你篡我窃，无父无君，扰扰百五十年，易姓凡三，历代凡四，共得二十三主，大约英明的少，昏暗的多，评论确当。反不如北魏主子，尚有一两个能文能武，武指太武帝焘，文指孝文帝宏。经营四方，修明百度，扬武烈，兴文教，却具一番振作气象，不类凡庸。他看得江左君臣，昏淫荒虐，未免奚落，尝呼南人为岛夷，易华为夷，无非自取。南人本来自称华胄，当然不肯忍受，遂号北魏为索虏。口舌相争，干戈继起，往往因北强南弱，累得江、淮一带，烽火四逼，日夕不安。幸亏造化小儿,巧为播弄,使北魏亦起内讧,东分西裂,好好一个魏国,也变做两头政治,东要夺西,西要夺东,两下里战争未定,无暇顾及江南,所以江南尚得保全。可惜昏主相仍,始终不能展足,局促一隅,苟延残喘。及东魏改为北齐,西魏改为北周,中土又作为三分,周最强,齐为次,江南最弱,鼎峙了好几年,齐为周并,周得中原十分之八,江南但保留十分之二,险些儿要尽属北周了。就中出了一位大丞相杨坚,篡了周室,复并江南,其实就是仗着北周的基业,不过杨系汉族,相传为汉太尉杨震后裔,忠良遗祚,足孚物望;更兼以汉治汉,无论南北人民,统是一致翕服,龙角当头,王文在手,均见后文。既受周禅,又灭陈氏,居然统一中原,合并南北。当时人心归附,乱极思治,总道是天下大定,从此好安享太平,哪知他外强中干,受制帷帘,阿麽炀帝小名小丑,计夺青宫,甚至弑君父,杀皇兄,烝庶母,骄恣似苍梧,宋主昱。淫荒似东昏,齐主宝卷。愚蔽似湘东,梁主绎。穷奢极欲似长城公,陈主叔宝。凡江左四代亡国的覆辙,无一不蹈,所有天知、地知、人知、我知的祖训,一古脑儿撇置脑后,衣冠禽兽,牛马裾襟,遂致天怒人怨,祸起萧墙,好头颅被人斫去,徒落得身家两败,社稷沦亡;妻妾受人污,子弟遭人害,闹得一塌糊涂,比宋、齐、梁、陈末世,还要加几倍扰乱。咳! 这岂真好算做混一时代么? 小子记得唐朝李延寿,撰南北史各一编,宋、齐、梁、陈属南史,魏、齐、周、隋属北史,寓意却很严密,不但因杨氏创业,是由北周蝉蜕而来,可以属诸北史,就是杨家父子的行谊,也不像个治世真人,虽然靠着一时侥幸,奄有南北,终究是易兴易衰,才经一传,便尔覆国,这也只好视作闰运,不应以正统相待。独具只眼。小子依例演述,摹仿说部体裁,编成一部《南北史通俗演义》,自始彻终,看官听着,开场白已经说过,下文便是南北史正传了。虚写一段,已括全书大意。

且说东晋哀帝兴宁元年,江南丹徒县地方,生了一位乱世的枭雄,姓刘名裕字德舆,小字叫作寄奴,他的远祖,乃是汉高帝弟楚元王交。交受封楚地,建国彭城,子孙就在彭城居住。及晋室东迁,刘氏始徙居丹徒县京口里。东安太守刘靖,就是裕祖,郡功曹刘翘,就是裕父,自从楚元王交起算,传至刘裕,共历二十一世。裕生时适当夜间,满室生光,不啻白昼;偏偏婴儿堕地,母赵氏得病暴亡,乃父翘以生裕为不祥,意欲弃去,还亏有一从母,怜惜侄儿,独为留养,乳哺保抱,乃得生成。翘复娶萧氏女为继室,待裕有恩,勤加抚字,裕体益发育,年未及冠,已长至七尺有余。会翘病不起,竟致去世,剩得一对嫠妇孤儿,凄凉度日,家计又复萧条,常忧冻馁。裕素性不喜读书,但识得几个普通文字,便算了事;平日喜弄拳棒,兼好骑射,乡里间无从施技;并因谋生日亟,不得已织屦易食,伐薪为炊,劳苦得了不得,尚且饔飧鲜继,饥饱未匀;惟奉养继母,必诚必敬,宁可自己乏食,不使甘旨少亏。揭出孝道,借古风世。一日,游京口竹林寺,稍觉疲倦,遂就讲堂前假寐。僧徒不识姓名,见他衣冠褴褛,有逐客意,正拟上前呵逐,忽见裕身上现出龙章,光呈五色,众僧骇异得很,禁不住哗噪起来。裕被他惊醒,问为何事?众僧尚是瞧着,交口称奇。及再三诘问,方各述所见。裕微笑道:"此刻龙光尚在否?"僧答言:"无有。"裕又道:"上人休得妄言!恐被日光迷目,因致幻成五色。"众僧不待说毕,一齐喧声道:"我等明明看见五色龙,罩住尊体,怎得说是日光迷目呢?"裕亦不与多辩,起身即行。既返家门,细思众僧所言,当非尽诬,难道果有龙章护身,为他日大贵的预兆?左思右想,忐忑不定。到了黄昏就寝,还是狐疑不决,辗转反侧,蒙眬睡去。似觉身旁果有二龙,左右蟠着,他便跃上龙背,驾龙腾空,霞光绚彩,紫气盈途,也不识是何方何地,一任龙体游行,经过了许多山川,忽前面笼着一道黑雾,很是阴浓,差不多似天地晦冥一般,及向下俯瞩,却露着一线河流,河中隐隐现出黄色,黑气隐指北魏,河中黄色便是黄河,宋初尽有河南地,已兆于此。那龙首到了此处,也似有些惊怖,悬空一旋,堕落河中。裕骇极欲号,一声狂呼,便即惊觉,开眼四瞧,仍然是一张敝床,惟案上留着一盏残灯,临睡时忘记吹熄,所以余焰犹存。回忆梦中情景,也难索解,但想到乘龙上天,究竟是个吉兆,将来应运而兴,亦未可知,乃吹灯再寝。不意此次却未得睡熟,不消多时,便晨鸡四啼,窗前露白了。

　　裕起床炊爨,奉过继母早膳,自己亦草草进食,已觉果腹,便向继母禀白,往瞻父墓,继母自然照允。裕即出门前行,途次遇着一个堪舆先生,叫作孔恭,与裕略觉面善。裕乘机扳谈,方知孔恭正在游山,拟为富家觅地,当下随着同行,道出候山,正是裕父翘葬处。裕因家贫,为父筑坟,不封不树,只耸着一抔黄土,除裕以外,却是没人相识。裕戏语孔恭道:"此墓何如?"恭至墓前眺览一周,便道:"这墓为何人所葬,当是一块发王地呢。"裕诈称不知,但问以何时发贵?恭答道:"不出数年,必有征兆,将来却不可限量。"裕笑道:"敢是做皇帝不成?"恭亦笑道:"安知子孙不做皇帝?"彼此评笑一番,恭是无心,裕却有意,及中途握别,裕欣然回家,从此始有

意自负,不过时机未至,生计依然,整日里出外劳动,不是卖履,就是斫柴;或见了飞禽走兽,也就射倒几个,取来充庖。

时当秋日,洲边芦荻萧森,裕腰佩弓矢,手执柴刀,特地驰赴新洲,伐荻为薪。正在俯割的时候,突觉腥风陡起,流水齐嘶,四面八方的芦苇,统发出一片秋声,震动耳鼓。裕心知有异,忙跳开数步,至一高涧上面,凝神四望,蓦见芦荻丛中,窜出一条鳞光闪闪的大蛇,头似巴斗,身似车轮,张目吐舌,状甚可怖。裕见所未见,却也未免一惊,急从腰间取出弓箭,用箭搭弓,仗着天生神力,向蛇射去,飕的一声,不偏不倚,射中蛇项,蛇已觉负痛,昂首向裕,怒目注视,似将跳跃过来,接连又发了一箭,适中蛇目分列的中央,蛇始将首垂下,滚了一周,蜿蜒而去,好一歇方才不见。裕悬空测量,约长数丈,不禁失声道:"好大恶虫,幸我箭干颇利,才免毒螫。"说至此,复再至原处,把已割下的芦荻,捆做一团,肩负而归。汉高斩蛇,刘裕射蛇,远祖裔孙,不约而同。次日,复往州边,探视异迹,隐隐闻有杵臼声,越加诧异,随即依声寻觅,行至榛莽丛中,得见童子数人,俱服青衣,围着一臼,轮流杵药。裕朗声问道:"汝等在此捣药,果作何用?"一童子答道:"我王为刘寄奴所伤,故遣我等采药,捣敷患处。"裕又道:"汝王何人?"童子复道:"我王系此地土神。"裕蹶然道:"王既为神,何不杀死寄奴?"童子道:"寄奴后当大贵,王者不死,如何

可杀?"裕闻童子言,胆气益壮,便呵叱道:"我便是刘寄奴,来除汝等妖孽,汝王尚且畏我,汝等独不畏我么?"童子听得刘寄奴三字,立即骇散,连杵臼都不敢携去。裕将臼中药一齐取归,每遇刀箭伤,一敷即愈。裕历得数兆,自知前程远大,不应长栖陇亩,埋没终身,遂与继母商议,拟投身戎幕,借图进阶。继母知裕有远志,不便拦阻,也即允他投军。

裕辞了继母,竟至冠军孙无终处,报名入伍。无终见他身材长大,状貌魁梧,已料非庸碌徒,便引为亲卒,优给军粮,未几即擢为司马。晋安帝隆安三年,会稽妖贼孙恩作乱,晋卫将军谢琰,及前将军刘牢之,奉命讨恩,牢之素闻裕名,特邀裕参军府事。裕毅然不辞,转趋入牢之营。牢之命裕率数十人,往侦寇踪,途次遇贼数千,即持着长刀,挺身陷阵,贼众多半披靡。牢之子敬宣,又带兵接应,杀得孙恩大败亏输,遁入海中。

既而牢之还朝,裕亦随返,那孙恩无所顾惮,复陷入会稽,杀毙谢琰。再经牢之东征,令裕往戍勾章。裕且战且守,屡败贼军,贼众退去,恩复入海。嗣又北犯海盐,由裕移兵往堵,修城筑垒。恩日来攻城,裕募敢死士百人,作为前锋,自督军士继进,大破孙恩。恩转走沪渎,又浮海至丹徒。丹徒为裕故乡,闻警驰救,倍道趋至,途次适与恩相遇,兜头痛击。恩众见了裕旗,已先退缩,更因裕先驱杀入,似生龙活虎一般,哪里还敢抵挡?彼逃此窜,霎时跑散。恩率余众走郁州。晋廷以裕屡有功,升任下邳太守。裕拜命后,再往剿恩。恩闻风窜去,自郁州入海盐,复自海盐徙临海,徒众多被裕杀死,所掳三吴男女,或逃或亡。临海太守辛景,乘势逆击,杀得孙恩上天无路,入地无门,只好自投海中,往做水妖去了。孙恩了。

恩有妹夫卢循,神采清秀,由恩手下的残众,推他为主,于是一波才平,一波又起。荆州刺史桓玄,方都督荆、江八州军事,威焰逼人。安帝从弟司马元显,与玄有隙,玄遂举兵作乱,授卢循为永嘉太守,使作爪牙。安帝即令元显为骠骑大将军,征讨大都督,并加黄钺,调兵讨玄。遣刘牢之为先锋,裕为参军,即日出发。

行至历阳,与玄相值,玄使牢之族舅何穆来作说客,劝牢之倒戈附玄。牢之也阴恨元显,意欲自作卞庄,姑与玄联络,先除元显,后再除玄,裕闻知消息,与牢之甥何无忌,极力谏阻,牢之不从。裕再嘱牢之子敬宣，从旁申谏，牢之反大怒道："我岂不知今日取玄，易如反掌？但平玄以后，内有骠骑，猜忌益深，难道能保全身家么？"联络桓玄，亦未必保身。遂遣敬宣赍着降书，投入玄营。

玄收降牢之，进军建康。即晋都。元显毫无能力，奔入东府，一任玄军入城。玄遂派兵捕住元显，及元显党羽庾楷、张法顺，与谯王尚之，一并杀死，自称丞相，总百揆，都督中外。命刘牢之为会稽内史，撤去兵权。牢之始惊骇道："桓玄一入京城，便夺我兵柄，恐祸在旦夕了！"嗟何及矣。

敬宣劝牢之袭玄，牢之又虑兵力未足，不免迟疑。当下召裕入商道："我悔不用卿言，为玄所卖，今当北至广陵，举兵匡扶社稷，卿肯从我否？"裕答道："将军率禁兵数万，不能讨叛，反为虎伥，今枭桀得志，威震天下，朝野人情，已失望将军，将军尚能得广陵么？裕情愿去职，还居京口，不忍见将军孤危呢。"言毕即退。

牢之又大集僚佐，议据住江北，传檄讨玄。僚佐因牢之反复多端，都有去意，当面虽勉强赞成，及牢之启行，即陆续散去，连何无忌亦不愿随着，与裕密商行止。裕与语道："我观将军必不免，君可随我还京口。玄若能守臣节，我与君不妨事玄，否则设法除奸，亦未为晚！"无忌点首称善，未与牢之告别，即偕裕同往京口去了。

牢之到了新洲，部众俱散，日暮途穷，投缳自尽。子敬宣逃往山阳，独刘裕还至京口，为徐兖刺史桓修所召，令为中书参军。可巧永嘉太守卢循，阳受玄命，阴仍寇掠，潜遣私党徐道覆，袭攻东阳，被裕探问消息，领兵截击。杀败道覆，方才回军。

既而桓玄篡位，废晋安帝为平固王，迁居寻阳，改国号楚，建元永始。桓修系玄从兄，由玄征令入朝。修驰入建业，裕亦随行。当时依人檐下，只好低头，不得不从修谒玄。玄温颜接见，慰劳备至，且语司徒王谧道："刘裕风骨不常，确是当今人杰呢。"谧乘机献媚，但说是天生杰士，匡辅新朝，玄益心喜。每遇宴会，必召裕列座，殷勤款待，赠赐甚优。独玄妻刘氏，为晋故尚书令刘耽女，素有智鉴，尝在屏后窥视，见裕状貌魁奇，知非凡相，便乘间语玄道："刘裕龙行虎步，瞻顾不凡，在朝诸臣，无出裕右，不可不加意预防！"玄答道："我意正与卿相同，所以格外优待，令他知感，为我所用。"刘氏道："妾见他气宇深沉，未必终为人下，

第一回 射蛇首兴王呈预兆 睹龙颜慧妇忌英雄 ·7·

不如趁早蔓除,免得养虎贻患!"玄徐答道:"我方欲荡平中原,非裕不能为力,待到关陇平定,再议未迟。"刘氏道:"恐到了此时,已无及了!"玄终不见听,仍令修还镇丹徒。

修邀裕同还,裕托言金创疾发,不能步从,但与何无忌同船,共还京口。舟中密图讨逆,商定计划。既至京口登岸,无忌即往见沛人刘毅,与议规复事宜。毅

说道:"以顺讨逆,何患不成?可惜未得主帅!"无忌未曾说出刘裕,唯用言相试道:"君亦太轻量天下,难道草泽中必无英雄?"毅奋然道:"据我所见,只有一刘下邳啰。"下邳见前。无忌微笑不答,还白刘裕。适青州主簿孟昶,因事赴都,还过京口,与裕叙谈,彼此说得投机。裕因诘昶道:"草泽间有英雄崛起,卿可闻知否?"昶答道:"今日英雄,舍公以外,尚有何人?"裕不禁大笑,遂与同谋起义。

裕弟道规,为青州中兵参军。青州刺史桓弘,为桓修从弟,裕因令昶归白道规,共图杀弘。且使刘毅潜往历阳,约同豫州参军诸葛长民,袭取豫州刺史刁逵。一面再致书建康,使友人王元德、辛扈兴、童厚之等,同作内应。自与何无忌用计图修,依次进行。看官听说,这是刘裕奋身建功的第一着!画龙点睛。小子有诗咏道:

　　发愤终为天下雄,不资尺土独图功。
　　试看京口成谋日,豪气原应属乃公。

欲知刘裕能否成功,容待下回续叙。

开篇叙一楔子,括定全书大意,且援李延寿史例,将隋朝归入北史,见地独高。及正传写入刘裕,历述符谶,俱系援引南史,并非向壁臆造。惟经妙笔演出,愈觉有声有色,足令人刮目相看。桓玄妻刘氏,鉴貌辨色,能知裕不为人下,劝玄除裕。夫蛇神尚不能害寄奴,何物桓玄,乃能置裕死地乎?但巾帼中有此慧鉴,不可谓非奇女子,惜能料刘裕而不能料桓玄。当桓玄篡位之先,不闻出言匡正,是亦所谓知其一不知其二者欤?惟晋事当具晋史,故于晋事从略,第于刘裕事从详云。

第 二 回

起义师入京讨逆　迎御驾报绩增封

却说刘裕既商定密谋,遂与何无忌托词出猎,号召义徒。共得百余名,最著名的约二十余人,除何无忌、刘毅外,姓名如左:

刘道怜即刘裕弟。　魏咏之　魏欣之咏之弟。　魏顺之欣之弟。
檀凭之　檀祇隆凭之弟。　檀道济凭之叔。　檀范之道济从兄。
檀韶凭之从子。　刘藩刘毅从弟。　孟怀玉孟昶族弟。　向弥
管义之　周安穆　刘蔚　刘珪之蔚从弟。　臧熹　臧宝符熹从弟。
臧穆生熹从子。　童茂宗　周道民　田演　范清

这二十余人各具智勇,充作前队。何无忌冒充敕使,一骑当先,扬鞭入丹徒城,党徒随后跟入。桓修毫不觉察,闻有敕使到来,便出署相迎,无忌见了桓修,未曾问答,即拔出佩刀,把修杀死。随与徒众大呼讨逆,吏士惊散,莫敢反抗。刘裕也驰入府署,揭榜安民,片刻即定。当将桓修棺殓,埋葬城外。召东莞人刘穆之为府主簿,更派刘毅至广陵,嘱令孟昶、刘道规,即日响应。

昶与道规,伪劝桓弘出猎,以诘旦为期。翌日昧爽,昶等率壮士数十人,伫待府署门前,一俟开门,便即驰入。弘方在啜粥,被道规持刃直前,劈破弘脑,死于非命。当即收众渡江,来会刘裕。

徐州司马刁弘,闻丹徒有变,方率文武佐吏,来至丹徒城下,探问虚实,裕登城伪语道:"郭江州已奉戴乘舆,反正寻阳,我等奉有密诏,诛除逆党,今日贼玄首级,已当晓示大航。诸君皆大晋臣,无故来此,意欲何为?"刁弘等信为真言,便即退去。

可巧刘道规、孟昶等自广陵驰至,众约千人,裕即令刘毅追杀刁弘。待毅归报,又令毅作书与兄,即遣周安穆持书入京,促令起事。原来毅兄刘迈留官建康,桓玄令迈为竟陵太守,整装将发。既得毅书,踌躇莫决。安穆见迈怀疑,恐谋泄罹祸,匆匆告归,连王元德、辛扈兴、童厚之等处也未及报闻。迈计无所出,意欲夤夜下船,赴任避祸。忽由桓玄与

书,内言北府人情,未知何如?近见刘裕,亦未知彼作何状,须一一报明。此书寓意,乃俟迈抵任后,令他禀报。偏迈误会书义,还道玄已察裕谋,不得不预先出首。这叫作贼胆心虚。遂不便登舟,坐以待旦,一俟晨光发白,即入朝报玄。

玄闻裕已发难,不禁大惧,面封迈为重安侯。迈拜谢退朝,偏有人向玄谮迈,谓迈纵归周安穆,未免同谋。玄乃收迈下狱,并捕得王元德、辛扈兴、童厚之三人,与迈同日加刑。一面召弟桓谦,及丹阳尹卞范之等,会议拒裕,谦请从速发兵,玄欲屯兵覆舟山,坚壁以待。经谦等一再固请,始命顿邱太守吴甫之,右卫将军皇甫敷,北遏裕军。

裕闻桓玄已经发兵,也锐意进取,自称总督徐州事,命孟昶为长史,守住京口。集得二州义旅,共千七百人,督令南下。且嘱何无忌草檄,声讨玄罪。

无忌夜作檄文,为母刘氏所窥,且泣且语道:"我不及东海吕母,王莽时人。汝能如此,我无遗恨了!"兄弟之仇,不可不报。至无忌檄已草就,翌晨呈入。裕即令颁发远近,大略说是:

夫成败相因,理不常泰,狡焉肆虐,或值圣明。自我大晋,屡遭阳九,隆安以来,隆安为晋安帝嗣位时年号。国家多故,忠良碎于虎口,贞贤毙于豺狼。逆臣桓玄,敢肆陵慢,阻兵荆郢,肆暴都邑。天未忘难,凶力繁兴,逾年之间,遂倾里祚,主上播越,流幸非所,神器沉辱,七庙毁坠。虽夏后之罹浞豷,有汉之遭莽卓,方之于玄,未足为喻。自玄篡逆,于今历年,亢旱弥时,民无生气,加以士庶疲于转输,文武困于版筑,室家分析,父子乖离,岂惟大东有杼轴之悲,摽梅有倾筐之怨而已哉!仰观天文,俯察人事,此而可存,孰为可亡?凡在有心,谁不扼腕?裕等所以椎心泣血,不遑启处者也,是故夕寐宵兴,搜奖忠烈,潜构崎岖,险过履虎,乘机奋发,义不图全。辅国将军刘毅,广武将军何无忌,镇北主簿孟昶,兖州主簿魏咏之,宁远将军刘道规,龙骧参军刘藩,振威将军檀凭之等,忠烈断金,精白贯日,荷戈奋袂,志在毕命。益州刺史毛璩,万里齐契,扫定荆楚。江州刺史郭昶之,奉迎主上,宫于寻阳。镇北参军王元德等,并率部曲,保据石头。扬武将军诸葛长民,收集义士,已据历阳。征虏参军庾颐之,潜相连结,以为内应。同力协规,所在蜂起,即日斩伪徐州刺史安城王桓修,青州刺史桓弘。义众既集,文武争先,咸谓不有统一,则事无以辑。裕辞不获命,遂总军要,庶上凭祖宗之灵,下罄义夫之力,翦馘逋逆,荡清京华。公侯诸君,或世树忠贞,或身荷爵宠,而并俯眉猾竖,无由自效,顾瞻周道,宁不吊乎!今日之举,良其会也。裕以虚薄,才非古人,受任于既颓之连,接势于已替之机,丹忱未宣,感慨愤激,望霄汉以永怀,盼山川以增伫,投檄之日,神驰贼廷。檄到如律令!

观檄中所载,如毛璩以下,多半是虚张声势,未得实情。郭昶之何曾反正,王元德并且被诛。就是诸葛长民,亦未能据住历阳,不过以讹传讹,也足使中土向风,贼臣丧胆。桓玄自刘裕起兵,连日惊惶,或谓裕等乌合,势必无成,何足深惧?玄摇首道:"刘裕为当世英雄,刘毅家无担石,樗蒲且一掷百万,何无忌酷似若舅,共举大事,怎得说他无成呢?"恐亦惭对令正。果然警报频来,吴甫之败死江乘,皇甫敷败死罗洛桥,那刘裕军中,只丧了一个檀凭之,进战益厉。玄急遣桓谦出屯东陵,卞范之出屯覆舟山西,两军共计二万人。

裕至覆舟山东,令各军饱餐一顿,悉弃余粮,示以必死。刘毅持槊先驱,裕亦握刀继进,将士踊跃随上,驰突敌阵,一当十,十当百,呼声动天地。凑巧风来助顺,因风纵火。烟焰蔽天,烧得桓谦、卞范之两军,统变成焦头烂额,与鬼为邻。桓谦、卞范之,先后骇奔,裕复率众力追,数道并进。玄已料裕军难敌,先遣殷仲文具舟石头,为逃避计。至是接桓谦败耗,忙令子升策马出都,至石头城外下舟,浮江南走。裕得乘胜长驱,直入建康。

京中已无主子,由裕出示安民,且恐都人惶惑,徙镇石头城,立留台,总百官,毁去桓氏庙主,另造晋祖神牌,纳诸太庙。更遣刘毅等追玄,并派尚书王嘏,率百官往迎乘舆。一面收诛桓氏宗族,使臧熹入宫,检收图籍器物,封闭府库。

司徒王谧本系桓玄爪牙,玄篡位时,曾亲解安帝玺绶,奉玺授玄。当时大众目为罪魁,劝裕诛谧,偏裕与谧有旧,少年孤贫时,尝由谧代裕偿债,至此不忍加诛,仍令在位。未免因私废公。谧又向裕贡谀,愿推裕领扬州军事。裕一再固辞,令谧为侍中,领扬州刺史,录尚书事,谧更推裕都督八州,扬、徐、兖、豫、青、冀、幽、并。兼徐州刺史,裕乃受任不辞。令刘毅为青州刺史,何无忌为琅琊内史,孟昶为丹阳令,刘道规为义昌太守,所有军国处分,均委任刘穆之。仓猝立办,无不允惬。

惟诸葛长民愆期未

发,谋泄被执,刁逵尚未得建康音信,把长民槛入槛车,派使解京。途次闻桓玄败走,建康已为刘裕所据,那使人乐得用情,即将长民放出,还趋历阳。历阳军民,乘机起事,围攻刁逵。逵溃围出走,凑巧遇着长民,兜头截住,再经城中兵士追来,任你刁逵如何逞刁,也只好束手受缚,送入石头,饮刀毕命!

桓玄逃至寻阳,刺史郭昶之,供玄乘舆法物,可见刘氏前次檄文,纯系虚声。玄仍自称楚帝,威福如故。嗣闻刘毅等率军追来,将到城下,玄又惊惶失措,急遣部将庾雅祖、何澹之堵住湓口,自挟一主即晋安帝二后,一系穆帝后何氏,一系安帝后王氏。西走江陵。刘毅与何无忌、刘道规诸将,至桑落洲,大破何澹之水军,夺湓口,拔寻阳,遣使报捷。刘裕因安帝西去,乃奉武陵王司马遵为大将军,入居东宫,承制行事。再饬刘毅等西追桓玄。

玄至江陵,收集荆州兵,有众二万,复挟安帝东下。行抵峥嵘洲,正值刘毅各军,扬帆前来。刘道规望玄船,麾众先进,刘毅、何无忌,鼓棹随行。此时正是仲夏天气,西南风吹得甚劲,道规乘风纵火,毅等亦助薪扬威,烧得长江上下,烟雾迷濛。玄所督领诸战舰,多半被焚,部卒大乱。玄慌忙改乘小舟,仍将安帝挟去,遁还江陵。

部将殷仲文叛玄降刘,奉晋二后还京。玄再返江陵,人情离叛,没奈何乘夜出奔，欲往汉中。南郡太守王腾之，荆州别驾王康产，奉安帝入南郡府，寻迁江陵。

益州刺史毛璩有侄修之，为玄屯骑校尉，诱玄入蜀。玄依言西行，至枚回洲，适上流来了丧船数艘，船首立着一员卫弁，与修之打了一个照面，便厉声呼道："来船中有无逆贼？"修之不答，桓玄却颤声说道："我是当今新天子，何处盗贼，敢来妄言！"此时还想称帝，太不自量。道言未绝，那对船上又跳出二将，拈弓搭矢，飞射过来，玄嬖人万盖、丁仙期，挺身蔽玄，俱被射倒。玄正在惊惶，突有数人持刀跃入，为首的正是对船卫弁。便骇问道："汝……汝等何人？敢犯天子！"卫弁即应声道："我等来杀天子的贼臣！"说至此，即用刀劈玄，光芒一闪，玄首分离。看官道卫弁为谁？原来是益州督护冯迁。

益州毛璩有弟毛璠，为宁州刺史，在任病殁。璩使兄孙祐之，及参军费恬，扶榇归葬，并派冯迁护丧。恰巧中流遇着玄船，由修之传递眼色，便一齐动手，杀死贼玄。看官不必细问，就可知对船发矢的二将，便是费恬、毛祐之了。冯迁既枭玄首，执住玄子桓升，杀死玄族桓石康、桓浚，令毛修之赍献玄首，及槛解桓升，驰诣江陵。安帝封毛修之为骁骑将军，诛升东市，下诏大赦，惟桓氏不原。

玄从子桓振，逃匿华容浦中，招聚党徒，得数千人，探得刘毅等退屯寻阳，即袭击江陵城。桓谦亦匿居沮川，纠众应振。江陵城内，只有王腾之、王康产二人守着，士卒无多，径被两桓掩入。腾之、康产战死。安帝尚寓居江陵行宫，振持刀进见，意欲行弑。还是桓谦驰入劝阻，方才罢手，下拜而出。为玄举哀发丧，谦率百官朝谒安帝，奉还玺绶，所有侍御左右，一律撤换，改用两桓党羽，乘势攻取襄阳等城。

刘毅等还居寻阳，总道是元凶就戮，逆焰消除，可以高枕无忧，哪知死灰复燃，复有两桓余孽，袭取江陵。急忙令何无忌、刘道规二将，进讨两桓。师至码头，已由桓谦派兵扼住。两下里杀了一场，谦众败退。无忌、道规，直趋江陵。桓振令党徒冯该，设伏杨林，自率众逆战灵溪，无忌恃胜轻进，被贼军两路杀出，冲断阵势，大败奔还。幸亏刘敬宣聚粮缮船，接济无忌、道规，复得成军，蹶而复振。

敬宣即刘牢之子，前时逃往山阳，拟募兵讨玄，未克如愿。再往南燕乞师，南燕主慕容德，不肯发兵。敬宣潜结青州大族，及鲜卑豪酋，谋袭燕都,事泄还南。时玄已败死,走归刘裕,裕令为晋陵太守,寻又迁授江州刺史。他因刘毅等讨玄余党,所以筹备舟械,随时接应。补笔不漏。

无忌、道规得此一助,再进兵夏口。毅亦督军随进,攻入鲁城。道规亦拔偃月垒,复会师进克巴陵。号令严整,沿途无犯,再鼓众至码头。桓振挟安帝出屯江津,遣使请和,求割江、荆二州,奉还天子。以皇帝为交换品,却是奇闻。毅等不许。会南阳太守鲁宗之,起兵袭襄阳,振还军与战,留桓谦、冯该守江陵。谦遣该守豫章口,为毅等击败,谦弃城遁走。毅等驰入江陵,擒住逆党卞范之等,一并枭斩。

安帝时在江陵,未被桓振挟去。毅得入行宫谒帝,由帝面加慰劳,一切处置,悉归毅主持。毅正拟追剿两桓,适振回救江陵,在途闻城已失守,众皆骇散,振亦只好逃匿涢州。既而召集散众,复袭江陵,为将军刘怀肃所闻,伏兵邀击,一鼓诛振。振为桓氏后起悍将,至此毙命,桓氏遗孽垂尽,惟桓谦等奔入后秦。

安帝改元义熙。再下赦书,除桓谦等不赦外,独赦桓冲孙胤,徙居新安,令存桓冲宗祀,保全功臣一脉。冲系桓玄叔父,有功晋室,封丰城公,详见《两晋演义》。刘裕闻报,使刘毅、刘道规留屯夏口,命何无忌奉帝东归。安帝乃自江陵启銮,还至建康。百官诣阙待罪,有诏令一并复职。授琅琊王司马德文为大司马,武陵王司马遵为太保,且封赏功臣。首刘裕,次及刘毅、何无忌、刘道规。诏敕有云:

朕以寡昧,遭家不造,越自遘闵,属当屯极。逆臣桓玄,垂衅纵慝,穷凶恣虐,滔天猾夏,诬罔神人,肆其篡乱,祖宗之基既湮,七庙之飨胥珍,若坠渊谷,未足斯譬。皇度有晋,天纵英哲,都督扬、徐、兖、豫、青、冀、幽、并、江九州诸军事镇军将军徐、青二州刺史刘裕,忠诚天亮,神武命世,用能贞明协契,义夫向臻,故顺声一唱,二溟卷波,英风振路,宸居清翳。冠军将军刘毅,辅国将军何无忌,振武将军刘道规,舟旗遄迈,而元凶传首,回戈叠挥,则荆汉雾廓。俾宣元之祚,永固于嵩岱,倾基重造,再集于朕躬。宗庙歆七百之祐,皇基融载新之命。念功惟德,永言铭怀,固已道冠开辟,独绝终古,书契以来,未之前闻矣。虽则功高靡尚,理至难文,而崇庸命德,哲王攸先者,将以弘道制治,深关盛衰,故伊望膺殊命之锡,桓文飨备物之礼,况宏征不世,顾邈百代者,宜极名器之隆,以光大国之盛。而

第二回　起义师入京讨逆　迎御驾报绩增封

镇军谦虚自衷,诚旨屡显,朕重逆仲父,乃所以愈彰德美也。镇军可进位侍中车骑将军都督中外诸军事,使持节徐、青二州刺史如故。显祚大邦,启兹疆宇,特此诏闻!

这诏下后,裕上表固辞。再加录尚书事,裕又不受,且乞请归藩。安帝不允,遣百僚敦劝,裕仍然固让,入朝陈情,愿就外镇,乃改授裕都督荆、司、梁、益、宁、雍、凉七州,并前十六州诸军事,仍守本官,裕始受命,还镇丹徒。封刘毅为左将军,何无忌为右将军,分督豫州、扬州军事,刘道规为辅国将军,督淮北诸军事。余如并州刺史魏咏之以下,皆加官进爵有差。

先是刘毅尝为刘敬宣参军,时人推毅为雄杰,敬宣道:"有非常的才具,必有非常的度量,此君外宽内忌,夸己轻人,设使一旦得志,亦恐以下凌上,自取危祸呢。"

迎御驾报绩增封

为后文刘裕杀毅张本。裕闻敬宣言,尝引以为憾。及得授方镇,遂使人白刘裕道:"敬宣未与义举,授为郡守,已觉过优,擢置江州,更足令人骇愧,恐猛将劳臣,不免因此懈体呢。"裕迟迟不发。敬宣得知消息,心不自安,乃表请解职,因召还为宣城内史。刘毅再与何无忌,分道出讨桓玄余党,所有桓亮、符玄等小丑,一概诛灭,荆、湘、江、豫皆平。晋廷命毅都督淮南五郡,兼豫州刺史。何无忌都督江东五郡,兼会稽内史。毅自是益骄,免不得目空一切,有我无人了。小子有诗叹道:

平矜释躁始成才,器小何堪任重来!
古有一言须记取,谦能受益满招灾。

过了一年,追叙讨逆功绩,又有一番封赏,待小子下回说明。

桓玄一乱,而刘裕即乘之而起,是不啻为渊驱鱼,为丛驱雀,玄死而裕贵,玄固非鹬即獭也。大抵枭桀之崛兴,其始必有绝大之功业,足以耸动人心,能令朝野畏服,然后可以任所欲为,潜移国祚于无形。莽懿之徒,无不如是。裕为莽懿流亚,有玄以促成之,玄何其愚,裕何其智耶!至于安帝返驾,封赏功臣,裕为功首,而再三退让,成功不居。"周公恐惧流言日,王莽谦恭下士时,假使当年身便死,一生真伪有谁知?"我读此诗,我更有以窥刘裕矣。

第 三 回

伐南燕冒险成功　捍东都督兵御寇

却说晋安帝复辟逾年，追叙讨逆功绩，封刘裕为豫章郡公，刘毅为南平郡公，何无忌为安成郡公。一国三公，恐刘裕未免介介。此外亦各有封赏，不胜枚举。独殷仲文自负才望，反正后欲入秉朝政，因为权臣所忌，出任东阳太守，心下很是怏怏。何无忌素慕仲文，贻书慰藉，且请他顺道过谈。仲文复书如约，不意出都赴任，心为物役，竟致失记。无忌伫候多日，并不见到，遂心疑仲文薄己，伺隙报怨。适南燕入寇，刘裕拟督军出讨，无忌即向裕致书道："北虏尚不足忧，惟殷仲文、桓胤，实系心腹大病，不可不除。"裕心以为然。会裕府将骆球谋变，事发伏诛，裕因谓仲文及胤，与球通谋，即捕二人入京，并加夷诛。已露锋芒。

司徒兼扬州刺史王谧病殁，资望应由裕继任。刘毅等已是忌裕，不欲他入朝辅政，乃拟令中领军谢混为扬州刺史。或恐裕出来反对，谓不如令裕兼领扬州，以内事付孟昶。安帝不能决议，特遣尚书右丞皮沈驰往丹徒，以二议谘裕。用人必须下问，大权已旁落了。沈先见裕记室刘穆之，具述朝议。穆之伪起如厕，潜入白裕，谓皮沈二议，俱不可从。裕乃出见皮沈，支吾对付，暂令出居客舍，复呼穆之与商。穆之道："晋政多阙，天命已移，公匡复皇祚，功高望重，难道可长作藩将么？况刘、孟诸公，与公同起布衣，倡立大义，得取富贵，不过因事有先后，权时推公，并非诚心敬服，素存主仆的名义，他日势均力敌，终相吞噬。扬州为国家根本，关系重大，如何假人？前授王谧，已非久计，今若复授他人，恐公将为人所制，一失权柄，无从再得。今但答言事关重要，不便悬论，当入朝面议，共决可否。俟公一至京邑，料朝内权贵，必不敢越次授人，公可坐取此权位了。"为裕设计，恰是佳妙，但亦一许攸、荀彧之徒。

裕极口称善，遂遣归皮沈，托言入朝面决。沈回京复命，果然朝廷生畏，立即下诏，征裕为侍中扬州刺史，录尚书事。裕又佯作谦恭，表解兖州军事，令诸葛长民镇守丹徒，刘道怜屯成石头城，又遣将军毛修之，会同益州刺史司马荣期,共讨谯纵。

纵系益州参军,擅杀刺史毛璩,自称成都王,蜀中大乱。晋廷简授司马荣期为益州刺史,令率兵讨蜀。荣期至白帝城,击败纵弟明子,再拟进师,因恐兵力不足,表请缓应。裕乃再遣毛修之西往。修之入蜀,与荣期相会,当令荣期先驱,自为后应,进薄成都。荣期抵巴州,又为参军杨承祖所杀,承祖自称巴州刺史。及修之进次宕渠,始接荣期死耗,不得已退屯白帝城。时益州故督护冯迁,已升任汉嘉太守,发兵来助修之。修之与迁合兵,击斩杨承祖,拟乘胜再进。不意朝廷新命鲍陋为益州刺史,驰诣军前,与修之会议未协。修之据实奏闻,裕乃表举刘敬宣为襄城太守,令率兵五千讨蜀,并命荆州刺史刘道规为征蜀都督,调度军事。

谯纵闻晋军大至,忙向后秦称臣,乞师拒晋。秦主姚兴遣部将姚赏等援纵,会同纵党谯道福,择险驻守。刘敬宣转战而前,至黄虎岭,距城约五百里,岭路险绝。再经秦、蜀二军坚壁守御,敬宣屡攻不入,相持至六十余日,粮食已尽,饥疲交并,没奈何引军退还,死亡过半。敬宣坐是落职,道规亦降号建威将军。裕以敬宣失利,奏请保荐失人,自愿削职。无非做作。有诏降裕为中军将军,守官如故。

裕拟自往伐蜀,忽闻南燕入寇,大掠淮北,乃决计先伐南燕,再平西蜀。南燕主慕容德,系前燕主慕容皝少子,后燕主慕容垂季弟。皝都龙城,传三世而亡,垂都中山,传四世而亡。详见《两晋演义》。独德为范阳王收集两燕遗众,南徙滑台,东略晋青州地,取广固城,据作都邑。初称燕王,后称燕帝,改名备德,史家称为南燕。德僭位七年,殁后无嗣,立兄子超为嗣。超宠私人公孙五楼,猜忌亲族,屡加诛戮,且遣部将慕容兴宗、斛谷提、公孙归等,率骑兵入寇宿豫,掳去男女数千人,令充伶伎。嗣又大掠淮北,执住阳平太守刘千载,及济南太守赵元,驱略至千余家。刘裕令刘道怜出戍淮阴,严加防堵,一面抗表北伐,即拟启行。

朝臣因西南未平,拟从缓图。惟左仆射孟昶、车骑司马谢裕、参军臧熹,赞同裕议,乃诏令裕调将出师。裕使孟昶监中军留府事,调集水军出发,溯淮入泗,行抵下邳,留下船舰辎重,但麾众登岸,步进琅琊。所过皆筑城置守,诸将或生异议,叩马谏阻道:"燕人闻我军远至,谅不敢战,但若据大岘山,刈粟清野,使我无从觅食,进退两难,如何是好!"

裕微笑道："诸君休怕！我已预先料透，鲜卑贪婪，不知远计，进利掳掠，退惜禾苗，他道我孤军深入，必难久持，不过进据临朐，退守广固罢了，我一入岘，人知必死，何虑不克！我为诸君预约，但教努力向前，此行定可灭虏呢。"所谓知彼知己。乃督兵亟进，日夕不息。果然南燕主慕容超，不听公孙五楼等计议，断据大岘，惟修城隍，简车徒，静待一战。

及裕已过岘，尚不见有燕兵，不禁举手指天道："我军幸得天佑，得过此险，因粮破虏，在此一举了！"

时慕容超已授公孙五楼为征虏将军，令与辅国将军贺赖卢，左将军段晖等，率步骑五万人，出屯临朐。至闻晋军入岘，复自督步骑四万，出来援应。临朐南有巨蔑水，离城四十里，超使公孙五楼，领兵往据。五楼甫至水滨，晋龙骧将军孟龙符，已率步兵来争，势甚锐猛。五楼抵敌不住，向后退去。晋军有车四千辆，分为左右两翼，方轨徐进，直达临朐，距城尚约十里，慕容超已悉众前来。两下相逢，立即恶斗，杀得山川并震，天日无光。转眼间夕阳西下，尚是旗鼓相当，不分胜负。

参军胡藩白裕道："燕兵齐来接仗，城中必虚，何不从间道出兵，往袭彼城？这就是韩信破赵的奇计呢。"裕连声称善，即遣藩及谘议将军檀韶，建威将军向弥，率兵数千，绕出燕兵后面，往袭临朐城。城内只留老弱居守，惟城南有一营垒，乃是段晖住着，手下兵不过千名。向弥擐甲先驱，径抵城下，大呼道："我等率雄师十万，从海道来此，守城兵吏，如不怕死，尽管来战，否则速降，毋污我刃！"这话说出，吓得城内城外的燕兵，不敢出头。弥即架起云梯，执旗先登，刘藩、檀韶等，麾军齐上，即陷入临朐城。

段晖飞报慕容超，超大吃一惊，单骑驰还。燕兵失了主子，当然溃退，被刘裕纵兵奋击，追杀至城下。乘胜踹段晖营，晖慌忙拦阻，措手不及，也为晋军所杀。慕容超策马飞奔，马蹶下坠，险些儿被晋军追着，亏得公孙五楼等，替他易马授辔，仓皇走脱。所有乘马伪辇，玉玺豹尾等件，尽行弃去，由晋军沿途拾取，送入京师。

慕容超逃回广固，未及整军，那晋军已经追到，突入外城。超与公孙五楼等，忙入内城把守。裕猛扑不下，乃筑起长围，为久攻计，垒高三丈，穿堑三重，抚纳降附，采拔贤俊，华夷大悦。超遣尚书郎张纲，缒城夜出，至后秦乞师。秦主姚兴，方有夏患，夏主赫连勃勃攻秦，详见下回。

无暇分兵救燕,但佯允发兵,遣纲先行返报。纲还过泰山,被太守申宣擒住,送入裕营。裕得纲大喜,亲为释缚,赐酒压惊。纲感裕恩,情愿归降。

先是裕治攻具,城上人尝揶揄道:"汝等虽有攻具,怎能及我尚书郎张纲?"及纲既降裕,裕令纲登楼车,呼语守卒,谓秦人不遑来援。守卒大惧,慕容超亦惊惶得很,乃遣使至裕营请和,愿割大岘山为界,向晋称藩。裕斥还来使,超穷急无法,只得再命尚书令韩范,向秦乞师。秦主兴遣使白裕,请速退兵,且言有铁骑十万,进屯洛阳,将涉淮攻晋。裕怒答道:"汝去传语姚兴,我平定青州,将入函谷,姚兴自愿送死,便可速来!"妙极。

秦使自去,录事参军刘穆之入谏道:"公语不足畏敌,反致怒敌,若广固未下,羌寇掩至,敢问公将如何对待呢?"裕笑道:"这是兵机,非卿所解;试想羌人若能救燕,方且潜师前来,攻我无备,何致先遣使命,使我预防?这明是虚声吓人,不足为虑!"一语道破,裕固可号智囊。穆之亦领悟而退。

裕即令张纲制造攻具,备极巧妙,设飞楼,悬梯木,幔板屋,覆以牛皮,城上矢石,毫无所用。眼见得城内孤危,形势岌岌。韩范自后秦东归,见围城益急,竟至裕营投诚,裕表范为散骑常侍,并令范至城下,招降守将。城中人情离沮,陆续逾城出降。慕容超尚坚守两三月,且遣公孙五楼潜掘地道,出击晋兵。晋营守御极严,无懈可击,于是阖城大困。刘裕知城中穷蹙,乃誓众猛攻。是日适为往亡日,不利行师,裕奋然道:

"我往彼亡,有何不利?"足破世人迷梦。遂遍设攻具,四面攻扑。南燕尚书悦寿,料知不支,即开门迎纳晋军。慕容超即率左右数十骑,惶遽越城,逃窜里许,被晋军追到,捉得一个不留,牵回城中。

刘裕升帐,责超抗命不降的罪状,超神色自若,一无所言。裕屠南燕王公以下三千人,没人家口万余,把慕容超囚解进京,自请移镇下邳,进图关洛。

晋廷诛慕容超,加裕兼青、冀二州刺史,拟许便宜行事。不料卢循陷长沙,徐道覆陷南康、庐陵、豫章,顺流而下,将袭晋都,江东大震,急得晋廷君臣,不知所措,只好飞召刘裕,率军还援。盈廷只靠一人,怪不得晋祚垂尽。原来刘裕讨灭桓玄,迎帝回銮,彼时因朝廷新定,不暇南顾,暂授卢循为广州刺史,徐道覆为始兴相,权示羁縻。循遗裕益智粽,裕报以续命汤。及裕出师伐燕,道覆劝御乘虚入袭,循初尚不从,经道覆亲往献议,谓裕尚未归,机不可失,乃分道入寇。

循攻长沙,一鼓即下,道覆且连陷南康、庐陵、豫章诸郡,沿江东趋,舟楫甚盛。江荆都督何无忌,自寻阳引兵拒贼,与道覆交战豫章。道覆令弓弩手数百名,登西岸小山,顺风迭射,无忌急命船内水军,用藤牌遮护。偏是西风暴急,战船停留不住,竟由西岸飘至东岸,贼众乘势驰击,用着艨艟大舰,进逼无忌坐船,无忌麾下,顿时骇散,无忌厉声语左右道:"取我苏武节来!"至节已取至,无忌持节督战,风狂舟破,贼势四麋。可怜无忌身受重伤,握节而死!无忌亦一时名将,可惜死于小贼之手。

刘裕已奉召至下邳,用船载运辎重,自率精锐步归。道出山阳,接得无忌凶耗,恐京邑失守,急忙卷甲疾趋,引数十骑至淮上。遇着朝使敦促,便探问消息。朝使说道:"贼尚未至,但教公速还都,便可无忧。"裕心甚喜。驰至江滨,正值风急浪腾,大众俱有难色,裕慨然道:"天命助我,风当自息,否则不过一死,覆溺何害!"遂麾众登舟,舟移风止。过江至京口,江左居民,望见旗麾,统是额手欢呼,差不多似久旱逢甘,非常欣慰。晋祚潜移,于此可见。

越二日即入都陛见,具陈御寇规划,朝廷有恃无恐,诏令京师解严。豫州都督刘毅,自告奋勇,愿率部军南征。裕方整治舟械,预备出师。既得毅表,令毅从弟刘藩,赍书复毅,略言贼新获利,锋不可挡,今修船垂毕,愿与老弟会师江上,相机破贼云云。

藩至姑孰,将书交毅,毅阅书未终,已有怒色,瞋目视藩道:"前次举义平逆,不过因刘裕发起,权时推重,汝便谓我真不及刘裕么?"说着,把来书掷弃地上,立集舟师二万,从姑孰出发。是谓忿兵。急驶至桑落洲,正值卢循、徐道覆两贼,顺流鼓楫,舣舰前来,船头甚是高锐,突入毅水师队中。毅舰低脆,偶与贼舰相撞,无不碎损,没奈何奔避两旁,舟队一散,全军立涣。两贼渠指挥徒众,东骧西突,害得毅军逃避不遑,或与舟俱沉,或全船被掳。毅无法支撑,只好带着数百人,弃船登岸,狼狈遁走。所有辎重粮械,一古脑儿抛置江心,被贼掠去。毅试自问,果能及刘裕?

这败报传达都中,上下震惧,刘裕急募民为兵,修治石头城,为控御计。时北师初还,疮痍未复,京邑战士,不满数千,诸葛长民、刘道怜等,虽皆闻风入卫,但也是部曲寥寥,数不盈万。

那卢、徐二贼,毙何无忌,败刘毅,连破江、豫二镇,有众十余万,舟车百里不绝,楼船高至十二丈,横行江中。他心目中只畏一刘裕,闻裕还军建业,未免惊心。循欲退还寻阳,转攻江陵,独道覆谓宜乘胜进取。两人议论数日,方从道覆言,联樯东下。

警报与雪片相似,飞达都中,还有败军逃还,亦统称贼势甚盛,不应轻敌。孟昶、诸葛长民,倡议避寇,欲奉乘舆过江,独刘裕不许。参军王仲德进白刘裕道:"明公新建大功,威震六合,今妖贼乘虚入寇,骤闻公还,必当惊溃;若先自逃去,势同匹夫,何能号召将士?公若误徇时议,仆不忍随公,请从此辞!"裕亟慰谕道:"南山可改,此志不移,愿君勿疑!"

孟昶尚固请不已,裕勃然道:"今日何日,尚可轻举妄动么?试想重镇外倾,强寇内逼,一或迁徙,全体瓦解,江北亦岂可得至?就使得至江北,亦不过苟延时日罢了,今兵士虽少,尚足一战,战若得胜,臣主同休,万一挫败,我当横尸庙门,以身殉国,断不甘窜伏草间,偷生苟活呢。我计已决,君勿复言!"据裕此言,几似忠贯天日,可惜此后不符。昶尚涕泣陈词,自愿先死,惹得刘裕性起,厉声呵叱道:"汝且看我一战,再死未迟!"昶悒悒归第,手自草表道:"臣裕北讨,众议不同,唯臣赞成裕计,令强贼乘虚进逼,危及社稷,臣自知死罪,谨引咎以谢天下。"表既封就,仰药竟死。呆鸟。

第三回　伐南燕冒险成功　捍东都督兵御寇

未几闻卢循已至淮口，内外戒严，琅琊王司马德文督守宫城，刘裕自出屯石头，使谘议参军刘粹，引第三子义隆，往戍京口。义隆年仅四龄，裕借此励军，表示毁家纾难的意思，且召集诸将，预揣贼势道："贼若由新亭直进，不易抵御，只好暂时回避，将来胜负，尚未可料，倘或回泊西岸，贼锋已靡，便容易成擒了。"遂常登城西望。起初尚未见寇踪，但觉烟波一碧，山水同青。百忙中叙此闲文，格外生色。俄而鼓声到耳，远远有敌船出没，引向新亭，不由得旁顾左右，略露忧容。嗣见敌船回泊蔡洲，乃变忧为喜道："果不出我所料。贼党虽盛，无能为了。"

原来徐道覆既入淮口，本拟由新亭进兵，焚舟直上。独卢循多疑少决，欲出万全，所以徘徊江中，既东复西。道覆曾叹息道："我终为卢公所误，事必无成。使我得独力举事，取建康如反掌哩。"一面说，一面拔碇西驶。

自卢、徐等回泊蔡洲，刘裕得从容布置，修治越城以障西南，筑查圃药园种芍药之所廷尉官寺所居，因以为名三垒，以固西鄙，饬冠军将军刘敬宣屯北郊，辅国将军孟怀玉屯丹阳郡西，建武将军王仲德屯越城，广武将军刘默屯建阳门外。又使宁朔将军索邈，仿鲜卑骑装，用突骑千余匹，外蒙虎斑文锦，光成五色，自淮北至新亭，步骑相望，壁垒一新。小子有诗咏道：

　　从容坐镇石头城，匕鬯安然得免惊。
　　可笑怯夫徒慕义，仓皇仰药断残生。

欲知卢、徐二贼，进退如何，且待下回分解。

观本回之叙刘裕，备述当时计议，益见其智勇深沉，非常人所可及。大岘山，南燕之险阻也，裕料慕容超之必不扼守，故冒险前进，因粮于敌，卒得成功。新亭，东晋之要害也；裕料卢循之必不敢进，故决计固守，效死勿去，卒能却寇。盖行军之道，必先知敌国之为何主，贼渠之为何人，然后可进可退，能战能守。彼何无忌、刘毅之轻战致败，孟昶之怯敌自戕，非失之躁，即失之庸，亦岂足与刘裕比耶？裕固一世之雄也，曹阿瞒后，舍裕其谁乎？

第 四 回

毁贼船用火破卢循　发军函出奇平谯纵

却说卢循、徐道覆回泊蔡洲,静驻了好几日,但见石头城畔,日整军容,一些儿没有慌乱。循始自悔蹉跎,派遣战舰十余艘,来攻石头城外的防栅,刘裕命用神臂弓迭射,一发数矢,无不摧陷,循只好退去。寻又伏兵南岸,使老弱乘舟东行,扬言将进攻白石。白石在新亭左侧,也是江滨要害,裕恐他弄假成真,不得不先往防堵。会刘毅自豫州奔还,诣阙待罪,安帝但降毅为后将军,令仍至军营效力,带罪图功。毅见了刘裕,未免自惭,裕却绝不介意,好言抚慰,即邀他同往白石,截击贼船,但留参军沈林子、徐赤特等,扼定查浦,令勿妄动。

及裕已北往,贼众自南岸窃发,攻入查浦,纵火焚张侯桥。徐赤特违令出战,遇伏败遁,单舸往淮北。独沈林子据栅力战,又经别将刘钟、朱龄石等,相继入援,贼始散去。卢循引锐卒往丹阳,裕闻报驰还,赤特亦至,由裕责他违令,斩首徇众。自己解甲休息,与军士从容坐食,然后出阵南塘,命参军诸葛叔度,及朱龄石分率劲卒,渡淮追贼。

龄石部下多鲜卑壮士,手握长矟,追刺贼众,贼虽各挟刀械,终究是短不敌长,靡然退去。龄石等亦收军而回。卢循转掠各郡,郡守皆坚壁待着,毫无所得,乃语徐道覆道:"我军已敝,不如退据寻阳,并力取荆州,徐图建康罢了。"兵法有进无退,一退便要送终了。乃留贼党范崇民,率众五千,踞守南陵,自向寻阳退去。

晋廷授刘裕太尉中书监,并加黄钺。裕受钺辞官,朝旨不许。裕表荐王仲德为辅国将军,刘钟为广川太守,蒯恩为河间太守,令与谘议参军孟怀玉等,率众追贼,自己大治水军,广筑巨舰,楼高十余丈,令与贼船相等。船既筑成,即派将军孙处、沈田子,领着百艘,由海道径袭番禺,直捣卢循老巢。诸将以为海道迂远,跋涉多艰,且自分兵力,尤觉非计。裕笑而不答,但嘱孙处道:"大军至十二月间,必破妖虏。卿为我先捣贼巢,使彼走无所归,不怕他不为我擒了。"料敌如神。孙处等奉令

第四回 毁贼船用火破卢循 发军函出奇平谯纵

去讫。

那卢循还入寻阳,遣人从间道入蜀,联结谯纵,约他夹攻荆州。纵复言如约,回应前回。一面向后秦乞师。秦主姚兴,封纵为大都督,兼相国蜀王,且拨桓谦助纵。桓谦奔秦,见第二回。纵令谦为荆州刺史,谯道福为梁州刺史,率众二万寇荆州。秦将军苟林,亦奉秦主兴命令,率骑兵往会,声势甚盛。

先是卢循东下,荆、扬二州,隔绝音问,荆州刺史刘道规,遣司马王镇之,与天门太守檀道济,广武将军到彦之,入援建业。途次与苟林相遇,正在交锋,忽由卢循等派兵接应,夹攻镇之,镇之败退。卢循厚犒秦军,并授苟林为南蛮校尉,分兵为助,令林进攻江陵。苟林系后秦将军,奈何受卢循封职,贪利若此,安得不死! 林遂入屯江津。桓谦沿途召募旧党,又集众至二万人,进据枝江。两寇交逼,江陵大震,士民多怀观望。刘道规默察舆情,索性大开城门,令士民自择去就,一面严装待寇。士民不禁悚服,无人出走,城中反觉安堵。道规权术可爱,不愧为刘裕弟。

时鲁宗之已升任雍州刺史,自襄阳率兵援荆。或谓宗之情不可测,独道规单骑出迎,导入城中,叙谈甚欢。竟留宗之居守,自领各军出讨桓谦,水陆并进,疾抵枝江。桓谦大陈舟师,与道规对仗。道规前锋为檀道济,首突谦阵,水陆各军,乘势随上,夹击桓谦,谦众大溃。道规鼓众力追,将谦射死,遂移军出江津,往攻苟林。林闻桓谦败死,未战先怯,望尘便遁。道规令参军刘遵,从后追赶,驰至巴陵,得将苟林围住,一鼓击毙。

遵回军报功,刘道规已返江陵,送归鲁宗之。蓦闻徐道覆统众三万,长驱前来,免不得谣言散布,安而复危。道规欲追召宗之,已是不及,只得部署各军,再出迎战。可巧刘遵得胜回来,遂命遵为游军,自至豫章口抵御道覆。道覆联舟直上,兵势张甚,遇着道规前队,兜头接仗,凭着一鼓锐气,横厉无前。道规督军力战,尚是退多进少。道覆兴高采烈,步步逼人,不防刘遵自外面杀到,把道覆麾下的兵舰,冲作两段。道覆顾前失后,顾后失前,禁不住慌张起来。遵与道规,并力夹击,斩贼首万余级,挤溺不算。道覆奔还湓口,江陵复安。

刘裕闻江陵无恙,贼众皆败,遂亲率刘藩、檀韶等南讨贼党。留刘毅监太尉府,委以内事。诸军方发,接得王仲德捷报,已逐去悍贼范崇民,夺还南陵。裕很是喜慰,溯流出南陵城,与王仲德等会师,进达雷池。好几日不见贼至,再进军大雷。

翌日黎明,方闻贼众趋至,由裕自登船楼,向西眺望,只见舳舻衔接,绵亘江心,几不知有多少战船。他仍不动声色,先拨步骑往屯西岸,嘱他备好火具,待时纵火,然后躬提幡鼓,悉发轻利斗舰,齐力向前。右军参军庾乐生,乘舰徘徊,立命斩首号令。于是各军争奋,万弩齐发,好在风又助顺,水亦扬波,把贼船逼往西岸。岸上早列着步兵,手执火具,各向贼船抛去。火随风炽,风助火威,霎时间烈焰飞腾,满江俱赤,贼船多半被毁,骇得贼众狂奔。卢、徐两贼,仓猝遁走,既还寻阳,复趋豫章,就左里竖起密栅,阻遏晋军。

裕大获胜仗,留孟怀玉守雷池,再督兵往攻左里,将到栅前,忽裕所执麾竿,无故自折,沉入水中。大众不禁惶惧,裕欣然道:"从前覆舟山一役,见第二回。幡竿亦折,今复如此,破贼无疑了!"无非稳定众心。遂易麾督攻,破栅直进。贼众虽然死战,始终招架不住,或饮刃,或投水,死亡至万余人。卢循孤舟驰去,余众多降。裕还至雷池,遣刘藩、孟怀玉追剿卢、徐,自率余军凯旋。安帝遣侍中黄门诸官,出郊迎劳,俟裕入阙,面加奖赏,授裕为大将军扬州牧,给仪卫二十人,裕又固辞。假惺惺做甚?略称卢、徐未诛,怎可受封?安帝乃收回成命。

那卢循收集散卒,尚不下万人,走还番禺。徐道覆退保始兴。始兴尚幸无恙,番禺早入晋军手中。晋将军孙处、沈田子等自海道袭番禺,番禺虽有贼党守着,毫不防备。处等率军掩至,天适大雾,咫尺不辨,及晋军四面登城,城中方才惊觉,百忙中如何对敌,顿时夺门逃散,有许多生得脚短的,都做了刀头鬼。处安抚旧民,捕戮贼渠亲党,勒兵谨守,全城大定。又遣沈田子等分击岭表诸郡,依次克复。

卢循闻巢穴被破,惊慌得了不得,忙率众驰攻番禺,由孙处独力固守,相持不下。刘藩、孟怀玉分追卢、徐,怀玉到了始兴,攻破城池,阵斩徐道覆;藩入粤境,正与沈田子遇着,即分军与田子,令救番禺。田子引兵至番禺城下,捣入循营,喊杀声震撼城中。孙处闻有援兵到来,也出兵助战。一场合击,杀死贼党数千名,循向南窜去。处与田子奋力追蹑,至苍梧、郁林、宁浦诸境,三战皆捷。循势穷力蹙,逃入交州,交州刺史杜慧度,发兵至龙编津,截循去路。循众尚有三千人,舟约数十艘,被

第四回　毁贼船用火破卢循　发军函出奇平谯纵

慧度掷炬纵火,毁去循船,岸上又飞矢如雨,无隙可钻。循自分必死,先鸩妻子,后杀妓妾,一跃入水,顷刻毙命。慧度命军士捞起循尸,枭取首级,传入建康。南方逆党,至此才平。了结卢、徐。

毁贼船用火破卢循

会荆州刺史刘道规,因病求代,晋廷遣刘毅往镇荆州,调道规为豫州刺史。道规在荆州数年,秋毫无犯,惠及人民。及调任豫州,未几即殁,荆人闻讣,相率流涕。有善必录。

刘毅自豫州败后,与刘裕同朝相处,外似逊顺,内益猜疑。裕素不学,毅独能文,所以朝右词臣,喜与毅相结纳。仆射谢混,丹阳尹郗僧施,往来尤密。及毅出镇荆州,多反道规旧政,檄调豫州文武旧吏,隶置麾下。且求兼督交广,请任郗僧施为南蛮校尉,毛修之为南郡太守。

刘裕在朝览表,一一允行,将军胡藩白裕道:"公谓刘将军终为公屈么?"裕沉吟半晌,方说道:"卿意如何?"藩答道:"统百万雄师,战必胜,攻必取,毅原愧不如公,若涉猎传记,一谈一咏,却自命为豪雄。近见搢绅文士,多半归附,恐未必终为公下!"裕微笑道:"我与毅协同规复,功不可忘,过尚未著,怎得无故害人?"仿佛郑庄之待叔段。藩默然趋出。

裕复因刘藩讨逆有功,擢任兖州刺史,出镇广陵。会毅在任遇疾,郗僧施劝毅上表,乞调藩为副帅。毅依言表闻,刘裕始有心防毅,佯从毅请,召藩入朝。藩自广陵入都,甫至阙下,即由裕饬令卫士,收藩下狱。并请得诏书,诬称刘毅兄弟,与仆射谢混,共谋不轨,立命并混拿下，与刘藩同日赐死。一面自请讨毅，刻日召集诸军，仗钺西征。真是辣手。

授前镇军将军司马休之为平西将军荆州刺史，随同前往，且遣参军王镇恶，龙骧将军蒯恩，带领前队军士，掩袭江陵。镇恶用轻舸百艘，昼夜兼行，伪充刘兖州旗号，直至豫章口，荆州人士，尚未知刘藩死状，总道是刘藩西来，绝不疑忌。镇恶舍舟登岸，径达江陵。刘毅探悉实信，急欲下关，已被王镇恶闯入，关不及键，兵不及甲，顿时全城鼎沸。毅率左右数百人，驰突出城，夜投佛寺，寺僧不肯收纳，仓猝缢死。镇恶搜得毅尸，枭首市曹，并将毅所有子侄，一并杀毙。

越数日刘裕军至江陵，捕杀郗僧施，宥免毛修之，宽租省调，节役缓刑，荆民大悦。遂留司马休之镇守江陵，自率大军还京师。

先是裕西行时，留豫州刺史诸葛长民，监太尉军府事，又加刘穆之为建威将军，使佐长民。长民闻刘毅被杀，私语亲属道："昔日醢彭越，今日斩韩信，恐我等亦将及祸了！"长民弟黎民献议道："刘氏灭亡，诸葛氏岂能独免？宜乘刘裕未归时，速图为是。"长民犹豫未决，潜问刘穆之道："人言太尉与我不平，究为何因？"穆之道："刘公溯流远征，以老母稚子委节下，若与公有嫌，怎肯出此？"

长民意终未释，复贻冀州刺史刘敬宣书，有共图富贵等语。敬宣竟寄与刘裕。裕阳言某日入都，长民等逐日出候，并未见到，不意裕夤夜入府，除刘穆之外，无人得闻。越日天晓，裕升堂视事，长民才得闻知，惊趋入门。裕下堂握长民手，屏人与语，备极欢洽。长民方欲告别，忽帐后突出壮士，抓住长民，把他勒死，舆尸付廷尉。长民弟黎民、幼民，及从弟秀之，均遭逮捕。黎民素来骁勇，格斗而死，幼民、秀之被杀。

当时都下传语道："勿跋扈，付丁旿。"看官道是何说？原来刘裕伏着的壮士，叫作丁旿。勒长民，毙黎民，统出旿手。大众畏他强悍，所以有此传闻。丁旿亦典韦流亚。

这且休表。且说刘裕既翦灭二憾，乃命朱龄石为益州刺史，令与宁朔将军臧熹，河间太守蒯恩，下邳太守刘钟等，率军二万，往讨西蜀。时人多谓龄石望轻，难当重任，裕独排众议道："龄石既具武干，又练吏职，此去必能成功。诸君不信，待后便知！"另眼看人。当下召入龄石，密谈数语，且付一锦函，上书六字道："待至白帝乃开。"龄石持函出都，溯江西行。诸将闻龄石受裕密计,究不知他如何进取,但一路随着,晓行夜宿。好容易到了白帝城,龄石乃披发锦函,但见函中藏有一纸,上面写着:

众军悉从外水取成都,臧熹从中水取广汉,老弱乘高舰,从内水向黄虎,速行不误。违令毋赦!

看官阅过前回,应知刘敬宣前时伐蜀,道出黄虎,无功而还。此次独令众军取道外水,明明是惩着前辙,改道行军。又恐蜀人预料,特令龄石派遣老弱,作为疑兵,牵制蜀人。复命臧熹从中水进兵,亦无非是分蜀兵势。伪蜀王谯纵,果疑晋军仍薄黄虎,急遣谯道福出守涪城,严防内水。那龄石已自外水趋平模,距成都只二百里,谯纵才得知晓。派秦州刺史侯晖,尚书仆射谯诜,率众万余,出屯平模对岸,筑城拒守。

天适盛暑,赤日炎炎,龄石颇费踌躇,与刘钟密商道:"今天时甚热,贼众据险自固,未易攻入,我拟休兵养锐,伺隙乃发,君意以为何如?"刘钟道:"此计错了!我军以内水为疑兵,所以谯道福出守涪城。今重军到此,出其不意,侯晖等虽然来拒,未免惊慌,我乘他惊疑未定,尽锐往攻,定可必胜。俟平模战克,鼓行西进,成都自不能守了。若顿兵不前,使他知我虚实,调涪军前来援应,并力拒守,我既不能进,又不能退,师老食绝,二万人将尽为蜀虏,岂不可虑!"龄石愕然道:"非君言,几误大事!"遂麾兵齐进,共集城下。

蜀人筑有南北城,北城倚山靠水,地阴兵多,南城较为平坦。诸将请先攻南城,龄石道:"攻坚难,抵瑕易,我能先拔坚城,贼众自靡,南城可以立取。这才是一劳永逸呢!"于是拥众攻北城,前仆后继,半日即下。侯晖谯诜,先后战死,蜀兵大败。龄石引兵趋南城,南城守卒,已经溃散,寂无一人。乃毁去二垒,舍舟步进。臧熹从中水趋入,阵斩蜀将谯抚之,击走蜀吏谯小苟,据住广汉,留兵戍守,自率亲军来会龄石。两军直向成都,势如破竹。

谯纵迭接败耗,吓得魂飞天外,急弃成都出去。纵女年仅及笄,涕泣谏纵道:"走必不免,徒自取辱,不若至先人墓前,一死了事。"纵不能从,辞墓即行,女竟撞死于墓侧。还是此女烈毅,可惜生于谯家。谯道福闻平模失守,自涪城还兵入援,途中与纵相遇,见纵狼狈情状,不禁忿忿道:"大丈夫有如此功业,一旦轻弃,去将安归!人生总有一死,有什么畏怯呢!"因拔剑投纵,掷中马鞍。纵情急奔避,左右四散,没奈何解带自经。巴西人王志,斩了纵首,献与龄石。

道福尽散金帛,犒赏军士,再拟背城一战,偏军士得了赏给,仍然散去。道福子身远窜,为巴民杜瑾所执,也送至龄石军前。龄石已入成都,搜诛谯纵亲属,余皆不问。及道福执至,因系谯氏宗族,亦枭示军门。

蜀尚书令马耽,封闭府库,留献晋军。龄石独徙耽至越嶲。耽叹息道:"朱公不送我入京,无非欲杀我灭口,我必不免了!"求荣反辱,虽悔曷追?乃盥洗而卧,引绳缢死。既而龄石使至,果来杀耽。见耽已死,戮尸归报。龄石驰书奏捷。诏命龄石进监梁、秦州六郡军事,赐爵丰城县侯。小子有诗咏道:

锦函授策似先知,外水长驱计独奇;
莫道蚕丛天险在,王师履险竟如夷!

龄石平蜀,谋出刘裕,当然叙功加封。欲知封赏大略,且至下回表明。

非刘裕不能破卢、徐,非刘裕不能平谯纵,卢循智过孙恩,徐道覆且智过卢循,往来江豫,盘踞中流,实为东晋腹心之大蠹。议者谓循之致败,误于不用徐道覆之言;然大雷一战,徐亦在列,胡不预备火攻,严师以待,且败走始兴,先循被杀。彼尝欲身为英雄,奈智不若刘裕何也!谯纵据有成都,负嵎自固,刘敬宣挫师黄虎,天险足凭。乃朱龄石等引军再进,多方误蜀,破竹直入,杀敌致果者为诸将,发纵指示者实刘裕。锦函之授,远睹千里,裕诚一枭杰矣哉!至若杀刘毅,杀诸葛长民,一挥手而两首悬竿,何其敏且速也!然讨卢循、徐道覆、谯纵,犹似近公,袭杀刘毅、诸葛长民,纯乎为私,司马昭之心,路人皆知,宁待至篡国后哉!

第 五 回

捣洛阳秦将败没　破长安姚氏灭亡

却说晋安帝加赏刘裕,仍申前命,授裕太傅扬州牧,加羽葆鼓吹二十人。裕只受羽葆鼓吹,余仍固辞。还要作伪。乃另封裕次子义真为桂阳县公。一门烜赫,父子同荣,不消细说。会司马休之子文思,入继谯王,宋书谓系休之兄子。性情暴悍,滥结党徒,素为裕所嫉视。文思又捶杀都中小吏,由有司上章弹劾,有诏诛文思党羽,贷文思死罪。休之在江陵闻悉,奉表谢罪。裕饬将文思执送江陵,令休之自加处治。休之但表废文思,并寄裕书,陈谢中寓讥讽意。裕由是不悦,使江州刺史孟怀玉,兼督豫州六郡,监制休之。

越年又收休之次子文质,从子文祖,并皆赐死。自领荆州刺史,出讨休之。留弟中军将军刘道怜,掌管府事,刘穆之为副。事无大小,皆取决穆之。遂率大军出都,溯江直上。

休之因上书罪裕,并联合雍州刺史鲁宗之,及宗之子竟陵太守鲁轨,抵御裕军。裕招休之录事韩延之,延之复书拒绝。乃使参军檀道济、朱超石,率步骑出襄阳,又檄江夏太守刘虔之,聚粮以待。道济等未曾得粮,虔之已被鲁轨击死。裕再使女夫振威将军徐逵之,偕参军蒯恩、王允之、沈渊子等,出江夏口,与鲁轨对垒。轨用埋伏计,诱击逵之,逵之遇伏阵亡。允之渊子赴援,亦皆战死。独蒯恩持重不动,全军退还。

刘裕闻报大怒,自率诸将渡江。鲁轨与司马文思,统兵四万,夹江为守,列阵峭岸。岸高数丈,裕军莫敢上登,彼此相觑。裕怒不可遏,自被甲胄,突前作跳跃状。诸将苦谏不从,主簿谢晦将裕掖住,气得裕头筋暴涨,瞋目扬须,拔剑指晦道:"汝再阻我,我将杀汝!"想为女婿被杀,因致如此。晦从容道:"天下可无晦,不可无公!"必欲留他篡晋耶!

裕尚欲上跃,将军胡藩,亟用刀头凿穿岸土,可容足指,蹑迹而上。随兵亦稍稍登岸,直前力战,轨众少却。裕麾军上陆,用着大刀阔斧,奋

第五回 捣洛阳秦将败没 破长安姚氏灭亡

杀过去,轨与文思,立即败溃。一走一追,直抵江陵城下。休之与鲁宗之、韩延之等,弃城皆走,独鲁轨退保石城。裕令阆中侯赵伦之、参军沈林子攻轨,另派内史王镇恶,领舟师追休之等。休之闻石城被攻,拟与宗之收军往援,哪知到了中途,遇轨狼狈奔来,报称石城被陷,乃相偕奔往襄阳。偏偏襄阳参军,闭门不纳,休之等无可奈何,俱西奔后秦。

是时司马道赐为休之亲属,与裨将王猛子密谋刺死青冀二州刺史刘敬宣,响应休之。敬宣府吏,即时起兵攻道赐,把他击毙,连王猛子亦砍作肉泥。青、冀二州,仍然平定。

刘裕奏凯班师,诏仍加裕为太傅扬州牧,剑履上殿,入朝不趋,赞拜不名。裕仍固辞太傅州牧,余暂受命。嗣又加裕领平北将军,都督南秦,凡二十二州,未几且晋封中外大都督。裕长子义符为兖州刺史,兼豫章公,三子义隆为北彭城县公,弟道怜为荆州刺史。

裕因后秦屡纳逋逃,决意声讨。后秦自姚苌僭位,传子姚兴,灭前秦,降后凉,在位二十二年,颇号强盛。兴死,长子泓嗣,骨肉相争,关中扰乱。详见《两晋演义》。裕乘机西征,加领征西将军,兼司、豫二州刺史,长子义符为中军将军,监留府事。刘穆之为左仆射,领监军中军二府军司,入居东府,总摄内外。司马徐羡之为副。左将军朱龄石守卫殿省。徐州刺史刘怀慎守卫京师。

裕将启行,分诸军为数道:龙骧将军王镇恶,冠军将军檀道济,自淮泗向许洛;新野太守朱超石,宁朔将军胡藩趋阳城;振武将军沈田子,建威将军傅弘之趋武关;建武将军沈林子,彭城内史刘遵考,率水军出石门,自汴达河。又命冀州刺史王仲德为征虏将军,督领前锋,开巨野入河。刘穆之语王镇恶道:"刘公委卿伐秦,卿宜勉力,毋负所委!"镇恶道:"我不克关中,誓不复济江!"当下各队出都,依次西进。刘裕在后督军,亦即出发,浩浩荡荡,行达彭城。

镇恶道济驰入秦境,所向皆捷。秦将王苟生举漆邱城降镇恶,刺史姚掌,举项城降道济。诸屯守俱望风款附,惟新蔡太守董遵守城不下。道济一鼓入城,将遵擒住,立命斩首。进克许昌,又获秦颍川太守姚垣,及大将杨业。

沈林子自汴入河,襄邑人董神虎来降,从林子进拔仓垣,收降秦刺史韦华。神虎擅还襄邑,为林子所杀。

王仲德水军渡河,道过滑台,滑台为北魏属地,守吏尉建庸懦,还道是晋军来攻,即弃城北走。仲德入滑台宣言道:"我军已预备布帛七万匹,假道北魏,不意北魏守将,弃城遽去,我所以入城安民,大众不必惊惶,我将自退。"魏主嗣接得军报,立命部将叔孙建、公孙表等,自河内向枋头,引兵济河。途遇尉建还奔,将他缚至滑台城下,投尸河中,仰呼城上晋兵,问他何故侵轶?仲德使人答语道:"刘太尉遣王征虏将军,自河入洛,清扫山陵,并未敢侵掠魏境,魏守将自弃滑台,剩得一座空城,王征虏借城息兵,秋毫无犯,不日即当西去,晋魏和好,始终守约,幸勿误会!"叔孙建也无词可驳,遣人飞报魏主。魏主又令建致书刘裕,裕婉辞致复道:"洛阳为我朝旧都,山陵俱在,今为西羌所据,几至陵寝成墟。且我朝罪犯,均由羌人收纳,使为我患。我朝因发兵西讨。欲向贵国假道,想贵国好恶从同,断不致有违言。滑台一军,自当令彼西引,愿贵国勿忧!"远交近攻,却是要着。魏主嗣乃令叔孙建等按兵不动,俟仲德退去,然后收复滑台。

晋将军檀道济领兵前驱,连下秦阳、荥阳二城,直抵成皋。秦征南将军陈留公姚洸屯驻洛阳,忙向关中求救。秦主泓遣武卫将军姚益男,越骑校尉阎生,

合兵万三千人,往援洛阳。又令并州牧姚懿,南屯陕津,遥作声援。姚益男等尚未到洛,晋军已降服成皋,进攻柏谷。秦将军赵玄,在洸麾下,先劝洸据险固守,静待援兵。偏司马姚禹,暗向晋军输款,促洸发兵出战。洸即遣赵玄率兵千余,南出柏谷坞,迎击晋军。玄泣语洸道:"玄

受三主重恩,有死无二,但明公误信谗言,必致后悔!"说毕,麾旗趋出,与行军司马蹇鉴,驰往柏谷,兜头遇着晋龙骧司马毛德祖,带兵前来,两下不及答话,便即交战,自午至未,杀伤相当,未分胜负。那晋军越来越多,玄兵越斗越少,再战了好多时,玄身中十余创,力不能支,呕血无数,据地大呼。司马蹇鉴抱玄泣下,玄凄声道:"我创已重,自知必死,君宜速去!"鉴泣答道:"将军不济,鉴将何往?"玄再呼毕命。鉴拔刀死战,格毙晋军数人,亦自刎而亡。为主捐躯,不失为忠。毛德祖杀尽玄兵,直捣洛阳。檀道济亦至,四面围攻。洛阳司马姚禹,即逾城出降。姚洸无法可施,也只好举城奉献,作为贽仪。道济俘得秦兵四千余名,或劝道济悉数坑毙,作为京观,道济道:"伐罪吊民,正在今日,何用多杀哩!"因皆释缚遣归,秦人大悦,相率趋附。

秦将军姚益男、阎生等闻洛阳已陷,不敢进兵,退还关中。秦廷惶急得很,偏并州牧姚懿,到了陕津,听了司马孙畅的计议,反攻长安。秦主泓急令东平公姚绍等,往击姚懿,懿败被擒,畅亦伏诛。既而征北将军齐公姚恢,又复自称大都督,托言入清君侧,进关西向。秦主又飞召姚绍等击恢,恢亦败死。看官听说!这姚懿为秦主泓母弟,姚恢乃秦主泓诸父,本来休戚相关的至亲,乃国危不救,反且倒戈内逼,试想姚氏至此,阋墙构变,不顾外侮,还能保全国家么?当头棒喝。恢、懿等虽然伏法,秦兵已伤了一半。

晋太尉刘裕且引水军发彭城,留三子彭城公义隆居守,兼掌徐、兖、青、冀四州军事,自督大兵西进。

王镇恶入渑池,趋潼关,檀道济、沈林子自陕北渡河,进攻蒲阪。秦东平公姚绍,升任鲁公,进官太宰,督武卫将军姚鸾等,率步骑五万援潼关,别遣副将姚驴救蒲阪,道济、林子攻蒲阪不克,林子语道济道:"蒲阪城坚兵众,未易猝拔,不若往会镇恶,并力攻潼关,潼关得手,蒲阪可不战自下了。"道济依言,移军往潼关,与镇恶会师合攻。姚绍开关出战,由道济、林子等奋击,大破绍兵,斩获千数。绍退屯定城,据险固守,令姚鸾屯兵大路,堵截晋军粮道。晋沈林子夜率锐卒,突入鸾营,鸾措手不及,竟为所杀。余众数千人,立时扫尽。姚绍又遣东平公姚赞出师河上,断晋水道,复被沈林子击败,奔还定城。

秦兵累败,急得秦主泓不知所为,忙遣人向魏乞援。泓有女弟西平公主,曾适北魏为夫人。北魏主拓拔嗣,正欲发兵,可巧刘裕溯河西上,亦有假道书传入,累得北魏主左右两难,不得不集众会议。左右齐声道:"潼关号称天险,刘裕用水军攻关,必难得志,若登岸北侵,便较容易。况裕虽声言伐秦,志不可测,今日攻秦,安知他日不来攻我,我与秦固为婚媾国,更当相救,宜发兵断河上流,勿使得西。"博士祭酒崔浩,独抗言道:"不可不可!刘裕早蓄志图秦,今姚兴已死,子泓懦弱,国内多难,势已岌岌,裕大举入秦,志在必克。我若遏他上流,裕心忿戾,必上岸北侵,是我转代秦受敌呢!为今日计,不若假裕水道,听裕西上,然后用兵塞住东路。裕若克捷,必感我假道,断不与我为仇,否则我亦有救秦美名,这才是一举两得的上策,况且南北异俗,就使我国家弃去恒山以南,俾裕占据,裕亦不能驱吴、越士卒,与我争河北地,可见是不足为患哩!"

魏主始终以为疑,且因左右啧有烦言,夫人拓拔氏亦在内吁请,乃遣司徒长孙嵩督领山东诸军事,率同将军娥清,刺史阿薄干屯河北岸。遇有晋军船被风漂流,由南至北,辄加杀掠。

裕遣兵往击,魏人即去,及晋兵退还,魏人又来。裕因遣亲军队长丁旿,率勇士七百人,坚车百乘,渡往北岸。上岸百余步,列车为阵,每车内置勇士七人,总竖一帜,用旄为饰,叫作白旄。魏人莫名其妙,只眼睁睁地望着,忽见白旄高举,由晋将军朱超石,领着二千人过来,赍了连臂弓百张,分登车上,一车增二十人。魏都督长孙嵩,恐晋军进逼,乃用先发制人的计策,麾众三万骑,来攻车阵。晋军发矢迭射,伤毙魏兵不少。但魏兵抵死不退,四面猛扑,血肉齐飞。突见晋军取出两般兵器,迎头痛击,一件是数十斤重的大锤,一件是三四尺长的短槊,锤过处头颅粉碎,槊截处胸脊洞穿,更兼车高临下,容易击人,魏兵招架不住,当然倒退。哪知车阵展开,四面蹂躏,魏兵稍一缓行,即被撞倒,碾入车下,肠破血流。长孙嵩娥清,拨马逃脱,阿薄干迟了一步,马蹶仆地,立被踏死。至此才知车阵厉害。还有晋将军胡藩、刘荣祖等,也来援应超石,追击至数十里外,斩获千计。及魏兵退入平城,才收兵南旋。魏主闻败,始悔不用崔浩言,但已是无及了。

惟王镇恶等驻扎潼关,食尽兵器,意欲遁还,沈林子拔剑击案道:"今许洛已定,关右将平,奈何自沮锐气,致隳前功!况前锋为全军耳

第五回　捣洛阳秦将败没　破长安姚氏灭亡

目,前锋一退,后军必靡,怎得成功!"镇恶乃遣使白裕,乞即济粮。裕本令镇恶等静待洛阳,与大军齐进,镇恶等贪利邀功,径趋潼关,已为裕所介意,况正与魏人交战,也无暇顾及镇恶,镇恶得去使返报,无粮可济,乃自至弘农劝谕百姓,令他赍送义租。百姓应命输粮,军乃得食,众心方定。林子复击破河北秦军,斩秦将姚洽、姚墨蠡、唐小方,因遣人驰报刘裕道:"姚绍气盖关中,今一蹶不振,命且垂尽,恐不得膏我铁钺,但姚绍一死关中无人,取长安如反掌了!"果然不到数日,姚绍愤恚成疾,呕血而死,把军事付与东平公姚赞。赞引兵袭沈林子,为林子所料,设伏击退。

既而沈田子、傅弘之得入武关,进屯青泥,秦主泓自率步骑数万,往击田子。田子麾下,本非正兵,但率游骑千余人,袭破武关,至此闻姚泓亲至,并不畏避,反欲上前迎击。傅弘之以众寡不敌,劝令暂避。田子慨然道:"兵贵用奇,不在用众,且今众寡相悬,势不两立,苦彼结营既固,前来困我,我从何处逃命!不如乘他初至,营阵未立,先往杀入,尚可图功。"说至此,即策马先往。弘之亦从后继进,约行数里,便见秦军漫山遍野,徐徐而来。田子慨然誓众道:"诸君冒险远来,正求今日一战,若幸得战胜,拜将封侯,就在此举了!"士卒踊跃争先,各执短兵临阵,鼓噪齐进。古人说得好,一夫拼命,万夫莫当,况田子有兵千人,一当十,十当百,任他数万秦军,尚不值千人一扫。秦主泓未经劲敌,骤见晋军这般犷悍,正是见所未见,不由得魂驰魄散,易马返奔。主子一走,全军四溃,倒被田子追杀一阵,斩馘万余级,连秦王乘舆法物,也一并夺来。

刘裕到了潼关,正虑田子兵少,亟遣沈林子带兵数千,自秦岭赴援。到了青泥,秦主已经败去,乃相偕追入。关中郡县多望风迎降。田子陆续报捷,刘裕大喜。

将军王镇恶愿统水军自河入渭,径捣长安,裕允令前往。镇恶行至泾上,正值秦恢武将军姚难,与镇北将军姚强,会师拒战。镇恶使毛德祖进击,秦兵皆溃,强死难遁。秦主泓自屯逍遥园,使姚赞屯灞东,胡翼度屯石积,姚丕屯渭桥。镇恶溯渭直上,所乘皆蒙冲小舰,水手俱在舰内,秦人见它行驶如飞,并无水手,统惊为神助。及镇恶到了渭桥,令军士食毕,各持械登岸,落后者斩。霎时间大众毕登,舰皆随流漂去,不知所向。仿佛是破釜沉舟。镇恶申谕士卒道:"我辈俱家居江南,今至长安北门,去家万里,舟楫衣粮,统已随水漂没,若进战得胜,功名俱显,否则骸骨不返,无他希望了!愿与诸君努力,一决死生!"众齐声应命,激响如雷。镇恶身先士卒,持槊直前,众皆竞进,奋击姚丕。丕军大败,向西乱窜。

那冒冒失失的秦主姚泓,方引兵来援,巧值丕军败还,自相践踏,不战即溃。王镇恶追杀过去,乱杀乱剁,如刈草芥。秦镇西将军姚谌,前军将军姚烈,左卫将军姚宝安,散骑常侍王帛,扬威将军姚蚝,尚书右丞孙玄等,并皆战殁。秦主泓单骑还都。王镇恶追入平朔门,泓挈妻子奔石桥。姚赞引众救泓,众皆溃去,胡翼度走降晋军。晋军驰至石桥,将泓围住,泓束手无策,只好送款乞降。泓子佛念,年才十二,涕泣语泓道:"陛下今欲降晋,晋人将甘心陛下,终必不免,请自裁决为是!"泓怃然不应。佛念遂登宫墙,一跃而下,脑裂身亡。不亚蜀北地王刘谌,尤难得是少年殉国。泓率妻子及群臣,诣镇恶营前请降,镇恶命属吏收管,待刘裕入城处置。城中居民六万余户,由镇恶出示抚慰,号令严肃,阖城安堵。

越数日,刘裕统军入长安,镇恶出迎灞上,裕面加慰劳道:"成吾霸业,卿为首功!"镇恶拜谢道:"这都仗明公威灵,诸将武力,所以一举成功,镇恶有何功足称呢?"裕笑道:"卿亦欲学汉冯异么?"遂与镇恶并辔入城。嗣闻镇恶盗取库财,不可胜纪,亦置诸不问。收秦彝器浑仪、土圭、记里鼓、指南车等,送入京师,其余金帛财宝,悉分给将士。

秦镇东将军平原公姚璞,与并州刺史尹昭,以蒲阪降,抚军将军东平公姚赞,率姚氏子弟百余人,亦诣军门投诚。裕不肯赦免,一律处斩,且解送姚泓入都,戮诸市曹,年才三十。小子有诗叹道:

嗣祚关中仅二年,东师一入即颠连。

河山破碎头颅陨,弱主由来少瓦全。

裕既灭秦,再索逃犯司马休之等人。究竟捕获与否,容至下回再叙。

司马休之并无逆迹,第为文思所累。得罪刘裕,遂致江陵受祸,西走入秦。秦虽屡纳逋逃,然所纳诸人,皆刘裕之私仇,非东晋之公敌,来者不拒,亦仁人所有事

第五回 捣洛阳秦将败没 破长安姚氏灭亡

耳。史称秦主泓孝友宽和,尊师好学,似亦一守文之主,误在仁柔有余,英武不足,内变未靖于萧墙,外侮复迫于疆场,卒至泥首献阙,被戮市曹,弱肉强食,由来已久,固无所谓公理也。王镇恶、沈田子等,助裕攻

秦,冒险入关,不可谓非智勇士;然立功最巨,致死最速,以视赵玄寔鉴,且有愧色矣!良禽择木而栖,良臣择主而事,彼王、沈诸徒,胡甘为许褚、典韦之流亚,而求荣反辱耶!读此当为一叹。

第 六 回

失秦土刘世子逃归　移晋祚宋武帝篡位

却说司马休之、鲁宗之、韩延之等曾奔投后秦。秦为晋灭，宗之已死，休之等见机先遁，转入北魏，北魏各给官阶，使参军政。休之寻卒，子文思及鲁轨等，遂为魏臣。刘裕大索不获，只好罢休。晋廷已遣琅琊王司马德文，与司空王恢之，先后至洛，修谒五陵。刘裕欲表请迁都，仍至洛阳，王仲德谓劳师日久，士卒思归，迁都事未可骤行，裕乃罢议。晋廷已加授裕为相国，总掌百揆，封十郡为宋公，备九锡礼，裕又佯辞不受。再进爵为王，增封十郡，裕仍表辞。封爵虽崇，终未满意。更欲进略西北，为混一计，忽由京中递到急报，乃是前将军刘穆之，得病身亡，禁不住惊惶悲恸，泪下数行。

穆之为裕心腹，自裕西征后，内总朝政，外供军需，决断如流，事无壅滞。属吏抱牍入白，盈阶满室，经穆之目览耳听，手批口酬，不数时便即了清。平时喜交名士，座上常满，谈答无倦容。又食必方丈，未尝独餐，尝语刘裕道："仆家贫贱，养生多阙，蒙公宠遇，得叨禄位，朝夕所须，未免过丰，此外一毫不敢负公！"裕当然笑允，始终倚任不疑。每届出师，无论国事家事，悉数委托，穆之极尽心力，勉图报效。及九锡诏下，穆之未曾与谋，闻由行营长史王弘，奉裕密旨，自来讽请，因此不免怀惭。刘裕讽求九锡，又复表辞，何其鬼祟若此？嗣是愧惧成疾，竟致逝世。比荀彧尚觉勿如。

刘裕失一良佐，恐根本无托，决意东归，留次子义真为安西将军，都督雍梁秦州军事，镇守关中。义真年才十三，少不更事。关中重地，偏留稚子居守，未知何意？裕令咨议将军王修为长史，王镇恶为司马，沈田子、毛德祖、傅弘之为参军从事，留辅义真，自率各军东还。三秦父老，闻裕整装欲返，俱诣军门泣请道："残民不沾王化，已阅百年，今复得睹汉仪，人人相贺。长安十陵，是公家祖墓，指汉高以下十陵。咸阳宫阙，是公家旧宅，舍此将何往呢？"裕亦黯然欲涕，随即慰谕道："我受命朝廷，不得擅留,诸君诚意可感,今由次子义真及文武贤才,共守此土,汝等勉与安居,谅不至有意外变动呢!"大众乃退。

沈田子忌镇恶功,屡言镇恶家住关中,不可保信,至是复与傅弘之同入白裕。裕答道:"猛兽不如群狐,这是古人名论。今留卿等文武十余人,统兵逾万,难道还怕一王镇恶么?"既知军将相忌,奈何不为之防,反导之使乱,想是篡弑心急,故不遑远图。语毕即行,自洛入河,开汴渠以归。

当时后秦西北,有统万城,为夏主赫连勃勃根据地。勃勃本姓刘,父名卫辰,建牙代他,卫辰为北魏所灭,勃勃奔至后秦,秦授他为安北将军,使镇朔方。秦魏通好,勃勃背秦自主,僭称夏王,改姓赫连氏,屡寇秦边。及闻刘裕入秦,顾语群臣道:"裕此行必得关中,但不能久留,若留子弟及将吏戍守,必非我敌,我取关中不难了!"乃秣马厉兵,进据安定,收降岭北郡县。刘裕曾遗勃勃书,约为兄弟,勃勃含糊答复。裕不遑西顾,仓猝东归。勃勃即遣子璝率后二万,南向长安,使前将军赫连昌出潼关,长史王买德出青泥,自率大军为后继。

关中守将沈田子与傅弘之督兵出御,因闻夏兵势盛,不敢向前,退屯留回堡,遣使还报王镇恶等。镇恶语王修道:"刘公以十岁儿付我侪,应该竭力夹辅,乃大敌当前,拥兵不进,试问将如何退敌呢?"镇恶为裕出力,虽事非其主,但不负委托,心术尚可节取。遂遣还来使,自率部曲往援。

田子得使人返报,益恨镇恶,当下造出一种讹言,谓镇恶欲尽杀南人,送归义真,自据关中为王。这语一传,此唱彼和,几乎众口同声。惟镇恶尚未得闻,匆匆至留回堡,与田子会议军情。田子邀镇恶至弘之营,托言有密计相商,请屏左右。镇恶不知有诈,单骑驰入,突由田子族党沈敬仁,驱兵杀出,竟将镇恶砍死幕下。

田子即矫称刘太尉密命,饬诛镇恶。镇恶本前秦王猛孙,南奔依裕,裕一见如故,擢为参军,任至上将,前进谗言,后起讹传,原因从此处补出。至是为田子所杀。弘之未免惊惧,奔告义真,义真急召王修计事。修拥义真被甲登城,潜令亲军埋伏城外,从容待变。俄见沈田子率数十骑到来,即在城上遥呼,问以镇恶情状。田子下马答词,才说出"镇恶造反"四字,那伏兵已经尽发,立将田子拿下。王修责他擅戮大将,立命枭首。实是该死。一面令冠军将军毛修之代为安西司马,与傅弘之等同出拒战。一败赫连璝于池阳，再破夏兵于寡妇渡，斩获甚众，夏人乃退。

刘裕还镇彭城，未曾入朝，闻王镇恶被害，上表朝廷，请追赠镇恶为左将军青州刺史。并令彭城内史刘遵孝为并州刺史，兼领河东太守，出镇蒲阪。征荆州刺史刘道怜为徐、兖二州刺史，调徐州刺史刘义隆出镇荆州，以到彦之、张邵、王昙首、王华等为参佐。义隆年少，府事皆决诸张邵。裕又召谕义隆道："王昙首器度深沈，真宰相才，汝当遇事咨询，自不致有误事了。"义隆应命而去。

忽又接到关中急报，长安大乱，夏兵四逼，顿令这雄毅沉鸷的刘寄奴，也不免惶急起来。原来刘义真年少好狎，昵近群小，赏赐无节，王修每加裁抑，激成众怨，遂交谮王修道："王镇恶欲反，为沈田子所杀，王修又杀沈田子，难道是不欲反么？"义真始尚未信，继经左右浸润，竟信以为真，遽遣嬖人刘乞等，刺杀王修。修既刺死，人情惶骇，长安城中，一日数惊。义真悉召外军入卫，闭门拒守。夏兵伺隙复来，秦民相率迎降，郡县多为夏有。赫连勃勃入据咸阳，截断长安樵汲，义真大惧，飞使求援。刘裕急遣辅国将军蒯恩，率兵速往，召还义真。一面派右司马朱龄石为雍州刺史，代镇关中。龄石临行，裕与语道："卿若抵长安，可饬义真轻装速发，既出关外，然后徐行，若关右必不可守，可与义真俱归便了。"先时若果加慎，何至狐埋狐搰。

龄石既去，又遣中书侍郎朱超石，宣慰河洛，随后继进。蒯恩先入长安，促义真整装东归，义真摒挡行李，悉集服货珍玩，足足收拾了三五天，及龄石驰至，尚未启程。龄石一再敦促，乃出发长安，义真左右，又趁势掠夺财物，并强劫美色妇女，尽载车上，方轨徐行。途次得着警耗，乃是夏世子赫连璝，率兵三万，从后追来，傅弘之急白义真道："刘公有命，令速出关，今辎重杂沓，一日行不过十里，虏骑复将追至，如何抵御？请即弃车轻行，方可免祸。"义真怎肯割舍辎重，其余亲吏，尚且贪心不足，更不愿从弘之言，仍然徐徐而行。猛听得几声胡哨，从后吹来，回头一望，那夏兵似蜂蚁一般，疾趋而至。弘之急令义真先行，自与蒯恩断后，力拒夏兵。夏兵先被击却，俟傅、蒯两人东行，又复追蹑。傅弘之、蒯恩，走一程，战一场，一日数战，累得人困马乏，无从休息；再经义真等尚在前面，辎重车行得甚慢，又不好抢前越行。好容易得到青泥，天色

第六回　失秦土刘世子逃归　移晋祚宋武帝篡位

将晚,斜刺里杀出一支敌兵,敌帅就是夏长史王买德。接应上文。看官,你想此时的傅弘之、蒯恩,还能支撑得住么？弘之拼着一死,奋力再战,蒯恩也是死斗,被

夏兵围绕数匝,用箭射倒两人坐马,相继擒去;部兵亦无一得免。还有司马毛修之,因与义真相失,四处寻觅,冤冤相凑,遇着了王买德,亦为所擒。义真逃匿草中,左右尽散,辎重车统已失去,形单影只,备极凄凉。服货尚在否？珍宝无恙否？我愿一问。天已昏黑,辨不出路径,眼见是死多活少。偶闻有人相呼,声音甚熟,乃匍匐出来,见是参军段宏,喜极而泣。宏将义真束诸背上,策马飞遁,始得脱归。

赫连勃勃进攻长安,长安人民,逐走朱龄石,龄石焚去宫殿,出奔潼关,偏被赫连昌截住,进退无路,束手就擒。朱超石即龄石弟,趋至蒲阪,往探龄石,亦为夏人所执,送至勃勃军前,同时被杀。勃勃闻傅弘之骁勇,迫令投降,弘之不屈。勃勃因天气严寒,褫弘之衣,裸置雪窖中,弘之叫骂而死。勃勃遂入长安,据有关中。

刘裕得青泥败耗,未知义真存亡,投袂而起,即欲出师报怨,侍中谢晦等固谏,尚未肯从。会得段宏驰报,知已救出义真,乃不复发兵,可见他全然为私。但登城北望,慨然流涕罢了。义真还至彭城,降为建威将军兼司州刺史。进段宏为黄门郎,领太子右卫率。召刘遵考东还,令毛德祖接替,退戍虎牢。为德祖被擒伏案。嗣闻勃勃称帝,也不禁雄心思逞,想与勃勃东西并峙,做一个江南天子,聊娱晚年。于是相国宋公的荣封,也承受了,九锡殊礼,也接领了,尊继母萧氏为宋公太妃,世子义

符为中军将军,副贰相国府,用太尉军咨祭酒孔靖为宋国尚书令,青州刺史檀祗为领军将军,左长史王弘为仆射,从事中郎傅亮、蔡廓为侍中,谢晦为右卫将军右长史,郑鲜之为参军,殷景仁为秘书郎。此外僚属,均依晋朝制度,差不多似晋宋分邦,彼此敌体;独孔靖不愿受职,慨然辞去。气节可嘉。

裕按据谶文,谓昌明后尚有二帝。昌明系晋孝武帝表字,安帝承嗣孝武,尚止一代,似晋祚不致遽绝,当还有一个末代皇帝。数不可违,时难坐待,只得想出一法,密嘱中书侍郎王韶之,入都行计。看官道是何策?乃是使王韶之贿通内侍,要做那篡逆的大事。语有筋节。

琅琊王司马德文系是晋安帝母弟,自谒陵还都,谒陵见上。见刘裕权位日隆,已恐他进逼安帝,随时加防。每日入值宫中,小心检察,就是安帝饮食,亦必尝而后进,所以王韶之等无隙可乘,安帝尚得苟活数天。不料安帝命数该绝,致德文无端生病,出居外第,那时韶之正好动手,指挥内侍,竟将安帝揪住,用散衣作结,硬将安帝勒毙。是可忍,孰不可忍!

当下托言安帝暴崩,传出遗诏,奉德文即皇帝位。德文亦明知有变,怎奈宫廷内外,已都是刘裕爪牙,孤身如何发作,只好得过且过,权登帝座。史家称他为晋恭帝。越年改安帝元兴年号,称为元熙元年,立王妃褚氏为后,依着历代故例,大赦天下,加封百官。再进封刘裕为宋王,又加给十郡采邑。裕此时是老实受封,徙都寿阳,嗣复讽令朝臣,申加殊礼。恭帝不敢违慢,更命裕得戴冕旒,建天子旌旗,出警入跸,乘金根车,驾六马,备五时副车,乐舞八佾,设钟簴宫悬,进王太妃为太后,世子为太子,居然与晋朝无二了,是古来所未有。

勉强过了一年,裕已六十有五岁,自思来日无多,急欲篡位,时又不好启口,只得宴集群臣,微示己意。酒至半酣,乃掀须徐语道:"桓玄篡国,晋祚已移,我倡义兴复,平定四海,功成业著,始邀九锡,今年将衰迈,备极宠荣,物忌盛满,自觉不安,现欲奉还爵位,归老京师,卿等以为何如?"群臣听了,尚摸不着头脑,只得随口敷衍,把那功德巍巍、福寿绵绵的谀词,说了数十百言,但见裕毫无喜容,反露出一种惆怅的形状。实是闷闷。群臣始终不解,挨至日暮散席,方各散去。

中书令傅亮,已出门外,忽恍然悟道:"我晓得了!"还算汝有些聪明。遂又转身入,门已下扃,特叩扉请见,面白刘裕道:"臣暂应还都。"裕不

第六回　失秦土刘世子逃归　移晋祚宋武帝篡位

禁点首,面有喜色。亮知已猜着裕意,便即辞出;仰见天空现一长星,光芒烛天,因拊髀长叹道:"我常不信天文,今始知天象有验了!"越日即驰赴都中。

刘裕遣发傅亮,专待好音。过了数日,果有诏旨到来,召令入辅,裕留四子义康镇寿阳,命参军刘湛为长史,裁决府事,自率亲军即日启行。才入京师,傅亮已遍结朝臣,迫帝禅位,自具诏草,呈入恭帝。恭帝览毕,语左右道:"桓玄跋扈,我晋朝已失天下,幸赖刘公恢复,统绪复延,迄今将二十年,我早知有今日,禅位也是甘心呢。"遂操笔为书,令裕受禅。越日即传出赤诏,略云:

  咨尔宋王,夫玄古权舆,悠哉邈矣,其详靡得而闻。爰自书契,降逮三五,莫不以上圣君四海,止戈定大业;然则帝王者宰物之通器,君道者天下之至公。昔在上叶,深鉴兹道,是以天禄既终,唐、虞勿得传其嗣;符命来格,舜、禹不获全其谦。所以经纬三才,澄叙彝化,作范振古,垂风万叶,莫尚于兹。自是厥后,历代弥劭,汉既嗣德于放勋,魏亦方轨于重华,谅以协谋乎人鬼,而以百姓为心者也。昔我祖宗钦明,辰居其极,而明晦代序,盈亏有期,鞠商兆祸,非惟一世,曾是弗克,矧伊在今,天之所废,有自来矣。惟王体上圣之姿,苞二仪之德,明齐日月,道合四时。乃者社稷倾覆,王拯而存之,中原芜梗,又济而复之。自负固不宾,干纪放命,肆逆滔天,窃据万里,靡不润之以风雨,震之以雷霆,九伐之道既敷,八法之化自理,岂徒博施于民,济斯黔庶? 固以义洽四海,道盛八荒者矣。至于上天垂象,四灵效征,图谶之文既明,人神之望已改,百工歌于朝,庶民颂于野,亿兆忻踊,倾伫惟新,自非百姓乐推,天命攸集,岂伊在予所得独专? 是用仰祈皇灵,俯顺群议,敬禅神器,授帝位于尔躬,大祚告穷,天禄永终。于戏! 王其允执厥中,敬遵典训,副率土之嘉愿,恢洪业于无穷,时膺休祐,以答三灵之眷望。此咨!

这诏传出,遂由光禄大夫谢澹,尚书刘宣范,奉着皇帝玺绶,送交宋王刘裕。复附一禅位书云:

  盖闻天生蒸民,树之以君;帝皇寄世,实公四海。崇替系于勋德,升降存乎其人,故有国必亡,卜年著其数;代谢无常,圣哲握其符。昔在上世,三圣系轨,畴哲四岳以弘揖让,惟先王之有作,永垂范于无穷。及刘氏致禅,实尧是法,有魏告终,亦宪兹典,我世祖所以抚归运而顺人事,乘利见而定天保者也。乃道不常泰,戎夷乱华,丧我洛京,蹙国江表,仍遘否运,沦没相因,逮于元兴,遂倾宗祀。幸赖神武光天,大节宏发,匡复我社稷,重造我国家,内纾国难,外播弘略,诛大憝于汉阳,逋僭盗于沂渚,澄氛西岷,肃清南越,再静江湘,拓定樊沔。若乃永怀区宇,思一声教,王师首路,则伊洛澄流,棱威崤潼,则华岳寒霭,伪酋衔璧,咸阳即叙,虽彝器所铭,诗书所咏,庸勋之盛,莫之与京也。遂偃武修文,诞敷德政,八统以驭万民,九职以刑邦国,思兼三王以施四事,故信著幽显,义感殊方。朕每敬维道勋,永察符运,天之历数,实在尔躬。是以五纬升度,屡示除旧之迹,三光协数,必昭布新之祥,图谶祯瑞,皎然斯在。昔土德告沴,传祚于我有晋,今历运改卜,永终于兹,亦以金德而传于宋。仰四代之休义,鉴明昏之定期,询于群公,爰逮庶尹,佥曰休哉,罔违朕志。今遣使持节兼太保散骑常侍光禄大夫谢澹,兼太尉尚书刘宣范,奉交皇帝玺绶,受终之礼,一如唐虞汉魏故事。王其允答神人,君临万国,时膺灵祉,酬于上天之眷命!

刘裕得禅位书,尚且上表陈让,佯作谦恭。那时晋恭帝已被逼出宫,退居琅琊王旧第,百官送旧迎新,洋洋得意,惟秘书监徐广犹带哀容。也是无益。刘裕三揖三让,还是装腔作势。太史令骆达,掇拾天文符瑞数十条,作为宋王受命的证据,裕乃筑坛南郊,祭告天地,还宫御太极殿,受百官朝贺,颁制大赦。改晋元熙二年为宋永初元年,封晋帝为零陵王,迁居故秣陵城。令将军刘遵考率兵防卫,明明是管束故主的意思。小子有诗叹道:

洛阳当日归夷虏,江左残邦付贼臣,
剩得秣陵一片土,留埋亡国主人身。

宋主裕既即帝位,当然有尊亲酬庸的典礼。欲知详情,请看官续阅下回。

刘裕数子,年皆童稚,裕各令为镇帅,岂不知其不能胜任,而漫为出此者,有二因焉:一则为分封子姓之预备;二则为镇压将吏之先机。裕之帝制自为,目无晋室也,盖已久矣,然稚子究未能守土,虚声亦宁足制人,观关中之乍得乍失,自丧爪牙,几至委义真于强虏之手,天下事之专欲难成者,何一不可作如是观耶?至若胁晋禅位,由渐而进,始则佯为逊让以欺人,继则实行篡弑以盗国,其心术之狡鸷,比操懿为尤甚,魏晋已导于前,裕乃起而踵于后,青出于蓝,冰寒于水,固非偶然也。顾晋之得国也如是,其失国也亦如是,天道好还,司马氏其固甘心哉!

第 七 回

弑故主冤魂索命　丧良将胡骑横行

却说宋主刘裕开国定规,追尊父刘翘为孝穆皇帝,母赵氏为穆皇后,奉继母萧氏为皇太后,追封亡弟道规为临川王。道规无嗣,命道怜次子义庆过继,承袭封爵,晋封弟道怜为长沙王。故妃臧氏,即臧熹姊。已于晋安帝义熙四年,病殁东城,追册为后,予谥曰敬,立长子义符为皇太子,封次子义真为庐陵王,三子义隆为宜都王,四子义康为彭城王。加授尚书仆射徐羡之为镇军将军,右卫将军谢晦为中领军,领军将军檀道济为护军将军。从前晋氏旧吏,宣力义熙,与宋主预同艰难,一依本秩;惟降始兴、庐陵、始安、长沙、康乐五公为县侯,令仍奉晋故臣王导、谢安、温峤、陶侃、谢玄宗祀。晋临川王司马宝亦降为西丰县侯。进号雍州刺史赵伦之为安北将军,北徐州刺史刘怀慎为平北将军,征西大将军杨盛为车骑大将军。又封西凉公李歆为征西大将军,西秦主乞伏炽磐为安西大将军,高句丽王高琏为征东大将军,百济王扶余映进为镇东大将军,蠲租省刑,内外粗安。

西凉公李歆,相传汉前将军李广后裔,父名暠,曾臣事北凉,任敦煌太守,后来自称西凉公,与北凉脱离关系,取得沙州、秦州、凉州等地,定都酒泉。暠殁歆嗣,曾遣使至江东,报称嗣位,是时晋尚未亡,封歆为酒泉公。及宋主受禅,更覃恩加封。北凉主蒙逊,与歆为仇,伪引兵攻西秦,潜师还屯川岩,果然李歆中计,还道是北凉虚空,乘隙往袭,途中被蒙逊邀击,连战皆败,竟为所杀。蒙逊遂入据酒泉转攻敦煌。敦煌太守李恂,即李歆弟,乘城拒守,被蒙逊用水灌入,城遂陷没,恂自刎死。子重耳出奔江左,因道远难通,投入北魏,五传至李渊,就是唐朝第一代的高祖,这是后话慢表。随笔带叙西凉灭亡。

宋主裕闻西凉被灭,无暇往讨北凉。惟自思年老子幼,不能图远,亦当顾近。那晋祚虽然中绝,尚留一零陵王,终究是胜朝遗孽,将来或死灰复燃,适贻子孙祸患,左思右想,总须再下辣手,斩草除根。是为残

第七回 弑故主冤魂索命 丧良将胡骑横行

忍。乃用毒酒一罂,授前琅琊郎中张伟,使鸩零陵王。伟受酒自叹道:"鸩君求活,徒贻万世恶名,不如由我自饮罢!"遂将酒一口饮尽,顷刻毒发,倒地而亡。却是司马氏忠臣。宋主得张伟讣音,倒也叹息,迁延了好几月,心终未释。

太常卿褚秀之,侍中褚淡之,统是故晋后褚氏兄,褚氏本为恭帝后,帝已被废,后亦降称为妃。秀之兄弟贪图富贵,甘做刘家走狗,不顾兄妹亲情,褚妃生男,秀之等受裕密嘱,害死婴孩。零陵王忧惧万分,整日里与褚妃共处,相对一室,饮食一切,概由褚妃亲手办理,往往炊爨床前,不劳厨役,所以宋人尚无隙可乘。

宋主裕不堪久待,乃于永初二年秋九月,决计弑主,遣褚淡之往视褚妃,潜令亲兵随行。妃闻淡之到来,暂出别室相见,哪知兵士已逾垣进去,置鸩王前,迫令速饮。王摇首道:"佛教有言,人至自杀,转世不得再为人身。"现世尚是难顾,还顾转世做甚?兵士见王不肯饮,索性挟王上床,用被掩住,把他扼死;随即越垣还报。及褚妃返室视王,早已眼突舌伸,身僵气绝了。可怜!可叹!

淡之本是知情,闻妹子入室大恸,已料零陵王被弑,当即入内劝妹,代为料理丧事。狼心狗肺。一面讣闻宋廷。宋主已经得报,很是喜慰,至讣音到后,佯为惊悼,率百官举哀朝堂,依魏明帝服山阳公故事。魏明帝即曹叡,山阳公即汉献帝。且遣太尉持节护丧,葬用晋礼,给谥为恭,这也不在话下。

且说宋主裕既弑晋恭帝,自谓无患,遂重用徐羡之、傅亮、谢晦三人,整理朝政,有心求治。可奈年华已迈,筋力就衰,渐渐地饮食减少,疾病加身;到了永初三年春季,竟至卧床不起。长沙王刘道怜,司空录尚书事徐羡之,尚书仆射傅亮,领军将军谢晦,护军檀道济,竝入侍医药,见宋主时有呓语,请往祷神祇,宋主不许。但使侍中谢方明,以疾告庙,一面专命医官诊治,静心调养。幸喜服药有灵,逐渐痊愈,乃命檀道济出镇广陵,监督淮南诸军。

太子义符素来是狎昵群小,及宋主得病时,更好游狎。谢晦颇以为忧,俟宋主病瘳,乃进言道:"陛下春秋已高,应思为万世计,神器至重,不可托付非人。"宋主知他言出有因,徐徐答道:"庐陵何如?"晦答道:"臣愿往观可否。"乃出见义真,义真雅好修饰,至是益盛服与谈,娓娓不倦。晦不甚答辩,还报宋主道:"庐陵才辩有余,德量不足,想亦非君人大度呢。"宋主乃出义真镇历阳,都督雍、豫等州军事,兼南豫州刺史。既而宋主复病,病且日剧,有时蒙眬睡着,但见有无数冤魂,前来索命,且故晋安、恭二帝,亦常至床前。疑心生暗鬼。往往他被惊醒,汗流浃背。自思鬼魅萦缠,病必不起,乃召太子义符,至榻前面嘱道:"檀道济虽有武略,却无远志,徐羡之、傅亮事朕已久,当无异图;惟谢晦屡从征伐,颇识机变,将来若有同异,必出是人,汝嗣位后,可处以会稽、江州等郡,方免他虑。"专防谢晦,当是尚记前言。又自为手诏,谓后世若有幼主,朝事一委宰相,母后不烦临朝。待至弥留,复召徐羡之、傅亮、谢晦等,入受顾命,令他辅导嗣君,言讫遂殂,在位只二年有余,年六十七岁。

宋主裕起自寒微,素性俭约,游宴甚稀,嫔御亦少,不宝珍玩,不爱纷华;宁州尝献琥珀枕,光色甚丽,会出征后秦,谓琥珀可疗金创,即命捣碎,分给诸将。及平

定关中,得秦主兴从女,姿色甚丽,一时也为色所迷,几至废事。谢晦入谏,片语提醒,即夕遣出。宋台既建,有司奏东西堂施局脚床,用银涂钉,致为所斥,但准用铁。岭南献入筒细布,一端八丈,精致异常,宋主斥为纤巧,即付有司弹劾太守,并将布发还,令此后禁做此布。公主下嫁,遣送不过二十万缗,无锦绣金玉等物。平时事继母甚谨,即位后入朝太后,必在清晨,不逾时刻。诸子旦问起居,入阁脱公服,止著裙帽,如家人礼。又命将微时农具,收贮宫中,留示后世,这都是宋主的美德。惟阴移晋祚,迭弑二主,为南朝篡逆的首倡,实是名教罪人。看官阅过

第七回　弑故主冤魂索命　丧良将胡骑横行

上文,已可知宋主刘裕的定评了。褒贬处关系世道。是年七月,安葬蒋山初宁陵,群臣上谥曰武皇帝,庙号高祖。南北朝各君实皆不足列为正统,故本书演述,但称某主,与汉唐诸代不同,五季史亦仿此例。

太子义符即位,制服三年,尊皇太后萧氏为太皇太后,生母张夫人为皇太后,立妃司马氏为皇后,妃即晋恭帝女海盐公主,小名茂英。命尚书仆射傅亮为中书监尚书令,与司空徐羡之、领军将军谢晦,同心辅政。长沙王刘道怜病逝,追赠太傅;太皇太后萧氏,年逾八十,因哭子过哀,不久亦殁,追谥孝懿。宋廷连遇大丧,忙碌得了不得。那嗣主义符,年才十七,童心未化,但知戏狎,一切居丧礼仪,多从阙略,特进致仕范泰,上书规谏,毫不见从。就是徐羡之、傅亮、谢晦等,随时指导,亦似聋瞽一般,无一听纳。都人士已料他不终;偏是北方强寇,乘隙而来,河南诸郡,遍罹兵革,累得宋廷调兵遣将,又惹起一番战争。看官听着!这就是宋、魏交兵的开始。事关重大,特笔提明。

魏太祖拓跋珪源出鲜卑,向例用索辫发,因沿称为索头部。世居北荒,晋初始通贡使。怀帝时拓跋猗卢,与并州刺史刘琨,结为兄弟。琨表猗卢为大单于,封以代郡,号为代公。嗣复进爵为王,六传至什翼犍,有众数十万,定都盛乐,威震云中。匈奴部酋刘卫辰,被逐奔秦,秦主苻坚大举伐代,令卫辰为向导。什翼犍拒战败绩,还走盛乐,为庶子寔君所弑,部落分散。秦主坚捕诛寔君,分代为二,西属刘卫辰,东属什翼犍甥刘库仁。什翼犍有孙名珪,由库仁抚养,恩勤周备,及长颇有智勇,为库仁子显所忌,走依贺兰部母舅家。会秦已衰灭,代亦丧乱,朔方诸部,推珪为主,即代王位,仍还盛乐,逐去刘显,改国号魏,纪元天赐。史家称为后魏,亦称北魏;因恐与三国时曹魏有混,故有此称。

刘卫辰攻珪败窜而死。子勃勃逃奔后秦,后为夏国,已见前回。珪复破柔然,掠高车,蹂躏后燕,遂徙都平城,立宗庙社稷,僭号称帝,初纳刘库仁从女,宠冠后宫,生子名嗣。寻获后燕主慕容宝幼女,姿色过人,即立为后。后又见姨母贺氏,貌更美艳,竟将她本夫杀毙,硬夺为妃,产下一男,取名为绍。珪晚年服饵丹药,躁急异常,往往因怒杀人,贺夫人偶然忤珪,亦欲加刃,吓得贺氏奔匿冷宫,向子求救,子绍已封清河王,夜入弑珪。长子嗣受封齐王,闻变入都,执绍诛死,并杀贺氏,乃即帝位,尊珪为太祖道武皇帝。于是勤修政治,劝课农桑,任用博士崔浩等,兴利除弊,国内小康。

自从南军鏖战河北,失利而还,滑台一城,始终不得收复,未免引为恨事。应第五回。只因刘宋开基,气焰方盛,不得不虚与周旋,请和修好,岁时聘问。北魏亦占本书之主位,故叙述源流较他国为详。及宋主裕老病去世,宋使沈范等自魏南归,甫及渡河,忽被魏兵追来,把范等截拿而去。看官道为何因?原来魏主嗣欲乘丧南侵,报复旧怨,因将宋使执回,即日遣将征兵,进攻滑台,并及洛阳虎牢。崔浩谓伐丧非义,应吊丧恤孤,以义服人,魏主嗣驳道:"刘裕乘姚兴死后,即灭姚氏,今我乘裕丧伐宋,有何不可?"浩答道:"姚兴一死,诸子交争,故裕得乘衅微功,今江南无衅,不得援为此例。"崔浩言固近义,但刘裕乘丧伐秦,适为魏主借口,故人必自侮然后人侮之。魏主仍然不从,命司空奚斤为大将军,使督将军周几公孙表等,渡河南行。

先是晋宗室司马楚之亡命汝颍间,聚众万人,屯据长社,欲为故国复仇,宋主裕尝遣刺客沐谦往刺。谦不忍下手,且因楚之待遇殷勤,反为表明来意,愿作楚之卫士。刺客却有良心。楚之留谦自卫,日思东攻,苦不得隙,及闻魏兵渡河,遂遣人迎降,请作前驱。魏授楚之为征南将军,兼荆州刺史,令侵扰北境。奚斤等道出滑台,与楚之遥为掎角,夹攻河洛。

宋司州刺史毛德祖,屯戍虎牢,亟遣司马翟广等,往援滑台,又檄长社令王法政,率五百人戍召陵,将军刘怜,领二百骑戍雍上,防御楚之。楚之引兵袭刘怜,未能得手,就是奚斤等围攻滑台,亦不能下,惟魏尚书滑稽,引兵袭仓垣,得乘虚攻入。宋陈留太守严棱,自恐不支,向奚斤处请降。奚斤顿兵滑台城下,仍然未克,遣人至平城乞师。魏主嗣自将五万余人,南逾恒岭,为奚斤声援,且令太子焘出屯塞上,一面严谕奚斤,促令猛攻。

奚斤惧罪思奋,亲冒矢石,督众登城。滑台守吏王景度力竭出奔,司马阳瓒尚率余众拒魏兵,至魏兵已经陷入,还与之巷战多时,受伤被执,不屈而死。奚斤乘胜过虎牢,击走翟广,直抵虎牢城东。毛德祖且守且战,屡破魏军,魏军虽多杀伤,毕竟人多势众,未肯退去。

两下相持不舍,那魏主又遣黑矟将军于栗磾,出兵河阳,进攻金墉。栗磾为北魏有名骁将,善用黑矟,因封黑矟将军。德祖再遣振威将军窦

第七回　弑故主冤魂索命　丧良将胡骑横行

晃,屯戍河滨,堵截栗磾。魏主更派将军叔孙建等,东略青兖,自平原逾河。宋豫州刺史刘粹,忙遣属将高道瑾,据项城,徐州刺史王仲德,自督兵出屯湖陆,与魏兵相持。魏中领军娥清、期思侯、闾大肥等,复率兵会叔孙建,进至确磝,宋兖州刺史徐琰望风生畏,便即南奔。凡泰山、高平、金乡等郡,皆被魏兵陷没。叔孙建东入青州,青州刺史竺夔,方出镇东阳城,飞使至建康求救。宋遣南兖州刺史檀道济,监督军事,会同冀州刺史王仲德,出师东援。庐陵王刘义真,亦遣龙骧将军沈叔狸,带领步骑兵三千人,往击刘粹,随宜救急。

好容易过了残冬,便是宋主义符即位的第二年,改元景平,赐文武官进秩各二等,改元纪年,万难略过。享祀南郊,颁发赦书。京都里面,好像是国泰民安,哪知河南的警信,却日紧一日。魏将于栗磾,越河南下,与奚斤合攻宋军,振威将军窦晃等均被杀败,相率退走。栗磾进攻金墉城,河南太守王涓之,复弃城遁走,金墉被陷,河、洛失守。魏令栗磾为豫州刺史,镇守洛阳,虎牢越加吃紧,奚斤、公孙表等,并力攻扑,魏主又拨兵助攻。毛德祖竭力抵御,日夕不懈,且就城脚边凿通地道,分为六穴,出达城外,约六七丈,募敢死士四百人,从穴中潜出,适在魏营后面,一声呐喊,突入魏营。魏兵还疑是天外飞来,不觉惊骇,一时不及抵敌,被敢死士驰突一周,杀死魏兵数百人,毛德祖乘势开城,出兵大战,又击毙魏兵数百,收集敢死士,然后入城。

魏兵退散一二日,又复四合,攻城益急。德祖特用了一个反间计,伪与公孙表通书,书中所说,无非是结约交欢的意思,表得书示斤,自明无私,斤却心中启疑。德祖又更作一书,书面是送至公孙表,却故意投入斤营,斤展阅后,比前书更进一层,乃遣人赍着原书,驰报魏主。魏太史令王亮,与表有隙,乘间言表有异志,不可不防,魏主遂使人夜至表营,将表勒毙。表权谲多谋,既被杀死,虎牢城外,少一敌手,德祖当然快意,嗣是一攻一守,又坚持了好几月。极写德祖智勇。

魏主嗣自至东郡,令叔孙建急攻东阳城,又授刁雍为青州刺史,令助叔孙建。刁雍与前豫州刺史刁逵同族,刁逵被杀,家族诛夷,见第二回。惟雍脱奔后秦。秦亡奔魏,魏令为将军,此时遣助叔孙,明明是借刀杀人的意思。东阳守吏竺夔,检点城中文武将士,只千五百人,忙招城外居民入守,还有未曾入城的百姓,令他伏据山谷,芟夷禾稼,所以魏军虽据有青州,无从掠食。济南太守桓苗,驰入东阳,与夑协同拒守,及魏兵大至,列阵十余里,大治攻具,夑预浚四重濠堑,阻遏魏兵,魏兵填满三重,造撞车攻城,城中屡出奇兵,随时奋击,又穴通隧道,遣人潜出,用大麻绳挽住撞车,令他自折。魏人一再失败,遂筑起长围,四面环攻,历久城坏,坍陷至三十余步,夑与苗连忙抢堵,战士多死,用尸填缺,勉强堵住。好在天气盛暑,魏军多半病殁,无力续攻,城才免陷。刁雍以机会难得,请一再接厉,为破城计。建拟稍缓时日,忽闻檀道济引兵将至,不禁太息道:"兵人疫病过半,不堪再战,今全军速返,还不失为上策哩!"乃毁营西遁。

表良将胡骑横行

道济到了临朐,因粮食将尽,不能追敌,但令竺夑缮城筑堡,防敌再来。夑因东阳城圮,急切里不遑修筑,移屯不其城,青州还算保全。

魏主因东略无功,索性西趋河内,并力攻虎牢,所有叔孙建以下各军,统令至虎牢城下会齐,由魏主亲往督攻,真个是杀气弥空,战云蔽日。

虎牢被围已二百日,无日不战,劲兵伤亡几尽,怎禁得魏兵合攻,防不胜防,毛祖德拼死力御,尚固守了一、二旬。及外城被毁,又迭筑至三重城,魏人更毁去二重,只有一重未破,兀自留着。守卒眼皆生疮,面如枯柴,仍然昼夜相拒,终无贰心。可见德祖之义勇感人。时檀道济出军湖陆,刘粹驻军项城,沈叔狸屯军高桥,皆畏魏兵强盛,不敢进援,统是饭桶。魏人遍掘地道,泄去城中井水,城中人渴马乏,兼加饥疫,眼见是束手就毙,不能再支。魏兵陆续登城,守将欲挟德祖出走,德祖大呼道:

第七回　弑故主冤魂索命　丧良将胡骑横行

"我誓与此城俱亡，断不使城亡身存！"因引众再战，挺身死斗。

魏主下令军中，必生擒德祖，将军豆代田，用长矛搠倒德祖坐马，方将德祖擒献，将士亦尽作俘虏，惟参军范道基，率二百人突围南奔。魏兵亦十死二三，司、兖、豫诸郡县，俱为魏有。魏主劝德祖投降，德祖怎肯屈节，由魏主带回平城，留周几镇守河南。德祖身已受创，未几遂亡。小子有诗赞道：

　　频年苦守见忠忱，可奈城孤寇已深，
　　援卒不来身被虏，宁拼一死表臣心。

败报传达宋廷，未知如何处置，且俟下回说明。

教于正道也，不能教子，反欲弑主以绝后患，何其谬欤！子舆氏有言，杀人之父，人亦杀其父，杀人之兄，人亦杀其兄。楚灵王曰："余杀人子多矣，能无及此乎！"刘裕以年老子幼，决弑零陵，亦思乃祖汉刘季，以匹夫而得天下，其果为帝胄否耶？义符童昏，不知教导，徒犯大不韪之名，迭行弑逆，造恶因者必种恶果，几何不还报子孙也。即如北魏之乘丧侵宋，亦何莫非刘裕之自取，观魏主嗣答崔浩言，即起刘裕于地下而问之，亦将无以自解。南北鏖兵，连年不已，卒致司、兖、豫三州，俱沦左衽，忠勇如毛德祖、汤瓒等，后先被执，捐躯殉难，丧良将，失膏腴，庸非大可慨乎！本回特揭出之以垂后戒，而世之为子孙计者，可以鉴矣。

第 八 回

废营阳迎立外藩　反江陵惊闻内变

却说宋廷迭接败报，相率惊惶，徐羡之、傅亮、谢晦三相，因亡失境土，上表自劾。宋主义符，专务游幸，管什么黜陟事宜，但说是无庸议处，便算了事。当时内外臣僚，尚虑魏兵未退，进逼淮、泗，嗣闻魏主北归，稍稍放心。魏将周几，留守河南，复陷入许昌、汝阳，宋豫州刺史刘粹，屯兵项城，恐魏人深入，日夕戒严。会值魏主嗣病殁平城，太子焘入承魏祚，尊嗣为太宗明元皇帝，改元始光，仍然重用崔浩，浩劝焘休兵息民，乃饬周几等各守疆土，暂停战争。宋军已日疲奔命，更兼新败以后，疮痍未复，巴不得相安无事，暂免兵戈。

越年为景平二年，宋主义符不改旧态，整日游戏，无心朝事，庐陵王义真，颇加觊觎。尝与太子左卫率谢灵运，员外常侍颜延之，及慧琳道人等，往来通问，非常款洽。且佻然道："我若得志，当令灵运、延之为宰相，慧琳为西豫州都督。"这数语传入都中，徐羡之等阴加戒惧，特出灵运为永嘉太守，延之为始安太守。义真闻二人左迁，明知执政与己反对，益生怨言，且性好浮华，时有需索，又被羡之等裁抑，不肯照给，因此恨上生恨，自请还都，表文中言多不逊，隐然有入清君侧的语意。乃父一生鬼蜮，其子何不肖若此！羡之等因嗣主不肖，正密谋废立事宜，既得义真表文，更激动一腔怒意，一不做，二不休，索性先除了义真，然后再废嗣主义符，乃由徐、傅、谢三相会衔，奏陈义真过恶，请即废黜。疏词有云：

> 臣闻二叔不咸，难结隆周，淮南悖纵，祸兴盛汉，莫非义以断恩，情为法屈；二代之事，殷鉴未远，仁厚之主，行之不疑。故共叔不断，几倾郑国，刘英容养，衅广难深；前事之不忘，后王之成鉴也。桊车骑将军庐陵王义真，凶忍之性，生自稚弱，咸阳之酷，丑声远播，先朝犹以年在纨绮，冀能改厉，天属之爱，想能革心。自圣体不豫以及大渐，臣庶忧惶，内外屏气，而彼乃纵博酣酒，日夜不辍，肆

口纵言,多行无礼。先帝贻厥之谋,图虑谨固,亲敕陛下面诏臣等,若遂不悛,必加放黜。至言若厉,犹在纸翰,而自兹迄今,日月增甚;至乃委弃藩屏,志还京邑,潜怀异图,希幸非冀,转聚甲卒,征召车马。陵墓未乾,情事犹昨,遂蔑弃遗旨,显违成规,整棹浮舟,以示归志,肆心专己,无复谘承。圣恩低徊,深垂隐忍,屡遣中使苦相敦释,而乃亲对散骑侍郎邢安泰,广武将军茅仲恩,纵其悖骂,讪主谤朝,此久播于远近,暴于人听。臣以为燎原不扑,蔓延难除,青青不灭,终致寻斧,况忧深患者,社稷虑切。请一遵晋朝广陵旧典,使顾怀之旨,不坠于武庙;全宥之德,或申于昵亲,临启感动,无任悲咽。表中援引刘英,疑即汉朝楚王英,广陵疑即广陵王司马遹。

宋主义符本与义真不甚和谐,况朝政由羡之等主持,义符除狎游外,悉听三相裁决,因即下诏废义真为庶人,徙居新安郡,改授皇五弟义恭为冠军将军,任南豫州刺史。

原来宋武帝刘裕有七子。长子义符,为张夫人所出,已见上回。次子义真,生母为孙修华。三子义隆,生母为胡婕妤。四子义康,生母为王修容。五子义恭,生母为王美人。六子义宣,生母为孙美人。七子义季,生母为吕美人。前时只封义真、义隆、义康为王,不及义恭以下诸子,因为义恭等年皆幼稚,所以未曾加封。补叙义恭以下诸子,俱为后文伏案。此次义真被废,义隆、义康俱有封邑,故将义恭挨次补入,这却待后再表。

惟义真年只十八,仓猝废徙,尚没有确实逆迹,未免令人不服。前吉阳令张约之上书谏阻,力请保全懿亲,赐还爵禄。为这一奏,顿时触怒当道,谪往梁州,寻且赐死。复遣人到了新安,亦将义真勒毙。乃召南兖州刺史檀道济,江州刺史王弘,即日入朝。两人不知何因,星夜前来,即由徐羡之等召入密室,与谋废立,两人一体赞成。谢晦因府舍敞隘,尽令家人外出,但调将士入府,诘旦举事。又约中书舍人邢安泰、潘盛为内应。夜邀檀道济同宿,道济就寝,便有鼾声,惟晦彷徨顾虑,竟夕不眠,不由得暗服道济。为下文讨晦伏线。

时已为景平二年六月,天气溽暑,入夜不凉。宋主义符避暑华林园中,设肆沽酒,戏为酒保。傍晚乘坐龙舟,与左右同游天渊池,直至月落参横,才觉少疲,就在龙舟中留宿。翌日天晓,檀道济自谢领军府出来,引兵前驱,突入云龙门,徐羡之、傅亮、谢晦随后继进。门内宿卫,已由邢安泰等预先妥嘱,统皆袖手旁观,一任道济等驰入,径造华林园。宋主义符,尚在龙舟内作华胥梦,猛闻喧声入耳,才从梦中惊醒,披衣急起,已见来兵拥登舟中,持刃直前,杀死二侍。仓猝中不及启问,竟被军士牵拥上舟,扯伤右指,你推我挽,迫至东阁。由徐羡之等收去玺绶,召集百官,宣布皇太后命令。略云:

  王室不造,天祸未悔,先帝创业弗永,弃世登遐。义符长嗣,属当天位,不谓穷凶极悖,一至于此。大行在殡,宇内哀惶,幸灾肆于悖词,喜容表于在戚,至乃征召乐府,鸠集伶官,倡优管弦,靡不备奏,珍馐甘膳,有加平日,采择腾御,产子就官,靦然无怍,丑声四达。及懿后崩背,懿后即萧太后见前。重加天罚,亲与左右执绋歌呼,推排梓宫,忭掌笑谑,殿省备闻。又复日夜媟狎,群小漫戏,兴造千计,费用万端,帑藏空虚,人力殚尽,刑罚苛虐,幽囚日增。居帝王之位,好皂隶之役,处万乘之尊,悦厮养之事,亲执鞭扑,殴击无辜以为笑乐。穿池筑观,朝成暮毁,征发工匠,疲极兆民,远近叹嗟,入神怨怒,社稷将坠,岂可复嗣守洪业,君临万邦!今废为营阳王,一依汉昌邑即昌邑王贺晋海西即海西公奕故事,奉迎镇西将军宜都王义隆,入纂大统,以奠国家而义人民。特此令知!

宣令既毕,百官拜辞义符,暂送至故太子宫,令他具装出都,徙往吴郡。并废皇后司马氏为营阳王妃,使檀道济入守朝堂,一面令傅亮率领百官,备齐法驾,至江陵迎宜都王。祠部尚书蔡廓,偕傅亮同至寻阳,遇疾不能行,乃与亮别,且语亮道:"营阳徙吴,宜厚加供奉,倘有不测,恐廷臣俱蒙弑主恶名,将来有何面目,再生人世呢!"览廓语意,似不愿废立,恐中途遇病,亦属托词。亮出都时,营阳王亦已就道,他本与徐羡之议定,令邢安泰随王前去,到吴行弑。至是亮闻廓言,也觉有理,忙遣人谕止安泰,然已是无及了。

原来安泰送义符至金昌亭,即遵照羡之等密嘱,麾兵将亭围住,持刃径入。义符颇有勇力,立起格斗,且战且走,竟得突围出奔,驰越闉门。安泰率兵追上,用门闩掷去,正中义符腰背,受伤仆地,安泰赶上一刀,结果性命,年仅一十九岁。史家称为少帝。

傅亮得去使返报,未免愧悔,但人死不能重生,只好付诸一叹,遂西

第八回 废营阳迎立外藩 反江陵惊闻内变

行至江陵,诣行台奉表,并进玺绂。表文有云:

> 臣闻否泰相革,数穷则变,天道所以不慆,卜世所以灵长。乃者运距陵夷,王室艰晦,九服之命,靡所适归,高祖之业,将坠于地。赖基厚德深,人神同奖,社稷以宁,有生获乂。伏惟陛下君德自然,圣明在御,孝悌著于家邦,风猷宣于藩牧,是以征祥杂沓,符瑞熠辉,宗庙神灵,乃眷西顾,万邦黎献,望景托生。臣等忝荷朝列,预充将命,后集休明之运,再睹太平之业,行台至止,瞻望城阙,不胜喜悦,凫藻之情,谨诣门拜表以闻!

宜都王义隆,亦下教令答复道:

> 皇运艰敝,数钟屯夷,仰惟崇基,感寻国故,永慕厥躬,悲慨交集。赖七百祚永,股肱忠贤,故能休否以泰,天人式序。猥以不德,谬降大命,顾己兢悚,何以克堪!行当暂归朝廷,展哀陵寝,并与贤彦申写所怀。望体其心,勿为辞费!

既而府州佐吏并皆称臣,申请题榜诸门,一依宫省,义隆不许,宜都将佐,闻营阳、庐陵二王,后先遇害,亦劝义隆不可东下。独司马王华道:"先帝为天下立功,四海畏服,虽嗣主不纲,人望仍然未改。徐羡之中材寒士,傅亮布衣诸生,并非晋宣帝司马昭王大将军王敦可比;且受寄深重,未敢骤然背德,不过畏庐陵严断,将来不能相容,不如奉迎殿下,越次辅立,尚得徼功。况羡之等同功并位,莫肯相让,欲谋不轨,势亦难行,今因废主尚存,或恐受祸,不得已下此毒手,此外当无逆谋,尽可勿疑!殿下但整辔入都,上顺天心,下符人望,臣敢为殿下预贺呢!"料得定,拿得稳。义隆微笑道:"卿亦欲为宋昌么?"宋昌劝汉文帝事,见汉史。长史王昙首,校尉到彦之,亦劝义隆东行。义隆乃留王华镇荆州,到彦之镇襄阳,自率将佐发江陵。

当下召见傅亮,问及营阳、庐陵二王事,悲恸呜咽,左右亦为之流涕。亮亦汗流浃背,几不能对。义隆止泪后,即引傅亮等登舟,中兵参军朱容之,佩刀侍侧,不离左右,就是夜间寝宿,亦衣不解带,防备非常。

既抵京师,由群臣迎谒新亭。徐羡之私问傅亮道:"今上可比何人?"亮答道:"在晋文、景以上。"羡之道:"英明若此,定能鉴我赤心。"恐未免带黑了。亮徐徐答道:"恐怕未必!"羡之亦不暇再问,谒过义隆,导驾入城。义隆顺道谒初宁陵,即宋武帝陵,见前回。然后乘辇入阙。百官奉上御玺，义隆谦让再四，方才接受，遂御太极前殿，即皇帝位，大赦改元。称景平二年为元嘉元年，追尊生母胡婕妤为太后，奉谥曰章。复庐陵王义真封爵，迎还灵柩，并义真母孙修华，妻谢妃，尽归京都。彭城王南徐州刺史义康，官爵如故。进号骠骑将军，南豫州刺史义恭，进号抚军将军，加封江夏王。册第六皇弟义宣为竟陵王，第七皇弟义季为衡阳王。进授司空徐羡之为司徒，卫将军王弘为司空，中书监傅亮加左光禄大夫，开府仪同三司，南兖州刺史檀道济为征北将军。弘与道济并皆归镇，惟领军将军谢晦，前由尚书录命，除授荆州刺史，权行都督荆、襄等七州诸军事，此时实行除拜，加号抚军将军。

看官听说！司空徐羡之本兼录尚书事，他恐义隆入都，荆州重地，授予他人，所以先用录命，使晦接任，好教他居外为援。所有精兵旧将，悉数隶属。晦尚未登程，新皇已至，因即随同朝贺，至此奉诏真除，当然喜慰。临行时密问蔡廓道："君视我能免祸否？"廓答道："公受先帝顾命，委任社稷，废昏立明，义无不可；但杀人二兄，仍北面为臣，内震人主，外据上流，援古推今，恐未能自免，还请小心为是！"依情度理之言。晦听了此言，只恐不得启行，即遭危祸，及陛辞而去，回望石头城道："我今日幸得脱身了！"慢着！

宋主义隆因谢晦出镇荆州，即召还王华，令与王昙首并官侍中，昙首兼右卫将军，华兼骁骑将军，更授朱容子为右军将军。未几又召还到彦之，令为中领军，委以戎政。彦之自襄阳还都，道出江陵，正值谢晦莅任，便亲往投谒，表示诚款，且留马及刀剑，作为馈遗。晦亦殷勤饯别，厚自结纳。待彦之东行，总道是内援有人，从此可高枕无忧了。宋主义隆年才十八，却是气宇深沉，与乃兄静躁不同。他心中隐忌徐、傅、谢三人，面上却不露声色，遇有军国重事，仍然一体谘询。而且立后袁氏，所备礼仪，均委徐、傅酌定，徐、傅均为笼络，盛称主上宽仁，毫不疑忌。袁后事就此带叙。

未几已是元嘉二年，徐羡之、傅亮上表归政，宋主优诏不许。及表文三上，乃准如所请，自是始亲览万机，方得将平时积虑，逐渐展布出来。江陵参军孔宁子，向属义隆幕下，扈驾入都，得拜步军校尉。他与侍中王华，为莫逆交，尝恨徐羡之、傅亮擅权，日加媒孽。宋主因遂欲除去二人，并及荆州刺史谢晦。

第八回　废营阳迎立外藩　反江陵惊闻内变

晦有二女，一字彭城王义康，一字新野侯义宾，系刘道怜第五子。此时正遣妻室曹氏，及长子世休，送女入都，完成婚礼。宋主授世休为秘书郎，把他留住都中，好

一个软禁方法。一面托词伐魏，预备水陆各师，并召南兖州刺史檀道济入都，令主军事。王华入奏道："陛下召道济入都，果真要伐魏么？"宋主屏去左右，便语华道："卿难道尚未知朕意？"华答道："臣亦知陛下注意江陵，但道济前与同谋，怎可召用？"宋主道："道济系是胁从，本非首犯，况杀害营阳，更与他无涉，若先加抚用，推诚相待，定当为朕效力，保无他虑！"华乃趋退。宋主又授王弘为车骑大将军，加开府仪同三司，弘即昙首长兄，从前加封司空，尝再三辞让，仍然出镇江州，至是宋主有意笼络，别给崇封，且遣昙首密报乃兄。弘当然赞同，毫无异议。

徐羡之、傅亮，虽在朝辅政，尚未得知消息，不过北伐计议，未以为然，特会同百僚，上书谏阻。宋主义隆，搁置不报，徐、傅也莫名其妙。嗣由宫廷中传出消息，谓当遣外监万幼宗，往访谢晦，再定进止。傅亮因潜贻晦书，述及朝廷情事，且言万幼宗若到江陵，幸勿附和云云。晦照书答复，无非是谨依来命等语。

未几已是元嘉三年，都中事尚未发作，那宋主与王华密谋，已稍稍泄露。黄门侍郎谢皭，系谢晦弟，急使人往江陵报闻。晦尚未信，召入参军何承天，取示亮书，且与语道："万幼宗想必到来，傅公虑我好事，所以驰书预报。"承天道："外间传言，统言北征定议，朝廷即将出师，还要幼宗来做什么？"晦又说道："谣传不足信，傅公岂来欺我！"遂使承天

预草答表,略谓征虏须俟来年。

忽由江夏参军乐囧,奉内史程道惠差遣,递入密函。晦急忙展阅,乃是寻阳人寄书道惠,报称朝廷有绝大处分,不日举行。晦始觉不安,乃呼承天入议。再

反江陵鹬蚌闹内变

出程书相示,因即启问道:"幼宗不来,莫非朝廷果有变端么?"承天道:"幼宗本无来理,如程书言,事已确凿,何必再疑!"晦又道:"若果与我不利,计将安出?"承天道:"蒙将军殊遇,尝思报德,今日事变已至,区区所怀,恐难尽言!"晦不禁失色道:"卿岂欲我自裁么?"承天道:"这却尚不至此,惟江陵一镇,势不足敌六师,将军若出境求全,最为上计,否则用心腹将士,出屯义阳,将军自率大军进战夏口,万一不胜,即从义阳出投北境,尚不失为中策。"晦踌躇良久,方答说道:"荆州为用武地,兵粮易给,暂且决战,战败再走,料亦未迟。"逐次写来,见谢晦实是寡智。乃立幡戒严,先与谘议参军颜邵,商议起兵,邵劝晦勉尽臣节,被晦诘责数语,邵即退出,仰药自杀,晦又召语司马庾登之道:"我拟举兵东下,烦卿率三千人守城。"登之道:"下官亲老在都,又素无部众,此事不敢奉命!"一个已死,一个又辞,即为后日离散之兆。

晦愈加怅闷,传问将佐,何人愿守此城。有一人闪出道:"末将不才,愿当此任!"晦瞧将过去,乃是南蛮司马周超,便又问道:"三千人足敷用否?"超答道:"不但三千人已足守城,就使外寇到来,亦当与他一战,奋力图功!"粗莽。庾登之听了超言,忙接口道:"超必能办此,下官愿举官相让。"晦即面授超为行军司马,领南义阳太守,徙登之为长史,

第八回 废营阳迎立外藩 反江陵惊闻内变

一面筹集粮械,草檄兴兵。

才阅一两日,忽有人入报道:"不好了,司徒徐羡之,左光禄大夫傅亮,已身死家灭了!"晦不禁跃起道:"果有这等事么?"言未已,复有人入报道:"不好了!不好了!黄门侍郎二相公,新除秘书郎大公子,并惨死都中了!"晦但说出哎哟二字,晕倒座上。小子有诗咏道:

  欲保身家立嗣皇,如何功就反危亡?
  江陵谋变方书檄,子弟先诛剧可伤。

毕竟谢晦性命如何,容至下回再叙。

营阳童昏,废之尚或有辞,弑之毋乃过甚。庐陵罪恶未彰,废且不可,况杀之乎!宋主刘裕,翦灭典午遗胄,无非为保全子嗣计,庸讵知死灰难燃,而害其子嗣者,乃出于托孤寄命之三大臣乎?徐羡之、傅亮、谢晦越次迎立义隆,意亦欲乞怜新主,借佐命之功,固一时之宠,不谓求荣而招辱,希功而得罪,义隆嗣立,才及二年,而三子皆为义隆所杀。三子固有可诛之罪,但诛之者乃为一力助成之新天子,是不特为三子所未及料,即他人亦不料其若此也。人有千算,天教一算,观于营阳、庐陵之遭害,及徐、傅、谢三子之被诛,是正天之巧于报复欤!

第 九 回

平谢逆功归檀道济　　入夏都击走赫连昌

却说谢晦闻子弟被诛,禁不住一阵心酸,顿时晕倒座上。左右急忙施救,灌入姜汤,方才苏醒。又恸哭多时,先令江陵将士,为徐羡之、傅亮举哀,继发子弟凶讣,即日治丧。嗣又接到朝廷诏敕,由晦阅毕,撕掷地上,即出射堂阅兵,调集精兵三万人,克期东下。看官!你道诏书中如何说法?由小子录述如下:

盖闻臣生于三,事之如一,爱敬同极,岂惟名教?况乃施伴造物,义在加隆者乎?徐羡之、傅亮、谢晦,皆因缘之才,荷恩在昔,超居要重,卵翼而长,未足以譬。永初之季,天祸横流,大明倾曜,四海遏密,实受顾托,任同负图,而不能竭其股肱,尽其心力,送往无复言之节,事居阙忠贞之效,将顺靡记,匡救蔑闻,怀宠取容,顺成失德。虽未因惧祸以建大策,而逞其悖心,不畏不义,播迁之始,谋肆鸩毒,至此未几,显行怨杀,穷凶极虐,荼毒备加,颠沛皂隶之手,告尽逆旅之馆,都鄙哀愕,行路饮涕。故庐陵王英秀明远,风徽夙播,鲁卫之寄,朝野属情。羡之等暴蔑求专,忌贤畏逼,造构贝锦,成此无端。罔主蒙上,横加流屏,矫诬朝旨,致兹祸害,寄以国命而剪为仇雠,旬月之间,再肆鸩毒,痛感三灵,怨结人鬼。自书契以来,弃常安忍,反易天明,未有如斯之甚者也。昔子家从弑,郑人致讨,宋肥无辜,荡泽为戮;况逆乱倍于往衅,情痛深于国家!此而可容,孰不可忍?即宜诛殄,告谢存亡。而当时大事甫定,异同纷结,匡国之勋未著,莫大之罪未彰,是以远酌民心,近听舆讼,虽或讨乱,虑或难图,故忍戚含哀,怀耻累载。每念人生实难,情事未展,何尝不顾影恸心,伏枕泣血。今逆臣之衅,彰暴遐迩,君子悲情,义徒思奋,家仇国耻,可得而雪,便命司寇肃明典刑。晦据有上流,或不即罪,朕当亲率六师,为其遏防,可遣中领军到彦之即日电发,征北将军檀道济,络绎继路,并命征虏将军刘粹,断其走伏。罪止元凶,余无所问,敷示远迩,咸使闻知!

原来宋主义隆未发此诏时,已召徐羡之、傅亮入宫,密令卫士待着,拿付有司。偏为谢曒所闻,急报傅亮令勿应召,亮俟内使至门,托言嫂病正笃,少待即来。一面通知徐羡之,自乘轻车出郭门,奔避兄傅迪墓旁。羡之已奉命赴朝,行至西明门外,始接傅亮急报,乃折还私第,改乘内人问讯车,微行出都。奔至新林,见后面有追骑到来,慌忙趋匿陶灶内,自经而死。亮亦被屯骑校尉郭泓追获,送入都门。宋主遣中使持示诏书,且传谕道:"卿躬与弑逆,罪在不赦,但念汝至江陵时,诚意可嘉,当使汝诸子无恙。"亮读诏毕,且悲且恨道:"亮受先帝宠眷,得蒙顾托,黜昏立明,无非为社稷计,今欲加亮罪,何患无辞。"未几复有诏使出来,命诛傅亮。赦亮妻子,流徙建安。又收捕羡之子乔之、乞奴,及谢晦子世休,一并诛死。逮晦弟谢曒下狱,当时晦闻子弟被诛,尚有讹词,其实曒在狱中,尚未受诛。补叙徐、傅二人死状,是倒戟而出之法。晦既整兵待发,复奉表自讼道:

臣晦言:臣昔蒙武皇帝殊常之眷,外闻政事,内谋帷幄,经纶夷险,毗赞王业,预佐命之勋,膺河山之赏。及先帝不豫,导扬末命,臣与故司徒臣羡之,左光禄大夫臣亮,征北将军臣道济等,并升御床,跪受遗诏,载贻话言,托以后事。臣虽凡浅,感恩自励,送往事居,诚贯幽显,逮营阳失德,自绝宗庙,朝野岌岌,忧及祸难,忠谋协契,殉国忘己,援登圣朝,惟新皇祚。陛下驰传乘流,曾不加疑,临朝殷勤,增崇封爵,此则臣等赤心,已亮于天鉴,远近万邦,咸达于圣旨。若臣等志欲专权,不顾国典,便当协翼幼主,孤负天日,岂复虚馆七旬,仰望鸾旗者哉!故庐陵王于营阳之世,屡被猜嫌,积怨犯上,自贻非命。天祚明德,属当昌运,不有所废,将何以兴!成人之美,春秋之高义,立帝清馆,臣节之所司。耿弇不以贼遗君父,臣亦何负于宋室耶!况衅积阋墙,祸成威逼,天下耳目,岂伊可诬!臣忝居藩任,乃诚匪懈,为政小大,必先启闻,纠剔群蛮,清夷境内,分留弟侄,并侍殿省。陛下聿遵先志,申以婚姻,童稚之目,猥荷齿召。蒋女遣子,阃门相送,事君之道,义尽于斯。臣羡之总录百揆,翼亮三世,年耆乞退,屡抗表疏,优旨绸缪,未垂顺许。臣亮管司喉舌,恪虔夙夜,恭谨一心,守死善道,此皆皇宋之宗臣,社稷之镇卫。

而逸人倾覆,妄生国衅,天威震怒,加以极刑,并及臣门,同被孥戮。元臣翼命之佐,剿于奸邪之手,忠良匪躬之辅,不免夷灭之诛。陛下春秋方富,始览万机,民之情伪,未能鉴悉。王弘兄弟,轻躁昧进,王华猜忌忍害,盗弄威权,先除执政以逞其欲,天下之人,知与不知,孰不为之痛心愤怨者哉!昔白公称乱,诸梁婴胄,恶人在朝,赵鞅入伐,臣义均休戚,任居分陕,岂可颠而不扶,以负先帝遗旨?爰率将士,缮治舟甲,须其自送,投袂扑讨。若天祚大宋,卜世灵长,义师克振,中流轻荡,便当浮舟东下,戮此三竖,申理冤耻,谢罪阙廷,虽伏锧赴镬,无恨于心。伏愿陛下远寻永初托付之旨,近存元嘉奉戴之诚,则微臣丹款,犹有可察。临表哽慨,不尽欲言!

这篇表文到了宋廷,宋主义隆当然愤怒,当即下诏戒严,命讨谢晦。檀道济已早入都,由宋主面加慰问,且与商讨逆事宜。道济自请效力,且申奏道:"臣昔与晦同从北征,入关十策,晦居八九,才略明练,近今少匹。但未尝孤军决胜,戎事殆非所长,臣服晦智,晦知臣勇。今奉命往讨,以顺诛逆,定可为陛下擒晦呢!"道济自愿效力,不出宋主所料。宋主大喜,即召入江州刺史王弘,授侍中司徒,录尚书事,兼扬州刺史。命彭城王义康,都督荆、襄等八州诸军事,兼荆州长史,留都居守。自率六军亲征,命到彦之为前锋,檀道济为统帅,陆续出都,溯流西进。

先是袁皇后产下一男,形貌凶恶,后令人驰白宋主道:"此儿状貌异常,将来必破国亡家,决不可育,愿杀儿以绝后患!"袁后颇有相术。宋主闻报,不胜惊异,忙至后寝殿中,拨幔示禁,乃止住不杀,取名为劭。祸在此矣。

此时宋主服尚未阕,讳言生子,因戒宫中暂从隐秘,不许轻传。至是已经释服,更因亲征在即,乐得将弄璋喜事,宣布出来。不过说是皇子初生,皇后分娩,尚未满月,特令皇姊会稽公主入内,总摄六宫诸事。这位会稽长公主,系是宋武帝正后臧氏所出,下嫁振威将军徐逵之。逵之战殁江夏,事见第五回。长公主嫠居守节,随时出入宫中,所以宋主命她暂掌宫事。宫廷已得人主持,乃启跸出都,放胆西行。

谢晦也命弟遁领兵万人,与兄子世猷,司马周超,参军何承天等,留戍江陵,自引兵三万人,令庾登之总参军事,由江津直达破冢,舳舻相接,旌旗蔽空。晦临流长叹道:"恨不用此作勤王兵!"谁叫你造反。遂传

第九回　平谢逆功归檀道济　入夏都击走赫连昌

檄京邑,以入诛三竖为名,顺流至江口,进据巴陵,前哨探得宋军将至,乃按兵待战,会霖雨经旬,庾登之不发一令,但在舟中闲坐。参军刘和之白晦道:"天降霖雨,彼此皆同,奈何不进军速战?"晦乃促登之进兵,登之道:"水战莫若火攻,现在天气未晴,只好准备火具,俟晴乃发。"晦亦以为然,仍逗留不前。登之不愿从反,已见前言,晦乃令参决军事,且信其迂说,智者果如是耶？但使小将陈祐,督刈茅草,用大囊贮着,悬挂帆樯,待风干日燥,充作火具。

延宕至十有五日,天已晴霁,始遣中兵参军孔延秀进攻彭城洲。洲滨已立宋军营栅,由到彦之偏将萧欣,领兵守着。欣怯懦无能,没奈何出来对敌,自己躲在阵后,拥楯为卫。及延秀驱兵杀入,前队少却,他即弃军退走,乘船自遁,余众皆溃。延秀乘胜纵火,毁去营栅,据住彭城洲。彦之闻败,不免心惊。也是个无用人物。诸将请还屯夏口,以待后军。彦之恐还军被谴,留保隐圻,使人促道济会师。道济率众趋至,军始复振。

谢晦闻延秀得胜,复上表要求,语多骄肆,内有枭四凶于庙廷,悬三监于绛阙,申二台之匪辜,明两藩之无罪,臣当勒众旋旗,还保所任等语。看官听着！这表文中所说两藩,一说自己,一说檀道济,他以为道济同谋,必难独免,所以替道济代为解免。哪知辅主西征的大元帅,正是南兖州刺史檀道济。

表文方发,军报已来,说是道济与到彦之合师,渡江前来,惊得谢晦仓皇失措,不知所为。方焦急间,孔延秀亦已败回,报称彭城洲又被夺去。没奈何整军出望,远远见有战舰前来,不过一二十艘,还道是来兵不多,可以无恐。当命各舰列阵以待,呐喊扬威。那来舰泊住江心,并不前来交战,晦亦勒兵不进。

到了日暮,东风大起,来舰四集,前后绵亘,几不知有多少兵船,且处处悬着檀字旗号。蓦闻鼓声大震,来舰如飞而至。这一惊非同小可,慌忙下令对仗,偏部众不战先溃,顷刻四散。晦亦只好还投巴陵。继思巴陵狭小,必不能守,索性夜乘小舟,逃还江陵去了。

前豫州刺史刘粹,调任雍州,奉旨往捣江陵,驰至沙桥,被周超驱兵杀败,退至数十里外。超收军回城,见晦狼狈奔还,才知全军溃败,不由得忧惧交并。晦愧谢周超,嘱令并力坚守,超佯为允诺,竟夜出潜奔,往投到彦之军。

　　晦失去周超，越加惶急，又闻守兵亦溃，无一可恃，忙与弟遁及兄子世基、世猷，共得七骑，出城北走。遁体肥壮，不能骑马，晦沿途守候，行不得速，才至安陆，为守吏光顺之所执。七个人无一走脱，尽被拘入囚车，解送行在。庾登之、何承天、孔延秀等，悉数迎降。

　　宋主奏凯班师，人都后敕诛谢晦、谢遁、谢世基、谢世猷，并将谢皭亦提出狱中，斩首市曹。晦有文才，兄子世基，尤工吟咏，临刑时世基尚吟连句诗道："伟哉横海鳞，壮矣垂天翼！一旦失风水，翻为蝼蚁食！"晦亦不觉技痒，随口续下道："功遂侔昔人，保退无智力，既涉太行险，斯路信难跻。"叔侄吟罢，伸头就戮。迂腐可笑。

　　忽有一少妇披发跣足，号啕而来，见了谢晦，即抱住晦头，且舐且哭。刑官因刑期已至，劝令让避，该妇乃与晦永诀道："大丈夫当横尸战场，奈何凌籍都

市？"晦凄然道："事已至此，不必多说了。"言未已，一声炮响，头随刀落。少妇尚晕仆地上，经从人救她醒来，舁入舆中，疾行去讫。看官道少妇何人？原来是晦女彭城王妃。此妇颇有烈气。

　　晦既被诛，同党周超、孔延秀等，虽已投降，终究是抗拒王师，罪无可贷，亦令受诛，惟庾登之、何承天等，总算免他一死。宋主加封檀道济为征南大将军，开府仪同三司，兼江州刺史，到彦之为南豫州刺史。此外将士，各赏赉有差。又召还永嘉太守谢灵运，令为秘书监，始兴太守颜延之，令为中书侍郎。既而命左卫将军殷景仁，右卫将军刘湛，与王

第九回　平谢逆功归檀道济　入夏都击走赫连昌

华、王昙首并为侍中,擢镇西谘议参军谢弘微为黄门侍郎,都人号为元嘉五臣,冠冕一时。

这且慢表。且说魏主焘嗣位以后,休息经年,国内无事,忽报柔然入寇,攻陷云中。那时魏主焘不好坐视,当然督兵赴援。这柔然国系匈奴别种,先世有木骨闾,曾为魏主远祖代王猗卢骑卒,因坐罪当斩,遁居沙漠,生子车鹿会,很有勇力,招集番人,成一部落,号为柔然,即以木骨闾为氏,转音叫作郁久闾。六传至社仑,骁悍有智,与魏太祖拓跋珪同时。两雄相遇,免不得互启战争,拓跋珪卒破社仑。社仑奔至漠北,并有高车。兼灭匈奴余种。气焰益盛,自号豆代可汗。可汗二字,就是中国人所称的皇帝,豆代二字,乃是驾驭开张的意思,尝南向侵魏,欲报前败。社仑死后,兄弟继立,篡杀相寻,从弟大檀,先统西方别部,入靖国乱,自号纥升盖可汗,寓有制胜的意义,承兄遗志,复来攻魏。且闻魏主新立,意存轻视,竟率众六万骑,大举入云中。

魏主焘兼程驰救,三日二夜,趋至盛乐,盛乐是北魏旧都,已被大檀夺去,大檀复纵骑来战。兵多势盛,围绕魏主至五十余重,魏兵大惧,独魏主焘神色自若,亲挽强弓,射倒柔然大将于陟斤。柔然兵不战自乱,再经魏主麾兵力击,得将大檀击退。魏主焘收复盛乐,还至平城,再遣将士五道并进,追逐大檀出漠北,杀获甚多,方才班师。叙述柔然源流,笔不苟略。魏主焘因他无知,状类虫豸,改号柔然为蠕蠕。越年,夏主勃勃病殁,长子璝先死,次子昌嗣立。魏尝称勃勃为屈丐,意在卑辱勃勃,但勃勃凶狡善兵,颇亦为魏所惧。至是闻勃勃已死,因欲乘机伐夏,群臣请先伐蠕蠕,然后西略,独太常博士崔浩请先伐夏。魏相长孙嵩道:"我若伐夏,大檀必乘虚入寇,岂不可虑?"浩驳道:"赫连残虐,人神共弃,且土地不过千里,我军一到,彼必瓦解。蠕蠕新败,一时未敢入寇,待他来袭,我已好奏凯归来了!"魏主焘与浩意合,决计西征,乃遣司空奚斤率四万五千人袭蒲阪,将军周几袭陕城,用河东太守薛谨为向导,向西进发。魏主焘自为后应,行次君子津,适遇天气暴寒,河冰四合,遂率轻骑二万渡河,掩袭夏都统万城。夏主昌方宴集群臣,蓦闻魏兵掩至,惊扰得了不得,慌忙撤去筵席,号召兵将,由夏主亲自督领,出城拒战。看官!你想这仓猝召集的部众,怎能敌得过百战雄师?一经交锋,便即败溃。夏主昌匆匆走还,城未及闭,已被魏将豆代田,麾轻骑追入,直逼西宫,纵火焚西门。宫门骤闭,代田恐被截住,逾垣趋出,仍还大营。魏主焘尚在城外,见代田回来,面授勇武将军,再分兵四掠,俘获万计,得牛马十余万头。会夏主昌复登陴拒守,兵备颇严。魏主焘乃语诸将道:"统万城坚,尚未可取,且俟来年再举,与卿等共取此城便了。"遂掠夏民万余人而还。

时周几已攻破弘农,逐去守吏曹达。几入弘农,一病身亡,由奚斤代统各军,进攻蒲阪。守将乙斗,即遁往长安。长安留守赫连助兴,为夏主弟,见乙斗来奔,也弃城奔往安定,大好关中,被奚斤唾手取去。*易得易失,也有定数。*

北凉王沮渠蒙逊,氐王杨盛子玄,闻魏兵连捷,并皆惶恐,各遣使至魏,纳贡称藩。*北凉及氐详见后文。*魏主焘当然喜慰,更命军士伐木阴山,大造攻具,再谋伐夏。可巧夏主遣弟平原公定,率众二万,进攻长安,与魏帅奚斤,相持数月,未见胜负。魏主焘仍用前策,拟乘虚往袭统万,简兵练士,部分诸将,命司徒长孙翰及常山王拓跋素等,陆续出发。自督骑兵继进,至拔邻山,舍去辎重,径率轻骑三万人,背道先行。群臣俱劝阻道:"统万城非旦夕可下,奈何轻进?"魏主笑道:"兵法以攻城为最下,不得已出此一策;若与步兵攻具,同时俱进,彼必坚壁以待。我攻城不下,食尽兵疲,进退无路,如何了得!不如用轻骑直薄彼都,再用羸形诱敌,彼或出战,定可成擒。试想我军离家,已二千余里,又有大河相隔,全靠着一鼓锐气,来求一战,置诸死地而后生,便在此一举了!"*番主却亦能军。*遂扬鞭急进,分兵埋伏深谷,但用数千人至城下。

夏主昌飞召平原公定,叫他还援。定命使人返报,请夏主坚守,俟擒住奚斤,便即还救。夏主依议施行。适夏将狄子玉,缒城出降,报明定计。魏主焘即命退军,军士稍稍迟慢,立加鞭扑,又纵使奔夏,令报魏军虚实。夏主闻魏兵无继,且乏辎重,便督众出击。*要中计了。*

魏主焘且战且走,夏兵分作两翼,鼓噪追来,约行五六里,突遇风雨骤至,扬沙走石,天地晦冥,魏宦官赵倪颇晓方术,亟白魏主道:"今风雨从贼上来,彼顺风,我逆风,天不助人,愿陛下速避贼锋!"道言未毕,崔浩在旁呵叱道:"你说什么?我军千里远来,赖此决胜,贼贪进不止,后军已绝,我正好发伏掩击,天道无常,全凭人事做主呢!"

第九回　平谢逆功归檀道济　入夏都击走赫连昌

魏主连声称善,再诱夏兵至深谷间,一声鼓号,伏兵齐起。魏主焘分为两队,抵挡夏兵,复一马当先,突入夏兵阵内。夏尚书斛黎文,持槊刺来,魏主焘揽

辔一跃,马失前蹄,身随马仆。危乎险哉。斛黎文见魏主坠马,即下马来捉魏主,亏得魏将拓跋齐,上前急救,大呼勿伤我主!一面说,一面拦住斛黎文,拼死力斗。斛黎文未及上马,那魏主已腾身跃起,拔刀刺毙斛黎文。复乘马驰突,杀死夏兵十余人,身中数箭,仍然奋击不止。魏兵俱一齐杀上,夏兵大败。

夏主昌欲逃回城中,偏被魏主绕出马前,截住去路,没奈何拨马斜奔,逃往上邽去了。魏司徒长孙翰,率八千骑追夏主昌,直至高平,不及乃还。魏主焘乘胜攻城,城中无主,立即溃散,当由魏兵拥入,擒住文武官吏,及后妃公主宫女,不下万人。只夏主母由夏将拥出,西奔得脱。此外马约三十余万匹,牛羊约数千万头,均为魏兵所得,还有府库珍宝,车旗器物,不可胜计。小子有诗叹道:

　　雄踞西方建夏都,一传即被索头驱;
　　可怜巢覆无完卵,男作俘囚女作奴!

魏主焘既得统万城,亲自巡阅,禁不住叹息起来。究竟为着何事,且看下回便知。

谢晦举兵,上表自讼,看似振振有词,曾亦思废立何事,弑逆可罪,躬冒大不韪之名,尚得虚词解免乎?夫贤如霍光,犹难免芒刺之忧,卒至身后族灭。谢晦何

人,乃思免责。叛军一举,便即四溃,晦叛君,晦众即叛晦,势有必至,无足怪也。赫连勃勃乘乱崛起,借凶威以据西陲,祸不及身,必及其子。赫连昌之为魏所制,虽曰不乃父若,要亦勃勃之贻祸难逃耳。故保身在义,保国在仁,仁义两失,未有不身死国亡者也。观此回而益信云。

第 十 回

逃将军弃师中虏计　亡国后侑酒作人奴

　　却说魏主焘巡阅夏都,见他城高基厚,上逾十仞,下阔三十步,就是宫墙亦备极崇隆,内筑台榭,统皆雕镂刻画,饰以绮绣,不禁喟然叹道:"蕞尔小国,劳民费财,一至于此,怎得不亡呢!"可为后鉴。遂将所得财物,分给将士,留常山王素镇守统万,自率众还平城。所有男女俘虏,悉数带归。夏太史令张渊、徐辩,颇有才学,仍命为太史令。故晋将军毛修之,前被夏掳,见第六回。至是复为魏所俘,因他善解烹调,用为大官令。夏后、夏妃没入掖庭。夏公主数人,内有三女生成绝色,统是赫连勃勃所出,魏主焘召纳后宫,迫令侍寝。红颜力弱,只好勉抱衾裯,轮流当夕,魏主特降恩加封,俱号贵人。其父可名为丐,其女如何骤贵?寻且进册赫连长女为继后,这且不必细表。

　　惟魏主焘因奚斤在外,日久劳师,特召令北还。斤上书答复,力请添兵灭夏,乃命宗正娥清、太仆邱堆,率兵五千,进略关右,援应奚斤;复拨精兵万人,马三千匹,发往军前。赫连定闻统万失守,更见魏兵日增,也奔往上邽,奚斤追赶不及,乃进军安定,与娥清、邱堆合兵,拟再进取上邽。偏是天气不正,马多疫死,营中亦渐渐乏粮,一时不便再进,但深垒自固,遣邱堆督课民间,勒令输粟,士卒又四出劫掠,不设儆备。夏主昌伺隙掩击,杀败邱堆。堆收残骑还安定城,夏兵又时至城下抄掠,令魏军不得刍牧。

　　奚斤颇以为忧,监军侍御史安颉道:"赫连昌轻率寡谋,往往自出挑战,若伏兵掩击,定可擒他。"斤以粮少马乏为辞,安颉道:"今日不战,明日又不战,粮愈少,马愈乏,死在旦夕,还想破敌么?"斤尚欲静守待援,颉知他无能,自与将军尉眷密议,选骑以待。果然夏主昌自来攻城,当先督阵,颉与尉眷纵骑杀出,奋力搏战,适大风骤起,尘沙飞扬,魏兵乘风驰突,专向夏主前杀去。夏主料不可敌,情急返奔,被颉策马追上,槊伤夏主坐骑,夏主昌坠落马下,魏兵活捉而归。夏兵除死伤外,悉数遁去。

安颉、尉眷押夏主昌至平城,魏主焘却优礼相待,惟爵会稽公,令居西宫门内。昌仪容颇伟,又娴骑射,为魏主所爱宠,便将妹子始平公主,给予为妻。掳人妻妹,却以己妹偿之,好算特别报酬。且尝与出猎逐鹿,深入山谷。群臣恐昌有异心,一再进谏,魏主道:"天命有归,何必顾虑!"仍昵待如初。封安颉为建威将军,兼西平公,尉眷为宁北将军,兼渔阳公。

奚斤以功出偏裨,引为己耻,探得夏主弟赫连定,自上邽奔平凉,僭号称帝,便赍三日军粮,率兵击定。定设伏邀击,大破魏军,擒去奚斤,并及他将娥清、刘拔。太仆邱堆,输辎重至安定,闻斤等被擒,弃去辎重,还奔长安。夏主定乘胜进逼,邱堆又弃城奔蒲阪。

魏主闻报,立命安颉往斩邱堆,代领部众,控御夏兵。且又欲督军出讨,会闻柔然寇边,乃先击柔然,星夜北驱,直抵栗水。柔然酋长大檀,不及抵御,自毁庐舍,仓皇西走,部落四散。魏主分军搜讨,俘获甚众,进至涿邪山,惧有伏兵,乃引军南归。大檀一蹶不振,愤悒而死。子吴提嗣立,号敕连可汗,番语称神圣为敕连,他亦自知衰弱,遣人至平城朝贡,向魏乞和。魏主得休便休,许为北藩,北方已算征服了。

先是宋主义隆嗣位,曾遣使如魏修好,魏亦遣使报聘。及魏主将伐柔然,正值魏使北归,述宋主语,索还河南,否则将发兵攻取云云。魏主大笑道:"龟鳖小竖,有何能为?我若不先灭蠕蠕,转使腹背受敌了。今日北征,他日南伐未迟!"崔浩又从旁怂恿,乃决计北行,果得征服柔然,马到成功。凯旋后,加授浩为侍中,特进抚军大将军,凡遇军国大事,必先咨浩,然后施行。

宋元嘉七年春季,宋主义隆,特选甲卒五万,命右将军到彦之,安北将军王仲德,兖州刺史竺灵秀,并为统领,泛舟入河。使骁骑将军段宏,率骑兵八千,直指虎牢,豫州刺史刘德武,领兵万人继进,皇从弟长沙王刘义欣,即道怜长子。统兵三万,监督征讨诸军事,出镇彭城。先遣殿前将军田奇使魏,传语魏主道:"河南是我宋地,故遣兵修复旧境,与河北无涉。"

魏主焘勃然道:"我生发未燥,已闻河南属我,奈何前来相侵?必欲进军,悉听汝便,看汝能夺我河南否?"遂遣奇返报,一面使群臣会议。众请出兵三万,先发制人,并诛河北流民,绝宋向导。独崔浩进议

第十回　逃将军弃师中虏计　亡国后侑酒作人奴

道："南方卑湿，入夏水涨，草木蒙密，地气郁蒸，容易生疫，不利行师；若彼果能北来，我正可以逸待劳，俟他疲倦，然后出击，那时秋高马肥，因敌取食，才不失为万全计策呢！"魏主素来信浩，便按兵不发。

嗣由南方诸将，一再上表，乞派兵助守，并请就漳水造舰，为御敌计，朝臣统是赞成。更想出一法，谓宜署司马楚之、鲁轨、韩延之为将帅，使他招诱南人。楚之等入魏分见上文。崔浩又谏阻道："楚之等为宋所忌，今闻我悉发精兵，大造舟舰，欲存立司马氏，诛除刘宗，他必全国震骇，拼死来争，我徒张虚声，反召实害，岂非大谬！况楚之等皆纤利小才，止能招合无赖，断不能成就大功，徒使我兵连祸结，有何益处！"见地原胜人一筹。魏主未免踌躇，浩更援据天文，谓"南方举兵，实犯岁忌，定必不利，我国尽可无忧！"

魏主不欲违众，命造战舰三千艘，调幽州以南戍兵，会集河上，且授司马楚之为安南大将军，封琅琊王出屯颍川。宋右将军到彦之等，自淮入泗，适值淮水盛涨，逆流而上，每日止行十里，自孟夏至孟秋，始至须昌，未免沿途逗留，否则亦未必至此。乃溯河西上。到了确磝，魏兵已撤戍北归，再进滑台，也只留一空城，又趋向洛阳虎牢，统是城门大开，并无一个魏卒。彦之大喜，命朱修之守滑台，尹冲守虎牢，杜冀守金墉，余军入屯灵昌津，列守南岸，直抵潼关。大众统有欢容，惟王仲德有忧色，语诸将道："诸君未识北土情伪，必堕狡计。胡虏仁义不足，凶狡有余，今敛戍北归，并力完聚，待至天寒冰合，必将复来，岂不可虑？"彦之等尚似信未信，说他多心。是谓之愚。

才过月余，天气转寒，魏主焘大举南侵，令冠军将军安颉，督护诸军，来击彦之。彦之遣裨将姚耸夫等，渡河接战，哪里挡得住魏军，慌忙退还，麾下已十亡五六。颉乘胜逾河，攻金墉城，城中乏粮，宋将杜冀南遁，城遂被陷。洛阳已拔，又移军攻虎牢。守将尹冲，忙向彦之处求援。彦之令裨将王蟠龙，率军援应，行至七女津，被魏将杜超截击，阵斩蟠龙。尹冲闻援军败没，便与荥阳太守崔模，迎降魏军，虎牢又复失去。

彦之自魏兵南渡，畏缩得很，逐日退师，还保东平，且上表宋廷，请速派将添兵。宋主义隆，命征南将军檀道济，都督征讨诸军事，出兵伐魏，魏亦续遣寿光侯叔孙建、汝阴公长孙道生，越河南下，接应安颉。到彦之闻魏军大至，道济未来，不禁惶急异常，便欲引退，将军垣护之贻书谏阻，谓宜令竺灵秀助守滑台，更督大军进趋河北。彦之怎肯听从，且拟焚舟步走。

王仲德进言道："洛阳既陷，虎牢自不能守，这是应有的事情；今我军与虏相距，不下千里，滑台尚有强兵，若遽舍舟南走，士卒必散，愚意谓且引舟入济，再定行止。"彦之乃督率舰队，自清河入济南。才至历城，闻报魏兵追来，慌忙焚舟弃甲，登岸徒步，一溜风似的逃还彭城。何不改姓为逃。竺灵秀也弃了须昌，南奔湖陆，青、兖大震。

长沙王义欣誓众戒严。将佐恐魏兵大至，劝义欣委镇还都，义欣慨然道："天子命我镇守彭城，义当与城存亡，奈何弃去？"如君才不愧一义字。遂坚持不动，人心稍定。

魏兵东至济南，济南城内，兵不满千，太守萧承之，用了一个空城计，开门以待。魏人疑有伏兵，探望多时，始终不敢进城，相率退去。叔孙建入攻河陆，竺灵秀弃军遁走。

各败报传入宋都，宋主大怒，命诛灵秀，收击到彦之、王仲德，下狱免官。仲德似尚可贷。迁垣护之为北高平太守，旌赏直言，并促檀道济速救滑台。

道济自清河进兵，为魏将叔孙建、长孙道生所拒，先后三十余战，多半得胜。转战至历城，被叔孙建等前后邀击，焚去刍粮，遂不得进，魏将安颉、司马楚之等，得并力攻滑台。朱修之坚守数月，援绝粮空，甚至熏鼠为食，魏又使将军王慧龙助攻，眼见得城池被陷，修之成擒。

檀道济食尽引还，魏叔孙建得宋降卒，讯知道济乏食还军，即趋兵追赶。将及宋军，宋军大惧，道济却不慌不忙，择地下营，夜令军士唱筹量沙，贮作数囤，用米少许，遮盖囤上，摆列营前。到了黎明，魏兵前哨探视，见米囤杂列，不胜惊讶，忙报知叔孙建。叔孙建闻道济有粮，还道是降卒妄言，喝令处斩，率骑士逼道济营，道济令军士被甲随着，自己白服乘舆，从容出来，向南徐走。叔孙建疑为诱敌，不敢进击，反且引退，道济得全军而回。宋将中应推此人。

魏主已攻克河南，饬安颉旋师。安颉系归朱修之，魏主嘉他固守，拜为侍中，妻以宗女。司马楚之请再举伐宋，魏主不许，召楚之为散骑常侍，令王慧龙为荥阳太守。慧龙在郡十年，农战并修，声威大著，宋主义隆，使人往魏，散布谣言，但称慧龙功高位下，积怨已久，有降宋背魏

第十回　逃将军弃师中虏计　亡国后侑酒作人奴

等情。魏主不信,宋主复遣刺客吕玄伯,往刺慧龙。玄伯诈为降人,投入荥阳,被慧龙搜出匕首,纵使南归,且笑语道:"彼此各皆为主,我不怪汝!"玄伯感泣请留,

慧龙竟留侍左右,待遇甚优。后来慧龙病殁,玄伯代为守墓,终身不去,这也好算做豫让第二了。褒中寓贬。

且说夏主赫连定战败魏军,擒住魏帅奚斤等,据有关中,声势复盛,尝遣使至宋,约同攻魏,共分魏地。魏主焘正拟出兵讨夏,闻报大怒,遂亲赴统万城,进袭平凉,夏主方出居安定,引兵还救,途中遇魏将古弼,便即交战。古弼佯退,引夏主入伏中,杀得夏兵东倒西歪,斩首至数千级。夏主走保鹑觚原,命余众结一方阵,抵御魏兵。魏将古弼纵兵环集,又由魏主遣将尉眷等,来助古弼。两军相合,把鹑觚原围住,截断夏兵粮道,连樵汲都无路可通。夏兵又饥又渴,马亦乏草可食,没奈何下鹑觚原,突围出走。夏主定从西面杀出,正遇魏将尉眷截住,一场死斗,方得杀开一条血路,奔往上邽,所有夏主弟乌视拔秃骨,及公侯以下百余人,一古脑儿被魏人擒去。

魏兵乘胜攻安定,夏将东平公乙斗,竟弃了安定城,遁入长安,嗣复西奔上邽,往依赫连定去了。

那平凉城为魏主所攻,经旬未下,夏上谷公杜干,广阳公度洛弧,婴城固守,专望夏主定来援,魏主使赫连昌招降,亦不见从,乃掘堑营垒,督兵围攻。相持至一月有余,杜干等已是力尽,且闻夏主定败奔上邽,无从得援,没奈何开城出降。

魏将豆代田先驱入城，掳得夏宫中后妃，并在狱中择出奚斤等人，送交魏主。魏主大喜，入城安民，置酒高会，令豆代田就座左席，位出诸将上，并呼奚斤至前道："全汝生命，赖有代田，汝宜膝行奉酒，方可报德。"奚斤不敢违命，只好捧觞至代田前，屈膝奉饮。代田起座接受，一饮而尽。魏主又命将夏后释缚，唤她侑宴，令就代田处斟酒。代田见她低眉半蹙，泪眼微红，一种娇愁态度，令人暗暗生怜，便起禀魏主道："她也是一个主母，望陛下稍稍顾全！"魏主微笑道："你爱她么，我便把她赐你便了。"代田喜出望外，出座拜谢，及酒阑席散，便将夏后领去，享受美人滋味，越宿又接到诏敕，晋封井陉侯，加散骑常侍右卫将军，既邀艳福，复沐宠荣，真个是喜气重重，得未曾有了。只难为了赫连定，叫他作元绪公。

平凉既下，长安一带，复为魏有，魏主留巴东公延普镇安定，镇西将军王斤镇长安，自率各军还平城。那夏主定仅保上邽，所有故土，多半失去，自思东隅难复，不如改辟西境，还可取彼偿此，再振雄图。

当时陇西有西秦国，系鲜卑种族，初属苻秦，苻秦败亡，乞伏国仁，据有凉州、临洮、河州，自称大单于，领秦、河二州牧。国仁死，弟乾归嗣，尽有陇西地，始称秦王，历史上号为西秦。乾归为兄子公府所弑，公府复为乾归子炽磐所杀，炽磐并吞南凉秃发氏，秃发傉檀为西秦所灭事见晋史。拓地益广。传子暮末，屡与北凉战争，师财劳匮，众叛亲离。暮末不得已向魏乞降，魏遣将往迎暮末，暮末焚城邑，毁宝器，率部民万五千人东行。道出上邽，正值夏主定有心西略，便出兵邀击。暮末不敢争锋，退保南安，夏主定令叔父韦伐，驱兵进逼，即将南安城围住。城中无粮可依，人自相食，秦侍中出连辅政，乞伏国祚及吏部尚书乞伏跋跋，逾城奔夏。暮末窘急万状，只好面缚舆榇，出城请降。

夏将韦伐，把暮末送至上邽，又将乞伏氏宗族五百余人，悉数擒献，当被夏主定严刑屠戮，杀得一个不留。危亡在即，还要如此惨虐，安得不速其死！复驱秦民十余万口，自治城渡河，欲夺北凉疆土，作为根据。不意吐谷浑吐读如突，谷读如欲。王慕璝，骤发劲骑三万人，前来袭击，顿令这痴心妄想的赫连定，从此了结，一命呜呼。

吐谷浑也是鲜卑支派，远祖名叫谷浑，为晋初鲜卑都督慕容廆庶兄，旧居辽西。迁往阴山，再传至孙叶延，颇好学问，用王父字为氏，故

第十回　逃将军弃师中庞计　亡国后侑酒作人奴

国号吐谷浑。又三传至阿豺，据有并、氐、羌地方数千里，自称骁骑将军沙州刺史。宋景平初年，通使江南，进献方物，宋少帝封为浇河公，未及拜受。至宋主义隆入嗣，始受册命。阿豺有子二十人，临死时，命诸子各献一箭，共得二十支。又召母弟慕利延入帐，令他取折一箭，应手而断，更命把十九箭总作一束，再使取折，慕利延费尽腕力，不损分毫。阿豺顾语子弟道："汝等可共视此箭，孤单易折，众厚难摧，愿汝等戮力同心，保全社稷！"至理名言，不可勿视。言讫即逝。

弟慕璝嗣立，奉表至宋，宋封为陇西公，慕璝又遣使通魏，魏亦封为大将军。至是闻夏主西来，遂遣慕利延等率骑三万，沿河截击，乘着夏兵半济，奋杀过去。夏兵大半溺死，夏主定拖泥带水，登岸飞逃，偏被敌骑逾河追至，七手八脚，把他拖去。当下置入囚车，献与慕璝，慕璝又遣侍郎谢太宁，押定送魏。魏主焘即令斩定，且嘉奖慕璝，加封为西秦王。

既而赫连昌亦叛魏西走，为河西军将格毙，并收捕赫连昌子弟，一并诛夷。夏传三主而亡，勃勃子孙，被诛殆尽。小子有诗叹道：

　　侈言徽赫与天连，勃勃改姓赫连即本此意。三主相传廿六年；
　　虎父不能生虎子，平城流血几成川。

夏已灭亡，上邽为氐王所据，自称都督雍、凉、秦三州军事，且发兵进窥汉中，与宋构衅。欲知详情，俟下卷说明。

宋主欲规复河南，何不先用檀道济，而乃命怯懦无能之庸帅，侥幸一试，痴望成功？魏兵之不战而退，明明是欲取姑与之谋，譬如鸷鸟搏食，必先敛翼，然后一往无前。王仲德虽尚能料事，顾亦徒托空言，未尝预备。至于魏兵再下，宋师屡败，始用檀道济以援应之，晚矣！道济之唱筹量沙，古今传为奇计，但只能却敌，不能破敌，大好中州，终沦左衽，嗟何及耶！赫连兄弟，先后就擒，男作俘囚，女作妾媵，未始非勃勃残恶之报。赫连定已经授首，赫连昌尚属幸存，受魏封爵，娶魏公主，假令安分守己，不生异图，则赫连氏何至无后？乃复叛魏西走，卒至全族诛夷，凶人之后，其果无噍类也乎！

第 十 一 回

破氐帅收还要郡　杀司空自坏长城

却说关陇南面,有一胜地,叫作仇池,地方百顷,平地起凸,四面斗绝,高约七里有奇,统是羊肠曲道,须经过三十六个回峰,力登绝顶。上面水草丰美,且可煮盐,向为氐族所据。东汉末年,氐族头目,姓杨名腾,占据此地。其孙名千万,称臣曹魏,受封百顷王,再传至杨飞龙,势渐强盛,晋封他为平西将军。飞龙无嗣,养外甥令狐茂搜为子,茂搜冒姓杨氏,又三传至杨初,自号仇池公。曾孙名纂,为苻秦所灭。苻秦败亡,杨氏遗族杨定,亡奔陇右,收集旧众千余家,仍据仇池,徙居历城,距仇池二十里,与山东之历城不同。夺取天水、略阳等地,僭称陇西王,后为西秦王乞伏乾归所杀。从弟杨盛,留守仇池,自称仇池公,出略汉中,向晋称藩,晋封盛为征西大将军,兼仇池王。宋主篡晋,复封盛为车骑将军,晋爵武都王。盛仍奉晋正朔,尚沿用义熙年号。

元嘉二年,盛病将死,授遗嘱与子玄道:"我年已老,当终为晋臣,汝宜善事宋帝。"玄涕泣受命,及盛没后,向宋告哀,始用元嘉正朔。宋令玄仍袭父爵,玄又通好北魏,受封征南大将军兼南秦王。才越四年,又复病剧,召弟难当入,语道:"今国境未宁,正须抚慰,我子保宗,年尚冲昧,烦弟继承国事,毋坠先勋!"难当固辞,愿辅立保宗。至玄死发丧,难当果不食言,立保宗为嗣主。偏是难当妻姚氏,密语难当道:"国险未平,应立长君,奈何反事孺子呢?"妇人专喜播弄是非。难当听信妇言,竟将保宗废去,自称都督雍、凉、秦三州军事,兼征西大将军秦州刺史武都王。

可巧赫连族灭,上邽空虚,他即命子顺收取上邽,充任留守。又授保宗为镇南将军,使戍宕昌。保宗谋袭难当,事泄被拘。难当又欲并吞汉中,伺隙思逞。补叙详明。

会梁州刺史甄法护,刑政不修,宋主特遣刺史萧思话代任,思话尚未莅镇,那杨难当又乘机先发,调拨兵将,径袭梁州。甄法护本来糊涂,一切兵备,统已废弛,骤闻氐众到来,吓得魂驰魄散,慌忙挈领妻孥,逃出城外,奔投洋州。氐众当然入城。

萧思话到了襄阳,接得梁州失守的消息,忙遣司马萧承之,率五百人前进,长史萧汪之,率五百人为后应。看官听着!这萧承之就是后来齐太祖的父亲,前为济南太守,曾用空城计却魏。事见前回。此次调任汉中太守,偕思话东行,兼充行军司马。既奉思话军令,作为前驱,自思随兵太少,应该沿途招募,便陆续收集丁壮,约得千人,乃进据磝头。

杨难当焚掠汉中,引众西还,留将军赵温居守梁州,温令魏兴太守薛健据黄金山,副守姜宝据铁城。铁城与黄金山相对,仅隔里许,斫树塞道,阻截宋军。萧承之遣阴平太守萧坦,进攻二戍,扫除芜秽,长驱直达,先拔铁城,继下黄金山,杀得薛健、姜宝大败而逃。赵温亲自出马,来攻坦营,坦又出兵奋击,舞刀先进,左斫右劈,杀死氐众数十人。后面兵士随上,搅破温阵,温知不可当,狼狈遁去。坦亦受创,退归大营养疴,承之另遣司马锡文祖,往戍黄金山。后队萧汪之亦至,还有平西将军临川王刘义庆,即道规继子,见第七回。方出镇荆州,也遣将军裴方明,带兵三千,来助思话。思话派参军王灵济,率偏师出洋川,进向南城。氐将赵英,据险扼守,为灵济所破,将英擒住。南城空虚,无粮可因,灵济引军退还,与承之合师。

承之督令诸军追击氐众,行抵汉津,但见两岸遍布敌营,中通浮桥,步骑杂沓,戈戟森严,料知有一场恶斗,乃立营布阵,从容待战。极写承

第十一回　破氐帅收还要郡　杀司空自坏长城

之。那敌营中的统帅,乃是杨难当子杨和,会集赵温、薛健等人,据津拒敌,兵约万余。既见宋军到来,便麾众来攻,环绕承之行营,至数十匝。承之开营逆战,因与敌接近,弓箭难施,只好各用短刀,上前力搏。偏氐众尽穿犀甲,刃不能入,承之急命将士截断长槊,上系大斧,横砍过去,每一动手,砍倒氐兵十余人,氐众抵敌不住,纷纷溃散。杨和等逃回寨中,放起一把无名火来,将所有营帐及所筑浮桥,尽行毁去,退保大桃。

既而萧思话、裴方明等一齐驰至,与承之并力进攻,连战皆捷,不但将大桃敌众,悉数逐走,就是梁州亦唾手取来。从前杨盛时候,略汉中地,夺去魏兴、上庸、新城三郡,至是且尽行克复,汉中全境,无一氐人。杨难当恐宋军入境,慌忙上表谢罪,宋主义隆,方下诏赦宥。令萧思话镇守汉中,加号宁朔将军。召萧承之还都,令为太子屯骑校尉,收逮甄法护下狱,赐令自尽。此外有益州贼赵广,秦州贼马大玄,先后作乱,俱得荡平,这也无容细表。

且说魏主焘既得河南,分兵戍守,加授崔浩为司徒,长孙道生为司空。道生平素俭约,得一熊皮为毯,数十年不易,魏主尝使歌工作颂,有智如崔浩,廉如道生二语。浩更劝魏主偃武修文,征求世胄遗逸,得范阳人卢玄,博陵人崔绰,赵郡人李灵,河间人邢颖,渤海人高允,广平人游雅,太原人张伟等,各授中书博士。惟崔绰以母老为辞,不肯受官。浩又改定律令,除四岁五岁刑律,增一年刑,授议亲议贵议功诸例,凡官阶九品以上,得酌量减免,妇人当刑而孕,概令延期,待产后百日,始按律取决。阙下悬登闻鼓,使冤民得诣阙申诉,击鼓上闻,舆情翕服,国内称治。一面欲通好江左,息争安民,乃请命魏主,令散骑侍郎周绍南来,至宋聘问,并乞和亲。宋主含糊作答,但遣使臣魏道生报聘,嗣是两国使节,往来不绝。

魏主立子晃为太子,又派散骑常侍宋宣至宋,为太子求婚,宋主仍然支吾对付,卒无成议,惟南北和好,约得十余年,好算是魏主的美意。应该使南人领情。

宋主义隆,闻魏主求贤恤民,也下了几道劝农举才的诏敕,无如亲贵擅权,吏胥舞法,就使有几个遗贤耆老,怎肯冒昧出山,虚縻好爵。武帝时,尝召武阳人李密为太子洗马,密愿终养祖母刘氏,上了一篇陈情表,决意辞征。作者误,此系晋武帝。武帝只好收回成命,许令终养。还有谯郡戴逵子颙，承父遗训，雅好琴书，屡征不起。南阳人宗炳，与妻罗氏，并隐江陵，亦终不就征。他如广武人周续之，临沂人王弘之，鲁人孔淳之，枝江人刘凝之等，均立志高尚，迭经宋廷召用，并皆固辞。最著名的是寻阳陶渊明先生，他名潜，字元亮，系晋大司马陶侃曾孙，晋季曾为彭泽县令，郡遣督邮至县，故例应束带迎见，渊明慨然道："我不能为五斗米折腰！"乃解组自归。随赋《归去来辞》，自明志趣。门前种五柳树，因作《五柳先生传》，为己写照。妻翟氏亦与同志，偕隐栗里，渊明前耕，翟氏后锄，并安勤苦，不慕荣利。宋司徒王弘，为江州刺史时，尝使渊明友人庞通之，赍着酒肴，邀他共饮。渊明嗜酒，欣然应召，入座便饮。俄顷弘至，渊明只自饮酒，不通姓名，既醉即去。平时所著文章，必书年月，但在晋义熙以前，尝署年号，一入宋初，惟署甲子，隐寓不事宋室的意思。宋主义隆，正拟遣发征车，适渊明病殁，方才罢议，后世号渊明为靖节先生。叠叙高人，以愧干禄之士。

王弘闻讣，亦叹息不置。元嘉九年，弘进爵太保，才阅月余，亦即逝世。王华、王昙首又皆病终。荆州刺史彭城王义康已入任司徒，录尚书事，至是因元老丧亡，遂得专握政权。领军将军殷景仁升任尚书仆射，太子詹事刘湛升任领军将军。湛本为景仁所引，既沐荣宠，却暗忌景仁。且前时曾为彭城长史，与义康有僚佐情，遂格外巴结义康，想将景仁挤排出去。是谓小人。偏偏景仁深得主心，更加授中书令兼中护军。湛未得加官，但命兼任太子詹事，湛益愤怒，与义康并进谗言，诋毁景仁。宋主始终不信，待遇景仁，反且加厚。景仁亦知刘湛排己，尝对亲旧叹息道："引虎入室，便即噬人！"乃托疾辞职，累表不许，但令他在家养疴。湛尚不能平，拟令兵士诈为劫盗，夜入景仁私第刺杀景仁。谋尚未发，偏有人传报宋主，宋主亟令景仁徙居西掖门，使近宫禁，因此湛计不行。宋主既知湛阴谋，何不立加穷治，乃使其连害骨肉耶？

嗣是义康僚属，及湛相知的友人，潜相约勒，无敢入殷氏门。独彭城王主簿刘敬文，有父名成，尚向景仁处求一郡守。敬文得悉，忙至湛第，长跪叩首，湛惊问何因？敬文呜咽道："老父悖耄，就殷家干禄，竟出敬文意外。敬文不知豫防，上负生成，阖门惭惧，无地自容！为此踵门请罪。"无耻已极。湛徐答道："父子至亲，奈何不先通知，此次且不必说，下次须要加防！"敬文听了，如遇皇恩大赦一般，又捣了几个响头，

第十一回　破氐帅收还要郡　杀司空自坏长城

方才辞出。作者亦太挖苦。

后将军司马庾炳之,颇有辩才,往来殷、刘二家,皆得相契,暗中却输忠宋主。宋主屡使炳之传达密命,往谕景仁,景仁虽称疾不朝,仍然有问必答,密表去来,俱令炳之代达,刘湛全然未知,但闻炳之出入殷家,也还道是探问疾病,不加猜疑。此等处何独放心?

嗣因谢灵运得罪被收,宋主怜他多才,拟加赦宥。彭城王义康,听刘湛言,说他恃才傲物,犯上作乱,定须置诸重典,乃流戍广州。究竟灵运有何逆迹,待小子略略叙明。

灵运前曾蒙召为秘书监,见第九回。使整理秘阁书籍,补足阙文,且命他撰述晋书。他尝挟才自诩,意欲入朝参政,不料应召以后,但教他职司翰墨,未免心下怏怏,所以奉命撰史,不过粗立条目,日久无成。及迁任侍中,朝夕引见,或陈诗,或献字,宋主尝称为二宝,辄加叹赏。惟总不令他参预朝纲,因此灵运益觉不平,时常称疾不朝。有时出郭游行,兼旬不返,既未表闻,又不请假,廷臣啧有烦言。宋主亦嫌他不守官方,讽令辞职,灵运始上表陈疾,奉旨东归。

族父谢方明,为会稽太守,灵运即往省视,与方明子惠连相见,大加赏识。又与东海人何长瑜,颍川人荀雍,泰山人羊璿之,诗酒倡和,联为知交,惠连亦得与列,称为四友。谢氏本为名族,灵运得先世遗资,畜养僮奴数百人,又得门生数百,同游山泽间,穷幽极险,伐木开径,百姓惊扰,目为山贼。可巧会稽太守,换了一个新任官,叫作孟𫖮,𫖮迷信佛教,灵运独面讽道:"得道须慧业文人,公生天当在灵运前,成佛必在灵运后。"𫖮深恨此言,遂与灵运有隙,上书奏讦。灵运原是多嘴,孟𫖮亦觉逗气。

灵运忙诣阙自讼,得旨令为临川内史。一行作吏,仍然游放自若,为有司所纠劾,遣使逮治,偏他抗衡不服,竟将来使执住,且作诗道:"韩亡子房奋,秦帝鲁连耻,本自江海人,忠义感君子。"这诗一传,有司越加借口,称为逆迹昭著,兴兵捕住灵运,请旨正法。还是宋主特别垂怜,连义康面奏诸词,都未听从,才得免死流粤。也是灵运命运该绝,又有人奏了一本,说他私买兵器,纠结健儿,欲就三江口起事。那时宋主只好割爱,饬令在广州弃市。看官!你想灵运是个文人,怎能造反?无非是文辞狂放,触怒当道,徒落得身首异处,赍恨千秋呢!实是一种文字狱。

未几又由刘湛主谋,要把那宋室长城,凭空毁坏。真个是谗人罔极,妨功害能,说将起来,可痛!可恨!当时宋室良将,首推檀道济,自历城全师退归,进位司空,仍然还镇寻阳。即江州。左右心腹,并经百战,有子数人,如给事黄门侍郎檀植,司徒从事中郎檀粲,太子舍人檀隰,征北主簿檀承伯,秘书郎檀遵等,又皆秉受家传,才具卓荦。功高未免震主,气盛益足陵人,朝廷已时加疑忌,留意豫防。会宋主寝疾,历久不愈,刘湛密语义康道:"宫车倘有不测,余无足忧,最可虑的是檀道济。"义康道:"君言甚是,应如何预先处置?"湛答道:"莫如召他入朝,但托言索虏入寇,要他来都面议,如欲乘此除患,便容易下手了。"

义康点首称善,入白宋主,请召道济入朝。宋主神疲意懒,无暇问明底细,但模糊答应了一声,义康遂飞诏驰召。

道济接到诏敕,即整装起行,妻向

司空自毁长城

氏语道济道:"震世功名,必遭人忌,今无故相召,恐不免及祸哩!"颇有见识,但奉召不入,亦属非是。道济道:"诏敕中说有边患,不得不赴,谅来亦无甚妨碍,卿可放心!"言为心声,可见道济存心不二。随即启程入都。

及至建康,与义康等晤谈,义康谓索虏已退,只是主疾可忧。道济遂入宫问疾,见宋主却是狼狈,略略慰问,便即趋出。嗣是宋主病势,牵缠不退,道济只好在都问安,计自元嘉十二年冬季入都,直至次年春暮,始见宋主少瘥,乃辞行还镇。方才下船,忽有中使驰至,谓圣躬又复不安,仍命他返阙议事。道济不敢不依,还入都城,甫至阙下,忽由义康出来,指示禁军,拿下道济,且令他跪听宣敕,旁边趋出刘湛,即捧敕朗读道:

第十一回　破氐帅收还要郡　杀司空自坏长城

檀道济阶缘时幸,荷恩在昔,宠灵优渥,莫与为比,曾不感佩殊遇,思答万分,乃空怀疑贰,履霜日久。元嘉以来,猜阻滋结,不义不昵之心,附下罔上之事,固已暴之民听,彰于远迩。谢灵运志凶辞丑,不臣显著,纳受邪说,每相容隐,又潜散金货,招诱剽猾逋逃,必至实繁弥广,日夜伺隙,希冀非望。镇军将军王仲德,往年入朝,屡陈此迹,朕以其位居台铉,预班河岳,弥缝容养,庶或能革。而乃长恶不悛,凶愿遂遘,因朕寝疾,规肆祸心。前南蛮行参军庞延祖,具悉奸状,密以启闻。夫君亲无将,刑兹罔赦,况罪衅深重,若斯之甚,便可收付廷尉,肃正刑书,事止元恶,余无所问。特诏!

道济听毕诏书,不禁大愤,张目注视刘湛,好似电闪一般。转思已落人手,多言无益,索性脱帻投地道:"乃坏汝万里长城!"说着,即起身自投狱中。那阴贼险狠的刘湛,意怂恿义康,收捕道济诸子,令与乃父一同牵出,骈首都市。还有随从道济的参军薛彤,一体收斩。又遣尚书库部郎顾仲文,建武将军茅亨,领兵至寻阳,捕系道济妻向氏,少子夷、邕、演等,及参军高进之,悉置死刑。道济有子十一人,统遭骈戮,诸孙亦死,只留邕子孺一人,使续檀氏宗祀。何罪至此?薛彤、高进之,皆有勇力,为道济所倚任,时人比为关羽、张飞。魏人闻道济被诛,私自庆贺道:"道济一死,吴人均不足畏了!"小子走笔至此,也不禁为道济呼冤。即自录一诗道:

百战经营臣力多,无端谗构起风波。
都门脱帻留遗恨,坏汝长城可奈何!

义康与湛既冤杀檀道济,宋主病亦渐愈。忽有前滑台守将朱修之,自虏中逃归,替燕求援。欲知燕国详情,容至下回再叙。

萧承之力破氐众,为萧氏篡刘之滥觞,故本回特别叙明;志功首,即所以记祸始也。刘湛列元嘉五臣之一,而二王迭逝,彭城秉政,乃隐结义康,以排殷景仁,始联殷而得主宠,继倾殷而欲自专,小人变诈,几不胜防,无怪景仁之引为长叹也。谢灵运之被诛,当时谓其逆迹昭著,而史官独以恃才凌物,为其致祸之由,诚有特见。灵运一文人耳,吟诗遭忌,锻炼深文,刑重罚轻,已为可悯。檀道济以不世之功,罹不测之祸,自坏长城,冤无从诉。乃知陶靖节之归隐柴桑,自耽松菊,其固有加人一等者欤!本回连类汇叙,彰瘅从公,益可见下笔之不苟云。

第十二回

燕王弘投奔高丽　魏主焘攻克姑臧

却说燕主冯弘,为后燕中卫将军冯跋弟。跋尝得罪后燕,亡命山泽。后燕主慕容熙即慕容宝之叔淫荒失德,跋即乘势作乱,推慕容氏即慕容宝养子高云为主,弑慕容熙。云自称天王,寻复遇弑,由跋代定国乱,继为燕主,定都龙城,史家称为北燕。魏遣使臣于什门至燕,敕令称藩,冯跋不从,拘住于什门,迫令投降。什门不屈,跋亦不肯遣归,魏遂与燕有隙,屡次鏖兵。既而冯跋病剧,命太子翼摄政,跋妃宋氏,欲立亲子受居,迫翼退居东宫。跋弟弘乘间入阁,便即篡位,跋竟惊死。弘杀太子翼,及跋子弟百余人。

魏主焘再督兵伐燕,连败燕兵,燕尚书郭渊,劝弘送款献女,向魏求和。弘摇首道:"负嵎在前,结怨已深,就使屈志降敌,也未必保全,不如另图别计。"乃再行调兵,与魏相持,魏降将朱修之,系怀祖国,因魏主自出攻燕,拟与前时被俘诸南人,联络起事,往袭魏主,事成归宋。当下商诸毛修之,毛修之亦系宋臣,被掳多年,甘心事魏,不肯相从。同名不同姓,同迹不同心,我为一叹。毛修之被掳见第六回。朱修之恐他泄谋,逃奔入燕。燕主弘遣令归宋,乞师北援,因即汎海南行,仍返故都。看官!你想此时的彭城王义康,及领军将军刘湛,方自坏长城,冤杀良将,还有何心去援北燕,再伐北魏!朱修之替燕求救,徒托空言,惟得了一个官职,充任黄门侍郎,没奈何蹉跎过去。

魏主焘闻南人谋变,引兵西还,燕得苟延旦夕。不意内讧复起,反召外侮,遂令冯弘自取危祸,从此败亡。

原来弘妻王氏,生有三子,长名崇,次名朗,又次名邈,妾慕容氏生子王仁,及弘已篡国,以妾为妻,竟立慕容氏为后,王仁为太子。崇受封长乐公,出镇辽西,朗与邈私议道:"今国家将亡,无人不晓,我父又听慕容氏谗言,恐我兄弟要先遭惨祸了,不如先走为是。"乃同奔辽西,劝兄降魏。嫡庶相争,非乱即亡,弘之得国也在此,其失国也亦在此,可谓天道好还。崇遂使邈赴魏都,举郡请降。

冯弘闻三子卖国,勃然大怒,立遣部将封羽往讨。崇再向魏求救,魏授崇为车骑大将军,兼幽、平二州牧,封辽西王,食辽西十郡。更派永昌王拓跋健,左仆射安原,往援辽西,进攻龙城。拓跋健到了辽西,探得燕将封羽,在凡城驻兵,便遣裨将楼勃,率五千骑兵往攻,封羽不战即降,凡城复为魏有。

冯弘大惧,不得已遣使至魏,情愿纳女求成。魏主焘索还于什门,且令燕太子王仁为质,方许罢兵。弘乃遣于什门归燕,什门在燕二十一年,终不屈节,魏主比为苏武,拜治书御史。惟弘子王仁,仍未遣往,由魏使征令入朝。弘钟爱少子,当然迟疑,更兼宠后慕容氏,从旁阻挠,掩袖工啼,牵袍揾泪,惹得这位燕王弘,备加怜惜,宁可亡国,不肯割爱。小不忍,则乱大谋。

散骑常侍刘滋入谏道:"从前蜀刘禅依山为固,吴孙皓据江为城,后来顿为晋俘,可见得强弱不同,终难幸免。今魏比晋强,我且不如吴蜀,若不从魏命,恐速危亡,还请陛下暂舍太子,令他入魏。一面修政治,抚百姓,收离散,赈饥穷,劝农桑,省赋役,维持国本,返弱为强,那时魏主亦不敢轻视,太子自得重归了。"计划甚是。道言未绝,弘已拍案道:"你也有父子情谊,难道教朕送儿就死么?"滋亦抗声道:"陛下遣子往魏,子未必死,国家可保;否则危亡在即,不但失一太子呢!"弘更大怒道:"逆臣咒诅朕躬,罪无可赦,左右快将他绑出朝门,斩首报来!"左右一声遵旨,便将刘滋绑出,一刀了命。可与龙逢、比干共传不朽,故本书不肯略过。

随即叱还魏使,另遣使至建康,称藩乞援。宋廷称他为黄龙国,会燕使赍还诏书,封弘为燕王,但未尝出师相救,弘料不可恃,再命部将汤烛,奉贡魏都,托言太子有疾,故未遣质。魏主焘知他饰词,下诏逐客。先命永昌王拓跋健等伐燕,割取禾稼,继命骠骑大将军乐平王拓跋丕,镇东大将军徒河、屈垣等,带领骑兵四万,直捣龙城。弘闻报大惧,亟备牛酒犒师。魏将屈垣先到城下,由弘遣发郎吏,牵羊担酒,犒劳魏兵,并令太常卿杨崏求和。屈垣道:"汝国不送侍子,所以我军前来;如果悔罪投诚,速将侍子献出,不得迟延!"杨崏唯唯而还。屈垣待了一日,未见复音,乃纵兵大掠,虏得男女六千余口。未几拓跋丕亦至,麾兵薄城。

燕主弘既忧外侮，复舍不得膝下宠儿，害得彷徨失措，昼夜不安。没奈何再遣杨崏出城，限期送入侍子，求他退兵。拓跋丕总算应允，许以一月为期，自率四万骑兵，及所掠人口，从容退去。转眼间限期已满，弘仍未践约，杨崏一再入劝，弘答道："我终不忍出此，万一事急，不如东投高丽，再图后举。"崏对道："魏用全国兵力，来压我国，理无不克，高丽也是异族，始虽相亲，终必为变，不可不防！"燕臣非无智虑。弘终不从，密遣尚书阳伊，东往高丽，请发兵相迎。阳伊未返，魏师又来，弘又向魏进贡方物，愿送侍子入质。魏主焘到了此时，却不肯应许了，魏平东将军娥清，安西将军古弼，奉魏主命，率精骑万人，杀入燕境，再檄平州刺史拓跋婴，调集辽西诸军，一齐会合，鼓行而进，攻陷白狼城，入捣燕都。凑巧燕尚书阳伊，也乞得高丽兵将数万人，来迎燕主，进屯临川。燕尚书令郭生，不欲东迁，骤开城门纳魏兵。魏兵疑他有诈，未敢径入，郭生竟勒兵攻弘。弘急引高丽将葛卢、孟光入城，与生交锋。生中箭倒毙，余众奔散。葛卢、孟光，乘势掠取武库，搬出甲胄刀械，颁给高丽兵士。高丽兵易去旧褐，焕然一新，且见城中人民殷实，索性任情打劫，彻夜不休。燕民何辜！燕主弘遂迫民东徙，纵火焚去宫阙，但携细软什物，出城启行。令后妃宫人被甲居中，阳伊率兵外护，葛卢、孟光殿后，方轨并进，绵亘八十余里。

魏将古弼因高丽兵众，立营自固，作壁上观。至燕主东行，弼正举酒独酌，陶然忘情。忽由部将高苟子入报，请率骑兵追击燕人，弼已含有醉意，拔刀斫案道："谁敢打断老夫酒兴，如再多言，便即斩道！"高苟子伸舌而退。弼醉后就寝，翌日始醒，闻燕主已经遁去，始有悔意，乃率兵驰入龙城，据实奏报。不到数日，即有槛车到来，责弼拥兵纵寇，把他拘去，并召还娥清，一律加罪，黜为门卒。另派散骑常侍封拨，驰诣高丽，饬他送弘入魏。

高丽王高琏不肯送弘，但复书魏都，谓当与冯弘俱奉王化。魏主焘恨他违命，拟发兵进讨，还是乐平王丕上书规谏，方才罢议。弘到了高丽，由高琏遣人郊劳道："龙城王冯君，远来敝郊，敢问士马劳苦否？"弘且惭且愤，还要摆着皇帝架子，使人赍着诏书，谯让高琏，太不自量。高琏未免动怒，不许入城，但令弘寓居平郭，嗣复徙往北丰。弘侈然自大，政刑赏罚，独行独断，仍与在龙城时相似，惹得高琏怒上加怒，竟遣发骑

第十二回　燕王弘投奔高丽　魏主焘攻克姑臧

士,驰至北丰,夺去冯弘侍臣,并把他太子王仁,一并拘去。令人一快。

看官试想!这冯弘为了爱子娇妻,甘心弃国,此时仍弄到父子生离,哪得不悲愤交集?当下再遣密使,奉表宋廷,哀求援助,宋主遣吏王白驹等往迎冯弘,且饬高琏给资遣送。高琏益加愤恨,索性差了两员大将,一是孙漱,一是高仇,带了数百兵士,至北丰杀死冯弘,并弘子孙十余人。慕容后如何下落,可惜史中未详。

北燕自冯跋篡立,一传即亡。高琏阳谥弘为昭成皇帝,但说他因病暴亡,浼王白驹返报宋主。宋主原不过貌示怀柔,既闻冯弘病殁,也就罢休,不复追诘了。

燕王弘投奔高丽

魏主焘既灭北燕,乃进图北凉。北凉沮渠氏,世为匈奴左沮渠王,以官为姓。后凉主吕光,背秦自立,用那沮渠罗仇为尚书,后凉兴灭,见《两晋演义》。出伐西秦,竟致败绩。吕光归罪罗仇兄弟,将他处斩,罗仇从子蒙逊,起兵报怨,推太守段业为凉州牧,自为部将,击败后凉,擒住吕光侄吕纯。段业遂自称凉王,用蒙逊为尚书左丞,历史上称为北凉。蒙逊功高权重,为业所忌,出为西平太守,因密约从兄男成,谋共除业。男成亦辅业有功,不从蒙逊计议,蒙逊先潜男成,令业赐男成自尽,然后托词纠众,为兄报仇。阴害从兄,为弑主计,仁义安在?遂攻入凉州,弑了段业,自为大都督大将军凉州牧,兼张掖公。至后凉为后秦所灭,令南凉主秃发傉檀据守姑臧,蒙逊击走傉檀,即将姑臧夺来,作为国都,挈族迁居,加号河西王。嗣又破灭西凉,得地更广。蒙逊灭西凉见第七回。尝遣使通好江南,迭受册封，又遣子安周入侍北魏，魏亦遣官授册。两头讨好，计亦甚狡。僭号至二十余年，免不得骄淫起来。

西僧昙无谶自言能使鬼治病，且有秘术，为蒙逊所信重，尊为圣人，令诸女及子妇，皆往受教。恐他是肉身说法。魏主焘独信道教，甚嫉释徒，闻蒙逊礼事西僧，遂遣尚书李顺，往征无谶。蒙逊抗命不遣，因此失魏主欢。李顺屡至姑臧，蒙逊渐不为礼，甚至箕踞上坐，受书不拜。顺正色道："齐桓公九合诸侯，一匡天下，周天子赐胙，命无下拜。桓公犹谨守臣道，下拜登受。今王不及齐桓，我朝又未尝谕王免拜，乃反骄蹇无礼，莫非轻视我朝不成！"这一席话，说得蒙逊神色悚惶，方起拜受诏。

顺辞行归魏，魏主焘问及凉事，顺答道："蒙逊控制河右，将三十年，粗识机谋，绥集荒裔，虽不能贻厥孙谋，尚足传及一世。惟礼为德舆，敬为德基，蒙逊无礼不敬，死期将至，不出一两年，就当毙命了。"魏主复问道："易世以后，何时当灭？"顺又道："蒙逊诸子，臣皆见过，统是庸才，惟敦煌太守牧犍，较有器识，继位必属此人，但终不及乃父，这乃是天授陛下呢。"魏主喜道："能如卿言，朕当记着！"果然过了一年，北凉遣使告哀，说是蒙逊已殁，由世子牧犍嗣位。魏主谓李顺道："卿言已验，看来朕取北凉，亦当不远了。"乃进授安西将军，仍令他赍送封册，拜牧犍为凉州刺史兼河西王。

牧犍有妹兴平公主，曾由魏求为夫人，蒙逊前已允诺，尚未遣送，至是牧犍奉父遗命，特派右丞李繇，送妹入魏，得册为右昭仪。魏主亦愿将亲妹武威公主，嫁与牧犍，牧犍仍遣李繇迎归。彼此联姻，共敦睦谊，总道是亲戚关系，可以无虞，偏魏主征令牧犍子封坛，入侍左右。牧犍虽然不愿，也只好惟命是从。且因魏使李顺，仍然往来，特厚加馈赂，托他斡旋，所以魏主欲依顺前言，加兵北凉，均经顺婉言劝止，暂免兵戈。

忽有老人在敦煌东门，投入书函，函中写着："凉王三十年若七年。"守吏得书，视为奇事，四处寻觅老人，并无下落，乃将原书呈献牧犍。牧犍也是不懂，召问奉常张慎，奉常宜官。慎答道："臣闻虢国将亡，有神降莘，愿陛下崇德修政，保有三十年世祚；若好游畋，耽酒色，臣恐七年以后，必有大变。"可作警铎。牧犍听了，很是不乐。

第十二回　燕王弘投奔高丽　魏主焘攻克姑臧

原来牧犍有嫂李氏,色美好淫,牧犍兄弟三人,均与通奸,惟妇人格外势利,对着牧犍,特别加媚,大得牧犍欢心,独王后拓跋氏即武威公主看不过去,常有怨言。李氏遂与牧犍姊密商,置毒食中,谋毙王后。牧犍姊何故通谋,莫非想做鲁文姜么?幸拓跋氏稍稍进食,便觉腹痛,自知遇毒,即令内侍飞报魏主。魏主焘急遣解毒医官,乘传往救,始得告痊。医官还报魏主,魏主又传谕牧犍,索交李氏,牧犍与李氏结不解缘,怎肯将她献出,佯对魏使,将李氏黜居酒泉,其实是辟窟藏娇,仍与往来。

魏主再遣尚书贺多罗至凉州,探伺牧犍举动。多罗返报,谓牧犍外修臣礼,内实乖悖,魏主乃更问崔浩。浩答道:"牧犍逆萌已露,不可不诛!"于是大集公卿,会议出师。自奚斤以下三十余人,统说牧犍心虽未纯,职贡无阙,朝廷待以藩臣,妻以公主,原为羁縻起见,今罪恶未彰,应加恕宥。且北凉土地卤瘠,难得水草,若往攻不下,野无所掠,反致进退两难,不如不讨为是。魏主因李顺常使北凉,复详加谘询。顺至北凉已有十二次,前时亦尝得蒙逊赂遗,及牧犍嗣立,赠馈加厚,乃伪语道:"姑臧附近一带,地皆枯石,野无水草,城南天梯山上,冬有积雪,深至丈余,春夏消释,下流成川,居民引以灌溉。若我军往讨,彼必决通渠口,泄去积水,并且无草可资,人马饥渴,如何久留!奚斤等所言,不为无见,还请陛下三思!"

魏主召入崔浩,与述众议,浩对众辩论道:"《汉书·地理志》曾谓凉州畜产,素来饶富,若无水草,畜何由蕃?且前人筑造城郭,建设郡县,定有地利可因,难道无水无草,尚可立足么?如谓人民汲饮,全恃雪水,试想雪水

消融,仅足敛尘,何能通渠灌溉?似此妄言,只可欺人,何能欺我!"数语道破,不啻亲睹。李顺又接口道:"眼见是真,耳闻是假,我尝亲见,何必多辩!"浩厉声道:"汝受人金钱,便以为我目不见,乐得替人掩饰么?"顺被浩说出心病,禁不住满面羞惭,低首而退。奚斤亦即趋出。

振威将军伊馛独留白魏主道:"凉州若果无水草,凉人如何立国?众议皆不可用,请从浩言!"魏主乃治兵西郊,下敕亲征,留太子晃监国,宜都王穆寿为辅。又使大将军嵇敬,率二万人屯漠南,防御柔然,自率大军登程。传诏北凉,数牧犍十二罪,结末有数语道:"汝若亲率群臣,委贽远迎,谒拜马首,尚不失为上策;至六军既临,面缚舆榇,已是下策;倘执迷不悟,困死孤城,自甘族灭,为世大戮,乃真正无策了。"

牧犍受诏不报,魏主遂由云中渡河,至上郡属国城,部分诸军,命永昌王拓跋健,尚书令刘洁,与常山王拓跋素为先锋,两道并进,乐平王拓跋丕,阳平王杜超为后继,用平西将军秃发源贺为向导。源贺系秃发傉檀子,入魏拜官,由魏主询问征凉方略,源贺答道:"姑臧城旁,有四部鲜卑,均系祖父旧民,臣愿处军前,宣扬威信,他必相率归命。外援既服,取孤城如反掌了。"魏主称善。源贺沿途招慰,收得诸部三万余人,魏军得专攻姑臧。永昌王拓跋健,掠得河西畜产二十余万头,北凉大震。

牧犍向柔然求救,柔然路远不至,乃遣弟董来领兵万人,出战城南,略略争锋,便即溃退。牧犍婴城固守,魏主亲自督攻,见姑臧附近,水草甚饶,顾语崔浩道:"卿言已验,可恨李顺欺朕!"浩答道:"臣原不敢虚言呢。"魏主又遣使入城,谕令牧犍速降,牧犍还未肯应命,等到城中内溃,兄子万年,领众降魏,牧犍乃无法可施,面缚出降。计自牧犍嗣位至此,正满七年。回应老人书中语。

魏主但诘责数语,仍令释缚,以妹婿礼相待。一面统军入城,收抚户口二十余万,所得仓库珍宝,不可胜计。又使张掖王秃发保周,龙骧将军穆罴等,分徇诸部,杂胡闻风降附,又得数十万人。魏主遂留乐平王丕及征西将军贺多罗,镇守凉州,命牧犍带领宗族,及吏民三万户,随归平城,北凉遂亡。

尚有牧犍弟无讳、宜得、安周等,前曾分戍沙州、酒泉、张掖等处,至此为魏军所攻,相继奔散。无讳又收集遗众,更取酒泉,由魏主再遣永

第十二回　燕王弘投奔高丽　魏主焘攻克姑臧

昌王健，督军往讨。无讳穷蹙，方才请降。魏授无讳为征西大将军兼酒泉王，又封万年为张掖王。

无讳复有异志，再经魏镇南将军尉眷往击，无讳食尽，与弟安周西走鄯善。鄯善王比龙怯走，城为无讳所据。无讳兄弟，又还据高昌，遣部吏汜隽奉表宋廷。宋封无讳为征西大将军河州刺史河西王，都督凉、河、沙三州军事。无讳病死，弟安周继得宋封，仍袭兄职，后为柔然所并。

万年调任冀、定二州刺史，复坐谋叛罪赐死，就是牧犍父子，留居平城，忽被魏人告讦，说他隐蓄毒药，姊妹皆为左道，朋行淫佚，毫无愧颜。终为西僧所误。魏主遂将沮渠昭仪，勒令自尽，也怕做元绪么？并令司徒崔浩，赐牧犍死，诛沮渠氏宗族数百人。惟牧犍妻武威公主，系是魏主胞妹，才得保全。小子有诗叹道：

　　休言婚媾本相亲，隙末凶终反丧身；
　　才识丈夫应自立，事功由己不由人。

魏主已灭北凉，大河南北，尽为魏有，只有一氐王杨难当，尚据上邽，一隅仅保，免不得同就灭亡。欲知后事，再阅下回。

北燕、北凉，兴亡之迹不同，而其因女色而亡也则同。冯弘以妾为妻，偏爱少子，沮渠、牧犍以叔盗嫂，下毒正妃，卒皆得罪强邻，同归覆灭。故弘之有妾慕容氏，牧犍之有嫂李氏，实皆燕凉之祸水，而以美色倾人家国者也。然冯弘之得国也，由于乃兄之宠宋夫人，嫡庶相争，因乱窃位，故其受报也亦在于宠妾；沮渠、牧犍之嗣国也，由于乃父之谮杀男成，昆季相戕，托名报怨，故其受报也即在于艳嫂。报应之来，迟早不爽，阅者观于燕、凉之遗事，有以知亡国之由来矣。

第 十 三 回

捕奸党殷景仁定谋　露逆萌范蔚宗伏法

却说氐帅杨难当,自梁州兵败,保守己土,不敢外略,每年通使宋魏,各奉土贡。过了年余,复自称大秦王,立妻为王后,世子为太子,也居然大赦改元。释出兄子杨保宗,使镇薰亭。魏主焘闻难当僭号,即命乐平王拓跋丕,尚书令刘絜等,率军进讨。先遣平东将军崔颐赍奉诏书,往谕难当,难当大惧,情愿将上邽归魏,令子顺引还仇池。魏主才算允议,但饬拓跋丕入上邽城,抚慰初附,全军还朝。

看官听着!从前东晋时代,五胡并起,迭为盛衰,先后凡十六国,二赵前赵、后赵四燕前燕、后燕、南燕、北燕三秦前秦、后秦、西秦五凉前凉、后凉、南凉、西凉、北凉还有成夏,到了晋亡宋兴,只有夏赫连氏,北燕冯氏,北凉沮渠氏,尚算存在。魏主焘连灭三国,灭夏见第九回,灭燕灭凉见前回。于是窃据一方的酋长,划除殆尽。总计十六国的土地,惟李雄据蜀称成,三传为晋所灭,中经谯纵攻取,复由刘裕克复。见第四回。裕篡晋祚,蜀亦由晋归宋,此外统为北魏所并,所以中国疆域,宋得三四,魏得六七,两国对峙,划分南北,后世因称为南北朝。总揭数语,为上文结束,俾阅者醒目。

魏以此时为最盛,威震塞外。就是西域诸国,如龟兹、疏勒、乌孙、悦般、渴槃陀、鄯善、焉耆、车师、粟特九大部落,先后入贡。远如破落那、者舌二国,去魏都约万五千里,亦向魏称臣,极西如波斯,极东如高丽,统皆服魏,独柔然不服,经魏主屡次出师,逐出漠北,部落亦渐渐离散,不敢入犯。魏主焘乃专意修文,命司徒崔浩,侍郎高允,纂修国史,订定律历,尚书李顺,考课百官,严定黜陟。顺素性贪利,未免受贿,品第遂致不平,魏主察破赃私,并忆及前时保庇北凉,面欺误国等情,索性两罪并发,立赐自尽;仕途为之一肃。

惟当时有嵩山道士寇谦之,宗尚道教,自言遇老子玄孙李谱文,授以图籍真经,令佐辅北方太平真君,因将神书献入魏主。魏主转示崔

第十三回 捕奸党殷景仁定谋 露逆萌范蔚宗伏法

浩,浩竟拟为河图洛书,极言天人相契,应受符命,说得魏主欣慰无似,下诏改元,称为太平真君元年。即宋元嘉十七年。尊寇谦之为天师,立道场,筑道坛,亲受符箓。谦之请魏主作静轮宫,高约数仞,使鸡犬无闻,才可上接天神。崔浩在旁怂恿,工费巨万,经年不成。崔浩为北魏智士,奈何迷信异端?太子晃入谏道:"天人道殊,高下有定,怎能与神相接?今耗府库,劳百姓,无益有损,不如勿为。"魏主不听,一意信从寇谦之。

这且慢表。且说宋主义隆,素好俭约,尝戒皇后袁氏,服饰毋华,袁后亦颇知节省,得宋主欢。惟后族寒微,不足自赡,每由后代求钱帛,接济母家。宋主虽然照允,但不肯多给,每约钱只三五万缗,帛只三五十匹,后来选一绝色丽姝,纳入后宫,大得宋主宠爱,不到数年,便加封至淑妃,与皇后只差一级。这淑妃姓潘,巧笑善媚,有所需求,辄邀宋主允许。袁皇后颇有所闻,故意转托潘妃,向宋主索求三十万缗。果然片语回天,求无不应,仅隔一宿,即由潘妃报达袁后,如数给发。袁皇后佯为道谢,暗中却深怨宋主,并及潘妃。往往托病卧床,与宋主不愿相见。

宋主得新忘旧,把袁皇后置诸度外,每日政躬有暇,即往西宫餐宿。潘淑妃产下一男,取名为浚,母以子贵,子以母贵,潘淑妃越加专宠,宋主义隆亦越觉垂怜。区区老命,要在她母子手中送死了。古人有言,蛾眉是伐性的斧头,况宋主本来羸弱,自为潘淑妃所迷,越害得精神恍惚,病骨支离;一切军国大事,统委任彭城王义康。

义康外总朝纲,内侍主疾,几乎日无暇晷,就是宋主药食,必经义康亲尝,方准献入。友爱益笃,倚任益专,凡经义康陈奏,无不允准。方伯以下,俱得义康选用,生杀予夺,往往由录命处置,义康录尚书事,见十一回。势倾远近,府门如市。义康聪敏过人,好劳不倦,所有内外文牍,一经披览,历久不忘,尤能钩考厘剔,务极精详。惟生平有一极大的坏处,不学无术,未识大体。他自以为兄弟至亲,不加戒慎,朝士有才可用,并引入己府,又私置豪僮六千余人,未尝禀报,四方献馈,上品概达义康,次品方使供御。宋主尝冬月啖柑,嫌它味劣。义康在侧,即令侍役至己府往取,择得甘大数枚,进呈宋主,果然色味俱佳,宋主不免动了疑心。还有领军刘湛,仗着义康权势,奏对时辄多骄倨,无人臣礼,宋主益觉不平。殷景仁密表宋主,谓相王权重,非社稷计,应少加裁抑,宋主也以为然。

义康长史刘斌、王履、刘敬文、孔胤秀等，均谄事义康，见宋主多疾，尝密语义康道："主上千秋以后，应立长君。"这句话是挑动义康，明明有兄终弟及，情愿拥立义康的意思。可巧袁皇后一病不起，竟尔归天，宋主悼亡念切，也累得骨瘦如柴，不能视事。原来宋主待后，本来恩爱，不过因潘妃得宠，遂致分情。袁皇后愤恚成疾，竟于元嘉十七年孟秋，奄奄谢世。临终时由宋主入视，执袁后手，唏嘘流涕，问所欲言。袁后不答一词，但含着两眶眼泪，注视多时，既而引被覆面，喘发而亡。宋主见了袁后死状，免不得自嗟薄幸，悲悔交乘，特令前中书侍郎颜延之作一诔文，说得非常痛切，益使宋主悲不自胜，尝亲笔添入"抚存悼亡感今怀昔"八字，特诏谥后为元，哀思过度，旧恙复增。既有今日，何必当初？好几日不进饮食，遂召义康入商后事，预草顾命诏书。义康还府，转告刘湛。湛说道："国势艰难，岂是幼主所可嗣统？"义康流涕不答，湛竟与孔胤秀等，就尚书部曹索检晋立康帝故例，康帝系成帝弟，事见晋史。意欲推戴义康，其实义康全未预闻。哪知宋主服药有效，得起沉疴，渐渐闻知刘湛密谋，总道是义康串同一气，疑上加疑。义康欲选刘斌为丹阳尹，宋主不允，义康倒也罢议，偏刘湛从旁窥察，引为己忧，不幸母又去世，丁艰免职，湛顾语亲属道："这遭要遇大祸了！"汝亦自知得罪么？

先是殷景仁卧疾五年，常为刘湛等所谗毁，亏得宋主明察，不使中伤。及湛免官守制，景仁遽令家人拂拭衣冠，似将入朝，家人统莫名其妙。到了黄昏，果有密使到来，立促景仁入宫。景仁戴朝冠，服朝衣，应召趋入，见了宋主，尚自言脚疾，由宋主指一小床舆，令他就坐，密商要事。看官道为何因？就是要收诛刘湛，黜退义康的密谋。景仁一力担承，便替宋主下敕，先召义康入宿，留止中书省。待至义康进来，时已夜半，复开东掖门召沈庆之。庆之为殿中将军，防守东掖门，蓦闻被召，猝着戎服，缚裤径入。宋主惊问道："卿何故这般急装？"庆之答道："夜半召臣，定有急事，所以仓猝进来。"宋主知庆之不附刘湛，遂命他捕湛下狱，与湛三子黯、亮、俨及湛党刘斌、刘敬文、孔胤秀等。

时已天晚，当即下诏暴湛罪恶，就狱诛湛父子，及湛党八人。一面宣告义康，备述湛等罪状。义康自知被嫌，慌忙上表辞职，有诏出义康为江州刺史，往镇豫章，进江夏王义恭为司徒，录尚书事。义康待义恭到省，便即交卸，入宫辞行。宋主惟对他恸哭，不置一言，义康亦涕泣而

第十三回　捕奸党殷景仁定谋　露逆萌范蔚宗伏法　·99·

出。宋主遣沙门慧琳送行,义康问道:"弟子有还理否?"慧琳道:"恨公未读数百卷书!"义康尚将信将疑,怅怅辞去。梦尚未醒。

捕奸党殷景仁定谋

骁骑将军徐湛之,系是帝甥,为会稽长公主所出,公主嫁徐逵之见第九回。至是亦坐刘湛党,被收论死。会稽长公主闻报,仓皇入宫,手中携一锦囊,掷置地上,囊内贮一衲布衫袄,取示宋主,且泣且语道:"汝家本来贫贱,此衣便是我母与汝父所制,今日得一饱餐,便欲杀我儿么?"宋主瞧着,也不禁泪下。这衲布衫袄的来历,系是宋武微贱时,由臧皇后手制,臧后甍逝,留付公主道:"后世子孙,如有骄奢不法,可举此衣相示。"公主奉了遗嘱,因将此衣藏着,这次正好取用,引起宋主怅触,乃将湛之赦免。

吏部尚书王球,素安恬淡,不阿权贵,独兄子履为从事中郎,深结刘湛,往来甚密,球屡戒不悛。及湛在夜间被收,履闻变大惊,徒跣告球,球从容自若,命仆役代为取鞋,且温酒与宴,徐徐笑问道:"我平日语汝,汝可记得否?"履附首呜咽,不敢答言。球见他觳觫可怜,方道:"有汝叔在,汝怕什么?但此后须要小心!"履始泣谢。越日诏诛湛党,履果免死,但褫夺官职,不得再用。球却得进宫仆射,受任未几,即称疾乞休,卒得令终。热中者其视之。

宋主命殷景仁为扬州刺史,仍守本官,尚书刘义融为领军将军。又因会稽长公主的情谊,特任徐湛之为中护军,兼丹阳尹。会稽长公主入宫道谢,由宋主留与宴饮,相叙甚欢。公主忽起,离座下拜,叩首有声。宋主不知何意,慌忙下座搀扶,公主悲咽道:"陛下若俯纳愚言,方敢起来。"宋主允诺,公主乃起,随即说道:"车子岁暮,必不为陛下所容,今特替他请命!"说着,泪如雨下,宋主亦觉欷歔,便与公主出指蒋山道:"公主放心,我指蒋山为誓,若背今言,便是负初宁陵!"即宋武陵。公主乃破涕为欢,入座再饮,兴尽始辞。看官欲问车子为谁?车子就是彭城王义康小字。宋主又将席间余酒,封赐义康,并致书道:"顷与会稽姊饮宴,记及吾弟,所有余酒,今特封赠。"义康亦上表谢恩,无容絮述。

惟殷景仁既预诛刘湛,兼领扬州,忽致精神瞀乱,变易常度。冬季遇雪,出厅观望,愕然失色道:"当阁何得有大树?"寻复省悟道:"我误了!我误了!"遂返寝卧榻,呓语不休。才阅数日,一命呜呼!或说是刘湛为祟,亦未知真否,小子未敢臆断,宋主追赠司空,赐谥文成,扬州刺史一缺,即授皇次子始兴王浚。

宋主长子名劭,已立为太子,次子浚年尚幼冲,偏付重任,州事一切,悉委任后军长史范晔,主簿沈璞。晔字蔚宗,具有隽才,后汉书百二十卷,实出晔手,几与司马迁、班固齐名。惟素行佻达,广置妓妾,常为士论所鄙。晔尚谓用不尽才,屡怀怨望。宋主爱他才具,令为扬州长史,嗣又擢任左卫将军,兼太子詹事,与右卫将军沈演之,分掌禁旅,同参机密。吏部尚书何尚之,入谏宋主道:"范晔志趣异常,不应内任,最好是出为广州刺史,距都较远,免致生事,尚可保全。若在内构衅,终加铁锧,是陛下怜才至意,反不能慎重如始了!"宋主摇首道:"方诛刘湛,复迁范晔,人将疑朕好信谗言,但教知晔性情,预为防范,他亦怎能为害呢!"忠言不听,终致误事。尚之不便再言,只好趋退。

彭城王义康出镇江州,越年表辞刺史,乃令都督江、处、广三州军事。前龙骧将军扶令育,诣阙上书请召还义康,协和兄弟,偏偏触动主怒,下狱赐死。宋主始终疑忌义康,只因会稽长公主在内维持,义康还得无恙。公主又因竟陵王义宣、衡阳王义季,年已浸长,未邀重任,亦尝与宋主谈及,请令出镇上游。宋主不得已任义宣为荆州刺史,义季为南兖州刺史,已而复调义季镇徐州。

先是广州刺史孔默之,因赃得罪,由义康代为奏解,方邀宽免。默之病死,有子熙先,博学文史,兼通数术,充职员外散骑侍郎。他感义康救父深恩,密图报效。尝按天文图谶,料宋主必不令终,祸由骨肉,独江州应出天子。后事果如所料,可惜尚差一着。当下属意义康,总道是江州

第十三回　捕奸党殷景仁定谋　露逆萌范蔚宗伏法

应谶,可以乘机佐命,一则期报私惠,二则借立奇功,主见已定,伺机待发。

好容易待了两三年,无隙可乘,熙先孤掌难鸣,必须联结几个重臣,方可起事。左瞻右瞩,只有范晔自命不凡,常怀觖望,或可引与同谋。乃先厚结晔甥谢综,使为先容。综为太子中书舍人,本与晔并处都中,朝夕过从,乐得引了熙先,同往见晔。晔与熙先谈论今古,熙先应对如流,已为晔所器重,晔素好博,熙先又故意输钱,买动晔欢,晔遂格外亲爱,联作知交。熙先以挎蒱买欢,实开后世干禄法门。熙先因从容说晔道:"彭城王英断聪敏,神人所归,今远徙南陲,天下共愤,熙先受先君遗命,愿为彭城王效死酬恩,近见人情骚动,天文舛错,正是智士图功的机会。若顺天应人,密结英豪,表里相应,发难肘腋,诛异己,奉明圣,号令天下,谁敢不从,未知尊见以为何如?"晔听他一番言语,禁不住错愕失色。熙先又道:"公不见刘领军么?挟权千日,碎首一朝。公自问谅不及刘领军,万一祸及,不可幸逃,若乘势建功,易危为安,享厚利,收大名,岂不较善!"再进一步,是晓以利害。

晔尚沉吟不决,熙先复说道:"愚尚有一言,不敢不向公直陈,公累世通显,乃不得连姻帝室,人以犬豕相待,公岂不知耻!尚欲为人效力么?"更进一步,是抉透隐情。这数语激起晔恨,不由得感动起来。晔父范泰,曾任为车骑将军,从伯弘之,袭封武兴县五等侯,只因门无内行,不得与帝室为婚,晔原引为耻事,所以被熙先揭破,遂启异图。熙先鉴貌辨色,已知晔被说动,便与晔附耳数语,晔点首示意,熙先乃出。

谢综尝为义康记室参军,综弟约娶义康女为妻,当然与义康联络。又有道人法略,女尼法静,皆受义康豢养,素感私恩,并与熙先往来。法静妹夫许曜,领队在台,约为内应。就是中护军丹阳尹徐湛之,本是义康亲党,熙先更与连谋,并羼入前彭城府史仲承祖,日夕密议废立事。三个缝皮匠,比个诸葛亮,况有十数人主谋,便自以为诸葛亮复生,定可成功。当下想出一法,拟嫁祸领军将军赵伯符,诬他逞凶行弑,由范晔、孔熙先等入平内乱,迎立彭城王义康。逞情妄噬,怎得不败?一面由熙先遣婢采藻,随女尼法静往豫章,先与义康接洽,及法静、采藻还都,熙先又恐采藻泄言,把她鸩死。残忍。又诈作义康与湛之书,令在内执除谗慝,阳示同党,待期举发。

适衡阳王义季辞行出镇,皇三子武陵王骏,简任雍州刺史,皇四子南平王铄,也出为南豫州刺史,同日启行。宋主赐饯武帐冈,亲往谕遣。熙先与晔,拟即就是日作乱,许曜佩刀侍驾,晔亦在侧。宋主与义季等共饮,曜一再指刀,斜目视晔,究竟晔是文人,胆小如鼷,累得心惊肉跳,始终未敢动手。原来是银样蜡枪头。

俄而座散,义季等皆去,宋主还宫,徐湛之恐事不济,竟密表上闻。宋主即命湛之收查证据,得晔等预备檄草,上面已署录姓名。当即按次掩捕,先呼晔及朝臣,

入集华林园东阁,留憩客省,然后饬拿谢综、孔熙先等,一一审讯,并皆供服。宋主出御延贤堂,遣人问晔,晔满口抵赖。再命熙先质对,熙先笑语道:"符檄书疏,统由晔一人主稿,怎得诬赖别人!"自己本是首谋,偏说他人主议,小人之可畏也如此。晔还未肯供认,经宋主取示草檄,上有晔亲笔署名手迹,自知无可隐讳,只好据实直陈。乃将晔拿下,与熙先等同拘狱中。

晔在狱上书,备陈图谶,申请宋主推诚骨肉,勿自贻祸等语。宋主置诸不理,但命有司穷治逆案,延至二旬,还未定刑。晔在狱中赋诗消遣,尚望更生。小子阅《范晔列传》,见有晔咏五古一首,当即随笔抄录,作为本回的结束。其诗云:

祸福本无兆,惟命归有极;

必至定前期,谁能延一息?

在生已可知,来缘恼音画,不慧貌无识。

第十三回　捕奸党殷景仁定谋　露逆萌范蔚宗伏法

好丑共一邱,何足异枉直!

岂论东陵上,宁辨首山侧,

虽无嵇生琴,晋嵇康被害遭刑,索琴弹曲,操广陵散。庶同夏侯色。
魏夏侯玄为司马师所杀,就刑东市,神色不变。

寄言生存子,此路行复即。

既而刑期已至,范晔等统要骈首市曹,临刑时尚有各种情形,待小子下回再叙。

义康未尝图逆,而刘湛、范晔,先后构衅,名若为义康谋,实则为身家计,求逞不成,杀身亡家,观于本回之叙录,病其狡,转不能不悯其愚焉!夫刘湛、范晔,无功业之足称,而一则为领军将军,一则兼太子詹事,入参机密,位非不隆,曩令废立事成,逆谋得遂,度亦不过拜相封侯已耳。况古来之佐命立功者,未必能长享富贵,飞鸟尽,良弓藏,狡兔死,走狗烹,刘、范固自称智士,胡为辨不蚤辨,自取诛夷耶?子舆氏有言:其为人也小有才,未闻君子之大道,则足以杀其躯而已。刘湛、范晔,正此类也。彼刘斌、孔熙先辈,鄙诈小人,更不足道,而义康为所播弄,始被黜,继遭废,死期已不远矣。

第 十 四 回

陈参军立栅守危城　薛安都用矛刺虏将

却说范晔等系狱兼旬,谳案已定,当然处斩,晔为首犯,当先赴市。谢综、孔熙先等随后,彼此互相问答,尚有笑声。是谓悖不畏死。会晔家母妻,并来探视,且泣且詈,晔无愧色,亦无戚容。嗣由晔妹及妓妾来别,晔不禁悲涕流连。谢综在旁冷笑道:"舅所言夏侯色,恐不若是!"晔乃收泪,旁顾亲属,不见综母,遂顾语综道:"我姊不来,究竟比众不同!"又呼监刑官道:"为我寄语徐童,鬼若有灵,定当相讼地下!"原来徐湛之小名仙童,晔怨湛之泄谋,故有此言,未几由监刑官促令开刀,几声脆响,头都落地,晔子蔼、遥、叔、䔄,孔熙先弟休先、景先、思先,子桂甫,孙白民,谢综弟约,及仲承祖许曜等,皆同时伏诛。查抄晔家资产,乐器服玩,并皆珍丽,妓妾所有珠翠,不可胜计。惟晔母居处敝陋,只有一厨中少积刍薪,晔弟子冬无被,叔父单布衣,薄父母,厚妾媵,不仁如晔,宜乎速死。世人其听之。

晔孙鲁连,谢综弟纬,蒙恩免死,流徙远州。臧皇后从子臧质,前为徐、兖二州刺史,与晔厚善,宋主顾念亲情,不令连坐,但降为义兴太守。削彭城王义康官爵,列为庶人,徙安成郡。命宁朔将军沈邵,为安成相,领兵防守。用赵伯符为护军将军。伯符系宋主祖母赵氏从子,宋主因逆党草檄,仇视伯符,所以引为宿卫,格外亲信。义康到了安成,记及慧琳赠言,方开箧阅书,读至汉淮南厉王长事,竟掩卷自叹道:"古时已有此事,我未曾知晓,怪不得要遭重谴了!"悔之晚矣。

衡阳王义季,自南兖州移镇徐州,闻义康被废,未免灰心,遂终日饮酒,沉湎不治,宋主屡戒不悛。俄闻北魏寇边,越觉纵饮,夜以继昼,他本自祈速死,所以借酒戕生。果然不出两年,便即送命,年止二十三岁。原是速死为幸。追赠侍中司空,有子名嶷,许令袭爵。调皇三子武陵王骏为徐州刺史,捍卫京畿,控遏北虏。

看官阅过上文,应知宋、魏已经修和,为何又要开战呢?说来话长,

第十四回　陈参军立栅守危城　薛安都用矛刺虏将

由小子逐事叙明。接入无痕。

自氐王杨难当，投顺北魏，遣兄子保宗出镇薰亭，事见前回。保宗竟奔往北魏。魏授保宗为征西大将军，都督陇西军事，兼秦州牧武都王，镇守上邽，妻以公主；一面拜难当征南大将军领秦、凉二州牧，兼南秦王。难当以受职征南，进窥蜀土，驱兵袭宋益州，拔葭萌关，围攻涪城。太守刘道锡固守不下，难当乃移寇巴西，掠去维州流人七千余家。宋遣龙骧将军裴方明，会同梁、秦二州刺史刘真道，合兵往讨，大破难当，捣入仇池，擒住难当子虎，及兄子保炽。难当走依上邽，仇池无主，乃留保炽居守，献虎入宋都，杀死了事。宋命辅国司马胡崇之为北秦州刺史，监管保炽，助守仇池。魏独遣人迎难当至平城，起用古弼为统帅，与杨保宗等出兵祁山，直向仇池进发。胡崇之督军逆战，军败被擒，杨保炽遁走，仇池被魏夺去。魏使河间公拓跋齐，与杨保宗对镇骆谷。保宗弟文德，劝保宗乘间叛魏，规复故国，保宗也颇感动，只恐妻室不从，未敢遽发。哪知他妻室魏公主，窥透隐情，竟提及出家从夫四字，愿与保宗背魏。或谓公主不宜忘本，公主道："事成当为国母，不比一小县公主了。"也是利令智昏。于是保宗决计叛魏。拓跋齐微有所闻，计诱保宗，把他擒住，送往平城，活活处死。独杨文德即据住白崖山，进图仇池，自号仇池公，称为保宗复仇。魏将军古弼击败文德，文德退走，遣使至宋廷乞援，宋命文德为征西大将军武都王，特派将军姜道盛驰救，与文德攻魏浊水城，魏将拓跋齐等逆战，道盛败死，文德退守葭芦，后来又被魏兵攻破，奔入汉中，妻子僚属，悉数陷没。就是杨保宗妻魏公主，亦为所取，由魏主赐令自尽。宋亦以文德失守故土，削爵免官。为这一事，宋、魏复成仇敌。

偏偏一波未平，一波又起。魏国属部卢水胡盖吴，纠众叛魏，为魏所破，吴又奉表宋廷，乞师为助。宋主也忘了前辙，即封吴为北地公，发雍、梁兵出屯境上，为吴声援，吴终敌不住魏兵，未几败死，魏主遂借口南侵，亲督步骑十万，逾河南来。

南顿太守郑琨，颍川太守郑道隐，望风遁去。豫州刺史南平王刘铄，方镇寿阳，亟遣参军陈宪，往戍悬瓠城。城中战士不满千人，魏兵大举来攻，环筑数匝，且多设高楼瞰城，飞矢迭射，好似急雨一般，乱入城中，宪令军士拥盾为蔽，昼夜拒守，兵民汲水，统负着户板，为避矢计。

魏兵又在冲车上面，设着大钩，牵曳楼堞，毁坏南城，宪复内设女墙，外立木栅，督兵力拒，誓死不退。魏主怒起，亲出指挥，使军士运土填堑，肉薄登城，宪率众苦战，杀伤甚众，尸与城齐，魏兵乘尸上城，挟刃相接，经宪奋臂一呼，士气益奋，一当十，十当百，任你魏兵如何骁勇，总不能陷入城中。但见头颅乱滚，血肉横飞，自朝至暮，杀了一日，那孤城兀自守着，不动分毫，魏兵却死了万人，只好退休。城中兵民，亦伤亡过半，陈宪仍然抚定疮痍，再与魏主相持，毫无惧色。好一员守城将吏。

魏永昌王拓跋仁掠得沿途生口，驻扎汝阳，徐州刺史武陵王刘骏，奉宋主命，发骑兵赍三日粮，遣参军刘泰之、垣谦之、臧肇之，及左常侍杜幼文，殿中将程天祚等，出兵五千，往袭拓跋仁。拓跋仁但防寿阳兵，不防彭城兵，忽被泰之等突入，顿时骇散，泰之等杀毙魏兵三千余人，毁去辎重，放出许多生口，悉令东还，然后收兵徐退。拓跋仁收集溃兵，探得泰之等兵无后继，复来追击，垣谦之纵辔先走，士卒惊溃。泰之战死，肇之溺毙，天祚被擒，惟幼文得脱，检查士卒，只得九百余人，余皆阵亡。

宋主闻报，命诛垣谦之，系杜幼文，降武陵王骏为镇军将军，再遣南平内史臧质，司马刘康祖，率兵万人，往援悬瓠。

魏主令任城乞地真截击，与臧质

等鏖斗一场，乞地真马蹶被杀，余众除死伤外，溃归大营。魏主在悬瓠城下，已阅四十二日，正虑城坚难克，又闻兵挫将亡，援师将至，恐将来进退两难，不如知难先退，乃下令撤围，引兵北归。陈宪以守城有功，得擢为龙骧将军，兼汝南、新蔡两郡太守。

第十四回　陈参军立栅守危城　薛安都用矛刺虏将

宋主因与魏失和，遂欲经略中原。彭城太守王玄谟，素好大言，屡请北伐，丹阳尹徐湛之、吏部尚书江湛，更从旁怂恿，独新任步兵校尉沈庆之，入朝谏阻道："我步彼骑，势不相敌，昔檀道济两出无功，到彦之失利退还，今王玄谟等未过两将，兵力也未见盛强，不如休养待时，徐图大举！"宋主怫然道："道济养寇自资，彦之中途疾返，所以王师再屈，未见成功。朕思北虏所恃，以马为最，今夏水盛涨，河道流通，泛舟北进，确碻必走，滑台易下，虎牢、洛阳，自然不守。待至冬初，城戍相接，虎马过河，亦属无用，或反为我所擒获，亦未可知。此机如何轻失呢！"能说不能行奈何？庆之仍力言不可，宋主使徐湛之、江湛面与辩驳。庆之道："治国譬如治家，耕当问奴，织当问婢，陛下今欲伐魏，反与白面书生商议，怎能有成？"江、徐二人，面有惭色，宋主大笑而罢。

太子劭及护军将军萧思话，亦奏称不宜出师，宋主始终不信。又接到魏主来书，语语讥讽，益足增恼。更闻魏臣崔浩，得罪被诛，虏廷少一谋士，越觉有隙可乘。崔浩被诛，详见下文，因为时序起见，故特带叙一笔。遂毅然决计，下诏北征，特加授王玄谟为宁朔将军，令偕步兵校尉沈庆之，谘议参军申坦，率水军入河，归青、冀二州刺史萧斌调度。新任太子左卫率臧质，骁骑将军王方回，出兵许洛，徐州刺史武陵王骏，豫州刺史南平王铄，各率部众出发，东西并进。梁、秦二州刺史刘秀之，西徇汧陇，太尉江夏王义恭，出次彭城，节制各军。一朝大举，饷运浩繁，国库中本无储积，不得不竭力搜括，凡王公妃主，及朝士牧守，各令量力输将，接济兵费，且遍查扬、徐、兖、江四州人民，计家资在五十万以上四成中要硬借一成，僧尼或有二十万积蓄，亦应四分借一，待军事已竣，乃许归偿，又恐兵力未足，悉征青、冀、徐、豫、兖诸州民丁，充入行伍。如有骑射优长，武技出众诸壮士，先加厚赏，继委兵官，真个是八方搜罗，不遗余力。真正何苦？

建武司马申元吉引兵趋确碻，魏刺史王买德弃城北遁；将军崔猛引兵投安乐，魏刺史张淮之亦弃城遁去。萧斌与沈庆之留守确碻，王玄谟率领大军进攻滑台。魏主初闻宋师大举，顾语左右道："马今未肥，天时尚热，我若速出，未必有功，倘敌来不止，不如退避阴山，延至冬初，便无忧了。"及滑台被围，已值暮秋，魏主即命太子晃屯兵漠南，防御柔然，更令庶子南安王余，留守平城，自引兵南救滑台。

宋将王玄谟本不知兵,但遣钟离太守垣护之,率百舸为前锋,往据石济。石济距滑台西南百二十里,总算要他扼截援军,作为犄角,自领各军驻扎滑台城下,四面环攻。城中本多茅屋,诸将请用火箭射入,使他延烧,玄谟摇首道:"城中一草一木,统是值钱,将来都当属我,奈何遽令烧毁呢?"无非妄想。过了一日,城中居民,即撤屋穴处,守将日夕防备,无懈可击。玄谟又出示召募兵民,河洛壮丁,络绎奔赴,操械投营,玄谟只给他每家匹布,还要勒供大梨八百枚,遂致众心失望,相率解体。

城下顿兵数月,士气日衰,忽接到垣护之来书,说是魏兵将至,请促兵攻城,愈速愈妙云云。玄谟尚不在意,蹉跎过去。又越旬余,由侦骑仓皇奔入,报称魏主南来,已到枋头,有众百万人。吓得玄谟面如土色,急召诸将会议。诸将又请发车为营,防备冲突,玄谟仍迟疑不决。到了夜间,但听得鼓声隐隐,自远传来,更觉惊慌失措,三更已过,斗转参横,突有铁骑冲围直入,驰向城中,玄谟也不敢下令截击,一任来骑入城,看官欲问骑将姓名,原来叫作陆真,是奉魏主焘命令,先来抚慰城中,报知援师消息。麾下不过数骑,王玄谟尚是怯战,何况魏主带来的大兵呢?

是夕魏兵大至,鼙鼓声喧,比昨夜还要震耳,玄谟出营北望,从月光下瞧将过去,尘头陡乱,扑面生惊,慌忙入帐传令,立刻退走,将士已无斗志,一闻令下,争先奔还,玄谟也上马急奔,只恨爹娘少生两翅,急切飞不到江东。那魏兵从后赶来,乘势乱斫,把宋军后队的将士,一古脑儿杀光,就是前队人马,亦多逃散。沿途委弃军械,几同山积,眼见是赠与魏人了。一刀一剑,统是值钱,奈何甘心赠房?

垣护之尚在石济,得知魏军渡河,正拟致书玄谟,与约夹攻,不料玄谟未战先溃,魏人夺得玄谟战舰,反来截击护之归路。护之又惊又愤,把百舸列成一字,横驶归来,中流被战舰阻住,连贯铁组三重,系以巨锁,护之先执长柄巨斧,猛力奋劈,得将铁组割断一重,部众也依法施行,你斩我斫,立将三重攻破,越舸南下。魏人见他来势凶猛,却也不敢拦阻,由他冲过,各舸多半无恙,只失去了一舸。

萧斌尚在确磝,闻报魏主来援,便命沈庆之率兵五千,往救玄谟。庆之道:"玄谟士众疲敝,不足一战,寇房已逼,五千人何足济事,不如勿往!"斌强令驰救,庆之方才出城,约行数里,即见玄谟狼狈奔还,自知前进无益,也只好中途折回,与玄谟同见萧斌。斌面责玄谟,意欲将

第十四回　陈参军立栅守危城　薛安都用矛刺虏将

他处斩,庆之忙谏阻道:"佛狸,系魏主焘小字。威震天下,控弦百万,岂玄谟所能抵敌,徒杀战将,反以示弱,愿明公慎重为是!"玄谟罪实可杀,不过所杀非时。斌意乃解,再议固守确磝,庆之道:"今青冀虚弱,乃欲坐守穷城,实非良策;若虏众东趋,青冀恐非我有了。"斌因欲还镇,适值诏使到来,令斌等留住确磝,再图进取。庆之又入语斌道:"将在外,君命不受,诏从远来,未明事势,今日须要从权,未可专从君命!"斌答道:"且俟经过众议,方定行止。"庆之抗声道:"节下有一范增不能用,空议何益?"范增系项羽臣,庆之借以自比。斌笑顾左右道:"不意沈公却有此学问。"庆之益厉声道:"众人虽知古今,尚不如下官耳学呢。"斌乃留王玄谟戍确磝,申坦、坦护之据清口,自率诸军还历城。

先是宋主出师,除伤徐、豫两亲王,分道发兵外,又任第六子随王诞为雍州刺史,使镇襄阳,且暂辍江州军府,将所有文武官吏,移住雍州,归诞调拨。诞遣中兵参军柳元景,振威将军尹显祖,奋武将曾方平,建武将军薛安都,略阳太守庞法起等,从西北进兵,入卢氏县,斩魏县令李封,用城中豪民赵难为县令,使充向道。再进兵攻弘农,擒住魏太守李初古。连章奏捷,有诏命元景为弘农太守。元景又使庞法起、薛安都、尹显祖等西进,自在弘农督饷济军。

法起等到了陕城,城垣险固,攻打不下,魏洛州刺史张是连提,率众二万,渡殽救陕,纵骑突入宋军,很是厉害。宋军纷纷却退,薛安都呼喝不住,恼得气冲牛斗,脱去盔甲,只着绛袖两裆。前当心,后当背,谓之两裆。并卸去马鞍,跃马横矛,当先突出,直向魏军阵内杀入。无论魏军如何精悍,但叫被他矛头钩着,无不丧命。宋军也趁势杀转,反将魏军冲散。说时迟,那时快,魏将张是连提,见安都奋着两条赤膊,锐不可当,便令军士一齐放箭,统向安都射来,偏安都这枝蛇矛,神出鬼没,看他四面旋舞,连箭簇都不能近身,不过安都手下的随军,倒被射死了好几个。战至日暮,两军尚有余勇,未肯罢手。可巧宋将鲁元保,从函谷关杀到,来助安都,魏将见有生力军来援,方收军退去。

越宿天晓,曾方平又引兵到来,与安都谈及战事,方平也是个不怕死的好汉,慨然语安都道:"今强敌在前,坚城在后,正是我等效死的日子。我与君约,同出决战,君若不进,我当斩君,我若不进,君可斩我!"安都大喜道:"愿如君言!"以死为约,越不怕死,越是不死。

方平又召入副将柳元佑,与他附耳数语,元佑应令自去。有勇还贵有谋。乃与安都至陕城西南,列阵待战。

魏将张是连提,倒也不管死活,仗着兵多马众,前来接仗。安都在左,方平在右,各率部众猛进。两下里喊杀连天,声震山谷,约有百数十个回合,魏兵死伤甚众,已觉无力支撑。暮听得鼓声大震,一彪军从南门杀来,旌旗甲胄,很是鲜明,吓得魏军胆战心惊,步步倒退。这支人马,就是柳元佑领计前来。安都乘势奋击,流血凝肘,矛被折断,易矛再进,杀到天昏地暗,日薄西山。张是连提,料知不能再持,策马欲奔,不防安都突至马前,兜心一矛,戳破胸膛,倒毙马下。魏军失了主帅,当然大溃,将卒伤亡三千余人,此外坠河填堑,不可胜数,有二千人无路可走,降了宋军。

薛安都用矛刺虏将

翌日,柳元景亦驰至陕城,责语降卒道:"汝等本中国人民,反为虏尽力,必待力屈乃降,究是何意?"降卒齐声道:"虏将驱民使战,稍一落后,便要灭族,且用骑蹙步,未战先死,这是将军所亲见,还乞见原!"诸将请尽杀降兵,元景道:"王旗北指,当使仁声载路,奈何多杀无辜!"仁人之言。遂悉数纵归,众皆罗拜,欢呼万岁而去。

元景乃督攻陕城,隔宿即下,更令庞法起等进攻潼关。魏戍将娄须遁去,关为法起所据,揭榜安民,关中豪杰,及四山羌胡,统输款军前,情愿投效。不意宋廷传下诏书,竟召柳元景等还镇,元景只好奉诏班师,仍归襄阳。小子有诗叹道:

　　王旗西指入河潼,百战功成指顾中。

第十四回　陈参军立栅守危城　薛安都用矛刺虏将

谁料朝廷常失策,无端马首促归东!
欲知宋廷召还西师的原因,且至下回再表。

陈宪、薛安都,一善守,一善战,将将或不足,将兵则固属有余。他如沈庆之之持重,柳元景之好仁,俱有名将态度,以之将将,未必不能胜任,有此干城之选,而不获重用,乃独任阘茸无能之萧斌,为正军之统帅,虚憍无识之王玄谟,为正军之前驱,几何而不丧师失律,贻误军机也!周易有言:长子帅师,弟子舆尸,贞凶。如萧斌、王玄谟者,正受此害,汉弧不张,胡焰益炽,不谓之贞凶得乎!师贵文人,恶小子,宋室君臣,皆未足语此。必以恢复河南为宋主咎,尚非探本之论也。

第 十 五 回

骋辩词张畅报使　贻溲溺臧质复书

　　却说宋廷驰诏入关，召还柳元景以下诸将，诏中大略，无非因王玄谟败还，柳元景等不宜独进，所以叫他东归。元景不便违诏，只好收军退回，令薛安都断后，徐归襄阳。为这一退，遂令魏兵专力南下，又害得宋室良将，战死一人。

　　原来豫州刺史南平王刘铄，曾遣参军胡盛之出汝南，梁坦出上蔡，攻夺长社，再遣司马刘康祖，进逼虎牢。魏永昌王拓跋仁，探得悬瓠空虚，一鼓攻入，又进陷项城。适宋廷召还各军，各归原镇，刘康祖与胡盛之，引兵偕归。行至威武镇，那后面的魏兵，却是漫山遍野，蜂拥而来。胡盛之急语康祖道："追兵甚众，望去不下数万骑，我兵只有八千人，众寡不敌，看来只好依山逐险，间道南行，方不致为虏所乘哩。"康祖勃然道："临河求敌，未得出战，今得他自来送死，正当与他对垒，杀他一个下马威，免令深入，奈何未战先怯呢？"勇有余而智不足。遂结车为营，向北待着，且下令军中道："观望不前，便当斩首！惊顾却步，便当斩足！"军士却也齐声应令。声尚未绝，魏军已经杀到，四面兜集，围住宋营。宋军拼命死斗，自朝至暮，杀毙魏兵万余人，流血没踝，康祖身被数创，意气自若，仍然麾众力战。会日暮风急，虏帅拓跋仁，令骑兵下马负草，纵火焚康祖车营，康祖随缺随补，亲自指挥，不防一箭飞来，穿透项颈，血流不止，顿时晕倒马下，气绝身亡。余众不能再战，由胡盛之突围出走，带着残兵数百骑，奔回寿阳，八千人伤亡大半。

　　魏兵乘势蹂躏威武，威武镇将王罗汉，手下只三百人，怎禁得虏骑数万，把他困住，一时冲突不出，被他擒去。魏使三郎将锁住罗汉，在旁看守，罗汉伺至夜半，觑着三郎将睡卧，扭断铁链，趱至三郎将身旁，窃得佩刀，枭他首级，抱锁出营，一溜风似的跑到盱眙，幸得保全性命。

　　拓跋仁进逼寿阳，南平王铄登陴固守。魏主拓跋焘把豫州军事，悉委永昌王仁，自率精骑趋徐州，直抵萧城。前写宋师出发，何等势盛，此时乃反客为主,可见胜败无常,令人心悸。萧城距彭城只十余里。彭城兵多粮少,江夏王义恭,恐不可守,即欲弃城南归。沈庆之谓历城多粮,拟奉二王及妃女,直趋历城,留护军萧思话居守。长史何勖,与庆之异议。欲东奔郁洲,由海道绕归建康。独沛郡太守张畅,闻二议龃龉不决,即入白义恭道:"历城、郁洲,万不可往,亦万不易往,试想城中乏食,百姓统有去志,但因关城严闭,欲去无从,若主帅一走,大众俱溃,房众从后追来,难道尚能到历城、郁洲么?今兵粮虽少,总还可支持旬月,哪有舍安就危,自寻死路?若二议必行,下官愿先溅颈血,污公马蹄。"道言甫毕,武陵王骏亦入语道:"叔父统制全师,欲去欲留,非道民所敢干预;道民系骏小字。惟道民本此城守吏,今若委镇出奔,尚有何面目归事朝廷?城存与存,城亡与亡,道民愿依张太守言,效死勿去!"十一年南朝天子,是从此语得来。义恭乃止。

魏主焘到了彭城,就戏马台上,叠毡为屋,了望城中,见守兵行列整齐,器械精利,倒也不敢急攻。便遣尚书李孝伯至南门,馈义恭貂裘一袭,饷骏橐驼及骡各数头,且传语道:"魏主致意安北将军,可暂出相见,我不过到此巡阅,无意攻城,何必劳苦将士,如此严守!"武陵王骏,曾受安北将军职衔,恐魏主不怀好意,因遣张畅开门报使,与孝伯晤谈道:"安北将军武陵王,甚欲进见魏主,但人臣无外交,彼此相同,守备乃城主本务,何用多疑?"

孝伯返报魏主,魏主求酒及橘蔗,并借博具,由骏一一照给,魏主又饷毡及胡豉与九种盐,乞假乐器。义恭仍遣张畅出答。畅一出城,城中守将,见魏尚书李孝伯,控骑前来,便拽起吊桥,阖住城门。孝伯复与畅接谈,畅即传命道:"我太尉江夏王,受任戎行,末赍乐具,因此妨命!"孝伯道:"这也没甚关系,但君一出城,何故即闭门绝桥?"畅不待说毕,即接口道:"二王因魏主初到,营垒未立,将士多劳,城内有十万精甲,恐挟怒出城,轻相陵践,所以闭门阻止,不使轻战。待魏主休息士马,各下战书,然后指定战场,一决胜负。"颇有晋荣针整眼气象。孝伯正要答词,忽又由魏主遣人驰至,与畅相语道:"致意太尉安北,何不遣人来至我营,就使言不尽情,也好见我大小,知我老少,观我为人,究竟如何?若诸佐皆不可遣,亦可使僮干前来。"畅又答道:"魏主形状才力,久已闻知,李尚书亲自衔命,彼此已可尽言,故不复遣使了。"孝伯接入道:

"王玄谟乃是庸才,南国何故误用,以致奔败?我军入境七百里,主人竟不能一矢相遗,我想这偌大彭城,亦未必果能长守哩!"畅驳说道:"玄谟南土偏将,不过用作前驱,并非倚为心膂,只因大军未至,河冰适合,玄谟乘夜还军,入商要计,部兵不察,稍稍乱行,有什么大损呢?若魏军入境七百里,无人相拒,这由我太尉神算,镇军密谋,用兵有机,不便轻告。"亏他自圆其说。孝伯又易一词道:"魏主原无意围城,当率众军直趋瓜步,若一路顺手,彭城何烦再攻?万一不捷,这城亦非我所需,我当南饮江湖,聊解口渴呢!"畅微笑道:"去留悉听彼便,不过北马饮江,恐犯天忌;若果有此,可是没有天道了!"这语说出,顿令孝伯吃了一惊。看官道为何故?从前有一童谣云:"虏马饮江水,佛狸死卯年。"是年正岁次辛卯,孝伯亦闻此语,所以惊心。便语畅告别道:"君深自爱,相去数武,恨不握手!"畅接说道:"李尚书保重,他日中原荡定,尚书原是汉人,来还我朝,相聚有日哩!"遂一揖而散。好算一位专对才。

使报扬泉剖群蛤

次日,魏主督兵攻城,城上矢石雨下,击伤魏兵多人。魏主遂移兵南下,使中书郎鲁秀出广陵,高凉王拓跋那出山阳,永昌王拓跋仁出横江,所过城邑,无不残破。江淮大震,建康戒严,宋主亟授臧质为辅国将军,使统万人救彭城。行至盱眙,闻魏兵已越淮南来,亟令偏将臧澄之、毛熙祚等,分屯东山及前浦,自在城南下营。哪知臧、毛两垒,相继败没,魏燕王拓跋谭,驱兵直进,来逼质营。质军惊散,只剩得七百人,随质奔盱眙城,所有辎重器械,悉数弃去。

第十五回　骋辩词张畅报使　贻溲溺臧质复书

盱眙太守沈璞，莅任未久，却缮城浚隍，储财积谷，以及刀矛矢石，无不具备。当时僚属犹疑他多事，及魏军凭城，又劝璞奔还建康。璞奋然道："我前此筹备守具，正为今日，若虏众远来，视我城小，不愿来攻，也毋庸多劳了。倘他肉薄攻城，正是我报国时候，也是诸君立功封侯的机会哩！诸君亦尝闻昆阳、合肥遗事么？新莽、苻秦，拥众数十万，乃为昆阳、合肥所摧，一败涂地，几曾见有数十万众，顿兵小城下，能长此不败么？"僚佐闻言，方有固志。

璞招得二千精兵，闭城待敌。至臧质叩关，僚属又劝璞勿纳，璞又叹道："同舟共济，胡越一心，况兵众容易却虏，奈何勿纳臧将军！"遂开城迎质。质既入城，见城中守备丰饶，喜出望外，即与璞誓同坚守，众皆踊跃呼万岁。

那魏兵不带资粮，专靠着沿途打劫，充作军需。及渡淮南行，民多窜匿，途次无从抄掠，累得人困马乏，时患饥荒，闻盱眙具有积粟，巴不得一举入城，饱载而归。偏偏攻城不拔，转令魏主无法可施，因留数千人驻扎盱眙，自率大众南下。

行抵瓜步，毁民庐舍，取材为筏，屋料不足，济以竹苇。扬言将渡江深入，急得建康城内，上下震惊。宋主亟命领军将军刘遵考等，率兵分扼津要，自采石至暨阳，绵亘六七百里，统是陈舰列营，严加备御。太子劭出镇石头，总统水师。丹阳尹徐湛之，往守石头仓城。吏部尚书江湛，兼职领军，军事处置，悉归调度。宋主亲登石头城，面有忧色，旁顾江湛在侧，便与语道："北伐计议，本乏赞同，今日士民怨苦，并使大夫贻忧，回想起来，统是朕的过失，愧悔亦无及了！"江湛不禁赧颜，俯首无词。宋主复叹道："檀道济若在，岂使胡马至此！"谁叫你自坏长城？

嗣又转登幕府山，观望形势，自思重赏之下，当有勇夫，因即榜示军民，有能得魏主首，封万户侯，或枭献魏王公首，立赏万金。又募人赍野葛酒，置空村中，诱令魏人取饮，俾他毒死。统是儿女子计策。偏偏所谋不遂，智术两穷。还幸魏主无意久持，遣使携赠橐驼名马，请和求婚。宋主亦遣行人田奇，答送珍馐异味。魏主见有黄柑，当即取食，且大进御酒。左右疑食中有毒，密戒魏主，魏主不应，但出雏孙示田奇道："我远来至此，并非贪汝土地，实欲继好息民，永结姻缘。汝国若肯以帝女配我孙，我亦愿以我女配武陵王，从此匹马不复南顾了！"田奇乃归白宋主。宋廷大臣，多半主张和亲，独江湛谓戎狄无信，不如勿许。忽有一人抢入道："今三王在厄，主上忧劳，难道还要主战么？"这数语的声浪，几乎响彻殿瓦，豺狼之声。害得江湛大惊失色，慌忙审视，进言的不是别人，乃是太子刘劭。自知此人难惹，便即匆匆退朝。劭且顾令左右，当阶挤湛，几至倒地，宋主看不过去，出言呵禁，劭尚抗声道："北伐败辱，数州沦破，独有斩江、徐二人，方可谢天下！"宋主蹙额道："北伐原出我意，休怪江、徐！"汝肯认过，怪不得后来遇弑？劭怒尚未平，悻悻而出。

可巧魏主也不复请和，但在瓜步山上，过了残年。越日已为元嘉二十八年元旦，魏主大集群臣，班爵行赏，便下令拔营北归。道出盱眙，魏主又遣使入城，馈送刀剑，求供美酒。守将臧质，却给了好几坛，交来使带回。魏主酒兴正浓，即命开封取酒，哪知一股臭气，由坛冲出。仔细验视，并不是酒，乃是混浊浊的小溲？臧质亦太恶作剧。

魏主大怒，便令将士攻城，四面筑起长围，一夕即就。且运东山土石，填砌濠堑，就君山筑造浮桥，分兵防堵，截断城中水陆通道。一面贻臧质书道：

尔以溲代酒，可谓智士，我今所遣攻城各兵，尽非我国人，城东北是丁零与胡，南是氐羌，设使丁零死，正可减常山赵郡贼；胡死可减并州贼；羌死可减关中贼；尔若能尽加杀戮，于我甚利，我再观尔智计也！

臧质得书，亦复报道：

省示具悉奸怀！尔自恃四足，屡犯边境，王玄谟退于东，申坦散于西，尔知其所以然耶？尔独不闻童谣之言乎？盖卯年未至，故以二军开饮江之路耳！冥期使然，非复人事。我受命扫房，期至白登，师行未远，尔自送死，岂容复令尔生全，缴有桑干哉！尔有幸得为乱兵所杀；不幸则生遭锁缚，载以一驴，直送都市耳！我本不图全，若天地无灵，力屈于尔，斋之粉之，屠之裂之，犹未足以谢本朝。尔智识及众力，岂能胜苻坚耶！今春雨已降，兵方四集，尔但安意攻城，切勿遽走！粮食乏者可见语，当出廪相遗。得所送剑刀，欲令我挥之尔身耶？各自努力，毋烦多言！

魏主接阅复书，当然大怒，特制铁床一具，上置许多铁锥，仿佛与尖

第十五回　骋辩词张畅报使　贻溲溺臧质复书

刀山相似。且咬牙切齿，指床示众道："破城以后，誓生擒臧质，叫他坐在镬上，尝试此味！"臧质得知消息，亦写着都中赏格，有斩佛狸首封万户侯等语。魏主益怒，麾兵猛攻，并用钩车钩城楼。臧质将计就计，命守卒数百人，各执巨组，将他来钩系住，反令车不得退。相持至夜间，质见魏兵少懈，缒桶悬卒，出截各钩，悉数取来。次日辰刻，魏主改用冲车攻城，城土坚密，颓落不多。魏兵即肉薄登城，更番相代，前仆后继，质与沈璞分段扼守，饬用长矛巨斧，或戳或斫，一些儿没有放松。可怜魏兵只有下坠，不能上升，究竟性命是人人所惜，死了几十百个，余外亦只好退休。今日攻不下，明日又攻不下，好容易过了一月，仍然不下，魏兵倒死了万余人。春和日暖，尸气薰蒸，免不得酿成疫疠，魏兵多半传染，均害得骨软神疲。探得宋都消息，将遣水军自海入淮，来援盱眙，并饬彭城截敌归路，魏主知不可留，乃毁去攻具，向北退走。

盱眙守将欲追蹑魏兵，沈璞道："我军不过二三千名，能守不能战，但教佯整舟楫，示欲北渡，能使虏众速走，便无他虑了！"可行则行，可止则止，是谓良将。魏主闻盱眙具舟，果然急返，路过彭城，也无暇驻足，匆匆驰去。彭城将佐，劝义恭出兵追击，谓虏众驱过生口万余，当乘势夺回。义恭很是胆怯，不肯允议。

越日诏使到来，命义恭尽力追虏，是时魏兵早已去远，就使有翅可飞，也是无及。

义恭但遣司马檀和之驰向萧城，总算是奉诏行事，沿途一带，并不见有魏兵，但见尸骸累累，统是断胫截足，状甚可惨。途次遇着程天祚，乃是由虏中逃归，报称南中被掠生口，悉数遭屠，丁壮都斩头斩足，婴儿贯诸槊上，盘舞为戏，所过郡县，赤地无余，连春燕都归巢林中，说将起来，真是可叹！谁生厉阶，一至于此？还有王玄谟前戍碻磝，也由义恭召还，碻磝仍被魏兵夺去。

看官听着！这废王刘义康，就在这战鼓声中了结生命。当时故将军胡藩子诞世，拟奉义康为主，纠集羽党二百余人，潜入豫章，杀死太守桓隆之，据郡作乱。适值交州刺史檀和之卸职归来，道出豫章，号召兵吏，击斩诞世，传首建康。太尉江夏王义恭，引和之为司马。且奏请远徙义康，宋主乃拟徙义康至广州。先遣使人传语，义康答道："人生总有一死，我也不望再生，但必欲为乱，何分远近？要死就死在此地，已不愿再迁了！"宋主得来使返报，很是介意。及魏兵入境，内外戒严，太子劭及武陵王骏等，恐义康乘隙图逞，屡把大义灭亲四字，申劝宋主。宋主遂遣中书舍人严龙，持药至安成郡赐义康死。如前誓何？义康不肯服药，蹙然道："佛教不许自杀，愿随宜处分。"零陵王曾有此语，不意于此复得之，刘裕有知，亦当悔弑零陵。严龙遂用被掩住义康，将他扼死。死法亦与零陵相同。

贻汝翁 臧质 覆书 戒

太尉江夏王义恭，徐州刺史武陵王骏俱因御虏无功，致遭谴责，义恭降为骠骑将军，骏降为北中郎将。青、冀刺史萧斌，将军王玄谟，亦坐罪免官。自经此次宋、魏交争，南兖、徐、兖、豫、青、冀六州，邑里为墟，倍极萧条。元嘉初政，从此浸衰了。小子有诗叹道：

　　自古佳兵本不祥，况闻将帅又非良；
　　六州残破民遭劫，毕竟车儿太不明！车儿系宋主义隆小字。

兵为祸始，身且凶终。过了一两年，南北俱有重大情事，出人意表。小子当依次演述，请看官续阅下回。

　　观张畅之出报魏使，措词敏捷，可称为外交家。观臧质之复答魏书，下笔诙谐，可称为滑稽派。但吾谓宁效张畅，毋效臧质。张畅所说，不亢不卑，能令魏使李孝伯自然心折，三寸舌胜过十万师，张畅有焉。臧质以溲代酒，殊出不情，所致复书，语语挑动敌怒，囊令沈璞无备，区区孤城，岂能长守！且使魏主无意北归，誓拔此城，彭城又不敢发兵相救，则援绝势孤，终有陷没的一日，恐虏主所设之铁床，难免质之一坐耳。然则张畅之却敌也，得之于镇定；臧质之却敌也，得之于侥幸，镇定可恃，侥幸不可恃，臧质一试见效，至欲再试三试，宜后来之发难江州，一跌赤族也。

第 十 六 回

永安宫魏主被戕　含章殿宋帝遇弑

却说魏主焘驰还平城,饮至告庙,改元正平,所有降民五万余家,分置近畿,无非是表扬威武,夸示功绩的意思。魏自拓跋嗣称盛,得焘相继,国势益隆,但推究由来,多出自崔浩功业。浩在魏主南下以前,已为了修史一事,得罪受诛,小子于十四回中,曾已提及,不过事实未详,还宜补叙。本回承前启后,正应就此表明。

浩与崔允等监修国史,已有数年,见十三回。魏主尝面谕道:"务从实录。"浩因将魏主先世,据实直叙,毫不讳言。著作令史闵湛郗标,素来巧佞,见浩平时撰著,极口贡谀,且劝浩刊布国史,勒石垂示,以彰直笔。浩依言施行,镌石立衢,所有北魏祖宗的履历,无论善恶,一律直书。时太子晃总掌百揆,用四大臣为辅,第一人就是崔浩,此外三人,为中书监穆寿,及侍中张黎、古弼。弼头甚锐,形似笔尖,忠厚质直,颇得魏主信任,尝称为笔头公。浩亦直言无隐,常得太子敬礼,因此权势益崇,为人所惮。古人说得好,道高一尺,魔高一丈。崔浩具有干才,更得两朝优宠,事皆任性,不避嫌疑,免不得身为怨府,遭人构陷。中书侍郎高允,已早为崔浩担忧,浩全不在意,放任如故。致死之由。果然谗夫交构,大祸猝临,一道敕书,竟将浩收系狱中。

高允与浩同修国史,当然牵连,太子晃尝向允受经,意图营救,便召允与语道:"我导卿入谒内廷,至尊有问,但依我言,当可免罪。"允佯为遵嘱,随太子进见魏主。太子先入,谓允小心慎密,史事俱由崔浩主持,与允无涉,请贷允死罪。魏主乃召允入问道:"国史统出浩手么?"允跪答道:"太祖记是前著作郎邓渊所作,先帝记及今上记,臣与浩共著,浩但为总裁,至下笔著述,臣较浩为更多。"魏主不禁盛怒,瞋目视太子道:"允罪比浩为大,如何得生?"太子面有惧色,慌忙跪求道:"天威严重,允系小臣,迷乱失次,故有此言。臣儿曾向允问明,俱说是由浩所为。"魏主又问允道:"东宫所陈,是否确实?"允从容答道:"臣罪当灭族,不敢虚妄,殿下哀臣,欲丐余生,所以有此设词。"壮哉高允。魏主怒已少解,复顾语太子道:"这真好算得直臣了!临死不易辞,不失为信,为臣不欺君,不失为贞,国家有此纯臣,奈何加罪!"便谕令起身,站立一旁。复召崔浩入讯。浩面带惊惶,不敢详对。魏主令左右牵浩使出,即命高允草诏,诛浩及僚属僮吏,凡百二十八人,皆夷五族。允持笔不下,魏主一再催促,允搁笔奏请道:"浩若别有余衅,非臣所敢谏诤;但因直笔触犯,罪不至死,怎得灭族!"魏主又怒,喝令左右将允拿下。太子晃更为哀求,魏主乃霁颜道:"非允敢谏,更要致死数千人了。"太子与允,拜谢而退。越日有诏传出,命诛崔浩,并夷浩族;余止戮身,不及妻孥。还是一场冤狱。

他日太子责允道:"我欲为卿脱死,卿终不从,致触上怒,事后追思,尚觉心悸。"允答道:"史所以记善恶,垂戒今古。崔浩非无他罪,但作史一事,未违大礼,不应加诛,臣与浩同事,浩既诛死,臣何敢独生!蒙殿下替臣救解,恩同再造,不过违心苟免,非臣初愿,臣今独存,尚有愧死友哩!"太子不禁动容,称叹不止。语为魏主所闻,也有悔意。会尚书李孝伯病笃,讹传已死,魏主呜咽道:"李尚书可惜!"半晌又改言道:"朕几失词,崔司徒可惜!李尚书可哀!"嗣闻孝伯病愈,遂令入代浩职,每事与商,仿佛如浩在时,这且毋庸细表。

惟太子晃为政精察,素与中常侍宗爱有嫌,给事中仇尼道盛,得太子欢,亦与爱不协。偏魏主好信爱言,爱遂谮间东宫,先将仇尼道盛,指为首恶,次及东宫官属十数人。魏主竟一体处斩,害得太子晃日夕惊惶,致成心疾,未几遂殁。太吓不起。

既而魏主知晃无罪,很是悲悼,追谥晃为景穆太子,封晃子浚为高阳王。嗣又以皇孙世嫡,不当就藩,乃复收回成命。浚时年十二,聪颖过人,魏主格外钟爱,常令侍侧。只宗爱见魏主追悔,自恐得罪,遂想了一计,做出弑逆的大事来了。

一年易过,苦难下手。至魏正平二年春季,魏主焘因酒致醉,独卧永安宫。宗爱伺隙进去,不知他如何动手,竟令这英武果毅的魏主焘,死得不明不白,眼出舌伸。也是杀人过多的报应。

经过了好多时,始有侍臣入视,见魏主这般惨状,骇极欲奔,狂呼而出,那时宗爱早已溜出外面,佯作惊愕情状,即与尚书左仆射兰延、侍中

第十六回　永安宫魏主被戕　含章殿宋帝遇弑 ·121·

和疋音雅。薛提等;商量后事,暂不发丧。当下审择嗣君,互生异议。和疋以皇孙尚幼,欲立长君,薛提独援据经义,决拟立孙。彼此辩论一番,尚未定议,和疋竟召入东平王翰,置诸别室,将与群臣会议,立为嗣君。宗爱独密迎南安王余,自便门入禁中,引至柩前嗣位。这东平王翰及南安王余,统是魏主焘子,太子晃弟,翰排行第三,余排行第六。宗爱尝谮死东宫,听着薛提立孙的议论,原是反对,但与翰亦夙存芥蒂,不愿推立,因即矫传赫连皇后命令,魏立赫连后,见第十回。召入兰延、和疋、薛提三人,待他联翩入宫,竟突出宦官数十名,各持刀械,一拥而上,吓得三人浑身发颤,眼睁睁地被他缚住,霎时间血溅颈中,头颅落地。东平王翰居别室中,还痴望群臣来迎,好去做那嗣皇帝,不意室门一响,闯入许多阉人,执刀乱斫,半声狂叫,一命呜呼!真是冤枉。

宗爱即奉余即位,宣召群臣入谒,一班贪生怕死的魏臣,哪个还敢抗议;不得已向余下拜,俯首呼嵩。随即照例大赦,改元永平,尊赫连氏为皇太后,追谥魏主焘为太武皇帝,授宗爱为大司马大将军太师,都督中外诸军事,领中秘书,封冯翊王。备述宗爱官职,所以见余之不子。余因越次继立,恐众心未服,特发库中财帛,遍赐群臣。不到旬月,库藏告罄。偏是南方兵甲,蓦地来侵,几乎束手无策,还亏河南一带,边将固守,胜负参半,才将南军击退。

原来宋主义隆,闻魏主已殂,又欲北伐,可巧魏降将鲁轨子爽,及弟秀复来奔宋,奏称父轨早思南归,积忧成病,即致身亡,臣爽等谨承遗志，仍归祖国云云。鲁轨先奔秦，后奔魏，俱见第五、六回中。宋主大喜，立授爽为司州刺史，秀为颍州太守，与商北伐事宜。爽等竭力怂恿，遂遣抚军将军萧思话，督率冀州刺史张永等，进攻确磝。鲁爽、鲁秀、程天祚等，出发许洛，雍州刺史臧质，率部众趋潼关。沈庆之等固谏不从。青州刺史刘兴祖请长驱中山，直捣虏巢，亦不见听。反使侍郎徐爰，传诏军前，遇有进止，须待中旨施行。从前宋师败绩，均由宋主专制过甚，诸将趑趄莫决，所以致此。此次仍蹈前辙，眼见是不能成功。

张永等到了确磝，围攻兼旬，被魏兵穴通地道，潜出毁营，永竟骇退，士卒多死。萧思话自往督攻，又经旬不下，粮尽亦还。臧质顿兵近郊，但遣司马柳元景等向潼关，梁州参军萧道成，即萧承之子。亦会军赴长安，未遇大敌，无状可述。惟鲁爽等进捣长社，魏守将秃发磝弃城遁去，再进至大索，与魏豫州刺史拓跋仆兰，交战一场，斩获甚多。追至虎牢，闻确磝败退，魏又派兵来援，乃还镇义阳。柳元景等自恐势孤，亦引军东归，一番举动，又成画饼。宋主因他擅自退师，降黜有差，这也不在话下。

且说魏主余闻宋师已退，放心安胆，整日里沉湎酒色，间或出外畋游，不恤政事。宗爱总握枢机，权焰滔天，不但群臣侧目，连魏主余亦有戒心。有时见了宗爱，颇加裁抑，宗爱不免含愤，又复怀着逆谋，欲将余置诸死地。小人难养，观此益信。会余夜祭东庙，宗爱即嘱令小黄门贾周等，用着匕首，刺余入胸，立刻倒毙。

群臣尚未闻知，惟羽林郎中刘尼，得知此变，便入语宗爱，请立皇孙浚以副人望。爱愕然道："君大痴人，皇孙若立，肯忘正平时事么？"招太子晃事。尼默然趋出，密告殿中尚书源贺。贺有志除奸，即与尼同访尚书陆丽，与丽晤谈道："宗爱既立南安，今复加弑，且不愿迎立皇孙，显见他包藏祸心，不利社稷，若不早除，后患正不浅哩！"丽惊起道："嗣主又遭弑么？一再图逆，还当了得！我当与诸君共诛此贼，迎立皇孙！"遂召尚书长孙渴侯，商定密计，令与源贺率同禁兵，守卫宫廷，自与尼往迎皇孙。皇孙浚才十三岁，即抱置马上，驰至宫门。长孙渴侯开门迎入，丽入宫拥卫皇孙，尼率禁兵驰还东庙，向众大呼道："宗爱弑南安王，大逆不道，罪当灭族。今皇孙已登大位，传令卫士还宫，各守原职！"大众闻言，欢呼万岁。尼即麾众拿下宗爱、贾周，勒兵返营。奉皇

第十六回　永安宫魏主被戕　含章殿宋帝遇弑

孙浚御永安殿,即皇帝位,召见群臣,改元兴安。诛宗爱、贾周,具五刑,夷三族。追尊景穆太子晃为皇帝,庙号恭宗,妣郁久闾氏为恭皇后。立乳母常氏为保太后,常氏本辽西人,因事入宫,浚生时母即去世,由常氏哺乳抚育,乃得成人,所以特别尊养,隐示报酬。寻且竟尊为皇太后。虽曰报德,未足为训。封陆丽为平原王,刘尼为东安公,源贺为西平公,长孙渴侯为尚书令,加开府仪同三司,国事粗定,易危为定。那南朝的宋天子,却亲遭子祸,死于非命,仿佛有铜山西崩,洛钟东应的情状,这正所谓乱世纷纷,华夷一律呢。开下半回文字。

宋自袁皇后病逝后,潘淑妃得专总内政。太子劭性本凶险,又忆及母后病亡,由淑妃所致,不免仇恨淑妃,并及淑妃子浚。浚恐为劭所害,曲意事劭,因得与劭相亲。劭姊东阳公主,有婢王鹦鹉,与女巫严道育往来,道育夤缘干进,得见公主,自言能辟谷导气,役使鬼物。妇人家多半迷信,遂视道育为神巫。道育尝语公主道:"神将赐公主重宝,请公主留意!"公主记在心中,入夜卧床,果见流光若萤,飞入书笥,慌忙起视,开箧得二青珠,即目为神赐,益信道育。

劭与浚出入主家,由公主与语道育神术,亦信以为真。他两人索行多亏,常遭父皇呵斥,可巧与道育相识,便浼他祈请,欲令过不上闻。道育设起香案,对天膜拜,念念有词,也不知他是什么咒语。是无等等咒。既而向空问答,好似有天神下降,与他对谈,约有半个时辰,才算祷毕。无非捣鬼。入语劭、浚二人道:"我已转告天神,必不泄露。"二人大喜,共称道育为天神。道育恐所言未验,索性为劭、浚设法,用巫蛊术,雕玉成像,假托宋主形神,瘗埋含章殿前。东阳公主婢王鹦鹉,与主奴陈天与、黄门陈庆国,共预密谋。劭擢天与为队主,宋主说他录用非人,面加诘责。天神何不代为掩饰。劭未免心虚,且恨且惧,适浚出镇京口,遂驰书相告。浚复书道:"彼人若所为不已,正好促他余命。"彼人暗指宋主,劭与浚往来通信,尝称宋主为彼人,或曰其人。却是一个新名词。

已而东阳公主,一病不起,竟致谢世。何不先浼道育替她禳解?王鹦鹉年亦浸长,既为公主毕丧,理应遣嫁,当由浚代为主张,命嫁府佐沈怀远为妾。怀远格外爱宠,竟至专房。鹦鹉原是得所,偏她有一种说不出的隐情,横亘在胸,未免喜中带忧。看官道为何因?原来鹦鹉在主家时,曾与陈天与私通,此次嫁与怀远,恐天与含着醋意,泄漏巫蛊情事,左思右想，无可为计，不如先杀天与，免贻后患。世间最毒妇人心。当下自往告劭，但说是天与谋变，将发阴谋。劭怎知情弊，立将天与杀死，陈庆国骇叹道："巫蛊密谋，惟我与天与得闻，天与已死，我尚能独存么？"遂入见宋主，一一具陈。宋主大惊，即遣人收捕鹦鹉，并搜检鹦鹉箧中，果得劭、濬书数百纸，统说诅咒巫蛊事。又在含章殿前，掘得所埋玉人，当命有司穷治狱案，更捕女巫严道育，道育已闻风逃匿，不知去向。想是由天神救去了。只晦气了一个王鹦鹉，囚禁狱中。宋主连日不欢，顾语潘淑妃道："太子妄图富贵，还有何说？虎头濬小字也是如此，真出意料！汝母子可一日无我么？"遂遣中使切责劭、濬，两人无从抵赖，只得上书谢罪。宋主虽然怀怒，尚是存心舐犊，不忍加诛！真是溺爱不明。

蹉跎蹉跎，又经一载，已是元嘉三十年了。濬自京口上书，乞移镇荆州，宋主有诏俞允，听令入朝。会闻严道育匿居京口张旿家，即饬地方官掩捕，仍无所得。但拘住道育二婢，就地审讯，供称道育曾变服为尼，先匿东宫，后至京口依始兴王，濬封始兴王已见十三回中。曾在旿家留宿数宵，今复随始兴王还朝云云。宋主大怒，即命京口送二婢入都，将与劭、濬质对。

濬至都中，颇闻此事，潜入宫见潘淑妃。淑妃抱濬泣语道："汝前为巫蛊事，大触上怒，还亏我极力劝解，才免汝罪，汝奈何更藏严道育？现在上怒较甚，我曾叩头乞恩，终不能解，看来是无可挽回，汝可先取药来，由我自尽，免得见汝惨死哩！"濬听了此言，将母推开，奋衣遽起道："天下事任人自为，愿稍宽怀，必不相累！"说着，抢步出宫去了。

宋主召入侍中王僧绰，密与语道："太子不孝，濬亦同恶，朕将废太子劭，赐濬自尽，卿可检寻汉、魏典故，如废储立储故例，送交江、徐二相裁决，即日举行。"僧绰应命趋出，当即检出档册，赍送尚书仆射徐湛之，及吏部尚书江湛，说明宋主密命，促令裁夺。江湛妹曾嫁南平王铄，徐湛之女为随王诞妃，两人各怀私见，因入谒宋主，一请立铄，一请立诞。宋主颇爱第七子建平王弘，意欲越次册立，因此与二相辩论，经久未决。

僧绰入谏道："立储一事，应出圣怀，臣意宜请速断，不可迟延！古人有言，当断不断，反受其乱，愿陛下为义割恩，即行裁决！若不忍废立，便当坦怀如初，不劳疑议。事机虽密，容易播扬，不可使变生意外，

第十六回　永安宫魏主被戕　含章殿宋帝遇弑

贻笑千秋！"宋主道："卿可谓能断大事，但事关重大，不可不三思后行！况彭城始亡，人将谓朕太无亲情，如何是好？"瞻望徘徊,终归自误。僧绰道："臣恐千载以后，谓陛下只能裁弟，不能裁儿！"宋主默然不应，僧绰乃退。

嗣是每夕召湛之入宫，秉烛与议，且使绕壁检行，防人窃听。潘淑妃遣人伺察，未得确报，俟宋主还寝，佯说劭、濬无状，应加惩处。宋主以为真情，竟将连日谋划，尽情告知。淑妃急使人告濬，濬即驰往报劭，劭与队主陈叔儿，斋帅张超之等，密谋弑逆，即召集养士二千余人，亲自行酒，嘱令戮力同心。

到了次日，夜间诈为诏书，伪称鲁秀谋反，饬东宫兵甲入卫，一面呼中庶子萧斌，左卫率袁淑，中舍人殷仲素，左积弩将军王正见等，相见流涕道："主上信谗，将见罪废，自问尚无大过，不愿受枉，明旦将行大事，望卿等协力援我，共图富贵！"说至此，起座下拜。萧斌等慌忙避席，逡巡答语道："从古不闻此事，还请殿下三思！"劭不禁变色，现出怒容。斌惮劭凶威，便即改口道："当竭力奉令！"仲素等亦依声附和。淑独呵叱道："诸君谓殿下真有此事么？殿下幼尝患疯，今或是旧疾复发哩。"劭益加奋怒，张目视淑道："汝谓我不能成事么？"淑答道："事或可成，但成事以后，恐不为天地所容，终将受祸！如殿下果有此谋，还请罢休！"陈叔儿在旁说道："这是何事，尚说可罢手么？"遂麾淑使出。

淑还至寓所，绕床行走，直至四更乃寝。何不速报宋主。翌晨宫门未开，劭内着戎服，外罩朱衣，与萧斌同乘画轮车，出东宫门，催呼袁淑同载。淑睡

含章殿宋帝遇弑

床未起，经劭停车力促，乃披衣出见，劭使登车，辞不肯上，即被劭指麾左右，一刀了命。实是该死。遂趋至常春门，门适大启，推车直入。旧制东宫队不得入禁城，劭取出伪诏，指示门卫道："接奉密敕，有所收讨，可放后队入门。"门卫不知是诈，便一并放入。张超之为前驱，领着壮士数十人，驰入云龙门。驰过斋阁，直进含章殿，宋主与徐湛之密谋达旦，烛尚未灭，门阶户席，卫兵亦尚寝未起。

超之等一拥入殿。宋主惊起，举几为蔽，被超之一刀劈来，剁落五指，投几而仆。超之复抢前一刀，眼见得不能动弹，呜呼哀哉！享年四十七岁。小子有诗叹道：

到底妖妃是祸胎，机谋一泄便成灾；
须知枭獍虽难驭，衅隙都从帷帘来！

宋主被弑，徐湛之直宿殿中，闻变惊起，趋往北户，未知能逃脱性命否，且待下回续详。

北朝弑主，南朝亦弑主，仅隔一年，祸变相若，以天地间不应有之事，而乃数见不鲜，可慨孰甚！尤可骇者，魏阉宗爱，一载中敢弑二主，当时忠如崔允，直如古弼，俱尚在朝，不闻仗义讨贼，乃竟假手于刘尼、陆丽诸人，向未著名，反能诛逆，彼崔允、古弼辈，得毋虚声纯盗耶！宋主被弑，出自亲子，当断不断，反受其乱，诚如王僧绰所言。江、徐两相，得君专政，不能为主除害，寻且与主同尽，怀私者终为私败，人亦何苦不化私为公也！然乱臣贼子遍天下，而当时之泯泯棼棼，已可概见。太武称雄，元嘉称治，史臣所云，其然岂其然乎！

第 十 七 回

发寻阳出师问罪　克建康枭恶锄奸

却说徐湛之趋入北户，正拟开门逃生，那背后已有乱兵追到，立被杀死。江湛夜直上省，早起闻喧噪声，料知有变，喟然叹道："不用王僧绰言，乃竟至此！"遂避匿小屋中，亦被乱兵搜捕，结果性命。左细仗主广威将军卜天与，不暇被甲，执刀持弓，疾呼左右出战，一箭射去，几中劭颈。劭急忙闪避，幸得躲过，劭党围击天与，砍断天与左臂，大吼一声，倒地而亡。队长张泓之、朱道钦、陈满等，一同战死。

劭入含章殿中阁，杀毙中书舍人顾嘏，他如宿卫旧将罗训、徐罕，及左卫将军尹弘，皆望风屈附。劭又使人闯入东阁，往杀潘淑妃。淑妃方才起床，尚未盥栉，蓦见乱兵冲入，吓做一团。赳赳武夫，管什么玉骨冰肌，竟把她一刀砍死，剖开胸膛，挖心献劭。<small>何不前时仰药，免得受此惨劫。</small>还有宫中侍役，平时得宋主亲信，约有数十人，也共做了刀头面，随着潘淑妃的芳魂，同到冥府中去侍宋主了。

浚宿居西府，由舍人朱法瑜，踉跄走告道："不好了！不好了！宫中变起，外面统说是太子造反了！"浚佯惊道："有这等事么？奈何奈何！"法瑜道："不如急往石头，据城观变。"将军王庆呵止道："宫中有变，未知主上安危，做臣子的理应投袂赴难，奈何反往石头！"浚尚未知宫中确耗，竟从南门趋出，带着文武千余人，驰往石头城。

城中由南平王铄留守，见浚奔至，惊问宫廷情状。浚答说未毕，即由张超之到来，召浚入朝。浚屏去左右，向超之问明底细，便戎服上马，急驰而去。朱法瑜劝阻不从，王庆叩马直谏，提出声罪讨逆四字，更与浚意相反。浚即怒叱道："皇太子有令，敢有多言，便当斩首！"遂与张超之匆匆入朝，与劭相见。劭说道："弟来甚好！可惜这潘淑妃……"说到妃字，不禁住口。浚问道："敢是已死了么？"劭见他形色自如，才答道："为兄的一时失检，淑妃竟为乱兵所害！"浚怡然道："这是下情所愿，死何足惜！"<small>劭可无父，浚亦何必有母！</small>

劭甚是喜慰,又诈传诏书,召入大将军江夏王义恭,及尚书令何尚之,拘至别室,胁令屈服。并召百官入殿,有数十人应召到来。劭即被服冕旒,居然登位,且宣示敕书道:

徐湛之、江湛弑逆无状,吾勒兵入殿,已无所及,号恸崩衄,心肝破裂。今罪人斯得,元凶克殄,可大赦天下,改元太初,俾众周知!

即位已毕,便还居永福省,不敢临丧,但命亲党入宫殿中,棺殓宋主及潘淑妃,谥宋主义隆为景皇帝,庙号中宗。当即发丧,葬长宁陵,命萧斌为尚书仆射,领军将军,何尚之为司空,前太子右卫率檀和之戍石头,征虏将军营道侯义綦镇京口。义綦系道怜幼子。殷仲素为黄门侍郎,王正见为左军将军,张超之、陈叔儿以下,皆升官进爵有差。又令辅国将军鲁秀,与屯骑将军庞秀之,分掌禁军,杀尚书左丞荀赤松,右丞臧凝之。两人系江、徐亲属,所以被杀。王僧绰授任吏部尚书,兼官司徒,嗣由劭检查故牍,及江湛家书疏,得僧绰所上前代废储典故,不禁怒起,即令加诛。迟死数日,便是逆臣。僧绰弟僧虔亦死。劭又诬称宗室王侯,与僧绰谋反,收系义欣子长沙王瑾,及瑾弟楷。义庆子临川王晔,义融子桂阳侯颛,义宗子新渝侯玠,义融、义宗皆义欣弟。一并处死。授江夏王义恭为太保,南谯王义宣为太尉,始兴王浚为骠骑将军,调雍州刺史,臧质为丹阳尹,随王诞为会州刺史,立妃殷氏为皇后,后季父殷冲为司隶校尉。号女巫严道育为神师,释王鹦鹉出狱,厚赏金帛。鹦鹉至劭处谢恩,劭见她妖冶善媚,格外加怜,竟引入密室,特赐雨露。鹦鹉本来淫荡,骤然得此奇遇,真是喜出望外,流连枕席,曲意承欢,引得劭心花怒开,通宵取乐,恨不即立她为后。只因正宫有主,一时不便废易,权且列作妾媵,再作后图。鹦鹉原是禽类,应与禽兽为匹。

是时武陵王骏,移镇江州,仍然开府。回应十四回中江州罢府事,文笔不漏,且与十三回中江州应出天子语,亦遥相印证。适值江蛮为寇,骏出屯五洲,并由步兵校尉沈庆之,自巴水来会,并讨群蛮。劭阳授骏为征南将军,暗中却与沈庆之手书,令他杀骏。可巧典签董元嗣,也自建康至五州,具言太子弑逆状,庆之密语僚佐道:"萧斌妇人,余将帅皆不足道,看来东宫同恶,不过三十人,此外胁从,必不为用,我若辅顺讨逆,不患无成!"乃入帐见骏,骏已略闻密书消息,阴有戒心,即托疾不见。庆之

第十七回 发寻阳出师问罪 克建康枭恶锄奸

竟自突入,取出劭书,当面示骏。骏无从避匿,但对书泣下道:"我死亦不怕,但上有老母,可否许我一诀?"原来骏母为路淑媛,尝随骏就藩,所以骏有此言。庆之奋然道:"殿下视庆之为何如人?庆之受先帝厚恩,今日当辅顺讨逆,惟力是视,殿下何必多疑!"骏起座再拜道:"国家安危,皆在将军!"庆之答拜毕,即命内外勒兵,克期东指。

府主簿颜竣道:"劭据有天府,急切难攻,若单靠一隅起义,未免孤危,不如待诸镇协谋,然后举事。"庆之厉声道:"今欲仗义出师,乃来这黄头小儿,挠阻军心,怎得不败?宜斩首号令,振作士气!"骏见庆之动怒,忙令竣拜谢庆之,庆之乃和颜语竣道:"君但当司笔札事,出兵打仗,非君所能与闻。"骏喜说道:"愿如将军言!"当下戒严誓众,命沈庆之为府司马,襄阳太守柳元景,随郡太守宗悫,为谘议参军,内史朱修之署平东将军,颜竣为录事,长史刘延孙为寻阳太守,行留府事。

庆之部署内外,才阅旬日,便已整备,时人目为神兵。当命颜竣草檄,传示四方,使共讨劭。荆州刺史南谯王义宣,雍州刺史臧质,司州刺史鲁爽,首先起应,举兵相从。骏留鲁爽守江陵,自与臧质出赴寻阳。

劭闻骏出师,调兖、冀二州刺史萧思话为徐、兖二州刺史,起张永为青州刺史。思话不奉劭命,竟率兵应骏,建武将军垣护之,也自历城赴寻阳,与骏联合。就是随王诞亦致书与骏,愿共讨逆。不到一月,已是义师四起,伐鼓渊渊。可见人心未死。劭尚自恃知兵,召语朝士道:"卿等但助我料理文书,不必注意军旅,若有寇难,我自能抵御,但恐贼虏未敢遽动呢!"嗣闻四方兵起,方有忧色,乃下令戒严。

春去夏来,警信益急,柳元景统领宁朔将军薛安都等,出发溢口,共计十有二军。武陵王骏,亦自寻阳出发,命沈庆之总掌中军,浩浩荡荡,杀奔建康。一面传檄入都,历数劭罪。

劭得阅檄文,探知是颜竣手笔,便召太常颜延之入殿,投檄相示道:"你可知何人所作?"延之方应劭征,入为光禄大夫,竣即延之长子,延之从容览檄,料知劭是故意质问,便直供道:"这当是臣儿所为。"劭又问道:"汝如何知晓?"延之道:"臣子竣笔意如此,世不容不识。"劭又道:"竣如何这般毁我?"延之道:"竣不顾老父,怎知顾陛下!"劭怒少解,叱令退朝,命拘竣子至侍中下省,义宣子至太仓空舍,一体幽禁,且欲尽杀三镇将士家口。

江夏王义恭,司空何尚之进言道:"人生欲举大事,必不顾家,否则定是胁从,无法解免;若将他家室诛灭,益令众心绝望,更增敌焰呢。"娓娓动听,保全不少。劭也以为然,因不复问。惟自思朝廷旧臣,均不足恃,只好厚抚辅国将军鲁秀,及右军参军王罗汉,委以军事,令萧斌为谋主,殷冲掌兵符。

斌劝劭整率水军,自出决战,或保据梁山,固垒扼守。江夏王义恭有心结骏,恐他仓猝起兵,船只狭小,不利水战,乃劝劭养锐待期,不宜远出。斌厉色道:"武陵

郎二十少年,能做出这般大事,殆未可量;况复三方同恶,势据上流,沈庆之谙练军事,柳元景、宗悫屡次立功,形势如此,实非小敌。今都中人心未离,尚可勉力一战,若端坐台城,如何能久持哩!"劭不听斌言,但慰劳将士,督治战舰,拟俟敌军逼近,然后决战。呆鸟。或劝劭保石头城,劭说道:"前人据守石头,无非待诸侯勤王,我若守此,何人来援,唯应与他决战,方可取胜。"既而遣庞秀之出戍石头,秀之竟往奔骏军,于是人情大震。

骏军到了鹊头,宣城太守王僧达,又驰往谒骏,骏即授为长史,置诸左右。柳元景因舟舰未坚,不便水战,特背道疾行,至江宁登岸,使薛安都带领铁骑耀兵淮上,且贻书朝士,为陈逆顺利害。朝士多潜出建康,往投军前。骏自寻阳东行,途次遇疾,不能见将士,惟颜竣出入卧内,亲视起居。有时因骏病加剧,不便禀白,即专行裁决,军政以外,所有文檄往来,似出一人,毫无稽滞。

好容易过了兼旬,连舟中甲士,亦未知骏有危疾,毫不慌张。那柳元景日报军情,俱由竣批答出去,令他相机进取,不为遥制。元景潜至新亭,依山为垒,劭使萧斌统步军,褚湛之统水军,与鲁秀、王罗汉等,合精兵万余人,攻新亭寨。劭自登朱雀门督战。

元景下令军中道:"鼓繁气易衰,声喧力易竭,汝等但衔枚接仗,听我鼓起,方许发声。"传令已毕,遂分兵士为两队,出寨决斗,一队抵敌步军,一队防遏水军,所有勇士,悉数遣出,但留左右数人,宣传军令。两下里猛力交锋,争个你死我活。一边是仗义而来,人人奋勇,一边是贪赏而至,个个争先。自午前杀至午后,不分胜败。那王罗汉杀得性起,挺着一枝长矛,闯入义军队内,左挑右拨,无人敢挡。褚湛之亦麾兵登岸,与萧斌左右夹攻,看看义军势弱,有些儿招架不住。元景出营督队,也捏着一把冷汗。忽闻萧斌军内,打起几声退鼓,顿令萧斌、褚湛之等,动起疑来,向后却顾。元景觑着此隙,援桴击鼓,咚咚不绝,部众闻鼓踊跃,呐一声喊,统向敌军杀去。敌军骇散,多半坠入淮水,溺毙甚多。

劭见各军败退,自率余众,再来攻垒,复被元景杀败,伤亡无数。萧斌受伤先遁,鲁秀、褚湛之、檀和之,统奔降柳营,劭单骑走脱,驰还建康。

元景迎纳鲁秀等,谈及军事,才知前次退鼓,乃由鲁秀所击,就是褚、檀两人,也由秀邀他反正,所以同奔。元景大喜,露布告捷,且迎武陵王骏至新亭。

骏病体已痊,即至新亭劳军,乘便入江宁城。凑巧江夏王义恭,自建康脱身驰至,上劝进书。又来了散骑侍郎袁爰,佯说是追赶义恭,亦至武陵王处投顺。爰素习朝仪,遂令兼太常丞,草述即位仪注。编制已就,便在新亭筑坛,由武陵王骏即皇帝位,大赦天下。文武各赐爵一等,从军加二等,改谥大行皇帝曰文,庙号太祖。授大将军义恭为太尉,录尚书事,兼南徐州刺史,南谯王义宣为中书监,兼扬州刺史,随王诞为卫将军,兼荆州刺史,臧质为车骑将军,兼江州刺史,沈庆之为领军将军,萧思话为尚书左仆射,王僧达为右仆射,柳元景、颜竣为侍中,宗悫为右卫将军,张畅为吏部尚书。其余将士各加官有差。改号新亭为中兴亭,再图进取。

劭自新亭奔还，闻义恭逃去，即将他十二子一并拘到，尽行杀毙，立子伟之为太子，又复大赦。惟刘骏、义恭、义宣、诞不原。命浚为南徐州刺史，与南平王铄并录尚书事，浚闻骏军将至，忧迫无计，当与劭想出一法，用辇迎蒋侯神像，舁置宫中，稽颡求福，拜大司马，封钟山王，又封苏侯为骠骑将军，也是焚香顶礼，日夕虔求。想是严道育教他。偏是臧质等步步进逼，直指建康。劭遣殿中将军燕钦等出拒，相遇曲阿，未战即溃。劭乃缘淮树栅，派兵戍守。男丁多半逃散，城内外只有妇女，也迫令从军，充当役使。鲁秀等募勇士攻破大航，钩得一舸。王罗汉尚逍遥江上，挟妓醉酒，忽闻秀军已经登岸，急得不知所措，慌忙出降。缘淮各戍依次奔散，器仗鼓盖，充塞路衢。

　　劭闻戍军溃退，没奈何闭守六门，并在城内凿堑立栅，城中一日数惊，非常慌乱。丹阳尹尹弘等逾城出降，萧斌亦令部兵解甲，自石头城携着白幡，奔投军前。鲁秀等奏达新亭奉诏以斌甘党恶，情罪较重，饬即处斩，当下将斌械送，枭首行辕。

　　这时候的元凶刘劭，自知大事已去，毁去乘辇及冕服，打算逃走，浚劝劭载运宝货，航海远奔。劭恐人情离散，载宝出走，反惹众目，意欲轻骑逃生。两人计议未决，那阊阖门外的守兵，已走还入殿，薛安都、程天祚等领着义师，乘乱随入。臧质、朱修之分门杀进，同会太极殿前。逆党四处逃奔，王正见首被擒获，当场斩首。张超之走入含章殿，匿御床下，被义军追寻得手，抓出殿阶，乱刀分尸，刳肠剖心，啖肉立尽。

　　劭不能出走，穴通西垣，窜入武库井中，义军队副高禽，率兵进内，七手八脚，将劭擒住，反绑起来。劭问道："天子何在？"禽答道："就在新亭！"当下牵劭出庭，臧质瞧着，向他悲恸。劭觑然道："天地所不覆载，丈人何为见哭？"此时也自知罪么？臧质何故恸哭，我亦要问。质乃停泪，把劭缚住马上，押送行辕。一面捕得伪皇后殷氏，伪皇子伟之等兄弟四人，并诸女妾媵，及严道育、王鹦鹉等妇女系狱，男子械送，封府库，清宫禁，只不见了传国玺。再遣人向劭诘问，劭言在严道育处，因将道育身上检搜，果然藏着，便即取献新皇。道育怀藏国宝，莫非要送与天神不成！

　　劭与四子俱至军门，江夏王义恭等出现，义恭先叱劭道："我背逆归顺，有何大罪，乃杀我十二儿？"劭答道："杀死诸弟，原是我负叔父！"江湛妻庾氏，乘车往詈，庞秀之亦加诮让，劭厉声道："何必多说！我死

第十七回　发寻阳出师问罪　克建康枭恶锄奸

罢了！"义恭怒起，先命斩劭四子，然后及劭。劭临刑时，尚叹息道："不图宋室弄到如此！"出汝逆贼，所以如此。劭父子首都枭示大航，暴尸市曹。

义恭奉命先归，道出越城，正值浚父子狼狈逃来，还有铄亦偕行。见了义恭，浚下马问道："南中郎今作何事？"义恭道："皇上已君临万国！"浚又道："虎头来得太迟了！"虎头见前。义恭道："未免太迟。"浚又问："可不死否？"义恭道："可诣行阙请罪。"乃勒令上马相从，乘他不备，剁下头颅。浚有三子，一并斩首，献至行辕，命与劭父子首同悬大航。

又有诏传入建康，凡伪皇后殷氏以下，俱赐自尽。殷氏且死，语狱丞江恪道："我等无罪，何故枉杀？"恪答道："受册为后，怎得无罪！"殷氏道："这是暂时的册封，稍迟数月，便当册王鹦鹉为后了。"随即用帛自尽。诸女妾媵皆自杀，惟严道育、王鹦鹉两人，牵出都市，鞭笞交下，宛转致毙。要想做天师、皇后的滋味。焚尸扬灰，掷置江中。殷冲为殷氏季父，尹弘王罗汉，曾事劭尽力，一概赐死。淮南太守沈璞，坐守湖上，观望不前，亦即加诛。

嗣主骏自新亭入都，就居东府，百官踵府请罪，有诏不问。遂遣建平王弘至寻阳，迎生母路淑媛，及妃王氏入都。尊母为皇太后，册妃为皇后。追赠袁淑为太尉，徐湛之为司空，江湛为开府仪同三司，王僧绰为金紫光禄大夫。毁劭所居东宫斋室，作为园池。封高禽为新阳县男，追号潘淑妃为长宁国夫人，特置守冢。祸由彼起，不应追赠，即如王僧绰之甘受伪命，亦不宜赠官。进江夏王义恭为太傅，领大司马，南平王铄为司空，建平王弘为尚书左仆射，随王诞为右仆射，寻且改南谯王义宣为南郡王，随王诞为竟陵王。余皆论功行赏，各有迁调。惟褚湛之本为浚妇翁，自南奔归顺后，赦去前罪，受职丹阳尹，女为浚妃，因湛之反正，浚与妃绝，亦得免诛。又有何尚之虽曾附逆，但与义恭从中调护，保全三镇，心向义军，理应特别原情，仍授为尚书令。子何偃为大司马长史，任遇如故。宋主骏乃入居大内，粗享太平。小子有诗咏道：

  江州天下语非虚，一举功成恶尽除。
  毕竟人情犹向义，元凶结局果何如！

过了两月，南平王铄，竟致暴亡。究竟为着何事，待小子下回表明。

  弑宋主者为元凶劭。劭何能弑主？潘淑妃实召之。宋主死而淑妃亦死，宜也。淑妃死而劭与浚相继俱死，尤其宜也。武陵王骏，亦南平王铄之流，非真能成大事者，幸赖沈庆之昌言起义，始得号召义旅，入诛元凶。天下虽滔滔皆是，而公论犹存，凶人卒殄，是可见弑君弑父者，终不能幸全性命；否则天理沦亡，顺逆不辨，几何不胥为禽兽也。乃逆党殄平，不问原委，且追赠潘淑妃为长宁国夫人，另置守冢，是岂不可以已乎！吾乃知骏之终为闇主也。

第 十 八 回

犯上兴兵一败涂地　诛叔纳妹只手瞒天

却说南平王铄与义恭等还入建康,虽得进位司空,但因归义最迟,终为宋主骏所忌。铄亦常怀忧惧,寤寐不安,夜眠时或尝惊起,与家人絮谈,语多荒谬,及神志清醒,始自觉为失魂。一日食中遇毒,竟尔暴亡。当时统说由宋主所使,将他毒毙,表面上追赠司徒,总算掩饰过去。

越年就是宋主骏元年,年号孝建。才经一月,江州复起乱事,免不得又要兴师。自宋主骏入都定位,凡被劭拘禁诸子,及义宣诸儿,当然放出。立长子子业为皇太子,并封义宣子恺为南谯王。义宣固辞,乃降封恺为宜阳县王,恺兄弟有十六人,姊妹亦多,或随义宣就藩,或留住都中。义宣受宋主骏命,兼镇扬州,他却不愿内任,情愿还镇荆州。宋主骏准如所请。义宣陛辞而去,所留都中子女,仍然居京邸中。

宋主骏年才三八,膂力方刚,正是振作有为的时候,偏他有一种好色的奇癖,*好色亦是常情,不得目为奇癖。*无论亲疏贵贱,但教有几分姿色,被他瞧着,便要召入御幸,不肯放松。路太后居显阳殿中,内外命妇,及宗室诸女,免不得进去朝谒,骏乘间闯入,选美评娇,一经合意,便引她入宫,迫令侍寝。有时竟在太后房内,配演几出龙凤缘。太后溺爱得很,听令胡闹,不加禁止,因此丑声外达,喧传都中。

义宣诸女曾出入宫门,有几个生得一貌如花,被宋主骏瞧着,也不管她是从姊从妹,竟做了春秋时候的齐襄公。义宣女不好推脱,只好勉遵圣旨,也凑成了第二、三个鲁文姜。天下事若要不知,除非莫为,渐渐地传到义宣耳中。看官!你想这义宣恨不恨呢?*女为帝妃,何必生恨!*

会雍州刺史臧质调任江州,自谓功高赏薄,阴蓄异图,闻义宣怀恨宋主,遂遣心腹往谒义宣,赍投密书。略云:

　　自来负不赏之功,挟震主之威者,保全能有几人!今万物系心于公,声闻已著,见机不作,将为他人所先。若命鲁爽、徐遗宝驱西北精兵,来屯江上,质率沅江楼船,为公前驱,已得天下之半。公以八州之众,徐进而临之,虽韩、白韩信、白起复生,不能为建康计矣。且少主失德,闻于道路,沈庆之柳元景诸将,亦我之故人,谁肯为少主尽力者?夫不可留者年也,不可失者时也,质常恐溘先朝露,不得展其眷力,为公扫除。再或蹉跎,悔将无及,愿明公熟思之!"

义宣得书,反复览诵,不免心动。质系臧皇后从子,臧皇后见前。与义宣为中表兄弟,质女为义宣子采妻,更做了儿女亲家,戚谊缠绵,深相投契,此次怨及宋主,又是不谋而合,义宣总道他有几分把握,自然多信少疑。还有谘议参军蔡超,司马竺超民等,希图富贵。统劝义宣乘时举事,如质所言,义宣乃复书如约。

时鲁爽为豫州刺史,素与义宣交好,亦与质相往来。兖州刺史徐遗宝,向为荆州部将,义宣即遣使分报二人,密约秋季举兵,爽方被酒,未曾听明来使传言,即日调集将士,首先发难。私造法服登坛,自号建平元年。遗宝亦整兵向彭城。爽弟瑜在建康,闻信奔至爽处。瑜弟弘为质府佐,有诏令质收捕。质执住诏使,也即举兵,一面报知义宣,促令会师。

义宣出镇荆州,先后共计十年,虽然兵强财富,但欲称戈犯阙,期在秋凉。蓦闻鲁爽、臧质,先期发难,自己势成骑虎,不得不仓猝起应。只因师出无名,不得不与质互商,想出一条入清君侧的话柄,各奉一表,传达建康。义宣自称都督中外诸军事,置左右长史司马,使僚佐上笺称名,加鲁爽为征北将军。爽送所造舆服至江陵,使征北府户曹投义宣版文,有云:丞相刘今补天子,名义宣,车骑臧今补丞相,名质,皆版到奉行。义宣瞧着,很加诧异。我亦惊疑。复贻书臧质,密令注意。质意图笼络,特加鲁弘为辅国将军,令戍大雷。义宣亦遣谘议参军刘湛之,率万人助弘,并召司州刺史鲁秀,欲使为湛之后继。秀至江陵,入见义宣,彼此问答片时,即出府太息道:"我兄误我,乃与痴人作贼,这遭要身败家亡了!"既知义宣不足恃,何不另求自全之计?

宋主骏闻义宣发难,恐他兵力盛强,不能抵敌,乃与诸王大臣商议,为让位计,拟奉乘舆法物,往迎义宣。竟陵王诞劝阻道:"兵来将挡,火来水灭,况义宣犯上作乱,无幸成理,奈何持此座与人!"宋主乃止,命大司马江夏王义恭,作书劝谕义宣,历陈祸福。义宣不报,于是授领军将军柳元景为抚军将军,兼雍州刺史,左卫将军王玄谟为豫州刺史,安

第十八回 犯上兴兵一败涂地 诛叔纳妹只手瞒天

北司马夏侯祖欢为兖州刺史,安北将军萧思话为江州刺史。四将一齐会集,即令元景为统帅,往讨义宣、臧质及鲁爽。

雍州刺史朱修之得义宣檄文,佯为联络,暗中却通使建康,愿共讨逆。宋廷本虑他趋附义宣,所以令元景兼刺雍州,既得修之密报,当然复谕奖勉,调他为荆州刺史。益州刺史刘秀之,斩义宣使,遣中兵参军韦崧,率万人袭江陵。义宣尚未闻知,命臧、鲁两军先发,自督部众十万,出发江津,舳舻达数十里。授子恺为辅国将军,与左司马竺超民,留镇江陵,檄朱修之出兵接应。修之已输诚宋室,哪里还肯发兵?义宣始知修之怀贰,特遣鲁秀为雍州刺史,分兵万人,令他北攻修之。

王玄谟闻秀北去,不由得心喜道:"鲁秀不来,一臧质怕他什么!"遂进兵扼守梁山。冀州刺史垣护之,系徐遗宝姊夫,遗宝邀护之同反,护之不从,且与夏侯祖欢约击遗宝,遗宝方进袭彭城,长史明胤预先防备,击退遗宝,并与祖欢、护之合军,夹击湖陆。遗宝保守不住,焚城出走,奔投鲁爽。兖州叛兵已了。

爽引兵直趋历阳,与臧质水陆俱下。殿中将军沈灵赐,奉元景将令,带着百舸,游弋南陵,正值臧质前锋徐庆安,率舰东来,灵赐即掩杀过去。可巧遇着东风,顺势逆击,把庆安坐船挤翻,庆安覆入水中,由灵赐指麾勇夫,解衣泅水,得将庆安擒住,回军报功。臧质闻庆安被擒,怒气直冲,驱舰急进,径抵梁山。王玄谟扼守多日,营栅甚固,质猛攻不下,乃夹岸立营,与玄谟相拒,且促义宣从速援应。义宣自江津启行,突遇大风暴起,几至覆舟,尚幸驶入中夏口,始得无恙。已兆死谶。

好容易到了寻阳,留待臧、鲁二军消息。既得臧质来书,便拨刘湛之率兵助质,又督军进驻芜湖。质复进攻梁山,顺流直上,得拔西垒。守将胡子友等迎战失利,弃垒东渡,往就玄谟,玄谟忙向柳元景告急。元景正屯兵姑熟,急遣精兵助玄谟,命在梁山遍悬旗帜,张皇声势。又令偏将郑琨、武念出戍南浦,为梁山后蔽,果然臧质派将庞法起,率众数千,来击梁山后面,冤冤相凑,与琨、念碰着。一场厮杀,法起大败,堕毙水中。

时左军将军薛安都,龙骧将军宗越,往戍历阳,截击鲁爽,斩爽先行杨胡兴。爽不能进,留驻大岘,使弟瑜屯守小岘,作为犄角。宋廷特简镇军将军沈庆之,出督历阳将士,奋力进讨。庆之系百战老将,为爽所惮,且因粮食将尽,麾兵徐退,自率亲军断后,从大岘趋往小岘。兄弟相见,杯酒叙情,总道是官军未至,可以放心畅饮,不防薛安都带着轻骑,倍道追来,直至小岘营前。爽与瑜方才得悉,仓皇出战,队伍未齐,爽已饮得醉意醺醺,不顾好歹,尽管向前乱闯,兜头碰着薛安都,挺刃欲战,偏偏骨软筋酥,抬手不起。但听得一声大喝,已被安都一枪刺倒,堕落马下。安都部将范双,从旁闪出,枭爽首级。爽众大溃,瑜亦走死。安都追至寿阳,沈庆之继至,寿阳城内,只有一个徐遗宝,怎能支持? 便弃城往奔东海,为土人所杀。豫州叛众又了。

兖、豫二州,俱已荡平,爽系累世将家,骁勇善战,号万人敌,一经授首,顿使义宣、臧质,心胆皆惊。沈庆之又将爽首赍送义宣,义宣益惧。勉强到了梁山,与质相晤,质献上一策,请义宣攻梁山,自率万人趋石头,义宣迟疑未决。原来江夏王义恭,屡与义宣通书,谓质少无美行,不可轻信。实是离间之计。因此义宣怀疑。刘湛之又密白义宣道:"质求前驱,志不可测,不如合攻梁山,待已告克,然后东进,方保万全。"义宣遂不从质议,只令质进攻东城。

那时薛安都、宗越等,均已驰至梁山,垣护之亦至,王玄谟慷慨誓师,督众大战。薛安都、宗越,并马出垒,分作两翼,俟质众登岸,即冲杀过去。安都攻质东南,一枪刺死刘湛之,宗越攻质西北,亦杀毙贼党数十人。质招架不住,只好退走,纷纷登舟,回驰西岸。不防垣护之从中流杀来,因风纵火,烟焰蔽江。质众大乱,走投无路,各舟又多延燃,烧死溺死等人,不计其数。可谓水火既济。

义宣在西岸遥望,正在着急,那垣护之、薛安都、宗越各军,已乘胜杀来,吓得不知所措,即驶船西走,余众四溃。臧质亦单舸遁去,梁山所遗贼寨,统被官军毁尽,内外解严。质奔还寻阳,欲与义宣计事,偏义宣已先经过,不及入城,但命将臧采妻室,接取了去,即义宣女。一同西奔。质知寻阳难守,毁去府舍,挈了妓妾,奔往西阳。太守鲁方平,闭门不纳,转趋武昌,也遇着一碗闭门羹。日暮途穷,无处存身,没奈何窜入南湖,采莲为食。未几有追兵到来,他自匿水中,用荷覆头,只露一鼻。忽为追将郑俱儿望见,射了一箭,直透心胸。既而兵刃交加,肠胃尽出,枭首送建康。江州叛首又了。

义宣奔至江夏,欲趋巴陵,遣人往探,返报巴陵有益州军,不得已回

第十八回　犯上兴兵一败涂地　诛叔纳妹只手瞒天

入径口,步向江陵。众散且尽,左右只十数人,沿途乞食,又患脚痛。好几日始至江陵郭外,遣人报知竺超民,超民乃率众出迎。义宣见了超民,且泣且语,备述败

状。超民恐众心变动,慌忙劝阻,义宣左右顾望,又见鲁秀亦在,惊问底细,方知秀为朱修之杀败,走回江陵。不如意事常八九,可与人言无二三,没奈何垂头丧气,偕超民等同入城中。亲吏翟灵宝,谒过义宣,便即进言道:"今荆州兵甲,不下万人,尚可一战,请殿下抚问将佐,但说臧质违令致败,现特治兵缮甲,再作后图。从前汉高百败,终成大业,怎知他日不转败为胜,化家为国呢!"义宣依议召慰将佐,也照了灵宝所说,对众晓谕。他本来口吃舌短,如期期艾艾相似,语不成词。此次又仓皇誓众,更属蹇涩得很,及说到汉高百败一语,他竟忙中有错,误作项羽千败。语言都不清楚,记忆又甚薄弱,乃想入做皇帝,真是痴人!大众都忍不住笑,各变做掩口葫芦。义宣始觉错说,禁不住两颊生红,返身入内,竟不复出。

鲁秀、竺超民等尚欲收拾余烬,更图一决,叵奈义宣昏沮,腹心皆溃,所有城中将弁,多悄悄遁去。鲁秀知不可为,因即北行。义宣闻秀已北去,亦欲随往,急令爱妾五人,各扮男装,自与子恺带着佩刀,携着乾粮,前导后拥,跨马而出。但见城中兵民四扰,白刃交横,又不觉惊惶无措,吓落马下。真正没用家伙。还亏竺超民随送在后,把他扶起,送出城外,复将自己乘马,授与义宣,乃揖别还城,闭门自守。

义宣出城数里,并不见有鲁秀,随身将吏,又皆逃散,单剩子恺一

人,爱妾五人,黄门二人,举目苍凉,如何就道?不得已折回江陵,天色已晚,叩城不应,乃转趋南郡空廨,荒宿一宵。无床席地,待至天明,遣黄门通报超民。超民已变初意,竟给他敝车一乘,载送至刺奸狱中。义宣入狱,坐地长叹道:"臧质老奴,误我至此!"似你这般痴人,即不为臧质所误,恐亦未必长生。嗣由狱吏遣出五妾,不令同居,义宣大恸道:"常日说苦,尚非真苦,今日分别,才算是苦!"

那鲁秀本拟奔魏,途次从卒尽散,单剩了一个光身,不便北赴,也只好还向江陵。到了城下,城上守兵,弯弓竞射,秀急忙趋避,背后已中一箭,自觉逃生无路,投濠溺毙。守兵出城取首,传送都中,诏令左仆射刘延孙至荆、江二州,旌别枉直,分行诛赏。且由大司马义恭,与荆州刺史朱修之,叫他驰入江陵,令义宣自行处治。书未及达,修之已入江陵城,杀死义宣及子恺,并同党蔡超、颜乐之、徐寿之;就是竺超民亦不能免罪,一并伏诛。义宣有子十八人,两子早死,尚余十六子,由宋廷一一逮捕,俱令自尽。臧质子孙,亦悉数诛夷。豫章太守任荟之,临川内史刘怀之,鄱阳太守杜仲儒,并坐质党,同时处斩。加封沈庆之为镇北大将军,柳元景为骠骑将军,均授开府仪同三司。余如王玄谟以下,皆迁升有差。

先是晋室东迁,以扬州为京畿,荆、江二州为外藩,扬州出粟帛,荆、江二州出甲兵,各使大将镇守。宋因晋旧,规制不改。宋主骏惩前毖后,谓各镇将帅,一

天鹅手里林的叔妹

再叛乱,无非由地大兵多所致,遂令刘延孙分土析疆,划扬州、浙东五

第十八回　犯上兴兵一败涂地　诛叔纳妹只手瞒天

郡,为东扬州,置治会稽,并由荆、湘、江、豫四州中,划出八郡,号为郢州,置治江夏,撤去南蛮校尉,把戍兵移居建康,荆、扬二镇,坐是削弱,但从此地力虚耗,缓急难资。太傅义恭,见宋主志在集权,不欲柄归臣下,乃请将录尚书事职衔,就此撤销,且裁损王侯车服器用,乐舞制度,共计九条。宋主自然准奏,尚因王侯仪制,裁抑未尽,更令有司加添十五条,共计二十四条,嗣是威福独专,隐然有言莫予违的状况。

沈庆之功高望重,恐遭主忌,年纪又已满七十,乃告老乞休,宋主不许,庆之入朝固请道:"张良名贤,汉高且许他恬退,如臣衰庸,尚有何用?愿乞赐骸骨,永感圣恩!"宋主仍面加慰留。经庆之叩头力请,继以涕泣,乃授庆之为始兴公,罢职就第。柳元景亦辞去开府,迁官南兖州刺史,留卫京师,朝右诸臣,见义恭及沈、柳两人,尚且敛抑惧罪,哪个还敢趾高气扬?大家屏足重息,兢兢自守。就使宫廷有重大情事,也不敢进谏,个个做了仗马寒蝉。不意庸才如骏,却有这番专制手段。

宋主骏乐得放肆,除循例视朝外,每日在后宫宴饮,狎亵无度。前时义宣诸女,虽得仰承雨露,尚不过暗地偷欢,未尝列为嫔御,至此由宋主召令入宫,公然排入妃嫱,追欢取乐。只是姊妹花中,性情模样,略有不同,有一个生得姿容纤冶,体态苗条,面似芙蕖,腰似杨柳,水汪汪的一双媚眼,勾魂动魄,脆生生的一副娇喉,曼音悦耳,痴人生此娇女恰也难得。引得这位宋主骏,当作活宝贝看待,日夕相依,宠倾后宫。几度春风,结下珠胎,竟得产一麟儿,取名子鸾,排行第八,宋主越加喜欢,拜为淑仪。但究竟是个从妹,不便直说出去,他托言是殷琰家人,入义宣家,由义宣家,没入掖庭。俗语有云,张冠李戴,明明是个义宣女,冒充殷氏家人,封号殷淑仪,这真叫作张冠李戴呢。小子有诗叹道:

　　自古人君戒色荒,况兼从妹备嫔嫱;
　　冠裳颠倒同禽兽,国未亡时礼已亡。

中冓丑闻总难掩饰,当时谤言四起,又惹出一场阋墙的大衅来了。欲知后事,且看下回。

宋武七男,少帝、文帝,为臣子所废弑,义真、义康,先后受戮,义秀不寿,所存者仅义恭、义宣耳。义宣讨逆有功,受封南郡,方诸姬旦,几无多让。曩令始终不贰,安镇荆州,则以懿亲而作外藩,几何不与国同体也。乃始而诛逆,继且为逆,轻率如臧质,狂躁如鲁爽,引为同党,率尔揭竿,乃知向之躬与讨逆者,第为一时之侥幸,至此则情态毕露,似醉似痴。圣狂之界,只判几希。能讨逆则足媲元圣;一为逆则即属痴人,身名两败,家族诛夷,非不幸也,宜也。然义宣启衅之由,始自宋主骏之淫及己女,义宣败而女为淑仪,宠擅专房,女无耻,男无行,易刘为殷,欲盖弥彰,其得保全首领以殁也,何其幸欤! 然骨肉相残,人禽无辨,祸不及身,必及子孙,阅者于此,足以观因果焉。

第 十 九 回

发雄师惨屠骨肉　备丧具厚葬妃嫱

却说宋主骏既诛义宣，复纳义宣女为淑仪，冒称殷氏，一面压制诸王，凌轹大臣，省得他多嘴多舌，起事生风。偏是专制益甚，反动益烈，群臣原屏足重息，那宋主自己的亲弟，却未肯受他抑迫，免不得互起猜嫌。原来宋主骏有二兄，一劭、一浚，已经诛死。亲弟却有十六人，最长的即南平王铄，遇毒暴亡；次为庐陵王绍，已经早卒，又次为建平王弘，佐骏除劭，官左仆射，未几亦殁，又次为竟陵王诞，受职右仆射；又次为东海王袆，义阳王昶，武昌王浑，湘东王彧，<small>即明帝</small>。建安王休仁，山阳王休祐，海陵王休茂，鄱阳王休业，新野王夷父，顺阳王休范，巴陵王休若，除夷父夭逝外，余皆少年受封，无甚表见。<small>叙次明白。</small>

孝建元年，柳元景辞去雍州兼职，令武昌王浑为雍州刺史，浑年轻有力，身长七尺，莅任以后，与左右戏作文檄，自称楚王，年号元光，备置百官。长史王翼之，上表奏闻，有诏削浑王爵，免为庶人，寻即逼令自杀。<small>痴儿可悯。</small>竟陵王诞，年龄较长，功绩最高，讨劭时已预义师，讨义宣时，又主张出兵。得平三镇，遂进宫太子太傅，领扬州刺史。他遂造立亭舍，穷极工巧，园池华美，冠绝一时。又募壮士为卫，甲仗鲜明，夸耀畿甸。宋主骏本来多疑，更经义宣乱后，益滋猜忌，见诞举动不经，特阳示推崇，加诞为司空，调任南徐州刺史，出镇京口。嗣因京口尚近都城，更徙诞为南兖州刺史，另派右仆射刘延孙镇守南徐，阴加戒备。朝内用了两戴一巢，作为心腹，遇有军国大事，必与三人裁决，然后施行。两戴一名法兴，一名明宝，旧为江州记室，宋主即位，均擢为南台侍御史，兼中书通事舍人。一巢名叫尚之，涉猎文史，颇擅声誉，亦得与两戴同官。

到了孝建三年冬季，两戴一巢，上书献谀，无非说是臣民詟服，远近畏怀。宋主骏亦踌躇满志，特命改孝建四年元旦，为大明元年正朔，大赦天下，行庆施惠，粉饰太平。忽由东平太守刘胡，递入急报，说索虏内侵，与战失利，乞即发兵出援。宋主乃遣薛安都等往救，驰至东平，魏兵已退，因即班师。嗣是内外粗安，直至次年秋季，南彭城妖民高阇，与沙门昙标等谋反，勾通殿中将军苗允，拟内应外合，推阇为帝，幸有人告讦密谋，事前捕获，斩首了案，中书令王僧达，自恃才高，诽议朝政，路太后兄子尝访僧达，升榻高坐，竟被昇弃，遂入诉太后，求惩僧达。太后转告宋主，宋主已恨他讪上，即诬僧达与阇通谋，冤冤枉枉的把他赐死。

已而魏镇西将军封敕文，又入攻清口，为守将傅乾爱所破，魏征西将军皮豹子，复入寇青州，也为青、冀刺史颜师伯所败，索头军不能得志，相继退还。南兖州刺史竟陵王诞，竟乘隙思逞，托词防魏，缮城聚甲，将与宋主骏一决雌雄。又是一个痴人。参军刘智渊，料知诞将作乱，请假还都，密报诞状。宋主命智渊为中书侍郎，俟诞起事，即加声讨。会吴郡民刘成，豫章民陈谈之，均上书告变，一说诞私造乘舆，一说诞密行巫蛊。宋主连得二书，遂召台臣劾诞罪恶，应收付廷尉治罪。及批答出去，却援着议亲议功故例，特别宽宥，但降爵为侯，撤去南兖州领职，遣令就国。另擢义兴太守桓阆为兖州刺史，拨给羽林禁兵，且遣中书舍人戴明宝，为阆主谋，乘间袭诞。做了堂堂天子，为何专喜鬼祟。

阆至广陵，即南兖州治所。诞毫不防备，典签蒋成，得戴明宝密函，约为内应。成恐孤掌难鸣，更与府舍人许宗之相谋，求他臂助。宗之佯为允诺，悄悄地入府白诞，时已入夜，诞正就寝，听得宗之密报，披衣惊起，立呼左右，及平时食客数百人，收捕蒋成，一面列兵登陴，阖城拒守。待至黎朗，果闻桓阆叩城，便即斩了蒋成，掷首城下。阆得了成首，始知事泄，急忙策马倒退，不防诞驱兵杀出，仓猝间不及措手，立被杀毙，只戴明宝脱身奔还。

宋主闻报，特起始兴公沈庆之为车骑大将军，兼领南兖州刺史，统兵讨诞。诞毁去郭邑，驱城外居民入城，分发书檄，要结远迩，且遣人奉表，投诸建康城外。当有人拾起表文，呈入宫廷，宋主当即披阅，但见上面写着道：

  往年元凶祸逆，陛下入讨，臣背凶赴顺，可谓常节。及丞相构难，臧鲁协从，朝野恍惚，咸怀忧惧，陛下欲遣百官羽仪，星驰推奉，臣前后谏诤，方赐俞允，社稷获全，是谁之力？陛下接遇殷勤，累加荣宠，骠骑扬州，旬月移授，恩秩频加，复赐徐兖，臣感蒙恩遇，久要

第十九回　发雄师惨屠骨肉　备丧具厚葬妃嫱

不忘！岂谓陛下信用谗言，遂令无名小人，来相掩袭！不任枉酷，即加诛翦，雀鼠贪生，仰违诏敕。今亲勒部曲，镇扞徐兖。先经何福，同生皇家，今有何怨，便成胡越。陵锋奋戈，万没岂顾；荡定以期，冀在旦夕。陛下宫闱之丑，岂可三缄？临纸悲塞，不知所言！<small>特录诞表，见得诞犹可原，以揭宋主不义不友之隐。</small>

看官，你想宋主骏览着此表，尚能不怒愤填胸么？当下遣官四绁，凡与诞有亲友关系，及诞党同籍期亲，留居都中，不论他通诞与否，一体处斩，共死千余人。<small>淫刑以逞。</small>自己出居宣武堂，内外戒严，<small>奈何不与从妹同宿？</small>且促庆之速进广陵，并饬豫州刺史宗悫，徐州刺史刘道隆，会师广陵城下，限期破城。

宗悫南阳人，字元干，少有大志，叔父炳高尚不仕，尝问悫志如何？悫答道："愿乘长风破万里浪！"炳叹道："汝不富贵，且破我家！"悫兄泌方娶妻，吉夕有盗入门，悫年仅十四，挺身拒盗，盗约十余人，皆披靡不敢入室，勇名始著。后随江夏王义恭麾下，义恭举悫南略林邑，奏绩北归。已而为随郡太守，复征服雍州群蛮，元凶劭肆逆时，从讨有功，官左卫将军，封洮阳侯。<small>宗系一代人杰，故叙述较详。</small>至诞据广陵，不服朝命。悫正驻节豫州，表求赴讨，当即乘驿入都，面受节度。时年逾六十，顾盼自豪，宋主很是嘉勉，便遣令赴军，归沈庆之节制。

诞闻宗悫到来，颇加畏惧，但下令军中道："宗悫助我，尽可放心！"悫至城下，知城中有如此伪令，即绕城一周，跃马大呼道："我宗悫也！只知讨逆，不知助逆。"<small>如闻其声。</small>诞自悔失计，登城俯望，正值庆之指麾众士，将要攻城，便凄声呼语道："沈公沈公，年垂白首，何苦来此？"庆之道："朝廷因君狂愚，不足劳动少壮，所以遣老夫前来。"

诞见军势甚盛，颇有惧色，当即下城整装，留中兵参军申灵赐居守，自将步骑数百人，及帐下亲卒，托词出战，开门北走。约行十余里，望见后面尘头陡起，料有追兵到来，大众哗噪道："同一遇敌，不如还城！"诞蹙额道："我若还城，卿等能为我尽力方否？"众皆许诺。部将杨承伯牵住诞马，且泣语道："无论生死，且返保城池，速即退还，尚可入城，迟恐不及了！"诞乃复还，即与追军相值，来将为戴宝之，单骑直前，挺槊刺诞，几中咽喉，亏得杨承伯用刀格去，敌住宝之，余众拥诞冲锋，杀开一条走路，匆匆还城。承伯且战且行，宝之因随兵不多，也放令走还。

诞既入城，授申灵赐为骠骑府录事，参军王峤之为中军长史，世子景粹为中军将军，别驾范义为中军长史，此外府州文武将佐，一概加秩，筑坛歃血，誓众固守。命主簿刘琨之为中兵参军，琨之系宋宗室将军刘遵考子，不肯就职，正色谢诞道："忠孝不能两全，琨有老父在都，未敢奉命！"诞怒他抗违，囚繫狱中，不屈遇害。右卫将军垣护之，虎贲中郎将殷孝祖等，前曾奉诏防魏，至是俱还广陵，与沈庆之合军攻城。诞遗庆之食物，庆之毫不启视，悉令毁去。诞又在城上捧一函表，托庆之转达朝廷，庆之道："我受诏讨贼，不能为汝送表，汝欲归死朝廷，便当开门遣使，我为汝护送便了！"写庆之忠直。诞无词可答，乃遣将分出四门，袭击宋营，俱被宋将杀退。

宋主颁发金章二钮，赍至军前，一为竟陵县开国侯，食邑一千户，系是悬赏擒诞，一为建兴县开国男，食邑三百户，乃是悬赏先登。并命庆之预设三烽，举一烽是克外城，举两烽是克内城，举三烽是已擒诞。且又遣屯骑校尉谭金，前虎贲中郎将郑景玄，率羽林兵再助庆之，促令速拔广陵。会值夏雨连绵，不便进攻，因此久持不下，诏使相继催迫，络绎道旁。及天雨已霁，宋主命太史择日，拟渡江亲征，太傅义恭固谏，方才罢议。但使御史奏劾庆之，并将原奏寄示行营，令他自省。若使庆之不忠，岂非激令附逆？庆之益督励诸军，奋勇进攻，诞屡战屡败，穷蹙无法，将佐多逾城出降。记室参军贺弼，曾再四谏诞，终不见听。或劝弼宜早出，弼答道："叛君不忠，背主不义，只好一死明心罢了！"乃饮药自杀。参军何康之等，斩关出降，诞拘住康之母，缚置城楼，不给饮食，母且呼且号，数日而死。诞已死在目前，尚且如此残忍。庆之亲冒矢石，攻破外郛，乘势进拔内城，诞与申灵赐走匿后园，为庆之裨将沈胤之等追及，击伤诞面，诞坠入水中，又被官军牵出，枭首送京。诞母殷修华，修华为女嫔名。妻徐氏，俱随诞在镇，同时自尽，余众多死。

庆之连举三烽，报捷都中，宋主御宣阳门，左右争呼万岁，独侍中蔡兴宗在侧，绝不作声。宋主顾问道："卿何独不呼？"兴宗正色道："陛下今日，正应涕泣行诛，怎得令称万岁？"宋主怫然不悦，且传令军前，饬屠广陵城。沈庆之忙即奏阻，请自五尺以下，并皆贷死。虽得宋主许可，但丁壮皆诛，妇女充作军赏。庶民何辜，遭此惨虐！更有杀人不眨眼的宗越，临辕监刑，备极苛虐，或刳肠抉目，或笞面鞭腹，先令他血肉横

第十九回　发雄师惨屠骨肉　备丧具厚葬妃嫱

飞,然后剁落头颅,共计首级三千余,奉诏持至石头城南岸,聚为京观。诞子景粹,由黄门吕昙济,携逃出城,匿居民间,好几日始得觅着,当然处斩。临川内史羊璿,与

发雄师惨屠骨肉

诞素善,连坐伏诛。山阳内史梁旷,家在广陵,因不应诞召,全家被戮,至是受命为后将军。刘琨之亦得擢为黄门侍郎。

沈庆之班师回朝,赏赉有差,诏进庆之为司空,领南兖州刺史。庆之受职未久,仍然乞休,且将司空职衔,让与柳元景。自挈家属徙居娄湖,广辟田园,优游自乐,蓄有妓妾数十人,奴僮千计,非经朝贺,不复出门,居然想做一陶朱公了。若果与世无求,何至后来遇祸?

颜竣因佐命功,得为丹阳令,席丰履厚,夸耀一时。乃父颜延之,仍布衣茅屋,不改书生本色,尝乘赢牛笨车,出游郊外,遇竣跨马前来,仪从甚盛,即屏住道侧。已而步入竣署,面诚竣道:"我生平不喜见要人,今不料见汝!"竣仍不改,广筑居室,华丽无比。延之又申谕道:"汝宜善为,勿令后人笑汝拙呢!"竣又尝晏起,甚至宾客盈门,尚未出见。延之往斥道:"汝在粪土中,升云霄上,乃遽骄惰如此,怎能长久哩?"延之生平品行无甚可取,惟诫子数语,却是治家格言。

既而延之病卒,竣丁父忧,才阅一月,即起为右将军,仍任丹阳尹。宋主奢淫自恣,竣欲沽名市直,屡有诤言,为宋主所隐恨。身且不正,安能正君?竣见言多不纳,乞请外调,有诏徙为东扬州刺史。竣始知恩宠已衰,渐有惧意。寻遭母忧,送葬还都,偏为仇家所讦,说他怨望诽谤,宋主竟将竣列入诞案,诬称与诞通谋,勒令自尽,妻子徙交州。复遥嘱

押解官吏，把他男口沉死江中，延之所言，果然尽验。功成不退，往往罹祸。

庐陵内史周朗，每上书言事，语多切直，宋主怒起，命传送宁州，杀毙道旁。

到了大明五年，雍州刺史海陵王休茂，又复谋变，未成即死，休茂为宋主第十四弟，兄浑被诛，见本回上文。出代后任。司马庚深之行府州事，因休茂年少，不令专决，府吏张伯超，得休茂宠，专恣不法，尝遭深之呵责，伯超遂劝休茂杀死休之，建牙驰檄，征兵作乱。参军尹玄度潜结壮士，夜袭休茂，当场擒获，斩首送建康，母蔡美人亦死。

义恭进位太宰，希宋主意旨，即把竟陵、海陵等作为话柄，申请裁抑诸王，不使出任边州，且令绝宾客，禁甲兵。宋主意欲准奏，由侍中沈怀文固谏，方将此议搁起，但心中未免怏怏。怀文素与颜竣、周朗友善，竣、朗受诛，惟怀文犹进直言。宋主尝召与语道："竣若知有死日，也不敢向朕多嘴了。"怀文不答。

看官听说！古来直臣正士，明知阍君不能受谏，只因一腔热血，熬受不住，总要出去多言；况宋主骏好色好货，好博好饮，好猜忌群下，好狎侮大臣，种种行止，皆失君道，试想庸中佼佼的沈怀文，怎能隐忍过去？每过旬日，总有一二本奏牍，数十句箴言，宋主始终逆耳，不愿听从。怀文又尝偕侍臣入宴，宋主必使列座沉醉，互相嘲谑。独怀文素不饮酒，又不喜戏言，宋主益恨他故意违旨，出为广陵太守。大明六年正月，入都觐贺，事毕当还，因女病乞请展期，致挂弹章，奉旨免官。怀文请卖去京宅，返归武康原籍，哪知益触主怒，竟诬他还家谋变，下诏赐死。

朝中又少了一个直臣，于是正人短气，奸佞扬镳。两戴一巢，内邀恩宠，外受赃贿，家累千金，门外成市。还有青冀刺史颜师伯，入为侍中，生平所长，莫如谀媚，朝夕入直，事事得宋主心。好算一个人才。宋主常与他作摴蒱戏，一掷得雉，自谓必胜，师伯独一掷得卢，急得宋主失色，不意师伯善解上意，慌忙敛子道："几乎得卢。"遂自愿认输。待至罢博，师伯竟输钱百万缗，宋主大喜。君臣相博，成何体统！况师伯所输之钱，试问从何处得来？平时对大臣言谈，好涉戏谑，常呼光禄大夫王玄谟为老伧，仆射刘秀之为老悭，颜师伯为齴。齴系露齿的意义，师伯唇不

第十九回 发雄师惨屠骨肉 备丧具厚葬妃嫱

包齿,故有此称。此外长短肥瘦,各替他取一绰号。又嬖宠一昆仑奴,状似昆仑国人,长大多力,令他执仗侍侧,稍不惬意,便令他殴击群臣。惟蔡兴宗入朝,容仪严肃,颇为宋主所惮,不敢狎媟,且命与给事中袁粲,同为吏部尚书。有仪可象,其效如此!粲亦持正,吏治少清。

　　惟宋主骄侈日甚,奢欲无度,土木被锦绣,赏赐倾库藏,财用不足,想出一个敛取的方法,每经刺史二千石,卸职还都,辄限使献奉,又召他入戏挎蒲,必将他宦囊余积,悉数输出,然后快意。仿佛无赖子所为。所得财物,又任情挥霍,因嫌宫殿狭小,特另造玉烛殿。坏高祖所居潜室,见床头用土作障,壁上挂葛灯笼,麻绳拂,宋主瞧着,用鼻作嗤笑声。侍中袁𫖮,有意讽谏,极称高祖俭德,宋主反变色道:"田舍翁得此器用,已算是过度了!"试问汝是田舍翁何人?𫖮知话不投机,方才退去。

　　义恭自诸王被祸,日夕忧惧,他本兼领扬州刺史,因恐权重遭忌,一再表辞。宋主乃令次子西阳王子尚为扬州刺史,年未十龄。嗣又立第八子子鸾为新安王,领南徐州刺史,年仅六龄。鸾母殷淑仪,宠擅专房,见前回。鸾亦独邀异数,怎奈红颜命薄,天不假年,大明六年四月,殷淑仪一病身亡,惹得这位宋主骏,悲悼不休,如丧考妣。追册淑仪为贵妃,予谥曰宣,埋玉龙山,立庙皇都。出葬时特给辒辌车,载奉灵柩,卫以虎贲班剑,导以鸾辂九旒,前后部羽葆鼓吹,几比帝后发丧,还要烜赫。送丧人数,不下数千,外如公卿百官,内如嫔御六宫,无不排班执引,素服举哀。宋主出南掖门,目送丧车,悲不自胜。何不去做孝子?因饬执事中谢庄，作哀策文。庄夙擅文才，援笔立就，说得非常哀艳，可泣可歌。宋主还宫偃卧，由内侍呈入哀诔，才阅数行，禁不住潸潸泪下。及全篇阅毕，起坐长叹道："不谓当今复有此才！"说着，自己亦觉技痒，特拟汉武帝李夫人赋，追诔殷贵妃，语语悱恻，字字缠绵，但比那谢庄哀文，尚自觉弗如。当下将谢庄哀文颁发，勒石镌墓，都下传写，纸墨价为之一昂。小子因限于篇幅，无暇录述，但总结一诗道：

  为昵私情益悼亡，秽闻欲盖且弥彰；
  伤心南郡犹知否？父死刀头女盛丧！

宋主忆妃爱子，更进子鸾为司徒，加号抚军，命谢庄为抚军长史，令佐爱儿。好容易过了两年，宋主骏也要归天了。欲知宋主何疾致死，且看下回声明。

郑伯克段于鄢，春秋不书弟贱段而甚郑伯也，甚郑伯之处心积虑成于杀也。宋竟陵王诞，罪不段若，而宋主骏之恭刻，则过于郑庄，诞之反，实宋主骏激成之，雀鼠哀生，情殊可悯。及沈庆之攻克广陵，复下诏屠城，虽经庆之谏阻，尚杀三千余口，筑为京观，视骨肉如鲸鲵，不仁孰甚！且杀颜竣，戮周朗，赐沈怀文死，饰非拒谏，草菅人命，而独嬖一从妹，宠一爱子，何薄于彼而厚于此耶？至若好博好财，有愧君道，盖独其失德之小事。古谓其父行劫，其子必且杀人，无怪子业之淫恶加甚也。

第 二 十 回

狎姑姊宣淫鸾掖　辱诸父戏宰猪王

却说宋主骏忆念宠妃，悲悼不已，后宫佳丽虽多，共产二十八男。但自殷淑仪死后，反觉得此外妃嫔，无一当意，也做了伤神的郭奉倩，即魏郭嘉。悼亡的潘安仁，即晋潘岳。渐渐地情思昏迷，不亲政事。挨到大明八年夏季，生了一病，不消几日，便即归天。在位共十一年，年只三十五岁。遗诏命太子子业嗣位，加太宰义恭为中书监，仍录尚书事，骠骑大将军柳元景，领尚书令，事无大小，悉白二公。遇有大事，与始兴公沈庆之参决，军政悉委庆之，尚书中事委仆射颜师伯；外监所统，委领军王玄谟。

子业即位柩前，年方十六，尚书蔡兴宗亲捧玺绶，呈与子业。子业受玺，毫无戚容，兴宗趋出告人道："昔鲁昭不戚，叔孙料他不终，是春秋时事。今复遇此，恐不免祸及国家了！"不幸多言而中。

既而追崇先帝骏为孝武皇帝，庙号世祖，尊皇太后路氏为太皇太后，皇后王氏为皇太后。子业系王氏所出，王太后居丧三月，亦患重疾。子业整日淫狎，不遑问安，及太后病笃，使宫人往召子业，子业摇首道："病人房间多鬼，如何可往？"奇语。宫人返报太后，太后愤愤道："汝与我快取刀来！"宫人问作何用？太后道："取刀来剖我腹，哪得生宁馨儿！"也是奇语。宫人慌忙劝慰，怒始少平，未几即殁，与世祖同葬景宁陵。

是时戴法兴、巢尚之等仍然在朝，参预国事。义恭前辅世祖，尝恐罹祸，及世祖病殂，方私自庆贺道："今日始免横死了！"慢着。但话虽如此，始终未敢放胆，此番受遗辅政，仍然引身避事。法兴等得专制朝权，诏敕皆归掌握。蔡兴宗因职掌铨衡，常劝义恭登贤进士，义恭不知所从。至兴宗奏陈荐牍，又辄为法兴、尚之等所易，兴宗遂语义恭及颜师伯道："主上谅闇，未亲万机，偏选举例奏，多被窜改，且又非二公手笔，莫非有二天子不成？"义恭、师伯，愧不能答，反转告法兴，法兴遂向义恭谮构兴宗,黜为新昌太守。义恭渐有悔意,乃留兴宗仍住都中。同官袁粲,改除御史中丞,粲辞官不拜。领军将军王玄谟,亦为法兴所嫉,左迁南徐州刺史,另授湘东王彧为领军将军,越年改元永光,又黜彧为南豫州刺史,命建安王休仁为领军将军。已而雍州刺史宗悫,病殁任所,乃复调彧往镇雍州。

子业嗣位逾年,也欲收揽大权,亲裁庶政。偏戴法兴从旁掣肘,不令有为。子业当然衔恨,阉人华愿儿,亦怨法兴裁减例赐,密白子业道:"道路争传,法兴为真天子,官家为假天子;况且官家静居深宫,与人罕接,法兴与太宰颜、柳,串同一气,内外畏服,恐此座非复官家有了!"子业被他一吓,即亲书诏敕,赐法兴死,并免巢尚之官。颜师伯本联络戴巢,权倾内外,骤闻诏由上出,不禁大惊。才阅数日,又有一诏传下,命师伯为尚书左仆射,进吏部尚书王彧为右仆射,所有尚书中事,令两人分职办理;且将师伯旧领兼职,尽行撤销。师伯由惊生惧,即与元景密谋废立,议久不决。需者事之贼。

先是子业为太子时,恒多过失,屡遭乃父诟责,当时已欲易储,另立爱子新安王子鸾。还是侍中袁顗,竭力保护,屡称太子改过自新,方得安位。及入承大统,临丧不哀,专与宦官宫妾,混作一淘,纵情取乐。华愿儿等欲揽大权,所以抬出这位新天子来,教他显些威势,好做一块挡风牌。

元景师伯即欲声明主恶,请出太皇太后命令,废去子业,改立义恭。当下商诸沈庆之,庆之与义恭未协,又恨师伯平时专断,素未与商,乃佯为应允,密表宫廷。子业闻报,遂亲率羽林兵,围义恭第,麾众突入,杀死义恭,断肢体,裂肠胃,挑取眼睛,用蜜为渍,叫作鬼目粽,并杀义恭四子。宋武诸子至此殆尽。另遣诏使召柳元景,用兵后随。元景知已遇祸,入辞老母,整肃衣冠,乘车应召。弟叔仁为车骑司马,欲兴甲抗命,元景不从,急驰出巷,巷外禁兵林立,挟刃相向。元景即下车受戮,容色恬然。元景有六弟八子,相继骈戮,诸侄亦从死数十人。颜师伯闻变出走,在道被获,当即杀毙,六子尚幼,一体就诛。师伯该死,义恭、元景未免含冤。

子业复改元景和,受百官朝贺,文武各进位二等,进沈庆之为太尉,兼官侍中,袁顗为吏部尚书,赐爵县子,尚书左丞徐爰,凤善逢迎,至是

第二十回　狎姑姊宣淫鸾掖　辱诸父戏宰猪王

亦微功获赏，并得子爵。自是子业狂暴昏淫，毫无忌惮，有姊山阴公主，闺名楚玉，与子业同出一母，已嫁驸马都尉何戢为妻，子业独召入宫中，留住不遣，同餐同宿，居然与夫妇相似。父淫从妹，子何不可与女兄宣淫。有时又同辇出游，命沈庆之为骖乘，沈公年垂白首，何苦如此？徐爰为后随。

山阴公主很是淫荡，单与亲弟交欢，意尚未足，为问伊母王氏，哪得此宁馨儿。尝语子业道："妾与陛下男女虽殊，俱托体先帝，陛下六宫万数，妾止驸马一人，事太不均，还请陛下体恤！"子业道："这有何难？"遂选得面首三十人，令侍公主。面首，即美貌男子，面谓貌美，首谓发黑，公主得许多面首，轮流取乐，兴味盎然。忽见吏部侍郎褚渊，身长面白，气宇绝伦，复面白子业，乞令入侍，子业也即允许，令渊往侍公主。哪知渊不识风情，到了公主私第中，似痴似呆，随她多方挑逗，百般逼迫，他竟守身如玉，好似鲁男子一般，见色不乱，一住十日，竟与公主毫不沾染，惹得公主动怒，把他驱逐出来。恰是难得，只辜负了公主美意。

子业且封姊为会稽长公主，秩视郡王。不过因公主已得面首，自己转不免向隅。故妃何氏颇有姿色，奈已去世，只好追册为后，不能再起图欢。继妃路氏，系太皇太后侄女，辈分亦不相符。年虽鬒秀，貌未妖淫，子业未能满意。此外后宫妾媵，亦无甚可采，猛忆着宁朔将军何迈妻房，为太祖第十女新蔡公主，生得杏脸桃腮，千娇百媚，此时华色未衰，何妨召入后廷，一逞肉欲。中使立发，彼美旋来，人面重逢，丰姿依旧，子业此时，也顾不得姑侄名分了，顺手牵扯，拥入床帏。妇人家有何胆力，只得由他摆布，任所欲为，流连了好几夕。恩爱越深，连新蔡公主的性情，也坐被熔化，情愿做了子业的嫔御，不欲出宫。子业更不必说，但如何对付何迈？无策中想了一策，伪言公主暴卒，舁棺出去。这棺材里面，却也有一个尸骸，看官道是何人？乃是硬行药死的宫婢，充做公主，送往迈第殡葬。一面册新蔡公主为贵嫔，诈称谢氏，令官人呼她为谢娘娘。可谓肖子。一日与谢贵嫔同往太庙，见庙中只有神主，并无绘像，便传召画工进来，把高祖以下的遗容，一一照绘。画工当然遵旨，待绘竣后，又由子业入庙亲览，先用手指高祖像道："渠好算是大英雄，能活擒数天子！"继指太祖像道："渠容貌恰也不恶，可惜到了晚年，被儿子斫去头颅！"又次指世祖像道："渠鼻上有齄，奈何不绘？"齄音楂，鼻上疮也。立召画工添绘齇鼻,乃欣然还宫。新安王子鸾,因丁忧还都,未曾还镇。子业记起前嫌,想着当年储位,几乎被他夺去,此时正好报复。便勒令自尽。子鸾年方十岁,临死语左右道:"愿后身不再生帝王家!"子鸾同母弟南海王子师,及同母妹一人,亦被杀死。并掘发殷贵妃墓,毁去碑石,怪不得先圣有言,丧欲速贫,死欲速朽。甚且欲毁景宁陵。即世祖陵见前。还是太史上言,说与嗣主不利,才命罢议。

义阳王昶系子业第九个叔父,见前回。时为徐州刺史,素性褊急,不满人口,当时有一种讹言,谓昶将造反,子业正想用兵,出些风头,可巧昶遣使求朝,子业语来使蘧法生道:"义阳曾与太宰通谋,我正思发兵往讨,他倒自请还朝,甚好甚好!快叫他前来便了。"法生闻言,急忙退去,奔还彭城,据实白昶。昶募兵传檄,无人应命,急得不知所为。蓦闻子业督兵渡江,命沈庆之统率诸军,将薄城下,那时急不暇择,乘夜北走,连母妻俱不暇顾,只挈得爱妾一人,令作男子装,骑马相随,奔投北魏。在道赋诗寄慨,佳句颇多。魏主濬时已去世,太子弘承接魏阼,闻昶博学能文,颇加器重,使尚公主,赐爵丹阳王。昶母谢容华等还都,还算子业特别开恩,不复加罪。

吏部尚书袁顗,本为子业所宠任,俄而失旨,待遇顿衰。顗因求外调,出为雍州刺史,顗舅就是蔡兴宗,颇知天文,谓襄阳星恶,不宜前往。顗答道:

"白刃交前,不救流矢,甥但愿生出虎口呢!"适有诏令兴宗出守南郡,兴宗上表乞辞,顗复语兴宗道:"朝廷形势,人所共知,在内大臣,朝不保夕,舅今出

第二十回　狎姑姊宣淫鸾被　辱诸父戏宰猪王

居南郡，据江上流，颉在襄沔，与舅甚近，水陆交通，一旦朝廷有事，可共立桓、文齐桓文功业，奈何可行不行，自陷罗网呢！"兴宗微笑道："汝欲出外求全，我欲居中免祸，彼此各行己志罢了。"看到后来毕竟兴宗智高一筹。颉匆匆辞行，星夜登途，驰至寻阳，方喜语道："我今始得免祸了！"未必。兴宗却得承乏，复任吏部尚书。

东阳太守王藻，系子业母舅，尚太祖第六女临川公主。公主妒悍，因藻另有嬖妾，很为不平，遂入宫进谗，逮藻下狱，藻竟愤死，公主与王氏离婚，留居宫中。岂亦效新蔡公主耶？新蔡公主，既充做了谢贵嫔，寻且加封夫人，坐鸾辂，戴龙旗，出警入跸，不亚皇后。只驸马都尉何迈，平白地把结发妻房，让与子业，心中很觉得委屈，且惭且愤，暗中蓄养死士，将俟子业出游，拿住了他，另立世祖第三子晋安王子勋。偏偏有人报知子业，子业即带了禁军，掩入迈宅。迈虽有力，究竟双手不敌四拳，眼见是丢了性命。有艳福者，每受奇祸。

沈庆之见子业所为，种种不法，也觉看不过去。有时从旁规谏，非但子业不从，反碰了许多钉子，因此灰心敛迹，杜门谢客。迟了！迟了！吏部尚书蔡兴宗，尝往谒庆之，庆之不见，但遣亲吏范羡，至兴宗处请命。兴宗道："沈公闭门绝客，无非为避人请托起见，我并不欲非法相干，何故见拒！"羡乃返白庆之，庆之复遣羡谢过，并邀兴宗叙谈。兴宗又往见庆之，请庆之屏去左右，附耳密谈道："主上渎伦伤化，失德已甚，举朝惶惶，危如朝露。公功足震主，望实孚民，投袂指挥，谁不响应？倘再犹豫不断，坐观成败，恐不止祸在目前，并且四海重责，归公一身！仆素蒙眷爱，始敢尽言，愿公速筹良策，幸勿自误！"庆之掀须徐答道："我亦知今日忧危，不能自保，但始终欲尽忠报国，不敢自贰，况且老退私门，兵权已解，就使有志远图，恐亦无成！"尸居暮气。兴宗又道："当今怀谋思奋，大有人在，并非欲微功求赏，不过为免死起见；若一人倡首，万众起应，指顾间就可成事；况公系累朝宿将，旧日部曲，悉布宫廷，公家子弟，亦多居朝右，何患不从？仆忝职尚书，闻公起义，即当首率百僚，援照前朝故事，更简贤明，入承社稷，天下事更不难立定了，公今不决，人将疑公隐逢君恶，有人先公起行，祸必及公，百口难解！公若虑兵力不足，实亦不必需兵，车驾屡幸贵第，酣醉淹留，又尝不带随从，独入闱内，这是万世一时，决不可失呢！"庆之终不愿从，慢慢儿答道："感君至言,当不轻泄;但如此大事,总非仆所能行,一旦祸至,抱忠没世罢了!"死了!死了!兴宗知不可劝,怏怏别去。

庆之从子沈文秀受命为青州刺史,启行时亦劝庆之废立,甚至再三泣谏,总不见听,只好辞行。果然不到数日,大祸临门。原来子业既杀何迈,并欲立谢贵嫔为后,恐庆之进谏,先堵青溪诸桥,杜绝往来。庆之怀着愚忠,心终未死,仍入朝进谏。及见桥路已断,始怅然折回。是夕即由直阁将军沈攸之,赍到毒酒,说是奉旨赐死。庆之不肯遽饮,攸之系庆之从子,专知君命,不顾从叔,竟用被掩死庆之,返报子业。子业诈称庆之病死,赠恤甚厚,谥曰忠武。庆之系宋室良将,与柳元景齐名,元景河东解县人,庆之吴兴武康人,异籍同声,时称沈、柳。两人以武功见称,故并详籍贯。

庆之死时,年已八十,长子文叔,曾为侍中,语弟文季道:"我能死,尔能报!"遂饮庆之未饮的药酒,毒发而死。文季挥刀跃马,出门径去,恰也无人往追,幸得驰免。文叔弟昭明,投缳自尽,至子业被弑后,沈、柳俱得昭雪,所遗子孙,仍使袭封,这且慢表。

且说庆之已死,老成殆尽,子业益无忌惮,即欲册谢贵嫔为正宫。谢贵嫔自觉怀惭,当面固辞,乃册路妃为后,四厢奏乐,备极奢华。子业又恐诸父在外,不免反抗,索性一并召还,均拘住殿中,殴捶陵曳,无复人理。湘东王彧,建安王休仁,山阳王休祐,并皆肥壮,年又较长,最为子业所忌。子业号彧为猪王,休仁为杀王,休祐为贼王,尝掘地为坑,和水及泥,褫彧衣冠,裸置坑中,另用木槽盛饭,搅入杂菜,使彧就槽舐食,似牧猪状,作为笑谑。且屡次欲杀害三王。亏得休仁多智,谈笑取悦,才得幸全。东海王祎,姿性愚陋,子业称为驴王,不甚见猜。桂阳王休范,巴陵王休若,尚在少年,故得自由。自彧以下,均见前回。

少府刘矇妾怀孕临月,子业迎入后宫,俟她生男,当立为太子。湘东王彧,不愿做猪,未免怨怅,子业令左右缚彧手足,赤身露体,中贯以杖,使人舁付御厨,说是今日屠猪。休仁在旁佯笑道:"猪未应死!"子业问是何故?休仁道:"待皇太子生日,杀猪取肝肺。"子业不待说毕,便大笑道:"好!好!且付廷尉去,缓日杀猪。"越宿,由休仁申请,但言猪应豢养,不宜久拘,乃将彧释出。及矇妾生男,名曰皇子,颁诏大赦,竟将屠猪事失记。这也是湘东王彧,后来应做八年天子,所以九死

第二十回　狎姑姊宣淫鸾掖　辱诸父戏宰猪王　·157·

一生。

晋安王子勋,系子业第三弟,五岁封王,八岁出任江州刺史,<small>幼年出镇,都是宋武遗传。</small>子业因祖考嗣祚,统是排行第三,<small>太祖义隆为宋武第三子,世祖骏为太祖第三子。</small>

恐子勋亦应三数,意欲趁早除去。又闻何迈曾谋立子勋,越加疑忌,遂遣侍臣朱景云,赍药赐子勋死。景云行至湓口,停留不进,子勋典签谢道迈,闻风驰告长史邓琬,琬遂称子勋教令,立命戒严。且导子勋戎服出厅,召集僚佐,使军将潘欣之,宣谕部众,大略谓嗣主淫凶,将危社稷,今当督众入都,与群公卿士,废昏立明,愿大家努力云云。众闻言尚未及对,参军陶亮,跃然起座,愿为先驱。于是众皆奉令,即授陶亮为咨议中兵,总统军事,长史张悦为司马,功曹张沈为咨议参军,南阳太守沈怀宝,岷山太守薛常宝,彭泽令陈绍宗等,传檄远近,旬日得五千人,出屯大雷。

那子业尚未闻知,整日宣淫,又召诸王妃公主等,出聚一室,令左右幸臣,脱去衣裳,各嬲妃主,妃主等当然惊惶。子业又纵使左右,强褫妃主下衣,迫令行淫。南平王铄妃江氏,抵死不从,子业怒道:"汝若不依我命,当杀汝三子!"江氏仍然不依,子业益怒,命鞭江氏百下,且使人至江氏第中,杀死江氏三子敬深、敬猷、敬先。铄已早死,竟尔绝嗣。<small>淫恶如此,自古罕闻。</small>子业因江氏败兴,忿尚未平,另召后宫婢妾,及左右嬖幸,往游华林园竹林堂。堂宇宽敞,又令男女裸体,与左右互相嬲逐,或使数女淫一男,或使数男淫一女,甚且想入非非,使宫女与羝羊猴犬交,并缚马仰地,迫令宫女与马交媾,一宫女不肯裸衣从淫,立刻斩首。诸女大惧,只好勉强遵命,可怜红粉娇娃,竟供犬马蹂躏,有几个毁裂下体,竟遭枉死。子业反得意洋洋,至日暮方才还宫。夜间就寝,恍惚见一女子突入,浑身血污,戟指痛詈道:"汝悖逆不道,看你得到明年否?"子业一惊而醒,回忆梦境,犹在目前。翌日早起,即向宫中巡阅,适有一宫女面貌,与梦中女子相似,复命处斩。是夜又梦见所杀宫女,披发前来,厉色相诟道:"我已诉诸上帝,便当杀汝!"说至此,竟捧头颅,掷击子业,子业大叫一声,竟尔晕去。小子有诗咏道:

　　反常尚且致妖兴,淫暴何能免咎征;
　　两度冤魂频作厉,莫言幻梦本无凭。

毕竟子业曾否击死,试看下卷便知。

　　自古淫昏之主,莫如桀、纣;然桀在位五十二岁,纣在位三十二祀,历年已久,昏德始彰,未有若宋子业之即位逾年,而淫凶狂暴,若是其甚者也!伊尹放太甲,霍光废昌邑王贺,太甲昌邑王,亦不子业若,而后世以伊尹为圣,霍光为贤,国君危社稷则变置,古训昭然,无足怪也。沈庆之以累朝元老,不能行伊、霍事,反害义恭及柳元景,寻亦被杀,愚忠若此,何足道焉!阅此回几令人作三日呕云。

第二十一回

戕暴主湘东正位　讨宿孽江右鏖兵

却说子业被女鬼一击，竟致晕去。看官不要疑他真死，他是在睡梦中受一惊吓。还道是晕死了事，哪知反因此晕死，竟得醒悟。仔细一想，尚觉可怕，于是要想出除鬼的法子来了。还是被鬼击死，免得刀头痛苦。

先是子业杀死诸王，恐群下不服，或致反动，遂召入宗越、谭金、童太一、沈攸之等，令为直阁将军，作为护卫。四子皆号骁勇，又肯与子业效力，所以俱蒙宠幸，赏赐美人金帛，几不胜计。子业恃有护符，恣为不道，中外骚然。左右卫士，皆有异志，但因宗越等出入警跸，惮不敢发。湘东王彧，屡次濒危，朝不保夕，乃密与主衣阮佃夫、内监王道隆、学官令李道儿、直阁将军柳光世等，共谋杀主，觊隙行事。子业素嫉主衣寿寂之，常加呵斥，寂之又与阮佃夫等连合，并串通子业左右，如淳于文祖、朱幼、王南、姜产之、王敬则、戴明宝诸人，同伺子业行动，候便开刀。

子业不务防人，反欲防鬼，竟带了男女巫觋及彩女数百人，往华林园中的竹林堂，备着弓箭，与鬼从事。鬼岂畏射，真是妄想！会稽长公主也同随往，建安王休仁、山阳王休祐，受命前导，独湘东王彧尚软禁秘书省中，不使同行。当时民间讹言，湘中将出天子，子业欲南巡厌胜，令宗越等先期出阁，部署各军，暗中谋杀湘东王，然后启程。会因两次梦鬼，猝拟往射，总道是鬼不胜力，且有巫觋为卫，不必召入宗越等人，所以左右扈驾，无一勇士。

当下到了竹林堂，时已黄昏，先由巫觋作法，作召鬼状，然后由子业亲发三箭，再命侍从依次递射。平白地乱了一阵，巫觋等齐拜御前，说是鬼已尽死，喧呼万岁。真是捣鬼。子业大喜，便命张筵奏乐，庆鬼荡平。

正要入座饮酒，蓦见有一群人，持刀直入，为首的是寿寂之，次为姜产之，又次为淳于文祖，此外不及细认。但觉他来势凶猛，料知有变，慌忙引弓搭箭，向寂之射去。偏偏一箭落空，寂之仍然不退，反向前趋进。不能射人，专能射鬼。那时脚忙手乱，不遑再射，只好向后逃走。休仁、休祐等已早奔出，巫觋彩女等亦皆四窜。子业且走且呼，口中叫了寂寂数声，已被寂之追及，一刀刺入背中，再一刀断送性命。寂之即齐声道："我等奉太皇太后密命，来除狂主，今已了事，余众无罪，不必惊慌！"话虽如此，那竹林堂中，除寂之等外，已阒如无人了。

休仁奔至景阳山，未知竹林堂消息，正在遑迫无措，可巧寂之等寻至山中，报称宫廷无主，亟应迎立湘东王。休仁乃径诣秘书省，见了湘东王彧，便拜手称臣。彧虽有心弑主，但未料到这般迅速，此次从睡中惊起，由休仁促赴内廷，中途失履，跣足急行。既至东堂，犹着乌帽，休仁召入主衣，易用白帽，并给乌靴。仓猝登座，召见百官，群臣依第进谒，统无异言。当由中书舍人戴明宝，代草太皇太后命令，对众宣读，词云：

前嗣王子业，少禀凶毒，不仁不孝，著自髫龄。孝武弃世，属当辰历，自梓宫在殡，喜容腼然。天罚重离，欢恣滋甚。逼以内外维持，忍虐未露，而凶惨难抑，一旦肆祸，遂纵戮上宰，殄害辅臣。子鸾兄弟，先帝钟爱，含怨既往，枉加屠酷。昶茂亲作扞，横相征讨。新蔡公主，逼离夫族，幽置深宫，诡云薨殒。襄事甫尔，丧礼顿释，昏酣长夜，庶事倾遗。朝贤旧勋，弃若遗土。管弦不辍，珍馐备膳。詈辱祖考，以为戏谑。行游莫止，淫纵无度，肆宴园陵，规图发掘。诛剪无辜，籍略妇女。建树伪竖，莫知谁息。拜嫔立后，庆过恒典，宗室密戚，遇若婢仆，鞭捶陵曳，无复尊卑。南平一门，特钟其酷，反天灭理，显暴万端。苛罚酷令，终无纪极，夏桀殷辛，未足以譬。阖朝业业，人不自保，百姓皇皇，手足靡措。行秽禽兽，罪盈三千，高祖之业将泯，七庙之享几绝。吾老疾沉笃，每规祸鸩，忧遂漏刻，气命无几。开辟以降，所未尝闻。远近思奋，十室而九。卫将军湘东王体自太祖，天纵英圣，文皇钟爱，宠冠列藩，吾早识神睿，特兼常礼。潜运宏规，义士投袂，独夫既殒，悬首白旗，社稷再兴，宗祐永固，人鬼属心，大命允集，且勋德高邈，大业攸归，宜遵汉晋故事，纂承皇极。未亡人余年不幸，婴此百艰，永寻情事，虽存若殒，当复奈何！当复奈何！

第二十一回　戕暴主湘东正位　讨宿孽江右鏖兵　·161·

宣读既毕，天已大明。直阁将军宗越等闻变，始踉跄趋入，湘东王好言慰抚，越等也无可奈何，唯唯从命。扬州刺史豫章王子尚，傲顽无礼，不啻乃兄，会稽长

公主淫乱宫闱，俱由太皇太后命令，即日赐死。面首三十人可令殉葬！子业尸首，尚暴露竹林堂，未曾棺殓。蔡兴宗语仆射王彧道："彼虽凶悖，曾已为天下主，应使丧礼粗备，否则人言可畏，亦足寒心。"彧乃依言入白，因草具丧礼，槁葬秣陵县南，年仅十七。改元未及一年，时人称为废帝。穷凶极恶，总是此日。

湘东王母沈婕妤早卒，尝经路太后抚养，王事太后甚谨，太后爱王亦笃，至是命太后从子路休之为黄门侍郎，茂之为中书侍郎，算是报答太后的深恩。又复论功行赏，如寿寂之等十余人，或封县侯，或封县子。弑主者得与荣封，究属未当。改号东海王祎为庐江王，兼中书监太尉，建安王休仁为司徒尚书令，领扬州刺史，山阳王休祐为荆州刺史，桂阳王休范为南徐州刺史，晋安王子勋为车骑将军，开府仪同三司。是年十二月。湘东王彧即皇帝位，宣诏中外，又有一篇革故鼎新的文字，小子亦录述如下：

　　昔高祖武皇帝德润四瀛，化绵九服；太宗文皇帝以大明定基，世祖孝武皇帝以下武宁乱，日月所照，梯山航海，风雨所均，削衽袭带，所以业固盛汉，声溢隆周。子业凶嚚自天，忍悖成性，人面兽心，见于龆日，反道败德，著自比年，其狎侮五常，急弃三正，矫诬上天，毒流下国，实开辟所未有，书契所未闻。再罹遏密，而无一日之

哀,齐斩在躬,方深北里之乐。虎兕难柙,凭河必彰,遂诛灭上宰,穷衅逆之酷,虐害国辅,究拏戮之刑。子鸾同生,以昔憾殄殪,敬猷兄弟,以睚眦歼夷,征逼义阳,将加屠脍,陵辱戚藩,捶楚妃主,夺立左右,窃子置储,肆酗于朝,宣淫于国。事秽东陵,行污飞走,积衅罔极,日月兹深。比遂图犯玄宫,暴行无忌,将肆枭獍之祸,遑射虎之心,又欲鸩毒崇宪,路太后居崇宪宫。虐加诸父。事均宫闱,声遍国都。鸱枭小竖,莫不宠昵,朝廷忠臣,必加戮挫。收掩之旨,暴虎结辙,掠夺之使,白刃相望。百僚危气,首领无有全地,万姓崩心,妻子不复相保。所以鬼哭山鸣,星钩血降,神器殆于驭索,景祚危于缀旒。朕假寐凝忧,泣血待旦,虑大宋之基,于焉而泯,武文之业,将坠于渊。赖七庙之灵,借八百之庆,巨猾斯殄,鸿渗时寨,皇纲绝而复纽,天纬缺而更张。猥以寡薄,属承乾统,上缉三光之重,俯顾庶民之艰,业业兢兢,若履冰谷,思与亿兆,同此维新。可大赦天下,改景和元年为泰始元年,一切法度,悉依前朝令典。其昏制谬封,并皆刊削,不使留存。特此谕知!

即位礼成,又有一番封赏,特进南豫州刺史刘遵考为光禄大夫辅国将军,历阳、南谯二郡建平王景素为南豫州刺史,荆州刺史临海王子项为镇军将军,徐州刺史永嘉王子仁为中军将军,左卫将军刘道隆为中护军。建安王休仁,闻道隆升职,上表辞官,谓不愿与道隆同朝。宋主彧几莫名其妙,嗣经左右查明,方知子业在日,曾召入休仁母杨氏,嘱令道隆逼奸。道隆乐得宣淫,竟将这位杨太妃,按倒榻上,备极丑态。杨氏亦不为无过,如何不学南平王妃?休仁不堪此辱,所以情愿解职。宋主彧既知底细,便将道隆赐死。片刻欢娱,丢去性命,何苦何苦!宗越、谭金、童太一等,虽经新皇抚慰,心中终属不安,嗣复闻有外调消息,遂与沈攸之密谋作乱。攸之竟去告密,越等当然被捕,勒毙狱中。好杀人者,终为人杀,观越可知。尚书右仆射王彧,表字景文,因避宋主名讳,易字为名,正任仆射,总尚书事,内外布置,统已就绪。独晋安王子勋,偏不肯服从命令,仍然用兵未休。

子勋年仅十龄,晓得什么军事,凡事统由长史邓琬作主。琬因子勋排行第三,且起兵寻阳,与世祖骏相符,还道是后先辉映,定获成功。当时由都中新令,传到江州,将佐统共喜贺,琬忽取令投地道:"殿下将南面听政,如车骑将军等职,乃是我等所为,奈何授予殿下!"众皆骇愕,琬独与陶亮合谋,缮治兵甲,征兵四方。

雍州刺史袁𫖮,偕谘议参军刘胡,起兵相应,诈称奉太皇太后密令,嘱使出师。一面表达寻阳,劝子勋速即帝位。邓琬遂替子勋传檄,略言孤志遵前典,废幽陟明,湘东王彧,矫害明茂,<small>指宋主杀豫章王事。</small>篡窃大宝,干我昭穆,寡我兄弟,藐孤同气,犹有十三,圣灵何辜,乃致乏飨云云。这檄文传达远近,四处闻风;于是郢州刺史安陆王子绥,荆州刺史临海王子顼,会稽太守寻阳王子房,均与子勋谊关兄弟,愿作臂助。他如徐州刺史薛安都,冀州刺史崔道固,青州刺史沈文秀,义阳内史庞孟虬,行会稽郡事孔觊,吴郡太守顾琛,吴兴太守王昙生,义兴太守刘延熙,晋州太守袁标,益州刺史萧惠开,湘州行事何慧文,广州刺史袁昙远,梁州刺史柳元怙,山阳太守程天祚等,皆归附子勋。何攀龙附凤者之多耶!

邓琬因趋附日多,遂伪言受路太后玺书,率将佐劝进,草草定仪,竟于宋主彧泰始二年,奉子勋为帝,改元义嘉,用邓琬为尚书右仆射,张悦为吏部尚书,袁𫖮为尚书左仆射,此外将佐及诸州郡官吏,各加官进爵,赏赐有差,四方贡献,多归寻阳。

宋主彧只保有丹阳、淮南数郡,几乎危急得很,亟派建安王休仁,都督征讨诸军事,命王玄谟为江州刺史,做了休仁的副手。沈攸之为寻阳太守,率兵万人,出屯虎槛。休仁等出都西去,才隔数日,忽由东南传来警报,说是会稽太守寻阳王等,已进兵至永世县。永世县地隔建康,不过数百里,都下震惧,风鹤惊心。宋主彧忙召群臣计事,蔡兴宗进言道:"今普天同叛,各怀异志,亟宜处以镇静,推诚待人;即如叛党亲戚,散布宫省,若用法相绳,转致激变,不为瓦解,必为土崩。今宜速颁明诏,示以罪不相及,待至舆情既定,人有战心,将见六军精勇,器械犀利,与叛众交战,自操胜算,何必过忧?"宋主彧连声称善,依议施行。

甫越两日,又闻豫州有附逆消息。豫州刺史殷琰,家属多在建康,本不愿归附寻阳,建武司马刘顺,替寻阳游说,力劝琰背东归西,琰犹豫未决,寻由右卫将军柳光世,出奔彭城,道过寿阳,谓建康万不可守,又兼豫州参军杜叔宝,从中迫胁,令琰不能自脱,没奈何起应子勋。宋主彧又复添忧,仍召兴宗等入商,憱然与语道:"各处未平,殷琰又复同逆，奈何奈何？"兴宗道："顺逆两端，臣不暇辨，惟现时商旅断绝，米却丰贱，四方云合，人情反安，照此看来，荡平可卜。臣所忧不在今日，却在将来。昔晋羊祜言事平以后，方劳圣虑，臣意亦这般想呢。"宋主道："诚如卿言，且卿前言叛党亲属，不宜株累，朕今拟厚抚琰家，卿以为何如？"兴宗道："这正是招携怀远的要策呢。"宋主遂令侍臣慰抚琰家，令他作书招琰。并遣兖州刺史殷孝祖甥荀僧韶，往谕孝祖，饬令即日入朝。

僧韶到了兖州，谒见孝祖道："景和凶狂，开辟未闻，今主上夷凶剪暴，再造河山，不意群迷相煽，摇动众听。假使天道助逆，群凶逞志，亦必至祸难百出，不堪复问。舅父少有大志，若能招集义勇，辅佐明廷，不但匡主静乱，且更足扬名竹帛呢。"孝祖听了，奋袂遽起，也不管什么妻孥，立率文武二千人，随僧韶至建康。

时会稽各郡叛军，愈逼愈近，内外忧危，群欲奔散，亏得孝祖驰至，所带随兵，饶有赳赳气象，人心因是得安。宋主或即进孝祖为抚军将军，督前锋诸军事，使往虎槛。再遣山阳王休祐为豫州刺史，督领辅国将军刘勔，宁朔将军吕安国等，北讨殷琰。又派巴陵王休若，率同建威将军沈怀明，尚书张永，辅国将军萧道成等，东讨孔觊。觊方会合东南各军，使出晋陵，气焰甚盛。沈怀明至奔牛镇，未敢进战，但筑垒自固。永至曲阿县，更被吓退，逃还延陵，往就休若。时方孟春，连日风雪，陂塘崩溃，众无固志。诸将劝休若退保破冈，休若怒道："叛贼未来，奈何轻退！敢有言退者斩！"诸将方不敢再言，乃筑垒息甲，严兵以待。

适殿中御史吴喜，在宋主前自请效力，宋主授喜建武将军，特简羽林勇士千人，遣往军前。喜尝出使东吴，情性宽厚，得人敬爱，此次出兵，竟自成一路，往捣贼巢。吴人闻喜到来，多望风欢迎，不战自服。足副大名。永世县令孔景宣，本已叛应孔觊，为土民徐崇之所杀，向喜报捷。喜令崇之权署县事，自进兵至吴城，连破义兴军。义兴太守刘延熙，筑栅长桥，保郡自守。喜正长驱进击，又来了一个好帮手，乃是司徒参军任农夫，也是自请从军。到了义兴，与喜同攻刘延熙，延熙保守不住，栅毁兵溃，投水自尽，眼见得义兴克复了。

孔觊闻义兴兵败，不寒自栗。宋廷又遣积射将军江方兴，御史王道隆，出至晋陵，督厉诸军，连战皆胜，攻克晋陵，各军皆进，王昙生、顾琛、

第二十一回　戮暴主湘东正位　讨宿孽江右麈兵

袁标等,亦弃郡出走。吴郡、吴兴、晋州各地,相继荡平。捷书连达宋廷,宋主调张永等击彭城,江方兴等击寻阳,但留建武将军吴喜,与建威将军沈怀明,东击会稽。

讨宿孽江右麈兵

喜遂引兵入柳浦,拔西陵,兵威所至,无不披靡。上虞县令王晏,复起兵攻郡城,孔觊逃往崤山,单剩一个寻阳王子房。子房系子勋弟,与子勋同年,乳臭犹存,怎能自保?当被王晏攻入,把他缚住,械送建康。复悬赏购觊,觊即被获,并觊从弟璪,一并诛死。

会稽平定,王昙生、顾琛、袁标等,无路可逃,不得已诣吴喜营,叩首乞怜。喜代达朝廷,均蒙赦宥;就是子房解到建康,也因他年幼无知,特别宽免,但贬为松滋侯。东路了。

山阳王休祐到了历阳,令刘勔为先行,进军小岘。殷琰所署南汝阴太守裴季之,举合肥城出降。宁朔将军刘怀珍,又奉了宋主遣发,带同龙骧将军王敬则等,共步骑五千人,诣刘勔营,助讨寿阳,击斩庐江太守刘道蔚。琰遣部将刘顺、柳伦、皇甫道烈、庞天生等,率兵八千,东拒宛唐,与刘勔南北相持,约有月余。刘顺等粮食将尽,急向殷琰处索粮。参军杜叔宝,发车千五百乘,运粮饷顺,途次为勔军所劫,弃粮遁还。顺军无从得食,自然溃散,刘勔遂进薄寿阳。殷琰非常惶急,但与杜叔宝招集散兵,婴城自守,势孤援绝,料难保全。

张永与萧道成往攻彭城,彭城系徐州治所,为薛安都所据。安都从子薛索儿,偕太原太守傅灵越,夺据睢陵,阻截官军。张、萧两将,与索儿大战城下,索儿败退,食尽走死。傅灵越奔往淮西,武卫将军王广之,诱执送勔。勔送建康，宋主爱他骁勇，颇欲贷死，灵越抗言不逊，因即伏诛。惟殷孝祖驰至虎槛，会同寻阳太守沈攸之，进攻赭圻，仗着自己猛力，不顾士卒，昂然直往，且用羽仪前导，显示威风。他将已料他不终，果然与寻阳军将，大战一场，身中流矢，倒地而亡。小子有诗叹道：

为王执殳效前驱，危局颇期只手扶。

忠勇有余谋不足，赭圻一战竟捐躯。

孝祖中箭阵亡，众情大沮，后来胜负如何，容至下回续表。

子业为寿寂之所弑，湘东王彧实尸之，例以春秋书法，彧为首恶，不能辞咎。惟子业淫昏凶暴，浮于桀纣，汤武征诛，不为不义，何尤于湘东！本回标目，不曰弑而曰戕，至演述事实，复连录二令，所以罪子业，恕湘东也。子勋起兵寻阳，对于子业，尚属有名，对于湘东，实为无理。彼虽幼稚，未知逆顺，但既有统军之名，不得以其年幼而恕之，标目曰讨，书法特严。历叙叛党之不耐久战，正以见助逆之难成，莫谓乱世之果无公理也。

第二十二回

扫逆藩众叛荡平　　激外变四州沦陷

却说殷孝祖阵亡，众情震骇，还亏沈攸之御众有方，勉力支持，方得镇定人心，不致溃散。时江方兴已由南调北，与攸之名位相埒，应前回。大众拟推攸之为统军，攸之独让与方兴。方兴大喜，便督厉诸将，准备开战。

赭圻守将，为寻阳左卫将军孙冲之，右卫将军陶亮等人，统兵约二万名。冲之语亮道："孝祖骁将，一战便死，天下事不难手定了。此地不须再战，便当直取京师。"亮不肯从，但与部将薛常宝、陈绍宗、焦度等，出兵对垒，决一胜负。方兴与攸之夹攻敌阵，有进无退，杀得寻阳军士，弃甲曳兵，一哄儿逃往姥山。死亡过半，失去湖、白二城。陶亮大惧，亟与孙冲之退保鹊尾，只留薛常宝等守赭圻。

寻阳长史邓琬，闻前军败绩，复遣豫州刺史刘胡，率众三万，铁骑二千，援应孙、陶。胡系宿将，颇有勇略，为将士所敬惮，孙、陶二人，亦倚以为重，总道是长城可靠，后必无虞。会宋廷已擢沈攸之为辅国将军，代殷孝祖督前锋军事，又调建武将军吴喜，自会稽至赭圻。攸之以军势颇盛，遂麾军围赭圻城。

薛常宝乘城扼守，且因粮食不继，向刘胡处乞援。胡自督步卒万人，负囊运米，乘夜救薛，天明至城下，偏为攸之大营所阻，不得入城。攸之且出兵邀击，与刘胡鏖斗多时，胡却也厉害，持槊直前，冲突多次。经攸之号令诸军，迭发强弩，把他射住，胡尚三却三进，直至身中数箭，方自觉支撑不住，向后倒退。攸之乘势奋击，胡众大败，舍粮弃甲，缘山奔去。胡狼狈退走，仅得回营。

薛常宝见胡败去，料知孤城难守，便开门突围，走入胡寨。他将沈怀宝，也想随奔，适被攸之截住，战不数合，就做了刀头鬼。陈绍宗单舸走鹊尾，城中尚有数千人，当即出降。攸之入赭圻城，建安王休仁，亦自虎槛至赭圻。宋主复遣尚书褚渊，驰抵行营，赏犒将士，促兵再进。

邓琬传子勋号令，征袁颛至寻阳，令他统军赴敌，颛尽率雍州部曲，来会寻阳各军。楼船千艘，战士二万，如火如荼，趋至鹊尾，刘胡等迎颛入营，谈论军情，颛略略交谈，便算了事。住营数日，并未闻有什么方略，但见他常服雍容，赋诗饮酒，差不多似没事一般。也想学谢太傅么？刘胡因南军未至，军需匮乏，特向颛商借襄阳军资，颛不肯应允。又闻路人谣传，谓建康米贵，斗米千钱，遂以为不劳往攻，可以坐定；因此连日延宕，不发一兵。刘胡等屡请出战，颛乃令胡出屯浓湖，堵截官军。

会青、兖各郡吏，并起兵应建康，青州刺史沈文秀，勉与相持，势颇危急。弋阳西山蛮田益之，也输诚宋室，率蛮众万人围义阳，司州刺史庞孟虬，由邓琬差遣，击退益之，且引兵往援殷琰。刘勔致休仁书，请分兵相助，休仁欲遣龙骧将军张兴世赴援，兴世方谋绕越鹊尾，上据钱溪，截击寻阳军粮道，偏休仁令他北援，未免背道而驰，甚为叹惜。

沈攸之本赞成兴世，即入白休仁道："孟虬蚁聚，必无能为，但遣别将往救，已足相制，兴世谋袭叛军粮道，乃是安危枢纽，万难中止，还请大帅注意！"休仁依攸之言，另派部将段佛荣率兵救勔，令兴世简选战士七千，用轻舸二百艘分装，溯流而上。途次辄遇逆风，屡进屡退。刘胡闻报大笑道："我尚不敢轻越彼军，下取扬州，张兴世有何能力，乃敢据我上流呢！"遂不复戒备。

哪知天心助顺，不如人料，一夕东北风大起，兴世得悬帆直上，径越鹊尾。及刘胡闻知，急令偏将胡灵秀往追，已是不及。兴世竟趋钱溪，扎住营寨，堵截交通。刘胡自率水部各军，往攻钱溪，前锋为兴世所败，伤毙数百人。胡不禁大怒，驱军猛进，不防袁颛差人追还，说是浓湖危急，促令返救，胡只得回军浓湖。看官听说！这浓湖危急的军报，并非袁颛虚造，实是休仁遥应兴世，特令沈攸之、吴喜等，率舰进击，牵制刘胡。胡既东返，攸之等也即引还。无非是亟肆以疲，多方以误之计。

是时广州刺史袁昙远，为下所杀，山阳太守程天祚反正投诚。赣令萧颐，系辅国将军萧道成世子，擒获南康相沈肃之，据住南康，起应君父。就是庞孟虬到了弋阳，也被吕安国等击走，遁还义阳。王玄谟子昙善，又起兵据义阳城，击逐孟虬，孟虬窜死蛮中。皇甫道烈等闻孟虬败死，相率降勔。勔遂遣还段佛荣，仍至浓湖。

刘胡等军中乏食，粮运为兴世所阻，梗绝不通。胡再攻钱溪，仍然

第二十二回　扫逆藩众叛荡平　激外变四州沦陷

不克,更遣安北府司马沈仲玉,竟往南陵征粮。仲玉至南陵,载米三十万斛,钱布数十舫,还过贵口,可巧碰着宋将寿寂之、任农夫,麾兵杀来。那时逃命要紧,不得已弃去米布,走回颎营。

刘胡闻报大惊,阴谋西窜,佯令人通知袁颎,只说是再攻钱溪,兼下大雷,暗令薛常宝办船,径趋海根,毁去大雷诸城,自向寻阳遁去。颎至夜方知,顿足大愤道:"不意今年为小子所误,悔无及了!"一面说,一面即出跨乘马,顾语部众道:"我当自往追胡,汝等不应妄动,在营守着!"语毕,即带着千人,策马飞驰,走往鹊头。依样画葫芦。

浓湖及鹊尾各营,统共不下十万人,两处并无主帅,如何保守?索性尽降宋军。建安王休仁,既入浓湖,复至鹊尾,收降敌垒数十,遂遣沈攸之等追颎。

颎与鹊头守将薛伯珍,又趋向寻阳,夜止山间,杀马飨将士,且语伯珍道:"我非不能死,但欲一至寻阳,谢罪主上,然后自尽呢。"伯珍不答。到了翌晨,竟请屏人言事。颎不知他是何妙计,便命左右退去,与他密谈,哪知他拔剑出鞘,向颎砍来。颎骇极欲避,偏偏身不由主,手足反笨滞得很,只听见砉的一声,魂灵儿已飞入幽都。

伯珍枭了颎首,持示大众,嘱令降宋,众皆听命,他即持颎首驰往钱溪。适遇马军将军俞湛之,出首相示,湛之佯为道贺,暗拔刀斫伯珍首,共得两颗头颅,送往休仁大营,据为己功。强中更有强中手。

寻阳连接败报,邓琬等仓皇失措,忽见刘胡到来,诈称袁颎叛去,军皆溃散,惟自己全军回来,请速加部署,再图一战。琬信为真言,拨粮给械,令他出屯溢城,不料他一出寻阳,竟转向沔口去了。

琬闻胡去,越加惶急,与中书舍人褚灵嗣等,商量救急方法,大家智尽能索,无一良谋。尚书张悦,却想出一条妙计,诈称有疾,召琬议事。琬应召入室,向悦问安,悦答道:"我病为国事所致,事至今日,已迫危境,足下首倡此谋,敢问计将安出?"琬踌躇多时,方嗫嚅答道:"看来只好斩晋安王,封库谢罪,或尚得保全生命!"好计策。悦冷笑道:"这也太觉不忍,难道可卖殿下求活么?且饮酒一樽,徐图良策。"说至此,即向帐后回顾,佯呼取酒。帐后一声应响,便闪出许多甲士,手中并无杯箸,但各执刀械相饷。琬欲走无路,立被甲士拿下,由悦数责罪状,当场斩首!该杀。复令捕到琬子,一并加诛,自乘单舸诣休仁军前,献入琬首,赎罪乞降。

休仁即令沈攸之等驰往寻阳。寻阳城内，已经大乱，子勋已被蔡道渊囚住，城门洞开，一任攸之等趋入。可怜十一岁的垂髫童子，做了半年的寻阳皇帝，徒落得一刀两段，身首分离。

当下传首建康，露布告捷，再遣张兴世、吴喜、沈怀明等，分徇荆、郢、雍、湘各州，及豫章诸郡县。刘胡逃至石城，为竟陵丞陈怀直所诛。郢州行事张沈，荆州行事孔道存，相继毙命。临海王子顼，由荆州治中宗景，执送建康，勒令自杀。安陆王子绥也即赐死。还有邵陵王子元，系子勋弟，本迁任湘州刺史，道出寻阳，为子勋所留，加号抚军将军，至是亦连坐受诛，年止九岁。所有叛附子勋诸党羽，除见机归顺外，多被捕诛。徐州刺史薛安都，冀州刺史崔道固，益州刺史萧惠开，梁州刺史柳元怙等，先后乞降。独湘州刺史何慧文，未曾投顺，由宋主诏令吴喜，宣旨招抚。慧文叹道："身陷逆节，不忠不义，还有何面目见天下士！"遂仰药自杀。有诏追赠死节诸臣，及封赏有功将士，各分等差，并召休仁还朝。

时路太后已遇毒身亡，追谥为昭太后，葬孝武陵东南，号修宁陵。名目上虽未减损，实际上很是草率。原来路太后闻子勋建号，颇以为幸，及子勋将败，路太后竟召入宋主，置毒酒中，伪令侍饮。宋主或全不加防，经内侍从旁牵衣，始悟毒谋。即将计就计，起奉面前樽酒，为太后寿。路太后无可推辞，只好拼死饮尽。原是自己速死。是夕毒发暴亡。宋主或尚秘不发丧，但迁殡东宫，至寻阳告捷，乃草草奉葬。

休仁应召入都，复密白宋主道："松滋侯兄弟尚在，终为祸阶，宜早自为计！"宋主因将松滋侯子房以下，共计兄弟十人，一并赐死，连路太后从子休之茂之，也连坐加诛。总计孝武二十八子，至此俱尽。上文虽约略分叙，未曾详明，由小子列表如下：

废帝子业。遇弑。豫章王子尚。赐死。晋安王子勋。被杀。安陆王子绥。赐死。子深。未封而殇。寻阳王子房。降为松滋侯赐死。临海王子顼。赐死。始平王子鸾。为子业所杀。永嘉王子仁。赐死。子凤。未封而殇。始安王子真。赐死。子玄。未封而殇。邵陵王子元。赐死。齐敬王子羽。早卒，追加封谥。子衡子况。俱未封而殇。淮南王子孟。赐死。南平王子产。赐死。晋陵王子云。早卒。子文。未封而殇。庐陵王子羽。赐死。南海王子师。为子业所杀。淮阳王子霄。早卒,追加封谥。子雍。

未封而殇。子趋。未封赐死。子期。未封赐死。东平王子嗣。赐死。子悦。未封赐死。

以上为孝武帝二十八男,由宋主或赐死,得十四人,这也可谓残虐骨肉,太无仁心了。各在休仁。

辅国将军刘勔,围攻寿阳,自春至冬,尚未能下,宋主或使中书草诏,招抚殷琰。

尚书蔡兴宗入谏道:"天下既定,琰宜知过自惧,但须由陛下赐给手书,彼方肯来,否则仍使疑贰,尚非良策!"宋主不从,果然殷琰得诏,疑是刘勔行诈,不敢出降。杜叔宝且藏瞒寻阳败报,益加守备。嗣经宋主发到降卒,使与城中人问答,守卒始知寻阳败没,各生贰心。琰欲北走降魏,主簿夏侯详,极力劝阻。琰乃使详出见刘勔,婉言乞请道:"今城中兵民,明知受困,尚且固守不变,无非惧将军入城,一体受诛;倘将军逼迫太急,彼将北走降魏,为将军计,不如网开三面,一律赦罪,大众得了生路,还有不相率归顺么?"勔慨然应诺,即使详至城下,呼城上将士,传达勔意。琰乃率将佐面缚出降,勔悉加慰抚,不戮一人。入城又约束部曲,秋毫无犯,城中大悦。宋主亦有诏赦琰。琰还都后,复得为镇南谘议参军,仕至少府而终。北路亦了。

他如兖州刺史毕众敬,豫章太守殷孚,汝南太守常珍奇,从前常向应子勋，至是俱上表输诚，愿赎前愆。宋主因叛乱已平，更欲示威淮北，特授张永为镇军将军，沈攸之为中领军，使统甲士十五万，往迎徐州刺史薛安都。蔡兴宗谏道："安都已经归顺，但须一使传书，便足征召，何必多发大兵，反令疑忌呢！若谓叛臣罪重，不可不诛，亦应在未赦以前，早为处置。今已加恩宽宥，复迫令外叛，招引北寇，恐欲益反损，朝廷又不遑旰食了！"历观兴宗所陈，多有特见。宋主不以为然，转询萧道成，道成亦答称不宜遣兵，宋主道："诸军猛锐，何往不利，卿等亦未免过虑了！"骄必败。遂径遣张、沈二将北行。

安都闻大兵将至，果然疑惧，亟遣子入质魏廷，向他求救。汝南太守常珍奇，亦恐连坐遭诛，也举悬瓠城降魏。魏主弘系拓跋浚长子，浚在位十四年病殂，由弘承父遗统，与宋主或同年即位，尊浚为文成皇帝。弘年仅十二，丞相太原王乙浑，总决国事。补前文所未详。越年，乙浑有谋反情事，太后冯氏密定大计，收浑伏诛。冯氏为弘嫡母，颇有智略，因临朝听政。可巧薛安都、常珍奇二人，奉书乞援，遂与中书令高允等，商决出兵，立派镇南大将军尉元，镇东将军孔伯恭等，率骑兵万人，东救彭城。镇西大将军西河公拓跋石，都督荆豫南雍州诸军事张穷奇，率步兵万人，西救悬瓠，授薛安都为镇南将军，领徐州刺史，封河东公，常珍奇为平南将军，领豫州刺史，封河内公。

兖州刺史毕众敬，与安都异趋，表达建康，请讨安都。书尚在途，忽闻子元宾坐罪被杀，不禁大怒，拔刀斫柱道："我已白首，只生一子，今在都中受诛，我亦不愿生存了！"为子叛君，也不合理。未几魏军至瑕邱，众敬即遣人乞降，魏将尉元，拨部众随入兖州，便将城池据去，不令众敬主持。众敬始觉悔恨，好几日不进饮食，但已是无及了。

魏西河公石至上蔡，与尉元同一谋划，俟常珍奇出迎，即麾众入城，勒交管钥，据有仓库。珍奇也有悔心，复欲图变，奈石已防备严密，无从下手，没奈何屈意事石，蹉跎过去。引狼入室，应有此遇。

薛安都尚未知两处消息，但闻张永、沈攸之等已到下磕，忙遣使催促魏军。尉元长驱至彭城，见薛安都开门迎谒，便派部将李璨，偕安都入城，收检库钥，更令孔伯恭用精兵二千，守卫城池内外，方才驰入。既至府署，堂皇高坐，令安都下阶参见，好似上司对下属一般。安都不禁愤恚。退语部众，再欲叛魏归宋，偏又为尉元所闻，召入署

第二十二回 扫逆藩众叛荡平 激外变四州沦陷

中,语带讥讽。安都且愧且惊,不得已携出私资,重赂尉元,复委罪女夫裴祖隆,将他杀死。女夫何罪,乃斫其首,女又何辜,乃令其寡?徇利贪生,一至于

激外变四州沦陷

此,比毕、常二人犹且勿如。元乃使李璨守城,安都为助,自率兵出袭张永粮道。

永正派羽林监王穆之,领兵五千,在武原守住辎重,不意魏兵杀到,措手不及,只好将辎重弃去,奔就永营。永等方进薄彭城,暮见穆之逃来,说是辎重被夺,不觉大骇,又兼冬春交季,雨雪纷纷,自知站立不住,索性弃营循还。适泗水冰合,船不能行,复把兵船弃去,渡冰南走。士卒已多半冻毙,及渡过南岸,行抵吕梁相近,突遇魏兵杀出,首领正是尉元。原来元袭穆之辎重,已绕出永营后面,预料永军绝粮,必将奔还,因即逾淮待着,截击永军。永已无心恋战,既遇魏军,不得不勉强厮杀,哪知后面又有鼓声,乃是薛安都领兵追到,也来乘势邀功。何颜之厚。永前后受敌,如何了得,急令沈攸之抵挡后军,自督兵冲突前军。好容易杀开血路,已是足指被伤,忍痛走脱。沈攸之也仅以身免。部众死亡逾万,横尸六十里,所有军资器械,抛散殆尽。

宋主接得败报,召语蔡兴宗道:"朕不听卿言,竟致徐、兖失守,今自觉无颜对卿呢。"兴宗道:"徐、兖已失,青、冀亦危,速请抚慰为是!"宋主乃遣沈文秀弟文炳,持诏宣抚,又遣辅国将军刘怀珍,与文炳同行。途次果闻青、冀有变,由怀珍兼程急进,连定数城,青州刺史沈文秀,冀州刺史崔道固,始不敢生贰,仍绝魏归宋。怀珍乃还。

魏既得徐、兖二州，复拟攻青、冀二州，再遣平东将军长孙陵赴青州，征南大将军慕容白曜为后应，驱兵大进，势如破竹，据无盐，破肥城，夺去糜沟。垣苗二戍，又进陷升城。守将非死即降。宋主复命沈攸之等规复彭城，俾得通道东北，往援青、冀。攸之谓淮泗方涸，不便行军，宋主怒起，立要他立功赎罪。攸之不得已北行，萧道成亦奉命镇淮阴，接应攸之军需。攸之至濉清口，被魏将孔伯恭截住，战了半日，攸之败退。孔伯恭乘胜追击，杀毙宋龙骧将军崔彦之，攸之身亦受创，走还淮阴。下邳、宿豫、淮阳诸守将，皆弃城遁还。

　　青、冀二州，日夕待援，始终不至，崔道固孤守历城，即冀州治所。被围年余，力竭降魏。沈文秀困守东阳，即青州治所。被围三年，士卒昼夜拒战，甲胄生虮虱，魏将长孙陵，督众陷入，执住文秀，缚送慕容白曜。白曜喝令下拜，文秀亦厉声道："汝为北臣，我为南臣，彼此名位从同，何必拜汝！"白曜倒也起敬，待以酒食，始转送平城。魏主令为中都下大夫，于是青、冀二州，也为魏有。小子有诗叹道：

　　　无端挑衅启兵争，外侮都因内变生；
　　　试看四州沦陷日，才知师出本无名。

　　豫州境内，又有魏兵出入，亏得有人守住，击斩魏将，才得保全。欲知此人为谁，且至下回再叙。

　　　子勋之死，咎由自取，袁顗、邓琬、刘胡等，死有余辜，更不足责。子项、子房、子绥，同类受诛，尚不得为冤死。子元被留寻阳，死非其罪，顾犹得曰受抚军将军之伪命，固不便轻赦也。子仁以下共九人，年皆冲幼，又未尝趋附子勋，何罪何辜，乃尽赐死？休仁原是不仁，而宋主彧之妄加锄戮，举孝武遗胄而悉屠之，安得谓非残忍乎？子勋既败，余党尽降，薛安都亦奉表归命，无端发兵十五万，往迎安都，可已不已，激成外变，卒至徐、兖、青、冀四州，相继沦没。江左小朝，不及北魏之半，又复失去四州，是地且益小矣。呜呼刘彧弄巧反拙，原厥祸始，实误于"骄"之一字。裴子野谓齐桓矜于葵邱，而九国叛，曹公不礼张松，而三国分，合以宋主彧之失四州，几成鼎足，乃知持盈保泰之固自有道也。

第二十三回

杀弟兄宋帝滥刑　好佛老魏主禅统

却说豫州刺史刘勔甫经莅任，闻魏司马赵怀仁，入寇武津，亟遣龙骧将军申元德，出兵拦截。元德击退魏兵，且斩魏于都公阕于拔，获运车千三百乘，魏移师寇义阳，又由勔使参军孙台灌把他驱逐，豫州才幸无事。勔复致书常珍奇，叫他反正，珍奇亦生悔念，乃单骑奔寿阳，魏始不敢南侵。宋亦无力恢复，但矫立徐、兖、青、冀四州官吏。徐治钟离，兖治淮阴，青、冀治郁洲，虚置郡县，招辑流亡，不过摆着个空场面。那徐、兖、青、冀的人民，都已沦为左衽，无力南迁了。

宋主既遭此一挫，未尝刷新图治，反且纵暴肆淫。即位初年，立妃王氏为皇后，王氏系仆射王景文胞妹，秉性柔淑，赋质幽娴，与宋主却相敬爱。后来宋主纵欲，选择嫔御数百人，充入后房，渐把王后疏淡下去。王后倒也不生怨怼，随遇自安。惟王后只生二女，未得毓麟，就是后宫许多嫔御，亦不闻产一男儿。寡欲始可生男，否则原难望子。

宋主好色过度，渐至不能御女，只好向人借种，乃把宫人陈妙登，赐给嬖臣李道儿。妙登本屠家女，原没有什么廉耻，既至李家，与道儿连日取乐，不消一月，已结蚌胎。如此得孕，有何佳儿？事为宋主所闻，又复迎还。曾不思覆水难收么？十月满足，得产一子，取名慧震，宋主说是自己所生。又恐他修短难料，更密查诸王姬妾，遇有孕妇，便迎纳宫中，倘得生男，杀母留子，别使宠姬为母，抚如己儿。至慧震年已三龄，牙牙学语，动人怜爱，宋主即册立为太子，改名为昱，册储节宴，很是热闹。

到了夜间，复在宫中大集后妃，及一切公主命妇，列坐欢宴。饮到半酣，却下了一道新奇命令，无论内外妇女，均令裸着玉体，恣为欢谑。王皇后独用扇障面，不笑不言，宋主顾叱道："外舍素来寒乞，今得如此乐事，偏用扇蔽目，究作何意？"后答道："欲寻乐事，方法甚多，难道有姑姊妹并集一堂，反裸体取乐么？外舍虽寒，却不愿如此作乐！"宋主不待说毕，益怒骂道："贱骨头不配抬举，可与我离开此地！"王后当即起座，掩面还宫，宋主为之不欢，才命罢宴。

次日为王景文所闻，语从舅谢纬道："后在家时，很是懦弱，不意此番却这般刚正，真正难得！"纬亦为叹赏不置。

看官听说！从来淫昏的主子，没有不好色信谗，女子小人，原是连类并进，似影随形，宋主彧既选入若干妇女，免不得有若干宵小。游击将军阮佃夫，中书舍人王道隆，散骑侍郎杨运长，并得参预政事，权亚宋主。就中如佃夫最横，纳货赂，作威福，宅舍园池，冠绝都中。平居食前方丈，侍妾数百，金玉锦绣，视同粪土，仆从附隶，俱得不次升官，车夫仕至中郎将，马士仕至员外郎。朝士无论贵贱，莫不伺候门庭。从前二戴一巢，号称权幸，也未及佃夫威势。且巢、戴是士人出身，尚知稍顾名誉，佃夫是从小吏入值，由主衣得充内监，不过因废立预谋，骤得封至建城县侯。寻阳乱作，从军数月，又得兼官游击将军，声灵赫濯，任性妄行。王道隆、杨运长等，与为倡和，往往援引党徒，排斥异类。最畏忌的是皇室宗亲，宗亲除去，他好侮弄人主，永窃国权，所以随时进谗，凭空构衅。好一段大文章，含有至理。

宋主彧本来好猜，更有佃夫等从旁鼓煽，越觉得至亲骨肉，纯是祸阶。可巧皇八兄庐江王祎，与河东人柳欣慰，诗酒劝酬，订为知交。欣慰密结征北谘议参军杜幼文，意图立祎，偏幼文奏发密谋，遂将欣慰捕戮，降祎为车骑将军，徙镇宣城，特遣杨运长领兵管束。运长更嘱通朝士，讦祎怨望，祎坐夺官爵，且为朝使所迫，勒令自裁。

扬州刺史建安王休仁，与宋主彧素相友爱，前曾保全彧命。彧即位后，更由休仁亲冒矢石，迭建大功，位冠百僚，职兼内外，渐渐的功高遭忌，望重被谗。休仁已不自安，至祎被诛死，即上表辞扬州兼职。宋主乃调桂阳王休范为扬州刺史，并改封山阳王休祐为晋平王，自荆州召还建康，另派巴陵王休若为荆州刺史。休祐刚狠，屡次忤旨，宋主积不相容，故召回都下，设法剪除。泰始七年春二月，车驾至岩山射雉，特令休祐随行，射了半日，有一雉不肯入场，呼休祐驰逐，必得雉始归。休祐既去，宋主密嘱屯骑校尉寿寂之等，追随休祐，自己启跸还宫。天色将暮，日影西沉，休祐尚未得雉，控辔驰射，不意后面突来数骑，冲动马尾，马遇惊跃起，竟将休祐掀下。休祐料有急变，奋身腾立，顾见寿寂之等，正要诘问，那寂之等已四面凌逼，拳足交加。休祐颇有勇力，也挥拳抵敌，

第二十三回　杀弟兄宋帝滥刑　好佛老魏主禅统

横厉无前,忽背后被人暗算,引手撩阴,一声爆响,晕倒地上,复被大众殴击,自然断命。寂之驰白宋主,报称骠骑坠马,休祐原任骠骑大将军,所以有此传呼。宋主佯为惊愕,即遣御医络绎往视,医官检验伤痕,明知殴毙,但返报气绝无救罢了。殓葬时尚追赠司空,旋且废为庶人,流徙家属。<small>究竟要露出真相。</small>

一波未平,一波又起,都中忽起谣言,谓巴陵王休若,有大贵相,宋主复召休若为南徐州刺史。休若将佐,都劝休若不宜还朝,中兵参军王敬先进言道:"荆州带甲十余万,地方数千里,上可匡天子,除奸臣,下可保境土,全一身,奈何自投罗网,坐致赐剑呢!"休若阳为应诺,至敬先趋出,即令人把他拿下,奏请加惩,奉诏将敬先诛死。及启行入都,会宋主遇疾,医治乏效,自恐病不能兴,特召杨运长等筹商后事。运长独指斥建安王休仁,以为此人不除,必贻后患。宋主尚觉踌躇。嗣闻宫廷内外,多属意休仁,拟俟宋主晏驾,即行推戴,<small>仍恐出运长等谰言。</small>于是决计先发,召休仁直宿尚书省。

休仁至尚书省中,闲坐多时,已将夜半,乃和衣就寝。蓦然有诏使到来,宣敕赐死,且进毒酒。休仁叱道:"主上得有天下,究系何人的功劳?今天下粗安,乃欲我死,从前孝武诛夷兄弟,终至子孙灭绝,前车不鉴,后辙相循,宋祚岂尚能长久么?"<small>原是冤枉,但松滋兄弟,并无致死之罪,汝何故奏请诛夷。</small>诏使逼令饮酒,休仁道:"我死后,看他能活到何时?"说着,遂取杯饮尽,未几毒发身死。宋主虑有他变,力疾乘舆,夜出端门,及接得休仁死报,才复入宫。

黎明又下一诏,诈言休仁谋反,惧罪引决。应降为始安县王。惟休仁子伯融,许令袭爵,伯融为休仁妃殷氏所出。殷氏嫠居抱病,延医生祖翻诊治,祖翻面白貌秀,殷氏亦甫在中年,两下相窥,你贪我爱,竟相拥至床,实行那针灸术。后来奸案发觉,遣还母家,亦迫令自尽。<small>裸体纵欲,已成常事,何必勒令自尽!</small>宋主且语左右道:"我与建安年龄相近,少便款狎,景和、泰始年间,原是仗他扶持,今为后计,不得不除,但事过追思,究存余痛呢!"说至此,潸然泪下,悲不自胜,左右相率劝解,还说是情法两全,可以无恨。<small>彼此相欺,亡无日矣。</small>

先是吏部尚书褚渊出为吴郡太守,宋主谋杀休仁,促令入见,流涕与语道:"我年甫逾壮,病日加增,恐将来必致不起,今召卿进来,特欲卿试着黄襹呢。"看官道黄襹是何衣？原来是当时乳母服饰。宋主以子昱年幼，有志托孤，乃有此语。渊婉辞慰答。及与谋诛休仁事，却由渊谏阻，宋主怒道："卿何太痴！不足与计大事！"渊乃恐惶从命。既而进右仆射袁粲为尚书令，渊为尚书左仆射，同参国政。

适巴陵王休若，到了京口，闻得休仁死耗，惊惧交并，正在进退两难的时候，接到朝廷手敕，调任江州，惟促令入都相见，定期七夕会宴。休若不得已入朝，宋主尚握手殷勤，叙家人谊。到了七夕宴期，休若入座，主臣欢饮，并没有什么嫌疑。宴罢归第，时已入夜，偏有朝使随到，赍酒赐死。休若无可奈何，只好一饮而尽，转眼间已是毕命。追赠侍中司空，命子冲袭封，总算敷衍表面，瞒人耳目。

又调休范刺江州，休范在兄弟中，最为朴劣，宋主或尝语王景文道："休范材具庸弱，不堪出镇，只因我承大统，令他富贵，释氏谓愿生王家，便是此意。"承情之至。景文唯唯而退。其实文帝十九子，除宋主或外，此时只休范尚存，不过因他庸愚寡识，尚得苟延残喘，但也是死多活少，命在须臾了。文帝十九子，已见前文，故本回不再复述。

宋主既猜忌骨肉，复迷信鬼神，特辟故第为湘宫寺，备极华丽。新安太守巢尚之，罢职还朝，宋主与语道："卿可往湘宫寺否？这是朕生平一大功德。"尚之还未及答，旁有一官闪出道："这都由百姓卖儿贴妇钱，充作此费，佛若有灵，当暗中嗟叹，有什么功德可言！"宋主闻言，怒目顾视，乃是散骑侍郎虞愿，便喝令左右，驱愿下殿。愿从容趋出，毫不动容。过了数日，宋主与彭城丞王抗弈棋，抗本善弈，远出宋主上，只因天威咫尺，不便争胜，往往故意逊让，且弈且言道："皇帝飞棋，使臣抗不能下手。"这句话明明是不愿与弈，那宋主还自得其乐，愈嗜弈棋，虞愿又进谏道："尧尝用弈教丹朱，非人主所应留意。"宋主只听得两语，已经怒起，便挥手使退，但因他是个文人，不足为虞，所以未尝加罪，始终含容过去。独屯骑校尉寿寂之，孔武有力，豫州都督吴喜，智计过人，均阴中上忌，先后赐死。寂之手刃子业，应死已久；吴喜且有大功，奈何赐死！萧道成出镇淮阴，为人所谮，也被召入朝。将佐等劝勿就征，道成慨然道："死生自有定数，我若淹留，乃足致疑；况朝廷摧残骨肉，祸必不远，方当与卿等戮力图功，有什么顾虑呢！"随即偕使入朝。果然到了阙下，并无危祸，惟改官散骑常侍，兼太子左卫率，不令还镇罢了。能杀他

第二十三回　杀弟兄宋帝滥刑　好佛老魏主禅统

人,不能杀萧道成,岂非天数。

宋主又欲规复淮北,命北琅琊、兰陵太守垣崇祖出师,当时北琅琊、兰陵两郡,已被魏陷没,崇祖侨驻郁洲,只率数百人袭入魏境,据住蒙山。魏人闻信出击,崇祖恐众寡不敌,仍然引还。

魏自拓跋弘即位,第一年改元天安,第二年又改元皇兴。皇兴元年,后宫李夫人生下一子,取名为宏,由冯太后取入己宫,勤加抚养,一面把政权付还魏主。魏主弘始亲国事,追尊生母李贵人为元皇后,向例魏立太子,即将生母赐死。弘册为太子时,李贵人应依故事,条记事件,付托兄弟,然后自尽。此等秕政,实属无谓。弘回忆生初,当然伤感,因追尊为后。自亲政后,大小必察,赏不滥,刑不苛,黜贪尚廉,保境息民,十五六岁的北朝天子,居然能移易风俗,整肃纪纲,中书令高允,却也竭诚辅导,知无不言。所以皇兴年间,魏国称治。惟冯太后尚在盛年,不耐寡居,巧值尚书李敷弟奕,入充宿卫,太后见他年少貌美,遂引入宫中,赐以禁脔。宫女等素惮雌威,不敢窃议,所以李奕得出入无忌,尝与冯太后交欢,只瞒着魏主弘一人。

魏主弘性好释老,做了三五年皇帝,已不耐烦,就将那褓襁婴儿,册为储贰。到了皇兴五年,太子宏年仅五岁,一时不便禅授,意欲传位京兆王子推。子推系文成帝弟,与魏主弘为叔父行,弘因他器宇深沉,故欲推位让国,令他主治,自己可以养性参禅。匪夷所思。当下召集公卿,议禅位事,公卿等听作奇闻,莫敢应对。独子推弟任城王子云,抗言进谏道："陛下方坐致太平，君临四海，怎得上违宗庙，下弃兆民！必欲委置尘务，亦应传位储君，方不乱统。"不私所亲，却是一个正人。太尉源贺，尚书陆馛，亦相继应声道："任城所言甚是，请陛下采纳！"魏主弘不禁变色，似有怒意，中书令高允插口道："臣不敢多言，但愿陛下上思宗庙付托，何等重大，追念周公抱成王事，也是从权办法，陛下择一而行，才不致惊动中外！"魏主弘乃徐徐道："据卿等奏议，宁立太子，不过太子幼弱，全仗卿等扶持。"高允等尚未及答，魏主弘又道："陆馛素来正直，必能保全我子。"馛闻言即叩首谢奖，魏主即授为太保，令与太尉源贺，准备禅位事宜。

宏生有至性，上年魏主病痈，由宏亲为吮毒，至是得受禅信息，向父泣辞。魏主弘问为何因？宏答道："臣儿幼弱，怎堪代父承统，中心忧切，因此泪下！"五岁小儿，却能如此，恐未免史笔夸张。魏主弘叹道："尔能知此，必可君人。我意已决定了！"遂令陆馛等整缮册文，即日传位。文中略云：

昔尧、舜之禅天下也，皆由其子不肖，若丹朱、商均，果能负荷，岂必搜扬侧陋而授之哉！尔虽冲弱，有君人之表，必能恢隆主道，以济兆民。今使太保建安王陆馛，太尉源贺，持节奉皇帝玺绶，致位于尔躬。尔其践升帝位，克广洪业，以光祖宗之烈，使朕优游履道，颐神养性，可不善欤！

五龄太子，出受册文，也被服帝衣，登上御座，受文武百官朝谒，改年为延兴元年。礼毕还宫，又由公卿大夫，引汉高帝尊奉太上皇故事，奉魏主弘为太上皇帝，仍总国家大政。魏主弘准如所请，自徙居崇光宫，采椽不斫，土阶不垩，差不多有太古风。又仿西印度传闻，特在宫苑中建造鹿野浮图，引禅僧同住，研究佛学。惟国有大事，始令上闻。这也是别有心肠，非人情所得推测呢。这且慢表。

且说北朝禅位以后，遣使告宋，宋亦遣使报聘，南北又复通好，暂息兵争。只宋主屡次抱病，骨瘦如柴，无非渔色所致。渐渐地支撑不住。自恐一旦不讳，子昱尚幼，不能亲政，势必由皇后临朝，王景文为皇后兄，必进为宰相，大权在握，易生异图。乃特书手敕，遣人赍付。景文方与客围棋，见有敕至，启函阅毕，徐置局下。及棋局已终，敛子纳奁，乃取敕示客道："有敕赐我自尽。"客不觉大惊，景文却神色自若，自书墨

第二十三回　杀弟兄宋帝滥刑　好佛老魏主禅统

启致谢,从容服毒而死。使人得启返报,宋主方才安心。是夜又梦人告语道:"豫章太守刘愔谋反了!"宋主突然惊寤,俟至天明,便发使持节,驰至豫章,杀死刘愔。

嗣是心疾日甚,精神越加恍惚,每当夜静更阑,辄见有无数冤魂,环集榻旁,争来索命。他亦无法可施,特命改泰始八年为泰豫元年,暗取安豫的意思。也是痴

好佛老魏主禅统

想。又命在湘宫寺中,日夕忏醮,祈福禳灾。可奈神佛无灵,鬼魂益迫,休仁、休祐,索命愈急,宋主呓语不绝,尝云司徒恕我,或说是骠骑宽我。迷迷糊糊地说了几日,略觉有些清醒,便命桂阳王休范为司空,褚渊为护军将军,刘祐为右仆射,与尚书令袁粲,仆射兼镇东将军蔡兴宗,及镇军将军郢州刺史沈攸之,入受顾命,嘱令夹辅太子。渊等受命而出。复由渊保荐萧道成,说他才可大任,乃加授道成为右卫将军,共掌机事。

是夕宋主彧病剧归天,享年三十四岁。改元二次,在位共八年。太子昱即皇帝位,大赦天下,命尚书令袁粲,护军将军褚渊,左右辅政,尊谥先帝彧为明皇帝,庙号太宗。嫡母王氏为皇太后,生母陈氏为皇太妃。昱时年仅十龄,居然有一个妃子江氏,妻随夫贵,也得受册定仪,正位中宫。一对小夫妻,统治内外,眼见是宫廷紊乱,要收拾那宋室的江山了。小子有诗叹道:

　　乏嗣何妨竟择贤,如何借种便相传!
　　十龄天子痴狂甚,两小宁能把国肩?

还有阮佃夫、王道隆等,依旧用事,搅乱朝纲。欲知后来变乱情形,

俟小子下回再叙。

　　休仁为兄弟计,议杀诸侄;宋主彧为嗣子计,并杀兄弟,而休仁亦不得免。休仁不能保身,而宋主彧不能保子,且不能保国,天下未有自残骨肉,而尚能庇其身世者也!夫同姓不可恃,遑问异姓?观后来之萧齐篡宋,尽灭刘氏,何莫非宋主彧好杀之报乎?若夫魏主弘之禅位,亦出不经,考魏主践阼之年,仅十二龄,越年改元天安,又越年改元皇兴,禅位时年仅十有九岁。太子宏虽聪睿夙成,究属五龄童子,未能御宇;况冯太后内行不正,秽渎深宫,不知先事防闲,乃迷信佛老,遽弃尘务,是亦为取祸之媒,不至杀身不止。王道不外人情,蔑情者必亡,矫情者必危,观宋魏遗事而益恍然矣。

第二十四回

江上堕谋亲王授首　殿中醉寝狂竖饮刀

却说阮佃夫、王道隆等仍然专政,威权益盛,货赂公行。袁粲、褚渊两人,意欲去奢崇俭,力矫前弊,偏为道隆、佃夫所牵制,使不得行。镇东将军蔡兴宗,当宋主彧末年,尝出镇会稽,彧病殂时,正值兴宗还朝,所以与受顾命。佃夫等忌他正直,不待丧葬,便令出督荆、襄八州军事。嗣又恐他控制上游,尾大难掉,更召为中书监光禄大夫,另调沈攸之代任。兴宗奉召还都,辞职不拜,王道隆欲与联欢,亲访兴宗,蹑履到前,不敢就席。兴宗既不呼坐,亦不与多谈,惹得道隆索然无味,只好告别。未几兴宗病殁,遗令薄葬,奏还封爵。兴宗风度端凝,家行尤谨,奉宗姑,事寡嫂,养孤侄,无不尽礼。有子景玄,绰有父风,宋主命袭父职荫,景玄再四乞辞,疏至十上,乃只令为中书郎。三世廉直,望重济阳。兴宗济阳人,父廓为吏部尚书,凤有令名。信不愧为江南人表。铁中铮铮,理应表扬。

自兴宗去世,宋廷少一正人,越觉得内外壅蔽,权幸骄横。阮佃夫加官给事中,兼辅国将军,势倾中外。吴郡人张澹,系佃夫私亲,佃夫欲令为武陵太守,尚书令袁粲等不肯从命,佃夫竟称敕施行,遣澹赴郡。粲等亦无可奈何。但就宗室中引用名流,作为帮手。当时宗室凌夷,只有侍中刘秉,为长沙王道怜孙,刘道怜见前文。少自检束,颇有贤名,因引为尚书左仆射,但可惜他廉静有余,才干不足,平居旅进旅退,无甚补益。尚有安成王准,名为明帝第三子,实是桂阳王休范所生,收养宫中。昱既践阼,拜为抚军将军,领扬州刺史,准年只五龄,晓得什么国家大事,唯随人呼唤罢了。

越年改元元徽,由袁、褚二相勉力维持,总算太平过去。翌年五月,江州刺史桂阳王休范,竟擅兴兵甲,造起反来。休范本无才具,不为明帝所忌,故尚得幸存。及昱嗣宋祚,贵族秉政,近习用权,他却自命懿亲,欲入为宰辅。既不得志,遂怀怨愤,典签许公舆,劝他折节下士,养成物望，由是人心趋附，远近如归。一面招募勇夫，缮治兵械，为发难计。宋廷颇有所闻，阴加戒备。会夏口缺镇，地当寻阳上流，朝议欲使亲王出守，监制休范，乃命皇五弟晋熙王燮出镇夏口，为郢州刺史。郢州治所即夏口。燮只四岁，特命黄门郎王奂为长史，行府州事。四岁小儿，如何出镇，况所关重要，更属非宜，宋政不纲，大都类是。又恐道出寻阳，为休范所留，因使从太子洑绕道莅镇，免过寻阳。

休范闻报，知朝廷已经疑己，遂与许公舆谋袭建康。起兵二万，骑士五百，自寻阳出发，倍道急进，直下大雷。大雷守将杜道欣，飞使告变，朝廷惶骇。护军将军褚渊，征北将军张永，领军将军刘勔，尚书左仆射刘秉，右卫将军萧道成，游击将军戴明宝，辅国将军阮佃夫，右军将军王道隆，中书舍人孙千龄，员外郎杨运长，同集中书省议事，半日未决。

萧道成独奋然道："从前上流谋逆，都因淹缓致败，今休范叛乱，必远惩前失，轻兵急下，掩我不备，我军不宜远出，但屯戍新亭、白下，防卫宫城，与东府石头，静待贼至，彼自千里远来，孤军无继，求战不得，自然瓦解。我愿出守新亭挡住贼锋，征北将军可守白下，领军将军但屯宣阳门，为诸军节度。诸贵俱可安坐殿中，听我好音，不出旬月，定可破贼！"说至此，即索笔下议，使众注明可否。大众不生异议，并注一同字。一班酒囊饭袋。独孙千龄阴袒休范，谓宜速据梁山，道成正色道："贼已将到，还有什么闲军，往据梁山？新亭正是贼冲，我当拼死报国，不负君恩。"说着，即挺身起座，顾语刘勔道："领军已同鄙议，不可改变，我便往新亭去了。"

勔应声甫毕，外面又走进一人，素衣墨绖，曳杖而来。是人为谁？就是尚书郎袁粲。粲正丁母艰，闻变乃至。当由萧道成与述军谋，粲亦极力赞成。道成即率前锋兵士，赴戍新亭。张永出屯白下，另遣前南兖州刺史沈怀明，往守石头城。袁粲、褚渊，入卫殿省，事起仓猝，不遑授甲，但开南北二武库，任令将士自取，随取随行。

道成到了新亭，缮城修垒，尚未毕事，那休范前军，已至新林，距新亭不过数里。道成解衣高卧，镇定众心，既而徐起，执旗登垣，使宁朔将军高道庆，羽林监陈显达，员外郎王敬则等，带领舟师，堵截休范。两军交战半日，互有杀伤，未分胜负。

翌日黎明，休范舍舟登岸，自率大众攻新亭，分遣别将丁文豪，往攻

第二十四回　江上堕谋亲王授首　殿中醉寝狂竖饮刀

台城。道成挥兵拒战，自辰至午，杀得江鸣海啸，天日无光，休范兵不少却，但觉鼓声愈震，兵力愈增，城中将士，都有惧色。道成笑道："贼势尚众，行列未整，不久便当破灭了！"

言未毕，忽有休范檄文，射入城内。当由军士拾呈道成，道成取视，但见起首数行，乃说杨运长、王道隆等蛊惑先帝，使建安、巴陵二王，无罪受戮，望执戮数竖，聊谢冤魂云云。后文尚有数行，道成不再看下，即用手撕破，掷置地上。

旁边闪出二人道："逆首檄文，想是招降，公何不将计就计，乘此除逆？"道成瞧着，乃是屯骑校尉黄回，与越骑校尉张敬儿，便应声问道："敢是用诈降计么？"两人齐声称是。道成又道："卿等能办此事，当以本州相赏。"两人大喜，便出城放仗，跑至休范舆前，大呼称降。

休范方穿着白服，乘一肩舆，登城南临沧观，览阅形势，左右护卫，不过十余人。既见两人来降，便召问底细。回佯致道成密意，愿推拥休范为宋主，惟请休范订一信约，休范欣然道："这有何难？我即遣二子德宣、德嗣，往质道成处，想他总可相信了。"遂呼二子往道成垒中，留黄、张二人侍侧。亲吏李桓、钟爽等，交谏不从，自回舟中高坐，置酒畅饮，乐以忘忧。所有军前处置，都委任前锋将杜黑骡处置。哪知遣质二子，早被道成斩首，他尚似在梦里鼓里，一些儿没有闻知。

黄回、张敬儿反导他游弋江滨，且游且饮。一夕天晚，休范已饮得酒意醺醺，还是索酒不休，左右或去取酒，或去取肴，黄回拟乘隙下手，目示敬儿，敬儿即趋至休范身后，把他佩刀抽出，休范稍稍觉察，正要回顾，那刀锋已经刺来，一声狂叫，身首两分。好去与十八兄弟重聚，开一团圞大会，重整杯盘。左右统皆骇散，敬儿持休范首，与回跃至岸上，驰回新亭报功。

道成大喜，即遣队长陈灵宝，传首都中。灵宝持首出城，正值杜黑骡麾兵进攻，一时走不过去。没奈何将首投水，自己扮作乡民模样，混出间道，得达京城，报称大憨已诛。满朝文武，看他无凭无据，不敢轻信，惟加授萧道成为平南将军。道成因叛军失主，总道他不战自溃，便在射堂查验军士，从容措置。不防司空主簿萧惠朗，竟率敢死士数十人，攻入射堂。道成慌忙上马，驱兵搏战，杀退惠朗，复得保全城垒。原来惠朗姊为休范妃，所以外通叛军，欲作内应。

惠朗败走,杜黑骡正来攻扑,势甚劲,亏得道成督兵死拒,兀自支撑得住。由晡达旦,矢石不息,天又大雨,鼓角不复相闻。将士不暇寝食,马

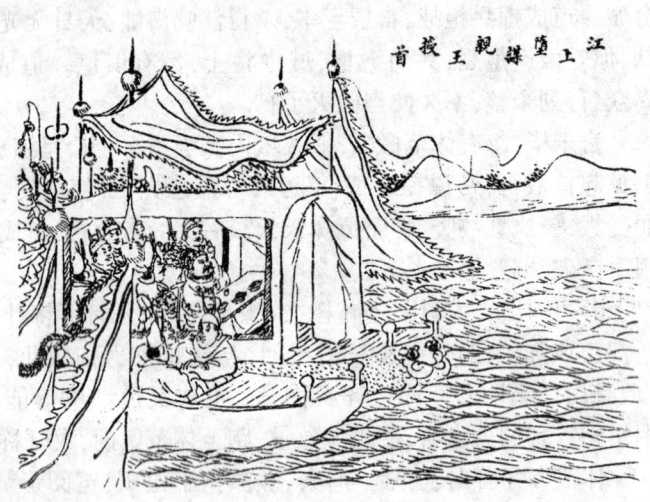

江上望殊观王亲找首

亦觉得饥乏,乱触乱号,城中顿时鼎沸,彻夜未绝。独道成秉烛危坐,厉声呵禁,并发临时军令,乱走者斩,因此哗声渐息,易危为安。可见为将之道,全在镇定。

　　黑骡尚未知休范死耗,努力从事,忽闻丁文豪已破台城军,向朱雀桁进发,遂也舍去新亭,趋向朱雀桁。右军将军王道隆,领着羽林精兵,驻扎朱雀门内,蓦闻叛军大至,急召刘勔助守,勔驰至朱雀门,命撤桁断截叛军。道隆怒道:"贼至当出兵急击,难道可撤桁示弱么?"勔乃不敢复言,遽率众出战。甫越桁南,尚未列阵,杜黑骡已麾众进逼,与丁文豪左右夹攻,勔顾彼失此,竟至战死。道隆闻勔已阵亡,慌忙退走,被黑骡长驱追及,一刀杀毙。害人适以自害。张永、沈怀明各接败报,俱弃去泛地,逃回宫中。抚军长史褚澄,开东府门迎纳叛军。叛众劫住安成王准,使居东府,且伪称休范教令道:"安成王本是我子,休得侵犯!"中书舍人孙千龄,也开承明门出降,宫省大震。

　　皇太后王氏,皇太妃陈氏,因库藏告罄,搜取宫中金银器物,充作军赏,嘱令并力拒贼。贼众渐闻休范死音,不禁懈体。丁文豪厉声道:"我岂不能定天下,何必借资桂阳!"许公舆且诈称桂阳王已入新亭,惹得将吏惶惑,多至新亭垒间,投刺求见,名达千数。道成自登北城,俯语将吏道:"刘休范父子,已经伏诛,暴尸南冈下,我是萧平南,请诸君审视明白,勿得自误!"说至此,即将所投名刺,焚毁城上,且指示道:"诸

第二十四回　江上堕谋亲王授首　殿中醉寝狂竖饮刀

君名刺,今已尽焚,不必忧惧,各自反正便了。正好权术。将吏等一哄散去,道成复遣陈显达、张敬儿等,率兵入卫。

袁粲慷慨语诸将道:"今寇贼已逼,众情尚如此离沮,如何保得住国家!我受先帝付托,不能安邦定国,如何对得住先帝?愿与诸公同死社稷,共报国恩!"说着,披甲上马,纵辔直前,诸将亦感激愿效,相随并进。可巧陈显达等亦到,遂共击杜黑骡,两下交战,流矢及显达目,显达拔箭咂血,忍痛再斗,大众个个拼死,得将黑骡击走。黑骡退至宣阳门,与丁文豪合兵,尚有万余人,越日天晓,张敬儿督兵进剿,大破叛众,斩黑骡,战文豪,收复东府,叛党悉平。

萧道成振旅还都,百姓遮道聚观,同声欢呼道:"保全国家,全赖此公!"为将来篡宋张本。道成既入朝堂,即与袁粲、褚渊、刘秉会着,同拟引咎辞职。表疏呈入,当然不许,升授道成为中领军,兼南兖州刺史,留卫建康,与袁粲、褚渊、刘秉三相,更日入直决事,都中号为四贵。

荆州刺史沈攸之曾接休范书札,并不展视,具报朝廷,且语僚佐道:"桂阳必声言与我相连,我若不起兵勤王,必为所累了!"乃邀同南徐州刺史建平王景素,郢州刺史晋熙王燮,湘州刺史王僧虔,雍州刺史张兴世,同讨休范。休范留中兵参军毛惠连等守寻阳,为郢州参军冯景祖所袭,惠连等不能固守,开门请降。休范尚有二子留着,一体伏诛。有诏以叛乱既平,令诸镇兵各还原地,兵气销为日月光,又有一番升平景象了。语婉而讽。

宋主昱素好嬉戏,八九岁时,辄喜猱升竹竿,离地丈余,自鸣勇武。明帝在日,曾饬陈太妃随时训责,扑作教刑,怎奈江山可改,本性难移,到了继承大统,内有太后、太妃管束,外有顾命大臣监制,心存畏惮,未敢纵逸。元徽二年冬季,行过冠礼,三加玄服,遂自命为成人,不受内外羁勒,时常出宫游行。起初尚带着仪卫,后来竟舍去车骑,但也嬖幸数人,微服远游,或出郊野,或入市廛。陈太妃每乘青犊车,随踪检摄,究竟一介女流,管不住狂童驰骋。昱也惟恐太妃踪迹,驾着轻轿,远驰至数十里外,免得太妃追来。有时卫士奉太妃命,追踪谏阻,反被昱任情呵斥,屡加手刃,所以卫士也不敢追寻,但在远山瞻望,遥为保护。昱得恣意游幸,且自知为李道儿所生,尝自称为李将军,或称李统。营署巷陌,无不往来,或夜宿客舍,或昼卧道旁,往往与贩夫商妇,贸易为戏,就使被他揶揄，也是乐受如饴，一笑了事。真是一个无赖子。平生最多小智，如裁衣制帽等琐事，过目即能，他如笙管箫笛，未尝学吹，一经吹着，便觉声韵悠扬，按腔合拍。

蹉跎蹉跎，倏过二年。荆襄都督沈攸之威望甚盛，萧道成防他生变，特使张敬儿为雍州刺史，出镇襄阳。世子赜出佐郢州，防备攸之。攸之未曾发难，京口却先已起兵。原来建平王景素，时为南徐州刺史，他是文帝义隆孙，为故尚书令宣简王弘长子，弘为文帝第七子，见前文。好文礼士，声誉日隆。适宋主昱凶狂失德，朝野颇属意景素，时有讹言。杨运长、阮佃夫等，贪辅幼主，不愿立长，密唆防阁将军王季符，诬讦景素反状，俾便出讨。萧道成、袁粲窥破阴谋，替他解免，阻住出师，景素亦遣世子延龄，入都申理。杨、阮等还未肯干休，削去景素征北将军职衔，景素始渐觉不平，阴与将军黄回，羽林监垣祗祖通书，相约为变。

酝酿了好几个月，忽由垣祗祖带了数百人，奔至京口，说是京师乱作，台城已溃，请即乘间发兵。景素信为真言，即据住京口，仓皇起事。杨、阮闻报，立遣黄回往讨。萧道成知回蓄异图，特派将军李安民为前驱，夜袭京口，一鼓破入，擒斩景素，所有叛党，统共伏诛。

宋主昱因京口告平，骄恣益甚，无日不出，夕去晨返，晨去夕归，令随从各执铤矛，遇有途人家畜，即命攒刺为戏，民间大恐，商贩皆息，门户昼闭，道无行人。有时昱居宫中，针椎凿锯，不离左右，侍臣稍稍忤意，便加屠剖，一日不杀，便愀然不乐。因此殿省忧惶，几乎不保朝暮。

阮佃夫与直阁将军申伯宗、朱幼等，阴谋废立，拟俟昱出都射雉，矫太后命，召还队仗，派人执昱，改立安成王准。事尚未发，为昱所闻，立率卫士拿住阮佃夫、朱幼，下狱勒毙。佃夫也有此日耶！申伯宗狼狈出走，中途被捕，立置重刑。或告散骑常侍杜幼文，司徒左长史沈勃，游击将军孙超之，亦与佃夫同谋，昱复自往掩捕，执住杜幼文、孙超之，亲加脔割，且笑且骂，语极秽鄙，不堪入耳。转趋至沈勃家，勃正居丧在庐，蓦见昱持刀突入，不由得怒气上冲，便攘袂直前，手搏昱耳道："汝罪逾桀纣，就要被人屠戮！"说到戮字，已由卫士一拥而进，把勃劈作两段，昱又亲解肢体，并命将三家老幼，一体骈诛。十四岁的幼主，如此酷虐，史所未闻。杜幼文兄叔文，为长水校尉。即遣人把他捕至，命在玄武湖北岸，裸缚树下，由昱跨马执槊，驰将过去，用槊刺入叔文胸中，钩出肝肠，

第二十四回　江上堕谋亲王授首　殿中醉寝狂竖饮刀

嬉笑不止,卫士齐称万岁!

昱尽兴还宫,偏遇皇太后宣召,勉强进去,听了好几句骂声,无非说他残虐无道,饬令速改,惹得昱满腔懊闷,快快趋出。已而越想越恨,索性召入太医,嘱令煮药,进鸩太后。左右谏止道:"若行此事,天子应作孝子,怎得出入自由!"昱爽然道:"说得有理。"乃叱退医官,罢除前议。嗣是狎游如故,偶至右卫翼辇营,见一女子娇小可怜,便即搂住,借着营中便榻,云雨起来。事毕以后,又令跨马从游,每日给数千钱,供她使用。

一日盛暑,竟掩入领军府。萧道成昼卧帐中,昱不许他人通报,悄悄地到了帐前,揭帐审视,见他袒胸露腹,脐大如鹄,不禁痴笑道:"好一个箭靶子!"这一语惊醒道成,张目瞧视,见是当今小皇帝,不胜惊异,慌忙起床整衣。昱摇手道:"不必不必,卿腹甚大,倒好试朕的箭法!"说着,即令左右拥着道成,叫他露腹直立,画腹为的,自引弓作注射状,道成忙用手版掩腹,且申说道:"老臣无罪!"旁由卫队长王天恩进言道:"领军腹大,原是一好射垛,但一箭便死,后来无从再射,不如用骲箭射腹,免致受伤!"是道成救星。昱依天恩言,即令他取过骲箭,搭上弓弦,喝一声着,正中道成肚脐。当下投弓大笑道:"箭法何如?"天恩极口赞美,连称陛下只须一箭,不必更射,说得昱喜上加喜,方出署自去。

道成无词可说,送出御驾,回入署中。自思此番幸用骲射,乃是骲镞所为,不致伤人。骲箭注射,就此带叙。但侥幸事情,可一不可再,当速图自全,乃密访袁粲、褚渊二人,商及废立问题。渊默然不答,粲独说道:"主上年少,当能改过,伊霍事甚不易行,就使成功,亦非万全计策!"道成点首而出。点首二字,暗寓狡猾。

俄由宫中漏出消息,得知昱尝磨铤,欲杀道成,还是陈太妃从中喝阻,谓道成有功社稷,不应加害,昱乃罢议。道成却越加危惧,屡与亲党密谋,意欲先发制人。或劝道成出诣广陵,调兵起事,或谓应令世子赜率郢州兵,东下京口,作为外应。道成却欲挑动北魏,俟魏人入寇,自请出防,乘便笼络军士,入除暴君。这三策都未决议,累得道成日夕踌躇。领军功曹纪僧真,把三策尽行驳去,谓不若在内伺衅,较为妥当。道成族弟镇军长史顺之,及次子骠骑从事中郎嶷,均言幼主好为微行,但教联络数人,即可下手,何必出外营谋,先人受祸等语。道成乃幡然变计,密结校尉王敬则,令贿通卫士杨玉夫、杨万年、陈奉伯等,共二十五人,专伺上隙。

殿中醉寝 狂竖饮刀

夏去秋来,新凉已届,宋主昱正好夜游,七月七日,昱乘露车至台冈,与左右跳高赌技。晚至新安寺偷狗,就昙度道人处杀狗侑酒,饮得酩酊大醉,方还仁寿殿就寝,杨玉夫随从在后,昱顾语道:"今夜应织女渡河,汝须为我等着,得见织女,即当报我;如或不见,明日当杀汝狗头,剖汝肝肺!"你的狗头要保不牢了。玉夫听着醉语,又笑又恨,没奈何应声外出。

看官听说!自昱嗣位后,出入无常,殿省门户,终夜不闭,就是宿卫将士,统局居室中,莫敢巡逻。只恐与昱相值,奏对忤旨,便即饮刃,所以内外洞开,虚若无人,杨玉夫到了夜半,与杨万年同入殿内,趋至御榻左近,侧耳细听,呼呼有鼾睡声,再走进数步,启帐一瞧,昱仍熟睡,惟枕旁置有防身刀,当即抽刀在手,向昱喉下戳入,昱叫不出声,手足一动,呜呼哀哉!年仅十五。在位五年,后人称子业为前废帝,昱为后废帝。小子有诗叹道:

童年失德竟如斯,陨首宫廷尚恨迟;
假使十龄身已死,刘家兴替尚难知。

杨玉夫已经弑昱,持首出殿,突遇一人拦住,不由得魂飞天外。究竟来人为谁,且至下回说明。

桂阳王休范,不死于泰始之时,而死于元徽之世,殊属出人意外;然其获免也以愚,其致死也亦以愚。愚者可一幸不可再幸,终必有杀身之祸。试观其中诈降计,纳黄回、张敬儿于左右,肘腋之间,自召危机,尚复日饮醇酒,游宴自如,不谓之愚得乎!建平王景素,亦一愚夫耳。轻信坦衹祖之言,仓猝起兵,不亡何待!史家不怨休范,而独怨景素,殆以景素发难,由杨阮之激迫而成,欲罪杨阮,不得不于景素有怨词,要知亦一愚人而已,废帝昱愚而且暴,与子业相似,其被弑也亦相同。狡如宋武,而后嗣多半昏愚,然后知仁厚者可卜灵长,而狡黠者之终难永久也。

第二十五回

讨权臣石头殉节　失镇地栎林丧身

却说杨玉夫手持昱首,驰出殿门,适与一人相遇,不觉惊惶。及仔细审视,乃是同党陈奉伯,方才放心,即将昱首交与奉伯。奉伯诈传敕旨,开承明门,门外由王敬则待着,复把昱首转交。敬则驰诣领军府,叩门大呼,道成不知何事,未敢开门。敬则投首入墙,由道成洗首验视,果系昱头,乃戎服乘马,偕敬则等入殿。殿中相率惊怖,经道成说明昱死,始同声呼万岁。道成就殿廷槐树下,托称王太后命,召袁粲、褚渊、刘秉等入议。

道成语秉道:"这是君家私事,外人不敢擅断。"秉顾视道成,但见他须髯尽张,目光似电,令人可怖,不由得嗫嚅道:"尚书诸事,可以见委,军旅处分,当由领军作主!"错了!错了!道成复让与袁粲,粲亦不敢承认。也是没用。王敬则拔刀跃入道:"天下事都应关白萧公;如有异言,血染敬则刃!"遂手取白纱帽,加道成首,劝他即位,且说道:"今日尚有何人,敢来多嘴?事须及热,何必迟疑!"比许褚、典韦还要出力。

道成取去纱帽,正色呵斥道:"汝等统是瞎闹!"粲欲乘势进言,又被敬则怒目相视,不敢开口。褚渊接入道:"今非萧公不能了此!"道成乃徐徐道:"诸君都不肯建议,我亦未便推辞,今日只有迎立安成王为是!"刘秉、袁粲等含糊答应。敬则尚欲推戴道成,由道成用目相示,乃挟刘、袁、褚三相,出待东城,另备法驾往迎安成王准。

秉行过道旁,适与从弟韫相遇,韫急问道:"今日事是否归兄?"秉答道:"我等已让萧领军主持!"韫惊叹道:"兄肉中究有血否?今年恐被族灭了!"秉似信非信,与韫别去。

既而安成王准已经迎入,当由道成替太后宣令,追废昱为苍梧王,命安成王准嗣皇帝位。略云:

前嗣王昱以冢嫡嗣登皇统,方冀体识日弘,社稷有寄,岂意穷凶极悖,自幼而长,善无细而不违,恶有大而必蹈!前后训诱,常加

第二十五回　讨权臣石头殉节　失镇地栎林丧身　·193·

隐蔽，险戾难移，日月滋甚。弃冠毁冕，长袭戎衣，犬马是狎，鹰隼是爱，皂历轩殿之中，鞲绁宸扆之侧。至乃单骑远郊，独宿深野，手挥矛鋋，躬行刳斫，白刃为弄器，斩害为恒务，舍交戟之卫，委天毕之仪，趋步阛阓，酣歌邷肆，宵游忘返，宴寝营舍，夺人子女，掠人财物，方策所不书，振古所未闻。沈勃儒士，孙超功臣，幼文兄弟，并预勋效，四人无罪，一朝同戮，飞镞鼓剑，孩稚无遗，屠裂肝肠，以为戏谑，投骸江流，以为欢笑。又淫费无度，帑藏空竭，横赋关河，专充别蓄，黔首嗷嗷，厝生无所。吾与其所生，每励以义方，遂谋鸩毒，将骋凶忿。沉忧假日，虑不终朝。自昔辛癸，爰及幽厉，方之于此，未譬万分。民怨既深，神怒已积，七庙阽危，四海褫气，废昏立明，前代令范，况乃灭义反道，天人所弃，衅深牧野，理绝桐宫。故密令萧领军潜运明略，幽显协规，普天同泰。骠骑大将军安成王，体自太宗，天听淹睿，风神凝远，德映在田，地隆亲茂，皇历攸归，亿兆系心，含生属望，宜光奉祖宗，临享万国。便依旧典，以时奉行。昱虽穷凶极暴，自取覆灭，弃同品庶，顾所不忍，可特追封苍梧郡王。未亡人追往伤怀，永言感绝，所望嗣皇帝远绍洪规，近惩覆辙，恫瘝兆民，期天永命，则宗庙社稷之灵，庶其攸赖，用此令知！

小子前述明帝彧事，说他不能御女，致乏子嗣，昱已为李道儿所生，准为明帝彧第三子，料亦由诸王所出，取育宫中。史称明帝有十二男，陈贵妃生昱，就是后废帝；谢修仪生法良，早年去世；陈昭华生准，就是安成王；徐婕妤生第四皇子，未曾取名，即已夭殇；郑修容生智井，及晋熙王燮，泉美人生邵陵王友，及江夏王跻，徐良人生武陵王赞，杜修华生南阳王翔，及次兴王嵩，最幼的是始建王禧，也相传为泉美人所出，其实统是螟蛉继儿，由妃嫔抚养成人，便冒充为己子哩。特别表明，贯穿前后。

且说安成王准，由东城迎入朝堂，刘秉、袁粲、褚渊，随归谒见，萧道成也带领百官，一同迎谒，当奉准升殿入座，即皇帝位，准年仅十一，颁诏大赦，改永徽五年为升明元年。尊生母陈昭华为皇太妃，替苍梧王发丧，降陈太妃为苍梧王太妃，江皇后为苍梧王妃。授道成为司空录尚书事，兼骠骑大将军，领南徐州刺史，留镇东府。刘秉为尚书令，加中军将军，褚渊加开府仪同三司，袁粲为中书监，出镇石头。进号荆州刺史，沈攸之为车骑大将军，兼尚书左仆射，王僧虔为尚书仆射，刘韫为中领军，兼金紫光禄大夫，王琨为右光禄大夫，晋熙王燮为抚军将军，调任扬州刺史，武陵王赞为郢州刺史，邵陵王友为江州刺史，南阳王翙为湘州刺史，杨玉夫等二十五人，各赏赐爵邑有差。无非导人篡弑。此外文武百官，皆加官二级，不在话下。

先是刘秉用意，以为尚书关系政本，由己主持，可致天下无变，所以与道成会议时，情愿将兵权让与道成。及道成兼总军国，散布心腹，予夺自专，褚渊又趋炎附势，甘党道成。秉势成孤立，始有悔心。袁粲素性恬静，每有朝命，必一再固辞，不得已乃始就职。至是知道成跋扈不臣，有心除患；因此一经朝命，毫不推让，即出镇石头城去了。

荆襄都督沈攸之，前与道成同直殿省，很是和协，道成且与订姻好，把长女嫁与攸之子文和为妻。及攸之出镇荆州，与道成尚无嫌隙，不过因朝局日紊，未免雄心思逞，暗蓄异图。会直阁将军华容人高道庆，告假回家，路过江陵，为攸之所邀，戏与赌樗，彼此争胜，语未加检。攸之不免失词，由道庆记在胸中，假满入朝，遂述攸之狂言，已露反状，愿假轻骑三千，往袭江陵。刘秉等未以为然，道成顾念亲情，更力保攸之不反，惟杨运长等嫉忌攸之，与道庆密谋，使刺客潜往江陵，无隙可乘，反为攸之察觉，杀死刺客。攸之因怨恨朝廷，并疑道成不为帮护，亦有微嫌。

主簿宗俨之，功曹臧寅，劝攸之从速举兵，攸之因长子元琰，留官建康，投鼠忌器，未便速发，乃延宕下去。会苍梧王被弑，朝政一变，道成也嫉杨运长，出为宣城太守。又遣攸之子元琰，持苍梧王剖斫遗具，往示攸之。在道成意见，一则为攸之黜退仇人，示全亲谊；二则使攸之与闻主恶，表明己功。偏攸之以道成名位，素出己下，至是专制朝权，愈加不平，且因元琰得至江陵，疑为天助，遂顾语道："儿得来此，尚复何忧？我宁为王陵死，王陵汉人。不为贾充生！"贾充晋人。乃留住元琰，不使还都。一面上表称庆，并与道成书，阳为推功。

适有朝使至江陵，加攸之封号，并由太后赐烛十挺，攸之遂借此开衅，谓在烛中剖出太后手敕，有云社稷事一以委公，因此整兵草檄，指日举事。攸之妾崔氏、许氏同谏道："官年已老，奈何不为百口计！"攸之指示裲裆角，由两妾审视，乃是素书十数行，写着明帝与攸之密誓。恐也是捏造出来。两妾颇识文字，阅罢后亦不便多言。

第二十五回　讨权臣石头殉节　失镇地枥林丧身

攸之复遣使往约雍州刺史张敬儿,豫州刺史刘怀珍,梁州刺史范柏年,司州刺史姚道和,湘州行事庾佩玉,巴陵内史王文和等,共同举兵。敬儿本由道成差遣,监制攸之,当然是不肯照约,即将来使斩讫,驰表上闻。敬儿出镇见前回。怀珍、文和,也与敬儿相联,依法办事。柏年、道和、佩玉,模棱两可,共守中立,文和胆力最小,一俟攸之出兵,便弃去州城,奔往夏口。

攸之又贻道成书云:"少帝昏狂,应与诸公密议,共白太后,下令废立,奈何私结左右,亲加弑逆,乃至暴尸不殓,流虫在户,凡在臣下,莫不惋骇;且闻擅易朝旧,密布亲党,宫阁管钥,悉付家人,我不知子孟即汉霍光孔明即诸葛亮遗训,曾否如此! 足下既有贼宋之心,我宁敢捐包胥之节!"书中语恰也近理,可惜他未必为公! 包胥即楚申包胥。

这封书驰达道成,道成自然动恼,当即入守朝堂,命侍中萧巍代守东府,抚军行参军事萧映往镇京口,巍映皆道成子,故特付重任。长子赜本出佐晋熙王燮,以长史行郢州事,燮徙镇扬州,赜升任左卫将军,随燮东行。刘怀珍致书道成,谓夏口冲要,不宜失人,道成乃与赜书,令他择能代任。赜荐郢州司马柳世隆自代,世隆得奉朝命为郢州长史,辅佐武陵王赞。燮徙扬州,赞镇郢州,俱见上文。赜临行时,语世隆道:"我料攸之必将作乱,一旦变起,倘焚去夏口舟舰,顺流东下,却不可当;若留攻郢城,顿兵不进,君为内守,我为外援,攸之不足虑了!"世隆应声如约,赜乃启行。

甫至寻阳,已闻攸之发难,朝廷尚不见处置。或劝赜速赴建康,赜摇首道:"寻阳地居中流,密迩畿辅,我今当留屯湓口,内卫朝廷,外援夏口,保据形胜,控制西南,这是天授机会,奈何弃去!"左中郎将周山图亦极端赞成。赜即奉燮镇湓口。军事悉委山图。山图截取行旅船板,筑楼橹,立水栅,旬日办竣,使人驰报道成。道成大喜道:"赜真不愧我子呢!"仿佛操丕。遂授赜为西讨都督,山图是副。赜又恐寻阳城孤,表移邵陵王友同镇湓口,但留别驾胡谐之守住寻阳。这是防攸之推戴邵陵,故表移湓口。

适前湘州刺史王蕴,因母丧辞职,还过巴陵,与攸之潜相结纳,及入居东府,为母发丧,欲乘道成出吊,把他刺死,偏道成狡猾,先事预防,但遣人吊唁,并未亲往。蕴计不能遂,乃与袁粲、刘秉,共图别计。将吏黄回、任侯伯、孙昙瓘、王宜兴、卜伯兴等,皆与通谋。

道成亦防粲立异,自至石头城,与粲计事,粲拒不见面,通直郎袁达,劝粲不应相拒。粲答道:"彼若借主幼时艰四字,迫我入朝,与桂阳时无异,我将何辞谢绝?一入圈中,尚得使我自由么?"遂不从达言。也是误处。

道成另召褚渊入议,每事必谘,格外亲昵。渊前为卫将军,遭母丧去职,朝廷敦迫不起,粲独往劝渊,渊乃从命。及粲为尚书令,亦丁母忧,免官守制,渊亦亲往怂恿,力劝莅事,粲终不为动;渊由是恨粲。小事何足介意,渊之度量可知!至是进白道成道:"荆州构衅,事必无成,明公先当防备内变,幸勿疏虞!"道成点首称善。

已而粲与刘秉等谋诛道成,拟告知褚渊。众谓渊素附道成,断不可告,粲说道:"渊与彼虽友善,但事关宗社,渊亦不得大作异同;倘成不告,是多增一敌手了!"此着大误。遂把密谋告渊。渊愿为萧氏爪牙,当即转白道成。道成即遣军将苏烈、薛渊、王天生等,往戍石头,名为助粲,实是监粲。又因刘韫为中领军,卜伯兴为直阁将军,与粲相通,特派王敬则一同直阁,牵制二人。

粲谋矫太后令,使韫与伯兴,率宿卫兵攻道成,由黄回等为外应,定期举事。刘秉尚在都中,届期这一日,禁不住心惊肉跳,那起事的期间,本在夜半,偏秉胆小如鼷,竟于傍晚时候,载家属奔石头,部曲数百,张皇道路,粲闻秉骤至,忙出相见道:"何事遽来?这遭要败灭了!"秉泣答道:"得见公一面,虽死无恨!"笨伯岂可与谋?说着,孙昙瓘亦自京奔至,粲越加惶急,但也想不出什么方法,只顿足长叹罢了。

丹阳丞王逊,走告道成,道成亦已略悉,即遣人密告王敬则,使杀刘韫、卜伯兴等人。时阖门已闭,敬则欲出无路,亟凿通后垣,佩刀出走。趋至中书省,正值韫列烛戒严,危坐室中。突见敬则闯入,便惊起问道:"兄何为夜顾?"敬则瞋目道:"小子怎敢作贼!"一面说,一面用手拔刀。韫忙抱住敬则,怎禁得敬则力大,用拳捆颊。韫不胜痛楚,晕到地上,被敬则拔刀一挥,立致殒命。敬则持刀至伯兴处,伯兴猝不及防,也被杀死。

苏烈、王天生等,已据住仓城,与粲相拒,道成又遣军将戴僧静,助烈攻粲。粲遣孙昙瓘出战,与苏烈等相持一宵,到了黎明,戴僧静攻毁

第二十五回　讨权臣石头殉节　失镇地栎林丧身

府西门,刘秉在城东回望,见城西火起,竟与二子俣俀,逾城遁去。真不济事。粲亦料不可守,下城谕子最道:"早知一木难支大厦,但因名义至此,死不足恨了!"语尚未已,僧静已逾城进击。最奋身翼粲,为僧静斫伤。粲涕泣向最道:"我不失忠臣,汝不失孝子。"遂与最力斗数合,俱为所害。百姓为粲哀谣道:"可怜石头城,宁为袁粲死,不为褚渊生!"有志无才,徒付一叹。

僧静既杀害袁氏父子,复召集各军,往追刘秉,驰至额檐湖,得将秉父子拿住,立即斩首。秉实该死。任侯伯等乘船赴石头,闻粲已死节,便即驰还。王蕴也

讨权臣石头殉节

率数百壮士,到石头城,被薛渊闭城射退,逃往斗场,也遭擒戮。孙昙瓘遁去。黄回由新亭进攻,行过石头,得悉同党俱败,乃佯称入援道成。道成也知他刁狡,但一时不欲多诛,因慰抚如旧,仍然遣驻新亭。此外坐粲党羽,一体赦免,均不复问。巧与笼络。授尚书仆射王僧虔为左仆射,新除中书令王延之为右仆射,度支尚书张岱为吏部尚书,吏部尚书王奂为丹阳尹。

满朝文武,已尽是道成心腹。道成乃自请出讨攸之,有诏假道成黄钺,出屯新亭。攸之也遣中兵参军孙同等五将,率五万人为前驱,司马刘攘兵等五将,率二万人为后应,中兵参军王灵秀等四将,分兵出夏口,据住鲁山。

攸之自恃兵强,饶有骄态,遣人至郢州,语柳世隆道:"奉太后令,当暂还都,卿果同心奉国,应知此意。"世隆托使人答复道:"东下雄师,

久承声问,郢城镇小,只能自守,恕不相从!"攸之闻言,不禁动怒,即欲往攻郢城。功曹臧寅,谓郢城险固,攻守势异,非旬日可拔,不如长驱东下,速图建康。攸之乃留偏师攻郢城,自率大众东进。

将要启行,忽报柳世隆出兵西渚,前来掩战。攸之使王灵秀迎击,郢兵不战即退,灵秀进薄城下,郢州参军焦度,登城拒守,百般辱骂,恼得灵秀性起,麾兵猛扑。那城上矢石交下,反将灵秀兵击伤数百人。灵秀飞报攸之,请即济师,攸之被他一激,遂改计攻郢,亲督诸将西行。到了城下,筑起长围,昼夜攻战。着了道儿。柳世隆随方拒应,或战或守,游刃有余。相持过年,攸之屡攻不克,反被世隆击破数次,伤损甚多。萧赜依着前约,令军将桓敬屯据西塞,为世隆声援。

攸之素失人情,全是势迫形驱,意气用事。初发江陵,已有兵士逃亡,及顿兵郢城,月余不拔,逃亡愈多,攸之乘马巡查,日夕抚慰,怎奈大众离心,单靠着一言一语,无人肯信,仍相继离散。攸之大怒,召集诸将道:"我奉太后令,仗义起师,大事若成,当与卿等共图富贵;否则朝廷诛我百口,不涉他人,近来军人叛散,皆由卿等不肯留意,自今以后,兵士叛去,军将当连带坐罪!"诸将虽然面从,心中愈觉不平。会闻道成遣黄回等西袭荆州,溯流而上,大众益加惊骇,各怀异志。刘攘兵射书入城,愿降世隆,请他上表洗罪。世隆复称如约,攘兵遂毁营自去。诸军猝见火起,顿时骇散,将帅不能禁。攸之忿火中烧,气得咬须嚼齿,立收攘兵兄子天赐,及女夫张平虏,处以极刑,自率残众东归。

行至鲁山,众竟大溃,各将亦皆四散,独臧寅慨然道:"得势即从,失势即去,我却不忍出此!"遂投水自尽。攸之只有数十骑相随,忙宣令军中道:"荆州城中,大有余钱,何不一同还取,作为资粮!"这令一下,散军乃逐渐趋集,且因郢州未有追军,徐还江陵,复得随兵二万人。无所望而去,有所望而来,此等兵将如何足恃!哪知途次接得急信,好好一座江陵城,已被张敬儿夺去!奈何!奈何!逼得攸之进退无路,只好转走华容,沿途随众复溃。到了栎林,随身只有一人,乃是攸之子文和。攸之下马,长叹数声,解带悬林,自尽而死。文和亦缢。村民斩二人首,献入江陵。

原来张敬儿侦得攸之攻郢,江陵空虚,遂引兵掩袭江陵。江陵城内，由攸之子元琰，与长史江义，别驾傅宣共守。夜间听着鹤唳声，疑是军至，义与宣即开门遁去。吏民接踵逃散，元琰也奔往宠洲，为人所杀。敬儿尚在沙桥，得悉此信，急趋入城，捕诛攸之二子四孙，并及攸之亲党，掳得财物数十万，悉入私囊。嗣经栎林，村民献入攸之父子首级，即按置楯上，覆以青伞，徇行城市。越日乃函首送建康。

留府司马边荣，先为府录事所辱，攸之替荣鞭杀录事，及敬儿入城，荣被执住，由敬儿慰问道："边公何不早来？"荣答道："身受沈公厚恩，受命留

失镇地栎林丧身

守，怎敢委去！本不祈生，何须见问？"敬儿笑道："死何难得！"即命左右牵荣出斩。荣怡然趋出，荣客程邕之抱荣道："与边公交友，不忍见边公死，乞先见杀！"兵士又入白敬儿，敬儿道："求死甚易，何为不许！"遂命先杀邕之，然后杀荣。旁观诸人，共为泪下。主簿宗俨之，参军孙同等皆被杀死。小子有诗叹道：

　　功名富贵漫相争，取义何妨且舍生；
　　谁是忠贞谁是逆，千秋总有大公评！

荆州既平，萧道成还镇，封赏功臣。欲知详情，且阅下回自知。

袁粲、刘秉，皆非任重才。秉以军事让萧道成，已为失策，至约期举事，先奔石头，胆小如此，安望有成！粲平时闻望，高出秉上，乃密谋甫定，遽告褚渊，彼与渊共事有年矣，宁不知渊为萧党，而独不从众议，贸然相告，是并秉且不若矣！裴子野谓粲蹈匹夫之节，无栋梁之具，诚哉其然也。沈攸之不速赴建康，反顿兵郢城，

就令军无贰志，亦与讨贼之志不合，南辕北辙，不死奚为！夫当时粲、秉图内，攸之图外，取萧道成犹反手事耳。粲以寡识败，攸以失机败，反使道成权位愈隆，篡逆愈急，是袁粲、沈攸之之起事，非惟无益，反从而害之矣。然史家书法，于沈攸之之举兵也则书讨，袁粲、刘秉之定议也，则书谋诛；嫉乱贼，奖忠义，此其所以羽翼麟经，有功名教也。本回亦隐寓是意，可于夹缝中求之。

第二十六回

篡宋祚废主出宫　弑魏帝淫妪专政

却说萧道成还镇东府,命长子赜为江州刺史,次子嶷为中领军,进尚书左仆射,王僧虔为尚书令,右仆射王延之为左仆射,柳世隆为右仆射,道成送还黄钺,自加太尉,都督南、徐等十六州军事,加卫将军褚渊为中书监司空。召平西将军黄回还至东府,留住外斋,即令宁朔将军桓康,率数十人缚回,历数回罪,一刀杀死。骠骑长史谢朏,素有清名,道成欲引为心腹,参赞大业,每夜召入与语,屏除侍从,但使二小儿捉烛,总道他有佐命良谟,造膝前陈,哪知朏坐了多时,并没有说及心事。道成恐朏为难,取烛置案,再遣去二小儿,朏仍然无言。愚不可及。道成乃呼入左右,朏亦别去。太尉右长史王俭,窥知道成微意,密语道成道:"功高不赏,古今甚多,如公所处地位,难道可长居北面么?"道成佯为呵止,面色却微露欢容。俭又说道:"蒙公青睐,故言人所未言,奈何见拒!试想宋氏失德,非公何能安定;但恐人情浇薄,未能久持,公若再加延宕,人望且从此去了!不但大业永沦,连身家亦将难保呢!"道成始徐徐道:"卿言亦似有理。"俭复道:"公今日名位,不过一经常宰相,理应加礼同寅,微示变革。现在朝右大臣,惟褚公尚可与商,俭愿为公先容。"教猱升木,不顾名义。道成道:"我当自往!"

越两日亲访褚渊,说了许多闲文,方恬说道:"我梦应得大位。"渊支吾道:"目下一二年间,恐未便轻移,就使公有吉梦,亦未必应在旦夕,请公慎重为是!"道成乃出,还告王俭,俭答道:"这是褚公尚未曾达识哩。俭当为公设法!"遂倡议加道成太傅,假授黄钺,使中书舍人虞整草诏。简直是没有宋主。道成亲吏任遐道:"如此大事,应报褚公。"道成道:"褚公不从,奈何!"遐笑道:"褚彦回系褚渊字贪生怕死,并没有奇才异能,怕他什么!遐今往报,不患不从!"道成乃令遐告褚。褚渊前尚犹豫,经遐怵以利害,渊果无异词。确是贪生怕死。

遐欣然还报,便即缮诏颁发,假道成黄钺,都督中外诸军,加官太傅，领扬州牧，剑履上殿，入朝不趋，赞拜不名，余官如故。道成上表佯辞，由侍臣奉诏敦劝，乃受黄钺，辞殊礼。酷肖刘裕。召赜为领军将军，调嶷为江州刺史，令三子映为南兖州刺史，四子晃为豫州刺史。

已而宋主准立谢氏为皇后，十二岁即立皇后，未免太早。后系故光禄大夫谢庄女孙，即谢朏侄女。既已正位，覃恩庆赏，再申前命，加封道成，道成尚不肯受。越年正月，擢江州刺史萧嶷，都督荆、湘等八州军事，领荆州刺史，出左仆射王延之为江州刺史。道成又欲引用谢朏，令为左长史，尝置酒召饮，与论魏晋故事，微言挑逗道："昔石苞不早劝晋文，指司马昭。迟至奔丧，方才恸哭，若与冯异相较，冯异东汉人，曾向光武帝劝进。究不得为知几。"朏答道："晋文世事魏室，所以终身北面，设使魏行唐、虞故事，亦当三让鸣高。"

道成愀然不乐，改官朏为侍中，更用王俭为长史。俭格外效力，先申前命，请道成不必再辞。复拟加封公爵，初议封为梁公，员外郎崔祖思道："纤书有云，金刀利刃齐刘之，今宜称齐，乃应天命。"于是代为缮诏，进道成为相国，总掌百揆，封十郡为齐公，备九锡礼，所有官属礼仪，并仿朝廷。道成三让乃受，即命王俭为齐尚书右仆射，兼领吏部。

会宣城太守杨运长免职还家，道成遣人勒死运长。陵源令潘智与运长友善，为临川王刘绰所深知。绰系故临川王义庆孙，承袭旧封，自忧宋祚将移，遂遣亲吏陈赞，向智代白道："君系先帝旧人，我是宗室近属，一旦权奸得志，势难两全，乘此招合内外，起图保国，尚可挽回末运，免致沦胥！"智佯为允诺，遣归陈赞，暗中却报知道成。道成即遣兵捕绰，并绰兄弟亲党，悉数加诛。

嗣复毒死武陵王赞，召还雍州刺史张敬儿，令为护军将军。授萧长懋为黄门侍郎，出官雍州刺史。长懋系道成孙，即赜长子，赜领南豫州刺史，为相国副。寻复进爵道成为齐王，增封十郡，得建天子旌旗，出警入跸，冕十有二旒，乘金根车，驾六马，备五时副车，乐舞八佾，设钟虡宫悬。世子赜改称太子，王女王孙爵命，一如旧仪。与刘裕篡晋时好似一幅印板文字。于是大事告成，好把那刘宋四世六十年的帝祚，轻轻夺来。

不到数日，便逼宋主准禅位，可怜十三岁的小皇帝，在位只三年，也要他下禅位诏。诏曰：

惟德动天，玉衡所以载序；穷神知化，亿兆所以归心。用能经

第二十六回　篡宋祚废主出宫　弑魏帝淫姬专政

纬乾坤,弥纶宇宙,阐扬鸿烈,大庇生民,晦往明来,积代同轨。前王踵武,世必由之。宋德湮微,昏毁相袭,景和骋悖于前,元徽肆虐于后。三光再霾,七庙将坠,璇极委驭,含识知泯。我文武之祚,眇焉如缀,静惟此萦,夕惕疚心。相国齐王,天诞睿圣,河岳炳灵,拯倾提危,澄氛靖乱,匡济艰难,功均造物。宏谋霜照,秘算云回,旌旆所临,一麾必捷,英风所拂,无思不偃,表里清夷,遐迩宁谧。既而光启宪章,弘宣礼教,奸宄之类,睹隆威而革情,慕善之俦,仰徽猷而增厉,道迈于重华,勋超乎文命,荡荡乎无得而称焉!是以辫发左衽之酋,款关请吏,木衣卉服之长,航海来庭,岂惟萧慎献楛,越裳荐翚而已哉!故四奥载宅,六府克和,川陆效珍,祯祥麟集,卿烟玉露,旦夕扬藻,嘉穟芝英,晷刻呈茂。革运斯炳,代终弥亮,负扆握枢,允归明哲,固已狱讼去宋,讴歌适齐。昔圣政既沦,水德缔构,天之历数,皎焉攸征。朕虽寡昧,暗于大道,稽览隆替,为日已久,敢忘列代遗则,人神至愿乎?便逊位别宫,敬禅于齐,依唐、虞、魏、晋故事,俾众周知!

这诏传出,宋主准应即徙居。那阴鸷险狠的萧道成,尚有一番做作,连上三表恳辞,所以宋主还得淹留一日。王公大臣,统向齐王府劝进,朝廷又连下诏书,促令受禅。内推外挽,统是一班狐群狗党,巧为播弄,遂于次日行禅位礼。

宋主准本应临轩,他却畏缩得很,匿居佛盖下。王敬则引兵入殿,令军士舁着板舆,趋进宫中,胁主出宫。因宋主避匿,一时搜寻不着,惹得敬则动恼,大肆咆哮。太后等惊骇得很,只好自督内侍,四处找寻。既将幼主觅着,乃送交敬则,可怜幼主准鼻涕眼泪,迸做一堆,瞧着板舆,好似囚车一般,不肯坐入。当由敬则拥令升舆,驱使出殿。准收泪语敬则道:"今日要杀我否?"敬则道:"没有此事,不过徙居别宫,官家先世取司马家,也是这般!"报应显然。准复泣下,自作恨声道:"愿后身世世勿复生天王家!"帝王末路,多半如此,人生何苦想作皇帝!宫中自太后以下,无不哭送。

准复拍敬则手道:"如无他虑,愿饷公十万钱!"敬则不答,及出至朝堂,百官均已候着,独侍中谢朏,入直阁中,并未出来。当由诏使趋呼道:"侍中应解玺绶授齐王!"朏答道:"齐自应有侍中,何必使我!"说着，引枕自卧。诏使不禁着忙，便问道："侍中是否有疾？我当走报。"朏又道："我有什么疾病，不劳诳言！"诏使无法，只好自去。朏竟步出东掖门，登车还宅。

萧祚弑废主出宫

齐仆射王俭代为侍中，趋至宋主身旁，解去玺绶。敬则遂令宋主改乘画轮车，出东掖门，就居东邸，静待新皇命令。光禄大夫王琨，在晋末已为郎中，至是复见宋主授禅，便攀宋主车号哭道："他人以寿为欢，老臣以寿为戚，既不能先驱蝼蚁，乃复遇着此事，怎得不悲！"老而不死是为贼。左右亦为泣下，敬则反加呵止。俟宋主已入东邸，派兵监守，然后再入殿门。

司空褚渊，尚书令王僧虔，赍奉玺绶，率百官驰诣齐宫，道成尚佯为谦让。善学刘裕。渊等固请受玺，并由渊宣读玺书道：

皇帝敬问相国齐王。大道之行，与三代之英，朕虽暗昧而有志焉。夫昏明相袭，暑景之恒度，春秋递运，岁时之常序，求诸天数，犹且隆替，矧伊在人，能无终谢！是故勋华弘风于上叶，汉魏垂式于后昆。昔我高祖钦明文思，振民育德，皇灵眷命，奄有四海。晚世多难，奸宄实繁，鼙鼓宵闻，元戎旦警，亿兆夷人，启处靡厝，加以嗣君荒忽，敷虐万方，神鼎将迁，宝策无主，实赖英圣，匡济艰危。惟王体天则地，含弘光大，明并日月，惠均云雨，国步斯梗，则棱威外发，王猷不造，则渊谟内昭。重构闽吴，再宁淮济。静九江之洪波，卷海圻之氛祲，放斥凶昧，存我宗祀，旧物维新，三光改照。逮至宠臣裂冠，则裁以庙略，荆汉反噬，则震以雷霆。麾旆所临，风行

第二十六回　篡宋祚废主出宫　弑魏帝淫妪专政

草靡,神算所指,龙举云属,诸夏廓清,戎翟思毖,兴文偃武,阐扬洪烈,明保冲昧,翱翔礼乐之场,抚柔黔首,咸跻仁寿之域。自霜露所坠,星辰所经,正朔不通,人迹罕至者,莫不逾山越海,北面称藩,款关重译,修其职贡。是以祯祥发采,左史载其奇,玄象垂文,保章审其度。凤书表肆类之运,龙图显班瑞之期。重以珠衡日月,神姿特挺,君人之义,在事必彰。书不云乎:皇天无亲,惟德是辅,民心无常,惟惠之怀。神祇之眷如彼,苍生之愿如此,笙管变声,钟石改调,朕所以拥璇持衡,倾伫明哲。昔金德既沦,而传祚于我有宋;历数告终,实在兹日,亦以水德而传于齐。式遵前典,广询群议,王公卿士,咸曰惟宜。今遣使持节兼太保侍中中书监司空褚渊,兼太尉守尚书令王僧虔,奉皇帝玺绶,受终之礼,一依唐、虞故事。王其允副幽明,时登元后,宠绥八表,以酬昊天之休命!

还有太史令陈文建,奏陈符命,说自六为亢位,后汉历一百九十六年,禅位与魏;魏历四十六年,禅位与晋;晋历一百五十六年,禅位与宋;宋历六十年,禅位与齐,数朝俱六终六受,验往揆今,若合符节,这便是大齐受命的符瑞。牵强附会。王俭又呈上即位的仪注,劝道成即日登基,因择定宋升明元年四月甲午日,即位南郊,祭告天地,改元建元,登坛受贺。褚渊、王僧虔以下,称臣山呼,舞蹈如仪。丑。

礼成还宫,颁诏大赦,废宋主准为汝阴王,王太后为汝阴王太妃,谢皇后为汝阴王妃,撤去汝阴王陈太妃名号,各令迁出宫中,移居丹阳,筑宫置戍,限制自由。降宋晋熙王燮为阴安公,江夏王跻为沙阳公,随阳王翙翙已改封为随阳王为舞阴公,新兴王嵩为定襄公,建安王禧为荔浦公,郡公主为县君,县公主为乡君。所有宋室功臣子孙,袭爵封国,一并撤销,唯存南康、华容、萍乡三邑封爵,使奉刘穆之、王弘、何无忌宗祀。二台官僚,依任摄职,进褚渊为司徒,柳世隆为南豫州刺史,陈显达为中护军,王敬则为南兖州刺史,李安民为中领军,他如王俭、张敬儿以下,各加官进爵有差。

褚渊从弟炤前为安成太守,卸职家居,当渊奉玺劝进时,曾问渊子贲道:"司空今日何往?"贲答道:"奉玺绶往齐王府!"炤叹道:"我不知汝家司空,把一家物送与一家,是何命意?"及渊为司徒,贺客盈门,炤复叹道:"彦回少立名行,不意病狂至此!门户不幸,致有今日;倘使彦回作中书郎时,便即病死,岂不是一位名士么?正惟名德不昌,乃享期颐上寿。"渊有此弟,不曾跻惠。渊闻炤言,颇自觉惭闷,上表辞官。奉朝请裴胐,独上表数道成罪恶,挂冠径去。道成遣人追及,把他杀死。太子萧赜请杀谢胐,道成摇首道:"彼不畏死,我若杀他,反成彼名,不如置诸度外,足示包容。"于是胐乃免死,但罢职归家。

处士何点戏语人道:"我已撰罢齐书,首列功臣二赞,分作十六字四句。第一句是渊既世族,第二句是俭亦国华,第三句是不赖舅氏,第四句是遑恤国家!"原来渊父湛之,曾尚宋武帝女始安公主,俭父僧绰,亦尚武康公主,所以何点讥讽二人,如是云云。

那废主准徙居丹阳,未及匝月,忽闻门外有走马声,卫士疑为乱起,奔入杀准,伪报病死。萧道成未曾加罪,反且赏功,但追谥为宋顺帝,一切饰终仪制,如晋恭帝故事。宋自武帝至此,共历四世八主,计六十年而亡。尤可恨的是齐主道成,一不做,二不休,索性把刘宋宗室,如阴安公燮以下,一概捕戮,各家无论少长,也同处死。惟刘遵考子澄之,与褚渊善,渊代为哀求,总算赦免,尚得幸存。比刘裕还加惨毒,故享国较短。

萧氏既开国号齐,追尊祖考,他本汉相国萧何二十四世孙,当然以萧何为始祖。萧何居沛,何孙彪徙居东海兰陵县,传至淮阴令令整,即道成五世祖,适值晋乱,奔至江左,居晋陵武进县。当时邑人统皆南徙,便号称为南兰陵。道成父承之,仕宋至右军将军,屡立战功。前文于承之事,亦曾散叙。宋元嘉二十四年,承之病殁,道成年亦弱冠,姿表英异,龙颡钟声,鳞纹遍体,时人已目为英奇。又有一种异征,他母陈氏生道成时,屡忧乏乳,夜梦神人持糜粥两瓯,呼令尽饮。饮毕乃醒,乳遂大出,陈氏也不胜惊异。道成有庶兄二人,一名道度,一名道生,有相士见陈氏道:"夫人当生贵子,只可惜不能亲见!"陈氏叹道:"我有三儿,不知将哪个应相?"嗣复指道成道:"斗将大约将来当应验汝身呢!"原来道成表字绍伯,小名斗将,当丧父时,家乏余资,母陈氏尚亲操井臼。及道成为建康令,冬月尚无缣纩,独奉膳甚厚。陈氏尝撤去兼肉,语道成道:"居家务宜勤俭,我得一盘肉食,也好知足了。"未几亦殁。

道成篡宋受禅,追尊父承之为宣皇帝,母陈氏为孝皇后。还有两兄一妻,均先时去世,追封兄道度为衡阳王,道生为始安王。妻刘氏少年寝卧,常有云气拥护,适道成后,治家有法。宋明帝末年,刘亦病殁,升

第二十六回　篡宋祚废主出宫　弑魏帝淫妪专政

明二年，追赠为齐国妃，齐建元元年，复册谥为昭皇后。补叙萧氏履历，是必不可少之笔。太子赜为皇储，次子嶷为豫章王，三子映为临川王，四子晃为长沙王，五子晔为武陵王，六子暠为安成王，七子锵为鄱阳王，八子铄为桂阳王，九子早夭，十子鉴为广陵王，十一子钧为衡阳王，钧出继道度为嗣，皇孙长懋为南郡王，光前裕后，安国定邦，饶有兴朝气象。

蓦闻魏遣梁郡王拓跋嘉，奉丹阳王刘昶，昶系宋文帝第九子，景和元年奔魏，事见前文。南侵寿阳，齐主道成怡然道："我早料有此着，已派垣崇祖出镇豫州，力能制虏，当不至有他虑。"遂不复调兵遣将，但拨运粮饷，接济寿阳。

小子欲叙寿阳战事，又不得不将北朝事迹，约略补述。自魏主弘传位太子，自居崇光宫，柔然侵魏，弘因嗣主年幼，不能治军，乃复督兵北讨，逐走虏众。嗣复南巡西幸，一再外出，这位淫姣不贞的冯太后，乐得与李奕朝欢暮乐，共效于飞。应二十三回。适尚书李䜣，出为相州刺史，受赃枉法，被人告讦，尚书李敷，暗中袒䜣，替他掩饰，偏为上皇弘所闻，槛车征䜣，考验当死。又欲黜退李敷兄弟，䜣婿裴攸，替䜣设法，谓应讦发李敷兄弟阴事，当可免罪。䜣初意不欲背敷，转思生死攸关，也顾不得旧时僚谊，乃列李敷兄弟罪状三十余条，奏陈上去。弘不禁大怒，立诛李敷兄弟，䜣得减死。未几仍复任尚书。

看官，你想这冯太后贪欢恋爱，与李奕如何情密，平白地将情夫诛死，怎得不痛恨交并！当下嘱使左右，就上皇弘饮食间，暗加鸩毒。弘不知就里，食将下去，须

弑魏帝淫妪专政

臾毒发，痛得肝肠寸裂，七窍流血，一命呜呼！<u>妇人心肠，如此阴毒。</u>年仅二十三岁。追谥为献文帝，庙号显祖。时为魏主宏延兴六年，即宋主昱元徽四年。<u>点醒年序，令人豁目。</u>

冯太后复临朝称制，改元太和，受尊为太皇太后，知书达事，亲决万机。授兄冯熙为太师中书监。熙恐人情不服，一再乞辞，乃出除洛阳刺史，仍官太师。太卜令王睿，姿貌伟晳，由冯氏特加青睐，令作李奕第二，超拜尚书。秘书令李冲，美秀而文，亦邀私宠。<u>去一得二，其乐也融融。</u>外面却优礼勋旧，如东阳王拓跋丕等，均加厚赏。

丹阳王刘昶，由宋奔魏，迭遭宠遇，三尚公主。至是闻萧氏篡宋，表请声讨，冯太后与群臣计议，许昶规复旧业，世胙江南，作为魏藩，乃发兵数万，号称二十万人，归梁郡王嘉统带，奉昶南下，寿阳大震。豫州刺史垣崇祖，却不慌不忙，想出一条御敌的计策，保守城，果得建功。小子有诗叹道：

　　捍边端的仗奇谋，胡骑南侵不足忧；
　　借得一泓肥水力，管城城守等金瓯。

毕竟崇祖用何妙计，且看下回分解。

果报二字，为释氏口头禅，儒家亦未尝不守此说。子舆氏曰，杀人之父，人亦杀其父，杀人之兄，人亦杀其兄，然则非自杀之也，一间耳。观于刘裕篡晋，传及四世，而萧道成起而篡宋，与刘裕如出一辙，阴谋攘夺，阳示谦恭，零陵、汝阴，同归于尽。王敬则更明告汝阴王，谓官家先取司马家亦如此，令起刘裕而问之，恐亦不能自解也。天网恢恢，疏而不漏，其报应诚巧矣哉！魏冯太后之弑魏主弘，亦未始非北朝之果报。北朝故事，后宫生子，将为储贰，必先令其母自尽，秕俗相沿，乃有母杀其子之怪剧，是亦一天之巧于报应也。若夫萧道成之奸险，与冯太后之淫乱，则演义已详，无容赘论焉。

第二十七回

膺帝箓父子相继　礼名贤昆季同心

却说齐豫州刺史垣崇祖闻魏兵大至,即设一巧计,命在寿阳城西北,叠土成堰,障住肥水。堰北筑一小城,四周掘堑,使数千人入城居守。将佐统言城小无益,不足阻寇,崇祖笑曰:"我设此城,无非为诱敌起见,虏骑远来,骤见城小,必以为一举可拔,悉力尽攻,谋破我堰,我决堰纵水,淹彼不备,就使不尽淹没,也要漂流不少。锐气一挫,自然遁去了!"原是好计。将佐等方无异言。

果然魏兵一至,即攻小城。崇祖自往督御,坐着肩舆,从容登城。魏兵举首仰望,但见他冠服雍容,不穿甲胄,首戴白纱帽,身着白绛袍,好似平居无事一般。大众很是惊讶,惟自恃人多势旺,也不管他什么态度,当即蚁附攻城。不意澎湃一声,大水骤至,城下一片汪洋,害得魏兵无从立足,慌忙倒退。怎奈前队兵士,被后队挤住,一时不能速走,那流水最是无情,霎时间淹去人马,已达千数,余众拼命奔逃,也已拖泥带水,狼狈不堪。这一场的挫败,把魏兵一股锐气,销磨了一大半。崇祖仍将肥堰筑好,还驻寿阳,一面派兵往朐山,令他埋伏城外,与城中相呼应,防敌往攻。魏将梁郡王嘉,心果未死,移师往攻朐山,甫至城下,伏兵齐起,与守卒内外夹击,又杀伤魏兵千余。梁郡王嘉,只好麾众北走,退出豫州境外去了。

先是崇祖在淮上,谒见齐主萧道成,便自比韩信、白起,众皆未信。及捷报入都,齐主语朝臣道:"我原料他力能制虏,今果如是,真是朕的韩、白呢!"可惜是为汝爪牙,终累盛名。遂进官都督,号平西将军,增封千五百户。崇祖闻陈显达、李安民等,得增给军仪,因也上表请求,随即奉到朝廷敕书,谓卿才如韩、白,比众不同,今特赐给鼓吹一部,崇祖拜受。又恐魏骑转寇淮北,奏徙下蔡城至淮东。

是年夏季,魏兵果欲攻下蔡,既闻内徙,乃声言当平除故城。崇祖麾下诸将佐,虑虏骑设戍故城,崇祖道:"下蔡距镇甚近,虏岂敢立戍,不过欲平城示威罢了。我当率众往击,休使轻视!"遂率众渡淮。正值魏兵毁掘城址,便驱兵杀将过去,吓得魏兵弃去器械,匆匆退走。崇祖趁势奋击,追奔数十里,杀获数千人,到了日暮,才收军回城。垣氏威名,从此远震。

越年,魏兵复侵齐淮阳,军将成买,拒守甬城。齐遣将军李安民、周盘龙等,领兵往援,买亦出城与战。魏兵分头抵敌,很是厉害,买竟战死。李安民、周盘龙等与魏兵相持,未分胜负。那魏兵已战胜买军,并力来围李、周两人,盘龙子奉叔,率壮士二百人,突入魏兵阵内,又被魏兵围住,或言奉叔陷殁,惹得盘龙性起,跃马奋槊,杀入魏阵,所向披靡。奉叔乘隙杀出,闻知乃父陷入,复转身杀进,救父盘龙。父子两骑萦扰,十荡十决,得将魏兵击退。李安民驱军追上,力破魏兵,魏兵约有数万,四散奔逃,乃不敢再窥齐境。刘昶亦打消前念,还居平城。

既而齐遣参军车僧朗,至魏行聘,魏主宏问僧朗道:"齐辅宋日浅,何遽登大位?"僧朗答道:"唐、虞登庸,身陟元后,魏、晋匡辅,贻厥子孙,这都是因时制宜,不容相提并论呢。"魏主却也不加辩驳,惟赐宴时,尚有宋使一人,因萧齐篡宋,留住魏都,至是也召入列宴,位置在僧朗上首。僧朗不肯就席,宋使出言诟詈,顿时恼动僧朗,拂衣趋出,仍就客馆俟命。刘昶祖护宋使,阴使人刺杀僧朗,魏主宏颇不直刘昶,厚赆丧仪,送榇南归,并遣还宋使。齐主道成,尚欲整兵北伐,只因年将花甲,筋力就衰。有时且患疾病,未免力不从心。

好容易过了四年,褚渊已进任司徒,豫章王嶷,进位司空,兼骠骑大将军,领扬州刺史,临川王映为前将军,领荆州刺史,长沙王晃为后将军,兼护军将军,南郡王长懋为南徐州刺史,安成王暠为江州刺史,召还江州刺史王延之,令为右光禄大夫。未几疾病交作,医治罔效,甚且沉重。自知不起,乃召司徒褚渊,左仆射王俭,至临光殿,面授顾命。且下遗诏道:

朕本布衣素族,念不到此,因藉时来,遂隆大业。风道沾被,升平可期,遘疾弥留,至于大渐。公等奉太子,愿如事朕,柔远能迩,辑和内外,当令太子敦穆亲戚,委任贤才,崇尚节俭,弘宣简惠,则天下之理尽矣。死生有命,夫复何言!

越二日,就在临光殿逝世,年五十六,在位只四年。太子萧赜嗣位,

第二十七回　膺帝箓父子相继　礼名贤昆季同心

追谥为高皇帝，庙号太祖，窆武进泰安陵。齐主秉性清俭，喜怒不形，博涉经史，善属文，工草隶书。即位后，服御无华，主衣中有玉介导，或作玉导，系是冠簪。谓留此反长病源，命即打碎。后宫器物栏槛，向用铜为装饰，悉改用铁。内宫施黄纱帐，宫人着紫皮履，华盖除金花，爪用铁回钉，尝语左右道："使我治天下十年，当使黄金与土同价。"即使天假之年，恐亦未能得此，且恭俭乃是小善，不能掩篡弑大恶，夸诞何为！

自齐主殁后，嗣主赜力从俭约，尚有父风。赜小字龙儿，为刘昭后所出。刘昭后见上。生赜时，与始陈孝后同梦，见龙据屋上，因字赜为龙儿。赜少受父训，颇具韬略，后来亦屡立战功，至是得承遗统，升殿即位，命司徒褚渊录尚书事，尚书左仆射王俭为尚书令，车骑将军张敬儿为开府仪同三司，司空豫章王嶷为太尉，追册故妃裴氏为皇后。裴氏为左军参军裴玑之女，纳为太子妃，建元三年病殁，予谥曰穆，故前称穆妃，后称穆皇后。立长子长懋为太子，次子子良为竟陵王，三子子卿为庐陵王，四子子响，出为豫章王嶷养子，未得受封，五子子敬为安陆王，六子早夭，七子子懋为晋安王，八子子隆为随郡王，九子子真为建安王，十子子明为武昌王，十一子子罕为南海王，余子并幼，因特缓封。尚有幼弟数人，前尚年少，未得封爵，乃特封皇十二弟锋为江夏王，十五弟锐为南平王，十六弟铿为宜都王，后来又封十八弟铢为晋熙王，十九弟铉为河东王，总计齐祖萧道成，共生十九男，自赜以下至十一子，已见前回，十三十四十七子，早亡无名，史家称为高祖十二王。衡阳王钧出继，不在此例。太子长懋子昭业，亦得受封为南郡王。司徒褚渊，复进位司空。且由嗣主赜召宴东宫，群臣多半列座，右卫率沈文季，与渊谈论，语言间偶有龃龉。渊不肯少让，文季怒道："渊自谓忠臣，他日死后，不知如何见宋明帝！"渊亦老羞成怒，起座欲归，还是齐主赜好言劝解，特赐他金镂柄银柱琵琶。朝秦暮楚，不啻倡伎，应该特赐琵琶。乃顿首拜受，终席始出。

越宿入朝，天气盛热，红日东升，渊用腰扇为障。功曹刘祥，从旁揶揄道："作这般举止，怪不得没脸见人！但用扇遮面目，有何益处？"渊听入耳中，禁不住开口道："寒士不逊。"祥冷笑道："不能杀袁、刘，怎得免寒士！"渊惭不能答，自是愧愤成疾，竟致谢世。渊丰采过人，独眼多白睛，世拟为白虹贯日，指作宋氏亡征。亦太附会。殁时年四十八岁。

长子贲为齐世子中庶子,领翊军校尉,既丁父忧,当然免职。及服阕进谒,诏授侍中,领步军校尉,贲固辞不拜。渊曾封南康公,贲当袭爵,他复让与弟蓁,自称有疾。大约是耻父失节,所以守志不仕,营墓终身,这也可谓善干父蛊了。幸有此儿。

越年改元永明,授太尉豫章王嶷领太子太傅,护军将军长沙王晃为南徐州刺史,镇北将军竟陵王子良为南兖州刺史。召还豫州刺史垣崇祖,令为五兵尚书。

屠帛缘父子相继

中兵、外兵、骑兵、别兵、都兵为五兵。改司空谘议荀伯玉为散骑常侍。从前齐主赜为太子时,年已强仕,与乃父同创大业,朝政多由专断,幸臣张景真,骄侈僭拟,内外莫敢言,独司空谘议荀伯玉,密白宫廷,齐祖道成,即命检校东宫,收杀景真,且宣敕诘责太子。赜惊惶称疾,月余尚难回父意,几乎储位被易,幸亏豫章王嶷无意夺嫡,孝悌兼全,王敬则又替赜救解,始免易储。但伯玉益得上宠,赜更引为怨恨,与伯玉势不相容。垣崇祖亦未尝附赜,当破魏入朝时,尝与太祖密谈终夕,赜亦未免怀疑;因此即位改元,便召崇祖入都,佯为抚慰。过了数月,密嘱宁朔将军孙景育,诬告崇祖构煽边荒,意图不轨,伯玉与为勾结,约期作乱等事,遂将崇祖伯玉,收系狱中,论死处斩。

车骑将军张敬儿因佐命有功,很得宠遇,家中广蓄妓妾,奢侈逾恒。初娶毛氏,生子道文,后见尚氏女有美色,竟将毛氏休弃,纳尚氏为继妻。尚氏尝语敬儿道:"从前妾梦一手热,君得为南阳太守,嗣梦一脾热,君得为雍州刺史,近复梦半身热,君得为开府仪同三司,今且梦全体俱热，想又有绝大的喜事了。"要杀头了。敬儿大悦，私语左右，当有人报入宫中。齐主赜不能无疑，敬儿又遣人贸易蛮中，朝廷又疑他勾通蛮族。适华林园设斋超荐，朝臣皆奉敕入园，敬儿亦往。才经入座，即有卫士突出，拿下敬儿。敬儿自脱冠貂，愤然投地道："都是此物误我！"贪图富贵者其听之！下狱数日，便即诛死，子道文、道畅、道固、道休并伏诛，惟少子道庆赦免。聊为汝阴吐气。弟恭儿官至员外郎，留居襄阳，闻敬儿被诛，率数十骑走蛮中。

小子尝阅宋书，得悉敬儿兄弟略迹。敬儿初名狗儿，恭儿名猪儿，宋明帝因他名称鄙俚，改名敬儿、恭儿。敬儿叛宋佐齐，做了一个开国功臣，总道是与齐同休，哪知阅时未几，父子同死刀下，这可见助恶附逆的贼臣，侥幸成功，也不能富贵到底，人生亦何苦不为忠义呢！敬儿本南阳人，曾在襄阳城西，筑造大宅，储积财货。恭儿虽官员外郎，却不愿出仕，并与敬儿异居，自处上保村中，起居饮食，不异凡民，自虑为兄受累，乃窜迹蛮穴。后来上表自首，历陈本末，齐主赜亦知他与兄异趣，下诏原宥，仍得还家。一死一生，公理自见，本书不嫌琐叙，实欲唤醒梦梦。

侍中王僧虔，为宋太保王弘从子，世为宰辅。齐祖萧道成，素与僧虔友善，所以开国前后，特加重任。齐祖善书，僧虔亦善书，两人尝各书一纸，比赛高下，书毕，齐祖笑示僧虔道："谁为第一？"虔答道："臣书第一，陛下书亦第一。"齐祖复笑道："卿可谓善自为谋了。"建元三年，出任湘州刺史，都督湘州诸军事，永明改元，召还都中，授侍中左光禄大夫，开府仪同三司。僧虔累表固辞。尚书令王俭，系僧虔从子，僧虔与语道："汝位登三事，将邀八命褒荣，我若复得开府，是一门有二台司，岂不是更增危惧么！"既而得齐主敕书，收回开府成命，改授侍中特进左光禄大夫。

或问僧虔何故辞荣？僧虔答道："君子所忧无德，不忧无宠，我受秩已丰，衣暖食足，方自愧才不称位，无自报国，岂容更受高爵，加贻官谤！且诸君独不见张敬儿么？敬儿坐诛，不特子姓受殃，连亲戚亦且坐罪。谢超宗门第清华，不让敝族，今亦因张氏赐死，你道可怕不可怕呢！"原来超宗为谢灵运孙，好学有文辞，宋孝武帝时，为新安王子鸾常侍，曾为子鸾母殷淑仪作诔，孝武帝大为叹赏，谓超宗殊有凤毛，当是灵运复出，遂迁为新安王参军。足补前文十九回之阙。后来齐祖萧道成为领军，爱超宗才，引为才史。萧氏受禅，迁授黄门郎，嗣因失仪被黜，竟至免官，超宗未免怨望。乃萧赜嗣统，使掌国史，除竟陵王谘议参军，益怏怏不得志。尝娶张敬儿女为子妇，敬儿死后，超宗语丹阳尹李安民道："往年杀韩信，今年杀彭越，尹亦当善自为计！"安民具状奏闻，齐主赜遂收系超宗，夺官戍越，行至豫章，复赐自尽。所以僧虔引为申诫。

僧虔于永明三年病殁，追赠司空，赐谥简穆。王俭本僧绰子，僧绰遇害，俭由僧虔抚养成人。至是为僧虔守制，表请解职。齐主不许，但改官太子少傅。向例太子敬礼师长，二傅从同，此时朝廷易议，太子接遇少傅，视同宾友。太子长懋，颇知好学，每与俭问答经义，俭逐条解释，曲为引申。竟陵王子良，临川王子映，亦尝侍太子侧，互相引证。天演讲学，望重一时，子良尤好宾客，延揽文士。永明五年，进官司徒，他却移居鸡笼山，特开西邸，召集名流，联为文字交。当时如范云、萧琛、任昉、王融、萧衍、谢朓、沈约、陆倕八人，皆有才誉，子良各与相亲，号为八友。次如柳恽、王僧孺、江革、范缜、孔休源等，亦皆预列。惟太子好佛，子良亦好佛，东宫尝开拓玄圃，筑造楼观塔宇。子良亦就西邸中，开厦辟舍，营斋造经，召致名僧，日夕呗诵。萧氏好佛，此为先声。范缜屡言无佛，子良道："汝不信因果，何故有富贵贫贱？"缜答道："人生与花蕊相似，随风飘荡，或吹入帘幌，坠诸茵席，或吹向篱墙，落诸粪坑。殿下贵为帝胄，譬如花坠茵席，下官贱为末僚，譬如花落粪坑，贵贱虽殊，究竟有什么因果呢！"理由亦未尽充足。缜又著《灭神论》，以为神附于形，形存神自存，形亡神亦亡，断没有形亡神存的道理。子良使王融与语道："卿具有美才，何患不得中书郎，奈何矫情立异，自辱泥涂！"缜笑说道："使缜卖论取官，就使不得尚书令，也好列入仆射了。"

范云即缜族兄，子良尝奏白齐主，请简云为郡守，齐主赜道："我闻云卖弄小材，本当依法惩治，就使不尔，亦将饬令远徙。"子良道："臣有过失，云辄规谏，谏草具存，尽可复核。"遂取云谏书上呈，由齐主赜检阅，约百余纸，词皆切直，因语子良道："不意云能如此直言，我当长令辅汝，怎可使他出守！"太子长懋，尝出东田观获，顾语僚佐道："刈此亦殊可观。"众皆唯唯，不复置议，独云趋前进言道："三时农务，关系国计民生，伏愿殿下知稼穑艰难，毋令一朝游佚！"太子闻言，改容称谢。齐主赜素好射雉，云复劝子良进谏，代为属草。大略说是：

第二十七回　膺帝箓父子相继　礼名贤昆季同心

鸾舆亟动,天跸屡巡,陵犯风烟,驱驰野泽,万乘至重,一羽甚微,从甚微之欢,忽至重之诫,臣窃以为未可也。顷郊郭以外,科禁严重,匪直乌牧事罢,遂乃窀掩殆废。且田月向登,桑时告至,士女呼嗟,易生噂议,弃民从欲,理未可安。曩时巡幸,必尽威防,领军景先,高帝从子。詹事赤斧,高帝从祖弟。坚甲利兵,左右屯卫。令驰骛外野,交侍疏阔,晨出晚还,顿遗清道,此实愚臣最所震迫耳。况乎卫生保命,人兽不殊,重躯爱体,彼我无异,故语云闻其声不食其肉,见其生不忍其死。今以万乘之尊,降同匹夫之乐,夭杀无辜,易致伤仁害福。菩萨不杀,寿命得长,施物安乐,自无恐怖,姑无论驰射之足以致危,即此动辄伤生,亦非陛下祈天永命之意。臣本庸愚,齿又未及,以管窥天,犹知得失,庙廊之士,岂闻是非,未闻一人开一说,为陛下远害保身,非但面从,亦畏威耳!臣若不启,陛下于何闻之?

齐主赜览表,颇为感动,不复出射。

会因连年无事,齐主有志修文,特命王俭领国子祭酒,就在俭宅开学士馆,举前代四部书,充入馆中。俭夙娴礼学,谙究朝仪国典,所有晋、宋故事,无不记忆,当朝理事,判决如流,发言下笔,皆有精采。十日一还学,监试诸生,巾卷在庭,剑卫令史,仪容甚盛,自作解散髻,斜插帻簪,朝野吏士,相率仿效。俭尝语人道:"江左风流宰相,唯有谢安。"言下寓有自拟意。恐怕勿如。至永明七年,遇疾而殁,年才三十八岁。礼官欲谥为文献。吏部尚书王晏,与俭有嫌,特入启齐主道:"此谥自宋氏以来,不加异姓。"齐主赜乃令改谥文宪,追赠太尉侍中中书监,旧封南昌公,仍使如故。一切丧葬礼制,悉依前太宰褚渊故事。小子有诗咏王俭道:

斜簪散髻号风流,侈拟东山转足羞。
谢傅不为桓氏党,如何附势倡奸谋!

未几为永明八年,巴东王子响,忽有谋反消息,又惹起一番兵祸来了。究竟子响是否谋反?容待下回表明。

萧赜嗣位,即杀垣崇祖、荀伯玉,盖亦一雄猜之主也。崇祖为萧齐健将,御虏有功,正宜令彼扞边,永作干城,乃以青宫私怨,诬罪处死,其冤最甚。伯玉亦无可杀之罪,挟嫌报怨,置诸死地,究属非宜,即如张敬儿之伏诛,诛之可也,令诛者为齐主萧赜,不可也。彼佐齐篡宋,甘为贼首,虽死尚有余辜,但于齐则固为佐命功臣,杀之不以道,我且为敬儿呼冤矣。褚渊、王俭,身为贰臣,皆不足道。王僧虔因贵知惧,犹不失为智士,然赍宋玺绶,送入齐宫,对诸袁粲、刘秉,当有愧色。绳以春秋贼讨之义,其亦褚渊之流亚乎?长懋兄弟,敬师下士,颇有可取;然江左文人,尚风流而少气节,虽得百士,亦属无补。且佞佛呗经,几与村妪相似,是亦不足现也已。

第二十八回

造孽缘孽儿自尽　全愚孝愚主终丧

却说巴东王子响,系齐主赜第四子,本出为豫章王嶷养儿。嶷早年无子,后来连生五男,乃命将子响还本,进封巴东王。永明七年,由江州刺史调镇荆州,都督荆、襄、雍、梁、宁、南北秦七州军事。子响少年好武,膂力绝人,能开四斛重硬弓。自选壮士六十人,被服甲胄,随从左右。莅镇年余,辄在内斋杀牛置酒,犒飨壮士,又令内人私作锦袍绛袄,与蛮人交易器仗。长史刘寅等,密表上闻。齐主赜遣使查问,子响拒不见面,先将刘寅等拿下,一一杀毙。朝使奔归阙下,报明齐主,齐主当然动怒,即召将军戴僧静入朝,令他统兵万人,往讨子响。

僧静奏道:"巴东王少年喜事,不知审慎,长史等亦操持太急,忿不思难,所以致此。试想天子儿过误杀人,也没有什么大罪,骤然遣军西进,反致人情惶惧,恐非良策,还请陛下三思!"僧静所奏,似是而非。齐主乃别遣卫尉胡谐之,游击将军尹略,中书舍人茹法亮,带领甲仗数百人,驰往江陵,查捕群小,且传诏道:"子响若束身来归,当许保全生命。"

谐之等行至江津,筑城燕尾洲,遣传诏石伯儿,诣江陵城抚慰子响,子响闭门不纳,但白服登城,呼语伯儿道:"天下岂有儿子叛父的道理?长史等捏造蜚言,负我太甚,所以将他杀死。我罪不过擅杀,便当单骑还阙,自请处分,何必筑城相逼,欲捉我报功呢!"伯儿返报燕尾洲,尹略愤然道:"擅杀长史,罪已非轻,今又拒绝诏使,还好说是不反么?"遂欲整众攻城。子响闻报,乃杀牛具酒,遣使至燕尾洲犒军。略将来使拘住,所有牛酒,悉委江流。太为造孽,所以速死。

子响又使人走告法亮,愿见传诏,法亮复把他拘系。于是子响怒起,洒泪誓众,集得府州兵卒二千人,即令养士六十人为前导,从灵溪西渡,直薄燕尾洲,自与百余人跨马后随,押着连臂弓数十张,接应前军。尹略不管好歹,一闻叛兵驰至,即驱兵出敌,趋至堤上,正遇叛兵相值,不暇问答,便与交锋,叛兵头目王冲天,左手执盾,右手执刀,恶狠狠地向前冲突，略挺枪拦阻，才经数合，杀得略气喘吁吁，臭汗直流。慌忙虚晃一枪，勒马返奔，不防叛兵里面，发出无数硬箭，没头没脑地射来。略正叫苦不迭，忽听见飕的一声，那箭镞已射着项后，贯入颈中，一时忍不住痛，晕落马下。巧巧王冲天追到，顺手一刀，剁作两段。该死。余众死了一半，逃还一半。王冲天持盾陵城，茹法亮胆怯即奔，胡谐之亦弃城退走。燕尾洲的城垒，被王冲天毁去。

齐主赜接得败报，再遣丹阳尹萧顺之，率军讨逆。顺之为齐祖道成族弟，尝从齐祖为军副，所向有功。顺之为梁主萧衍父，故特别提明。石头一役，黄回顺流直下，由顺之坐据朱雀桥，从容镇定。回夙仰威名，始不敢进攻。补二十五回所未及。齐祖倚若左右手。赜为太子时，顺之尝至东宫问讯，豫章王嶷在侧，赜指示道："我家若非此翁，无以致今日！"及赜既嗣祚，颇相忌惮，故不使入居台辅，但封为临乡县侯，授领军将军，兼丹阳尹。此次奉命西行，威声先达，叛兵望风生畏，相率散去。王冲天也无能为力了。

子响知事不济，自乘小舰赴建康。太子长懋，素忌子响，密与顺之书，谓须早为了结，勿令生还。顺之乃截住子响。子响穷蹙，进见顺之，乞顺之代为申诉，顺之不许。又请随诣阙前，自行请死，顺之又不许。子响乃索纸笔，手书绝启，托顺之代呈，随即解带自经，年只二十三岁。其启文中有云：

刘寅等入斋检校，具如前启。臣罪既山海，分甘斧钺，奉敕遣胡谐之、茹法亮等，俯赐重劳，胡、茹竟无宣旨，便建旗入津，对城南岸，筑城相逼。臣累遣书信，招呼法亮，乞白服相见，乃卒不见从，遂致群小惶怖，酿成攻战，此臣之罪也。臣于是月二十五日，束身投军，希还天阙，停宅一月，臣自取尽，可使齐代无杀子之讥，臣无逆父之谤，既不遂心，今便命尽。临启哽咽，知复何陈！

顺之窜改数语，方才进呈，廷臣又奏绝子响属籍，乃削夺爵邑，废为庶人，改姓为蛸。余党依次搜捕，分别定罪，刘寅等统皆赠官。后来齐主赜游华林园，见一猿跳掷悲鸣，不觉奇诧起来。左右进言道："猿子前日坠崖，竟致跌死，所以老猿如此哀鸣！"齐主赜览物生感，禁不住悲从中来，太息泪下。先是高祖弥留，尝戒赜道："宋氏非骨肉相残，他族怎得乘弊？汝宜知戒，勿忘予言！"赜涕泣受教，嗣位后待遇子弟，虽不

第二十八回 造孽缘孽儿自尽 全愚孝愚主终丧 ·219·

甚苛刻,但亦未尝相亲。长沙王晃为南徐州刺史,罢职归都,载还兵仗数百人,赜尝禁诸王蓄养私仗,闻晃违命犯法,立欲科罪,亏得豫章王嶷顿首代请道:"晃罪

原不足宥,但陛下当忆先朝,垂爱白象!"说至此,呜咽不能成声。赜亦泣下,乃搁置不提。白象系晃小字,最得父宠,故嶷有此言。武陵王晔,尝入宫侍宴,醉后伏地,冠上貂抄入肉柈。*音槃,义亦相通。*齐主赜笑道:"肉且污貂,岂不可惜!"晔因醉忘情,率尔奏对道:"陛下未免爱羽毛,疏骨肉了!"齐主不禁变色,饶有怒容。既而游宴东田,诸王皆应召趋至,独不闻召晔。豫章王嶷面请道:"风景颇佳,诸弟毕集,可惜只缺一武陵!"齐主赜乃宣晔入宴,酒后命诸王赌射,晔连发数矢,无不中的。遂顾语四座道:"手法如何?"座间多半喝彩,惟齐主有不悦状,嶷已窥破隐情,即面白齐主道:"阿五平日,没有这般善射,今日仰仗天威,所以发无不中。"*好兄弟,我愿崇拜之。*齐主赜乃开颜为笑,畅饮而归。*补入此段,以表齐主赜之好猜。*至子响缢死,不得丧葬,豫章王嶷复上疏乞请道:

> 臣闻将而必戮,炳自春秋,罄于甸人,著于经礼,犹怀不忍之言,尚有如伦之痛,岂不事因法往,情以恩留?故庶人蛸子响,识怀靡树,见沦不逞,肆愤一朝,取陷凶德,遂使迹怜非孝,事近无君,身膏草野,未云塞衅。但韎矢倒戈,归罪司戮,即理原心,亦既迷而知返,衅骨不收,辜魂莫赦,抚今追往,载伤心目。伏愿一下天矜,爰诏蛸氏,使得安兆末郊,旋窆余麓,微列苇韠之容,薄申封树之礼,

岂仅穷骸被德，实且天下归仁。臣属忝皇枝，偏蒙友睦，以臣继别未安，子响言承出命，提携鞠养，抚恩成人。虽辍胤蕃条，归体璇萼，循执之念不移，传训之怜何已？敢冒宸严，布此悲诚，涕泣上闻！

齐主赜始尚未许，嗣经嶷入宫申请，乃命将子响营葬，赐封鱼复侯。嶷身长七尺八寸，善持容范，文物卫从，礼冠百僚。每出入殿省，人皆瞻仰，他却深自敛抑，事上甚谨，对下亦恭，始终保全同气，曲意周旋。每见父兄盛怒，辄婉言劝解，片语回天。乃父原是钟爱，乃兄亦友爱日深，就是内外大臣，亦无一与忤，相率敬服。道成有此佳儿，却是难得。

永明五年，嶷进位大司马，至七年表求还第。有诏令嶷子子廉，代镇东府，遇有军国重事，常召入谘询，或且就第与商。有时车驾出游，必令嶷相随。嶷妃庾氏有疾，内侍屡奉旨往省，及疾已渐瘳，齐主挈领妃嫔，统往嶷宅庆贺，且先敕外监道："朕往大司马第，不啻还家，汝等但当清道，不必屏除行人。"既至嶷第，趋入后堂，张乐设饮，欢宴终日。嶷执卮上寿，且语齐主道："古来颂祝圣寿，尝谓寿如南山，就是世俗相沿，亦必称皇帝万岁，愚以为言近虚浮，反欠切实，如臣所怀，愿陛下寿享百年，意亦足了！"齐主笑道："百年何可必得，但教东西一百，便足济事。"嶷矍然道："陛下年逾大衍，臣年亦将半百，百岁已周，怕不能再过百年么？"齐主亦自觉失言，一笑而罢。饮至月上更催，方率宫人还宫。

偏齐主酒后率词，竟同谶语。转瞬间为永明十年，嶷正四十九岁，忽然抱病，病且日甚，齐主屡往问视，遍召名医诊治，无如寿数已尽，药石难回。长子子廉，次子子恪，侍疾在侧，嶷顾语道："人生在世，本无常境，我年已老，死不为夭，但望汝兄弟共相勉厉，笃睦为先，才有优劣，位有通塞，运有富贫，这是理数使然，不必强求，若天道有灵，汝等各自修立，便足保全世祚。勤学行，守基业，治闺庭，尚闲素，如此自无忧患。对主储君及诸亲贤，当不以我死易情，我死后丧葬从俭，祭祀毋丰，我虽才愧古人，颇不以遗财为累，所余薄资，汝有弟未婚，有妹未嫁，可量力办理。后事甚多，不能尽告，汝兄弟依理而行，我死亦瞑目了！"遗训足传后世。子廉等垂泪受教。嶷又申述己意，命子廉草遗启道：

臣自婴今患，亟降天临。医走术官，泉开藏府，慈宠优渥，备极人臣。臣生年疾迫，遽阴无几，愿陛下审贤与善，极寿苍昊，强德纳

第二十八回　造孽缘孽儿自尽　全愚孝愚主终丧

和,为亿兆御。臣命违昌数,奄夺恩怜,长辞明世,伏涕呜咽!

启奏草就,齐主又自来省视,握手歔欷。嶷略说数语,无非是启中大意。齐主尚嘱他保重,流涕自去。傍晚又枉驾过问,嶷已口不能言,对着齐主一喘而终。齐主悲不自胜,掩面还宫。越宿即下诏道:

宠章所以表德,礼秩所以纪功,慎终追远,前王之盛策,累行酬庸,列代之通诰。故使持节都督扬、南徐二州诸军事大司马、领太子太傅扬州牧豫章王嶷,体道秉哲,经仁纬义,挺清誉于弱龄,发韶风于早日,缔纶霸业之初,翼赞皇基之始,孝睦著于乡间,忠谅彰乎邦邑。及秉德论道,总牧神甸,七教必荷,六府咸理,振风润雨,无怨于时候,恤民拯物,有笃于矜怀。雍容廊庙之华,仪形列郡之观,神凝自远,具瞻允集。朕友于之深,情兼家国,方授以神图,委诸庙胜。缉颂九弦,陪禅五岳。天不愁遗,奄焉薨逝,哀痛伤惜,震恸乎厥心。今先远戒期,寅谋袭吉,宜加茂典以协徽猷,可赠假黄钺都督中外诸军事扬州牧,具九服锡命之礼,侍中大司马太傅王如故。给九旒鸾辂,黄屋左纛,虎贲班剑百人,辒辌车前后部羽葆鼓吹葬送,仪依汉东平献王故事,以示朕不忘勋亲之至意。

嶷殁后第库无现钱,一切丧葬费用,皆由国库支给,原不消说。齐主又月给现钱百万,赡养子孙,并赐谥文献。自夏经秋,内廷不举乐,不设宴,好算君臣兄弟,善始善终了。原是叔世所罕闻。是年授司徒竟陵王子良为尚书令,领扬州刺史,更命西昌侯萧鸾为尚书左仆射。鸾系齐祖道成兄子。父即始安王道生,道生早殁,鸾年尚幼,为叔父所抚养。宋泰豫元年,出为安吉令,颇有吏才,升明中累迁淮南、宣城二郡太守。齐建元二年,封西昌侯,调郢州刺史。永明元年入为侍中,领骁骑将军,至是夏擢为尚书左仆射,渐渐的位高望重,专制朝权。这且待后再表。隐伏一案。

且说魏主宏秉性孝谨,事无大小,悉禀命慈闱。宏本后宫李夫人所出,由冯太后抚养成人。见二十三回。宏为太子,李夫人依例赐死,宏终不知为谁氏所生,但从幼随着太后冯氏,视祖母如生母一般,所以乃父遇害,越觉孝顺太后。太后冯氏,已尊为太皇太后,临朝称制,乐得恣行威福,任意欢娱。尚书王睿,出入闱闼,不数年便为宰辅,加封至中山王,赏赐无算,已而睿死,赐谥立庙,令文士作诔,约百余篇。秘书令李冲，是太后第二情夫，密加赐赉，也不可胜纪。宦官王琚、张祐、符承祖等，送暖迎新，非常得宠，自微阉拔为大官，居然得拜爵崇封。

太后自知内行不谨，常令权阉侦察内外，遇有谤言丑语，立刻捕至，也不关白魏主，便即杀毙。青州刺史南郡王李惠，为魏主宏母舅，所历各郡，颇有政声，只不合评谤宫闱，致为冯太后所闻，竟诬他谋逆，屠戮全家。惟待遇勋旧，恩礼不衰。就使宠臣有过，亦不肯少恕，动加箠楚，多至百余，少亦数十。不过性无宿憾，过必罚，功必赏，往往昨日受刑，明日升官，所以人无怨言，反愿效死。这是英雌手段。

中书令光禄大夫高允，历事五朝，出入三省，居官五十余年，资望最隆，年逾九十，因老乞归。冯太后怀念老成，仍用安车征至平城，拜为中书监，特命乘车入殿，朝贺不拜，且使他申定律令。允老眼无花，按律审刑，折衷至当，尝慨然叹道："刑狱为人命所系，不容轻忽。古称至德如皋陶，明刑弼教，应无枉滥，后嗣子孙，英六先亡。况在常人，可不再三审慎么！"冯太后代主下诏，谓允家贫养薄，饬传乐部十人，五日一诣允第奏乐娱允，朝晡给膳，朔望致牛酒，月给衣服绵绢，入见备几杖。垂问政事，允知无不言。魏主宏太和十一年，允病殁都城，年九十八，追赠司空，予谥曰文。

越三年冯太后病殂，年四十九。魏主宏哀毁过礼，勺饮不入口，约有五日。何不使李冲等殉葬。群臣上章固谏，始进一粥，王公表请依例茔葬，魏主宏

全悬孝
愚主
于民

有诏答道："奉侍梓宫，犹希仿佛，山陵迁厝，尚未忍闻！"王公等又复固请，乃奉葬永固陵。太尉荥阳王拓跋宏，申请勉抑至情，循行旧典。魏

第二十八回　造孽缘孽儿自尽　全愚孝愚主终丧

主宏又道："祖宗志在武略,未遑修文,朕仰禀圣训,思习古道,论时比事,与先世不同。况圣人制礼,卒哭变服,夺情以渐,今甫及旬日,即从吉服,岂非有违古礼么?"秘书丞李彪道："汉明德马后,保养章帝,后崩后葬不淹旬,旋即从吉,章帝不受讥,明德不损名,愿陛下垂察!"魏主宏复道："朕眷恋衰经,情所未忍,并非矫饰沽名,且公卿尝称四海晏安,礼乐日新,可以参美唐、虞,今乃苦夺朕志,使朕不得逾魏、晋,究是何意?"群臣尚未及答,魏主宏申说道："朕闻高宗谅阴,三年不言,若不许朕衰经视事,理应拱默礼庐,委政冢宰,二事惟公卿所择!"尚书游明根对道："渊默不言,大政将旷,仰顺圣心,请从衰服!"魏主宏呜咽道："朕处不言地位,不应如此喋喋;但公卿欲夺朕情,遂至烦言,追念慈恩,叫朕如何释念哩!"说至此,号哭而入。顾小失大,迂愚可笑。群臣亦流涕退出。

既而有诏颁发,决行期年衰服,近臣亦皆服衰,外臣得变服就练,七品以下,除服从吉,于是公卿以下,莫敢异议,追谥太皇太后,为文明太后,且屡次谒祭永固陵。

越年元旦,魏主宏乃临朝听政。看官,你道魏主宏这般孝思,究竟是大孝呢,还是小孝呢?想看官阅过上文,应知冯太后这般行为,不该出此孝孙,小子也无容评断了。不贬之贬,尤甚于贬。

齐主萧赜,特派散骑常侍裴昭明,侍郎谢竣,如魏吊丧,意欲朝服行事。魏命著作郎成淹,据经辩驳。昭明等无词可答,乃改易吊服,魏亦命散骑常侍李彪,随使报聘。既至齐廷,齐为置宴设乐,彪固辞道："主上孝思罔极,兴坠正失,朝臣虽除衰经,尚是素服从事,使臣何敢仰叨盛贶呢!"齐主见他尽礼,颇加器重,因撤乐留饮,馆待数日。及彪陛辞北还,车驾亲送至琅琊城,且命群臣赋诗,作为嘉宠。彪亦申谢而去。嗣是南北又复通使,彪六次往返,均不辱命。那魏主宏却有心复古,正祀典,作明堂,营太庙,周年祥祭,易服终哭,谒永固陵,哀瘠殊甚。

先是冯太后在日,忌宏英敏,恐于己不利,尝在严寒时候,幽诸空室,绝食三日,意欲把他废立,还幸朝右大臣,上疏切谏,因得释出。嗣又由权阉暗中谗构,致宏无故受杖,宏竟毫不介意。

及丧已逾期,还是哭泣不休,魏臣多退有后言。可巧隆冬大旱,兼遇大风,司空穆亮,借此进谏。谓天子父天母地,子或过哀,父母亦必不欢,今和气不应,未始非过哀所致,愿陛下袭轻裘,御常膳,庶使天人交庆云云。魏主宏却下诏辩驳,说是孝悌至行,无所不通。今飘风旱气,是由诚慕未深,不能格天,所言咎本过哀,殊为未解等语。

冯太后尝欲家世贵宠,简选冯熙二女,充入掖庭。后宫林氏,生皇子恂,魏主宏拟废去故例,不令林氏自尽,独冯太后不肯俯允,迫令依旧施行。恂尚未得立储,林氏却先勒死。到了太和十七年,魏主终丧,始知生母为李夫人,追尊为思皇后,并册谥故妃林氏为贞皇后。惟总不忘冯氏旧恩,续立冯熙次女为皇后,长女为昭仪。昭仪系是庶出,所以妹尊姊卑。只是娥眉争宠,狐媚工谗,免不得要搅乱宫闱了。小子有诗叹道:

　　背父忘仇已不伦,哪堪更尔顾私情?
　　国风敝苟贻讥久,二女如何再近身!

北朝方隐构内衅,南朝又迭报大丧。欲知一切情形,待至下回申叙。

　　子响非真好叛者,误在任性好杀,不明是非。戴僧静谓其忿不思难,固也。谓天子儿杀人,无甚大罪,则其言实谬。法为天下共守之法,岂人主所得而私废乎?茹法亮、尹略等,又激动兵戈,致子响罹大戮,投缳自尽,不足为冤。但齐主赜纵容于先,抑勒于后,失君臣之义,伤父子之情,感猿兴悲,嗟何及哉!豫章王嶷,仁恕廉谨,德望冠时,史家以嶷比周公,原为过誉。惟庸中佼佼,铁中铮铮,叔季有此人,应当崇拜,巫表扬之以风后世,亦尚论者应有事耳。魏冯太后亲弑上皇,律以不共戴天之义,嗣主宏应负深仇;况秽渎宫闱,淫乱禁掖,拘而废之,亦为通变达权之举。顾乃生尽孝养,没尽哀思,祖父不可忘,君父独可忘乎?忘君不忠,忘父不孝,忠孝已乖,反与仇人而事之,淫后而尊之,可已不已,不可已而已,斯其所以为蛮夷之孝也夫!

第二十九回

萧昭业喜承祖统　魏孝文计徙都城

却说齐主赜永明十一年，太子长懋有疾，日加沉重，齐主赜亲往东宫，临视数次，未几谢世，享年三十六岁，殓用衮冕，予谥文惠。长懋久在储宫，得参政事，内外百司，都道是齐主已老，继体在即。忽闻凶耗，无不惊惋。齐主赜抱痛丧明，更不消说。后经齐主履行东宫，见太子服玩逾度，室宇过华，不禁转悲为恨，饬有司随时毁除。

太子家令沈约正奉诏编纂宋书，至欲为袁粲立传，未免踌躇，请旨定夺。齐主道："袁粲自是宋室忠臣，何必多疑！"说得甚是。约又多载宋世祖孝武帝骏太宗明帝彧诸鄙琐事，为齐主所见，面谕约道："孝武事迹，未必尽然，朕曾经服事明帝，卿可为朕讳恶，幸勿尽言！"约又多半删除，不致芜秽。

齐主因太子已逝，乃立长孙南郡王昭业为皇太孙，所有东宫旧吏，悉起为太孙官属。既而夏去秋来，接得魏主入寇消息。正拟调将遣兵，捍守边境，不意龙体未适，寒热交侵，乃徙居延昌殿，就静养疴。乘舆方登殿阶，蓦闻殿屋有衰飒声，不由得毛骨森竖，暗地惊惶。死兆已呈。但一时不便说出，只好勉入寝门，卧床静养。偏北寇警报，日盛一日，雍州刺史王奂，正因事伏诛，乃亟遣江州刺史陈显达，改镇雍州及樊城。又诏发徐阳兵丁，扼守边要。竟陵王子良，恐兵力不足，复在东府募兵，权命中书郎王融为宁朔将军，使掌召募事宜。会有敕书传出，令子良甲仗入侍。子良应召驰入，日夕侍疾。太孙昭业，间日参承，齐主恐中外忧惶，尚力疾召乐部奏技，藉示从容。怎奈病实难支，遽致大渐，突然间晕厥过去，惊得宫廷内外，仓猝变服。独王融年少不羁，竟欲推立子良，建定策功，便自草伪诏，意图颁发。适太孙闻变驰至，融即戎服绛袍，出自中书省阁口，拦阻东宫卫仗，不准入内。太孙昭业，正进退两难，忽由内侍驰出，报称皇上复苏，即宣太孙入侍，融至此始不敢阻挠，只好让他进去。其实子良却并无妄想，与齐主谈及后事，愿与西昌侯萧鸾，分掌国政。当有诏书发表道：

　　始终大期，贤圣不免，吾行年六十，亦复何恨；但皇业艰难，万几事重，不能无遗虑耳。太孙进德日茂，社稷有寄，子良善相毗辅，思弘治道，内外众事，无论内外，可悉与鸾参决。尚书中是职务根本，悉委王晏、徐孝嗣，军旅捍边之略，委王敬则、陈显达、王广之、王玄邈、沈文季、张瑰、薛渊等，百辟庶僚，各奉尔职。谨事太孙，勿复懈怠，知复何言！

又有一道诏书，谓丧祭须从俭约，切勿浮靡，凡诸游费，均应停止。自今远近荐羞，务尚朴素，不得出界营求，相炫奢丽。金粟缯纩，弊民已多，珠玉玩好，伤工尤重，应严加禁绝，不得有违。后嗣不从，奈何！是夕齐主升遐，年五十四，在位十一年。中书郎王融，还想拥立子良，分遣子良兵仗，扼守宫禁，萧鸾驰至云龙门，为甲士所阻，即厉声叱道："有敕召我，汝等怎得无礼？"甲士被他一叱，站立两旁。鸾乘机冲入，至延昌殿，见太孙尚未嗣位，诸王多交头接耳，不知何语。时长沙王晃已经病殁，高祖诸子，要算武陵王晔为最长，此次也在殿中。鸾趋问道："嗣君何在？"晔即朗声道："今若立长，应该属我，立嫡当属太孙。"鸾应声道："既立太孙，应即登殿。"晔引鸾至御寝前，正值太孙视殓，便掖令出殿，奉升御座，指麾王公，部署仪卫，片刻即定。殿中无不从命，一律拜谒，山呼万岁。子良出居中书省，即有虎贲中郎将潘敞，奉著嗣皇面谕，率禁军二百人，屯居太极殿西阶，防备子良。子良妃袁氏，前曾抚养昭业，颇加慈爱，昭业亦乐与亲近。及闻王融谋变，因与子良有隙。成服后诸王皆出，子良乞留居殿省，俟奉葬山陵，然后退归私第，奉敕不许。王融恨所谋不遂，释服还省，谒见子良，尚有恨声道："公误我！公误我！"子良爱融才学，尝大度包容，所以融有唐突，子良皆置诸不理，一笑而罢。越宿传出遗诏，授武陵王晔为卫将军，与征南大将军陈显达，并开府仪同三司，西昌侯鸾为尚书令，太孙詹事沈文季为护军，竟陵王子良为太傅。又越数日，尊谥先帝赜为武皇帝，庙号世祖。追尊文惠皇太子长懋为世宗文皇帝，文惠皇太子妃王氏为皇太后。立皇后何氏。何氏为抚军将军何戢女，永明二年，纳为南郡王妃，此时从西州迎入，正位中宫。先是昭业为南郡王时，曾从子良居西州，文惠太子常令人监制起居，禁止浪费。昭业佯作谦恭，阴实佻达，尝夜开西州后阁，带领僮仆，至诸营

第二十九回　萧昭业喜承祖统　魏孝文计徙都城

署中,召妓饮酒,备极淫乐。每至无钱可使,辄向富人乞贷,无偿还期。富人不敢不与。师史仁祖,侍书胡天翼,年已衰老,由文惠太子拨令监督。两人苦谏不从,私相语道:"今若将皇孙劣迹,上达二宫,恐不免触怒皇孙。且足致二宫伤怀。若任他荡佚,无以对二宫;倘有不测,不但罪及一身,并将尽室及祸。年各七十,还贪什么余生呢!"遂皆仰药自杀。二人亦可谓愚忠。昭业反喜出望外,越加纵逸,所爱左右,尝预加官爵,书黄纸中,令他贮囊佩身,俟得登九五,依约施行。女巫杨氏,素善厌祷,昭业私下密嘱,使呪诅二宫,替求天位。已而太子有疾,召令入侍,他见着太子时,似乎愁容满面,不胜忧虑;一经出外,便与群小为欢。及太子病逝,临棺哭父,擗踊号咷,仿佛一个孝子,哭罢还内,又是纵酒酣饮,欢笑如恒。世祖赜欲立太孙,尝独呼入内,亲加抚问,每语及文惠太子,昭业不胜呜咽,装出一种哀慕情形。世祖还道他至性过人,呼为法身,再三劝慰,因此决计立孙,预备继统。至世祖有疾,又令杨氏祈他速死,且因何妃尚在西州,特暗致一书,书中不及别事,但中央写一大喜字,外环三十六个小喜字,表明大庆的意思。有时入殿问安,见世祖病日加剧,心中非常畅快,面上却很是忧愁。世祖与谈后事,有所应诺,辄带凄声,世祖始终被欺,临危尚嘱咐道:"我看汝含有德性,将来必能负荷大业;但我有要嘱,汝宜切记!五年以内,诸事悉委宰相,五年以后,勿复委人,若自作无成,可不至怨恨了!"哪知他不能逾期。昭业流涕听命。至世祖弥留时候,握昭业手,且喘且语道:"汝……汝若忆翁,汝……汝当好作!"说到作

萧昭业喜承祖统

字,气逆痰冲,翻目而逝。昭业送终视殓,已不似从前失怙时,擗踊哀号。到了登殿受贺,却是满面喜容。礼毕返宫,竟把丧事撇置脑后,所有后宫诸妓,悉数召至,侑酒作乐,声达户外。此时原不必瞒人了。

过了十余日,便密饬禁军,收捕王融,拘系狱中。融既下狱,乃嘱使中丞孔稚珪,上书劾融,说他险躁轻狡,招纳不逞,诽谤朝政,应置重刑,于是下诏赐死。融母系临川太守谢惠宣女,夙擅文艺,尝教融书学,因得成才。可惜融恃才傲物,常怀非望,每自叹道:"车前无八驺,何得称丈夫!"至是欲推戴子良,致遭主忌,因即罹祸。融上疏自讼,不得解免,更向子良求救,子良已自涉嫌轻疑,阴怀恐惧,哪里还敢援手,坐令二十七岁的卓荦青年,从此毕命!少年恃才者,可援以为戒。融临死自叹道:"我若不为百岁老母,还当极言!"原来融欲指斥昭业隐恶,因恐罪及老母,所以含忍而终。

齐嗣主昭业既斩融以泄恨,遂封弟昭文为新安王,昭秀为临海王,昭粲为永嘉王。尊女巫杨氏为杨婆,格外优待。民间为作《杨婆儿》歌。奉祖柩出葬景安陵,未出端门,即托疾却还,趋入后宫,传集胡伎二部,夹阁奏乐,这真所谓纵欲败度,痴心病狂了。

小子前叙世祖遇疾时,曾有北寇警报,至昭业嗣位,反得淫荒自恣,不闻外侮,究竟魏主曾否南侵,待小子补笔叙明。魏主宏雅怀古道,慨慕华风,兴礼乐,正风俗,把从前辫发遗制,毅然更张,也束发为髻,被服衮冕。且分遣牧守,祀尧舜,祭禹周公,谥孔子为文圣尼父,告诸孔庙,另在中书省悬设孔像,亲行拜祭,改中书学为国子学,尊司徒尉元为三老,尚书游明根为五更,又养国老庶老,力仿三代成制。

他尚日夕筹思,竟欲迁都洛阳,宅中居正,方足开拓宏规,因恐群臣不从,特议大举伐齐,乘便徙都。先在明堂右个,斋戒三日,乃命太常卿王谌筮易。可巧得了一个革卦,魏主宏喜道:"汤武革命,顺天应人,这是最吉的爻筮了!"尚书任城王拓跋澄趋进道:"陛下奕叶重光,帝有中土,今欲出师南伐,反得革命爻象,恐未可谓全吉哩。"魏主宏变色道:"繇云大人虎变,何为不吉?"任城王澄道:"陛下龙兴已久,如何今才虎变?"魏主宏厉声道:"社稷是我的社稷,任城乃欲沮众么?"澄又道:"社稷原是陛下所有,臣乃是社稷臣,怎得知危不言!"魏主宏听了此言,却亦觉得有理,乃徐徐申说道:"各言己志,亦属无伤。"

说毕，启驾还宫，复召澄入议，屏人与语道："卿以为朕真要伐齐么？朕思国家肇兴北土，徙都平城，地势虽固，但只便用武，不便修文，如欲移风易俗，必须迁宅中原。朕将借南征名目，就势移居，况筮易得一革卦，正应着改革气象，卿意以为何如？"澄乃欣然道："陛下欲卜宅中土，经略四海，这是周汉兴隆的规制，臣亦极愿赞成！"魏主宏反皱眉道："北人习常恋故，必将惊扰，如何是好？"澄又道："非常事业，原非常人所能晓，陛下果断自圣衷，想彼亦无能为了。"魏主笑道："任城原不愧子房哩。"汉高定都关中，想是魏主记错。遂命作河桥，指日济师。一面传檄远近，调兵南征。部署至两月有余，乃出发平城，渡河南行，直达洛阳。

适天气秋凉，霖雨不止，魏主宏饬诸军前进，自著戎服上马，执鞭指麾。尚书李冲等叩马谏阻道："今日南下，全国臣民，统皆不愿，独陛下毅然欲行，臣不知陛下独往，如何成事！故敢冒死进谏。"冲果拼死，何不从冯太后于地下！魏主宏发怒道："我方经营天下，有志混一，卿等儒生，不知大计，国家定有明刑，休得多渎！"说着，复扬鞭欲进。安定王拓跋休等，又叩首马前，殷勤泣谏，魏主宏说道："此次大举南来，震动远近，若一无成功，如何示后？今不南伐，亦当迁都此地，庶不至师出无名。卿等如赞成迁都，可立左首，否则立右。"定安王休等均趋右侧，独南安王拓跋桢进言道："天下事欲成大功，不能专徇众议，陛下诚撤回南伐，迁都雒邑，这也是臣等所深愿，人民的幸福呢！"说毕，即顾语群臣，与其南伐，宁可迁都，群臣始勉强应诺，齐呼万岁。于是迁都议定，入城休兵。

李冲复入白道："陛下将定鼎雒邑，宗庙宫室，非可马上迁移，请陛下暂还平城，俟群臣经营毕功，然后备齐法驾，莅临新都，方不至局促哩。"魏主宏怫然道："朕将巡行州郡，至邺小停，明春方可北归，今且缓议。"冲不敢再言。魏主即遣任城王澄驰还平城，晓谕留司百官，示明迁都利害，且饯行嘱别道："今日乃真所谓革呢。王其善为慰谕，毋负朕命！"澄叩辞北去，魏主宏尚虑群臣异议，更召卫尉卿征南将军于烈入问道："卿意何如？"烈答道："陛下圣略渊远，非浅见所可测度，不过平心处议，一半乐迁，一半尚恋旧呢。"魏主宏温颜道："卿既不倡异议，便是赞同，朕且深感卿意。今使卿还镇平城，一切留守庶政，可与太尉丕等悉心处置,幸勿扰民!"于烈亦拜命即行。原来魏太尉东阳王丕,与广陵王羽,曾留守平城,未尝随行,故魏主复有是命。

魏主宏乃出巡东墉城,征司空穆亮,与尚书李冲,将作大匠董爵,经营洛都。自从东墉趋河南城,顺道诣滑台,设坛告庙,颁诏大赦,再启驾赴邺。凑巧齐雍州刺史王奂次子王肃,奔避家难,王奂伏诛,见上文。驰至邺城,进谒魏主,泣陈伐齐数策。魏主已经解严,不愿南伐,惟见他语言悲惋,计议详明,不由得契合入微,与谈移晷。嗣是留侍左右,器遇日隆,或且屏人与语,到了夜半,尚娓娓不倦,几乎相见恨晚,旋即擢肃为辅国将军。

适任城王澄,自平城至邺,报称"留司百官,初闻迁都计划,相率惊骇,经臣援引古今,譬谕百端,已得众心悦服,可以无虞"。魏主宏大喜道:"今非任城,朕几不能成事了。"随即召入王肃,谕以"朕方迁都,未遑南伐,俟都城一定,当为卿复仇。卿为江左名士,应素习中朝掌故,所有我朝改革事宜,一以委卿,愿卿勿辞!"肃唯唯遵谕,便替魏主草定礼仪,一切衣冠文物,逐条裁定,次第呈入,魏主无不嘉纳,留待施行。当下在邺西筑宫,作为行在。又命安定王休,率领官属,往平城迎接家属,自在行宫过了残冬。

越年为魏太和十八年,即齐主昭业隆昌元年,魏中书侍郎韩显宗,上书陈事,共计四条:一是请魏主速还北都,节省游幸诸费,移建洛京,二是请魏主营缮洛阳,应从俭约,但宜端广衢路,通利沟渠;三是请魏主迁居洛城,应施警跸,不宜徒率轻骑,涉履山河;四是请魏主节劳去烦,啬神养性,惟

魏孝文帝从都城

第二十九回　萧昭业喜承祖统　魏孝文计徙都城

期垂拱司契,坐保太平。魏主宏颇以为然,乃于仲春启行,北还平城。

留守百官迎驾入都,魏主宏登殿受朝,面谕迁都事宜。燕州刺史穆罴出奏道:"今四方未定,不应迁都,且中原无马,如欲征伐,多形不便。"魏主宏驳道:"厩牧在代,何患无马,不过代郡在恒山以北,九州以外,非帝王所宜都,故朕决计南迁。"尚书于栗又接入道:"臣非谓代地形胜,得过伊洛。但自先帝以来,久居此地,吏民相安,一旦南迁,未免有怫众情。"魏主听了,面有愠色,正要开口诘责,东阳王丕复进议道:"迁都大事,当询诸卜筮。"魏主宏道:"昔周召圣贤,乃能卜宅。今无贤圣,问卜何益!且卜以决疑,不疑何卜!自古帝王以四海为家,或南或北,随地可居。朕远祖世居北荒,平文皇帝即拓跋郁律始居东木根山,昭成皇帝即什翼犍更营盛乐,道武皇帝即拓跋珪迁都平城。朕幸叨祖荫,国运清夷,如何独不得迁都呢!"群臣始不敢再言。魏主宏又复西巡,幸阴山,登阅武台,遍历怀朔、武川、抚冥、柔玄四镇。及还至平城,已值秋季。到了初冬,闻洛阳宫阙,营缮粗竣,便即亲告太庙,使高阳王拓跋雍,及镇南将军于烈,奉神主至洛阳,自率六宫后妃,及文武百官,由平城启行,和鸾锵锵,旗旐央央,驰向洛都来了。小子有诗咏道:

　　霸图造就慕皇风,走马南来抵洛中;
　　用夏变夷怀远略,北朝嗣主亦英雄。

魏主迁洛的时候,正值齐廷废立的期间,欲知废立原因,且看下回演叙。

冢子先亡,嫡孙承重,此系古今通例,毫不足怪。萧昭业为文惠太子之胤,太子殁而昭业继,祖孙相承,不背古道。议者谓昭业淫慝,难免覆亡,不若王融之推立子良,尚得保全齐高之一脉,其说是矣。然天道远,人道迩,立孙承祖,人道也。孙无道而覆祖业,天道也。帝乙立纣,不立微子,后世不能归咎于太史,以是相推,则于萧鸾乎何尤!王融妄图富贵,叛道营私,何足道哉!魏主宏南迁洛阳,本诸独断,后世又有讥其轻弃根本,侈袭周、汉故迹,以至再传而微。夫国家兴替,关系政治,与迁都无与,政治修明,不迁都可也,即迁都亦无不可也。否则株守故土,亦宁能不危且亡者!必谓魏主宏之迁都失策,亦属皮相之谈。本回于萧鸾之拥立太孙、魏主宏之迁都洛邑,各无贬词,良有以也。

第三十回

上淫下烝丑传宫掖　内应外合刃及殿庭

却说齐嗣主昭业，即位逾年，改元隆昌。自思从前不得任意，至此得了大位，权由己出，乐得寻欢取乐，快活逍遥，每日在后宫厮混，不论尊卑长幼，一味儿顽皮涎脸，恣为笑谑。世祖时穆妃早亡，不立皇后，后宫只有羊贵嫔、范贵妃、荀昭华等，已值中年，尚没有什么苟且事情。独昭业父文惠太子宫内，尚有几个宠姬，多半是年貌韶秀，华色未衰。不过贞淫有别，品性不同。就中有一霍家碧玉，年龄最稚，体态风骚，当文惠太子在日，也因她柔情善媚，格外见怜，此时嫠居寂寞，感物伤怀，含着无限凄楚，偏昭业知情识趣，眉去眼来，一个是不衫不履，自得风流，一个是若即若离，巧为迎合，你有情，我有意，渐渐地勾搭上手，还有什么礼义廉耻。更有宦官徐龙驹，替两人作撮合山，从旁怂恿，密为安排。好一个牵头。于是云房月窟，暗里绸缪，海誓山盟，居然伉俪，说不尽的鸾颠凤倒，描不完的蝶浪蜂狂。龙驹又想出一法，只说度霍氏为尼，转向皇太后王氏前，婉言禀闻。王太后哪识奸情，便令将霍氏引去，龙驹竟导至西宫，令与昭业彻夜交欢，恣情行乐，并改霍氏姓为徐氏，省得宫庭私议，贻笑鹑奔。此外又选入许多丽姝，充为姿媵，就是两宫中的侍女，也采择多人。不过霍氏是文惠幸姬，格外著名，昭业更格外宠爱，所以齐宫丑史，亦格外播扬。

更可丑的是皇后何氏，也是一个淫妇班头。她在西州时候，因昭业入宫侍奉，耐不住孤帐独眠，便引入侍书马澄，与他私通。及迎入为后，与昭业虽仍恩爱，但昭业是见一个，爱一个，见两个，爱一双，仍使何后独宿中宫，担受那孤眠滋味。她前时既已失节，此时何必完贞。可巧昭业左右杨珉，生得面白唇红，丰姿楚楚，由何后窥入眼中，便暗令宫女导入，赐宴调情。杨珉原是个篾片朋友，既承皇后这般厚待，还有什么不依，数杯酒罢，携手入帏，为雨为云，不消细说。那时昭业上烝庶母，何后下私幸臣，尔为尔，我为我，两下里各自图欢，倒也无嫌无疑，免得争论。却是公平交易。

昭业不特渔色,并好佚游,每与左右微服出宫,驰骋市里,或至乃父崇安邸中,掷涂赌跳,作诸鄙戏,兴至时滥加赏赐,百万不吝,尝握钱

上淫下烝
醜传宫掖

与语道:"我从前欲用汝一枚,尚不可得,今日须任我使用了!"钱神有知,应答语道:快用快用,明年又轮不着用了!

先是世祖赜生平好俭,库中积钱五亿万,斋库亦积钱三亿万,金银布帛,不可胜计。昭业更得任情挥霍,视若泥沙,祖宗为守财奴,子孙往往如此。尝挈何后及宠姬,入主衣库,取出各种宝器,令相投击,砰硠砰硠的好几声,悉数破碎,昭业反狂笑不置。或令阉人竖子,随意搬取,顷刻垂尽。中书舍人綦母珍之、朱隆之,直阁将军曹道刚、周奉叔,各得宠眷。珍之内事诣媚,外恣威权,所有宫廷要职,必须先赂珍之,论定价值,然后由珍之列入荐牍。一经保奏,无不允行。珍之任事才旬月,家累巨万。往往不俟诏旨,擅取官物,及滥调役使,有司辄相语云:"宁拒至尊敕,难违舍人命!"

宦官徐龙驹得受命为后阁舍人,常居含章殿,戴黄纶帽,披黑貂裘,南面向案,代主画敕,左右侍直与御坐前无异。这是做牵头的好处。卫尉萧谌,为世祖赜族子,世祖尝引为宿卫,使参机密。征南谘议萧坦之,与谌同族,曾充东宫直阁,昭业因二人同为亲旧,亦加信任。谌或出宿,昭业常通宵不寐,直待谌还直宫中,方得安心。坦之出入后宫,每当昭业游宴,必令随侍。昭业醉后忘情,脱衣裸体,坦之扶持规谏,略见信从;但后来故态复萌,依然如故。何皇后私通杨珉,恐事发得罪,所以对着

昭业，比前尤昵，曲意承欢。昭业喜不自胜，迎后亲戚入宫，使居耀灵殿，斋阁洞开，彻夜不闭，内外淆杂，无复分别，好似那混沌世界，草昧乾坤。想是子业转世来亡齐祚。

当时恼动了一位宰辅，屡次上疏，规戒主恶。怎奈言不见听，杳无复谕，自欲入宫面奏，又常被周奉叔阻住禁门，不准放入。情急智生，由忧生愤，遂欲仿行伊、霍故事，想出那废立的计谋。这人为谁？就是尚书令西昌侯萧鸾，特笔提叙，喝起下文。鸾拥立昭业，得邀重任，政无大小，多归裁决。武陵王晔，虽亦见倚赖，但政治经验，未能及鸾，所以遇事推让。竟陵王子良已被嫌疑，只好钳口不言，免滋他祸。

鸾专握朝纲，见嗣主纵欲怙非，不肯从谏，乃引前镇西谘议参军萧衍，与谋废立。衍劝鸾待时而动，不疾不徐。鸾怅然道："我观世祖诸子，多半庸弱，惟随王子隆，世祖第八子。颇具文才，现今出镇荆州，据住上游，今宜预先召入，免滋后患。惟他或不肯应召，却也可忧。"衍答道："随王徒有美名，实是庸碌，部下并无智士，只有司马垣历生，太守卞白龙，作为爪牙，二人唯利是图，若给他显职，无有不来！随王处但费一函，便足邀他入都了。"鸾抚掌称善，即征历生为太子左卫率，白龙为游击将军。果然两人闻信，喜跃前来。再召子隆为抚军将军，子隆亦至。鸾又恐豫州刺史崔慧景，历事高、武二朝，未免反抗，因即遣萧衍为宁朔将军，往戍寿阳，慧景还道是意外得罪，白服出迎，由衍好言宣慰，偕入城中。那萧鸾既抚定荆、豫，释去外忧，便好下手宫廷，专除内患。

萧坦之、萧谌两人本系昭业心腹，因见昭业怙恶不悛，也恐祸生不测。鸾乘间运动，把两萧引诱过来，晓以祸福利害，使他俯首帖耳，乐为己用，然后使坦之入奏，请诛杨珉。昭业转告何后，何后大骇，流涕满面道："杨郎直呼杨郎曾否知羞？年少无罪，何可枉杀！"昭业出见坦之，也将何后所说，复述一遍，坦之请屏左右，密语昭业道："杨珉与皇后有情，中外共知，不可不诛！"昭业愕然道："有这般事么？快去捕诛便了。"坦之领命，忙去拿下杨珉，牵出行刑。何皇后闻报，急至昭业前跪求，哭得似泪人儿一般。昭业也觉不忍，便命左右传出赦诏。甘作元绪公。哪知坦之早已料到此着，一经推出杨珉，便即处决。至赦文传到，珉已早头颅落地了。牡丹花下死，做鬼也风流。诏使返报昭业，昭业倒也搁起，独何后记念情郎，不肯忘怀，一行一行的泪珠儿，几不知滴了多少。

第三十回　上淫下烝丑传宫掖　内应外合刃及殿庭

坦之虑为所潜，向鸾问计。鸾正欲诛徐龙驹，便嘱坦之贿通内侍，转白何后，但言杨珉得罪，统是龙驹一人唆使。坦之依计而行，何后不知真假，便深恨龙驹，请昭业速诛此人，昭业尚未肯应允，再经鸾一本弹章，令坦之递呈进去，内外夹迫，教龙驹如何逃生！刑书一下，当然毕命。

杨、徐既除，要轮到直阁将军周奉叔了，奉叔恃勇挟势，陵轹公卿，尝令二十人带着单刀，拥护出入，门卫不敢诃，大臣不敢犯。尝晓晓语人道："周郎刀，不识君！"鸾亦亲遭嫚侮，所以决计剪除。当下嘱使二萧，劝昭业调出奉叔，令为外镇。昭业耳皮最软，遂出奉叔为青州刺史。奉叔乞封千户侯，亦邀俞允。独萧鸾上书谏阻，乃止封奉叔为曲江县男，食邑三百户。奉叔大怒，持刀出阁，与鸾评理。鸾不慌不忙，从容晓谕，反把奉叔怒气，挫去了一大半，没奈何受命启行。部曲先发，自入宫面辞昭业，退整行装，跨马欲走。鸾与萧谌矫敕召奉叔入尚书省，俟奉叔趋入省门，两旁突出壮士，你一锤，我一挝，击得奉叔脑浆迸流，死于非命。鸾始入奏，托言奉叔侮蔑朝廷，应就大戮。昭业拗不过萧鸾，且闻奉叔已死，也只好批答下来，准如所请。只能欺祖考，不能欺萧鸾。

溧阳令杜文谦尝为南郡王侍读，至是语綦母珍之道："天下事已可知了！灰尽粉灭，便在旦夕，不早为计，将无噍类呢！"珍之道："计将安出？"文谦道："先帝旧人，多见摈斥，一旦号召，谁不应命？公内杀萧谌，文谦愿外诛萧令，就是不成而死，也还有名有望，若迟疑不断，恐伪敕复来，公赐死，父母为殉，便在眼前了！"珍之闻言，犹豫未决。不到旬日，果为鸾所捕，责他谋反，立即斩首。连杜文谦也一并拘住，骈首市曹。

武陵王晔忽尔病终，年只二十八。竟陵王子良时已忧闷成病，力疾吊丧，一场哀恸，益致困顿。既而形销骨立，病入膏肓，便召语左右道："我将死了！门外应有异征。"左右出门了望，见淮中鱼约万数，浮出水上，齐向城门。不禁惊讶异常，慌忙回报，子良已痰喘交作，奄然而逝了，年三十有五。

子良为当时贤王，广交名士，天下文才，萃集一门。又有刘瓛兄弟，素具清操，无心干进，子良欲延瓛为记室，瓛终不就。继除步兵校尉，又复固辞。京师文士，多往从学，世祖且为瓛立馆，拨宅营居，生徒皆贺。

瓛叹道："室美反足为灾，如此华宇，奈何作宅！幸奉诏可作讲堂，尚恐不能免害呢！"子良折节往谒，瓛与谈礼学，不及朝政。年四十余，尚未婚娶，历事祖母及母，深得欢心。母孔氏很是严明，尝呼瓛小字，指语亲戚道："阿称阿　小字便是今世曾子呢。"后奉朝命，娶王氏女。王女凿壁挂履，土落孔氏床上，孔氏不悦，瓛即出妻。年五十六病终。子良移厨至瓛宅，嘱瓛徒刘绘花缜等，代为营斋。后世为瓛立碑，追谥贞简先生。

瓛弟琎亦甚方正，与瓛同居，瓛至夜间，隔壁呼进共语，琎下床着衣，然后应瓛。瓛问为何因？琎答道："向尚未曾束带，所以迟迟。"又尝与友人孔澈同舟，澈目注岸上女子，琎即与他隔席，不复同坐。子良为他延誉，由文惠太子召入东宫，遇事必谘，琎每上书，辄焚削草稿。寻署琎为中兵兼记室参军，病殁任所。刘瓛兄弟，系叔季名士，故特笔带叙。

及子良逝世，士类同声悲悼，独昭业素有戒心，至是很觉欣慰，不过形式上表示褒崇，赗赠加厚，算作饰终尽礼罢了。看官听说！这武陵王晔，与竟陵王子良，本是高武以后著名的哲嗣，位高望重，民具尔瞻，此次迭传耗问，失去了两个柱石，顿使齐廷阒寂，所有军国重权，一古脑儿归属萧鸾。昭业虽进庐陵王子卿世祖第三子为卫将军，鄱阳王锵高帝第七子为骠骑将军，究竟两人资望尚浅，比萧鸾要逊一筹。鸾又得加官中书监，进号镇军大将军，开府仪同三司。自是权势益隆，阴谋益急，废立两字的声浪，渐渐传到昭业耳中。

昭业尝私问鄱阳王锵道："公可知鸾有异谋否？"锵素和谨，应声答道："鸾在宗戚中，年齿最长，并受先帝重托，谅无他意。世等少不更事，朝廷所赖，惟鸾一人，还请陛下推诚相待，勿启猜疑！"昭业默然不答。过了数日，又商诸中书令何胤。胤系何后从叔，后尝呼胤为三父，使直殿省。昭业与谋诛鸾，胤不敢承认，但劝昭业耐心待时。

昭业乃欲出鸾至西州，且由中敕用事，不复向鸾关白。鸾知昭业忌己，急谋诸左仆射王晏，及丹阳尹徐孝嗣，乞为臂助，两人亦情愿附鸾。会由尼媪入宫，传达异闻，昭业又召问萧坦之道："镇军与王晏萧谌，意欲废我，传闻藉藉，似非虚诬，卿果有所闻否？"偏偏问着此人，真是昭业快死。坦之变色道：变色二字，甚妙。"天下宁有此事！好好一个天子，谁乐废立？朝贵亦不应造此讹言，想是诸尼媪挑拨是非，淆惑陛下，陛下切勿轻信！况无故除此三人，何人还能自保呢？"昭业似信非信，复商诸直阁将军曹道刚。道刚为昭业心腹，即密与朱隆之等设法除鸾。尚未举行，鸾已有所闻，急告坦之。坦之转白萧谌，谌答道："始兴内史萧季敞，南阳太守萧颖基，已奉调东都，我正待他到来，共同举事，较易成功。"坦之道："曹道刚、朱隆之等，已有密谋，我不除他，他将害我，卫尉若明日不举，恐事已无及了！弟有百岁老母，怎能坐听祸败？只好另作他计呢。"谌被他一吓，不由得惶遽起来，亟向坦之问计。坦之与他附耳数语，谌连声称善。当即约定次日起事，连夜部署，准备出发。

一宵易过，转瞬天明，谌令兵士早餐，食毕入宫，正与曹道刚相遇。道刚惊问来由，才说一语，刃已入胸，倒毙地上，肠已流出。谌麾众再进，又碰着朱隆之，乱刀直上，挥作数段。直后将军徐僧亮怒气直冲，扬声号召道："我等受主厚恩，今日应该死报！"说着，即拔刀来斗，究竟寡不敌众，也被萧谌杀死。萧鸾继入云龙门，内着戎服，外被朱衣，跟跄趋进，急至三次失履。王晏、徐孝嗣、萧坦之、陈显达、王广之、沈文季等，一并随入，宫中大扰。昭业在寿昌殿，闻有急变，忙使内侍闭住殿门。门甫阖就，外面已喊声大震，萧谌引着数百人，斩关直入。昭业骇极，奔入徐姬房，与姬诀别，徐姬也抖作一团，涕泗滂沱。这便是先笑后号咷。

两人正无法可施，偏喊声又复四集，昭业遽起，拔剑出鞘，吞声饮恨道："他……他不过要我性命，我就自了罢！"说着，用剑自刺，急得徐姬抢前来救，将昭业抱住，连呼陛下动不得动不得。何不前日作此语？昭业见徐姬满面泪容，凄声欲绝，禁不住心软手颤，坠剑落地。俄而萧谌驰入，逼昭业出殿庭，昭业自用帛缠颈，随谌出延德殿。宿卫将士，皆隶谌麾下，作壁上观。昭业也竟无一言，被谌引入西斋，就昭业颈上缠帛，把他勒毙，年止二十一岁。遂舆尸出殡徐龙驹故宅，一面奉萧鸾命，收捕嬖幸，并及改姓无耻的徐姬，尽行牵出，一刀一个，了结残生。绝妙徐娘，又好与昭业作地下鸳鸯了。

鸾顾语大众道："废君立君，目下应属何人？"已有自立意。徐孝嗣应声道："看来只好立新安王！"鸾微笑道："我意也是如此，但必须作太后令，卿可急速起草。"孝嗣道："已早缮就了。"说着，即从袖中取出一纸，递呈与鸾。鸾略阅一周，便道："就是这样罢。"当下将令文宣布，大略说是：

自我皇历启基,受终于宋,睿圣继轨,三叶重光。太祖以神武创业,草昧区夏,武皇以英明提极,经纬天人,文帝以上哲之资,体元良之重,虽功未被物,而德已在民。三灵之眷方永,七百之基已固。嗣主特钟沴气,爰表弱龄,险戾著于绿车,愚固彰于崇正,狗马是好,酒色方湎,所务唯鄙事,所嫉唯善人。世祖慈爱曲深,每加容掩,冀年志稍改,立守神器。自入纂鸿业,长恶滋甚。居丧无一日之哀,缞绖为欢宴之服,昏酣长夜,万机斯壅,发号施令,莫知所从。阉竖徐龙驹专总枢密,奉叔珍之,互执权柄。自以为任得其人,表里缉穆,迈萧、曹而愈信布,倚泰山而坐平原。于是恣情肆意,罔顾天显,二帝姬嫔,并充宠御,二宫遗服,皆纳玩府,内外混漫,男女无别。丹屏之北,为酤鬻之所,青蒲之上,开桑中之肆。又微服潜行,信次忘返,端委以朝虚位,交战而守空宫。宰辅忠贤,尽诚奉主,诛锄群小,冀能悛革,曾无克己,更深怨憝。公卿股肱,以异己置戮,文武昭穆,以德誉见猜,放肆丑言,将行屠脍,社稷危殆,有过缀旒。昔太宗克光于汉世,简文代兴于晋氏,前事之不忘,后人之师也。镇军居正体道,家国是赖,伊霍之举,实寄渊谟,便可详依旧典,以礼废黜。新安王体自文皇,睿哲天秀,宜入嗣鸿业,永宁四海,即当以礼奉迎,使正大位。未亡人属此多难,投笔增慨,不尽欲言!

看官阅过前回,应知新安王就是昭文,系文惠太子第二子。当时曾任中军将军,领扬州刺史,年方十五。由萧鸾等迎入登台,授鸾为骠骑大将军,录尚书事,兼领

扬州刺史,晋封宣城郡公。颁诏大赦,改隆昌元年为延兴元年。复奉太后命令,追废故主昭业为郁林王,何皇后为王妃。总计昭业在位,仅得一年。小子有诗叹道:

　　到底欢娱只一年,两斋毙命亦堪怜;
　　早知如此遭奇祸,应悔当初恶未悛!

昭文即位,朝局粗定,除萧鸾晋爵外,还有一番封赏。欲知底细,须待下回表明。

　　宋有子业,齐有昭业,好似天生对偶,名相似而迹亦略同。且子业时代,有会稽公主谢贵嫔之淫乱,昭业时代,有霍宠姬何皇后之淫污,男女宣淫,又若后先一辙;其稍有不同者,则子业好杀,昭业尚不如也。宋湘东王彧,屡濒于危,不得已而图一逞,死中求生,情尚可原。齐西昌侯萧鸾,权倾中外,诛杨珉、徐龙驹,杀周奉叔、綦母珍之,一举即成,不烦智力。假使有伊尹之志,放昭业于崇安隧中,用正人以辅导之,亦未始不可为太甲,乃必谋废立,杀主西斋,为将来篡逆之先声,以视湘东王彧之所为,毋乃过甚!本回演述大意,始则归咎昭业,继则归罪萧鸾,盖与二十一回之文法,隐判异同,明眼人自能灼见也。

第三十一回

杀诸王宣城肆毒　篡宗祚海陵沉冤

却说新安王昭文嗣位,封赏各王公大臣,进鄱阳王锵为司徒,随王子隆为中军大将军,卫尉萧谌为中领军,司空王敬则为太尉,车骑大将军陈显达为司空,尚书左仆射王晏为尚书令,西安将军王玄邈为中护军。此外亲戚勋旧,各有迁调,不及细表。独萧鸾从子遥光遥欣,本没有什么大功,不过遥欣为始安王道生长孙,得袭封爵。此次复为鸾效力,因特授南郡太守,不令莅镇,仍留为参谋。遥光除兖州刺史,嗣又命遥欣弟遥昌,出为郢州刺史。鸾已有心篡立,所以将从子三人,布置内外,树作党援。

鄱阳王锵,随王子隆,年龄俱未及壮,但高武嗣子,半即凋零,要算锵与子隆,名位最崇,资望亦最著。萧鸾阴实忌他,外面却佯表忠诚,每与锵谈论国事,声随泪下。锵不知有诈,还道他是心口相同,本无歹意;实则朝廷内外,统已看透萧鸾诡秘,时有戒心。

制局监谢粲,私劝锵及子隆道:"萧令跋扈,人人共知,萧鸾已进录尚书事,粲尚呼为萧令,是沿袭旧称。此时不除,后将无及!二位殿下,但乘油壁车入宫,奉天子御殿,夹辅号令,粲等闭城上仗,谁敢不从?东府中人,当共缚送萧令,去大害如反掌了。"恐也未必。子隆颇欲依议,锵独摇首道:"现在上台兵力,尽集东府,鸾为东府镇守,坐拥强兵,倘或反抗,祸且不测,这恐非万全计策呢!"我亦云然,但此外岂竟无良策么?

已而马队长刘巨复屏人语锵,叩头苦劝。锵为所惑,命驾入宫。转念吉凶难卜,有母在堂,须先禀诀为是。乃复折回私第,入白生母陆太妃。陆太妃究系女流,听着这般大事,吓得魂不附体,慌忙出言谕止,累得锵迟疑莫决,只在家中绕行。盘旋了好半日,天色已晚,尚未出门。事为典签所闻,典签官名,即记室之类。竟驰往东府告鸾。鸾立遣精兵二千人,围攻锵第。锵毫无预备,只好束手就死。谢粲、刘巨,俱为所杀。

子隆方待锵入宫,日暮未闻启行,黄昏又无消息。正拟就寝,忽闻

第三十一回　杀诸王宣城肆毒　篡宗祚海陵沉冤

有人入报,鄱阳王居第已被东府兵围住了。子隆料知有变,但也没法自防,不得不听天由命。统是没用人物。过了片刻,那东府兵已蜂拥前来,排墙直入,子隆无从逃匿,坐被乱兵杀死。两家眷属,并皆遇害,财产抄没。锵年才二十六,子隆年只二十一,一叔一侄,携手入鬼门关去了。

江州刺史晋安王子懋,系子隆第七兄,闻二王罹祸,意甚不平,遂欲起兵赴难。自思生母阮氏,尚居建康,应先事往迎,免得受害,乃密遣人入都,迎母东行。偏阮氏临行时,使人报知舅子于瑶之,令自为计,传文作兄子瑶之,疑有误。瑶之反驰白萧鸾。自为计则得矣,如亲谊何!鸾即奏称子懋谋反,自假黄钺督军,内外戒严,立派中护军王玄邈,率兵往讨子懋。一面遣军将裴叔业,与于瑶之径袭寻阳。

子懋与防阁军将陆超之、董僧慧商议,以湓城为寻阳要岸,恐都军溯流掩击,即拨参军乐贲率兵三百人往守。裴叔业等乘船西上,驶至湓城,见城上有兵守着,便不动声色,但扬言奉朝廷命,往郢州行司马事。当下悬帆直上,掉头自去。城中兵见他驶过,当然放心,夜间统去熟睡。不意到了三更,竟有外兵扒城进来,一声喧噪,杀入署中。乐贲仓皇惊醒,披衣急走,才出署门,兜头碰着裴叔业,大呼速降免死!贲知不可脱,没奈何伏地乞降。叔业收纳乐贲,据住湓城。因闻子懋部曲,多雍州人,骁悍善战,不易攻取,乃更使于瑶之诣寻阳城,往赚子懋。

子懋因湓城失陷,正在着忙,召集府州将吏,登城捍御。忽见瑶之叩门,还疑是戚谊相关,前来相助,便命开城迎入。瑶之视了子懋,行过了礼,便开口说道:"殿下单靠一座孤城,如何久持!不若舍仗还朝,自明心迹,就使不能复职,也可在都下作一散官,仍得保全富贵,决无他虑!"子懋被他一说,禁不住心动起来。寻阳参军于琳之,系瑶之亲兄,此时也从旁闪出,与乃兄一唱一和,说得子懋越加移情。琳之复劝子懋重赂叔业,使他代为申请,洗刷前愆。子懋已为所迷,遂取出金帛,使琳之随兄同往。琳之见了叔业,非但不为子懋说情,反教叔业掩取子懋。叔业即遣裨将徐玄庆,率四百人随着琳之,驰入州城。

子懋正坐斋室中,静待琳之归报,蓦闻门外有蹴踏声,惊起出视,只见琳之带着外兵,各执着亮晃晃的宝刀,踊跃而来。不由得大骇道:"汝从何处招来兵士?"琳之瞋目道:"奉朝廷命,特来诛汝!"子懋乃怒叱道:"刁诈小人,甘心卖主,天良何在!"言未已,琳之已趋至面前。子懋退入斋中，被琳之抢步追入，揪住子懋，用袖障面，外边跟进徐玄庆，顺手一刀，头随刀落，年只二十三。死由自取，不得为枉。

琳之取首出斋，徇示大众，那时府中僚佐，早已逃避一空，剩得几个仆役，怎能反抗！此外有若干兵民，统是顾命要紧，乐得随风披靡，顺从了事。可巧王玄邈大军亦到，见城门洞开，领兵直入。琳之、玄庆等接着，报明情形，玄邈大喜，复分兵搜捕余党。

兵士捕到董僧慧，僧慧慨然道："晋安举兵，仆实预谋，今为主死义，尚复何恨！但主人尸骸暴露，仆正拟买棺收殓，一俟殓毕，即当来就鼎镬！"玄邈叹道："好一个义士！由汝自便。我且当牒报萧公，贷汝死罪！"僧慧也不言谢，自去殓葬子懋。子懋子昭基，年方九岁，被系狱中，用寸绢为书，贿通狱卒，使达僧慧。僧慧顾视道："这是郎君手书，我不能援救，负我主人！"遂号恸数次，呕血而亡！

还有陆超之静坐寓中，并不避匿。于琳之素与超之友善，特使人通信，劝他逃亡。超之道："人皆有死，死何足惧！我若逃亡，既负晋安王厚眷，且恐田横客笑人！"田横齐人，事见汉史。玄邈拟拘住超之，囚解入都，听候发落。偏超之有门生某，妄图重赏，佯谒超之，觑隙闪入超之背后，拔刀奋砍，头已坠下，身尚不僵。超之非罪，其徒恰似逄蒙。遂携首往报玄邈。玄邈颇恨门生无礼，但一时不便诘责，仍令他携首合尸，厚加殡殓。大殓已毕，门生助举棺木，棺忽斜坠，巧巧压在门生头上。一声脆响，颈骨已断，待至旁人把棺扛起，急救门生，已是晕倒地上，气绝身亡！莫谓义士无灵！玄邈闻报，也不禁叹息，惟受了萧鸾差遣，只好将昭基等械送入都，眼见是不能生活了。

鸾复遣平西将军王广之，往袭南兖州刺史安陆王子敬。系武帝第五子。广之命部将陈伯之为先驱，佯说是入城宣敕。子敬亲自出迎，被伯之手起刀落，砍倒马下。后面即由广之驰到，城中吏民，顿时骇散。经广之揭张告示，谓罪止子敬，无预他人，于是吏民复集，稍稍安堵。广之飞使报鸾，鸾更遥饬徐玄庆，顺道西上，往害荆州刺史临海王昭秀。

玄庆轻车简从，驰抵江陵，矫传诏命，立召昭秀同归。荆州长史何昌寓，料有他变，独出见玄庆道："仆受朝廷重寄，翼辅外藩，今殿下未有过失，君以一介使来，即促殿下同去，殊出不情！若朝廷必须殿下入朝，亦当由殿下启闻，再听后命。"玄庆见他理直气壮，倒也不好发作，

第三十一回　杀诸王宣城肆毒　篡宗祚海陵沉冤

乃告辞而去。嗣由正式诏使，征昭秀为车骑将军，别命昭秀弟昭粲继任，昭秀乃得安然还都。

萧鸾续命吴兴太守孔琇之，行郢州事，且嘱使杀害晋熙王铣。高帝第十八子。•之不肯受命，绝粒自尽。乃改遣裴叔业西行，翦除上流诸王。叔业自寻阳至湘州，湘州刺史南平王锐，拟迎纳叔业。防阁将军周伯玉朗声道："这岂出自天子意？为今日计，宜收斩叔业，举兵匡扶社稷，名正言顺，何人不依！"快人快语。锐年才十九，没甚主见，典签在旁，呵叱伯玉，竟勒令下狱。待叔业入城，矫诏杀锐，又将伯玉杀死。叔业再趋向郢州，也是依法泡制，铣年十六，更加懦弱，服毒了命。更由叔业驰往南豫州。豫州刺史宜都王铿，高帝第十六子。也不过十八岁，惊惶失措，也被叔业勒毙。

上游诸王，已经尽歼，叔业欣然东还，复告萧鸾。萧鸾遂自为太傅，领扬州牧，进爵宣城王，引用当时名士，与商大计，指日篡位。侍中谢朏不愿附逆，求出为吴兴太守，得请赴郡。用酒数斛，贻送吏部尚书谢瀹，且附书道："可力饮此，勿预人事！"统做好好先生，自然乱贼接踵。原来瀹系朏弟，朏恐他好事惹祸，故有此嘱。宣城王鸾，尚恐人情未服，不免加忧。骠骑谘议参军江祏面请道："大王两胛上生有赤痣，便是肩擎日月。何不出示众人，俾知瑞异！"鸾点首无言。适晋寿太守王洪范，入都谒鸾，鸾便袒臂相示，且故意密语道："人言此是日月相，愿卿勿泄！"洪范道："公有日月在躯，如何可隐？当为公极力宣扬！"鸾佯为失色，洪范退后，却暗暗喜欢，欣慰不置。桂阳王铄，高帝第八子。与鄱阳王锵齐名，锵好文章，铄好名理，时称鄱桂。鄱阳王遇害，铄由前将军迁任中军将军，并开府仪同三司。他本来流连诗酒，不愿与闻政事。此时勉强接任，明知鸾不怀好意，也因没法推辞，虚与周旋。一日往东府见鸾，坐谈片刻，还语侍读山惊道："我日前往见宣城王，王对我呜咽，即夕害死鄱阳、随郡二王，今日宣城见我，又复流涕，且面有愧色，恐我等也要受害哩！"自知颇明，惜不能先几远引。是夕心惊肉跳，很觉不安。果然到了夜半，有东府兵斩关突入，把铄杀毙，年只二十四。

铄以下诸弟，便是始兴王鉴，高帝第十子。曾为秘书监，领石头戍事，时已去世；又次为江夏王锋，锋有才行，并有武力，任骁骑将军。至是贻书责鸾，说他残虐宗族，忍心害理，鸾引为深恨。只因他勇武过人，不敢遣兵入第,但使他出祀太庙,就庙中埋伏甲士,俟锋登车前来,突出害锋。锋从车上跃下,挥拳四击,前至数人,皆被击倒,怎奈来兵甚众,四面攒殴,且手中尽执刀械,绕身攒刺,任你江夏王如何骁悍,毕竟赤手空拳,寡不敌众,身上受了数十创,大吼而亡,年只二十。

鸾又遣典签何令孙,往杀建安王子真。_{武帝第九子。}子真方十九岁,胆子甚小,走匿床下。令孙追入,一把抓住,吓得子真浑身发抖,伏地叩首,哀乞为奴,冀免一死。偏令孙不肯容情,拔剑一挥,呜呼毕命!

鸾杀死数王,意尚未足,更令中书舍人茹法亮,往杀巴陵王子伦。_{武帝第十三子。}子伦阅年十六,颇有英名,时正为南兰陵太守,镇治琅琊,闻得法亮到来,即从容

殿诸王宝城弄胖

不迫,整肃衣冠,出受诏命。法亮读过伪敕,并递过毒酒一杯,逼令速饮。子伦唏嘘道:"圣人有言,鸟死鸣哀,人死言善,先朝前灭刘氏,几无遗类,今子孙遭祸,也是理数循环,不足深怨。惟君是我家旧人,独奉使到此,想是事不得已,此酒何劳劝酬,我拼着一死罢了!"_{此子颇觉明白,可惜为鸾所杀。}法亮怀惭不答,但看他酒已毕饮,当即趋退。不到片时,子伦已毒发归天。法亮又入内殡殓,也为泪下。_{假惺惺何为?}

随即返报萧鸾,鸾并杀死衡阳王钧。钧系高帝十一子,过继衡阳王道度为嗣,曾任秘书监,好学有文名,生年二十二岁,也为萧鸾所害。看官!你道是冤不冤,惨不惨呢!_{出尔反尔,盍读子伦遗言。}

鸾逞情杀戮,无一敢违,正好趁势做去,把高、武两帝传下的宝座,篡夺了来。齐主昭文,本来是个殿中傀儡,一切政事,听命萧鸾,就是一

第三十一回　杀诸王宣城肆毒　篡宗祚海陵沉冤

饮一食,也必经萧鸾允给,方由御厨供俸。一日思食蒸鱼菜,饬厨官进陈,厨官答称无宣城命,竟不上供。似这无权无力的小皇帝,要他推位让国,真是容易得很。况且宗亲懿戚,已害死了一大半,朝上一班元老,又统是朝秦暮楚,没什廉耻,但得保全富贵,管什么帝祚旁移!因此延兴元年十月终旬,竟颁出一道太后敕令,废齐主昭文为海陵王,命宣城王鸾入登大位。令云:

夫明晦迭来,屯平代有,上灵所以眷命;亿兆所以归怀。自皇家淳耀,列圣继轨,诸侯官方,百神受职,而殷忧时启,多难荐臻。隆昌失德,特紊人思,非徒四海解体,乃亦九鼎将移。赖天纵英辅,大匡社稷,崩基重造,坠典再兴。嗣主幼冲,庶政多昧,且早婴尪疾,弗克负荷;所以宗正内侮,戚藩外叛,睨天视地,人各有心。虽三祖之德在民,而七庙之危行及,自非树以长君,镇以渊器,未允天人之望,宁息奸宄之谋!太傅宣城王,胤体宣皇,钟慈太祖,识冠生民,功高造物,符表凤著,讴颂有在。宜入承宝命,式宁宗祐。帝可降封海陵王,吾当归老别馆。昔宣帝中兴汉室,简文重延晋祀;庶我鸿基,于兹永固。言念国家,感庆载怀。

这令一下,昭文当然出宫,别居私第。还有昭文妃王氏,方册为皇后,不到旬月,仍降为海陵王妃。就是太后王氏,本居养宣德宫,至鸾入嗣位,也只好让出宫外,另就鄱阳王故第,略加修葺,沿袭旧号,仍称为宣德宫。那太傅领大将军扬州牧宣城王萧鸾,还且三揖三让,待至群臣三请,然后入殿登基。愈形其且。当即改元建武,颁诏大赦。自谓入承太祖,列作第三子。要篡就篡,何必强词附会!加授太尉王敬则为大司马,司空陈显达为太尉,尚书令王晏为骠骑大将军,左仆射徐孝嗣为中军大将军,中领军萧谌为领军将军,兼南徐州刺史,中护军王玄邈为南兖州刺史,平北将军王广之为江州刺史,晋寿太守王洪范为青、冀二州刺史。所有扬州刺史要缺,特委任长子宝义。宝义少有废疾,不堪外镇,乃更改命始安王遥光代任。遥光弟遥欣镇荆州,遥昌镇豫州,三人与鸾最亲,更有佐命功勋,所以特委重任,倚若长城。为后文伏笔。

度支尚书虞悰独自称病重,不肯入朝。王晏奉新主命,慰谕虞悰,令他出佐新朝,悰慨然道:"主上圣明,公卿戮力,自能安邦定国,还须老朽何用?悰实不敢闻命!"说至此,恸哭不已。惹得王晏无可再说,只得入朝复旨,朝议即欲具奏劾惊,徐孝嗣独进言道:"这也是古来遗直呢!"想亦自觉靦颜。朝臣闻孝嗣言,方才罢议。

过了数日,追尊生父始安王道生为景皇帝,生母江氏为景皇后,赠故兄凤为侍中骠骑将军,封始安王弟缅为侍中司徒,封安陆王。凤仕宋为郎官,宋季已经病

故,嗣子就是遥光兄弟。缅在齐太祖时,受爵安陆侯,世祖永明九年病殁,嗣子宝晊袭爵,出为湘州刺史。宝晊弟宝览封江陵公;宝宏封汝南公。册故妃刘氏为皇后,追谥曰敬。刘后去世,差不多有六七年,遗下四子,长宝卷,次宝玄,次宝夤,又次为宝融。尚有庶出诸子,最长的就是宝义,次宝源,次宝攸,次宝嵩,最幼为宝贞。鸾既为帝,欲立储贰,因宝义虽为长子,究是庶出,且有废疾,因特立宝卷为太子,封宝义为晋安王,宝玄为江夏王,宝源为庐陵王,宝夤为建安王,宝融为随王,宝攸为南平王,宝嵩为晋熙王,宝贞为桂阳王。

又对着废主昭文,佯加优待,命依汉东海王疆汉光武子。故事,给虎贲旄头画轮车,设钟虡宫悬,一切供养,俱从隆厚。到了十一月间,忽称海陵王有疾,屡遣御医诊视,哪知进药数剂,反把他断送性命。形式上却下了一道哀诏,命大鸿胪监护丧事,殓用衮冕,葬给辒辌琼车,仪仗用黄屋左纛,前后羽葆鼓吹,挽歌二部,予谥为恭。可怜十五岁的废主,徒博得一副葬仪,还算比高武文惠诸男,外观较美呢。小子有诗叹道:

郁林废去海陵来,半载蹉跎受劫灰。

幼主未曾闻失德,徒遭篡弑令人哀!

第三十一回　杀诸王宣城肆毒　篡宗祚海陵沉冤

齐主鸾正心满意足,如愿以偿,偏外人仗义执言,竟尔声罪致讨,兴动干戈。欲知何人讨鸾,且看下回再详。

高武文惠诸男,不可谓少,乃萧鸾图逆,恣意杀戮,未敢有违;惟鄱阳王锵,随王子隆,晋安王子懋本欲先发制鸾,顾皆为鸾所害。三王之死,皆一疑字误之;当断不断,反受其乱,古语诚不虚也。夫以诸王之内居外守,竟不能监束一鸾,毋乃所谓景升之子,皆豚犬耶!昭文嗣位,未及一年,饮食起居,皆待鸾命,捽而去之,犹反手耳。然昭文不足亡国,而亡国者实为昭业,鸾之篡位,昭业使之也。但前有郁林,后有东昏,悖入悖出,两两相称,鸾犹残戮诸王,为后嗣计,毒若蛇蝎,愚若犬彘,读此回而不叹恨者,未之有也。

第三十二回

假仁袭义兵达江淮　易后废储衅传河洛

　　却说魏主宏迁都洛阳，经营粗定，应二十九回。闻得南齐废立，萧鸾为帝，意欲乘机出兵，托词问罪。可巧边将奏报，谓齐雍州刺史曹虎，有乞降意。魏主大喜，即遣镇南将军薛真度出攻襄阳，大将军刘昶、平南将军王肃出攻义阳，徐州刺史拓跋衍出攻钟离，平南将军刘藻出攻南郑，四路并进。又特派尚书仆射卢渊，督襄阳前锋诸军，渊不愿受命，托言未习军事。魏主不许，渊叹息道："我非不愿尽力，但恐曹虎有诈，将为周鲂，奈何！"周鲂三国时人。相州刺史高闾上表，略称洛阳草创，曹虎并未遣质，必非诚心，不应轻举。魏主仍然不从，再召公卿会议，欲自往督师。镇南将军李冲，及任城王澄，同声劝阻，独司空穆亮，主张亲征。公卿等多半模棱，澄瞋目语亮道："公等平居议论，俱未尝赞成南征，何得面对大廷，即行变议！事涉欺佞，岂是纯臣所为？万一倾危，试问咎归何人？"李冲从旁插入道："任城王所言，确是效忠社稷！"魏主宏怫然道："任城以从朕为佞，不从朕为忠，朕闻小忠为大忠之贼，任城可也晓得否？"澄复道："澄质愚暗，虽似小忠，要是竭忠报国，但不知陛下所谓大忠，究有何据？"魏主宏无词可答，但气得目瞪口呆，坐了半晌，拂袖还宫。越日竟传出敕命，令季弟北海王详为尚书仆射，留掌国事，李冲为副，同守洛都，又命皇弟赵郡王干，始平王勰，分统禁军宿卫左右，自率大军南下。

　　行至悬瓠，连促曹虎会兵，虎终不至。魏主宏仍不肯罢兵，警报传达齐廷，齐遣镇南将军王广之、右卫将军萧坦之，尚书右仆射沈文季，分督司、徐、豫三州兵马，抵御魏军。魏将拓跋衍攻钟离，由齐徐州刺史萧惠休乘城拒守，且用奇兵出袭魏营，击败拓跋衍。刘昶、王肃攻义阳，由齐司州刺史萧诞抗御，诞出战不利，闭城自守，城外居民，多半降魏，统计约万余人。

　　魏主宏渡淮东行，直抵寿阳，众号三十万，铁骑满野。适春雨连宵，

第三十二回　假仁袭义兵达江淮　易后废储衅传河洛

魏主自登八公山,览胜赋诗,并命撤去麾盖,冒雨巡行,示与士卒共同甘苦。见有军士抱病,辄亲加抚慰。一面呼城中人答话,豫州刺史萧遥昌,使参军崔庆远出见魏主,且问何故兴师?魏主宏道:"卿问我何故兴师,我且问汝主何故废立?"庆远道:"废昏立明,古今通例,何劳疑问!"魏主又道:"齐武子孙,今皆何在?"庆远道:"周公大圣,尚诛管蔡,今七王同恶,不得不诛。此外二十余王,或内列清要,或外典方牧,并没有意外祸变。"魏主复道:"汝主若不忘忠义,何故不立近亲,与周公辅成王相类,为什么自行篡取呢?"庆远道:"成王有守成美德,所以周公可辅,今近亲皆不若成王,故不立。汉霍光尝舍武帝近亲,迎立宣帝,便是择贤为主的意思。"魏主笑道:"霍光何以不自立?"庆远道:"霍光异姓,故不自立,主上同宗,正与汉宣帝相似。且从前武王伐纣,不立微子,难道也是贪图天下么?"亏他善辩,好似宋张畅之答魏尚书。魏主被他驳倒,几乎理屈词穷,便强作大笑道:"朕本前来问罪,如卿所言,却似有理,朕也未便显斥了。"庆远便接口道:"见可而进,知难而退,便不愧为王师!"前驳后谀,正好口才。魏主道:"据卿意见,欲朕与汝国和亲么?"庆远道:"南北和亲,两国交欢,便是生民大幸。否则彼此交恶,生灵涂炭,这在圣衷自择,不必外臣多言!"

魏主不禁点首,便赏庆远宴饮,并赏给衣服,遣令还城。自移军转趋钟离。齐复遣左卫将军崔慧景,宁朔将军裴叔业,至钟离援萧惠休。平北将军王广之与黄门侍郎萧衍,太子右卫率萧谌等,至义阳援萧诞。诞为萧谌兄,谌为萧诞弟,此次救兄情急,从广之往救义阳,恨不得即日驰到。偏广之行至中途,距义阳城百余里,探得魏兵甚盛,未敢遽进。谌急白萧衍,请催广之进兵,衍乃转告广之。广之尚在迟疑,经衍自请先驱,愿与谌间道赴援。广之乃分兵拨给,令他二人前去。

二人领兵夜发,衔枚疾走,直达贤首山,去魏军仅隔数里,满山上插起旗帜,鼓角齐鸣。魏刘昶、王肃等,正堑栅三重,并力攻义阳城,蓦闻鼓角声从后传至,不禁惊异,回首探望,隐约见有无数旌旗,飘扬山上,几不辨齐军多少,未敢派兵往攻。转眼天明,城中亦望见援军,由长史王伯瑜带领守兵,出攻魏栅,因风纵火,烟焰熏天。萧衍等从高瞰着,急驱军下山,从外夹击,一番混战,魏军支持不住,解围遁去。萧诞复会师追击,俘获至数千人。

魏主时在钟离城下，尚未接义阳败耗，拟乘锐渡江，掩齐不备，乃自督轻骑南行。司徒冯诞病不能从，魏主与他诀别，忍泪出发。约行五十里，即接得钟离急报，报称诞已逝世，不由得涕泪俱下。又闻齐将崔慧景等来援钟离，相去不远，乃只好夤夜趋还。到了钟离城下，抚冯诞尸，哭泣不休，达旦犹闻哭声。诞与魏主宏同年，幼同砚席，并尚魏主妹乐安公主，平素虽无甚才名，但资性却是淳厚，所以魏主格外含哀，赗殓仪制，特别加厚。待诞榇发回安葬，魏主尚无归志，又遣使临江，传达檄文，历数齐主衅罪状，应该有此。自督兵围攻钟离。

钟离城守萧惠休，本来有些智勇，那崔慧景、裴叔业等，又复驰至，扎营城外，与城中相应。内守外攻，与魏兵相持旬日，魏兵不得便宜，反战死了许多士卒。魏主宏乃至邵阳，就洲上筑起三城，栅断水路，为久驻计，被裴叔业率兵攻破，计不得逞。更欲置戍淮南，招抚新附，会魏相州刺史高闾，及尚书令陆睿，先后上书，劝魏主退归洛阳，魏主乃渡淮北去。

兵未渡完，忽有齐兵飞舰前来，据住中渚，截击魏人。魏主宏亟悬赏购募，谓能击破中渚兵，当立擢为直阁将军。军弁奚康生应募奋出，缚筏积薪，引着壮士数百名，驶至中渚，因风纵火，毁齐战舰，趁着烟雾迷濛的时候，持刀直进，乱斫乱砍，逼得齐兵仓皇失措，四散逃去。魏主大喜，即命康生为直阁将军，各军依次毕济。

惟将军杨播，领着步卒三千，骑兵五百，作为殿军，尚未涉淮。偏齐兵又复大至，战舰塞川，截住杨播归路。播结阵自固，齐兵上岸围攻，由播猛力搏战，相拒至两昼夜，兀自守住。只苦军中食尽，不能枵腹从戎。魏主宏在北岸遥望，屡思越淮救播，可奈春水方涨，船只未备，急切不便徒涉，无从施救。惟有相对欷歔。幸而淮水渐退，播自阵中杀出，引得精骑三百名，至齐舰旁大呼道："我等便要渡江，有人能战，快来接仗，休得误过！"一面说，一面跃马入水，向北径渡。齐兵见他勇悍，也不敢追逼，由他游泳自去。越不怕死，越不会死。

魏主宏见播到来，很是喜慰，便引兵回洛去了。惟邵阳洲上，尚留魏兵万人，也欲北归，因被崔慧景等阻住，无法退还，不得已遣使求和，愿输良马五百匹，借一归路。慧景未许，副将张欣泰道："归寇勿遏，不如纵使北去。否则困兽犹斗，彼若拼死来争，就使我得幸胜，亦不为武，

第三十二回 假仁袭义兵达江淮 易后废储衅传河洛

不胜反隳弃前功,岂不可惜!"慧景乃纵令北还。嗣被萧坦之劾奏,二人皆不得赏,未免怏怏,后文另有交代。

惟魏兵出发,本由四路进兵。钟离、义阳两

路,已经退归。还有襄阳一路,是魏将薛真度为帅,到了南阳为齐太守房伯玉杀败,无功而还。南郑一路,军帅乃是刘藻,行至中途,适梁州刺史拓跋英,也引兵来会,便合军进击汉中。齐梁州刺史萧懿,遣部将尹绍祖、梁季群等,率兵二万,据险扼守,设立五栅,防御敌兵。拓跋英侦得消息,便嚣然道:"齐帅皆贱,不能统一,我但挑选精卒,攻他一营,彼必不肯相救;一营得破,四营不战自溃了。"说着,便自统精骑数千人,急攻一营。营中守将正是梁季群,蓦闻魏兵到来,便开栅逆战。拓跋英持槊当先,与季群大战数合。季群力怯,战不过拓跋英,正思勒马退走,不防拓跋英乘隙刺来,慌忙闪避,被英横槊一掠,跌了一个倒栽葱,即由魏兵擒去。齐兵失了主将,当然弃栅逃散。尹绍祖闻季群遭擒,吓得魂胆飞扬,把四栅一并弃去,狼狈奔回。拓跋英乘胜长驱,进逼南郑。萧懿又遣他将姜修击英,途次遇着伏兵,俱为所俘,竟至片甲不回,遂直达南郑城下,四面围住。懿登陴固守,约历数十日,城中粮食将尽,兵中恼惧异常。参军庾域,却想了一计,封题空仓数十,指示将士道:"仓中粟米皆满,足支二年,但能努力坚守,怕什么强虏呢!"大众听了此语,方得少安。懿复遣人煽诱仇池诸氏,使起兵断英运道,英乃不能久持。适魏主有敕颁到,召还刘藻,并令英还镇,英乃撤围西返,使老弱先行,自率精兵断后,且仰呼城中,与懿告别。懿恐有诈谋,不敢遽追,过了两日,方遣将倍道追去。英见有追兵,下马待战,故示从容,懿兵又不敢进逼,重复折回。英始取道斜谷,返入仇池,沿途遇着叛氐,且战且前,流矢射中英颊,英督战如故,终得将叛氐杀平,安抵仇池。叙清两路,缴足上文。

又有魏城阳王拓跋鸾,攻齐赭阳,也不能拔,齐遣右卫率垣历生赴援,鸾恐众寡不敌,下令退兵,偏部将李佐,留兵逆战,吃了一个大败仗,方匆匆走还。督军卢渊,本是勉强受命,至此归心愈急,早已弃师还洛。魏主转趋鲁城,亲祀孔子,拜孔氏二人,颜氏二人为官,且选孔氏宗子一人,封崇圣侯。奉孔子祀,重修园墓,更建碑铭,饶有尊圣明经的意思。既而还都,特立国子太学,四门小学,选了几个耆年硕彦,充做国老庶老,赐宴华林园,各给鸠杖衣裳,求遗书,正度量,制礼作乐,黼黻太平。

越年,又下诏易姓,称为元氏。魏人尝自称为黄帝子昌意后裔,昌意少子,受封北国,有大鲜卑山,遂以为号。黄帝以土德王。北俗谓土为拓,后为跋,所以叫作拓跋氏,魏主宏谓土属黄色,是万物原始,此次变礼从华,不宜仍袭北语,因特改姓为元,凡诸功臣旧族,姓或重复,悉令改更,就是内外文牍,及普通语言,均不得再仍旧俗。又仿南朝制度,一切选调,推重门族。尚书仆射李冲进言道:"陛下选用官吏,如何专取门品,不拔才能?"魏主道:"世家子弟,就使才具平常,德性要自纯笃,朕故就此录用。"冲又道:"傅说版筑,吕望钓叟,何尝出自世家?"魏主道:"非常人物,古今只有一、二人,怎得拘为成例?"中尉李彪亦插嘴道:"鲁有三卿,如何孔门四科?"魏主道:"如有高明特达,出类拔萃,朕亦自当重用,不拘一格呢。"两李方才无言,相继告退。南朝雅重门望,实是敝制,如何魏亦仿此?看官!你道魏主宏变夷从夏,好似一个有道明君,哪知他钓名沽誉,诸多粉饰,连宫闱里面,尚是偏听不明。对着六七个嗣子,亦未闻有义方教训,是不能齐家,焉能治国!名为尊崇孔圣,实与孔子遗言,简直是大不相符呢。

从前魏主终丧,曾纳太师冯熙二女,长为昭仪,次为皇后,当时因长女庶出,所以妹尊姊卑,小子于前文二十八回中,曾已略叙,但皇后颇有德操,昭仪独工姿媚,魏主宏初尚重后,后来觉得中宫坦率,总不及爱妾多情,而且玉貌花容,妹不及姊,好德不如好色,魏主宏正犯此病,迁都以后,姊妹花同入洛阳,冯昭仪尤邀宠幸。魏主除视朝听政外,日夕在

第三十二回　假仁袭义兵达江淮　易后废储衅传河洛

昭仪宫内，同餐同宿，形影不离。昭仪更献出百般殷勤，笼络魏主，直把那魏主爱情，尽移到一人身上，不但后宫无从望幸，就是中宫皇后，也几同寂寂长门。冯皇后虽非妒妇，也不免自嗟命薄，私怨鸰原。昭仪本自恃年长，不肯遵循妾礼，又况宠极专房，更视阿妹如眼中钉。每当枕席私谈，无非说皇后坏处，惹得魏主怒上加怒，竟把皇后废去，贬入冷宫。无以妾为妻，魏主曾闻古语否？后乞出居瑶光寺，情愿为尼，总算得魏主允许，遂以练行尼终身。看到后文，乃姊应自愧弗如。朝臣进谏不从，惟暂将立后问题，搁起了三五月。

冤冤相凑，又惹出废储一案，遂致夫妇不终，父子亦不终。魏主长子名恂，系故妃林氏所出。见第二十八回。太和十七年，恂年十一，立为皇太子。既而行加冠礼，魏主为他取字，叫作元道。且召令入见，诫以冠义，并面嘱道："字汝元道，所寄不轻，汝当顾名思义，勉从吾旨。"及改姓元氏，又改字宣道。适太师冯熙，病死平城，魏主遣恂吊丧，临行嘱咐道："朕位居皇极，不便轻行，欲使汝展哀舅氏，并顺便拜谒山陵及汝母墓前。在途往返，当温读经籍，勿违朕言。"冯熙之死，就此带过。恂虽允诺而去，但素性懒惰，不甚好学，体又肥壮，每苦河洛暑热，不愿南居，此时奉命北去，乐得假公济私，偷图安逸。偏是乃父性急，相离不过两三月，竟下了数道诏旨，促使南归。恂无法推诿，只好硬着头皮，还洛复命。魏主训责数语，又令在东宫勤学，不得佚居。恂阳奉阴违，且有怨词，中庶子高道悦，屡次苦谏，恂不惟不从，反引为深恨。

会魏主巡幸嵩岳，留恂居守金墉城，恂欲轻骑北去，为道悦所阻，顿时触动恂怒，拔剑一挥，杀死道悦。幸领军元俨，勒兵守门，不使恂得擅越；一面遣报魏主。魏主骇愤，亟自汴口折还，召恂责问，亲加笞杖。皇弟咸阳王禧等入内劝解，魏主反令禧代杖百下。禧虽未下重手，究竟是金枝玉叶，从未经过这般捶楚，宛转呻吟，不能起立。魏主叱令左右，把恂扶曳出外，幽锢城西别馆。恂卧床不起，竟至月余。魏主怒尚未息，至清徽堂召见群臣，议即废恂，司空兼太子太傅穆亮，仆射太子少保李冲，并免冠顿首，代为哀请。魏主勃然道："古人有言：大义灭亲，此儿今日不除，必为国家大祸。南朝永嘉乱事，可为借鉴，奈何好姑息养奸哩！"遂即下诏，废恂为庶人，移置河阳无鼻城，所供服食，仅免饥寒。

适恒州刺史穆泰，定州刺史陆睿，不乐移徙，共谋作乱。魏主闻报，急使任城王澄,掩捕二人,拘系平城狱中。魏主又亲往审鞫,诛穆泰,赐陆睿自尽。还至长安,接得中尉李彪密报,谓废太子恂,将与左右谋逆,恐是蜚言。乃使咸阳王禧,与中书侍郎邢峦,奉诏赍鸩,迫令取饮。恂饮毕即死,年才十五。用粗棺常服为殓,槁葬河阳城。另立次子恪为太子。恪母高氏,为将军高肇妹,幼时梦为日所逐,避匿床下,日化为龙,绕身数匝,大惊而寤。时已目为奇征,年十三岁入掖庭,婉艳动人,由魏主召幸数次,得孕生恪。嗣又生子名怀,恪为太子,怀亦受封广平王,至冯昭仪得宠,高氏亦为魏主所疏。昭仪无出,闻高氏幼有异梦,料将来应在恪身,乃欲养恪为子,竟将高氏毒毙。恪年尚幼,遂归冯昭仪抚养,每日必亲视栉沐,慈爱有加。魏主还嘉她抚恪有恩,不啻己出,其实她是慕效姑母,想做第二个文明太后,蓄志正不小呢!计策固佳,可惜无文明太后福命!

东阳王拓跋丕,前曾劝阻迁都,及魏主诏改衣冠,丕仍着旧服,诸多忤旨,降封为新兴公。丕子隆及弟超,又与穆泰密谋为乱,经魏主宏穷治泰党,隆超皆连坐

易后废储
鸩传汀洛

伏诛。丕本不预谋,亦被斥为民。当时北魏宗室,丕年最高,资望亦为最隆,历事六朝,垂七十年,骤然夺职,还为庶人,朝野皆为叹惜。魏在两拓跋丕,一为太武之弟,封乐平王,已经早殁,此拓跋丕为代王翳槐玄孙,非道武嫡裔,阅者幸勿混视。魏主宏还特别加恩,免丕死罪。

未几,即立冯昭仪为继后,疏斥老成,专宠艳妃,一位守文中主,损德实不少呢。小子有诗叹道:

第三十二回　假仁袭义兵达江淮　易后废储衅传河洛

无辜弃妇先伤义,有意诛儿又害慈;

尽说孝文魏主宏殁后谥法能复古,如何恩义两乖离!

魏主远贤近色,好大喜功,闻得南朝屡杀大臣,众心不服,复乘隙起兵,进攻南阳。欲知胜负如何,下回再行详叙。

本回所叙,专指魏事,齐事第连类带叙而已。当魏主之决计南伐也,名非不正,乃屈于崔庆远之数言,即致气沮,已见其用志之不专。萧鸾横逆,敢弑二君,据事驳斥,彼将何辞?乃以萧衍之战胜,冯诞之病死,即引军还洛,仅遣使临江,数罪而去,言不顾行,多辞奚益?要之一味意气用事,徒假虚名以欺人世耳。至若皇后无过,乃以宠妾之谗构,遽黜为尼,太子恂少年寡识,未始不可教之为善,乃始则废徙,继则赐死。观夫李彪之密表,及次子恪之归养昭仪,竟得夺嫡,其暗中之谗间播弄,不问可知。魏主宏甘为所蔽,以致夫妇失道,父子贼恩,家不齐则国不治,是而谓为守文令主也,谁其信之!

第三十三回

两国交兵齐师屡挫　十王骈戮萧氏相残

却说齐主鸾篡位时，第一个佐命功臣，要算中领军萧谌，鸾曾许他迁镇扬州，及事后食言，但命他兼刺南徐，别授萧遥光为扬州刺史。谌怏怏失望，尝语友人道："炊饭已熟，便给别人。"尚书令王晏，得闻谌言，却暗中冷笑道："何人再为谌作瓯箸！大家得过且过罢了。"鸾性本好猜，即位后更密遣亲幸，随处侦察。应是贼胆心虚。凡谌平时言动，多经侦役报明，遂致疑忌。可巧魏主侵齐，谌兄诞力守司州，与魏相拒，诞弟诔更从军援诞，昆季二人，为国效劳，鸾只好暂从含忍，迁延未发。谌不管死活，尚且恃功干政，遇有选用，窃援引私党，嘱使尚书录奏，因此益遭主忌，酿祸尤深。会魏兵已退，鸾召大臣入宴华林园，谌亦与坐，畅饮尽欢，至夜才撤席散去。谌亦退居尚书省。忽由御前亲吏莫智明，赍敕到来，向谌宣读道："隆昌时事，非卿原不得今日，今一门二州，兄弟三封，朝廷相报，不为不优，卿乃屡生怨望，乃云炊饭已熟，合甑与人，究是何意？今特赐卿死！"谌听毕敕语，当然惶骇，转思事已至此，无法求免，遂顾语智明道："天人相去不远，我与至尊杀高、武诸王，都由君传达往来，今令我死，君未尝出言相救，我将申诉天廷，冤冤相报，莫谓地下无灵呢！"郁林、海陵干卿甚事，何故助桀为虐？此次赐死，难道不是天道么？语至此，即服毒自杀。

智明入内报鸾，鸾更遣使至司州，诛诞及诔，复将西阳王子明，世祖第十子。南海王子罕，世祖第十一子。邵陵王子贞，世祖第十四子。亦一并牵连进去，概赐自尽。子明、子罕，年仅十七，子贞年仅十五，少不更事，有何谋虑？此次为萧谌一案，缘同连坐，显见得是冤诬致死哩。揭破鸾谋，不肯滑过。

尚书令王晏，因萧谌已死，乘势专权，又为嗣主鸾所忌。始安王萧遥光，前已劝鸾诛晏，鸾曾迟疑道："晏与我有功，且未得罪，如何就诛？"遥光道："晏尝蒙武帝宠任，手敕至三百余纸，与商国事，彼尚不肯为武帝尽忠,怎肯为陛下效力呢!"一语足死王晏。鸾不禁变色。已而亲吏陈世范,报称晏尝屏人私语,恐有异谋。鸾愈加戒备,更命世范悉心侦伺。

好容易至建武四年,世范又复告密,谓晏将俟主上南郊,纠集世祖亲旧,窃发道中。鸾闻言益惧,竟召晏入华林省,敕令诛死,并杀晏弟广州刺史诩及晏子德元、德和。

鸾两次废立,晏皆与谋,从弟思远谏晏道:"兄荷世祖厚恩,今一旦叛德助逆,后来将如何自立!若及此引决,还可保全门户,不失后名。"晏微笑道:"我方啖粥,未暇此事。"及超拜骠骑将军,顾语子弟道:"隆昌末年,阿戎思远小字尝劝保自裁,我若依他,何有今日!"思远遽应声道:"如阿戎所见,今尚为未晚哩。"晏仍然未悟,濒死前十日,思远又语晏道:"时事可虑,兄亦自觉不凡,但当局易昧,旁观乃清,请兄早自为计!"晏默然不答,思远乃出。晏且叹且笑道:"世上有劝人觅死,真是出人意外!"哪知过了旬日,便即遭诛。

晏外弟阮孝绪,亦知晏必罹祸,辄避不见面。晏赠酱甚美,孝绪未觉,食酱时亦称为异味。嗣闻由晏家送来,立即吐出,倾覆水中。至晏既受诛,孝绪亲友,恐他连坐,代为加忧,孝绪怡然道:"亲而不党,何畏何疑!"果然王晏狱起,孝绪不闻连累,就是思远亦得免罪。趋炎附势者其听之!不过萧谌死后,莫智明果遇祟暴亡。王晏为陈世范所害,世范却安然如故,幽明路隔,无从查悉原因。小子但依事演述罢了。补出莫智明死状,回应萧谌遗言。

齐主鸾授萧坦之为领军将军,徐孝嗣为尚书令,宣抚中外,粗定人心。那魏主宏谓有隙可乘,大发冀、定、瀛、相、济五州丁壮,得二十万,亲自督领,出发洛阳。留吏部尚书任城王澄居守,中尉李彪,仆射李冲为辅。授彭城王勰为中军大将军,都督行营事宜,勰面辞道:"亲疏并用,方合古道,臣叨附懿亲,不应屡邀宠授。"魏主不从,命勰调军后随,自引兵径诣襄阳。

先是镇南将军薛真度,劝魏主先取樊邓,魏主命他往攻南阳,竟被齐太守房伯玉击退。至是为报复计,先向南阳进发。众号百万,各用齿吹唇,作鹰隼声,响彻远近。

既至南阳城下,一鼓作气,攻克外郭,房伯玉入守内城,誓众抵御。

魏主遣中书舍人孙延景，传语伯玉道："我今欲荡平六合，不似前次南征，冬来春去，如或未克，终不还北。卿此城当我首冲，不容不取，远期一载，近止一月，封侯枭首，就在此举！且卿有三罪，今特一一晓示：卿先事武帝，不能效忠，反靦颜助逆，这就是第一大罪。近年薛真度来，卿乃伤我偏师，这就是第二大罪。今銮辂亲临，尚不闻面缚出降，这就是第三大罪。若再怙恶不悛，恐死在目前，我虽好生，不能轻贷！"三大罪中，只有第一条还算中肯。伯玉亦遣副将乐稚柔答语道："大驾南侵，期在必克，外臣职守卑微，得抗君威，与城存亡，死且得所！从前蒙武帝采拔，怎敢妄思？只因嗣主失德，今上光绍大宗，不特远近惬望，就是武皇遗灵，亦所深慰，所以区区尽节，不敢贰心！即如前次北师深入，寇扰边民，外臣职守所关，唯力是视；难道北朝政府，反导人不忠么？"语颇近理，可惜不能坚持！延景返白魏主，魏主自逼城外吊桥，跃马径上。不意桥下却突出壮士，戴虎头帽，身服斑衣，来击魏主，魏主人马皆惊，幸有魏将原灵度随着，拈弓搭箭，发无不中，连毙南阳壮士数人，方将魏主救脱。魏主乃留咸阳王禧攻南阳，自引军趋新野。

新野太守刘思忌凭城守御，魏主屡攻不克，四筑长围，并遣人呼守卒道："房伯玉已降，汝何为独取糜碎？"思忌亦遣人应声道："城中兵食尚多，未暇从汝小房命令；彼此各努力便了！"魏主倒也没法，但命将围攻，连日不休。

齐主鸾闻魏兵压境，曾遣直阁将军胡松，助北襄城太守成公期，保守赭阳，义阳太守黄瑶起保守舞阴。又因雍州关系重要，遣豫州刺史裴叔业往援，叔业谓北人不乐远行，专喜抄掠，若侵入虏境，虏主自然回顾，司、雍便可无虞。齐主鸾以为奇计，许他便宜行事，叔业遂引兵攻魏虹城，俘得男女四千余人。一面令别将鲁康祚、赵公政等，率兵万人，往攻太仓口。

魏豫州刺史王肃，使长史傅永，率甲士三千人，堵塞太仓，与齐军夹淮列阵。永语左右道："南人专喜斫营，夜间必来劫我寨，近日乃是下弦，夜色苍茫，我料他越淮前来，当在淮中置火，记明浅处，以便还涉。我正可将计就计，歼敌立功，就在今日了！"遂分部兵为二队，埋伏营外，又使人用瓠贮火，密渡南岸，至水深处置火，嘱待夜间火起，悉数燃着，不得有误。各士卒依言去讫，永设着空营，厉兵以待。到了夜静更

第三十三回 两国交兵齐师屡挫 十王骈戮萧氏相残

深,果有齐兵杀到。鲁康祚、赵公政,并马入营,见营中虚设灯火,不留一人,料知中计,急忙麾兵退还。蓦闻一声胡哨,伏兵从左右杀出,夹击齐军。鲁、赵两将,拼命冲突,也顾不得行列步伐,霎时间人马散乱,弄得七零八落。赵公政策马飞奔,兜头遇着一将,正是傅永,一时不及措手,被永伸手过来,活活擒去。鲁康祚见公政就擒,慌忙脱去甲胄,从斜刺里奔至水滨,跃马急渡,偏偏南岸信火,散作数处,辨不出什么浅深,那时情急乱涉,失足灭顶,竟致溺死。部下兵士,一半为魏人所杀,还有一半渡淮南奔,也因深浅难辨,溺毙无数。只有几个寿命延长的,奔报叔业。

永械住赵公政,复捞得鲁康祚尸首,奏凯而归。王肃大喜,遣使向魏主处报述永功。嗣闻叔业进薄楚王戍,仍令永率三千人赴援。永先遣心腹将弁,倍道驰告戍军,令急填塞外堑,就城外埋伏千人,俟援军驰至,鸣炮为号,两路夹攻,戍军当然遵行。既而叔业进兵戍所,正拟部分将士,下令猛攻,不防号炮一响,前有伏兵杀出,后有永兵掩至,害得叔业心慌意乱,夺路奔逃,连一切伞扇鼓幕,一并弃去,兵士甲仗,丧失无算。<small>也是鲁赵一流人物。</small>永也不蹑击,但收拾所得兵械,整军欲归。左右尚劝永急进,永喟然道:"吾弱卒不过三千人,彼精甲犹盛,并非力屈,不过堕我计中,仓猝遁去。我但俘获此数,已足使彼丧胆,还要追他做什么?"乃驰还报捷。

肃更为奏闻,魏主即拜永为安远将军,兼汝南太守,封贝邱县男。永有勇力,好学能文,魏主尝叹道:"上马击贼,下马作露布,唯傅修期一人。"<small>修期便是永字。</small>魏主呼字不呼名,正是器重傅永的意思。<small>原是能手。</small>

一面命统军李佐,急攻新野,刘思忌堵守不住,竟被攻入,且因巷战力竭,为佐所缚。献至魏主驾前,魏主笑问道:"今可降否?"思忌朗声道:"宁作南朝鬼,不为北虏臣!"<small>可为硬汉。</small>乃推出斩首。魏主遂南循沔水,沔北大震。赭阳戍将成公期,舞阳戍将黄瑶起,相继南遁。瑶起曾害死王奂,魏主欲为王肃报仇,饬兵追捕,竟得擒住。当下缚送与肃,肃见是杀父仇人,便摆起香案,破瑶起心,哭祭父灵。再将瑶起脔割烹食,聊泄旧恨。<small>王奂被杀,王肃投魏事,见前文二十九回中。</small>魏主又移攻南阳,房伯玉势孤援绝,不得已面缚出降。<small>有愧刘思忌。</small>伯玉见从弟思安,曾仕魏为中统军,屡为伯玉泣请,魏主乃特命贷死,留居营中。

齐主鸾闻新野南阳,相继陷没,复遣太子中庶子萧衍,度支尚书崔慧业,带领军将刘山阳、傅法宪等,共将士五千余人,出救襄阳。进诣彭城,忽见魏兵数万骑,蹀躞前来,气势甚盛,慧景忙敛众入城,为守御计。萧衍检阅城中,无粮无械,禁不住一把冷汗,便顾语慧景道:"我军远来,蓐食轻行,已有饥色;若见城中粮备空虚,势必溃变,如何保守得住!不若仗着锐气,冲击一阵,倘能杀退虏兵,士气尚可振作,不致为变呢。"慧景支吾道:"我看虏众多是游骑,日暮自当退去,尽可无虑。"既而天色将晚,魏兵越来越多,势且凭城。慧景竟潜开南门,带着自己部曲,向南遁去,余众当然大哗,相继皆遁。萧衍亦不能禁遏,只好令山阳、法宪二将,率兵断后,且战且行。

魏兵自北门杀入,见齐军已经尽遁,便长驱追赶。齐军闻有追兵,都想急奔,适前面有一阔沟,上架木桥,被崔慧景前队过去,急不暇择,已将桥梁踏断。那后

两国兵尺争郎屋桂

队无桥可渡,挤做一堆,惊惶的了不得。魏兵煞是厉害,用着强弓硬箭,夹道射来,傅法宪中箭落马,一呼而亡。士卒拚死逾沟,多半坠没。亏得刘山阳遇急生智,忙令军士舍去甲仗,填塞沟中,逃兵始得半沉半浮,褰裳过去。山阳亦越沟南还,趋至沔城,已值黄昏,后面鼓声大震,魏主自率大兵驰至,山阳急入城闭门。幸城中备有矢石,陆续运至城上,或射或掷,伤毙魏兵前队数十人,魏主乃退。转趋樊城,城上守御颇严,雍州刺史曹虎,正在此堵截魏军。魏主料知难下,转向悬瓠城去了。魏又

第三十三回　两国交兵齐师屡挫　十王骈戮萧氏相残

一胜,齐又一挫。独镇南将军王肃,进攻义阳。

齐豫州刺史裴叔业,自楚王成败归,搜卒补乘,得五万人,闻义阳被攻,又用了一条围魏救赵的计策,不救义阳,直攻涡阳。仍然是老法儿。魏南兖州刺史孟表,为涡阳城守,无粮可因,但食草木皮叶,飞使至悬瓠乞援。魏主使安远将军傅永,征虏将军刘藻,辅国将军高聪等,并救涡阳,统归王肃节制。高聪为前锋,刘藻继进,被裴叔业迎头痛击,杀得人仰马翻,东逃西散。傅永从后接应,也为前军所冲,不能成列,没奈何收军徐退。傅将军也没法了。叔业驱军再进,聪与藻都弃师逃窜。单剩傅永一军,抵当叔业。部下都无斗志,勉强战了几合,便即溃走。永亦只得奔还,这次算是齐军大捷,斩首万级,活捉三千余人,所得器械杂畜财物,不可胜计。

魏主闻败,命锁三将至悬瓠,聪与藻流戍平州,永亦夺官,连王肃亦坐降为平南将军。肃请再遣军救涡阳,魏主复谕道:"卿何不自救涡阳,乃徒向朕絮聒,更乞派兵?朕处若分兵太少,不足制敌,太多转不足扈跸,卿当为朕熟筹!义阳可取乃取,不可取即舍,若失去涡阳,卿不得为无罪哩!"肃得了此谕,乃撤义阳围,转救涡阳,步骑共十余万,叔业见魏兵势盛,不敢抵敌,黉夜退兵。翌晨被魏兵追及,杀伤甚众,匆匆的走保义阳。王肃亦收军而回。齐兵又败。

齐主鸾连得败耗,颇怀忧惧,渐渐的积忧成疾,不能视朝。宗室诸王,都入内问安。鸾叹道:"我及司徒诸儿,多未长成,司徒指安陆王缅,见三十一回。独高、武子孙,日见壮盛,将来终恐为我患呢!"既而太尉陈显达进谒,鸾述及己意,显达道:"这等小王,何足介意!"鸾闭目不答。及显达退出,遥光入见,鸾复与议及,正中遥光下怀,便竭力撺掇,劝鸾尽歼高、武子孙。原来遥光素有躄疾,每乘肩舆入殿,辄与鸾屏人密谈,鸾即向左右索取香火,供爇案上,自己呜咽流涕。到了次日,必杀戮同宗,遥光非常快意。他的存心,并非为萧鸾子孙计,实欲借鸾逞凶,灭尽高、武后裔。等到鸾死,却好把鸾子鸾孙,再加翦灭,将来的齐室江山,容易占住,也得安然为帝。鸾未曾察觉,还道是遥光爱己,惟言是从,遥光遂乘鸾有疾,矫制收捕高、武子孙,共得十王,一律杀死。欲知十王为谁,由小子表明如下:

　　河东王铉。高帝第十九子,时年十九。临贺王子岳。武帝第十六子,时年十四。西阳王子文。武帝第十七子,年亦十四。衡阳王子峻。武帝第十八子,年亦十四。南康王子琳。武帝第十九子,年亦十四。永阳王子岷。武帝第二十子,出继衡阳王道度为孙,时年亦十四。湘东王子建。武帝第二十一子,时年十三。南郡王子夏。武帝第二十三子,年仅七岁。巴陵王昭秀。由临海王改封,系文惠太子第三子,时年十六。桂阳王昭粲。文惠太子第四子,年才八岁。

自这十王被杀后,高、武子孙,得封王爵诸人,无一留遗,煞是可叹!从前齐世祖武帝在日,尝梦见一金翅鸟,突下殿廷,搏食小龙无数,始飞上天空。文惠太子长懋,亦尝语竟陵王子良道:"我每见鸾,辄怀恶心,若非彼福德太薄,必与我子孙不利!"至是皆验。遥光既杀死诸王,乃使公卿诬构十王罪状,请正典刑。鸾尚有诏不许,俟再奏后,方才允议,且进遥光为大将军,并改建武五年为永泰元年。

大司马王敬则,出任会稽太守,因见萧谌、王晏,依次受诛,未免动了兔死狐悲的观感。至此复闻高、武子孙,悉数尽歼,又加了一层疑惧。自思为高、武旧将,终且被嫌,日夜筹划,尚苦无自全计策。齐主鸾却也相疑,不过因他年已七十,并居内地,所以稍稍放心,未曾诛夷。敬则长子仲雄,留待殿廷,雅善弹琴,宫中留有蔡邕汉人。焦尾琴一具,由鸾给仲雄鼓弹,仲雄操懊侬曲,曲中有歌词云:"常叹负情侬,郎今果行许。"又有语云:"君行不净心,哪得恶人题!"鸾闻琴声,愈加猜愧。及寝疾日笃,特命张瑰为平东将军兼吴郡太守,防备敬则。敬则大惊道:"东无寇患,用什么平东将军?大约是欲平我呢。我岂甘心受鸩么?"

徐州行事谢朓,系敬则女婿,敬则第五子幼隆,曾为太子洗马,与朓密书往来,约同举事。朓竟执住来使徐岳,奏报朝廷,于是鸾决计加讨,指日遣兵。消息传到会稽,敬则从子公林,曾为五官掾,劝敬则急速上表,请诛幼隆,自乘单舸还都谢罪。敬则不应,竟举兵造反,扬言奉南康侯子恪为主,将入都废鸾。子恪系豫章王嶷次子。为这一番传闻,遂令大将军始安王遥光,驰入白鸾,请将高、武余裔,无论长幼,悉召入宫,一体就诛。鸾已病剧,模糊答应,遥光遂召集高、武诸孙,置诸西省,所有襁褓婴儿,亦令与乳母并入,令太医速煮椒二斛,都水监办棺材数十具,俟至三更天气,好将高、武诸孙,尽行毒毙。小子有诗叹道:

忍心竟欲灭同宗,狼子咆哮亦太凶;

第三十三回　两国交兵齐师屡挫　十王骈戮萧氏相残　·263·

待到东城匍伏日,问他曾否得乘龙! 事见下文。

毕竟高、武诸孙,是否同尽? 容至下回说明。

魏主宏二次出师,再攻襄邓,实是忿兵,忿兵必败。其所以幸胜者,由齐君臣之互相猜忌,所遣将吏,未肯为主尽力耳。萧谌诛矣,王晏死矣,两人有佐命大功,结果如此,彼如裴叔业、崔慧景、萧衍诸人,能不寒心! 心一寒而气即馁,欲其杀敌致果,谈何容易! 然魏兵且有涡阳之败,以屡胜之傅永,亦致狼狈奔还,忿兵必败之言,非其明证欤? 齐主鸾不能外攘,专事内残,遥光得乘间而入,屠戮十王。前用鸾者为萧道成,后用遥光者为萧鸾,卒之皆授人以柄,自取覆亡。遥光后虽诛死,而东昏已成孤立,齐祚之不永也有以夫!

第三十四回

齐嗣主临丧笑秃鹙　魏淫后流涕陈巫蛊

　　却说南康侯子恪,本不与敬则通谋。他曾为吴郡太守,因朝廷改任张瑰,卸职还都。蓦闻都下有此谣传,不禁大骇。起初是避匿郊外,嗣得宫中消息,谓将尽杀高、武诸孙,乃拼死还阙,徒跣自陈。到了建阳门,时已二更三点了,中书舍人沈徽孚,与内廷直阁单景俊,正密谈遥光残忍,无法救解。适萧鸾睡熟,拟将三更时刻,暂从缓报。可巧子恪叩门,递入诉状,景俊大喜,忙至寝殿中白鸾。鸾亦醒寤,令景俊照读状词,待至读毕,不禁抚床长叹道:"遥光几误人事!"乃命景俊传谕,不准妄杀一人,并赐高、武子孙供馔,诘旦悉遣还第,授予恪为太子中庶子。

　　嗣闻敬则出发浙江,张瑰遁去,叛众多至十万人,已达武进陵口,高、武诸陵,俱在武进。乃亟诏前军司马左兴盛,后军将军崔恭祖,辅国将军刘山阳,龙骧将军胡松等,共赴曲阿,筑垒长冈。又命右仆射沈文季都督各军,出屯湖头,备京口路。敬则驱众直进,猛扑兴盛、山阳二垒。兴盛、山阳,竭力抵御,尚不能敌,意欲弃垒退师,又苦四面被围,无隙可钻,不得已督兵死战。胡松引着骑兵,来救二垒,从敬则后面杀入。敬则部众虽多,大都乌合,顿时骇散。兴盛、山阳趁势杀出,与胡松并力合攻,敬则大败。崔恭祖又倾寨前来,正值敬则返奔,便挺枪乱刺,适中敬则马首,敬则忙跃落马下,大呼左右易马,怎奈左右俱已溃乱,仓猝不及改乘,那崔恭祖的枪尖,又刺入敬则左胁。敬则忍痛不住,竟致仆地,兴盛部将袁文旷,刚刚杀到,顺手一刀,结果性命。余众或死或逃,一个不留。当下传首建康,报称叛党扫平。

　　时齐主鸾已经病笃,太子宝卷,急装欲走,都下人士,惶急异常。至捷报传到,方得安定。所有敬则诸子,悉数捕诛,家产籍没,宅舍为墟。敬则母尝为女巫,生敬则时,胞衣色紫,母语人道:"此儿有鼓角相。"及年龄稍长,两腋下生乳,各长数寸,又梦骑五色狮子,侈然自负。善骑射,习拳术,萧氏得国,实出彼力,因此官居极品,父子显荣。只是天道昭彰,善恶有报,似敬则的逼死苍梧,助成篡逆,若令他富贵终身,子孙长守,岂不是惠迪反凶,从逆反吉吗?至理名言。

左兴盛、崔恭祖、刘山阳、胡松四人,平敬则有功,并得封男。谢朓先期告变,亦得擢迁吏部郎,朓三让不许。惟朓妻王氏,常怀刃衣中,欲刺朓谢父,朓不敢相见。同僚沈昭略尝嘲朓道:"君为主灭亲,应该超擢,但恨今日刑于寡妻!"朓无言可答,惟赧颜相对罢了。为当日计,却亦难乎为朓!

是年七月,齐主鸾病殁正福殿,年四十七。遗诏命徐孝嗣为尚书令,沈文季、江祏为仆射,江祀为侍中,刘暄为卫尉;军事委陈太尉显达,内外庶务,委徐孝嗣、萧遥光、萧坦之、江祏;遇有要议,使江祀、刘暄协商;至若腹心重任,委刘悛、萧惠休、崔惠景三人。此外无甚要言,但面嘱太子宝卷道:"作事不可落人后,汝宜谨记勿忘!"看官听着!为了这句遗嘱,遂令宝卷委任群小,任情诛戮,搅乱得了不得,终弄得身亡国灭呢。是谓天道。

宝卷即位,谥鸾为明皇帝,庙号高宗。鸾在位只五年,改元二次,残刻寡恩,事多过虑,平时深居简出,连郊天大典,都屡次延约,始终不行。又尝迷信巫觋,每出必先占利害,东出云西,西出云北,及疾已大渐,尚不许左右传闻。无非推己及人,防他变乱,但如此为帝,有何趣味!且因巫觋进言,谓后湖水经过宫内,不利主上,乃欲堵塞后湖,作为厌胜。其实宫中取饮,全仗此湖,鸾为疗疾起见,至欲因噎废食,亏得早死数日,事乃得寝。史家称他起居俭约,宫禁肃清,罢新林苑,废钟山楼馆,斥卖东田园圃,舆辇舟乘,剔去金银,后宫服饰,概尚朴素,御食时有裹蒸一大枚,尝令剖作四块,食半留半,充作晚餐,从前高、武俭德,亦不过如是。哪知圣帝明王,德量宽广,不在区区小节;若徒从俭省一事,传作美谈,岂非是不虞之誉,未足凭信么?评论精严。

这且不必絮谈,且说太子宝卷,素性好弄,不喜书学,乃父亦未尝斥责,但命尽家人礼。宝卷求每日入朝,有诏不许,但使三日一朝。夜间无事,辄捕鼠达旦,恣情笑乐。至入承大统,不愿谘询国事,但与宦官宫妾等,终日嬉戏,彻夜流连。梓宫殡太极殿中,才经数日,即欲速葬。徐孝嗣入内固争,始延宕了一月,出葬兴安陵。宝卷临丧不哀,每哭辄托云喉痛。大中大夫羊阐入临,号恸俯仰,脱帻坠地,露首无发,好似秃头一般。宝卷瞧着,忍不住狂笑起来,且笑且语道:"秃鹙啼来了!"左右闻言,亦笑不可抑,统做了掩口葫芦。到了奉灵安葬,宝卷越无哀思,从此欢天喜地,纵乐不休。左右嬖幸,捉刀随侍,俱得希旨下敕,时人遂有刀敕的称呼。扬州刺史始安王萧遥光,尚书令徐孝嗣,右仆射江祏,右将军萧坦之,侍中江祀,卫尉刘暄,更番入直,分日帖敕,朝三暮四,无所适从。眼见是纪纲日紊,为祸不远了。暂作一结。

魏主宏闻齐主病殂,却下了一道诏敕,证经引礼,不伐邻丧,说得有条有脊,居然似仁至义尽,效法前贤。哪知他却有三种隐情,不得不归,乐得卖个好名,引兵

奔朝主临丧
笑秃鹙

北去。极写魏主心术。看官听我叙来,便可知晓。魏主南下,留任城王澄,及李彪、李冲居守。见上回。彪家世孤微,赖冲汲引,超拜太尉,此次共掌留务,偏与冲两不相容,事多专恣。冲气愤填胸,历举彪过,请置重辟。魏主但令除名。冲余恨未平,竟病肝裂,旬日毕命。好去重会文明太后了。洛阳留守,三人中少了二人,魏主不免担忧,遂动归志。这是第一层。还有高车国在魏北方,服魏多年,此次魏主南侵,调发高车兵从行,高车兵不愿远役,推奉袁纥树者为主,抗拒魏命。魏主遣将军宇文福往讨,大败奔还。更命将军江阳王元继,再出北征,继主张招抚,一时不能平乱。魏主未免心焦,拟自往北伐,所以不能不归。这是第二层。最可恨的是宫闱失德,贻丑中菁,累得魏主躁忿异常,不得不驰还洛都,详讯一切。魏主好名,偏遇艳妻出丑,哪得不恨!

原来冯昭仪谖谋得逞,正位中宫,本来是鱼水谐欢,无夕不共,偏偏

第三十四回 齐嗣主临丧笑秃鹙 魏淫后流涕陈巫蛊

魏主连岁南下,害得这位冯皇后,凄凉寂寞,闷守孤帏。适有中官高菩萨,名为阉宦,实是顶替进来,仍与常人无二,而且容貌頫皙,资性聪明,每日入侍宫帏,善解人意。冯皇后很加爱宠。他竟巧为挑逗,引起冯后欲火,把他侍寝,权充一对假鸳鸯。谁知他阳道依然,发硎一试,久战不疲,冯后是久旱逢甘,得此奇缘,喜出望外。真是一个救苦救难的大菩萨。嗣是朝欢暮乐,我我卿卿,又得阉竖双蒙等,作为心腹,内外瞒蔽,真个是洞天花月,暗地春宵。但天下事若要不知,除非莫为,冯皇后虽买通侍役,代为掩饰,终不免漏泄出去,使人闻知。会魏主女彭城公主,曾为刘昶子妇,年少嫠居,冯后欲令她改嫁,即为亲弟北平公冯夙求婚,请命魏主,魏主却也允许。偏是公主不愿,将近婚期,竟潜挈婢仆十数人,乘轻车,冒霖雨,直达悬瓠,进谒魏主,跪陈本意,且言后与高菩萨私乱情形。魏主将信将疑,又惊又愕,只好暂守秘密,还鞠实情。这是第三层。途次忧愤交并,竟致成疾。

彭城王勰筑坛汝滨,祷告天地祖宗,自乞身代,果然神祖有灵,勰仍无恙,魏主却渐渐告痊。行至邺城,接得江阳王继来表,招抚高车,已有成效,树者虽亡入柔然,但也有出降意,尽可无忧。魏主稍稍放心,休养旬月,就在邺城过冬。越年为魏主太和二十三年,就是齐主宝卷永元元年,年序不便常混,故本编屡次点清。正月初旬,魏主即自邺还洛,一入宫廷,便拿下高菩萨、双蒙,当面审问。二人初尚狡赖,一经刑讯,才觉熬受不住,据实招供,并说出冯后厌禳情事。

先是彭城公主南赴悬瓠,冯后恐公主讦发阴私,渐生忧虑,召母常氏入宫,求托女巫禳厌,使魏主速死,自得援文明太后故例,另立少主,临朝称制。又尝取三牲入宫,托词祈福,阴实为厌禳计。常氏或自诣宫中,或遣婢入宫,与相报答。偏迅雷不及掩耳,那高菩萨、双蒙等,已被魏主讯得确供,水落石出。冯皇后原是惊惶,魏主亦气得发昏,旧疾复作,入卧含温室中。

到了夜间,令菩萨等械系室外,召后问状,后不敢不来,入室有遽色。魏主令宫女搜检后身,得一小匕首,长三寸许,便喝令斩后。后慌忙跪伏,叩头无数,涕泣谢罪。魏主乃命她起来,赐坐东楹,隔御寝约二丈余,先令菩萨等陈状,菩萨等不敢翻供,仍照前言陈明。魏主瞋目视后道:"汝听见否?汝有妖术,可一一道来。"后欲言不言,经魏主一再催迫，方乞屏去左右，自愿密陈。魏主使中官侍女，一概出室，唯留长秋卿白整在侧，且起取佩刀，指示后面，令她速言。后尚不肯语，但含着一双泪眼，注视白整。魏主会意，用棉塞整两耳，再呼整名，整已无所闻，寂然不应，乃叱后从实供来。后无可抵赖，只得呜呜咽咽，略述大概。亏她老脸自陈。

魏主大愤，直唾后面。且召彭城王勰，北海王祥入室，嘱令旁坐。二人请过了安，见后亦在座，未免局促不安。魏主指语道："前是汝嫂，今是他人，汝等尽管

坐下。"二人方才谢坐。魏主又语道："这老妪欲挟刃刺我，可恶已极，汝等可穷问本末，不必畏难！"二人见魏主盛怒，只好略略劝解，魏主道："汝等谓冯家女不应再废么？彼既如此不法，且令寂处中宫，总有就死的一日，汝等勿谓我尚有余情呢！"二王趋退，魏主即命中官等送后入宫，后再拜而出。

过了数日，魏主有事问后，令中官转询，后又摆起架子，向中官叱骂道："我是天子妇，应该面对，怎得令汝传述呢？"中官转白魏主，魏主大怒，即召后母常氏入宫，详述后罪，并责常氏教女不严，纵使淫妒。常氏未免心虚，恐为厌禳事连坐致刑，不得已挞后百下，佯示无私。魏主尚顾念文明太后旧恩，不忍将后废死，但敕诛高菩萨、双蒙二人，并嘱内侍等不得纵后，略加管束，就是废后敕书，亦迟久不下。所有六宫嫔妾，仍令照常敬奉，唯太子恪不得朝谒，示与后绝，这真算是特别加恩了。未免有情。

第三十四回　齐嗣主临丧笑秃鹙　魏淫后流涕陈巫蛊

会闻齐太尉陈显达，督领将军崔慧景，规复雍州诸郡，魏将军元英迎战，屡为所败，被齐军夺去马圈、南乡两城，魏主病已少痊，力疾赴敌，并命广阳王拓跋嘉，从间道绕出均口，邀截齐军归路。齐军前后受敌，杀得大败亏输，显达南走，慧景亦还。魏主虽然欣慰，但跋涉奔波，终不免有一番劳顿，病骨支离，禁受不起，又复病上加病，奄卧行辕。彭城王勰，旁侍医药，昼夜不离，饮食必先尝后进，甚至蓬首垢面，衣不解带。好兄弟，好君臣。魏主命勰都督中外诸军事，勰面辞道："臣侍疾无暇，怎可治军？愿另派一王，使总军务。"魏主道："我正恐不起，所以命汝主持，安六军，保社稷，除汝外尚有何人？幸勿再辞！"勰乃勉强受命。

既而魏主疾亟，乘卧舆北归，行次谷塘原，病势益甚，顾语彭城王勰道："我已不济事了，天下未平，嗣子幼弱，倚托亲贤，所望惟汝！"勰泣答道："布衣下士，尚为知己尽力，况臣托灵先皇，理应效命股肱，竭力将事。但臣出入喉膂，久参机要，若进任首辅，益足震主，圣如周旦，尚且遁逃，贤如成王，尚且疑惑，臣非矫情乞免，实恐将来取罪，上累陛下圣明，下令愚臣辱戮呢！"勰非不知远虑！后来仍难免祸，功高震主之嫌，非上智其能免乎！魏主沉吟半响，方徐答道："汝言亦颇有理，可取过纸笔来。"勰依言取奉纸笔，由魏主强起倚案，握笔疾书，但见上面写着：

汝第六叔父勰，清规懋赏，与白云俱洁，厌荣舍绂，以松竹为心。吾少与绸缪，提携道趣，每请朝缨，恬真邱壑。吾以长兄之重，未忍离远，何容仍屈素业，长婴世网？吾百年之后，其听勰辞蝉舍冕，遂其冲挹之性也！

书至此，手已连颤，不能再写，乃掷笔语勰道："汝可将此谕付与太子，惬汝素怀。"勰见魏主困惫，扶令安卧。魏主喘吁多时，又命勰草诏，进授侍中北海王详为司空，平南将军王肃为尚书令，镇南大将军广阳王嘉，为尚书左仆射，尚书宋弁为吏部尚书，令与太尉咸阳王禧，尚书右仆射任城王澄，并受遗命，协同辅政，随即口述己意，命勰另书道：

谕尔太尉、司空、尚书令、左右仆射、吏部尚书：惟我太祖丕丕之业，与四象齐茂，累圣重明，属鸣历于寡昧，兢兢业业，思纂乃圣之遗踪，迁都嵩极，定鼎河瀍，庶南荡瓯吴，复礼万国，以仰光七庙，俯济苍生，天未假年，不永乃志。公卿其善毗继子，隆我魏室，不亦善欤！可不勉之！

勰俱书就，呈与魏主阅过，魏主始点首无言。是时惟任城王澄，广阳王嘉从军，嘉为太武帝焘孙，澄为景穆太子晃孙，年序最长，齿爵并崇，当由魏主召入，略述数语。二王奉命退出，勰仍留侍。越二日，魏主弥留，复语彭城王勰道："后宫久乖阴德，自寻死路，我死后可赐她自尽，葬用后礼，庶足掩冯门大过，卿可为我书敕罢！"勰复依言书敕，书毕呈阅，魏主已不省人事，顷刻告终。年三十有三。

魏主宏雅好读书，手不释卷，所有经史百家，无不赅览，善谈庄老，尤精释义，才藻富赡，好为文章诗赋铭颂，自太和十年以后诏册，俱亲加口授，不劳属草，平居爱奇好士，礼贤任能，尝谓人君能推诚接物，胡越亦可相亲，如同兄弟。又尝诫史官道："直书时事，无讳国恶，人主威福自擅，若史复不书，尚复何惧！"至若郊庙祭祀，未有不亲，宫室必待敝始修，衣冠迭经浣濯，犹然被服。在位二十三年，称为一时令主。惟宠幸冯昭仪，以致废后易储，有乖伦纪，渐且酿成宫闱丑事，饮恨而终，这可见色为祸源，常人且不宜好色，况系一国的主子呢。大声疾呼。

彭城王勰，与任城王澄等计议，因齐兵尚未去远，且恐麾下有变，只得秘不发丧，仍用安车载着魏主，趱程前进。沿途视疾问安，仍如常时，一面飞使赍敕，征太子恪至鲁阳，及两下会昭，才将魏主棺殓，发丧成服，奉恪即位。咸阳王禧，是魏主宏长弟，自洛阳奔丧，疑勰为变，至鲁阳城外，先探消息，良久乃入。与勰相语道："汝非但辛勤，亦危险至极！"勰答道："兄识高年长，故防危险，弟握蛇骑虎，不觉艰难。"禧微笑道："想汝恨我后至哩。"此外东宫官属，亦多疑勰有异志，密加戒备。勰推诚尽礼，无纤芥嫌。俟恪即位，即跪奉遗敕数纸。恪起座接受，一一遵行。当下令北海王详，及长秋卿白整等，赍奉遗敕，并持药入宫，赐冯后死。冯后尚不肯引决，骇走悲号，整指挥内侍，把后牵住，强令灌下。小子有诗叹道：

尤物从来是祸苗，一经专宠便成骄；
别宫赐死犹嫌晚，秽史留贻恫北朝！

欲知冯后曾否服毒，且俟下回再表。

萧鸾一生凶诈，而独有狂愚之嗣子，拓跋宏一生英敏，而独有淫恶之艳妻。先贤有言，身不行道，不行于妻子，鸾之不德，宜有是儿。魏主好文稽古，兼长武事，

第三十四回 齐嗣主临丧笑秃鹫 魏淫后流涕陈巫蛊

顾乃不能制一妇人,菩萨为祟,厌禳继兴,巫蛊不足,甚且挟刃图逞天下。好妒之妇人,未有不淫,好淫之妇人,未有不悍。魏主宏为色所迷,已乖伦纪,身为元绪公,险作刀头鬼,犹沾沾于文明太后之私恩,不声罪以诛之。夫文明太后,有杀父之大仇,尚不知报,何怪淫后之胆大妄为,效尤益甚!其得安殂谷塘原,保全首领以殁,亦幸矣哉!然后知凶诈者固不足诒谋,英敏者亦非真能制治也。

第三十五回

泄密谋二江授首　遭主忌六贵殒诛

却说魏冯后见了毒药，尚不肯饮，且走且呼道："官家哪有此事，无非由诸王恨我，乃欲杀我呢！"嗣经内侍把她扯住，无法脱身，没奈何饮毒自尽。白整等驰报嗣主，咸阳王禧等欢颜相语道："若无遗诏，我兄弟亦当设法除去，怎得令失行妇人，宰制天下，擅杀我辈呢！"魏主恪遵照遗言，尚用后礼丧葬，谥为幽皇后。仍命彭城王勰为司徒，摄行冢宰，委任国事，一面奉梓宫还洛阳。守制月余，乃出葬长陵，追谥皇考为孝文皇帝，庙号高祖，并尊皇妣高氏为文昭皇后，配飨高庙。高氏见三十二回。封后兄肇为平原公，显为澄城公。从前冯氏盛时，冯熙为文明太后兄，尚公主，官太师，生有三女，二女相继为后，还有一女亦纳入掖庭，得封昭仪。子诞为司徒，修为侍中，聿为黄门郎。侍中崔光尝语聿道："君家富贵太盛，终必衰败。"聿变色道："君何为无故诅我？"光答道："物盛必衰，天地常理，我非敢诅咒君家，实欲君家预先戒慎，方保无虞。"聿转白父熙，熙不能从。过了年余，修获罪黜，熙与诞先后谢世，幽后废死，聿亦摈弃，冯氏遽衰。述此以讽豪门。高氏遂得继起，一门二公，富贵赫奕，几与冯氏显盛时，相去不远了。这且待后再表。

且说齐主萧宝卷，嗣位以前，曾简萧懿为益州刺史，萧衍为雍州刺史。衍闻宝卷入嗣，萧遥光等六人辅政，遂语从舅参军张弘策道："一国三公，尚且不可，今六贵同朝，势必相图。乱将作了。避祸图福，无如此州，所虑诸弟在都，未免遭祸，只好与益州共图良策呢！"弘策亦以为然。懿为衍兄，衍所说益州二字，便是指懿。嗣是密修武备，多伐竹木，招聚骁勇，数约万计。中兵参军吕僧珍，阴承衍旨，亦私具橹数千张。

已而懿罢刺益州，改行郢州事，衍即使弘策说懿道："今六贵比肩，人自画敕，争权夺势，必致相残。嗣主素无令誉，狎比群小，慓轻忍虚，怎肯委政诸公，虚坐主诺！嫌疑久积，必且大行诛戮。始安欲为赵王伦，晋八王之一。形迹已露，但性褊量狭，徒作祸阶，萧坦之忌克陵人，

第三十五回　泄密谋二江授首　遭主忌六贵洊诛

徐孝嗣听人穿鼻，江祏无断，刘暄阘弱，一朝祸发，中外土崩。吾兄弟幸守外藩，宜为身计。及今猜嫌未启，当悉召诸弟西来，过了此时，恐即拔足无路了。况郢州控带荆湘，雍州士马精强，世治乃竭忠本朝，世乱可自行匡济，因时制宜，方保万全；若不早图，后悔将无及呢！"懿默然不应，惟摇首示意。弘策又自劝懿道："如君兄弟，英武无敌，今据郢、雍二州，为百姓请命，废昏立明，易如反掌，愿勿为竖子所欺，贻笑身后！雍州揣摩已熟，所以特来陈请，君奈何不亟为身计！"懿勃然道："我只知忠君，不知有他！"语非不是，但未免迂愚。弘策返报，衍很为叹息。自遣属吏入都，迎骠骑外兵参军萧伟及西中郎外兵萧憺，并至襄阳，静待朝廷消息。

果然永元改元，甫阅半年，即有二江被诛事。江祏、江祀是同胞兄弟，系景皇后从子，与齐主鸾为中表亲。景皇后系鸾生母，见三十一回。鸾篡帝祚，祏与祀并皆佐命。所以格外信任，顾命时亦特别注意。卫尉刘暄，乃是敬皇后弟，敬皇后系鸾嬖妃，亦见三十一回。与二江同受遗敕，夹辅嗣君。当时宝卷不道，屡欲妄行，徐孝嗣不敢谏阻，萧坦之依违两可，独祏常有谏诤，坚持到底，致为宝卷所恨。宝卷平日，最宠任茹法珍、梅虫儿二人，祏又屡加裁抑，法珍等亦视若仇雠。徐孝嗣常语祏道："主上稍有异同，可依则依，不宜一律反对。"祏答道："但教事事见委，定可无忧。"专欲难成。

宝卷失德益甚，祏欲废去宝卷，改立江夏王宝玄，独刘暄与他异议，拟推戴建安王宝夤。宝玄宝夤并系鸾子，见三十一回。原来暄前为郢州行事，佐助宝玄，有人献马，宝玄意欲取观，暄答道："马是常物，看他什么？"宝玄妃徐氏，命厨下燔炙豚肉，暄又不许，且语厨人道："朝已煮鹅，奈何再欲燔豚？"为此二事，宝玄尝恚恨道："舅太无谓阳情。"暄闻言亦滋不悦。至是入秉政权，当然不愿立宝玄。祏因暄异议，乃转商诸萧遥光。看官阅过上文，应知遥光本意，早图自取。此时正想下手，怎肯赞同暄意，推立宝玄！惟又不便与祏明言，只好旁敲侧击，托言为社稷计，应立长君。祏知他言中寓意，出白弟祀，祀亦谓少主难保，不如竟立遥光，累得祏惶惑不定，大费踌躇。如此大事，怎得胸无主宰！

萧坦之正丁母忧，起复为领军将军，祏乘便与商，谓将拥立遥光。坦之怫然道："明帝起自旁支，入正帝位，天下至今不服，若复为此举，恐四方瓦解，我却不敢与闻呢！"祐乃趋退。坦之恐为祐所累，仍还宅守丧。

吏部郎谢朓，素有才望，祐与祀引为臂助。召朓入语道："嗣主不德，我等拟改立江夏王，但江夏年少，倘再不堪负荷，难道再废立不成！始安王年长资深，乘时推立，当不致大乖物望。我等为国家计，因有此意，并非欲要求富贵呢！"朓未以为然，不过支吾对答。说了数语，便即辞归。可巧丹阳丞刘沨，奉遥光密遣，致意与朓，嘱使为助。朓又随口敷衍，似允非允。沨返报遥光，遥光竟命朓兼知卫尉事。朓骤得显要，反有惧心，即转将祐祀密谋，转告太子右卫率左兴盛。兴盛却不敢多言。朓又说刘暄道："始安王一旦南面，恐刘沨等将入参重要，公将无从托足呢！"暄佯作惊惶，俟朓去后，即驰报遥光及祐。遥光道："他既不愿相从，便可令他出外，现在东阳郡守，正当出缺，令他继任便了！"祐独入阻道："朓若外出，适足煽惑众人，必于我辈不利，请早日翦除为是！"比遥光更凶。遥光乃矫制召朓，收付廷尉，然后与徐孝嗣、江祐、刘暄三人，联名具奏，诬朓妄贬乘舆，窃论宫禁，私谤亲贤，轻议朝宰，种种不法，宜与臣等参议，肃正刑书等语。宝卷游狎不遑，无心查究，便令他数人定谳，当即论死，勒令狱中自尽。朓入狱后，还想告讦遥光等阴谋，意图自脱，偏狱吏不容传书，无从讦发，乃流涕叹息道："我虽不杀王公，王公由我而死！"指前回王敬则事。今日罹祸，不足为冤，我死罢了！"遂解带自经。

遥光即欲发难，不料刘暄又复变计。看官道是何因？他想遥光得位，自己把元舅资望，凭空失去，转致求荣反辱，所以变易初心。萧衍谓刘暄闇弱，尚非定评，暄实一反复小人，不止闇弱而已。祐与祀见暄有异，也不敢从速举事。遥光察悉情状，恨暄切齿，潜遣家将黄昙庆刺暄。暄正出过青溪桥，护队颇多，昙庆惮不敢出，留匿桥下。偏暄马惊跃而过，惹动暄疑，仔细侦察，方知由遥光暗算，幸得免刺。由惊生惧，由惧生怒，竟想出一条釜底抽薪的计策，密呈一本，报称江祐兄弟罪状。宝卷仰承遗训，不肯落后，即传敕召祐，并即收祀。祀正入值内殿，略得风声，忙遣使报祐道："刘暄似有异谋，应如何防备？"祐尚不以为意，但说出镇静二字。有顷由敕使驰至，召祐入见，暂憩中书省候宣。忽有一人持刀入省，用刀环击祐心胸，张目叱祐道："汝尚能夺我封赏么？"祐仓皇辨认，

第三十五回　泄密谋二江授首　遭主忌六贵殒诛

乃是直阁袁文旷,不由得颤动起来。文旷前斩王敬则,论功当封,祏坚执不与。文旷因此挟嫌,乘势报复,先将祏击伤,然后用械锁祏。俄而又来敕使,传敕处斩,文

旷即将祏牵出,交与刑官。祏至市曹,祀亦被人牵至,两人相对下泪,喉噎难言。只听得一声号令,魂灵儿已驰入重泉,连杀头的痛苦,也无从知觉了。兄弟同死,却免鸰原遗恨。

宝卷既除江祏,无人强谏,好似拔去眼中钉,乐得逍遥自在,日夜与左右嬖幸,鼓吹戏马。每至五更始寝,日晡乃起,台阁案奏,阅数十日乃得报闻,或且被宦官包裹鱼肉,持还家中,连奏牍都不见着落。一日乘马出游,顾语左右道:"江祏常禁我乘马,此奴尚在,我怎得有此快活呢!"左右统是面谀,盛称陛下英明,乃得除害,宝卷又问江祏亲属,有无留存,左右答道:"尚有族人江祥,拘系东冶,未曾处决。"宝卷道:"快取纸笔来。"左右奉呈纸笔,就从马上书敕,赐祥自尽,令人传往东冶。东冶乃是狱名,祥本以疏亲论免,至此被诛。此外江祏家属,不问可知,小子也毋庸细述了。萧遥光虽未连坐,心下很是不安,季弟遥昌,领豫州刺史,已病终任所,只有次弟遥欣,尚镇荆州,他遂与遥欣通书,密谋起事,据住东府,使遥欣自江陵东下,作为外援。事尚未发,遥欣偏又病亡,弟兄三人,死了一双,弄得遥光孤立无助,懊怅异常,宝卷亦阴加防备,尝召遥光入议,提及江祏兄弟罪案,遥光益惧,佯狂称疾,不问朝事。

会遥欣丧还,停留东府前渚,荆州士卒,送葬甚多,宝卷恐他为变,拟撤他扬州刺史职衔,还任司徒,令他就第。当下召令入朝,面谕意旨,

遥光恐蹈祐覆辙，不敢应召。一面收集二弟旧部，用了丹阳丞刘沨，及参军刘晏计议，托词讨刘暄罪，夜遣数百人，破东冶出囚，入尚方取仗，并召骁骑将军垣历生，统领兵马，往劫萧坦之、沈文季二人。坦之、文季，已闻变入台，免被劫去。历生遂劝遥光夜攻台城，遥光狐疑不决，待至黎明，始戎服出厅，令部曲登城自卫。历生复劝他出兵，遥光道："台中自将内溃，不必劳我兵役。"历生出叹道："先声乃能夺人；今迟疑若此，怎能成事呢！"

萧坦之、沈文季两人入台告变，众情恟惧。俟至天晓，方有诏敕传出，召徐孝嗣入卫，人心少定。左将军沈约，也驰入西掖门，于是宫廷内外，稍得部署。遥光若从历生计议，早可入台，然如遥光所为，若使成事，是无天理了。徐孝嗣屯卫宫城，萧坦之率台军讨遥光，出屯湘宫寺，右卫率左兴盛屯东篱门，镇军司马曹虎屯青溪桥，三路兵马，进围东府。遥光遣垣历生出战，屡败台军，阵斩军将桑天受。坦之等未免心慌。忽由东府参军萧畅，及长史沈昭略，自拔来归，报称东府空虚，力攻必克。坦之大喜，便督诸军猛攻。东府中失去萧、沈两人，当然气沮，萧畅系豫州刺史萧衍弟，沈昭略系仆射沈文季从子，两人俱系贵阀，所以有关人望。垣历生见两人已去，益起贰心，遥光命他出击曹虎，他一出南门，便弃槊奔降虎军。虎责他临危求免，心术不忠，竟喝令枭首。遥光闻历生叛命，从床上跃起，使人杀历生二子，父子三人，统死得无名无望，恰也不必细说。

坦之等攻城至暮，用火箭射上，毁去东北角城楼，城中大哗，守兵尽溃。遥光走还小斋，秉烛危坐，令左右闭住斋阁，在内拒守。左右皆逾垣遁去，外军杀入城中，收捕遥光。破斋阁门，遥光吹灭烛焰，匍伏床下。外军暗地索寻，就床下用槊刺入。遥光受伤，禁不住有呼痛声，当被军人一把拖出，牵至阁外，禀明萧坦之等，便即饮刀。死有余辜。军人复纵火烧屋，斋阁俱尽，遥光眷属，多死火中。刘沨、刘晏，亦遭骈戮。一场乱事，化作烟消。

坦之等还朝复命，有诏擢徐孝嗣为司空，加沈文季为镇南将军，进萧坦之为尚书右仆射，刘暄为领将军，曹虎为散骑常侍右卫将军。坦之恃功骄恣，又为茹法珍等所嫌，日夕进谗。宝卷亟遣卫帅黄文济，率兵围坦之宅，逼令自杀。

第三十五回　泄密谋二江授首　遭主忌六贵洊诛

坦之有从兄翼宗,方简授海陵太守,未曾出都,坦之呼语文济道:"我奉君命,不妨就死,只从兄素来廉静,家无余资,还望代为奏闻,乞恩加宥!"文济问翼宗宅在何处,坦之以告,经文济允诺,乃仰药毕命。文济返报宝卷,并述及冀宗事,宝卷仍遣文济往捕,查抄翼宗家资,一贫如洗,只有质帖钱数百。想即钱券之类。持还复命,宝卷乃贷他死罪,仍系尚方。坦之子秘书郎萧赏,坐罪遭诛。茹法珍等尚未满意,复入潛刘暄。宝卷道:"暄是我舅,怎有异心!"彼也有一隙之明邪?直阁徐世摞道:"明帝为武帝犹子,备受恩遇,尚灭武帝子孙,元舅岂即可恃么?"谗口可畏。宝卷被他一激,便命将暄拿下,杀死了事。嗣后因曹虎多财,积钱五千万,他物值钱,亦与相等,一道密敕,把虎收斩,所有家产,悉数搬入内库。萧翼宗因贫免死,曹虎因富遭诛,世人何苦要钱,自速其死!统计三人处死,距遥光死期,不到一月。就是新除官爵,俱未及拜,已落得身家诛灭,门阀为墟!富贵如浮云。

惟徐孝嗣以文士起家,与人无忤,所以名位虽重,尚得久存。中郎将许准,为孝嗣陈说事机,劝行废立。孝嗣谓以乱止乱,决无是理,必不得已行废立事,亦须俟少主出游,闭城集议,方可取决。准虑非良策,再加苦劝,无如孝嗣不从。沈文季自托老疾,不预朝权,从子昭略,已升任侍中,尝语文季道:"叔父行年六十,官居仆射,欲以老疾求免,恐不可必得呢!"文季但付诸微笑,不答一词。

过了月余,有敕召文季叔侄,入华林省议事。文季登车,顾语家人道:"我此行恐不复返了!"及趋入华林省,见孝嗣亦奉召到来,两人相见,正在疑议,未知所召何因。忽由茹法珍趋至,手持药酒,宣敕赐三人死。昭略愤起,痛詈孝嗣道:"废昏立明,古今令典,宰相无才,致有今日!"说至此,取酒饮讫,用瓯掷孝嗣面道:"使作破面鬼!"言讫便僵卧地上,奄然就毙。文季亦饮药而尽。孝嗣善饮,服至斗余,方得绝命。子演尚武康公主,况尚山阴公主,统皆坐诛。女为江夏王宝玄妃,亦勒令离婚。昭略弟昭光,闻难欲逃,因不忍别母,持母悲号,被收见杀。昭光兄子昙亮,已经逃脱,闻昭光死,且恸且叹道:"家门屠灭,留我何为!"也绝吭自尽。未免太迂。

嗣是同朝六贵,只剩太尉陈显达一人,显达为高、武旧将,当明帝弯在位时,已恐得罪,深自贬抑,每出必乘敝车,随从只十数人,非老即弱,尝蒙明帝赐宴，酒酣起奏道："臣年衰老，富贵已足，唯欠一枕，还乞陛下赐臣，令臣得安枕而死！"明帝失色道："公已醉了，奈何出此语！"既而显达又上书告老，仍不见许，及预受遗敕，出师攻魏，为魏所败，狼狈奔还。见前回。御史中丞范岫，劾他丧师失律，应即免官，显达亦请解职，宝卷独优诏慰答，不肯罢免。寻且命显达都督江州军事，领江州刺史，仍守本官。显达得了此诏，好似跳出陷坑，非常快慰。至朝中屡诛权贵，且有谣言传出，谓将遣兵袭江州，显达遂与长史庾弘远，司马徐虎龙计议，拟奉建安王宝寅为主，即日起兵。小子有诗叹道：

寻阳一鼓起三军，主德昏时乱自纷，
我有紫阳书法在，半归臣子半归君。

师期已定，又令庾弘远等出名，致书朝贵，颇写得淋漓痛快，可泣可歌。欲知书中详情，容待下回录叙。

六贵同朝，人自画敕，此最足以致乱，萧衍之说题矣。但平心论之，六人优劣，亦有不同。萧遥光忿恚萧鸾，残害骨肉，其心最毒，其策最狡。江祏、江祀，密图废立，乃欲奉戴遥光，党恶助虐，绳以国法，遥光固为罪首，二江其次焉者也。刘暄反复靡常，亦不得为无罪。萧坦之、徐孝嗣、沈文季三人，讨平遥光，非特无辜，抑且有功。就令坦之恃功骄恣，而罪状未明，乌得妄杀！孝嗣、文季，更无罪之可言。故遥光可诛，江祏、江祀可诛，刘暄亦可诛，坦之、孝嗣、文季，实无可诛之罪，诛之适见其诬枉耳！人徒谓宝卷滥杀大臣，因致亡乱，不知无罪者固不应诛，有罪者亦非真不可诛也。彼宝卷之亡国，犹在彼不在此焉。

第三十六回

江夏王通叛亡身　　潘贵妃入宫专宠

却说陈显达决计起兵,将攻建康,先令长史庾弘远、司马徐虎龙,致书朝贵,大略说是:

诸公足下:我太祖高皇帝,睿哲自天,超人作圣,属彼宋季,纲纪自紊,应禅从民,构此基业。世祖武皇帝,昭略通远,克纂洪嗣,四关罢险,三河静尘。郁林、海陵,顿孤负荷。明帝英圣,绍建中兴。至乎后主,行悖三才,琴横由席,绣积麻筵,淫犯先宫,秽兴闺闼,皇陛为市廛之所,雕房起战争之门,任非华尚,宠必寒厮。江仆射兄弟,忠言屡进,正谏繁兴,覆族之诛,于斯而至。故乃犴噬之刑,四剽于海路,家门之衅,一起于中都。萧、刘二领军,拥升御座,共秉遗诏,宗戚之苦,谅不足谈,渭阳之悲,何辜至此!徐司空累叶忠荣,清简流世,匡翼之功未著,倾宗之罚已彰。沈仆射年在悬车,将念几杖,欢歌园薮,绝影朝门,忽招陵上之罚,何万古之伤哉!遂使紫台之路,绝搢绅之侍,缨组之阁,罢金张之胤。悲起蝉冕,为贼宠之服;呜呼皇陛,列劫竖之坐。且天人同怨,乾象变错,往者三州流血,今者五地自动,谷征迭著,昏德未悛,此而未废,孰不可兴!诸公多先朝遗旧,志在名节,并列丹书,要同义举。建安殿下,秀德冲远,实允神器。昏明之举,往圣留言,今忝役戎驱,亟请乞路,须京尘一静,西迎大驾,歌舞太平,不亦佳哉!我太尉体道合圣,仗德修文,神武横于七伐,雄略震于九纲,是乃仗义兴师,还抗社稷。本欲鸣笳振铎,无劳戈刃,但忠谠有心,节义难遣,信次之间,森然十万,飞旍咽于九派,列舰迷于三川,此盖捧海浇萤,列火消冻耳。吾子其择善而从之!毋令竹帛无名,空为后人笑也!

朝臣得了此书,当即报知宝卷。宝卷令护军崔慧景为平南将军,督兵往击显达,后军将军胡松,骁军将军李叔献,率水军屯梁山,左卫将军左兴盛,督前锋屯杜姥宅。陈显达出发寻阳,沿流东下,道出采石,适遇胡松截住,两下交锋,约历半日有余,胡松败走。再进兵至新林,左兴盛麾军堵御,彼此未经大战,显达却虚设屯火,绊住兴盛,自率轻舸夜渡,潜袭都城。偏偏遇着逆风,至晓方达,舍舟登落星冈。守卫诸军,不意显达猝至,急忙闭城设守。显达手横长槊,匹马当先,随后有勇士数百人,鼓噪攻城。城中出兵与战,挡不住显达长槊。显达年已七十三,尚是精神矍铄,奋勇无前。战至数十回合,十荡十决,刺死守卫军百余人。俄而槊竟折断,一时掉不出顺手兵器,只好仗剑督战。会左兴盛各军,回救都门,显达寡不敌众,没奈何退至西州。后骑官赵潭注,率兵力追,抢步至显达马后,用槊猛刺。显达不及预防,竟被刺落马下,再加一槊,已是血流满地,不能动弹了。诸子皆被执伏诛。庾弘远亦为所获。临刑索帽,顾语刑官道:"子路结缨,吾不可以不冠。"及帽既取戴,复慨然道:"我非乱贼,乃是义兵,来此为诸君请命。陈公太觉轻事,我曾谏他持重,若用我言,人民当免致涂炭呢。"也恐未必。弘远有子子曜,年才十四,抱父乞代,并为所杀。父愚子亦愚。各军将入城报功,当又有一番封赏,不消琐述。

豫州刺史裴叔业闻朝廷屡诛大臣,很是危惧,朝廷亦防他有变,调镇南兖州,令他内徙。叔业愈觉不愿,未肯启行,他有兄子裴植,曾为殿中直阁,至是亦惧奔寿阳,谓朝廷必相掩袭,宜早为计。叔业遣亲人马文范,潜赴襄阳,问萧衍道:"天下大势,已是可知;但我辈不能自存,现拟回面向北,尚不失为河南公,公意以为何如?"衍使文范返报道:"群小用事,怎能虑远?若果疑公,暂宜送家还都,作为质信,万一意外相迫,可勒马步军,直出横江,断他后路,天下事一举可定。今欲北向,恐彼必遣人相代,别以河北一州处公,河南公尚可复得么?"智虑却是过人。

叔业乃遣子芬之入质建康。芬之已去,又欲北向投魏,特向魏豫州刺史薛真度处,致书探问,略表己意。真度劝令早降,复书有云:若至事迫始来,反致功微赏薄,事贵从速,不必多疑。叔业意终未决,不过与真度屡通书信,往来不绝。都中人士,已渐有风闻,咸传叔业外叛,芬之恐被收捕,溜出都门,竟返寿阳。叔业竟遣芬之奉表降魏,魏主宏令彭城王勰出镇寿阳,封叔业为兰陵郡公,仍领豫州刺史。齐廷闻报,不得不发兵加讨,特遣平西将军崔慧景,带领水军,出讨叔业。宝卷亲出送行,戎服坐琅琊城上,召慧景单骑入城,略问数语,慧景即拜辞而去。宝卷还宫,复下诏命萧懿为豫州刺史,助慧景西讨寿阳。

慧景此次出行,已蓄异图,曾与子觉密约,令他隔宿出都,驰赴军前。觉曾为直阁将军,得了父命,即于次日单骑出走,行抵广陵,始与慧景相会。慧景过广陵十余里,召会各军将弁,涕泣晓谕道:"我受三帝厚恩,愧无以报,今幼主昏狂,朝廷浊乱,持危扶倾,莫如今日,愿与诸君还立大功,共立社稷,未知众意若何?"众皆应声听令。慧景遂还向广陵,司马崔恭祖守广陵城,开门迎入。慧景停广陵二日,将集众渡江,因遣人驰见江夏王宝玄,愿奉他为主。宝玄喝斩来使,发兵守城,并飞报诸中。宝卷亟派马军将戚平,外监黄林夫,出助宝玄,镇守京口。总道他是长城可靠,不生变端,哪知宝玄是阳绝慧景,阴实勾通。他与妃子徐氏,本来伉俪情深,只因孝嗣被杀,迫令离婚,心中好生不乐。此次斩使请命,实欲引诱台军,自增势力。

戚平、黄林夫,到了京口,宝玄即引与密商,探他意见。二人语多未合,恼动宝玄,呼令左右,刵二人首。司马孔矜,典签吕承绪,不禁大呼道:"殿下造反了!"宝玄更怒不可遏,杀死二人。好杀不祥。更派长史沈佚之,谘议柳澄,分统部众,专待慧景到来。

慧景自广陵东返,顺抵京口,由宝玄开城纳入,即令慧景为先驱,自乘翠舆,手执绛麾幡,督军继进。都中大震,亟遣骁骑将军张佛护,直阁将军徐元称等,出屯竹里,堵截叛军。慧景前锋将崔恭祖,带着百战不疲的壮士,与佛护等一场鏖斗,佛护等败入城中。恭祖乘胜攻入,斩佛护,降元称,进迫查硎。中领军王莹,奉宝卷命,都督水陆各军,据住湖头,筑垒蒋山西岩,屯甲数万,恭祖不能前进。及慧景继至,亦无法可施,悬赏求计。

竹塘人万副儿献议道:"今平路皆有重兵堵住,不可议进,最好从蒋山背后,蹑登山顶,从上临下,出其不意,方可得志。"慧景依计而行,遂分遣壮士千名,绕出山后,鱼贯而上。俟至夜半,突起鼓角,由西岩驰下,各戍垒闻声大骇,不知所为,一齐弃垒遁去。慧景得追至都下,攻扑各门,右卫将军左兴盛,率台军三万人,就北篱门扼守,军中望风溃散,兴盛亦遁。东府、石头、白下、新亭诸城,统皆骇走,兴盛无路可奔,逃匿淮渚荻舫中,被慧景部兵搜获,立即杀毙。慧景突入外城,驻乐游苑,崔恭祖率骑兵千余,攻北掖门,将要陷入,为宫中卫兵所拒,仍复折回,宫门皆闭。慧景引众围攻，又毁去兰陵府署，作为战场。宫中危急万分，幸得卫尉萧畅，屯守南掖门，处分城内，多方应拒，众心稍定。

慧景捏传宣德太后命令，宣德太后见三十一回。废齐主宝卷为吴王，却把推立宝玄的问题，反搁置起来，未曾提及。又生变计。原来竟陵王子良子昭胄，曾封巴陵王，永泰元年，十王被戮，昭胄与弟昭颖，避难出奔，至江西阆迹为道人。慧景举兵入都，昭胄兄弟，又奔投慧景，慧景与谈甚欢，更欲拥立昭胄，心如辘轳，未能遽定。子觉又与恭祖争功，竹里一捷，功出恭祖，觉但主粮运，偏说是功与相侔。慧景舐犊情深，不免祖觉，遂致恭祖失望。恭祖又进献一计，请用火箭攻北掖楼，慧景道："大事垂定，何必多毁，免得将来更造，多费财力。"恭祖怏怏而退。慧景素好佛学，善谈释义，自乐游苑移居法轮寺，整日闲坐，对客高谈。恭祖窃叹道："今日何日，难道是参禅时么！"想是要求往西方去了。

甓闻豫州刺史萧懿，自采石渡江，来援都城，恭祖忙至法轮寺中，自请击懿。慧景道："汝且留此，不如叫我子前去罢。"恭祖趋出，大为怫意，还顾寺门道："看汝父子能成事么？萧豫州岂是好惹的人！"慧景全然未悟，竟遣觉率精兵数千，往拒萧懿去了。

懿本奉命西讨，出屯小岘，闻得裴叔业病死，正拟乘虚往击，忽由都中遭到密使，促令勤王。懿方就食，投筹起座，即率军将胡松、李居士等数千人，从采石渡江东行，举火示城中。台城居人，欢呼称庆。懿军已达南岸，崔觉才领军趋至，与懿接仗。懿下令军中，前进有赏，后退即斩；于是人人致死，个个拼生。

崔觉本非战将，骤遇劲敌，教他如何抵当！战不多时，即大败奔还，部下伤毙至二千余人。觉率败众逃还都中，正值恭祖抄掠东宫，取得女使数人，饶有姿色。觉不禁垂涎，竟把他拦住，将女妓劫为己有。强盗碰着强盗。恭祖已怨恨慧景，又经此一激，不由得忿火中烧，竟与骁将刘灵运，夜降台军。慧景部下，见崔觉败还，恭祖引去，料知不能成事，多半离散。慧景亦立足不住，潜引心腹数人，自往北渡。余众尚未曾闻知，留住城下。那萧畅却麾兵杀出，击毙数百人，众始散走。

慧景留都历十二日，一败涂地，匆匆奔至江滨，被萧懿麾下的巡兵，驱逐一程，随从都不知去向。只有慧景一人一骑，逃至蟹浦，浦口有渔人会集，见他形迹可疑，仔细盘问，知是崔慧景。渔人已闻他是叛首，乐

第三十六回　江夏王通叛亡身　潘贵妃入宫专宠　·283·

得杀叛徼赏,呼众奋斫,立将慧景砍死,枭了首级,纳入鱼篮,担送建康。觉亡命为道人,嗣被捕诛。崔恭祖虽然投顺,朝议以他穷蹙始降,不能贷罪,仍拘系尚方,未几亦处斩如律。宝玄逃匿数日,因都中大索,无人容纳,没奈何自出投首。宝卷召入后堂,四面用幛围裹,令群小数十人,鸣鼓而攻。且使人传语道:"汝近日围我,与此相类,我亦令汝一尝此味呢!"仿佛儿戏。已而牵出,赐药勒毙。

军将搜得叛人党册,内列姓氏甚多,朝士亦或参入,宝卷并不察阅,但令左右取毁,且慨然道:"江夏尚且如此,还问别人做甚?"寻又颁诏大赦,所有叛徒余孽,悉

令自新,不复穷治。这却是宝卷即位以后,绝无仅有的美政! 却是难得。偏一班佥任宵小,不依诏书,查有家道殷实的人民,概诬为贼党,屠门借资,充入私囊。若本系贫穷,就使前时从贼,也置诸不问。或语中书舍人王咺之道:"赦书无信,物议沸腾。"咺之道:"会当复有赦书。"已而赦书又下,群小横行如故。宝卷日事嬉游,无心顾问,但任他所为罢了。统计宫中嬖幸左右侍从,凡三十一人,黄门十人。

直阁骁骑将军徐世㯹,得委重权,一切刑戮,都由他一人主持。世㯹亦知宝卷昏纵,密语同党茹法珍、梅虫儿道:"何世天子无要人,可惜我主太恶,恐未能长保呢!"法珍等本阴忌世㯹,得此一言,便转告宝卷。宝卷怒起,即令法珍督领禁兵,往杀世㯹。世㯹拒战不胜,终遭杀毙。法珍、虫儿,得并为外监,口称诏敕。王咺之专掌文翰,朋比为奸。及慧景乱平,法珍且受封余干县男,虫儿亦得封竟陵县男。

宝卷以权贵悉除，益加骄纵，或间日一出，或一日一出，既无定时，亦无定所，东西南北，无处不游。朝夕旦暮，在所不计，所经道路，必先屏逐居民，有人犯禁，格杀勿论。自万春门至郊外，周围数十百里，皆空家尽室，巷陌悬幔为高幛，置使人防守，号为屏除，亦称长围。尝游至沈公城，有一妇临产不去，即命剖腹验胎，辨视男女。商纣遗风。又尝至定林寺，有僧老病不能行，藏匿草间，偏为宝卷所见，命左右射僧，百箭俱发，集身如猬。宝卷亦自发数矢，贯入僧脑，自夸绝技。置射雉场二百九十六处，每出射雉，必先令尉司击鼓，鼓声一传，当役诸人，立命奔走，甚至不暇衣履。尝在夜中三四更间，驾出蹋围，鼓声四起，火光烛天，幡戟横路，士民喧走，相随老小，无不震惊，啼号遍道，宝卷反自鸣得意。他本膂力过人，能挽三斛五斗的重弓，又能在齿上驾运白虎幢，高可七丈五尺，甚至折齿不倦。

他在东宫时，纳妃褚氏，即位后册为皇后。妾黄氏生子名诵，立为太子，黄氏得封淑媛。褚氏本故相褚渊侄女，姿貌平庸，宝卷不甚垂爱。黄淑媛略有姿色，不幸早亡。茹法珍、梅虫儿等格外效劳，代主采艳，选了美女数十名，充入后宫。就中翘楚，要算余、吴两姬为最美，宝卷封余氏为妃，吴氏为淑媛，后来得了一个潘家女，是王敬则营妓，流落都中，真乃天生尤物，妖冶绝伦。体态风流，如春后梨云冉冉，腰肢柔媚，似风前柳带纤纤；一双眼秋水低横，两道眉春山长画，肤成白雪，异样鲜妍，发等乌云，倍增光泽，更有一种销魂妙处，便是裙下双钩，不盈一握。销魂处，恐尚不止此。

宝卷得了此女，好似天女下凡，见所未见。一宵欢会，五体酥麻，越日即册封为妃，又越月余，复册为贵妃。所有潘氏服御，极选珍宝，无论如何价值，但得潘氏欢心，千万亦所不惜。相传一琥珀钏，值价百七十万。就是潘氏宫中的器皿，亦纯用金银。内库所贮，不够取用，更向民间收买，金银宝物，价昂数倍，并令京邑酒租，折钱输金。那潘氏既邀特宠，也任情挥霍，一些儿不知节省，今日索某宝，明日采某珍，供使络绎，不绝道中。每当宝卷出游，必穷极华装，与驾同出。宝卷却令她乘舆先驱，自跨骏马后随。天子为随奴，潘妃亦大出风头。急装缚袴，不避寒暑，驰骋至渴，辄下马解取腰边蠡器，酌茗为饮，或且亲至潘妃舆前，持茗给妃，然后还登马上，仍然驰去。日暮尚未言归，辄往亲幸家留宴。

第三十六回 江夏王通叛亡身 潘贵妃入宫专宠

潘父宝庆,因妃得宠,赐第都中,宝卷呼他为阿丈。就是对着茹法珍,亦以丈相呼。茹家无女,何亦呼他为丈!呼梅虫儿为阿兄。营兵俞灵韵,素善骑马,宝卷向他学驰,故亦呼他为兄。一淘儿游戏,即一淘儿至宝庆家,妃为调羹,躬自汲水。安排既就,便与潘妃并坐取饮,法珍、虫儿等依次列席,不分男女上下,恣为欢谑。还有阉人王宝孙,年仅十余,生得眉目清扬,不啻处女,宝卷号为伥子,非常宠爱。就是潘妃亦青眼相看,宝孙小巧玲珑,常坐潘妃膝上,一同饮酒。伥子何幸,得亲芗泽,可惜少一东西。至夜深还宫,得在御榻旁留寝,因此恃宠生骄,渐得干政。甚且移易诏敕,控制大臣,如梅虫儿、王咺之等,尚有惧意。有时骑马入殿,诋诃天子,宝卷不以为意,日夕留侍,备极宠怜。

从前世祖赜筑兴光楼,上施青漆,宝卷谓武帝未巧,何不纯用琉璃!谁意永光二年八月间,宝卷挈潘妃等夜游,尚未还宫,祝融氏忽入临宫禁,大肆威焰,毁去房屋三千余间。宫门夜闭,外人非奉敕令,不敢擅开,至宝卷闻火驰归,传谕开门,宫内已付诸一烬。侍女小竖,烧死无数,宝卷也不禁叹息。

当时宫中嬖幸,皆号为鬼,有赵鬼能读西京赋,向宝卷进言道:"柏梁既灾,建章是营。"宝卷乃大起芳乐玉寿等殿,用麝涂壁,刻为装饰,穷工极巧。此番想可纯用琉璃了。

潘贵妃入宫专宠

工匠彻夜动作,尚苦不及,因搜剔佛寺刹殿,见有玉石狮象,便运入新屋,充作点缀。且凿金为莲花,遍贴地面,命潘妃徐行而过,花随步动,步逐花娇。宝卷从旁称羡道:"这真是步步生莲花呢!"

小子有诗叹道：

纤足风开自六朝，莲花生步不胜娇；
美人未必能倾国，祸水都从暗主招。

古人有言，乐不可极，极乐必亡，似宝卷这种淫乐，怎得不自速危亡！欲知后事，试看下回。

陈显达一举即败。崔慧景已入外都，殆将成事，乃以多疑而亦败。此由宝卷之恶贯未盈，故陈、崔皆无所成耳。纲目于二人起事，未尝书叛，及其死也，又不书诛，非为二人恕，嫉宝卷不得不恕二人。江夏王宝玄，无拳无勇，徒欲依慧景以觊天位，多见其不知量耳。裴叔业之叛齐降魏，其居心之卑鄙，更出陈、崔二人下，宜其为萧衍所齿冷也。宝卷不道，恶不胜纪，而独归咎于潘贵妃，非一妇人即足亡国；盖蛊惑主聪，乱必及之。桀纣之亡，史家必兼咎妹妲，盖亦此物此志也夫。

第三十七回

杀山阳据城传檄　立宝融废主进兵

　　却说萧懿入援,得平崔慧景,宝卷留懿在都,超拜尚书令。懿弟畅为卫尉,职掌管钥,雍州刺史萧衍,系懿次弟,即遣亲吏虞安福,入都语懿道:"兄一举平贼,功高震主,就使遭际清时,尚或难免,况在乱世,怎能自全!计不如勒兵入宫,行伊、霍故事,却是万世一时的机会。否则仍表请还镇,托名拒虏,内畏外怀,谁敢不从!若放弃兵权,徒縻厚爵,高而无民,必生后悔!"懿摇首不答,长史徐曜甫从旁苦劝,又不见从。茹法珍、王咺之等,惮懿威权,密语宝卷道:"懿将行隆昌故事,恐陛下命在旦夕。"宝卷瞿然起座,即命法珍等设法除懿。

　　徐曜甫得知消息,慌忙具舟江渚,劝懿出奔襄阳。懿慨然道:"自古皆有死,岂有叛走尚书令么?"懿有弟九人,除衍、畅外,长为萧敷,余为融、宏、伟、秀、憺、恢。伟与憺已入襄阳。见三十五回。敷、融等统尚在都,预备逃匿。法珍等恐懿为变,伺懿在尚书省,即持敕赐药。懿毫不流连,惟向中使慨语道:"家弟在雍,很为朝廷担忧哩。"既有衍将为变,不如先立贤君,尚得保全齐祚。说毕,即饮药自尽。懿弟侄统皆亡去,惟融为所捕,亦被处死。一面遣直后将军郑植,往刺萧衍。

　　植弟绍叔曾为衍宁蛮长史,法珍等遣植往刺,嘱令联络绍叔,乘间行事。绍叔既与植会谈,即将乃兄来意,据实告衍。衍特备办酒宴,令担至绍叔家,为植接风。自己亦备驾前往。宾主会席,饮至半酣,衍笑语道:"朝廷遣卿图我,今日闲宴,我特戴头前来,何勿急取!"植亦大笑道:"且待明日取公,今且饮酒罢。"及酒阑席散,衍又令植遍阅城隍府库,与士马器械舟舰。植既阅毕,退语绍叔道:"雍州实力,确是坚强,未易规取。"绍叔道:"兄还都后,不妨实告天子,若欲取雍州,绍叔愿率众力战,一决雌雄。"植住了两日,便告辞而行。绍叔送至南岘,握手流涕,歔欷别去。

　　植出都时,懿尚未死,所以植未提及。至是耗问已至,衍东向恸哭,到了夜间,便召参军张弘策、吕僧珍,长史王茂,别驾刘庆远,功曹吉士瞻等,入宅定议。翌晨出厅视事,召集僚佐与语道:"昏主暴虐,恶逾桀纣,当与卿等入都,废昏立明,共扶社稷!"众皆许诺。当下建牙集众,得甲士万余人,马千余匹,船三千艘,出从前所贮竹木,补葺船只,事皆立办。诸将又复索橹,吕僧珍有橹数百张,搬将出来,每船付与二橹,适足敷用。

正拟整军出发,闻朝廷遣辅国将军刘山阳,到了荆州,会合荆州长史萧颖胄,将袭襄阳。衍遂遣参军王天虎驰赴江陵,沿途与州府书,声言山阳西上,并袭荆、雍。又与颖胄兄弟各一函,约他同时起义,共入建康。颖胄是齐祖萧道成族侄,父名赤斧,曾为太子詹事,见二十七回子良疏中。殁后由颖胄袭荫,累佐诸王出镇。此时南康王宝融,明帝第八子。都督荆州,命颖胄为冠军将军西中郎长史,行荆州府州事。既得衍书,怀疑未决。颖胄弟颖达,亦在南康王幕中,览书后与兄密议,也一时不能定谋。

山阳行至巴陵,逗留十余日,徘徊不进。颖胄已遣还天虎,天虎复奉萧衍命,传书颖胄,指示方略。颖胄乃呼参军席阐文,及谘议柳忱,闭斋密议。阐文道:"萧雍州蓄养士马,非复一日,江陵人素畏襄阳,又众寡不敌,万难相制。就使幸能制服,朝廷反多疑忌,不肯包容。今若诱杀山阳,与雍州共事,改立天子,号令诸侯,未始非一时霸业呢!"忱亦接入道:"朝廷狂悖已甚,京师贵人,莫不重足屏息。君等幸在远镇,尚能自安。今乃命山阳前来,假我图雍,这明明是卞庄刺虎的计策。君独不闻萧令君么?率精兵数千,破崔氏十万众,尚为群邪所陷,竟至杀身。况萧雍州雄略盖世,必非山阳所能敌。山阳被破,朝廷转归罪荆州,谓我不能相助,进退两难,何不早从席参军言,别筹良计。"萧颖达闻二人言,亦奋然道:"二君言是,阿兄不可不依!"颖胄道:"席参军劝我诱杀山阳,计将安出?"阐文道:"山阳迟疑不进,明是疑我;我只好斩天虎首,送与山阳,山阳必欢然前来,我得乘便下手了。"颖胄道:"如杀天虎,萧雍州能不疑我么?"阐文道:"这也不难!可先复书与他,说明诱杀山阳,不得不尔。以一天虎易山阳,想萧雍州亦必谅我呢!"计固甚善,可惜太毒!

颖胄依议,遂遣使报达萧衍,自召天虎入室,愀然与语道:"卿与刘

第三十七回 杀山阳据城传檄 立宝融废主进兵

辅国相识,今只得权借卿头。"头可借得么?天虎骇极,方欲答言,已由颖达趋入,从背后拔出佩剑,劈死天虎。当即枭首送与山阳,一面征发车牛,扬言将起兵讨雍。山阳得天虎首,即单车白服,只带左右数十人,来见颖胄。颖胄使前汶阳太守刘孝庆等,伏兵城内,自率数人出迎。待山阳入城,一声暗号,伏兵齐出,就使山阳三头六臂,至此也不能抵敌,立即毙命。山阳副将李元履,闻山阳被杀,不得已挈众请降。

颖胄恐司马夏侯详,未肯从议,商诸柳忱。忱答道:"这也容易,近日详子求婚,尚未允诺,今欲举大事,何惜一女呢!"遂以女字详子夔,约同起事。详当然允洽。乃即奉南康王宝融为主,下教戒严。宝融年只十三,有何大略,凡事俱由颖胄主张,不过假他为名。令萧衍都督前锋诸军事,自为都督行留诸军事,加夏侯详为征虏将军,遣宁朔将军王法度,出徇巴陵。一面使人送山阳首至雍州,约期来年二月,进兵建康。

衍遣王天虎赍书时,曾语张弘策道:"兵法以攻心为上,天虎往荆州,人皆有书,独于南康部下,只有两函,与行事兄弟,外人必谓行事另有隐谋,行事无以自明,不

杀山阳据城传檄

得不姿心就我,是两空函足定一州了。"萧衍隐谋,借他口中自述。及颖胄计诱山阳,驰书说明杀天虎事,衍不加可否,无词答复。便是默许。至山阳首传到,谓须延期进兵。衍问何因?来使言年月未利,所以延期。衍勃然道:"行军全仗锐气,事事赶先,尚恐疑怠,若顿兵十旬,必生悔吝。且太白星已现西方,仗义兴师,有何不利!从前周武伐纣,行逆太岁,并未闻展年待月,终得成功。今处分已定,事难中止,还要迁延做甚!"言

之有理。遂遣还来使，自上南康王笺，请称尊号，即日举义进兵。

南康王宝融，一时未敢称尊，但使萧颖胄、夏侯详二人出名，檄告京邑百官，及诸州郡牧守。檄云：

> 夫运不尝夷，有时而陂，数无恒剥，否极则亨。昔我太祖高皇帝德范生民，功极天地，仰纬彤云，俯临紫极。世祖嗣兴，增光前业，云雨之所沾被，日月之所出入，莫不举踵来王，交臂纳贡。郁林昏迷，颠覆厥序，俾我大齐之祚，蔑焉将坠。高宗明皇帝建道德之盛轨，垂仁义之至踪。绍二祖之鸿基，继三五之绝业。昧旦丕显，不明求衣，故奇士盈朝，异人幅辏。嗣主不纲，穷肆陵暴，十愆毕行，三风咸袭，丧初而无哀貌，在戚而有喜容，酗酒嗜音，罔惩其侮，逸贼狂邪，是与比周，遂令亲贤婴荼毒之谋，宰辅受菹醢之戮。江仆射、萧刘领军、徐司空、沈仆射、曹右卫，或外戚懿亲，或皇室令德，或时宗民望，或国之虎臣，并勋彰中兴，功比周召，秉钧赞契，受遗先朝。咸以名重见疑，正直贻毙。害加党族，虐及婴孺。曾无渭阳追远之情，不顾本支歼落之痛，信必见疑，忠而获罪，百姓业业，罔知攸暨。崔慧景内逼淫刑，外不堪命，驱土崩之民，为免死之计，倒戈回刃，还指宫阙，城无完守，人有异图。赖萧令君勋济宗祐，业拯苍氓，四海蒙一匡之德，亿兆凭再造之功。江夏王拘迫威强，牵制巨力，迹屈当时，心犹可亮，竟不能内恕探情，显加鸩毒。萧令君自以亲惟族长，任实宗臣，至诚苦言，朝夕献入，逸丑交构，渐见疏疑，浸润成灾，奄罹冤酷。用人之功以宁社稷，刘人之身以骋淫滥，台辅既诛，奸小兢用。梅虫儿、茹法珍妖忍愚戾，穷纵丑恶，贩鬻主威，以为家势，营惑嗣主，恣其妖虐。宫女千余，裸服宣淫，孽臣数十，袒裼相逐。帐饮阑肆之间，宵游街陌之上。刘山阳潜受凶旨，规肆狂逆，天诱其衷，既就枭翦。夫天生蒸民，树之以君，使司牧之，勿使失性。岂有尊临寓县，毒遍黔首，绝亲戚之恩，无君臣之义，功重者先诛，勋高者速毙！九族内离，四夷外叛，封境日蹙，戎马交驰，帑藏已空，百姓已竭，不恤不忧，慢游是好。民怨于天，天慭于上，故荧惑袭月，孽火烧宫，妖水表灾，震蚀告沴。七庙贴危，三才莫纪，大惧我四海之命，永沦于地。南康殿下，体自高宗，天挺英懿，食叶之征，著于弱年，当璧之祥，兆乎绮岁，亿兆颙颙，咸思戴

第三十七回　杀山阳据城传檄　立宝融废主进兵

奉。且势居上游，任总连帅，忱深贵重，誓清时艰。今特命冠军将军杨公则等，振旅三万，径造秣陵，冠军将军蔡道恭等，被甲二万，直指建业。即建康。辅国将军邓元起等，铁骑一万，分趋白下，宁朔将军柳忱等，组甲五万，络绎继发。雄剑高挥，则五星从流，长戟远指，则云虹变色。天地为之嚣皇，山渊以之崩沸。幕府亲贯甲胄，授律中权，董率熊罴之士十有五万，征鼓纷杳，雷动荆南。宁朔将军南康王友萧颖达，领虎旅三万，抗威后拒。萧雍州勋业盖世，谋猷渊肃，既痛家祸，兼愤国难，泣血枕戈，誓雪冤酷。精卒十万，已出汉川。张郢州见上文。节义慷慨，悉力齐备。江州邵陵王，即宝攸。湘州张行事，王司州并见下文。远近悬契，不谋而同，并勒骁猛，指景风驱，舟舰鱼丽，车骑云屯，平原雾塞。以同心之士，伐倒戈之众，盛德之师，救危亡之国，何征而不服，何诛而不克哉！今兵之所指，唯在梅虫儿、茹法珍二人而已。诸君德载累世，勋著先朝，属无妄之时，居道消之运，受迫群竖，念有危惧。大军近次，当各思拔迹，来赴军门。檄到之日，有能斩送虫儿、法珍首者封二千户，开国县侯！若迷惑凶党，敢拒军锋，刑兹无赦，戮及宗族！赏罚之信，有如皦日！江水在此，誓不食言！

是时宁朔将军王法度，延宕不进，勒令免官。改遣冠军将军杨公则进拔巴陵，直向湘州，又定辅国将军邓元起，进兵夏口，适夏侯详子骁骑将军亶，自建康逃至江陵，颖胄遂授以密计，教他托称宣德太后敕令，谓南康王宜纂承皇祚，方俟清宫，未即大号，可封十郡为宣城王，相国荆州牧，加黄钺，选百官，领西中郎府南康国如故。凡遇军次，近路军主，宜详依旧典，备驾奉迎等语。时将年暮，宝融拟俟新岁受命，但将太后敕颁示四方。

萧衍部署军马，即拟启行。竟陵太守曹景宗，劝衍迎宝融至襄阳，建都正位，然后进军。衍置诸不答。已有帝制自为之意。长史王茂语张弘策道："今使南康王置人手中，彼挟天子令诸侯，节下前进，受人指使，这岂他日的长计么？"弘策依言白衍，衍微笑道："若前途大事不捷，势且兰芝同焚；幸而得克，方且威震四海，怎敢不从！岂长是碌碌因人，听他处分么？"志意毕露。

先是陈、崔发难，人心不安，上庸太守韦睿道："陈虽旧将，非命世才，崔颇历练，庸懦不武，怎能成事？欲平天下，必在我州将呢！"乃遣二子结识萧衍。衍既起兵，睿率精兵二千，倍道诣襄阳，华山太守康绚，亦率三千人往会，沔均口戍弁冯道根，方居母丧，亦率乡人子弟依衍。梁南、秦二州刺史柳惔，即柳忱兄，亦起兵相应。

衍在沔南立新野郡，安置新附，候令调遣。都中已备闻消息，下诏讨荆、雍二州。命冠军长史刘浍为雍州刺史，遣骁骑将军薛元嗣，制局监暨荣伯，带领兵士，并运粮百四十余艘，送交郢州刺史张冲，使拒西师。元嗣等得江陵檄文，有张郢州悉力齐奋一语，未免生疑，且惩刘山阳覆辙，益有惧心。乃停住夏口浦，不敢入郢。嗣闻西师将至，张冲亦未通江陵，乃输粮入郢城。前竟陵太守房僧寄，卸职还都，途次接得朝敕，令留守鲁山，除拜骁骑将军。张冲与他结盟，更遣军将孙乐祖，率数千人助守。萧颖胄与邓元起，寄书张冲，劝令归附，冲竟不从。杨公则兵至湘州，湘州行事张宝积迎降，公则驰入长沙，揭示安民。湘州遂定。

越年为永光三年，南康王宝融，始称相国，颁令大赦，唯梅虫儿、茹法珍不在赦例。命萧颖胄为左长史，号镇军将军，萧衍为征东将军，杨公则为湘州刺史。衍自襄阳出兵，积雪开霁，众皆欢跃，留弟伟总府州事，憺守垒城。魏兴太守裴师仁，齐兴太守颜僧都，不受衍命，反举兵袭襄阳，幸伟憺发兵邀击，大破二军。裴、颜等遁去，雍州乃安，衍得无后顾忧。

行次竟陵，命长史王茂，太守曹景宗为前军，留中兵参军张法安守城。诸将共白萧衍，请用正军围郢，偏军袭西阳武昌，衍摇首道："房僧寄固守鲁山，与郢城为犄角，我若悉众前进，僧寄必来绝我后，悔无可及！今遣王曹诸军渡江，与荆州军合，共逼郢城，我自围鲁山，通道沔汉，使郢城、竟陵济粟，江陵、湘中济兵，兵多食足，何忧两城不拔！天下事正可坐定呢。"成算在胸。乃使王茂等率众济江。

进次九里，正值郢州参军陈光静，前来搦战。由茂等一鼓杀退，光静身受重伤，还城即死。张冲闭城自守，茂与景宗，遂进拔石桥浦。荆州将邓元起、王世兴、田安之，率数千人来会雍州兵，湘州刺史杨公则，亦悉众至夏口，萧颖胄命荆州诸军，皆受公则节度，另派参军刘坦为长沙太守，行湘州事。坦先尝任职湘州，素得民心，至是下车，民多欢迎。坦遂发民运粮，得三十余万斛，助荆雍军，兵食才免匮乏。衍筑汉口城阻住鲁山，

第三十七回　杀山阳据城传檄　立宝融废主进兵

且命水军将张惠绍游弋江中,断绝郢鲁二城往来。张冲恚愤成疾,便即逝世。骁骑将军薛元嗣,与冲子孜,及征房长史程茂共守郢城。

两军尚相持未下,南康王宝融,已由萧颖胄等劝进,即位江陵,改元中兴。就南北郊设立宗庙,宫府悉依建康旧制。立皇后王氏,授萧颖胄为尚

立宝融废主进兵

书令,兼守本官,萧衍为左仆射,都督征讨诸军,夏侯详为中领军,晋安王宝义明帝长子为司空,庐陵王宝源明帝第五子为车骑将军,开府仪同三司,建安王宝夤明帝第六子为徐州刺史,将军萧伟为雍州刺史,废主宝卷为涪陵王,大赦天下。梅虫儿、茹法珍仍不准赦。且遣御史中丞宗夬至夏口,慰劳衍军。宁朔将军庾域,隶衍部下,为衍语夬道:"黄钺未加,不便总率侯伯,君何不代为请命?"夬应诺而还。未几即由冠军将军萧颖达,来助衍军,乘便传敕,假衍黄钺。衍欣然领命。小子有诗叹道:

　　未经建绩已怀奸,黄钺秉承始上坛;
　　千古枭雄同一例,果然名器假人难!

衍既受黄钺,即道出沔江,命王茂、萧颖达进逼郢城。欲知郢城攻守如何,容待下回再叙。

　　萧颖胄之起事江陵,实由萧衍诱成之,是颖胄之才智,已非衍敌。宝融固一傀儡耳,颖胄亦一萧衍之傀儡也。曹景宗反劝衍奉迎宝融,安知衍之本意?衍岂甘居人下者!彼为衍效力诸军将,皆傀儡中之傀儡耳。观其初出夏口,即欲假黄钺,其居心已可概见。宋齐开国之主,何一不自假钺始耶!檄文一篇,却写得声容并壮,是南朝时代一篇好文字,故特录之。

第三十八回

张欣泰败谋罹重辟　王珍国惧祸弑昏君

却说萧衍出沔，命王茂、萧颖达等进逼郢城，薛元嗣不敢出战，但闭城严守，并遣使至建康乞援。宝卷已命豫州刺史陈伯之，移镇江州，西击荆、雍，至是复令军将吴子阳、陈虎牙等，率十三军往救郢州，进屯巴口。

萧颖胄令席阐文至军前语萧衍道："今顿兵两岸，不并军围郢，定西阳、武昌，转取江州，似已失计，不如向魏通好，乞师为助，尚是上策。"衍笑语道："汉口路通荆、雍，控引秦、梁，粮运资储，四面可达，所以兵压汉口，连结数州。今若并军围郢，又分兵前进，鲁山必截我后路，粮道不通，如何持久？西阳、武昌，非不可取，但取得二城，应该分兵把守，最少须有万人，粮饷相等，倘使东军西来，用万人攻两城，我若再分军应援，首尾俱弱，否则孤城必陷，一城失守，全局土崩，天下事从此去了！今若得拔郢城，西阳、武昌，自然风靡，何必先分兵散众，自取祸患呢！大丈夫举事，欲清天步，拥数州兵入诛群小，譬如悬河注火，一扑即灭，怎得北面事虏，求援戎狄？彼未信我，我已足羞，这是下计，何谓上策？卿为我还白镇军，*即指颖胄。* 前途攻取，不妨悉委，事在目中，无虑不捷，但仗镇军静镇便了！"*料得着，说得透。* 阐文唯唯而去。衍命军将梁天惠等屯渔湖城，唐修期等屯白阳垒，夹岸相对，专待东军到来。

吴子阳进至加湖，距郢城约三十里，见西师沿路设屯，不敢前敌，但倚山带水，筑寨自固。会值春水暴涨，衍使王茂等率领自师，夜袭加湖，子阳未曾预备，骤闻西军大至，战鼓喧天，急得心慌意乱，不遑部署。那王茂等已登岸攻寨，杀进帐中，子阳上马急奔，仓皇走脱，将士溺死杀死，不可胜计。茂等俘得余众，回营报功。郢、鲁二城，闻子阳败去，相率夺气。鲁山守将房僧寄，又遭病死，众推助防将孙乐祖为主，仍复拒守。无如粮食已罄，所有军士，只在矶头捕鱼供食。

衍探悉情形，恐他出走，特遣偏军截住去路，一面致书劝降。孙乐祖窘迫无计，只好依了衍书，举城归顺。

郢城被围已经数月，士卒十死七八，守将薛元嗣、邓茂、日坐围城，惶急万状。衍令孙乐祖作书招降，元嗣等以鲁山失守，孤城万难保全，不得已令张孜复书，情愿投诚。张冲故吏房长瑜语孜道："前使君忠贯昊天，郎君亦当坐守画一，负荷析薪；若天命已去，惟有幅巾待命，下从使君，奈何靦颜出降呢！"孜不能从，与薛、邓等迎纳衍军。衍即令韦睿为江夏太守，行郢府事，恤死抚生，郢人大安。

诸将欲休兵夏口，缓日进行，衍叱道："此时不乘胜长驱，直捣建康，尚待何时！"张弘策、庾域等亦以为然，乃整军出发，陆续东行。

可笑那齐主宝卷，尚在都中撤阅武堂，改造芳乐苑，恣意奢淫。苑中山石，概涂五彩，闻民家有好树美石，概毁墙撤屋，徙置苑间。傍池筑榭，叠石成楼，复壁邃房，俱绘着裸体男女，作猥亵状。又就苑中设立店肆，使宦官宫妾，共为稗贩，命潘妃为市令，自为市吏录事。遇有争斗等情，概就潘妃判断，应罚应答，一由妃意。宝卷自有小过，妃辄上座审讯，或罚宝卷长跪，甚且加杖，宝卷乐受如饴。后世之跪踏板者，想是受教东昏。复开渠立埭，躬自引船，埭上设店，入坐屠肉。都下有歌谣云："阅武堂，种杨柳，至尊屠肉，潘妃酤酒。"宝卷闻歌，愈觉得意，待遇潘妃，不啻孝子。潘妃生女，百日夭殇，他却自服衰绖，内衣亦悉着粗布，积旬不听音乐。群小来吊，盘旋坐地，举手受执蔬膳。后经伥子王宝孙等，并营肴馔，云为天子解菜，方食荤腥。潘妃无福，不能早死，若此时病殁，倒有一个大孝子，应比潘妃女哀毁十倍。

潘妃父宝庆，与诸小共逞奸毒，富人悉诬为罪犯，籍资归己，又辗转牵连，一家被陷，祸及亲邻，宝卷概不过问。惟素性好淫，虽然畏惮潘妃，尚引诸姊妹游苑，觊觎交欢。或为潘妃所闻，辄召入杖责，乃敕侍臣不得进荆荻，期免凌辱。古今无此愚主。又偏信蒋侯神，即蒋子文。迎入宫中，尊为灵帝，昼夜祈祷。嬖臣朱光尚，自言能见鬼神，日引巫觋，哄诱宝卷。宝卷迷信益深，博士范云语光尚道："君是天子要人，当思为万全计。"光尚道："至尊不可谏正，当托鬼神达意便了。"既而宝卷出游，人马忽惊，便顾问光尚，光尚诡词道："向见先帝大瞋，不许屡出。"宝卷大怒道："鬼在何处？汝快导我前去，杀死了他！"遂拔刀促行。光尚无法，只得领他寻鬼，盘旋了好几次，方言鬼已遁去，因缚菰为明帝形,北向枭首,悬诸苑门。可恨可笑。

先是昭胄兄弟,奔投崔慧景,慧景败死,昭胄等幸免株连,仍得以王侯还第,唯心中总不自安。前为竟陵王防阁将军桑偃,至是入宫,为梅虫儿军副,因感子良旧恩,谋立昭胄。子良即昭胄父,见三十六回。故巴西太守萧寅,与桑偃友善,亦与同谋。昭胄预许寅为尚书左仆射护军,复遣人诱说新亭戍将胡松,约言宝卷出游,即闭城行废立事。若宝卷奔至新亭,幸勿纳入,松亦许诺。适宝卷新造芳乐苑,经月不出,偃等拟募健儿百余人,从万春门入刺宝卷,昭胄谓非良策,偃党山沙虑事久无成,转告御刀徐僧重,谋遂被泄。昭胄兄弟,与桑偃等皆为所捕,同时伏诛。

胡松闻昭胄事败,隐怀危惧。会新除雍州刺史张欣泰,与弟欣时,递给密书,将与前南谯太守王灵秀,直阁将军鸿选等,奉立建安王宝夤,废去宝卷,诛诸嬖幸,乞松为助。松当然复书赞成。宝卷方遣中书舍人冯元嗣,往援郢州,茹法珍、梅虫儿,及太子右卫率李居士,制局监杨明泰,送元嗣至新亭。欣泰使人怀刃,随着元嗣,俟法珍等入座饯别,突起斫元嗣头,坠入盘中。明泰慌忙救护,也被刺倒,剖腹流肠,虫儿亦受伤数处,手指皆堕,忍痛逃出。法珍、居士,抢先急走,驰还台城,王灵秀趋至石头,迎入建安王宝夤,百姓数千人,皆空手相随,欣泰亦驰马入宫。

说时迟,那时快,法珍等知有变祸,飞马奔还,先至禁中,闭门上仗,禁止出入。欣泰不得进去,鸿选亦不敢发,宝夤入憩杜姥宅,待至日暮,并没有喜信传到,从人渐渐溃散。宝夤再欲出城,城门已闭,城上有人守着,用箭射下,自知不能脱走,仍然折回,向隐僻处躲避三日。城中大索罪人,欣泰等次第见收,统遭死罪,连胡松亦俱收诛。宝夤索性出来,戎服诣草市尉,自请处分。还是此着。尉报宝卷,宝卷召宝夤入宫,问明原委,宝夤泣答道:"臣在石头,不知内情,偏有人逼使上车,令入台城,左右皆有人监制,不许自由。今左右皆去,臣始得出诣廷尉,自行请罪。"亏他善诳,暂得保全性命。宝卷不禁冷笑,再经宝夤哀请,始令仍复爵位。宝卷还能顾全兄弟,不似乃父残忍。

嗣又命宝夤为荆州刺史,冠军将军王珍国为雍州刺史,辅国将军申胄监郢州事,龙骧将军马仙琕监豫州事,骁骑将军徐元称监徐州事,特简太子右卫率李居士,总督西讨诸军事,屯新亭城。旋闻江州刺史陈伯之降附衍军,乃更令居士兼领江州刺史。

第三十八回　张欣泰败谋瞿重辟　王珍国惧祸弑昏君

伯之初镇江州,为吴子扬等声援,子扬败去,郢、鲁二城,俱为衍有。衍语诸将道:"用兵非必需实力,但教威声夺人,已足使远近丧胆。寻阳不必劳兵,一经传

檄,自可立定了。"乃命查检俘囚,得伯之旧部苏隆之,厚加赏赐,令招伯之,且仍许伯之为江州刺史。过了数日,隆之返报,果得伯之降书,但云大军不应遽下。衍笑道:"伯之虽云归附,还是首鼠两端,我军今宜往逼,使他计无所出,方肯诚心来降。"乃命邓元起引兵先驱,自率杨公则等从后继进。伯之退保湖口,留陈虎牙守溢城,虎牙即伯之子,至衍军进薄寻阳,伯之只好迎降。

新蔡太守席谦,从伯之镇寻阳,乃父恭祖,曾为镇西司马,被鱼复侯子响杀死。子响事见二十八回。谦闻衍东下,语伯之道:"我家世忠贞,有死无二。"伯之遂拔刀杀谦,出城迎衍,束甲待罪。衍托宝融命令,授伯之为江州刺史。虎牙为徐州刺史。汝南民胡文超,亦起兵遥应。司州刺史王僧景,遣子贞孙请降。衍遂留骁骑将军郑绍叔守寻阳,与伯之引兵东下。临行语绍叔道:"卿是我萧何、寇恂呢!隐以汉高、光武自居,怎肯受制宝融。事若不捷,我应任咎,粮运不继,责专在卿。"绍叔流涕应命,衍得无后顾忧,专向建康。

忽由江陵驰到急使,报称巴西太守鲁休烈,巴东太守萧惠子瑰,出兵峡口,东击江陵,将军刘孝庆败走,任漾之战死,江陵危急,请即遣还杨公则,顾救根本。衍复答道:"公则已经东向,若令他折回江陵,就使兼程趋至,亦恐不及。休烈等系是乌合,不能久持,但教镇军少须持重,

便足退敌。必欲急需兵力,两弟在雍,尽可调遣,较易入援,请镇军酌夺!"来使还报颖胄,颖胄自遣军将蔡道恭,出屯上明,抵御巴军。

衍驱兵东进,直指江宁,宝卷以前次乱事,不久即平,此次亦视若寻常,仅备百日刍粮,且顾语茹法珍道:"待叛众来至白门,当与一决!"嗣闻衍军已抵近郊,乃聚兵议守,特赦二尚方二冶囚徒,充配军役,惟已经论死,不得再活,即牵至朱雀门外,斩决了案。总督军士李居士,自新亭出屯江宁,西军先锋曹景宗,率兵至江宁城下,未曾列营,居士即出兵邀击,鼓噪而前,景宗麾军迎战,劲气直进,大破居士。居士遁还新亭,景宗乘胜进逼,王茂、邓元起、吕僧珍,依次继进。新亭城主江道林,引兵出战,被各军左右夹攻,悉数擒归。于是景宗据皂筴桥,王茂据越城,邓元起据道士墩,陈旧之据篱门。李居士侦得僧珍兵少,复率锐卒万人,薄僧珍垒。僧珍道:"我兵不多,未可逆战,须俟他入堙,并力向前,方可获胜。"俄而居士兵皆越堙拔栅,僧珍分兵上城,矢石俱发,自率马、步三百人,绕出居士后面,城上人复下城出击,号炮一声,内外齐奋,杀得居士胆战心寒,拨马奔回,又丧失了许多甲械。宝卷再遣征房将军王珍国,及军将胡虎牙,率精兵十余万,列阵朱雀航南。宦官王宝孙,持白虎幡督战,开航背水,自绝归路,示与西军拼命。两军初交,东军却是厉害,并力冲击,西军稍稍却退。王茂奋然下马,单刀直前,茂甥韦欣庆,手执铁缠槊,翼茂继进,曹景宗复麾兵直上,专向东军中坚,冒死突入,东军也抵死招架。鼓声冬冬,杀气腾腾,几乎天昏地暗,寒日无光。适遇西风骤起,飞石扬沙,吕僧珍乘风纵火,焚扑东营,珍国等不禁骇乱,纷纷退走。王宝孙持幡大骂,斥辱诸将。直阁将军席豪,发愤西向,突入西军阵内,西军已经得势,就使生龙活虎,也要食肉寝皮,何况是区区一个席豪,当下将豪围住,你刀我槊,把豪槊成几个窟窿,眼见是不能活了。豪系著名骁将,一经战殁,全军瓦解,赴淮溺死,数不胜计,积尸与航等。宝孙亦弃幡逃回。只有这般胆力,何必信口骂人!

衍军迫至宣阳门,都中恟惧,宁朔将军徐元瑜,举东府城出降,青、冀二州刺史恒和,奉召入援,见衍军势盛,也率众请降。光禄大夫张瑰,弃去石头,奔还宫中。李居士孤守新亭,也穷蹙乞降。衍入石头城,令诸军围攻六门。宝卷命烧门内营署,驱兵民尽入宫城,闭门自守。外军筑起长围,把他困住,都人谓宝卷出游,随处障幔,叫作长围,见三十六

第三十八回　张欣泰败谋罹重辟　王珍国惧祸弑昏君

回。便是预谶。衍家弟侄，前遭懿难，逃匿各处，至此俱出赴军前，衍令他晓谕各戍，劝令从顺。于是京口屯将左僧庆、广陵屯将常僧景，瓜步屯将李叔献，破墩屯将甲冑，相继奉书，愿归麾下。衍遣弟秀镇京口，恢镇破墩，各权授辅国将军，从弟景镇广陵，权授宁朔将军。

嗣接中领军夏侯详密函，报称颖胄病殁，因恐巴东西两军，乘隙进逼，所以秘不发丧。衍作书答详，令亟向雍州征兵，自在军中，亦绝口不谈颖胄死事。详遂向雍征兵，留守萧伟，遣弟憺赴援。巴东西军，闻建康已危，且有援军来攻，相率骇散。萧璝、鲁休烈，不得已投降宝融。江陵乃为颖胄发丧，追赠丞相，封巴东公，予谥献武。速死为幸，否则和帝废死，颖胄亦恐难幸免了。

自颖胄死后，众望尽属萧衍。衍已得宝融诏敕，便宜从事，此时中外归心，更觉大权在握，可以任所欲为了。

宝卷为衍所困，城中军事，悉委王珍国，兖州刺史张稷入卫，受命为珍国副手，兵甲尚有七万人。宝卷与黄门刀敕，及后宫健妇，习斗华光殿，佯作败状，仆地僵卧，令宫人用板舁去，号为厌胜。又尝跨马出入，用金银为铠冑，饰以孔翠，昼眠夜起，仍如平时。倒也亏他镇定。或闻外面鼓噪声，便自被大红袍，登景楼屋上，遥望外兵，流矢几及足胫，却也不甚畏惧，从容下楼，但遣朱光尚祷蒋侯神，求福禳灾。茹法珍发兵出战，一再败还，乃请诸宝卷，乞发库银犒军，振作士心。宝卷道："贼来岂独取我么？何故向我求物！"愚鄙可笑。后堂贮数百具大木，法珍等欲移作城防，宝卷谓留此造殿，不得妄移，并饬工匠雕镂杂物，务求速成。岂已自知要死，速成玩物，以图一快耶？抑恃有蒋侯神默祷耶？众情无不怨恚，惟待早亡，但无人敢为首难。

梅虫儿又邀同法珍，入白宝卷道："大臣不忠，使长围不解，陛下宜诛罪伸威，方得军人效命！"宝卷迟疑未决，那消息已传达军中。王珍国、张稷，当然忧惧，即密遣亲吏出城，赍一明镜，献与萧衍，衍亦断金为报。各寓隐情。珍国遂与稷定谋，令兖州参军冯翌、张齐，入弑宝卷，并约后阁舍人钱强，御刀丰勇之为内应。

时已残冬，宝卷在含德殿中，与潘妃等夜饮，仍然是笙歌杂奏，环珮成围。只此半夕了。钱强潜开云龙门，放入张齐、冯翌等人，自为前导，直趋含德殿，宝卷已经撤宴，潘妃等均返后宫。只宝卷饶有醉意，暂就殿中寝榻，为休息计。突闻兵入，即趋出北户，欲还后宫，宫门已闭，宦官黄泰平用刀刺宝卷膝，痛极仆地，外兵已经驰入，张齐执刀先驱，见宝卷仆地呼号，便手起刀落，劈作两段。宝卷年才十九，在位三年。

珍国与稷，也引兵入殿，召尚书右仆射王亮等，列坐殿前，令百僚署笺，并用黄绸裹宝卷首，遣博士范云等，送诣石头。右卫将军王志叹道："冠虽敝不能加足，奈何倒行逆施呢！"

王珍国催祸弑昏君

遂佯作痴呆，不肯署名。云等既至石头城，萧衍大喜。且因与云有旧，留参帷幄，使张弘策等先入清宫，封府库及图籍。城中珍宝委积，由弘策禁勒部曲，秋毫无犯。杨公则率兵入东掖门，卫送公卿士民出城，俱使安归，毫不侵掠。惟拿下茹法珍、梅虫儿、王宝孙、王咺之等四十一人，乃妖艳淫靡的潘贵妃，拘系狱中，听候萧衍发落。衍乃入屯阅武堂，用宣德太后令，追废涪陵王宝卷为东昏侯，褚后及太子诵为庶人。小子因有诗叹道：

　　到底淫荒足杀身，为君在位仅三春。
　　孽妃受戮原同罪，但累妻孥作庶人！

欲知太后令中，如何措词，请看官续阅下回。

　　宝卷即位三年，变乱四起，至于荆、雍举事，已失上游，非陈显达之仅恃江州，崔慧景之专依京口，所得而比。乃犹撤阅武堂，筑芳乐苑，穷奢极欲，恣意荒淫，其致亡也必矣。萧昭胄意图自立，无兵可恃，张欣泰欲拥立宝夤，其失与昭胄等。假使外应荆、雍，伏甲以待，则他日成事，亦不失王侯之赏；乃自便私图，侥幸求逞，故

第三十八回　张欣泰败谋罹重辟　王珍国惧祸弑昏君

宝卷可亡,而二人不能亡宝卷,反致速死。及西军长驱入都,宫廷被围,王珍国等谋贰于内,不烦兵戈,而昏主授首。萧衍无弑主之名,坐收讨乱之实,虽其智力过人,亦未始非乘势待时之利也。然举兵之始,即以天子自居,彼心目中固已无宝融矣。萧鸾残害骨肉,卒不能保全子嗣,终为疏族所篡夺,猜忍者果何益哉!

第三十九回

谏远色王茂得娇娃　窃大宝萧衍行弑逆

却说萧衍入屯阅武堂，即称奉宣德太后命令，晓示官民。大略说是：

皇室受终，祖宗齐圣，太祖高皇帝肇基骏命，膺箓受图；世祖武皇帝系明下武，高宗明皇帝重隆景业，咸降年不永，宫车早晏。皇祚之重，允属储元，而禀质凶愚，发于稚齿。爰自保姆，迄至成童，忍戾昏顽，触途必著。高宗留心正嫡，立嫡惟长，辅以群才，间以贤戚，内外扶持，冀免多难。未及期稔，便逞屠戮，密戚近亲，元勋良辅，覆族歼门，旬月相系。凡所任杖，尽愿穷奸，皆营伍屠贩，容状险丑，身秉朝权，手断国命，诛戮无辜，纳其财产，睚眦之间，屠覆比屋。身居元首，好是贱事，危冠短服，坐卧以之。晨出夜返，无复已极，驱斥氓庶，巷无居人，老幼奔皇，置身无所。东迈西屏，北出南驱，负疾舆尸，填街塞陌。兴筑缮造，日夜不穷，晨构夕毁，朝穿暮塞，络以随珠，方斯已陋，饰以璧珰，曾何足道。时暑赫曦，流金铄石，移竹艺果，匪日伊夜，根末及植，叶已先枯，畚锸纷纭，动倦无已。散费国储，专事浮饰，逼夺民财，自近及远，兆庶恟恟，流窜道路，工商稗贩，行号道法。屈此万乘，躬事角抵，昂首翘肩，逞能檀木，观者如堵，曾无怍容。芳乐华林，并立阛阓，踞肆鼓刀，手操轻重，干戈鼓操，昏晓靡息，无戎而城，岂足云譬。至于居丧淫宴之愆，三年载弄之丑，反道违常之衅，牝鸡晨鸣之愿，干事已细，尚可得而略也。謦楚、越之竹，未足以言，校辛、癸之君，岂或能匹！征东将军忠武奋发，投袂万里，光奉明圣，翌成中兴，乘胜席卷，扫清京邑。而群小靡识，婴城自固，缓戮稽诛，倏逾旬月。宜速剿定，定我邦家。乃潜遣间介，密宣此旨，忠勇齐奋，遄加荡朴，放斥昏凶，卫送外第。未亡人

第三十九回　谏远色王茂得娇娃　窃大宝萧衍行弑逆

不幸遭此百罹，感念存殁，心焉如割。令依汉海昏侯即昌邑王贺。故事，宝卷降封为东昏侯，宝卷后褚氏及太子诵并为庶人。肃清宫掖，重见升平，未亡人亦与有幸焉。

看官！你想此时的宣德太后，出居鄱阳王故第，来管什么朝事？也轮不着管。萧衍不欲自居废立，因借太后为名，这也是古今废立的常例。又托太后命令，进衍为大司马，录尚书事，兼骠骑大将军扬州刺史，封建安郡公，承制行事，百僚致敬。王亮出见萧衍，衍与语道："颠而不扶，焉用彼相！"亮答道："若果可扶，明公亦不得有今日！"衍不禁大笑，即授亮为长史，以司徒扬州刺史晋安王定义为太尉，仍领司徒，改封建安王宝寅为鄱阳王。衍弟宏得拜中护军。诛茹法珍、梅虫儿、王宝孙、王咺之等四十一人。潘贵妃尚在狱中，衍不忍加戮，意欲留侍巾栉，特商诸领军王茂。茂答道："亡齐乃是此物！若留居宫中，必招外议。"衍不得已勒令缢死。威福已享尽了。当下颁发敕文，蠲除敝制，放宫女二千人出宫，分赐将士。惟馀妃、吴淑媛，华色未衰，衍早闻艳名，便即入镇殿中，据住二美。还有宫人阮氏，系始安王遥光妾媵，遥光败后，没入掖庭，也生得身材袅娜，体态轻盈。衍亦纳为彩女，随意谐欢。均为后文伏线。自古英雄多好色，这也不足深怪。

当时远近州郡，均望风纳款，独豫州刺史马仙琕，吴兴太守袁昂，不肯受命。衍使仙琕故人姚仲宾招降，仙琕设筵相待，至仲宾述及衍意，被仙琕叱出，枭示军门。驾部郎江革，为衍致书袁昂，书中略云："根本既倾，枝叶安附？况竭力昏主，未足为忠，家门屠戮，非所谓孝，何若幡然改图，自招多福。"昂复书婉拒，大致谓既食人禄，不便遽忘，请示含容，毋责后至等语。衍乃复命李元履为豫州刺史，出抚东土，令勿以兵威从事。元履至吴兴，昂仍然不降，但开门撤备，由他拘去。及转招仙琕，仙琕泣语将士道："我受人任寄，义不容降，君等皆有父母，不应令家属坐诛，我为忠臣，君等为孝子，两无所憾了！"乃悉遣将士出降，尚剩壮士数十人，闭门独守。俄而元履兵入，仙琕令壮士持弓相待，兵不敢逼。到了日暮，仙琕始投弓道："诸君但来见取，我义不降！"兵士始执住仙琕，槛送建康。衍见马、袁两人送至，亲为释缚，且语左右道："令天下见二义士。"

两人感衍厚意，始皆归降。仍然降顺，前时何必做作！

衍前在竟陵王西邸，曾与范云、沈约、任昉等，同处宾僚。见二十七回。至是怀念故交，引范云为谘议，沈约为司马，任昉为记室。又征前吴兴太守谢朏，国子祭酒何胤，二人不至，衍迎宣德太后王氏入宫，即于中兴二年正月，奉后称制，自撤承制二字，余官如故。沈约入语衍道："齐祚已终，明公当入承帝运，虽欲自守谦光，恐不可复得了。"衍沉吟道："此事可行得么？"约又道："天人相应，何不可行！"衍复嗫嚅道："且待三思。"约慨答道："公初建牙樊沔，应该三思，今王业已成，何容疑虑！若不早定大业，将来天子入都，公卿在位，君臣分定，无复异心；果使君明臣忠，难道尚有他人助公作贼么！"极力怂恿，好个梁初走狗。衍始点首。

约既趋出，复召范云入议。云所对亦如沈言，衍欣然道："智士所见略同，卿明早与休文更来。"云出语约，约答道："明晨须要待我，同见大司马。"云笑道："休文何必多虑，当然相待。"遂拱手别去。休文是约表字。诘旦云仍趋入，未见约至，待了多时，仍然没有到来。问明殿中卫士，方知约已早入，不禁惊诧异常。本欲闯将进去，又恐未奉传宣，不便遽入，乃徘徊寿光阁下，连呼咄咄怪事！攀龙附凤，应走先着，云自己落后，被人愚弄，何怪之有！既而见约出来，慌忙迎问道："何以处我？"约举手向左，云始解颐道："幸不失望！"看官道是何因？原来沈约左指，便是令云为左仆射的意思。云已经解意，所以转惊为喜，即得开颜。热中如此，可叹可鄙！

未几由衍召入，取出数纸，折递与云。云接入手中，约略瞧视，一纸是加九锡文，一纸是封梁王文，还有一纸，竟是内禅诏书，不由得失声道："好快笔墨！"从范云目中看出，笔法不平。衍叹道："休文才智，当今无匹。我起兵至今，已历三年，诸将同心辅助，各有功劳，但造成帝业，惟卿与休文二人！"云欣然称谢。

越数日，即诏进大司马衍位相国，总百揆，领扬州牧，封十郡为梁公，备九锡礼。又越数日，复诏梁公增封十郡，进爵为王。所有梁国要职，悉依天朝成制。于是授沈约为吏部尚书，兼右仆射，范云为侍中。云前为约诳，致落人后。此时日夕留心，恨不把梁王衍即刻抬上，便好做个开国元勋。自二月间衍封梁王，迁延旬月，尚不闻准备

第三十九回　谏远色王茂得娇娃　窃大宝萧衍行弑逆

受禅，连衍亦未曾提及，不禁格外心焦。常思乘间进言，偏衍深居简出，除出殿视事对众裁决外，整日里在内休养。有时云入启事，且往往谢绝，不得见面。仔细探听，方知衍为女色所迷，竟将大事搁起。

衍妻郗氏为故太子舍人郗晔女，幼即明慧，善隶书，通史传，女工女容，无不娴熟。宋后废帝昱欲纳女为后，事不果行，齐初安陆王缅，又欲娶女为妃，郗家托词女疾，婚议复寝。建元末年，竟嫁衍为妻，伉俪甚谐。衍出为雍州刺史，郗氏随行，病殁襄阳官廨中，惟郗氏在日，性多妒忌，禁衍置妾。衍只有一妾丁氏，尝遭郗氏虐待，每日使舂米五斛。幸丁氏是一村女，不甚懦弱，却还吃苦得起，按日照舂。若有神助，从未违限，亦无怨言。郗氏迭生三女，不得一男，丁又遭忌，鲜得当夕。及郗氏病死，丁氏始得怀妊，产下一男，取名为统，就是后来的昭明太子。统生月余，衍起师围郢，丁氏母子，当然是不便随行，留居雍城。<small>带叙萧衍妻妾，贯穿前后。</small>

及衍既入建康，已做了两年旷夫，骤得余、吴两姬，趋承左右，朝拥暮偎，欢乐可知。惟吴淑媛已经有娠，未便常侍枕席，遂令余妃专宠，日夕相亲。这位多才多智的梁王衍，也被那色魔扰住，几乎似醉似痴，沉湎不治。<small>色之害人大矣哉！</small>

云既洞悉情由，遂屡次求见。衍不好屡却，或许进谒，云请屏去左右，衍但说左右俱是心腹，有事不妨尽言。究竟投鼠忌器，属耳须防，云恐为左右泄语，未敢直谏，只得隐约陈情，劝衍戒色。衍虽然面允，耽乐如故。云乃想出一计，特邀领军王茂，一同进谏。茂佐衍起兵，战必先驱，推为功首，初为雍州长史，超迁至领军将军，衍格外优待，言听计从。云得茂为帮手，便放胆进去，排闼入见。衍惊问何因？云朗声道："昔汉高祖居山东，贪财好色，及入关定秦，财帛无所取，妇女无所幸，范增畏他志大，后来终得成功。今明公始定建康，海内方想望风声，奈何为色所迷，取亡国女子，自累盛德呢！"衍默然不答，茂即下拜道："范云言是！公以天下为念，不宜留此亡国妇。"

衍被二人缠住，勉强答说道："我便当放她出去。"云趁势进言道："公既采纳愚言，便应速行。前时放出宫人二千名，分赏将士，独王领军尚无所得，王领军为公效力，忠勇过人，何为独令向隅？今愿将佘、吴二姬,择一为赐!"衍遽答道:"吴氏已有娠了。"云复道:"吴既有娠,请出佘氏赉茂罢。"说至此,以目视茂,茂即顿首拜谢。衍心实不愿,转思大事将成,不能为一女子,违忤功臣,反滋众怨,因慨然语茂道:"我便将佘氏赉卿!"说着,顾令左右,召出佘氏,竟命王茂领去。佘妃不防有此一着,急得蛾眉紧蹙,珠泪欲垂,当即拜倒衍前,嘤嘤泣语。衍不待启口,便拂袖起座道:"汝去罢!不必多说了。"又顾王茂道:"卿须善待此妇,勿负我言!"一面说,一面走入内室去了。有此决心,故得为帝四十余年。佘氏不好再留,只得起身收泪,随茂出门,上舆赴茂私第。从此又另是一番情缘,毋庸细表。倒便宜了王茂。

且说衍既放出佘妃,复赐云、茂钱各百万。是霸王权术。于是决计篡齐,准备参禅。湘东王宝晊,系安陆王缅嗣子,素好文学,为衍所忌,诬他谋反,立即捕诛。宝晊弟宝览、宝宏,一并受戮。还有邵陵王宝攸,晋熙王宝嵩,桂阳王宝贞,年龄都不过十岁上下,都缘宝晊连坐,悉令自尽。庐陵王宝玄忧死,鄱阳王宝夤,穿墙夜出,逃匿山涧,昼伏夜行,得抵寿阳东城,投降北魏。明帝诸子,只剩了晋安王宝义及江陵嗣主宝融。衍乃奉表江陵,佯请宝融东归,入都为帝。宝融带领百官,便即启行,留萧憺为荆州刺史,都督荆、湘军事。

那边马首东瞻,这边已攀龙附凤,自行劝进。接连是上陈符瑞,迭报祯祥,或称景星见,或称甘露降,或称凤凰至,或称驺虞兴,种种奇异,不知他是真

第三十九回　谏远色王茂得娇娃　窃大宝萧衍行弑逆

是假，统说是上天应命，百兽率仪。沈约、范云等，又贻书夏侯详，教他迫主禅位，不得迟延。夏侯详见风使帆，乐得做个人情，同佐新朝景运。及宝融到了姑熟，便遣使入都，与范云、沈约等接洽，定受禅仪。应用诏书，已由沈约草就，便即颁发出来。语云：

> 夫五德更始，三正迭兴，驭物资贤，登庸启圣。故帝迹所以代昌，王度所以改耀，革晦以明，由来尚矣。齐德沦微，危亡洊袭，隆昌凶虐，实违天地，永元昏暴，取紊神人。三光再沉，七庙如缀，鼎业几移，含识知泯。我高明之祚，眇焉将坠，永惟屯难，冰谷载怀。相国梁王，天诞睿哲，神纵灵武，德格玄祇，功均造物，止宗社之横流，及生民之涂炭，扶倾颓构之下，拯溺逝川之中，九区重缉，四维更纽，绝礼还纪，崩乐复张，文馆盈绅，戎亭息警，浃海隅以驰风，馨轮裳而禀朔，八表呈样，五灵效祉，岂止鳞羽祯奇，星云瑞色而已哉！勋茂于百王，道昭乎万代，固已明配上天，光华日月者也。河岳表革命之符，图谶纪代终之运，乐推之心，幽显共积，歌颂之诚，华裔同著。昔水政既微，木德升绪，天之历数，实有攸归，握镜璇枢，允集明哲。朕虽庸蔽，阐于大道，永鉴崇替，为日已久，敢忘列代之高义，神人之至愿乎！今便敬禅于梁，即安姑熟，一依唐、虞、晋、宋故事，王其毋辞！

这诏传出，那宣德太后王氏，当然是不能安居，也由沈约等代下一令道：

> 西诏至，帝宪章前代，敬禅神器于梁。可临轩遣使，恭授玺绶，未亡人便归别宫，如令施行。

中兴二年四月壬戌日，宣德太后遣尚书令王亮等，奉玺绶诣梁宫，又有一两篇大文章。其玺书云：

> 夫生者天地之大德，人者含生之通称，并首同本，未知所以异也。而禀灵造化，贤愚之情不一，托性五常，强柔之分或舛。群后靡一，争犯交兴，是故建君立长，用相司牧，非谓尊骄在上，以天下为私者也。兼以三正迭改，五运相迁，绿文赤字，征文表洛。在昔勋华，深达兹义，眷求明哲，授以蒸人。迁虞事夏，本因心于百姓，化殷为周，实受命于苍昊。爰自汉、魏，罔

不率由，降及晋、宋，亦遵斯典。我高皇所以格文祖而抚归运，畏上天而恭宝历者也。至于季世，祸乱洊臻，王度纷纠，奸回炽积。亿兆夷人，刀俎为命，已然之逼，若线之危，局天蹐地，逃形无所，群凶挟煽，志逞残戮，将欲先殄衣冠，次移龟鼎，衡保周召，并列宵人，巢幕累卵，方此非切。自非英圣远图，仁为己任，则鸱枭厉吻，蔦焉已及。惟王崇高则天，博厚仪地，熔铸六合，陶甄万有。锋驲交驰，振灵武以遐略，云雷方扇，鞠义旅以勤王。扬旆施于远路，戮奸宄于魏阙，德冠往初，功无与二，弘济艰难，缉熙敬止。待旦同乎殷后，日昃过于周文，风化肃穆，礼乐交畅。加以赦过宥罪，神武不杀，盛德昭于景纬，至义感于鬼神。若夫纳彼大麓，膺此归运，烈风不迷，乐推攸在，治五龤于已乱，重九鼎于既轻，自声教所及，车书所至，革面回首，讴吟德泽。九山灭祲，四渎安流，祥风扇起，淫雨静息，玄甲游于芳荃，素文驯于郊苑，跃九川于清溪，鸣六象于高岗，灵瑞杂沓，玄符昭著。《书》云：天监厥德，用集大命。《诗》云：文王在上，于昭于天。所以二仪乃眷，幽明永叶，岂惟宅是万邦，缉兹讴讼而已哉！朕用是拥璇沈首，属怀圣哲。昔水行告厌，我太祖既受命，代终在日，天禄永谢，亦以木德而传于梁。远寻前典，降惟近代，百辟遐迩，莫违朕心。今遣使兼太保侍中中书监尚书令王亮，兼太尉散骑常侍中书令王志，奉皇帝玺绂，受终之礼，一依唐、虞故事，王其陟兹元后，君临万方，式传洪烈，以答上天之休命！

衍既得玺书，踌躇满志，只形式上未便遽受，不得不抗表陈让，佯作谦恭。又要抄老文章了。齐百官豫章王元琳等八百十九人，及梁侍中范云等一百十七人。此次由范云列首，也算如愿以偿。再上书称臣，乞请践阼，衍尚谦让不受。太史令蒋道秀陈天文符谶六十四条，事皆明著，亏他拾掇。范云等又复固请，乃择期丙寅日，即位南郊，祭告天地，登坛受百官朝贺。改齐中兴二年为梁天监元年，大赦天下。废齐王宝融为巴陵王，暂居姑熟，宣德太后为齐文帝妃，迁住别宫。皇后王氏为巴陵王妃，齐世王侯封爵，悉从降省。惟宋汝阴王不在降例，追尊父顺之为文皇帝，庙号太祖，母张氏为献皇后，追谥故妃郗氏为德皇后,追赠兄太傅懿为长沙王,予谥曰宣,弟融为桂阳王,予谥曰简;又因弟敷、畅并殁,赠敷为永阳王,予谥曰昭,畅为衡阳王,予谥曰宣。封拜文武夏侯详为公侯,食邑有差。

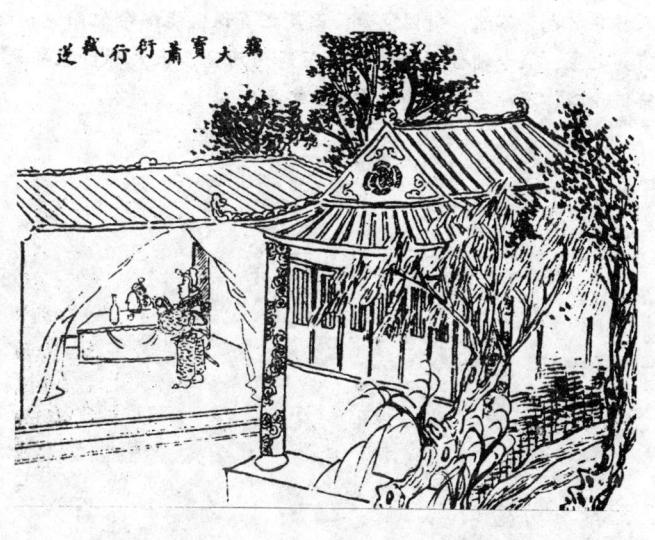

还宫以后,复召入沈约、范云等密商,拟改南海郡为巴陵国,徙居宝融。云未及答,约忙说道:"不可慕虚名,受实祸。"梁主颔首,过了一日,即遣亲吏郑伯禽,驰赴姑孰,用生金进巴陵王。巴陵王宝融叹道:"我死不须金,醇醪亦足了。"乃取酒令饮,饮至沉醉,就将他拉毙榻上,年才十五。伯禽返报。衍却托称暴亡,伪为哀恸,且追尊为齐和帝,葬恭安陵。先是文惠太子与才人共赋七言诗句,辄云愁和帝,至此方验。总计齐自太祖萧道成篡宋,至和帝亡国,凡七主,共二十三年。当时独有一个齐末忠臣,不食数日,为齐殉节。小子有诗赞道:

新朝佐命尽弹冠,独有孤臣大节完,
劲草疾风知不改,首阳遗石好重刊。

毕竟何人殉节,且至下回叙明。

沈约、范云,同赞逆谋,而约尤为狡黠。与云同约,即负云先入,但慕荣利,不顾小信,其心迹尤为可鄙。且云尚知谏衍,请出佘妃,一节可取,而约独无闻。约第知劝衍受禅,迫宝融传位。即如宝晊等之受戮,亦安知非由约之参谋,不过史未之详耳。且衍废宝融,尚欲全其生命,而约独嗾使加弑,为衍弭祸，即为己固宠。范云之所不敢为者，约皆悍然为之，是衍之篡逆，实约一人首导之也。不然，衍因范云、王茂之直谏，能举佘妃而急出之，未始非可与有为之主，假令辅佐得人，亦宁不能为唐高、宋太耶！篡即未免，弑或不为，略迹论心，不能不深恶痛嫉于沈休文矣！

第 四 十 回

萧宝夤乞师伏虏阙　魏邢峦遣将夺梁州

却说齐和帝被弑,有一位殉节忠臣,绝粒而死。看官欲问他姓名,乃是琅琊人颜见远。他本为荆州参军,及宝融称帝,进官御史中丞,至是独为齐死节。<small>备书爵里,法本紫阳。</small>梁主衍闻报,慨然说道:"我自应天顺人,何预天下士大夫事?不意颜见远乃竟至此!"因命萧宝义为巴陵王,使奉齐祀。宝义幼有废疾,瘖不能言,独不中时忌,得终天年。宣德太后逊居外宫,本来是个庸妪,任人播弄,故亦得寿终。后来祔葬崇安陵,由梁廷谥为安皇后。这也不必琐叙。<small>了过齐朝。</small>

梁主衍南面垂裳,大封勋戚,命弟宏为临川王,领扬州刺史,秀为安成王,领南徐州刺史,伟为建安王,领雍州刺史,恢为鄱阳王,授左卫将军,憺为始兴王,领荆州刺史。加领军中军王茂为镇军将军,中书监王亮为尚书令,左长史王莹为中书监,吏部尚书沈约为尚书右仆射,侍中范云为尚书左仆射。立子统为皇太子。置谤木,设肺石,各附一函。凡布衣处士,欲陈清议,可投谤木函中。功臣才士,欲伸屈抑,可投肺石函中。御用衣饰,概从朴素,常膳只备菜蔬。每简长史,务选廉平,皆召见前殿,勖以政道。小县令有能,迁大县,大县令有能,迁二千石,廉能知劝,吏治少清。惟尚有东昏余孽,隐怀反侧,推孙文明为首,密谋作乱。

五月初旬,天适阴雨,夜昏如墨。孙文明竟纠众起事,毁神虎门入总章观。卫尉张弘策,直宿观中,被他杀毙。复烧尚书省及云龙门,军司马吕僧珍,亟召集卫兵,出御乱党。因天昏不辨咫尺,虽有火炬,总难用力奋斗。没奈何保住殿省,分堵各门。那乱党呼喊连天,声彻宫禁。梁主衍身著戎服,出御殿前,镇定众心,且语左右道:"贼从夜间作乱,人必不多,待晓便散走了。汝等可传谕巡士,速击五鼓!"<small>毕竟有智。</small>左右领命出去,不到片刻,即闻更鼓五下,音响且清。这更声传达门外,乱党疑是将晓,果然散去。偏遇镇军王茂,引兵入卫,把乱党拦住,或杀或捉,所有孙文明以下诸悍目,悉数擒住。诘旦骈诛,宫禁乃安。

才阅数日，接得豫章太守郑伯伦急报，内称江州刺史陈伯之造反，侵及豫章，请速发兵讨逆云云。原来伯之从梁主入都，受禅事定，令复原镇。伯之目不识书，一切予夺，俱取决幕僚。别驾邓缮，参军褚緭、朱龙符，乐得乘间舞弊，恣为奸利。梁主闻知弊窦，乃请人代缮，伯之不肯受命。缮且劝伯之造反，緭亦一律赞成，便诈为齐建安王宝寅书，使伯之取示僚佐。伯之更对众泣语道："我受明帝厚恩，应誓死报德！"当下部勒兵士，移檄州郡。豫章太守郑伯伦，整军为备，一面飞报朝廷。梁主览奏，便命镇军将军王茂兼领江州刺史，率兵讨叛。伯之正进攻豫章，与伯伦相持不下，偏王茂引军趋至，来攻伯之。城中守兵，又由伯伦督领，杀将出来。伯之内外受敌，不能招架，只好挈了亲属，夺路北走，绕出间道，渡江奔魏。

魏任城王澄，方受任为镇南大将军，迎纳齐建安王宝寅，宝寅奔魏见前回。优礼相待。宝寅为故主持丧，自服衰绖，居处一庐，澄率官僚赴吊，宝寅拜伏地上，泣请复仇。澄乃令自谒魏主，护送入洛。可巧伯之亦至，也拟请兵伐梁，遂由澄一并送行，随宝寅同赴洛都。

先是齐和帝即位江陵，魏镇南将军元英，曾上书魏主，乞乘隙南侵。车骑大将军源怀，也与元英同意，相继请命。魏主乃命任城王澄，为镇南大将军，领扬州刺史，经略江东。澄既受命，将欲出师，偏又接到魏主敕命，令他慎重，不应轻进。魏主不乘隙南下，实是失机。

此次齐宝寅到了魏廷，终日伏阙，定要乞师南伐，虽遇暴风大雨，终不暂移。好似一个申包胥。陈伯之亦请兵自效，诚恳异常，魏主恪乃召入宝寅，赐令旁坐。宝寅年只十七，与魏主相问答，语语呜咽，字字凄凉，说得魏主也为动容，遂允请发兵。过了两日，即授宝寅为镇东将军，加封齐王，都督东阳等三州军事，给兵万人屯东城。伯之为平南将军，仍任江州刺史，都督淮南诸军事，率旧部出屯阳石，俟秋冬交季，大举伐梁。宝寅闻命，尚通宵恸哭，达旦即诣阙拜命。真耶假耶！魏主见他惨形悴色，愈觉垂怜，又听宝寅自募四方壮勇，补充队伍。

宝寅叩首辞行，沿途募得壮士数千人，拔颜文智、华文荣等六人为军将，使统新军，且屡致书任城王澄，乞他上书提早师期。澄乃表闻魏主，略言萧衍堵塞东关，欲令巢湖泛滥，灌我淮南诸戍，且灌且掠，淮南地恐非我有。寿阳去江五百余里，众庶惶惶，并惧水害，若因民愿望，攻

第四十回　萧宝夤乞师伏虏阙　魏邢峦遣将夺梁州

敌空虚,预集诸州士马,首秋大举,应机经略,就使不能混一,江西定可无虞了。魏主乃发冀、定、瀛、相、并、济六州兵马,得兵二万人,马千五百匹,令至仲秋中澣,毕会淮

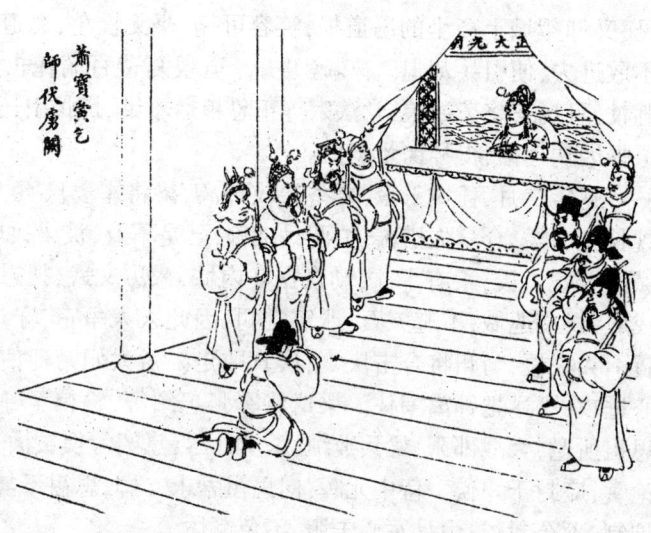

萧宝夤乞师伏虏阙

南。并寿阳屯兵三万,俱归任城王澄调度。就是萧宝夤、陈伯之两军,亦皆受澄节制。嗣复令镇南将军元英,督征义阳诸军事,与任城王澄同时举兵。

梁同州刺史蔡道恭,闻魏军将至,亟遣将军杨由,收集城外居民,屯保贤首山,列为三栅。梁天监二年秋季,元英麾军至贤首山,围攻三栅,杨由督厉兵民,且战且守。约历旬月,兵民伤亡不少。由用法过峻,为民所怨,土豪任马驹斩由出降。

任城王澄,命统军党法宗、傅竖眼、王神念等,分攻东关、大岘、淮陵、九山,高祖珍率三千骑为游军,澄自为后应。魏军连拔关要、颍川、大岘三城,白塔、牵城、清溪诸梁戍,望风奔溃。梁徐州司马明素,率兵三千救九山,徐州长史潘法邻率兵二千救淮陵,宁朔将军王燮保焦城。魏将党法宗等,长驱直进,锐不可当。一战拔焦城,王燮败溃,再战破九山,明素受擒,三战入淮陵,潘法邻被杀,势如破竹,直趋阜陵。

阜陵由南梁太守冯道根居守,道根先期月余,已修城隍,严斥堠,俨临大敌。僚佐笑为多事,道根道:"诸君不闻怯防勇战么?若俟寇逼城下,何暇及此!"是谓有备无虞。已而城工粗竣,党法宗等有众二万,果然掩至,众皆失色,道根命大开城门,缓服登城,但遣精骑二百人,出城冲阵,东荡西突,撞倒魏军前队数百人,杀毙数十,从容退还。魏兵见所未

见，又仰望城上高坐的冯道根，笑容可掬，毫无惧色，总道是城中设伏，不敢进去，便引兵却退。仿佛空城计。道根复遣百骑掩击高祖珍，亦得胜仗，且扬言将袭魏粮，党法宗等正恐粮运不继，慌忙引还。阜陵解严，道根因功超擢，得拜豫州刺史。

越年二月，任城王澄，复举兵攻钟离，梁将军姜庆真，乘虚袭寿阳，魏长史韦缵，仓皇失措，急忙调兵抵御，已是不及，被梁兵攻入外郛。任城王太妃孟氏，素有干才，勒众据守内城，激厉文武，抚慰新旧，又亲披戎服，昼夜巡城，不避矢石，严定赏罚，因此人人争奋，守备遂坚。萧宝寅引兵来援，与州将合击庆真，庆真败走。孟太妃乃遣使报澄，令他安心进攻，澄遂把钟离围住。梁遣将军张惠绍等，输粮至钟离，为澄将刘思祖所邀，大战邵阳，梁兵败绩，杀虏几尽，惠绍等俱被擒去。思祖因功论赏，应封千户侯。侍中元晖，向思祖索求二婢，思祖不与，元晖遂从中抑制，不令封侯，由是军心未服，不免懈体。

既而霖雨连旬，淮水暴涨，澄乃引还寿阳。一经退军，行伍自乱，由梁军追蹑数里，俘斩至四千余人。澄坐降三阶。梁主命将所俘将士，向魏易还张惠绍等，得澄允许，彼此俘虏，各得生还。

魏镇南将军元英，闻澄无功还镇，不禁愤懑起来，遂投袂奋起，督兵围攻义阳。义阳城中，守兵不满五千人，粮食仅支半载，魏兵昼夜猛扑，声势甚锐。幸司州刺史蔡道恭，随方抗拒，相持至百余日，魏兵无从攻入，反丧亡了许多人马，竟欲卷甲退还。

会道恭积劳成疾，竟致不起，呼从弟骁骑将军灵恩，兄子尚书郎僧勰，及部下将佐，至榻前面嘱道："我受国厚恩，不能杀退虏众，愧愤交并！今疾苦缠身，万不可支，但望汝等效死守节，勿使我殁有遗恨！"灵恩等涕泣受命，道恭不久即殁。

灵恩摄掌州事，代守城池。梁主遣平西将军曹景宗，及后军将军王僧炳，分领步骑三万，往救义阳。僧炳率二万人先进，行次凿岘，适魏冠军将军元逞等，奉元英军令，趋至樊城，来截僧炳。僧炳上前搦战，见来兵不多，未免藐视，哪知鼓声一响，敌骑踊跃前来，冲突入阵，前队各军，统皆披靡，后队亦被牵动。僧炳弹压不住，只得返奔，失去四千余人。曹景宗趋至凿岘，正值僧炳奔还，不觉大惊，遂顿兵不进。统是酒囊饭袋。

义阳因丧了道恭，将士夺气。魏兵本欲引退，得此消息，反麾兵急攻。灵恩飞使求救,梁廷再遣宁朔将军马仙琕,统兵赴急。仙琕转战而前,兵势颇锐,元英派将堵截,俱被击退。乃自至士雅山,结寨立栅,分命诸将埋伏四隅,掩旗示弱。仙琕恃胜生骄,直迫英营。英亲出挑战,才斗数合,即回马佯奔,诱至伏中,纵令伏兵四出,合攻仙琕。仙琕已知中计,但事已至此,不得不驱兵鏖斗。猛见敌军中有一老将,擐甲执槊,冲将过来,便命军士放箭,一箭正中老将左股。那老将不慌不忙,拔去箭镞,流血及趾,仍然猛力驰入,握槊四刺,槊毙梁兵多人,连仙琕子亦死槊下。仙琕不胜悲愕,引兵亟走。这老将便是魏统军傅永。永见仙琕败去,尚跃马前追,元英急向前拦阻道:"公已受伤了,请还营休养,待我督兵追击罢!"永答道:"昔汉祖受伤扪足,不令人知,下官虽微,也是国家一将,伤未及死,怎得畏缩呢!"说毕,仍然力追,俘获梁兵多名,及暮始返。永时年已七十三,全军皆为敬服。老当益壮。

仙琕输了一阵,再收集余众,尚得万人,复与元英决战。三战三败,阵亡大将陈秀之,余军不能再振,狼狈奔还。义阳城内的蔡灵恩,势穷援绝,只为了贪生怕死四字,竟违背兄言,举城降魏。千古艰难惟一死。平靖、武阳、黄岘三关,所有梁朝戍将,亦弃关南遁。魏封元英为中山王,傅永以下,俱得加赏,士马欢腾,不消细说。

惟梁廷连接败报,当然惊惶,御史中丞任昉,奏弹曹景宗拥兵不救,应即加谴。梁主因他佐命有功,置诸不问,但令就南义阳建置司州,移镇关南,用卫尉郑绍叔为刺史。绍叔立城隍,缮器械,广田积谷,招集流亡,兵民安堵,复成重镇。魏人却也不敢进逼,惟据住义阳,扼要设戍罢了。

已而梁汉中太守夏侯道迁,复举汉中降魏。魏令邢峦为镇西将军,西略梁州,所向摧破。白马戍将尹天宝,景寿太守王景胤,都向益州告急。益州刺史邓元起,观望不前。天宝战死,景胤败走,巴西太守庞景民,又为郡民严玄思所杀,举地附魏。梁遣将军孔陵等,率兵西援,一面招诱仇池军将,令他叛魏归梁,夹击魏军。

仇池自杨文德归宋,杨难当降魏后,彼此分事南北。见前文。文德弟文度,据有葭芦,自立为武兴王,被魏击死。文度弟文弘,奉表魏廷,谢罪称藩,魏乃除文弘为南秦州刺史,授武兴王封爵,兼拜征西将军西戎校尉。文弘传侄后起,后起传子集始,集始又传子绍先,并受魏封。

绍先年幼,委事二叔集起、集义。两人闻汉中入魏,恐仇池不免窘夷,又经梁人招诱,遂鼓动群氐,推绍先为帝,出截魏人粮道。

魏镇西将军邢峦,拨兵邀击,得将氐众杀退。叙仇池事,简而不漏。又遣统军王足,带领万骑,抵敌梁将孔陵,连战皆捷。陵退保梓潼。足攻入剑阁,趁势略地,凡梁州十四郡,尽为魏有,益州大震。梁假邓元起都督征讨诸军事,出援梁州,另授西昌侯萧渊藻代为刺史。

渊藻莅镇,见粮储器械,悉被元起取去,免不得愤恨交乘,遂入元起营,乞拨还良马百匹。元起勃然道:"年少郎君,要良马做甚?"渊藻愈愤,忍气而出。越宿邀元起过宴,托词饯行,更迭行觞,灌使烂醉。渊藻拔剑遽起,把他杀死。且指挥左右,尽戮元起随员,然后闭城自固。元起部曲,立营城外,闻元起被戮,便即围城,呼问元起罪状。渊藻登城朗声道:"天子有诏,命诛元起,汝等无罪,速宜敛甲归营,毋得取咎!"众乃散归。惟元起故吏罗研,诣阙讼冤,梁主以渊藻为兄懿次子,不忍加谴,但遣使责让,贬渊藻为冠军将军,恤赠元起,赐谥曰忠。未免失刑。

渊藻年未弱冠,颇有胆识,会益州乱民焦僧护,纠众起事,渊藻共乘肩舆,巡行贼垒,乱党聚弓乱射,箭如飞蝗,渊藻左右,忙举楯为蔽,渊藻叱令撤去,大呼道:"汝等多是良民,奈何从贼!能射速射,不能射速降!"贼众闻言,俱为咋舌。又见所发各箭,统从渊藻身旁飞过,毫不受伤,更疑为神助。不是神助,实由乱党乌合,未能射着。渊藻从容退归,贼竟夜遁,由渊藻发兵进剿,斩首数千级,僧护窜死,余党荡平。渊藻得进号信威将军。

魏将王足,进围涪城,邢峦且一再上表,请即大举入蜀,魏主独敕令从缓,但令王足行益州刺史,相机进兵。不识何意?不到数日,又命梁州军司羊祉代足,足很是怏怏。时魏主恪委政权幸,疏忌亲属,足恐遭谗被祸,即背魏归梁。

邢峦失一骁将,叹息不置。自在梁州驻节,恩威并著,原是抚驭有方,大得众心。但一身不能分镇,所得巴西郡城,只好遣军将李仲迁往守。仲迁好酒渔色,既莅任后,广采美姬,得了一个张法养女,妖淫善媚,宠爱异常,郡中公事,悉任属吏办理。就是邢峦有事,遣人往商,亦不得见他一面。使人返报邢峦,峦当然痛恨,正拟把他撤调,偏巴西已经变乱,仲迁被戕,首级献与梁人,一座城池,得而复失,又为梁人占据

第四十回　萧宝夤乞师伏阙　魏邢峦遣将夺梁州

去了。

峦且恨且悔,更闻杨集义等围攻阳平关,因使建武将军傅竖眼,领兵往讨,兼程前进。到了关下,大破氐众,集义遁走。竖眼乘胜逐北,掩入仇池,执住杨绍先,送入洛阳。集起、集义,奔匿数日,穷无所归,也只得出降魏军。仇池自晋惠帝时,氐王杨茂搜始据此地,至是乃灭。改称武兴镇,寻又改为东益州,这是梁天监五年,魏正始三年间事。

那时梁主衍因失去司梁,无从泄恨,既得王足等投降,报称魏廷内容,才知魏政腐败,如咸阳王禧、北海王详等,均已受诛,外戚高肇,宠臣茹皓,内外弄权,逸害勋旧,正是有隙可乘的时候,遂命扬州刺史临川王萧宏,都督北讨诸军事,尚书右仆射柳憕为副,出次洛口,调兵北进。宏系皇室介弟,位虽隆重,材实平庸,骤然间手握兵符,身为统帅,看官试想,能胜任不胜任呢!小子有诗叹道:

　　兵为凶器战尤危,庸竖何堪使帅师!
　　梁室初年纲已紊,输人一着是营私。

宏既出师,魏人怎肯退缩,当然遣兵派将,来抗梁师。但魏主恪委政权幸,上文未曾详叙,须待下回说明,看官少安毋躁,请阅下回便知。

萧宝夤避难奔魏,乞师魏阙,效申包胥秦庭之哭,似乎忠臣孝子之所为;然观后来之叛魏称帝,则无非借忠孝之名,觊一时之富贵耳。史称其伏阙终日,风雨不移,拜命前夕,恸哭达旦,过期尚悼色粗衣,未尝嬉笑者,皆伪态也。自宝夤乞师南下,而魏任城王澄,及镇南将军元英,分兵内扰,据有司州,镇西将军邢峦,又遣王足等夺据巴西,兵锋直达涪城。梁人东西奔命,应接不遑。虽萧衍以篡弑得国,不足深惜;然百姓何辜,遭此蹂躏,是岂非由宝夤之挟私图逞,贻害生灵乎?后人犹有以逡巡观望,为魏主咎者。夫欲咎魏主,即归美宝夤,一孔之见,实属大谬。论人者当就其终身行事,以下定评,岂可徒以一节称之?况第为声音笑貌云乎哉!

第四十一回

弟子舆尸溃师洛口　将帅协力战胜钟离

却说魏主恪即位时，改元景明，年仅十六，未能亲决大政，曾授皇叔彭城王勰为司徒，录尚书事。勰志在恬退，未几辞职归第，太尉咸阳王禧，进位太保司空，北海王详进位大将军，两王俱系魏主叔父，所以倚畀俱隆。魏主尊生母高贵人为太后，高氏为冯幽后毒毙，见三十二回。兄肇在朝，由魏主推类锡恩，特封为平原公，也得专政。见三十五回。还有太尉于烈，兼充领军，烈弟劲有女端好，得册为后，因此烈、劲并预朝权。政出多门，已成乱兆，再加幸臣茹皓、王仲兴、赵修、赵邕、寇猛等，居中用事，更觉庶政丛脞，泯泯棼棼。

咸阳王禧因权为所夺，致蓄异图，竟欲废帝自立，谋泄被诛。诸子削籍，家产分给高肇、赵修二家，及内外百官。禧家财帛，不可胜计，百官所得分赐，每人得帛百匹，或数十匹，最少亦有十匹。宫人常作歌道："可怜咸阳王，奈何作事误！金床玉几不能眠，夜蹋霜与露；洛水湛湛弥岸长，行人哪得渡！"歌辞惋切，流传江表。

北海王详，尝讦禧阴谋，至是得进位太傅，兼领司徒。高肇得官尚书令，茹皓任冠军将军。皓娶高肇从妹为妻，妻姊为安定王元燮妃。燮为详从父，详常出入燮家，见燮妃容貌妖冶，未免垂涎。燮妃高氏，亦见详丰姿秀美，远出燮上，两人眉去眼来，也不顾婶侄名分，竟做成了苟且的事情。嗣是与茹皓益相亲狎。皓虽闻详奸通妻姊，但因详权势方隆，亦乐得依附，引作党援。皓独不怕做元绪么？直阁将军刘胄，系详所引荐，与殿中将军常季贤、陈扫静等，皆党同详、皓，招权纳贿，无所不至。

高肇系出高丽，为详、皓等所轻视，偏魏主恪为母尊舅，格外优礼，事必与商。肇遂欲与详、皓争权，辄相诿构。肇兄偃生有一女，貌美色娇，得入为贵嫔，他即暗受肇嘱，与肇表里为奸，诬称详、皓有谋逆情事。魏主恪方宠高贵嫔，当然信为真言，遂于正始元年四月，魏景明五年，改元正始。召中尉崔亮入禁中，使劾详贪淫骄纵，及茹皓、刘胄、常季贤、陈扫静四人，专恣不法，谋为不轨等情。亮依旨上奏，当夜收捕皓等，拘系南台。更遣虎贲百人，围守详第。诘旦赐皓等死，废详为庶人，锢居太府寺。详母高太妃，妻刘氏，仍居旧第，令五日得一视详。

高太妃家法素严，详有微罪，辄用絮裹杖，亲加笞罚，所以详平日贪淫，不敢白母。至此高太妃始悉淫烝事，向详怒叱道："汝自有妻妾侍婢，皆年少如花，何故与高丽婢犯奸？今致此罪，我若见高丽婢，当生啖彼肉！"说着，携杖去絮，挞详百下。详不胜痛楚，杖痕累累，皆至创脓。高太妃又指详妻刘氏道："汝亦大家女，门户匹敌，何畏何疑，乃不规谏夫婿？"刘微笑不答，跪伏姑前，亦被杖数十。刘氏即宋王刘昶女，姿色寻常，为详所憎，她独不谈夫恶，情愿受杖，却是一位贤妇。

未几详即暴死，想是由魏主遣使暗害，但佯下诏敕，令得还丧故宅。所有诸王宗室，仍使奔赗，母妻等依然给饩，当时以详虽贪淫，罪不至死，共为惊叹不置。魏主复起彭城王勰为太师，勰固辞不获，乃遵敕就职。但高肇益得弄权，且劝魏主分拨卫队，监守诸王宅第。勰切谏不从，从此外戚有权，宗室反无权了。隐伏下文。

且说魏主闻梁师大举，已出洛口，乃授中山王元英为征南将军，都督扬、徐诸军事，率众十万，抵敌梁军，又使镇西将军邢峦，都督东讨诸军事，发定、冀、瀛、相、并、肆六州人马，约十余万，接济元英，魏兵尚未到齐，梁军已经先出。江州刺史王茂，侵魏荆州，诱魏边民及诸蛮，更立宛州，随遣所署宛州刺史雷豹狼等，袭取河南城。太子右卫率张惠绍，侵魏徐州，攻入宿预城，擒住守将马成龙。北徐州刺史昌义之，也得拔魏梁城。迭写梁军胜仗，反衬下文。

豫州刺史韦睿，遣长史王超等攻小岘，日久未下。睿亲往行营，巡阅围栅，魏兵亦出数百人，列阵门外。睿即欲下令攻击，部将叩马进谏道："今日随驾来此，未具战备，请还镇授甲，方可进战。"睿驳说道："魏城中有二三千人，尚能固守，今无故出城列阵，必自恃骁勇，藐视我军，我若败他一阵，使他知惧，然后守卒寒心，此城可不攻自破了！"众尚面面相觑，各有难色，睿张目四顾，握节出示道："朝廷授我此节，并非徒饰外观，诸君相从有年，难道还未知韦睿军法么？"大众见他动恼，方才应令，乃并力向前，猛击魏兵。魏兵果自恃骁悍，齐来争锋，哪禁得睿军拼死，一当十，十当百，竟把魏兵击退。便乘势攻城，果然城中内溃，经宿即下。遂乘胜进薄合肥,就淝水设了一堰,令水汇集城旁,使通舟舰。

魏将杨灵胤率众五万,来救合肥,梁将恐众寡不敌,请睿奏请添兵。睿笑道:"强虏当前,再求添兵,还来得及么?况我求添兵,彼亦添兵,何时得了?兵贵出奇,虽多何益!"说着,即列阵以待。至灵胤驱军过来,便冲杀前去。灵胤未曾防着,恰被睿驰突一场,折损了许多人马,退至数里下寨。睿本遣军将王怀静,筑垒堰旁,令他守堰。灵胤夜遣锐卒,攻破怀静营垒,复掩至堤下,兵容甚盛。睿众又欲退守巢湖,或拟还保三汊,睿变色道:"哪有此理!"遂命取大纛旗矗立堤下,并下令道:"堤存与存,堤亡与亡,妄动即斩!"既而魏人俱来凿堤,睿督众与争,摄弓攒射,箭伤魏兵多名,魏兵怯走。睿即沿堤筑垒,约高数仞,并将斗舰架起垒上,与城相齐,然后鸣鼓督攻。城中人失去凭借,个个慌张,骇极而哭。守将杜元伦登城督战,中箭倒毙,蛇无头不行,兵无主自乱,就在夜间开城遁去。睿一面入城,一面发兵追逐,斩俘万余级,获牛马亦万数。

睿素来体弱,未尝跨马,每战辄乘白板舆,督厉将士,勇气无敌。平时与士卒同甘苦,极意拊循,所以令出必行,无战不胜。<small>平时待下有恩,战时始可用威,否则士不用命,威亦何益,这是本段着眼处。</small>灵胤亦闻风退走。睿率将士至东陵,有诏令他班师,乃悉遣辎重前行,自乘小舆殿后,从容还至合肥。魏人服睿威名,不敢追蹑。睿就把豫州官府,俱迁入合肥城,即以合肥为豫州治所。庐江太守裴邃,也有能名,连拔魏羊石、霍邱二城,青、冀二州刺史桓和又克魏朐山及固城。

梁廷屡得捷书,盈廷相庆,哪知胜负靡常,得失无定!王茂到了河南城,被魏平南将军杨大眼,一鼓杀败,茂弃甲遁还,杨豹狼亦弃城逃走,河南城复为魏有了。张惠绍自宿预进发,北攻彭城,遣署徐州刺史宋黑,往围高塚,又被魏武魏将军奚康生,率兵来援,黑竟战死。惠绍继战亦败,仍退保宿预城。魏中山王元英,及将军邢峦,先后继进,连战皆捷。再加魏平南将军安乐王元诠,亦督后军随赴淮南,梁军都望风生畏,节节退还。桓和保不住固城,张惠绍保不住宿预,俱赍弃前功,仓猝南奔。<small>前叙胜,后叙败,兔起鹘落,笔势不平。</small>

那时临川王宏尚逗留洛口,拥兵不进。闻魏军进逼梁城,不禁生惧,亟召诸将会议,意欲旋师。吕僧珍首先开口道:"知难而退,也是行军要诀。"宏即答道:"我意也作是想。"柳惔接入道:"我军出境,连克名城,怎得谓难?何必遽退!"裴邃亦说道:"此次出师,原为杀敌而来,明知非易,奈何畏难?"马仙琕朗声道:"王奈何自堕志节,甘取败亡!试想天子举全国将士,悉数付王,有前死一尺,无却生一寸!"昌义之更怒气勃勃,须发尽张,面唾僧珍道:"吕僧珍直可斩首,岂有百万大兵,出未遇敌,便望风遽退!似此庸奴,尚有面目还见圣主么?"朱僧勇、胡辛生拔剑趋出道:"欲退自退,下官当前向取死!"诸将亦含怒欲出,僧珍乃谢诸将道:"殿下昨来风动,意不在军,深恐大致沮丧,故欲全军速返。"裴邃尚欲有言,见僧珍以目示意,乃含忍不发。俟大众尽退,宏亦入内,因复问僧珍道:"公系佐命元勋,今为何自怯若此?"僧珍即附耳低语道:"王不但全无谋略,且很是胆怯,我与王屡言军事,俱格不相入,看此情势,怎能成功!故不如见机退兵,还得保全大众。"邃始叹息而出。

宏因众情违沮,未便遽退,却亦未敢遽进。魏人知他不武,以巾帼相遗,宏虽不免怀惭,始终畏缩不前。当时魏人有歌谣云:"不畏萧娘与吕姥,但畏合肥有韦

洛口师溃弃子弟

虎!"韦虎是指韦睿,萧娘指宏,吕姥指僧珍。僧珍听得此谣,越加愧叹,请遣裴邃分军取寿阳,宏终不从。

魏将奚康生,遣杨大眼请命元英,略言梁军屯留不进,畏我无疑,王若进军洛口,彼自奔败云云。英答说道:"萧临川虽然庸呆,部下却有良将,韦、裴诸人,皆未可轻视,汝等且静观形势,勿与交锋!"元英亦未免

自沮,然用兵不可无良将,于此益见。

未几已值深秋,洛口暴风大作,继以骤雨,梁军相率惊哗。临川王宏,竟潜率数骑夜遁,将士求宏不得,顿时四散,弃甲抛戈,填满水陆。宏乘小船渡江,趋至白石垒,天尚未明,便叩城求入。临汝侯萧渊猷系衡阳王萧懿第三子,据守垒城,便登城问为何人?宏以实对。渊猷答道:"百万雄师,一朝鸟散,国家前途,可危孰甚!倘或奸人乘间图变,如何支持?此城地当冲要,不便夜开,且俟至天明罢。"宏亦无法,唯向渊猷求食,渊猷乃缒食馈宏,待旦方才纳入。渊猷颇不愧官守。

昌义之尚驻守梁城,闻洛口军溃,与张惠绍引兵退还。此次梁廷出师,倾国大举,器械统是精利,甲仗亦很整齐,出次半年,只招降了一个反复无常的陈伯之,与梁廷没甚利益。伯之亦旋即病殁。此外劳师糜饷,损失甚多,兵士溃散,及老弱死亡,差不多有五万人,这都由任将非人,徇私废公,所以遭此一跌呢。语意谨严。

魏主恪传诏各军,乘胜平南,中山王英,进陷马头城,夺得城中积粟,悉数运去。梁主闻宏溃归,急命添戍钟离。或谓魏兵运粮北归,当不致南下,梁主衍道:"这真是狡虏诈计,怎得不防!"此时还算明白。遂饬昌义之速入钟离城,缮垣浚濠,严兵守着。不到数日,魏兵前队,已到钟离城下,亏得昌义之先已防备,毫不仓皇,一攻一守,相持多日。

魏主复令邢峦引兵会攻,峦上疏道:"南军虽不善野战,却善城守,今尽锐往攻钟离,实为失策。钟离远处淮南,就使束手归顺,尚恐无粮可守,况顿兵城下,血薄与争呢!国家有事南方,转瞬经年,士卒劳敝,不问可知。愚意谓不如敛兵北返,修复旧戍,抚循诸州,徐图后举。"魏主不从,反促令进兵。峦复申奏道:"今中山王进军钟离,臣实未解。若专图南略,不顾万全,亦不如直袭广陵,或可掩他不备。乃徒载八十日刍粮,欲取钟离城,谈何容易!钟离天险,城堑水深,非可填塞,彼坚守不战,我师当然坐老;若遣臣接应,从何致粮?臣部下只带袷衣,未赍冬服,倘遇冰雪,又从何取济?臣宁受责逗挠,不愿同遭败损。陛下果信臣言,乞赐臣免职;若谓臣惮行求还,臣愿将所率部曲,尽付中山王,任他处分!臣不妨孑身单骑,听令驱策。倘知难不言,非但负将士,并且负陛下了!"颇有远识。魏主乃召峦还,另遣镇东将军萧宝夤助攻钟离。

钟离守将昌义之，守备有余，因恐魏兵日增，不得不奉表求援。梁主因遣右卫将军曹景宗，督兵二十万，往救钟离，且令暂留道人洲，候诸军到齐，然后进发。景宗请先据邵阳洲尾，奉诏不许，他却违诏前进。途次适遇暴风，淹死数百人，乃还守先顿。梁主衍闻报，反有喜色道："景宗不能独进，是天意教我破贼了！若孤军得行，猝遇大敌，必至狼狈，大将溃走，他有何望呢？"景宗静待各军，过了残冬，尚未能启行。

越年为梁天监六年，魏中山王英，与平东将军杨大眼等，率众数十万，进围钟离。城北沮住淮水，不便合围，英特就邵阳洲上，筑桥跨淮，树栅为垒，屯兵攻城。英据南岸，大眼据北岸，督众猛扑，不舍昼夜。城中守卒才三千人，昌义之激厉将士，随方抵御。魏人负土填堑，复用严骑迫蹙，人未及返，土又随压，连人带泥，叠入堑中。俄而堑满，即用冲车撞城，城土屡堕。义之用泥补城，随坏随补，终得堵住。魏人缘梯登城，更番相代，前仆后继，不少退却，经义之率领守兵，用着长刀大戟，刈人如草，但见魏兵随升随堕，始终不得登城。一日战数十合，前后杀伤万计，尸与城平，城仍未下。魏主因顿兵日久，召英使还，英不肯退兵，但请宽假时日。魏主又遣步兵校尉范绍，驰抵英营，相视形势。绍见钟离城坚固难下，亦劝英还，英仍不从。<small>非败不归。</small>

那时梁统帅曹景宗已经启行。豫州刺史韦睿，亦受命会师，归曹景宗节度。睿自合肥出发，取便道赴钟离，所过阴陵大泽，道多涧谷，随驾飞桥，立即济师。

或虑魏兵势盛，请睿缓行，睿毅然道："钟离兵民，凿穴而处，负户而汲，不胜困惫，我等急往赴难，还恐不及，难道尚可延宕么？

魏人已堕我腹中,愿卿等勿忧!"于是星夜前进。到了邵阳洲,才阅旬日,曹景宗亦即驰至。两下相见,似漆投胶,很是欢洽。景宗本来好胜,动辄陵人,惟韦睿年高望重,颇为景宗所敬礼,故毫无嫌疑,和衷办理。梁主衍也恐景宗使气,先给密敕道:"韦睿老成,与卿有关乡望,卿宜厚待为是!"及闻景宗见睿,持礼甚谨,便欣然道:"二将和衷,无不济事了!"想亦惩宏覆辙,故格外小心。

睿自率部众,夜逼魏营,堑洲设垒,通宵赶筑。南梁太守冯道根,为睿前驱,能走马步地,按步计功,才至天明,垒已成立。魏中山王英,总道他无此迅速,所以夜间不加防备。天明出望,梁营已经屹立,距本寨仅百余步,不禁大惊,用杖击地道:"是何神速至此!"魏将见梁营联接,横亘洲旁,旗帜器械,焕然一新,也相顾夺气。

杨大眼系杨难当孙,勇冠诸军,径率万余骑攻睿。睿结车为阵,按兵不动,俟大眼麾骑围绕,乃发出梆声。一声怪响,万弩齐发,洞甲穿胸,射得魏兵个个倒毙,连大眼右臂,也中数矢,只好退去。可惜只射中右臂,不能射他两目。

翌晨,英自督众来战,睿乘木舆,执白角如意,麾军对敌。杀了数十回合,英不能胜,怅然回营。过了两日,魏人复猛攻睿垒,飞矢如雨,睿登垒督守,绝不畏避。睿子黯请下垒避箭,及将士有怯懦声,统由睿厉声呵止,静镇不乱,仍然得安。

杨大眼臂创少愈,复遣兵四出,断截梁兵刍牧。曹景宗募得勇士千余人,竟至大眼营前,筑垒堵住,不令出掠。大眼一再来争,均被梁兵杀退,及垒既筑就,使别将赵草扼守,草内护外拒,刍牧无忧,因呼为赵草城。可谓劲草。

已而有朝敕到来,授他方略,乃是火攻计,令景宗与睿,各攻一桥。两将依敕待行,光阴易过,又是春暮,淮水暴涨六七尺,睿遣前锋冯道根,与庐江太守裴邃,秦郡太守李文钊等,各乘斗舰,奋击洲上魏兵,一战尽殪。别用小船载草,沃以膏油,纵火焚桥,风烈火炽,烟尘缭乱。道根等皆亲自搏战,麾动锐卒,拔栅斫桥。桥梁栅木,半被毁去,半入淮流,顷刻俱尽。曹景宗因使众军鼓噪,奋突魏营,仿佛似川鸣谷应,海啸山崩。魏中山王英,弃营亟走,杨大眼亦毁营窜去,诸垒依次土崩,抛戈弃甲,争投淮水中,多半溺毙,淮水为之不流。睿遣报昌义之,义之且悲且喜,不暇答语,但呼道:"更生!更生!"当下部署残军,也出城追虏。景宗与睿,遣各军并力逐北,至淝水上。沿途尽情杀掠,伏尸四十里,生擒五万人,收获军粮器械,牛马驴骡,不可胜计。

景宗与诸将争先告捷,睿独居后。及义之邀诸军入城,置酒犒宴,请景宗与睿共席。酒酣兴至,掷骰为戏,设二十万钱为博注。景宗一掷得雉,睿徐掷得卢,他却忙取一子,翻将转来,情愿作塞,且连称异事。景宗一笑而罢。小子有诗咏韦睿道:

　　不贪名利不争功,德愈谦时望愈隆;
　　为问萧梁诸将士,阿谁能学韦公风?

景宗等既献捷报功,当由梁主下诏,命班师还朝。欲知凯旋后事,且看下回分解。

　　　梁室诸将,莫如韦睿,次为裴邃。当时欲出师北伐,何不用睿为帅,邃为将,专阃得人,奏功自易事耳。不此之审,乃独用一无才无勇之临川王宏,宏虽介弟,未足统军,不战而逃,原意中事。假令当日无韦、裴二将,为敌所忌,魏中山王英等,直迫洛口,吾恐宏且南走之不暇,而全军且尽覆没矣!异哉萧衍,明知韦睿之为时望,而不能重用,几陷乃弟于死地。乃弟可死,如全军何!及钟离一役,又未尝专任韦睿,而独任曹景宗,令睿归景宗节制。幸睿素负重名,为景宗所敬礼,始得和衷共济,大破魏军。否则,景宗尝违诏进军矣;虽有密敕,令彼敬睿,亦乌足恃!然后知萧衍之智,不过寻常,无怪其老且益愚也!

第四十二回

诬通叛魏宗屈死　图规复梁将无功

却说曹景宗奉诏班师,还朝饮至,盈廷大臣,统皆列席。当时左仆射范云已早病逝,另用尚书左丞徐勉,及右卫将军周舍,同参国政。左仆射沈约有志台司,终不见用。惟才华富瞻,兼长诗文,梁主衍有所制作,必令约属草,倚马万言。至是与宴华光殿中,遵敕赋诗,夸张战绩。曹景宗亦擅诗才,不得与赋,意甚不平,遂起求赋诗。梁主衍道:"卿技能甚多,何必吟咏?"景宗求作不已,梁主衍见约所作,赋韵将尽,只剩得竟病二字,便笑语景宗道:"卿能赋此二字否?"景宗索笔成书,立就四语,呈与梁主。但见纸上写着:

去时儿女悲,归来笳鼓竞。借问路旁人,何如霍去病!

梁主瞧毕,击节叹赏道:"卿文武兼全,陈思王即魏曹植不能专美了!"景宗顿首谢奖。及宴毕散座,梁主还宫,即颁发诏敕,进景宗为领军将军,加封竟陵公。韦睿为右卫将军,加封永昌侯。昌义之为征虏将军,移督青、冀二州军事,兼领刺史。余如冯道根以下,各受赏有差。越年出景宗为江州刺史,病殁道中,追赠征北将军开府仪同三司,予谥曰壮。是年尚书右仆射夏侯详,亦老病谢世。这且慢表。

且说魏中山王英,及镇东将军萧宝夤,败奔梁城,魏廷言官,当然上章弹劾,请诛英及宝夤。魏主恪减等议罪,夺去二人官爵,除名为民。杨大眼亦坐徙营州。别简中护军李崇为征南将军,兼扬州刺史。崇深沉宽厚,颇得士心,出镇寿阳,远近畏服,所以钟离虽挫,淮右尚安堵如常。独魏主恪外宠高肇,内惑高贵嫔,疏忌宗室,迷信桑门,一切军国大事,未尝亲理。彭城王勰,虽起任太师,有位无权。勰兄广陵王羽,受职司空,好酒渔色,尝与员外郎冯俊兴妻私通。俊兴恚恨,伺羽夜游,骤出狙击,致受重伤,未几即死。羽弟高阳王雍,继任司空,学识短浅,无善可称。还有广陵王嘉,系太武帝拓跋焘庶孙,齿爵并尊,但好容饰。雍由司空擢太尉,嘉得进位司空,旅进旅退,备员全身。就是魏主四弟,如京兆王愉,清河王怿,广平王怀,汝南王悦等,资望皆轻,未足参政,所以北朝政令,几全出高氏手中。总叙魏主宗室,俱为后文伏案。

皇后于氏,本为魏主所宠爱,自纳高贵嫔后,宠遇渐衰。正始四年,后忽暴疾,半日即殂。宫禁内外,明知由高氏加毒,但怕她势大,不敢显言。魏主已移情高氏,也没甚悲悼,惟依礼丧葬,谥为顺皇后,算作了事。于后有子名昌,年只二岁,越年三月,昌复得病,侍御师王显,不加疗治,由他啼号,才阅两日,一命呜呼。魏主仅得此子,忽然夭逝,当然比于后殁时,较为哀痛。嗣因高贵嫔从旁劝慰,仗着三寸慧舌,挽回一片哀肠,遂令魏主境过情迁,竟将于后母子二人,撇诸脑后。就是王显失医等情,亦绝不问及。看官不必疑猜,便可知是高氏阴谋,巧为蒙蔽了。

于后世父于烈,出镇恒州,父于劲,虽留仕魏都,究竟孤掌难鸣,未敢奏讦。高氏得逍遥法外,任所欲为。

过了数月,高贵嫔即受册为后,太师彭城王勰,上书谏阻,那魏主已堕入迷团,任他如何苦口忠言,统已逆耳不受,反令勰得罪高氏,视若仇家。高肇恃势益骄,权倾中外,妄改先朝成制,削封秩,黜勋臣,怨声盈路,朝野侧目。度支尚书元匡,独与肇抗衡,先自造棺,置诸厅间,拟舆棺诣阙,详劾肇罪,然后自杀,隐寓尸谏的意思。忠而近愚。事尚未行,适奉诏议权量事,与太常卿刘芳互有龃龉。高肇主张芳议,匡不直肇,便据理力争,且表称肇指鹿为马,必为国害。魏主尚未批答,偏奏斥元匡的弹章,相继呈入,署名为谁,就是前充侍御师,后升中尉的王显。可见前次失医皇子,明是高氏授意。当下将两奏尽行颁出,命有司论奏,有司皆趋承高肇,统复称元匡诬谤宰相,应处死刑。还算魏主加恩宽免,但降匡为光禄大夫。

权豪跋扈,祸变猝来,魏主弟京兆王愉,忽自信都起兵构乱,也居然称帝改元,托言高肇谋逆,魏主被弑,不得不从权继立,入讨乱臣。看官听着!高肇虽然专横,究竟尚未弑逆,如何京兆王凭空捏造,骤敢作乱?说将起来,也有一段隐情。

先是魏主恪颇知友爱,尝令诸弟出入宫掖,寝处与共,不异家人。愉由护军将军迁授中书监,入直殿阁,更成常事。魏主为娶于后妹为妃,于氏貌不动人,未得愉欢。愉另纳妾杨氏,能歌善媚,宠擅专房。只

第四十二回　诬通叛魏宗屈死　图规复梁将无功

因杨氏出身微贱，特令拜中郎将李恃显为养父，冒姓为李。产下一子，取名宝月。于妃未免妒恨，屡入宫诉告乃姊，于后因召李入宫，亲加斥责，且勒令为尼，把宝月归妃抚养，愉虽不能抗命，心中总系念宠妾，日夕不忘，乃托人请求后父，乞为转圜。时于后尚未产男，后父于劲，也劝后格外包容，使魏主得广纳嫔御。又因愉屡次请托，乐得替他说情，仍将李氏归愉。于后本来柔淑，遂勉承父命，遣还李氏。碧玉重归，情好益笃。自高肇用事，高贵嫔得立为继后，魏主信任外戚，摈斥宗亲，待遇诸弟，迥异从前。愉又喜引宾客，崇奉佛道，用度浩繁，常患不足，渐渐的纳贿营私，致有不法情事。高肇害死于后，常恐于氏报复。愉为于婿，适中肇忌，所以日陈愉短，潜毁多端。魏主恪召愉入宫，面数罪恶，杖愉五十，出为冀州刺史。

愉既莅任，愤无所泄，乃欲乘间构难，冒险求逞，长史羊灵，抗词谏诤，竟为所杀。司马李遵，畏死相从，遂诈称得清河王怿密函，说是高肇弑逆，应该继统讨罪。当下筑坛城南，自称皇帝，改元建平，伪诏大赦。又把这娇娇滴滴的爱妾，抬举起来，立为皇后。以妾为妻，第一着便铸成大错，怎得济事？法曹参军崔伯骥，不肯从命，又为所杀。且逼令长乐太守潘僧固一同起事。僧固系彭城王勰母舅，为此一隙，遂令一代贤王，也陷入案中，平白地做了一个枉死鬼魂。

高贵嫔得为继后，勰尝谏阻，高氏恨勰甚深，只苦无隙可乘，不能置诸死地。可巧僧固附逆，被高肇吹毛求疵，抵隙下石。一面请遣尚书李平，督军讨愉，一面诬奏彭城王勰，说他与愉通谋，纵舅助逆，应速除内应，才戢外奸。魏主恪尚称明白，把遣发李平一奏，立即允议，独将彭城王一案，暂从搁置。

高肇怎肯罢手，嗾使侍中元晖，申疏论勰，晖不肯从。乃更嘱郎中令魏偃，前防阁高祖珍，交章诳构，证成勰罪。魏主方才动疑，召问元晖，晖力白冤诬。晖亦一小人，此时独持正论，故特揭之。魏主乃更问高肇，肇又引魏偃、高祖珍，共陈勰有通谋实情，说得魏主不能不信。再加那艳后从中煽惑，遂决计杀勰，竟与高肇等定谋，征令入宴，秘密行诛。

越宿即遣出中使，召勰及高阳王雍，广阳王嘉，清河王怿，广平王怀，入宴禁中，肇亦与宴。勰妃李氏方产，固辞不赴，中使一再敦促，不得已与妃诀别，乘牛车入东掖门。将度小桥，牛不肯进，牛果能则知耶！

由中使解去牛缆,挽车驰入。彼此列席宴饮,直至黄昏,尚无他变。大家都有酒意,各起至别室休息。

才阅须臾,忽由卫军元珍,引着武士,赍鸩前来,逼愐使饮。愐瞿然道:"我有何罪?愿一见至尊,虽死无恨!"元珍道:"至尊不能再见!"愐复道:"至尊圣明,不应无罪杀我,诬告何人,愿与一对曲直!"元珍不应,但目视武士。武士用刀环击愐三下,愐抗声道:"冤哉皇天!忠乃见杀。"武士再用刀击愐,愐乃取鸩饮讫。毒尚未发,又被武士刺死。翌晨用褥裹尸,载归故第,诈云因醉致死。李妃闻报,向天大号道:"高肇枉理杀人,天道有灵,怎得善终!"魏主佯为举哀,赙赠从厚,赐谥武宣。及举枢出葬,行路士女,统望枢流涕道:"高肇小人,枉杀如此贤王!"嗣是中外舆情,益恨肇不休。莫谓直道无存!

那李平督领各军,进攻信都,愉出城拒战,屡战屡败,乃闭门静守。李平分兵围城,连日攻扑,闹得城中昼夜不安,各生贰心。再加河北各州,已由定州刺史安乐王诠,檄称魏主无恙,休信叛王讹言,遂致鬼蜮伎俩,俱被瞧破,没一人信从伪主。愉情势两穷,没法摆布,只好挈了伪后,及爱子四人,并左右数十骑,溜出后门,命伪冀州牧韦超,居守信都。李平闻愉出走,亟遣统军叔孙头追捕,自督将士登城,即日攻入,杀死韦超,揭榜安民,全城复定。叔孙头也将愉等拿到,不漏一人,便由平奉表告捷。

高肇等请就地诛愉,魏主不许,但命械送洛阳,责以家法。平乃派将送愉,及愉妾李氏子四人,乘驿解往。愉每止宿亭,必与李氏握手言情,备极私昵,一切饮食,悉如平日,毫无作容。行至野王,由高肇传到密令,迫愉自杀。愉服毒待尽,且语人道:"我虽不死,亦无面目见至尊。"又与李氏永诀,悲不自胜,俄而气绝,年只二十一。李氏与四子至洛,魏主赦免四子,惟拟置李氏极刑。中书令崔光谏道:"李氏方娠,刑至剔胎,乃桀、纣所为,严酷非法,须俟产毕,然后行刑。"魏主依议,按功行赏,加李平散骑常侍,即令还朝。平入信都,从参军高颢言,宥胁从,禁杀掠,子女玉帛,一无所取,还都以后,中尉王显,索赂不得,遂劾平隐没官口,乱党子女,应没入宫廷,叫作官口。显有情弊。高肇亦恨他毫无馈遗,奏除平名,有功反罪,国事更可知了。不乱不止。

梁天监七年,魏郢州司马彭珍等,叛魏降梁,潜引梁兵趋义阳。三

第四十二回 诬通叛魏宗屈死 图规复梁将无功

关即平靖、武阳、武胜三关,并见前文。戍将侯登,亦向梁请降。魏悬瓠军将白早生,又杀死豫州刺史司马悦,自号平北将军,致书梁司州刺史马仙琕,乞发援师。仙琕上书奏闻,梁主衍令仙琕上往援早生,且授早生司州刺史。仙琕上进屯楚王城,但遣副将齐苟儿,率兵二千,助守悬瓠,魏复起中山王英,都督南征诸军事,出援郢州。再命尚书邢峦,行豫州事,领兵击白早生。峦尚未发,先遣中书舍人董绍,抚慰悬瓠,早生执绍送建康。峦闻绍被执,忙率骑士八百,倍道兼行。五日至鲍口,早生遣将胡孝智,领兵七千,出城二百里逆战,为峦所破,遁还悬瓠。峦进至汝水,早生自往截击,又复败还。峦遂渡水围城。

魏宿预守将严仲贤,因邻境被兵,正拟戒严,参军成景隽,刺死仲贤,竟举城降梁。于是魏郢、豫二州属境,自悬瓠以南,直至安陆,均为梁有。惟义阳一城,为魏坚守。

中山王英、虑兵不敷用,求请添兵。魏主但遣安东将军杨椿,率兵四万,进攻宿预。命英就邢峦军,同攻悬瓠。悬瓠城已经危急,复见英军助攻,越加恟惧。白早生尚欲死守,偏自司州遣来的齐苟儿,遽开城出降。苟儿应改名狗儿,故愿乞怜外族。魏兵一拥入城,擒斩早生,及余党数十人。英乃引兵赴义阳。

诬通叛魏宗屈死

义阳太守辛祥,与郢州刺史娄悦,婴城共守。梁将军胡武城、陶平虏,引兵进逼,祥与悦共议战守事宜。悦但主守,俟英来援,祥独主战,夜率壮士掩袭梁营。梁人果然中计,胡武城仓猝逃还,陶平虏略慢一步,被辛祥活捉了去。义阳得安。悦耻功出祥下,奉书高肇,掩没祥功,赏竟不行。

中山王英,到了义阳,梁兵早已败去,乃欲规取三关。先与众将计议道:"三关相须,如左右手,若攻克一关,两关可不战自下。攻难不如攻易,应先攻东关为宜。"东关即武阳关。众将自无异言。英又使长史李华,引兵赴西关,即平靖关。牵制梁军,自督诸军向东关。六日而下,虏得守将马广、彭瓮生、徐元季,再移兵攻广岘。守将李元履遁去,又攻西关,梁将马仙琕上亦遁。

梁主亟遣韦睿往援仙琕,行至安陆,闻三关已经失守,忙入城为备,增筑城垣二丈余,更开大堑,起高楼,收集溃卒,严加防堵。部将或以怯敌为疑,睿笑道:"为将当有怯时,怎可徒恃勇气!"马仙琕等陆续退还,魏中山王英,乘胜急追,欲复邵阳旧耻,及闻睿复出守安陆,不免生畏,便即退师。

梁主以连岁用兵,师劳力竭,特释魏中书舍人董绍,召入面谕道:"两国战争,连年不息,民物涂炭,彼此同忧,吾今释卿归国,愿修和好,卿宜备申朕意。若果罢战息民,我愿将宿预还魏,魏亦当还我汉中。"绍唯唯遵谕,辞还洛都,即将梁主意旨,详报魏主。魏主不从,南北失好如故。

已而魏荆州刺史元志,率兵七万攻漴沟,驱迫群蛮,群蛮皆渡过汉水,乞降雍州。梁雍州刺史侯炳,收纳群蛮,使司马朱思远部勒蛮众,往击魏军。蛮众积忿竞斗,大破元志,斩首万余级,元志走还。

过了两年,天监十年。琅琊土豪王万寿,纠众戕官,据住朐山,密召魏兵。魏徐州刺史卢昶,遣戍将傅文骥赴援,青、冀二州刺史张稷,发兵往剿,与战失利。文骥入据朐山,梁廷遣马仙琕往攻,把朐山城围住,困得水泄不通。朐山无粮可因,樵汲复断,文骥无法可施,没奈何开城出降。卢昶不谙军事,仓猝往援,途次接得朐山败报,回马就逃,部众皆溃。时值大雪,冻毙甚多,又经仙琕追击,十死七八,粮畜器械,丧失无数。

惟张稷还兵郁洲,青、冀二州,宋时已被魏陷没,南朝借郁洲地侨置青、冀州治,事见前文。自愧无功,心益郁闷。他尝仕齐为侍中,东昏被废,稷曾与谋。梁主衍因他有功,迁任左卫将军。稷自谓功大赏薄,每当侍

第四十二回　诬通叛魏宗屈死　图规复梁将无功

宴,辞色怏怏。梁主衍瞧透情形,便向他嘲笑道:"卿与杀君主,有何名称?"稷答道:"臣原无美名,不过对着陛下,未为无功。况东昏暴虐,义师一起,天下归心,岂止臣一人响应么?"梁主掀髯微哂道:"张公真足畏人!"语带忌刻。乃命他为安北将军,领青、冀二州刺史。稷仍未惬望,莅镇后懒治政事,宽弛失防。朐山一役,无功而归,僚吏益多轻视,乐得暗地营私。

好容易过了二年,郁洲人徐道角,招集亡命,及许多怨民,黉夜袭入州城,闯进官廨,怀刃害稷。稷长女楚瑗,为会稽孔氏妇,无子归宗,随稷在任。至此挺然出来,

图规复梁将无功

以身蔽父。乱党见人便斫,管什么孝女烈妇,第一刀杀死楚瑗,第二刀将稷剁毙。不没楚瑗,意在阐幽。索性枭稷头颅,函送北朝,作为贽献礼物。魏主调兵收降,偏被梁北兖州刺史康绚,走了先着,引兵掩入郁洲,捕诛乱党。及魏兵东下,徐道角早已伏辜,郁洲平定如恒。那魏兵也只得敛甲告归。

梁主本不满张稷,追论稷病民致乱,削夺官爵。稷固无状,稷女何不旌扬! 嗣复与沈约谈及,尚觉不平。约答道:"已往事不必复论。"梁主陡然忆起,知约与稷尝联婚谊,不由得愤愤道:"卿作此语,好算得忠臣么?"语毕入内。约骤遭诘责,不觉惊惶,连梁主入室时,都似未见,仍然呆坐。经左右呼令趋退,方惘惘还第。未曾至床,却悬空睡将下去,跌了一交,几乎中风。家人忙扶他入寝,延医服药,稍得免痛。到了夜间,忽大叫道:"哎哟! 不好了! 不好了! 舌被割去了!"小子有诗

叹道：

> 为慕虚荣不顾名，与谋篡弑得公卿；
> 可知夜气销难尽，妖梦都从胆怯生。

究竟何人割舌，待至下回报明。

先圣有言，女子小人为难养，养且不可，况宠信乎！高肇小人也，高贵嫔为女子，更无庸言。魏主恪委任高肇，使握朝纲，嬖宠高贵嫔，使攘后位，内有艳妻，外有豪戚，女子小人，表里用事，毒于后，害皇子昌，谮京兆王愉，诬彭城王勰，阴贼险狠，莫此为甚。愉迫于私忿，遽敢称戈，野王之戮，尚其自取。勰为中外属望之贤王，乃冤诬致死，妨贤病国，高氏宁能长存乎？顾魏政不纲，朝野解体，降梁者日益众，梁出师图复郢、豫，旋得旋失，终归败挫，非魏将之勇略过人，实梁无良将之所致也。梁有一韦睿而不能重用，何怪其屡出无功乎！朐山、郁洲之平乱，其犹为幸事哉。

第四十三回

充华产子嗣统承基　母后临朝穷奢极欲

却说沈约夜卧床中,精神恍惚,似觉舌被割去,痛不可耐,乃拚命呼救。待家人把他唤醒,尚觉舌有余痛。细忆起来,乃是南柯一梦。梦中见齐和帝入室,手执一剑,把自己舌根截去。于是越想越慌,嘱家人召入一巫,令他详梦。巫不待说明,便道是齐和帝作祟,乃即挽巫祷禳,日夕忏醮。并自撰赤章,焚诉天廷,内称禅代情事,统是梁主衍一人所为,与己无涉。人且不可欺,天可欺乎?凑巧梁主遣御医徐奘,往视约疾,得见赤章,问明原由,才知梦状。当下还宫复命,据实具陈。梁主不禁怒起,立遣中使责约,略言禅让草诏,皆约所为,怎得诿诸朕躬!约愈加惶急,既畏主谴,又惧冥诛,两忧相迫,便即毙命,寿已七十三岁了。不死何为?

梁主还算有情,仍赠本官,赙钱五万,布百匹。朝议请赐谥为文,梁主烛改一隐字。颇合沈约行谊。约以文名著世,所撰晋书百一十卷,宋书百卷,齐纪二十卷,宋文章志三十卷,文集百卷。又制四声谱,自谓穷神入妙。梁主衍不以为奇,且问参政周舍道:"何谓四声?"舍举"天子圣哲"四字,表明平上去入的四声。梁主淡淡地答道:"这也有什么奇怪呢?"遂将韵谱搁起,不复遵用。后来却流传人世,推为巨制。

当时与约齐名,尚有江淹、任昉上等人。淹字文通,仕齐为秘书监,梁主起兵,却微服往投。嗣迁金紫光禄大夫,封醴陵侯。天监四年逝世,予谥曰宪。淹少年好学,尝梦神人授以五色笔,遂擅文才。晚年又梦神人将笔索还,从此遂无妙句,时人叹为江郎才尽。平生著作百余篇,及齐史十志,并传后世。

昉字彦升,雅善属文,尤长载笔,起草即成,不加点窜。母裴氏尝昼寝,梦见一彩旗盖,四角悬铃,从天坠下,一铃落入怀中,惊动有娠,遂得生昉。昉在齐末,亦官司徒右长史。梁主入都,召为骠骑记室参军,寻拜黄门侍郎,迁吏部郎中。天监六年,出为宁朔将军,领新安太守,为政清约,辄曳杖徒行,为民决讼视事。期年病殁官舍,百姓怀德不忘,就城南设一祠堂,岁时祭奠。梁主亦闻讣举哀，追赠太常卿，予谥曰敬。留有杂传二百四十七卷，地记二百五十二卷，文章三十三卷，亦传诵士林，历久不磨。

此外尚有前侍中谢朏，亦素有文名，齐季归隐田里，屡征不起。梁初又征朏为侍中，朏仍不至。嗣忽自乘轻舟，诣阙陈词，有诏命为侍中司徒尚书令，朏表称足疾，不堪拜谒，但戴角巾，坐肩舆，诣云龙门谢诏。梁主召见华林园，又乘小车就席，翌日梁主又亲至朏宅，宴语尽欢，朏固陈本志，未邀俞允，因请还里迎母，为梁主所允准，赋诗送别。寻奉母至京师，虽奉诏受职，不治官事，未几即丁母忧，仍令摄职。服阕后改授中书监司徒，旋即病死。追赠侍中司徒，谥曰靖孝。著有文章书籍，亦广流传，不过晚节不终，迹近矫诈，免不得贻讥公论呢。类举文士，亦寓重才之意。这且不必细表。

且说魏主恪宠信高贵嫔，立为继后。后貌美性妒，所有后宫嫔御，不令当夕。生下一子一女，子偏早殇。魏主年已将壮，尚未有嗣，不免心焦。可巧宫中有一胡充华，为司徒胡国珍女，容色殊丽，秀外慧中。相传胡女生日，红光四绕，术士赵胡，尝由国珍召问，谓此女后必大贵，当为天地母。实是一个祸水。魏主恪略有所闻，特召入掖庭，册封充华。高后见她纤丽动人，当然加忌，偏胡充华巧言令色，颦笑皆妍，能使这位貌美性妒的高皇后，也觉得楚楚可怜，另眼相待。魏主恪乘间召入，与胡充华演了一出鸾凤缘，天子多情，美人有幸，竟暗结珠胎，怀成六甲。

先是六宫嫔御，相与祈祷，但愿生诸王公主，不愿生太子，独胡充华慨然道："国家旧制，子为储君，母应赐死，这原是特别的苛条；但妾却不怕一死，宁可令皇家育一冢嗣，不愿为贪生计，贻误宗祧！"语似有理，志已不凡。

及怀妊后，同列或劝她服药堕胎，胡充华不从，夜间焚香，仰天私誓道："但得产下男儿，排行居长，就使子生身死，亦所不辞！"已而分娩，竟生一男，魏主取名为诩，且恐皇后妒忌，致生不测，特另择乳保，取育别宫，不但皇后不得过问，就是胡充华也不使抚视。

过了三年，诩已三龄，魏主欲立诩为太子，下诏改元，号永平五年为延昌元年，加尚书令高肇为司徒，清河王怿为司空，广平王怀为骠骑大将军，开府仪同三司。到了孟冬，便立皇子诩为太子，此次册立皇储，竟变易旧制，不令胡充华自尽。高后与高肇，很是不服，劝魏主仍遵故事，

第四十三回　充华产子嗣统承基　母后临朝穷奢极欲

魏主始终不从，反进胡充华为贵嫔，高后越加愤恚，欲暗下毒手，置胡死地。胡向中给事刘腾求救，腾转告左庶子侯刚，刚又转告侍中领军将军于忠。忠系领军于烈子，嗣父袭爵，因于后暴亡事，憾及高后，当下借公报私，即向太子少傅崔光处问计。光与忠附耳数语，忠大喜照行，仅阅两日，即由魏主下一内敕，命将胡贵嫔迁居别宫，饬令亲军严加守卫，不得妄通一人。为这一策，竟使高氏无从施毒，胡贵嫔得安居无恐，保养天年。死期未至，故得救星。

清河王怿惩彭城覆辙，常有戒心。一夕与高肇等侍宴禁中，酒酣语肇道："天子兄弟，尚有几人，公何故翦灭殆尽？从前王莽头秃，借渭阳势力，遂篡汉室，今君身曲，恐终成乱阶，不可不慎！"肇不禁惊愕，扫兴趋出。会天遇大旱，肇擅录囚徒，宥死颇多。怿复入白魏主道："臣闻名器不可以假人，昔李氏旅泰山，孔子引为深戒，这无非为天尊地卑，君臣有别，事贵防微，不应加渎呢！今欲减膳录囚，应归陛下所为，司徒究是人臣，奈何擅敢僭越，下陵上替，祸且不远了！"魏主恪向他微笑，不发一言。已是会意。

越年，魏恒、肆二州，地震山鸣，人民压死甚众。魏主忧心天变，益防高氏。又越年冬季，梁涪人李苗，及校尉淳于诞奔魏，上书魏阙，请即取蜀。魏主乃即命高肇为大将军，率步骑十万，攻益州。侍中游肇进谏道："今国家连年水旱，不宜劳役。蜀地险隘，镇戍无隙，怎可轻信浮言，遽动大众！事不慎始，恐后悔转无及了。"魏主又默然不应。

倏忽间已是岁阑，度过残冬，便是魏延昌四年正月。高肇西去，尚无捷音，那魏主恪却生成重疾，医药无灵，才经三日，便已归天。侍中领军将军于忠，侍中中书监崔光，詹事王显，庶子侯刚，即至东宫迎太子诩，趋入内殿，贪夜嗣位。王显系高氏心腹，谓翌日登基，也不为迟。崔光道："天位不可暂旷，何可待至明日？"显又道："太子即位，亦须奏达中宫。"光又道："皇帝驾崩，太子继立，这乃是国家常典，何须中宫命令！"进请太子入立东序，由于忠扶住太子，西向举哀。哭至十余声，便令止哭。光摄太尉，奉册进玺绶，太子跪受册玺，被服衮冕，御太极殿，即皇帝位。光等与夜直群臣，伏殿朝贺，稽首呼万岁。翌日大赦天下，征还西讨东防诸军，尊谥先帝恪为宣武皇帝，庙号世宗。皇后高氏为皇太后，胡贵嫔为皇太妃。

于忠与门下省侍中等官，会议国事，大略以嗣主冲幼，未能亲政，宜使高阳王雍裁决庶事。又因任城王澄，为肇所忌，久居闲散，此时肇西出未归，正好起用老成，

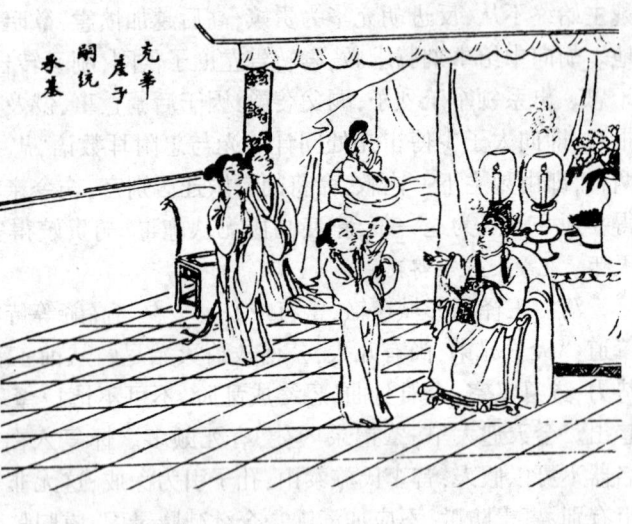

使总国事。当下奏白太后，请即敕授。王显意欲弄权，不愿二王秉政，独矫太后命，令高肇录尚书事，自与肇兄子猛，同为侍中。于忠等先发制人，即乘显入殿，喝令拿下，责他侍疗无效，传旨削职。显临执呼冤，被直阁将军用刀环击伤腋下，牵送右卫府，一宿即死。遂下诏令太保高阳王雍入居西柏堂，任城王澄录尚书事。百官总已听命二王，中外却也悦服。

高肇西至函谷关，所乘戎车，忽然折轴，已是隐怀疑虑。至此接到嗣主哀书，且召令入朝，益恐内廷有变，于己不利，急得朝夕哭泣，神槁形枯。贼胆心虚。匆匆东归，途次由家人相迎，亦不与见，即星夜跑至阙下，格外小心，已是无及。满身穿着衰服，入临太极殿，恸哭尽哀。高阳王雍，与领军于忠密议，拟即诛死高肇，断绝后患。当下令卫士邢豹等，潜伏中书省中，俟肇哭毕，由于忠引他入省，托名议事。甫经入门，忠忽大呼道：“卫士何在？”邢豹等应声突出，把肇执住。肇欲开口鸣冤，偏被豹用手叉喉，不令出声。两手又为卫士所缚，不得动弹。才过片时，喉噎气塞，再由豹用力一扼，但见他目出舌伸，立即毙命。威焰到何处去了？当有一道敕书，数肇过恶，说他畏罪自尽。此外亲党悉无所问，但褫肇官爵，葬用士礼。到了黄昏，从厕门出尸，送归肇家。

肇既伏诛，高太后当然不安，再加这位胡太妃乘势报怨，竟与于忠

第四十三回　充华产子嗣统承基　母后临朝穷奢极欲

等商议,勒令高太后为尼,徙居瑶光寺,非大节庆,不得入宫。这叫做打落水狗。嗣是于忠内结宫闱,外总宿卫,又为门下省领袖,专揽朝政,权倾一时。尚书裴植,仆射郭祚,恨忠专横,密白高阳王,劝令黜忠。雍尚未发,忠已先闻,即令有司诬构二人,证成罪状,矫诏赐他自尽。甚至欲杀高阳王,还是侍中崔光,从旁力阻,乃出雍归第,不令执政。寻且尊胡太妃为皇太后,居崇训宫,进于忠为尚书令,崔光为车骑大将军,刘腾为太仆,侯刚为侍中。这四人都有功胡氏,所以加官进爵,同日酬勋。

　　太后父胡国珍得封安定公,兼职侍中,还有太后妹胡氏,适江阳王继子乂为妻。江阳王继,系道武帝珪曾孙,袭封江阳王,宣武时为青州刺史,取良家女为奴婢,坐罪夺爵。胡太后为妹加恩,复继本封,进位太保,授乂为通直散骑侍郎,乂妻为新平君,拜女侍中。于忠、崔光等,且奏请太后临政,太后当即允议,垂帘称制。她本是个聪明伶俐的女钗裙,喜读书,善属文,内外政事,均亲自裁决,随手批答。又素娴骑射,发矢能中针孔,有此种种技艺,故指挥如意,游刃有余。_{皙妇倾城。}听政经旬,即引门下侍官,入问于忠声望。群臣揣摩迎合,料太后不慊于忠,因俱言未能称职。太后颔首,遂出忠为征北大将军,领冀州刺史。忠既外出,雍乃上表自劾,谓"臣初入柏堂,每见于忠专恣,欲加裁抑,忠反欲矫诏杀臣,幸由同僚坚拒,始得免死。自思忝官尸禄,辜负恩私,愿返私门,伏听司败"等语。胡太后不忍罪忠,但优诏慰雍,起为太师,领司州牧。加清河王怿为太傅,兼官太尉,广平王怀为太保,兼官司徒,任城王澄为司空,兼官骠骑大将军。澄希承意旨,奏请安定公宜出入禁中,参谘大务,胡太后当然乐从。

　　太后初临朝时,尚称令行事,群臣上书称殿下,旋即改令为诏,居然称朕,群臣亦改称陛下。到了冬季十二月,大飨宗庙,太后因嗣主年幼,未能亲祭,拟仿周礼君与夫人交献古制,代行祭礼,礼官均以为未可,乃转问侍中崔光。光独曲意逢迎,竟引据汉和熹邓后_{汉和帝皇后}荐祭故事,陈将上去,适中胡太后心坎,便将光语援作铁证,饬侍卫备齐全副仪仗,亲至宗庙,摄行祭祀。又饬造申讼车,随时驾御,出云龙门,进千秋门,遇有吏民诉讼,当即审判,有所未决,乃付有司。凡州郡荐举孝廉秀才,及一切计吏,也由胡太后亲御朝堂,临轩发策,且自览试卷,评定甲乙,颇洽舆情。

一日与幼主幸华林园，就都亭曲水旁，宴集群臣，令王公以下各赋七言诗。太后自为首唱，随口说道："化光造物含气贞。"次语令幼主诩续下，诩年方七岁，却也有些聪慧，思索半晌，乃续咏道："恭己无为仰慈英。"太后面有喜容，又合心坎。即叹赏道："七龄幼主，有此续句，也好算是难得了。"群臣齐呼万岁。太后乃令群臣赓续，你一语，我一句，凑成一片古风，无非是颂扬母德，敷奏升平。太后大喜，命左右取出贮帛，颁赏有差。

　　越年改元熙平。是梁天监十五年。侍中侯刚，掠杀羽林军，为中尉元匡所劾，诏付廷尉议处。廷尉谓杀人抵死，应处大辟，胡太后记念前功，偏说刚因公掠人，邂逅致死，不得坐罪。嗣经少卿袁翻，力为辩驳，始削刚封邑三百户，撤去尝食典御职使。刚以善烹调得幸，尝主御食，充使垂三十年，至此始被撤销，但仍得出入宫禁，与闻朝政。有时且随从太后，游幸宗戚勋旧各家，往往宴至夜半，方才还宫。侍中崔光，援经据史，谏止游宴。太后可主祭祀，为何不可游幸！

　　看官，你想胡太后到了此时，已是荡逸飞扬，从心所欲，哪里还肯听信崔光，深居简出呢？而且历朝妇女，多信佛事，胡太后有一姑母，曾作女冠子，好谈释教，太后自幼相依，耳熟能详，至此特命在崇训宫侧，建造一永宁寺，又在伊阙口建石窟寺。两寺皆备极华丽，永宁寺尤觉辉煌，内设九层浮图，高九十丈，浮图上柱，复高十丈，四面悬着铃铎。每当夜静，铃铎为风所激，清音泠泠，声闻十里。此外佛殿僧房，尽是珠玉锦绣，炫饰而成，真个是五光十色，骇人心目。自从佛法传入中国，寺刹巍峨，得未曾有。落成时候，太后率领王公夫妇等，自往拈香，凡京内外僧尼士女，俱得入寺瞻仰，络绎奔赴，不下十万人。扬州刺史李崇，谓宜裁省寺塔糜费，移葺明堂太学，一再上表，好似石沉大海，毫无转音。到了熙平三年，有人献一异龟，当作神奇看待，遂改称神龟元年，恐怕是个死乌龟，要应在宣武身上。颁诏大赦，庆宴群臣。

　　忽报称征北大将军灵寿公于忠身死，大众颇称快意，独太后优诏褒荣，赐谥武敬，并赠厚赙。又越数日，司徒安定公胡国珍又死。国珍系胡太后父，饰终典礼，格外从隆，追赠相国太师，兼假黄钺，加号太上秦公，并迎太后母皇甫氏灵柩，同墓合葬，称为太上秦孝穆君。当时有一个谏议大夫张普惠，还想斟情酌理，竭力奏谏，说是太上名称，不能施诸

第四十三回 充华产子嗣统承基 母后临朝穷奢极欲

人臣。同朝统说他不识时务,从旁讥笑,普惠却应机辩析,驳得朝臣哑口无言。但终是空费唇舌,不闻收回成命,徒博得一个直臣名目罢了。

过了数月,天象告变,月食几尽,胡太后恐自己当祸,特想出一件替身符来,密令心腹内侍,赍毒至瑶光寺中,药死故太后高氏,佯说是得病暴亡,棺殓俱用尼礼,草草治丧,即令舁柩至北邙山,埋葬了事。高氏该有此结局,胡氏狠毒尤甚,怪不得后来沉河。内外百官,毫无异议。胡太后越无顾忌,索性任情纵欲,引入一位皇叔,自荐枕席,作成了一段叔嫂奇缘。小子有诗叹道:

母后临朝穷奢极欲

> 雄鸣求牡已增羞,叔嫂何堪结凤俦!
> 才识妇人须尚德,飞扬荡逸总贻忧。

欲问皇叔为谁,待小子下回申叙。

北魏故例,后宫生男,立为太子,即赐母自尽,此为夷狄之敝俗,不足为训。但胡氏不死,后竟临朝称制。恣为威福,穷极奢淫。论者或归咎魏主恪,谓其不遵古制,致贻后患,实则未然。北魏之宫闱不正,非自胡氏始;就使胡氏已死,而貌美心狠之高皇后,安知其不与胡氏相等耶!高氏专横已甚,天特假手胡氏,令其翦灭。胡氏不惩前辙,尤而效之,罪又甚焉;故其后日之结果,亦较高氏为尤甚。盖天下未有骄淫荡佚之妇人,而能长此不亡者也。故圣王起化,始自闺门,刑于之大本先端,自可无忧女祸。彼留子杀母之故事,岂真足为治平之道乎!

第四十四回

筑淮堰梁皇失计　害清河胡后被幽

却说胡太后引入皇叔,自荐枕席。这位皇叔为谁?就是清河王怿。怿为孝文诸子中,最美丰仪,胡太后看上了他,授以重位,事必与商。且尝至怿第夜宴,目逗眉挑,已非一日。怿却不愿盗嫂,虚与周旋,未尝沾染。偏胡太后欲火上炎,忍耐不住。一夕召入寝宫,托名议事,怿只好奉诏进去,哪知她与怿相见,开口叙谈,便是床头兵法。怿始知中计,但已无法脱身,不得不通变达权,将顺了事。嗣是出入宫闱,几成惯习,渐渐地秽声腾播,贻谤都中。只因怿素有才望,好贤下士,辅政后亦多所裨益,所以毁不掩誉,一时尚能免害。但日长时久,总不免为人所乘,翩翩佳公子,恐跳不出后来一着呢。色上有刀。小子因胡后听政时,有梁、魏争夺淮堰一事,不得不将魏廷内政,暂从缓表,且将淮堰事叙明。

梁天监十二年,魏寿阳城为水所淹,漂没庐舍。镇帅李崇,勒兵泊城上,天雨不止,水涨未已,城垣仅露二版。将佐皆劝崇弃去寿阳,往保北山,崇喟然道:"我忝守藩岳,德薄致灾,淮南万里,系诸我身,我一动足,百姓瓦解,此城恐非我有了!但士民无辜,不忍令他同死,可结筏随高,各使自脱,决与此城俱没,幸勿多言!"治中裴绚,率城南民数千家,泛舟南走,避水高原。因水势迭涨,还道崇必北归,乃自称豫州刺史,送款梁将马仙琕,情愿投诚。崇闻绚叛,未测虚实,特遣僚吏韩方兴单舸召绚,绚且惊且悔,转思势成骑虎,已是难下,乃遣方兴返报道:"适因大水迷漫,为众所推,不得已便宜从事。今民非公民,吏非公吏,愿公早行,无犯将士!"崇得报始愤,即遣从弟李神等,率领舟师讨绚。绚战败窜匿,被村民执住,械送寿阳。绚至中途,对湖长叹道:"我有何面目再见李公!"因投水自尽。马仙琕调兵救绚,不及而还。

寿阳水势渐退,居民复安。为这一番水溢,遂由梁降将王足,献策梁廷,请堰淮水以灌寿阳。王足降梁见四十回。梁主衍,称为良策,便遣材官将军祖暅,水工陈承伯等,相地筑堰,大发淮、扬兵民,充当工役。

第四十四回　筑淮堰梁皇失计　害清河胡后被幽

命太子右卫率康绚,权督淮上各军,看护堰作。这次筑堰,为梁廷特别巨工,南起浮山,北抵巉石,依岸培土,合脊中流,役夫需二十万众,兵士不足,取派人民,每二十户令出五丁,并力合作,自天监十三年仲冬为始,直至次年孟夏,草草告成。不料一宵风雨,水势暴涨,澎湃奔腾,竟将辛苦筑成的堤堰,冲散几尽。当时舆论纷纭,早有人谓淮岸聚沙,地质未固,恐难成功,梁主不以为然,决拟兴作,及经此一溃,仍然不肯中阻,再接再厉。*实是多事。*或谓蛟龙为祟,能乘风雨破堰,惟性最畏铁,可用铁冶入水中,免致冲损,于是采运东西冶铁,得数千万斤,沉诸水滨,仍不能合。*蛟龙畏铁,不知出自何典？*乃改用他法,伐树为井干,填以巨石,上加厚土,沿淮百里内,木石无论巨细,悉数取至。兵民朝夕负担,肩上皆穿,更且夏日薰蒸,蝇蚋攒集,酿成一股疫气,不堪触鼻。可怜充当巨役的苦工,迭受驱迫,无法求免,没奈何拼去性命,与天时相搏战。究竟人不胜天,死亡相踵。好容易到了秋天,暑气已退,乘流增筑,尚堪耐劳,奈转眼间又是寒冬,淮、泗尽冻,朔风凛冽,劳役诸人,手足俱僵。天公也故意肆虐,雨雪连宵,比往年更增冷度,浮山堰中的兵民,十死七八,真可谓一大巨劫了。*为谁致之？孰令听之？*

天下本无事,庸人自扰之。那淮堰尚未竣工,魏已复起杨大眼为平南将军,督诸军屯荆山,来争淮堰。梁主衍意图先发,亟派左游击将军赵祖悦,袭据魏境西硖石,进逼寿阳。魏假定州刺史崔亮旄节,命充镇南将军,出攻硖石。又起萧宝夤为镇东将军,进次淮堰。梁将赵祖悦闻崔亮到来,出城迎击,为亮所败,退归拒守。亮竟率兵围城,并约寿阳镇帅李崇,水陆并进。崇屡次愆约,遂致亮围攻硖石,隔年未下。

魏胡太后闻崔亮无功,料知诸将不一,特简吏部尚书李平,任镇军大将军,兼尚书右仆射,率步骑二千,驰抵寿阳,别为行台,节度诸军,准令军法从事。平至寿阳,督谕李崇,令即调发水陆各军,助攻硖石,一面促萧宝夤进攻淮堰。宝夤遣部将刘智文等,渡淮攻破三垒,又在淮北击败梁将垣孟孙。梁使左卫将军昌义之,率兵救浮山。义之未至,护淮军使康绚,已麾兵杀退萧宝夤军。义之在途奉敕,与直阁将军王神念,溯淮往救硖石。魏将崔亮,遣将军崔延伯守下蔡,延伯与别将伊瓮生,夹淮为营,取车轮去辋,削锐轮辐,两两接对,揉竹为绠,互相连贯,穿成十余道,横木为桥,两头施火辘轳,随意收放,不使烧斫。既断赵祖悦走路，又得堵截梁援。义之、神念，不能前进，只得暂驻梁城。李平自至硖石，督令水陆各军，奋力猛扑，攻克外城。赵祖悦势穷出降，为平所斩，余众尽为魏俘。平复进攻浮山堰。崔亮以前日李崇愆期，隐怀宿憾，平又为崇从弟，更不愿受他节制，遂托疾请归，带领部曲，竟自返洛。平奏请处亮死刑，胡太后意在袒亮，但诏许立功补过，平不免怏怏，索性全军退还。崇前守寿阳，颇见忠诚，不知他何故愆期？平不责从兄，专咎崔亮，亦属未是。

魏廷论功加封，进李崇为骠骑将军，加开府仪同三司，李平为尚书右仆射，崔亮亦进号镇北将军。平在殿前争论亮罪，亮亦斥平挟私排异，由胡太后曲为调解，改亮为殿中尚书。萧宝夤尚在淮北，梁主衍致书招降，令袭彭城。宝夤将来书陈报魏廷，胡太后下诏嘉奖，令他静守边防。杨大眼亦敛兵不出，但在荆山驻守。

梁人得专力筑堰。至天监十五年四月，淮堰始成，长约九里，上阔四十五丈，下阔一百四十丈，高二十丈，杂种杞柳，间设军垒。有人献议康绚道："淮列四渎，天所以节宣水气，不宜久塞；若凿渠同㴼东注，使它波流纡缓，这堰可长久不坏了。"说近无稽。绚又开渠东注，又使人纵反间计，往语萧宝夤道："梁人但惧开渠，不畏野战。"宝夤正患水涨，遂为所诳，乃开渠北注，水势日夜分流，尚不少减。李崇就硖石戍间，筑桥通水，又在八公山即北山东南，筑魏昌城，作为寿阳城保障。居民多散处冈垄，旧有庐舍冢墓，多被浸没，此嗟彼怨，不得宁居。李崇随处抚慰，大众益仇恨梁人，誓死守境，各无叛心。

梁徐州刺史张豹子，自谓筑堰监工，必归己任。偏梁廷简派康绚，并饬豹子受绚节制。豹子惭愤交迫，多方逸构，诬绚与魏有交通情事。梁主衍虽然未信，但因筑堰事毕，召绚还朝，绚既奉诏入都，淮堰归豹子管辖。豹子不复加修，堰受水激，不免松动。惟魏廷以寿阳被水，引为大患，更授任城王澄为上将军，都督南讨诸军事，将东下徐州，大举攻堰，仆射李平进言道："淮堰不久必坏，何须兵力！"乃敕任城王暂从缓进，静待秋汛。

忽由东益州刺史元法僧，呈入警报，乃是葭萌乱民任令宗，擅杀晋寿太守，举城降梁。梁益州刺史鄱阳王恢，遣太守张齐迎纳令宗，据住葭萌。法僧遣子景隆拒齐，连战皆败，齐更进围武兴，全境岌岌，速请济

第四十四回　筑淮堰梁皇失计　害清河胡后被幽

师等语。魏遂授傅竖眼为益州刺史，引兵赴援，倍道入益州境。转战三日，行二百余里，连获胜仗，解武兴围。张齐退保白水，嗣复出兵侵葭萌关。关城
守将，为梓潼太守苟金龙，时适患疾，不能督战，妻刘氏率厉兵民，登关守御。副戍高景谋叛，由刘氏察觉，拿下斩首。嗣因水道为梁兵所据，守卒乏饮，幸值天雨，刘氏出公私布绢，及所有衣服，悬诸空中，绞取雨水，储以杂器，于是饮水不竭，人心乃固。特叙刘氏为巾帼劝。竖眼复移师往救，击退张齐，齐乃引还，葭萌复为魏有。魏封金龙子为平昌县子，旌刘氏功。应该加旌。

已而时值季秋，淮水盛涨，梁堰崩溃，声如雷吼，震动三百里左右。沿淮城戍及村落兵民约十余万口，一古脑儿漂入海中，连尸骸都无着落。胡太后闻报大喜，优赏李平，停止任城王进兵。惟梁主衍懊怅终日，空耗了许多财帛，死了若干生命，终弄到前功尽弃，毫无效益，渐渐地自怨自艾，迷信佛教。诏罢宗庙牲牢，荐祭只用蔬果，朝野诧为奇闻，统说宗庙去牲，乃是不复血食。再由廷臣参议，拟用大脯代牛。偏梁主决意舍牲，但命用面捏成牲像，以饼代脯，这真叫做舍大就小，轻人重畜哩。越弄越错。

临川王宏自洛逃归，未尝加罚，仍令为扬州刺史，加官司徒。宏好内爱酒，沉湎声色，侍女数百人，皆极绮丽，妾吴氏更擅国色，宠冠后庭。有弟法寿，性粗且悍，恃势杀人，尸家指名申诉，怎奈法寿匿宏府中，有司不能搜捕。旋为梁主所闻，始令宏缴出法寿，即日伏法。南台御史，请并罪宏，罢免官爵。梁主挥涕批答道："爱宏是兄弟私情，免宏是朝廷王法,准如所议!"罢宏归第。未几复以宏为司徒,宏淫佚如故。

天监十七年,梁主将幸光宅寺,忽闻都下有谋变情事,乃从各航中搜索,得一刺客,讯知为宏所使。乃召宏入,涕泣与语道:"我人才胜汝百倍,幸居天位,时恐颠坠,汝奈何尚作妄想?我非不能为周公、汉文,周公诛管蔡,汉文废死济北、淮南二王。为汝愚昧,特加怜悯,汝反不知感,真太无人心了!"宏顿首道:"无是!无是!"梁主因再免宏官,勒令回第。嗣又有人密报梁主,谓宏私藏铠仗,包藏祸心。梁主乃送盛馔与宏,且亲往就饮。酒至半酣,径入宏后堂检视。列屋约三十余间,各有色纸标封。旁顾及宏,面色沮丧,益疑是所报非虚,便命随从校尉邱佗卿,启封查阅,每屋多贮制钱,百万为一聚,标用黄签,千万为一库,标用紫签,梁主与佗卿屈指计算,凡三十余间屋内,约得现钱三亿余万;尚有旁屋数所,各贮布绢丝棉漆蜜紵蜡朱纱黄屑杂货等,满室堆砌,不知多少。宏恐梁主见斥,越加慌张,哪知梁主反露笑容,温颜与语道:"阿六,宏排行第六。汝生计大佳!"民膏民脂,岂容敛积,如何梁主反为得意!遂返座畅饮,至夜方还。自经此次检查,料宏徒知私积,当无大志,乃更使复原职。

梁主次子豫章王综,仿晋王褒《钱神论》,戏作《钱愚论》讥宏,梁主犹命综速毁,但已流传都中。宏引为愧恨,稍自敛束,不久复萌故态,更闯出一桩逆伦伤化的重案。这也由梁主姑息养奸,为私忘公,一误再误,贻患实不浅呢。事且慢表。

且说魏胡太后称制五年,奢淫无度,一掷千万,毫不吝惜,赏赐左右,不可胜计。又命内外添筑寺塔,竞尚崇闳,特派使臣宋云,与比邱僧徒别称慧生等,往西域求佛经,西行约四千里,度过赤巅,乃出魏境。再西行历二年,至乾罗国,始得佛书百七十部而还。其时交通不便,所以有此困难。胡太后分供佛寺,设会施僧,又糜费了无数金银。诸王贵人,宦官羽林军,迎合意旨,各在洛阳建寺,所费不资。且因奢风传播,习成豪侈。高阳王雍,富甲全国。河间王琛,系文成帝浚孙。与他斗富,厩畜骏马十余匹,俱用银为槽;窗户上装璜精美,相传为金龙吐旒,玉凤衔铃。宴会酒器,有水精峰、玛瑙碗、赤玉卮等,统是绝无仅有的珍品。尝夸语僚友道:"我不恨不见石崇,晋人。但恨石崇不见我。"当时传为异谈。

看官,试想宇宙间所出财产,地方上所供赋税,本有一定数目,不能

第四十四回　筑淮堰梁皇失计　害清河胡后被幽

凭空增添,亏得北魏历朝皇帝,按时节省,代有余积,熙平、神龟年间,府库颇称盈溢。偏经这位胡太后临朝,视若粪土,浪用一空。他如宗室权幸,虽由祖宗积蓄,朝廷赏赉,博得若干财帛,但为数也属不多,要想争奢斗靡,免不得贪赃纳贿,横取吏民。一班热中干进的下僚,蝇营狗苟,恨不得指日高升,荣膺爵禄,所以仕途愈杂,流品益淆。小说中有此大议论,益增光采。

征西将军张彝子仲瑀,独上封事,请量削选格,排抑武人。羽林虎贲各军士,得此消息,立集千人,至尚书省诟骂。省门急闭,乱众抛瓦掷石,闹了片时,便趋诣张宅,把张彝父子拖出,拳打脚踢,几无完肤。一面纵火焚宅,仲瑀兄始均叩头乞恕,被乱党提掷火中,烧得乌焦巴弓。仲瑀奄卧地上,贼疑为已死,不加防守,他得忍痛走免。彝气息仅属,再宿即死。胡太后闻变,慌忙派官宣抚,但收捕乱首八人,斩首伏辜,余皆不问。且下诏大赦,并令武人得依资入选。

适怀朔镇函使高欢至洛阳,<small>函使谓函奏往来之使。</small>见张彝死状,还家散财,结交宾佐,或问为何意?欢答道:"宿卫军将,焚杀大臣,朝廷不敢穷究,政事可知,私产怎能守呢?"<small>乱世枭雄,类具特识。</small>欢系渤海蓨县人,字贺六浑,曾祖湖为燕郡太守,奔投魏国。祖谧为魏御史,坐法徙怀朔镇,因世居北边。欢执役平城,有富人娄氏女,见他状貌魁梧,愿嫁为妇,乃得资购马,报效镇将,充做函使。后来便是北齐始祖,事见下文。<small>志北齐之所自始。</small>

魏尚书崔亮迁掌吏部,因官不胜选,特创立停年格,不问贤否,只论年限,虽为杜绝幸进起见,未始非权宜计策;但贤能或因此负屈,庸才反循例超升,选举失人,实自此始。洛阳令薛琡,一再辨谬,终不见从,就是亮甥刘景安,贻书劝阻,亮亦不从。寻且以国用不足,减损百官俸禄,四成中短少一成。任城王澄,谓不如节省浮费,较全大体,胡太后置诸不理,恣肆依然。

宦官刘腾恃功怙宠,由太仆迁官侍中,兼右光禄大夫,干预朝政,卖官鬻爵。胡太后不加禁止,反擢腾为卫将军,加开府仪同三司。唯清河王怿,用法相绳,不肯容情。吏部请授腾弟为郡守,怿搁置不提,还有散骑侍郎元乂,超擢至侍中领军将军,骄恣不法,亦为怿所裁抑。乂与腾共嫉怿如仇,阴图报复。

龙骧府长史宋维,由怿荐为通直郎,浮薄无行,怿常加戒饬。又乘隙召维,用利相啗,使告怿有谋反情事。胡太后与怿通奸,更兼怿实无反情,一经案验,全出冤诬。怿当然无罪,维照例反坐。叉亟入白太后道:"今若诛维,他日果有人真反,何人敢告!"胡太后听了叉言,也觉有理,乃止黜维为昌平郡守。叉与腾更日夜密谋,料知怿为太后所幸,非用釜底抽薪的计策,断不能独除一怿。一不做,二不休,索性把太后幽禁,方好任所欲为。当下使主食胡定,进白魏主,伪言怿将进毒,贿臣下手,臣不敢为逆,故即自首。魏主年方十一,究是儿童性质,容易被欺,遂嘱定转告元叉,速图去害。

是年为魏神龟三年,序值新秋,叉奉魏主御显阳殿,腾闭住永巷门,杜绝太后出路,独召怿入见。怿至含章殿后,又为叉所阻,不令怿入。怿大声道:"汝欲造反么?"叉亦怒叱道:"叉不敢反,特欲缚汝反贼。"怿再欲抗辩,已由叉指挥宗士,牵住衣袖,迫入含章东省,令人监守。腾称诏召集公卿,论怿大逆,拟置死刑。群臣畏他势力,莫敢抗议,独仆射游肇,出言相阻。叉、腾毫不理睬,竟入白魏主,谓公卿同议诛怿。魏主有何主见,含糊许可,当即将怿处死,并诈为太后诏敕,自称有疾,归政嗣君。遂将太后幽锢北宫,宫门昼夜长闭,内外断绝。腾自执管钥,连魏主都不得入省,只许按时进餐。太后不免饥寒,私自泣叹道:"养虎遭噬,便是我今日所处了!"此时尚非真苦。

是时任城王澄已殁,叉与太师高阳王雍等,同掌朝政,改元正光,叉为外御,腾作内防,魏主呼叉为姨父,政由叉出。高阳王雍等亦只能随声附和,

害清河胡后祓血

不敢相违。游肇愤悒而终。朝野闻怿被杀,统皆丧气,胡人为怿剺面,计数百人。小子独有诗讥怿道:

含章受刃似冤诬,笔伐难逃古董狐;
自古人生终有死,为何被胁作淫夫?

已而由相州递入急奏,请诛元乂、刘腾,且将起兵讨罪。究竟相州是何人主持,待至下回表明。

梁主用降人王足计,命筑淮堰,无论其劳民费财,实为厉阶,即令淮堰易成,成且经久,亦岂遽足夺寿阳!果使寿阳归梁,于魏亦无一损,仁者杀一不辜而得天下,犹且不为,况丧民无数,以邻为壑,必欲争此一城,果何为者?甚矣哉梁武之不仁也!夫欲筑淮堰,不惜民命,荐祭宗庙,乃欲废牲,甚至如宏之一再谋乱,一再姑息,子弟可爱,百姓独不必爱乎?牺牲可惜,人民独不足惜乎?愚谬若此,真出意外。若夫胡太后之骄奢淫佚,原足致乱,即无元乂、刘腾,亦岂能长治久安?清河王怿之罹害,不无冤累,但未能预为防闲,反甘受妣后之淫逼,宫闱之乐事未终,而釜锧已临于颈上,畏死者仍归一死,亦何若拒淫死义之为愈乎!吾于怿无所取焉。

第四十五回

宣光殿省母启争端　沃野镇弄兵开祸乱

却说魏相州刺史元熙,系中山王元英长子,英自攻克三关后,三关事见三十二回。还朝病故,由熙袭封。熙颇好学,具有文才,惟轻躁浮动,常为英忧。英欲立熙弟略为世子,略固辞乃止。熙妻为于忠女,借忠威权,骤擢为相州刺史,又与清河王怿素称友善,通问不绝。

熙莅任时,时方初秋,忽遇狂风骤雨,酿成奇寒,冻死驴马数十匹,随卒数人。嗣复有蛆生庭中。熙尝夜寝,见有一人与语道:"任城王当死,死后三日外,君亦不免;如或不信,但看任城王家。"熙恍惚相随,趋至任城王家前,果见四面墙坍,不遗一堵。正在惊叹,蓦被鸡声唤醒,方知是梦。回忆梦境,恐兆不祥,告诸亲友,大都从旁劝解,说是梦不足凭。及闻怿被诬受戮,不禁怒从中来,便欲起兵讨罪。熙妃于氏,援梦谏阻,熙已忿不可遏,不从妻言,遂称兵邺上,声讨义腾。

黄门侍郎元略,司徒祭酒元纂,俱系熙弟,由洛阳奔至邺城,助兄举兵。长史柳元章等佯为从命,暗中却嗾动部众,鼓噪入府,杀熙左右,即将熙、纂二人拿住,锢置高楼。一面飞报都中,元义立派尚书左丞卢同,赍诏至邺,监斩熙、纂及熙诸子。熙将死时,贻僚友书道:"我与弟并蒙太后知遇,兄据大州,弟得入侍,垂训殷勤,恩同慈母。今太后见废北宫,清河王横遭屠酷,主上幼年,不能自主,君亲若此,臣子奚安?所以督厉兵民,誓建大义,不幸智力浅短,遂见囚执,上惭朝廷,下愧知交,流肠碎首,亦复何言!凡百君子,各敬尔身,为国为家,善勖名节!"元熙发难,虽若可原,但始谋不慎,徒死何裨?至熙首传至洛阳,亲旧莫敢过视,惟前骁骑将军刁整,竟为收埋,时共称为义友。

熙弟元略独得幸脱,走匿西河太守刁双家,约历年余。因内外索捕甚急,别双奔梁,梁封为中山王,领宣城太守。魏元义闻略受梁封,特遣使至建康,与梁通好。梁亦知魏深意,虚与应酬,即日遣归罢了。

魏主诩久疏定省,意欲朝母,向义陈明,义乃允诺。太后在西林园,

第四十五回　宣光殿省母启争端　沃野镇弄兵开祸乱　·351·

由魏主带领文武百官,朝见太后。并即开宴,魏主与群臣侍饮。饮至半酣,武臣起舞为欢。右卫将军奚康生独为力士舞,阶下盘旋,每顾视太后,举手蹈足,作执杀罪

人形状。太后窥透微意,暗暗心喜,但一时未敢遽言。看官听着!康生与叉,本是转湾亲戚,康生子难当,娶侯刚女为妻,刚子为元叉妹婿,所以叉幽太后,康生亦曾与谋。但康生素性粗武,与叉同值禁中,往往因词气高下,致有龃龉,积久遂成嫌隙。也是一个小人。此时借着舞势,示杀叉意。胡太后毕竟聪明,默视良久,待至日色将暮,即命魏主留宿北宫。侯刚在旁道:"至尊已经朝讫,何必在此留宿?"康生道:"至尊为太后陛下亲儿,太后有命,至尊不可不遵。"胡太后乘势起座,即携住魏主臂,下堂径去。

既入宣光殿,在北宫中。太后挈魏主上坐,左右侍臣,分立阶下。康生仗着酒胆,即欲传诏执叉,不意叉已防着急变,指令军士,闯入殿中,七手八脚,把康生牵去。两阶侍臣当然哗乱,胡太后见此情形,也觉慌张,光禄勋贾粲,入白太后道:"侍臣惶恐不安,请陛下出殿抚慰。"胡太后便即起身,甫出殿阶,粲即扶魏主下座,就东序趋出,至显阳殿。太后回顾,已失魏主所在,自知为粲所绐,复入殿俳徊。聪明人,又着了道儿。那贾粲又偕刘腾等人,进胁太后,仍居北宫。所有宫殿各门,照旧关锁去了。

奚康生被牵至门下省,由侍中黄门仆射尚书等十余人,私承叉嘱,当夜审讯,模糊定谳,康生拟斩,子难当拟绞。草案呈入,叉在内矫诏处决,康生死罪,如群臣议,难当恕死,坐流安州。时已昏暮,刑官即驱康生赴市,依谳处斩。难当哭辞乃父,康生独慨然道:"我无反状,乃为贼臣陷害,一死何辞!汝亦不必多哭了!"遂伸颈就刑。前时何故附义?难当收尸埋葬,又得留家百余日,始往流所。这是元乂顾全侯刚面目,暂时买情。及难当去后,密遣人致书行台,叫他刺死难当。难当仍不得生,一道羁魂往冥府中去寻死父,自不消说。

刘腾得进任司空,刑余腐竖,位列三公,实为北魏创例。八座九卿,尝旦造腾宅,伺候颜色,既得腾命,然后各赴省府,依言办事。公私请托,专视货贿多少,决定可否。岁入以巨万计,寡廉鲜耻的下吏,辄投拜门下,愿为义儿,权焰薰天,远近侧目。车骑大将军崔光,随班进退,无所补救,时人比为汉张禹、胡广,至此得升授司徒。江阳王继,为元乂父,已徙封京兆王,本领司徒重职,继恐父子权位太盛,愿以司徒让崔光。元乂听从父意,请命魏主,魏主虽将司徒授光,仍改官继为太保,名异实同,不过掩饰耳目罢了。

未几又有元乂贪金,用兵柔然事。柔然前为魏所逐,逃居漠北,后来复屡入寇边,终被魏戍兵击退,魏宣武帝正始元年,柔然库者可汗复遣兵寇魏沃野,及怀朔镇,魏遣车骑大将军源怀,出巡北边,增筑九城,设兵防守,柔然始不敢入窥。库者可汗死,子佗汗可汗嗣。佗汗可汗屡向魏乞和,魏廷勿许。既而佗汗为高车所杀,子伏跋可汗继立,勇悍有武略,为父复仇,击破高车,擒杀酋长弥俄突,漆头为溺器,复扫灭叛国,转弱为强。伏跋有幼子祖惠,忽然亡去,四觅勿得。适有女巫地万,入见伏跋,谓祖惠现在天上,我能召还。乃即就大泽中量地张幄,祷祀天神,地万喃喃诵呪,约历昼夜,果见祖惠自帐中出来,自言为天神所摄,今始遣归。伏跋大喜,号地万为圣女。地万出入帐中,姿态妖淫,善蛊人主。伏跋初颇尊敬,继与狎亵,竟得地万顺从,枕席风光,远过姜妇,喜得伏跋似遇天仙,当即册为可敦,地万所望在此,胡人称主为可汗,后为可敦。大加爱宠。

已而祖惠浸长,与母私语道:"我系人身,怎得上天?地万留我在家,教我诳言。"母闻祖惠言,便转告伏跋,伏跋已为地万所迷,摇首答说道:"地万能前知未然,汝等何必谗妒呢!"地万且喜且惧,潜杀祖惠。祖惠母怎肯干休,泣诉伏跋母侯吕陵氏。侯吕陵氏乘伏跋出畋,竟把地

第四十五回　宣光殿省母启争端　沃野镇弄兵开祸乱

万拘住,遣大臣具列等,绞死地万。及伏跋闻变驰归,地万已死,他不胜悲愤,欲诛具列等人。适值邻国阿至罗入寇,由伏跋率兵邀击,失利奔还。侯吕陵氏竟会同群臣,杀死伏跋,立伏跋弟阿那瑰为可汗。

甫经匝旬,伏跋族兄示发举兵击阿那。阿那瑰战败,与弟乙居伐奔魏。魏使京兆王继等迎入,赐劳甚厚,引见置宴,封为朔方公蠕蠕王。阿那瑰乞请援师,回国讨叛,朝议经久未决。阿那瑰居洛数月,得知元乂用事,赂金百斤,元乂乃调发近郡兵万五千人,使怀朔镇将杨钧为将,送阿那瑰返国。尚书右丞张普惠上书谏阻,谓蠕蠕久为边患,今天亡丑虏,使彼自乱,阿那瑰束身归命,正好令为内属,戢彼野心,奈何发兵送还,自增劳扰?这一书奏将进去,那元乂全然不睬。但令杨钧从速部署,指日北行。无非为了百斤黄金。阿那瑰入辞北堂,特赐给军器衣被杂米粮畜,悉从优厚,阿那瑰拜谢而去。

时柔然为示发所破,杀死阿那瑰祖母侯吕陵氏及他亲弟二人。偏又有从兄婆罗门,纠众逐示发,示发奔往地豆干。地豆干把他杀毙,国人推立婆罗门为可汗。杨钧入柔然境,恐柔然出兵抗拒,再乞济师。魏遣使臣谍云具仁,先往宣谕。婆罗门骄倨不逊,经具仁与他抗辩,始令大臣邱升头等,随具仁迎阿那瑰。具仁轻骑还报,阿那瑰又惧不敢进,情愿还洛。会高车王弥俄突弟伊匐,乞师呎哒,收拾余众,来击柔然,报复兄仇,大破婆罗门。婆罗门窘急,也率十部落诣凉州,向魏乞降。

柔然无主,国人愿迎奉阿那瑰,阿那瑰又复请归。魏凉州刺史袁翻,上言蠕蠕二主,并宜抚存,可令东西各居,分驭部落。也是一条安边保塞的至计。朝议颇以为然,乃命阿那瑰居怀朔北方,地名吐若奚泉,婆罗门居凉州北境,就是西海故郡。

哪知戎狄豺狼,野性难测。婆罗门却阴怀异志,侨居逾年,走归呎哒,幸由魏平西长史费穆,引兵往讨,用埋伏计诱婆罗门,一鼓掩获,送至洛阳,好容易瘐死狱中。阿那瑰先求粟种,魏输给万石,继复因年谷不登,突入魏境,表求赈给,魏令尚书右丞元孚,持节抚劳,反被阿那瑰拘留,引众南侵,所过剽掠,直至平城附近。闻魏遣尚书令李崇等大举北征,始将元孚释回,驱民北遁。李崇追蹑三千里,不及乃还。这都由元乂贪赂纵奸,酿成戎祸,渐渐的尾大不掉,反为夷狄所制呢。暗伏后文。

元义为恶不悛,取民无度。乃父京兆王继性亦贪纵,专受赂遗。平时请属有司,无敢违慢,牧令守长,哪个肯毁家报效?当然是竭泽而渔,上供欲壑,于是朔方叛乱,相继迭起。又开生面。

先是魏都平城,曾在四邻置设六镇,一武川,二抚冥,三怀朔,四怀荒,五柔玄,六御夷,皆在长城北面,用备藩卫,素来资给从厚。至孝文南迁,漠然相待,将士渐有怨言。尚书令李崇,出击阿那瑰,长史魏兰根语崇道:"从前沿边置镇,地广人稀,所遣将士,或系强宗子弟,或系国家爪牙。晚近以来,有司号为府户,役同厮养。厚内薄外,适足滋怨,怨久必乱,不可不防。今宜改镇立州,分置郡县,凡属府户,悉免为民,入官次叙,一准旧制,文武兼用,威爱并施,庶几人心归向,可无北顾忧了。"此语若行,何致生乱?崇颇以为然,依议奏闻。权贵只识金钱,晓得什么后虑,便将崇奏搁起不提。

怀荒镇将于景,系故尚书令于忠弟,为元义所忌,出就外镇。阿那瑰入寇时,镇民求饷,景不肯给,激动众怒,竟将于景杀死。乱尚未了,那六镇以外的沃野镇,复有豪民破六韩拔陵,聚众造反,攻杀镇将,据境称王。遣党徒卫可孤,围武川镇,又分兵攻怀朔镇。怀朔镇将杨钧,擢尖山人贺拔度拔为统军。度拔有三子,长名允,次名胜,幼名岳,皆有才力,随父从军,分任队长。据守经年,外援不至,杨钧遣贺拔胜突围而出,至临淮王元彧处告急,且语彧道:"怀朔一陷,武川亦危,虽有良、平,张良、陈平皆汉人。不能为计了。"彧许为出师,并即表闻。魏命彧都督北讨军事,往征破六韩拔陵。彧遣胜先归,会武川失守,杨钧弃城南遁,留胜父子居守,卫可孤乘隙攻入,胜父子巷战力屈,俱为所擒。及彧至五原,两镇早陷,破六韩拔陵,麾众邀击,尽锐冲突,彧不能抵敌,大败退归。

魏主闻耗,亟召群臣问计,吏部尚书元修义,请遣重臣督军,出镇恒朔,捍御叛寇。魏主欲任李崇,崇已早还朝,时亦在列,便自陈衰老,请另择贤才。魏主不许,即加崇开府仪同三司,领北讨大都督事,所有抚军将军崔暹,及镇军将军广阳王元渊以下,渊或作深,系太武帝曾孙。皆受崇节度,陆续北行。

是时西北一带,寇盗蜂起,响应拔陵。敕勒酋长胡琛,凉州幢帅于菩提,营州民就德舆等,群起为乱。还有朔方汾州诸胡,亦乘时蜂起,骚扰边境。各州刺史,就近征剿,倏出倏没,未得荡平。秦州刺史李彦,政刑残虐,群下生怨,部将薛珍等突入杀彦,推党人莫折大提为秦王。南秦州民张长命韩祖香孙掩等,亦戕刺史崔游,举城应大提。大提袭入高平,杀害镇将赫连略及行台高元荣。既而大提病死,子念生居然称帝,自号天建元年。魏命雍州刺史元志为征西都督,往讨念生。念生弟天生,率众下陇,志连战连败,退保岐州。天生乘胜进逼,四面登城,志竟被杀,岐州陷没。

说也奇怪,元志方战殁岐州,李崇也败退云中。崇本遣崔暹出北道,教他不得浪战,但牵制拔陵兵力,自从东道进兵,直捣沃野。暹违崇将令,竟转斗而前,被拔陵诱入伏中,杀得全军覆没,只剩了一人一骑,狼狈走还。拔陵得并力攻崇,崇抵挡不住,没奈何退守云中,与寇相持。魏廷遣尚书元修义为西道行台,规复岐州,偏又接得李崇败报,宫廷相率惊惶。广阳王渊申崇前说,仍请改镇为州。魏主不省,惟召还崔暹,命系廷尉。暹忙将良田美妓,献纳元乂,又替他解免,竟得宥罪。

未几东西铁敕部,统皆叛命,归附破六韩拔陵,魏主乃思李崇及元渊言,下诏改镇为州,遣黄门侍郎郦道元为大使,抚慰六镇兵民。哪知六镇已皆叛魏,道元去亦无益,仍折回都中。南秀容人乞伏莫于,又复起反,总算出了一个酋长尔朱荣,集众讨平。当下奉表魏廷,详报平贼情事,魏封荣为博陵郡公。荣高祖羽健,初封秀容川,父名新兴,善事畜牧,牛羊马驼,辨色为群,尝弥漫山谷间。魏有事北方,新兴辄献牲畜助军。至荣讨平叛乱,进爵为公,方阴蓄大志,拟乘四方变乱的时候,发愤为雄。所有畜牧资财,悉数取出,散给勇士,结交豪杰。于是侯景、司马子如、贾显、段荣、窦泰等,先后趋附,整日里练兵储械,待时出发。这乃是北魏一大隐患,不比那四方草寇,剽掠无定,尚容易处置呢。<small>俱为下文写照。</small>

且说梁主萧衍,闻魏乱方盛,欲趁势经略中原。当时南朝良将,为韦睿、裴邃二人,睿于普通元年病逝,<small>随笔带过韦睿。</small>只裴邃尚存。乃授邃为信武将军,领豫州刺史,出镇合肥。适临川王宏第三子正德,背梁奔魏,魏已起萧宝夤为尚书仆射,谓正德无故来投,情不可测,不若拘戮为是。魏主虽然不从,但亦未尝礼待,正德因复逃归。前时梁主无子,曾取正德为养儿。及太子统生,仍使正德还本,赐爵西丰侯。正德以不得立储,衔恨多年,乃觑隙奔魏。既不得志,南行还梁,恐遭梁主诘责,不得不捏造诳言。

当诣阙谢罪,托言北侦虏情,确是有乱可乘,请速出师等语。梁主亦瞧透三分,诘问数语,正德具陈魏乱,似觉详明,乃仍复本封,并促裴邃出兵北略。

邃因率骑袭寿阳,掩入外郛。魏扬州刺史长孙稚,奋力抵御,一日九战,杀伤相当。邃因后军不至,引军暂归。嗣复取魏建陵、曲木,及狄城、甓城、司吾城。徐州刺史成景俊拔睢陵,将军彭宝孙拔琅琊,曹世宗拔曲阳、秦墟,李国兴且进拔三关。魏徐州刺史元法僧,又遣子景仲至梁,奉表输诚。梁即授降王元略为大都督,与将军陈庆之等,率兵接应,为魏安乐王元鉴击败。法僧却乘鉴骄怠,杀将过去,得了一个大胜仗。梁授法僧为司空,封始安郡公,复命西昌侯萧渊藻及豫章王萧综等,相继进兵,接济裴邃。

沃野镇并 兵闹祸乱

邃攻下新蔡郡,进克郑城、汝颍一带,所在响应,魏河间王元琛及寿阳守将长孙稚,率众五万,前来截击,邃暗设四伏,诱稚入阱,四面相迫,好似网中捕鱼,瓮中捉鳖。还算长孙稚有些勇力,拼命冲突,夺路奔逃。再加元琛从后援应,方得将长孙稚救回寿阳,但已丧毙了一、二万人。邃威名大振,将乘胜荡平淮甸,再图河洛,偏偏天不假年,竟尔一病不起,告殁军中。身后赠典,比韦睿更优。睿得赠侍中,给谥曰严;邃亦得赠侍中,且进爵为侯,予谥曰烈。淮、泗军民,感念邃恩,莫不流涕。再

与韦睿相较,是不忘良将之意。小子有诗叹道:

　　北征大将肃军威,万众全凭只手挥;
　　功业未成身已殒,萧梁气运兆衰微。

邃既死事,后任为中护军夏侯亶。亶虽有才名,究竟不及韦、裴两人,因此敛兵不进,南北粗安,那魏人得专力北方。欲知后事,且看下回叙明。

　　元乂、刘腾,为北魏之祸首,而胡后实纵成之。奚康生久预军机,始不能诛锄权戚,乃反甘作爪牙,与谋幽后。后固自取,而康生之党恶济奸,未始非乂腾之流亚也。及西林省母,渐有转机。康生如有悔心,亦惟导后以慈,勖主以孝,内联母子,外正君臣,则苦志弥缝,安身即以安国。计不出此,乃徒以舞势示意,挑拨胡后,宣光殿之被执,门下省之受诛,虽死何补,适见其好乱取祸耳!沃野之乱,不特为六镇之引线,并且为亡魏之祸阶,一蚁溃穴,全隄皆动,乱之不可以使长也,有如此者。然不有内乱,安有外乱?胡后导于先,乂腾踵于后,读史者可以知所鉴矣。

第四十六回

诛元乂再逞牝威　拒葛荣轻罹贼网

却说魏尚书元修义，出讨莫折念生，中途遇着风疾，不能治军，乃命萧宝夤代任，并命崔延伯为岐州刺史，兼西道都督，与宝夤俱出屯马嵬。莫折天生方列营黑水，由延伯前往挑战，天生开营追逐，延伯徐徐引还，行伍整齐，步伐不乱，反将贼众惊退。越日复勒兵出战，延伯当先突进，将士尽锐长驱，大破天生，俘斩十余万，追奔小陇山，岐、雍及陇东皆平。魏京兆王继正受命为大都督，出统西道各军。既得岐、雍捷报，乃诏令班师。

时宦官刘腾已死，司徒崔光亦卒，元乂耽酒好色，淫宴自如，无论姑姊妇女，稍有姿色，即与宣淫。嗣是常留家不出，或出游忘返，无暇防卫宫廷。

胡太后察悉情形，转忧为喜，乘乂他出，即召魏主与群臣入见，当面宣谕道："元乂隔绝我母子，不听往来，还复留我何用？我当削发出家，修道嵩山，闲居寺院，聊尽余生罢了。"说着，泪下不止。一派伪态。魏主见太后容色，免不得天良发现，即叩头劝阻，群臣亦跪伏哀求。胡太后置诸不理，反令侍女觅取快剪，立即削发。魏主越加惶急，禁住侍女，再三苦劝，太后尚未肯依。越装越像。群臣乃请魏主伴宿，夜间母子叙情，谈至夜半，无非说元乂不法，必将为乱。左右且从旁报密，谓乂尝遣从弟洪业与武州人姬库根，潜买马匹，预备起事。魏主年已十六，已有知觉，也恐帝位被夺，顿起疑心，遂与太后密谋黜乂。及乂还朝入直，魏主但与言太后意见，将往嵩山修道。乂巴不得太后出家，便劝魏主顺承母旨，魏主含糊应允。

看官！试想这胡太后年将四十，尚是华装艳服，盛鬓丰容，哪里肯出家为尼，除绝六欲？她不过借此为名，计愚元乂。乂却竟为所愚，还道太后无颜问政，不必防闲。太后遂得屡御外殿，不似从前幽锢。有时且偕魏主出游，无人阻碍。乂举元法僧为徐州刺史，法僧叛魏奔梁，太

第四十六回　诛元乂再逞牝威　拒葛荣轻罹贼网

后屡以为言，乂颇自愧悔。高阳王雍虽位居乂上，权力不能及乂，所以暗加畏忌。会魏主奉太后出游，往幸雒水，雍邀两宫至私第中，开宴畅饮。饮至日晡，太后与魏主起座，偕雍同入内室，谈了许多时刻，方才出来。从官皆不得与闻，惟由太后传令还驾，始皆奉跸还宫。

过了数日，雍从魏主入朝太后，奏称元乂父子，权位太重，致多疑谤，太后乃召乂入语道："元郎若果效忠朝廷，何故不辞去领军，以他官辅政？"乂乃免冠拜伏，求解领军职衔。当由两宫允准，授乂为骠骑大将军，开府仪同三司，兼尚书令，仍守侍中等官。改用侯刚为领军将军，暂安乂意。乂因刚为同党，果然不疑。

魏主立太后侄女胡氏为后，不甚爱宠。想是姿貌平庸。寻纳一潘氏女为充华，名叫外怜，色擅倾城，容能媚主，最得魏主欢心。南有潘贵妃，北有潘充华，何潘家多美女乎？阉竖张景嵩、刘思逸等与乂未协，屡白潘充华，谓乂有害潘意。潘充华乃泣诉魏主道："元乂心存叵测，尝欲杀妾，并将不利陛下，请陛下早为留意！"魏主既受教慈闱，又牵情帷闼，遂视元乂为眼中钉，恨不把他即日捽去。侍中穆绍，又劝胡太后即速除乂。太后以乂党尚盛，未便遽发，先出侯刚为冀州刺史，去了元乂一条左臂，又迁贾粲为济州刺史，把元乂右臂亦复除去，然后安排黜乂。

正光六年四月朔，胡太后复临朝摄政，下诏罪元乂、刘腾，黜元乂为庶人，追削刘腾官爵。清河国郎中令韩子熙，乘间上书，为清河王怿讼冤，乞诛元乂，并戮刘腾尸。太后乃命发刘腾墓，劈棺散骨，尽杀腾养子，籍没家资。遣使追杀贾粲，降侯刚为征虏将军，夺刺史官。刚还家病死。召子熙为中书舍人，又征齐州刺史元顺还朝，授职侍中。顺为任城王澄子，前为黄门侍郎，直言忤乂，因致外迁。此次还都受职，颇邀宠眷。他本与乂未协，因见乂尚未伏诛，不免怀忧。

一日入朝内殿，由太后赐令旁坐，顺拜谢毕，顾视太后右侧，坐一中年妇人，乃是太后亲妹，即元乂妻房。当下用手指示道："陛下奈何眷念一妹，不正元乂罪名，使天下不得大伸冤愤！"太后默然不答。乂妻已潸然泪下，顺乃趋出。先是咸阳王禧，谋逆见诛，诸子多南奔入梁。咸阳王事见前文。一子名树，受梁封为邺王。树贻魏公卿书，暴乂罪恶，大略说是：

　　乂本名夜叉，弟罗实名罗刹，两鬼食人，非遇黑风，事同飘堕。

呜呼魏境！罹此二灾。恶木盗泉，不息不饮，胜名枭称，不入不为；况昆季此名，表能噬物，暴露久矣，今始信之。

魏公卿得了此书，也即进呈，胡太后因妹乞恩，尚不忍诛乂。至此顾语侍臣道："刘腾、元乂，前向朕索求铁券，冀得不死，朕幸未照给。"舍人韩子熙接入道："事关生杀，不计赐券，况陛下前尚未给，今何故知罪不诛？"太后怃然无言。是谓妇人之仁。

已而有人讦乂阴谋，将与弟瓜招诱六镇降户，谋变定州，太后尚迟疑未决。群臣固请诛乂，魏主亦以为然，乃赐乂及弟瓜自尽。乂既伏诛，犹赠乂原官。京兆王继亦被废归家，未几即死。独乂妻居家守丧，寂寂寡欢。乂弟罗未曾连坐，有心盗嫂，日夕勾引，竟得上手，即与乂妻结不解缘，情同伉俪。胡氏姊妹淫行相同，这乃不脱夷狄旧俗哩。中国亦未必不尔。

胡太后两次临朝，改元孝昌，把前日被幽苦况，撇诸脑后，依然是放纵无度，饱暖思淫。乃父胡国珍有参军郑俨，容仪秀美，不亚清河，当即引为中书舍人，与

同枕席。俨又引入徐纥、李神轨，皆为舍人，轮流侍寝，彻夜交欢。太后愈老愈淫，多多益善，惟心目中最爱郑俨，俨有时归家，太后必令内侍随去，只许俨与妻同言，不准留宿。俨亦无法，只好勉从慈命。淫妇必妒，盍观胡氏。太后又屡出游幸，装束甚丽，侍中元顺面谏道："古礼有言，妇人无夫，自称未亡人，首去珠玉，衣不文饰。陛下母仪天下，年垂不惑，修饰过甚，如何能仪型后世呢？"太后惭不能答。及还宫后，召顺诘责

第四十六回 诛元义再逞牝威 拒葛荣轻罹贼网

道:"千里相征,岂欲众中见辱?"顺又抗声道:"陛下不畏天下耻笑,乃独恨臣一言,臣亦未解!"却是个硬头子。太后驳他不倒,一笑而罢,但心中也未免怨顺。城阳王元徽与中书舍人徐纥,窥承意旨,屡加谗毁,太后始尚含容,后竟徙顺为太常卿。顺拜命时,见徐纥侍侧,戟指诟詈道:"此人便是魏国的宰嚭,魏国不亡,此人不死,想也是气数使然呢!"纥面有愧容,胁肩而去。顺复叱语道:"尔系刀笔小才,只应充当书吏,奈何污辱门下,坏我彝伦!"实不止污辱门下,顺尚言之未尽。纥踉跄避去,太后佯作不闻,顺亦自出。

忽闻豫章王综自徐州来归,胡太后喜他投诚,嘱令魏主优礼相待。魏主乃召综入殿,温言接见,特授职侍中,封丹阳王。综系梁主衍次子,母为吴淑媛,本系齐东昏侯宠妃,衍入建康,据为己有。七月生综,宫中多说是东昏遗胎。吴淑媛事见前文。既而吴氏年暮色衰,渐次失宠。综已浸长,年约十余。尝梦见一肥壮少年,抚摩综首,综私自惊讶,密语生母吴淑媛。淑媛问及梦中少年,如何形状,由综约略陈述,正与东昏侯相似,便不禁泣下道:"我本齐宫嫔御,为今上所迫,七月生汝,汝怎得比诸皇子?但汝为太子次弟,幸保富贵,切勿泄言。"综听了此语,抱母而泣。嗣复将信将疑,暗思人间俗语,用生人血滴死人骨,渗入乃为父子,此次正可仿行,试验真伪。遂密引心腹数人,微行至东昏侯墓前,私下发掘,剖棺出骨。沥血试验,果然渗入。返至家中,有次子才生月余,竟将他一把搦死。槁葬数日,日夜遣人发取儿骨,再行滴血,渗入如初。遂自信为东昏遗子。每日在静室中,私祭齐氏祖宗,一面求经略边境。

梁主始尚未许,会魏元法僧降梁,元略、陈庆之接应法僧,为魏所败,见前回。乃命综出督诸军,镇守彭城,并摄徐州府事。召法僧入都授职,法僧应召诣建康,魏调临淮王彧为东道行台,率兵逼彭城,梁主又恐综未惯战,促令引还,出尔反尔,究属何因?综竟输款魏营,夜投彧军。城中失了主帅,隔宿大溃,魏人陷入彭城,掳去长史江革,及司马祖暅,令随综入洛阳。综得受魏封,遂为东昏侯举哀,服斩衰三年,改名为赞。一作缵。

梁主闻报,大为骇愕,有司奏削综爵土,撤除属籍。有诏准议,并废吴淑媛为庶人,寻且赐死。已而魏遣还江革祖暅,交换元略,梁主乃礼遣略归。略还魏阙,魏已给复乃父中山王熙官爵,并拜略为侍中,赐爵东平王,迁尚书令,格外宠任。但徐郑用事,略亦不能有为,只好随俗浮沉罢了。

梁主衍既遣归元略,召问江革祖暅,问明综奔魏情形,江革祖暅,据实奏陈。梁主以综顾本支,颇有孝思,且追忆吴淑媛旧情,又复生悔。萧衍晚年误事,便由胸无主宰。乃赐复综爵,仍令入籍,并复吴淑媛品秩,予谥曰敬。封综子直为永新侯,令主吴淑媛丧葬事宜。

还有一件暧昧的事情,说将起来,尤觉可丑可笑。梁主衍有数女,临安、安吉、长城三公主,并有文才,独永兴公主,顽而且淫,竟与叔父临川王宏通奸。宏与谋篡逆,约事成后立为皇后。回应四十四回。梁主尝为三日斋,与诸公主并入斋室。永兴公主使二僮行刺,乔扮女装,随入室中。僮直阈失履,为直阁将军所疑,密白丁贵嫔。贵嫔欲转告梁主,因恐梁主未信,特使直阁加防。直阁令舆卫八人,整装立幕下。及斋座将散,永兴公主果上前面陈,请叙机密。梁主屏去左右,令主密谈,那二僮竟趋至梁主背后,拟从怀中取刃。舆卫八人,立即突出,擒住二僮。梁主惊坠地上,幸由卫士扶起,坐讯二僮逆迹,二僮初尚抵赖,一经搜检,取出利刃二柄,且系假充女婢,水落石出,无从讳言,只得供明逆情,说是为宏所使。梁主不欲详诘,但命将二僮斩讫,用漆车载着公主,撵逐出外。公主也觉无颜,便即暴卒。临川王宏忧惧成疾,梁主犹七次临视,未几告终,尚追赠侍中大将军扬州牧,并假黄钺,给羽葆鼓吹一部,增班剑六十人,赐谥曰靖。傲弟逆女,如此不法,尚欲多方掩饰,不忍行诛,甚且特别优待,这真叫做当断不断,反受其乱了。

那北魏的祸乱也是日盛一日,不可收拾。莫折天生虽然败去,敕勒酋长胡琛,却自称高平王,遣部将万俟丑奴,寇魏泾州。萧宝夤、崔延伯移师往援,与丑奴会战安定。丑奴狡猾得很,屡次诈败,引诱延伯。延伯恃胜轻进,至为丑奴所乘,杀伤至二万人。宝夤入城自保,延伯再战再败,中矢而亡。贼势益盛,魏廷大震。

时北道都督李崇病殁,广阳王渊进兵五原,贺拔度拔父子,正袭杀拔陵将卫可孤,西拒铁勒。度拔战死,子胜等奔至五原,投入广阳王渊麾下。渊爱他骁勇,引为亲将,适破六韩拔陵,纠众大至,把五原城四面围住。胜募健卒二百人,开东门出战,斩贼百余人,贼渐引却。渊乃拔军赴朔州。即怀朔镇。参军于谨,能通诸番言语,招降西铁勒部酋长乜

第四十六回　诛元义再逞牝威　拒葛荣轻罹贼网

列河,并结合蠕蠕主阿那瑰,大破拔陵,收降叛众二十万。拔陵穷蹙,奔还沃野,阿那瑰出兵进击,连战皆捷,擒斩拔陵,献捷魏廷。拔陵了。魏主遣中书舍人冯隽,前往宣劳,犒赏从优。阿那瑰送归冯使,遂自称头兵可汗,蟠踞塞外,拥众称雄。这且待后再表。

且说沃野告平,魏已去一乱首,只有莫折念生、胡琛两路,尚未扑灭,不能不分头征剿,静俟澄清。哪知二寇未歼,复又生出二寇,遂致乱祸益炽,势等燎原。看官听说!一路是柔玄镇乱民杜洛周,起反上谷,改元真王;一路是五原降户鲜于修礼,起反定州,改元鲁兴。警报与雪片相似,传达魏廷,魏命幽州刺史常景,为行台征虏将军,与幽州都督元谭,往讨洛周。扬州刺史长孙稚,为骠骑将军,都督北讨军事,与都督河间王琛,往讨鲜于修礼。两两写来,有条不紊。彼此战争数月,元谭军溃,用别将李琚相代,琚复战死,更换了一个于荣。荣颇善战,军务始有起色。河间王琛与长孙稚未协,稚兵至滹沱河,被修礼伏兵激击,伤亡甚多。琛观望不救,稚大败南奔,两人互相奏讦,俱坐罪除名。改用广阳王渊为大都督,以章武王元融,及将军裴衍为副,出击修礼。渊为太武帝曾孙,与城阳王元徽,系是从祖兄弟。徽妻于氏,与渊相奸,徽不能防闲于氏,惟恨渊甚深。渊既出征,徽上白胡太后,谓渊心不可测,恐有异图。胡太后乃密敕章武王融,令他潜加防备,融却持密敕示渊。渊乃上表讦徽,论徽过恶,说他谗害功臣,并及己身,请调徽出外,然后得免牵掣,方可效死击贼。胡太后搁置不理。徽时为尚书令,与郑俨等朋比为奸,外似柔谨,内实忌克,赏罚任情,魏政益乱。渊闻朝廷不用己言,越加疑惧,事无大小,不敢自决,因此沿途逗挠。会贼将元洪业,杀毙鲜于修礼,向渊请降。鲜于修礼了。渊正拟遣将招抚,偏修礼部下葛荣,替主复仇,刺死洪业,自为贼帅。旋且僭称皇帝,立国号齐,居然下诏改元,称为广安元年,率众趋瀛州。魏廷促渊进讨,渊遣章武王融,前往击荣,兵败战死。渊外畏贼势,内虑谗言,越弄得进退彷徨,自悲歧路。你要奸通人妻,应该受此折磨。城阳王徽,乐得下阱投石,嘱令侍中元晏,劝渊盘桓不进,坐图不轨。参军于谨,实主渊谋,胡太后因诏榜省门,悬赏缉谨。谨既有所闻,乘便语渊道:"今女主临朝,信用谗佞,殿下迹被嫌疑。若无人代为表明,恐遭奇祸!谨愿束身归罪,宁可诬谨,不可诬殿下!"渊乃与谨泣别,谨星夜入都,自投榜下。有司以闻,胡太后立即召入,厉声责谨。谨从容奏对,为渊辩诬,且备陈按兵情由,说得胡太后亦为动容,不由得怒气潜消,释谨不问。

徽计不得逞,又致书定州刺史杨津,嘱使图渊。渊因葛荣势盛,退保定州,津遣都督毛谥等,夜袭渊舍,渊只率左右数人,仓皇走脱。行至博陵郡界,正值葛荣游骑,把他截住,劫往见荣。贼党欲奉渊为主,荣已自称天子,势不两立,便将渊杀死了事。城阳王徽,即诬渊降贼,拘渊妻孥。莫非欲污辱渊妻么?还是广阳府佐宋游道,替渊诉理,具报渊遇害实情,乃赦渊家属,不复论罪。即授杨津为北道都督,使拒葛荣。并因朔方扰乱,特授博陵郡公尔朱荣为安北将军,都督恒、朔二州军事。荣过肆州,刺史尉庆宾闭城不纳,惹动荣怒,引众登城,执庆宾还秀容,擅署从叔羽生为刺史。嗣

拒葛荣 轻骑 贼纲

是兵威渐盛,魏不能制。小子有诗叹道:

　　一麾出督便称雄,枭桀何曾肯效忠?
　　试看肆州轻易吏,咆哮已自蔑皇风。

贺拔胜兄弟,也投奔尔朱荣。荣得胜大喜,署为军将。欲知后事如何,待至下回再叙。

元乂可诛,而妣后不宜再出,胡氏之重复临朝,魏之乱亡也必矣。高阳王雍等,卑鄙无能,原不足道,元顺刚直敢言,何不力请胡后,归政魏主,乃徒谏华饰,斥幸臣,不揣其本而齐其末,讵得谓之社稷臣乎?元略奔梁,萧综奔魏,当时南北二朝,喜纳亡人,几成习惯,略之逃亡也有名,综之叛亡也亦未始无名,但为梁主计,

则综实乱贼,似难曲恕。彼既削综籍,旋即赐复,朝令暮改,憧憧往来,无非由内省多疲耳!淫弟逆女犹可恕,于综果何尤耶?魏既召还元略,赐爵东平,而略仍不能匡救时艰,犹之一高阳王雍也。盗贼麇于外,嬖幸蟠于内,庸臣旅进旅退,毫无干济。广阳王渊,虽遭谗罹祸,饮刃贼巢,然常则思淫,变则思避,天下有如是之取巧乎?其致死也,谁曰不宜!

第四十七回

萧宝夤称尊叛命　尔朱荣抗表兴师

却说尔朱荣在肆州，得了贺拔胜兄弟，不禁大喜，抚胜背道："卿兄弟肯来从我，天下便容易平靖了。"遂署为军将，行止进退，随时与议。胜等亦乐为效力。看官阅荣词色，已可知他拔扈飞扬，名为魏廷御乱，实是后来一大厉阶。那魏廷正乱势纷纷，只忧兵将不足，想靠荣做北方长城，眼前事且不暇顾，怎能顾到日后呢！

古人有言：外宁必有内忧，这魏国是内忧交迫，外亦未宁，正是内外摇动的时候。梁豫州刺史夏侯亶，趁着淮水盛涨，攻魏寿阳。魏扬州刺史李宪，待援不至，只好举城降梁。亶令将军陈庆之入城安民，收降男女七万五千人，复称寿阳为豫州，改合肥为南豫州，二州俱归亶管辖。嗣复由梁将湛僧智，及司州刺史夏侯夔，会师武阳关，围魏广陵。魏尝称广陵为东豫州，刺史元庆和，保守不住，外城被陷。魏将陈显伯，率兵赴援，又为僧智所破。庆和无法可施，不得已投降梁军，显伯夜遁。梁军追击至十里外，斩获万计。僧智受命镇广陵，夏侯夔镇安阳。

已而梁主复遣将军陈庆之，与领军曹仲宗等，攻魏涡阳，寻阳太守韦放，亦引军往会。途次与魏将元昭等相遇，不及列营，部下皆有惧色。元昭麾下，步骑共五万人，分队夹进，声势锐甚。放系睿子，凤受家传，至此仍不慌不忙，免胄下马，自坐胡床，誓众迎战。于是士卒皆奋，踊跃直前，一当十，十当百，竟得杀退魏兵。不略韦放，仍为韦睿生色。乃徐徐收军，趋晤庆之。庆之不肯落后，也率麾下二百骑，驰往奋击，斫死魏兵前队百余人，因勒骑还营，与诸军并进。元昭分设十三垒，抵御梁军，两下相持，互有杀伤。差不多过了一年，仲宗因欲班师，庆之独杖节军门，誓死不退，遂简选锐卒，衔枚夜出，直捣魏营，魏人积劳致倦，仓猝不能抵敌，溃去四垒。庆之俘馘多名，陈列涡阳城下，指示守将王纬，纬乃乞降。魏兵尚有九垒，又由庆之移示俘馘，鼓噪进攻，吓得魏兵四散奔逃。元昭亦顾命要紧，弃垒遁去。庆之上前追蹑，杀毙无数，涡阳为尸血所积，几乎胶浅不流。自宋季被魏南侵，淮北为魏所据，齐末又由魏兵渡淮，陷入淮南，至此梁乘魏乱，攻克两淮城镇。

魏人失地颇多，无力与争，已是懊怅得很。<small>叙入南北交涉，是按时销纳文字。</small>再加那北方乱事，日急一日，真个是寇氛遍地，烽火连天。杜洛周寇掠蓟南，转趋范阳，屡为行台常景所破。景所恃惟一于荣，荣忽病殁，景遂失势。幽州民甘心从乱，竟开门迎纳洛周，景被掳去，幽州当然陷没了。葛荣守瀛州南趋，进逼殷州。殷州由定、相二州分出，领有四郡，刺史崔楷，甫经到任，城内无备，由楷召集兵民，谕以忠义，与贼党徒手相搏。连战半旬，终因力竭城崩，被贼杀入，楷不屈遇害。荣复转围冀州，刺史元孚，督厉将士，昼夜拒守，自春及冬，粮储告罄，外无救兵，尚且据城死战。及城已被陷，孚与兄祐俱为所擒，兄弟各自引咎，愿为国死。都督潘绍等，亦向荣叩请，愿代死以活使君，荣叹为忠臣义士，统皆赦免。<small>强盗发善心。连叙崔楷元孚，意在教忠。</small>

但殷、冀二州，俱为贼有，还有西道行台大都督萧宝夤，出兵累年，糜饷添兵，不知凡几，始终没有成效。<small>特提萧宝夤，为本回前半截主脑。</small>莫折念生，与胡琛不和，两贼自相攻杀。念生屡挫，乃输款宝夤。宝夤使行台左丞崔士和，往收秦州。不意念生复反，擒杀士和，秦州再陷。宝夤出师泾阳，亲讨念生，一场交战，全军败绩，退屯逍遥园东。汧城岐州，相继降贼，豳州刺史毕祖晖，又复战没。西道都督北海王元颢，亦被杀败，关中大扰。雍州刺史杨椿，急忙募兵拒守，得士卒七千余人，登陴力御，才获保全。魏加椿为侍中，领行台统帅，节制关西诸将。念生遣弟天生，大举攻雍州，萧宝夤令部将羊侃，往助杨椿。侃隐身堑中，伺天生近城，一箭射去，应弦而毙。椿乘势杀出，贼众大溃，斩首数千级，雍州解严。念生方进据潼关，闻天生已死，乃弃关西去。

魏主因宝夤败退，褫夺官爵，免为庶人。一面下诏西征，整备兵马。既得潼关捷音，复说将北讨葛荣。诏书中很是夸张，仿佛有銮跸亲临，灭此朝食的气象，其实统是纸上谈兵，唯日在销金帐中，与潘嫔等练习肉战，有什么行军思想。那胡太后亦纵情行乐，宫闱里面，通宵狎亵，笑语时闻，任他警报频来，且管目前肉欲，毫不加忧。<small>死在目前，乐得纵欢。</small>一切军事，都委城阳王徽及二三嬖臣，随便处置。

可奈贼势未靖，宿将渐凋，雍州行台杨椿，又复上书报病，请人相代。魏廷无将可遣,只得复任萧宝夤,都督淮泾等四州军事,兼领雍州刺史。椿交卸还乡,因子昱将适洛阳,特嘱昱转奏两宫,谓宝夤非不胜任,但恐有异志,须慎选心膂为辅,方可戢彼野心。昱奉命至洛,面启魏主母子,两宫已是晨昏颠倒,神志迷离,哪里肯如言施行。

会闻葛荣进围信都,乃命金紫光禄大夫源子邕,为北讨大都督,率兵赴援。子邕方发,又接相州急报,刺史乐安王元鉴,文成帝孙。据邺叛魏,通款葛荣。因再命舍人李神轨,出会子邕,并召同将军裴衍,先讨邺城。才算一举得手,入邺诛鉴,传首洛阳。神轨还都,诏除子邕为冀州刺史,使讨葛荣。裴衍亦表请同行,奉敕允议。子邕独上书自陈,谓两人不宜同往,衍行臣请留,臣行请留衍,若逼使同行,必致败衄。有诏不许,子邕不得已偕衍北进。行至漳水,突遇贼十万众,蜂拥前来。两将本不同心,号令不一,猝遭大敌,兵士骇散,子邕及衍,相继阵亡。葛荣尽锐攻相州,还亏刺史李神,悉众固守,协力致死,才得不陷。可见用兵之道,全恃一心。偏雍州行台萧宝夤,竟杀死关右大使郦道元,居然造起反来。果如杨椿所料。

宝夤西讨莫折念生,前次败绩遭谴,已不自安,后来虽得起复,终怀疑惧。莫折念生返至秦州,由州民杜粲纠众发难,击死念生,粲自掌州事。南秦州城民辛琛,亦自行州事,各遣使至萧宝夤处乞降。莫折念生亦了。宝夤表闻魏廷,魏主尽复宝夤旧封,仍爵齐王兼尚书令。

中尉郦道元,素号严猛,不避权戚。司州牧汝南王元悦,宠信小吏邱念,弄权不法。道元收念付狱,拟处重刑。悦亟白胡太后,请赦念罪。太后敕令赦念,偏道元不待赦至,先已杀念,复劾悦纵奸枉法诸罪状,太后不理。悦深恨道元,想出一法,请调道元为关右大使。关右为萧宝夤势力范围,遣使镇压,明明是悦的诡计,使他激怒宝夤,好借刀杀死道元。魏廷哪里知晓,即派道元西行。果然宝夤闻知,由疑生畏,由畏生忿,特商诸僚佐柳楷。楷答道:"大王为齐明帝子,天下属望,何必定居人下!况近有谣言:鸾生十子,九子瓠,音断,卵坏也。一子不瓠,关中乱。乱训为治,大王当治关中,已无疑义。"宝夤乃决计叛魏,密遣部将郭子恢,潜伏阴盘驿,俟道元过境时,突出拦阻,把他刺死。佯言为贼所害,命人收殡,诡词奏闻。魏责宝夤捕凶正法,宝夤当然不理,即欲称帝关中。

第四十七回　萧宝夤称尊叛命　尔朱荣抗表兴师　·369·

行台郎中苏湛,人品端方,素为宝夤所重,时正抱病在家。宝夤使他姨弟姜俭与商,湛不待说毕,便放声大哭。俭惊问何因?湛且泣且语道:"我家百口,

今将屠灭,怎得不哭!"又哭至数十声,乃徐语俭道:"为我白齐王!王本似穷鸟投人,赖朝廷假王羽翼,荣宠至此,奈何无端背德!且魏德虽衰,天命未改,齐王恩信,未洽民情,乃欲率羸惰兵卒,守关问鼎,怎能有成?湛不能举家同尽,愿乞骸骨归还乡里,使得病死,下见先人。"俭返报宝夤,宝夤知湛不为己用,听令还里。

长史毛遐,与弟鸿宾,奔往马祗栅,召集氐羌,抗拒宝夤。宝夤遣将军卢祖迁击遐,一面自称齐帝,改元隆绪,置百官都督,公然被服衮冕,出祀南郊,行即位礼。伪官呼嵩未毕,忽有败报传来,祖迁败死,禁不住神色仓皇,匆匆入城。别派部将侯终德,往击毛遐兄弟,并派重兵据守潼关。

正平民薛凤贤、薛修义等,亦聚众河东,分据盐池,围攻蒲阪,东西连结,响应宝夤。魏命尚书仆射长孙稚,为行台统帅,往讨宝夤,遣都督宗正珍孙,往讨二薛。

长孙稚驰至恒农,闻宝夤围攻冯翊,尚未陷人,乃与将佐会议所向。行台左丞杨侃献计道:"贼据潼关,守御已固,未易攻入,不如北取蒲阪,渡河西行,直捣心腹。贼回顾巢穴,冯翊必当解围,就是潼关守兵,亦必却顾而走,支节既解,长安自可坐取了。若以为愚计可行,愿效前驱!"长孙稚皱眉道:"汝计甚善,但薛修义方围河东,薛凤贤复据安邑,近闻宗正珍孙,军至虞坂,不能前进,我军如何可往?"侃微笑道:"珍孙

一行阵匹夫,怎知行军?二薛党羽,统是乌合,只能欺吓珍孙,不能欺吓别人。"房在目中。稚乃使长男子彦,随着杨侃,带领骑兵,自恒农北渡,进据石锥壁。侃扬言道:"我军今且停此,暂待步军。为念沿途村民,无知受胁,情实可怜,今先告父老百姓,速送降名,各自还村,俟我军举起三烽,也当举烽相应,我军誓不相犯;若无人应烽,定系贼党,当进屠村落,夺取子女玉帛,犒赏我军。"诳贼足矣。村民闻了此言,转相告语,多递降名。一俟官军举烽,无论已降未降,皆举烽相应,火光彻数百里。薛修义等围住河东,遥见烽火齐红,不觉大骇,当即遁还,与凤贤同约来降。潼关守兵,果然返顾,相率却走,侃即飞报长孙稚。稚见潼关空虚,已率全军入关,进至河东,与侃相会。侃更长驱直进,宝夤遣将郭子恢截击,连战皆败。那往击毛遐的侯终德,竟与遐等联络,还袭宝夤。

宝夤连忙出敌,军无斗志,未战先逃,慌得宝夤驱马奔回,挈领妻孥,自后门出奔,径投万俟丑奴,丑奴为胡琛部将,琛被拔陵余党费律,诱至高平,将他杀死。胡琛了。余众并归丑奴,再据高平,剿灭拔陵余党。既得宝夤投奔,引为谋主,授官太傅,自称天子,僭置官属。适波斯国献狮至魏,被丑奴截留,作为符瑞,自称神兽元年。奴可为帝,兽足表年,扰乱时代,应该有此奇闻呢!语极冷隽。

且说魏主诩年已浸长,知识日开,胡太后帷薄不修,时怀疑忌。通直散骑常侍谷士恢,得邀上宠,日在魏主左右,胡太后恐他传闻秽事,诬以他罪,勒令自尽。尚有密多道人,能作胡语,亦尝出入殿廷,为魏主所亲信。太后又使人伺他踪迹,刺死城南,佯为悬赏购贼。此外如魏主宠臣,多被太后迁黜。魏主当然恚恨,遂致母子生嫌。

是时葛荣、杜洛周,互相吞噬,洛周被葛荣击死,杜洛周了。余党降荣。荣凶焰益盛,南趋邺城。安北将军尔朱荣,因葛荣南逼,表请自发骑兵,东援相州,并不见报。惟纳女入宫,得册为嫔。魏主诩所爱唯此。进封尔朱荣为骠骑将军,都督并、肆、汾、广、恒、云六州军事,寻复进位右光禄大夫,开府仪同三司。怀朔镇函使高欢,初与段荣、尉景、蔡隽先等,投入杜洛周,嗣见洛周不能成事,转奔葛荣,旋复亡归尔朱荣。荣见欢形容憔悴,不以为奇,但安置帐下,作为随卒。会欢从荣入马厩,厩有悍马,专喜踶啮,荣命欢修剪马鬣。欢不加羁绊,执刀徐剪,马竟不动。剪毕,语荣道:"御恶人也如是呢!"荣暗暗点首,即引欢入室,屏去左右,访问时事。欢抵掌道:"今天子暗弱,太后淫乱,嬖孽擅命,朝政不行,如公雄才大略,乘时奋发,入讨郑俨、徐纥等,廓清君侧,霸业可一举即成了。"荣大喜道:"得卿言,似梦初醒哩。"遂复与欢促膝密谈,自日中至夜半,欢才趋出。嗣后遇有军事,必与欢谋。

并州刺史元天穆,系元魏宗室,与尔朱荣很是投契,荣复与他密谋入洛,天穆亦甚赞成。帐下都督贺拔岳,又从旁怂恿,荣遂部署兵马,聚集义勇,北捍马邑,东塞井陉,将南向入都。适接到魏主密敕,召荣入除徐、郑,荣愈觉有名,即日出师,用高欢为前锋,浩浩荡荡,向南出发。此是高欢发轫之始。

行次上党,忽又有密敕颁到,止荣入都。荣不禁踌躇,欢又语荣道:"明公今日,骑虎难下,有进无退,何必多疑!"荣乃复拟进行。越日由都中发出哀诏,说是魏主暴崩,立嗣子为皇帝。又越数日,传到太后诏令,谓嗣子非男,实系皇女,今决立临洮王世子钊,入纂正统,大赦天下。这种迷离恍惚的诏书,顿时触怒尔朱荣,当即抗表道:

伏承大行皇帝,背弃万方,奉讳号踊,五内摧剥。仰承诏旨,实用惊惋。今海内草草,异口一言,昔云大行皇帝鸩毒致祸,臣等外听讼言,内自追测,去月二十五日,圣体康怡,隔宿即奄忽升遐,即事观望,实有所惑。且天子寝疾,侍臣不离左右,亲贵名医,瞻仰患状,面奉音旨,亲承顾托,岂容不豫初,不召医,崩弃曾无亲奉,欲使天下不为怪愕,四海不为丧气,岂可得乎?是以皇女为储两,虚行庆宥,上欺天地,下惑朝野,已乃选君于孩提之中,使奸竖专朝,贼臣乱纪,惟欲指影以行权,假形而弄诏,此何异掩眼捕雀,塞耳盗钟!今秦陇尘飞,赵魏雾合,丑奴势逼幽雍,葛荣凭陵河海,楚兵吴卒,密迩在郊,古人有言:邦之不臧,邻之福也。一旦闻此,谁不阙阏?窃惟大行皇帝,圣德驭宇,断体正君,犹边烽迭举,妖寇不灭。况今从佞臣之计,随亲戚之谈,举潘嫔之女以诳百姓,奉未言之儿而临四海,欲使海内安乂,实所未闻!伏愿留圣善之慈,回须臾之虑,鉴臣忠诚,录臣至款,听臣赴阙,参预大议,问侍臣帝崩之由,访禁卫不知之状,以徐、郑之徒,付之司败,雪同天之耻,谢远近之怨,然后更召宗亲,推其年号,声副遐迩,改承宝祚,则四海更苏,百姓幸甚!

看官听说！这魏主诩年才十九，素无疾病，如何忽然暴崩？原来郑俨、徐纥，因尔朱荣引兵南向，情甚惶急，阴与胡太后商议，谋鸩魏主。太后已与魏主有嫌，乐得

依从，遂将魏主鸩死，立伪皇子为帝。先是潘嫔生女，托称皇子，庆赦并行，改元武泰。及魏主被鸩，权立皇女，后且据实声明，改立临洮王世子钊。从前京兆王愉，叛命削籍，见四十二回。胡太后却追愉为临洮王，令子宝月袭爵。魏书明帝纪作宝晖。钊即宝月子，年甫三岁，太后利他年幼，因即迎立。偏尔朱荣出来反对，抗表上闻。胡太后接览荣表，很是惊心，亟拟故主诩尊谥，称为孝明皇帝，庙号肃宗，丧葬礼仪，概从隆备。一面遣荣从弟世隆，赍敕慰荣，劝令还镇。小子有诗叹道：

　　淫牝怎得屡司晨，况复弑君灭大伦！
　　当日尔朱犹假义，出师还算魏忠臣。
究竟尔朱荣曾否依敕，且至下回再详。

　　萧宝夤事魏已久，封王爵，拜尚书令，魏之待宝夤也，不为不优。即一再免官，亦由宝夤之丧师致罪，非魏之过事苛求也。况旋黜旋用，宠眷不衰，彼乃妄思称尊，构兵叛魏，其视杜洛周、葛荣、万俟丑奴辈，固不可同日语矣。杜、葛等未受魏恩，揭竿为乱，史笔不得谓之非贼，况宝夤乎！本回历叙战事，独提宝夤为主脑，诛其心也。胡太后以母害子，纲目直书曰弑。君主时代，尊无二上，不得以太后恕之；况其为淫乱不法，毫无母德耶！尔朱荣抗表问罪，义正词严，假使他日入洛，清宫掖，肃纪纲，则功绩岂出伊霍下？故以事迹论，则尔朱兴师之日，尚非肆逆之时。应贬则贬，应褒则褒，论史者固具有苦心乎！

第四十八回

丧君有君强臣谢罪　因敌攻敌叛王入都

却说尔朱世隆，赍着魏廷诏敕，行至晋阳，适与尔朱荣相遇。兄弟叙谈，当然有一番情话。荣览敕后，语世隆道："这事我不便依从，弟亦无须回朝。"世隆道："朝廷疑兄，故遣世隆到此，今留世隆，反使朝廷得以预防，亦属非计。"荣乃遣还世隆，自与元天穆商议，谓彭城王勰夙有忠勋，名传身后，第三子子攸，近封长乐王，亦有令望，不如将他拥立，较孚众望云云。天穆亦以为然，荣因令从子天光等，往见长乐王子攸，具述荣意。子攸便即允议。皇帝是人人喜做的。天光等返至晋阳，向荣报命，荣又不免疑惑起来。从前魏国立后，必范铜为像，像成方得册立，否则目为不祥，应即罢议。荣援例卜吉，也将显祖献文帝即魏主弘子孙，一一铸像，多半未就。惟长乐王独成，乃即起兵发晋阳。

世隆还都后，模糊复旨，及闻荣南下，潜逃出都，径投荣军。胡太后得了军报，很觉彷徨，悉召王公大臣等入议。大众都不直太后，莫肯发言。独徐纥出对道："尔朱荣乃是小胡，擅敢称兵向阙！据现在文武宿卫，出外控制，已是有余。今但分守险要，以逸待劳，臣料彼千里远来，士马疲敝，不出数月，包管能剿灭呢。"不容你算奈何？胡太后乃授黄门侍郎李神轨为大都督，率众拒荣。另遣他将郑先护、郑季明等往守河桥，武卫将军费穆屯小平津。

荣行至河内，遣使至洛，密迎子攸。子攸即与兄彭城王劭，弟霸城公子正，潜自高渚渡河，至河阳会荣。将士见子攸到来，争呼万岁，子攸即引着荣军，复济河南行，在途称帝，筑坛受朝。也未免太急。进兄劭为无上王，子正为始平王，尔朱荣为侍中，都督中外诸军事，兼尚书令领军将军，封太原王。当即传诏远近，谕令效顺。

郑先护素善子攸，与郑季明开城相迎，费穆亦奉表通诚。李神轨狼狈夜遁。徐纥闻报，料知大势已去，也不暇顾及胡太后，竟捏称诏敕，夜开殿门，取御厩中良马十匹，挈领眷属，东奔兖州。郑俨也照样施行，逃回乡里。统是薄幸郎。胡太后失去二嬖，好似没有手足一般，急得不知所措。踌躇多时，想出一着无聊的方法，尽召肃宗后妃，迫令出家，自己亦执着银剪，把头上的玲珑宝髻，一刀除去，烦恼青丝，已剪得太迟了。她以为做了道姑，总可免罪，省得尔朱氏追究。哪知尔朱荣不肯放松，一面召百官出迎新主，一面派骑士入宫，携了太后及幼主，同至河阴。百官奉召，急急地奉了玺绶，备着法驾，至河桥恭迎新主子攸。胡太后见了尔朱荣，尚带泣带语，自言为嬖幸所误，请荣鉴原。幼主钊一味啼哭，晓得什么好歹，惹得荣拂衣起座，顾令左右，立把太后幼主驱出，沉入河中。河伯如欲娶妇，倒还可以将就。

费穆入见尔朱荣，附耳密语道："公士马不出万人，今长驱向洛，兵不血刃，成功太速，威力无闻。京中文武官吏，不下数百，兵民更不可胜计，若知公虚实，必致轻视。今日非大行诛罚，更植亲党，恐公他日北还，未逾太行山，内变便要发作了。"导人好杀，怎得令终！荣一再点首，转告亲将慕容绍宗，绍宗道："胡太后荒淫失道，嬖幸弄权，淆乱四海，所以公得兴兵问罪，入清宫廷，今无故歼戮多士，不分忠佞，恐天下失望，反与公有不利，请公三思！"

荣不肯从，佯请新主子攸，就陶渚引见百官，只说是即日祭天。俟百官趋集，却下了一声军令，纵骑兜围，把百官困住垓心，然后申辞指斥。说是国家丧乱，肃宗暴崩，统由朝臣贪虐，未能匡弼，应该声罪行诛，不使稽戮云云。这语一传，王公大臣等，才知为荣所赚，各吓得魂驰魄散，面色仓皇。那尔朱荣确是厉害，即遣骑士入围捕戮，拿一个，杀一个，也不问有罪无罪，一古脑儿割下首级，自丞相高阳王雍，司空巨平公钦，仪同三司东平王略，以及广平王悌，常山王邵，北平王超，任城王彝，赵郡王谧，中山王叔仁，齐郡王温等，凡元氏宗室，在朝任职，悉数毕命。就是直声卓著的元顺，时已为左仆射，亦为所杀。不忘遗直。公卿以下，遇害至二千人，尚有朝士百余，迟到数刻，亦被胡骑围住。荣又下令道："有人能作禅位文，便即免死！"言未毕，即有侍御史赵元则，应声如响。是一个好差使，哪得不上前速应？当下释出元则，令他草诏，余多歼毙。荣复谓元氏当灭，尔朱氏当兴，嘱军士同声附和，共称万岁。乃遣将弁数十人，持刀入行宫，刹毙彭城王劭，始平王子正，迫子攸徙居河桥，锢置幕下。比董卓、朱温还要凶狠。

子攸忧愤交并，使人向荣达意道："帝王迭兴，盛衰无常。今四方瓦解，将军投袂起师，所向无前，这是天意，原非人力所能致此！我生不辰，遭际衰乱，本不敢妄觊天位，只因将军见逼，勉强承统。若天命已归将军，不妨早正位号。就使推让不居，存魏社稷，亦当更择亲贤，善为辅弼。我但求保全生命，不必多疑！"荣听了此言，再与将佐熟商。都督高欢，劝荣即日称帝。独将军贺拔岳进言道："将军首建义兵，志除奸逆，大勋未立，遽有此谋，恐未必邀福，反足速祸呢！"荣志忐不定，自铸铜为像，四次不成。又令功曹参军刘灵助，卜筮吉凶，灵助亦言未吉。荣沉吟良久，方语灵助道："我若不吉，天穆何如？"灵助道："天穆亦不应推立，只有长乐王方应吉征。"荣素信灵助言，不由得惭惧起来，自傍晚至夜半，不食不寝。但在室中绕行，且自言自语道："尔朱尔朱，为何这般弄错？只好一死塞责，报谢朝廷！"贺拔岳乘间入言，请杀高欢谢天下。荣亦被他激动，意欲杀欢，经左右欢解免，方才罢议。

时已四更，荣匹马出营，直诣河阳幕下，拜谒子攸，叩头请死。何前倨而后恭。子攸不得已慰勉数语，扶令起身，荣即自为前导，引子攸入宿营中。诘旦即拟奉主入都，部众以滥杀朝士，积成怨愤，将来必有报复情事，不如迁都北方，可避后患。荣至此又不免起疑。好听人言，怎能有成？武卫将军泛礼，从旁力谏，乃将迁都计议，仍复打消。于是安排仪仗，簇拥嗣主子攸，舆驾入洛阳城，下诏大赦，改元建义。

京中官吏，已十死八九，剩了几个散员末秩，也是逃避一空，不敢出头。宿卫空虚，官守废旷，只有散骑常侍山伟，诣阙谢赦，叩首山呼。尔朱荣瞧这形状，也觉凄寂得很，便上书陈请道：

臣世荷藩寄，征讨累年，奉忠王室，志存效死。直以太后淫乱，孝明暴崩，遂率义兵，扶立社稷。陛下登祚之始，人情未安，大兵交际，难可齐一。诸王朝贵，横死者众，臣今粉躯，不足塞往责以谢亡者。然追荣褒德，谓之不朽，乞降天慈，微申私责：无上王请追尊帝号，诸王刺史，乞赠三司，其位班三品，请赠令仆，五品之官，各赠方伯，六品以下，赠以镇郡。诸死者无后听继，即授封爵，均其高下，节级别科，使恩洽存亡，有慰生死，或尚足少赎臣愆，谨拜表以闻！

魏主子攸当然允议，先尊皇考彭城王勰为文穆皇帝，皇妣李氏为文穆皇后，迁神主至太庙，号为肃祖。然后尊皇兄劭为孝宣皇帝，皇嫂李氏为文恭皇后；从子韶窜匿民家，遣人访获，令还朝袭封彭城王。他如皇伯父高阳王雍，皇弟始平王子正等，悉予尊谥。其余死难诸臣，亦如荣言赐恤。荣又请遣使

劳问旧臣，文官加二阶，武官加三阶，百姓复租役三年，都下吏民，始得少安。旧臣亦相继赴阙，多仍原职。荣部下诸将士，因从龙有功，普加五阶。

诸将士尚防有后患，劝荣请魏主徙都，荣复为所动，入白魏主子攸，主张北迁，都官尚书元谌，独出来反对，与荣力争。荣怒叱道："迁都事与君无关，何必争执？且河阴一役，君曾闻知否？"谌亦抗声道："天下事当与天下公论，奈何举河阴毒虐，来吓元谌！谌系国家宗室，位居常伯，生既无益，死亦何损，就使今日碎首流肠，也不足畏呢！"元氏犹有此人，好算难得。这一席话，惹得荣气冲牛斗，即欲加谌死罪。尔朱世隆在旁力劝，谌得不死。盈廷无不震慑，谌仍神色不变，徐徐引退。

过了数日，魏主子攸偕荣登高，俯视宫阙壮丽，列树成行。荣叹息道："前日愚昧，有北迁意，今见皇居壮盛，方信元尚书言，确有至理，无怪他抵死不从呢。"魏主亦好言抚谕，荣乃绝口不谈迁都。惟郑俨、徐纥、李神轨三人，在逃未获，檄令地方有司，搜捕治罪。俨遁归乡里，与从兄荥阳太守仲明，谋据郡起兵，为部下所杀。纥奔至泰山郡，投依太守羊侃，嗣闻朝廷严捕，乃与侃南奔降梁。神轨不知下落，想已是窜死了。汝南王悦，临淮王彧，北海王颢，前已避难南奔，或因魏主定位，访求宗室，乃上书梁廷，乞求放归。梁主颇惜彧才，但不便强留，准令北

还。魏主授彧尚书令,兼大司马,彧遇事敢言,颇有直声。

已而魏主欲册立皇后,尔朱荣嘱使朝臣,拟将前时纳充嫔御的嫡女,改配魏主,好乘时正位中宫。看官,试想荣女曾为肃宗嫔,肃宗诩系子攸从侄,名分攸关,怎得将侄妇充做御妻?子攸不便依荣,又未敢违荣,当然是怀疑未决。黄门侍郎祖莹进议道:"从前春秋时候,晋文在秦,怀嬴入侍,事贵从权。幸陛下勿疑!"却是一条正比例,但怀嬴止为晋文妾,荣女却为子攸后,是尚不能强同。子攸不得已如祖莹言。小子上文曾叙及肃宗后妃,被胡太后迫令出家,及尔朱荣入都,荣女正在瑶光寺,由荣迎回。此时祖莹为荣申请,既得魏主允准,赶即报荣。荣不禁大喜,即令嫡女释服改装,打扮得与娥媌相似,乘舆入宫。魏主子攸,见她炫服华容,倒也可爱,乐得将错便错,同赴高唐。一连三宿,订定立后礼仪,御殿受册。这位尔朱嫔丰神绰约,环珮雍容,居然被服翚衣,统掌六宫事宜,好做那北朝国母了。魏加尔朱荣为北道大行台,巡方黜陟,先行后闻。

荣乃欲还镇晋阳,入阙白主,申谢河桥罪过,誓言后无贰心。魏主起座扶荣,也与他握手设誓,彼此不贰。荣很是喜慰,求酒畅饮,喝得酩酊大醉,由魏主召令左右,掖入床舆。听他鼾声大作,不由得记忆前恨,惹起杀心。当下取刀在手,拟即杀荣,左右慌忙谏阻,各说是投鼠忌器,万不可行。乃命将床舆舁入中常侍省,荣尚一睡未醒,直至夜半,方才惊寤。渐闻魏主有下刃意,心不自安,遂辞行北去。特荐元天穆为侍中,录尚书事,领京畿大都督,兼领军将军。行台郎中桑乾、朱瑞为黄门侍郎,兼中书舍人,内外勾通,腹心密布,仍然与在朝无异,不肯放宽一着。魏主亦只好得过且过,付诸缓图。

会葛荣引兵围邺,众号百万,魏主将亲往讨,命大都督上党王元天穆,总众八万为前军,大将军太原王尔朱荣,带甲十万为左军,司徒杨椿,勒兵十万为右军,司空穆绍,统卒八万为后军。荣奉到诏敕,亟自率精骑七千名,倍道兼行,用侯景为前驱,东出滏口。葛荣横行河朔,所过残破,闻尔朱荣孤军前来,侈然语众道:"区区一军,怎能敌我!尔等可各办长绳,来一个,缚一个,不得有误!"如此骄盈,不败何待?便令列阵数十里,西向待着。

尔朱荣潜军山谷,分骑士为数队,每队约数百骑,扬尘鼓噪,使贼众不辨虚实,自率健骑绕出葛荣阵后,预约夹攻。葛荣只管前面,不管后面,但听得哗声大至,急忙备御。等了许久,并无来军,正拟解甲休息,又觉得喊声四起,尘头滚滚。好多时不见到来,转使葛荣且惊且疑。既而自笑道:"这是尔朱荣的疑兵计,毫无实力,徒乱我心,我适受彼赚,不如大众静坐,休养锐气为是!"这才中计。遂令部众静守,不必他顾。部众各散伍小憩,不意阵前阵后,胡哨迭吹,霎时突入铁骑,搅乱贼阵。葛荣仓猝上马,尚只督众向前,为抵敌计,忽背后驰到一大将,手起槊落,竟将葛荣打倒马下,一声呼喝,已由好几个健卒,跳跃而至,立把葛荣缚住。贼众见渠魁受擒,无不胆落,那大将又复传令,降者免死,于是贼众一齐投戈,匍匐乞降。大将又宣谕道:"尔等都有父母妻孥,奈何从贼寻死!我但拿问首逆,不问胁从,愿留者听,愿归者亦听。"这谕传出,大众多半愿归,泥首拜谢,欢跃而去。冀、定、沧、瀛、殷五州,自是肃清。看官欲问大将为谁?无非是个尔朱荣。

荣既遣散贼众,尚有若干贼目,无家可归,亦量能录用,不使失所。可巧贼目中有一少年,虎背猿躯,与众不同,问他姓名,叫做宇文泰。乃父名肱,随鲜于修礼战死,泰转投葛荣,至此为尔朱荣所爱,擢为军将。宇文泰始此。随将葛荣槛送入洛,枭斩都市。葛荣了。魏主加荣为大丞相,都督河北畿外诸军事,并封荣诸子为王。一面撤回元天穆各军,进司徒杨椿为太保,城阳王徽为司徒。

是时梁将军曹义宗,围魏荆州,已历三年,守将王罴,百计拒守,幸得不陷。魏廷因朔方多难,不遑南顾,至是始遣中军将军费穆,都督南征各军,往援荆州。梁军久顿城下,已经疲敝,不料费穆猝至,闯入梁营,曹义宗不及措手,竟被擒去,荆州解围。梁主衍闻义宗被掳,当然不肯干休,索性想出因敌攻敌的计策,封降王元颢为魏王,派将军陈庆之引军纳颢。颢南奔梁见上文。颢遂北行,得拔荥城,擒住魏行台统帅济阴王元晖,自称魏帝,改元孝基。

魏大都督元天穆方出略河间,往讨伪汉王邢杲,杲前为幽州主簿,也想乘乱为王,招集河北流民,占踞北海,骚扰青州。天穆奉敕东征,一军不能两顾,魏主令他熟筹缓急。他决计先灭邢杲,然后讨颢。却喜东征得手,不到数月,便将杲擒送洛阳,斩首了事。乃移军南趋,在途迭闻警耗,系是元颢导着梁军,乘虚深入,取梁国,拔荥阳。当下驱军急进,

第四十八回　丧君有君强臣谢罪　因敌攻敌叛王入都

直至荥阳城下,偏被陈庆之杀将出来,急切不能阻拦,竟至败北。庆之乘势追击,复陷虎牢。虎牢为洛阳要塞,一经失守,洛都当然大震。

魏主子攸急欲避难,未知所向,因召群臣会议。或劝魏主赴长安,中书舍人高道穆进言道:"关中荒残,不宜再往。颢乘虚深入,将士不多,若陛下亲率卫士,背城一战,臣等亦誓尽死力,不难破颢。倘谓胜负难料,不若暂时渡河,征召大丞相尔朱荣,与大将军天穆,犄角进讨,不出旬月,定可成功。这乃是万全之计呢!"魏主子攸,遂带领数骑,夜走河内。都中无主,便即大乱。临淮王彧,安丰王延明,倡议迎颢,遂封府库,备法驾,率百僚迎颢入城。

颢入洛阳宫,改元建武,也循例施赦,授陈庆之为侍中,领车骑大将军。元天穆收集败卒,得四万人,掩入大梁,再分兵二万,使费穆为将,往攻虎牢。颢亟遣庆之击穆,穆正力攻虎牢,闻庆之将至,已有畏心。嗣又得天穆北去消息,只剩得自己孤军,越觉彷徨失措,一俟庆之到来,即望尘迎降。庆之送穆至洛,颢责他趋奉尔朱,滥杀王公,即令推出枭首。该杀。一面命黄门侍郎祖莹,作书贻子攸道:"朕泣请梁朝,誓在复耻,但欲问罪尔朱,出卿虎口,卿与我肯同心戮力,皇魏或可再兴,否则尔朱得福,卿益得祸。卿宜三复斯言,庶富贵可共保哩。"

书去后杳无复音,唯河南州郡,陆续输诚。再遣使四出,招谕官民。齐州刺史沛郡王元欣,意欲受诏,军司崔光韶抗言道:"元颢受制南朝,引寇兵覆宗国,乃是乱臣贼子,人人得诛,不但大王家事,所应切齿,就是下官等亦夙受国恩,未敢仰从!"长史崔景茂等,亦齐声道:"军司言是!"欣乃

斩颢使，示与决绝。还有襄州刺史贾思同，广州刺史郑先护，南兖州刺史元遵，俱不受颢命。冀州刺史元孚，自葛荣受诛后，仍复原职。颢令为东道行台，封彭城郡王，孚将颢书转献魏主子攸，表明诚意。平阳王元敬先，起兵讨颢，不克而死。

　　颢入洛城时，适遇暴风，缓辔至阊阖门，马忽惊跃，不肯入城，当由左右代为执辔，驱策数次，才得驰入。颢颇有戒心，所以入城申谕，禁止侵掠，内自宫掖，外及民舍，统皆安堵如恒。过了一二旬，渐渐地骄怠起来，所有宾客近习，统皆宠待，自己日夕纵酒，不恤兵民。所从南兵，陵轹市里，不复加禁，因此朝野失望，公私不安。恒农人杨昙华私语亲友道："颢必无成，假兖冕不过六十日。"谏议大夫元昭业，亦窃议道："从前更始即新莽时之刘玄自洛西行，初发马惊，奔触北宫铁柱，三马皆死，后卒无成。援古证今，相去亦不远呢。"高道穆兄子儒，自洛阳出从子攸，子攸问洛中事，子儒答道："颢败在旦夕，不足深虑！"子攸才得少安。小子有诗叹道：

　　　　休言成败属穹苍，一得生骄定不长；
　　　　阊阖门前惊坐马，区区未足验灾祥。

　　颢既骄恣，复欲叛梁。欲知后来情形，俟至下回再表。

　　尔朱荣入清君侧，本属有名，前回中已经评及。及观本回所叙之事实，乃知荣之心术，比莽、操为尤凶。胡后有罪，亦应上告宗庙，妥定刑名，幼主何辜，竟同赴洪流，惨遭溺毙。如此处置，已觉过甚，复误信费穆奸言，屠戮王公大臣，多至二千余人，长乐二弟，亦遭骈戮，是可忍，孰不可忍乎？天夺其魄，始迎新主入都，乃复有纳女为后一事。女为嫠妇，使之改适，一不可也；以侄妇而再醮叔翁，逆伦伤化，二不可也。倒行逆施，一至于此，魏岂尚有国法乎？葛荣恶贯满盈，天始假诸荣手，非荣之果能歼贼也。彼元颢导敌覆宗，亦不足道，彭城王勰，有功柱死，其子子攸，尚为人所属望。北海王详，贪淫不法，死不足惜，颢徒借梁军以图一逞，误矣。况一得自豪，即萌骄态，此而不亡，不特无天道，并且无人道矣。贬抑之以儆效尤，所以示天下乱贼之防也。

第四十九回

设伏甲定谋除恶　纵轻骑入阙行凶

却说元颢自铚县出发,转战入洛,共取三十二城,大小四十七战,无不获胜,这都出之陈庆之的功劳。哪知他忘恩负义,潜生贰心,私与临淮王彧、安丰王延明,密谋背梁;因此待遇庆之,亦渐不如前。庆之已微察隐情,预为戒备,且入朝语颢道:"我军不满万人,远来至此,幸得成功,人情尚未尽服。彼若知我虚实,调兵四合,如何抵御?不如速启南朝,更请济师。如北方有南人陷没,应敕诸州送入都中,兵多势厚,方可无虞。"颢支吾对付,转告安丰王延明。延明道:"庆之兵不过七千,已是难制,今若更添兵力,怎肯再为我用?大权一去,事事仰人鼻息,恐元氏宗社,要自此颠覆了。"颢乃遣使上表梁廷,但言河北河南,同时戡定,只有尔朱荣一部,尚敢跋扈,臣与庆之自能擒讨,不烦添兵劳民云云。庆之副将军马佛念,密白庆之道:"将军威行河洛,声震中原,功高势重,为魏所疑,一旦变生不测,祸且及身,不如乘他无备,杀颢据洛,倒是千载一时的机会,将军幸勿错过。"为庆之计,确是良谋。庆之摇首道:"此计太险,恐不可行。"

嗣来了河北急报,尔朱荣自晋阳发兵,与天穆相会,护送子攸南还,前驱已到河上了。庆之亟往见颢,颢令庆之出守北中城,自据南岸,抵遏北军。庆之引兵直前,与北军相持三月,接仗至十一次,杀伤甚众,未尝败衄。安丰王延明等,沿河固守,北军泛舟可渡,亦不能亟进。尔朱荣意欲退师,再图后举,黄门侍郎杨侃语荣道:"胜负本兵家常事,裹创血战,古今屡闻,况今并未大损,怎可中道折还,自阻锐气?今四方颙颙,视公此举,遽复引归,民情失望。如虑乏舟渡河,何勿多为桴筏,参用舟楫,沿河数百里间,皆为渡势,使颢防不胜防,一或得渡,必立大功。"高道穆亦进言道:"今乘舆飘荡,主忧臣辱,大王拥百万雄兵,奉主南归,若分兵造筏,沿河散渡,指掌可克,奈何无端退却,使颢复得完聚?这所谓养虺成蛇,悔将无及了。"荣已为感动,询及刘灵助,灵助亦谓不出十日，河南必平。适伏波将军杨椿族人，居住马渚，自言有小船数艘，愿为向导，荣乃命从子车骑将军尔朱兆，与都督贺拔胜，缚木为筏，自马渚夜渡，袭击颢军。

颢不及预备，仓猝应敌，至为北军所乘。领军将军冠受，系颢爱子，竟被擒去。颢大惊遁还，安丰王延明等亦皆溃退。陈庆之孤军失倚，忙收众结阵，匆匆引归。会值嵩高水涨，不便徒涉，那尔朱荣却自督大军，从后追来。庆之部众，急不择路，或投河溺毙，或缘河逃散，单剩得数十百骑，随着庆之。庆之号令从骑下马易服，自把须发薙去，溷充沙门，从间道逃至汝阴，始得奔归建康。

颢由辕辕南出临颍，从骑四窜，临颍县卒江丰，诱颢入室，取刀杀颢，传首洛阳。魏主子攸，早至北邙，由中军大都督杨津，洒扫宫禁，召集百僚，出迎子攸，涕泣谢罪。子攸慰劳已毕，遂入居华林园，颁诏大赦。加尔朱荣为天柱大将军，尔朱兆为车骑大将军，仪同三司，元天穆为太宰。凡北来军士，及随驾文武诸臣，各加五级，出宫人三百名，缯锦杂彩数万匹，班赐有差。临淮王彧，仍诣阙请罪，有诏不问。安丰王延明自觉无颜，挈妻子南奔梁朝，后来病死江南。

尔朱荣留都数日，仍辞归晋阳，遣都督贺拔胜，出镇中山，复使统军侯渊，讨灭葛荣余党韩楼。越年再使从子骠骑将军尔朱天光，与左都督贺拔岳，右都督侯莫陈悦，率兵往讨万俟丑奴。丑奴出没关中，屡为民患，时正往攻岐州，令党徒尉迟菩萨等，自武功南渡渭水，扑城攻栅。贺拔岳引着千骑，倍道赴援，菩萨已拔栅收兵。岳前往挑战，诱菩萨至渭南，依山设伏，俟菩萨轻骑追来，发伏齐起，得将菩萨捉住，名为菩萨，奈何毫无神力？收降贼众万余。

丑奴闻菩萨陷没，退保安定。岳与天光会师岐州，扬言夏令将至，不便行师，应俟秋凉再进。丑奴信为实言，散众归耕，据险立栅。天光遂与岳悦二都督，乘夜发兵，攻入大栅。所得俘囚，悉数纵还，诸栅闻风皆降。天光长驱直进，径达安定，丑奴无兵可守，弃城出走，贺拔岳等从后追蹑，赶至平凉，围住丑奴。裨将侯莫陈崇，单骑突入，与丑奴交手，不到三合，便把丑奴活捉了来，大呼出阵，贼皆披靡。乘胜进逼高平，萧宝寅为丑奴太傅，尚欲拒守，天光将丑奴推至城下，指示守卒，谕令速降。守卒立即应命，执住宝寅，送入大营，关中悉平。丑奴、宝寅，械送

第四十九回　设伏甲定谋除恶　纵轻骑入阙行凶

都中,缚至闾阖门外,示众三日,方将宝夤赐死,丑奴处斩。丑奴了,宝夤亦了。

宇文泰曾随军讨颢,因功封宁都子,至此复从贺拔岳入关,讨平丑奴,魏主子攸,擢泰为征西将军,行原州事。泰安抚关陇,待民有恩,民皆感悦,互相告语道:"早遇宇文君,我等怎肯从乱呢!"北周开国张本。

这且慢表。且说尔朱荣迭平叛乱,勋爵愈隆,威势亦愈盛,虽居外藩,遥制朝政,宫廷内外,遍布心腹,伺察魏主动静。魏主有心振作,勤政不怠,常与吏部尚书李神隽,议清治选部,荣奏补曲阳县令,资格未合,为神隽所搁置。荣当即怒起,擅自调补,神隽惶恐辞职,荣即使从弟仆射尔朱世隆,代理吏部,欲调北人镇河南诸州,魏主未许。太宰元天穆,出镇并州,竟为荣上奏道:"天柱立有大功,为国宰相,若请变易全国官吏,陛下亦不得遽违,况止调数人为州吏,如何不即允许哩。"魏主复谕道:"天柱若不为人臣,朕亦须听他命令;如犹存臣节,怎得黜陟百官!"天穆转告尔朱荣,荣当然生恨。尔朱后性又妒忌,稍有不平,便忿然道:"天子由我家置立,怎得自专?我父原拟自为,何不早自决计呢!"尔父若为天子,尔只能做个公主,怎能总制六宫?世隆亦谓兄不为帝,自己未得封王,阴生觖望。惟魏主外制强臣,内迫悍后,居常愀然不乐。城阳王徽妃,系魏主舅女,侍中李彧,是魏主姊婿,魏主因她戚谊相关,格外亲信。二人欲得权宠,尝恨尔朱氏牵制,所以日夕毁荣,劝主除害。侍中杨侃,胶东侯李侃晞,仆射元罗等,亦曾与谋。魏主亦时思除荣,只一时未敢猝发。荣好游猎,寒暑不辍,辄绘缚虎图进呈,谓臣不忘武功,实欲北扫汾胡,南平江淮,为天子作统一计。又称参军许周,劝臣取九锡礼,臣未立大功,怎得叨受殊荣,已将许周斥去等语。魏主见他词意骄倨,益有戒心,唯玺书褒答,申奖忠诚。无非以假应假。

会尔朱后怀妊九月,将要分娩,荣表请入朝,欲乘便视后。城阳王徽等谓荣果诣阙,正好伏兵刺毙。李侃晞独言荣必设备,恐未可图,不如先杀荣党,发兵拒荣为是。两议俱属未妥。魏主尚是未决,都下已颇泄密谋。中书侍郎邢子才等多畏祸东去。尔朱世隆亦有所闻,自为匿名书,粘贴门上,有天子欲杀天柱一语。旋即揭纸寄荣,荣自恃盛强,不以为意。且扯书掷地道:"世隆胆怯,孰敢生心!看我单骑入朝,有人能挠我毛发么?"荣妻亦劝荣不行,荣终不听。即率将士等南下,妻亦随行,直抵洛阳。

魏主本即欲杀荣,因恐天穆在并州,必为后患,乃虚与周旋,优礼相待。荣入宫侍宴,醉后奏陈,谓外人屡言陛下疑臣,意欲加诛。魏主不待说毕,便接口道:"人亦有言王欲害我,谣说无凭,怎可轻信!"荣欢颜称谢。嗣是入谒,从人不过数名,又皆不持兵仗,魏主见荣尚无反意,拟取消前议,城阳王徽怂恿道:"就使荣果不反,亦不可耐;况未必可保呢。"魏主乃征天穆入朝,欲一并除去。荣全未察觉。再加朝士随员,向荣献谀,或说是将加九锡,或说是将下禅文,或说是长星入中台,为除旧布新的预兆,或说是并州城上有紫气,不日当有应验,哄得尔朱荣心花怒开,扬扬自得。

荣有小女,适魏主兄子陈留王宽,荣尝指宽示人道:"我终当得此婿力。"这种词态,传入宫廷,越令魏主生嫌。魏主又梦中取刀,自割十指,醒后很觉惊惧。问诸徽及杨侃,徽答道:"蝮蛇螫手,壮士断腕,梦中割指,亦是此类。陛下若临机立断,可保吉征。"魏主意乃决定。

可巧天穆奉召入都,由魏主邀同尔朱荣,迎入西林园,摆酒接风。荣请令群臣校射,且面奏道:"近来侍臣多不习武,陛下宜率五百骑出猎,振励武功。"魏主含糊许可,但心中愈觉动疑。越日召入中书舍人温子升,问汉杀董卓事,魏主道:"王允若赦凉州人,必不至死。"良久复语子升道:"如朕心理,卿亦应知,死犹欲为,况未必死呢!若戮及渠魁,曲赦余党,想不至有意外祸端!"子升唯唯应命。魏主嘱他预作赦文,指日诛恶,子升受命退去。

诘旦即召荣与天穆,入宴明光殿,令杨侃等伏甲以待。荣与天穆入座,宴饮未毕,便即起出。侃等从东阶入殿,见荣等已至中庭,不便动手,乃任他自去。既而荣诣陈留王家饮酒,大醉而归,因自称病发,连日不入。

魏主恐密谋漏泄,寝馈不安,城阳王徽入白道:"事不宜迟,何不托言后生太子,召荣入朝,就此毙荣?"魏主道:"后怀孕只及九月,怎得即言生子?"徽又道:"妇人不及产期,便是生儿,也是常事,彼必不疑。"魏主乃再伏兵明光殿,声言皇子已生,遣徽驰告荣及天穆。荣正与天穆坐博,徽即脱去荣帽,欢舞盘旋。忽又由殿中文武,传声促入,荣信以为真,遂与天穆一同入贺。两人应该同死,所以连属。

第四十九回　设伏甲定谋除恶　纵轻骑入阙行凶

魏主闻荣等进来，不觉失色，温子升趋入道："陛下色变，速请饮酒壮胆。"魏主因索酒连饮，渐觉心胆少豪。子升袖出敕文，正要呈览，遥见荣已登殿，料知不

及再阅，便取文趋出。巧巧与荣相遇，荣问是何文书？子升只说一敕字。荣见他神色自若，也不欲取视，悯然竟入。魏主在东序下西向坐着，荣与天穆，至御榻西北入席。尚未开谈，李侃晞等持刀进来。荣料知有异，起趋御座，魏主已横刀膝下，顺手取出，向荣力斫，荣即仆地。侃晞追上一刀，呜呼毕命！天穆亦被砍死。荣长子菩提等，共三十人，随荣入宫，俱为伏兵所杀。内外欢噪，声满都城。

魏主即登阊阖门，饬温子升宣诏大赦，并遣武卫将军奚毅，前燕州刺史崔渊，率兵镇北中城。尔朱世隆，闻变夜出，奉荣妻及荣部曲，走屯河阴。荣党田怡等，欲进攻宫门，贺拔胜谓内必有备，不如出城，再图他计。怡乃随世隆出走，胜独不往。黄门侍郎朱瑞，虽为荣所委，却能委曲将事，颇得主眷。故虽从世隆出城，半途逃回。金紫光禄大夫司马子如，素为尔朱氏死党，弃家奔世隆。世隆即欲北还，子如道："兵不厌诈，今天下汹汹，唯强是视，君若北走，反示人以弱，不如分兵据守河桥，还袭京师，出其不意，或可成功。"子如实是戎首。世隆依议，即夜攻河桥，擒杀将军奚毅等人，据北中城。魏主大惧，遣前华阳太守段育慰谕，竟被世隆杀死。

先是散骑常侍高乾，与弟敖曹避难奔齐，受葛荣官爵，聚民为乱。魏主招令反正，授乾为给事黄门侍郎，敖曹为通直散骑侍郎。尔朱荣奏

请黜乾兄弟,谓叛人不宜再用,乃听解职还乡。敖曹复行抄掠,由荣诱拘晋阳,荣入都时,恐他生变,独令随行,禁居驼牛署。荣已诛死,魏主释令入侍,授官直阁将军。高乾亦自冀州到洛都,魏主命为河北大使,使与敖曹偕归,招集乡曲,作为外援。乾兄弟临行时,魏主亲送出城,举酒指河道:"卿兄弟本冀部豪杰,能令士卒致死;倘京都有变,可为朕至河上,耀众扬尘。"乾垂涕受谕,敖曹拔剑起舞,誓以必死。待魏主回城,始相偕引去。

世隆遣族人尔朱拂律归,率胡骑千人,白衣至郭下,索太原王尸。魏主自登大夏门眺望,且令从臣牛法尚俯语道:"太原王立功不终,阴图叛逆,王法无亲,已正刑书。罪止荣身,余皆不问。"拂律归应声道:"臣等随太原王入朝,忽致冤酷,今不忍空归,愿得太原王尸,生死无恨!"言已大哭,群胡相率举哀,声震京邑。魏主亦觉怅然,便遣朱瑞赍着铁券,往赐世隆。世隆道:"太原王尚不得生,两行铁字,何足为凭!"说着,举券投地。瑞拾券还报,魏主乃募敢死士讨世隆。三日得万人,出御拂律归,究竟士系新募,未习战阵,屡战不克。会皇子诞生,下诏大赦。庆贺既毕,复议讨叛,群臣皆面面相觑,不发一言。只能放火,不能收火,此等人有何用处?独散骑常侍李苗挺身道:"小贼敢横逆如此!臣虽不武,愿率一旅出战,为陛下径毁河桥!"魏主大喜,即假平西将军职衔,率数百人出城,由马渚上流,乘船夜下,纵火焚河桥。尔朱兵顿时大乱,从南岸争桥北渡,俄而桥绝,溺毙甚众。苗还泊小渚,守待南援,哪知官兵一个不至,乱兵却陆续趋击。苗拼死力战,终因寡不敌众,部下尽歼,苗亦投水自尽。魏主闻报,很是痛惜,追封河阳侯,予谥忠烈。何不预发援兵?尔朱世隆经此一吓,却召回拂律归,向北遁去。

魏主诏行台都督源子恭出西道,杨昱出东道,各率兵万人,追讨世隆。子恭至太行丹谷,筑垒设防,控遏晋阳。时尔朱兆为汾州刺史,已发兵至晋阳城,拟即南向犯阙。适值世隆北返,两下会谈,议先奉太原太守行并州事长广王晔为主,然后进攻洛阳。晔系前中山王英从子,轻躁有力,既得尔朱氏推戴,便欣然称帝,改元建明。命世隆为尚书令,兆为大将军,皆封王爵,世隆从兄卫将军度律为太尉,天柱长史彦伯为侍中,徐州刺史仲远为车骑大将军,兼尚书左仆射,领徐州大行台。仲远遂起兵遥应,约共入洛。

第四十九回　设伏甲定谋除恶　纵轻骑入阙行凶

骠骑大将军尔朱天光,正与贺拔岳、侯莫陈悦,西循关陇,闻荣死耗,亦下陇南行,拟向洛阳。魏主使朱瑞往抚,进天光为侍中,仪同三司,兼领雍州刺史。

天光与贺拔岳谋,欲令魏主外奔,更立宗室。乃使瑞归报云:"臣无异心,但欲仰奉天颜,再申宗门罪状。"又令僚属佯为奏闻,谓天光暗蓄异图,愿思胜算以防微意。*狡哉天光。*魏主两得奏报,不免怀疑,只好加封天光为广宗王,曲示羁縻。那长广王晔,亦封天光为陇西王。天光隐持两端,观望成败。

尔朱兆引众向洛,先召晋州刺史高欢,愿与偕行。兆素骁勇善战,独尔朱荣未死时,谓兆非欢匹,终当为彼穿鼻。至是欢接兆书,慨然叹道:"兆狂愚如是,敢为悖逆,我不能长事尔朱了!"遂托言山蜀未平,不肯应召。

兆自督众南行,到了丹谷,与源子恭相持。尔朱仲远亦自徐州北向,陷西兖州,擒去刺史王衍。魏主亟命城阳王徽,兼大司马,录尚书事,总统内外,使车骑将军郑先护为大都督,与右卫将军贺拔胜共讨仲远。先护疑胜曾附尔朱,挥置营外,胜已心怀怨望。及行次滑台东境,与仲远相遇,交锋数次,先护并不出援,竟至败却。胜挟恨益深,遂潜奔仲远,返攻先护。先护狼狈奔走,后且投顺梁朝。南路失败,北路亦溃,源子恭部将崔伯风阵亡,史仵龙开壁降兆。子恭慌忙奔回,还算幸全性命,洛阳大怖。

城阳王徽,毫无韬略,但惜财吝赏,失将士心。魏主与他商议,一味敷衍，谓小贼无虑不平。魏主亦以大河深广，兆等未能即来，谁知永安三年十一月间，河水浅涸，暴风扬尘，兆竟轻骑南来，渡河入都，守城将士，仓猝四溃，及兆纵骑叩宫，宿卫方才惊觉，立即骇散。魏主仓皇出走，步行至云龙门外，适遇城阳王徽，跨马急奔，连呼数声，并不见应。及徽已远去，却来了胡骑数十名，顺手把魏主牵住，往报尔朱兆去了。小子有诗叹道：

<blockquote>
叛臣入阙始惊奔，失势何人认至尊？
天子穷途犹若此，才知处士贵争存。
</blockquote>

未知魏主性命如何，容待下回再详。

平葛荣，灭元颢，诛万俟丑奴，擒萧宝夤，尔朱荣之功，不可谓不高。功高者本易震主，况如尔朱荣之有心篡逆，遥制朝政，而能不遭主忌耶！魏主子攸，定谋阙下，伏甲除奸，梁冀死而钟虡不惊，董卓诛而宫廷无恙，不可谓非一时快事。惜乎所用非人，满廷阘茸，城阳王徽，贪佞无能，而任为统帅；源子恭、郑先护辈，皆等诸自郐以下，不足讥焉。忠愤如李苗，挺身出战，冒险焚桥，乃不为后援，任其战死，虽欲不亡，宁可得乎？逆兆入宫，始得闻知，狼狈出走，立遭牵絷，识者有以知子攸之自取矣。

第五十回

废故主迎立广陵王　煽众兵声讨尔朱氏

却说魏主子攸,被胡骑牵去,往报尔朱兆。兆不欲与见,但令牵往永宁寺中,锁禁楼上。自入宫扑杀皇子,见有嫔御妃主,一并拘住,拣得几个美貌少妇,恣情污辱。独不提及尔朱后,想尚顾全姊妹。余皆随给将弁,任他处置,并纵兵大掠,都市为墟。司空临淮王彧、尚书左仆射范阳王诲、青州刺史李延实等,皆为乱兵所杀。

城阳王徽走至山南,抵前洛阳令寇祖仁家。祖仁一门三刺史,皆徽所引拔,总道他记念旧情,肯为留纳,哪知祖仁佯为欢迎,请徽入室。徽有金百斤,马五十匹,皆寄交祖仁,祖仁私语子弟道:"今日富贵并至,不但可得徽财,且可因徽得赏呢!"徽仅留一日,祖仁即伪言官捕将至,纵令他适。徽慌忙逃避,途次被杀。这刺客便由祖仁所使。既得徽首,便传送洛阳,兆竟不加赏。

未几兆梦中见徽,叫他往祖仁家,取贮金二百斤,马百匹。鬼犹狡猾,生前可知。兆即遣人掩捕祖仁,祖仁料不可匿,据实供明。兆疑与梦中未符,硬要逼索,祖仁将私蓄黄金三十斤,马三十四,悉数输兆。兆尚未信,怒执祖仁,悬首高树,用大石系足,搒掠至死。可怜寇祖仁贪图富贵,不顾仁义,害得这般结局!孽报难逃,可作后鉴,奉劝世人,勿昧心利己哩!苦口婆心。

尔朱世隆闻兆已成功,也即至洛。兆按剑瞋目道:"叔父在朝日久,耳目应广,如何令天柱受祸!"说至此,声色俱厉,吓得世隆胆战心惊,慌忙拜谢,方得无事。仲远亦自滑台入洛阳。会河西贼帅纥豆陵步蕃,声称奉魏主密诏,讨尔朱兆,进军秀容。兆无暇居洛,亟还晋阳,并将魏主劫去,留世隆、度律、彦伯等,镇守洛都。晋州刺史高欢,率骑兵邀截魏主,已是不及,乃作书致兆,为陈祸福,谓不应加害天子,徒受恶名。兆毁掷欢书,竟拘魏主至三级佛寺中,把他缢死,年才二十四。越二年为魏主修太昌元年,始追谥为孝庄皇帝,庙号敬宗。

陈留王宽曾随魏主北行,也为兆所杀。兆自率众御步蕃,到了秀容,连战皆败,急遣使至晋州,向刺史高欢乞援。欢虽应召,沿途逗留,直至兆再三告急,方与兆会师平乐。步蕃乘胜进逼,欢约兆为后应,自当前锋。行至石鼓山,大破河西寇众,击死步蕃。兆大喜过望,即与欢约为兄弟,连宵宴饮,相得甚欢。恐要被他穿鼻了。且因葛荣余党,出没六镇,谋乱不止,特向欢问计。欢答道:"六镇叛众,不能尽歼,王何不选用心腹,使为统帅!如有叛乱,统帅连坐,叛乱自渐少了。"兆欣然道:"此计甚善!但何人可使?"旁座贺拔允接入道:"莫如高公!"道言未绝,那唇间已着了一拳,流血满口,折落一齿。看官道由何人所击?原来就是高欢。出人意料。欢既击落允齿,且厉声道:"天下事取舍在王,汝何得妄言!王宜速杀此人!"浑身是假。兆摇手道:"允言甚是,君何必作态?今日便分兵属君,统帅六镇。"正要你说出此语。欢尚饰词谦让,兆以欢为诚,越加信任,坚嘱勿辞。

酒阑席散,兆已醉枕座上,欢恐他醒后悔言,遂出谕大众,已受委统州镇兵,可集汾东受号令。乃即建牙阳曲川,部署兆军。军士素惮兆凶狠,情愿就欢,相率投效麾下。欢又请将并、肆降户,就食山东。兆信欢方深,又复依议。长史慕容绍宗道:"不可!不可!今四方纷扰,人怀异望,高公雄才盖世,若再使外握强兵,譬如蛟龙得云雨,尚肯受人约束么?"兆怫然道:"我与彼有香火重誓,何必过虑!"绍宗道:"亲兄弟尚不可信,何论一区区香火呢!"兆不禁动怒,便叱道:"你敢离间我友情么?"遂喝令左右,把绍宗牵禁狱中。全然是一鲁莽汉。一面促欢就道。

欢自晋阳出滏口,正值尔朱荣妻,自洛阳行来,有良马三百匹。他即指麾军士,截夺良马,另用羸马掉换。荣妻未敢与争,只好入城报兆,兆始觉惊疑,释出慕容绍宗,再与商议。绍宗道:"欢去未远,还是掌握中物呢。"兆乃自追欢至襄垣,适漳水暴涨,桥被冲坍,欢隔水拜语道:"借马非有他意,实防山东盗贼,王乃信谗来追,欢何惜一死,但恐部众便要叛离了。"兆亦自明无他,复跃马渡水,与欢并坐帐前,拔刀授欢,引颈就斫。欢大哭道:"自从天柱薨逝,贺六浑何所仰望,但愿大家千万岁,戮力同心,今奈何忽出此言!"兆乃投刀地上,复命斩白马,与欢为誓,且留宿夜饮。欢部下尉景,欲乘机执兆,欢啮臂戒谕道:"今欲杀

第五十回　废故主迎立广陵王　煽众兵声讨尔朱氏

兆,彼党必并力来争,势不可敌;不若且从缓议。兆徒勇无谋,将来总为我所擒呢。"尉景乃止。

诘旦兆渡河归营,复召欢会谈。欢上马欲行,长史孙腾牵住欢衣,欢乃托词不赴。兆隔水责欢,说他负约,欢不与答语。兆亦无法,不得已驰还晋阳。

那尔朱世隆等镇守洛阳,屏除盗贼,流通商旅,恰尚能勉力维持。尔朱天光入会世隆,谈及新主元晔,未洽人望,不如更立近亲。世隆也以为然,郎中薛孝通入白天光道:"何不改立广陵王?既属近支,又有令望,沉晦不言,多历年所,若奉以为主,必天人允叶了!"天光因告世隆,世隆道:"广陵王数年不言,莫非真有喑疾不成?"天光道:"且遣人试验真伪。"乃使尔朱彦伯往告广陵王,他竟说出"天何言哉"四字,才知他并非真喑,实是"遵养时晦"的意思。彦伯返报世隆,世隆大喜,便决意改立广陵王。

究竟广陵王为谁?闻他单名是一恭字,就是孝文帝宏的侄儿,广陵王羽的嗣子。广陵王羽见四十二回中。从前元乂擅权,恭恐得祸,避居龙华寺,佯称喑疾,谢绝交通。至永安年间,都下谣传,寺中有天子气,由魏主子攸遣人监束,并无异征,乃得免害。世隆等既议定废立,天光仍还雍州。同谋不同行,无非取巧。可巧长广王晔,来都定位,已至邙山南首,世隆亟遣泰山太守窦瑗,往启晔道:"天意人心,俱属广陵,愿王行尧舜事,勿再迟疑。"晔不觉失色,满口支吾,瑗已怀着禅文,竟取出示晔,硬令署印。晔无法推托,只好照署,即返示广陵王恭。恭尚奉表三让,及百官备驾恭迎,然后入宫即位,改建明二年为普泰元年。令黄门侍郎邢子才草撰赦文,文中叙及太原王荣枉死情状,魏主恭勃然道:"永安手翦强臣,并非失德,不过因天未厌乱,所以遇着成济的遗祸呢。"成济弑曹髦见三国魏史中。因取笔自作赦文,节去尔朱荣死事。恭闭口八年,至是始言,中外推为明主,想望太平。改封长广王晔为东海王,余如乐平王尔朱世隆,颖川王尔朱兆,彭城王尔朱仲远,陇西王尔朱天光,常山王尔朱度律,各仍元晔时故封。车骑大将军高欢,及都督斛斯椿以下,各加六级。斛斯椿本为魏东徐州刺史,曾依附尔朱荣,荣受诛时,椿惧祸南奔,依附汝南王悦。悦曾奔梁见四十二回。及尔朱复盛,仍然北归,得为将军,这且待后再叙。

惟尔朱世隆等，请追赠尔朱荣，魏主恭赠荣为相国晋王，并加九锡。世隆意尚未足，再使百官议荣配飨。司直刘季明抗言道："今若配飨世宗，恪。时尚无功；配飨孝明，诩。亲害乃母；配飨先帝，攸。为臣不终，下官谓无从配飨！"不愧司直。世隆发怒道："汝不怕死么？"季明道："下官既为议首，自当依礼直陈，不合尊意，翦戮唯命！"世隆倒被他驳倒，不敢加刑。但将荣配飨高祖即孝文帝。庙廷。又至首阳山立庙，就借周公庙旧址，重加建筑。庙貌甫成，偏被祝融氏收去。不可谓元圣无灵。世隆亦只好罢休。

尔朱兆以废晔立恭，事未预闻，将发兵攻世隆。世隆令彦伯前往调停，费了无数唇舌，才平兆怒，总算按兵不发，但已未免生嫌了。尔朱之败，已露端倪。

最可笑的是幽州刺史刘灵助，好谈术数，为尔朱荣所赏拔，得刺幽州。此时自加推算，逆料尔朱将衰。竟纠众为乱，自称燕王，声言为故主子攸复仇，且妄述图谶，谓刘氏当王。幽瀛沧冀四州愚民，多往奔投，灵助遂引众南下，进据博陵郡的安国城。

河北大使高乾兄弟，前曾奉遣至冀州，招募徒众，应前回。尔朱兆防他为变，特遣监军孙白鹞往冀州城，托言调发兵马，将掩捕高乾兄弟。乾瞧破机关，即与前河内太守封隆之等，袭据信都，击杀白鹞，奉隆之行州事，并为故主子攸举哀，缟素升坛，誓众讨尔朱氏。一面通书灵助，愿受节制。殷州刺史尔朱羽生，率兵袭击，及城中闻知，羽生兵已到城下。高敖曹不及擐甲，携槊上马，仅十余骑出城，冲入羽生军中，舞槊四刺，无人敢当。从骑亦皆死战，以一当百，顿时摧陷敌阵，纷纷窜散。高乾登城拒守，缒下五百人接应，那羽生已魂销胆落，逃回殷州去了。时人俱服敖曹骁勇，称为项籍再生。

偏高欢硬来出头，扬言将讨灭信都，信都人当然惊惶。高乾道："高晋州雄略盖世，岂肯长居人下！今日尔朱无道，弑君虐民，正是英雄立功的机会。他欲来此，必有深谋，我且前去谒他，定可无虞。"乃与封隆之子子绘，潜至滏口，迎见高欢。欢召入与语，乾乘机进言道："尔朱酷逆，痛结神人，凡有知识，莫不思奋。明公威德素著，天下归心，若兵以义动，无论如何倔强，不足敌公。敝州虽小，户口不下十万，赋税亦足济军资，愿公熟思，毋误事机！"欢见乾词气慷慨，语语动人，几乎相

第五十回　废故主迎立广陵王　煽众兵声讨尔朱氏

见恨晚，便促膝与谈，呼乾为叔，话至夜半，且引与同寝。

越宿先遣乾归，自引兵东向徐进。前驱遇着一人，乘露车，载素筝浊酒，投刺军前，自言愿谒见高公。当有军吏传报，欢略阅名刺，见是南赵郡太守李元忠数字。便道："这人是个酒鬼，见我何为？"说着，也不传见，又不拒绝。元忠待了片刻，不见复语，便下车独坐，酌酒擘脯，且饮且嚼。连饮了好几觥，乃复顾语军吏道："闻高公招延隽杰，故不惜来谒。今未见吐哺迎贤，慢士可知，请还我名刺，不劳再报！"军吏又复告欢，欢始命引入，尚是淡漠相遭。元忠再就车上取酒及筝，一面饮酒，一面弹筝，继以长歌。歌罢乃语欢道："天下事已可知，公尚欲事尔朱么？"欢答道："富贵皆因彼所致，怎敢不为彼尽节！"元忠喟然道："迂拘小谨，怎得称为英雄！"狂态嫚语，仿佛三国时之祢衡。嗣又问及高乾兄弟，曾来过否？欢诈言未来。元忠又道："公果是真语呢，还是假语呢？"欢微哂道："赵郡醉了。"因使人扶出。元忠不肯起，长史孙腾进言道："此君系天遣至此，愿公勿违。"欢乃复与问答，元忠慨陈时事，呜咽流涕。欢亦不觉动容。元忠因进策道："河北形势，莫如冀、殷，殷州城小，又无粮仗，不足济大事，最好是往就冀州，高乾兄弟必倾心事公，殷州便可赐委元忠。冀、殷既合，沧、瀛、幽、定自然弭服了。"欢闻言起座，握元忠手，亲为道歉，留诸幕下，与谈数日，方令归图殷州，自率众至信都。

隆之与乾，开门纳欢。敖曹正在外略地，未预乾议，闻乃兄迎欢入城，嗤为妇人，即遗兄布裙。欢素知敖曹勇悍，加意笼络，特遣长子澄往见敖曹，执子孙礼，敖曹乃与澄俱来。欢格外优待，敖曹方无异言。

乾与隆之，本依附刘灵助，既迎高欢为主帅，便与灵助断绝往来。魏亦使大都督侯渊、骠骑将军叱列延庆，往讨灵助。灵助尝自占道："三月末旬，必入定州。"渊至固城，用延庆计，伪言将西入关中，暗中却简选精骑，昏夜疾驰，直入灵助垒中。掩他不备，得将灵助首级取来，函入定州，正值三月末日。灵助只算得半着，平白地丧了性命。

魏廷既讨平灵助，复欲规画冀州，阳赐高欢为渤海王，征令入朝。看官，试想此时的高欢，还肯应命入都，再受尔朱氏的暗算么？尔朱世隆升授太保，专揽朝纲，尔朱兆兼督十州军事，奄有并汾，尔朱天光加位大将军，专制关右，尔朱仲远徙镇大梁，复加兖州刺史，性最贪暴，境内富室，往往诬他谋反，取男子投入河流，籍没妇女财产，悉入私家，所入租税，亦未尝解送洛阳。东南州郡，畏仲远似虎狼，恨不即日诛殛。只因尔朱势盛，未敢反抗，没奈何忍气吞声。即为尔朱灭亡张本。独高欢养士缮甲，招兵抚民，将与尔朱氏决一雌雄，蓄锐以待，所以魏廷征令入朝，当然托辞不至。魏廷亦无可如何，只好设法羁縻，授欢为大都督东道大行台，领冀州刺史。征朝不至，反授重寄，尔朱氏未亡先馁，衰兆已见，魏主恭亦安得为英主耶！

欢益起雄心，再加部将斛律金、库狄干，及妻弟娄昭、姊夫段荣，从旁怂恿，劝他速讨尔朱。欢乃诈为尔朱兆书，谓将遣六镇人刺配契胡，众皆忧惧。又伪示并州符檄，征兵讨步落稽。亦胡人之一种。因调发万人出郊，由欢亲自送行，洒泪叙别，大众号恸，声震原野。欢且泣且谕道："我与尔等均为羁客，义同一家，不意在上征发如此！今若西向，一当死；后军期，二当死；配国人，三当死。奈何奈何？"大众齐声道："只有造反一法。"逼出一个反字。欢皱眉道："造反二字，实非美名，必不得已，亦须推一人为主帅。"大众闻言，当然推欢。欢又叹道："尔等独不见葛荣么？有众百万，散漫无纪，终致败亡。今若推我为主帅，当听我号令，毋陵汉人，毋违军律！否则我不能为天下笑呢。"众皆叩首道："死生唯命。"欢乃椎牛飨士，起兵信都，但尚未敢显斥尔朱。

会李元忠起兵逼殷州，劝令高乾率众往应。乾佯言是赴救殷州，单骑入见尔朱羽生，与谋战守事宜。羽生即偕乾出御元忠，乾觑隙刺死羽生，与元忠会师，持羽生首胁降州民，遂留元忠守殷州，自携首级报欢。

第五十回　废故主迎立广陵王　煽众兵声讨尔朱氏

欢抚膺道："今日只好决计造反了！"乃令元忠为殷州刺史。随即表闻魏廷，历举尔朱氏罪状，抗辞声讨。

尔朱世隆匿表不通，但奏称高欢造反，于是尔朱兆、尔朱仲远、尔朱天光、尔朱度律等，皆受命讨欢，由世隆居中调度。狼子狼孙，一齐出来，煞是热闹。欢闻尔朱氏一齐来攻，当然要部署兵马，出御各军。

忽有一人满身衰绖，踉跄至军门，求见高欢。欢一见名刺，即命召入。那人到了案前，匍匐地上，放声大哭。欢亦泪下，自起扶持，令他起坐。与见李元忠时又是一种写法。那人尚流涕道："一家百口，尽毙贼臣手中，闻明公起义兴师，所以奔波至此，愿效犬马，图报大仇！"欢叹息道："君家世忠孝，乃为逆贼所屠，可悲可恨，我正为此起事，天道有知，必不使逆贼漏网哩！"遂面授行台郎中，令他参议军情。

看官道此人为谁？原来是魏司空杨津子愔。津长兄名播，次兄名椿，皆仕魏有名。播性刚毅，椿津谦恭，家世孝友，缌服同爨，男女百口，人无间言。椿津位至三公，一门七郡太守，三十二州刺史。播先病逝，子侃曾为侍中，与杀尔朱荣。见前回。尔朱兆入洛，侃逃归华阴故里，尔朱天光佯言赦侃，召令出仕，侃明知有诈，但尚望保全百口，宁糜一身。乃即出应召，果为天光所杀。时杨椿亦已致仕，与子昱同返华阴。椿弟冀州刺史顺，顺子东雍州刺史辩，正平太守仲宣，皆在洛阳，就是司空津，亦留居都中。尔朱氏恨侃切齿，甚至欲屠戮全家，乃由世隆出奏，诬言杨氏谋反，请一律捕治。魏主恭不肯依议，偏经世隆固请，乃命有司检案以闻。世隆遽遣兵围津第，屠戮无遗。原来天光亦发兵至华阴，把杨氏一门老小，杀得精光。只有杨愔在外，幸得脱逃，奔至信都谒欢。尚留杨愔一人，未始非孝友之报，然亦惨矣。

愔颇有才智，为欢谋议，甚得欢心。欢因将文檄教令等件，一概委愔，但令咨议参军崔㥄，作为副手。愔下笔千言，词多慨切，一经颁布，无不传诵，于是尔朱氏罪恶，遐迩共知。尔朱兆出攻殷州，李元忠独力难支，弃城奔信都。酒鬼究属无用。尔朱仲远及尔朱度律，与将军斛斯椿、贺拔胜、贾显智等，亦进军高平，欢颇以为忧。

长史孙腾献议道："今朝廷隔绝，号令无所禀承，众将沮散，不如先立元氏宗亲，维系众志。"此策实属无谓。欢不能无疑，腾一再固请，乃奉渤海太守鲁郡王元朗为帝。朗系晃穆太子晃玄孙，父为章武王融，至是迎入信都,即皇帝位,改元中兴。命高欢为侍中丞相,都督中外诸军事,高乾为侍中司空,高敖曹为骠骑大将军,领冀州刺史,孙腾为尚书左仆射,魏兰根为右仆射。欢既受命统军,指日出征,用了一条反间计,遂令尔朱氏自相猜忌,走仲远、度律,并大破兆军。小子有诗叹尔朱氏道:

　　人生兴废本无常,一姓争荣一姓亡;
　　自古强宗无不覆,祸根多半起参商。

究竟高欢计策若何,请看下面第五十一回。

本回述高氏得势之由来,即北齐开国之动机,无尔朱氏之乱魏,则高氏不得兴;无尔朱氏之举兵相委,则高氏亦不得兴。谚有之:乱世出英雄。高欢其果为乱世之英雄乎?彼尔朱子弟,皆非欢敌,尔朱荣固已逆料之矣。尔朱将佐只有一慕容绍宗,而不能用。贺拔兄弟反复无常,皆不足取。欢则蓄甲养士,疏狂如李元忠而优容之,悍戾如高敖曹而礼遇之,迹其所为,仿佛魏武,宜乎乘时崛起,而为一世雄也。然尔朱氏目无长上,置君如弈棋,倏废倏立,致当时目为乱贼,而高欢亦从而蹈之,为义不忠,以暴易暴,欢之与尔朱相去,得毋所谓不能以寸耶!

第五十一回

战韩陵破灭子弟军　入洛宫淫烝大小后

却说高欢自信都发兵,出御尔朱氏各军。因闻尔朱势盛,颇费踌躇。参军窦泰劝欢用反间计,使尔朱氏自相猜疑,然后可图。欢乃密遣说客,分途造谣,或云世隆兄弟阴谋杀兆,或云兆与欢已经通谋,将杀仲远等人。兆因世隆等擅废元晔,已有贰心,至是得着谣传,越发起疑,自率轻骑三百名,往侦仲远。仲远迎他入帐。他却手舞马鞭,左右窥望。仲远见他意态离奇,当然惊讶,彼此形色各异。兆不暇叙谈,匆匆出帐,上马竟去。确是粗莽气象。仲远遣斛斯椿、贺拔胜追往晓谕,反为所拘。仲远大惧,即与度律引兵南奔。狼怕虎,虎怕狼,结果是同归于尽。

兆既执住椿、胜,怒目叱胜道:"汝有两大罪,应该处死!"胜问何罪?兆厉声道:"汝杀卫可孤,罪一;卫可孤为拔陵将,与兆何与?兆乃指为胜罪,一何可笑!天柱薨逝,尔不与世隆等同来,反东击仲远,罪二;杀可孤事见四十六回,击仲远事见四十九回。我早欲杀汝,汝尚有何言?"胜抗言道:"可孤乃是贼党,胜父子为国诛贼,本有大功,怎得为罪?天柱被戮,是以君诛臣,胜当时知有朝廷,不暇顾王,今强寇密迩,骨肉构隙,不能安内,怎能御外?胜不畏死,畏死不来,但恐大王未免失策啰。"兆闻胜言,恰是有理,倒也不欲下手,再经斛斯椿婉言劝解,乃释二人使归,自待高欢厮杀。

欢尚恐众寡不敌,更问段荣子韶,韶答道:"尔朱氏上弑天子,中屠公卿,下虐百姓,王以顺讨逆,如汤沃雪,怕他什么!"欢又道:"若无天命,终难济事!"韶申说道:"尔朱暴乱,人心已去,天从人愿,何畏何疑!"欢乃进至广阿,与兆一场鏖斗,果然兆军皆溃,兆亦遁走,俘得甲士五千余人,随即引兵攻邺。

相州刺史刘诞婴城固守,相持过年,欢掘通地道,纵火焚城,城乃陷没。刘诞受擒,欢授杨愔为行台右丞,即令愔表达新主元朗,迎入邺城。朗至邺后,进欢为柱国大将军,兼职太师,欢子澄为骠骑大将军,尔朱世隆闻欢得邺城，当然忧惧，急忙卑辞厚礼，向兆通诚，与约会师攻邺。并请魏主恭纳兆女为后，兆乃心喜，更与天光、度律，申立誓约，复相亲睦。斛斯椿与贺拔胜，自兆处释归，仍入尔朱军。椿密语胜道："天下皆怨恨尔朱，我辈若再为所用，恐要与他同尽了，不如倒戈为是。"胜答道："天光与兆，各据一方，去恶不尽，必为后患，如何是好？"椿笑道："这有何难！看我设法便了。"妙有含蓄。遂入见世隆，劝他速邀天光等，共讨高欢。世隆自然听从，立即遣人征召天光。

天光意存观望，延不发兵，斛斯椿自愿西往，兼程入关，进见天光道："高欢作乱，非王不能平定，王难道坐视不成？高氏得志，王势必孤，唇亡齿寒，便在今日。"天光瞿然道："我亦正思东出哩。"时贺拔岳为雍州刺史，天光召与熟商，岳献议道："王家跨据三方，士马强盛，料非高欢所能敌。诚使戮力同心，往无不胜。今为王计，莫若自镇关中，固守根本，分遣锐卒，与众军合势，庶进可破敌，退可自全。"若用岳言，天光何致遽死？天光颇欲从岳，偏斛斯椿力请自行，乃留弟尔朱显寿守长安，自引兵赴邺城。椿即返报世隆，世隆亟檄兆与仲远两军，同会天光，又遣度律自洛往会。于是四路尔朱军，陆续到邺，众号二十万，列着洹水两岸，扎满营垒，如火如荼。返跌下文。

高欢尽起徒众，步兵不满三万人，骑兵不过二千，此时既遇大敌，只好一齐调出，往屯紫陌。时封隆之已升任吏部尚书，留使守邺，欢亲出督师。高敖曹进官都督，也率里人王桃汤等三千人从欢。欢见敖曹部曲，统系汉人，恐未足济事，欲分鲜卑兵千余人，接济敖曹。敖曹道："兵与将贵相熟习，鲜卑兵素不相统，若羼杂旧部，适起争端，反足碍事，不如各专责成为是。"我亦云然。欢乃罢议，便在韩陵山下设一圆阵，后面用牛驴连系，自塞归路，以示必死。尔朱兆出营布阵，召欢答话，问欢何故背誓？欢应声道："我与汝前曾立誓，共辅帝室，今天子何在？"兆答道："永安枉害天柱，我出兵报仇，何必多议！"欢又道："君要臣死，不得不死！况天柱未尝不思叛君，罪亦应诛，何足言报？今日与汝义绝了！"说着，即擂鼓开战。欢自将中军，高敖曹将左军，欢从父弟岳将右奎，各奋力向前，拼死决斗。兆为前驱，天光、度律为左右翼，仲远为后应，仗着兵多将众，包抄过来，恰是厉害得很，且专向中军杀入，意欲取欢。欢虽督众死战，怎奈敌势凶猛，实在招架不住，前队多被杀伤，后队

第五十一回　战韩陵破灭子弟军　入洛宫淫烝大小后

未免散走。高岳、高敖曹两军,未曾吃紧,岳遂抽出五百锐骑,直冲尔朱兆,敖曹亦率健骑千人,横击尔朱左右翼。别将斛律敦收集散卒,绕出敌军后面,攻击仲远。尔朱各军,各自受敌,便皆骇奔。欢见他阵势分崩,麾众皆进,大破尔朱军,贺拔胜与徐州刺史杜德解甲降欢。兆知不可敌,对着慕容绍宗,抚膺太息道:"不用公言,乃竟至此!"说着便驱马西走。勇而寡谋,实是无用。还亏绍宗返旗鸣角,取拾溃兵,始得成军退去。仲远亦奔往东郡,度律、天光逃向洛阳。

都督斛斯椿语别将贾显度、显智道:"尔朱尽败,势难再振,今不先执尔朱氏,我辈将无噍类了。"乃夜至桑下立盟,倍道先还,入据河桥,把尔朱氏的私党,一并捕戮。度律、天光闻变,整兵往攻,适值大雨倾盆,士卒四散,两人只率数十骑,拖泥带水,向西窜去。斛斯椿遣兵追捕,捉住度律、天光,解至河桥。再由贾显智等入袭世隆,也是马到擒来。尔朱彦伯入直禁中,闻难出走,同为所执,与世隆牵至阊阖门外,枭了首级,送往高欢。就是度律、天光两人,虽尚未死,也被械送入邺,归欢处治。欢将二人暂系邺城。

魏主恭使中书舍人卢辩,赍敕劳欢。欢使见新主元朗,辩抗辞不从。欢不能夺志,遣令还洛。尔朱部将侯景,本与欢并起朔方,辗转投入尔朱军,至是仍奔邺依欢。不略侯景,为下文伏案。还有雍州刺史贺拔岳,闻天光失败,亦生变志,商诸征西将军宇文泰。泰为征西将军,见四十九回。泰劝岳径袭长安,并为岳至泰州,诱约刺史侯莫陈悦,一同会师,直抵长安城下。长安留守尔朱显寿见上。猝闻敌至,一些儿没有防备,只好弃城东走。泰等追至华阴,得将显寿擒住,送与高欢。欢令岳为关西大行台,泰为行台左丞,领府司马。嗣是泰在岳麾下,事无巨细,悉归参赞。这且待后再表。

且说高欢奉主元朗,自邺城出发,将向洛阳。行至邙山,又复变计,密与右仆射魏兰根商议,谓新主元朗,究系疏族,不如仍奉戴元恭。兰根道:"且使人入洛觇视,果可奉立,再决未迟。"欢即使兰根往观。及兰根返报,主张废恭。看官道是何因?原来魏主恭丰姿英挺,兰根恐他将来难制,所以不欲奉戴。欢召集百官,问所宜立,太仆綦母称恭贤明,宜主社稷。黄门侍郎崔悛作色道:"必欲推立贤明,当今莫若高王!广陵本为逆胡所立,怎得尚称天子?若从俊言,是我军到此,也不得为义举了！"好一只高家狗。欢乃留朗居河阳，自率数千骑入洛都。

魏主恭出宫宣慰，由欢指示军士露刃四逼，竟将魏主恭拥入崇训寺中，把他锢住。自己仗剑入宫，拟往杀尔朱二后。

小子前曾叙过，魏主子攸，纳尔朱荣女为后，魏主恭复纳尔朱兆女为后，当时宫中有大尔朱后小尔朱后的称呼。尔朱兆入洛时，尝污辱嫔御妃主，只因大尔朱后为从妹，当然不好侵犯，仍令安居，至广陵王恭入嗣，大尔朱后尚留宫内，未曾徙出。既而兆女为后，与大尔朱后有姑侄谊，彼此素来熟识，更兼亲上加亲，格外和好，不愿相离。偏偏高欢发难，把尔朱氏扫得精光，死的死，逃的逃，单剩姑母侄女，在宫彷徨，相对歔欷。总叙数语，贯串前后。不料魏主恭又被劫去，累得这位小尔朱后越加惊骇，忙至大尔朱后宫寝中，泣叙悲怀，不胜凄惋。大尔朱后亦触动愁肠，潸然泪下。

正在彼此呜咽的时候，忽有宫人奔入道："不好了！不好了！高王来了！"这语未毕，小尔朱后已吓做一团，面无人色。还是大尔朱后芳龄较长，究竟有些阅历，反收了泪珠儿，端坐榻上。才经片刻，果见高欢仗剑进来。大尔朱后不待开口，便正色诘问道："你莫非是贺六浑么？我父一手提拔，使汝富贵，汝奈何恩将仇报，杀死我伯叔兄弟？今又来此，难道尚欲杀我姑侄不成！"欢见她柳眉耸翠，杏靥敛红，秀丽中现出一种威厉气象，不由得可畏可慕。旁顾小尔朱后，又是颤动娇躯，别具一种可怜情状。当下把一腔怒气，化为乌有，惟对着大尔朱后道："下官怎敢忘德！当与卿等共图富贵。"不呼后而呼卿，意在言中。语毕，仍呼宫人等好生侍奉，不得违慢。随即趋出，派兵保护宫禁，不得损及一草一木，违令处死。

当下与将佐议及废立事宜，将佐等不发一言，欢独说道："孝文帝为一代贤君，怎可无后！现只有汝南王悦，尚在江南，不如遣人迎还，使承大业。"将佐等唯唯如命，乃即派使南下迎悦。舍近就远，究为何意，看官试阅下文。

斛斯椿私语贺拔胜道："今天下事在尔我两人，若不先制人，将为人制。现在高欢初至，正好趁势下手，除绝后患。"胜劝阻道："彼正立功当世，如欲加害，未免不祥。"椿尚未以为然。嗣与胜同宿数宵，胜再三谏止，椿乃不行。

第五十一回　战韩陵破灭子弟军　入洛宫淫烝大小后

那高欢借迎悦为名,乐得安居洛都,颐指气使,享受一两月的尊荣。就中有一段欢娱情事,也得称愿,真是心满意足,任所欲为。天未厌乱,故淫人得以逞志。原来欢本好色,前娶娄氏为妻,却是聪明伶俐,才貌双全,所以伉俪情深,事必与议,女子好时无十年,免不得华色渐衰,未餍欢欲。欢娶娄氏,见四十四回。欢又屡出从军,做了一个旷夫,见有姿色妇女,当然垂涎。不过位置未高,尚是矜持礼法,沽誉钓名。到了战败尔朱,攻入邺城,威望已经远播,遂不顾名义,渐露骄淫。相州长史游京之有女甚艳,为欢所闻,即欲纳为妾媵,京之不允,欢令军士入京之家,硬将京之女抢来,迫令侍寝。一介弱女,如何抗拒,只得委身听命,供他受用。京之活活气死。

及欢自邺入洛,本意是欲斩草除根,杀毙尔朱二后,嗣见二后容貌,统是可人,便将杀心变作淫心。每日着人问候,加意奉承,后来渐渐入彀,索性留宿宫中。大尔朱后原没甚气节,既做了肃宗诩的妃嫔,复改醮庄宗子攸,册为皇后,此时何不可转耦高欢?而且高欢见了大尔朱后,把平时雄纠纠的气象,一请销熔,口口声声,自称下官,我我卿卿,誓不薄幸。大尔朱后随遇而安,就甘心将玉骨冰肌赠与老奴。小尔朱后也是水性杨花,便跟了这位姑母娘娘,一淘儿追欢取乐。再经高欢是个伟男子,龙马精神,一夕能御数女,兼收并蓄,游刃有余,于是大小尔朱后,又俱做了高王爷的并头莲。尔朱氏真是出丑。高欢一箭双雕,快乐可知。

光阴似箭,倏忽兼旬,汝南王悦已自江南至洛。欢又不愿推立,说他素好男色,不礼妃妾,性情狂暴,及今未悛,不堪继承大统,乃另求孝文嫡派,奉为魏主。

是时魏宗诸王,多半逃匿,独孝文孙平阳王修,为广平王怀第三子,匿居田舍,竟被访着。欢使斛斯椿往见。椿知员外散骑侍郎王思政,为修所亲,乃特邀与同行,见修行礼,说明来意。修不禁色变,问思政道:"得毋卖我否?"思政答了一个不字。修又问道:"可保得定么?"思政又道:"变态百端,未见得一定可保哩!"确是真言。斛斯椿在旁,却为欢表诚,谓无他意。修支吾不决,椿即返报高欢。

欢便遣四百骑迎修入都,相见帐下,涕泣陈情。修自言寡德,欢再拜固请,修亦答拜。当下进汤沐,出御服,请修装束停当,彻夜严警。诘旦命百官入谒,由斛斯椿奉表劝进。修令思政取表,瞧阅一周,顾语思政道:"今日不得不称朕了!"欢又遣人至河阳,迫元朗作禅位书,持入示修。一面筑坛东郭,出郊祭天。还御太极殿,受群臣朝贺。

礼毕升闾阖门,下诏大赦,改元太昌。命高欢为大丞相天柱大将军太师,世袭定州刺史。欢子澄加侍中开府仪同三司。从前尔朱党中的侍中司马子如,与广州刺史韩贤,与欢有旧,所以子如虽已出刺南岐州,仍由欢召回,委充大行台尚书,参军国事,韩贤任职如故。余如尔朱氏所除官爵,一概削夺。另派前御史中尉樊子鹄,兼尚书左仆射,为东南道大行台,与徐州刺史杜德,往追尔朱仲远。仲远已窜往梁境,寻即病死,乃命樊、杜等移攻谯城。

谯郡曾为魏所据,梁主衍特遣降王元树,乘魏内乱,占夺谯郡。树为魏咸阳王禧第三子,因父罪奔梁,受封邺王。禧被诛事,见四十一回。此时踞住谯城,屡扰魏境,魏因遣樊、杜二将往攻。元树坚守不下,樊子鹄使金紫光禄大夫张安期,入城游说,勖以无忘祖国,树乃愿弃城南还。安期返报子鹄,子鹄佯为允诺,诱令出城,杀白马为盟。誓言未毕,那杜德竟麾兵围树,把树擒送洛阳,迫令自尽。子鹄等便即班师。已而杜德忽发狂病,喧呼元树打我,至死犹不绝口,身上俱成青黑色。子鹄亦不得善终,冤冤相报,不为无因。劝人莫做亏心事。

高欢因谯郡已平,拟即还镇,但尚虑贺拔岳雄踞关中,未免为患,乃请调岳为冀州刺史。魏主修当即颁敕,敕使入关,与岳相见。岳即欲单

第五十一回　战韩陵破灭子弟军　入洛宫淫烝大小后

骑入朝,右丞薛孝通问岳道:"公何故轻往洛都?"岳答道:"我不畏天子,但畏高王!"孝通道:"高王率鲜卑兵数千,破尔朱军百万,威势烜赫,原是难敌,但人心究未尽服。尔朱兆虽已败走,尚在并州,余众不下万人,高王方内抚群雄,外抗劲敌,自顾不暇,有甚么工夫来争关中!公倚山为城,凭河为带,进可控山东,退可封函谷,奈何反甘为人制呢?"岳矍然起座,握孝通手道:"君言甚是!我决不南行了。"遂遣还敕使,并逊辞为启,复奏朝廷。

高欢亦无可如何,便整装还邺。先挈大小尔朱后出宫,派兵载归,并访得任城王妃冯氏,城阳王妃李氏,青年孀居,都生得国色天姿,不同凡艳,当下遣兵劫至,不管从与不从,一并带回邺中。*也好算得惠及怨女。*魏主修亲自饯行,出城至乾脯山,三樽御酒,一鞭斜阳,这大丞相天柱大将军太师高王毕饮辞行,向东北去讫,魏主修也即还宫。

过了旬日,邺中解到尔朱度律及尔朱天光二犯,由魏主命即正法,骈戮市曹。于是尔朱子弟,只剩一尔朱兆,由晋阳遁至秀容,负嵎自固。高欢一再声讨,师出复正,直至次年正月,潜遣参军窦泰,带领精骑,日夜行三百里,直抵秀容,欢复率大军继进。兆正在庭中宴会,突闻欢军驰至,仓皇惊走,当被窦泰追杀一阵,众皆溃散。兆只挈数骑遁去,爬过赤洪岭,窜入穷谷,见前后统是峭壁,几乎无路可奔。兆下马长啸数声,拔剑杀死乘马,解带悬树,自缢林中。部将慕容绍宗收众降欢,欢厚待绍宗,并厚葬兆尸。并州告平,尔朱军皆尽。惟尔朱荣子文畅、文略,由欢挈归,仍给厚俸。看官,你道高欢果真不忘旧德,无非顾着大小尔朱面上,所以格外周全呢。小子有诗叹道:

　　甘将玉体事仇雠,国母居然愿抱裯;
　　虽是保家由二女,洛波难洗尔朱羞!

欢既平兆,上书告捷。魏主当然优奖,欢反表辞天柱大将军名号。是否得邀俞允,容待下回说明。

尔朱氏以二十万众夹击邺城,高欢以三万人御之。众寡悬殊,欢似有败而无胜,乃韩陵一战,胜负之数,反不如人所料,此非欢之能灭尔朱,实尔朱之自取覆亡也。天道喜谦而恶盈,如尔朱氏之所为,骄盈极矣,虽欲不败,乌得而不败! 智如曹操,犹熸于赤壁,强如苻坚,犹覆于彭城,况如尔朱氏者,而能不同就败亡耶?惟

欢之骄恣，不亚尔朱，尔朱立晔而复废晔，欢亦立朗而复废朗，晔、朗俱无过可指，忽立忽废，其道何在？借曰疏远，则推立之始，胡不审慎若是！且入洛以后，举大小尔朱后而尽烝之，二后虽亦无耻，为尔朱家增一丑秽，然欢尝臣事二主，奈何敢宣淫宫掖耶？去一尔朱，又生一尔朱，是又关于元魏之气运，非仅在二族之兴亡已也。

第五十二回

梁太子因忧去世　贺拔岳被赚丧身

却说魏主修接阅欢表,见他词意诚恳,坚请辞去天柱名号,料知欢借鉴尔朱,不愿有此称呼,因即优诏允许。惟魏主恭尚幽居崇训寺,朗自河阳入都,受封为安定王。嗣主修势不相容,先议除恭,次议除朗。恭在寺中赋诗云:"朱门久可患,紫极非情玩。颠覆立可待,一年一易换,时运正如此,唯有修真观!"这诗一传,益触时忌。即由魏主修派遣心腹,导恭入门下外省,逼令服毒自尽,时年三十五。葬用殊礼。过了旬月,安定王朗亦被鸩死,年只二十。既而又将东海王晔,汝南王悦,一并加害。总道是嫌疑尽去,当可高枕无忧,哪知当时的大患,不在宗室,却在强藩!平白地残害同宗,究竟有什么好处?为魏主修下一定评。史家称恭为前废帝,朗为后废帝,独晔为尔朱氏所立,称帝不过三月,所以不入帝纪。至西魏摈斥高欢,连元朗亦被削去,但追谥恭为节闵帝,所以后人作北魏世系图,仅列前废帝恭,未及后废帝朗。梳栉详明。

事已叙过。且说魏主修已经定位,所有宗室诸王渐次还朝,诣阙进谒。淮阳王欣、赵郡王谌,俱系献文帝弘孙,为魏主修从叔。欣系广陵王羽子,谌系赵郡王幹子。南阳王宝炬,京兆王谕子。清河王亶,清河王怿子。俱系孝文帝宏孙,为魏主修从兄弟。魏主修授欣为太师,谌为太保,宝炬为太尉,亶为骠骑大将军,兼官司徒,侍中长孙稚为太傅。追谥魏主子攸为孝庄帝,葬宣武皇后胡氏,就是从前两次临朝的胡太后。胡太后被尔朱荣沉死,遗尸收殡双灵寺中,至此乃得安葬,仍用后礼,加谥曰灵。补叙胡太后葬谥,笔不渗漏。又追尊皇考广平王怀为武穆帝,皇太妃冯氏为武穆后,皇妣李氏为皇太妃。迎丞相欢女高氏为皇后,遣使纳币。

高欢时已徙居晋阳,特建大丞相府,坐镇西北。朝使到了晋阳,由欢迎见,彼此乃是故交,握手言欢,很是亲昵。看官道来使为谁?原来就是李元忠。见五十回。元忠曾随欢入洛,留任太常卿,此次充纳币使,正是魏主修因事择人。欢从容与宴,述及旧事,元忠连饮数巨觥,_{酒鬼作冰上人,恰合身份}。方笑语道:"昔日与王起义,却是轰轰烈烈,很有趣味,近来寂寞得很,无人过问,倒弄得郁郁寡欢了!"欢亦大笑,指示旁座道:"此人逼我起兵。"元忠戏言道:"若不令我为侍中,当别求起义的地方。"欢亦戏应道:"起义原无止境,但虑如此老翁,不可再遇!"元忠道:"正为此老翁不可多得,所以不去。"说着,起座捋欢须,大笑不已。欢亦知他意诚,殷勤款待。元忠复坐下酣饮,直至夜静更阑,方才罢席。一住数日,大宴小宴,几不胜计,乃迎欢女至洛阳,诹吉行册后礼。仪文隆备,龙凤呈祥,不消细说。

小子因魏乱迭起,梁尚太平,所以连叙魏事,几把梁朝情事,搁起不提。此处不得不将梁廷要事,约略叙入。_{却是要紧}。

梁主衍篡齐据国,已过了三十年,改元约有数次。天监十九年,改元普通,普通八年,改元大通,大通二年,又改元为中大通。中大通元年以前,事已略见上文,就是图洛纳颢,功败垂成。陈庆之狼狈奔还,也是中大通元年事。_{见四十八回}。陈庆之为南朝骁将,败归后不闻加谴,仍得任右卫将军。平时尝语散骑常侍朱异道:"我前谓大江以北,必无异人,哪知到了洛阳,衣冠文物,几非江东可及,才知北朝实未可轻图呢!"异正以经术邀宠,入参机密,_{梁祸始自朱异,故特别提出}。既闻庆之言论,便即转告梁主,梁主乃稍戢雄心,不复北略。

是年冬季,妖贼僧强,起乱北徐州,自称天子,土豪蔡伯龙纠众响应,竟将北徐州城占去。还亏庆之出镇北衮州,就近讨贼,擒斩僧强蔡伯龙,克日肃清。先是庆之在洛,曾与萧赞通书,劝令回国,赞即梁主次子豫章王综,_{见四十六回}。降魏后得任职司徒,且尚魏主子攸姊寿阳公主。时方出镇齐州,故庆之致书相劝,赞复答庆之,颇愿南归。嗣因庆之奔归,遂不果行。及尔朱发难,齐州归附尔朱兆,赞走死阳平。梁人窃赞柩归南,梁主衍尚葬以子礼。不意假子去世,真子也接踵而亡。而且还是一位贤明仁孝的储君,竟致不禄,害得梁主衍晚年哭子,几乎丧明。

梁主长子名统,即位初年,便立为太子。_{见前文}。统幼年聪叡,三岁受《孝经》《论语》,五岁能遍诵五经,十余岁尽通经义。又善评诗文,每出游宴,祖道赋诗,动辄数十韵,随口吟成,不劳思索。天监十四年,始

第五十二回　梁太子因忧去世　贺拔岳被赚丧身

行冠礼，梁主使省录朝政，辨析诈谬，秋毫必睹。但徐令改正，未尝纠弹一人。平断刑狱，往往全宥，士民交称为仁慈，更且宽和容众，喜怒不形，好引才

俊，不蓄声伎。每遇霪雨积雪，必遣左右巡行闾巷，赈济贫寒。平居在东宫坐起，面常西向，不敢乱尊。入朝必在五鼓以前，守待殿外，毫无倦容。至普通七年，生母丁贵嫔有疾，亟入宫侍奉，夜不解带。贵嫔薨逝，水浆不入口，腰带十围，减削过半。梁主屡遣使戒谕，劝进饮食，统稍食馆粥，日止数合，不尝兼味。至葬后始进麦粥一升。惟贵嫔葬后，有一道士操堪舆术，谓将来不利长子，宜预先厌禳，乃为蜡鹅及诸物，埋藏墓侧。

宫监鲍邈之初得太子亲信，后忽见疏，进密白梁主，谓太子有厌祷事。梁主遣人发掘，果得鹅物，免不得惊疑交集，便欲付有司穷治。幸经右光禄大夫徐勉固谏，乃止诛道士，不问太子。道士欲为太子厌祷，何不先自禳灾，乃致轻生若此！太子虽幸得无事，但终身引为惭恨，闷闷不乐。到了中大通三年，竟生就一种绝症，病不能兴。唯恐乃父增忧，奉敕慰问，尚力疾书启，不假人手。既而疾笃，左右欲入白梁主，尚摇手戒止道："奈何使至尊知我如此。"是仅得谓之小孝。未几即殁，年才三十一。梁主亲幸东宫，临哭尽哀，殓用衮冕，谥曰昭明。司徒左长史王筠，奉敕为哀册文，词甚悱恻，由小子节录如下：

式载明两，实惟少阳，既称上嗣，且曰元良。仪天比峻，俪景腾光，奉祀延福，守器传芳。睿哲应期，旦暮斯在，外弘庄肃，内含和恺。识洞机深，量苞瀛海，立德不器，至功弗宰。宽绰居心，温恭成

性，循时孝友，率由严敬。咸有种德，惠和齐圣，三善递宣，万国同庆。轩纬掩精，阴羲弛极，缠哀在疚，殷忧衔恤。孺泣无时，蔬馔不溢，禫遵逾月，哀号未毕。实惟监抚，亦嗣郊禋，问安肃肃，视膳恂恂。金华玉藻，玄驷班轮，隆家干国，主祭安民。光奉成务，万机是理，矜慎庶狱，勤恤关市。诚存隐恻，容无愠喜，殷勤博施，绸缪恩纪，爰初敬业，离经断句。莫爵崇师，卑躬待傅，宁资导习，匪劳审谕，博约是司，时敏斯务。辩究空微，思探几赜，驰神图纬，研精爻画。沈吟典礼，优游方册，餍饫膏腴，含咀肴核。括囊流略，包举艺文，遍该缃素，殚极丘坟，滕帙充积，儒墨区分，瞻河阐训，望鲁扬芬。吟咏性灵，岂惟薄伎！属词婉约，缘情绮靡。字无点窜，笔不停纸，壮思泉流，清章云委。总览时才，网罗英茂，学穷优洽，辞归繁富。或擅谈丛，或称文囿。四友推德，七子惭秀。望苑招贤，华池爱客，托乘同舟，连舆接席。擒文捄藻，飞觞泛醳，恩隆置醴，赏逾赐璧。徽风遐被，盛业日新，神器非重，德辀易遵。泽流兆庶，福降百神，四方慕义，天下归仁。云物告征，祲沴襄象，星霾恒耀，山颓朽坏。灵仪上宾，德音长往，具僚无荫，咨承安仰。呜呼哀哉！皇情悼愍，切心缠痛，胤嗣长号，跗萼增恸。慕结亲游，悲动氓众，忧若殄邦，惧同折栋。呜呼哀哉！首夏司开，麦秋纪节，容卫徒警，菁华委绝。书幌空张，谈筵罢设，虚馈馕馕，孤灯翳翳。呜呼哀哉！简辰请日，筮合龟贞，幽埏凤启，玄宫献成。式校齐列，文物增明，昔游漳滏，宾从无声，今归郊郭，徒御相惊。呜呼哀哉！背绛阙以远徂，辚青门而徐转，指驰道而诇前，望国都而不践。陵修阪之威夷，溯平原之幽缅，骥蹀足以酸嘶，挽凄怆而流沄。呜呼哀哉！混哀音于箫籁，变愁容于天日，虽夏木之森阴，返寒林之萧瑟。既将反而复疑，如有求而遂失，谓天地其无心，邃永潜于容质。呜呼哀哉！即玄宫之冥漠，安神寝之清闼，传声华于懋典，观德业于徽谥。悬忠贞于日月，播鸿名于天地，惟小臣之纪言，实含毫而无愧。呜呼哀哉！

自昭明太子薨逝，朝野惋愕，京师士女，奔走宫门，号泣满路。就是四方氓庶，亦闻讣含哀。梁朝有此贤储贰，偏不永年，这也未始非关系气数哩。太子遗有文集二十卷，古今典诰文言正序十卷，文章英华二十

第五十二回　梁太子因忧去世　贺拔岳被赚丧身

卷，文选三十卷，传诵后世，推为词宗。太子有数男，长男名欢，已封华容公，梁主欲立为太孙，历久未决。嗣竟立第三子晋王纲为太子，时议多以为未顺。侍郎周宏正尝为纲主簿，上笺谏纲，劝纲为宋目夷、曹子臧。俱春秋列国时人。纲不能从。孰不乐为嗣君？无怪萧纲。已而梁主因人言未息，特进封欢为豫章王，欢弟誉为河东王，誉弟察为岳阳王，这且待后再表。

且说魏主修既纳欢女为后，欢权势益隆，仿佛当年尔朱荣。斛斯椿在都辅政，受职侍中，本来是有意图欢，至是与南阳王宝炬、将军元毗、王思政等，屡加诇构，劝魏主预先戒备。中书舍人元士弼，又劾欢受诏不敬，魏主惩尔朱覆辙，也觉动疑，遂用斛斯椿计，添置阁内都督部曲，约数百员，统由四方骁勇，募集充选。一面密结关西大行台贺拔岳，倚为外援。又封贺拔胜为荆州刺史，佯示疏忌，实建屏藩。

时高乾已入任侍中，兼官司空，因父丧解职，不预朝政。魏主修欲引为己用，尝召乾入华林园，特别赐宴。宴罢与语道："司空累世忠良，今日复建殊勋，虽与朕名为君臣，义同兄弟，愿申立盟约，历久不渝！"乾莫名其妙，但答言道："臣以身许国，何敢有贰！"魏主修定欲与盟，乾不便固辞，共申盟约。当时亦未尝报欢。

嗣闻元士弼、王思政等往来关西，情迹可疑，乃致书晋阳，密陈时事。欢得书后，即召乾至并州，面谈一切。乾因劝欢逼魏禅位，欢用袖掩乾口道："幸勿妄言！今当令司空复为侍中便了！"欢此时尚无歹意。乾辞欢回洛，欢为乾表，请许乾复任，魏主不允。

乾知祸变将作，自愿外调，再作书告欢，乞代求徐州刺史。欢再为陈请，魏主乃授乾为骠骑将军，出刺徐州。乾尚未发，魏主闻乾漏泄机关，即传诏与欢道："乾邕即高乾子与朕私有盟约，今乃反复两端，令人不解！"欢未闻乾谈及盟事，也疑乾暗中播弄，离间君臣，遂将乾前时密书，遣使呈入。魏主便召乾对责，乾勃然道："陛下自有异图，乃斥臣为反复，欲加臣罪，何患无辞！臣死有知，尚幸无负庄帝！"魏主竟敕令赐死，又遥敕东徐州刺史潘绍业，往杀乾弟敖曹。敖曹方镇守冀州，闻乾死耗，急遣壮士伏住要路，得将绍业拘住，搜出诏敕，遂率十余骑奔晋阳。欢抱敖曹首大哭道："天子枉害司空，可悲可叹！"汝亦未尝无功。乃留敖曹居幕下，优待如初。敖曹次兄仲密，方为光州刺史，亦由间道奔晋阳。

仲密名慎,因字著名,就是敖曹本名,也只是一昂字。高氏兄弟三人,惟仲密颇通文史。乾与敖曹素来好勇,敖曹尤为粗悍,少就外傅,便不遵师训,专事驰骋。尝言:"男儿当横行天下,自取富贵;若徒端坐读书,做一个老博士,有何益处!"乃父次同道:"此儿不灭吾族,当光大吾门。"嗣与兄乾四出劫掠,骚扰闾里。乾求博陵崔圣念女为妻,崔氏因乾强暴无行,当然不许。敖曹即引乾往劫。硬将崔女牵回,置诸村外,且促乾道:"何不行礼?"乾遂胁崔女交拜,野合而归。实是强盗出身。既而乾颇改行,且系前中书令高允族侄,因得入仕。

欢自乾被戮后,才知为魏主所卖,悔恨交生,乃与魏主有隙。魏主修方信任贺拔岳,屡遣心腹入关,嘱令谋欢。岳尝使行台郎冯景往晋阳,欢与景设盟,约与岳为兄弟。景归语岳,谓欢奸诈有余,不宜轻信。府司马宇文泰,自请至晋阳侦欢。欢见泰状貌非常,欲留为己用。惺惺惜惺惺。泰固求复命,欢乃遣还。泰料欢必后悔,兼程西行,驰抵关前,后面果有急足追至。他亟纵辔入关,关内守卒如林,那追来的晋阳急骑,只好回马自去。

泰入语岳道:"高欢已欲篡魏,所惮惟公兄弟,侯莫陈悦等皆非所虑。公但先时密备,图欢不难,今费也头代北别部,后遂为姓骑士,不下万人,夏州刺史斛拔弥

俄突,有胜兵三千余名,灵州刺史曹泥,河西流民纥豆陵伊利,各拥部众,未有所属,公若移军近陇,威爱两施,即可收辑数部,作为爪牙。又

西抚氐羌,北控沙塞,还军长安,匡辅魏室,一高欢不足畏了!"岳闻言大喜,遂遣泰往诣洛阳,密陈情状。魏主面加泰为武卫将军,仍令返报如约。寻即授岳都督雍、华等二十州军事,兼雍州刺史,并割心前血赐岳。岳因西出平凉,借牧马为名,招抚各部。斛拔弥俄突、纥豆陵伊利,及费也头、万俟受洛干、铁勒斛律沙门等,相继归附,惟曹泥不服。

众推宇文泰出镇夏州。岳沉吟道:"宇文左丞乃我左右手,怎可遣往?"继思外此乏才,乃表请用泰为夏州刺史。魏廷自然依议。泰奉敕赴夏州。

这消息传到晋阳,高欢即遣长史侯景,劝谕纥豆陵伊利,伊利不从。欢得景归报,即引兵袭击伊利,把他擒归。魏主闻信驰诏责欢道:"伊利不侵不叛,为国纯臣,王无端袭取,且未尝预报朝廷,究出何意?"欢含糊答复,惟力图贺拔岳。且恐秦州刺史侯莫陈悦,与岳连合,更觉可忧。右丞翟嵩入请道:"何不用反间计?嵩愿为王效力,管教他自相屠灭呢。"欢改忧为喜,立遣嵩赴秦州,凭着三寸利舌,一说便妥。嵩驰还晋阳,报知高欢,安坐观变。

贺拔岳因曹泥不服,正拟往讨,特使都督赵贵至夏州,商决行止。泰说道:"曹泥孤城远阻,未足为忧;侯莫陈悦贪诈无信,不可不防!"哪知岳误会泰言,反邀悦会师高平,一同讨泥。悦欣然前来,与岳叙宴,两下里很似投契,实是一真一假,心志不同。悦且愿作前驱,先至河曲立营,俟岳引兵继进,便邀他入帐,坐议军事。谈论未毕,悦伪称腹痛,托辞如厕,岳毫不觉察。忽有一人趋至岳后,拔刀斫岳,那耑的一声,岳已身首分离,倒毙座下。看官欲知何人下手?乃是悦婿元洪景。

洪景既将岳杀毙,复出谕岳众,只说是奉旨诛岳,不及他人。岳众尚无异言,悦却未敢招纳,自率部众还水洛城。岳尸被悦取去,由赵贵诣悦请尸,方许收葬。岳众散走平凉,未得统帅,赵贵道:"宇文夏州,英略盖世,远近归心,若迎为军帅,无不济事了!"都督杜朔周应声赞成,遂由朔周驰至夏州,请泰还统岳军。泰与将佐共议去留,大中大夫韩褒倡言道:"这乃天授,何必多疑!"泰点首道:"我意也是这般。悦既敢害我元帅,不乘势直据平凉,反退屯水洛,可知他无能为了。天下事难得易失,我当速往!"开口便胜悦一筹。当下与诸将共盟讨悦。察得都督元进,阴怀异谋,便叱出斩首。立率帐下轻骑,驰赴平凉,收集岳众,

为岳举哀。将士悲喜交集,无不如命。小子有诗咏道:

> 一波未了一波生,大陆龙蛇竞战争;
> 优胜无非由劣败,枭雄多向乱邦鸣!

泰至平凉,便拟为岳复仇。欲知发兵情形,待至下回再表。

　　于魏事杂沓间,忽插入梁太子病殁事,非为时序起见,实因太子贤孝,不得不特别表明,阐扬潜德耳。录入王筠哀文,亦本此意。否则储君之殁亦多矣,作者尝随事带叙,固非皆另成片段也。高欢之恃宠怙权,固失臣道;然衅隙之生,始之者为斛斯椿,成之者实魏主修,贺拔岳之死,亦半由魏主致之。侯莫陈悦,一庸才耳,而岳且死于其手。岳不能拒悦,亦安能敌欢耶!魏主修之联岳,拒欢,亦徒促其死已耳,吾于魏主修无讥焉。

第五十三回

违君命晋阳兴甲　谒行在关右迎銮

却说宇文泰到了平凉,一经招抚,众心已定,即令杜朔周引兵据弹筝峡。朔周沿途宣抚,士民悦附,泰很加器重,令复本姓,改名为达。原来朔周旧姓赫连,曾祖库多汗避难改姓,至是乃仍得复原。高欢闻贺拔岳已死,亟令侯景往抚岳众,偏被宇文泰走了先着。行至安定,两下相遇,泰语景道:"贺拔公虽死,宇文泰犹存,卿来此何为?"景失色道:"我身似箭,随人所射!"泰乃遣还。及泰至平凉,欢复使劳泰,并令散骑常侍张华原,义宁太守王基偕行。泰不肯受命,且欲劫留华原。华原不屈,乃俱使还晋阳。王基归见高欢,请速出兵击泰,欢笑道:"卿不见贺拔、侯莫陈悦么?我自有计除他。"太轻觑宇文了。

魏主正遣将军元毗收还贺拔岳部军,并召侯莫陈悦,悦不肯应召。泰与元毗相见,请朝廷暂留岳众,即托毗赍还表文。略谓:臣岳惨遭非命,臣泰为众所推,权掌军事;今高欢已驱众至河东,侯莫陈悦尚屯水洛,岳众多是西人,顾恋乡邑,且必欲逼令赴阙,恐欢与悦前后邀击,势且立尽,不如少赐停缓,徐令东行。巧言如簧。魏主乃命泰为大都督,使统岳兵,并遣卫将军李虎,西行佐泰。虎本在贺拔岳麾下,岳死,乃奔诣荆州,至贺拔胜处告哀;劝胜往收岳众,胜不肯行。虎还至阌乡,为高欢部将所获,解送洛阳,魏主反拜为卫将军,使往就泰。泰与虎叙谈,已知朝廷意向,乃贻侯莫陈悦书,内言:贺拔公为国立功,尝荐君为陇右行台,君背德负盟,反党附国贼,共危社稷,岂非大谬!今我与君俱受诏还阙,进退唯君是视。君若下陇东趋,我亦自北道还朝,倘或首鼠两端,我即为贺拔公复仇,指日相见云云。

悦置诸不理,泰即进拔原州,留兄子导居守,自引兵上陇,秋毫无犯,百姓大悦。出木峡关,时适春季,北道尚寒,雪深二尺。泰引军速进,为悦所闻,但留万人守水洛,自己退守略阳。泰至水洛,守兵即降。再趋略阳,悦又退保上邽,召南秦州刺史李弼,与同拒泰。弼本悦妻妹夫,曾致书与悦道:"贺拔无罪,公乃加害,又不抚纳遗众。今宇文夏州前来,声言为主复仇,理直气壮,恐不可敌。公宜解兵谢过,否则难免噬脐!"悦不肯从,乃弼至上邽,料知悦必败亡,便遣人诣泰,愿为内应。谏悦不从,便即图悦,亦未免对不住姨夫。泰依约逼城,弼即开门迎泰。悦惊窜南山,欲往灵州依曹泥,偏泰将贺拔颖率军追来。悦手下不过数十骑,如何抵敌,没奈何投缳毕命。

泰入上邽,收悦府库财物,尽犒士卒,不取纤毫。左右窃一银瓮,由泰察出,立即加罪,命将银瓮剖赐将士。无非笼络人心。即命李弼镇原州,部将拔也恶蚝镇南秦州,可朱浑镇渭州,赵贵行秦州事,征豳、泾、岐、东、秦各州粟米,赡给军糈。氐酋杨绍先前已逃归武兴,仍然称王,闻泰并有关中,忙上表称藩,且送妻孥为质。高欢闻泰军甚盛,复用甘言厚币向泰结欢,泰仍然拒绝,且封欢书上达魏主,一面使雍州刺史梁御入据长安。魏主封泰为关西大都督,略阳县公,承制封拜。泰因命都督寇洛为泾州刺史,调李弼为秦州刺史,起前略阳太守张献,为南岐州刺史,练兵储粟,东向图欢。

君达命甲令阳晋典

从前欢入洛阳,曾留封隆之孙腾等在朝辅政,隆之为侍中,腾为仆射。适魏主妹平原公主丧夫守寡,颇有姿色,腾与隆之并省丧妻,争欲娶公主为继室,魏主令妹自择,平原公主愿适隆之,乃许隆之尚主。想是隆之年轻貌秀。腾且妒且忿,屡思中伤。可巧隆之有密书致欢,谓斛斯椿等擅权,必构乱祸。欢未知隆之与腾有隙,尝与腾书,述及隆之关白,

第五十三回　违君命晋阳兴甲　谒行在关右迎銮

请并防斛斯椿。腾正欲加害隆之,竟向椿告发,椿即转白魏主。隆之闻密书被泄,恐不免祸,逃归乡里。公主曾带去否？欢召隆之诣晋阳。嗣腾带仗入省,擅杀御史,亦惧罪奔欢。

欢使大都督邸珍,潜至徐州,胁逼守吏华山王鸷缴出管钥。魏主亦将欢党建州刺史韩贤,济州刺史蔡儁,免去官职,作为报复。又增置勋府庶子骑官各数百人,欲伐晋阳。因即下诏戒严,佯称将南下征梁。大发河南诸州兵,与斛斯椿出阅洛水,部署戎行。

越日颁诏晋阳,令欢守密,内言:宇文泰、贺拔胜等颇有异志,所以朕托辞南伐,潜为防备,王亦宜共为声援,此诏读讫,请付丙丁等语。欢亦复奏云:闻荆、雍将有逆谋,臣今潜勒兵马三万,自河东渡往,又遣恒州刺史库狄干等统兵四万,自来达津出发,领军将军娄昭等,率兵五万,南讨荆州,冀州刺史尉景将山东兵七万、突骑五万,东讨江左,现皆部勒成军,伏听处分等语。

魏主览奏,料欢已猜透密谋,乃再行颁敕,谕止欢军。欢复上表云:"臣为嬖佞所间,致动主疑,若臣果负陛下,使身受天殃,子孙殄绝。陛下能垂信赤心,愿赐酌量,亟废黜佞臣一、二人！"魏主不答,但遣大都督源子恭守阳湖,汝阳王元暹守石济,又令仪同三司贾显智为济州刺史,率豫州刺史斛斯元寿等赴镇。元寿为斛斯椿弟,与贾同往,是恐他为欢所诱,特加监束的意思。偏前刺史蔡儁不肯受代,拒绝显智,显智逗留长寿津,据实奏闻。魏主愈怒,乃使中书舍人温子升撰敕赐欢,大略说是:

朕不劳尺寸,坐为天子,所谓生我者父母,贵我者高王,今若相安无事,则使身及子孙,宜如王誓。近虑宇文为乱,贺拔应之,故京邑戒严,并欲王遥为声援。今观其所为,尚无异迹。东南不宾,为日已久,我国乱离甫定,不堪再事穷兵。朕本暗昧,不知佞人为谁？高乾之死,岂独朕意！王忽对昂言乾枉死,且闻库狄干语王云:本欲取懦弱者为主,无庸立此长君,使其不可驾驭,今但作十五日行,自可废之。此论出自王间勋人,岂属佞人之口？且封隆之孙腾,逋逃晋阳,王若事君尽诚,何不斩送二首？王虽启云西去,而四道俱进,南渡洛阳,东临江左,闻者宁能不疑？王若举旗南指,纵无马匹只轮,犹欲奋空拳而争死,纵令还为王杀,幽辱斋粉,了无遗憾！本望君臣一体,若合符契,不图今日分疏至此,言之增怅,唯王图之!

敕书颁去,欢亦不答。一报还一报。中军将军王思政入白魏主道:"高欢心术,昭然可知。洛阳非用武地,不如往就宇文泰,再复旧京,无虑不胜!"欢不可恃,岂泰果可恃乎?魏主因遣柳庆西往,与泰陈述上旨,泰愿奉迎车驾,遣庆复命。会东郡太守裴侠应征诣洛,王思政与商西巡事宜。侠答道:"宇文泰雄踞秦关,所谓已操戈矛,怎肯轻授人柄?今车驾往投,恐也似避汤入火呢?"言之有理。思政道:"如君言,今将何往?"侠蹙眉道:"东出图欢,祸在眉睫,西巡依泰,患在将来;且至关右,再作良图。"暂济眉急,也是无策。思政也以为然,乃荐侠为中郎将。魏主意欲西行,尚未决议,忽闻高欢派遣骑兵,出屯建兴,并添河东及济州兵,拥诸和籴粟入邺城,将逼魏主迁邺。魏主益觉惊惶,复颁敕谕欢道:

王若厌伏人情,杜绝物议,唯有归河东之兵,罢建兴之戍,送相州之粟,追济州之军,使蔡儁受代,邸珍出徐,止戈散马,各事家业。脱须粮廪,别遣转输,则谗人结舌,疑悔不生,王可高枕太原,朕亦垂拱京洛矣。王若马首南向,问鼎轻重,朕虽不武,为宗庙社稷计,欲止不能。决在于王,非朕能定,为山止篑,甚为王惜之!

看官,试想这时候的高大丞相,已与魏主修势不两立,怎肯降心受诏,如敕施行?当下作书答复,极陈斛斯椿、宇文泰罪状,谓将代主除奸。魏主亦下敕罪欢,命宇文泰为关西大行台,且愿将爱妹妻泰,令泰遣骑奉迎。一面敕贺拔胜引兵入洛,同敌高欢。

欢已召弟定州刺史高琛守晋阳,长史崔暹为辅,自引大军南向,用高敖曹为先锋,星夜前进,声言率兵赴阙,但诛斛斯椿,不及他人。宇文泰亦传檄讨欢,自将大军屯高平,命前队出驻弘农。两虎争雄,俱由斛斯椿一人所致。独贺拔胜出屯汝水,作壁上观。此子惟狡猾一事,尚算胜人。魏主也下诏亲征,督军十万至河桥,令斛斯椿为前驱,列营北邙山。

椿请率精骑二千,乘夜渡河,掩欢不备,魏主称善,偏黄门侍郎杨宽进言道:"高欢不臣,人所共知,斛斯椿心亦难测;若渡河有功,恐灭一高欢,又生一高欢了。"魏主即命椿停行。当信不信,不当信而信,安得不败!椿叹道:"近日荧惑入南斗,天象告警,今上信左右谗间,不用我计,这真所谓天道了!"遂驰书报泰。泰亦顾语僚佐道:"高欢远道急驰,数日行八、九百里,这是兵家所忌,正当出奇掩击,主上不能渡河决战,但知

第五十三回　违君命晋阳兴甲　谒行在关右迎銮

沿河据守,试想黄河万里,防不胜防,一处疏虞,令彼得渡,大事去了!"说着,亟命赵贵自蒲坂渡河,直趋并州,又遣都督李贤率轻骑千名,往洛扈驾。

魏主使斛斯椿守虎牢,令行台长孙稚,大都督元斌之为副,行台长孙子彦守陕州,贾显智、斛斯元寿守滑台,总道是扼要居守,欢军不能飞渡。哪知才阅两日,滑台军司元玄驰至河桥,报称显智怯退,速请济师。魏主亟遣大都督侯几绍赴援。未几又接到警报,绍已阵亡,显智降欢,欢已从滑台渡河了。魏主当然着忙,急向群臣问计,或请奔梁,呆话。或请南依贺拔胜,也靠不住。或请西就关中,下策。或请守洛口死战,不能。纷纷聚讼,整日不决。忽见元斌之踉跄奔还,喘声报告道:"高欢来了!"吓得魏主修不知所措,匆匆还洛。但挈妃主数人,及从妹明月西奔。不及高后,隐伏下文。

南阳王宝炬,清河王亶,广阳王湛,扈跸随行,沙门惠臻,负玺持千牛刀相从。途次遣人至虎牢,飞召椿还,椿及长孙稚,方与欢将窦泰相持,闻召却归,奔至瀍西,得见魏主,方知为元斌之所卖。斌之与椿争权,潜归给主,诡言高欢已至,以致魏主骇奔。椿益加叹息,只好随主西行。椿弟元寿,因滑台失守,已为乱军所杀。长孙稚在虎牢,独力难支,也即奔赴行在。就是长孙子彦,闻滑台、虎牢均已失败,也弃陕西走。

子彦即长孙稚冢男。长孙父子尚得重逢,斛斯兄弟不能再见,这也是有幸有不幸呢!百忙中有此骈句,亦可谓好整以暇。

清河王亶,广阳王湛,竟从半途逃归,仍还洛阳。惟武卫将军独孤信却单骑追及魏主,奉驾西进。魏主叹道:"将军辞父母,抛妻孥,竟来从朕。古人有言:世乱识忠臣。朕始知非虚语了!"比诸清河、广阳两王,应该优奖。嗣是西向奔驰,途次糗浆乏绝,惟饮涧水。到了湖城,有村民献上麦饭壶浆,聊解饥渴,魏主命免该村徭役十年。再行至崤西,方与泰所遣李贤相遇,奉驾同归。及入潼关,大都督毛鸿宾迎献酒食,从行各员才得一饱了。

高欢长驱入洛,使娄昭、高敖曹等,往追魏主,不及乃还。欢乃召集百官,启口诘问道:"为臣奉主,理应匡救危乱,若处不谏争,出不陪从,无事时希宠徼荣,有事时委主逃窜,臣节何在?请诸君自陈!"你好算得尽臣节么?众莫敢对,独尚书左仆射辛雄道:"主上与近臣图事,雄等不得预闻。及乘舆西幸,若即追往,恐迹同佞党,所以留待大王,今又以不从蒙责,是转使雄等进退俱无从逃罪了。"未免遁辞。欢叱道:"卿等备位大臣,理应尽忠报国,群佞用事,卿等曾有一言谏诤么?国事至此,罪将何归?"说至此,即指示左右,拿下辛雄,及仪同三司叱列延庆,兼吏部崔孝芬,都官尚书刘廞,兼度支尚书杨机,散骑常侍元士弼一并处死。曾自记前言否?推司徒清河王亶为大司马,承制决事,居尚书省。孝芬子中郎猷出避家难,间道入关。

宇文泰使赵贵、梁御,引兵二千,出迎魏主。魏主循河西上,与赵、梁二人相遇,指河示御道:"此水东流,朕乃西上,若得复见洛阳,亲谒陵庙,统是卿等的功劳哩!"言已涕下。莫非自取。泰备仪卫接驾,行至东阳驿,得见魏主,免冠伏谒道:"臣不能式遏寇虐,使乘舆播迁,实为有罪!"魏主忙亲为扶起,且慰劳道:"朕实不德,负乘致寇,今日相见,自觉厚颜!此后当以社稷委卿,愿卿勉力!"

泰山呼万岁,方才起身。将士等亦齐呼万岁。随即导魏主修入长安,即以雍州廨舍为行宫,颁诏大赦。进泰为大将军雍州刺史,兼尚书令,取决军国大事。又命行台尚书毛遐、周惠达为左右尚书,分掌机要。二尚书戮力办公,积粮储,治器械,简士马,利赖一时。魏主即将爱妹冯翊长公主,嫁泰为妻,借践旧约。公主曾适开府张欢,欢性贪残,遇主无礼,魏主将欢杀死,因把公主改嫁与泰。后来生子名觉,就是北周的孝闵帝,这且待后再表。

先是荧惑入南斗,去而复还,留止六旬,江南北有童谣云:"荧惑入南斗,天子下殿走。"梁主衍恐灾及己身,特跣足下殿,

第五十三回　违君命晋阳兴甲　谒行在关右迎銮

为禳灾计。及闻魏主西奔,不禁赧颜道:"北房亦应天象么?"当时传为笑柄。不知修德禳灾,乃徒跣足下殿,岂非丑态!

自魏主入关,贺拔胜尚在汝南,未决进止。从前胜出发时,掾吏卢柔曾进三策,上策是席卷赴都,仗义讨欢,中策是拒欢联泰,观衅乃动;下策是举州归梁,苟全性命,胜俱不用。至欢已入洛,胜再与僚佐会议,意在南归,行台左丞崔士谦进议道:"今帝室颠覆,主上蒙尘,公宜倍道兼行,往朝行在,然后与宇文行台同心戮力,倡举大义,天下闻风,自当响应;若舍此遷还,恐人人懈体,一失事机,悔无及了!"胜乃使长史元颖行荆州事,居守南阳,自率部众西进。

行次淅阳,探得前途消息,高欢已攻克潼关,擒住守将毛鸿宾,进屯华阴,当下毛骨森竖,踉跄奔回。哪知欢已遣行台侯景等攻荆州,荆民邓诞,袭执元颖,送往侯景,害得胜无路可归,不得不与侯景争锋。偏偏众情涣散,各无斗志,一遇景军,便即弃甲曳兵,四处奔窜。胜无计可施,只得依了当日卢柔的下策,奔往梁朝。其名曰胜,实则善败。

侯景驰入荆州,向欢告捷。欢自晋阳至洛,由洛至华阴,连上四十启,奏达魏主,不得一答,乃拟另立新主。返至洛阳,再遣使奉表魏主云"陛下若远赐一诏,许还京洛,臣当率领文武,清宫以待;若返正无日,宗社不能无主,臣宁负陛下,不负社稷"等语。魏主仍然不报,欢乃召集百僚耆老,议立新君。

清河王亶已视帝座为己有,出入警跸。偏大众开议,由欢首倡,谓嗣主应继承明帝,不应昭穆失序,因语亶道:"今欲立王,不如立王的世子,较为顺次。"语未说完,但听得在座诸人,同声赞成,亶只好俯首趋出,由愧生愤,由愤生忧,竟尔轻骑南奔。子得为帝,便是大喜,何必狂奔如此?欢遣人迫还,遂于永熙三年孟冬,立清河王世子善见为帝,年才十一。改永熙三年为天平元年,于是魏分为二,高氏所立为魏主,史家称为东魏,宇文氏所奉的魏主,便叫作西魏了。小子有诗叹道:

世乱都从主暗来,江山分裂魏风颓;
北方从此无宁宇,虎斗龙争剧可哀!

魏既分裂,东西并峙,成为敌国,高欢遂定议迁都。究竟迁往何处?下回再当说明。

尔朱氏亡而高欢兴,高欢兴而宇文泰又起,一雄得势,而一雄继之,要之皆乱世之雄,欲其乃心魏室,始终不渝,是责莽懿为伊周,固世所罕有事也。但魏主修之得立为帝,实出高欢,欢虽雄鸷,而出镇晋阳,纳女为后,君臣之间,初无芥蒂,魏主修乃误信斛斯椿言,始倚贺拔岳,继依宇文泰,卒至激成欢怒,引兵向洛。斛斯椿乘夜渡河之计,又复不从,前何信椿,后何疑椿!愚而多疑,安能处变,有徒为二雄之傀儡已耳!天下本无事,庸人自扰之。此二语实可为魏主修之定评。

第五十四回

饮宫中魏主遭鸩毒　陷泽畔窦泰死战场

却说高欢还洛，另立新君善见。善见尚在冲年，当然不能亲政，一切黜陟大权，全握欢手。欢请授赵郡王谌为大司马，咸阳王坦为太尉，仪同三司高盛为司徒，高敖曹为司空，以下文武百官，各有定职，规模粗具，再议西侵。忽闻宇文泰进攻潼关，杀毙守将薛瑜，虏去戍卒七千人，欢不禁彷徨，遂把迁都的计议，重复提起，即欲实行。当下入朝申谕，谓洛阳西逼关中，南近梁境，在在可虞，不如迁邺为是。嗣主善见，有何主意！王公大臣等，势难与抗，只得依议迁都。欢只限期三日，即奉驾启程，四十万户，狼狈就道，百官无从备马，多半乘驴东行。至车驾已到邺中，留仆射司马子如、高隆之，侍中高岳、孙腾，在邺辅政，改相州刺史为司州牧，魏郡太守为魏尹，司州改作洛州，命尚书令元弼为洛州刺史，镇守洛阳，欢仍还原镇。当时有童谣云："可怜青雀子，飞去邺城里，羽翮垂欲成，化作鹦鹉子。"时人指青雀为清河王，鹦鹉为高欢，这也无庸评断了。洛阳遂为战争地。

且说魏主修在洛阳时，性颇渔色，有从妹三人，不准他适，留侍宫中。最宠爱的就是明月，本与南阳王宝炬同产，受封平原公主，次为清河王亶妹，亦封安德公主，还有一个名叫蒺藜，史家未详为何王儿女，也照例封为公主。这三公主留居宫掖，公然与魏主相奸，差不多与妃嫔相似，所以高欢女虽入宫为后，未蒙垂爱，绿衣黄裳，已成惯例。魏主修尝设内宴，使明月侍坐首席，诸宫人因羡生慕，即席赋诗，或咏鲍照乐府云："朱门九重门九闺，愿随明月入君怀！"魏主也不以为意，唯视明月如掌中珠，爱不忍离，就是弃洛西奔，把高皇后撇置宫中，独有明月不肯舍去，挈领入关。

宇文泰因魏主淫及从妹渎伦伤化，暗令元氏诸王诱出明月，置诸死地。及魏主闻报，已是玉殒香消，不得重生。看官，试想魏主所爱，只此一人，平白地为宇文泰所害，如何不悲！如何不愤！恨不得杀泰报仇！

又弄错了。有时弯弓,有时推案,无非注意宇文泰。泰亦心不自安。

未几已是残腊,有高车别部阿至罗遣使入朝,魏主幸逍遥园,宴待外使,顾语侍臣道:"此处仿佛华林园,使人触景生悲。"已而宴毕,命取所乘波斯骝马,驾载还宫。偏该马不受羁勒,跳跃异常,魏主命南阳王笼辔扳鞍,马亦不服,一蹶而死。魏主乃另易他马,还至宫门,马又惊跃,未肯遽进,连下鞯扑,方才驰入。近侍潘弥颇通术数,晨间曾启奏魏主,谓今日不可不慎,防有急兵。魏主记着,还宫后语潘弥道:"今日幸无他事。"弥答道:"须过夜半,方称大吉。"魏主似信非信。晚餐时多饮数杯,聊解忧闷,不意过了片刻,胸腹搅痛,竟不可当,连忙卧倒床上,痛益难耐,辗转呼号,神疲力尽,未几即殁,目瞪舌伸。侍臣料是遇毒,想由宇文泰主使,不敢发言。可怜魏主修在位,不满三年,年仅二十五岁。泰命将魏主棺殓,移殡草堂佛寺中,谥曰孝武,直至十年以后,方得安葬云陵。弑主事不问可知。

先时已有歌谣云:"狐非狐,貉非貉,焦梨狗子齩断索。"至魏主遇弑,人方谓谣言有验。魏本索发,故称为索,焦梨狗子,就指宇文泰。泰小字叫作黑獭,籍

隶武川,相传为系出炎帝。远祖葛乌兔,始为鲜卑酋长。数传至普回,得一玉玺,篆文有皇帝玺三字,惊为天授。鲜卑呼天为宇,君为文,因号宇文国,并以为氏。普回子莫那,徙居辽西,九传为前燕所灭,遗胤陵由燕奔魏,遂居武川。陵曾孙名肱,肱妻王氏生泰时,有黑气如盖,下覆儿身,所以取名黑獭,非狐非貉,便是暗寓黑獭的意义。宇文泰家世,前未叙

及,故就此带过。

泰既毒死魏主修,遂率王公大臣,推立南阳王宝炬。宝炬为孝文帝孙,京兆王愉子,官拜太宰,录尚书事。宝炬循例三让,然后允诺。时已岁暮,遂于次年元旦,即位长安,大赦改年,纪元大统。追尊皇考愉为文景皇帝,皇妣杨氏为皇后。立妃乙弗氏为正宫,世子钦为太子。进宇文泰为大丞相,封安定郡公,都督中外诸军,录尚书事,斛斯椿为太保,广平王赞为司徒,广陵王欣为太傅,万俟寿乐干为司空。遣都督独孤信招抚荆州,东魏令恒农太守田八能,候途邀击,为信所败。信直抵荆州,复击破东魏刺史辛纂,纂败遁入城,门未及阖,被信前驱杨忠,追入斩纂,遂据荆州。既而东魏复遣侯景、高敖曹等攻荆州城,信因众寡不敌,复与杨忠奔梁;荆州又入东魏。

会渭州刺史可朱浑元,潜与欢通,率部众三千户,奔往晋阳。高欢始闻魏主修遇弑事,因启请素服举哀。太学博士潘崇和,谓君以无礼待臣,不必素服,商民不哭桀,周臣不服纣,便是此意。国子博士卫既隆、李同轨等,但主张高后守制,谓高后未绝永熙,应为服素,东魏主乃命依议。

高后尚在青年,不耐守寡,勉强为故主素服,暗中却另思择配。适彭城王韶为司州牧,温文尔雅,年貌翩翩,韶为彭城王勰子,见四十八回。被高后瞧入眼波,惹动情思,屡与乃父谈及。高欢爱女情深,料她有意求合,遂召入彭城王韶,愿将鏊女嫁与为妃。韶见高家势盛,乐得借此攀援,遂满口称谢。欢遂令鏊女改服盛装,配韶为妇,并将洛阳宫中的珍宝,赠作妆奁。就中有珍器二具,最称奇美,一是成对的玉钵,晶洁无瑕,雕工尤妙,用水贮入,虽经倒置,亦不渗漏,一是玛瑙榼,能容三升,凑缝中用玉嵌入,好似生成一般。相传为西域神工所制,献入魏廷,传为秘宝。余物不可胜计。韶既娶国母为妻室,复得了许多珍品,真是喜出望外,欣感莫名。那高氏女亦幸获佳偶,深慰渴念,鱼水谐欢,无容絮叙。只是伦纪上说不过去。

那高欢亦愈老愈淫,自载归尔朱两后后,左拥右抱,非常欢昵。大尔朱后生子名澂,小尔朱后生子名湝,俱为欢所钟爱。他如冯娘、李娘,即五十一回之任城、城阳二王妃。由洛阳取归,均被欢奸占为妾;还有韩娘、王娘、穆娘等,随时纳入,亦随时侍寝。王娘有子名浚,穆娘有子名淹、浚、淹未长，两母已亡。及迁都邺城，复得一广平王妃郑氏，芳名叫作大车，丰容盛鬋，妖冶绝伦，欢复据为己有，宠冠后庭。郑氏产得一男，取名为润。

东魏天平二年，欢因稽胡、刘蠡升，据云阳谷，僭称皇帝，屡为边患，乃督军出征，兼程掩击，破灭蠡升，斩首而归。到了晋阳，忽得侍婢密报，说是世子高澄，与郑大车有暧昧情事，欢因澄年才十四，未必遽敢淫烝，反斥侍婢妄言。嗣又经二婢为证，方勃然大怒，召澄入室，加杖百下，幽禁别室。澄系正妃娄氏所生，欢得发迹，半由娄氏为助，见四十四回。所以情好甚笃。娄氏连生六男二女，俱获长成，自欢广纳姬媵，把爱情移到美姬身上，不免与娄妃相疏。负心汉。偏又长子澄奸案发觉，恨子及母，竟与娄妃隔绝不通，且欲立大尔朱氏子澉为嫡嗣，将澄废黜。何不并锢郑氏？

澄很是焦急，忙向司马子如处求救，子如在邺辅政，得澄密书，即至晋阳谒欢。欢与子如向系旧交，无论国事家事，彼此从不讳言，而且妻妾俱得相见，不必趋避。此次子如到来，明明是为高澄母子说情，他却佯作不知，唯与欢谈论国事，直至无语可说，始请谒见娄妃，欢乃述及澄奸庶母，娄妃失察情状，子如微笑道："孽子消难，亦奸子如妾，家丑不宜外扬，只可代为掩饰。亏得老脸说出家丑。况娄妃是王结发妇，常把母家财物助王，王在怀朔镇时，触怒镇帅，受杖伤背，妃昼夜看护，目不交睫，后避葛贼，同走并州，沿途劳顿，日暮履穿，妃又亲燃马粪，代为制靴，此等恩义，怎可忘却？今日女嫁男婚，相安已久，更不宜为一妇人，自伤和气。况婢言亦未必可信呢！"欢答道："君言未尝无理，但事果属实，究难轻恕！"子如道："待子如鞫问情伪，再作计较。"欢即许诺。子如趋至别室，令释澄候质。澄既得见子如，尚未开口，子如便诘责道："男儿何故畏威，甘心自诬？"好一个问官。澄闻子如言，自然抵赖，且称三婢挟嫌诬告。子如召入数婢，厉声威吓，不令诉辩。三婢料不敢抗，统皆自缢。子如即报欢道："果系刁婢妄言，已情虚自尽了！"欢乃大悦，亟召娄妃母子进见，父子夫妻，相对泣下，嗣是和好如初。欢命设盛筵，款侍子如，自起斟酒道："全我父子，皆出君力！"子如也避席称谢。这一席宴饮，自傍晚到了夜半，方才停撤，彼此散寝。次日子如辞行，欢赠子如黄金百三十斤，澄亦馈他良马五十匹，子如乐得叨惠，取金及马，

第五十四回　饮宫中魏主遭鸩毒　陷泽畔窦泰死战场

驰还邺城。

澄自是不敢亲近郑大车,大车安然无恙,仍得欢宠眷,始终不衰。但如此重案,化作冰消,后庭侍姬,渐渐放纵起来。欢弟赵郡公琛,留居晋阳,总掌相府政事,他常出入帷闼,见小尔朱氏楚楚动人,竟引起邪心,随时挑逗。小尔朱氏也爱他弱冠年华,丰神韶秀,竟伺欢外出时,邀琛入室,私与交欢。婢媪等惩着前辙,莫敢告发,一任她送暖偷香,消受温柔滋味。但天下事若要不知,除非莫为。欢本老奸巨猾,阴为伺察,稍有所闻,即设法赚他二人,果然奸夫淫妇,中了欢计。一夕正续旧欢,偏被欢破门突入,当场捉出一对露水夫妻,当时怒极欲狂,即取过大杖,猛力击琛,接连数十百下,打得琛皮开肉烂,僵卧地上。再欲殴挞小尔朱氏,那小尔朱氏早长跪膝前,凭着那一双泪眼,两道愁眉,娇滴滴的吐着珠喉,向欢乞怜,竟把欢的铁石心肠,渐渐融化。结果是说出数语道:"你欲求生,立刻离开此地,免我动手!"小尔朱氏无可奈何,只好磕头拜谢,草草整装,听欢发落。欢将她逐出灵州,置诸不齿。琛自被曳出户,因受伤甚重,延挨了一两日,便即毕命,年只二十有三。色之害人大矣哉。欢讣告邺中,但说是暴病身亡,东魏主善见,不得不追赐官阶,即赠琛为太尉尚书令,予谥曰贞。贞字不知如何解法?后来又加给太师,进爵为王。那小尔朱氏至灵州后,寂寞无依,孤苦了一两年,遇着一个范阳人卢景璋,娶为继室,竟随他过活去了。还算幸事。

惟东西魏已经分峙,北方各镇,东投西奔,忙个不了。关内都督赵刚,举东荆州归附西魏。宇文泰命为光禄大夫。刚劝泰召还贺拔胜等,泰甚以为是,即遣刚南下请求。

刚至梁州,与刺史杜怀瑶相识,因托他移书建康。梁主衍尝优待降将,得书以后,召贺拔胜等入朝,令他自陈行止。胜等俱愿北返,梁主乃亲饯南苑,厚礼遣归。贺拔胜与独孤信、杨忠三人,同时返至长安,各得就职。泰爱忠勇,且留置帐下。胜感梁主恩礼,凡鸟兽南向,概不复射,借示报答的意思。西魏主宝炬,喜胜北还,特加隆眷,累擢胜至太师,胜乃与宇文泰部勒三军,专谋东略。时斛斯椿已死,宇文泰专政,进位柱国大将军,用李虎、元欣、李弼、独孤信、赵贵、于谨、侯莫陈崇七人为辅。进行台郎中苏绰为左丞,绰博闻强记,熟谙掌故,尝与泰终夜叙谈,娓娓不倦。泰目为奇士,一切机密,辄令参预。绰始作文案程式,朱出墨入,及计帐户籍诸法,推行一时,秩然不紊。后人多遵为定制,用备稽,这也好算一个吏治家了。特别钩元。

那东魏大丞相高欢,令世子澄入邺辅政,副以左丞崔暹,澄年方十五,用法严峻,威震中外。澄弟名洋,亦得封太原公,貌似不飏,内独明决。欢尝令诸子治理乱丝,试察智愚。诸子多脚忙手乱,不堪纷扰,洋独抽刀断丝,顾语兄弟道:"乱即当斩,何必费心!"后来狂暴,已见端倪。欢因此儿有识,宠爱逾恒。嗣是邺城有澄,晋阳有洋,欢以为内顾无忧,尽可与西魏争衡。

适梁遣镇北将军元庆和侵入东魏,乃遣高敖曹率三万人趋项城,窦泰率三万人趋城父,侯景率三万人趋彭城,控御东南。元庆和闻报退还,侯景进陷楚州,掳去刺史桓和,且乘胜至淮上,梁都督陈庆之,发兵邀击,杀败景军。景抛弃辎重,仓皇北遁。

欢方锐图西魏,不暇南顾,遂想了一条远交近攻的计策,遣使南下,与梁修和。梁主衍亦得休便休,许与通好,敕庆之班师。于是欢调回各军,自率轻骑万人,径袭西魏夏州。沿途但食干粮,不遑火食,及抵夏州城下,正值夜半,见城上无人守御,便令军士缚槊为梯,猱升而上,顿时攻破全城,擒住刺史斛拔俄弥突,带回晋阳。并将部落五千户,悉数迁归,留都督张琼镇守。会闻灵州曹泥,为西魏将士所围,因复调兵往援,拔出曹泥,也令他徙至晋阳。可巧西魏传诏,数欢二十罪,指日东征。欢不禁大怒,亦斥宇文泰、斛斯椿为逆徒,谓当分命诸将,刻日西讨。两下里互相指斥,各说得我是人非,有道有理。欢欲先发制人,因高敖曹、窦泰等,已皆北归,遂令敖曹移攻上洛,窦泰出逼潼关,自率军赴蒲坂,命筑浮桥三座,拟即渡河。

西魏大行台宇文泰督兵出拒,进次广阳,既探悉欢军行踪,便语诸将道:"贼犄我三面,浮桥待渡,这无非虚张声势,牵缀我军,使窦泰得乘虚西入呢!欢计被泰喝破。窦泰尝为欢前驱,屡战屡胜,必有骄心,我不如径袭窦泰,泰军一破,欢不战自走了。"将佐齐声道:"舍近袭远,恐非良图;如欲往击窦泰,何不分兵前往!"泰笑语道:"欢虽作桥,未能径渡,不过五日,我已可破灭窦泰呢。"乃扬言欲保陇右,退还长安,潜行东出。

诸将犹有异议。泰有从子名深,幼即好兵,尝叠石为营,折草为旗,

第五十四回　饮宫中魏主遭鸩毒　陷泽畔窦泰死战场

与群儿布列行阵,井井有条,此时为直事郎中,屡预军谋。泰因向深问计,令他先陈意见。深答道:"窦泰为高欢骁将,与欢东西分出,我若至蒲坂攻欢,欢扼我前,窦泰

袭我后,岂不是表里受敌么?今若简选轻锐,潜击窦泰,彼性躁急,必来决战,欢不及往援,我就可一鼓擒窦了。窦既受擒,欢势自沮,回军击欢,定可决胜。"泰欣然道:"我原作这般想,汝与我同心,我计决了。"遂夤夜东发。

又行了一昼夜,已抵小关,窦泰猝闻敌至,自恃骁勇,渡河直前。宇文泰列营牧泽,用四面埋伏计,引诱窦泰。窦泰不知厉害,怒马当先,陷入重围,泽中泥淖相间,铁骑不得驰突,再加西魏各军,万弩齐发,把窦泰手下将士,射死了一大半。窦泰见士卒垂尽,身上亦中了数箭,料知无法脱围,便拔出佩剑,自刎而亡。窦泰为高欢姨夫,战无不从,此次由邺出发,曾有惠化尼云:"窦行台,去不回!"至是果验。小子有诗叹道:

　　将军一去不回头,拼死前驱未肯休;
　　牧泽陷围溅颈血,半由好勇半无谋!

窦泰既死,被西魏军枭了首级,送往长安。高欢尚在蒲坂,闻报大恸,几乎晕倒。欲知他后来处置,但看下回自知。

魏主修猜忌高欢,以致蒙尘出走,西入关中,幸宇文泰迎入雍州,尚有容身之所。为惩前惩后计,宜勇于改过,推诚待下,则以秦关之固,宇文之力,东向而待高欢,未始不可有为。奈何身为雄狐,效禽兽行,为一女子而怨及功臣,卒被毒毙,甚

矣哉魏主修之淫且愚也！夫天下之好淫者，祸不及身，必及子孙，魏主修之死，死于淫，固已。高欢淫占多人，虽若无恙；然生前有子弟之烝报，死后有子孙之荒耽，有恶因必有恶果，高氏宁能幸免乎？且弄兵不戢，忽东忽西，骁勇如窦泰，终堕黑獭计中，陷死牧泽，泰虽寡谋，要不得谓非高欢害之也。泰妻为欢妃娄氏妹，夫死妻寡，惨及一门，欢岂不可以已乎！

第五十五回

用少击众沙苑交兵　废旧迎新柔然纳女

却说高欢闻窦泰死耗,不胜悲悼,自思泰既陷没,大违初愿,遂撤去浮桥,退回晋阳。宇文泰亦还军长安。惟高敖曹尚未得闻,引军急进,直抵上洛城下。洛郡人泉岳及弟猛略,与顺阳人杜窋等,欲翻城出应敖曹。洛州刺史泉企,探悉阴谋,捕戮泉岳兄弟,独杜窋得缒城出走,奔归敖曹。敖曹猛力扑城,城上矢石交下,连中敖曹三矢。敖曹晕坠马下,良久复苏,复上马督攻。泉企固守旬余,二子元礼、仲遵,皆有勇力,随父拒敌,日夕不懈。会仲遵被流矢伤目,不能再战,城遂失陷,企与二子皆被擒。及企见敖曹,大声呼道:"我系力屈,本心原不服哩!"敖曹也不去杀他,系诸幕下,即用杜窋为刺史。

休兵数日,拟进攻蓝田关。忽来了晋阳使人,传述欢令道:"窦泰战殁,人心摇动,宜收军即还;万一路险贼盛,但求自脱罢了。"敖曹不忍弃众,令部曲先行,自己断后,徐徐引退。西魏军却不敢追蹑,任他自归。泉企子元礼,由敖曹带还。仲遵伤重不能行,仍使在洛州城。企在途中,私诫元礼道:"我余生无几,死不足畏,汝兄弟二人,才器足以立功,须自觅生机,勿因我已东去,遂亏臣节!"此君颇似王陵母。元礼乃伺隙逃还,与仲遵阴结豪右,袭杀杜窋,西魏遂授元礼为洛州刺史,准令世袭,企竟病死邺中。

高欢欲为窦泰报仇,大阅兵马,再拟出师,适宇文泰出拔恒农,把东魏陕州刺史李徽伯掳去,欢即发兵二十万,由壶口趋蒲津,使高敖曹率兵三万出河南。时关中大饥,人自相食,宇文泰部下不满万人,留屯恒农就食,已阅五旬,探报谓欢将渡河,乃引兵入关。高敖曹进围恒农,城中有备,一时攻打不下。欢长史薛琡语欢道:"西人连年饥馑,故冒死来陕州,欲取仓粟,今敖曹已围陕城,粟不得出,但宜置兵诸道,勿与野战,待他麦秋无收,民自饥死,宝炬、黑獭,无虑不降,今且不必渡河!"侯景时亦从军,也进谏道:"今日举兵西来,关系极大,倘或不胜,猝难收集，不如分作二军，相继进行，前军得胜，后军方进，前军若败，后军亦可往援，这乃是万全之计。"欢不肯依议，竟从蒲津济河。

华州刺史王罴首当冲要，宇文泰致书相勉，罴答复道："卧貉子怎得轻过？"及欢至冯翊城，呼罴问道："何不早降？"罴戎服登陴，朗声传语道："此城是王罴冢，死生在此，汝等何人善战，请来一决雌雄！"欢知不可攻，乃移驻信原。

宇文泰因欢军入境，亦驰诣渭南，征调诸州兵马，急切未能召集，泰不堪久待，便欲进兵击欢，诸将以寡不敌众，请俟欢西进，再观形势。泰正色道："欢若得至长安，人情必且大震，今乘他远来，兜头迎击，彼衰我锐，何患不胜！"遂下令军中，就渭水架设浮桥，即日渡渭，直抵沙苑，与东魏军相隔，只六十里。

诸将虽不敢违令，各有惧色，独宇文深称贺，并语泰道："高欢镇抚河北，甚得众心，若据境自守，却是难图；今悬军渡河，非众所欲，彼无非为窦泰战死，挟恨前来，这就是叫作忿兵，忿兵必败。今愿假深一节，发王罴兵，截欢走路，前犄后角，使无遗类，怎得不贺？"深有此智，不愧为宇文家儿。泰乃遣颍昌公达奚武往觇欢军。武只率三骑潜往，改作东魏军装，日暮去营数百步，下马潜听，得敌军号，夜间上马历营，与巡夜相似。欢毫不备防，所有军中情状，俱被武窥悉，还营报泰。泰正思进逼欢营，忽由侦骑报到，欢兵且至，泰又召集将佐，商议对敌的方法。仪同三司李弼献策道："彼众我寡，不可平地列阵，此东十里有渭曲，请先行据守为佳。"泰亦称善，便徙至渭曲，背水列营，令李弼为右拒，赵贵为左拒，将士皆埋伏苇中，闻鼓乃起。待至日暮，欢军乃至，望见西魏营内，偃旗息鼓，毫无声响，营旁苇深土泞，不堪进逼。欢亦防有伏兵，拟纵火焚苇，偏侯景进言道："我军大举前来，应生擒黑獭，晓示百姓，若徒用火攻，就使将黑獭烧死，也是无名无望，不足示威！"欢将彭乐愤愤道："我众贼寡，百人擒一，亦尚有余，要用什么火攻计！"好好一条计策，徒被二人破坏。欢乃麾兵直进，大众争前恐后，一涌而上，无复行列。俄闻西魏营内，鼓声骤震，芦苇丛里的伏兵，执戈齐起，来杀欢军，赵贵从左冲入，李弼自右突进，把欢军裂作数截，欢军立即大乱。李弼弟檦年少胆壮，隐身鞍甲中，跃马陷阵，伺敌不防，露首出矛，左搠右刺，应手落马。欢军争噪道："当避此小儿！"欢将彭乐使性善斗，且带着三分酒

第五十五回　用少击众沙苑交兵　废旧迎新柔然纳女

意,跃马乱闯,好像猰㺄一般。既而杀得性起,把甲胄尽行卸去,裸体驰入宇文阵内,适遇西魏征虏将军耿令贵,一枪挑来,不偏不倚,刺入乐胸。乐忙用刀格开,肠

用少击众沙苑交兵

已流出,鲜血狂喷,他却大吼一声,拼死再战。旁有他将驰至,接住令贵厮杀,乐方得回马出阵,纳肠裹胸。还欲返身杀入,怎奈各军俱已败还,连让步都来不及,怎能再入敌阵?那后面亦鸣金收军,只好随众退回。宇文泰也不追赶,勒兵还营,各将都上前献功。泰见了李㭨,顾语左右道:"出兵打仗,全靠胆壮,不必昂藏七尺,但看他年轻身矮,亦能杀贼哩!"语未毕,又见耿令贵入帐,甲裳尽赤。泰又说道:"甲裳中有如许血迹,奋勇可知!"遂一一记功,静待犒赏。各将士散归本营,休息去讫。

　　那高欢奔回信原,尚欲收拾残军,再行决战,使张华原巡视各营,照簿点兵,无人出应。急忙还白道:"众已散尽,各营皆空虚了!"欢尚未肯去,阜城侯斛律金在侧,便启请道:"众心离散,不可复用,宜速还河东为是!"遂命左右牵马入帐,促欢上马。欢跨上马鞍,尚未纵辔,由金用鞭拂马,方才东驰。到了河滨,蓦闻后面人声马沸,震荡波流,料知有追兵到来,只好匆匆急渡。偏偏船离岸远,一时不能驶近,有许多将士情急逃生,跃马入河,俱被流水漂去。欢改乘橐驼就船,始得东渡。共计丧失甲士八万人,铠仗十有八万件。

　　宇文泰闻欢遁走,始督军追至河上,遥望欢已过河,乃停军不追。可巧征调各兵,陆续报到,都督李穆道:"高欢已经破胆,请速渡河追

去，毋令漏网。"泰叹道："穷寇莫追，兵家至言，我军已获全胜，得意不宜再往了！"乃返至战所，令每人种柳一株，留旌武功。越日凯旋渭南，奏捷论功，李弼、赵贵以下，皆进爵增邑有差。

高欢还入晋阳，忿懑异常。侯景亦愤然道："黑獭新胜而骄，必不为备，愿得精骑二万，擒归黑獭，报复前恨！"又来说大话了。欢迟疑未决，入白娄妃，娄妃道："果如景言，景岂尚有还理？得一黑獭，失一侯景，究有何利？"欢乃罢议。娄妃却是知人。高敖曹得欢败耗，也解恒农围，退保洛阳。

宇文泰自沙苑得胜，复欲图洛，乃遣行台王季海，与独孤信率步骑二万，径趋洛阳，又命洛州刺史李显赴三荆，贺拔胜、李弼围蒲坂。蒲坂守将，为东魏秦州刺史薛崇礼，登陴力御。别驾薛善，系崇礼族弟，密语崇礼道："高欢有逐君大罪，善与兄忝列簪缨，世荷国恩，今大军已临，尚为高氏固守，一旦城陷，函首送长安，署为逆贼，死有余愧，不如先行归款，尚得自全！"崇礼嘿然不答，善竟与族人开城，迎纳贺李等军。崇礼仓猝出走，中途被获。宇文泰闻捷驰至，赐薛善等五等封爵。善固辞不受，崇礼为善从兄，因得宥死，不复加罪。泰遂略定汾、绛二州。

独孤信行至新安，高敖曹引兵北去，只留广阳王元湛守洛阳。湛无胆略，也弃城奔邺，信遂得据金墉城。东魏颍川长史贺若统，又执住刺史田迄，举城降西魏军。梁州、荥阳、广州，望风归附。东魏行台任祥，往攻颍川，为西魏大都督宇文贵击败，任祥奔还。阳州刺史邢椿，被州将是云宝刺死，亦奔降西魏军。西魏都督韦孝宽，复攻陷东魏豫州，河南诸州郡，多半没入西魏。

东魏大行台侯景治兵虎牢，谋复河南诸州，韦孝宽等未免胆怯，又弃城遁去。侯景出兵四略，夺还南汾、颍、豫、广四州，遂邀同高敖曹，进围金墉。高欢亦率军继进，独孤信飞报长安，请即济师。西魏主宝炬，正因洛阳得手，拟谒园陵，凑巧洛使告急，遂命尚书左仆射周惠达，辅太子钦守长安，自与宇文泰督军东行，令李弼、达奚武为前驱，直达毂城。

日暮下寨，李弼登高遥望，遥见群鸟向西北飞来，便道："天色已晚，鸟应归栖，今尚西翔，必有贼军前来，不可不防！"遂偕达奚武移屯孝水，遣人哨探，并令军士取薪为备。约过片刻，果有探马入报，敌军来了！弼即命部众曳薪扬尘，鼓噪前进，敌骑不过千人，未测弼军多寡，当

第五十五回　用少击众沙苑交兵　废旧迎新柔然纳女

即返奔。弼麾军追上,斫毙敌将一人,一将逃免,余众尽得俘获,解送恒农。看官道敌将为谁？一将叫作莫多娄贷文,已经被杀,一将就是可朱浑元,竟得逃脱。<small>叙笔矫变。</small>原来侯景闻西魏军至,拟整兵待着,偏莫多娄贷文,不受景命,邀同可朱浑元,率千骑来袭西魏军,刚被李弼侦觉,一场追击,贷文丧命,元得幸还。

李弼待泰同进,共至瀍东,侯景撤围引去。泰率轻骑追至河上,景回马布阵,北据河桥,南倚邙山,与泰对仗。两军交锋,才及数合,景见泰执旗指挥,便拔箭射去,正中泰坐马。马负创惊逸,不可羁勒,泰随马窜去,约经里许,竟为所掀,坠落地上。侯景瞧着,骤马追来,泰身旁并无他人,只有都督李穆,紧紧随着。穆见侯景来追,手下约有百余骑,孤身如何抵挡,眉头一皱,计上心来,佯用马鞭扶泰背上,厉声叱道：“笼东军士,<small>笼东系披靡之意。</small>尔主何在？乃尚留此,不急上马,更待何时？”<small>好似曹阿瞒的急智。</small>景听得此言,还疑自己看错,停马不追。穆即以己马授泰,与泰俱走,回入大营,调军再进。

侯景方才回营,总道泰军已去,不致复来,哪知西魏兵如潮涌至,不及列阵,竟被蹂躏。景拨马遁去,部兵四散,独高敖曹自恃勇悍,尚建着麾盖,与泰角战。泰尽锐围攻,杀得敖曹部下,七倒八歪。敖曹仗着长槊,突出重围,单骑走投河阳南城。守将高永乐为欢从子,与敖曹有宿嫌,闭门不纳。敖曹潜匿桥下,追骑趋至,见有金带浮出,竟向桥下攒射。敖曹自知不免,始奋首与语道：“来！来！好给汝开国公！”说着,那头颅已被人斫去。<small>强盗结果,应该如此。</small>

高欢得报,如丧肝胆,召责永乐,加杖二百下。追赠敖曹太师,兼大司马太尉。一面督率大军,自往争洛。两下相遇,彼此阵势绵亘,首尾远隔,从旦至未,战至数十百合,氛雾四塞,莫能相知。西魏左右翼独孤信、赵贵等,战并不利,又未知君相所在,弄得茫无头绪,弃军奔还。此外各军,当然溃散。宇文泰尚在营中,亦觉保守不住,毁去营寨,奉主西归,留仪同三司长孙子彦,守金墉城。西魏将军王思政,尚与东魏军猛斗,举矟横击,一举辄踣敌数人。既而陷入敌阵,左右尽死,思政亦受创晕仆。他平时出战,尝着破衣敝甲,敌人疑是末弁,由他倒地,不暇枭首,还有他将蔡祐,率亲兵数十人,下马步斗,齐声大呼,击毙东魏兵甚多。东魏兵四面绕集,围至数十重,祐弯弓持满,盘旋四射,发无不中,敌不敢近。突有壮士数名,身穿厚甲,手执长刀,跃马径入,去祐骑仅三十步。祐随身只有一矢,左右劝祐速射,祐从容道:"我等性命,在此一矢,怎可虚发!"道言未绝,那来兵相距不远,方把弓弦一扯,飕的一声,正中来兵头目,流血坠下,余人却退。祐乘势突出,徐徐引还,东魏兵不敢追逼,也收军回营。思政部将雷五安,失去主将,复至战场寻觅尸首,可巧思政已苏,即割衣裹创,扶他上马,驰还恒农。宇文泰已入恒农城,检阅大将,尚少王思政、蔡祐二人,正在着急,见祐引军回来。祐字承先,泰即呼道:"承先得还,我无忧了!"再问及战斗情形,祐毫不言功。<small>最难得者在此,可为孟之反第二。</small>经部下替祐述明,泰益惊叹道:"承先有功不伐,真算是难得了!"未几思政亦到,见他创痕累累,黯然泣下。<small>笼络将士。</small>因授思政为东道行台,留镇恒农,自奉宝炬还长安。不料长安变乱,留守周惠连,偕太子钦出奔渭北,关中大扰。这变乱的原因,是由留守兵少,前所房东魏士卒,拥戴故将赵青雀,伺隙据城。又有雍州刁民于伏德等,亦劫咸阳太守慕容思庆,同时作乱。西魏主宝炬,留驻阌乡,由宇文泰入关讨贼。泰因士马疲敝,不愿速进,且谓青雀等乌合,不足为患,散骑常侍陆通进谏道:"蜂虿有毒,不宜轻视!今军虽疲乏,精锐尚多,加以明公声威,麾军压贼,立可荡平;若养痈贻患,转非良策。"泰即依议,整军西入,父老见泰回师,且悲且喜,士女亦交相庆贺。华州刺史宇文导,系泰从子,继王罴后任,起兵袭咸阳,斩思庆,擒伏德,渡渭会泰,同攻青雀。青雀败死,泰遣使至阌乡报捷,迎驾入长安。泰出屯华州。东魏丞相高欢,进攻金墉,长孙子彦毁去城中庐,开门潜遁,欢入城巡视,遍地已成瓦砾,索性将城砦毁去,但使洛州刺史王元轨镇辖,自返晋阳。

是年冬季,西魏复遣将军是云宝,掩入洛阳,王元轨弃城东走,广州亦为西魏将赵刚所陷,襄、广以西,复为西魏有。

是时柔然复强,头兵可汗阿那瓌,雄踞朔方。<small>见前文。</small>起初尚向魏称臣,及魏已分裂,遂把臣字削去,通使东西,居中取利,先向东魏求婚,东魏许将宗女兰陵公主,嫁与为妻。柔然遂帮助东魏,侵扰西魏,宇文泰方有事东方,不遑北顾,也只好设法羁縻,饵以女色。<small>无非晦气几个宗女。</small>乃使中书舍人库狄峙,北赴柔然,与议和亲,头兵可汗有弟塔寒,未曾婚娶,因向西魏求妇,西魏封舍人元翌女为化政公主,遣嫁了去。

第五十五回　用少击众沙苑交兵　废旧迎新柔然纳女

但东西两魏,虽都用着美人计,笼络柔然,究竟东魏宗女,配与可汗,西魏宗女,不过一个可汗的弟妇,两边权势,相形见绌。宇文泰特劝主子宝炬,纳头兵女为妃,再向柔然议婚,偏头兵可汗,定欲纳女为后,方肯如约。泰不得已为废后计,请宝炬割爱从权。以女易女,却还值得,只难为了乙弗后。看官,试想宝炬已纳乙弗氏为后,生男育女,已有数人,就是太子钦亦乙弗后所出。后父瑗曾为兖州刺史,母为淮阳长公主,乃是孝文帝第四女,本来是阀阅名媛,更兼容德兼全,仁而且俭。此次顾全大局,不得不游居别宫,后且自愿为尼,削发参禅。乃令扶风王元孚至柔然迎女。

柔然送女南来,有车七百乘,马万匹,橐驼千头。行次黑盐池,遇着卤簿仪仗,来迎新后。孚请柔然女正位南面,柔然女答道:"我未见汝主,尚是柔然女儿,汝国以南面为尊,我国却尚东面,各守国俗便了。"于是西魏仪仗,尽皆南向,柔然营幕,仍然东向。及迎入长安,即行册后礼。后号郁久闾氏,年才十四,容貌端严,颇饶才识,只有一种大病,便是一个妒字。她因废后乙弗氏尚在都中,常有违言。西魏主宝炬,取悦新后,特遣次子戊为秦州刺史,奉母乙弗氏赴镇。母子入宫辞行,与宝炬相见,并皆泣下。宝炬本无芥蒂,为势所迫,勉强出此,此时触起旧情,也泪下不止。且密嘱乙弗氏在外蓄发,再图后会。乙弗氏母子,乃拜辞而去。小子有诗叹道:

废后原来事不经,况兼妇德足仪型;
如何迎入侏儒女,诀别妻孥泣帝庭!

光阴易过,倏忽经年,那柔然竟来犯边。究竟为着何因,待小子下回再表。

沙苑之役,为东西魏第一次大战。高欢发兵二十万,渡河而西,当时已目无关中,几视黑獭如囊中物,卒之渭曲交兵,遭人暗算,曹操之败于赤壁,苻坚之败于淝水,高欢之败于沙苑,皆恃众不整,出以轻心故耳。厥后河东、河南,没入西魏,莫多娄贷文以轻战而死,高敖曹以轻敌而亡,轻躁者之不可行军,固如此哉!洛阳再战,宇文失利,一则因屡败而惧;一则因屡胜而骄,甚矣用兵之不可不慎也。若夫两国相争,结邻为助,而柔然适得渔人之利,智如黑獭,且劝宝炬废旧迎新,纳侏儒之女,逐上国之母,毋乃悖甚!况女德无极,妇怨无终,和亲岂果足恃耶!识者于此,当亦以轻率讥之矣。

第五十六回

战邙山宇文泰败溃　幸佛寺梁主衍舍身

却说西魏立柔然女郁久闾氏为后，是大统四年间事。越年废后乙弗氏，随子戊出居秦州。又越年二月，柔然入犯，举国南来，直抵夏州。西魏主宝炬，免不得遣使诘问，究为何事兴兵？柔然主头兵可汗，谓一国不能有二后，西魏故后尚存，将来仍拟复封，我女总要被黜，所以兴师问罪云云。看官，试想柔然远居塞外，如何晓得魏宫中情事？这无非是郁久闾氏，闻知乙弗氏临别，由西魏主嘱她蓄发，所以暗中怀妒，通报柔然，叫他兴兵内逼，好把故后除去，免贻后患。西魏主宝炬，接得去使还报，踌躇了好多时，便叹息道："岂有百万番兵，为一女子大举？但朕若不肯割爱，自招寇患，亦有何面目自见诸将帅呢！"外人要你杀妻，你便将爱妻杀却，若叫你自杀，你将奈何？乃遣中常侍曹宠，赍手敕赴秦州，令乙弗氏自尽。

乙弗氏洒泪，泣语曹宠道："愿至尊享千万岁，天下康宁。我死无恨！"说着，召次子武都王戊至前，嘱他后事。且令传语皇太子，善事阿父，勿念生母，语多凄怆，惨不忍闻。左右皆垂涕失声，莫能仰视。时乙弗氏已蓄发鬖鬖，因复召僧供佛，再向佛像前落发，始入室服毒，引被自覆而殂，年三十一。

当下凿麦积崖为龛，殓棺告窆，柩将入穴，有二丛云先入龛中。一灭一出，人皆诧为异事，后来号为寂陵。曹宠还都复命，西魏主又遣人报告柔然，头兵可汗，乃引兵退去。

是年郁久闾氏怀妊将产，居瑶华殿，辄闻狗吠声，心甚不安。继而临盆坐蓐，胞久不下，医巫相继召集，或为诊治，或为祈祷，郁久闾氏惟双睁凤目，满口谵言，忽言有盛饰妇人入室，忽言妇人立在床边，用物击我，医巫皆无所见，都吓得毛骨森竖，齿牙皆震。好容易产下一儿，那郁久闾氏已两目一翻，呜呼哀哉，年只十六。当时宫禁内外，统说是故后为祟，因致产亡。容或有之。西魏主宝炬，命将遗骸安葬少陵原，不消细述。

东魏接连改元,始因南衮州获得巨象,称为祯祥。及改年元象,越年册立高欢次女为皇后,营立新宫,复改元兴和。禁民间立寺,改停年格,命百官就麟趾阁议定新制,号为麟趾格,颁敕施行。命侯景为吏部尚书,兼尚书仆射,出任河南大行台,随机防御。

适北豫州刺史高仲密,阴谋外叛。高欢遣将奚寿兴代掌军事,仲密竟执住寿兴,通款西魏,以虎牢为贽仪。原来仲密为高敖曹次兄,见前。本来是忠事东魏,官拜御史中尉,遇事敢言,颇有直声。嗣因与妻室反目,将妻休弃,遂致与妻舅崔暹有嫌。所选御史,均被暹排去,免不得怏怏失望,怨及朝廷。暹为高澄心腹,与澄同在邺中,见五十四回。澄为大丞相世子,姊入为后,又娶东魏主妹冯翊公主为妻,真是元勋贵戚,权焰熏天。崔暹倚作党援,当然是指挥如意,他妹被仲密休弃后,即由澄出为媒介,别嫁显宦,格外备仪。仲密亦娶一继妻李氏,美艳工文,澄借贺喜为名,亲往审视,果然是丰姿绰约,比众不同。嗣是暗地垂涎,伺仲密外出时,竟驰至高宅,挑诱李氏。李氏拒绝不从,澄竟用出强暴手段,硬胁李氏入室,为强奸计。当由高氏家人,飞报仲密,仲密跟跄归家,澄乃自去。李氏衣裳破裂,泣告仲密,仲密怀恨益深,遂乞请外调出,为北豫州刺史,挈眷赴镇,潜通西魏。可巧高欢激变,索性明目张胆,背东归西。仲密无故弃妻,惹出许多祸祟,这也自贻伊戚,不能尽咎他人。

高欢闻仲密叛去,事出崔暹,即召暹赴晋阳,将加死罪。如何不知子恶?暹忙向高澄乞怜,澄匿暹府中,浼人说欢,一再请免,欢乃宥暹不问。嗣闻西魏授仲密为侍中司徒,并由宇文泰督率诸军,来收虎牢,且进围河桥南城,欢因发兵十万,亲至河北,御宇文泰。泰退军瀍上,令军士驾舟,纵火上流,欲毁河桥。东魏将斛律金,使行台郎中张亮,用小艇百余艘,阻截敌船,用链横河,系以长锁,钉住两岸,敌人不得近桥,桥始获全。欢渡河据邙山,依险立营,数日不进。泰在瀍曲留住辎重,乘夜袭欢,侦骑驰报欢营,欢笑道:"贼距我四十里,黉夜前来,必患饥渴,我正好以逸待劳呢。"乃整阵待着。候至黎明,泰军果然驰到。欢将彭乐,不俟泰军列阵,便率数千精骑,冲将过去。泰军见欢有备,已是惊惶,更遇着骁勇善战的彭乐,执着一杆长刀,左右乱劈,但见头颅滚滚,飞掷空中,不由得旁观股栗,纷纷逃回。泰亦只好退走。

第五十六回　战邙山宇文泰败溃　幸佛寺梁主衍舍身

欢军见彭乐得胜，统上前力追，杀死泰军无数。彭乐且一马当先，追至瀍上，踹入泰营，泰弃营再遁。西魏侍中大都督临洮王元柬，蜀郡王元荣宗，江夏王元升，巨鹿王元阐，谯郡王元亮，詹事赵善等，仓猝不及遁逃，俱被掳去。泰正策马西奔，忽背后有人大呼道："黑獭休走！"泰急返顾，见一敌将威风凛凛，杀气腾腾，禁不住一身冷汗，勉强按定了神，徐声与语道："汝非大将彭乐么？从泰口中呼出彭乐，笔势好不平。一个伟男子，可惜太呆，试想今日无我，明日岂尚有汝么？何不急速还营，收取金宝！"彭乐闻言，也觉有理，遂停住不赶，泰得脱去。

乐还入泰营，得泰金带一囊，携去归营。诸将各收军还报，载归甲仗，不可胜计。欢升帐记功，已有人报乐纵泰。及乐入帐复命，且行且呼道："黑獭漏刃遁去，但已是破胆了！"欢不禁怒起，勃然离座道："汝敢来欺我吗？"乐本已心虚，慌忙伏地，欢亲摔乐头，三举三下，拔出佩剑，置诸乐颈，责他私纵黑獭，并前日沙苑一役轻战致败的罪状。乐嗫嚅道："愿乞五千骑士，再为王擒取黑獭！"欢益怒叱道："汝纵他使去，尚说好擒取么？"说至此，又取剑欲斫，将下未下，共计三次。诸将已窥透欢意，均上前乞情，黑压压的跪满座下。欢乃还座，令左右取绢三千匹，压乐背上，乐兀自负住，不闻气喘。欢又道："有力不忠，也是徒然！今日饶汝，汝应自知前愆，效力赎罪！"乐连声遵令，欢因命将绢卸下，仍赐与乐，不没前驱的功劳。好权术。乐拜谢而退。

越日复与宇文泰交战，泰自将中军，领军若干惠若干系复姓为右军，两路夹击欢军，欢军败绩，所有步卒，悉为泰军所擒。欢落荒东走，随员只有七人，后面追兵大至，都督尉兴庆奋然道："王速去！兴庆腰佩百箭，尚足杀敌百人。"欢乃留兴庆拒战，纵辔急奔，兴庆独截追兵，矢尽而死。

泰料欢东奔不远，更召健卒三千人，令执短兵，用贺拔胜为统将，再往追欢。胜与欢本来相识，执槊当先，竟得追及。欢见胜到来，驱马急奔，胜率十三骑力赶，驰至数里，槊已及欢马尾，便大呼道："贺六浑！今日在贺拔破胡手中，誓必杀汝！"胜字破胡，故自称表字。欢吓得胆落，坠落马下。胜正挺槊刺欢，不防坐马一蹶，也将胜掀落尘埃。原来东魏将军段韶正来救欢，见欢命在须臾，忙弯弓射胜，正中胜马；因此胜亦仆地。及胜跃起，韶已驰至，扶欢上马，向东逸去。胜易马再追，复有东魏河州刺史刘洪徽，引兵拦阻，连射二矢，毙胜从骑二人。胜知不能得欢，便即长叹道："今日不执弓矢，岂非天意！"泰遇彭乐，欢遇贺拔胜，终得脱免，不可谓非天意。乃引骑西还。

惟东魏骑兵尚能再战，将军耿令贵整众复出，突入敌阵，锋刃乱下，杀伤相继。西魏将士不防有此回马兵，多半懈怠，怎禁得令贵冲入，似虎似狼，霎时间旗靡辙乱。西魏将赵贵等禁遏不住，也俱回窜。宇文泰亲自出拒，交战数合，那东魏兵陆续攒集，气势甚锐，弄得泰亦无法拦阻，没奈何策马返奔。东魏兵鼓勇追蹑，幸亏西魏将独孤信、于谨等收集散卒，从后绕出，大呼杀贼，追兵也徬徨惊顾，倒退下去，西魏各军，才得保全。若干惠且建旗鸣角，徐徐引还。

泰走入关中，屯兵渭上，欢进至陕城。泰使达奚武拒守，东魏行台郎中封子绘白欢道："混一东西，正在今日。昔魏太祖平汉中，不乘胜取巴蜀，失在迟疑，后悔无及。愿大王不以为疑！"欢点首称善，集诸将会议进止。诸将多说野无青草，人马疲瘦，不可远追。欢乃收军东归，但令侯景等收复虎牢。

时高仲密亦随泰入关，家属尚在虎牢城内。留偏将魏光居守。宇文泰遣谍赍书，送给魏光，令他固守待援。中途为侯景所获，搜得书札，改易数字，叫他速

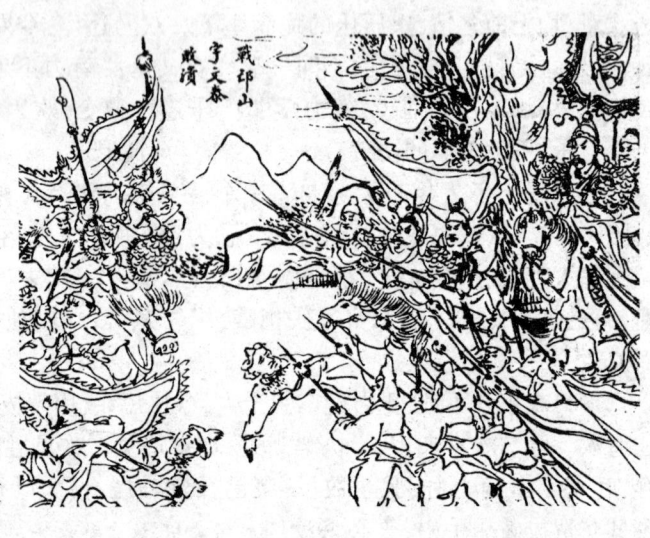

去。乃复将书发还，纵谍入城。光见书即黉夜遁走。景麾军入城，捕得仲密妻子，解送邺都。高澄得报，不禁喜出望外，忙盛服出城，往迎仲密后妻赵氏。待了半日，方见心上人儿，被军士押至，花容惨澹，云鬓蓬

第五十六回 战邙山宇文泰败溃 幸佛寺梁主衍舍身 ·441·

松,越觉可怜可爱,当即令军士释缚,载以良马,导入都中私第,召集婢媪,替赵氏沐浴梳妆。到了黄昏,饮过交杯酒,搂入合欢床,绝处逢生的赵美人,身不由己,只得任他所为。从此仲密妻变作高澄妾,又另是一番天地了。千古艰难惟一死,伤心岂独息夫人!

高欢因高乾有义勋,高敖曹死王事,家属皆免连坐。尚有仲密幼弟季式,曾行晋州事,镇守永安,至是先诣晋阳请罪,欢亦相待如初。惟高澄借父威势,得升任大将军,领中书监,移门下机事,总归中书,文武赏罚,皆由澄主张。想是肉战的功劳。侍中孙腾自恃为高澄父执,不肯敬澄。澄叱左右牵腾至阶,筑以刀环,使立门下。定州刺史库狄干,为澄姑夫,自定州入谒,立门下三日,始得相见。尚书令司马子如,太师咸阳王坦,为澄心腹崔暹所劾,说他贪黩无厌,并削官爵。高欢反与邺中诸贵书,略言儿年浸长,公等不宜撄锋,即如咸阳王司马令两人,皆我故交,同时获罪,我尚不得相救,他人更不必论了。纵容儿子,一至于此。自是公卿以下,无不惮澄。澄又授崔暹为御史中尉,宋游道为尚书左丞。二人俱系高澄鹰犬,所有弹章,无不照行,或黜或死,几难胜数。澄威权几过乃父,东魏主善见,简直是个木偶,毫无能力,徒拥虚名罢了。为北齐篡位张本。

西魏丞相宇文泰自邙山败后,方惮东略,并且太师贺拔胜悔恨致疾,又复去世,国中失一大将,愈觉灰心。胜弟岳早被杀关中,见五十二回。兄允留官洛阳,为高欢所忌,闭置一室,竟致饿死。胜诸子亦多为欢所杀。胜既悔失欢,又痛覆家,因此不得永年。临死时,自写遗书致宇文泰,书中略云"胜万里杖策,归身阙廷,每望与公扫除捕寇,不幸殒毙,微志不伸,死若有知,尚当魂飞贼庭,借报恩遇"等语。泰览书流涕,表请赠胜为太宰,录尚书事,予谥贞献。贺拔氏三弟兄从此皆亡,后来贺拔岳子纬,纳宇文泰女为妻,受封霍国公,得承宗祀,事且慢表。前段已过高仲密兄弟,此段已过贺拔胜兄弟,两人关系较大,故特表明始末。

且说梁主衍中大通七年,复改元大同,江南无事,坐享承平。虽与北方屡有交涉,但北魏正东分西裂,无暇顾及江淮,且东魏与梁修和,边境安宁,更觉得囊弓戢矢,四静烽烟。梁主衍政躬多暇,竟欲皈依佛教,为参禅计。特在都下筑一同泰寺,供设莲座,宝相巍峨,殿宇弘敞,他即亲幸寺中,设四部无遮大会,居然披服缁衣,趺坐蒲团,扮做一个老和尚，自号三宝奴，叫做舍身为僧。尤可笑的是公卿以下，醵钱一亿，纳入寺中，替梁主赎身还宫。这种法制，好似从平康里中采来。既而又舍身同泰寺，仍然戴毗卢帽，穿黄袈裟，亲升法座，为四部众讲涅槃经，说得天花乱坠，有条有理。其实统是佛学皮毛，未得大乘真谛。就使识得真谛，亦与治道无关。讲毕以后，拟在寺中居住，不复还宫，再经群臣出钱奉赎，表请返驾。第一、二表还不肯从，三表乃许。做出什么鬼态！

南印度僧菩提达摩，得悉梁朝重佛，从海路航至广州。梁主闻有高僧到来，亟命地方有司，护送入都，召见内殿，赐他旁坐，且婉问道："朕欲多造佛寺，写经度僧，可有功德否？"达摩答道："没有什么功德，参禅不在形迹，须由静生智，由智生明，从空寂中体会出来，方有功德可言！"梁主复道："朕在华林园中，总集许多经典，高僧前来，可能为朕逐日讲解，指误觉迷否？"达摩微笑道："佛学在心不在口，一落言诠，仍非上乘，所以明心见性，自能成佛，不在区区经论呢。"确有至理。梁主被他两番驳斥，反弄得哑口无言。达摩便起身告辞，梁主亦不挽留，由他自去。他乃渡江北行，至嵩山少林寺中，面壁十年，方才入寂，是为中国禅宗第一祖。弟子慧可承受衣钵，这却是佛学真传。

那梁主衍但尊俗僧彗约为师，亲自受戒，并令太子王公以下，亦皆师事慧约，受戒至五万人。究竟佛学弘旨，无一了解，徒然开口谈经，闭口坐禅，有何益处？况且梁主是身为天子，一日万几，怎得无端佞佛，反将政事搁起？为这一误，遂使朝纲废弛，宵小弄权。贤相周舍、徐勉等，又相继逝世。侍中朱异，尚书令何敬容，表里用事。敬容还有些朴实，异才足济奸，辩能惑主，任官三十年，广纳贿赂，蒙蔽宫廷，所有园宅玩好，饮膳声色，均极华备。性又甚吝，不肯施舍，厨下珍羞腐烂，每月尝弃十余车。梁主衍却非常宠眷，言听计从，于是赏罚无章，隐生乱祸。并因梁主好佛，上行下效，士大夫争向空谈，不习武事。

丹阳处士陶弘景少年好学，有志养生，齐高帝萧道成尝召为诸王侍读，虽应命入都，仍然谢绝交游，不愿与闻朝事，旋即上表辞禄，归隐茅山。梁主衍早与相识，即位后通问不绝，大事必谈，且劝令出山。弘景颇为献替，惟终不就征，当时号为山中宰相。梁主每得复书，辄焚香虔受，遥申敬礼。太子纲未为储贰时，曾出督南徐州，想望风采，延弘景至后堂，谈论数日，才许辞去。弘景年八十，得辟榖导引诸术，尚有壮容，

第五十六回　战邙山宇文泰败溃　幸佛寺梁主衍舍身

又越五年乃殁。弥留时尚口占一诗道:"夷甫<u>即晋王衍</u>任散诞,平叔善论空,<u>平叔即晋何晏字</u>。岂悟昭阳殿,遂作单于宫!"时人谓弘景此诗,明明是讥讽时事,且为

侯景乱梁的预谶。可惜梁廷不悟,卒致大乱,梁主衍闻弘景丧讣,特赠中散大夫,谥曰贞白先生。<u>前述达摩,此述陶弘景,畸人高士,亦必阐扬,是作者本意</u>。

　　大同八年,安城郡民刘敬躬妖言惑众,逐去郡吏萧说,据郡造反。攻庐陵,陷豫章,党徒多至数万,进逼新淦、柴桑。<u>是由梁廷佞佛,感召出来</u>。梁主第七子湘东王绎,方出为江州刺史,亟遣中兵参军曹子郢,府司马王僧辩,引兵往讨。南方久弛兵革,甲士寙惰,幸僧辩颇有智计,刘敬躬众皆乌合,因此一鼓荡平。

　　交州刺史武林侯萧谘,<u>梁主从侄</u>。苛暴失民心,郡民李贲纠众为乱。谘不能御,由梁廷派遣高州刺史孙冏,新州刺史卢子雄,会师往援。适值春瘴方起,众皆溃归,谘诬奏冏与子雄,通贼逗留,并皆赐死。子雄弟子略,为兄复仇,举兵攻谘,谘奔广州。高要太守陈霸先,召集精甲三千,克日出讨,大破子略,子略走死。霸先因功进直阁将军。梁廷召谘还都,改任杨瞟为交州刺史,霸先署府司马,进征李贲。贲方自称越帝,创置百官,屯兵苏历江口,阻遏官军。瞟推霸先为先锋,直逼苏历江,拔去城栅,所向摧陷。贲走嘉宁城,转奔典撤湖,俱被霸先攻入。再窜入屈獠洞中,由霸先谕令缚送,屈獠斩贲以献,传首建康,交州乃平。嗣是霸先威名,震耀南方。

霸先系吴兴人，字兴国，小字法生，自云为汉太邱长陈实后裔，少有大志，不事生产，及长乃涉猎史籍，好读兵书，身长七尺五寸，日角龙颜，垂手过膝。梁主闻他状貌过人，特令图形以进，并因更造建功，除拜西江督护，兼高要太守，都督七郡军事。陈霸先、王僧辩俱为后来重要人物，惟霸先后为陈祖，故叙述处详略不同。小子有诗叹道：

　　　　盛衰倚伏本无常，佞佛容奸即兆亡；
　　　　乱世偃文只尚武，但能平贼便称强。

　　欲知后事如何，且看下回再叙。

　　沙苑败而高欢不复西行，邙山败而宇文泰不复东出，分据之势，自是遂定。要之欢、泰两人，智力相埒，故忽胜忽败，变幻靡常。惟欢性好色，纵子淫暴，邙山之战，实自高澄酿成之。其得战胜宇文，实出一时之侥幸，或者由宇文助叛，名义未正，故有此挫失，俾高氏得以幸胜耳。梁主衍安据江南，不乘两魏相争之际，修明政治，渐图混一，乃迷信释教，舍身佛寺，一任朱异擅权，紊乱朝纪，何其愦愦乃尔！夫梁主衍手造邦家，未始非一英武主，其所由误入歧途，攻乎异端者，得毋鉴沈约之死，获罪齐和，自省亦未免多疚，乃欲借佛教以图忏悔耶！然而愚甚！然而谬甚！

第五十七回

责贺琛梁廷草敕　防侯景高氏留言

　　却说梁主信佛，太子纲独信道教，尝在玄圃中讲论老庄。学士吴孜每入圃听讲，尚书令何敬容道："昔西晋丧乱，祸源在祖尚玄虚，今东宫复蹈此辙，恐江南亦将致寇了。"这语颇为太子所闻，很滋不悦。后来敬容妾弟费慧明，充导仓丞，夜盗官米，为禁司所执，交领军府惩办。敬容贻书领军将军，代为乞免。领军将军河东王萧誉，为太子纲犹子，见五十二回。当然与太子叙谈，太子即嘱令封书奏闻，梁主大怒，立将何敬容除名。敬容既去，朱异权势益专，更得引用私人，搅乱朝政。散骑常侍贺琛不忍缄默，因上书论事，略云：

　　窃闻慈父不爱无益之子，明君不畜无益之臣，臣荷拔擢之恩，曾不能效一职，献一言，此所以当食废飧，中宵叹息也。今特谨陈时事，具列于后，倘蒙听览，试加省鉴，如不允合，乞亮赣愚。其一事曰：今北边稽服，戈甲解息，正是生聚教训之时，而天下户口减落，关外弥甚。郡不堪州之控总，县不堪郡之哀削，更相呼扰，莫得治其政术，惟以应赴征敛为事。小民辗转流离，或依于大姓，或聚于屯封，盖不获已而窜亡，非乐之也。国家于关外，赋税盖微，乃至年常租课，动致逋积，而民失安居，宁非牧守之过欤？东境户口空虚，皆由使命烦数，驽困邑宰，则拱手听其渔猎，桀黠长吏，又因之而为贪残，虽年降复业之诏，屡下蠲赋之恩，而民终不得反其居也。其二事曰：天下宰守，所以皆尚贪残，罕有廉白者，实由风俗侈靡使然。夫食方丈于前，所甘一味，今之燕喜，相竞夸豪，积果如山岳，列肴同绮绣，露台之产，不周一燕之资，加以歌姬盛畜，舞女盈庭，竞尚奢淫，不问品制，凡为吏牧民者，竞事剥削，虽致资巨亿，而罢归以后，不支数年。率皆尽于燕饮之物，歌讴之具。所费等于邱山，为欢止在俄顷，乃更追恨向所取之少，今所费之多，如复傅翼，增其搏噬，一何悖哉！其余淫侈，日见滋甚，欲使人守廉隅，吏尚清白，安可得耶！今宜严为禁制，导之以节俭，贬黜雕饰，纠奏浮华，使众皆知变其耳目，改其好恶。盖论至治者必以淳素为先，正雕流之弊，莫有过于俭朴者也。其三事曰：圣躬荷负苍生以为任，弘济四海以为心，不惮胼胝之劳，不辞癯瘦之苦，岂止日昃忘饥，夜分废寝。至于百司，莫不奏事，上息责下之嫌，下无逼上之咎，斯实道迈百王，事绝千载。但斗筲之人，藻棁之子，既得伏奏帷扆，便欲诡竞求进，不论国之大体，但务吹毛求疵，运挈瓶之智，侥分外之求，以深刻为能，以绳逐为务，迹虽似于奉公，事更成其威福，长弊增奸，实由于此。所愿责其公平之效，黜其邪愿之心，则上安下谧，无侥幸之患矣！其四事曰：曩昔征伐北境，帑藏空虚，今天下无事，而犹日不暇给者，何也？去国弊则省其事而息其费，事省则民养，费息则财聚。止五年之中，尚能无事，必能使国丰民阜，若积以岁月，成效愈巨，斯乃范蠡灭吴之术，管仲霸齐之由。今应内省职掌，各简所部，或十省其五，成三除其一，至国容戎备，在昔应多，在今宜少，凡四方屯传邸治，或旧有，或无益，有所宜除除之，有所宜减减之，兴造有非急者，征求有可缓者，皆宜停省，以蓄财而息民，蓄其财者，正所以大用之也，息其民者，正所以大役之也。若扰其民而欲求生聚，耗其财而徒务赋敛，则奸诈盗窃，日出不已，何以语富强，图远大乎？伏思自普通以来，二十余年，刑役荐起，民力雕流，今魏氏和亲，疆场无警，不于此时大息四民，使之殷阜，减省国费，使之储峙，一旦异境有虞，关河可扫，则国弊而民疲，事至方图，恐无及矣！臣心所谓危，固知忌讳，谨昧死上闻！

梁主衍览书，不禁大怒，立召侍臣至前，口授敕书，令他照录，大旨是诘责贺琛，令他据实指陈，不得徒托空言。第一事谓牧守贪残，应指出某官某吏，以便黜逐。第二事谓风俗侈靡，不便一一严禁，自增苛扰。朕常思本身作则，绝房室三十余年，不饮酒，不好音，雕饰各物，从未入宫。宗庙牲牢，久未宰杀，朝廷会同，只备蔬菜，且未尝奏乐。朕三更即起理事，每至日昃，日常一食，昔腰十围,今裁二尺,勤俭如许,不得谓非淳素。舍本逐末,无益于事。第三事谓百司干进,谁为诡竞?谁为吹毛求疵?谁为深刻绳逐?若不令奏事,专委

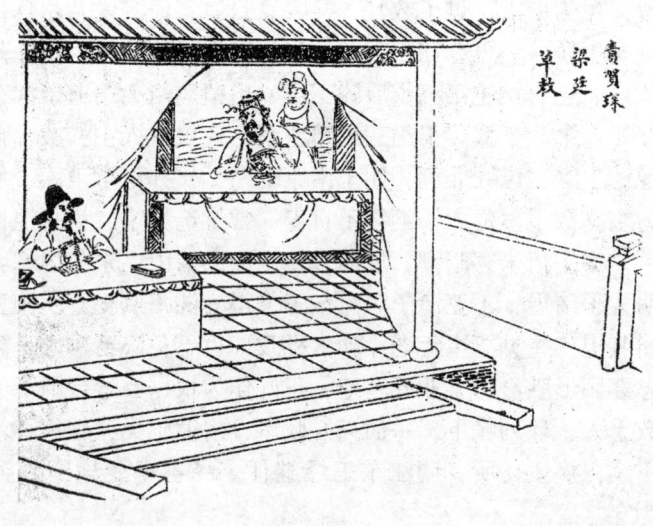

一人,与秦二世宠信赵高,汉元后付托王莽,亦复何异?第四事谓省事息费,究竟何事宜省?何事宜息?国容戎备,如何减省?屯传邸治,如何裁并?何处兴造非急,何处征求可缓?宜条具以闻,不得空作漫语,徒沽直名。这道敕文,颁给贺琛,琛不禁畏缩,未敢复奏,但申表谢过罢了。原来是银样蜡枪头。

大同十二年三月,梁主衍又幸同泰寺,讲三慧经,差不多过了一月,方才罢讲。再设法会,大赦天下,改元中大同。是夜同泰寺竟肇火灾,毁去浮图,梁主叹道:"这便佛经上叫作魔劫呢!"浮图成灾,并非魔劫,似你这般佞佛,却是要堕入魔劫了!遂令重造浮图十二层,格外崇闳,需工甚巨,经年未成。梁主衍年逾八十,虽精神尚可支持,终究是老态龙钟,不胜繁颐。再加平时觉诵佛经,时思修寂,尤觉得耄期倦勤,厌闻政治。

是时储嗣虽定,诸子未免不平,因为梁主不立嫡孙,但立庶子,大家资格相等,没一个不觊觎神器,猜忌东宫。邵陵王纶,系梁主第六子,性最浮躁,喜怒无常,车服尝僭拟乘舆,游行无度。梁主屡戒不悛,曾将他锢置狱中,免官削爵,已而仍复旧封,命为扬州刺史,纵肆如故。遣人就市购物,不给价值,商民怨声载道,甚至罢市。府丞何智通具状上闻,纶竟遣人刺杀智通。梁主乃将纶召回,锁禁第

舍，免为庶人。过了数月，又赐复封爵，何溺爱乃尔！授丹阳尹。纶恃宠生骄，妄思夺储，太子纲当然嫉视，请出纶为南徐州刺史，有诏依议。还有梁主第五子庐陵王续，出镇荆州，第七子湘东王绎，出镇江州，第八子武陵王纪，出镇益州，皆权侔人主，威福自专。惟次子豫章王综，已死北朝，四子南康王绩，长孙豫章王欢，俱已去世，免为东宫敌手。但太子纲终不自安，常挑选精卒，为自卫计。

梁主衍未察暗潮，反因舍嫡立庶的情由，未免内愧，所以待遇昭明太子诸男，不亚诸子。河东王誉得为湘州刺史，岳阳王詧，亦授雍州刺史。詧见梁主年老，朝多秕政，也不免隐蓄雄心，豫先戒备。自思襄阳形胜，为梁业开基地，正好作为根据，遂聚财下士，招募健卒数千人，环列帐下。一面究心政事，拊循士民，辖境称治。未几庐陵王续，病殁任所，调江东王绎继任。绎喜得要地，入阁欢跃，靴履为穿。

梁主怎知诸子用意，总道是孝子贤孙，不复加忧，整日里念佛诵经，蹉跎岁月。中大同二年，又复舍身同泰寺，群臣出金奉赎，如前二次故例。满望佛光普照，天子万年，哪知祸为福倚，福为祸伏，平白地得了河南，收降了一个东魏叛臣，遂闹得翻天覆地，大好江南，要变做铜驼荆棘了。直呼下文。

且说东魏大丞相高欢，自邙山战后，按兵不动，休养了两三年。东魏主善见复改元武定。嗣闻柔然与西魏连兵，将来犯境，乃亟令高欢为备。欢仍执前策，决与柔然续行修好，遣行台郎中杜弼为使，北诣柔然，申议和亲，愿为世子澄求婚。澄已有妻有妾，还要求什么婚！头兵可汗道："高王若须自娶，愿将爱女遣嫁。"还要悖谬。杜弼归报高欢，欢年已五十，自思死多活少，不堪再偶柔然公主，因此犹豫未决。何必犹豫，将来替汝效劳，大有人在。事为娄妃所闻，遂白欢道："为国家计，不妨从权，王无庸多疑！"欢半响才道："我娶番女，岂不要委屈贤妃？"娄妃道："国事为大，家事为轻，枉尺直寻，何惜一妾！"欢一笑而罢。已而世子澄与太傅尉景，俱劝欢迎纳柔然公主，欢乃使慕容俨为纳采使，迎女南来。

欢出迎下馆，但见柔然仆从，无论男女，统皆控骑而至，就是这位新嫁娘，亦坐下一匹红鬃马，身服行装，腰佩弓矢，落落大方，毫无羞涩态度。最后随着一位番官，也是雄赳赳的少年，与新嫁娘面庞相似。欢又惊又喜，问明慕容俨，乃知送亲的随员，便是女弟秃突佳。当下彼此接见，问讯已毕，始引还晋阳城。欢妾大尔朱氏等，也出城相迎，一拥而归。柔然公主素善骑射，在途见鹞鸟飞翔，便在佩囊中取出弓矢，一发即中，鹞随箭落。大尔朱氏亦不禁技痒，由从人手中取过了弓箭，亦斜射飞鸟，应弦而落。既有此技，何不前时射死高欢，为主复仇！欢大喜道："我得此二妇，并能击贼，岂非快事！"说着，便纵辔入城。

到了府舍，与柔然公主行结婚礼，娄妃果避出正室，令柔然公主安居。欢感激异常，寻至别室，得见娄妃，不由得五体投地，向妻拜谢。娄妃慌忙答礼，且笑且语道："男儿膝下有千金，奈何向妾下跪！况番国公主，有所察觉，反觉不美，王尽管自去，与新人作交颈欢，不必多来顾妾了！"欢乃起身去讫。是夕老夫少妻，共效于飞，不必絮述，惟大尔朱氏器量褊窄，未及娄妃的大度，她情愿出家为尼。欢特为建筑佛寺，俾她静修。

秃突佳传述父命，谓待见外孙，然后返国，因此留居晋阳。看官！试想这高欢年经半百，精力渐衰，况他是好酒渔色，宠妾盈庭，平时已耗尽脂膏，怎能枯杨生枝，一索得男！柔然公主望儿心急，每夕嬲欢不休，累得欢形容憔悴，疾病缠身。有时入宿射堂，暂期休养，偏秃突佳硬来逼迫，定要欢去陪伴乃姊，欢稍稍推诿，秃突佳即发恶言。可怜欢无从摆脱，没奈何往就公主，力疾从事，峨眉伐性，实觉难支。欢乃想出一法，只说要出攻西魏，督军经行。肉战不如兵战。

先是西魏并州刺史王思政居守恒农，兼镇玉璧，嗣受调为荆州刺史，举韦孝宽为代。孝宽莅任后，闻高欢率军西来，即至玉璧扼守。欢至玉璧城下，昼夜围攻，孝宽随机抵御，无懈可乘。城中无水，仰给汾河，欢堵住水道，并就城南筑起土山，拟乘高扒城。城上有二楼，孝宽缚木相接，高出土山，居上临下，使不得逞。欢愤语守兵道："虽尔缚楼至天，我自有法取尔。"因凿地为十道，穿入城中。孝宽四面掘堑，令战士屯守堑上，见有地道穿入，便塞柴投火，用皮排吹，地道变成火窟，掘地诸人，悉数焦烂。欢又改用攻车撞城，孝宽缝布为幔,悬空遮护,车不能坏。欢命兵士各执竹竿,上缚松麻,灌油加火,一面焚布,一面烧楼,孝宽用长钩钩竿,钩上有刃,得割松麻,竿仍无用。欢再穿地为二十道,中施梁柱,纵火延烧,柱折城崩。孝宽积木以待,见有崩陷,立即竖栅,欢军仍不得入。城外攻具已穷,城内守备,却还有余。孝宽更夜出奇兵,夺据土山。

欢知不能拔,乃使参军祖珽,呼孝宽道:"君独守孤城,终难瓦全,不如早降为是!"孝宽厉声答道:"我城池严固,兵多粮足,足支数年,且孝宽是关西男子,怎肯自作降将军!"珽复语守卒道:"韦城主受彼荣禄,或当与城存亡,汝等军民,何苦随死?"守卒俱摇首不答。珽复射入赏格,谓能斩城主出降,拜太尉,封郡公,赏帛万匹。孝宽手题书背,返射城外,谓能斩高欢,准此赏格。欢苦攻至五十日,始终不能得手,士卒战死病死,约计七万人,共为一冢。大众多垂头丧气,欢亦旧病复作,入夜有大星坠欢营中,营兵大哗,乃解围引还。欢悉众攻一孤城,终不能下,所谓强弩之末,势不能穿鲁缟。

当时远近讹传,谓欢已被孝宽射死。西魏又申行敕令道:"劲弩一发,凶身自殒。"欢也有所闻,勉坐厅上,引见诸贵。大司马斛律金为敕勒部人,欢使作敕勒歌,歌云:"敕勒川,阴山下,天似穹庐,笼罩四野。天苍苍,野茫茫,风吹草低见牛羊。"斛律金为首倡,欢依声作和,语带呜咽,甚至泪下。死机已兆。自此病益沉重,好容易延过残冬,次年为武定五年,元旦日蚀,欢已不能起床,慨然叹道:"日蚀恐应在我身,我死亦无恨了!"日蚀乃天道之常,干卿甚事!遂命次子高洋,往镇邺郡,召世子澄返晋阳。

澄入问父疾,欢嘱他后事,澄独以河南为忧。欢说道:"汝非忧侯景叛乱么?"澄应声称是。欢又道:"我已早为汝算定了,景在河南十四年,飞扬跋扈,只我尚能驾驭,汝等原不能制景,我死后,且秘不发丧,库狄干、斛律金,性皆遒直,终不负汝。可朱浑元、刘丰生,远来投我,当无异心。韩轨少戆,不宜苛求。彭乐轻躁,应加防护。将来能敌侯景,只有慕容绍宗一人,我未尝授彼大官,特留以待汝。汝宜厚加殊礼,委彼经略,侯景虽狡,想亦无能为了。"说至此,喉中有痰壅起,喘不成声,好一歇始觉稍平,乃复嘱澄道:"段孝先即段韶字。忠亮仁厚,智勇兼全,如有军旅大事,尽可与他商议,

第五十七回 责贺琛梁廷草敕 防侯景高氏留言

当不致误。"是夕遂殁，年五十二。

澄遵遗命，不发丧讣，但诡为欢书，召景诣晋阳。景右足偏短，骑射非长，独多谋算，诸将如高敖曹、彭乐等，皆为景所轻视。尝向欢陈请，愿得

兵三万，横行天下，要须济江缚取萧衍老公，令作太平寺主，欢因使景统兵十万，专制河南。景又尝藐视高澄，私语司马子如道："高王尚在，我未敢有异心，若高王已没，却不愿与鲜卑小儿共事。"子如忙用手掩住景口，令勿多言。景复与欢约，谓自己握兵在外，须防诈谋，此后赐书，请加微点，欢从景言，书中必加点以作暗号。高澄却未知此约，作书召景，并不加点，景遂辞不就征。且密遣人至晋阳，侦欢病状。

旋接密报，晋阳事尽归高澄主持，料知欢必不起，乃决意叛去，通书西魏，愿举河南降附。西魏授景为太傅，领河南大行台，封上谷公。景遂诱执豫州刺史高元成、襄州刺史李密、广州刺史暴显等，潜遣兵士二百人，夜袭西兖州，被刺史邢子才探悉，一律掩获，因移檄东方诸州，各令严防。高澄即派司空韩轨，督兵讨景。

景恐关、陕一路，为轨所断，不如南向投梁，较无阻碍，乃遣郎中丁和，奉表至梁。内言臣景与高澄有隙，原举函谷以东，瑕邱以西，如豫、广、颍、荆、襄、兖、南兖、济、东豫、洛阳、北荆、北扬等十三州内附，所以青、徐数州，但须折简，即可使服。齐、宋一平，徐事燕、赵，混一天下，便在此举云云。忽降西魏，忽附南朝，景

之狡猾已可想见。

梁主衍接阅景表，因召群臣廷议，尚书仆射谢举进谏道："近来与东魏通和，边境无事，若纳彼叛臣，臣窃以为未可！"梁主怫然道："机会难得，怎得胶柱鼓瑟？"群臣多赞成举议，请勿纳景。独有一人鼓掌道："天与不取，反受其咎；况陛下吉梦征祥，臣曾料是混一的预兆，今言果验，奈何勿纳！"梁主亦欣然道："诚如卿言，朕所以拟纳侯景呢。"小子有诗叹道：

　　竖牛入梦叔孙亡，故事曾从经传详；
　　　尽说春秋成答问，如何迷幻自招殃！梁武曾作春秋答问，见《梁书本纪》。

究竟梁主曾梦何事，与梁主详梦，及劝纳侯景，又为何人？俟小子下回再详。

　　贺琛上书言事，胪陈四则，未尝无理。梁主衍护短矜长，颁敕诘责，昏髦情形，已可概见。然读其敕文，犹令琛指实具陈，琛少振即馁，仍作寒蝉，主不明，则臣不能伸其直，于琛何尤焉！惟梁主信佛过甚，教子无方，琛上书时，亦未闻提及，舍本逐末，皮相虚谈，绳以国家大体，琛固未足知此也。高欢年已五十，尚娶蠕蠕公主，老犹渔色，不死何为？玉璧之围，五旬不下，虽由韦孝宽之善守，亦由高欢之精神不济，未能振作军心。将帅疲敝，而望士卒之振奋，不可得也。及归死晋阳，犹能智料侯景，以慕容绍宗为嘱，工心计于生前，贻智谋于身后，此其所以为乱世之雄也欤！

第五十八回

悍高澄殴禁东魏主　智慕容计擒萧渊明

　　却说梁主衍太清元年正月,曾得一梦,梦见中原牧守,并举地来降,盈庭称庆,醒寤后尚觉得意。诘旦召入中书舍人朱异,详述梦境,且语异道:"我平生少梦,若有梦必验。"异便即献谀道:"这便是宇内混一的预兆哩。"至是侯景来归,群臣皆主张拒绝,就中有一人反对,援梦相证,请即纳景,便是曲意迎合的朱舍人。是梁朝祸魁。

　　梁主听了异言,即优待来使丁和,令居客馆俟命。越宿复召异入语道:"我国家固若金瓯,无一伤缺,今忽受景地,倘自致纷纭,悔将无及!"异答道:"圣明御宇,南北归仰,今侯景来降,为北方的先导,若一见拒,反绝人望,愿陛下勿再疑!"仍是揣摩迎合。梁主乃授景为大将军,封河南王,都督河南北诸军事。令丁和赍敕还报,续遣司州刺史羊鸦仁、兖州刺史桓和、仁州刺史湛海珍等,发兵三万,同趋悬瓠,接应侯景。

　　平西将军谘议周弘正素善占候,数年前即语人道:"国家将有兵变。"及闻朝廷纳景,不禁长吁道:"乱阶在此了!"

　　东魏高澄已派韩轨督兵讨景,复恐诸州有变,自出巡抚,乘便入邺都谒主。东魏主善见特赐盛宴,澄酒酣起舞,欢跃异常,好似乃父未死时情状。及宴毕出宫,闻韩轨调兵未齐,不能遽发,因另遣将军元柱等率兵数万,往袭侯景。哪知景已有备,设伏待柱。柱等遇伏中计,大败而还。景因梁军未至,亦退保颍川。

　　既而韩轨督军趋集,围颍川城,景见他兵势甚盛,阴有畏心,再遣使至西魏求救,愿割东荆、北兖、鲁阳、长社四城为赂。西魏尚书仆射于谨道:"景奸诈难测,不必遣兵。"荆州刺史王思政谓不若乘机进取,乃率荆州兵万余人,出鲁阳关,向阳翟进发。宇文泰时镇华州,承制加景大将军,兼尚书令,遣太尉李弼,仪同三司赵贵,率兵万人,援颍川。韩轨闻西魏军至,引兵还邺。

　　景又因通款西魏,恐被梁主诘责,特遣参军柳昕,上表朝廷,只说是王师未至，不得不乞援西魏，暂救目前。一面欲诱执李弼、赵贵，讨好梁廷。赵贵正虑景有诈，不愿见景，且闻东魏退兵，乐得与弼引归。惟王思政带兵入颍川，景畏他兵盛，不敢生谋，唯托词略地，出屯悬瓠，向西魏乞师。宇文泰再调同轨戍将韦法保等，往助侯景，且令召景入朝。景待遇法保，佯表谦恭，法保长史裴宽，密白法保道："景外示隆礼，内实藏奸，窃料他必不入关，公能设伏杀景，最为上策，否则当时时防备，愿勿信他诳诱，自贻后悔！"法保遂不敢信景，亦不敢图景，竟辞别还镇。王思政亦料景多诈，分布诸军，据景州镇。景乃决意归梁，致书报宇文泰道："我耻与高澄雁行，怎能比肩大弟！"泰乃召还前后所遣各军，示与景绝，且将授景各职，移给王思政。思政固辞，经泰再四敦谕，但受都督河南军事职衔。

梁司州刺史羊鸦仁，得引兵入悬瓠城，梁主命改悬瓠为豫州，寿春为南豫州，合肥为司州，即授鸦仁为司、豫二州刺史，镇守悬瓠。西阳太守羊思达为殷州刺史，镇守项城。

已而梁廷下诏，大举伐东魏，拟选鄱阳王萧范为元帅。范即恢子，系梁主侄。朱异忌范英武，忙入阻道："鄱阳王雄豪盖世，颇得人死力，但所至残暴。恐未足吊民。"梁主踌躇良久，乃答说道："会理何如？"异对道："陛下得人了！"适贞阳侯萧渊明，亦上表请行，乃遣渊明、会理两人，分督诸将，陆续北赴。渊明系梁主兄懿子，本无将略，会理为梁主孙，即南康王绩子，袭封王爵，庸懦骄倨，在途常不礼渊明。渊明致书朱异，请调还会理，异乃申请召还。梁主溺爱儿孙，故不察智愚，一味乱用。时当盛夏，天气酷暑，军士不便就道，只好徐徐进行，所以沿途逗留，缓期出境。盛暑行军，并非赴急，这也是违悖天道。

东魏高澄自邺下还晋阳，方为父欢发丧。东魏主举哀东堂，追赠欢为相国，进爵齐王，备九锡殊礼，谥曰献武。且亲临送葬，命高澄为大丞相，都督中外诸军，录尚书事，袭爵勃海王，澄表辞大丞相职衔，有诏依议。澄弟洋为京畿大都督，仍至邺都辅政。柔然世子秃突佳，尚在晋阳，因高欢已殁，始欲还国。澄因柔然公主适在盛年，不愿令她守寡，意欲替父效劳。好在柔然国俗，子妻后母，数见不鲜，他即援以为例，与秃突佳面商。秃突佳转告乃姊，乃姊入偶高欢，虽已逾年，历时不过数月，正在懊恨得很，蓦闻此信，倒也忧喜兼并。况澄年才逾冠，又生得仪表

第五十八回　悍高澄殴禁东魏主　智慕容计擒萧渊明

雄伟,弓马精通,与公主是一对佳偶,移花接木,乐得随缘,便即应允下去。秃突佳转告高澄,澄喜如所愿,便即趋入正室,与公主略迹表情,两下里同会巫山,男贪女爱,不问可知。后来产了一女,毋庸细表。这也可谓之世袭。惟秃突佳急欲北还,由澄厚赠赆仪,出城饯别,自回柔然去了。了过秃突佳,并了过蠕蠕公主。

那东魏主善见,多力善射,又好文学,时人谓有孝文风烈。高欢在日,尚敬事善见,事无大小,必先上闻,可否听命。有时入朝侍宴,亦必俯伏上寿,或随主行香,执炉步从,鞠躬屏气,承望颜色。所以群下奉主,莫敢不恭。及澄既当国,与乃父大不相同,尝使黄门侍郎崔季舒,伺察深宫动静。善见未免不平,一经季舒报告,澄顿时怒起,立驰入邺,愤愤上朝。善见看他满面怒容,料知他怀恨在胸,只好盛筵相待。澄斟着大觞,强主饮尽,善见辞不能饮,澄勃然道:"臣澄劝陛下酒,陛下如何却臣?"善见忍耐不住,拂袖起座道:"从古无不亡的国家,朕连饮酒都不能自主,何用求生?"澄亦怒叱道:"朕、朕!狗脚朕!"随呼季舒道:"可殴他三拳!"亏他说出。季舒恃澄威势,竟举拳相饷,连击三下,澄乃趋出。

越日复遣季舒入谢,善见亦只好优容,反赐季舒绢百匹。真是买打。及季舒退后,随口咏谢灵运诗道:"韩亡子房奋,秦帝鲁连耻,本自江海人,忠义动君子!"侍讲荀济闻诗知意,乃与祠部郎中元瑾,华山王大器,淮南王宣洪,济北王徽等,谋诛高澄。诈称在宫中作土山,隐开地道,通至北城千秋门,达澄寓所,拟募勇士从地道刺澄。计亦太愚。

偏门吏日夕巡逻,听得地下有发掘声,忙向澄报闻。澄使人掘视,下面有地道通入宫中,越气得神色咆哮。当下勒兵入宫,见了主子善见,竟不行礼,昂然就座,怒目视主道:"陛下何意欲反?"善见听了,也觉无名火高起三丈,骤声答道:"从古只闻臣反君,未闻君反臣,王自欲反,奈何责我!"澄又道:"臣父子功存社稷,何负陛下!陛下想亦不欲害臣,或系左右嫔妃等从中谗构,所以致此。"善见复答道:"我不害王,王亦必害我,我身且不能顾,何惜妃嫔,必欲弑逆,迟速唯王!"口齿亦健。澄觉得语言太重,乃下座叩头,号泣谢罪。善见不得已扶他起坐,亦勉强慰谕,更设席与宴。澄借酒浇闷,饮至酣醉,夜久始出。

越日使人追究地道情事,知由荀济等所为,乃捕济等付有司。济少居江东，博学能文，与梁主衍为布衣旧交，梁主篡齐，济心不服，常语人道："我若得志，当就盾鼻上磨墨草檄。"梁主闻言，很觉不平。嗣后上书规谏，以信佛筑寺为戒，词多激切。梁主怒不可遏，便欲斩济。舍人朱异令济逃生，济因奔往东魏。高欢颇加爱重，但虑他锋芒太露，不加大任。及高澄入邺辅政，欲用济为侍讲，欢叹道："我欲全济，故不用济。"澄固请乃许。至此谋泄被捕，侍中杨遵彦问济道："荀侍讲年力已衰，何苦乃尔！"济答辩道："正因年纪衰颓，功名不立，所以上挟天子，下诛权臣！"澄颇追忆父言，欲宥济死，特亲加审讯道："荀公，汝何为造反？"济抗声道："奉诏诛高澄，怎得谓反！"澄当然加怒，立命就烹。有司见济老病，用鹿车载至东市，纵火焚死，余如华山王大器以下，一并被焚，遂将东魏主善见软禁含章堂，派心腹人临守，限制出入。谘议温子升方为高欢作碑文，澄疑他与济通谋，俟碑文告成，即牵往晋阳，饿毙狱中，弃尸道旁，籍没家口。澄也自归晋阳。

适值彭城急报，杂沓前来，略言梁军来攻，请速发援兵，澄乃遣大都督高岳，往救彭城。拟令金门郡公潘乐为副，行台丞陈元康道："乐才不如慕

容绍宗，况系先王遗命，何不遵行！"澄因命绍宗为东南道行台，与乐偕行。侯景在悬瓠治兵，方拟进攻谯城，闻绍宗督军南来，叩鞍有惧色，且皇然道："谁教鲜卑儿，使绍宗来？难道高王尚未死么？"死高欢能料生侯景。遂遣人至萧渊明军，请勿轻视绍宗，如或得胜，逐北切勿过二里。

渊明在途数月，始抵彭城，梁廷复遣侍中羊侃，赍敕示渊明，令就泗水筑堰，截流灌城，俟得城后，再进军与侯景相应。渊明乃驻军寒山，距

第五十八回 悍高澄殴禁东魏主 智慕容计擒萧渊明

彭城约十八里,令羊侃监工筑堰,两旬告成。侃劝渊明乘水进攻,渊明正在狐疑,适接侯景来书,心下更忐忑不定。俄有探骑来报,慕容绍宗已率众十万,至橐驼岘,来援彭城了。羊侃在旁进言道:"敌军远来,不免劳乏,请急击勿失!"渊明不答。翌晨又劝渊明出战,仍然不从。侃知渊明必败,索性自率一军,出屯堰上。

又越日,绍宗率众进逼,自引前驱万人,攻梁左营。营将为潼州刺史郭凤,急忙抵御,矢如雨集,渊明正饮酒过醉,卧不能起,帐下叠报左营受敌,尚是鼾睡无闻。糊涂虫。好容易把他唤醒,他才发出军令,叫诸将出救郭凤,诸将皆不敢发。独北兖州刺史胡贵孙鼓勇出营,往扑东魏军,劲气直达,所向无前,斩首二百级。绍宗见来军轻悍,麾众使退。当有探卒报知渊明。渊明闻贵孙得胜,顿时胆大起来,便上马督军,驰往战场。望将过去,果然东魏军弃甲曳兵,向北乱窜,一时情急徼功,竟把侯景书中要语,撇诸脑后,并力追赶。约追了三、五里,不意后面有敌兵杀到,冲散梁军,前面又由绍宗麾兵杀转,首尾夹攻。梁军本无斗志,不过乘兴前来,蓦见前后皆敌,统吓得东逃西窜,抱头狂奔。渊明亦叫苦不迭,策马乱撞,被东魏兵围裹拢来,你牵我扯,把他硬拖下马,活擒了去。胡贵孙也杀得力疲,身中数创,也被擒住,他将被虏,不可胜计,丧失士卒数万名。惟羊侃结阵徐退,不失一人。看官不必细问,便可知渊明各军,是陷入绍宗的诱敌计了!找足一笔。

梁主衍方昼寝殿中,由宦官张僧胤入报,谓朱异有急事启闻。梁主慌忙起床,出殿见异,异才说出寒山失律四字,惊得梁主身子发晃,几乎堕落座下。老头儿禁不起吓了。僧胤急从旁扶住,方叹息道:"我莫非再为晋家么?"异亦嘿然而退。已而复闻潼州失守,郭凤遁归,嗣见风声鹤唳,触处生惊,忽又传到东魏檄文。略云:

皇家垂统,光配彼天,唯彼吴越,独阻声教,元首怀止戈之心,上宰薄兵车之命,遂解絷南冠,谕以好睦,虽嘉谋长算,爰自我始,罢战息民,彼获甚利。侯景竖子,自生猜贰,远托关陇,凭依奸伪,逆主定君臣之分,伪相结兄弟之亲,岂曰无恩,终成难养。俄而易虑,亲寻干戈,衅暴恶盈,侧首无托,以金陵逋逃之薮,江南流寓之地,甘辞卑礼,委贽图存,诡言浮说,抑可知矣。而伪朝大小,幸灾忘义,主荒于上,臣蔽于下,连结奸恶,断绝邻好,征兵保境,纵盗侵国。盖物无定方，事无定势，或乘利而受害，或因得而更失，是以吴侵齐境，遂得勾践之师，赵纳韩地，终有长平之役。矧乃鞭挞疲民，侵轶徐部，筑垒雍川，舍舟徼利，是以援枹秉枹之将，拔巨投石之士，含怒作色，如赴私仇。彼连营拥众，依山傍水，举螳螂之斧，被蛣蜣之甲，当穷辙以待轮，坐积薪而候燎。乃锋刃暂交，埃尘且接，已亡戟弃戈，土崩瓦解，掬指舟中，衽甲鼓下，同宗异姓，缧绁相望，曲直既殊，强弱不等。获一人而失一国，见黄雀而忘深阱，智者所不为，仁者所不向，诚既往之难逮，犹将来之可追。侯景以鄙俚之夫，遭风云之会，位班三事，邑启万冢，揣身量分，久当止足；而周章向背，离披不已，夫岂徒然，意亦可见。彼乃授之以利器，诲之以慢藏，使其势得容奸，时堪乘便。令见南风不竞，天亡有征，老贼奸谋，将复作矣。然御坚强者难为功，摧枯朽者易为力，窃计江南军帅，虽非孙吴猛将，燕赵精兵，犹是久涉行阵，曾习军旅，岂同剽轻之师，不比危脆之众，拒此则作气不足，攻彼则为势有余。若及此不图，以恶为善，终恐尾大于身，踵粗于股，屈强不掉，很戾难驯。呼之则反速而衅小，不征则叛迟而祸大。会应遥望廷尉，不肯为臣，自据淮南，亦欲称帝，但恐楚国亡猿，祸延林木。城门失火，殃及池鱼，横使江淮士子，荆扬人物，死亡矢石之下，夭折雾露之中。彼梁主操行无闻，轻险有素，射雀论功，荡舟称力，年既老矣，耄又及之，政散民流，礼崩乐坏，加以用舍乘方，废立失所，矫情动俗，饰智惊愚，毒螫满怀，妄敦戒素，躁竞盈胸，谬治清净，灾异降于上，怨讟兴于下，人人厌苦，家家思乱。履霜有渐，坚冰且至，传险躁之风俗，任轻薄之子孙，朋党路开，兵权在外，必将祸生骨肉，衅起腹心，强弩冲城，长戈指阙。徒探雀鷇，无救府藏之虚，空请熊蹯，讵延晷刻之命？外崩中溃，今实其时，鹬蚌相持，我乘其敝。方使精骑追风，精甲辉日，四七并列，百万为群，以转石之形，为破竹之势，当使钟山渡江，青盖入洛，荆棘生于建业之宫，麋鹿游于姑苏之馆。但恐革车之所辚轹，剑骑之所蹂践，杞梓于焉倾折，竹箭以此摧残。若吴之王孙，蜀之公子，归款军门，委命下吏，当即授客卿之秩，特加骠骑之号。凡百君子，勉求多福，檄到如约，决不食言！

这篇檄文，系是东魏军司杜弼手笔，后来梁室祸败，多如弼言。怎奈梁主不悟，反因渊明被擒，愈欲倚重侯景。景遣行台左丞王伟，驰赴建康，奏称东魏主为高澄所幽，元氏子弟，多避难南朝，请择立一人为主，镇抚河北云云。梁主令太子舍人元贞为咸阳王，拨兵护送，使还北方。贞系魏咸阳王元禧孙，梁降王元树子，树被东魏擒戮，贞留梁为太子舍人，至是由梁主诏敕，许他渡江即位，称为魏主。

那东魏将慕容绍宗已乘胜进攻侯景，景退保涡阳。绍宗长驱而进，与景交锋，景令部众被短甲，执短刀，驰入绍宗阵内，但斫人胫马足，不少仰视，东魏军纷纷倒地，连绍宗坐下的马足，也被砍断，把绍宗掀落马下。亏得绍宗身材伶俐，急忙跳起，方得易马返奔。东魏仪同三司刘丰生也受伤遁去。显州刺史张遵业，为景所擒。

绍宗等奔回谯城，裨将斛律光、张恃显等因绍宗失律至败，互生讥议。绍宗道："我曾经百战，未见如侯景狡悍，汝等不服，尽可再试；看汝胜负何如！"光与恃显，乃引军再攻侯景，到了涡水，被侯景一阵乱射，恃显落马被擒，光狼狈走还。绍宗微哂道："今果何如！怎得咎我！"光惶恐谢罪。

越日恃显由侯景纵还，再约与绍宗决战。绍宗下令各军，不准妄动，深沟固垒，为持久计。这一着却是抵制侯景的上计。小子有诗叹道：

　　善战何如用善谋，凭城固垒且深沟；
　　跛奴纵有兼人技，末着终还逊一筹。

侯景与绍宗相持数月，粮食将尽，不能再持，绍宗乃下令出兵，突击侯景。欲知战时情状，待至下回表明。

　　语有之：其父行劫，其子必且杀人。高欢逐君为逆，改立少主，而每事上闻，恪恭将事者，岂果真心出此，毋乃由缘饰虚文，掩人耳目欤？及其子高澄当国，敢殴君主，且从而幽禁之，彼直视主上如犬马，而尚有下座叩头，号泣谢罪之伪态，狡黠如父，而凶悍过于父，是非所谓父行劫，子且杀人耶！高欢能防景于身后，而梁主衍不能察景于生前。杜弼谓年既老矣，耄又及之，正不啻一梁主写照。且误用从子渊明，自覆全军，昏耄之征，一至于此，无怪其终困死台城也。

第五十九回

纵叛贼朱异误国　却强寇羊侃守城

　　却说慕容绍宗固守谯城，自冬经春，未尝出战。是年为梁太清二年，东魏武定六年。侯景求战不得，攻城又不克，营中粮食将尽，正在愁烦。忽报城中发出铁骑五千，由绍宗亲自督领，前来攻营。景急上马出寨，见敌骑甚是踊跃，士饱马腾，勇气百倍，不由得畏忌起来。旁顾部众，亦俱带惧容，他即想了一计，出言诳众道："汝等家属，已为高澄所杀，若要报仇，全仗此战。"部众不禁切齿，向敌大呼道："可恨高澄！奸我父母妻孥，我等当与汝拼命！"慕容绍宗听得此言，急从马上立着，遥应景军道："汝等休信跛奴诳言，现在汝等家属，并皆完好，若去逆归顺，官勋如旧！"景众尚未肯信，绍宗免冠散发，向北斗设誓。于是景众信为真情，一声呐喊，哄然散去。景将暴显等统掣领部曲，奔降绍宗。侯景自知不佳，忙招众退还，偏众情已经北向，多半掉头不顾，那绍宗又麾骑杀来。此时穷极无法，惟有向南逃走。好容易渡过涡水，手下已经散尽，只剩得心腹数人，自硖石渡淮。散卒稍集，得步骑八百人，昼夜兼行，闻后面尚有追兵，乃遣人走语绍宗道："景欲就擒，公尚有何用？"绍宗乃收军不追。这是绍宗误处，然若景得受擒，梁亦何致遘乱。景奔至寿春，监南豫州事韦黯闭城不纳。景遣寿阳人徐思玉入城说黯，黯乃开门迎景。景入据寿春，上表告败，自求贬削。梁廷闻景败耗，未知确实消息，或云景与将士尽没，上下皆以为忧。时何敬容起为太子詹事，入侍东宫，太子纲语敬容道："侯景生死未卜，近有人传说，谓景已得免。"敬容道："景若遂死，还是朝廷幸福。"太子惊问原因？敬容道："景反复叛臣，终当乱国。"太子尚将信将疑，嗣由梁主接得景表，喜景未死，即命景为南豫州牧，本官如故。光禄大夫萧介上书切谏道：

　　　　窃闻侯景以涡阳败绩，只马归命。陛下不悔前祸，复敕容纳。臣闻凶人之性不移，天下之恶一也。昔吕布杀丁原以事董卓，终诛董而为贼，刘牢反王恭以归晋，还背晋以构妖。何者？狼子野心，

第五十九回　纵叛贼朱异误国　却强寇羊侃守城

终无驯狎之性,养虎之喻,必见饥噬之祸。侯景以凶狡之才,荷高欢卵翼之遇,位忝右司,任居方伯,然而高欢坟土未干,即遭反噬,逆力不逮,乃复逃死关西,宇文不容,故复投身于我陛下。前者所以不逆细流,正欲比属国降胡以讨匈奴,冀获一战之效耳。属国汉官名,疑指汉班超事。今既亡师失地,直是境上之匹夫。陛下爱匹夫而弃与国,臣窃不取也!若国家犹待其更鸣之晨,岁暮之效,臣窃思侯景必非岁暮之臣,弃乡国如脱屣,背君亲如遗芥,岂知远慕圣德,为江淮之纯臣乎?事迹显然,无可致惑。臣老朽疾侵,不应干预朝政;但楚囊将死,有城郢之忠,卫鱼临亡,亦有尸谏之道。臣忝为宗室遗老,不敢不言,惟陛下垂察!

梁主阅书,恰也叹为忠言,但终不能用。那豫州刺史羊鸦仁,闻景军败溃,弃悬瓠城,走还义阳,殷州刺史羊思迁亦弃项城走还,河南诸州又尽入东魏。梁主衍怒责鸦仁等,鸦仁乃启申后期,屯军淮上。何不责景?

东魏大将军高澄既复河西,乃遣书梁廷,复求通好,一面优待萧渊明,和颜与语道:"先王与梁主和好,已十余年,今一朝失信,致此纷扰,料非梁主本心,当是侯景煽动所致。卿可遣人启闻。若梁主不忘旧好,我岂敢违先王遗意?所有俘虏诸人,并即遣归;就是侯景家属,亦当同遣。"言甘必苦。渊明大喜,立遣从人奉启梁廷,备述澄言。梁主衍前得澄书,尚不欲许和,及得渊明奏启,即召群臣商议。朱异首先开口道:"静寇息民,不若许和。"又是他来迎合。御史中丞张绾等亦随声附和。独司农卿傅岐道:"高澄方得胜仗,何必求和?这无非是反间计,欲令侯景自疑,景意不安,必图祸乱,他好从中取利呢!"数语喝破。偏朱异等固请宜和,梁主亦厌用兵,乃赐渊明书,令来使夏侯僧辩赍还。

僧辩还过寿阳,为侯景所遮留,索书启视,内云高大将军既待汝不薄,当别遣行人,重修睦谊云云。景不免懊怅,虽然遣去僧辩,心下很是不欢,遂上梁主书道:"高澄忌贾在狄,恶会在秦,春秋晋灵公时,贾季奔狄,士会奔秦,晋人患之。求盟请和,欲除彼患,若臣死有益,万殒无辞,唯恐千载,有秽良史。"又致书朱异,并赂金三百两,托他挽回。异将金收纳,所有景上梁主书,却阻使不通。好一个贪利法门。

梁主遣使赴晋阳,吊高欢丧,并与澄申议和约。侯景又上书道:

"臣与高氏衅隙已深,仰凭威灵,期雪仇耻,今陛下复与高氏连和,使臣何地自处?乞申后战,宣扬皇威。"梁主复谕道:"朕与公大义已定,岂有忽纳忽弃的道理?今高氏有使求和,朕亦更思偃武,所以暂与修好,公但宁静自居,不劳多虑。"景更申请战期,梁主仍把前言敷衍,叫他不必渎陈。景乃诈为邺中书,求以贞阳侯易景。梁主不知真伪,即欲答允,司农卿傅岐已升任中书舍人,朱异兼官中领军,两人入朝计事。傅岐道:"侯景因穷来归,既已收纳,不必再弃;况景系百战余生,难道肯束手受缚么?"异独抗声道:"景战败势蹙,但教一使传诏,便好就絷了。"谚谓得人钱财,替人消灾,异贪而且凶,令人发指!梁主竟用异言,复书有贞阳旦至,侯景夕返二语。景得复报,出书示左右道:"我原知吴老公是薄心肠呢。"

从前侯景归梁,曾由行台左丞王伟献议,此次伟复进言道:"今坐听亦死,举大事亦死,唯王裁察!"景始为反计,编寿春居民为兵,百姓子女,悉令配给将士,且屡向梁廷需索,并因妻孥陷没东魏,求与王、谢二家结婚。梁主复答道:"王、谢门高,不便择配,可就朱、张以下,访求佳偶。"景闻言生恨道:"会当使吴儿女配奴。"又表求锦万匹,为军人制袍,异但给以青布,景益愤愤。梁廷又遣建康令谢挺,散骑常侍徐陵,往聘东魏。景得知消息,反谋益甚。

咸阳王元贞见景有异志,累请还朝。景与语道:"河北事虽不能成,江南在我掌握,何不忍耐一二年?"贞闻言益惧,逃回建康,据实上闻。梁主但命贞为始兴内史,并不问景。

时临贺王萧正德,履历见前文。得任左卫将军,贪暴日甚,阴聚死士,潜谋不轨。正德前曾奔魏,与侯景有一面交,且与徐思玉素有交谊。景令思玉为司马,使他往见正德,赍笺以进,略言天子年尊,奸臣乱国,大王位当储贰,中被废黜,海内俱代为不平。景虽不敏,实思自效,愿王允副苍生,鉴景诚款云云。正德大喜,立写复书,令思玉带还。景启书审视,内云朝廷事如公所言,仆亦存心多日,志与公同。今仆为内应,公作外援,何事不济?事贵从速,幸勿缓图!癞蛤蟆想吃天鹅肉了。景遂部署兵马,指日发难。

鄱阳王萧范,即恢子,系梁主侄。方为合州刺史,居守合肥,已知景谋,密遣人报达梁廷。梁主也觉动疑,偏朱异谓景众皆散,必无反理。

还要误人。梁主乃报范道:"景孤危寄命,譬如婴儿仰人乳哺,何能为反?汝且勿忧。"范又上书道:"不早翦扑,祸及君臣,朝廷若不欲发兵,臣范愿自率部众,往讨侯景。"梁主仍然不许,朱异且语范使道:"鄱阳王太属多心,难道不许朝廷容纳一客么?"范得去使返报,大为愤闷。再请黜异讨景,均被异阻住,匿不上闻。

既而羊鸦仁执送景使,谓景邀臣同反,所以执使献阙,请朝廷从速预防。异反嚣然道:"景手下只数百人,有何能为?"竟将景使释还。景益无忌惮,遂举兵叛梁,也公然移檄四方,但言中领军朱异,少府卿徐驎,太子右卫率陆验,制局监周石珍,蟠踞宫廷,荧惑主聪,所以兴师入朝,志清君侧云云。原来驎、验、石珍,并奸佞骄贪,为世所嫉,号为三蠹,故景托词除奸,耸动众听。当下出攻马头,执住戍将曹璆等。警报飞达梁廷,梁主反抚须笑道:"景何能为?我一折箠,便足答景了!"谈何容易!遂命合州刺史鄱阳王范为南道都督,北徐州刺史封山侯萧正表为北道都督,司州刺史柳仲礼为西道都督,散骑常侍裴之高为东道都督,特简侍中邵陵王纶为统帅,持节督军,会讨侯景。另悬赏格,谓斩景立功,得封三千户公,除授州刺史。

景闻台军已发,更向王伟问计,伟答道:"邵陵若至,彼众我寡,必为所困,不如决志东向,直掩建康,临贺内应,大王外攻,天下可立定了!兵贵神速,请即进兵!"景乃留外弟王显贵守寿阳,佯称游猎,径袭谯州。助防董绍开城出降,刺史萧泰竟为所获。泰系范弟,贪虐百姓,所以人无斗志,遇寇即降。转攻历阳,太守庄铁,复举城降景,劝景速趋建康。景即命铁为前导。引兵临江,江上镇戍,连番报警。尚书羊侃,入朝献策,请急发二千人往据采石,截住贼景。一面遣邵陵王袭取寿阳,使景进退无路,方可就擒。却是要着。朱异又出阻道:"景必不渡江,何必发兵!"朱异昏愦,梁主何亦如此糊涂!侃出叹道:"这遭要败事了!"梁主再授临贺王正德为平北将军,都督京师诸军事,出屯丹阳郡。正德遣大船数十艘,诈称载荻,实是装运粮械,接济侯景。景大喜道:"我得济事了!"遂从横江渡采石,部下不过八千人,马止数百匹,分兵袭入姑熟,直趋慈湖。

梁廷闻侯景渡江,统惊惶的了不得,太子纲戎服入觐,禀受方略。梁主支吾道:"这是汝事,何必更问!今将内外军一概付汝,汝可便宜行事!"大事已去,乃一概推与儿子,真变作萧娘了。太子乃出留中书省,指挥军事,命扬州刺史宣城王大器,系太子纲子。都督城内诸军事,尚书羊侃为副,分派各将士

纵敌贼朱异误国

守城,敛集各寺库公藏钱,聚置德阳堂,充作军需。何奈人情惶骇,莫肯应募,再加临贺王正德叛情,自梁主以下,无一察悉,反令他屯守朱雀门。这朱雀门是建康要户,乃使叛党把守,还有什么好处?

　　侯景到了板桥,尚未知都城虚实,特派徐思玉入都,求见梁主。梁主当即召见,思玉入朝俯伏,诈称背景,请间白事。梁主命左右退去,舍人高善宝在旁,大声叱道:"思玉方从贼中来,情伪难测,怎可使他独在殿上?"朱异侍坐道:"徐思玉岂是刺客么?"还似做梦。梁主闻善宝言,却也迟疑,善宝令思玉直陈无隐。思玉乃出景奏启,内言异等弄权,臣景愿带甲入朝,肃清君侧。梁主阅毕,递示朱异,异且览且惭,赧然不答。

　　梁主乃遣中书舍人贺季,主书郭宝亮,随思玉赴景营,宣敕慰抚,景还算北面受敕。季问景道:"今日此举,究属何名?"景直答道:"无非想作皇帝呢!"直捷得妙。王伟趋进道:"朱异等乱政,所以兴师除奸,皇帝一语,尚是戏言。"景复道:"萧老公可做皇帝,难道我不配做皇帝么?"说着,即将贺季拘住,但令宝亮还报。

　　是时梁主建国,已四十七年,境内无事,公卿士大夫罕见甲兵,宿将又俱凋谢,后进少年多在边戍,或随邵陵王军前。全仗羊侃一人,指挥军旅,威爱两施,都下还勉强支住。景率众至朱雀桁南,正德已与密通

音问。东宫学士庾信,率宫中文武三千余人,立营桁北,拟开桁冲击,借挫贼锋,正德不从。俄而景众大至,信始开桁迎敌,甫出一舸,见景军俱戴铁面,不禁骇退。信方含甘蔗,突有一飞矢射来,拂过信手,将蔗撞落。信亦魂胆飞扬,弃军遁还。正德遂派游军沈子睦,开桁渡景,正德率众出迎,至张侯桥相遇。马上交揖,并辔入朱雀门。景望阙下拜,佯作欷歔。先是童谣有云:"青丝白马寿阳来。"景欲应谣,特跨白马,用青丝为辔,乘胜犯阙。

都中汹惧异常,羊侃诈称得邵陵王书,揭示大众,谓已与西昌侯萧渊藻引兵入援,众心少安。惟石头白下石头城俱戍,已皆奔散。景得进围台城,鸣鼓吹角,喧声动地,纵火毁大司马东西华诸门,羊侃亲自督守,使凿门上为窍,喷水灭火。太子纲亦自捧银鞍,赏赐将士,将士始奋,逾城洒水,火才得灭。景又令众执长柄大斧,奋斫东掖门,羊侃又令凿门为孔,用槊戳出,刺死二人,景众乃退。景党宋子仙入据东宫,掠得东宫妓数百人,分给军士。范桃棒入据同泰寺,寺中蓄积被掠一空。景复作木驴数百攻城,城上投下大石,木驴多碎。景更作尖顶木驴,石不能破。侃使作雉尾炬,灌渍膏油,且燃且掷,尖驴又被焚尽。既而景又作登城车,高约十余丈,欲临射城中,侃笑说道:"车高堑虚,彼来必倒,但教安坐看他吧!"及敌车推至堑中,果然尽覆。景屡次失败,乃但筑长围,断绝内外。又射入启文:请诛朱异等人。侃亦射出赏格,购募景首。

两下里相持数日,朱异请出兵击贼,梁主召问羊侃,侃答言不可。异一再固请,总是他来作梗。竟使千余人出战,侃子鹍亦执殳从军。景麾众来争,城中兵未及交锋,已先吓退。鹍单骑断后,因被捉去,景令推鹍至城下,招侃出降。侃愤然道:"我倾宗报主,犹恨不足,岂顾一子,生杀任便!"景乃将鹍牵归。越数日又复牵来,侃语鹍道:"我道汝已早死,哪知汝尚在世么?"说着,即引弓注射。景忙令牵鹍回营,因乃父忠义可风,倒也不敢杀他,留住营中。

太清二年十一月,景奉正德为帝,刑白马为盟,就太极殿前,祭祀蚩尤,正德被服衮冕,在仪贤堂登位,景率众朝谒,齐呼万岁。正德也下伪诏,略言普通以来,奸邪乱政,主上久病,社稷将危,河南王景释位来朝,猥奉朕躬,绍兹宝位,可大赦改元正平,立世子见理为皇太子,授景为丞相,以女妻景。并出私家宝货,悉助军资。

景立营阙前,护卫正德,实是监守。分兵二千人攻东府,三日乃克。杀死守将南浦侯萧推,且诈言

梁主已死,令官民改奉新帝正朔。都中得此讹传,也觉疑信参半,太子纲请梁主巡城,梁主亲御大司马门,城上闻警跸声,并鼓噪流涕,于是谣言始息。

南津校尉江子一,当侯景济江时,曾率舟师拒景,舟师皆溃。子一奔还,梁主面责子一,子一拜谢道:"臣以身许国,常恐不得死所,今所部皆弃臣遁去,臣只一人,怎能击贼?若贼敢犯阙,臣誓当碎首报君,自赎前罪!"梁主乃赦罪不问。至是与弟左丞子四,东宫主帅子五,领百余人出城,直抵景营。景发兵围攻,子一引槊四刺,杀贼数十人,贼众攒集,斫断子一左肩,乃倒毙地上。子四中槊,洞胸而死。子五伤股驰还,方至堑上,一恸径绝。小子有诗赞道:

舍身报国赎前愆,战死疆场剧可怜!
兄弟三人同毕命,义碑好把姓名镌。

侯景围都城月余,城中日望外援,忽有临川太守陈昕夜缒入城。究竟为着何事?待至下回再叙。

劝纳侯景者为朱异,激叛侯景者亦朱异,纵容侯景者又为朱异,吾不知朱异何心,必欲覆梁?并不知梁主何心,必欲信异?景之智力,并无大过人处,渡江时众不满万,设用萧范、羊侃之言,俱足制贼。叛王正德,前已奔魏,心术之坏,不问可

第五十九回　纵叛贼朱异误国　却强寇羊侃守城

知,废黜不用,绝景内线,景亦不至遽敢犯阙。乃一误再误,既不逆击叛首,反且委任叛党。梁主固昏耄无知,太子纲亦一庸才耳。古人有言:小人之使为国家,菑害并至,虽有善者,亦无如何。观羊侃之纳谋不用,又复率众守城,随宜却贼,实一梁朝社稷臣,然硕果仅存,内外无继,一善士其如梁何哉!

第六十回

援建康韦粲捐躯　陷台城梁武用计

却说临川太守陈昕,前曾出戍采石,为景所擒,景囚诸帐下,令党徒范桃棒监守。昕诱劝桃棒归梁,使率所部袭杀王伟、宋子仙等,桃棒颇也动心,纵昕出囚,令他缒城入报,愿为外援。梁主大喜,敕镌银券赐桃棒,俟侯景平定,即封桃棒为河南王。独太子纲疑他有诈,不肯轻信。小心过甚,亦觉误事。昕出城还报桃棒,桃棒又使昕入启,请开城纳降。太子纲终以为疑,不肯开门。俄而桃棒事泄,为景所杀。昕尚未知桃棒遇害,仍出城赴侯景营,景把昕拘住,逼令射书城中,诈称桃棒来降,好乘势入城。昕不肯从,反痛詈侯景,也被杀死。不没昕忠。

景乃射书入城,招降罪奴。朱异家有奴仆,缒城降景,景即授他仪同三司,奴乘良马,着锦袍,往来城下,且行且诟道:"朱异,朱异,汝做官至四五十年,才得一中领军,我方降侯王,便已仪同三司了。"于是群奴陆续偷出,趋降景营,共计千数。景一一厚抚,配入军伍。奴隶何知忠义,统皆感激私恩,愿为效死。

景初至建康,军令颇严,不许侵扰,及攻城不下,人心渐散,仰食石头常平诸仓,又将告罄,不得已纵兵掠民,无论金帛菽粟,并尽情劫夺。百姓流离荡析,无从得食,甚至升米万钱,多半饿死沟壑。正德太子见理镇守东府,素性贪险,夜与群盗出掠大桁,中矢竟死。

梁荆州刺史湘东王绎移檄湘州刺史河东王誉,雍州刺史岳阳王詧,江州刺史当阳公大心,大器弟。郢州刺史南平王恪,梁主侄,即萧伟子。使发兵勤王,自督兵三万人,由江陵出发,向东进行。就是邵陵王纶,前曾督师出都,行至钟离,闻侯景已渡采石,乃还军入援。渡江遇风,人马溺毙不少。纶率步骑三万,从京口西上,前谯川刺史赵伯超,在纶麾下,因即献议道:"若从黄城大路进行,恐与贼遇,不如径指钟山,突据广漠门,出贼不意,围城当可立解了!"纶依伯超言,由黄城进兵,夜行失道,迂回二十余里,诘旦始立营蒋山。景正分兵至江,防遏纶军,不意纶军

第六十回　援建康韦粲捐躯　陷台城梁武用计

猝至，也觉惶骇，遂送所掠妇女玉帛，贮石头城，更分兵三路攻纶。纶击破景军，景退至覆舟山北，招集败军，倚山列营。纶进逼玄武湖，与景对垒，相持不战。

到了日暮，景收军徐退。安南侯萧骏，懿孙。疑景怯走，即率壮士追赶，不料景麾众还攻，骏不能敌，败奔纶营。赵伯超见景众杀来，望尘先遁，诸军俱相顾惊溃，纶率余兵千人，奔入天保寺。景纵火烧寺，纶复遁往朱方。时值隆冬，冰雪盈途，士卒四处窜散，多半冻毙。西丰公大春，大器弟。及前司马庄邱慧，军将霍俊，不及逃避，均为所擒，辎重亦被景夺去。邵陵一路败退。

景将大春等推至城下，胁令给城中守卒，只说邵陵王已死军中。偏霍俊不肯从景，朗声呼道：“邵陵王稍稍失利，已全军还京口，城中但坚守待着，援兵即至。”说至此，景众用刀击俊背，俊辞色益厉。景尚怜他忠义，不忍加害，那伪皇帝萧正德，独不肯放松，竟将俊杀死。比强盗更凶。

是日晚间，鄱阳王范遣世子嗣与裴之高，及建安太守赵凤举，各将兵入援，驻营蔡洲。封山侯萧正表本受命为北道都督，偏与景暗中勾通，受伪封为南郡王，兼南兖州刺史，正表系正德弟，无怪他与兄同逆。统军万人，立栅欧阳，佯言将入援都城，实是阻截上流援军，一面诱广陵令刘询，使烧城为应。询转告南兖州刺史南康王会理，见五十八回。会理使询领步骑千人，夜袭正表，攻入欧阳营栅。正表败走钟离，询取得正表军粮，返就会理，再行部署，为勤王计。

侯景闻正表败还，恐援军四集，索性大举攻城，就台城东西两面，高筑土山，临城攻扑，城中亦随筑土山，与他相持。会大雨倾盆，城内土山骤崩，景乘隙登城，与守卒城上鏖斗，两边死了多人，景众不退。羊侃忙令兵士争抛火炬，乱烧景众，又在城内筑垒为防，景众乃退。侃因连日忧劳，竟至遘疾，疾且日剧，旋即告终。城中所恃惟侃，侃既谢世，人心益震。幸有材官吴景，素有巧思，善制守具，随宜抵御。右卫将军柳津，潜凿地道，出挖城外土山，景未及预防，土山猝倒，贼众压死甚多。嗣是弃去土山，自焚攻具，另决玄武湖水，灌入台城，阙前皆为洪流，势甚岌岌。

适衡州刺史韦粲募兵五千，兼道赴援。司州刺史柳仲礼亦率步骑万余人至横江，与粲相会。裴之高亦自蔡洲渡江，接应仲礼。粲正推仲礼为大都督，偏之高自命先进，负气不服。粲单舸至之高营，当面谯让道："今两宫危

迫，猾寇滔天，惟柳司州久镇边疆，名足骇贼，所以粲等奉为主帅。公为梁臣，应以灭贼为期，不宜意气用事，必欲立异，咎将归公，公亦何苦受人唾骂呢！"之高乃垂涕致谢，便决推仲礼统军，集众十万，沿淮列栅，与景争锋。景亦在淮水北岸，列栅自固，且因之高弟侄子孙俱在东府，令部众搜捕至营，驱列阵前，后面摆着刀锯鼎镬，遥呼之高道："裴公不降，即烹他弟侄子孙！"之高从容自若，反令弓弩手注射己子。再发不中，景乃撤回。

仲礼入韦粲营，部分众军择地据守，令粲往扼青塘。粲说道："青塘当石头城要冲，贼必来争，粲义无可诿，但恐所部寡弱，奈何！"仲礼道："青塘要地，非兄不可，若嫌兵少，当拨军相助。"乃使直阁将军刘叔胤助粲。时已年暮，粲不敢逗留，便即启行。太清三年元旦，大雾漫天，不辨南北，粲军迷路迂行，及到青塘，夜已过半，立栅未就，景即率锐卒掩入，刘叔胤遁去，粲将郑逸战败，自相蹴踏，全营大乱。左右牵粲避贼，粲兀立不动，叱子弟力战，究竟寡不敌众，血战未几。粲弟助警构，从弟昂及子尼，陆续殉难，粲亦身受重伤，呕血毕命。一门忠义，足表千秋。

仲礼方徙营大桁，早起就食，闻粲死耗，投箸起座，披甲上马。麾众至青塘，掩击景军。景军败退，仲礼挺槊追景，相去咫尺。忽来了贼将

支伯仁,从旁面骤斫一刀,适中仲礼左肩,仲礼慌忙闪避,已是不及,马又倒退数步,陷入淖中。贼众环刺仲礼,亏得仲礼骑将郭山石,力救仲礼,杀退贼众,仲礼才得走归,经此一战,景不敢复渡南岸,仲礼亦索然气馁,不敢再言战事了。血气之勇,不足济事,仲礼各军,又复退却。

邵陵王纶,再会同东扬州刺史临城公大连等,进驻桁南,亦推仲礼为大都督,湘东王世子方,及假节总督王僧辩,并至都下。台城被困多日,内外不通,就是援军音信,也无从递入。城中官民,共诟朱异,异惭愤成疾,因即致死。大是幸事。梁主还很加痛惜,特赠异为尚书右仆射,大众益视为恨事。太子纲迁居永福省,募人献计,使达援军音问。有小吏羊车儿进策,请作纸鸢系敕,顺风遥放,冀达众军,太子恰也依议。偏纸鸢放出城外,被贼射下,仍不得达。已而鄱阳王世子嗣,募人送启入城,部吏李朗,想出一条苦肉计,先受鞭扑,佯为得罪,往降景营,因得伺隙入城,城中方知援兵四集,鼓噪一时。也欠镇定。梁主授朗为直阁将军,赐金遣还。朗乘夜出城,从钟山后绕道归营,宵行昼伏,积日乃达。于是鄱阳世子嗣,湘东世子方,征集各军,相继渡淮,攻毁东府前栅,景众少退。

各援军立营青溪,再拟进攻。可巧高州刺史李迁仕,天门太守樊文皎,引兵五千人来援。文皎骁勇善斗,与迁仕驱兵独进,所向披靡,及抵菰首桥东,景将宋子仙用埋伏计,诱文皎陷入伏中,四面围集,毕竟双手不敌四拳,任你文皎如何勇力,怎禁得悍贼环攻,战了半日,力竭身亡。迁仕逃命要紧,管不及文皎生死,便即遁回。各军闻文皎战死,又复夺气,再加柳仲礼自惩前辙,不肯再进,待遇各将,又傲慢不情。邵陵王纶每日候门,常被拒绝,坐是彼此离心,不愿再进。数路援军,并皆失势。

那侯景却也戒惧,更因士卒饥馁,无从掠食,未免加忧。王伟又献策道:"今台城不可猝拔,援军日盛,我军乏食,何弗佯与求和,为缓兵计,俟他内外懈怠,一举攻入,方可得志。"景连声称善,遂遣将任约、于子悦二人,至城下跪伏,拜表求和,请赐还原镇。太子纲以城中穷困,入白梁主,劝许和议,梁主勃然道:"和不如死!"此语尚有见地。太子固请道:"都城久困,援军怯战,不如暂且许和,再作后图。"梁主踌躇多时,方嗫嚅道:"随汝自谋,勿令取笑千载!"太子乃承制许和。景乞割江右四州地,并求宣城王大器出送,然后退兵。中领军傅岐固争道:"怎有贼起兵犯阙，尚与许和？这不过欲却援军，借此绐我，戎狄兽心，必不可信！且宣城王系皇室冢孙，国脉所关，岂可轻出！"诚然！诚然！梁主乃命大器弟石城公大款为侍中，出质景营，并敕诸军不得复进。敕文中有善兵不战，止戈为武两语。堕贼狡计，还想虚词粉饰。授侯景为大丞相，都督江西四州诸军事，领豫州牧，仍封河南王。设坛西华门外，遣仆射王克，吏部郎萧瑳，与景将任约、于子悦、王伟等，登坛为盟。又令右卫将军柳津，出西华门，与侯景遥遥相对，歃血为誓。一方面是专望解围，情真语挚，一方面是但知行诈，口是心非。

两下里盟誓既毕，总道景遵约撤兵，哪知他仍然围住，托词无船，不能还渡。嗣又遣大款还台，复求宣城王出送，种种刁难，无非是设词迟宕。会南康王会理等至马邛州，景复表请勒归会理。太子纲不得不从，饬会理退屯江潭苑。已而复称永安侯萧确，及直阁将军赵威方，截臣归路，请即召入以便西还。有诏授确为广州刺史，威方为盱眙太守，即日入觐。确为邵陵王纶次子，固辞不入。邵陵王纶泣语确道："围城既久，主上忧危，不得已从景所请，遣归贼众，汝宜遵敕入朝，奈何拒命？"确亦泣语道："侯景虽云欲去，仍然长围不解，情迹可知。召确入城，究属何益？"未几由朝使出城，一再征确，确尚不肯入。纶不禁怒起，喝令斩确，确乃流涕入城。

城中粮食将尽，御厨中蔬菜亦绝，梁主时常蔬食，至是乃食鸡子。纶献入鸡子数百枚，由梁主亲自检点，欷歔不已。湘东王绎，驻兵武城，河东王誉，驻军青草湖，桂阳王慥，驻军西峡口，慥系萧懿子。皆观望不前。湘东参军萧贲屡请进兵，为绎所恨。及得梁主和诏，贲仍执前议，竟被杀死。侯景闻援师已息，并将东府米运入石头，遂有意败盟。伪皇帝正德及左丞王伟，更从旁怂恿，景乃决计背约，胪陈梁主十失，上启梁廷。略云：

陛下与高氏通和，岁逾一纪，舟车往复，相望道路，必将分灾恤患，同休等戚，宁可纳臣一介之服，贪臣汝、颖之地，便绝好河北，檄詈高澄。聘使未归，陷之虎口，扬兵击鼓，侵逼彭宋，天下宁有万乘之主，见利忘义若此！其失一也！第一条即使梁主愧死。臣与高澄既有仇憾，义不同国，归身有道，陛下授以上将，任以专征。臣受命不辞，实思报效，方欲荡涤夷氛，一匡宇内，乃陛下始信终疑，欲分

第六十回　援建康韦粲捐躯　陷台城梁武用计

臣功,使臣击河北,自举徐方。遣庸懦之贞阳,任骄贪之胡赵,才见旗鼓,鸟散鱼溃,慕容绍宗,席卷涡阳,诸镇靡不弃甲,疾雷不及掩耳,散地不可固全,使臣狼狈失据,妻子为戮,斯实陛下负臣之深。其失二也。梁主任将非人,反令叛贼借口。臣退保淮南,方欲收合余烬,克申后战,封韩山即寒山之尸,雪涡阳之耻,陛下丧其精魄,无复守气,便信贞阳谬启,复请通和。臣屡表谏阻,终不见从,反覆若此,童子犹且羞之,况在人君!其失三也。畏懦逗留,军有常法,贞阳精甲数万,不能拒抗敌国,反受囚执,以帝之犹子,而面缚虏庭,实宜绝其属籍,以衅征鼓,陛下曾不追责,悯其苟存,欲以微臣相贸易,人君之道,可如是乎?其失四也。悬瓠大藩,古称汝颍,臣举州内附,而羊鸦仁无故弃之,弃之者不闻加罪,得之者未见加功。其失五也。臣涡阳退缩,非战之罪,实由陛下君臣,相与见误,乃还寿春,曾无悔色,祗奉朝廷。鸦仁自知弃州,内怀惭惧,遂启臣欲反;欲反当有形迹,何所征验,诬陷乃尔。陛下曾无辨究,默然信纳,岂有诬人莫大之罪,而可比肩事主者乎?其失六也。此条实含血喷人。赵伯超拔自无能,任居方伯,惟渔猎百姓,行货权幸。朱异之徒,积受金贝,遂拟胡、赵为关、张,胡指贵孙,上文胡赵同此。诬掩天听,谓为真实。韩山之役,女妓自随,才闻敌鼓,与妾俱逝,不待贞阳,故只轮莫返。论其此罪,应诛九族,而纳贿中人,还处州任。伯超无罪,臣功何论?赏罚无章,何以为国?其失七也。臣御下素严,无所侵物,关市征税,咸悉停原,寿阳之民,无不慰悦。乃裴之悌等助戍在彼,惮臣检制,无故遁归,又启臣欲反。陛下不责其违命离镇,反受其浸润之谮,处臣如此,使何地自安?其失八也。此条未见上文,借景启中补入。臣虽才愧古人,颇无遗策,及委贽陛下,罄竭忠规,每有陈奏,恒被抑遏。朱异专断军旅,周石珍总尸兵仗,陆验、徐驎,典司谷帛,皆明言求货,非赂不行。臣无贿于中,故常遭抑责。其失九也。鄱阳之镇合肥,与臣邻接,臣推以皇枝,每相祗敬。而嗣王无端疑忌,臣有使命,必加弹射,或声言臣反,或启臣纤介,招携当须以礼,忠烈何以堪此!其失十也。此条又是诬罔。其余条目,且不胜陈。臣心直辞戆,有忤龙鳞,遂发严诏,便见讨袭。昔重华纯孝,犹逃凶父之杖,赵盾忠贤,不讨杀君之贼,臣何亲何罪,而能坐受歼夷？韩信雄桀，亡项霸汉，末为女子所烹，方悔蒯通之说。臣每览书传，心窃笑之，岂容遵彼覆车，而快陛下佞臣之手哉！是以兴晋阳之甲，乱长江而并济，愿得升赤墀，践文石，口陈枉直，指画臧否，诛君侧之恶臣，清国朝之秕政，然后还守藩翰，以保臣节，实臣之至愿也。谨此启闻。

看官，你想梁主衍见了此启，怎得不惭愤交并？便于三月朔日，就太极殿前设坛，祷告天地，说是侯景背盟，不可不讨。恐天地亦不肯多管。一面举烽征军，再拟交兵。先是闭城拒贼，城中男女共十余万，士卒约二万余人，被围既久，十死八九，乘城不满四千人，类皆羸饿。暮闻侯景负约，当然大惧，惟日望外援。柳仲礼专聚妓妾，置酒作乐，不许诸将出战，乃父即右卫将军柳津，登城呼仲礼道："汝君父日坐围城，汝尚不肯竭力，试想百岁以后，将目汝为何如人？"仲礼面色如常，毫不介意。邵陵王纶亦顿兵不战。安南侯萧骏向纶进言道："城危至此，尚坐视不救，倘有不测，殿下有何颜再立人世？今宜分军为三道，出贼不意，当可却贼！"纶终不听。

南康王会理与羊鸦仁、赵伯超等，进营东府城北，约在夜间渡军。鸦仁违约不至，景已令宋子仙攻击会理。会理营尚未就，军士惊乱，伯超先遁，会理支持不住，便即退走，战死溺死，约五千人。景聚首城下，指示守军，城中益惧。景督兵攻城，昼夜不息，邵陵世子坚，屯太阳门，终日蒲饮，不恤吏士。书佐董勖华、白昙朗等，夜引景众登城，永安侯确，力战不能却，乃排闼入宫，报知梁主道："城被陷了！"梁主衍尚安卧不动，喟然叹道："我得我失，亦复何恨！"复顾语确道："速去语汝父，勿以二宫为念！"确方欲趋出，又由梁主申命，使确慰劳外军。确奉命去讫。

俄而景左丞王伟入殿奉谒，拜呈景启，无非说是奸佞所蔽，因领众入朝，惊动圣躬，特诣阙谢罪。梁主便问道："侯景何在？汝可为我召来！"伟乃出报景，景竟引甲士五百人，昂然入见。既至殿前，望见仪卫森严，也不禁三分胆怯，因跪就殿阶，叩首如仪。典仪引就三公座上，梁主正容语景道："卿在军日久，曾劳苦否？"景不敢仰视，汗淙淙下。贼胆心虚。梁主又道："卿何州人，乃敢至此？妻子尚在北方么？"景仍不敢对，景将任约在侧，代景答道："臣景妻子，皆为高氏所屠，只有一身

第六十回 援建康韦粲捐躯 陷台城梁武用计

归服陛下。"梁主复道:"卿既忠事我朝,应即约束军士,不得骚扰。"景应诺而出,复至永福省谒见太子,太子亦无惧容。侍卫统皆骇散,惟中庶子徐摛,通事舍人殷不害在侧。摛朗声道:"侯王来,当礼谒东宫!"景乃下拜。太子与言,景亦不能答。

既而退出,自语同党道:"我尝跨鞍对阵,矢刃交下,了无惧意;今见萧公,使人自愧,岂非天威难犯,我不便再见两宫了!"随即纵兵入宫,胁逐两宫侍卫,劫掠乘舆服御,及宫女若干人。又收朝士王侯,送永福省,使王伟守武德殿,于子悦屯太极殿东堂,矫诏大赦,自加大都督中外诸军,录尚书事。小子有诗叹道:

乱贼猖狂反许和,痴心还望戢干戈;
推原祸始由贪利,后悔难追可奈何!

嗣又遣石城公大款,赍着敕文,解散援军。欲知援军是否遵敕,请看官续阅下回。

台城被困,各军之入援者,大都庸懦无能,才不足而志亦不专。邵陵一败而即溃,湘东一奋而即衰,目睹君父之危难,且偷生畏死,未肯赴义,遑问他人!独韦粲战死青塘,樊文皎战死菰首桥,功虽未成,忠则过之。而韦粲之死事尤烈。柳仲礼、裴之高,皆经粲激厉而来,之高虽为国忘家,卒未闻有血战之役,仲礼鼓勇追贼,亦颇壮往,乃以左肩之受伤,遂致怯战,以视粲之视死如归,甘与子弟同殉,其相去为何如耶!若侯景之称戈犯阙,明明为一叛贼,与贼许和,敕止援军,是延贼入门,又自绝其外援也。梁主亦知和不如死,乃胸无主宰,始明终昧,卒致堕入贼计,台城陷而正容语景,果何益耶?我得我失,死复何恨,徒付诸一叹而已,而梁亡矣。

第六十一回

困梁宫君王饿死　攻湘州叔侄寻仇

却说侯景伪传敕命，解散援军，邵陵王纶等，大开军事会议，推柳仲礼主决。纶语仲礼道："今日事悉委将军，请将军酌定进止。"仲礼熟视不答，裴之高、王僧辩齐声道："将军拥众百万，坐致宫阙沦没，居心何忍！现只好竭力决战，何必多疑！"仲礼竟无一言，诸军遂陆续散归。邵陵王纶，亦奔往会稽。仲礼及羊鸦仁、王僧辩、赵伯超等，并开营降景。僧辩既已主战，奈何降贼！军士莫不愤惋。仲礼入城，先往谒景，然后入见梁主。梁主绝不与言，退省乃父，柳津不禁大恸道："汝非我子，何劳相见！"景遣仲礼归司州，僧辩归竟陵。

先是伪皇帝萧正德，与景私约，入城后不得全二宫。及景已入城，正德亦引众随至，挥刀欲入宫中，偏宫门被景军守住，不准放入。正德正要喧嚷，哪知景已传示敕书，令他为侍中大司马。他恨景负约，又平白地将皇帝革去，仍降做梁朝臣子，叫他如何不愤，如何不悔？当下易去帝服，进见梁主，且拜且泣。梁主口述古语道："啜其泣矣，何嗟及矣！"见《诗经》。正德垂涕而出，懊丧欲绝。景却格外防范，不使与闻朝事。一面嘱前临江太守董绍先，使赍敕文，往召南兖州刺史南康王会理。绍先带去兵士，不满二百人，并且连日饥疲，面有菜色。会理拥有州兵，士饱马腾，僚佐说会理道："景已陷京邑，欲先除诸藩，然后篡位，今若四方拒绝，立当溃败。王不如诛死绍先，发兵固守，倘虑兵力不足，尽可与魏连和，静观内变，奈何举全州土地，轻资贼手呢？"会理道："诸君心事，与我不同，天子年尊，受制贼虏，今有敕召我入朝，臣子怎得违背？且远处江北，事业难成，不若身赴京都，就近图贼，成功与否，听诸天命。我志已决定了！"有兵有马，尚不能讨贼，难道赤手空拳还得成事么？遂开城迎入绍先。绍先悉收文武部曲，铠仗金帛，但遣会理单骑还都。及会理诣阙，由景授官侍中，兼中书令。会理暗思匡复，怎奈手无寸柄，如何成谋？只得过一日，算一日，徐俟机会罢了。

第六十一回　困梁宫君王饿死　攻湘州叔侄寻仇

那湘东王绎出驻武城,始终不前。应前回。世子方等自都下驰归,才知台城失守,索性退还江陵。信州刺史桂阳王慥,自西峡口入江陵城,拟待绎回议军情,方还信州。适有雍州刺史张缵,贻绎密书,内称河东欲袭江陵,岳阳亦与同谋,不可不防。嗣又由裨将朱荣,亦遣人走报,谓桂阳留此,无非与河东岳阳,里应外合。为这种种谗构,遂使君父大仇,置诸不顾,徒惹出一场叔侄的争端来了。回应五十七回文字。雍州刺史岳阳王詧,与湘州刺史河东王誉,统是昭明太子遗胤。詧隐蓄异志,待乱图功,梁主早有所闻,特令张缵往代。缵本刺湘州,自河东王誉入湘,缵轻誉少年,迎候多疏,为誉所恨,因留缵不遣。缵轻舟夜遁,欲赴雍州,又恐詧不受代,左思右想,只有湘东王绎,尚是故交,不如径赴江陵,劝绎除灭誉、詧。可巧绎出屯武城,留缵助守。当时兵马倥偬,也无暇进陈私意,及援军还镇,乐得乘隙进谗,自快宿忿。朱荣与缵同党,更欲翦除桂阳。绎向来多疑好猜,闻谗即信,便匆匆返至江陵。

桂阳王慥莫名其妙,上前相迎,片语未完,即由绎麾动左右,把慥拿下。慥问得何罪?绎责他勾通誉、詧,不容慥辩明冤诬,自拔佩剑,把他头颅砍去。死得冤苦。且遣人至汉口,说通戍将刘方贵,使袭襄阳,方贵系岳阳王詧府司马,本来受詧差遣,引兵勤王,旋因湘东各军,多半逗留,方贵亦勒兵不进。此次与绎连谋,将拟倒戈,忽由詧传令召还。方贵疑密谋已泄,遂据住樊城,不受詧命。詧发兵往讨方贵,方贵出战被杀。樊城当然归詧。那湘东王绎尚未得信,赠缵厚资,令赴雍州。缵至大隄,始闻方贵战死情状,彼时不便折回,只好赍敕赴任。

詧已得悉侯景入都,国家无主,哪里还肯受代?暂令缵寓居城西白马寺,并令偏将杜岸绐缵道:"看岳阳情势,不容使君,何勿且往西山,权时避祸。"缵信为真言,与岸结盟,自着妇人衣,乘青布舆,逃入西山。詧讨缵有名,即使岸引兵追蹑,把缵擒归。缵情愿割发为僧,改名法缵,詧含糊答应,但仍遣兵监守,不令他适。嗣是与绎有仇,专务私斗,把国家事全然不睬,反使侯景得独揽朝纲,任意横行。

梁主衍受制侯景,非常懊怅。景荐宋子仙为司空,梁主道:"调和阴阳,须有特长,此种人物,怎得轻用!"景又欲使徒党二人为便殿主帅,亦不见许。太子纲虑景衔恨,入宫泣陈,梁主叱道:"谁使汝来?若社稷有灵,终当克复;否则虽朝夕哭泣,亦属何益!"太子乃惶遽出宫。

景擅使部众入直省中。或驱马佩刀,出入宫廷。梁主偶有所见,不免叱问,直阁将军周石珍,随口答道:"这是侯丞相的甲士。"梁主瞋目道:"什么丞相!但叫侯景罢了。"口中倔强,亦属无益。

景备闻消息,当然挟嫌,遂遣私党监视御膳,一切饮食,格外克损。梁主有所需索,辄不令进。自思衰年结局,弄到这般地步,哪得不悲从中来,终日悁悁,郁极成病,遂至卧床不起,展转呻吟。太子纲随时入省,无非是以泪洗面,没法可施。并因正妃王氏,甫经病殁,悼亡未毕,禁不住再遘父危。最可恨的是叛贼侯景,还不肯令御医入治,但祝梁主早崩。就是太子出入,亦尝派人侦察,不使自由。太子益生疑惧,特致湘东王绎密书,以幼子大圜相托,且自剪爪发,一并寄去。湘东王绎方与二侄为难,也不过虚与周旋,敷衍了事。太清三年五月上浣,梁主大渐,口中觉苦,索蜜不得,自呼荷荷,声嘶力竭,痰喘交作,竟尔去世,享八十六岁。统计在位四十八年,改元七次。天监、普通、大通、中大通、大同、中大同、太清。

侯景秘不发丧,迁殡昭阳殿,但迎太子入永福省,使照常入朝。且使党羽王伟、陈庆等陪伴太子,名为侍侧,实是监督。太子只吞声饮泣,不敢悲号。殿外文武,尚未知有大丧,直至五月下旬,景见内外无事,方才讣闻。把梓宫迁入太极殿中,奉太子纲即皇帝位,颁诏大赦。景屯朝堂,分兵守卫,并请嗣主覃恩,凡北人陷没南方,充作奴仆,概令释放。嗣主纲不得不从,他却从中收录,引为己用。未几有诏命传出,追谥故妃王氏为简皇后,立宣城王大器为皇太子,封诸子大心为寻阳王,大款为江陵王,大临为南海王,大连为南郡王,大春为安陆王,大成为山阳王,大封为宜都王。简文首政,即以赠妻封子为急务,其志可知。命南康王会理为司空,兼尚书令。会理懦弱,虽是有心讨贼,究竟不能制侯景。萧正德为景所卖,密诏鄱阳王范,令带兵入除首恶,偏传书人为景所获,立召正德对质,正德无言可答,被景驱入别室,将他绞死。死已晚矣。

景遣于子悦略吴郡,太守袁君正,举郡降景,惟新城戍将戴僧遏,不肯从令。景又遣来亮入宛陵,宣城太守杨白华,诱亮入城,拿下处斩。御史中丞沈浚避难东归,与吴兴太守张嵊,会同讨景。景令李贤明攻宣城,侯子鉴入吴郡。特派仪同三司宋子仙,经略东南,又授仪同三司郭元建为尚书仆射,领北道行台,总江北诸军事。

第六十一回　困梁宫君王饿死　攻湘州叔侄寻仇

永安侯萧确见前回才勇过人,自入都后,景爱他膂力,尝引置左右。邵陵王纶,顾念私恩,屡遣密使往召,前时何故逼令入都?确语来使道:"侯景轻佻,一夫可制,我

尝欲手刃此贼,但苦无闲可乘,卿为我还启家王,勿以确为念!"来使自去还报。确日伺景隙,辄思下手。可巧景召确同游钟山,确借射鸟为名,拈弓搭矢,向景射去,不料用力过猛,弓弦陡绝,那箭干抛至侯景马前,突然自落。景知确存心不善,即挥动左右,将确拿住。确怒叱道:"我不能杀汝,汝即可杀我,我岂从贼为逆么?"说道,项下已着了一刀,陨首毕命。

南徐州刺史萧渊藻因入援无功,又闻景将萧邕出据京口,迫令解职,顿时气愤填胸,疾病交作。或劝他出奔江北,渊藻叹道:"我位居台铉,受眷特隆,既不能诛剪逆贼,正当同死,怎可投身异类,苟延残喘呢!"嗣是累日不食,竟致丧生。确与渊藻尽忠梁室,故特别表明。

翻阳王范闻建康失守,复拟整军入卫,僚佐进谏道:"今东魏已据寿阳,若大王移足,虏骑必进窥合肥,前贼未平,后城失守,岂非失计!不如待四方兵集,再议兴师,进不失勤王,退可固根本,方算得两全了。"范闻言也觉踌躇,果然东魏遣西兖州刺史李伯穆进逼合肥,又使魏收致书与范,勒让合州。范方谋讨侯景,不得已将合州割让,又使二子勤广往质东魏,乞师图逆。自引战士二万人,出屯濡须,檄召上游各军,一同进援,偏上游无一到来,东魏亦不闻出师,害得范进退彷徨,更兼粮食告罄,没奈何溯流西上。到了枞阳,景发兵出屯姑熟,范将裴子

悌率众降景,范势益孤。幸江州刺史寻阳王大心,贻书邀范,范乃趋诣江州,寓居湓城,尚向各镇通书,协图匡复。

湘东王绎因自称奉得密诏,得假黄钺,大都督中外诸军事,承制封拜,集众讨景。一面征兵湘州,遣使督促军需。明是挑衅。湘州刺史河东王誉,已与湘东王有隙,自然不肯受命。绎即遣少子方矩,往代誉任,并令世子方等发兵护送。行至麻溪,被誉率众邀击,一场鏖斗,方等败死。方矩慌忙逃还,侥幸得了性命。

绎闻方等败没,毫无戚容。看官道是何因?原来方等生母徐妃,与绎不睦,绎眇一目,妃尝为半面妆,居室俟绎,绎瞧见妃容,知她有意嘲笑,盛怒而出,所以累年不入妃房。妃妒而且淫,见有无宠之妾媵,始与接坐。或察知有娠,往往手刃致毙。平居无事,辄往寺院中焚香。荆州瑶光寺中,有一智远道人,面目伟皙,为妃所爱,竟引与私通。嗣又见湘东幕僚暨季江,才貌翩翩,丰神楚楚,遂使心腹侍婢,导他入房,密与交欢。一对露水夫妻,比伉俪还要狎昵。季江尝自叹道:"柏直狗,虽老犹能猎,萧溧阳马,虽老犹骏,徐娘虽老,犹尚多情。"那徐妃得了季江,起初原是我我卿卿,欢好无间,连智远道人的旧情,也撇置脑后。后来复得见僚佐贺徽,面庞儿还要俊俏,又不免惹动情魔,想与同梦,然是情敌。屡次遣婢勾引,徽却尚知顾忌,不肯应命。徐妃想出一法,自往普贤尼寺,设词召徽,徽只好前往。甫入禅林,即有二、三侍女,引入密室,妃已卸妆相待。一见徽面,好似珍宝一般,相偎相倚,并入欢帏。待至云收雨散,起床整衣,特书白角枕为诗,互相倡和。诗中所述,无非是中冓私情,言之可丑,小子也不愿录述了。绎闻妃淫行,怒不可遏,便将她生平秽史,牓示大阁,且因此与方等有嫌。徒扬家丑。

方等战死,绎毫不介意,置诸度外。会绎宠妃王氏生子,产后病逝,绎疑为徐妃下毒,逼令自尽,妃投井溺死。绎令将尸舁还徐氏,呼为出妻,槁葬江陵瓦官寺侧,才算泄恨。又遣竟陵太守王僧辩,与信州刺史鲍泉,出兵攻誉,限令即日就道。僧辩请略宽期限,绎召僧辩入问,声色俱厉。且拔剑斫伤僧辩,牵系狱中,但令鲍泉往攻。

泉至湘州,誉出兵迎战,为泉所败,乃退保长沙,并向雍州乞援。岳阳王詧,即留参军蔡大宝守襄阳,自率骑卒二万,径攻江陵,遥救湘州。湘东王绎,很是惊慌,急召僚佐会议,大众俱不知所答。适僧辩母为子谢罪，自陈无训，绎乃给他良药，疗治僧辩，且遣左右至狱中问计。僧辩侃侃直陈，有条有理，经绎闻知，忙释令出狱，面加慰劳，使为城中都督。急时抱佛脚。

詧至江陵，设十三营，环攻江陵城。偏天公不肯做美，连宵大雨，平地水深四尺，累得詧军拖泥带水，锐气尽衰。新兴太守杜崱，随詧攻城，绎与崱素有交谊，招使归降，崱遂与兄岌岸弟幼安及兄子龛，入城降绎。岸愿率五百骑袭襄阳，得绎允诺，遂昼夜兼行，距襄阳才三十里，城中始觉。蔡大宝亟奉詧母龚氏，登城拒守，一面遣人报詧，詧慌忙退回，抛弃粮械金帛，不可胜计。张缵病足，詧常加监束，载缵从军，及仓猝奔还，恐为追兵所夺，把缵杀死，弃尸江中。杜岸闻詧还援，亦奔往广平，依兄南阳太守杜巚。詧使将军薛晖，追岸至广平城下，乘势围攻。巚不能守，弃城遁走，岸为晖所获，送往襄阳。詧见了杜岸，好似杀父大仇，先用乱鞭击面，使无完肤，再把他舌头拔去，支解四体，烹诸鼎镬。又厮发杜氏祖墓，焚骨扬灰，用头颅为漆椀。杜岸叛詧，不为无罪，但如此处置，抑何残忍！湘东王绎既欲攻詧，又欲攻詧，特使王僧辩赴长沙，逮回鲍泉，因他日久无功，意欲加诛，还是僧辩替他转圜，令泉申启具谢，始得免罪。自是攻詧一路，专属僧辩，别遣司州刺史柳仲礼，出镇竟陵，为图詧计。詧恐不能自存，乃向西魏求救，愿为附庸。西魏丞相宇文泰，欲乘势经略江汉，乐得允许，即遣使至襄阳议约。詧专务防绎，也顾不得什么妻孥，即命正妃王氏，与世子嶚，入质西魏，乞即济师。宇文泰便遣开府仪同三司杨忠，都督三荆等十五州诸军事，镇守穰城。

适柳仲礼率众趋襄阳，杨忠遂与行台仆射长孙俭，同击仲礼，且分兵攻下义阳、随郡，收降义阳太守马伯符，拘住随郡太守桓和，再进军围安陵。柳仲礼引兵还援，西魏将士，统请杨忠急攻安陆，休待仲礼还师。忠笑语道："攻守势殊，未易猝拔，若旷日劳兵，表里受敌，更属非计。我闻南人多习水军，不习野战，仲礼兵马将至，我正好出他不意，用奇兵邀击，彼怠我奋，一举可克。既克仲礼，安陆不攻自下，诸城可传檄自定了。"诸将士方才拜服。忠即选精骑二千，衔枚夜进，行至漴头，择地伏着，专待仲礼到来。仲礼毫不防备，匆匆驰归，一入伏中，魏兵齐起，仲礼部下，不战已乱，最厉害的是遍设陷坑，无从顾避，但只听得跌蹋声，铙钩声，铁索声，不到数时，已将仲礼部众，一齐捆住。仲礼叫苦不迭，蓦觉马足不稳,也坠入坑中,被西魏兵手到擒来,缚住手足,似扛猪的抬将去了。早知如此,何不拼死拒景,还好挣些名节。

安陆守将马岫,闻仲礼被擒,便开门出降。竟陵守将王叔孙,也知保守不住,同做了降将军,于是汉东土地,尽入西魏。杨忠乘胜至石城,进逼江陵,湘东王绎急得不知所为。还是舍人庾恪愿往说忠,为绎解忧。绎即令驰赴敌营。恪不慌不忙,至西魏营中,进见杨忠道:"湘东为叔,岳阳为侄,贵国助侄攻叔,如何能服天下?"忠答道:"汝言未尝无理,但我军前来,是征讨不服,与叔侄无关。若湘东果愿投诚,我即便退去了。"恪如言回报,绎乃遣舍人王孝祀,送子方略往质,卑辞求和。忠许与通好,当由绎亲出歃血,加载盟书。略云:

> 魏以石城为封,梁以安陆为界,请同附庸,并送质子,贸迁有无,永敦邻谊;有渝此盟,明神殛之!

盟毕,绎仍然还城,忠亦退去,江陵解严。绎得专心攻誉,发兵助攻长沙。誉向邵陵王纶处乞师。纶颇思往救,因恐兵粮不足,未敢轻率从事,乃寄书湘东王绎,劝他休兵。大致说是:

> 天时地利,不及人和,况乎手足股肱,岂可相害!今社稷危耻,创巨痛深,唯应剖心尝胆,泣血枕戈,其余小忿,或宜容贳,若外难未除,家祸仍构,料今访古,未或不亡。夫征战之理,唯求克胜,至于骨肉之战,愈胜愈酷,捷则非功,败则有丧,劳兵损义,亏失多矣。侯景之军,所以未窥江外者,良为藩屏盘固,宗镇强密,弟若陷洞庭,不戢兵刃,雍州疑迫,何以自安?必引进魏军以求形援,弟若不安,家国去矣。必希解湘州之围,存社稷之计,顾全大局,毋俟踌躇!

书去后,得绎复音,申陈誉恶,罪在不赦。纶掷书地上,慷慨流涕道:"天下事一败至此!湘州若亡,我亦将葬身无地了!"已而河东王誉,守不住长沙城,意欲溃围出走,偏部将慕容华引僧辩入城。誉不及奔逃,竟为僧辩所执,誉语僧辩道:"勿即杀我,愿一见七官!绎为梁主衍第七子,向呼七官。指出逆贼,死且无恨!"僧辩不许,把誉处斩,函首送江陵。湘东王绎还首归葬,进僧辩为左卫将军,兼侍中镇西长史。

先是誉将败时,引镜照面,不见头颅。又夜见长人据屋,两手垂地,

第六十一回 困梁宫君王饿死 攻湘州叔侄寻仇

恍惚中被他抓住,唼脐暴痛,狂呼求救,始由左右入视,他已倒在地上,不省人事。好容易把他救醒,长人早已不知去向。未几复见白狗如驴,窜出城外,亦无不

落。誉已自知不祥,至是终为僧辩所杀。小子有诗叹道:

> 叔侄如何不并容,兵戈构怨及同宗?
> 湘东推刃河东毙,首祸心肠亦太凶!

绎既攻克长沙,乃为梁主衍发丧,传檄讨景。欲知后事如何?试看下回便知。

　　湘东邵陵,皇子也,河东岳阳,皇孙也,子视父难,竟养寇不讨,遑问皇孙!梁主衍有此胤嗣,无或乎受制逆贼,终致饿死也。惟当时之最乏孝思者,莫若湘东。湘东初移檄入援,河东岳阳,并皆听命,乃出屯武城,逗留不进,发起者犹且如此,安能责及他人!且河东岳阳,与湘东无纤芥嫌,乃以憸人之谗构,遽致骨肉之纷争,君父之危,可以不顾,叔侄之衅,必欲相残,试问湘东何心,乃倒行逆施若是乎!邵陵始勇终怯,不为无罪;然贻书湘东,词多痛切,彼犹知为大局计,湘东视之,有愧多矣。河东杀方,衅由湘东,而河东之因是陷戮,吾且为彼呼冤;若桂阳王慥之被害,则正冤之尤冤者耳。

第六十二回

取公主侯景胁君　篡帝祚高洋窃国

却说湘东王绎为梁主衍开丧,已是隔年,时梁主梓宫,已奉葬修陵,追尊为武皇帝,庙号高祖。嗣主纲改元大宝,颁诏国中,独绎仍称太清四年,刻檀为高祖像,供设厅堂,每事必先启像前,然后施行。捣什么鬼?一面移檄远近,申讨侯景。景将侯子鉴已陷入吴兴,太守张嵊,并前御史中丞沈浚,俱被执送建康。景颇悯二人忠义,好言劝慰。嵊慨然道:"我忝任专城,目睹朝廷倾危,不能匡复,还求什么生活,不如速死为幸!"景尚欲宥他一子,嵊复道:"我一门已登鬼箓,不愿向尔贼乞恩!"景不禁怒起,遂并杀张嵊父子。沈浚亦不为所屈,同时殉节。

还有宋子仙受了景命,南略钱塘,新城戍将戴僧遏,战败出降,子仙引兵渡浙江,进攻会稽,邵陵王纶,奔往鄱阳。东扬州刺史南郡王大连,居守会稽城,朝夕酣饮,不恤士卒。司马留异,凶狡残暴,为众所嫉,大连却委以兵事。及子仙兵至,异毫不防守,即将城池献与子仙。大连醉卧室中,由左右舁入床舆,从后门出走,欲奔鄱阳。行至信安,被追骑掩至,把他拘去。骑将不是别人,就是司马留异。异将大连械送入都,大连还醉眼蒙眬,昏头磕脑,途中过了一夜,方才惊寤。及抵建康,向景下拜,景因令释缚,授为轻车将军,行扬州事。自是三吴尽为景有。三吴即吴郡、吴兴、会稽。

独前广陵太守祖皓,从士人来嶷言,纠合勇士百余人,袭破广陵,斩景党南兖州刺史董绍先,见前回。推前太子舍人萧勔为刺史,传檄拒景。景遣郭元建攻皓,皓婴城固守,元建不能拔。景又令侯子鉴率舟师八千,从水道进攻,自督步兵一万,从陆路进攻,两军直指广陵,日夕猛扑。皓苦守三日,终为所乘,犹复巷战达旦,力竭被擒。景缚皓城头,麾众攒射,矢集如猬,然后车裂以殉。城中无论少长,概令活埋。来嶷满门屠戮,独一子逃免,后仕陈朝。萧勔降景免死,带还建康,留子鉴镇守广陵。

第六十二回 取公主侯景胁君 篡帝祚高洋窃国

景凯旋入都,梁主纲特赐盛宴,饮至半酣,景离座跪请,乞赐溧阳公主为妻。溧阳公主,系梁主纲爱女,年才十四,生得娇小玲珑,动人怜爱。景瞧在眼中,早已垂涎,此时当面乞求,不由梁主不从。他即胁梁主当夕遣嫁,饮毕载归。可怜妙年帝女,失身贼手,徒供他连宵受用,淫恣不休。妒花风雨便相摧。

未几已届上巳,景请梁主纲至乐游苑,禊宴三日。及梁主还驾,复与溧阳公主送入宫中,夫妇共据御床,南面并坐,令群臣分列两旁,张乐侍宴,梁主亦无可如何。既而景复请梁主幸西州,梁主乘坐素辇,侍卫四百余人,景率铁骑数千,翊卫左右。既至行宫,无非是酒醴具陈,笙簧迭奏。梁主闻声生感,不觉泪下,因恐景见泪生疑,命他起舞。景舞了一回,谓独舞无趣,亦请梁主起座对舞。梁主勉强应允,两下舞讫。君臣对舞,成何体统?兴阑席散,梁主掖景至床,唏嘘叹道:"我念丞相!"景答道:"陛下如不念臣,臣何得至此!"说毕趋退,越宿乃归。

是年江南连年旱蝗,江、扬尤甚,百姓流亡,共入山谷江湖,采取草根木实,聊充饥腹,草木垂尽,饿莩满野。就是富室豪家,亦皆乏食,鸠形鹄面,坐怀金

玉,俯伏床帷,奄奄待毙。千里绝烟,人迹罕见,白骨成堆,高如邱陇,景绝不轸念,反在石头城设立大碓,凡兵民犯法,辄令捣毙。又尝戒诸将道:"破栅平城,立屠毋赦,使天下知我威名!"诸将得此号令,每遇战胜,专务焚掠,杀人如草芥,人或偶语,刑及外族,故百姓虽惮景威,始终不肯乐附。景却命部下将帅,悉称行台,归附诸官,悉称开府,余如亲信

军吏，号为左右厢公，勇力兼人，号为库直都督。但江南一带，叛附靡常，淮南更不遑顾及，坐使敌人入境，囊括全淮。这敌人属诸何国？就是与梁通好的东魏。

东魏大将军高澄视萧渊明为奇货，嘱令通书梁廷，离间侯景，明明是使景叛梁，坐收厚利的秘计。景发难后，梁北徐州刺史萧正表，先举州降东魏，由澄收纳，东徐、北青二州，亦相继至东魏通诚，东魏不费一矢，坐得数州。澄又遣高岳及慕容绍宗、刘丰生等，往攻颍川，颍川为西魏土地，西魏令王思政扼守，无隙可乘。刘丰生乃决洧灌城，城多崩陷。王思政身当矢石，与士卒同劳苦，悬釜炊食，各无贰心。慕容绍宗，募得弓弩手数百，乘着大舰，凭城迭射，守卒多死，城几陷没，绍宗与丰生又亲至舰中，督兵登城，不料暴风大至，船被漂流。绍宗、丰生的坐船，向城撞去，城上守兵将，用长钩牵船，矢石雨下，二将皆被击毙。高岳忙收拾败军，退至十里外安营，不敢再进，但将败状报知高澄。

澄用散骑陈元康议，自往督攻，再命runoff堰，三成三决。顿时恼了澄意。把负土填堰的兵役，亦推入堰间，尸土相并，方得塞住。水势灌入城中，竟致暴涨，城坍坏数十丈，思政抢堵不遑，只好引众上土山，誓死固守。澄下令军中，谓能生致王大将军，应即封侯，若有损伤，立斩无赦。将士踊跃登山，思政虽竭力拦阻，究竟顾此失彼，无可奈何，因涕泣谕众道："我力屈计穷，只有一死报国！汝等去留任便。"说着，仰天大恸，复西向再拜，拔剑在手，意欲自刎。何不即死？

都督骆训道："公尝面谕训等，谓汝赍我头出降，不但可得富贵，且可保全阖城百姓。今高相既有此令，公为百姓计，何勿从权相屈，且作后图！"思政尚未肯从，训等夺下手剑，不得引决。适东魏营中，来了通直散骑赵彦深，传达澄命，延请思政，乘势握思政手，一同下山，驰入营中。澄下座相迎，邀令旁坐，不复令拜。思政感澄厚待，乃即投诚。澄改颍川为郑州，顾语左右道："我不喜得颍川，独喜得王思政。"西阁祭酒卢潜道："思政不能死节，何足重轻！"应该奚落。澄笑答道："我有卢潜，是更得一王思政了。"

自颍川没入东魏，西魏将赵贵等皆奉宇文泰军令，退兵还国。澄亦率军东归，乘便朝邺，东魏主善见，进澄为相国，封齐王，赞拜不名，入朝不趋，剑履上殿，仍都督中外诸军事。澄让封不许，乃归晋阳。看官阅

第六十二回　取公主侯景胁君　篡帝祚高洋窃国　·487·

过前文,当知高澄好色,胜过乃父。高欢一死,他便将柔然公主,恣意淫烝。见五十八回。嗣复令黄门侍郎崔季舒,物色娇娃,充入后房,朝欢暮乐,成为常事。

次弟太原公洋,娶妻甚美,高出长姒,澄暗加艳羡,且甚不平。洋貌为朴诚,口尝慎默,有时为妻李氏购办服玩,稍得佳件,澄即令逼取,李氏或恚不肯与,洋笑语道:"此物并非难求,兄既需索,何必过吝呢!"澄闻李氏言,也不觉惶愧起来,未便径取,洋即持还,也不加谦。澄因目为痴物,常语亲属道:"此人亦得富贵,相书究作何解?"从此不复忌洋。但见了弟妇,往往有调笑情事,洋亦假作不知,相安无语。

一日澄出外游猎,途次遇着一个绝色丽姝,即召她至前,问明履历,系是魏高阳王斌庶妹,名叫玉仪。斌系高阳王雍子,雍遇害河阴,家室仳离,玉仪避居民间,不肯守贞,徒然借色炫人,流为歌妓。后来斌得袭封,屏诸不齿,玉仪辗转入孙腾家,颇得见宠,偏玉仪放浪形骸,已成习惯,免不得鬼鬼祟祟,暧昧不明。孙腾又把她放逐,遂致飘萍逐梗,随处栖身。此次得遇高澄,询明巅末,便载令归第,即夕同寝,荡妇得遇淫夫,仿佛似媚猪一般,曲尽绸缪,备极狎亵,引得高澄喜出望外。诘旦起来,出厅视事,见崔季舒在侧,便顾语道:"尔向来为我求色,不如我自得一姝,只恨崔暹卖直,必来谏我;我亦当设法对待,免他多言!"及暹入白事,澄故作怒容,不假词色。暹当然解意,除陈明公事外,不加一词。澄即为玉仪奏请,乞为加封,魏主封玉仪为琅琊公主。玉仪倍加感激,竭力承欢,澄亦越加爱宠。惟尚恐崔暹进规。一日暹复入白事,袖中忽堕下一纸。为澄所见,令左右拾起,乃是一张名刺,便问暹怀此何用?暹悚然道:"愿得达琅琊公主。"澄大喜道:"卿亦愿见公主么?"遂起握暹臂,入见玉仪。暹执礼甚恭,玉仪却从容谈笑,毫不拘束。确是一荡妇状态。澄越加欣慰。及暹辞归,为季舒所闻,不禁叹息道:"暹尝在大将军前,说我谄佞,应该处死,哪知他谄佞过我呢!"看官听说!季舒本与暹同宗,季舒为叔,暹为侄,叔侄宗旨,本来不同。此次暹惧失澄意,也变态逢迎,怪不得季舒揶揄呢。

澄得暹赞成,益无顾忌。玉仪有一同产姊静仪,面貌与玉仪相似,也是放诞风流,宜嗔宜笑,曾嫁黄门郎崔括为妻,因玉仪得澄殊宠,暇辄过访,留宿府中。澄得陇望蜀,意欲勾通静仪,做成一对并头莲,好在玉仪并不妒忌，反从旁撮合，使偿澄愿，澄亦为静仪乞封公主。好称做难姊难妹。还有黄门郎崔括，贪恋利禄，情愿戴着绿头巾，纵妻宣淫，绝不过问。澄见括知情识意，时加厚赐，连崔括的父母，也得了许多布帛，许多金银。崔家幸有此佳妇，好博这般缠头费。

澄既得了两仪，朝朝暮暮，缱绻情深，兴至时辄私语道："我若得为天子，当立卿二人为左右皇后。"两仪当然拜谢。澄因欲篡位，想出一法，假国本为名，诣邺谒主，面请册立皇太子，隐探主衷。东魏主善见还道澄是好意，遂立皇子长仁为太子。哪知澄是巧为尝试，实欲善见推位让国，令己受禅，偏偏弄假成真，册了皇储，大与本意相反；遂与散骑常侍陈元康，吏部尚书杨愔，黄门侍郎崔季舒，密谋篡立事宜。

适有膳奴兰京，入请进食，澄拍案叱退，元康等问为何因？澄答道："昨夜梦此奴斫我，我便思除彼，还要他来进食么？"过了片刻，兰京复捧盘趋进，就案陈食。澄大怒道："我不愿汝造食，汝为甚事复来胡闹！"京将盘放下，从盘底抽出快刀，向澄劈将过去，且厉声道："我来杀汝！"言未已，外面复跑入数人，俱手执刀械，来助兰京。澄见不可敌，离座返走，急不择路，足被绊伤，没奈何走匿床下。京率众追入，杨愔遁去，崔季舒窜避厕中，惟陈元康独力挡贼，与贼争刃，胸中被刺，肠出血流，晕倒地上。京众去床斫澄，乱刀齐下，就使生铁铸成，也被斫碎，还有什么不死，年只二十九岁。柔然、琅琊两公主，闻之不知作何状？

看官道兰京何故杀澄？京为梁徐州刺史兰钦子，被澄擒去，令充膳奴。钦作书贻澄，愿出重资赎还，澄不肯许。京又自请乞免，澄杖京百下，且呵叱道："汝若再赎，便当杀汝。"京遂私结同党，潜谋作乱。可巧澄入邺下，寓居城北东柏堂，地甚僻静，澄约琅琊公主等，往来欢会，所以喜静恶喧。此时与心腹密议，复屏去左右，所以兰京得乘隙下手。

澄弟太原公洋，在邺城东双堂，闻变出门，调兵立集，即趋至东柏堂讨贼，捉得一个不留，醢成肉酱。复从容出语道："恶奴为逆，大将军受伤，尚无大苦，可保生命。"说着，即指麾左右，舁澄尸入床舆，用衣盖着，托言尚生，令赴私第，并扶起陈元康，也用卧舆舁入第中。元康痛绝复苏，手书别母，并口占数语，令功曹参军祖挺代书，奏陈后事，入夜乃殁。洋俱密为棺殓，秘不发丧，召大将军督护唐邕，部分将士，镇遏四方。邕支配部署，须臾毕事，洋叹为奇材，深加器重，留太尉高岳，太保

第六十二回　取公主侯景胁君　篡帝祚高洋窃国

高隆之,开府司马子如,尚书杨愔守邺,自率甲士入朝,辞归晋阳。

魏主善见得澄死信,方语左右道:"大将军今死,似有天意,威权当复归帝室了。"言未已,洋已入谒,随从甲士,约八千人,随登殿阶,约二百余人,皆攘袂握刃,如临大敌。洋面奏道:"臣有家事,须诣晋阳一行。"东魏主尚未对答,洋已再拜而起,掉头竟去。善见不觉失色,以目送洋,且垂涕自语道:"此人又似不相容,朕不知死在何日了!"一蟹不如一蟹。

洋返至晋阳。晋阳旧臣宿将,素来轻洋,洋大会文武,谈论风生,英采飚发,与从前判若两人,顿令四座皆惊,不敢藐视。洋且钩考政令,见有不便推行的条件,酌量改革,不少延误,众益知洋有隐德,至此始彰。

越年,为东魏武定八年,洋见内外悦服,方为乃兄发丧。东魏主善见亦至太极殿东堂举哀,赙帛八万匹,赠齐王玺绂辒辌车,黄屋左纛,羽葆鼓吹,并备九锡礼,谥曰文襄。进高洋为丞相,都督中外诸军,录尚书事,袭封齐王。洋用渤海人高德政为记室,言无不从,金紫光禄大夫徐之才,北平太守宋景业,皆善图谶,谓太岁在午,应该革命,遂托德政为先容,劝洋受禅。洋当然心动,但一时未便承认。当时有童谣云:"一束藁,两头燃,河边羖䍽飞上天。"之才等依谣解释,说是藁燃两头,便成高字,河边羖䍽,就是水边羊,隐寓洋名;飞上天即龙飞预兆,因力劝洋乘机禅位。童谣如此,恐即由之才等唆使。

洋入告生母娄太妃,太妃道:"汝父如龙,汝兄如虎,尚且终身北面,汝有何功德,乃敢觊觎天位呢!"说得洋哑口无言,出告之才。之才道:"正为

未及父兄,故宜早升天位;如或迟延,人且生心。况谶文有云:'羊饮盟津,角挂天。'盟津是水,羊饮水就是王名,角挂天就是即尊,证以童谣,与谶相合,请王勿疑!"又加一层附会。洋尚有疑意,铸像卜兆,一制即成,乃决计篡位,特使仪同三司段韶,往问肆州刺史斛律金,金独言未可,自至晋阳谏洋,且请谒见娄太妃。洋乃请母出厅,与诸贵再开会议,太妃面谕道:"我儿懦直,必无此心,想由高德政辈,贪功乐祸,教儿为此呢。"金因劝洋遣黜德政,并说宋景业首陈符命,应置死刑。洋默然不答,金亦辞去。

洋因人心不一,复令高德政诣邺,察公卿意,自率将士东行,作为后盾。司马子如出迎辽阳,阻洋入都。长史杜弼,亦叩马谏诤,洋乃折回,居常闷闷不乐。徐之才、宋景业又多方怂恿,洋令景业筮易,得乾之鼎,亟向洋称贺道:"乾为君象,鼎为五月卦,王正可仲夏受禅。"洋欣然大悦,再发晋阳,使心腹陈山提,驰驿赍书,密报杨愔。愔愿为效力,即召太常卿邢邵,撰列受禅仪注,秘书监魏收,草定九锡禅让劝进诸文,并引东魏宗室诸王,入居北宫东斋,不准外人出入。才阅二日,即迫东魏主下诏,进洋位相国,总百揆,备九锡礼。及洋入邺城,召役夫办集筑具,即日筑受禅台。太保高隆之见洋,谓用此何为?洋作色道:"我自有事,何劳君问!难道不畏灭族么?"隆之惶恐申谢,便即趋出。司马子如等知洋意已决,不敢多言。毕竟是贪生畏死。于是作圜邱,备法物,建台设坛。安排停当,乃遣司空潘乐,侍中张亮,黄门郎赵彦深等,入宫启闻。

东魏主善见御昭阳殿,召见潘乐等人,张亮首先开口道:"五行递运,有始有终,齐王圣德钦明,万方归仰,愿陛下远法尧舜,禅位齐王。"善见敛容道:"此事推挹已久,谨当逊避。"侍中杨愔,当即趋入,袖出草诏,逼令署印。善见只好照署,且颤声道:"朕居何处?"愔答道:"北城别有馆宇,尽可徙居。"善见乃起身下座,步就东廊,口咏范蔚宗《后汉书·赞》云:"献生不辰,身播国屯,终我四百,永作虞宾。"随即入宫与后妃诀别,阖宫皆哭。李嫔诵陈思王即魏曹植诗云:"王其爱玉体,俱享黄发期!"直阁将军赵道德,用犊车一乘,载着善见,送出云龙门。王公百僚拜辞,高隆之洒泪告别。徒效儿女子态,何益故君?善见遂徙居北城,杨愔遣彭城王元韶等,奉玺与洋,洋即于次日即位南郊,柴燎告天,登台南面，受群臣朝贺。礼毕还宫，大赦改元，称为天保元年，国号齐。史家怕与萧齐相混，特叫作北齐。小子有诗叹道：

　　君不君兮臣不臣，衰朝无复顾彝伦；
　　莫言勋戚堪长恃，篡弑多闻出帝姻。

高洋篡位以后，所有开国情事，待至下回表明。

　　侯景初欲择配王、谢，梁武以为未合，令求诸朱、张以下，不谓发难入都，毙梁武，立太子纲，玩二君于股掌之上，致使十四龄之溧阳公主，以身供贼，迫受淫污，谁为为之，纵贼至此！嗣主纲且抱景至床，谓我念丞相。夫与其忍辱以偷生，曷若杀贼而拼死，况不死者之未必终生乎！东魏主善见，庸弱相似，高澄淫侈，图篡未成，身死奴手。东魏谓似有天意，吾亦云然。高洋以韬晦闻，乃大权在手，悍过乃兄，逼主出宫，骤然南面。天不相澄而独相洋，令人不解！阅此回，窃不禁有骚首问天之感矣。

第六十三回

陈霸先举兵讨逆　王僧辩却贼奏功

　　却说高洋篡位,改国号齐,追尊祖树为文穆皇帝,祖妣韩氏为文穆皇后,父欢为献武皇帝,庙号高祖,兄澄为文襄皇帝,庙号世宗。奉母娄太妃为皇太后,降东魏诸臣封爵有差。惟效力高氏诸臣,不在此例。封宗室高岳等十人为王,功臣库狄干等七人,亦授王爵。皇弟浚为永安王,淹为平阳王,浟为彭城王,演为常山王,涣为上党王,淯为襄城王,湛为长广王,湝为任城王,　为高阳王,济为博陵王,凝为新平王,润为冯翊王,洽为汉阳王。澄与洋本同母兄弟,就是演、湛、淯、济,亦系娄太妃所出,余九人出自他姬,不必絮述。洋降封故主善见为中山王,故后高氏为中山王妃,兼称太原长公主,免令称臣,派官监束。有时亦邀中山王入宴,或令随从出入。太原公主尝与偕行,饮食起居,随时护视,故善见尚得苟延。

　　洋拟立正妃李氏为后,李氏为赵郡李希宗女,高隆之、高德正两人,谓李系汉妇,不宜尊为国母,独杨愔请依汉、魏故事,不改元妃。洋从愔言,竟立李氏为后。后子殷为太子,并尊文襄王妃为文襄皇后,居静德宫。文襄王子孝琬,得受封河间王,孝琬弟孝瑜,亦受封河南王。命太师库狄干为太宰,司徒彭乐为太尉,司空潘乐为司徒,仪同三司司马子如为司空,高隆之录尚书事,弟淹为尚书令,元绍为尚书左仆射,段韶为尚书右仆射。既而段韶去职,进杨愔为右仆射。初政清明,简静宽和,任人以才,驭下以法,内外肃然,却是有些新朝气象。

　　西魏大丞相宇文泰闻高洋篡位,假义兴师,由恒农筑桥渡河,进军建州。高洋亲自督兵,出次东城,泰闻洋军容严盛,不禁叹息道:"高欢乃有此儿,虽死犹不死了!"会天雨不止,畜产皆死,乃引军西还。嗣是洛阳、平阳诸守吏,皆降北齐,洋又南略梁境,夺去南青州及山阳郡,并淮阴、司州、两河、两淮,悉为齐有,好算是一个东方霸国了。北齐盛时,无过于此。

第六十三回　陈霸先举兵讨逆　王僧辩却贼奏功

梁主纲受制侯景，事无大小，统须由景主张，又不敢通书藩镇，饬令勤王，只有日夕涕洟，听天由命。鄱阳王范寓居溢城，本来是有心匡复，应前回。嗣因寄身江州，无从展足，乃改变方针，欲将江州据为己有，特升晋熙县为晋州，令世子嗣为刺史，渐渐的拓权略地，所有郡县名称，多半更张。江州刺史寻阳王大心，政令所行，不出郡门，乃与范生嫌，使部将徐嗣徽率兵二千，筑垒稽亭，遏绝市籴。范众无从得食，多半饿死，范且忧且愤，疽发背上，竟致病殁。范尚有志操，可惜度量不足，徒致身死名裂。

世子嗣尚在晋州，为侯景将任约所袭，也致败亡。约进击江州，大心迎战亦败，举州降约。徐嗣徽奔往江陵，投归湘东王绎麾下，鄱阳将侯瑱，居守豫章，亦被景将于庆攻入，力屈请降。邵陵王纶自鄱阳避入郢州。是时有一乱世枭雄，崛起海南，独起兵讨贼，拥众北行。这人为谁？就是西江督护陈霸先。见五十六回。

先是广州刺史元景仲，得侯景书，密与联络，景仲遂欲起应。独霸先不从，集兵南海，击死景仲，别迎定州刺史萧勃镇广州。勃系梁武从侄，乃父便是吴平

侯萧景。莅镇以后，适有前高州刺史兰裕，煽诱始兴等十郡，共攻衡州。监衡州事欧阳颁，向勃乞援，勃使霸先往救，一战即捷，擒斩兰裕，勃乃令霸先为始兴太守。霸先结交豪杰，得郡人侯安都、张　等数千人，遂遣统将杜僧明、胡颖出屯岭上，檄讨侯景。勃反遣使劝阻，霸先慨语来使道："仆荷国恩，常图报效，前闻侯景渡江，即欲往援，适值元兰构衅，梗我中道，因不果行，今外变已靖，内讧未平，君辱臣死，怎敢受命！君

侯体重宗支，任系方岳，理应泣血枕戈，偕仆就道，奈何反谕仆中止呢！"枭桀举事之初，统是名正言顺。遂遣还勃使，派人由间道至江陵，愿受湘东王绎节度，绎授霸先为交州刺史，封南野县伯。

会南康土豪蔡路养，起兵据郡，萧勃令谭世远为曲江令，与路养相结，同遏霸先。萧勃想无心肝，否则何至出此？霸先遂进讨南康，至大庾岭，杜僧明引军来会，与蔡路养交战南野。杜僧明策马先驱，横槊刺敌，路养亦持刃相迎，战至数合，敌不住僧明勇力，拖刀败走。僧明跃马追赶，不防路养妻侄萧摩诃，从斜刺里驰马出来，拦住僧明。僧明见他年尚垂髫，视为无能，即用槊猛刺过去，偏摩诃狡猾得很，把身一闪，致僧明一槊落空。僧明将槊抽回，那摩诃的长槊已至胸前，慌忙策马一跃，槊头正中马眼。马负痛掀倒，僧明亦堕落地上。幸亏霸先驰救，杀退摩诃，扶起僧明。僧明愤激得很，仍欲再战，霸先即将自己乘马，让与僧明。僧明上马复进，霸先亦易马麾兵，奋勇杀入，路养大败，脱身遁去。萧摩诃投降，霸先得收复南康，修理崎头古城，引兵居守。

高州刺史李迁仕，曾与兰裕交好，至是欲为友复仇，拟袭南康，并召高凉刺史冯宝，入州计事。冯宝为北燕遗裔，曾祖业浮海奔宋，留居新会，世为罗州刺史，及宝始徙任高凉，娶妻冼氏，智勇兼优，威服部众。宝奉召欲往，冼氏谏阻道："刺史无故，不应召太守，想是迁仕欲反，胁君同行，愿君勿往，徐观后变！"宝乃托病不赴，果然迁仕出兵，使军将杜平虏往袭南康。霸先已经探悉，使部将周文育出拒，胜负未分。冼氏闻知消息，又语冯宝道："杜平虏与官军相争，不能骤还，迁仕在州，实无能为。君可致书迁仕，谓病尚未瘳，特遣妇参见，并输军资，彼必心喜，不加戒备。妾率千人步担杂物，声言输送，一入州城，便可破迁仕了。"宝依计行事，冼氏整装随发，行至高州城下，迁仕果然无备，开城纳入。哪知担中统是甲仗，由冼氏一声暗号，大众各穿甲持械，攻入州署，迁仕仓皇窜逸，逾垣脱身，得往宁都。杜平虏亦被文育杀败，走回城下，仰见城门紧闭，上面坐着一位女将军，俯首娇呼道："平虏休来！我已驱除叛贼了。"平虏料不肯纳，绕城遁去。及文育驰至，冼氏乃开城出迎，说明情由，文育大喜。冼氏欲往谒霸先，当由文育派兵为导，到了赣石，得与霸先相见。霸先厚加慰劳，且赐金帛。冼氏不受，辞归高凉。复语冯宝道："陈都督不是常人，将来不但平贼，且必乘时立业，不可限

第六十三回　陈霸先举兵讨逆　王僧辩却贼奏功

量,君宜厚加资助,图保终身!"宝乃拨送粮械,接济霸先,霸先当然申谢。此段力写洗氏,以旌女豪。一面再遣杜僧明等往攻迁仕,迁仕拒守数月,终被僧明杀入,擒还南康,结果性命。

霸先自南康出发,进兵江州,赣石旧有二十四滩,行旅视为畏途,至此水涨数丈,巨石皆没,一任航行。霸先行次西昌,有龙出现水滨,五彩鲜曜,时人目为异征。湘东王绎即授霸先为江州刺史。霸先请发兵相会,绎却无暇顾应,尚欲有事郢州。看官道是何因？原来邵陵王纶至郢州后,由刺史南平王恪,梁武侄,即萧伟子。推纶为假黄钺都督承制。纶大修铠仗,拟讨侯景,偏湘东王绎不肯相容,竟使王僧辩鲍泉率领舟师,潜往袭击,至鹦鹉洲,纶已察觉,特使人致书僧辩,略云:"将军前年为人杀侄,今年复为人攻兄,借此求荣,恐为天下所不齿,请将军自思!"僧辩将原书报绎,绎仍令进军。纶闻僧辩复进,乃集众西园,挥涕与语道:"我本无他,志在灭贼,湘东疑我争帝,发兵来攻,今日欲守,奈乏粮储,欲战且取笑千载,看来只好避往下流罢!"麾下壮士,争请出战,纶仍不从,即与世子瓒登舟北去。

郢州刺史南平王恪,迎僧辩入郢州城,僧辩送恪诣江陵,向绎报捷。绎遣世子方诸为郢州刺史,方诸年仅十五,因为绎宠妃王氏所生,格外钟爱,特令出镇江夏,即郢州治。用鲍泉为辅,控遏下游。邵陵王纶,北至武昌,稍收散卒,屯齐昌城,遣使向北齐乞降,齐封纶为梁王。绎固无兄,纶亦无父,背国降虏,同归于尽。纶乃移营马栅,将引齐军共攻南阳。侯景部将任约,方由江州西上,进寇西阳武昌,闻纶在马栅立营,使偏将叱罗通,带领数百精骑,潜往袭纶。纶猝不及防,溃走汝南。汝南为西魏属地,城主李素系纶故吏,开门迎纶,纶乃修城池,集士卒,将图安陆。西魏安州刺史马岫,报知宇文泰,泰遣将军杨忠攻汝南,适天寒雨雪,不便攻扑,纶与李素,乘城协守,魏兵多死。相持数旬,天气通温,杨忠督兵猛攻,李素中箭身亡,城遂被陷。纶拼命巷战,为忠所杀,投尸江岸。岳阳王詧,时已称臣西魏,受封梁王,在襄阳建台置吏,特遣人致书杨忠,愿收纶尸埋葬。忠即允诺,当由襄阳使人,取尸棺殓,面色尚如生时,因载回襄阳,择地营葬去了。梁武家儿又弱一个。

宁州刺史徐文盛,受湘东王绎命令,募兵得数万人,东下讨贼。行次贝矶,正值景将任约,据有西阳、武昌,拥着艨艟大舰,逆流前来。文盛纵兵迎战,击破约军,阵斩叱罗通等,约走西阳,侯景方自称汉王,进位相国,又加号宇宙大将军,都督六合诸军事。梁主纲毫不预闻,及见文牒上载此名号,方惊叹道:"将军乃有宇宙的称呼么?"景令王克为太师,宋子仙为太保,元罗为太傅,郭元建为太尉,张化仁为司徒,任约为司空,王伟为尚书左仆射,索超世为尚书右仆射。所有军国大权,仍归侯景掌中。会因任约兵败,乃引军自出,驻扎晋熙。南康王会理,因侯景出戍,都城空虚,遂与左卫将军柳敬礼,即仲礼弟。西乡侯萧劝,东乡侯萧勔,皆萧景子。密谋起兵,诛灭景党。王伟是景第一心腹,会理等暗中规划,想把他先开头刀,不意建安侯萧贲,正德弟正立子。与始兴王萧憺孙子邕,竟将会理等密谋,通报王伟。伟先发制人,立率党羽,收捕会理,与会理弟通理、义理,还有萧劝、萧勔、柳敬礼等,一古脑儿拘入狱中,飞使报景,乞请处置。景并不多说,只回答一个杀字,可怜会理等人,骈首就刑。那丧尽天良的萧贲、萧子邕,得景赐姓,改萧为侯,且受景封爵为王。萧氏得此坏子孙,直把那远祖萧何丞相的面目都剥光了!比正德还要弗如。

武林侯萧谘,鄱阳王范弟。姿禀文弱,不为景忌,尝得出入宫廷,侍谈主侧。自会理等谋泄被害,遂为贼党注目。谘因事至广莫门外,突然遇盗,把他杀死,这明明是景党所遣,伪为盗装,了结谘命。真也是一个斩草除根的绝计。景尝与梁主纲登重云殿,礼佛设誓道:"自今君臣,两无猜贰,臣不得负陛下,陛下亦不得负臣!"至此景疑梁主与会理通谋,所以杀谘。梁主纲亦自知不久,见舍人殷不害在侧,指殿与语道:"庞涓当死此下!"不害亦叹息而出。

惟侯景闻内变已平,遂由晋熙趋宣城。宣城守将杨白华,拒守经年,已累得粮尽力疲。偏侯景亲自到来,眼见得不能支撑,景又致书招降,许令不死,白华只好出迎。宣城虽下,三吴又义兵迭起,新吴有余孝顷,会稽有张彪,俱严辞讨景,羽檄交驰。景不得已还至建康,遣将堵御,怎奈顾东失西,图近忽远,任约屯兵西阳,屡次失利,武昌被徐文盛夺去,告急书络绎不绝。景只得再自出师,倍道至西阳,与徐文盛夹江筑垒,准备厮杀。文盛闭营不动,侯景渡江来攻,他始麾舟逆击。令旗一飐,数百号小舟,如箭驶至,攒攻侯景。景慌忙迎敌,正杀得难解难分,那文盛一箭射来,本意是欲射侯景,偏右丞库狄式和,立在前面,做

第六十三回　陈霸先举兵讨逆　王僧辩却贼奏功

了侯景的替死鬼,堕水丧命。景不禁胆寒,引舟急退,逃还营中,只晦气了若干将士。自经此一战,景知文盛难敌,拔营复退,遣宋子仙、任约等掩袭郢州。

郢州刺史萧方诸但知嬉戏,未谙军旅,行郢州事鲍泉,又是个酒囊饭袋,专供方诸戏弄,有时伏床作马,背负方诸,有时卧地作牛,口引方诸,镇日里游戏作乐,毫不设备。某日大风急雨,天色晦冥,有守卒登城遥望,隐约见有许多贼骑,卷旆前来,忙下城报泉道:"贼骑来了!"泉怡然道:"徐文盛方杀败贼众,何因得至?汝休得谎报!"说着又有走报如前。泉尚未信,直至探报迭至,方令闭城,那贼骑已经趋入,守卒逃避一空。泉不闻声响,还与方诸戏狎。方诸踞坐泉腹,用五色彩线,替泉辫髯,忽有一将排闼径入,持刀欲斫,方诸眼快,忙跪伏地下,叩头求免。确是一个小儿态。泉望将过去,正是贼帅宋子仙,急向床下一缩,匍匐进去。老头儿更不济事。宋子仙早已瞧着,顺手去扯泉须,泉痛不可耐,只好爬出,须与彩线,已半被拔落。当由子仙召入部众,将两人捆送景营。景闻郢州得手,竟顺风张帆,越过文盛军营,直入江夏。文盛大惊,溃归江陵。

湘东王绎已命王僧辩为大都督,率诸军至巴陵。途次闻郢州失守,乃即在巴陵驻军,飞使报绎。绎复书道:"贼既乘胜,必将西下,卿不劳远击,但散守住巴邱,以逸待劳,无虑不胜!"又语僚佐道:"景若率水陆两路,直指江陵,最是上策;否则据夏首,积兵粮,尚不失为中策;倘徒力攻巴陵,乃真是下策了。巴陵城小势固,僧辩自能坚守,景攻城不拔,野无所掠,待暑疫迭起,食尽兵疲,还有什么不破呢!"想是湘东应做数年皇帝,所以福至心灵。乃命罗州刺史徐嗣徽,武州刺史杜崱,各引兵往助僧辩。

侯景使丁和守夏首,任约趋江陵,自督宋子仙等攻巴陵。景颇三策并用,但注重巴陵,已落下计。僧辩乘城固守,偃旗息鼓,静若无人,景遣轻骑至城下,问城中何人主守?僧辩令守卒回答道:"守将为王领军。"城下复仰问道:"何不速降?"僧辩复令守卒应声道:"汝军但向荆州,此城不足为碍。"骑兵返报侯景,景颇以为疑。宜州刺史王琳,从僧辩屯巴陵。乃兄王珣,前曾驻守江夏,投降景军,景乃把珣两手反缚,推至城下,使招琳降。琳厉声道:"兄受命拒贼,不能死难,尚敢来哄我么?"言已，弯弓欲射。珣报颜趋退，景即督士卒百道攻城。但听城中梆声一响，旗鼓张皇，矢石如雨点般飞下，伤死景众无数，景只好却退。僧辩又迭出奇兵，与景角斗。

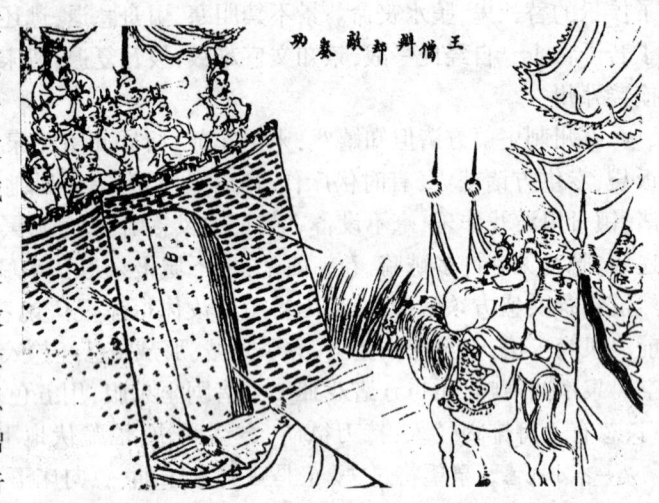

景身被甲胄，在城下督战；僧辩却宽袍大袖，乘舆巡城，一些儿不露惊惶，反令守卒鼓吹奏乐。景不禁叹服，屡战无功。

湘东王绎令武猛将军胡僧祐，出援僧辩，且面谕道："贼若水战，但用大舰迎击，必然大胜，若止步战，可鼓棹自往巴邱，不烦与他交锋了。"僧祐奉令至湘浦，与景将任约相遇，佯为畏约，避就他路。约驱众急追，直抵羊口，遥呼僧祐道："吴儿何不早降？走将何往？"僧祐不应，潜引兵至赤沙亭，适信州刺史陆法和，引兵来会，法和有异术，能预料吉凶，当侯景围台城时，尝语人道："景亦胜亦不胜。"至此闻任约进逼江陵，自请会击。湘东王绎乃令他接应僧祐。法和与僧祐定计，伏兵待约。约自恃屡胜，驰入阱中，那时伏兵骤起，左有僧祐，右有法和，两军围裹拢来，随你任约勇力过人，到此也似虎落陷坑，无从逞威，被法和军活擒了去；余众多死。

景在巴陵城下，众多病疫，又兼粮食告罄，正思退军，蓦闻任约被擒，且惊且惧，便即焚营夜遁，用丁和为郢州刺史，留宋子仙守郢城，别将支化仁守鲁山。法和送约至江陵，自请还镇，并语绎道："侯景将平，不必多虑，惟蜀贼将至，不可不防！"绎乃遣屯峡口，任约亦愿归诚，绎因许赦免。更命王僧辩、胡僧祐等引兵东下。僧辩先攻鲁山，擒住支化仁，进薄郢州，攻克外郭，斩首千级。宋子仙退据金城，僧辩四面筑垒，环攻不休。子仙惶急得很，情愿献还郢城，乞放开一网，俾得生还。贼

第六十三回　陈霸先举兵讨逆　王僧辩却贼奏功

党也有此时。僧辩假意允许，撤去一面围兵，给船百艘，令他载归。一面命别将杜龛，领着精兵千人，攀堞齐上，鼓噪奋进。子仙开城驾舟，与丁和飞桨遁逃。驰至白杨浦，天色将晚。子仙拟拢舟近岸，不防芦苇中闪出一军，为首一员大将，装束与天魔相似，大声喝道："逆贼休走！周铁虎等候多时了！"小子有诗为证，诗云：

　　悍贼横行已数年，到头毕竟有谁怜？
　　一声惊响心先碎，乱党从来少瓦全。

究竟宋子仙等能否逃生，且至下回再叙。

　　陈霸先起兵讨贼，为陈氏开基之始。彼本安居岭南，独能仗义执言，纠众兴师，当其出南海，越大庾，转战无前，所向披靡，元景仲、兰裕、蔡路养、李迁仕等，非死即遁，未闻有敢与久持者，何其锐也！冯夫人冼氏，谓非常人，诚哉其然。惟冼氏为一妇人，乃能鉴别枭雄，已非凡品，且为冯宝设谋，智赚迁仕，有此巾帼，不亚须眉，宜本回之力为旌扬，不肯苟略。王僧辩之从容拒景，智勇不在霸先下，瑜、亮并生，同辅一生，设非后日之互启猜嫌，各思擅柄，宁非亦萧氏之周召耶！故本回提出二人，作为纲领，所以表贼景之平，实由二人为首倡云。

第六十四回

弑梁主大憨行凶　卤侯贼庶支承统

却说宋子仙等行至白杨浦，兜头遇着一将，率兵拦住，叫做周铁虎。铁虎本在河东王誉麾下，誉败死后，铁虎为僧辩所擒。僧辩因他骁勇绝伦，屡摧将士，特下令就烹，铁虎大呼道："侯景未灭，奈何烹壮士！"僧辩暗暗称奇，乃许释缚，收为部将。至是特令他往截子仙，子仙已经胆怯，不得已与他交锋，战了数合，被铁虎卖个破绽，把他擒住。丁和本是无能，见子仙受擒，吓做一团，当由铁虎麾动左右，牵令下马，一同捆缚。余众或死或降。铁虎回营献俘，僧辩即解二俘往江陵。湘东王绎，亲加审讯，问明方诸、鲍泉下落。才知方诸由侯王带去，鲍泉已被丁和捶死，投尸黄鹤矶，于是绎怒不可遏，即将二俘斩首，并命王僧辩进兵江州，与陈霸先会师。

时侯景返至建康，猛将多死，自恐不能久存，因欲篡梁称帝，暂娱目前。王伟希旨进言道："从古移鼎，必须废立，既示我威，且绝彼民望，幸勿再延！"景乃使前寿光殿学士谢昊，代草诏书，略言：弟侄争立，星辰失次，皆由朕非正绪，召乱致灾，宜禅位豫章王栋云云。既要篡位，何必再立豫章？诏既草就，遂遣党徒吕季略赍入，逼梁主纲署印。一面即着卫尉卿彭隽等，带兵入宫，拥梁主至永福省，派兵监守，杀太子大器，寻阳王大心，西阳王大钧，建平王大球，义安王大昕皆梁主纲子。及宗室王侯二十余人。大器风度端嶷，未尝屈事贼党，或劝他稍贬气节，大器道："贼不杀我，抗礼无伤；若要见杀，百拜何益！"景西出时，曾挟大器俱行，为质军中。及自巴陵败归，步伍错乱，大器坐船在后，左右劝他乘隙北往，免受贼制。大器道："国家丧亡，本不图生，今若逃匿，不是避贼，乃是叛父了！"此语未免愚孝。景因他器宇深沉，防为后患，故先行下手。临死时颜色不变，且从容道："久已待死，已恨过迟。"贼党取衣带上前，大器道："此物何能即死，不如用系帐绳罢。"贼党乃将绳取下，套大器颈，一绞即已断气。后来湘东正位，追谥为哀太子，这且不必细表。

第六十四回　弑梁主大憨行凶　窝侯贼庶支承统

且说侯景既废去梁主纲,降封为晋安王,遣人迎立豫章王栋。栋系昭明太子长孙,父即豫章王欢,欢已去世,栋闲居第中,廪饩甚薄,方与妃张氏灌园锄葵,忽见法驾来迎,大惊失措,没奈何涕泣升舆。将入宫中,忽有回风,从地涌起,吹去华盖,飞出端门,都人已目为不祥。侯景等拥栋至武德殿,被服衮冕,即位受朝,改太宝二年为天正元年。太尉郭元建自秦郡驰还,向景进言道:"主上系先帝太子,奈何见废?"景答道:"王伟劝我早绝民望,所以举行。"元建道:"我挟天子令诸侯,尚惧不济;况无端废立,更失人心,祸且不远了!"景犹豫未决。更有溧阳公主,顾念父恩,亦劝景迎父复位。景素爱公主,又因元建谏诤,即欲迎还故君,令新主栋为太孙。王伟闻信,亟入见景道:"废立大事,难道可朝令暮改么?"景乃罢议。伟又劝景尽杀梁主纲子,景因遣使四出,一至吴郡杀南海王大临,一至姑熟杀南郡王大连,一至会稽杀安陆王大春,一至京口杀高唐王大壮。又将太子妃赐郭元建,元建道:"岂有皇太子妃,为人作妾么?"还算有些天良。景亦不便强迫,乃搁过不提。

惟王伟凶恶得很,复劝景弑故主纲。景因遣彭隽、王修纂与伟同至永福省,尚说是奉觞上寿。纲笑道:"寿酒么?想是要祝我归天了!"遂嘱陈肴馔,兼使鼓

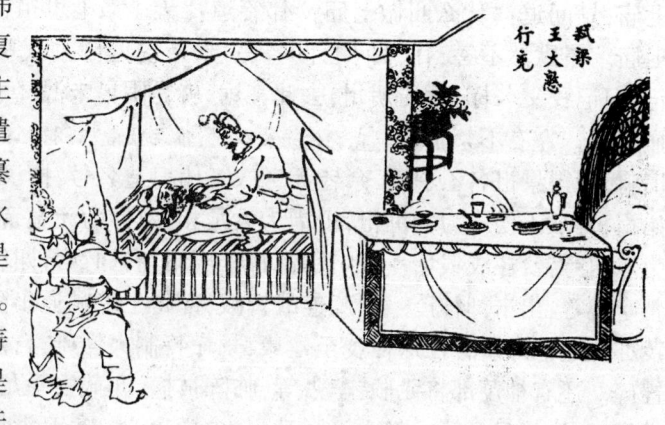

弑梁王大憨行凶

乐,饮得酩酊大醉,入卧床中。伟使隽携入土囊,压纲身上,再令修纂就土囊上坐,一个醉天子,当然是气绝身僵,时年四十九岁,在位只有二年。纲字世缵,被幽时题壁自序云:有梁正士兰陵萧世缵,立身行道,始终如一,风雨如晦,鸡鸣不已,弗欺暗室,何况三光!数至于此,命也如

何!又作连珠二首,词极凄怆,平素著述颇多,不可殚纪。王伟见故主已殁,便撤户扉为棺,迁殡城北酒库中,然后欣然复命。想与梁主有宿世冤仇,故狠毒至此。景为故主纲拟谥,称为明皇帝,庙号高宗。越年由王僧辩等入都,奉葬庄陵,追崇为简文皇帝,庙号太宗。

新主栋即位后,尊先祖昭明太子统为昭明皇帝,先考豫章王欢为安皇帝,进东道行台刘神茂为司空,余官如故。神茂闻侯景败归,阴谋反正,至司空命下,即誓众绝景,谓系受国厚恩,理应为国讨贼等语。乃据住东阳,遥应江陵。江陵大将王僧辩,复自郢州东下,收降豫章守将侯瑱,直入湓城,与陈霸先会师屯邱,得霸先接济粮米三十万石,军势大震。再引兵拔晋熙,下寻阳,所向无前,贼众尽靡。

侯景急欲称帝,自加九锡,置丞相以下百官。嗣建天子旌旗,出警入跸。未几逼栋禅位,僭号汉帝,升坛受贺。坛前忽有兔跃起,一跃即杳,天空有白虹贯日,众皆惊讶。景还登太极前殿,改天正元年为太始元年,封萧栋为淮阴王,幽锢监省。栋弟桥、樛,亦并禁密室。王伟请立七庙,景问道:"什么叫做七庙?"伟答道:"天子祭七世祖考,所以应立七庙。"景默然不答,伟又问七世名讳,景乃说道:"前代祖名,我不复记,但记我父名标,死在朔州,去此甚远,就是阴灵未泯,怎得到此来啖血食呢?"左右不禁暗笑。我说他一生狡猾,惟此数语,尚本天真。有一侯景旧将,记得景祖名乙羽周,余皆无考。王伟捏造名号,推汉司徒侯霸为始祖,晋征士侯瑾为七世祖,祖周为大丞相,父标为元皇帝。遣赵伯超为东道行台,往戍钱塘。令中军都督李庆绪,右厢都督谢答仁,左厢都督李遵等,出击刘神茂。神茂连战皆败,部将王晔郦通出降谢答仁,神茂亦穷蹙乞降。答仁送神茂至建康,景命特制大锉碓,自足至头,寸寸锉碎。还有神茂部将元頵、李占等,临阵被擒,亦截去手足,绑示大众,辗转呼号,经日乃毙。都人恨景残忍,愈觉离心。景又深居禁中,荒耽酒色,非故旧不得进见,部将亦多怨望。

那王僧辩、陈霸先两军,受湘东王号令,于次年二月初旬,会讨侯景,舳舻数百里;两统帅至白茅湾,筑坛歃血,共读誓文。大旨在协力讨贼,永无贰心,大众闻言,统皆踊跃听命。僧辩即使侯瑱率师,袭击南陵、鹊头二戍,再战皆克,遂顺流东进。侯景已遣侯子鉴带着水兵,出屯肥水,郭元建带着陆兵,进趋小岘。子鉴正攻入合肥外城,闻西师将至,

第六十四回　弑梁主大憝行凶　禽侯贼庶支承统

退保姑熟。景又遣将史安和、宋长贵等，往助子鉴，且自赴姑熟巡视垒栅，面谕子鉴道："西人善长水战，勿可轻与争锋，若得马步一交，定可得胜。汝但坚守待变便了。"言讫还都。子鉴依命办理，舍舟登陆，闭营不出。王僧辩等到了芜湖，探得侯子鉴立营岸上，却也不敢轻进，逗留至十余日。当有人通报侯景，谓西军将遁，急击勿失。景方下一伪诏，赦湘东王绎、王僧辩等罪状，部众笑为无益。乃令子鉴整备水战，子鉴复由陆登舟。僧辩得报，即率舟师趋姑熟。子鉴发步骑万余人，上岸挑战，另用鹘舺千艘，分载战士，为追逐计。鹘舺音鸟了，系是长船，两旁着桨，往来如飞。僧辩不与步战，且麾小船退后，但留大舰夹泊两岸。子鉴部下，疑他怯战，便各驶船前追，僧辩待他过去，然后鼓动大舰，断他归路，复扬旗指麾小船，四面截击，鼓噪大呼，杀得贼船东沉西没，无路可奔。子鉴弃甲改装，夺路逃脱。败报为侯景所闻，景不禁大惧，涕下满面，引衾蜷卧，良久方起，叹道："我误杀乃公！"当下使石头戍将张宾，用海艟艚沉淮中，堵塞淮口，再沿淮筑城，自石头城至朱雀桁，楼堞相接，亘十余里，拒遏西师。也是呆人呆想。

　　王僧辩督领诸将，乘潮入淮，见前面守备严整，也觉踌躇，因向陈霸先问计。霸先道："前柳仲礼拥兵数十万，隔水久驻，贼登高俯瞰，一望无余，故能覆我师徒。今欲围攻石头，须速渡北岸，诸将若不能当锋，霸先愿先去立栅，请公无虑！"僧辩大喜。霸先遂往石头西面落星山，择地筑栅。僧辩亦进军招提寺北。侯景亲出抵御，有众万余人，铁骑八百余匹，列阵西州西隅。霸先道："我众贼寡，应分贼兵势，休使他聚精蓄锐，向我致死。"乃命诸将分道置兵，张皇声势。

　　景意欲速战，纵骑进攻，冲入西军偏将王僧志营，僧志少却。霸先遣将军徐度，率弓弩手三千，绕出景后，更番迭射，景队多伤，只好引退。霸先与王琳、杜龛等，麾动铁骑，突入景阵，僧辩又率大军继进，仿佛泰山压卵一般，教侯景如何抵挡，没奈何退入栅中。石头城守将卢晖，见西军势胜，景已败还，料知景必危亡，便开门出降。僧辩入据石头城，霸先尚在城外，与景相持。景尚督众死战，自率百余骑，弃槊执刀，硬行冲突，再进再却，众遂大溃。诸军逐北至西明门，景返至阙下，召王伟叱责道："尔迫我为帝，今日何如？"伟不能答。景即欲出走，伟执辔谏阻道："从古岂有叛天子！现在宫中卫士，尚足一战，去此意欲何往？"景喟然道："我从前败贺拔胜，破葛荣，扬名河北，渡江入台城，降柳仲礼如反掌，今日是天亡我了！"恶贯满盈，应该至此。乃用皮囊盛二婴儿，系在江东所生，俱属襁褓，分挂鞍后，与亲党百余骑，东走入吴。侯子鉴、王伟等奔朱方。

僧辩命杜龛、杜崱等入据台城，军士剽掠居民，不加禁止，可怜男女裸体，号泣盈途。僧辩不得善终，已兆于此。是夕军役失火，焚去太极殿及东西堂，所有宝器羽仪辇辂，一古脑儿付与祝融。僧辩命侯瑱等率精甲五千，驰追侯景，自率诸将诣阙，王克、元罗等偕台内旧臣，恭迎道旁，僧辩笑语王克道："君等服事虏主，想亦甚劳！"克等惭不能对。僧辩又问玺绶何在？克嗫嚅道："已被持去。"僧辩叹道："我王氏百世卿族，一朝坠地无遗了！"当下迎故主纲梓宫入殿，率百官哭踊如仪，然后报捷江陵，奉表劝进，且迎都建康。湘东王绎，复称缓议。不可无此做作。

从前绎遣僧辩东行，僧辩道："平贼以后，嗣君万福，究应如何行礼？"绎直答道："六门以内，自极兵威。"太觉忍心。僧辩又道："讨贼事由臣负责，若命臣为成济，见前注。臣不敢为！请另用他人！"绎乃密嘱宣猛将军朱买臣，使他便宜处置。此朱买臣非汉会稽太守之朱买臣。及西师入都，萧栋及二弟桥、樛，得从密室出走，途次遇着杜崱，替他释去锁械，桥樛相语道："今日始得免横死了。"栋皱眉道："倚伏难知，我尚担忧。"言未已，朱买臣已经趋至，呼萧栋兄弟下船，出酒劝饮，灌得三人醉如烂泥，令左右把他扛出，但听得扑通扑通好几声，俱到水晶宫挂号去了。买臣虽奉主命，手段亦觉太辣。

僧辩使陈霸先赴广陵，招降郭元建、侯子鉴等，子鉴恐不相容，与元建投奔北齐。独王伟与子鉴相失，俘归建康。僧辩问道："卿为贼相，不能死主，还想求活草间么？"伟答道："兴废乃是天命；若汉帝早从伟言，明公岂有今日！"僧辩冷笑数声，送往江陵，归湘东王取决。

惟侯景南走钱塘，赵伯超闭门不纳，再北趋松江，被侯瑱追及，景尚有船二百艘，众数千人，瑱麾众进击，擒住彭㒞、田迁、房世贵等。景与心腹数十人，单舸飞奔，推堕二子入水，拟东航入海。瑱遣副将焦僧度追景，景手下有库直都督羊鹍，为景妾兄，曾随景东走，见景穷蹙无归，不觉心变，乘景昼寝，却令舟子转舵，驶向京口。景睡醒起望，前面已是胡豆洲，距京口不过数十里，顿时大骇，召鹍入问，鹍拔刀指景道："我

第六十四回 弑梁主大憝行凶 斫侯贼庶支承统

等为王效力,已有数年,今王已无成,乞借头颅,博取富贵!"景未及答,刀锋已近身旁,慌忙避入船中,用佩刀抉船底,意欲凿船逃生,鹍取过一槊,用力猛刺,直穿景背。景猛叫一声,立即倒毙。景将索超世在别船,鹍诈传景命,召至船中,把他拘住,连人带尸,献与南徐州刺史徐嗣徽。嗣徽诛死超世,用盐纳景腹中,送往建康。僧辩枭景首级,传入江陵,尸身陈列市曹,士民争往脔食,并骨俱尽。溧阳公主,尚在都中,因父兄遇害,恨景亦深,也欲烹食景肉。众将景阳物割下,畀与公主,公主亦囫囵吞入,嚼尽无余。上下倒置,太要采颐。赵伯超、谢答仁等,皆乞降琎军,琎一并送至建康。僧辩只斩一房世贵,余皆解往江陵。

湘东王绎得侯景首,悬市三日,用漆烫过,藏诸武库。遣南平王萧恪为扬州刺史,进王僧辩为司徒,镇卫将军,封长宁公,陈霸先为征虏将军,开府仪同三司,封长城县侯。一面审讯俘囚,十杀七八,只赦任约、谢答仁。王伟在狱中,曾上五百言诗,绎爱他文才,欲加赦宥,或谓伟前日曾作檄文,词意甚佳。此人必与伟有仇。绎即命检视,檄文中有联语云:"项羽重瞳,尚有乌江之败;湘东一目,宁为赤县所归!"绎不禁大怒,命牵伟出狱,拔舌钉柱,剜腹脔肉,然后致死。侯景叛逆,皆伟主议,虽置伟极刑,不足蔽辜,但湘东为私意杀伟,转难服众。

伟既伏诛,乃下令大赦。南平王恪等统上书劝进,绎尚未遽许,但已遣人求玺。这玺绶曾由侯景带去,景嘱侍中兼平原太守赵思贤掌管,

且预语道:"若我死,宜沉玺入江,勿使吴儿再得此物!"玺有何用?岂吴儿不得此玺,便不能为帝吗?思贤唯唯受命。及景为羊鹍所杀,思贤持玺潜逃,从京

口渡江，中途遇盗，投弃草间。奔至广陵详告郭元建，元建使人寻取，果然得玺，献与北齐行台辛术。术转献齐廷，传国玺遂为高氏所有了。

齐主高洋使散骑常侍曹文皎，南下聘问。湘东王绎亦遣散骑常侍柳晖报聘。两下方玉帛修仪，不意高洋纳郭元建言，竟令司空潘乐出兵，偕元建围梁秦郡。行台辛术，谓信使往来不绝，不宜无端动兵，高洋不从。陈霸先方出镇京口，先遣徐度、杜崱等陆续赴援，寻且自往秦郡，击退齐兵，斩首万余级，然后班师。王僧辩再会公卿百官，奉表江陵，请绎嗣位，绎乃准如所请，即位江陵，颁行诏书。略云：

夫树之以君，司牧黔首，帝尧之心，岂贵黄屋？诚弗获已而临莅之。朕皇考高祖武皇帝，明并日月，功格区宇，应天从民，惟睿作圣。太宗简文皇帝，地伴启诵，方符文、景，羯寇凭陵，时难孔棘。朕大拯横流，克复宗社。群公卿士，百辟庶僚，咸以皇灵眷命，归运所及，天命不可以久淹，宸极不可以久旷，粤若前载，宪章令范，畏天之威，算隆宝历，用集神器于予一人。昔虞、夏、商、周，年无嘉号，汉、魏、晋、宋，因循以久，朕虽云拨乱，且非创业，思得上系宗祧，下惠亿兆，可改太清六年为承圣元年。绎尚奉太清年号，见六十二回。逋租宿负，并许弘贷；孝子义孙，可悉赐爵；长徒鏁士，特加原宥；禁锢夺劳，一皆旷荡。与民更始，令众周知！

即位这一日，不升正殿，但在偏殿中召集百僚，草草行礼，算是权宜办法。越数日，追尊生母阮修容为文宣太后，立王子方矩为皇太子，改名元良。方智为晋安王，方略为始安王。当时江陵以东，但以长江为限，江北地俱入北齐，江陵以西，仅至峡口，西蜀一带，有益州刺史武陵王纪据守，不服湘东命令，岭南也由萧勃自主，阳奉阴违，绎虽称帝，权力有限，不过千里以内，尊为梁主罢了。小子有诗叹道：

国难君危两不知，痴心但望嗣皇基；
江陵侥幸登君位，蜗角偷安得几时！

梁主绎即位时，湘州长史陆纳，已经起叛。欲问他出自何因，容至下回分解。

侯景之乱，成之者为王伟，败之者亦王伟。伟之恶实浮于景，不过景为渠魁，罪归于主，故后世多嫉景而略伟耳。试阅本回之弑纲废栋，及屠戮大临、大连等人,何一非伟导成之?自篡弑之恶,大暴于天下,而景之始鸣得意者,终变而为大失意,众矢集的,不亡何待!商割之遭,虽为恶贯满盈所致,顾景非王伟,恶不至此,误杀乃公之悔,顾何及哉!湘东王绎尚欲曲宥伟罪,及见湘东一目之文,始有拔舌剜腹之罚。满腔私意,无自服人,此所以即位未几,而仍致败亡也欤!

第六十五回

杀季弟特遣猛将军　鸩故主兼及亲生女

却说湘州刺史王琳,曾偕僧辩入都平景,功居第一。他本家居会稽,以行伍起家,姊妹皆入湘东王宫,琳因侍王左右,得邀荣宠,平时常倾身下士,所得赏赐,不入私囊,尽给兵吏,麾下约有万人,多系江淮群盗,乐为彼用,自平乱有功,恃宠纵虐。僧辩不能禁,密表请诛,绎但调琳为湘州刺史。琳恐及祸,使长史陆纳率部众赴州,自诣江陵陈谢。临行时,与约相语道:"我若不返,汝将何往?"纳等齐声请死,乃洒泪而行,既至江陵,一入殿中,即被卫军拿住,下吏论罪,另授皇子始安王方略,代镇湘州,用廷尉黄罗汉为长史,使与太舟卿<small>太舟官名张载</small>,同至巴陵,抚驭琳军。陆纳及士卒并哭,不肯受命,载素性悍戾,又得主眷,遂厉声喝阻。<small>不管死活。</small>才及半语,已由纳麾动士卒,一拥而上,把载绑缚起来,并将罗汉拘住。惟方略为王琳甥,纵使归报。梁主绎续遣宦官陈旻,往谕纳众。纳反将张载牵出,刳腹抽肠,系诸马足,策马使行,肠尽气绝,及剖心焚骨,率众欢舞,惟黄罗汉向来清谨,得免惨祸。<small>究竟悍吏不及清官。</small>纳遂引兵据住湘州。梁主绎复令宜丰侯萧循<small>萧绎弟</small>为湘州刺史,一面征王僧辩督师会讨,循至巴陵,驻节以待,忽得纳请降书,求送妻子,循微笑道:"这明是诈降计,今夜必来袭我了!"因将麾下千人,分头埋伏,自己兀坐胡床,开垒待着。延至夜半,纳果用轻舸载兵,飞驰而至,遥见垒门大启,上面坐着一人,端居不动。纳未免惊诧,便令兵士鼓噪直前。将逼垒门,那上坐的仍然如故。当时疑为草人,正思用槊入刺,不防两旁突起伏兵,大刀阔斧,奋勇杀来,纳知是中计,忙勒兵倒退,已被杀伤多人,慌忙下舟南遁。最后一舰,不及开驶,眼见为循军夺去。纳垂头丧气,走保长沙,王僧辩亦至,与循相会,共逼长沙城下。纳复率众迎战,僧辩亲执旗鼓,循亦躬冒矢石,东西并进,大破纳众,纳入城拒守,由僧辩等进兵环攻,连旬不下。梁主绎特遣送王琳至长沙,令谕纳众,纳众在城上罗拜,且泣语道:"朝廷若肯赦王郎,乞许彼入城,纳等情愿待罪。"僧辩尚未肯许,仍将王琳送回江陵。适武陵王纪自西蜀发兵,来窥江陵,信州刺史陆法和,屯兵峡口,与纪相持,并遣人至江陵乞援,梁主绎欲调长沙兵往助,不得已赦琳前罪,仍遣为湘州刺史。琳复至长沙,纳众迎降,湘州告平,乃更调琳拒蜀。看官欲知武陵王纪,何故与江陵为难?说来又是一种情由。纪系梁武第八子,少得父宠,大同三年,受命为益州刺史。纪因道远固辞,梁武密嘱道:"天下方乱,惟益州可免,故特处汝,汝宜勉行为是。"纪乃涕泣赴镇。及侯景入都,曾得朝廷密敕,加位侍中,假黄钺都督征讨诸军事,促令入卫。纪尝令世子圆照,领兵三万,受湘东王绎节度,会兵讨景。绎命圆照屯白帝城,未许东下,至梁武饿死,纪将督兵自行,又为绎所劝阻。纪次子圆正,方任西阳太守,绎署为平南将军,诱令入谢,把他囚住,荆、益衅端,从此始开。纪颇有武略,居蜀十七年,南开宁州、越巂,西通资陵、吐谷浑,内劝农桑,外通商贾,财用丰饶,器甲殷积,因与江陵生隙,遂从长史刘孝胜言,僭号蜀中,改元天正,与萧栋同一年号。时已有人顾名思义,谓天为二人,正为一止,已各寓一年即止的预兆。这也未免牵强。司马王僧略,参军徐怦,谓不应称帝,并皆切谏,纪不但不从,且把他并置死刑。梁主绎承圣二年,纪遂率军东下,留益州刺史萧㧑守成都,行次西陵,军容甚盛,惟峡口设有二城,为陆法和所增筑,取名七胜城,锁江断峡,使纪军不得飞越。但乞江陵速发援师,梁主绎很怀忧惧,特贻书西魏,书中引着左氏传文,有"子纠亲也,请君讨之"二语。西魏大丞相宇文泰道:"取蜀制梁,在此一举。"诸将俱以为未可,惟大将军尉迟回,为宇文泰甥,力言可克,且禀泰道:"蜀与中国隔绝,百有余年,自恃险远,不虞我至,若用铁骑倍道进兵,径袭成都,蜀自不战可破了。"泰乃托词援梁,即遣尉迟回出散关,引军入蜀。进至涪水,潼州刺史杨乾运,举州请降,回分兵守潼州,径袭成都。纪方锐意东下,接得成都急报,乃遣梁州刺史谯淹还援。偏又为尉迟回所破。败报复至西陵,纪欲返救根本,独世子圆照,及益州长史刘孝胜,力言不可,纪乃舍西图东。诸将各有异言,纪竟下令道:"敢谏者死!"自投死路,还要吓人。遂命将军侯睿,率众七千,遍筑营垒,与陆法和相拒。梁主绎释出任约,令为晋安王司马,使领禁兵,往助陆法和。继又用谢答仁为步兵校尉,遣令再往,且致书与纪,劝他还蜀,专制一方。纪不肯从,答书如家人礼,并未称臣,绎复致书道:

吾年为一日之长，属有平乱之功，膺此乐推，事归当璧，倘遣使乎？良所希也。如曰不然，于此投笔，兄肥弟瘦，无复相见之期，让枣推梨，永罢欢愉之日。心乎爱矣！书不尽言。

纪得书不答，满望旗开得胜，直指江陵，怎奈屡战无功，师老财匮。又闻西魏军围攻成都，孤危愤懑，不知所为，乃遣度支尚书乐奉业，诣江陵求和。奉业反入白梁主道："蜀军乏粮，士卒多死，危亡可立待呢。"梁主绎因拒绝和议；纪亦无法。将士多半思归，各有贰心，更因纪吝啬不情，平时尝熔金成饼，饼百为箧，箧以百计，银比金约五六倍，锦绘彩，不可胜数，每战但悬示将士，并未分赏。宁州刺史陈智祖，请犒军励士，纪不肯从，智祖竟至哭死。或欲向纪申请，纪又辞疾不见，因此众心益离。守财奴怎思济事！巴东民符升等，斩峡口城主公孙晃，出降王琳，谢答仁、任约，合攻侯睿，连破三垒，于是两岸十四城俱降。梁游击将军樊猛，出兵截纪归路，纪不获退兵，只好顺流再进。猛趁势追击，纪众大溃，赴水溺死，约八千余人。再由猛联舟为阵，把纪众困在垓心，一面飞章奏捷。梁主绎密敕复报道："与纪生还，不得言功！"杀害骨肉，已成惯技。猛乃督兵环攻纪船，纪在舟中绕床而走，不知所为。蓦见猛一跃过舟，挺槊来刺，自知命在须臾，急取金囊掷猛，且顾语道："此物赠卿，愿送我一见七官。"注见前。猛叱道："天子如何得见？我杀足下，金将何往？"说着，手起槊落，把纪戳倒，又加一槊，立即毙命。金钱本可买命，至此时也属无济了。

纪有幼子圆满，亦遭杀死。陆法和收捕圆照兄弟三人，送入江陵，梁主绎削纪属籍，改姓饕餮氏。刘孝胜亦被擒至，拘系狱中，嗣得释出。纪次子圆正在狱，由绎使人传语道："西军已败，汝父已不知存亡了。"这二语是逼他自裁，圆正但号呼世子，哭不绝声。绎乃使与圆照相见，圆正顾圆照道："兄奈何自残骨肉？徒使痛酷至此！"圆照唯自悔前误，付诸长叹罢了。既而两人并囚狱中，连日不得一餐，甚至啮臂咽血，历旬有二日乃死。远近统代为悲悼，咎绎不仁，那西蜀已被西魏军取去。成都守将萧㧑举州外附，尉迟回使民复业，唯收奴婢及储积，犒赏将士，不私一钱。西魏命回为益州刺史，自剑阁以南，均归回承制黜陟，回申明赏罚，互用恩威，抚辑州民，招徕异族，华夷相率禽服，安帖无哗，从此西蜀版图，归入西魏，后事容待缓表。

第六十五回 杀季弟特遣猛将军 鸩故主兼及亲生女 ·511·

且说梁主绎既除季弟,便欲还都建康,将军宗懔、黄罗汉,皆系楚人,不愿东迁。领军将军胡僧祐,御史中丞刘瑴,亦与宗、黄同意,极力谏阻,绎乃召朝臣会议,多至五百人,仍然聚讼未决。绎复下令道:"劝吾迁都可左袒;否则右袒。"一时左袒的人,竟至过半。武昌太守朱买臣进言道:"建康旧都,山陵所在,荆镇边疆,非帝王所居地,愿陛下勿疑,免致后悔!臣家在荆州,岂不愿陛下居此?但恐是臣富贵,并非陛下富贵呢。"买臣此语,不为无见。梁主再使术士杜景豪卜易,未得迁都吉兆,因答言未吉。及趋退后,私语亲友道:"此兆恐为鬼贼所留呢。"嗣是梁主因建康雕残,江陵全盛,卒从僧祐等言,但令王僧辩还镇建康,陈霸先还镇京口。会齐遣郭元建治军合肥,将袭建康,梁命南豫州刺史侯瑱,迎战东关,击退齐师。

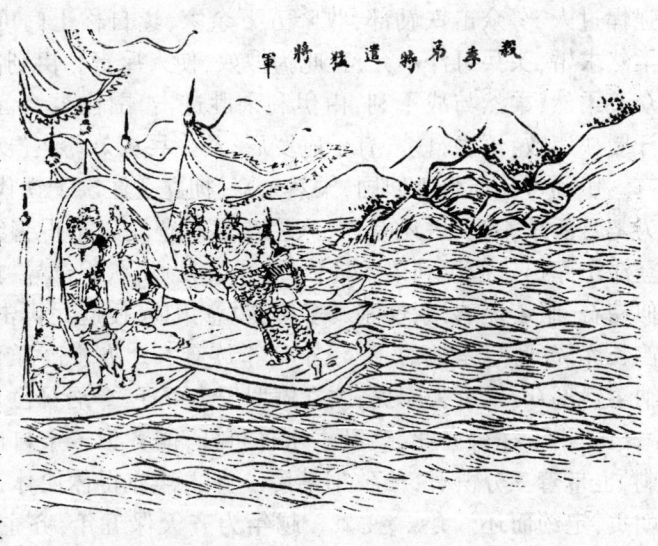

时齐主高洋,已鸩死故主善见,并善见三子,谥为魏孝静皇帝,葬诸邺城西隅。故后高氏,已降为中山王妃,与善见情好颇笃,善见被幽,高氏随时护视。洋欲行弑,特召高氏入宴,至宴毕退还,善见已死。妃当然哀号,葬毕入宫,为洋所迫,令她转嫁杨愔,愔毫不推辞,竟礼迎而去。乐得受赐。洋复发中山王墓,把故主善见遗棺,投入漳水,并将所有元魏神主,焚毁殆尽。彭城公元韶,曾纳孝武后高氏为妃,特邀异宠。开府仪同三司美阳公元晖业,位望隆重,从齐主洋在晋阳,尝至宫门外骂韶道:"汝不及汉朝老妪,负玺畀人,何不当时击碎?我出此言,自知必死,看汝能生得几时!"谓汉元后投玺缺角,韶何故奉玺入齐?果然齐主闻言,召入晖业,一刀了事。韶文弱似妇女，由齐主令剃须髯，施粉黛，着妇人衣，随从出入。尝语左右道："我用彭城为嫔御。"韶亦不以为羞，旅进旅退，委蛇过去。

齐主洋又亲征突厥，并救柔然。自柔然与高氏结婚，往来通好，连年无事。回应五十八回。高洋篡魏，柔然主头兵可汗亦遣使入贺，洋亦答使报聘。偏有突厥起自西域，为柔然患。相传突厥系平凉杂胡，姓阿史那氏，集成部落，后被邻部破灭，只剩一个十龄小儿，刖足断臂，委弃草泽中，有牝狼衔肉相饲，乃得生长，竟与牝狼交合，俨若夫妇。邻部酋长，复派兵捕杀遗儿，惟牝狼窜至高昌国西北，匿居深岩。狼已有孕，一产十男，十男渐长，分出穴中，掠民为妻，嗣是生育日蕃，得五百家，聚居金山南面，服属柔然，世为铁工。金山形似兜鍪，番俗呼兜鍪为突厥，因以为号。传至大叶护，种类渐强。既而伊利嗣世，强悍过人，募众击铁勒部，收降五万余家，遂自称土门可汗。遣人向柔然求婚，头兵可汗不允，且叱为锻奴，使人斥责。伊利怒斩来使，率众袭柔然，柔然与战不利，由伊利乘胜进击，围住柔然营帐。头兵可汗屡战屡败，愤恚自杀，有子庵罗辰，及头兵从弟登注俟利等，突围奔齐。伊利可汗亦得胜回国，柔然余众，拥立登注次子铁伐为主。铁伐为契丹所杀，齐因送还登注，入主柔然。登注也不得善终，众复推立登注子库提。适伊利弟木杆俟斤，承袭兄业，状貌奇异，面阔尺余，颜似赭石，眼若琉璃，素性刚暴多智，锐意拓地，便起兵再击柔然。柔然酋长库提，哪里是他对手，没奈何举族奔齐。齐主高洋督军北巡，迎纳柔然部众，惟废去库提，改立庵罗辰为可汗，令居马邑川，赐给廪饩缯帛。当下往御突厥，突厥主木杆可汗，闻齐天子亲自出马，前来征剿，也带着三分惧意，便致书请降。齐主洋亦得休便休，但饬令每岁朝贡，定约而还。突厥事始此。越年为齐天保五年，齐主洋复自击山胡，大破番众，男子过十三岁，一律腰斩，妇女及幼弱充赏，遂得平石楼山。山本绝险，终魏世不得制服，经齐主一鼓荡平，远近胡人，始不敢抗命。齐主洋乃志得气盈，渐成狂暴。有都督战伤将死，医治难疗，索性刳挖五脏，令九人分食，骨肉俱尽。此后视人如畜，刲割烹炙，几成为常事了。北齐事暂且按下，西魏事应当叙入。

自宇文泰当国以后，权势日盛，西魏主宝炬拱手受教，不能有为。泰初用苏绰为度支尚书，百度草创，损益咸宜。绰又尝以国家为己任,荐贤拔能,务期称职,每与公卿谈论,自昼达夜,事无巨细,若指诸掌,因此积劳成疾,遂至谢世。泰痛悼不置,当绋柩归葬时,由泰亲送出城,酹酒为奠道:"尔知我心,我知尔意,方欲共平天下,奈何舍我遽去!"说至此,举声大恸,酒卮竟堕落地上,尚未觉着,直至柩已去远,方怏怏退回。

未几又仿古时寓兵于农遗意,创作府兵,平时仍然务农,到了农隙,讲阅战阵,马畜粮械,由民自备,惟将租庸调三项,尽行蠲免。输粟为租,输帛为调,力役为庸。每府归一郎将统率,百府得百郎将,分属二十四军,每军归一开府主持,合两开府置一大将军,合两将军置一柱国,共计柱国六人,最高统帅,称为持节都督,宇文泰即手握都督重权。看官试想,国家治内控外,莫如兵力,泰既膺此重任,简直是把西魏版图,运诸掌上,那主子宝炬,还有什么权威?但教画诺允行,不违泰意,便算是明哲保身了。府兵制度,向称良法,故特别提及。

宝炬在位十七年,病终乾安殿,年四十有五。太子钦入嗣帝位,尊父为文皇帝,母乙弗氏为文皇后,合葬永陵。越年虽然改元,不立年号,册妃宇文氏为皇后,就是宇文泰女。尚书元烈,系西魏宗室,密谋诛泰,谋泄被杀。钦由是怨泰,屡思拔去眼中钉。临淮王元育,广平王元赞,统说宇文氏根深蒂固,不能动摇,否则必将及祸;钦不以为然。两王再涕泣固争,仍然不省。泰诸子皆幼,兄子章武公导,中山公护,又皆出镇,唯用诸婿为腹心。清河公李基,义成公李晖,常山公于翼,并取泰女为妇,故各为武卫将军,分掌禁兵。钦有所谋,无非与二三幸臣,日夕私议,怎得中用,且反为宇文氏所探知。泰遂将钦废去,徙置雍州,改立钦弟齐王廓,且逼廓复姓拓跋氏。魏初统国三十六,大姓九十九,后多灭绝。泰封有功诸将为三十六国,次为九十九姓,所领士卒,亦改从统将姓氏。是何意见?

过了三月,复由泰密遣心腹,赍毒酒至雍州,鸩死故主元钦,史家称为废帝。钦后宇文氏,自愿殉夫,也饮鸩而亡。后幼有风神,尝在座侧置列女图,有志效法,泰辄语人道:"每见此女,良慰人意。"及嫁为钦妃,志操雅正,内助称贤,钦亦格外爱重。至钦嗣父祚,不置嫔御,仍与后伉俪甚欢。钦被废徙,后亦随往,可怜一对好夫妻,生同室,死同穴,魂魄相随,仍作地下鸳鸯去了。小子有诗叹道:

殉夫殉国两全贞,烈妇由来不惜生,
拼死愿随故主去,好教彤史永留名!

宇文泰既弑故主,复讽淮安王育上表,请如古制,降爵为公,于是西魏宗室诸王,皆降为公爵,眼见得拓跋就衰,宇文益盛,要将西魏篡取了去。欲知后事,试阅下回。

　　武陵王纪出镇益州,梁武谓可以免祸,其为爱子计,固至密矣。贼景入都,纪尝遣子入援,中道为湘东所阻,乃逗留不进,是其咎当归诸湘东,于武陵犹可恕也。湘东平贼,因即正位,略心原迹,尚属名正言顺。武陵本为季弟,绳以兄友弟恭之义,应当赞助湘东,光复旧物;否则据境自守,专制一方,犹不失为中计,奈何僭号称帝,挟忿兴师,一误于刘孝胜,再误于世子圆照,卒致身死峡口,地为魏有,可恨亦可悲也!或谓武陵之死,由湘东激之使然,斯亦未尝无见。但湘东当乱离之余,究竟不遑西顾,纪之冒昧东进,正不啻飞蛾扑火,自取其灾耳。宇文泰既弑孝武,复弑废帝,两弑君主,凶逆与高氏相同。独高欢二女,并为帝后,厥后长女嫁元韶,次女适杨愔,降尊就卑,不耻再醮;而宇文女乃独能为夫殉节,有光名教,乃父闻之,其亦知愧否耶!

第六十六回

陷江陵并弑梁元帝　诛僧辩再立晋安王

却说宇文泰既鸩死帝后，改立新主，朝野上下，统料他有心篡逆，不肯再守臣节。偏泰迟延未发，仍然照常办事。是曹阿瞒第二。一面窥伺东南，特遣侍中宇文仁恕，借聘问为名，觇梁虚实。仁恕至江陵，凑巧齐使亦至，梁主绎礼待仁恕，不及齐使。仁恕归国语泰，泰笑道："吴儿必有所求，所以待卿有礼呢。"既而梁果遣使报聘，请据旧日版图，重定疆界。泰问梁使道："汝主尚思拓土么？但教保得住江陵，已算万幸了。"梁使亦抗词对答，语多不逊，被泰叱使南归，且顾语左右道："古人有言：天之所废，谁能兴之？难道萧绎违天不成！"嗣是图梁益急。再加降王萧詧，按时贡献，屡请师期，好一个虎伥。乃特召荆州刺史长孙俭入朝，商议攻取方法。俭振振有词，与泰意隐相符合，乃复令还镇，使他预备刍粮，为进兵计。魏将马伯符，旧为梁臣，陷入关中，至此颇眷怀故国，密遣人赍书至梁，报知泰谋。梁主绎尚多疑少信，置诸不提。

会广州刺史萧勃，启求入朝，梁主绎特徙勃为晋州刺史，另调湘州刺史王琳代任。琳部曲强盛，又得众心，所以梁主绎阴怀猜忌，特将琳远徙岭南，琳亦知上微意，私语江陵主书李膺道："琳一小人，蒙官家拔擢至此，岂不知感？今天下未定，迁琳岭南，倘有不测，琳怎得远道奔援？窃想官家微旨，无非疑琳生变，琳毫无奢望，何至与官家争帝？为官家计，不若令琳为雍州刺史，镇守武宁，琳自放兵屯田，为国御侮，君臣一德，内外无忧，岂不是今日良策么？"膺深服琳言，但一时不敢启闻。琳乃陛辞而去。叙入此事，为后文许多伏案。

散骑郎庾季才颇识天文，特上书预谏道："今年八月丙申，月犯心中星，今月丙申，赤气犯北斗，心为天主，丙主楚分，臣恐一建子月，江陵必有寇患，陛下宜留重臣镇江陵，整旆还都，远避祸患；就使魏虏侵轶，止失荆湘，尚不至倾危社稷，愿陛下勿疑！"梁主绎亦略知天象，喟然叹道："祸福在天，何从趋避？"遂不从庾言。

到了暮秋，西魏果遣柱国常山公于谨、中山公宇文护、大将军杨忠等，出发长安，南下图梁，将士共五万人。长孙俭迎入戍所，向谨启问道："大军前往江陵，未知萧绎将出何计？"谨答道："耀兵汉沔，席卷渡江，直据丹阳，乃为上策；移郭内居民，退保子城，深沟高垒，静待援军，尚是中策；若不先移动，但守外郭，便成为下策了。"俭又道："如公高见，究竟绎用何策？"谨微哂道："我料萧绎必出下策！"老成料事，如在目中。俭问何因。谨说道："绎庸懦无谋，多疑少断，愚民又难与虑始，皆恋邑居，上下偷安，我所以料定萧绎，必出下策哩。"俭闻言拜服，且预贺成功。谨等遂统兵南下。

梁武宁太守宗均，忙向梁廷告警。梁主绎与群臣会议，领军胡僧祐、太府卿黄罗汉道："两国通好，未生嫌隙，当不至兴兵入寇。"侍中王琛亦插入道："日前臣奉使西魏，宇文尝温颜相待，何致忽然生变！"彼且不知有君，遑问汝国！绎乃复令琛北行，探问确音，琛奉命而去。是时梁主绎迷信道教，方在龙光殿中，召集群臣，演讲老子《道德经》。忽有边骑入报，谓西魏兵已至襄邓，叛王詧亦率兵往会，指日前来，不可不防。梁主绎乃辍讲戒严。已而复由黄罗汉呈上一书，乃是王琛寄至，内云我至石梵，境上帖然，边报多是戏言，未足为凭。绎将信将疑，再至龙光殿讲论老子，百官戎服以听。父好佛，子信老，非此父不生此子。越宿又得边警，尚疑为未确。及警耗迭至，乃使主书李膺赴建康，征王僧辩为大都督，兼荆州刺史，命陈霸先徙镇扬州。僧辩、霸先两人，正与齐冀州刺史段韶，交兵境上，失利还师。一闻江陵被寇，僧辩亟遣豫州刺史侯瑱，兖州刺史杜僧明，分领程灵洗、吴明彻诸将，先后进兵。郢州刺史陆法和，亦自郢州入汉口，将诣江陵，梁主绎独遣使谕止法和，略云都兵已足御贼，卿但镇郢州，不烦前来。法和不得已退还，涂垩城门，自着衰绖，兀坐苇席，终日乃脱去。无非幻术欺人。

那西魏军已渡汉水，由于谨派令宇文护、杨忠两将，率精骑先据江津，堵截东路，建康各军，不得入援；护复攻克武宁，把太守宗均掳去。梁主闻报，夜率妃嫔等登凤凰阁，仰观天文，皱眉太息道："客星入翼轸，恐难免败亡了！"妃嫔等并皆泣下，绎相对郁欷，夜半乃还宫就寝。翌晨，出津阳门阅兵，适值朔风暴雨，当面吹扑，冷不可当，没奈何轻辇折回。又过数日，已是十一月了，绎复乘马出城，督军筑栅，周围六十余

第六十六回　陷江陵并戕梁元帝　诛僧辩再立晋安王

里,命领军将军胡僧祐,都督城东诸军事,尚书右仆射张绾为副,左仆射王褒,都督城西诸军事,四厢领直元景亮为副,他如王公以下,各派职守,部署已毕,始还入城中。未几已闻敌兵至黄华,距江陵仅四十里,绎亟命太子元良巡阅城楼,令居民助运木石。是夕即有敌骑进逼栅下。武昌太守朱买臣,衡阳太守谢答仁等,诘旦出战,互有杀伤,未得胜仗,仍然退还。西魏统帅于谨,令部众纵火焚栅,烈焰燎原,不可向迩,栅内居民数千家,及城楼二十五座,俱成灰烬,遂四筑长围,断绝江陵出入。绎屡次巡城,俯瞩敌军强盛,惟四顾叹息,莫展一筹。或且口占诗词,命群臣属和,算是消愁的方法。愚不可及。嗣复裂帛为书,遣人催促王僧辩,书云:我忍死待公,何不速至! 这书传将出去,终被西魏军截住,无从得达。王褒、胡僧祐、朱买臣、谢答仁等,再开门出战,又皆败还。绎复令王琳为湘州刺史,征使还援。琳忙督军北上,先遣长史裴政,从间道入报江陵,行至百里州,为萧詧部下所获。詧与语道:"我乃武皇帝孙,难道不可为尔主么?若从我计,贵及子孙,否则立杀勿贷!"政诡言唯命。詧锁政至城下,嘱令传语,谓王僧辩已自称帝,琳军孤弱,不能入援。政一面允诺,一面呼语守兵道:"援军大至,各思自勉,我奉王将军命,前来通报,不幸被擒,当碎身报国!"詧闻言大怒,即命斩首。西中郎参军蔡大业谏阻道:"这是民望,若一杀死,江陵便不能下了。"乃释缚纵还。裴政孤忠,足以风世。

西魏军百道攻城,城中守兵,负户蒙楯,由胡僧祐日夕指挥,亲当矢石,明赏罚,严军律,众皆致死,故尚得相持数日。不料僧祐中箭身亡,内外大骇,朱买臣按剑进言道:"今日惟斩宗懔、黄罗汉,尚可谢天下!"梁主绎叹道:"前日不愿移都,实出我意,宗黄何罪?"这语一传,众情益贰,及西魏军并力攻城,竟有人偷开西门,纳入敌兵。绎忙与太子元良,及王褒、朱买臣等,退保子城。诸将苦战终日,渐不能支,相继散去。绎入东阁竹殿,命舍人高善宝,焚去古今图书十四万卷,并欲自投火中,为左右所阻,乃用宝剑击柱,且击且叹道:"文武大道,今夜毁尽了!"死且不悟,可叹可恨!

当下使御史中丞王孝祀,草就降文,谢答仁、朱买臣进谏道:"城中兵士尚多,乘夜突围,寇必惊退;如得脱身,便可渡江求救。"绎素不便走马,摇首语道:"难成! 难成!"答仁道:"陛下如不便驰骋,臣愿从旁扶掖陛下。"王褒闻言厉声道:"答仁系侯景余党,怎得相信!与其倚贼,不若出降。"答仁气愤填膺,复申请道:"臣蒙陛下厚恩,所以自愿效死,陛下如不愿夜出,内城将士,尚不下五千人,臣请背城一战,死亦甘心!"绎颇为感动,面授答仁为大都督,许配公主,即令出外部署。偏王褒固言答仁难信,且五千人怎能退敌,绎乃收回成命。及答仁再请入见,被门吏所阻,气得肝火暴升,狂喷鲜血,倒地而亡。贼中非无义士!

绎遣人出递降书,于谨征太子为质,由王褒奉绎命令,送太子元良入西魏营,谨闻褒善书,经与纸笔,褒执笔为书道:"柱国常山公家奴王褒。"偷生怕死,一至于

梁元帝被陷江陵

此。谨令褒召绎出迎,绎服素衣,乘白马驰出东门,抽剑击扉,自呼表字道:"萧世诚,奈何至此!"西魏兵见绎出城,即逾堑牵住绎马,胁入营中。既见于谨,强令下拜,萧詧复在旁斥辱,绎亦无可奈何,但忍气吞声,由他发落。何不早死?詧将绎囚住乌幔下,于谨复逼使为书,传召王僧辩。绎不肯照写,魏使道:"王今岂尚得自由?"绎答道:"我既不自由,僧辩亦不由我!"或问绎何故焚书。绎凄然道:"读书万卷,犹有今日,我所以尽焚了。"读与不读无异,想是一目已眇,只能看得偏旁。于谨拟处置萧绎,尚未定议,萧詧独坚请杀绎,并遣尚书傅准监刑,遂用土囊将绎压死。詧弑叔父,罪不容诛,但绎亦好戕骨肉,故亦遭死报。詧令用布缠尸,外用蒲席为殓,藁葬津阳门外。并杀太子元良,及始安王方略,桂阳王大成等人。大成系简文帝子。总计梁主绎在位三年,享年四十七岁,生平好学能文,著述词章,多半传世,惟秉性残忍,不知仁恕,兄弟子侄,视同陌

第六十六回 陷江陵并戕梁元帝 诛僧辩再立晋安王 ·519·

路,稍挟私忿,必尽杀乃快。至魏兵围城,狱中死囚,多至数千人,有司请一律释放,充作战士,绎尚不允,概令处死,未及施刑,城已被陷,后来弄到这般结果。江陵人士,未尝叹惜,这可见众叛亲离,终归绝灭呢!唤醒尘梦。

詧将尹德毅,向詧进言道:"魏虏贪残,任情杀掠,江东人民,涂炭至此,统说由殿下主使,怨气交乘,殿下既杀人父兄,孤人子弟,人尽仇敌,谁与相助?今为殿下计,莫若佯为设宴,会请于谨等入席,暗中设伏武士,起杀虏帅,再分派诸将,掩袭虏营,大歼群丑,使无遗类,然后收抚江陵百姓,礼召王僧辩、陈霸先诸将,朝服渡江,入践皇位,不出旬日,功成业就。古人有言:天与不取,反受其咎。愿殿下恢廓远略,勿徇小谅!"此计太毒,即使有成,恐天道亦不相容。詧半晌才道:"卿策未尝不善,但魏人待我甚厚,不宜背德;若骤从卿计,恐人将不食吾余了!"德毅叹息而退。魏立詧为梁主,但将荆州给詧,延袤止三百里。雍州被圈领了去,又置防兵居西城,托名助詧,实加监制。命前仪同三司王悦,留镇江陵。于谨收取府库珍宝,及宋浑天仪,梁铜晷表,及南朝遗传法物,尽俘王公以下,及百姓男女数万口,编充奴婢,分赏三军,驱归长安。老弱残疾,一并杀死,仅留存三百余家。督送归魏军,还城四顾,已是寂寞荒凉,目不忍睹,不由得长叹道:"悔不用尹德毅言!"不悔为虏作伥,反悔不听德毅,始终谬误。

越年正月,詧始称帝,改元大定。追尊昭明太子为昭明皇帝,庙号高宗,太子妃蔡氏为昭德皇后,生母龚氏为皇太后,立妻王氏为皇后,子岿为太子,刑赏制度,多从旧制。惟上表西魏,仍然称臣。用参军蔡大宝为侍中,王操为五兵尚书。大宝足智多谋,晓明政事,詧目为诸葛孔明,推心委任。操亦大宝流亚,竭诚辅詧,詧始得稍具规模,成一个荆州小朝廷,史家称为后梁,这且慢表。

且说齐主高洋,闻魏兵进围江陵,曾遣清河王岳,攻魏安陆,遥救萧梁。岳至义阳,探悉江陵被陷,乃进军临江。郢州刺史陆法和,举州降齐。有幻术者,亦不过尔尔。齐因立贞阳侯萧渊明为梁王,令上党王高涣率兵护送,使向建康进发。渊明被虏见五十八回。时萧绎第九子晋安王方智,已由江州刺史任内,东归建康,王僧辩与陈霸先定议,奉方智为梁主,即皇帝位,年才一十三岁。命僧辩守官太尉,录尚书事,领中书监,兼骠骑大将军,都督中外诸军事。陈霸先守官司空,加征西大将军职衔,追尊皇考绎为孝元皇帝,庙号世祖。

正在兴绝继废的时候,忽由北齐尚书邢子才,驰驿到来,赍书与王僧辩。当由僧辩接阅来书,但见书中写着:

> 贵国丧君有君,见卿忠义;但闻嗣主冲藐,未堪负荷。贞阳侯系梁武犹子,长沙之胤,以年以望,堪保金陵,故置为梁主,送纳贵国,卿宜部分舟舰,迎接今主,并心一力,善建良图。

僧辩瞧着,不胜惊疑,那邢子才又取出一书,交与僧辩,书由萧渊明署名,求僧辩派兵出迎。僧辩踌躇多时,乃向邢子才道:"主位已定,不应再易,烦君复报,以口代书。"子才复加劝导,僧辩不从,但另写一书,答复渊明,托子才带回。书云:

> 嗣主体自宸极,受于文祖,明公倘能入朝,同奖王室,伊吕之任,佥曰仰归,若意在主盟,不敢闻命!

子才持书自去,还报齐主。齐主高洋怎肯罢休?仍饬高涣等进行。涣与渊明行至东关,更遣人致书僧辩。僧辩亟遣散骑裴之横等,率兵往阻。

之横到了东关,与齐兵交锋,不幸败殁,只剩得溃卒数百人,走报僧辩。僧辩大惧,出屯姑熟,乃拟迎纳渊明。陈霸先方留镇京口,忙遣使劝阻僧辩,毋纳渊明。僧辩不敢拒齐,只好与霸先异议,奉启渊明,定君臣礼,且请许晋安王为太子,渊明准如所请,遂由采石渡江,直指建康。僧辩备齐龙舟法驾,往迎江滨,齐高涣驻兵江北,但遣侍中裴英起,护卫渊明,趋至建康郊外,与僧辩相会。僧辩见过英起,即礼谒渊明。渊明涕

第六十六回　陷江陵并戕梁元帝　诛僧辩再立晋安王

泣慰谕,由朱雀门入都,越宿即位,改元天成,降晋安王方智为皇太子,命僧辩为大司马,霸先为侍中。齐师闻渊明得立,当然北归。渊明再表请齐廷,乞还郢州。郢州自陆法和降齐,齐遣仪同三司慕容俨镇守,僧辩亦尝令江州刺史侯瑱往攻。俨坚守数月,城中食尽,至煮草木根叶及靴皮带角为食,守卒尚无异心。及齐得渊明乞请,乃召俨归国,举州还梁,且因梁已称藩,所有前时虏归的梁民,一律放还。渊明复申表陈谢,哪知历时未几,京口发难,侥幸窃位的萧渊明,坐不住这凤阁鸾台,于是新旧交替,又要那冲年天子,入纂皇基。这事起自陈霸先,待小子说明情由。

霸先与僧辩共灭侯景,情好甚笃,僧辩又为子颁聘霸先女,正要成婚;适值僧辩丧母,乃将婚礼展期。颁兄顗屡在父前,极言霸先难信,僧辩不以为然。及僧辩迎纳渊明,霸先力争不得,因与僧辩生嫌。霸先尝叹道:"武帝子孙甚多,惟孝元能复仇雪耻,嗣子何罪,乃遭废黜?况我与王公同处托孤地位,王公独一旦改图,外依戎狄,援立失次,究不知是何意?我为大义计,也顾不得私情了。"语虽近是,意未尽然。乃谋进击建康。可巧僧辩记室江旰,前来京口,说是齐将入寇,应该预防。霸先趁势定谋,留旰不遣,竟发兵往袭僧辩,留从子著作郎昙朗,居守京口,自督马步军启行。使部将徐度、侯安都,率水军趋石头城。

石头城北接冈阜,不甚危峻,安都舍舟登岸,潜至城下,被厚甲,带长刀,令军士以肩承足,迭接而上,自己作为首导,逾城直入,众亦随进,击死南门守卒,开城纳霸先军。僧辩方升厅视事,有人报称兵至,忙自厅内驰出,与子颁同至门外,随从约数十人。侯安都已到门前,持刀四劈,僧辩亦上前迎战,不到数合,安都部众,一拥而进,霸先亦率众接应,眼见是孤寡难支,当下夺路奔窜,走登南门楼。霸先麾众围攻,急得僧辩仓皇失措,只好拜请求哀。霸先毫不怜惜,反令部众搬集薪刍,势将纵火,僧辩无法,挈子下楼,为众所执。霸先问僧辩道:"我有何罪,公乃欲引齐兵讨我?且何为无备至此?"僧辩道:"委公北门,何谓无备?"霸先不答,竟命将僧辩父子牵系,绞死狱中。<small>怕死者,反至速死。</small>

前青州刺史程灵洗,率部曲救僧辩,与霸先军鏖战多时,灵洗败退。霸先遣使招谕,许为兰陵太守,灵洗乃降。霸先遂传檄中外,具列僧辩罪状,且云罪止僧辩父子兄弟,余皆不问。萧渊明闻僧辩被杀,自知帝位难居，便逊国就邸。**还算见机。**霸先仍奉晋安王方智正位，颁诏大赦，改元绍泰。内外文武百官，各赐位一等，授渊明为司徒，封建安郡公，霸先为尚书令，都督中外诸军事，兼扬、徐二州刺史，仍官司空。小子有诗叹道：

  到底枭雄不让人，乘机掩入杀王臣，
  大权攫得心才快，宁顾当时儿女亲！

  霸先复立晋安王，都城粗安，忽由吴兴传到警信，乃是三叛连盟，反抗霸先。欲知三叛为谁，待至下回声明。

  萧绎偷安江陵，不愿迁都，已自速败亡之兆。及魏兵南下，尚无志渡江，甘出下策，其致亡也必矣。夫绎性成残忍，无父无兄无子侄，伐柯寻斧，自戕枝叶，颠蹶致毙，非不幸也，宜也！独萧詧甘心召寇，主议杀叔，罪且浮于萧绎，即其后江陵存祚，传位二君，而昭明有知，亦岂肯遽往歆祀耶！萧渊明身为敌虏，宁足承祧？王僧辩以齐师之逼，迎立为主，宜为陈霸先所讥。但霸先之袭杀僧辩，亦非真心为梁。利害切身，亲友可以不顾，朝婚媾而暮寇仇，军阀固如是乎！读此回，窃不禁有居今思古之感云。

第六十七回

擒敌将梁军大捷　逞淫威齐主横行

却说吴兴太守杜龛，系是王僧辩女夫，僧辩尝改称吴兴为震州，即进杜龛为刺史。龛闻妇翁被害，当即据城拒命，还有僧辩弟僧智，为吴郡太守，亦起应杜龛，义兴太守韦载，本是僧辩心腹，也与联盟，反抗霸先。霸先兄子陈蒨，助守吴兴，已得霸先密书，令还长城故里，立栅备龛。蒨至长城，收兵才数百人，龛遣部将杜泰，率精兵五千人，掩至栅下，蒨众相顾失色，独蒨谈笑自若，毫不张皇，众心乃定。泰攻扑数旬，不克乃还。霸先使周文育，往攻义兴，韦载募集弓弩手，射退文育，便在城外据水立栅，用兵扼守。霸先自督兵接应文育，留高州刺史侯安都，石州刺史杜棱，宿卫台省。

谯、秦二州徐嗣徽，有从弟名叫嗣先，系僧辩外甥，僧辩被杀，嗣先怂恿嗣徽，举州降齐。及闻霸先东攻义兴，遂密结南豫州刺史任约，乘虚袭建康，掩入石头。游骑至台城下，侯安都闭门静守，且下令军中道："登陴窥贼者斩！"嗣徽莫名其妙，不敢进逼，暂收兵还石头。诘旦，又进攻台城，忽见城门大启，冲出壮士数百名。踊跃直前，锐不可当。嗣徽抵敌不住，仍奔还石头城。<small>太不济事。</small>

霸先到了义兴，攻入水栅，使韦载族人韦翙，赍书招载，载因情穷势绌，不能坚持，没奈何偕翙出城，投降霸先。霸先好言慰抚，引置左右，特命翙监义兴郡事，乃卷甲还建康。移周文育兵救长城，更遣宁远将军裴忌，轻骑倍道，直趋吴郡。夜至城下，鼓噪登城，王僧智从睡中惊起，疑是大军到来，忙从后门逃出，轻舟奔吴兴。忌遂入据吴郡，奉霸先命留为太守。

霸先拟急攻石头，蓦闻齐兵来援徐嗣徽，并运粮三十万石，马千匹，已至湖墅。霸先未免耽忧，亟向韦载问计，载答道："齐兵若分据三吴，略地东境，岂不可虑？今急宜至淮南筑城，保护东方粮道，再分兵绝彼输运，使他进无所资，不出旬日，齐将头颅，定可悬阙下了！"霸先依议，即使侯安都夜袭湖墅，放起一把无名火来，把齐船千余艘粮米，一炬成空。仁威将军周铁虎，得擒住齐北徐州刺史侯领州，械送建康。韦载复至淮南筑垒，使杜棱驻守，借通饷道，建康各军，才得无虞。霸先能善用叛人，因有此效。齐兵就仓门水南，设立二栅，与梁军相拒。侯安都出袭秦郡，攻破城栅，俘数百人，得徐嗣徽家琵琶及鹰，因遣人送还嗣徽，且传语道："昨至老弟处得此，军前不需此物，因特送还。"调侃得妙。嗣徽大惊，急向齐营乞援。齐淮州刺史柳达摩，渡淮列阵，霸先督众猛斗，纵火烧栅，齐兵大败，溺死甚众。嗣徽与任约再引齐兵，屯驻江宁浦口，侯安都又带领水军，袭破齐兵，嗣徽等单舸脱走，柳达摩尚不肯去，留守石头城，霸先召集水陆各军，围攻石头，城中无水，达摩无法可施，乃遣使求和，惟要求质子。霸先与百官会议，大众以建康虚弱，粮运不继，不若易战为和。霸先乃令从子昙朗，及永嘉王萧庄，出质齐营，与达摩会盟城外。霸先此着，未免太弱。达摩始引兵自去。徐嗣徽、任约偕出奔齐。齐主高洋，闻达摩擅与梁和，且丧亡粮械马匹，不可胜计，遂归罪达摩，将他诛死，再令仪同三司萧轨，调集大军，克期南下。时已残冬，雨雪盈途，急切里不便行军，暂命展缓。

那震州刺史杜龛，尚据住吴兴，未曾除去。梁将周文育与霸先兄子蒨，屡攻杜龛，龛固守不下，相持逾年。文育暗结龛将杜泰，作为内应，一面诱龛出战。龛与杜泰出城，两下交锋。泰按兵不动，害得龛独力难支，奔回城中。泰亦随入，劝龛出降。龛迟疑未决，商诸妻室王氏，王氏道："我与霸先，仇隙甚深，何可求和？"倒还是个烈女。因取龛中金银首饰，及所藏布帛等类，悉数犒军，与决一战。军士得了重赏，统是感激得很，情愿效死，开城出斗，一当十，十当百，果将梁军杀败，退至十里外下寨。

龛素嗜酒，每饮辄醉，此时幸得胜仗，便放心畅饮，整日里醉意醺醺，几忘朝晚。哪知杜泰已勾引梁军，开门纳入。龛尚高卧床中，沉醉未醒，妻王氏屡唤不应，也顾不得结发深情，当下将万缕青丝，付诸并剪，变了一个秃头妇人，混出府舍，往做尼姑去了。王僧智尚在吴兴，忙与弟僧愔，从后门出走，奔投北齐。蒨等杀入府中，搜捕杜龛，龛鼾声直达，还在黑甜乡中，做那痴梦，当由梁军把他舁出，扛至项王寺前，一刀了事。不在刘伶祠，而在项王寺，未免杀错地方。

第六十七回　擒敌将梁军大捷　逞淫威齐主横行

东扬州刺史张彪，向为王僧辩党羽，不附霸先，霸先更遣陈蒨、周文育往袭会稽。即东扬州。彪迎战大败，走入若耶山中，被蒨将章昭达追及，枭首报功。南方已平，只北方警信日亟。徐嗣徽、任约进袭采石，执去明州张怀钧，霸先闻报，急遣帐内荡主主勇士，以荡突敌人，故称荡主。黄丛率兵往堵。适齐大都督萧轨，引兵南下，与徐嗣徽、任约合军，众至十万，趋向梁山。黄丛仗着锐气，迎头痛击，杀死齐兵前队数百人，齐兵不觉惊骇，退至芜湖。十万大军，不敌黄丛，其后日之覆亡已可想见。当下致书霸先，但言奉齐主命，来召建安公萧渊明，并非与南朝争胜。霸先乃具舟送渊明，偏渊明背上生疽，病不能兴，未几竟死。齐兵待渊明不出，即从芜湖出发，入丹阳，至秣陵。霸先亟遣周文育出屯方山，徐度出屯马牧，杜棱出屯大航，抵御齐军。齐人跨淮筑桥，立栅渡兵，自方山直进倪塘，游骑竟至都下，建康大震。

霸先忙召周文育等还援，自督军出屯白城。周文育亦率兵来会，与齐军对垒列阵。两下相交，正值西风大起，扑入梁营。霸先拟收军以待，独文育请战，霸先道："用兵最忌逆风，奈何出战？"文育道："事已急了，何用古法？"遂抽槊上马，鼓勇先进。众军一齐随上，风亦转势，得俘斩齐兵数百人。徐嗣徽分扰耕坛，由梁将侯安都截住。安都麾下只十二骑，左冲右突，无人敢当，齐将乞伏无劳，独拨马来截安都，战不三合，即被安都运动猿臂，活擒了去。无劳要想有劳，当然败事。嗣徽骇退，齐兵亦敛迹回营。

已而复潜至幕府山，霸先早已防着，密遣别将钱明，带领水师，绕出齐军后面，截击齐人粮船，劫得数十艘，齐军乏食，至宰食驴马充饥。未几又入逾钟山，霸先与众军分屯乐游苑东，及覆舟山北，断敌冲要。齐兵复转趋玄武湖，将据北郊坛，梁军也从覆舟山移驻坛北，与齐兵相持。可巧连日大雨，平地水深丈余，齐人昼夜立泥淖中，足指腐烂，悬釜以炊。惟梁军居处高原，尚得无虞。不过因霪雨连绵，粮运不继，未便枵腹从戎。会由陈蒨馈运米三千斛，鸭千头，到了梁营，霸先亟命炊米煮鸭，各令用荷叶裹饭，夹入鸭肉数脔，分给将士。大众饱餐一日，遂于翌日黎明，麾众出幕府山。侯安都为先锋，语部将萧摩诃道："卿骁勇有名，千闻不如一见。"摩诃答道："今日当令公亲见便了！"萧摩诃见六十三回。说着，即偕安都杀入敌阵。齐兵见他来势凶猛，急命军士迭射，安都不肯少却，冒矢向前，身上受了数箭，尚非致命要穴，却还熬受得住，偏马眼中着了一矢，马竟狂跃，将安都掀落地上。齐人见安都坠马，争来擒捉，猛听得一声大呼，突入一位少年将军，用槊四拨，把齐人纷纷杀退，救起安都。这少年不必细问，便可知是萧摩诃。安都易马再战，齐军披靡，霸先令部将吴明彻、沈泰等，首尾齐举，纵兵大战。安都引兵横出，冲散齐军，齐人大溃。徐嗣徽及弟嗣宗，先被梁军擒住，斩首示众，复鼓众力追，直至临沂，沿途屡有擒获，连齐大都督萧轨，也逃走不及，由梁将活捉了来。只任约、王僧愔跑得较快，幸免性命，余众无舟渡江，各缚荻筏北渡，中流沉溺，不计其数，流尸塞岸，弃械盈途。

梁军凯旋还都，由霸先下令，把齐帅萧轨以下，凡将吏四十六人，悉数处斩；然后请旨大赦，内外解严。霸先得进位司徒，加中书监，封长城公，余官如故，他将各封赏有差。霸先以侯安都为首功，愿将徐州刺史兼职，让授安都。梁主方智当然依议，寻且加授霸先为丞相，录尚书事，兼镇卫大将军扬州牧，封义兴公。霸先乃踌躇满志，要想帝制自为了。

冲散梁军大战

独广州刺史王琳，前曾北援江陵，行次长沙，闻元帝殉难，自己家属，亦被西魏军掳去，不禁涕泪交并；遂为元帝发丧，三军缟素，且遣别将侯平，率舟师攻后梁。侯平连破后梁军，兵威颇振，遂不受王琳命令。琳遣将讨平，平走依江州刺史侯瑱。琳所有精锐，本已尽给侯平，平已叛去，军势遂衰，不得已奉表降齐。又因妻子皆为魏虏，复献款长安，乞请取赎。魏太师宇文泰，许还妻子，琳又请归元帝及太子元良棺木，亦邀宇文泰允许。琳迎葬元

第六十七回　擒敌将梁军大捷　逞淫威齐主横行

帝父子，报闻梁廷，仍然称臣，自是王琳一人，变做了三国臣仆，这好算是狡兔三窟呢。太觉聪明。

且说齐主高洋，闻齐师覆败，萧轨等被梁擒斩，当然大怒，亦命将质子陈昙朗，置诸极刑。惟永嘉王萧庄，非陈氏子，准令免死。本拟兴兵报怨，适值大修宫殿，无暇再举，乃将兵事搁起，专务佚游。原来高洋自荡平山胡，致生骄侈，应五十九回。渐渐地荒耽酒色，肆行淫暴。或躬自歌舞，尽日通宵，或散发胡服，杂衣锦彩，或袒露形体，涂傅粉黛，或乘牛驴橐驼白象，不施鞍勒，或盛暑炎热，赤膊游行，或隆冬严寒，去衣驰走，从吏俱不堪苦虐，洋独习以为常。有时觉得疲倦，令崔季舒、刘桃枝扶掖而行，勋戚私第，朝夕临幸，闲街曲市，常见足迹。既而淫恣益甚，遍召娼妓，褫去衣裳，令从官相瞯为乐，自己淫兴勃发，即使娼妓杂卧榻上，任意奸淫。甚至行及宫中，凡元氏、高氏两族妇女，悉数征集，亦视如娼妓一般，先择几人上前，逼令卸装露体，供他淫污，稍或违拗，即拔刀杀死。除与己交欢外，把妇女分给左右，概使当面肆淫。左右乐得从命，可怜这班妇女，为了一条性命，只好不顾羞耻，任他所为！父兄好淫，子弟必从而加甚。

高澄妻元氏，由洋尊为文襄皇后，居静德宫。洋忽猛忆道："我兄昔戏我妇，我今须报。"遂将元氏移居高阳宅中，自入元氏卧室，用刀相迫。元氏不敢逆意，没奈何宽衣解带，惟命是从。娄太后闻洋昏狂，召洋诃责，且举杖击洋道："当效汝父，当效汝兄！"洋不肯认错，受杖数下，即起身奔出，回指太后道："当嫁此老母与胡人！"娄太后大怒，遂不复言笑。洋颇知自悔，屡向太后前谢罪，娄太后怒气未平，终不正视。洋自觉乏趣，唯饮酒解闷，醉后益触起旧感，复趋至太后宫中，匍匐地上，自陈悔意。娄太后仍然不睬，洋不由得懊恼起来，把太后的坐榻，用手掀起。太后未尝预防，突然倒地，经侍女从旁扶起，面上已有伤痕，当时怒上加怒，立将洋撵出宫外。未几洋已酒醒，大为悔恨，又至太后宫请安。娄太后拒不肯见，洋使左右积柴炽火，欲投身自焚。当有人报知太后，太后究系女流，免不得转恨为怜，乃召洋入见，强为笑语道："汝前酒醉，因致无礼，后当切戒为是！"洋乃命设地席，且召平秦王高归彦入宫，归彦系高欢从祖弟。令执杖施罚。自跪地上，袒背受杖，并语归彦道："杖不出血，当即斩汝！"娄太后亲起扶持，免令加杖。洋流涕苦请，乃使归彦笞脚五十，然后衣冠拜谢，呜咽而出。因是戒酒数日，过了旬余，又复如初，甚且加剧。

归彦幼孤，寄养清河王高岳家，岳为高欢从父弟，见前文。岳待遇甚薄，及归彦长成，辄怀隐恨。岳尝将兵立功，颇有威望，起第城南，很是华胀。归彦向洋进谗，说岳僭拟宫禁，洋由是忌岳。岳性爱酒色，曾召入邺下歌妓薛氏姊妹，侑酒为欢。后来薛氏妹得入后宫，邀洋宠爱，洋遂往来薛氏家。薛氏姊为父乞司徒，洋勃然怒道："司徒大官，岂可求得？"薛氏姊亦出言不逊，竟被洋饬人锯死。且因薛氏妹尝侑岳酒，疑岳通奸，便召岳入问。岳答道："臣本欲纳此女，因嫌她轻薄，所以不取，并未与她有奸。"洋终未释嫌。及岳辞归，即令归彦赍鸩赐岳。岳自言无罪，归彦道："饮此尚得全家。"岳乃服鸩而亡。洋仍葬赠如礼，惟令改岳宅为庄严寺。薛氏妹尚是得宠，册为嫔御。嗣忽忆她与岳通奸，亲斫薛首，藏诸怀中，自赴东山游宴，肴核方陈，群臣列席，洋探怀出薛氏头，投诸盘上，一座大惊。又命左右取薛氏尸，把她支解，以髀骨为琵琶，且击且饮，且饮且泣，喃喃自语道："佳人难再得。"乃载尸以归，被发步行，哭泣相随，待亲视殓葬，然后还宫。实是丧心病狂。

已而嫌宫室卑陋，乃发工匠三十余万，修广三台宫殿。殿高二十七丈，两栋相距二百余尺，工匠危怯，皆系绳防踬，洋登脊疾走，毫不畏怖。旁人代为寒心，他却身作舞势，折旋中节，好多时方才下来。

平时出游，好作武夫装，兵器不离手中，尝在途中见一妇人，面目伶俐，便召问道："你道今日的天子行为如何？"妇人未曾相识，猝然答道："癫癫痴痴，成何天子！"语未毕，已被洋一刀两段。

洋乘便入李后母家，后母崔氏出迎，不防洋突射一矢，正中面颊。崔氏惊问何因？洋怒叱道："我醉时尚不识太后，老婢问我何为？"遂复用马鞭乱击，至百余下，打得崔氏面目青肿，方才驰去。转入第五弟彭城王浟家，浟母即大尔朱氏，当然出见。洋瞧将过去，觉得尔朱氏虽值中年，尚饶丰韵，不觉欲火上炎，竟牵住尔朱氏，欲与交欢。尔朱氏难以为情，未肯照允，惹得洋易喜为怒，立即拔刀砍去，尔朱氏无从闪避，头破身亡。前时已经失节，此时偏要顾名，死不值得！

洋既杀死尔朱氏，复别往魏安乐王元昂家，昂妻李氏，即李后之姊，颇有姿色，巧值元昂外出，由李氏出迓车驾，洋入室后，便将李氏拥住，

第六十七回 擒敌将梁军大捷 逞淫威齐主横行

李氏惮他淫威,无法摆脱,勉承主欢。嗣是洋屡次往幸,并欲纳为昭仪,恐昂不肯舍,先召昂入便殿,使他匍伏,自引弓射昂百余箭,凝血满地,乃使

舁归家中,即夕毕命。洋反自往吊丧,就丧次逼拥昂妻,与他续欢。一面命从官脱衣助襚,号为信物。李后终日哭泣,不愿进食,但乞让位与姊。娄太后俟洋入宫,面加训导,方不纳昂妻为昭仪。

洋又作大镬长锯锉碓等类,陈列殿庭,每醉辄杀人为戏,刳解屠炙,成为常事。左丞卢斐、李庶,及都督韩哲,俱无罪遭戮,惟宰相杨愔,始终倚任,但亦视若奴隶,使进厕筹,或用鞭笞劈背,流血盈袍。有时令愔露腹,欲执小刀劚皮,还是崔季舒托为诽言,从旁笑语道:"老小公子恶戏。"因把刀掣去,才免劚腹。愔因洋嗜杀人,尝简邺下死囚,置诸仗内,号为供御囚,三月不杀,方才赦宥。开府参军裴谒之,上书极谏,洋语愔道:"谒之愚人,怎敢如此!"愔答道:"彼欲陛下加刑,使得传名后世。"谲谏语。洋笑道:"我不杀他,怎得成名!"正要你说此言。一日,泣语群臣道:"黑獭不受我命,奈何!"都督刘桃枝道:"臣愿得三千壮士,西入关中,牵絷以来。"洋闻言大喜,赐帛千疋。侍臣赵道德进言道:"东西两国,势均力敌,我可擒彼,彼亦可擒我;桃枝妄言应诛,陛下奈何滥赏!"洋幡然道:"道德言是!"乃收回桃枝赐绢,转赏道德。会洋使道德从游,至漳水旁,欲跃马驰下峻岸,道德揽辔劝阻,洋恨他逆旨,拟拔刀刺道德,道德从容道:"臣死不恨,当至地下启奏先帝,谓此儿淫凶颠狂,不可教训!"滑稽得妙。洋亦为默然,回马径归。

典御丞李集面谏,比洋为桀、纣,洋当即怒起,令缚置水中,好多时

才命引出。复问道："我究竟与桀、纣相同否?"集正色道："恐尚不及桀、纣!"却是真话。洋又令入水,三沉三问,集对答如初。洋大笑道:"天下有如此痴人,方知龙逄、比干,未是俊物!"乃挥集使去。嗣复被引入见,又欲进言,洋窥知集意,竟令左右驱出腰斩,一道忠魂,趋入地府,往寻那龙逄、比干,证引同调去了。小子有诗叹道:

　　为臣原贵格君非,君太狂昏耍见几;
　　强谏徒然罹一死,何如先事学鸿飞!

洋淫恶未悛,还亏杨愔主持政务,百度修饬,才得粗安。那西魏及南朝,篡弑相寻,真是泥泥棼棼,不可纪极了。看官欲知详情,待小子逐节叙明。

　　陈霸先战败齐兵,为后来篡梁预兆。齐、魏为南朝劲敌,齐或胜梁,霸先犹有惧心,乃全军覆没,令霸先得以逞志,其不肯受制于萧家小儿,已可知矣。然齐主高洋,方淫昏失德,所任将帅,如萧轨等类皆庸暗,亦安能制胜疆场耶!齐兵败覆,高洋乃不遑报怨,但沉湎酒色,兴役土木,任意淫烝,逞情杀戮,儗以桀、纣,诚有过之无不及者。李集虽忠,徒死无益,本回结束一诗,最得李集定评。"事君数,斯疏矣。"况其为暴君乎!古训之不可不遵也如此。

第六十八回

宇文护挟权肆逆　陈霸先盗国称尊

却说宇文泰废立嗣君,专权如故,尝欲仿行古制,依周礼改定六官,至是决意施行。泰自为太师大冢宰,李弼为太傅大司徒,赵贵为太保大宗伯,独孤信为大司马,于谨为大司寇,侯莫陈崇为大司空,余官皆仿周礼,不消细述。泰前尚魏孝武妹冯翊公主,生子名觉,泰封安定公,觉亦得封略阳公。妾姚氏,生子名毓,又受封宁都公。毓年较觉为长,曾娶大司马独孤信女,泰欲立嗣,苦未能决,因语诸公卿道:"我欲立子以嫡,但恐大司马见疑,如何是好?"尚书左仆射李远道:"立子以嫡不以长,这是古来的常道,若虑信有异言,远愿为公斩信!"说着,拔剑遽起。也是一个莽夫。泰忙起身拦住道:"何至如此!"信闻远言,亦入内自陈,主张立嫡,于是大众并从远议。远出外谢信道:"临大事不得不尔,请公莫怪!"信亦谢远道:"今日赖公决此大议。"乃一笑而散。泰遂立觉为世子。

西魏主廓三年八月,泰北巡渡河,还至牵屯山,忽然遇病,病且沉重,急发使驰驿,往召中山公护。护至泾州,入省泰疾,泰语护道:"我诸子皆幼,外寇方强,天下事仗汝主持,汝宜努力,勉成我志!"护当然受命。史称泰知人善任,奈何反不知犹子?奉泰舆至云阳,泰气促身亡,年五十二,途中不便传讣,及舁还长安,方才发丧,由魏主赐谥曰文。

世子觉嗣位太师大冢宰,袭封安定公。觉时年十五,尚乏谋断,国家大事,应由护一人办理,护名位素卑,虽经泰托命,未惬舆情,名公巨卿,多半不服。护未免加忧,商诸大司寇于谨,谨答道:"谨蒙令先公知遇,情同骨肉,今日事当效死力争;若对众定策,公亦不宜推辞。"谨亦不能知护。护易忧为喜,欣然受教。次日与公卿会议,谨首先开口道:"从前帝室倾危,非安定公不得今日,今安定公一旦去世,嗣子虽幼,中山公亲为兄子,兼受顾托,军国重事,理应归中山公主决,何必多疑!"说至此,余音震响,面带威棱。公卿等不寒而栗,莫敢发言。护徐说道:"此乃家事,护虽庸昧,亦何敢遽辞!"谨即起立道:"中山公统理军国,使谨等有所依归,应当拜命!"遂向护再拜,公卿等亦不敢不拜。护一一答礼,众议乃定。护欲笼络众心,抚循文武,整肃纪纲,俱属有条不紊,朝右益无异言。

魏主廓复将岐阳土田,赐宇文觉,进封周公。护因觉幼弱,意欲导觉篡魏,自居首功,遂遣人入讽魏主,逼他禅位。魏主廓本无权力,好似傀儡一般,此时为

宇文护扶觉辞尊

护所迫,眼见得不能反抗,只好推位让国,拱手求生。乃使大宗伯赵贵,奉册周公,自愿逊位。宇文觉尚上表鸣谦,辞不敢受,再由济北公拓跋迪,赍交玺绶,公卿等相率劝进,觉乃受命。遂于次年正月朔,即位称天王,燔柴告天,朝见百官,国号周。史家称为北周。追尊皇考文公泰为文王,庙号太祖,皇妣元氏为文后,降魏主廓为宋公,进大司徒李弼为太师,大宗伯赵贵为太傅,大司马独孤信为太保,从兄中山公护为大司马,庶兄宁都公毓为大将军。余皆封拜有差。已而复封弼为赵国公,贵为楚国公,独孤信为卫国公,于谨为燕国公,侯莫陈崇为梁国公,大司马护为晋国公,各食邑万户,使作屏藩。魏主廓早已出宫,寄居大司马府,护拟斩草除根,索性把他鸩死,托言遇疾暴亡,加谥为魏恭帝。魏自道武帝拓跋珪建元,传至孝武帝修入关,共历九世,得十一主,计一百四十九年,东魏一主,凡十七年,西魏三主,凡二十三年。总束北魏,万不可少。

宇文护自恃功高,不免专恣。赵贵、独孤信等,本皆与宇文泰毗肩,不愿事护,只因为于谨所胁,勉强推让,至此见护揽权不法,遂密谋诛

第六十八回　宇文护挟权肆逆　陈霸先盗国称尊

护。贵欲速发，信尚迟疑，开府仪同三司宇文盛，洞悉阴谋，即向护报闻。护乘贵入朝，潜伏甲士，将贵拿下，立即处斩；并免独孤信官，胁令自尽。护得进任大冢宰，势力益横，仪同三司齐轨，语御正大夫薛善道："军国大权，应归天子，奈何尚在权门！"善将轨语告护，护便命处死，授善为中外府司马。周主觉见护专横，一切刑赏，统是独断独行，未尝豫白，心中也隐觉不平。

司会李植，军司马孙恒，本系先朝佐命，久参国政，因恐护不相容，乃与宫伯乙弗凤、贺拔提等，秘密往来，欲清君侧。植与恒先入白道："护擅戮朝贵，威权日甚，谋臣宿将，争往依附，事无大小，绝不启闻，臣料护包藏祸心，未肯终守臣节，还望陛下早日图谋，无待噬脐！"周主觉唏嘘不答。凤与提从旁插嘴道："如先王明圣，犹委植、恒等参议朝政；今若将国事委托二人，何患不成！臣闻护常自比周公，周公摄政七年，然后还政，试问护能如周公的贤圣么？就使七年以内，护无异图，恐陛下事事受制，亦怎能忍待七年？"周主觉颇以为然，因屡引武士至后园，演习技艺，为除奸计。宫伯张光洛，系护心腹，他却佯言嫉护，交欢植等。植等未识真假，引与同谋，光洛即背地告护。护遂出植为梁州刺史，恒为潼州刺史。<small>还算不用辣手。</small>

周主觉怀念植等，每欲召还，护入内泣谏道："天下至亲，莫如兄弟，兄弟尚或相疑，此外何人可信？太祖以陛下春秋未盛，嘱臣后事，臣情兼家国，愿竭股肱，若陛下亲览万几，威加四海，臣虽死犹生；但恐臣一除去，奸邪得志，非但不利陛下，亦将倾覆社稷，臣至地下，何面目再见先王！且臣为天子兄，位至宰相，尚复何求？愿陛下勿信谗言，疏弃骨肉！"<small>巧言如簧。试问后日弑主将作何说？</small>觉乃罢议，但心终疑护。凤等益惧，密谋益亟，拟召公卿入宴，即席执护。张光洛又向护报闻，护召柱国贺兰祥，领军尉迟纲等，共谋废立。纲即入殿中，佯召凤等议事，待凤等趋入，麾兵拿下，送交护第。周主觉方册后元氏，在宫叙情。后系魏文帝宝炬第五女，姿容秀雅，觉为略阳公时，已纳为夫人，情好颇笃。此时大礼告成，格外欢昵，蓦闻外廷有变，料知情事不佳，急令宫人执兵自守。偏贺兰祥带兵入宫，逼主逊位，区区宫人，哪里敌得过起起武夫，不由得四散奔窜。周主觉束手无策，只得挈了元后，出居旧第。<small>数月天王，不如不为。</small>

护更召公卿会议，仍废觉为略阳公，迎立岐州刺史宁都公毓。大众齐声道："这是大冢宰家事，敢不唯命是听！"乃驱出凤等，一一枭斩。复召还潼州刺史孙恒，梁州刺史李植。植父柱国大将军李远，正出镇弘农，亦被召还朝。远防有变祸，沉吟多时，乃慨然道："大丈夫宁为忠义鬼，怎可作叛逆臣！"遂就征诣长安。孙恒先至，当即被杀。植与远依次入都。护因远名望素隆，尚欲保全，特引与握手道："公儿忽有异谋，不但屠戮护身，且欲倾危宗社，叛臣贼子，理应同嫉，请公自行处置！"说着，即令执植付远，远素爱植，植又巧言抵赖，远不忍加诛。诘旦复率植谒护，护总道远必杀植，及闻父子俱来，因盛气传入，呼远同坐。且召略阳公觉与植对质，植无可讳言，乃抗声语觉道："本为此谋，欲利至尊，今日至此，有死罢了，何劳多言！"远听了此语，不禁起身投地，且愤愤道："果有此事，合该万死！"护即命左右牵植出外，斩首返报，并逼远自杀。植弟叔诣、叔谦、叔让皆处死，余子以幼冲得免。

过了月余，宁都公毓自岐州至长安，护即害死略阳公觉，早知不免一死，亦不必诬罪李植。并黜元后为尼，然后迎毓入宫，嗣天王位，大赦天下，就延寿殿朝见群臣。太师赵国公李弼，朝罢归第，便即婴疾，未几谢世。宇文护晋位太师，授皇弟邕为柱国，进封鲁国公。邕系宇文泰第四子，幼有器量，泰尝语人道："欲成吾志，必待此儿。"年十二，已得封公爵，至是官拜柱国，出镇蒲州，容后再表。毓妻独孤氏，得册为后。独孤氏悼父非命，屡思为父复仇，怎奈仇人在前，不得加刃，渐渐地抑郁成病，竟致不起，距立后期才及三月，已是玉殒香消，往地下去省乃父了。周主毓虽然悼亡，但亦没法图护，只好蹉跎过去。毓不能为妇翁复仇，又不能为妇泄忿，如此懦弱，怎得不同归于尽！

古人说得好，铜山西崩，洛钟东应，北周屡遭篡弑，南朝亦猝生变祸，画一个依样葫芦。自陈霸先进为丞相，手握重权，已把梁主方智，视若赘瘤。本拟即日篡梁，可巧南方起了兵祸，不得不遣将往讨，暂将受禅事搁过一边。晋州刺史萧勃，因王琳还援江陵，复徙居始兴，应六十六回。始兴郡已改称东衡州，即令欧阳頠为刺史。已而复调頠刺郢州，勃留頠不遣，且遣兵袭頠，攻入城中，尽取资财马仗，把頠拘回。勃又命释頠囚，甘言抚慰，頠也只好得过且过，俯首听命。勃乃使归原任，联为指臂。及梁主方智嗣位，进勃为太尉，勃虽遣使入贺，仍然阳奉阴违。越

第六十八回　宇文护挟权肆逆　陈霸先盗国称尊

年,梁又改绍泰二年为太平元年,国家多事,也无暇顾及南方。又越年为太平二年,陈霸先逆迹渐萌,勃却假名讨逆,发难广州。前阻霸先北援,此时反欲为梁讨逆,谁其信之!遣欧阳頠为前锋,从子萧孜部将傅泰为副,复檄南江州刺史余孝顷,引兵相会。頠出南康,屯苦竹滩,泰据蹶口城,孝顷出豫章,踞石头津。诸名,非建康之石头城。

梁廷闻警,急遣平西将军周文育,调集各军,往讨萧勃。巴山太守熊昙朗,伪称应頠,约与共袭高州,暗中却已通知高州刺史黄法氍。頠不防有诈,出会昙朗,共赴高州城下。法氍出兵逆战,昙朗与战数合,便麾兵倒退,冲頠后军。法氍乘势杀来,頠始知中计,慌忙弃去军械,引兵遁去。昙朗却得收拾马仗,饱载而归。周文育统军前进,正苦乏船,探得余孝顷有船在上牢,潜遣军将焦僧度袭取,得船数百艘,乃溯江至豫章,立栅屯兵。适军中食尽,粮运不至,诸将俱欲还师,独文育不许,使人从间道至衡州,向刺史周迪乞粮,约为兄弟。迪得书甚喜,遂输粮济军。文育既得粮饷,并不进军,反遣老弱各兵,乘船东下,自毁营栅,作遁去状。孝顷闻梁军东返,总道他粮尽回师,毫不设备,哪知文育却绕出上流,潜据芊韶,筑城飨士,营垒一新。

芊韶左近,为欧阳頠、萧孜营,右近为傅泰、余孝顷营,文育据住中间,惹得頠、孜等仓皇大骇,急欲移营。頠先退还泥溪,不料梁将周铁虎,引兵追及,槊及頠马。頠不得已回马与战,不到十合,但听铁虎猛喝一声,頠已落马,被梁军活擒了去,送入文育大寨。頠见文育,自言为勃所迫,并非真心事勃,文育乃亲释頠缚,与他乘舟同饮,张兵至蹶口城下。傅泰出战败走,由梁将丁法洪,驱马追上,手到擒来。统是没用的家伙。萧孜、余孝顷见两将被擒,吓得魂飞天外,统一溜烟似的逃走了去。德州刺史陈法武,前衡州刺史谭世远,正接萧勃檄文,率兵往助,猝闻勃军败衄,乐得倒戈从事,一哄而入,杀死萧勃。勃将兰敳不服,又袭杀世远,偏别将夏侯明彻,又将敳杀毙,持勃首出降梁军。

文育传首建康,并槛送欧阳頠、傅泰等人。霸先本与頠有旧,见六十三回。当然宥罪,且因他声著岭南,仍令为衡州刺史,使他招抚。一面遣平南将军侯安都,往助文育,剿平余孽。萧孜、余孝顷尚分据石头津,夹水列营,多设舟舰。安都趋至,潜师夜袭,借着祝融氏的威焰,顺风纵火,把石头津左右的军船,烧得精光。再由文育督众夹攻,萧孜惶急乞降,孝顷窜去。文育等乃奏凯班师。欧阳頠到了岭南,诸郡皆望风归顺,广州亦平。

霸先闻孝顷往依王琳,特征琳为司空。琳不肯就征,乃命周文育、侯安都等,率舟师至武昌,进击王琳,一面安排篡梁,自为相国,总百揆,胁梁主进封陈公,加九锡礼。未几即进爵陈王,建天子旌旗;又未几即迫梁主禅位,颁发策命。词云:

咨尔陈王:惟昔上古,厥初生民,骊连、栗陆之前,容成、大庭之世,杳冥荒忽,故靡得而议焉。自羲、农、轩、昊之君,陶唐、有虞之主,或垂衣而御四海,或无为而子万民,居之如驭朽索,去之如脱敝屣,裁遇许由,便能舍帝,暂逢善卷,即以让王。故知玄扈璇玑,非关尊贵,金根玉辂,示表君临,及南观河渚,东沈刻璧,菁华既竭,黾勉已倦,则抗首而笑,惟贤是与,谤然作歌,简能斯授,遗风余烈,昭晰图书。汉魏因循,是为故实,宋齐授受,又弘斯义。我高祖应期抚运,握枢御宇,三后重光,祖宗齐圣。及时属阳九,封豕荐食,西都失驭,夷狄交侵,慄慄黔首,若崩厥角,徽徽皇极,将甚缀旒。惟王乃神乃圣,钦明文思,二仪并运,四时合序,天锡智勇,人挺雄健,珠庭日角,龙行虎步,爱初投袂,仗义勤王,电扫番禺,云撤彭蠡,翦其元恶,定我京畿。及王贺帝弘,贸兹冠履,既行伊霍,用保冲人,震泽稽涂,并怀畔逆,獯羯丑虏,三乱皇都,才命偏师,二邦自殄,薄伐猃狁,六戎尽殪,岭南叛涣,湘郢连结,贼帅既擒,凶渠传首;用能百揆时叙,四门允穆。无思不服,无远弗届,上达穹昊,下漏渊泉,蛟鱼并见,讴歌攸属。况乎长彗横天,已征布新之兆,璧日斯既,实标更姓之符。七百无常期,皇王非一族,昔木德既穷,而传祚于我有梁,天之历数,允集明哲。式遵前典,广询群议,敬从人祇之愿,授帝位于尔躬。四海困穷,天禄永终,王其允执厥中,轨仪前式,以副普天之望,禋郊祀帝,时膺大礼,永固洪业,岂不盛欤!

策命既颁,再由尚书左仆射兼太保王通,司徒左长史兼太尉王场,赍奉玺绶,交给霸先。霸先不得不三揖三让,装出许多伪态,经百官一体劝进,乃允议受禅,遂使中书舍人刘师知,往引将军沈恪,勒兵入殿,逼梁主方智出宫,恪不愿偕行,独排闼入见霸先,叩头泣谢道:"恪曾服事萧氏,今日不忍见此,情愿受死,不敢奉命!"还算是庸中佼佼。霸先倒

第六十八回 宇文护挟权肆逆 陈霸先盗国称尊

也默然,改派荡主王僧志,胁梁主迁居别宫。梁自武帝萧衍篡齐,共传四主,计五十六年而亡。

霸先即位南郊,国号陈,改元永定。废梁主

方智为江阴王。追尊皇考文赞为景皇帝,皇妣董氏为安皇后,前夫人钱氏为昭皇后,世子克为孝怀太子。立夫人章氏为皇后。霸先少娶同郡钱仲方女,早年去世,因纳章氏为继室。章氏吴兴人,原姓钮氏,过养章家,乃改姓为章,善书计,能诵诗及楚辞。相传章母苏氏,尝遇道士,赠一小龟,光彩五色,且语以三年有征。后来及期生女,紫光照室,独龟却不知去向。这恐是史家附会,未足为凭。小子亦不过有闻必录罢了。

霸先长子名克,也已夭折。次子名昌,与从子顼前居江陵,并为西魏所虏,霸先遥封昌为衡阳王,顼为始兴王。他如在都从子蒨封临川王,昙朗封南康王,蒨与顼为霸先兄道谭子,道谭曾仕梁为散骑常侍,昙朗为霸先弟休先子,休先亦仕梁为骠骑将军。兄弟俱已逝世,由霸先追赠为王,即令从子袭爵。一人为帝,举族荣封,这也是应有的常例。惟梁主方智,废徙逾年,终为陈主霸先所害。可怜他在位三年,年才十六,终落得非命而亡,总算得了一个嘉谥,号为梁敬帝,小子有诗叹道:

伤心世变等沧桑,半壁江山又速亡;
宗社沉沦君被弑,祖宗造孽子孙当。

陈主即位未几,忽闻武昌舟师,败绩郢州,各将均被掳去,不禁惊骇异常。究竟如何覆师,且看下回再叙。

宇文氏之篡魏,非觉为之,护实使之然也,故觉可恕,护不可恕。护既导觉为恶,复弑魏主,彼犹得曰吾为宗族计,吾为昆弟计,不得不尔。即如杀赵贵,逼死独孤信等,俱尚有词可辩,觉负何罪,乃遽废之,且并弑之?然则护之凶逆,一试再试,固不问为何氏子也。宇文泰为乱世英雄,奈何误信逆侄,得毋由天夺其魄,特假手于乃侄,以戕害其子嗣乎?陈霸先袭杀王僧辩,攫得重权,废萧渊明而仍立萧方智,彼固玩孤儿于股掌之上,可以随我舍取也。萧勃讨逆,不得谓其有名,但霸先犹有所忌,至勃死而余不足惮矣。一介幼主,捽而去之,易如反手,未几即为所害,阅史者为方智惜,实则不足惜也。萧衍尝手刃同宗,能保子孙之不为人戮乎!

第六十九回

讨王琳屡次交兵　谏高洋连番受责

却说周文育、侯安都等带领舟师一万人,往击王琳,师至武昌,武昌守将樊猛,已归附王琳,至此弃城遁去。安都正欲进兵,接得陈主受禅的诏敕,不禁叹息道:"我今必败,师出无名了。"时安都为西道都督,文育为南道都督,两将不相统摄,号令不一,部众彼此岐视,每有争端。军至郢州,琳将潘纯陀先已据守,用着强弓硬箭,遥射梁军。安都前队的步兵,多为所伤。安都怒起,督兵围攻,数日未下,那王琳已出屯弇口,来截梁军。安都不得已撤郢州围,移兵往趋沌口,留沈泰一军守汉曲。途次适遇逆风,不得前进,文育亦引兵来会,与王琳隔江相持,琳据东岸,梁军据西岸。两下里按兵数日,乃整舰交锋,偏偏东风大起,骇浪西奔,梁军各舰,帆樯俱折,舵且把持不定,怎能与琳军对敌?琳军却顺风猛击,跳跃如飞,文育、安都不及奔避,俱被琳军擒去,还有偏将周铁虎、徐敬成、程灵洗等,亦皆成擒。惟沈泰留军汉曲,闻败急退,尚得旋师。霸先即位,便致偏师败覆,这也是天道恶逆,故有此警。

琳见文育诸将,责他不当助逆,文育等统垂首无言。独周铁虎词色不挠,反唇相稽,顿时触动琳怒,把铁虎推出斩首。徒勇者多不得其死。所有文育、安都等,用一长链拘系,锁置后舱,令宦寺王子晋看管,进军湓城。行至白水浦,文育、安都,用甘言咯子晋,许给重赂。子晋竟为所动,伪用小船垂钓,夜载文育、安都等,渡至岸上,纵使脱逃。琳已睡着,毫不觉察。文育、安都等,从深草中潜行而出,东走还都。

陈主霸先闻得全军覆没,正在惊惶,未几得文育、安都等奏启,自言从贼中逃还,入都待罪,又不禁易惊为喜,下诏赦宥,并召入陛见,令他立功自赎,各复原官。王子晋随入建康,特酬重赏。王琳失去梁将,又不见子晋,料知为子晋所纵,懊悔不已,乃移湘州军府至郢城。更因江州刺史侯瑱还都,特遣樊猛袭据江州。陈主霸先再拟讨琳,但恐西南一带,各郡豪帅,反复无常,不得不先行招抚,免生他变,因遣侍郎萧乾,持节慰谕。乾系齐豫章王萧嶷孙,遣令宣慰,亦无非借用故臣,俾便笼络的意思。当时巴山太守熊昙朗在南昌,衡州刺史周迪在临川,尚有东阳太守留异,晋安太守陈宝应,均起自草泽,雄踞一方。南中土豪多立寨自保,不服朝命。萧乾到处慰抚,晓示祸福,总算是各无异言,奉表投诚。陈主即令乾为建安太守,镇抚远近。

会王琳东至湓城,招兵买马,为东侵计,特与北江州刺史鲁悉达交欢,使为镇北将军。陈主亦颁诏至北江州,授悉达为征西将军,两造各送鼓吹女乐。

讨王琳屡次交兵

悉达狡猾得很,做一个骑墙将军,所得赠品,老实收受,西不拒琳,东不却陈,其实是安坐观望,两无所就。倒是一个好法门。陈主使安西将军沈泰袭击,他却严兵防守,无隙可乘。王琳欲引军东下,也被他截住中流,不能前进。琳乃使记室宗虩向齐乞援,且请纳永嘉王庄,续承梁祀。庄系梁元帝萧绎孙,方等所出,江陵陷没,庄才七岁,避匿女尼法慕家,得辗转至建康,嗣因入质北齐,尚留邺下。见六十七回。齐从琳请,发兵护送萧庄至郢州,并册封琳为梁丞相,都督中外诸军,录尚书事。琳乃奉庄即皇帝位,改元天启,追谥建安公渊明为闵皇帝。不尊方等而尊渊明,却也可怪。琳自为侍中大将军,中书监,余依北齐册命,当下传檄伐陈。

陈主霸先命司空侯瑱,领军将军徐度,率舟师为前军,溯江讨琳。因恐复蹈覆辙,先遣吏部尚书谢哲,谕琳利害。琳愿归湘州,乃召还诸军,使屯大雷。衡州刺史周迪,闻王琳引兵东下,欲自据南川,召集所部八郡守吏,结一盟约,托言将入卫建康。事为陈主所闻,也防他借名图变,特遣人谕止,并加厚抚,迪乃按兵不动。独余孝顷进语王琳道:"周

第六十九回　讨王琳屡次交兵　谏高洋连番受责

迪等皆依附金陵,阴窥间隙,大军若下,必为后患,不如先定南川,然后东行。孝顷愿招集旧部,随效驱驰。"琳乃复遣部将樊猛、李孝钦、刘广德等出兵临川,使孝顷总督三将,威吓周迪。孝顷先向迪征粮,迪惶急请和,愿送粮饷。孝顷得步进步,还未肯退军,樊猛不愿进战,与孝顷龃龉,遂致军心涣散。

那周迪因孝顷未退,乞援邻郡,高州刺史黄法氍,吴兴太守沈恪,宁州刺史周敷,合兵救迪。敷分兵扼截江口,刘广德顺流先下,被敷擒住。孝顷、李孝钦,与迪等交战,也遭败衄,弃舟步走。迪麾众追击,悉数擒归,独樊猛坐视不救,奔回湘州。余孝顷等解至建康,席藁待罪,得蒙赦宥。惟孝顷弟孝励,及子公飐,尚据临川营栅,相拒未下。周迪表请济师,陈主命周文育统率将士,前往会迪。巴山太守熊昙朗,亦引兵来会,众至万人。文育出次金口,余公飐诣营请降,文育见他词色支离,料他有诈,喝令左右把他缚住,囚送建康。孝励忙向王琳告急,琳使部将曹庆率兵赴援。庆令偏将常众爱,往拒文育,自督众袭击周迪。迪仓猝逆战,遂致败绩。文育方进屯三陂,与常众爱列营相拒,未分胜负,适值迪败报传来,乃退屯金口。

熊昙朗忽生异心,竟想联络众爱,戕害文育。文育监军孙白象,探悉昙朗阴谋,即向文育报知,并谓宜先除昙朗,免滋后患。文育尚半信半疑,且更欲推诚相待,俾安反侧,坐是因循姑息,不先下手。是谓当断不断,反受其乱。可巧有迪书到来,乞分兵援助,文育拟拨昙朗往救,乃亲至昙朗营中,面与商议。昙朗谋杀文育,正苦无隙可乘,偏文育自来送死,不禁喜出望外,遂命壮士伏住帐后,自己出营相迎。待文育入营坐定,但叙数语,即传了一个暗号,使壮士一齐杀出,攒刃文育座前。文育无从奔避,眼见是身首两分了。昙朗既杀死文育,复威胁文育部曲,令他从顺,进据新淦城,转袭周敷。敷已侦悉情事,严阵以待,一俟昙朗趋至,便纵兵痛击,昙朗抵敌不住,更兼文育部众,统是乘势倒戈,弄得昙朗走投无路,好容易杀出圈外,只剩得一人一骑,奔还巴山,旋为村民所杀。

陈主霸先尚未知文育死耗,特遣侯安都率兵接应。安都将至豫章,始知文育被戕,因引师退还。途遇王琳将周炅、周协南归,顺便邀击,得将二周擒住。凑巧孝励弟孝猷,率部下四千家,往投王琳,也被安都截断,不得已投降安都。安都得此胜仗,便放胆进攻常众爱,众爱败奔庐山,曹庆亦遁。庐山民杀死众爱,送首至营,安都即传首建康,引还南皖。临川王陈蒨,方奉命在南皖筑城,安都当然进谒。正在会叙的时候,忽有急足从建康驰至,报称主上宴驾,请临川王速即还都。蒨惊愕异常,便引安都偕行入都。都中骤遇大丧,内无嫡嗣,外有强敌,老成宿将,又多在外边镇戍,只有中领军杜棱,典宿卫兵,与中书侍郎蔡景历,入宫定议,拟立临川王蒨,遣使征还。

蒨入居中书省,由杜棱等启请嗣位,蒨辞不敢当。安都入白道:"今日继承大统,舍王为谁?王当顾全大局,不宜拘守小节!"蒨含糊答应。安都趋出,立即登殿,召集百官,请章皇后下令,立临川王蒨为嗣君,百官面面相觑,不敢发言。看官道是何因?原来陈主霸先,在位三年,因嗣子昌被虏西去,屡请北周放归,虽尚未得请,总望他后日生还,所以东宫虚位,未曾立储。到了临崩时候,口不能言,竟未定何人入嗣。一代枭雄,连嗣主未曾嘱定,何贪传子孙乃尔!中领军杜棱等,当时面谒章皇后,请立临川王,章皇后也只得允从。无如妇人见识,少断多疑,后来又记念嗣子,更因蒨自甘推让,乃复踌躇起来。公卿大臣,已探悉皇后意旨,也不敢决议。当下恼动了侯安都,正色厉声道:"今四方未定,何暇远迎?临川王有功天下,应该嗣立,如有异议,请污吾刀!"说至此,拔剑出鞘,迫众承认。百官统有惧色,始齐声赞成。安都即入见章皇后,请后出玺,后只好将玺绶持授,再令中书舍人代草后令,立即颁发。令曰:

> 昊天不吊,上玄降祸,大行皇帝奄捐万国,率土哀号,普天如丧,穷酷烦冤,无所逮及。诸孤藐尔,返国无期,须立长君,以宁寓县。侍中安东将军临川王蒨,体自景皇,属惟犹子,建殊功于牧野,敷盛业于戡黎,纳麓时叙之辰,负扆乘机之日,并佐时庸,是同草创;桃祐所系,遐迩宅心,宜奉大宗,嗣膺宝箓,使七庙有奉,兆民宁晏。未亡人假延余息,婴此百罹,寻绎缠绵,兴言感绝。特此令闻!

临川王蒨既接章皇后令,尚再三推辞。百官等又复固请,乃入御太极前殿,即皇帝位,颁诏大赦。追尊大行皇帝为武皇帝,庙号高祖,奉章氏为皇太后,立妃沈氏为皇后。进司空侯瑱为太尉,侯安都为司空,杜棱为领军将军,内外文武百官,俱进秩有差。越二月,葬高祖武皇帝于万安陵。陈主霸先颇有智谋,临敌制胜,多由独断。及即位后,政尚宽大,性独俭约,常膳不过数品,私缮曲宴,常用瓦器蚌盘,后宫衣不重采,饰无金翠,歌钟女乐,禁令入宫,当时号为明主。但躬蹈篡弑,不脱前代恶习,故历世传祚,亦不得灵长,本身亦不过做了三年皇帝,土宇比宋、齐、梁为尤狭。殁时年已五十七,竟不得一子送终。可见有智不如有德,有勇不如有仁,有仁有德,乃足永世,单靠着一时智勇,取人家国,终究是不能享呢。至理名言。这且不必絮述。

且说齐主高洋淫暴日甚,既广筑宫殿,复增造三台,并发工役,修造长城,东西凡三千余里。适大河南北,飞蝗蔽天,伤及禾稼,洋问魏郡丞崔叔瓒道:"何故致蝗?"叔瓒答道:"五行志有云:土功不时,蝗虫为灾。今外筑长城,内兴三台,适如五行志所言。"洋不待说毕,勃然怒起,即使左右殴击,且把他倒浸厕中,使尝粪味,然后曳足以出,释使归家。叔瓒无可奈何,只好自认晦气罢了。粪味如何?

先是齐有术士,谓亡高者黑衣,洋因问左右,何物最黑?左右答言是漆。洋想入非非,默思兄弟辈中,惟上党王涣,排行第七,莫非应在此人,遂使库直都督破六韩伯升,驰驿召涣。涣偕伯升至紫陌桥,料知此行不佳,竟杀死伯升,渡河南逸。行至济州,为人所执,送至邺下,系入狱中。

永安王浚,系洋第三弟,洋少不好饰,尝与浚同见兄澄,涕垂鼻下,浚责洋左右道:"何不替二兄拭鼻!"洋因此挟嫌。及洋即位,浚为青州刺史,颇有政声,闻洋酗酒失性,尝语亲近道:"二兄嗜酒败德,朝臣无敢直言,我当入朝面谏,未知肯用我言否?"话虽如此,尚未启行,已有人密为传闻,洋更加忿恨。及浚入都,从洋游东山,洋袒裼裸裎,纵酒为乐。浚进谏道:"这非人主所宜。"洋益不悦。浚又密召杨愔,责他将顺主恶,愔当面虽曾道歉,心中却不以为然。更因洋尝有命令,不准大臣交通诸王,为此两种嫌忌,即将浚言转奏。洋大怒道:"小人情性,令人难忍!"遂罢酒还宫。浚辞别还州,复上书切谏。多话无益,徒取杀身。洋严旨召浚,浚也防不测,托疾不赴。

未几即有缇骑驰至,促浚就道,吏民多感浚恩惠,老幼泣送,至数千人。及至邺中,洋令与上党王涣,并纳入铁笼,置诸北城地牢中。饮食溲秽,共在一处。后来洋巡北城,往视地牢,临穴讴歌,令浚、涣属和。

浚、涣且悲且怖，音颤声嘶，洋亦不禁泣下，意欲释放。长广王湛，系洋第九弟，与浚有隙，独上前进谗道："猛虎岂可出穴？"悍过高洋。洋乃默然。浚闻湛言，呼湛小字道："步落稽，天不容汝！"此时已无天道。湛又在旁笑骂，挑动洋怒。洋即取槊刺浚，被浚拉断，引得洋忿火益炽，命壮士刘桃枝，就笼乱刺。浚与涣随接随拉，呼号声震彻远近。洋并命投入薪火，烧杀二人，加填土石。后来掘土起尸，皮发皆尽，遗骸如炭，旁观多为痛愤，洋却不以为意。

　　既而三台告成，亲往游宴，酒酣兴至，戏用槊刺都督尉子辉，应手毙命。常山王演，为洋第六弟，时适侍侧，见洋无故杀人，不由得惨然变色。洋已窥觉，顾演与语道："但令汝在，我为何不纵乐！"演未便直谏，但拜伏涕泣。洋不觉发现天良，取杯掷地道："汝大约嫌我多饮，今后敢进酒者斩！"演且拜且贺。洋面命演录尚书事，不到三日，洋酗狂如故。演自草谏牍，将要进陈，演友王晞，力为劝阻，演不肯从，竟递将进去。果然触动洋忿，召演至前，令御史纠弹演过。御史一无所言，演才得免。

　　演妃元氏系魏朝宗室，洋欲令演离婚，许为演广求淑媛。演虽承旨纳妾，与元氏情好依然。洋复赐给宫人，由演领去。嗣因酒后失记，谓演擅取宫人，召演入责，自取刀环，乱殴演胁，几至晕绝，乃令左右舁演还第。演气愤填胸，情愿绝粒待毙。演与洋、湛等，俱为娄太后所出，太后恐演不测，亦日夕涕泣。洋酒醒亦颇知悔，并闻太后悲泣情状，急得不知所为，每日往视演疾，且劝慰道："努力强食，当将王晞还汝。"原来晞为演友，洋疑演谏奏，出自晞笔，已将晞髡配出去，至是面约还晞，因即将晞释归，使往劝演。演见晞至，强起抱晞道："我气息奄奄，恐不得再见！"晞流涕道："天道神明，岂令殿下遂毙此舍！至尊亲为人兄，尊为人主，怎好与他计较？惟殿下不食，太后亦不食。殿下纵不自惜，难道不念太后么？"演乃强坐进饭，渐得告痊。

　　过了数月，演又欲进谏，令晞草奏。晞条陈十余事，因复语演道："今朝廷所恃，惟一殿下，乃欲学匹夫耿介，轻视生命，一旦祸至，误国政，负慈恩，岂不是两失么？"演唏嘘道："祸乃至此么？"因将谏草对晞毁去。嗣复忍耐不住，再行进谏，洋使力士将演反绑，自拔刀架演颈，且叱责道："小人何知！究竟是何人教汝？"演答道："天下噤口，除臣外何

第六十九回　讨王琳屡次交兵　谏高洋连番受责

人敢言?"洋又令左右杖演数十下,自己醉倦入寝,演乃得出。

太子殷礼士好学,颇得令名,洋常嫌殷得汉家性质,不类自己,意欲废立。会登览金凤台,三台

之一。召殷随侍,喝令手刃囚犯。殷恻然有难色,再三不肯下刃。洋用马鞭捶殷,吓得殷神经错乱,竟至气悸语吃,状似痴迷。洋屡言太子性懦,终当传位常山王,太子少傅魏收语杨愔道:"太子关系国本,不应动摇,至尊每言传位常山,如果属实,即当决行,天子怎可戏言?"彼常视国事如儿戏,难道汝尚未知吗?愔乃将收言白洋,洋始罢议。

已而酗暴更甚,杀死胶州刺史杜弼,及尚书仆射高德政,无非为了强谏致忿,置诸死刑。尚书右仆射崔暹,屡有谏诤,洋念他故旧大臣,格外容忍。未几暹殁,洋亲往吊丧,问暹妻李氏道:"汝可思故夫么?"李氏随口答道:"怎得不思!"洋笑道:"汝果思暹,何不自往省视?"说至此,拔刀一挥,李氏头落,即取掷墙外。

时已为天保十年,即陈主霸先临殁之年。彗星出现,太史奏请除旧布新。洋特问彭城公元韶道:"汉光武何故中兴?"韶猝然答道:"为诛诸刘不尽。"不诋王莽,反启杀心,真是该死的狗奴。洋因下令,捕戮始平公元世哲等二十五家,拘禁元韶等十九家。韶幽住地牢,数日不得一餐,甚至衣袖啖尽,活活饿死。应该如此,但未知伊妻高氏果从死否?洋索性尽诛诸元,男子无论少长,一律斩首,共杀三千人,弃尸漳水。水中鱼吃食尸骸,百姓取鱼剖腹,得人爪甲,遂相戒不食,好几月不往网鱼。鱼却得多活数月。惟常山王妃父元蛮,本支近族,得保存数家。自经这次惨戮,

洋乃恶贯满盈,即成暴疾,喉间似有物哽住,不能下食。好容易拖延两三日,自知不能久存,乃召李后及常山王演至榻前,谆嘱后事。小子有诗叹道:

夏桀商辛并暴君,如斯淫虐尚无闻;
榻前一诀安然逝,乱世似无善恶分。

欲知洋所说何事,俟至下回续表。

王琳事梁,似不可谓为非忠,梁元帝陷死江陵,琳赴援不及,缟素举哀,复因陈主篡梁,传檄东讨。侯安都谓师出无名,果遭败衄,师直为壮曲为老,诚哉是言也。然忽降齐,忽降魏,主持不定,未免多私。既已奉庄为主,又听从陈使谢哲,愿还湘州,大忠者固如是乎!江右之乱,出援无功,天已未免厌琳矣。陈霸先病殁之年,齐高洋亦即病死。齐陈相较,高洋之恶,远过霸先。但霸先以篡弑得国,敢犯大不韪之名,虽有小善,殊不足道。高洋之恶,古今罕有,浚与涣皆遭惨毙,独演再三进诛,濒死者数矣,而卒得不死,岂其后应登帝箓,乃幸邀天助耶!然洋恶如此,而尚得令终,翘首天阊,几令人无从索解云。

第七十回

戮勋戚皇叔篡位　溺嬖亲悍将逞谋

　　却说高洋病剧,召李后至榻前,握手与语道:"人生必有死,死何足惜!但恐嗣子尚幼,未能保全君位呢!"继复召演入语道:"汝欲夺位,亦只好听汝;但慎勿杀我嗣子!"汝杀人子多矣,还想保全己子耶?演惊谢而出。嗣复召入尚书令杨愔,大将军平秦王高归彦,侍中燕子献,黄门侍郎郑颐等,均令夹辅太子,言讫即逝,年三十一岁。当下棺殓发丧,群臣虽然号哭,统是有声无泪,惟杨愔涕泗滂沱。想是蒙赐太原公主的恩情。常山王演居禁中护丧,娄太后欲立演为主,偏杨愔等不肯依议,乃奉太子殷即位,尊皇太后娄氏为太皇太后,皇后李氏为皇太后,进常山王演为太傅,长广王湛为司徒,平阳王淹高欢第四子为司空,高阳王湜为尚书左仆射,河间王孝琬高澄第三子为司州牧,异姓官员,自咸阳王斛律金以下,俱进秩有差。所有从前营造诸工,一切停罢。追谥父洋为文宣皇帝,庙号显祖,奉葬武宁陵。越年改元乾明。高阳王湜素以便佞得宠,执杖挞诸王,太皇太后娄氏,引为深恨。大约演受杖时,曾由湜下手。湜导引文宣梓宫,尝自吹笛,又击胡鼓为乐,娄氏责他居丧不哀,杖至百余,打得皮开肉烂,舁回私第,未几竟死。演奉丧毕事,就居东馆,取决朝政。杨愔等以演、湛二王,位居亲近,恐不利嗣君,遂密白李太后,使演归第,自是诏敕,多不关白。中山太守杨休之,诣演白事,演拒绝不见。休之语演友王晞道:"昔周公旦朝读百篇书,夕见七十士,尚恐不足,王有何嫌疑,乃竟拒绝宾客?"晞知他来意,便笑答道:"我已知君隐衷,自当代达,请君返驾便了!"及休之去后,晞遂入语演道:"今上春秋未盛,骤览万几,殿下宜朝夕侍从,亲承意旨,奈何骤出归第,使他人出纳王命!就使殿下欲退处藩服,试思功高遭忌,能保无意外情事么?"演半响方答道:"君将如何教我?"晞说道:"周公摄政七年,然后复子明辟,请殿下自思!"演又道:"我怎敢上比周公!"晞正色道:"殿下今日地望,欲不为周公,岂可得么!"演默然不答,晞乃趋退。未几有诏敕传出,令晞为并州长史。晞与演诀别，握手嘱咐道："努力自慎！"晞会意乃去。
　　先是领军将军可朱浑天和，曾尚高欢少女东平公主，尝谓朝廷若不去二王，少主终未必保全。侍中燕子献，已进任右仆射，拟将太皇太后娄氏，徙居北宫，使归政李太后。杨愔又因爵赏多滥，尽加澄汰，自是失职诸徒，都趋附二王。平秦王归彦，初与杨燕同心，后因杨愔擅调禁军，未曾关白归彦，归彦总掌禁卫，免不得怨他越俎，亦转与演、湛二王联络。侍中宋钦道，向侍东宫，屡次进奏，谓二叔威权太重，非驱除不可。齐主殷不答。杨愔等乃议出二王为刺史，特通启李太后，具述安危。宫人李昌仪系齐宗室高仲密妻，李太后引为同宗，素相昵爱，遂出启示昌仪，昌仪竟密白太皇太后。愔等稍有所闻，复变通前议，但奏请出湛镇晋阳，用演录尚书事。当由齐主殷准议。
　　诏书既下，二王应当拜职，演先受职，至尚书省，大会百僚。杨愔便拟赴会，侍郎郑颐劝止道："事未可料，不宜轻往！"愔慨然道："我等至诚体国，难道常山受职，可不赴会么？"要去送死了，但不往亦未必终生。遂径至尚书省中。演、湛二王，已命设宴相待，勋贵贺拔仁、斛律金，亦俱在座，愔与子献、天和、钦道等，依次入席，湛起座行酒，至愔面前，斟着双杯，且笑语道："公系两朝勋戚，为国立功，礼应多敬一觞。"愔避座起辞，湛连语道："何不执酒？"道言未绝，厅后趋出悍役数十人，似虎似狼先将杨愔拿住，次及天和、钦道。子献多力，排众出走，才经出门，被斛律金子光，追出门外，用力牵还，亦即受缚。杨愔抗声道："诸王叛逆，欲杀忠臣么？我等尊主削藩，赤心奉国，有什么大罪呢！"逐主妻后，怎说无罪！演自觉情虚，意欲缓刑，湛独不可，即与贺拔仁、斛律金等，拥愔等入云龙门，由平秦王归彦为导。禁军本由归彦统率，不敢出阻，一任大众拥进。
　　演至昭阳殿，击鼓启事。太皇太后娄氏出殿升座，李太后为齐主殷，随侍左右。演跪下叩首道："臣与陛下骨肉至亲，杨愔等欲独擅朝权，陷害懿戚；若不早除，必危宗社。臣与湛等共执罪人，未敢刑戮，自知专擅，合当万死！"时庭中及两庑卫士二千余人，皆被甲待诏。武卫将军娥永乐，武力绝伦，素蒙高洋厚待，特叩刀示主，欲杀演、湛二王。偏是齐主口吃，仓猝不能发言。太皇太后娄氏，叱令却仗，永乐尚未肯退。娄氏复厉声道："奴辈不听我令，即使头落！"永乐乃涕泣退去。娄氏又怆然道："杨郎欲何所为，令我不解？"转顾嗣主殷道："此等逆臣，

第七十回　戮勋戚皇叔篡位　溺懿亲悍将逞谋　·549·

欲杀我二子，次将及我，汝何为纵使至此？"殷尚说不出一词，娄氏且悲且愤道："岂可使我母子，受汉老妪斟酌！"总是溺爱亲子。李太后慌忙拜谢，演尚叩头不止。娄

戮勋戚皇叔篡位

氏复语嗣主殷道："何不安慰尔叔！"殷以口作态，好一歇才说出数语道："天子亦不敢为叔惜，况属此等汉人，但得保全儿命，儿自下殿去，此辈任叔父处分罢！"乃父凶恶非常，奈何生此庸儿！演闻言即起，便传言诛死愔等。湛在朱华门外候命，一得演言，立将愔等枭首。侍郎郑颐，亦被拿至，湛与颐有隙，先拔颐舌，截颐手，然后取他首级。演复令归彦引兵至华林园，擒斩娥永乐。

太皇太后娄氏亲临愔丧，见愔一目被剜，不禁号哭道："杨郎，杨郎，忠乃获罪，岂不可悲！"乃用御金制眼，亲纳愔眶，抚尸语道："聊表我意！"既纵子杀愔，何必如此假惺惺，想是见了寡女，又惹起咒婿的心肠，这真是妇人见识。演亦觉自悔，乃请旨赦愔等家属，湛独说是太宽，定要连坐五家。再经王晞上书力谏，乃各没一房。孩幼尽死，兄弟皆除名。命中书令赵彦深，代杨愔总掌机务。为大丞相，都督中外诸军录尚书事，出镇晋阳。湛为太傅，兼京畿大都督。

演至晋阳，奏调赵郡王高睿高欢从子为左长史，王晞为司马，晞尝由演召入密室，屏人与语道："近来王侯诸贵，每见敦迫，说我违天不祥，恐将来或致变起，我当先用法相绳，君意以为何如？"晞答道："殿下近日所为，有背臣道，芒刺在背，上下相疑，如何能久持过去？殿下虽欲谦退，敝屣神器，窃恐上违天意，下拂人心，就是先帝的基业，也要从此废

坠了。"演作色道："卿何敢出此言？难道不怕王法么！"其词若有憾焉,其实乃深喜之。晞又道："天时人事,皆无异谋,用敢冒犯斧钺,直言无隐！"演叹息道："拯难匡时,应俟圣哲,我怎敢私议,幸勿多言！"晞乃趋出,遇着从事中郎陆杳,握手与语,令晞劝进。晞笑说道："待我缓日再陈。"越数日,又将杳言告演,演良久方道："若内外都有此意,赵彦深时常相见,何故并无一言？"晞答道："待晞往问便了。"遂出赴彦深私第,密询彦深。彦深道："我近亦得此传闻,每欲转陈,不免口噤心悸,弟既发端,兄亦当昧死相告。"乃偕晞谒演,无非是劝演正位,应天顺人的套话,演遂入启太皇太后。太皇太后娄氏,问诸侍中赵道德,道德道："相王不效周公辅政,乃欲骨肉相夺,难道不畏后世清议么！"道德一言,却是有些道德。太皇太后乃不从演请。

既而演又密启,说是人心未定,恐防变起,非早定名位,不足安天下。太皇太后娄氏,本已有心立演,即下令废齐主殷为济南王,出居别宫,命演入纂大统。不过另有戒语,嘱演勿害济南王。演接奉母后敕令,喜如所愿,便即位晋阳,改元皇建。乃称太皇太后娄氏为皇太后,改号李太后为文宣皇后,迁居昭信宫。封功臣,礼耆老,延访直言,褒赏死事,追赠名德,大革天保时旧弊。惟事无大小,必加考察,未免苛细贻讥。中书舍人裴泽,尝劝演恢宏度量,毋过苛求。演笑语道："此时嫌朕苛刻,他日恐又议朕疏漏呢。"未几欲进王晞为侍郎,晞苦辞不受。或疑晞不近人情,晞慨然道："我阅人不为不多,每见少年得志,无不颠覆,可见得人主私恩,未必终保。万一失宠,求退无地。我岂不欲做好官,但已想得烂熟,不如守我本分罢！"语似可听,惟问他何故教猱升木？

演进弟湛为右丞相,淹为太傅,浟为大司马。浟即尔朱氏所生,为高欢第五子。立妃元氏为皇后,世子百年为太子。百年时才五岁。看官听着！这长广王湛,助演诛仇篡位,无非望为皇太弟,演亦口头应许,此时忽背了前言,把五岁的小儿立做储君,你想长广王湛,怎肯心平气降,毫无变动呢？这且慢表。

且说梁丞相王琳,闻陈廷新遭大丧,嗣主初立,国事未定,料知他不遑外顾,遂令少府卿孙玚为郢州刺史,留总庶务,自奉梁主庄出屯濡须口,并致书齐扬州行台慕容俨,请他救应。俨因率众出驻临江,遥为声援,琳遂进逼大雷。陈将侯瑱、侯安都、徐度等,调集戍兵,严加防御。

第七十回 戮勋戚皇叔篡位 溺懿亲悍将逞谋

安州刺史吴明彻,素称骁勇,贪夜袭溢城,哪知王琳早已料着,预遣巴陵太守任忠,伏兵要路,击破明彻。明彻单骑奔回,琳即引兵东下,进至栅口。陈将侯瑱等出屯芜湖,相持历百余日,水势渐涨。琳引合肥、巢湖各守卒,依次前进,瑱亦进军虎槛州。正拟决一大战,琳忽接到孙玚急报,乃是周荆州刺史史宁,乘虚袭攻郢州,城中虽然严守,终恐未能久持等语。此时琳进退两难,又恐众心摇动,或至溃散,不得已将玚书匿住,但领舟师东下,直薄陈军。齐仪同三司刘伯球,亦率水兵万余人,助琳水战,再加齐将慕容子会,带领铁骑二千,进驻芜湖西岸,助张声势。可巧西南风急,琳自夸天助,引兵直指建康。那陈将侯瑱,佯避琳锋,听他急进。待琳船已过,徐出芜湖,截住琳后,西南风反为瑱用。琳见瑱船在后尾击,使水军乱掷火炬,欲毁瑱船,偏偏火为风遏,竟被吹转,反致自毁船只。瑱麾众猛击琳舰,并用牛皮蒙冒小艇,顺流撞击,又熔铁乱浇琳船,琳军大败。各舰多遭毁没,军士溺死甚众,余或弃舟登岸,亦被陈军截杀垂尽。齐将刘伯球被擒。慕容子会屯兵西岸,望见琳军战败,麾兵返奔,自相践踏,并陷入芦荻泥淖中,骑士皆弃马脱走。不意陈军追至,奋勇杀来,齐兵越加惶急,四散窜去,剩下子会一人一骑,也被陈军捉归。独王琳乘着艋舰,突围出走,得至溢城。众皆散尽,只挈妻妾及左右十余人,北向奔齐。梁侍中袁泌,御史中丞刘仲威,曾留卫永嘉王庄,闻琳已败北,用轻舟送庄入齐,仲威随去,泌南来降陈。琳将樊猛与兄毅亦趋降陈营。陈军复进指郢州,郢州城下的周兵,探得陈军将至,撤围自去。守史孙玚,举州出降陈军。好几年经营的王琳,弄得寸土俱无,枉费气力。*三窟几已失尽。*

齐主演方在篡位,倒也没工夫计较,惟周大司马宇文护,听得陈军如此威武,颇为寒心,独想出一法,遣归陈衡阳王昌,使他自相攻害。昌致书陈主,语多不逊,*也是自寻死路。*陈主蒨召入侯安都,凄然与语道:"太子将至,我当别求一藩,为归老地。"安都道:"主位已定,怎得再移!从古岂有被代天子,臣愚不敢奉诏!"陈主蒨道:"将来如何处置衡阳?"安都道:"令他仍就藩封便了。彼若不服,臣愿往迎,自然有法处置。"*杀昌意已在言下。*陈主蒨即命安都赍敕迎昌,授昌为骠骑大将军,扬州牧,仍封衡阳王。昌奉命渡江,与安都同坐一舟,安都诱昌至船头,托言观览景色。昌出与安都并立,不防安都用手一推,站足不住,便堕入江中,随波漂没。安都假意着忙,急令水手捞取,捞了半日有余,才得了一个尸骸,乃返报陈主。陈主命依王礼埋葬,封安都为清远公。安都得封,可知陈主本心。

侍郎毛喜曾陷没长安,与昌俱还。他尚似睡在梦里,上言宜通好北周,与他和亲,陈主乃使侍中周弘正西行,与周修好。那陈将侯瑱等,已乘胜进攻湘州,周遣军司马贺若敦,率步兵赴援,再遣将军独孤盛,领水军俱进。会秋水泛滥,粮输不继,敦恐瑱探知虚实,乃在营内多设土囤,上覆以米。瑱使人侦探,果然被赚,不敢进逼。敦又增修营垒,与瑱相持,瑱亦无可如何。正拟退归,忽闻周主毓中毒暴亡,另立新主,料他内外必有变动,乐得留兵湘州,伺隙进取。

究竟周主如何遇毒?原来就是宇文护嗾使出来。周主毓明敏有识,为护所惮。护佯请归政,竟邀允许,但令护为太师雍州牧。当下改元武成,由周主亲览万机。护弄假成真,欲巧反拙,遂密谋不轨,又起了一片杀心。好容易过了一年,护使膳部中大夫,置毒糖饼中,进充御食,周主毓食了数枚,不禁腹痛,自知不幸中毒,口授遗诏五百余言,并召语群臣道:"朕子年幼,未能当国,鲁公邕系朕介弟,宽仁大度,海内共闻,将来弘我周家,必需此人,卿等宜同心夹辅,勿负朕言!"言讫遂殂,年仅二十七岁。鲁公邕已入为大司空,不烦远迎,便奉遗诏即皇帝位,追尊兄毓为明皇帝,庙号世宗。越年改元保定,进宇文护为大冢宰,都督中外诸军事。那时郢州援将独孤盛,已被陈军袭破杨叶洲,率众遁还。巴陵降陈,贺若敦亦支持不住,拔军北归,湘州亦下。巴湘入周数年,至此乃复为南朝所有了。

周主邕甫经践阼,不欲再行兴兵,更兼陈使周弘正前来修好,待命已久,乃拟与南朝讲和,索还俘虏,且许归始兴王顼,使司会上士杜杲,偕弘正南下报聘。时陈主蒨已立长子伯宗为太子,次子伯茂为始兴王,奉皇伯考昭烈王道谭宗祀,改封顼为安成王。昭烈二字系始兴王道谭谥法,顼尚在周,无故徙封,乃以次子过继,陈主之心术益见。既由周使来聘,不得不召入与议,互订和约。杜杲素长词辩,除索还俘虏外,更请相当酬报。陈主蒨许让黔中地及鲁山郡,杲乃称谢而去。

陈主蒨本纪元天嘉,与周议和,系天嘉二年间事,至天嘉三年,安成王顼,始由周使杜杲,护送南归。陈主授顼侍中中书监,亲中卫将军,得

第七十回　戮勋戚皇叔篡位　溺嬖亲悍将逞谋　·553·

置佐史。并引见杜杲，温颜与语道："家弟今蒙礼遣，受惠良多，但鲁山不返，亦恐未能及此。"杲从容答道："安成王在长安，不过一个布衣，若送归南

都，乃是陛下介弟，价值甚重，非一城可比。惟我朝敦睦九族，推己及人，上遵太祖遗训，下思睦邻通义，所以遣使南还。若云以寻常土地，易骨肉至亲，这却非使臣所敢闻呢！"陈主闻言，不禁怀惭，赧然语杲道："前言聊以为戏，幸勿介意。"一言已出，驷马难追，即欲掩饰，恐已被外臣窃笑。因厚礼待杲，复遣侍郎毛喜，与杲同诣长安，乞归安成王顼妻子。所有芜湖擒归诸周将，一体放还，周亦送归顼妃柳氏，及顼子叔宝，于是陈周言归于好。小子有诗讥陈主蒨道：

　　伯氏吹壎仲氏篪，鸰原急难要扶持；
　　如何只为儿孙计，福不重邀祸已随。

陈主蒨既与周和，复欲与齐通好，毕竟有无头绪，且至下回再详。

杨愔负魏不负齐，而独为高演所杀，论者咸为愔呼冤，愔何冤哉？如愔不诛，是真无天道矣。彼本东魏故臣，助洋篡国，胁逐故主，又敢妻母后，蔑绝人伦，一死尚有余辜，安得为冤？即以事齐论之，高洋狂暴，未闻出言谏诤，且简囚供御，身进厕筹，无耻若此，忠恕安在？其所以谋除二王者，亦无非为固位计耳。演杀愔，并杀愔党，愔党或为愔所累，或至含冤，愔固不足惜也。若夫演之篡国，何莫非高洋之自取，洋得令终亦幸矣，其能保全子乎！陈主蒨乘机嗣立，授意安都，挤死衡阳王昌，甚至本生兄弟，亦且加忌，始兴一脉，遽令次子继承，视生弟如死弟，何其无骨肉情！及顼得生还，幸而免死，冥冥中似若有相之者。高洋杀浚、涣而不能杀演、湛，陈主蒨害昌而不能害顼，卒至后患相寻，南北一辙，此王道之所以贵亲亲也。

第七十一回

遇强暴故后被污　　违忠谏逆臣致败

　　却说齐主高演,入嗣帝位,尚有意治安,惟对待南朝,未肯息怨罢兵,当遣降将王琳为扬州刺史,出镇寿阳,伺隙图南。陈主蒨颇思修和,因仇人在前,无从游说,不得已姑从缓议。会齐主演听高归彦言,召入济南王殷,把他害死,冤气盈廷,不免为厉,累得演精神恍惚,说鬼连篇。皇建二年孟冬,出外游猎,突有狡兔向马前驰过,演弯弓欲射,忽见兔跳跃起来,留神一瞧,好似一个披发戟手的夜叉鬼,不由得身体颤动,坠落马下。左右慌忙扶起,肋骨已经跌断,痛得不可名状。仿佛齐襄之见公子彭生。好容易掖回宫中,镇日里卧床呼号,医治罔效。娄太后亲往视疾,问及济南王殷,演无言可答,接连三问,仍是默然。娄太后愤愤道:"济南已被汝杀死么？不用我言,应该速死!"遂掉头径去。嗣是演病益剧,痛到无可奈何的时候,往往神志昏迷,满口谵语。有时说着,文宣父子来了,又有时说着,杨令公愔燕仆射子献等俱来了。当下模糊答辩,继又扶服推枕,叩首乞哀,结果是大数难逃,终难延命。高洋凶恶,远过高演,洋死时,史中称暴殂,演死时却详叙冤厉,是由高演所为,自觉过甚,未免愧悔,故作此状,洋则异是。可见鬼由心造,非真凭身为祟也。临终时,曾留下遗书,贻弟高湛,召他入纂大统,书末有嘱语云:"宜将吾妻子置一好处,勿学前人。"问汝何故杀殷？当下痛极毕命,年仅二十七岁。

　　先是高湛守邺,奉演密命,令派兵送济南王殷至晋阳。湛也不自安,向散骑高元海问计,元海道:"愚见却有三策,一请殿下驰入晋阳,谒见太后主上,愿释兵权,不干朝政,自居闲散,安如泰山,是为上策。上策不行,或表称威权太盛,恐滋众谤,请徙为青、齐二州刺史,退居僻远,免招物议,尚为中策。"说至此,偏将第三策咽住不谈。湛问道:"下策如何？"元海道:"发言即恐族诛,不如不言。"湛说道:"但说不妨,我为卿严守秘密,怕他什么？"元海道:"济南世嫡,为主上所夺,众情未必悦服,今若召集文武,拥立济南,枭斩来使高归彦等,号令天下,以顺讨

第七十一回　遇强暴故后被污　违忠谏逆臣致败

逆,这乃万世一时的机会;虽是下策,却比上策更佳。"湛不觉跃起,欣然说道:"上策,上策,诚如卿言!"元海乃退。湛又召术士郑道谦等,卜定吉凶,道谦等占验卦爻,劝湛宜静不宜动,自得大庆,湛乃令数百骑送入济南王。闻济南被害,益加危惧,哪知福为祸倚,祸为福伏,那晋阳竟传到遗诏,促令即刻就道,入承帝箓。这是湛梦想不到的喜事;他尚恐有诈,遣人探视,果系实情,乃立跨骏马,驰向晋阳。甫入城闉,已由文武百官,伏道迎谒,欢呼万岁。当下入临梓宫,不过哭了两三声,便被服衮冕,升殿即位,循例大赦,即改皇建二年为大宁元年。高湛登基,已在十一月中,两月光阴,竟不能待,便改元大宁,可见心目中早已无兄。进平秦王归彦为太傅,赵郡王叡为太保,平阳王淹为太宰,彭城王浟为太师,太尉尉粲为太保,尚书令段韶为大司马,丰州刺史娄叡为司空。冢弟任城王湝,高欢第十子。为尚书左仆射,并州刺史斛律先,为尚书右仆射,其余内外百官,并皆晋级,不消细说。既而追尊兄演为孝昭皇帝,称元后为孝昭皇后,降封前太子百年为乐陵王。

过了一月,令送孝昭枢至邺都,葬文静陵。元皇后送葬至邺,湛闻她带有奇药,使人索取,不得应命。湛竟怒起,再令阉人就车叱辱,元皇后不便反唇,只忍气含羞,包着两眶珠泪,待至文静陵旁,恸哭多时,方才入宫。湛尚余恨未消,令她在顺成宫内,孤身独处,寂寞无聊,此情此景,怎不伤心?惟自悲命薄罢了。比诸文宣皇后尚胜一筹。

越年正月,湛自晋阳启行,到了邺都,南郊祭天,续享太庙,立妃胡氏为皇后。后为安定人胡延之女,初生时有鸮鸟鸣产帐上,时人目为不祥,及笄后,选为长广王妃,姿貌不过中人,性情却极淫荡。湛本是个酒色中人,得此媚猪,当然是谑浪笑敖,倍极欢昵,所以祀天祭祖,大礼告成,即令胡氏正位中宫。册后这一日,所有故主后妃,及内外命妇,俱来庆贺,珠围翠绕,乐叶音谐,不但胡氏非常欣慰,就是齐主湛亦格外欢愉。晚间在后宫庆宴,众皆列席,高湛方在外殿中,畅饮数十觥,已有七、八分酒意,便闯入后宫,自来劝酒,惊动了一班妇女,统避席迎谒。湛狞笑道:"此处合叙家人礼,尽可脱略形迹,休得迂拘。"众闻湛言,始称谢归座。湛展开一双醉眼,东张西望,蓦见上座有一位半老佳人,尚是丰姿绰约,秀色可餐,不由得魄荡魂驰。仔细审视,却是一位皇嫂李皇后,恨不得上前亲近,但因大众在座,未便失体,只得权时忍耐。说了几句劝饮的套话,转身自去。

是夕酒阑席散,各皆归寝,湛虽怀念嫂氏,也只好与新皇后敷衍一宵。到了次日的黄昏,竟不带左右,独自一人,步入昭信宫。见前回。当有宫女报知李后,李后

不禁起疑,没奈何起身相迎。湛入宫坐定,并无一言,但将双目注视娇颜。李后且惊且羞,乃开口启问道:"陛下到此,有何见谕?"湛笑语道:"朕因夜间无事,特来陪伴皇嫂。"李后道:"陛下新册正宫,并多嫔御,何不前去叙情,乃独顾及贱妾?"湛又道:"未及皇嫂娇姿,所以乘暇来此。"李后见湛有意调戏,很是惊惶,便抽身欲退。湛即起座揽住后裾,李后大骇道:"陛下身为天子,难道好不顾名义么?"说着,顺手一推,湛不防此着,竟至倒退数步,方得站住。顿时恼羞成怒,瞋目与语道:"若不从我,当杀汝儿!"李后听了,急得玉容惨澹,粉面浸淫。宫女们见此情形,统已避了出去,那高湛见左右无人,竟仗着壮年膂力,把李氏轻轻举起,直入内寝,阖住双扉,好一歇不见动静。宫女等至寝门外,侧耳细听,但只闻有窸窣声,颤动声,想已是阴阳会合,兴雨布云了。高洋盗嫂,报及己妻。

俗语说得好,寂寞更长,欢娱夜短,高湛把李氏淫烝一宵,转瞬间即已天明,不得不起床出宫,升殿视朝,嗣是常出入昭信宫,来续旧欢。李氏已经失节,也乐得随缘度日。春风几度,暗结珠胎。独胡后不耐岑寂,每当湛往昭信宫,却另寻一个主顾,入替高湛。看官道是何人?乃是给事和士开。士开善握槊,工弹琵琶,面庞儿亦生得俊雅。当湛为长

第七十一回　遇强暴故后被污　违忠谏逆臣致败

广王时，已入侍左右，辟为开府参军。及湛即位，升任给事，胡后尝与相见，暗地生心。此时乘湛盗嫂，便贿通宫女，引入士开，赏给禁脔。士开得此奇遇，哪有不极力奉承，多方欢狎，引得胡后心花怒放，竟与他誓山盟海，愿做一对长久夫妻。这是高湛眼前孽报。

高湛毫无所闻，反恐胡后责他盗嫂，曲意弥缝。胡后乘间，屡说士开好处，湛竟擢士开为黄门侍郎。胡后生子名纬，便立为皇太子。平秦王归彦位兼将相，恃势骄盈。侍中高元海，及中丞毕义云，黄门郎高乾和，尝入白御前，谓归彦专权骄恣，必生祸乱，乃出归彦为冀州刺史。元海等并欲弹劾和士开。看官试想，这和士开外邀主宠，内结后援，官爵未尊，地位甚固，岂是高元海辈所得摇动么？果然元海等未上弹章，士开却先已下石，但言元海诸人，交结朋党，欲擅威福，轻轻地说了数语，已足挑动主心。元海乾和，渐渐被疏；义云连忙纳赂，得为衮州刺史。独归彦心怀怨望，意欲俟湛往晋阳，乘虚入邺，偏值娄太后逝世，宫中治丧，好几月不闻驾出，也只有蹉跎度日，暂作缓图。

娄太后自春间寝疾，衣忽自举，用巫媪言，改姓石氏，延至初夏，竟尔病终，年六十二。太后生六男二女，皆感梦孕，孕高澄时，梦见断龙；孕高洋时，梦见龙首；孕高演时，梦见龙伏地上；孕高湛时，梦见龙浴海中；孕二女俱梦月入怀，惟孕襄城王清，博陵王济，但梦鼠入下衣。清早去世，济见下文，亦不得令终，惟澄、洋、演、湛，皆得称尊。一母生四帝，也是奇事。

太后未殁时，邺下有童谣云："九龙母死不守孝。"至是湛居母丧，竟不改服，仍著绯袍。未几且登临三台，置酒作乐。宫人进白袍，由湛怒掷台下，和士开在侧，请暂辍乐，亦为湛所殴击。士开也算错一著。湛排行第九，适应童谣，不过追谥太后为武明皇后，合葬义平陵，总算依例办事罢了。

高归彦所谋未遂，屡使人探刺都中情事，偏被郎中令吕思礼告发，湛乃令大司马段韶，与司空娄叡，发兵往讨。归彦登城拒守，及兵逼城下，便大呼道："孝昭皇帝初崩，六军百万，悉归臣手，臣至邺迎立陛下。当时不及，今日岂尚有异图？但恨高元海、毕义云、高乾和三人，诳惑主上，嫉忌忠良，如得杀此三人，臣愿临城自到，死也甘心！"段韶等当然不睬，惟督令兵众攻城。内长史宇文仲鸾，司马李祖挹，别驾陈季琚等，与归彦不协，俱为所杀。兵民因此不服，各有贰心。归彦见不可守，弃城北走，到了交津，只剩得一人一骑，那段韶遣将追来，立刻擒住归彦，械送邺都。当下议定死罪，命都督刘桃枝牵入市曹，击鼓徇众，然后行刑。归彦子孙十五人，一并诛死。

湛既诛归彦，益加淫暴。所烝皇嫂李氏，怀孕将产，适太原王绍德入见，为李氏所拒。绍德系高洋次子，生母就是李氏，闻李氏匿不见面，顿时懊闷道："儿也晓得了姊姊腹大，故不见儿。"家丑且不宜外扬，奈何取笑生母？原来齐俗呼母为姑姑，亦称姊姊。这李氏听得此语，禁不住惭愤交并，过了数日，生下一女，竟令抛弃。湛闻产女不举，怒不可遏，手持佩刀，驰入昭信宫。怒叱李氏道："尔敢杀我女么？我便当杀尔儿！"说着，即麾左右往召绍德，绍德不得已应召，湛俟绍德至前，便用刀环击去。绍德忍不住痛，只好长跪乞哀。湛大怒道："尔父打我时，尔何不出言相救，今日乃想求活么？"语未说完，再用力猛击数下，打得绍德血流满面，晕倒地上，须臾气尽。

李氏见此惨状，未免有情，便极口哀号。湛越加咆哮，迫令宫女褫李氏衣，使她袒胸露背，然后取鞭自挞，大约有数十下，雪肤上面，都变红云，李氏号天不止。与其受辱至此，何若从前死节？湛亦觉自己手力有些酸麻，再命将李氏盛入绢囊，投诸宫沟，好多时才令捞起，启囊出视，但见流血淋漓，狼藉得不成样子。湛怒已少平，乃呼宫女道："她若已死，不必说了；如若不死，可擡她往妙胜寺中做尼姑去。"言讫自行。宫女并皆不忍，待湛已去远，便即施救。李氏偃卧地上，气息奄奄，只有胸前尚热，经宫女各用手术，并灌姜汤，方得起死回生，眉目渐动。宫女将她舁上床榻，小心侍奉，挨过了两昼夜，才能起立，乃用牛车载送入妙胜寺，削发修行去了。一年假夫妻，至此结局，岂不可叹！

是年由青州上表，报称河、济俱清。明是贡谀。湛改大宁二年为河清元年。齐扬州刺史王琳，屡请出师南侵，湛欲允议发兵，独尚书卢潜，一再谏阻，且得陈主贻书，请罢兵息民。湛乃请散骑常侍崔赡，通好南朝，陈主亦遣使报聘。独王琳尚有违言，湛调琳回邺，即用卢潜，为扬州刺史，领行台尚书，自是玉帛修仪，岁使不绝，江南江北，总算平静了七八年。

陈主蒨因周齐连和，北顾无虞，乃遣司空南徐州刺史侯安都，出略

第七十一回 遇强暴故后被污 违忠谏逆臣致败

西南。从前东阳太守留异,蟠踞一隅,屡怀反侧,陈武帝特将蒨女丰安公主,下嫁异子贞臣为妻,且征异为南徐州刺史,异迁延不就,及蒨既嗣位,复命异为缙州刺史,领东阳太守,异仍阴怀两端,并严戍边境。陈廷容忍数年,乃乘暇出讨;一面召江州刺史周迪,豫章太守周敷,闽州刺史陈宝应,一同入朝。周敷奉命先至,得加封安西将军,赐给女妓金帛,遣还豫章。周迪不肯受诏,密与留异相结,且发兵袭敷,为敷所觉,吃了一个败仗,狼狈奔还。宝应为留异婿,虽陈主格外羁縻,许入宗籍,究竟翁婿情深,君臣谊浅,所以始终联异,也未肯入朝。

陈中庶子虞荔弟寄,流寓闽中,荔请诸陈主,召弟入都。宝应颇爱寄才,留住不遣。寄屡谏宝应,宝应不听,乃避居东山寺中,佯称足疾,杜门谢客。会留异为侯安都击破,妻孥多被掳去,仅与子贞臣走依宝应。周迪在临川,亦被陈安右将军吴明彻,高州刺史黄法氍,豫章太守周敷等,夹攻致败,溃奔闽州。宝应已失两援,尚自恃险僻,与陈抗衡。虞寄复上书极谏,条陈十事,略云:

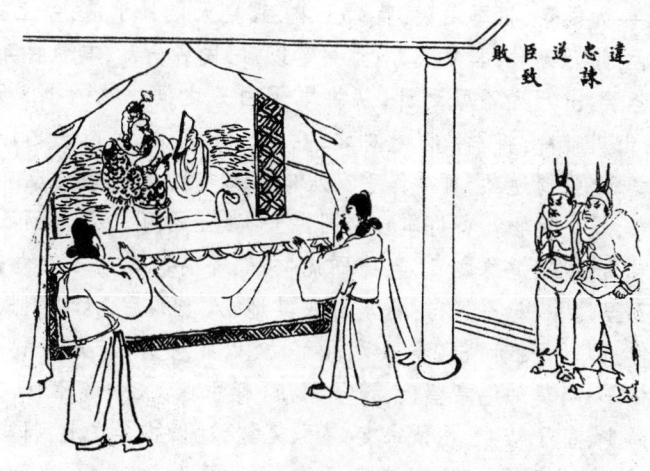

违忠谏逆臣致败

东山虞寄,致书于陈将军使君节下:寄流离世故,漂寓贵乡,将军待以上宾之礼,申以国士之眷,意气所感,何日忘之?而寄沉痼弥留,愒阴将尽,常恐猝填沟壑,涓尘莫报,是以敢布腹心,冒陈丹款,愿将军留须臾之虑,少思察之,则瞑目之日,所怀毕矣。自天厌梁德,多难荐臻,寰宇分崩,英雄互起,不可胜纪,人人自以为得之,然夷凶剪乱,四海乐推,揖让而居南面者,陈氏也。岂非历数有在,唯天所授乎?一也。以王琳之强,侯瑱之力,进足以摇荡中原,争衡天下,退足以偪强江外,雄长偏隅,然或命一旅之师,或资一士之说,琳则瓦解冰泮,投身异域,瑱则厥角稽颡,委命阙廷,斯又天假之威而除其患,二也。今将军以藩戚之重,东南之众,尽忠奉上,戮力勤王,岂不勋高窦融,宠过吴芮?析珪判野,南面称孤,国恩所眷,不宜辜负,三也。圣朝弃瑕忘过,宽厚得人,如余孝顷、李孝钦、欧阳颁等,悉委以心腹,任以爪牙,胸中豁然,曾无纤介,况将军衅非张绣,罪异毕谌,何虑于危亡,何失于富贵?四也。方今周齐邻睦,境外无虞,并兵一向,匪伊朝夕,非刘项竞逐之机,楚赵连纵之势,何得雍容高拱,坐论西伯?五也。且留将军狼顾一隅,亟经摧衄,声实亏丧,胆气衰沮,其将帅首鼠两端,唯利是视,孰能披坚执锐,长驱深入,系马埋轮,奋不顾命,以先士卒者乎?六也。将军之强,孰如侯景,将军之众,孰如王琳,武皇灭侯景于前,今上摧王琳于后,此乃天时,非复人力;且兵革以后,民皆厌乱,其孰肯弃坟墓,捐妻子,出万死不顾之计,从将军于白刃之间乎?七也。天命可畏,山川难恃,将军欲以数郡之地,当天下之兵,以诸侯之资,拒天子之命,强弱逆顺,可得侔乎?八也。夫非我族类,其心必异,不爱其亲,岂能及物?留将军自縻国爵,子尚王姬,犹弃天属而不顾,背明君而孤立,危急之日,岂能同忧共患,不背将军者乎?九也。北军万里远斗,锋不可当,将军自战其地,人多顾后,众寡不敌,将帅不侔,师以无名而出,事以无机而动,以此称兵,未知其利,十也。为将军计,莫如绝亲留氏,遣子入质,释甲偃兵,一遵诏旨,方今藩维尚少,皇子幼冲,凡预宗支,皆蒙宠树,况以将军之地,将军之才,将军之名,将军之势,而能克修藩服,北面称臣,岂不身与山河等安,名与金石同寿乎?感恩怀德,不觉狂言,斧钺之诛,甘之如荠,伏惟将军鉴之!

宝应览书,不禁大怒,幸左右进语宝应,谓虞公病势渐笃,词多错谬,请勿介意。宝应意乃少释,且因寄为民望,权示优容,惟分兵接济周迪。迪复越东兴岭为寇,陈令护军章昭达出讨,大破周迪。迪窜匿山谷，无从搜捕，昭达遂入闽。迪招集余众，再出东兴，东兴守吏钱肃举城降迪，迪众复振，豫章太守周敷已升任南豫州刺史，出屯定州，与迪对垒。迪作书绐敷道："我昔与弟戮力同心，岂期相害？今愿伏罪还朝，乞弟披露肺腑，挺身同盟。"敷信为真言，只率从骑数人，出与迪盟，甫经登坛，被迪麾动部众，将敷杀死。

陈廷有诏赙恤，另遣都督程灵洗讨迪，并促章昭达速攻闽州。陈宝应令水陆设栅，严御昭达，昭达与战不利，顿兵上流，但令军士伐木为筏，待雨出发。会值大雨江涨，亟放筏进攻，连拔宝应水栅，凑巧陈将余孝顷，也奉陈主调遣，由海道驰至，两军会合，并力攻击，宝应连战连败，遁往莆田。顾语子弟等道："我悔不从虞公言，致有今日！"迟了！迟了！小子有诗叹道：

如何螳斧想当车？一失毫厘千里差。
祸已临头才自悔，忠言不用亦徒嗟！

陈军追捕宝应，未知宝应再得脱走否？容至下回表明。

北齐宫闱，淫烝成习，惟高演尚乏色欲，故其妻元氏，虽被高湛斥辱，终得免污，若李氏为高洋妇，洋烝澄妻，湛即烝洋妻，何报应之若是其速也！但李氏不忍其子之死，含垢蒙羞，而其后子仍惨毙，身亦濒危，最为不值。自来义夫烈妇，其所由蹈死如饴者，诚有见夫名节为重，身家为轻，不应作一幸想，冀图苟活耳。否则，鲜有不蹈李氏之覆辙者也。陈宝应溺情闺阃，济恶妇翁，虞寄谏以十事，言甚明切，终不能挽宝应之迷，是误宝应者为留异，实则出之留异之女。天下之误己误人者，多半自妇女致之，非冶容诲淫，即昧几致祸，宝应亦一前鉴耳。如留异之凶狡，周迪之反复，更不足责也。

第七十二回

遭主嫌侯安都受戮　却敌军段孝先建功

　　却说陈宝应逃至莆田,被陈军从后追及,日暮途穷,如何支持,眼见是束手受擒。就是宝应妇翁留异,也与宝应同逃,无从漏网,翁婿妻孥,一并就缚。还有宝应宗族,及幕下僚佐,俱捉得一个不留,悉数械送建康。叛徒头脑,怎得免死,就是子弟党羽,亦难逃国法,骈戮市曹。唯异子贞臣,曾尚帝女,特别恩赦。这是得妻房好处。并命昭达礼送虞寄,乘驿入都。陈主蒨当即召见,温言奖谕道:"管宁汉末隐士尚幸无恙。"寄拜谢而出。既而陈主自下手敕,命寄为衡阳王掌书记。衡阳王系武帝嗣子昌封爵,昌被侯安都溺毙,见七十回。陈主讳莫如深,只托言失足溺水,追谥为献。昌无子嗣,即令皇七子伯信过继,并授伯信为丹阳尹,得置佐吏。此次因虞寄经明行淑,特遣令往辅。寄奉敕入谢,陈主面谕道:"今遣卿为衡阳记室,不但欲烦劳文翰,实因七儿年少,须卿教导,令作师资,卿毋以委屈见辞!"寄当然谦退,奉敕即行。未几复迁拜国子博士,寄表求解职,乞许归田。陈主优诏报答,许还会稽,仍令为东扬州别驾,寄又以疾辞。时寄兄虞荔,已经病殁,亦引柩还乡,陈主追赠侍中,赐谥曰德。并亲出都门送丧,时人称为难兄难弟。荔子世基世南,并少有文名,寄后来屡征不起,尝以知足不辱为言。诸王或出为州将,必奉朝命问候,致敬尽礼。有时寄出游近寺,闾里互相传语,老幼罗列,望拜道左。乡有争讼,经寄一言,无不立解;人有誓约,但指寄名,均不敢欺。扰乱时代,得此高士,真好算作第一流人物了。极笔褒扬,足以风世。至陈主顼太建十一年,始病终故里,这且不必细表。

　　且说留异、陈宝应二人,已经伏辜,只有漏网余生的周迪,尚在东兴一带,出没为患。陈都督程灵洗,自鄱阳别道出击,应前回。出迪不意,大破敌众,迪复与麾下十余人,窜伏山谷中。过了数月,遣人至临川郡市,购办鱼虾,为临川太守骆牙所执,谕令取迪自效,随即使腹心勇士,跟入山中,诱迪出猎,把他捕诛,传首建康,悬示朱雀观三日。三凶尽殀,西南廓清,惟后梁主萧詧据守江陵,得周保护。陈主蒨未敢进攻,詧亦因封地狭小,邑居残毁,不能东出报怨,郁郁无聊,疽发背上,竟致逝世。太子萧岿嗣立,追谥詧为宣帝,庙号中宗,改元大保,这也是残喘仅存,有名无实。他如永嘉王萧庄,亦奔齐病死,萧氏已不能复振了。随笔带过萧詧、萧庄。

陈司空侯安都,自略定西南后,归镇京口,加封征北大将军,封邑增至五千户。安都自恃功高,渐生骄态,幕中多罗集文武,一宴辄至千人。部下将帅,往往不遵法度,朝旨检问,辄奔归安都,倚作护符。陈主蒨性好严察,闻安都庇护罪人,不免生恨,安都毫不觉察,骄横如故。就是入宫侍宴,亦不守臣礼。酒酣时箕踞倾倚,目无君上,尝陪乐游园禊饮,语陈主道:"陛下今日,比做临川王时,趣味何如?"言下甚有德色,陈主默然无言。安都一再问及,陈主始淡淡地答道:"这虽出自天命,也未始非明公功劳!"安都喜甚,便乞借供帐水饰。陈主勉强允诺,心中很是不悦,怏怏还宫。到了次日,安都挈妻妾至乐游园,自升御座,令宾佐居群臣位,称觞上寿。居然想学做皇帝。陈主使人侦察,得悉安都情状,越加猜嫌,待安都还镇,屡遣台使按问安都部下,检括叛亡。安都才知上意,亦遣别驾周弘实,密结舍人蔡景历,探刺朝廷情事。景历具状奏闻,且言安都有谋反状。无非希旨。陈主乃调安都都督江、吴二州,领江州刺史。这一番调动,明明是诱他入阙,设法除患。安都果自京口还都,部伍入石头城,陈主引安都入宴嘉德殿,并令他部下将帅,会集尚书省听令。暗中却已密布禁军,乘安都入宴时,先把他拘系西省,然后收逮诸将帅,勒令缴出马仗,才许释放。因出舍人蔡景历表状,榜示朝堂,随即下诏论罪道:

昔汉厚功臣,韩韩信彭彭越肇乱;晋倚藩牧,敦王敦约祖约称兵,托六尺于庞萌,野心窃发,寄股肱于霍禹,凶谋潜构。追维往代,挺逆一揆,永言自古,患难同规。侯安都素乏远图,本惭令德,幸属兴运,预奉经纶,拔迹行间,假之毛羽,推于偏帅,委以驰逐,位极三槐,任居四岳,名器隆赫,礼数莫俦,而志唯矜己,气在陵上,招聚逋逃,穷极轻狡,无赖无行,不畏不恭,受脤专征,剽掠一逞,推毂所镇,哀敛无厌。朕以爱初缔构,颇著功绩,飞骖代邸,预定嘉谋,所以掩抑有司,每怀遵养,杜绝百辟,日望自新,款襟期于话言,推丹赤于造次,策马甲第,羽林息警,置酒高堂,陛戟无卫,何尝内隐片嫌,去柏人而勿宿,外协猜防,入成皋而不留。而彼乃悖逆不悛,骄暴滋甚,招诱文武,密怀异图。近得中书舍人蔡景历启闻,报称安都曾遣别驾周弘实前来探刺,具陈反计,朕犹加隐忍,待之如初,爰自北门迁授南服,受命径停,奸谋益露。今者欲因初镇,将行不轨,此而可忍,孰不可容!赖社稷之灵,近侍诚悫,丑情彰暴,逆节显闻。可详按旧典,速正刑典,罪止同谋,余无可问。

这诏颁出,越宿即赐安都自尽,旋复有诏赦免家属,葬用士礼,丧事所需,仍由公款发给。从前武帝在日,尝命诸将侍宴,杜僧明、周文育、侯安都三人,各自称功,武帝喟然道:"卿等原统是良将,但各有短处,杜公志大识暗,狎下陵上;周侯交不择人,推心过差;侯郎傲慢无厌,轻佻肆志,将来恐不能自全,各宜戒慎为是!"三人怀惭而退,后来杜僧明病死江州,算是令终,惟无绩可言;文育为熊昙朗所杀,见前文。安都至是被诛,终不出武帝所料。古来明哲保身的智士,所以小心翼翼,功成身退,才能安享天年,流芳百世呢。如范蠡、张良等人。

话分两头,且说齐王高湛,信用黄门侍郎和士开,擢官侍中,并开府仪同三司,前后赏赐,不可胜纪,士开百计诌谀,揣摩迎合,无不中肯,惹得高湛格外亲信,几

乎一日不能相离。你妻胡氏与他相昵,还有可说,你为何相信至此!士开每侍左右,辞不加检,备极鄙亵,尝笑语湛道:"自古以来,没有不死的帝王,尧、舜、桀、纣,统成灰土,有何异同?陛下春秋鼎盛,正应及时行乐,

第七十二回　遭主嫌侯安都受戮　却敌军段孝先建功

取快一日，足抵百年，国事尽可付与大臣，无虑不办，何必自取烦恼呢！"湛闻言大喜，遂委赵彦深掌官爵，元文遥掌财用，唐邕掌外兵，白建掌骑兵，冯子琮、胡长粲掌东宫，阅三四日才一视朝，须臾即罢。

士开善持槊，胡后亦颇喜学槊，湛令士开教导胡后。后与士开情好有年，当握槊时，眉目含情，无庸细说。她却故意弄错手势，使士开牵动玉腕，与她共握。湛高坐饮酒，一些儿没有窥觉，反且喜笑颜开，自得其乐。河南王孝瑜，系文襄皇帝高澄长子，目睹情形，不禁愤懑，便入内进谏道："皇后系天下母，怎得与臣下接手？"湛好似未闻，不答一语。甘戴绿头巾，何劳多言！孝瑜乃退。嗣又上言越郡王叡，父死非命，不宜亲近。叡父即赵郡王琛，与小尔朱氏私通，被高欢杖毙，事见前文。湛亦不报。

叡与士开因此挟恨，便密谮孝瑜奢僭，谓山东只闻河南王，不闻有陛下，湛本与孝瑜同年，又是嫡亲兄子，甚相亲爱，至是不免加忌。孝瑜又行止未谨，尝与娄太后宫人尔朱摩女，暗地私通。及太子纬纳斛律光女为妃，孝瑜入宫襄事，与尔朱女喁喁私语，潜叙旧情，偏被旁人瞧着，向湛报知。湛顿触旧嫌，立召孝瑜至前，逼令饮酒三十七杯。也是奇罚。孝瑜体本肥大，强饮过醉，颓然倒地。湛命左右娄子彦，用犊车载出孝瑜，且密嘱数语。子彦领命，随车同行，途次由孝瑜索茶解渴，子彦以鸩酒代茶，孝瑜醉眼模糊，喝将下去，越觉烦躁不堪，行至西华门，蹶起索水，下车投河，竟致溺毙。子彦返报，湛假意举哀，追赠孝瑜为太尉，录尚书事，诸王虽有所闻，莫敢发言。惟孝瑜第三弟孝琬，曾封河间王，亲临兄丧，大哭而出，意欲他去，当由湛遣使追还，乃仍留邺中。蓦闻周与突厥连师，来攻晋阳，湛亦不禁着急，亲自往援。

突厥自伊利可汗击破柔然，柔然可汗阿那瑰自杀，事见前文。余众立阿那瑰叔父邓叔子为主，复为伊利子科罗所破。科罗死，弟俟斤立，号木杆可汗，木杆勇略过人，又追逐邓叔子，逼得邓叔子无路可奔，只好投入关中。是时西魏尚未被篡，宇文泰亦未谢世，木杆竟遣使至魏，索交邓叔子，泰不肯照给。木杆又西破嚈哒，东逐契丹，北并结骨，威振塞外，凡东自辽海，西至青海，延袤万里，南自沙漠以北，直至北海，又五六千里，均为木杆所有。再向西魏索取邓叔子，泰畏他强盛，不敢不允，遂收邓叔子以下三千余人，尽付突厥来使。突厥使人，不胜押解，即驱邓叔子等至青门外，尽加屠戮，但携邓叔子首级归国。宇文泰视死不救，亦太残忍。自是木杆与周通好,常有使节往来。宇文觉篡位受禅,修好如故,两传至宇文邕,曾与突厥连兵侵齐,见齐境守御颇固,因即折回。邕尚未立后,由太师宇文护等定议,遣御伯大夫杨荐,及左武伯王庆,至突厥求婚。木杆已经允许,偏齐人得此消息,也遣使至突厥和亲,卑礼厚币,愿迎木杆女为后。木杆贪齐重赂,便向周悔婚,且欲将荐等执交齐使。夷狄之不可恃也如此!荐乃上帐责木杆道:"我周太祖指宇文泰与可汗结好,当时蠕蠕即柔然,见前遗众数千来降,太祖俱执付可汗使臣,藉敦睦谊,奈何今日欲背恩忘义!就使不畏我周,难道不畏鬼神么?"木杆听到鬼神二字,触动迷信,不由得打了一个寒噤,良久方答道:"君言甚是,我计决了!当与贵国共平东寇,再行送女未迟。"遂叱还齐使,礼遣荐等南归。

周廷得荐等归报,乃召公卿会议,众请发十万人击齐,独柱国杨忠,谓兵不在多,但发骑兵万人,已足敷用。周主邕乃遣杨忠为帅,率领万骑,从北道出发,又遣大将军达奚武,统兵三万,从南道进行,约会晋阳城下。杨忠连下齐二十余城,攻破陉岭要隘,兵威大震。突厥木杆可汗,又亲率十万骑来会,长驱并进。看官听说!此时齐境警报,往来如织,虽然齐王湛沉湎酒色,也不能不被他惊起,亲督内外兵士,从邺都急赴晋阳。

是时为齐河清三年十二月,即陈天嘉五年,周保定四年。连日大雪,千山一白,齐主湛冒雪前行,兼程至晋阳,尚幸城外无寇,安然入城。命司空斛律光率步骑三万人,往屯平阳,防守南路。周柱国杨忠及突厥可汗,共麾兵直逼城下,齐主湛登城遥望,见敌兵鱼贯到来,好似潮头涌入,没有止境,不觉蹙然变色道:"这般大寇,如何抵御哩!"说至此,便即下城,拟挈宫人东走。赵郡王叡,河间王孝琬,叩马谏阻,方才停留。孝琬又请将六军进止,归叡节度,湛乃命叡节制诸军,并使并州刺史段韶,职掌军务。

此守彼攻,相持过年,正月朔日,叡已部分诸军,出城搦战,军容甚盛。突厥木杆可汗凭高观望,颇有惧容,顾语周人道:"尔言齐乱,所以会师伐齐,今齐人眼中亦有铁,怎得轻敌!可见尔周人是好为虚言了。"周人闻木杆言,当然不服,并用步兵为前锋,向齐挑战,齐将俱欲迎击,独段韶不许,面嘱诸将道:"步军势力有限,今积雪既厚,不便逆

第七十二回　遭主嫌侯安都受戮　却敌军段孝先建功

击,不若严阵待着,俟彼劳我逸,方可出战。"说着,即下令军中道:"大众须听我号令,不得妄动!待中军扬旗伐鼓,才准出击,违令立斩!"韶颇知兵。各军始静守阵伍,毫无哗声。周军无从交战,渐渐地懈弛起来,突见齐兵阵内,红帜高张,接连是战鼓咚咚,震入耳中。正旁皇四顾,那齐兵已尽锐杀到,喊杀连天,眼见是抵敌不住,纷纷倒退。杨忠也不能禁遏,但望突厥兵上前助战,好将齐兵杀回,偏突厥木杆可汗勒马西山,并未驰下,反且把部众一齐引上,专顾自己保守,不管周军进退。周军孤军失援,顿时大溃,奔回关中。木杆可汗也从山后引遁,段韶始终持重,不敢力追,似此亦不免太怯。自晋阳西北七百余里,均遭突厥兵残掠,人畜无遗。木杆还至陉岭,山谷冻滑,铺毡度兵,胡马寒瘦,膝下毛皆脱落,及抵长城,马死垂尽,兵士多截槊挑归。周将达奚武至平阳,尚未知杨忠败还,嗣得齐将斛律光书,语带讥嘲,料知杨忠失败,乃即日引归,半途被齐兵迫至,且战且走,好容易才得驰脱,已丧失了二千余人。

　　斛律光收兵还晋阳,齐主湛见了斛律光,抱头大哭。光不知为着何事,仓猝不能劝谏。我亦不解。任城王湝在旁,便进言道:"想陛下新却大寇,喜极生悲,但亦何必至此!"湛乃止哭,颁赏有功,进赵郡王叡录尚书事,斛律光为司徒。光闻段韶不击突厥,但远远的从后迫蹑,好似送他出塞一般,因向韶讥笑道:"段孝先好改呼段婆,才不愧为送女客呢。"孝先系韶表字。

　　言未毕,邺中忽有急报传到,乃是太师彭城王浟,为盗所戕。湛惊问何因?邺使说是浟在第中,被群盗白子礼等突入,诈称敕使。劫浟为主,浟大呼不从,因即遇害。湛又惊问道:"现在盗目已捕诛否?"邺使谓已经荡平,惟望陛下还驾。湛乃匆匆启行。返至邺城,即指浟第临丧,赠浟假黄钺太师录尚书事,给辒辌车送葬,然后还宫。旋授段韶为太师。

　　过了数月,邺中有白虹围日,绕至再重,赤星又现。齐主湛携盆水照星,用盖覆住,作为厌禳。越宿盆无故自破,湛很是忧疑,适有博陵人贾德胄,呈入密启,启中有乐陵王百年手书,写着好几个敕字。湛不禁发怒,立使人促召百年,百年自知不免,割一带玦,与妃斛律氏诀别,自入都见湛,湛使百年再书敕字,笔迹与前字相符,顿时怒上加怒,喝使左右捶击。百年被击仆地，又使人且曳且殴，流血满地，气息将尽，乃呜咽乞命道："愿与阿叔为奴。"湛不肯许，竟命斩首，投尸入池，池水尽赤，乃捞尸藁葬后园。斛律妃闻百年惨死，持玦哀号，绝粒而死，玦犹在手，拳不可开，年尚只十四岁。妃为斛律光女，由光亲往抚视，用手解擘，始舒拳释玦。邺中人士统替她呼冤。小子亦有诗为证道：

济南死后乐陵亡，厥考贻谋太不臧，
难得贞妃年十四，犹如殉节保妻纲！

齐主湛既杀死百年，复因宫中有蛊语相传，连日钩考，查至顺成宫，得开府元蛮书信，述及百年冤死事，又不觉动起怒来。毕竟元蛮能否免祸，容待下回申叙。

陈文帝之杀侯安都，几似宋文帝之杀檀道济，然道济功多罪少，杀之适足以见宋文之失，安都功虽足称，而慢上不法，罪亦匪轻，况挤溺衡阳，害及故储，使陈文帝成不友之名，残忍性成，不死何为？纲目称杀不称诛，似犹为安都鸣冤。窃谓安都之死，实由自取，惟陈主诱令入宴，伏甲加诛，殊失人君赏罚之大经，纲目书法，所以不能无咎于陈文耳！齐主湛昏庸淫虐，几类高洋，晋阳之役，幸得一胜。然周师之所恃者为突厥，非我族类，其心必异，周之遭败，亦其宜也。湛幸胜而归，即杀兄子百年，济南受戮，乐陵亦不得生，湛之不遵兄命，原属不仁，孝昭有知，其亦悔杀济南否耶！

第七十三回

背德兴兵周师再败　揽权夺位陈主被迁

却说齐主湛检得元蛮书，立即动怒，便欲将蛮加罪。蛮急贿托幸臣，替他求免，还算罢官了事。蛮为百年母元氏父，蛮得免诛，元氏仍居顺成宫，不过伤子枉死，更增一层悲泪罢了。先是周太师宇文护母阎氏，及周主第四姑，并诸戚属等，皆寓居晋阳，自宇文泰西入关中，只命护随去，后来晋阳为高氏所有，护母阎氏等均致陷没，充入掖庭。及护为周相，相隔已三十多年，护屡遣人入齐访问，未得音信。会因晋阳一役，杨忠败归，护复欲连同突厥，大举伐齐。齐主湛得知军报，颇有戒心。特遣勋州刺史韦孝宽，致书与护，示明护母消息，且言周、齐释怨，可归护母，否则立斩勿贷。护复书愿和，乞释母西归。齐主湛先遣还周四姑，并令人为护母作书，备述护幼时情状，又寄护前所着绯袍，作为证物，书词说得非常痛切。略云：

吾年十九适汝家，今已八十矣，凡生汝辈三男二女，今日目下不睹一人，兴言及此，悲缠肌骨，赖皇齐恩恤，差安衰暮，又得汝姑嫂等相依，稍足自适，但一念及汝，百感丛生。今特寄汝小时所着锦袍一袭，汝宜检看，知吾含悲抱戚，多历年祀。禽兽草木，母子相依，吾有何罪，与汝分隔！今复何福，还望见汝！世间所有，求皆可得，母子异国，何处可求？假汝贵极王公，富过山海，有一老母八十之年，飘然千里，死亡旦夕，不得一朝同处，寒不得汝衣，饥不得汝食，汝虽穷荣极盛，光耀世间，与吾何益？吾今日之前，汝既不得申其供养，事往何论。今日以后，吾之残命，唯系于汝，汝戴天履地，中有鬼神，勿云冥昧，而可欺负！杨氏姑今虽炎暑，犹能先发。关河阻远，隔绝多年，言不尽情，汝其鉴之！

宇文护既接见四姑，复得母书，禁不住嚎啕大哭。还算有些孝思。当下取过纸笔，且泣且书，大致写着：

区宇分崩，遭遇灾祸，违离膝下，三十五年，受形禀气，皆知母子，谁知萨保护字。如此不孝，上累慈母！子为公侯，母为奴隶，暑不见母热，冬不见母寒，衣不知有无，食不知饥饱，泯如天地之外，无由暂闻，昼夜悲号，继之以血，分怀冤酷，终此一生，死若有知，冀见奉于泉下耳。不谓齐朝解网，惠以德音，摩敦周俗呼母为阿摩敦四姑，并许矜放，初闻此旨，魄爽飞越，号天叩地，不能自胜。四姑即蒙礼送，平安入境，萨保于河东拜见，得奉颜色，崩动肝肠。但绝多年，存亡阻隔，相见之始，口未忍言，唯叙齐朝宽弘，每存大德，云与摩敦虽处宫禁，常蒙优礼。今者来邺，恩遇弥隆，重降矜哀，听许摩敦垂谕，曲尽悲酷，伏读未周，五中似割。蒙寄萨保别时所留锦袍，年岁虽久，宛然犹识，顾视之下，愈觉疚心。今齐朝霈然之恩，既已沾洽，爱敬之旨，施及旁人，草木有心，禽鱼感泽，况在人伦而不铭戴！有国有家，信义为本，伏度来期，已应有日。一得奉见慈颜，永毕生愿，生死肉骨，岂止今恩！负山戴岳，未足胜荷。二国分隔，理无书信，主上以彼朝不绝母子之恩，亦赐许奉答，不期今日得通家问。伏纸呜咽，不尽所云！备录二书，以全伦纪。

　　书毕函封，乃停泪发使，赍书至齐。齐主湛尚不肯放还护母，使更与护书，邀护重报，往返再三，乃拟遣归，太师段韶上言道："周人反复无信，晋阳一役，已可概见。护外托为相，实与君主无异，既欲为母请和，何不正式遣使。若徒据移书，即送归护母，转恐示人以弱，不如阳为许诺，待至和亲坚定，遣归未迟。"段婆胡为作此语？齐主不听，即遣护母阎氏归周，护方因齐廷失信，请朝廷再为移文，忽闻慈舆已至，喜出望外，忙出都门迎入，举朝称庆。周主邕也迎阎氏入宫，率领亲戚，行家人礼，奉觞上寿。邕母叱奴氏，已尊为皇太后，至是亦略迹言情，握手叙欢，端的是母以子贵，宠荣无比呢。为下文返照。

　　护因慈母归来，颇感齐惠，拟与齐互结和约。偏突厥木杆可汗遣使至周，谓已调集各部精兵，如约攻齐，护不禁踌躇，意欲拒绝外使，转恐前后失信，有伤突厥感情，况母已归家，无容他虑，还是联络突厥，免滋边患。乃表请东征，召集内外兵众，共得二十万人。周主邕祃祭太庙，亲授护斧钺，许令便宜行事，且自沙苑劳军，执卮饯护，护拜命乃行。到了潼关，命柱国尉迟迥为先锋，进趋洛阳。大将军权景宣，率山南兵出豫州，少师杨㯹出轵关。护连营徐进，行抵弘农，再遣雍州牧齐公宪，宇

第七十三回　背德兴兵周师再败　揽权夺位陈主被迁

文泰第五子。同州刺史达奚武,泾州总管王雄,屯营邙山,策应前军。

杨㯹恃勇轻战,既出轵关,独引兵深入,又不设备,不料齐太尉娄叡,带引轻骑,前来掩击,㯹仓猝遇敌,行伍错乱,被齐兵杀得落花流水,一败涂地。㯹逃生无路,没奈何解甲降齐。三路中去了一路。权景宜一路人马,却还骁劲,拔豫州,陷永州,收降两州刺史王士良、萧世怡,送往长安,另使开府郭彦守豫州,谢彻守永州。尉迟迥进围洛阳,三旬不克,周统帅宇文护,使堑断河阳要路,截齐援兵,然后同攻洛阳。诸将多轻率无谋,还道齐兵必不敢出,但遥张斥堠,虚声堵御。

齐遣兰陵王长恭,原名孝瓘,系高澄第五子。大将军斛律光,往援洛阳,两人闻周兵势盛,未敢遽进,洛阳又遣人告急齐廷。时齐太师段韶出为并州刺史,由齐王湛召入问计。韶答道:"周虽与突厥连兵,两面夹攻,但北狄狡猾,待胜后进,虽来侵边,实等疥癣,今西邻窥逼,实是腹心大病,臣愿奉诏南行,一决胜负。"知己知彼,究竟还推段婆。湛喜语道:"朕意亦是如此。"乃令韶督精骑一千,出发晋阳,自率卫兵为后应,亦从晋阳启行,韶在途五日,济河南下,适连日阴雾,周军无从探悉,韶竟与诸将上登邙阪,窥察周军形势,进至太和谷,与周军相遇,韶即令驰告高长恭、斛律光两军,会师对敌。长恭与光,立即应召,韶为左军,光为右军,长恭为中军,整甲以待。周人不意齐兵猝至,望见阵势严整,并皆惶骇。韶语周人道:"汝宇文护方得母归,何故遽来为寇?"周人无言可答,但强词夺理道:"天遣我来,何必多问!"韶又道:"天道赏善罚恶,遣汝至此,明明降罚,汝等都想来送死了!"这是理直气壮之谈。

周军前队统是步卒,遂踊跃上山,来战齐兵。韶且战且走,引至深谷,始命各军下马奋击,周军锐气已衰,霎时瓦解,或坠崖,或投溪,伤毙无数,余众俱遁。兰陵王长恭领五百骑士,突入洛阳城下围栅,仰呼守卒,城上人未识为谁,不免疑诘。迨经长恭免胄相示,乃相率鼓舞,缒下弓弩手数百名,接应长恭,周将尉延迥无心恋战,便撤围遁去,委弃营幕甲仗,自邙山至谷水,沿途三十里间,累累不绝。独周、雍州牧齐公宪,及达奚武、王雄等,尚勒兵拒战。雄驰马挺槊,冲入斛律光阵中,光见他来势凶猛,回头急走,趋出阵后,落荒窜去,身边只剩一箭,随行只余一奴,那王雄却紧紧追来,相距不过数丈,光情急智生,把马一捺,略略停住,暗地里取弓搭箭,返身射去。可巧雄槊近身,不过丈许。雄大声道:

"我惜尔不杀,当擒尔去见天子!"语未说完,箭已中额,深入脑中,雄不禁暴痛,伏抱马首,奔回营中。莽夫易致愤事。光幸得免害,当然不去追赶,也纵马归营。

败再师周兵兴德背

天色已暮,两下里俱各收军。周将齐公宪部署兵士,拟至明晨再战,偏王雄负伤过重,当夜身死。军中越加恟惧,赖宪亲往巡抚,才得少安。达奚武入营语宪道:"洛阳军散,人情震恐,若非乘夜速还,明日且欲归不得了!"宪尚觉迟疑,武复说道:"武在军日久,备悉艰难,公少未更事,岂可把数营士卒,委身虎口么?"宪乃依议,潜令各营衔夜启程,向西奔还。权景宣得洛阳败报,亦将豫州弃去,驰入关中。及齐主湛至洛阳,早已狼烟净扫,洛水无尘。湛很是欣慰,进段韶为太宰。斛律光为太尉,兰陵王长恭为尚书令,余将俱照律叙功。惟尚恐突厥入塞,亟还邺都。嗣接得北方边报,谓突厥亦已退军,更觉得心安体泰,又好酗酒渔色了。

当时齐廷有一个著作郎,姓祖名珽,有才无行,尝为齐高祖功曹,因宴窃得金叵罗,_{酒器名}。为所察觉,又坐诈盗官粟三千石,鞭配甲坊。显祖高洋爱珽才具,复召为秘书丞,珽又萌故智,坐赃当绞,洋加恩免刑,且仍令直中书省,他见湛势力日盛,有意逢迎,因赍胡桃油入献,且拱手语湛道:"殿下有非常骨相,后必大贵。"湛尚为长广王,不禁色喜道:"若果得此,亦当与兄同安乐!"珽拜谢而出,及湛入嗣位,思践前约,即擢珽为中书侍郎,旋迁任散骑常侍,与和士开朋比为奸,尝私语士开道:"如君宠幸,古今无比,但宫车若一日晏驾,试问君如何克终?"似

第七十三回　背德兴兵周师再败　揽权夺位陈主被迁

为士开耽忧,实是为己设法。士开被他一说,惹得愁容满面,亟向珽商量计策。珽徐徐答道:"何不入启主上,但言文襄、文宣、孝昭诸子,均不得嗣立为君,今宜令皇太子早践大位,先定君臣名分,自可无虞。此计若成,中宫少主,必皆感君,君可从此安枕了!"恐也难必。士开道:"计非不善,惟主上年未逾壮,遽请他禅位太子,恐未必准议。"珽又道:"君先婉白主上,再由珽上书详论,不患不从。"士开许诺,适值彗星出现,太史谓应除旧布新,珽即乘间上言,谓陛下虽为天子,未为极贵,宜传位东宫,上应天道,且援魏主弘禅位故事,作为引证。魏主弘禅位见二十三回。湛得书未决,再经和士开从旁怂恿,方才定议,遂于河清四年孟夏,使太宰段韶,奉皇帝玺绶,禅位太子纬。纬在晋阳宫即位,改元天统。册妃斛律氏为皇后,就是斛律光的次女。王公大臣遂上湛尊号为太上皇帝,军国大事,仍然启闻。使黄门侍郎冯子琮,尚书左丞胡长粲辅导少主,专掌敷奏。子琮系胡后妹夫,故得邀宠眷,祖珽拜秘书监,加开府仪同三司,大蒙亲信,见重二宫。

看官听着!这齐主湛年方二十九岁,春秋虽盛,精力不加,平居荒耽酒色,凡故宫嫔御,稍有姿色,多半被污,且旦伐性,遂害得神志昏迷。此次禅位,也是乐得卸肩,再想高居深宫,享那一、二十年的艳福。怎奈人有千算,天教一算,湛做了太上皇,反连年多病,就要长辞人世了。和、祖二人之所以着急,想亦由此。惟湛距死期,尚有三年,那陈主蒨却寿数将终,勉强延挨了一年,竟尔去世。

先是陈安成王顼,自周还陈,受官侍中,兼中书监,寻且都督扬、南徐、东扬、南豫、北江诸军事,威权日盛,势倾朝野。御史中丞徐陵,独上书纠劾,陈主蒨免顼侍中,唯仍领扬州刺史。会值天嘉六年冬季,天旱不雨,直至次年仲春,亢阳如故,陈主亦常患不适,乃改天嘉七年为天康元年,颁诏大赦,冀迓天府。到了孟夏,彼苍却已降甘霖,御体反更加委顿,安成王顼,尚书孔奂,仆射到仲举等,入侍医药,陈主已病不能兴,默念太子伯宗柔弱,未堪为嗣,乃顾语顼道:"我欲遵周泰伯故事,汝意以为何如?"顼闻言惶遽,拜泣固辞。何必做作?陈主又语奂等道:"今三方鼎峙,四海事重,应立长君,卿等可遵朕意。"奂流涕答道:"皇太子圣德日跻,安成王足为周旦,若无故废立,臣不敢奉诏!"无非一时献谀。陈主叹道:"卿可谓古之遗直了。"遂命奂为太子詹事,且进顼为司空尚书令。

　　未几陈主遂殂,遗诏令太子伯宗嗣位。总计陈主蒨在位七年,改元二次,享年四十有五,史家称他明察俭约,宵旰勤劳,往往刺取外事,即夕判决,每令鸡人伺漏,传递更签,令掷阶上有声,谓借此足唤起睡梦。但谋杀衡阳王昌,骤立次子伯茂为始兴王,无非欲为子孙计。偏是私心益甚,后嗣益不能久长。看官试阅下文,便见分晓。

　　且说陈太子伯宗即位太极前殿,大赦天下,追谥皇考为文皇帝,庙号世祖。尊皇太后章氏为太皇太后,皇后沈氏为皇太后,立妃王氏为皇后,皇子至泽为太子。进皇叔安成王顼为司徒,录尚书事,兼督中外军务。其余文武百官,俱各进阶。越年改元光大,中书舍人刘师知,与仆射刘仲举等,同受遗诏辅政,常在禁中参决庶事。安成王顼位隆望重,入居尚书省,为师知等所忌,密与尚书左丞王暹等通谋,拟迁顼出外。东宫舍人殷不佞,素来浮躁,亦预闻师知密议,遂驰语顼道:"有敕传出,谓四方无事,王可迁居东府,经理州务。"顼闻言将出,记室毛喜入白道:"陈有天下,为日尚浅,国祸荐臻,中外危惧。太后深维至计,召王入省,共康庶绩,今日所言,必非太后本意,王可速即奏闻,毋使奸人得逞狡谋!"顼再商诸领军将军吴明彻,明彻亦赞同喜言,乃托疾不出,且伪召师知入商,留与长谈,暗中却遣毛喜入启太后。太后沈氏道:"令嗣君幼弱,政事并委二郎,毫无他意。"喜又转白嗣主伯宗,伯宗亦说道:"这是师知所为,朕未曾预闻。"喜亟出报顼,顼拘住师知,自入后廷谒见两宫,极陈师知奸诈,并自草诏敕,请嗣主盖印,持付廷尉。令将师知逮系狱中,当夜赐死。是殷不佞害他。降到仲举为光禄大夫,不佞素以孝闻,但令免官,王暹处斩,由是政无大小,悉归顼手。仲举被贬,心不自安,又与右卫将军韩子高图顼,事又被泄,仲举、子高,并下狱被诛。

　　湘州刺史华皎,与子高向来友善,闻子高被戮,很是不平,遂遣人西入长安,向周乞师,并自归后梁,遣子玄响为质。周太师宇文护,即遣湘州总管卫公直,宇文泰第六子。大将军田弘、权景宣、元定等,率兵助皎,后梁亦遣柱国王操等会师,长江上游,同时大震,陈遣吴明彻为湘州刺史,令率舟师三万,溯流先进,复命征南大将军淳于量,率舟师五万继应,再由冠武将军杨文通,巴山太守黄法慧,从陆路进兵,杨出茶陵,黄

第七十三回　背德兴兵周师再败　揽权夺位陈主被迁

出醴陵,共击华皎。并饬江州刺史章昭达,郢州刺史程灵洗,亦联兵进讨。更简司空徐度,为车骑将军,总督步军趋湘州。华皎遣使诱章昭达,被昭达执送建康,又转诱程灵洗,灵洗将来使斩首,皎乃会同周军,水陆俱下,与陈将吴明彻等相持。

两下至沌口交锋,西军用舰载薪,因风纵火,不料风势一转,火转自焚,吴明彻等乘势猛击,西军多半沉溺,大败而逃。道过巴陵,见岸上已遍竖陈军旗号,不敢登岸,径奔江陵。周步军统将元定,因水师败溃,也即退还。到了巴陵,适被陈军截住。陈军统领,便是大将军徐度,度已袭破湘州,驻军巴陵,狭路相逢,怎肯放过元定。定自知不敌,向度乞路,度佯许结盟,俟定释械往就,顺手缚住。定愤恚不食,竟至饿毙。余众全为徐度所俘。后梁将军李广,还未知情由,冒冒失失的趋至巴陵,也为度军所擒。那吴明彻复乘胜攻后梁,得拔河东。程灵洗又进袭沔州,周沔州刺史裴宽极力抵御,苦守数旬,终被灵洗攻入,擒宽归报。后梁柱国王操退归江陵,忙整顿败残人马,堵御陈军。吴明彻自河东进攻,数月不下,乃收军退归。是役陈军大捷,俘获万余人,马四千余匹,都送交建康。

安成王顼,自居功首,进位太傅,领司徒,加殊礼,履剑上殿,入朝不趋。<small>帝位已将到手了。</small>始兴王伯茂恨顼专政,屡构蜚言。安成王顼索性夺据帝座,胁迫太皇太后章氏御殿,召集百官,废陈主伯宗为临海王,黜始兴王伯茂为温麻侯。当下颁发命令,多半是悬空架诬。略云:

揽权夺位　陈主被迁

昔梁运衰落，海内沸腾，天下苍生，殆无遗噍。高祖武皇帝拨乱反正，膺图御箓，重悬三象，还补二仪。世祖文皇帝克嗣洪基，光宣宝业，惠养中国，绥宁外荒。伯宗昔在储宫，本无令闻，及居崇极，遂骋凶淫，居处谅暗，固不哀戚，娴嫱卯角，就馆相仍，且费引金帛，令充椒闱，内府中藏，军备国储，未盈期稔，皆已空竭。太傅顼亲承顾托。镇守宫闱，遗诰绸缪，义笃垣屏，乃反遣刘师知殷不佞等，显言排斥。韩子高小竖轻佻，推心委仗，阴谋祸乱，决起萧墙，元相不忍多诛，但除君侧，何意复密诏华皎，称兵上流，国祚忧惶，几移丑类。乃至要结远近，协乱巴湘，支党纵横，寇扰黟歙，岂止罪浮于昌邑，非惟声丑于太和。但贼竖皆亡，祅徒已散，日望惩改，尤加掩抑，而悖礼忘德，情性不悛，乐祸思乱，昏愿无已。祖宗基业，将惧覆陨，岂可复肃恭禋祀，临御兆民。式稽故实，宜在流放，今可转降为临海郡王，送还藩邸。太傅安成王固天生德，齐圣广深，二后钟心，三灵伫眷。自归国秉政以来，威惠相宜，刑礼兼设，指挥叱咤，湘郢廓清，辟地开疆，荆益风靡，若太戊之承殷历，中都之奉汉家，校以功名，曾何仿佛。况文皇知子之鉴，事过帝尧，传弟之怀，久符太伯，今可还申曩志，崇立贤君，方固宗祧，载贞辰象。中外宜依旧典，奉迎舆驾，入篡大统。始兴王伯茂，辜负严训，弥肆凶狡，嗣君丧道，职为乱阶，允宜馨彼司甸，刑斯剧人，姑念皇支，不忍稚刃，可特降为温麻侯，别遣就第。未亡人不幸，属此殷忧，不有崇替，将危社稷，何以拜祠高寝，归祔武园？揽笔潜然，兼怀悲庆！

这令下后，陈主伯宗立被徙居别第，始兴王伯茂曾为中卫将军，居住禁中，此时也单车出宫，使往婚第寓居。婚第在六门外，是诸王冠婚礼庐，向来是四达康庄，烽烟不设，谁意伯茂出了内城，竟来了一班盗众，持着凶器，把伯茂殴倒车中。小子有诗叹道：

都下何由集匪人，皇支遭击骤伤身；

六朝天子多残悍，只顾尊荣不顾亲。

欲知伯茂性命如何，且待下回说明。

齐主湛在位五年，多失德事，独送归宇文护母姑，尚有以孝治人遗意。护不知感激，反与突厥连兵侵齐，背德不祥，其败也固宜。湛凯旋国都，遽信祖珽诡计，传

第七十三回　背德兴兵周师再败　揽权夺位陈主被迁

位太子,上皇方壮,元子南面,果何为哉?陈主蒨杀衡阳王昌,独留安成王顼,意者以兄子难信,不若母弟之可亲欤?迨病至弥留,谬言禅位,兄以伪言铦弟,弟亦以伪态对兄,彼此相示以伪,卒至嗣子失国,悍叔登基,防人者终出于所防之外,作伪果何益乎?到仲举、韩子高等,为主而死,死尚足称;刘师知亲逼梁主,不忠不义,其死盖已晚矣。

第七十四回

昵奸人淫后杀贤王　信刁媪昏君戮胞弟

却说陈始兴王伯茂,被贬出内城,突遇盗众攒击,晕倒车中,立即殒命。门吏当然报闻,由朝中颁令索捕,过了数日,不得一盗,都下才晓得是陈顼所遣了。是时已是光大二年仲冬,距来春不过月余,内外百官,俱请顼登位。顼佯为谦让,故意迟延,到了次年元旦,始就太极前殿,御座受朝,改元太建,仍复太皇太后为皇太后,皇太后为文皇后。立妃柳氏为皇后,世子叔宝为太子,次子康乐侯叔陵为始兴王,奉昭烈王前谭遗祀,三子建安侯叔英为豫章王,四子丰城王叔坚为长沙王。所有内外文武百官,当然有一番封赏,不及细表。越年皇太后章氏去世,谥为宣太后,丧葬才毕,临海王伯宗,忽然暴亡,年仅十九,在位不满二年,史家号为陈废帝。看官,试想这暴亡的原因,自有形迹可寻,毋庸小子絮述了。含蓄得妙。废帝皇后王氏,已降为临海王妃,由陈主顼下诏抚慰,令故太子至泽袭封王爵,妥为奉养。至泽年仅四龄,晓得什么孝事,不过一线未绝,还算是新主隆恩,这且待后再表。

且说陈主顼窃位年间,便是齐主湛稔恶期限,恶贯满盈,当然告终。自湛为太上皇,所有执政诸臣,如赵彦深、元文遥、和士开等,揽权如故,河间王孝琬,见时政日非,每有怨语,且用草人书奸佞姓名,弯弓屡射。当由和士开等入白上皇,谓孝琬不法,妄用草人,比拟圣躬,昼夜射箭。湛正虑多病,听到此言,不觉怒起,又因当时有童谣云:"河南种谷河北生,白杨树端金鸡鸣。"士开即指河南北为河间,金鸡鸣三字,隐寓金鸡大赦意义,谓谣言当出自孝琬,摇惑人心。湛即拟召讯,可巧孝琬得着佛牙,入夜有光,孝琬用綮悬幡,置佛牙前。孝琬所为,亦多痴呆。湛立派人搜检,得綮幡数百张,目为反具,因使武卫将军赫连辅玄,召入孝琬,用鞭乱挝。孝琬呼叔饶命,湛怒叱道:"汝何人?敢呼我为叔?"孝琬道:"臣神武皇帝嫡孙,文襄皇帝嫡子,魏孝静皇帝外甥,为什么不得呼叔!"湛怒且益甚,竟用巨杖击孝琬足,扑喇一声,两胫俱断,孝琬晕死

第七十四回　昵奸人淫后杀贤王　信刁媪昏君戮胞弟

湛命将尸骸拖出，槁葬西山。孝琬弟安德王延宗，高澄第五子。哭兄甚哀，泪眦尽赤，并为草人比湛，且鞭且问道："何故杀我兄？"又是一个愚人。不意复为湛所闻，令左右将延宗牵入，置地加鞭，至二百下。延宗僵卧无声，湛疑他已死，乃令舁出，延宗竟得复苏，湛亦不再问。

秘书监祖珽，希望秉政，条陈赵彦深、元文遥、和士开等罪状，令好友黄门侍郎刘逖呈入。逖不敢转呈，赵彦深等已有所闻，先向上皇处自陈。湛命执珽穷诘，珽因和士开等朋党弄权，卖官鬻爵等事。前日结士开，今日攻士开，小人情性，往往如此。湛又动恼道："尔乃诽谤我！"珽答道："臣不敢诽谤，但惜陛下有一范增，不能信用。"湛瞋目道："尔自比范增，便目我为项羽么？"珽复道："羽一布衣，募众崛起，五年成霸业，陛下借父兄遗祚，才得至此，臣谓陛下尚不及项羽！"这数语益触湛怒，令左右把珽缚住，用土塞口，珽且吐且言。也想卖直，实是狂奴。湛命加鞭二百，发配甲坊。嗣复徙往光州，置地牢中，夜用芜菁子为烛，目为所薰，竟致失明。

左仆射徐之才善医，每当湛病，必召令诊治，随治随痊。和士开欲代之才位置，出之才为兖州刺史，湛果令士开为左仆射。不到一月，湛病复发，遣急足追征之才，之才未至，湛已濒危。召士开嘱咐后事，握手与语道："幸勿负我！"替汝至胡后寝处格外效劳何如？言毕遂殂。越日之才乃至，士开伪言上皇病愈，遣还兖州。

一连三日，秘不发丧。黄门侍郎冯子琮，为胡后妹夫，入问士开意见。士开道："神武、文襄丧事，皆秘不即发，今至尊年少，恐王公或有贰心，故必经大众议妥，然后发丧。"子琮道："大行皇帝，传位今上，朝贵一无改易，何有异心？时异势殊，怎得与前朝相比！且公不出宫门，已经数日，升遐事道路皆知，若迟久不发，朝野惊疑，那时始不免他变了。"独不怕汝姨姊加嗔么？士开乃下令发丧，追谥上皇为武成皇帝，庙号世祖。湛在位五年，为太上皇又四年，年只三十二岁。太上皇后胡氏，至是始尊为皇太后。胡氏与和士开相奸，已见前文，此次更毫无顾忌，好与士开日夕言欢，偏被冯子琮说破，不得不举行丧葬，令士开出宫办事。

太尉赵郡王叡，与侍中元文遥等，又恐子琮倚太后援，干预朝政，因与士开会商，出子琮为郑州刺史。当时齐廷权贵，除和士开、赵彦深、元文遥外，尚有司空娄定远、开府三司唐邕、领军綦连猛、高阿那肱、度支尚书胡长粲，俱得柄政，齐人号为八贵。赵郡王叡，大司马冯翊王润，安德王延宗，润与延宗，注皆见前。与娄定远、元文遥等，并入白齐主纬，请出士开就外任。看官，试想士开系皇太后的私人，哪肯听他外调，自取寂寞？齐主纬生性昏懦，当然拗不过太后，所以众论纷纷，始终不得邀准。会胡太后出御前殿，觞宴朝贵，赵郡王叡，挺身出奏道："和士开为先帝弄臣，受纳贿赂，秽乱宫掖，臣等义难杜口，所以冒死直陈。"胡太后怫然道："先帝在时，王等何不早言？今日欲欺我孤寡么？且饮酒，勿多言！"叡词色益厉，脱冠投地，拂衣而出。娄定远、元文遥等，亦皆离座自去。

翌日叡等复至云龙门，令文遥入劝士开，三入三返，终不见从。左丞相段韶，使胡长粲传太后谕旨道："梓宫在殡，事太匆匆，欲王等三思后行！"叡等乃拜命散归。长粲复命，胡太后喜道："成全妹母子家，实出兄力！"原来长粲为胡后兄，故如是云云。何不谓成全假夫妇，实出兄力！胡太后及齐主召问士开，士开道："陛下甫经谅暗，大臣皆有觊觎；今若出臣，正是翦陛下羽翼。何不传语叡等，但说文遥与臣，并经先帝任用，可并出为州吏，待山陵事毕，然后遣行。"两宫皆以为然，如言颁敕，授士开为兖州刺史，文遥为西兖州刺史。待至奉葬已毕，叡等促士开就道，胡太后又欲留住士开，谓俟百日卒哭后，方令赴任。总之不肯舍去。叡不肯许，复入内苦争，胡太后令酌酒赐叡。叡正色道："今论国家大事，何曾为酒一卮！"言讫趋出，当下令娄定远等，监住宫门，不准士开复入。

士开窘极无聊，乃特采美女二人，珠帘一具，亲送定远。定远心喜，便问士开来意，士开道："在内久不自安，今得外调，实如本愿，但乞公等保护，长为大州，已感德不浅了！"定远信为真言，送出门外，士开复道："今当远出，愿入内辞觐二宫。"定远许诺，士开遂得入内，向二宫前跪陈道："先帝升遐，臣愧不能从死！窃看朝贵意旨，仍将行乾明故事，乾明系废帝殷年号。臣出后必有大变。臣受先帝厚恩，愧无面目相见地下！"说至此，伏地恸哭，胡太后与齐主纬，并皆泪下。一是恐失所欢，一是恐不保位。亟向士开问计，士开道："臣已得入，尚复何虑？但教数行诏书，便可了事。"胡太后忙令士开草诏，出定远为青州刺史，责赵郡王叡

第七十四回 昵奸人淫后杀贤王 信刁媪昏君戮胞弟

无人臣礼,即日颁发出去。赵郡王叡接得诏书,不由得愤闷万分,勉强过了一宵,翌晨即冠带入谏。妻子等统皆劝阻,叡勃然道:"社稷事重,我宁死事先皇,不忍见朝廷颠沛呢!"遂拂袖径行。既入朝门,又有人与语道:"殿下不宜入宫,恐将及祸!"叡又道:"我上不负天,死亦无恨!"遂入谏胡太后,坚守前议。太后默然不答,返身入内。叡悯悯出宫,行至永巷,突被卫兵拘住,牵至华林园,被武士勒死,年才三十六。大雾三日,中外称冤。愚直之咎。

王贾毅后淫人衰睡

和士开仍复原任,依然出入宫禁,好与胡太后长叙幽欢。娄定远见风使帆,还归士开原赂,且加送珍玩,巴结士开。士开方不念旧恶,彼此相安。领军高阿那肱素与士开友善,又尝入侍东宫,希旨承颜,是他能手。齐主纬格外加宠,特擢为尚书令,封淮阴王,另进前东宫侍卫韩长鸾为领军。又有宫婢陆令萱,前坐本夫骆超谋叛罪名,没入掖庭,巧黠善媚,得胡后欢。想是做和士开的牵头。纬幼冲时,常使令萱保抱,呼为乾阿妳,渐渐的倚势弄权,独擅威福。至纬得受禅,竟封令萱为郡君。令萱子名提婆,随母入宫,与纬朝夕戏狎,亦得拜官受禄。母子蟠踞宫禁,势焰无比。和士开、高阿那肱俱老着脸皮,愿为陆令萱义儿。纬后斛律氏,有从婢穆黄花,生得轻盈妖艳,荡逸飘扬,纬爱她秀冶,时令入侍。穆黄花知情识意,乐得移篷近舵,卖弄风骚。纬被她勾引,哪里按捺得住,便把她引入床帏,颠鸾倒凤,备极绸缪。自经过这一番云雨,益邀宠眷,特赐她一个佳名,叫作舍利。想是视做佛上圆光。此后便收为嫔御,擅宠专房。陆令萱欲借为奥援,很与相昵,穆氏亦呼她为养母。也是惺惺惜惺惺。你称我赞,争向齐主前说项,齐主纬竟封令萱为女侍中,穆舍利为弘德夫人。令萱子提婆,与穆舍利称兄道妹,就乘此冒姓为穆,穆夫人又替他揄扬,得为开府仪同三司。还有陆令萱弟悉达,也得夤缘进身,一岁三迁,居然与提婆同官,位至开府。

前秘书监祖珽已蒙齐主纬赦出地牢,得为海州刺史,至是复思干进,因贻书悉达道:"赵彦深心腹阴沉,早欲行伊霍故事,仪同姊弟,岂得平安?何不早用智士,为自全计!"悉达转语令萱,令萱复转告和士开。士开因珽有胆略,亦欲引为谋主,乃蠲弃前嫌,借德报怨,特与令萱同白齐主道:"襄宣昭三帝,皆不能传子,今至尊独在帝位,统是祖珽一人的功劳,珽德行虽薄,谋略有余,缓急可使,且双目已被熏盲,必无反心!"齐主纬正怀念祖珽,听了此言,急颁赦敕召入,许复原官。

陇东王胡长仁,系胡太后兄,不悦士开,士开即暗中进谗,出长仁为齐州刺史。长仁怨愤,谋遣刺客杀士开。偏为士开所知,向珽计议,珽引汉文帝杀薄昭事,作为援证。当由士开转白太后,一道诏令,竟将长仁刺死州廨。宁可杀亲兄,不可死情郎。且进士开录尚书事,改封淮阳王。命兰陵王长恭为太尉,琅琊王俨为太保,赵彦深为司空,徐之才为尚书令,唐邕为左仆射,冯子琮为右仆射。子琮素依附士开,既得重任,不由得自大起来,一切录用,不向士开预商。士开未免介意,只因子琮为太后亲属,一时不便摔去,独琅琊王俨,系齐王纬胞弟,素得父母爱宠。高湛在日,尝欲废纬立俨,事不果行。俨见和士开、穆提婆二人,大修宅第,颇为不平,尝语二人道:"君等营宅,早晚可成,何为迟延若此?"二人知他语带讥讽,阴怀猜忌,且互相告语道:"琅琊王眼光奕奕,数步射人,前时偶与相对,不觉汗出,天子门奏事,尚不至此,此人若常握大权,我两人死无葬地了!"遂朝夕入谮,出俨居北宫,免太保官,只留中丞一职,限令五日一朝。当时寡廉鲜耻的朝士,见士开扳倒亲王,愈加谄附,多拜士开为假父。士开偶患伤寒,医云须服黄龙汤。看官道黄龙汤为何物?乃是多年的粪汁。士开不愿进饮,很有难色。适有一假子省疾,见了此汤,便请先尝,一喝即尽。此等人只配吃粪屎。士开甚喜,也把粪汁取饮少许,果然渐瘥。独治书侍御史王子宜,与琅琊王友善,探得士开等密谋,更欲徙俨出外,乃入北宫语俨道:"殿下被疏,统由士开谗间。近闻士开又欲移徙殿下,殿下何可轻出北宫,与百姓为伍呢?"俨

第七十四回　昵奸人淫后杀贤王　信刁媪昏君戮胞弟

左右开府高舍洛、中常侍刘辟强,亦劝俨早自为计,毋为人制。俨乃密召冯子琮入商,屏人与语道:"士开罪重,儿欲杀死此贼。"子琮已与士开有嫌,当即赞成,许为援助。俨即令子宜奏弹士开,请收禁推讯。子琮收入奏牍,并搀杂另外文书,进呈御览。齐主纬略略省视,即觉厌烦,便语子琮道:"可行便行,朕不耐阅此。"子琮巴不得有此语,便令领军库狄伏连,收系士开。伏连请再复奏,子琮道:"琅琊王入奏邀准,何须再奏!"伏连乃夜遣甲士五十人,伏住神兽门外,待士开凌晨入朝,把他拘住,送交廷尉。一面报知北宫,俨大喜过望,即遣心腹将冯永洛,往斩士开。

士开伏诛,俨觉尚不肯罢手,索性欲拥俨废主,逼俨率军士三千人,屯千秋门。齐主纬始闻急变,忙命刘桃枝奉敕召俨,俨答说道:"士开谋反,臣所以矫诏除奸;尊兄若欲杀臣,不敢逃罪;如蒙赦宥,请令姊姊来迎!"姊姊指陆令萱,齐俗呼母为姊姊,见前注。俨欲诱杀令萱,故有此语。桃枝返报,令萱适侍主侧,料知俨意不佳,且惧且泣。齐主纬再使韩长鸾召俨,许令免死。俨欲应命,刘辟强牵衣谏阻道:"若不杀穆提婆母子,殿下万不可进去!"俨乃拒绝长鸾。

纬得长鸾回报,不禁惶急,便入启胡太后。太后闻士开被杀,已是悲痛交并,又见纬前来泣诉,益觉愤不可耐,便道:"逆子可恨,尔可速召斛律光,使执逆子入宫!"纬乃趋出,亟召斛律光入议。光闻俨杀死士开,抚掌大笑道:"龙子所为,原是不凡!"遂入见齐主,齐主正召集卫士四百人,发给甲械,将要出战,光面启道:"小儿辈弄兵,一与交手,反致激乱。鄙谚有言:奴见大家臣妾呼天子为大家心死,至尊宜自至千秋门,琅琊王必不敢动。"说着,即导纬前行,至千秋门外,由光朗声呼道:"大家来!"俨党素惮光威,相率骇散。齐主纬立马桥上,遥呼俨名,俨尚趑趄不进。光抢步上前,握住俨手,且笑且语道:"天子弟杀一汉奴,何必慌张!"遂牵俨至齐主前,并为代请道:"琅琊王尚在少年,脑满肠肥,举动轻率,将来年纪长成,自知改过,愿曲为恕罪!"煞费调停。齐主乃拔俨佩刀,但用刀环击俨首数下,便即释去。收捕库狄伏连、王子宜、高舍洛、刘辟强、冯永洛等,缚住后园,由纬亲自射死,然后枭首,把尸支解,暴示都市。胡太后召俨入宫,面加叱责,俨泣答道:"是子琮教儿。"太后留俨在宫,使人绞杀子琮。独不顾亲妹么!齐主欲尽杀俨府官吏,斛律光、赵彦深力为劝阻,方论罪有差。

即而祖珽与陆令萱连谋,出赵彦深为兖州刺史,因即设法图俨。令萱密白齐主道:"琅琊王聪明雄勇,当今无比。看他相

表,必不肯为人下,不若早除为妙!"纬尚未决,召珽入问。珽又引出两条故事,一是周公诛管蔡,一是季友鸩庆父。专用故事杀人,所谓才足济奸。纬乃决意诛俨,使右卫大将军赵元侃,诱俨出诛。元侃顿首道:"臣尝服事先帝,见先帝很爱琅琊王,今宁就死,不敢闻命!"纬变色道:"汝不愿行此事,可出去罢!"元侃拜谢而出。即有诏敕随下,出元侃为豫州刺史。

纬自入启太后道:"明旦欲与仁威出猎。"仁威系俨表字。太后许诺,但令纬早去早回。夜才四鼓,纬即使人召俨,俨颇动疑。陆令萱驰入道:"尊兄唤儿,奈何不往!"俨乃趋出。甫至永巷,突遇刘桃枝把俨缚住,俨大呼道:"乞见姑姑尊兄。"姑姑指胡太后,注见前。桃枝用袖塞俨口,反袍蒙头,负至大明宫,用力勒死,年仅十四。用席包尸,埋葬室内,然后复命。纬使人禀白太后,太后临哭十余声,便被左右拥入宫中。这是齐武平二年间事。齐尝改天统六年为武平元年。越年三月,始加棺殓,出葬邺西,追赠俨为楚帝,谥曰恭哀。俨妃李氏,遗腹生男,亦被幽死。惟号李氏为楚后,使入居宣则宫,借慰太后悲怀。其实胡太后也颇恨俨,害死情郎应该加恨。后因另结情人,把和士开撇过一边,始复忆及亲子。但死人不可重生,不得已勉抑悲哀,别图欢乐,又做出许多丑事来了。小子有诗叹道:

第七十四回　昵奸人淫后杀贤王　信刁媪昏君戮胞弟

宫闱干政尚遭讥，况复淫昏不识非；
才信古人严礼教，要端闺范在防微。

欲知胡太后后来情事，试看下回便知。

　　赵郡王叡，与琅琊王俨，俱为和士开一人而死，叡之死，比俨更冤。俨得杀士开，尚足泄一时之愤，而叡第知强谏，竟死牝后淫人之手，设九泉之下，叔侄重逢，（叡为俨从叔。）叡毋乃自笑弗如乎！然叡与俨之所为，俱以忿率致亡。叡误于太愚，俨误于太莽，不能顾全大局，徒与一幸臣拼命，击之不中，徒自伤躯，击之幸中，亦不过除得一奸，盈廷皆妇女小人，徒除一蠹，果有何益！且屯兵逼主，尤属非是，辛之亦自杀其身而已。读此回，不禁为叡悲，尤不禁为俨惜矣。

第七十五回

斛律光遭谗受害　宇文护稔恶伏诛

　　却说胡太后失去和士开，又害得寂寞无聊，她是个淫妇班头，怎肯从此歇手，遂借拜佛为名，屡向寺院中拈香。适有一个淫僧昙献，身材壮伟，状貌魁梧，为胡太后所中意。昙献亦殷勤献媚，引入禅房，男贪女爱，居然谐成了欢喜缘。胡太后托词斋僧，取得国库中金银，贮积昙献席下，复将高湛生平所御的宝装胡床，亦搬入寺中，与昙献共同寝坐。嗣又因内外相隔，终嫌未便，索性召入内庭，使他唪诵经咒，超荐亡灵，朝朝设法，夜夜交欢，正所谓其乐融融了。昙献又召集许多徒众，会诵一堂，胡太后赐号昭玄统僧，僧徒却戏呼昙献为太上皇。宜呼为太上僧。就中又有两个少年僧侣，面目秀嫩，好似女子一般。胡太后复不肯放过，陆续召幸，且夕不离。但恐为皇儿所知，索性叫他乔扮女尼，搽脂画粉，希图掩饰。齐主纬有时入省，起初尚未曾留意。后来二僧妆点愈工，姿态愈妍，惹得齐主亦觉动目，遂想出一法，给二僧至别室，迫令侍寝。二僧抵死不从，纬召婢媪等强褫僧衣，欲与行淫。哪知二僧的下体，与纬相同，纬且惊且怒，才知母后有苟且行为。当下亲加讯鞫，二僧无从抵赖，只好实供，并及昙献肆淫事。纬即收诛昙献，并命二僧一体伏法。何不留作妾童！又遣宦官邓长颙，率领众阉，徙胡太后至北宫，把她幽禁起来。

　　陆令萱趁这机会，竟想代做太后，密与祖珽熟商，珽又引出一条故典，说是魏太武帝焘，曾尊保母窦氏为保太后，借古证今，无不可行。亏他想出。且出语朝士道："陆虽妇人，实是豪杰，女娲以来，得未曾有哩。"令萱亦称珽为国师，珽得进任左仆射。惟陆为太后，始终无人赞成，因此令萱枉费一番心思，徒乐得画饼充饥，倒反作成了一个祖珽。

　　珽势力日盛，朝野侧目，独太傅咸阳王斛律光，素来嫉珽，每见珽在朝右，辄遥骂道："阴毒小人，今日又不知作何计！"复召语诸将道："边境消息，兵马处分，从前赵令恒彦深字令恒在朝，尝与我辈参议，今盲人

第七十五回　斛律光遭谗受害　宇文护稔恶伏诛

入掌机密,并未会商,国家事恐终为所误哩!"诸将相率叹息。斑知光恨已,赂光从奴,密问光有无讥评,从奴答道:"相王每夜抱膝闷坐,尝自叹道:'盲人入朝,国必危亡。'"斑闻得此语,当然挟嫌。开府穆提婆,求娶光庶女为妇,光又不许。齐主拟拨晋阳田,赏给提婆,光复入谏道:"此田自神武以来,累年种禾饲马,为御寇计,若赐给提婆,岂非与军务有碍么!"齐主乃止。提婆从此怨光,遂与祖斑日伺光隙。

光为斛律后父,累世勋贵,一门衣锦。弟羡为幽州刺史行台尚书令,雅善治兵,士马精强,斥堠严整,突厥尝加畏惮,称为南可汗。长子武都,为开府仪同三司,领梁、兖二州刺史,尚高洋女义宁公主。光父金在日,尝语光道:"我虽不读书,闻古来外戚,如汉朝梁冀等,无不倾灭。女若得宠,诸贵人必多妒忌,女若无宠,天子又多生憎。我家以忠勤致贵,断不可借女生骄,我本不欲尔女入宫,无如累辞不获,深以为忧!"炎炎者灭,隆隆者绝,斛律金颇知此义,可惜后来复蹈此辙。及金年老去世,光颇遵父训,持身节俭,事主忠诚,不好声色,不贪权势,杜绝馈遗,罕见宾客。每当朝廷会议,常独后言,言必合理,或有疏奏,使人执笔起草,自己口授,概从朴实。行军仿乃父遗法,营舍未定,终不入幕。在营不脱甲胄,临阵时辄身先士卒,士卒有罪,惟用杖挞背,未尝滥杀,众皆乐为效力。自洛阳鏖兵后,见七十三回。受官右丞相,领并州刺史,屡与段韶出兵攻周,周勋州刺史韦孝宽,也是一员良将,与光交战汾北,竟至败北。光得拓地五百里,就西境筑十三城,立马举鞭,指画基址,数日告成。段韶亦得拔周定阳,擒归汾州刺史杨敷。敷至邺都,不屈被杀。齐主纬已宠任群小,不愿用兵,召还光、韶两军。韶未及还邺,病殁军中。韶为神武皇后娄氏甥,即段荣子。将略与光相亚,然性颇好色,尝纳魏黄门侍郎元瑀妻皇甫氏为妾,宠过正嫡,时论因劣韶优光。韶亦北齐名将,故随笔带叙生卒。余如先朝勋戚,百战功臣,均依次谢世。独光尚岿然独存,为齐柱石。周人不敢越境生事,亦未尝自夸功绩。

惟周勋州刺史韦孝宽,被光杀败,尝欲报恨,特构造谣言,使间谍传入邺中,有"百升飞上天,明月照长安"二语;又云:"高山不推自崩,槲木不扶自举。"祖斑知言中寓意,索性又续下二句道:"盲老公背受大斧,饶舌老母不得语。"因暗令小儿遍歌市中。穆提婆听着,入白令萱。令萱未尽得解,因召斑入询语意。斑故意想了一会,乃笑说道:"得着了! 得着了! 百升是一'斛'字,明月是斛律丞相表字,盲老公是指珽,饶舌老母是指尊颜,余言可不烦索解了。"令萱惶急道:"如此说来,非但危

斛律光遭谗受害

及尔我,并且危及国家,怎可不即日启闻!"遂并将谣言入启齐主,且为齐主解释意义。齐主迟疑道:"莫非斛律丞相尚有异图么?"珽即接入道:"斛律氏累世掌兵,明月声震关西,丰乐美字丰乐威行突厥,女为皇后,男尚公主,今有此谣言,正足令人生畏呢!"齐主不答,俟珽等趋出,召问领军韩长鸾,长鸾却谓斛律光必无贰心,乃搁置不提。珽见宫廷中毫无举动,因复入见齐主,称有密启。齐主屏去左右,唯留幸臣何洪珍在侧。珽尚未及言,齐主纬即与语道:"前得卿启,便欲施行,韩长鸾谓必无此理,所以中止。"何洪珍不待珽言,抢先进词道:"若本无此意,可作罢论;既有此意,尚未决行,倘事机泄露,反为不妙!"珽亦加说数语,请齐主从洪珍言。齐主纬乃点首道:"洪珍言是,我知道了!"珽才趋出。

纬本怯弱,终未能决。会又接丞相府佐封士让密启,略言斛律光奉召西归,即欲引兵逼主,事不果行。今闻该家私蓄弩甲,及奴僮千数,且常遣使至丰乐武都处,阴谋往来,若不早图,变且不测云云。这也是由祖珽唆使出来。纬览此密启,因语何洪珍道:"人心原是灵敏,我常疑光欲反,不意果然!"实是呆鸟,还自夸灵敏么? 说着,即命洪珍转告祖珽,并向珽问计。珽说道:"这有何难! 可由皇上赐一骏马,但说明日当游幸东山,王可乘此马同行。那时光必入谢,只须二三壮士,便可捕诛此獠。"洪珍即还报齐主,齐主纬依议施行,果然光中珽计,单骑入谢,行至凉风

第七十五回　斛律光遭谗受害　宇文护稔恶伏诛

堂,下马步趋,蓦有人从后猛扑,几至被仆。幸亏脚力尚健,兀自站住,回顾身后,但见刘桃枝怒目立着,因呵叱道:"桃枝你如何惯作此事?我实不负国家!"桃枝不答,复麾集力士三人,把光扑倒,用弓弦冒住光颈,将光扼死,颈血溅地,历久犹存。可称为碧血千秋。

于是由齐主下诏,诬光谋反,遣宿卫兵至光第,拘执光子世雄、恒伽,勒令自尽。惟少子钟年仅数龄,幸得免死。祖珽使郎官邢祖信籍没光家。祖信报珽,得弓十五,宴躬箭百,刀七,赐槊二。珽厉声问道:"此外尚有何物?"祖信亦抗声道:"得枣杖二十束,闻拟处置家奴,凡奴仆犯私斗罪,杖一百。"珽不觉增惭,柔声与语道:"朝廷已加重刑,郎中何必代雪呢!"祖信怆然道:"祖信为国家惜良相!"说毕趋退。旁人咎他过直,祖信道:"贤宰相尚死,我何惜余生呢!"此人亦不可多得,故特叙入。

齐主又遣使至梁州,杀光长子斛律武都,再命中领军贺拔伏恩,乘驿捕斛律羡。伏恩至幽州,尚未入城,门吏驰入报羡道:"来使衷甲,马身有汗,恐不利将军,宜闭门不纳!"羡叱道:"敕使岂可疑拒?"遂出迎伏恩。伏恩宣诏毕,即把羡拿下,就地取决。羡临刑自叹道:"富贵至此,女为皇后,公主满家,天道恶盈,怎得不败!"遂从容受刑,五子皆死。伏恩等还都复命,除陆令萱母子及祖珽奸党外,无不称冤。独周将军韦孝宽得信大喜,自幸秘计告成,急报知周主邕。周主也喜出望外,下诏大赦,举朝庆贺,互相告慰道:"斛律受诛,齐虏在吾目中了!"为周灭齐张本。

齐主纬后斛律氏,貌本平庸,未得主宠,至是亦连坐被废,迁居别宫。胡太后自愧失德,求悦齐主,特召入兄女,炫服盛装,与齐主相见。齐主是登徒子一流人物,见有姿色女郎,差不多肢体俱酥。当下问明姓氏,乃是前陇东王胡长仁女。父已受诛,女尚未字,乐得把她留住,做一对中表鸳鸯。胡女已受太后密嘱,曲意承欢,齐主纬越加怜爱,当即册为昭仪。就中有一个情敌,就是弘德夫人穆舍利。穆舍利已生一男,取名为恒,齐主未有储嗣,特命斛律后抚养。才阅半年,即立为皇太子。此次斛律后废黜,穆夫人应该补升,偏被胡昭仪夹入,转令穆氏多一对头。胡太后复立侄女为后,料知穆氏义母陆令萱,必帮助穆氏,出来反对,不得已卑辞厚礼,结好令萱,约为姊妹。令萱至此,反觉左右为难,只因胡昭仪宠幸方隆,更由胡太后从中嘱托,乃与祖珽入白齐主,立胡昭仪为皇后。胡后深感姑恩,便提起母子大义,责备齐主,枕席私言,容易动听;况齐主纬已忘前嫌,所有北宫稽查,早命撤销,此次闻胡后语,便将太后迎还奉养。母子姑侄,团圆欢聚,自在意中。胡太后计非不佳,但可暂不可久奈何!

独这阴柔狡黠的穆夫人,平白地将后位让人,如何忍受得住?当下埋怨陆令萱,说她无母女情。令萱也觉自悔,便慰穆氏道:"汝休性急,不出半年,管教汝正位中宫!"穆氏泣道:"我非三岁婴孩,何必哄我!"令萱对她设誓,决计替她转圜,穆氏尚似信非信。果然过了月余,齐主纬屡至穆氏寝室,申叙旧欢。穆氏半喜半嗔,佯劝纬往就中宫,纬作色道:"皇后不知惹着何病,非痴非癫,想是有些失心疯了,朕不愿见她!"穆氏亦暗暗疑讶,默料必令萱所为,但亦未识她用着何术。只因齐主已经转意,自然提起精神,笼络齐主。陆令萱又乘间启奏道:"天下有男为太子,母为奴婢么?"齐主默然,令萱乃出。

已而齐主复选得二女,一姓李,一姓裴,皆是美色,号李氏为左娥英,裴氏为右娥英。这取名的原因,是本舜妃娥皇女英,并合为一。令萱不禁替穆氏着急,便为穆氏设法,别造宝帐及枕席器玩等具,俱为世所罕见,令穆氏穿着后服,满身珠翠,装束如天仙相似,静坐帐中。令萱即往白齐主道:"有一圣女出世,大家何不往看!"齐主便即随行,由令萱引至穆氏坐处,揭开宝帐,即有一种兰麝奇芬,沁人心脾。约略一瞧,果见一丽姝端坐,仿佛似巫山神女,姑射仙人。齐主不觉喝彩,及丽姝起身出迎,仔细端详,才认识是穆夫人。齐主笑指令萱道:"陆太姬真会弄乖!"令萱亦笑答道:"似此丽质,尚不配做皇后,试问陛下将择何人?"好似玩弄小儿。齐主道:"天子只有一后。"令萱便接口道:"舜纳尧二女为妃,便是二后。舜为圣主,难道不可效法么?"对症用方。齐主大喜,是夕即与穆氏并宿宝帐中,竭尽欢娱。次日即立穆氏为右皇后,号胡氏为左皇后。

穆氏意尚未足,再托令萱设策,除去胡氏。令萱许诺,屡次入见胡太后。一日至太后前,佯作嗔语道:"何物亲侄女,作如此语!"太后惊问何因?令萱又摇首不答。经太后一再固问,方低声说道:"胡后语大家云:太后行多非法,不足为训。"这语说出,激动太后怒意,立召胡后

第七十五回　斛律光遭谗受害　宇文护稔恶伏诛

来前，命左右剪去后发，遣回家中。落入圈套，还不自知，徒断送了一个侄女。穆氏遂得独为皇后。令萱向她道贺，穆氏亦敛衽拜谢，惟问及胡后致病事，令萱但微笑不言。看官道是何故？无非由令萱使人厌蛊，除害胡后罢了。嗣是穆提婆、高阿那肱、韩长鸾，共处钧轴，号为三贵。祖珽得总知骑兵、外兵事。宵小横行，内外蒙蔽，要把这高氏宗社，轻轻断送了。小子姑从慢表，且述周事。

自周主邕，与突厥连和，两次侵齐，俱遭败挫。见七十二、七十三回。太师宇文护由弘农退还，与诸将入朝请罪，周主邕一体赦免。越年春季，周改保定六年为天和元年，屡遣使至突厥迎婚。突厥木杆可汗，因齐人强盛，向齐通使，又欲与齐连姻，不愿送女适周。周使臣陈公宇文纯，宇文泰第九子。许公宇文贵，神武公窦毅，南阳公杨荐等，俱被留住，好几年不得归国。宇文纯等再三请求，终不见允。会突厥遇大风雨，兼大雷震，旬日不止，番帐汗庭，均被漂坏，木杆恐是天谴，不合向周悔婚，乃将爱女阿史那氏，遣嫁周主，与宇文纯等偕至长安。周主邕行亲迎礼，出郊迎女，入宫备册，立阿史那氏为皇后。后虽出番族，貌颇端妍，邕尝优礼相待，两无间言。会宇文护母阎氏病殁，赙恤甚优。护丁艰避位，不到数月，即令起复，入朝视事。至天和五年，且由周主邕下敕，加护殊礼。诏书有云：

盖闻光宅曲阜，鲁用郊天之乐。地处参墟，晋有大蒐之礼。所以言时计功，昭德纪行，使持节太师都督中外诸军事柱国大将军大冢宰晋国公体道居贞，含和诞德，地居戚右，才表栋隆。国步艰难，寄深夷险，皇纲缔构，事均休戚。今文轨尚隔，方隅犹阻，典策未备，声名多阙，宜赐轩悬之乐，六佾之舞，崇奖功德，公其勿辞！

这诏书上面，连护名俱未称及，正是宠荣异数，自古罕闻。护性颇宽和，实昧大体，自恃功高，久揽政柄，所居私第，常屯兵护卫，威逾宫阙。诸子僚属，皆倚势作奸，蠹国殃民。护亦全不过问，任彼所为。周主邕深自晦匿，不加干预，一班王公大臣，也猜不透周主意旨，大都旅进旅退，虚与周旋。至天和七年三月朔，日食几尽，护乃召问稍伯大夫庾季才道："近日天象如何？"大约想篡位了。季才答道："蒙恩深厚，敢不尽言，近日天象告变，公宜归政天子，请老私门，庶几名同旦奭，寿享期颐，子子孙孙，常作屏藩；否则非季才所敢知了！"护若肯从此言，何至遽死？

护沉吟多时,方微吁道:"我亦作此想,但恐不得辞,所以蹉跎至今。公既为王官,可入依朝列,无须另参寡人!"季才知护介意,唯唯而去。嗣复陈书谏护,语极

恳挚,护怎肯依议,反与季才有嫌。哪知宫中已密为安排,要将他一刀两段,送入冥途。

先是卫公宇文直,与护相亲,自沌口一败,直坐免官,遂至怨护。沌口战事,见七十三回。尝密白周主道:"护若不诛,必为后患。"周主邕乃屡与计议。又有右宫伯中大夫宇文神举,宇文泰族子。内史下大夫王轨,右侍上士宇文孝伯,宇文深子。也与周主同谋,议定一策,以对权臣。三个缝皮匠,比个诸葛亮。适护出巡同州,还都复命,周主邕御文安殿,面加慰劳。护请入省叱奴太后,周主邕怅然道:"太后春秋已高,颇好饮酒,一或过醉,喜怒乖方,近虽犯颜屡谏,未蒙垂纳,兄今入省,愿更为启请。"说至此,即从怀中取出酒诰,交与护手道:"烦取此入谏太后!"护当然接受,与周主邕一同进去。既见叱奴太后,问过了安,太后命护旁坐。护因周主邕嘱托,尚立读酒诰。周主阴执玉珽,走至护后,猛力击护,护猝致倒地。周主令宦官何泉,用御刀斫下,泉不觉手颤,斫护未伤。卫公直已伏匿户侧,一跃而入,手起剑落,把护劈成两段。该死久矣!太后惊起,由周主邕婉言陈诉,谓护谋害两宫,所以诱诛。太后自然无言。邕即召入宫伯长孙览,收捕护子谭公会,莒公至崇,业公静正,平公乾嘉,及乾基、乾光、乾蔚、乾祖、乾威等,悉数伏诛,又杀护党柱国侯伏、侯龙恩,大将军侯万寿、刘勇,中外府司录尹公正、袁杰,膳部下大夫李安。

第七十五回　斛律光遭谗受害　宇文护稔恶伏诛

时雍州牧齐公宪，为护亲任，赏罚黜陟，多所参预。至是由周主召入，勉励数语。宪免冠拜谢，乃使诣护第收兵符及诸文籍。卫公直素来忌宪，劝周主并宪加诛，周主不许。及宪入复命，闻李安亦在诛例，便面启道："安出自皂隶，唯主庖厨，向未预闻朝政，何足加戮！"周主正色道："世宗暴崩，实安所为，弟难道全未闻知么？"宪惶恐趋出。护世子训为蒲州刺史，即夕遣越公宇文盛，乘驿召还，至同州赐死，次子昌城公深，出使突厥，亦命开府宇文德赍去玺书，诛死道中。当下颁诏罪护，除首从已正典刑外，余皆肆赦，复改天和七年为建德元年。小子有诗斥护道：

怙权肆逆久稽诛，一死犹嫌未蔽辜；

玉珽扑身奸贼倒，九京才得慰宁都！宁都见前文。

护既就诛，周主亲政，当然有一番封赏。欲知何人代护，下回再当续详。

本回叙述，足为斛律光、宇文护两人合传。斛律光为高氏懿亲，效忠王室，足慑强邻。光不死则齐不亡，乃为宵小所排，卒遭惨死，齐之不永也宜哉！但功高震主，罕得保全，斛律金平生寄慨，斛律羡临死兴嗟，满招损，盈必覆，富贵其可长保乎！备录之以风后世，为斛律光惜，固不仅为斛律光惜也。彼宇文护历弑二主，罪恶昭彰，直至周主邕嗣位十三年，始得诱诛，死已晚矣。庚季才劝护归政，护若听季才言，尚可不死，但极恶如护，若得不死，宁有天道！诛之正以见周主之能，且可见元恶大憝，鲜有不杀身亡家者也。本回前后连叙，善恶相对，隐寓微义。而齐宫琐事，即由斛律后被废而致。斛律光死而齐即衰，宇文护死而周转盛，贤奸之关系盛衰也，固如是夫！

第七十六回

选将才独任吴明彻　含妒意特进冯小怜

却说周主邕亲政以后，进太傅尉迟回为太师，柱国窦炽为太傅，大司空李穆为太保，齐公宪为大冢宰，卫公直为大司徒，赵公招宇文泰第七子为大司空，柱国辛威为大司寇，绥德公陆通为大司马。此外如宇文神举、宇文孝伯及王轨等，亦皆进秩有差。又因庚季才一再谏护，特赐粟帛，升授大中大夫。当时老成宿将，如燕公于谨、郑公达奚武、隋公杨忠等，并皆去世。忠子名坚，曾为小宫伯，宇文护见坚非常相，屡欲引为心腹。忠密嘱道："两姑之间难为妇，汝宁勿往！"坚谨遵父训，故护伏法受诛，坚得不坐。忠于天和三年逝世，坚袭爵为隋公，后来便是篡周的隋文帝。特笔提出。

卫公直以勋旧沦亡，自己为诛护首功，益怀奢望，偏是三公名位，已被别人攫去，大冢宰又授齐公宪，大司马更授陆通，政权兵权，一些儿没有到手，心常怏怏。齐公宪曾任大司马，至是进官大冢宰，名为超擢，实夺兵权。开府裴文举为宪侍读，周主邕尝召入与语道："昔魏末不纲，太祖辅政，及周室受命，晋公护乃起执大权，积久成常，便以为法应如是，试思从古到今，有三十岁的天子，尚须懿亲摄政么？《诗经》有言：夙夜匪懈，以事一人，一人就指天子。卿虽陪侍齐公，不得徒徇小忠，只知为齐公效死。且太祖以后，尚有十儿，难道可都登帝位么？卿须规以正道，劝以义方，辑睦我君臣，协和我兄弟，勿令自致嫌疑，再蹈晋公覆辙哩！"周主邕亦煞费苦心。文举拜谢而出，便即告宪。宪指心抚几道："这是我的本心，公岂不知！但当尽忠竭节，何必多疑！"卫公直与宪有隙，宪因此格外容忍，且因直系周主母弟，每加友敬。直无从寻隙，暂得相安。

周主邕追尊略阳公觉为孝闵皇帝，立皇子鲁公赟为太子。赟系后宫李氏所出，从前于淮平江陵，掳取李氏入关，周太祖泰，因李氏容貌端好，特赐与邕，乃遂生赟。赟性嗜酒色，周主邕因他居长，所以立为储

第七十六回　选将才独任吴明彻　含妒意特进冯小怜

贰。平时约束甚严，尝命东宫官属，录赟言语动作，每月奏闻，赟尚有所惮，不敢妄动。但江山可改，本性难移，父在时勉循礼法，父殁后谁作箴规？周主邕择嗣不慎，铸成大错，终不免贻误宗社了。都为后文写照。这且待后再表。

且说陈主顼即位后，转眼间已两三年。应七十四回。这两三年内，还算没有大事，只广州刺史欧阳纥，于太建元年冬造反，逾年即得荡平。欧阳纥是欧阳頠子，与頠同定广州，欧阳頠事见前文。因得袭职。自华皎叛命奔周，见七十三回。陈主顼不免疑纥，征为左卫将军，纥不禁惶惧，竟举兵造反，出攻衡州。陈廷遣使谕旨，怵以周迪、陈宝应故事，见七十二回。纥仍不服，乃续命车骑将军章昭达率师往讨。昭达未至，纥却诱引阳春太守冯仆，至南海同抗陈军。仆系故高凉太守冯宝子，前见文。宝殁时仆才九岁，赖宝妻冼氏，怀集部落，安境息民，数州宴然。冼氏亦见前。陈调仆为阳春守，至是仆赴南海，遣人告母。冼夫人怅然道："我两世忠贞，不意出此不肖儿，今怎可惜子负国呢！"深明大义。遂发兵拒境，率诸酋长迎章昭达。昭达至始兴，纥出屯泹口，立栅堵御。昭达督兵进攻，立破水栅，纥出战败绩，返奔里许，被昭达从后追擒，械送建康，斩首示众。又表上冼夫人功劳，陈主遣使持节，册封冼氏母子，冯仆得封信都侯，迁石龙太守，冼氏为石龙太夫人，特赐绣幰安车，鼓吹卤簿，如刺史仪。冼夫人应该受封，仆曾潜通叛人，不应滥赏。

章昭达得胜班师，顺道攻后梁。后梁主岿，岿嗣梁位见七十二回。与周总管陆腾，会军抵御，陆腾就峡口南岸筑城，横引大索，编苇为桥，借通饷运。昭达令军士并驾楼船，各施长戟，仰割大索，索断粮绝，遂得攻入城寨。后梁又向周告急，周使将军李迁哲往援，与昭达鏖战数次，昭达失利，方才引还。会陈太后章氏逝世，陈主居丧营葬，不复举兵，齐使人南下吊丧，独周使不至。已而章昭达病殁，陈主因新失大将，恐周伺隙来侵，乃遣使至周聘问，周始答使报聘。

好容易过了五年，仲春下浣，夜间有白气如虹，自北方贯入北斗紫宫。陈太史占验星象，谓北齐将要乱亡。陈主顼忽动雄心，拟起兵伐齐，公卿多有异言，惟镇前将军吴明彻，决策请行。陈主顼乃语公卿道："齐主荒乱，不久必亡，推亡固存，古有常训，朕已决计北伐，无庸疑议！但何人可作元帅，应由卿等公推。"大众都应声道："莫如中权将军淳于量。"仆射徐陵独抗议道:"吴明彻家居淮左,谙齐风俗,且将略人才,亦无过明彻,臣愿举明彻为元帅。"尚书裴忌亦接入道:"臣意亦同徐仆射。"陵复续说道:"裴忌亦是良副,愿陛下委任!"陈主遂授吴明彻都督征讨诸军事,裴忌为副,统师十万,北向伐齐。

明彻出秦郡,另遣都督黄法氍出历阳。齐遣军援历阳城,为黄法氍所破,齐更命开府尉破胡、长孙洪略与侍郎王琳,率兵救秦州。齐主纬仍召入西兖州刺史赵彦深,拜为司空,封宜阳王,命参军机。彦深密向秘书监源文宗,谘询方略,文宗道:"朝廷精兵,必不肯多付诸将,若止有数千人,徒供吴人刀俎。尉破胡人品卑劣,谅亦王所深知,此去必败无疑。为今日计,不若专委王琳,招募淮南三四万人,风俗相通,能得死力,并命旧将出屯淮北,自可固守。况琳与陈积衅甚深,必不肯反颜事陈,若不推诚用琳,更遣他人制肘,必成速祸,军事更不可为了!"彦深叹道:"此策诚足制胜,我已力争数日,终不见从;时事至此,尚复何言!"因相顾流涕。文宗方受调为秦陉刺史,泣辞而去。彦深实亦无能。

尉破胡等出发邺都,特选长大有力的武士,充作前队,号为苍头犀角大力军。又募得西域胡人,控弩善射,箭无虚发,陈军颇加畏惮,未敢轻战。齐兵到了吕梁,

送将才
独任
吴明彻

直逼陈营,陈都督吴明彻,麾兵布阵,立马扬鞭,指语巴山太守萧摩诃道:"敌军所恃惟胡人,若得殪此胡,彼必夺气,君名当不让关羽了!"摩诃道:"胡人形状如何?愿为公力取此胡。"明彻乃召前时降卒,令他指示,又自酌酒饮摩诃。摩诃一饮而尽,即上马冲入齐军,专向胡人前闯

第七十六回　选将才独任吴明彻　含妒意特进冯小怜

去。胡人亦有头目，方挺身出阵，弯弓未发，摩诃取出小凿，遥掷过去，正中胡额，应手立仆，余胡骇散。齐军阵内的大力军，忙向前拦截摩诃，被摩诃执刀乱斫，立毙数人，大力军又复溃走。巨无霸尚不可恃，遑论大力军。王琳忙语尉破胡道："吴兵甚锐，不可力敌，宜速收军退回，别用良策决胜。"破胡不从，尚驱部众迎战。吴明彻见摩诃摧敌，把鞭一挥，陈军大进，好似万马奔涛，无人敢敌。齐军大败，长孙洪略战死，破胡单骑驰免，王琳亦孤身走入彭城。

　　吴明彻分兵进攻，连下瓦梁、阳平、庐江等城，黄法㲿亦攻破历阳，进拔合肥。陈军势如破竹，齐城多望风迎降，所有高唐、齐昌、瓜步、胡墅诸城垒，次第入陈。又攻克濋口、青州、山阳、广陵诸城，齐遣尚书左丞陆骞，统兵二万人救齐昌，遇陈西阳太守周炅，即与交锋。炅用疑兵挡住前面，自率精兵绕出骞后，掩击骞军。骞顾后失前，被炅杀入阵中，一番蹂躏，骞军垂尽，独骞抱头窜去。齐令王琳移守寿阳，与扬州道行台尚书卢潜，刺史王景显等，共保寿阳外郭，吴明彻料琳甫入寿阳，众心未固，亟乘夜率兵往攻，果然一鼓得手，破入外郭，王琳等退保内城。明彻攻扑不下，乃堰肥水灌城，城中多病肿泄，十死六七。齐右仆射皮景和，率众数十万救寿阳，距城三十里，顿兵不进。陈军闻报，都向明彻面请道："坚城未拔，大敌在迩，元帅将何法对待？"明彻拈须微笑道："救兵如救火，彼乃结营不进，显是不敢来战，怕他什么！我料这座寿阳城，定然旦夕可下了。"越日早起，令部兵饱餐一顿，自己亦亲擐甲冑，上马誓众，决破此城。当下出马督攻，四面攀援，鼓噪而上。守兵本来单弱，更且死亡甚众，怎能面面顾到。陈军既得登城，便即杀下，王琳、卢潜、王贵显等，巷战至暮，均力屈被擒。琳轻财爱士，得将卒心，虽尝流寓邺中，齐人多说他忠义，共加爱重。我说未必，试看前营三窟，便见一斑。及被擒后，明彻军中，尚有王琳旧属，皆相见唏嘘，莫能仰视。明彻恐在军为患，即命将琳等押送建康，嗣又防他道中遇劫，遣使追诛。远近闻琳被戮，哭声如雷。有一叟赍酒脯奠尸，哭亦尽哀，收琳尸而去。

　　齐廷屡促皮景和进兵，景和反抛戈弃甲，逃回邺中。齐主纬颇以为忧，穆提婆、韩长鸾等语齐主道："寿阳本南人土地，何妨由他取去，就使国家尽失黄河以南，尚可作一龟兹国，龟兹音周慈，为西域国名。人生如寄，但当行乐，何用多事愁烦哩。"齐主遂转忧为喜，酣饮鼓舞。至皮景和入都，反称他全师北归，进为尚书令。糊涂可笑。

齐仆射祖珽先尝媚事权幸，及得预政柄，也思黜退小人，沽名市直，因与陆令萱母子，互有龃龉。珽暗嘱中丞丽伯律，劾主书王子冲纳赂，事连提婆，欲因此并及令萱。令萱请诸齐主，释子冲不问，更令群小相率谮珽，令萱又在齐主前，自言老婢该死，误信祖珽，乃令韩长鸾检阅旧案，得珽伪敕，受赐等十余事，此时即非作伪，亦不患无辞！请加珽死刑。齐主尝与珽设誓，终身免刑，因特从轻遣，出为北徐州刺史。适陈军下淮阴，克朐山，拔济阴，入南徐州，直向北凉州进发。城外居民，多欲叛齐应陈。珽大启城门，但禁人不得出衢路，城中寂然。叛民疑人走城空，不复设备，蓦闻鼓噪声自城中传出，祖珽竟督领州军，出城巡逻，叛民不禁骇走。会陈军前驱，已到城下，叛民复联合陈军攻城。猛见珽跃马迎战，弯弓四射，屡发屡中。叛民先闻珽失明，料他不能行军，哪知他有此绝技，又复惊退。再加珽参军王君植，挺身善斗，所向辟易，陈军倒也胆怯，不敢邃逼。珽且战且守，相持旬余。又遣部兵夜出城北，翌晨张旗擂鼓，向城南驰来，陈军疑是援兵，无心恋战，竟撤围退还。珽实有小智，能善用之，却也可使建功。穆提婆已经恨珽，故意不发援兵，总道他城亡身死，偏珽上表奏捷，真出意外。但终不得迁调，未几即病死任所。还算幸免。

齐主纬丧师失地，毫不知愁，反阴忌兰陵王长恭，有意加害。长恭自邙山得胜，威名颇盛，见七十三回。武士相率歌谣，编成兰陵王入阵曲，传达中外。齐主纬尝语长恭道："入阵太深，究系危险，一或失利，悔将无及。"长恭答道："家事相关，不得不然。"齐主闻得家事二字，几乎失色，因令出镇定阳。长恭颇受货赂，致失民心，属尉相愿进言道："王既受朝寄，奈何如此贪财！"长恭不答，愿又道："大约因邙山大捷，恐功高遭忌，乃欲借此自秽么？"长恭才答一是字。愿叹道："朝廷忌王，必求王短，王若贪残，加罚有名，求福反恐速祸了！"是极。长恭泣下道："君将如何教我？"愿复道："王何不托疾还第，勿预时事！"上策莫逾于此。长恭颔首称善，但一时总未甘恬退，遂致蹉跎过去。至江淮鏖兵，长恭恐复为将帅，喟然太息道："我去年面肿，今何不复发呢？"自是佯称有疾，尝不视事。齐主纬察知有诈，竟遣使赐鸩，逼令自杀。长恭泣白妻郑妃道："我有何罪，乃遭鸩死？"妃亦泣答道："何不往觐天颜？"

第七十六回　选将才独任吴明彻　含妒意特进冯小怜

长恭道："天颜岂可再见？"遂饮鸩而死。齐主闻长恭自尽，很是喜慰，但表面上还想掩饰，追赠长恭为太尉。长恭一死，亲王中又少一勇将了。自折手臂，亡在目前。

且说陈都督吴明彻，奏凯班师，陈主顼加封明彻为车骑大将军，领豫州刺史。又召入仆射徐陵，亲赐御酒道："赏卿知人。"陵拜谢道："定策圣衷，臣有何力？"陈主大喜，勉慰有加，遂命将王琳首级，悬示都市。琳有故吏朱瑒，独致书徐陵，愿埋琳首。书中略云：

窃以典午将灭，徐广为晋家遗老，当涂已谢，马孚称魏室忠臣。梁故建宁公王琳，当离乱之辰，总方伯之任，天厌梁德，尚思匡继，徒蕴包胥之志，终遘苌弘之眚，致使身殁九泉，头行千里。伏惟圣恩博厚，明诏爱发，赦王经之哭，许田横之葬。不使寿春城下，唯传报葛之人，沧洲岛上，独有悲田之客，岂不幸甚！

徐陵得书，即为启闻，奉诏将琳首给还亲属。瑒遂就八公山侧，掘地殡埋。亲故会葬，多至数千人。葬毕，瑒从间道奔齐，别议迎葬。旋有寿阳人茅智胜等，潜送琳柩至邺，齐赠琳开府仪同三司，录尚书事，予谥忠武，特给辒辌车送葬。究竟王琳忠梁与否，读史人自有定评，毋容小子哓哓了。言下有不满意。

齐主纬有庶兄名绰，与纬异母，俱于五月五日建生，惟绰生在辰时，纬生在午时。乃父高湛，因绰母李氏为嫔妾，不得与嫡相比，特降为次男。绰才十余岁，留守晋阳，酷爱波斯狗，开府尉破胡略加谏阻，即斫杀数狗，狼籍地上，破胡惊走，不敢复言。旋封为南阳王，领冀州刺史，每使人裸体，画为兽状，纵犬令噬，以为快乐。及左迁定州，专登楼上弹人，有妇人抱儿趋过，避入草间，绰发弹不中，不觉怒起，叱左右驰夺妇人手中儿，饲波斯犬。妇人号哭不休，绰又嗾犬使噬妇人。妇人为犬所伤，当然倒地。犬不欲食，由绰命涂上儿血，犬始争啖，顷刻而尽。齐主纬闻他残暴，锁绰入讯，绰谈笑自若，竟蒙赦宥。纬问他在定州时，何事最乐？绰答道："取蝎置器，再加粪蛆，蛆被蝎螫，蠕动不已，最是好看。"纬即夕令左右取蝎一斗，及晓，才得二三升，置诸浴盆，他却用人代蛆，迫令裸卧盆中，霎时间蝎集人身，竟体乱螫。可怜体无完肤，累得那人辗转哀号，纬与绰临盆注视，反手舞足蹈，乐不可支。不知具何心肠，大约为戾气所钟，故兄弟同一暴虐。纬顾语绰道："如此乐事，何不早驰驿奏闻!"遂进拜绰为大将军,朝夕同狎。韩长鸾嫉绰残虐,特令绰党诬告绰反,纬尚不忍加诛。长鸾奏言绰犯国法,断不可赦,纬乃使宠胡何猥萨,与绰相扑,把绰搤死。瘗诸兴圣佛寺,经四百余日,方才大殓,颜色毛发,尚如生时。俗言五月五日建生,脑可不坏,是真是假,亦无从证明。

纬盛修宫苑,穷极庄严,后宫皆锦衣玉食,竞为新巧。先尝为胡后造珠裙裤,费在巨万,为火所焚。寻复为穆后续制,并命造七宝车,真珠不足,向各处采买,不惜重价。当时童谣有云:"黄花势欲落,清觞满杯酌。"穆后小名黄花,欲落是说不久,清觞满杯酌,是说齐主纬昏饮无度。其实纬与穆后,虽然宠幸,那后宫的佳丽,却逐日增添,除上文所述左右两娥英外,还有乐人曹僧奴二女,也蒙纳入。大女不善淫媚,被纬剥碎面皮,撵逐出宫。小女善弹琵琶,又能得纬欢心,册为昭仪,甚且封僧奴为日南王。僧奴死后,又封他兄弟妙达等二人为王,并为曹昭仪别筑隆基堂,极尽绮丽,整日流连堂中,竟把穆后疏淡下去。穆后含酸吃醋,密托养母陆令萱设法,除去曹氏。令萱遂诬曹氏有厌蛊术,平白地将曹氏赐死。哪知纬失了曹昭仪,复得一董昭仪,再广选杂户少女,纳入毛氏、彭氏、王氏、小王氏、二李氏等,并封为夫人,恣情淫欲,通宵达旦。穆后更弄得没法,每与从婢冯小怜,相对唏嘘。

小怜非常伶俐,貌亦可人,能弹琵琶,且工歌舞,独替穆后想出一计,情愿将身作饵,离间诸宠。也无非自己卖俏。穆后倒也赞成,就于五月五日,令小怜盛饰入

含芳待进小怜马

第七十六回　选将才独任吴明彻　含妒意特进冯小怜

侍,号曰续命。要断送高氏命脉了,还想续什么命?齐主纬见她冰肌玉骨,雾縠轻纨,不由得神魂颠倒,巫山一梦,爱不胜言,从此坐必同席,出必并马,尝自作无愁曲,谱入琵琶,与冯氏对谈,嘈嘈切切,声达宫外。时人号为无愁天子。纬深幸得此冯美人,册为淑妃,命处隆基堂。冯淑妃虽奉命迁入,但因为曹昭仪旧居,恐非吉征,特令拆梁重建,并尽将地板反换,又费了许多金银。齐主纬毫无异言,纵教冯小怜如何处置,一体依从,所有内外国政,都交与陆令萱、穆提婆、韩长鸾、高阿那肱等人,眼见得上下相蒙,渐致乱亡了。小子有诗叹道:

　　天生尤物最招殃,桀纣都因美色亡;
　　况似晚齐淫暴甚,怎能长此保金汤!

欲知齐朝乱亡的情形,再从下回申叙。

　　陈用吴明彻为元帅,北向攻齐,势如破竹,似乎徐陵之推荐,可号知人。然其时齐主淫昏,不问国事,皮景和出救寿阳,有众数十万,尚不敢进,是乃齐之自取其败,非吴明彻之果能败齐也。惟王琳之被陈擒戮,当时俱以琳为梁室忠臣,惜其一死。夫忠臣不事二主,宁有事齐事周事陈,尚得为忠臣乎?即以梁事论之,湘东得国,名亦未正,琳徒以姊妹后宫之宠,甘心效力,是其委身之始,固亦非深明大义者,何足尚焉!齐之追赠高官,特给辒辌车引葬,亦未免失之滥赏。然如高纬之淫荒失德,喜怒无常,尚何赏罚之足言!黄花欲落,小怜续命,而齐之不亡亦仅矣。吾于高纬无讥云。

第七十七回

韦孝宽献议用兵　齐高纬挈妃避敌

却说齐主纬淫昏日甚，委政群小，不但穆提婆母子，及韩长鸾、高阿那肱诸人，得握政权，就是宦官邓长颙、陈德信等，并参预机要。他如旧苍头刘桃枝，及内外幸臣，均授高爵。封王百余人，开府千余人，仪同三司，不可胜数；就是优伶巫觋，亦沐荣封，甚至狗马及鹰，统有仪同郡君名号，并得食禄。官由财进，狱以贿成，一戏给赏，动辄巨万。既而府库告匮，令郡县卖官取值，充作赏赐，民不聊生，国多乞人。齐主纬也在华林园旁，设立贫儿村，自着褴褛敝服，向人行乞，作为笑乐。南面王原不如乞人之乐。

这消息传入周廷，周主邕乃谋伐齐，亲临射宫，阅军讲武，且进封齐公宪、卫公直以下诸兄弟，并皆为王。正拟会议出师，忽太后叱奴氏得病，医治罔效，旋即去世。周主邕居庐守制，朝夕歠粥，只进一溢米，命太子赟总理庶政。群臣表请节哀，累旬才命进膳。及太后奉葬山陵，周主跣行至陵旁，恸哭尽哀，诏行三年丧礼，惟百僚以下，遇葬除服。卫王直入谮齐王宪，说他饮酒食肉，无异平时。周主愀然道："我与齐王同父异母，俱非正嫡，彼因我入纂正统，所以丧服从同，汝是太后亲子，与我为同母弟，但当自勉，何论他人！"直碰了一鼻子灰，怏怏趋出。周主邕崇尚儒学，尝在太学中养老乞言，遵守古礼。嗣又禁佛道二教，悉毁经像，饬僧道还俗。所有祀典未载诸淫祠，俱改作廨舍，且许诸王亦得徙居。卫王直独择一僻宇，作为居第。齐王宪语直道："弟已儿女成行，居室须求宽敞，奈何择此宅舍？"直怅然道："一身尚不能容，还管什么儿女？"宪知他有怨愤意，隐有戒心。

会周主邕幸云阳宫，留右宫正尉迟运等，辅太子赟居守，卫王直托疾不从。及车驾远去，却纠合私党，径袭肃章门；门吏多仓皇遁走，户尚未扃。运在殿中闻变，忙自往闭门，正值悍党杀来，将进未进，运手指被斫，不暇顾痛，得将宫门阖住。直党不得趋入，纵火烧门，门几被毁。运

第七十七回 韦孝宽献议用兵 齐高纬挈妃避敌

索性取宫中材木,及所有木器,助张火势,门外似火山一般,不能通道。那留守兵已相率来援,直自知不能成功,引众退去,运遂督同留守兵出击,大破直众。直出都南遁,又由运派兵追躐,把直擒回,周主邕亦闻报还都,尚因同气相关,未忍加诛,但免直为庶人,幽锢别宫。升任尉迟运为大将军,直田宅、妓乐、金帛、车马等,悉数赏运。直在囚室中,尚有异图,乃下诏诛直,并及直子十人。直有应诛之罪,惟绳以罪人不孥之例,周主亦未免太甚。

内乱已平,乃复议伐齐,柱国于翼进谏道:"两国相争,互有胜负,徒损兵储,无益大计,不如解严继好,使彼怠弛无备,然后乘间进兵,一举便可平敌了。"周主邕犹豫未决,更敕内外诸大臣,议决行止,勋州刺史韦孝宽,独上陈三策,大致略云:

韦孝宽献议用兵

臣在边积年,颇见间隙,不因际会,难以成功。是以往岁出军,徒有劳费,功绩不立,由失机会。何者?长淮之南,旧为沃土,陈氏以破亡余烬,犹能一举平之,齐人历年赴救,丧败而返,内离外叛,计尽力穷,传不云乎?譬有衅焉,不可失也。今大军若出轵关,方轨而进,兼与陈氏互为犄角,并令广州义旅,出自三鵶,又募山南骁锐,沿河而下,复遣北上稽胡,绝其并晋之路。凡此诸军,仍令各募关河之外,劲勇之士,厚其爵赏,使为前驱,岳动川移,雷骇电激,百道俱进,并趋邺廷,必当望风奔溃,所向摧殄,一戎大定,实在此机,此一策也。若国家更为后图，未即大举，宜与陈人分其兵势。三鸦以北，万春以南，广事屯田，预为储积。募其骁悍，立为部伍。彼既东南有敌，戎马相持，我出奇兵破其疆场；彼若兴师赴援，我则坚壁清野，待其去远，还复出师，常以边外之军，引其腹心之众。我无宿舂之费，彼有奔命之劳，一二年中，必自离叛。且齐氏昏暴，政出多门，鬻狱卖官，唯利是视，荒淫酒色，忌害忠良，阖境嗷然，不胜其敝，以此而观，覆亡可待。然后乘间电扫，事等摧枯，此二策也。我周土宇，跨据关河，蓄席卷之威，持建瓴之势，南清江汉，西戡巴蜀，塞表无虞，河右底定。唯彼赵魏，独为榛梗者，正以有事三方，未遑东略，遂使漳滏游魂，更存馀晷。昔勾践亡吴，尚期十载，武王取乱，犹烦再举。今若更存遵养，且复相时，臣谓宜还从邻好，申其盟约，安人和众，通商惠工，蓄锐养威，观衅而动，斯则长驾远驭，坐待兼并，亦未始非良策也。何去何从？孰先孰后？惟陛下择之。

周主览奇此书，乃召入开府仪同三司伊娄谦，从容问道："朕欲用兵，当先何国？"谦答道："齐氏沉溺倡优，耽恋麹糵，良将斛律明月已被谗人潜死，上下离心，道路侧目，这却最是易取哩。"周主笑道："朕早有此意，烦卿以聘问为名，借觇虚实。"谦受命而出，周主再遣小司寇元卫，偕谦同行。谦至齐廷，照常纳币。齐主纬昏昏愦愦，也不知谦怀别意，惟权贵等略闻周事，密为盘诘。谦当然守着秘密，惟参军高遵，稍稍吐实。齐遂留住谦等，不肯遣回。何不亟使备御，乃徒留使挑衅，安得不亡！周主邕待谦不归，乃下诏伐齐。命柱国陈王纯，荥阳公司马消难，即齐相司马子如子，高洋时，惧罪奔周。郑公达奚震，为前三军，总管越王盛，赵王招，俱周主弟。周昌公侯莫陈琼，为后三军，总管齐王宪，率众二万，趋黎阳，随公杨坚，广宁公薛迥，率舟师三万，自渭之河。梁公侯莫陈芮，率众守太行道，申公李穆，率众三万守河阳道，常山公于翼，率众二万出陈汝。周主邕亲率六军，有众六万，出发长安。将至河阳，内史上士宇文殷，古文弼字。谓不如出师汾曲，民部中大夫赵煚，音憬。又谓应从河北趋太原，遂伯下大夫赵宏，且请进兵汾潞，直掩晋阳。彼此各执一词，周主一概不依，竟从河阳趋河阴。前汾州刺史杨敷子素，愿率乃父旧部为先驱。敷死已见七十五回，素从军以此为始。周主称为壮士，许令前行。

既入齐境，即下令军中，禁止伐树践禾，违令即斩。进至河阴城下，

第七十七回　韦孝宽献议用兵　齐高纬挈妃避敌

由周主亲自督攻,数日即下。齐王宪也攻入武济,进围洛口,拔东、西二城,纵火船焚毁河桥。齐永桥大都督傅伏,夜驰入中潬城,竭力保守,周军攻至二旬,尚未能拔。周主邕又亲攻金墉,守将独孤永业,亦防御甚严,无懈可击。周主连攻经旬,不觉过劳,竟至生疾,乃按兵罢攻。时齐廷宿将,多半丧亡,连司空赵彦深,都已逝世,只好推那高阿那肱,前去拒敌。高阿那肱已为右丞相,因朝中无人督师,没奈何引兵出晋阳,进援河阳。周主闻齐军将至,自己又患不豫,不如从孝宽言,暂且退兵,再图后举,因乘夜下令班师。齐都督傅伏,语行台乞伏贵和道:"周师疲敝,愿得精骑二千追击,定可得功!"也恐未必。贵和不从,一任周军退去。周齐王宪、于翼、李穆等,连下齐三十余城,闻周主旋师,亦皆弃城西归。齐右丞相高阿那肱,当然东还,还道是周军畏惮,所以退去,越觉趾高气扬,睥睨一切了。

周主邕还至长安,更命太子赟巡抚西土,顺道伐吐谷浑。见前。吐谷浑素为魏属,受魏封册,得膺王爵。至魏分东西,不暇西顾,吐谷浑王夸吕,始自称可汗,居伏俟城,据青海西,有地长三千里,阔千余里,所置官属,也仿魏制,有王公仆射尚书及郎中将军等名号。风俗与突厥相同,以畜牧为生计。尝至魏境抄掠,魏凉州刺史史宁,与突厥木杆可汗,袭击夸吕。夸吕遁去,妻子为史宁所虏,所贮珍物杂畜,亦被两军掠散。夸吕乃遣使谢罪。及宇文氏篡魏称周,夸吕复寇周境,攻凉、鄯、河三州,凉州刺史是云宝战殁。周遣贺兰祥宇文贵往讨,击退夸吕,乘胜拔洮阳、洪和二城,改置洮州,方才还师。夸吕叛服无常,周主乃命太子西略,令大将军王轨、宫正宇文孝伯从行。太子赟未谙兵略,但好戏狎,宫尹郑译、王端等,又恃太子宠幸,不服军法。好容易到了伏俟城,夸吕坚壁清野,毫无动静。王轨因敌情难测,不如全军早归,老成知几。乃请诸太子从速还军。太子赟乐得依议,便即东返。此役未见一敌,亦无从侵掠,免不得受周主诘责。王轨详述军情,面劾郑译、王端,周主怒起,杖太子赟数十下,除译等名。及周主再行东伐,太子赟复召入译等,宠任如初。

看官听着! 周主初次伐齐,是在周建德四年秋间,至二次伐齐,乃在建德五年冬季,便是齐主纬武平七年。特书年月,以志齐亡。周主邕重议伐齐,召谕群臣道:"朕去岁行军,适有疹疾,因不得荡平逋寇。惟前入齐境,具见敌情,看彼行兵,几同儿戏,又闻他朝政益紊,群小益横,百姓嗷嗷,朝不保夕,天与不取,反贻后悔。若复如往年出军河外,徒足拊背,未足扼喉,晋州本高氏根本地,常为重镇,我若往攻,彼必来援,我严军以待,定足胜敌,乘势杀入,直捣巢穴,灭齐不难了。"诸将尚多有难色,周主邕勃然道:"机不可失,时不再来,如有阻挠我军,朕当以军法从事!"英武之主亦赖独断。乃命越王盛杞公亮、宇文泰从孙。随公杨坚,分率右三军,谯王俭、周主邕异母弟。大将军宝泰、广化公邱崇,分率左三军,齐王宪、陈王纯为前军,依次出发。周主邕留太子居守,自督各军趋晋州,或守或攻,部署停当。因自汾曲至晋州城下,围攻数日,城中窘急。齐行台左丞侯子钦及晋州刺史崔景嵩,均暗地通款,乞降周军。周大将军王轨,率同偏将段文振等,乘夜登城,城中已有内应,顿时哗溃。周军一拥而入,遂克晋州,擒住齐大行台尉相贵及甲士八千人。别遣内史王谊监领诸军,攻克平阳城。

齐主纬方挈冯淑妃,出猎天池,晋州及平阳警报,自辰至午,已到三次,右丞高阿那肱道:"大家正游猎为乐,边鄙稍有战争,乃是常事,何必急急奏闻?"可笑。延至日暮,平阳报称失守,齐主纬也未免吃惊,便欲还集将卒。偏冯淑妃兴尚未尽,固请更杀一围,纬不得不从,又猎了好多时,获得几头野兽,方才还宫。越日大集各军,出拒周师,使高阿那肱率前军先进,自挈冯淑妃后行。不可一日无此妃。周主命开府大将军梁士彦统兵万人,镇守晋州,自至平阳督师。途次接着军报,谓齐军大举来援,周主因欲西还长安,暂避敌锋。开府大将军宇文忻进谏道:"如陛下圣武,乘敌人荒纵,似汤沃雪,何患不克?若使齐得令主,君臣协力,就使汤武复生,亦未易荡平了。"忻系宇文贵子,与周同姓不宗。军正王韶亦进言道:"齐失纪纲,已历数世,天奖周室,一战得扼住敌喉。取乱侮亡,正在今日,乃舍此遽退,臣实未解!"周主道:"卿等言非不是,但朕也自有主张。"无非用韦孝宽第二策。说毕,竟麾军西还,留齐王宪为后拒。

齐主闻周已退师,亟遣骁将贺兰豹子等,追击周军。宪与宇文忻各率百骑,轮流交战,且战且行。贺兰豹子穷追勿舍,被宪等诱入绝地,麾骑四麾,得将贺兰豹子击死,然后徐徐引归。齐主纬遂围平阳,昼夜猛扑,毁堞摧墙,势焰甚盛。周晋州刺史梁士彦入城守御,令军士血薄捍城,且慷慨语将士道:"死在今日,我为尔先!"于是勇烈齐奋,呼声动地,无不以一当百。齐兵少却,士彦令军士修城,军士不足,取诸人民,人民不足,济以妇女,甚至士彦妻妾,亦夹入妇女队中,搬土运石,补葺城堞,三日告成。齐人更掘通地道,轰陷城垣十余丈,将士乘势欲入,偏被齐主纬暂入,敕令暂停。看官道为何因?相传晋州城西石上,有圣人迹,纬欲召冯淑妃同观,淑妃画眉刷鬓,抹粉搽脂,好多时方才召到。那城墙缺处,已由守兵用木为栅,堵塞坚固。齐兵失了时机,无从冲入,个个怨气吞声,暗骂冯妃。齐主纬又恐城中弩矢,射及爱妾,特抽出攻城木具,筑造远桥,俾冯妃得登桥遥视。哪知桥脚未坚,禁不起马足往来,恐由军士怀恨,故意筑此危桥。砉然一声,坍坏数尺。还幸齐主及冯妃,尚立在危墙上面,不致失

足,总算免做了水底鸳鸯。还是此时溺死,或可保全齐宗。

周主先令齐王宪出屯涑川,遥为平阳声援。旋由平阳告急,日紧一日,乃敕宪率领部曲,先向平阳进发,再集诸军八万人,亲自统带,直指平阳。齐人也恐周师猝至,先在城南穿堑,依堑自守。及闻周主到来,便在堑北列阵,张皇兵势。周主命齐王宪往觇齐阵,宪复命道:"齐兵虽多,均无斗志,我军尽足破敌,今日可灭此朝食了!"周主喜道:"果如汝言,我无忧了。"遂命进逼齐军。堑阔数丈,无人敢逾,只在堑南鼓噪。

自旦至申,南北两军,相持未决,齐主问高阿那肱道:"今日可战否?"高阿那肱道:"我兵虽众,能战不满十万人,不如勿战为是,且退守

高粱桥，以逸待劳。"言未已，忽闪出一员猛将道："一撮许贼人，马上刺取，掷入汾水中，便可了事。"一怯一骄，俱足败事。齐主纬瞧着，乃是武卫安吐根，正在傍徨未决，诸内参又齐声道："彼亦天子，我亦天子，彼尚能远来，我如何守堑示弱呢！"纬点首道："说得甚是！"即令军士填堑争锋。周主大喜，麾动各军，向前进击。两军方合，兵刃初交，齐主纬与冯淑妃并骑观战。但见周军来得凶猛，齐左军似难招架，向后倒退。冯淑妃遽变色道："败了！败了！"娘子军只耐肉战，不耐兵战。穆提婆忙接入道："大家快走！"齐主纬也不及辨明，竟挈冯淑妃奔高粱桥。

开府奚长谏阻道："半进半退，用兵常事，今兵众未曾伤损，陛下骤然返驾，恐马足一动，人情散乱，那才是真败了！愿速西向，镇定各军！"齐主纬不禁沉吟，俄而武卫张常山亦自追至，忙报齐主道："军已收讫，完整如故，围城兵仍然不动，至尊即宜回至军前，如若不信，乞命内参往视。"齐主闻言，勒马欲回，穆提婆引动齐主右肘道："此言未可轻信。"冯淑妃又在旁作态，柳眉锁翠，杏靥敛红，一双剪水秋瞳，几乎要垂下泪来。前日曾请杀一围，此时何胆怯乃尔？弄得齐主仓皇失措，不由得扬鞭再走。齐军失去主子，当然心乱，再经周军奋勇杀来，顿时大溃，死亡至万余人，军资器械，委弃如山，惟安德王延宗全军引还，齐主纬奔至洪洞，才得稍息，冯淑妃出镜照面，重匀脂粉，突闻后面又报寇至，纬即掖冯妃上马，再行北遁。

先是齐主因平阳将下，欲归功冯淑妃，立她为左皇后，曾遣内侍至晋阳，取得皇后服御。登途复命，可巧遇着齐主，呈上袆翟等衣，齐主即代冯妃按辔，令将后服穿上，然后奔回晋阳。时平阳城下，齐兵统已溃去，不留一人，周主邕安稳入城。梁士彦出迎周主，持须涕泣道："臣几不得见陛下！"周主亦为之流涕。因见士卒疲敝，又欲还师，士彦道："齐兵已溃，众心尽离，乘胜灭齐，正在此举！"周主执士彦手道："朕得此城，为平齐初基，若不固守，便难成事。朕既纾前忧，复滋后患，卿宜为朕守着，朕决计再进平齐。"乃复督动诸将，追击齐军。

齐主纬闻周军进逼，慌得不知所为，急向群臣问计。群臣并献议道："为今日计，急宜省赋息役，安慰民心，一面收集溃兵，背城一战，以安社稷。"齐主乃下诏大赦。旋复有急报到来，周军入汾水关，开府贺拔伏恩等降齐，高阿那肱留守高壁，又被周军击走，周军将长驱到来了。

齐主纬乃令安德王延宗，广宁王孝珩，募兵守晋阳，自拟奔避北朔州，若晋阳失守，再奔突厥。延宗得此消息，一再谏阻。齐主不从，密遣心腹数人，送胡太后及太子恒往北朔州，自与冯淑妃整顿行装，亦欲乘夜出奔。诸将俱相率谏诤，不使北去。

过了数日，城外鼓声大震，周军已杀到晋阳，齐主大惊，再下赦书，改元隆化，授安德王延宗为相国，领并州刺史，且召入与语道："并州由兄自取，儿今去了！"语无伦次。延宗泣谏道："陛下为社稷勿动，臣为陛下效死力战，决可破敌！"穆提婆在旁道："至尊已经决计，王不必再行阻挠。"延宗含泪趋退，齐主纬带领冯淑妃，夜开五龙门出走。意欲奔向突厥，从官多半散去。领军梅胜郎叩马固谏，乃转趋邺都。途中相随，只有高阿那肱及广宁王孝珩、襄城王彦道等数十人。穆提婆初尚从行，约经数里，竟杳如黄鹤，不知所之。小子有诗叹道：

城狐社鼠最堪忧，搅碎河山便远投；
假使当年能幸免，人生何苦不快求！

究竟穆提婆如何下落，待至下回再详。

韦孝宽所陈三策，原足制齐人之死命，周之伐齐，再驾而定山东，卒如孝宽所言。惟齐纬之覆国，实误于冯淑妃一人。夫妇人在军，士气不扬；就使齐主昵爱淑妃，亦不应挈入战场，使罹锋镝。况平阳已可攻入，乃偏欲使观圣迹，勒兵勿进。及两军大战，成败胜负，悬诸呼吸，乃东偏少却，遽因宠妃之一呼，仓猝北遁。兵可败，国可亡，而宠妃不可舍，试思兵已败矣，国已亡矣，宠妃尚能独存乎？昏愚至此，不死何为？即邻国无韦孝宽，但能稍知兵法，要未有不能灭齐者；矧又有穆提婆辈之益促其亡耶！

第七十八回

陷晋州转败为胜　擒齐主取乱侮亡

却说穆提婆随主北行，途次见从官四散，料知齐亡在迩，不如降敌求荣，遂暗地奔回，往投周军。周主邕令提婆为柱国，领宜州刺史，且传檄齐境，晓谕君臣，谓齐主能深达天命，衔璧牵羊，当焚榇示惠，待若列侯，将相王公以下及士民各族，有能深识事宜，建功立效，当不吝爵赏。或如我周将卒，逃逸彼朝，不问贵贱，概许自新。倘下愚不移，守迷莫改，不得不付诸执宪，明正典刑云云。这文一传，齐臣陆续奔周。齐始知穆提婆为首导，乃捕诛提婆家属。刁狡阴险的陆令萱，至此也无法自免，不待铁链套头，已是服毒自尽。究竟还是聪明，免得一刀两段。

先是齐高祖相魏，尝令唐邕典外兵，很是信任。及齐已篡位，邕以老成硕望，官至录尚书事，兼领度支。齐主纬宠任宵小，高阿那肱与邕有隙，谮诸齐主，将邕免官，另用侍中斛律孝卿代任，邕由是怏怏。时邕留寓晋阳，因与并州将帅，推立安德王延宗为主。延宗固辞，将帅等齐声道："王若不为天子，诸人懈体，恐不能为王效死了！"延宗没法，只好勉循众请，即皇帝位，并下玺书，略云武平孱弱，政由宫竖，斩关夜遁，不知所之，今王公卿士，猥见推逼，不得已祗承宝位。乃大赦中外，改元德昌，授唐邕为宰相，进封晋昌王，更命齐昌王莫多娄敬显，沭阳王和阿千子，右卫大将军段畅，武卫大将军相里僧伽，开府韩骨胡等为将帅，募集兵民，抵御周师。众闻新主登基，颇觉踊跃，往往不召自来。于是发府藏金帛，出后宫妇女，赐给将士，并籍没内参十余家，充作军费。延宗每见将吏，必执手称名，流涕呜咽，士皆致死。妇孺亦乘屋攘袂，投砖石拒敌。

周主督军围晋阳，劲骑四合，好似黑云一般。延宗命莫多娄敬显、韩骨胡拒城南，和阿千子、段畅拒城东，自率众拒城北。延宗素来肥壮，前如偃，后如伏，人常笑他臃肿无用，至是独开城搦战，手执大槊，驰骋行阵，往来若飞，尚书令史泪山，亦肥大多力，手握长刀，步随延宗，左斫

第七十八回　陷晋州转败为胜　擒齐主取乱侮亡

右劈,毙敌甚多。惟武卫兰芙蓉、綦连延长战死。周主命齐王宪对敌延宗,自督将士攻东门,齐段畅和阿千子,竟开门迎纳周师。

陷晋州转败为胜

周主乘晚进城,先纵火焚烧佛寺。周主最不信佛,故先毁去佛寺。延宗见东门失火,料知周师入城,忙令北门暂闭,自由城外绕至东门。可巧莫多娄敬显,从城内率兵东援,与延宗表里夹攻,延宗杀入,敬显杀出,把周军裹住门中。周军争门夺路,自相填压,伤亡至数千人。周主邕进退两难,忙领亲兵冲突,从大刀长槊中,寻一生路。左右为敌械所伤,纷纷倒地,还亏承御上士张寿牵住马首,贺拔伏恩执鞭后随,拼命驰走,得出城闉。齐人从昏夜中乱击一阵,竟被周主逃脱,时已四鼓,城中已无周人,延宗还道周主已死,使人就乱尸堆中,寻觅长须的尸首,终无所得。惟军士已得大捷,各入肆饮酒,醉后酣卧,延宗亦劳乏归寝。大敌未去,如何疏忽至此?

周主出城,腹中甚饥,意欲乘夜西去。诸将亦多欲退还,独宇文忻勃然进言道:"陛下得克晋州,乘胜至此,今伪主奔波,关东响应,自古至今,无此神速,昨日破城,将士轻敌,稍稍失利,何足介意!大丈夫当从死中求生,败中取胜,今齐亡在迩,奈何弃此他去?"齐王宪等亦以为不宜退师,降将段畅,又说是城中空虚。周主乃驻马停辔,鸣角收兵。不到天明,散军尽集,兵势复振。诘旦还攻东门,齐人尚高卧未起。延宗从梦中惊醒,忙披甲上马,出拒周军。但见东门已被攻破,自顾手下,只有数人随着,如何抵敌得住,没奈何奔往南门。哪知南门亦已失陷,勉强上前拦阻,究竟寡不敌众。再走至城北,投入民家,周军紧紧追来,任你延宗力大无穷,到此已成孤立,撑拒多时,终为所擒。押至周主面前,周主下马,握延宗手。延宗推辞道:"死人手何敢迫至尊!"周主道:"两国天子,本无嫌怨,我但为救民至此。汝且勿怖,当不相害!"说着,仍给还衣冠,款待颇优。唐邕等并皆请降,惟莫多娄敬显奔赴邺都,齐主纬命为司徒。

延宗初称尊号,曾致书瀛州刺史任城王湝,系小尔朱氏所生,曾见前注。略言至尊出奔,宗庙事重,群公劝进,权主号令,战事幸平,终归叔父云云。湝正色道:"我乃人臣,怎得轻受此书!"因执来使送邺,齐主纬愤愤道:"我宁使周得并州,不愿为安德有!"前说由兄自取,此时又复变调。总计延宗称尊,未及两日,便即残灭。周主下令大赦,除齐苛制,并出齐宫中金银宝器,珠翠丽服,及宫女二千人,班赐将士。前使伊娄谦,被齐拘住晋阳,见前回。至此得释,由周主面加慰劳。且因参军高遵,曾将密谋告齐,责他不忠,使谦量罪加罚。谦顿首请赦高遵,周主道:"卿可聚众唾面,使他知愧。"谦答道:"如遵罪状,唾面亦不足责;陛下德量宽弘,索性付诸不校罢!"周主乃止,谦仍待遵如初。遵罪可诛,周主与谦未免两失。

周主欲进兵取邺,召问延宗,延宗道:"亡国大夫,何足图存!"延宗为高澄子,与高氏休戚相关,亦不宜以李左车自比。周主再三问及,延宗道:"若任城王据邺,臣不能知,但由今上自守,陛下可兵不血刃了。"此语愈谬。周主即命齐王宪先行,留陈王纯为并州总督,自率六军赴邺。邺中迭接警耗,齐主纬悬赏募军,及兵士应募,又无一物颁给,广宁王孝珩,请使任城王湝,率幽州道兵入土门,扬言趋并州,独孤永业率洛州道兵入潼关,扬言趋长安,自率京畿兵出滏口,逆击周师,如虑士气不振,亟应出宫人珍宝,作为赏赐,以便鼓励等语。齐主不从,斛律孝卿又请齐主亲劳将士,代为撰词,并谓宜慷慨流涕,感动人心。齐主纬倒也应允,及出语诸将,竟将孝卿所授,一律忘记,不由得痴笑起来,左右亦不禁失笑,将士皆含怒道:"本身尚且如此,我辈何必拼死!"嗣是皆无斗志。

适北朔州行台仆射高劢,护卫胡太后及太子恒,自土门道还邺,路见宦官苟子溢,强取民间鸡彘,劢不觉怒起,即将子溢拘住,将要处斩。偏胡太后在旁劝阻,乃释缚使去。既送太后等入宫,或语劢道:"子溢等受宠两宫,言出祸随,公难道不虑后患么?"劢勃然道:"今西寇已据

第七十八回　陷晋州转败为胜　擒齐主取乱侮亡

并州,达官并皆叛贰,正坐此辈浊乱朝廷;若今日得斩此辈,明日受诛,亦属无恨!"励系高岳子,此时颇具忠愤,惜乎晚节不终!当下入见齐主道:"臣见朝中叛贰,皆属贵人,若士卒未尽离心,今请追五品以上家属,悉置三台,迫令出战;倘若不胜,将台焚毁,若辈顾惜妻子,必当死战。且王师屡败,寇众轻我,果能背城一决,也足吓寇示威!"此计亦属轻率。齐主纬不能用,但命一品以上各大臣,入朱华门,遍赐酒食,分给纸笔,令他各书所见,献策御敌。及大众录呈,又是人各一词,无所适从。

会有史官望气,谓国家当有变易,齐主纬遂引尚书令高元海等入议,决依天统故事,禅位太子。太子恒年才八岁,晓得什么国事,那齐主纬欲上应天象,竟想这八岁小儿,支持危局。看官,试想能不能呢!酒色昏迷,一至于此。是时已值残年,转瞬间即至元旦,齐太子恒居然即皇帝位,改元承光,下令大赦。尊齐主纬为太上皇,皇太后胡氏为太皇太后,皇后穆氏为太上皇后。命广宁王孝珩为太宰。孝珩嫉视高阿那肱,因与莫多娄敬显等同谋,使敬显伏兵千秋门,更令领军尉相愿,率禁兵为内应,拟俟高阿那肱入朝,把他捕诛。不意高阿那肱自别宅取便路入宫,计不得行。孝珩乃求拒西师,高阿那肱、韩长鸾犹防他为变,使为沧州刺史。孝珩临行,向高阿那肱道:"朝廷不赐遣击贼,想是怕孝珩造反呢!孝珩若得破宇文邕,进军长安,就使造反,亦与国家无与。事至今日,危急万状,尚如此猜忌,岂不可叹!"说毕,太息自去。尉相愿拔刀斫柱道:"大事已去,尚复何言!"

齐主使长乐王尉世辩,领着千骑,往探周师。行出滏口,登高西望,但见群鸟飞起,即疑周师已至,策马奔还,报称寇至。黄门侍郎颜之推、中书侍郎薛道衡、侍中陈德信等,因劝上皇往河外募兵,更为经略,事若不济,亦可南投陈国。上皇依议,遂先使太皇太后、太上皇后往趋济州,继又遣幼主东行。自己不及登程,即闻周师薄城,没奈何调兵出战。不到半时,已被周军杀败,或溃去,或奔还,齐上皇忙挈冯淑妃等,尤物断不可舍。从东门出走,使武卫大将军慕容三藏守邺宫。

周师毁门突入,齐王公以下皆降,惟三藏拒守不出。领军大将军鲜于世荣,为齐宿将,尚鸣鼓三台,与周相抗。周主遣人招降世荣,赐给玛瑙杯,被世荣击碎。周主乃令将士往执世荣,世荣独力难支,受擒后仍然不屈,致为所杀。周主复招降三藏,三藏自知不支,始出见周主。周主优礼相待，面授仪同大将军，究竟有愧世荣。独拘住莫多娄敬显，数责罪状道："汝前守晋阳，遁入邺中，携妾弃母，是为不孝；外似为齐戮力，暗中向朕通款，是为不忠；既已送款与朕，尚且阴怀两端，是为不信。有此三罪，不死何待！"遂命推出斩首。也是一番权术。一面颁敕安民。

齐国子博士熊安生博通五经，闻周主入邺，遽令扫门。家人问为何因？安生道："周主重道尊儒，必来见我。"果然过了半日，周主亲至熊家，握手引坐，赐给安车驷马，然后别去。又礼延齐中书侍郎李道林入宫，使内史宇文昂，访问齐朝政教风俗，及人物善恶，留宿三日，方才送归。周主颇知礼士，熊、李亦颇疚心否？

邺城大定，遂遣将军尉迟勤等，东追齐主。齐上皇纬渡河入济州，又令幼主恒禅位任城王湝。且替湝作诏，尊上皇谓无上皇，幼主为宋国天王，真是儿戏。使侍

中斛律孝卿，送禅文及玺绂往瀛州。孝卿竟持入邺城，献与周主，湝全不得闻。齐洛州刺史独孤永业，有甲士三万人，前闻晋州失守，表请出兵击周，并不见报。至并州又陷，长叹数声，乃遣子须达奉款周军。周主遥授永业为上柱国，加封应公。齐上皇纬穷蹙无援，更思南奔，留胡太后居济州，使高阿那肱守济州关，觇候周师，自与穆后、冯淑妃、幼主恒及韩长鸾、邓长颙等数十人，奔往青州，母可弃，妻妾子孥等不可舍。令内参田鹏鸾西出，伺敌动静。途次为周师所获，诘问齐主何在？鹏鸾但说齐主南行，想当出境。周人知系谎言，杖击鹏鸾手足，每折一肢，词色愈厉，至四肢俱折，奄然毕命，终不肯言。齐上皇至青州，即欲入陈，偏

第七十八回　陷晋州转败为胜　擒齐主取乱侮亡

高阿那肱密召周师,愿生致齐主,作为贽仪。一面启达青州,只说周师尚远,已令部众截断桥路,定保无虞。齐上皇乃留住不行。哪知周师到济州关,高阿那肱便即迎降。周将尉迟勤,驰入济州,先将胡太后掳去,复进军青州。距城不过一二十里,齐上皇方才闻知,亟用囊贮金,系诸鞍后,与后妃幼主等十余骑,南走至南邓村。方拟小憩,忽听后面喊声大起,不瞧犹可,回头一瞧,吓得魂飞天外,原来正是士强马壮的周军。看官,试想此时齐上皇以下十数人,半系妇女,半系童仆,就使插翅也难飞去。眼见得束手受擒,被周将尉迟勤,带回邺城去了。妻妾同受磨劫,好算是休戚与共了。

周主邕住邺数日,赈贫拔困,彰善瘅恶。因故齐臣斛律光、崔季舒等,无罪遭戮,特为昭雪,并加赠谥,且令改葬。子孙各得荫叙,所有家口田宅,没入官库,概令发还。周主尝语左右道:"斛律明月若尚在世,朕怎得至邺呢!"还有齐故中书监魏收,时已去世。收生前修撰魏史,意为褒贬,毫不秉公,每言何物小子,敢与魏收作色,我欲举扬,便使他上天,我欲按抑,便使他入地。及修史告成,众口喧然,号为秽史。邺城失陷,收冢被怨家发掘,暴骨道中。特志此事,为秉笔不公者戒。周公邕仍命检埋,收有从子仁表,曾为尚书膳部郎中,至是仍许为官。就是《魏书》百三十卷,亦不使铲削,迄今尚复流行。

高纬至邺,周主邕降阶相迎,待以宾礼,令与太后幼主及后妃诸王等,暂处邺宫。当下派兵监守,不烦细述。总计高纬在位,历十有二年,幼主恒受禅称帝,未及一月,延宗在晋阳称尊,只阅二日,任城王湝,未接禅位谕旨。所以北齐历数,后世相传,自高洋篡魏为始,至幼主被擒为止,凡六主二十八年;延宗与湝不得列入。湝闻邺都失守,当然悲愤,可巧广宁王孝珩,行至沧州,即作书遗湝,共谋匡复。湝遂与孝珩相会信都,彼此召募得士卒四万余人。领军尉相愿,亦带领家属,自邺奔至,湝仍令督率兵士,共抗周师。周主先令高纬致书招湝,湝拒绝使人,乃遣齐王宪,柱国杨坚等,统兵往击。途中获得信都谍骑,宪纵令还报,并委他寄书与湝。略云足下间谍,为我候骑所拘,彼此情实,应各了然。足下战非上计,守亦下策,所望幡然变计,不失知几。现已勒诸军分道并进,相会非遥,凭轼有期,不俟终日云云。湝得书不省,但出兵城南,列营待着。

过了两日，已见周军掩至。两下对阵，齐领军尉相愿，佯为出战，竟率所部降周师。湝与孝珩，忙收军入城，捕诛相愿妻子。越日复战，信都兵新经募集，毫无纪律，怎能敌得过百战周师，甫经交绥，即纷纷散去。周师或斫或缚，好似虎入羊群，无一敢挡。结果是齐军全覆，连湝与孝珩，均被周师擒住。周齐王宪语湝道："任城王何苦至此！"湝叹道："下官乃神武皇帝第十子，兄弟十五人，惟湝独存，不幸宗社颠覆，湝为国捐躯，至地下得见先人，也可无遗恨了！"宪颇为赞叹，命归湝妻孥。再召孝珩入问，孝珩自陈国难，归咎高阿那肱等，说得声泪俱下。宪不禁改容，亲为洗疮敷药，礼遇甚厚。孝珩慨然道："自神武皇帝以外，我诸父兄弟，无一人年至四十，岂非命数？况嗣主不明，宰相不法，从前李穆叔谓齐氏只二十八年，竟成谶语。我恨不得入握兵符，受斧钺，展我心力，今已至此，尚有何言！"欢有子湝，澄有子孝珩，虽无救国亡，还算有些气节。宪执二王还邺，周主也温颜接见，暂留军中。
　　忽闻齐定州刺史范阳王绍义，高洋第二子。与灵州刺史袁洪猛，引兵南出，欲取并州，自肆州以北城戍二百余所，尽从绍义，周主急命东平公宇文神举，泰之族子。统兵北行。略定肆州，进拔显州，执刺史陆琼，又乘势攻陷诸城。绍义退保北朔州，遣部将杜明达拒敌。明达至马邑，正值周兵到来，如风扫残云一般，明达大败奔还。绍义见明达败还，且惊且叹道："周为我仇，怎可轻降？不如北去罢！"遂拟奔突厥。部众尚有三千人，绍义下令道："愿从者听，不愿从者亦听。"于是部下辞去大半，涕泣告别。绍义只率着千骑，往投突厥去了。自绍义北去，所有北齐行台州镇，悉为周有。惟东雍州行台傅伏、营州刺史高宝宁，尚不肯归周。
　　周主邕命将所得各州郡，各派官吏监守，然后启节西还。凡齐上皇高纬以下，一律带回。道出晋州，遣高阿那肱等百余人，至汾水旁，召傅伏出降。伏整军出城，隔水问道："今至尊何在？"高阿那肱道："已受擒了。"伏仰天大哭，率众再返，就厅前北面哀号，约阅多时，才复出城降周。同是一降，何必做作？周主见伏道："何不早降？"伏流涕答道："臣三世仕齐，累食齐禄。不能自死，愧见天地！"却是有愧。周主下座握手道："为臣正当如此。"乃举所食羊肋骨赐伏道："骨亲肉疏，所以相付。"遂引为宿卫，授上仪同大将军。及西入关中，已至长安，周主命将高纬置诸前列,齐王公大臣等随纬后行。凡齐国车舆旗帜器物,依次列陈,自备大驾,张六军,奏凯乐,献俘太庙,然后还朝御殿,受百官朝贺。高纬以下,亦不得不俯伏周廷。周主封纬为温国公,齐诸王三十余人,亦悉授封爵。纬自幸得生,深感周恩,惟失去一个活宝贝,未蒙赐还,不得不上前乞请,叩首哀求。小子有诗叹道:

　　无愁天子本风流,家国危亡两不忧;

　　只有情人难割舍,哀鸣阙下愿低头。

究竟所求何物,且看下回说明。

　　高延宗困守晋阳,受迫称尊,原其本意,实出于不得已,非觊觎神器者比也。东门一役,几毙周主,以危如累卵之孤城,尚能力挫强敌,亦云豪矣。及周师再振,鸣角还军,城内皆醉人,守者尚寝处,因至城破兵溃,力屈守擒,虽不可谓非疏忽之咎,然其胜也,固第出于一时之锐气,可暂而不可久。周主邑去而复还,卒拔晋阳,此乃天意之亡齐,不得尽为延宗责也。齐主纬穷蹙无策,禅位幼子,一何可笑!岂以帝位不居,便足却敌欤?彼平时之所最倚任者为穆提婆、高阿那肱。穆提婆先已降周,高阿那肱且倒戈授敌,及此不悟,尚复猜忌宗戚,信用阉人,宜其国亡身虏也。任城广宁,继安德而起,终致覆亡。厥后又有范阳,亦一战即遁,强弩之末,势不能穿鲁缟,固然无足怪耳。然如齐之世无令德,尚得四五传而亡,其犹为高氏之幸事也夫!

第七十九回

老将失谋还师被虏　昏君嗣位惨戮沉冤

　　却说高纬受封温公,尚向周主哀求一人,这人为谁？就是淑妃冯小怜。念兹在兹,可算情种。周主邕微哂道:"朕视天下如脱屣,一妇人岂为公惜！"遂仍将冯妃给还高纬。纬拜谢而起,挈妃自出。既而周主召纬入宴,并及高氏诸王公,酒至半酣,令纬起舞,纬毫无难色,乘着三分酒意,舞了一回。差不多似虞廷之百兽。高延宗独悲不自胜,至宴罢归寓,即欲仰药,侍婢再三劝止,乃暂自偷生。到了秋尽冬来,有人诬告温公高纬,与宜州刺史穆提婆谋反。周主召还穆提婆,与纬等对簿,大众同声呼冤。惟延宗饮泣无言,用椒塞口,未几气绝。高纬父子及齐宗室诸王,并皆赐死。穆提婆亦当然伏诛,独孝珩先期病逝,得归葬山东。纬弟仁英患狂,仁雅患瘖,亦均得免死,流徙蜀中。其余亲属故旧,一并流配,概死边疆。高纬虽在位十二年,死时尚只二十二岁,纬子恒只八岁而终。史称纬为齐后主,恒为齐幼主。

　　纬母胡氏年已四十,尚有冶容,恒母穆氏年仅二十有奇,自然更艳。两人流落无依,竟在长安市中,操着皮肉生涯,日与少年游狎。相传胡氏得陈夏姬术,陈夏姬系春秋时人,有内视法。与人欢会,常如处子,因此张帜平康,室无虚客。穆黄花妖冶善媚,亦得狎客欢心。胡氏尝语穆氏道:"为后不如为娼,更饶乐趣。"无耻至此,未始非高氏好淫的果报呢！登徒子其听之。齐任城王湝与纬同死。湝妃卢氏,由周主赐与亲将斛斯征。卢氏蓬头垢面,长斋持佛,不与征同言笑,征乃听令为尼。独纬妃冯小怜,亦由周主命令,赏与代王达为姜婢。达本不好色,偏得了这个冯淑妃,竟被迷住,非常宠爱。冯尝弹琵琶,忽断一弦,因随口吟诗道:"虽蒙今日宠,犹忆昔时怜！欲知心断绝,应看胶上弦。"你若果不忘旧情,何不早死,还可谢齐后主！达妃李氏,与达本伉俪相谐,自经冯小怜入门,屡致夫妻反目,大妇含酸,小妻构衅,不问可知。后来达为杨坚所杀,坚篡周祚,又将冯氏赐与李询,询即达妃李氏兄。询母为女报怨,令

第七十九回　老将失谋还师被虏　昏君嗣位惨戮沉冤

小怜改着布裙,逐日舂米,弱质柔姿,怎禁贱役,再加询母多方谩骂,不堪蹂躏,只好自寻死路,赴入冥途,人生总有一死,死到此时,乃弄得无名无望了。覆国亡家,都由此辈。话休叙烦。

且说齐范阳王高绍义,投入突厥,突厥木杆可汗,已早去世,弟佗钵可汗继立,很加爱重,凡在北齐人,悉归隶属。齐营州刺史高宝宁,与绍义同宗,久镇和龙,即营州治所。颇得夷夏人心。周主遣使招降,宝宁不从,竟使人至绍义前,上表劝进。突厥亦许为臂助,绍义遂进据平州,自称齐帝,改元武平。命宝宁为丞相,佗钵可汗,亦招集诸部,举众南向,声言立范阳王为齐帝,代齐报仇。周主邕正拟进讨,忽闻陈司空吴明彻等,出兵吕梁,进围彭城,乃先务南顾,亟遣大将军王轨,率兵赴援。原来陈主顼闻周人灭齐,欲争徐、兖,因命吴明彻督军北伐。行至吕梁,周徐州总管梁士彦,率众拒战,为明彻所破,斩获万计。乘胜进围彭城,月余不下,陈中书舍人蔡景历进谏道:"师老将骄,不宜过穷远略,请下敕班师。"陈主顼不从景历,反说他阻惑众心,免官放归。

吴明彻在军日久,仍然无功,且年将七十,不堪久劳,没奈何力疾从事。那周大将军王轨,已出兵南下,来救彭城。明彻得周军出发消息,益锐意进攻,就清水筑起长堰,引波流至城下,环列舟舰,日夕猛扑。梁士彦多方抵御,仍不得下。适探报传入陈营,谓周将王轨,已引军入淮口,用铁锁贯住车轮数百,沉清水中,遏断陈军归路,且在两旁筑垒屯戍云云。陈军不禁惆惧。部将萧摩诃献议道:"王轨始锁下流,两旁虽已筑垒,总还未就,速宜分兵往争,否则归路一断,我辈均为所虏了。"此策确是要紧。明彻掀髯微笑道:"搴旗陷阵,属诸将军;长算远略,归诸老夫,老夫自有主裁,将军不必躁急!"老昏颠倒。摩诃失色而退。

蹉跎过了旬余,下流已被锁住,水路遂断。周军遂来救城,明彻正苦背疾,不能支持。萧摩诃复入请道:"今求战不得,进退失据,看来只好潜军突围,方保生还,请公率领步卒,乘车徐行。摩诃领铁骑数千,驱驰前后,必能保公安达京邑。此机一失,生还无望了!"明彻怅然道:"将军所言,原是良图;但我为总督,必须亲自断后,马军宜在前列,愿将军统率前行。"摩诃因率马军先发,乘夜登程。明彻亦决堰退军,自领舟师至清口。水势渐微,舟被车轮塞住,不能前进。周将王轨正督军待着,一声胡哨,四面环击。杀得陈军无路可奔,纷纷投水自尽。明彻病不能军,连人带船,被周军掳去。将士辎重,悉数陷没,惟萧摩诃与将军任忠、周罗睺,从陆路偷过周营,全师得还。

陈主顼闻明彻被擒,始悔不用蔡

景历言,即日召景历入都,令为鄱阳王名伯山,陈世祖薨第三子。谘议参军,才阅数日,即迁员外散骑常侍,兼御史中丞。是岁景历病终,享寿六十,赠太常卿,追谥曰敬。景历为陈高祖佐命功臣,故后来复得配享高祖庙廷。吴明彻被掳至长安,忧愤而死,年已六十七岁。一失足成千古恨。及陈后主叔宝嗣位,也得追赠为邵陵县侯,这且休表。

惟周主邕得彭城捷报,赏功有差,且下诏改元宣政。自往云阳宫,大集各军,决计北讨。不料天不假年,二竖忽侵,兵马尚未调齐,皇躬竟致不起。乃下敕暂停军事,驿召宗师宇文孝伯,到了行在,由周主握手与语道:"我已疾亟,恐无生理,后事当尽付与君。君勉辅太子,勿负我言!"孝伯垂涕受嘱,且请乘舆还都。周主面授孝伯为司卫上大夫,总宿卫兵马事,先令驰驿还京,守备非常,自用卧床载归。途次气息仅属,甫近都门,骤致痰涌,喘息数声,竟尔归天。年只三十六岁,在位计十九年。

周主邕沉毅有智,即位时深自韬晦,至宇文护受诛,始亲万机。治事甚勤,持身甚俭,平居常自服布袍,寝用布被,后宫唯置妃二人,世妇三人,御妻三人,此外一律裁损。后宫服饰,概尚朴实,凡从前宇文护所筑宫室,并嫌过丽,悉令毁撤,改为土阶数尺,不施栌栱。所有雕斫各物,并赐贫民。至若校兵阅武,步行山谷,皆不惮劳苦。每当宴会将士,又必执杯劝酒，或手付赐物。平齐时见一军士跣行，即脱靴为赐，所以士皆用命，人愿效死。独太子赟不肖乃父，性好淫僻，宇文孝伯尝入白道："皇太子关系民社，未闻令德，臣忝列宫官，责难旁贷。今太子春秋尚少，志业未成，请妙选正人，辅导东宫，尚望迁善改过，否则后悔无及了！"周主道："正人岂复过君！君宜为我辅导太子。"及孝伯趋退，即命尉迟运为右宫正，孝伯为左宫正，寻擢孝伯为宗师中大夫。已而复召孝伯入问道："我儿近日渐长进否？"孝伯答道："皇太子近惧天威，尚无过失。"周主稍有喜色。嗣由王轨侍宴，起捋周主髯道："可爱好老公，但恨后嗣暗弱！"周主失色，竟命撤席，且责孝伯道："君常与我云：'太子无过。'今轨有此言，显见是君多诳语了。"孝伯拜谢道："臣闻父子至亲，人所难言。陛下不能割情忍爱，臣亦只好结舌了！"周主沉吟良久，方徐谕道："朕已将太子委公，愿公勉力！"孝伯乃再拜而退。孝伯不能导正东宫，何如先几引退？若周主之舐犊情深，其失愈甚。至周主疾殂，太子赟迎尸入都，一经棺殓，便由赟嗣皇帝位，尊谥故主邕为武皇帝，庙号高祖。奉嫡母阿史那氏为皇太后，本生母李氏为帝太后。立妃杨氏为皇后，杨氏小名丽华，就是柱国随公杨坚长女。周建德二年，纳为太子赟妃，此时册为皇后，杨家权势，从此益盛了。为杨坚篡周伏笔。

赟本无令行，只因父教甚严，不得不勉强矜持，涂饰耳目。既得登位，遂复萌故态，渐渐地放纵起来。当时周室勋亲，第一人要算齐王宪，赟夙加忌惮，即令武卫长孙览总兵辅政，收夺齐王宪兵权。又密令开府于智，察宪动静，智遂诬宪有异谋，请先时防范。赟已授宇文孝伯为小冢宰，因召入密嘱道："公能为朕图齐王，当即令代齐王职使。"孝伯叩头道："先帝遗诏，不许滥诛骨肉。齐王系陛下叔父，戚近功高，社稷重臣，栋梁所寄，陛下若妄加刑戮，微臣又阿旨曲从，是臣为不忠，陛下亦难免不孝呢！"赟默然不答，孝伯自然退出。赟自是疏远孝伯，潜与于智等设谋除宪，计划已定，仍遣宇文孝伯传命，往语宪道："三公位置，应属亲贤，今欲授叔为太师，九叔为太傅，九叔指陈王纯。十一叔为太保，十一叔指越王盛。叔以为何如？"宪答道："臣才轻位重，早惧满盈，三师重任，非所敢当；且太祖勋臣，宜膺此选，若专用臣兄弟，恐滋物议，还请陛下三思！"孝伯依言返报，未几复来，谓今晚召诸王入殿议事，王勿爽约。宪当然应命，孝伯自去。

转瞬天晚，宪遵召前往，行至殿门，并不见诸王到来，恰也不免惊疑，但已经趋入，只好坦然前进。不意门内伏着壮士，见宪入门，便即突出，把宪拿下。宪辞色不挠，自陈无罪，蓦见于智出殿，与宪对质，统是捕风捉影，含血喷人。宪目光似炬，口辩如河，说得于智理屈词穷，只有支吾对付。或语宪道："如王今日事势，何用多言！"宪太息道："我位重望尊，一旦至此，死生有命，不复图存；但老母在堂，尚留遗恨，罢罢！我也顾不得许多了。"说着将笏投地，竟被壮士缢死，年才三十五岁。
　　宪为周太祖泰第五子，幼即岐嶷，风采朗然。太祖泰尝赐诸子良马，任他取择，宪独取驳马。太祖问故？宪答道："此马色类不同，或多骏逸，将来从军征伐，牧圉亦容易辨明，岂不较善？"太祖道："此儿智识不凡，当成伟器。"后来果武略超群，累战皆捷。平时抚御士卒，甘苦同尝，平齐一役，长驱敌境，刍牧不扰，尤得民心。至是无辜被戮，远近含哀。大将军安邑公王兴，开府独孤熊、豆卢绍等，俱与宪相昵。嗣主赟诛宪无名，诬称兴等与宪谋叛，一并处死。宪母连步干氏，系柔然人，封齐国太妃。宪事母甚孝，母尝患风热，宪衣不解带，扶持左右。及宪冤死，母亦惊泣成疾，便即告终。宪长子贵早卒，余子质、賨、贡、乾禧、乾洽，并封公爵，亦连坐被戮。梓宫在殡，遽戮勋亲，周事已可知了。这一着便已致亡。
　　于智得晋位柱国，封齐国公，授赵王招为太师，陈王纯为太傅，越王盛为太保，代王达、滕王逌，宇文泰幼子。及卢国公尉迟运，薛国公长孙览，并为上柱国。后父杨坚亦得进任上柱国兼大司马。从前王轨尝语武帝道："太子非社稷主，普六茹坚有反相。"周曾赐杨忠姓为普六茹氏，坚为忠子，故称普六茹坚。武帝艴然道："若天命有在，亦无可如何！"坚闻轨言，尝自晦匿，至此得掌军政，方握重权。会幽州人卢昌期据住范阳，起应高绍义。绍义引突厥兵赴范阳城，周廷即遣宇文神举往讨。神举兼程北进，行至范阳，卢昌期前来迎战，被神举用诱敌计，一鼓围攻，得擒昌期，遂克范阳。高绍义尚在途中，得知范阳失陷，昌期被虏，因素服举哀，折回突厥。营州刺史高宝宁，亦率数万骑救范阳。中途闻变，仍然退据和龙。宇文神举奏凯班师，送昌期入长安，当然枭斩，不在话下。
　　周主赟以内外粗安，乐得恣情声色，任意荒淫。尝自扪杖痕，向梓宫前恨骂道："汝死已太迟了！"因此托名居丧，毫无戚容。整日里在宫

第七十九回　老将失谋还师被虏　昏君嗣位惨戮沉冤

中游狎,见有姿色的宫嫔,即逼与淫乱。拜郑译为内史中大夫,委以朝政。又嫌梓宫在堂,未便改吉,便不守遗制,即令移葬山陵。约计殡灵期间,尚未逾月。一经葬

毕,即易吉服,京兆郡丞乐运上疏,略言葬期既促,事讫即除,太为急急,不可训后。赟置诸不理。是年冬月,稽胡帅刘受逻千起反汾州,诏令越王盛为行军元帅,宇文神举为副,进军西河。稽胡向突厥求援,突厥遣骑赴救,为神举所侦悉,中途设伏,掩击突厥骑兵。突厥败走,稽胡帅刘受逻千,惶惧乞降。越王盛振旅还朝,神举留镇并、潞、肆、石等四州,号为并州总管。

　　越年正月朔日,周主赟在露门受朝,始服通天冠,绛纱袍,令群臣并服汉、魏衣冠,颁诏大赦,改元大成。初置四辅官,命越王盛为大前疑,蜀公尉迟迥为大右弼,申公李穆为大左辅,随公杨坚为大后丞,大陈鱼龙百戏,庆赏太平,好几日尚未撤去,免不得有几个直臣,上书谏阻。赟非但不从,反越加恣肆,一不做,二不休,令百戏日演殿前,夜以继昼。又广采美女,罗列声伎,增筑离宫,大兴徭役,真个是穷奢极欲,惟恐不及。想是自知速死,故不惮横行。起初即位,尚嫌高祖时刑书要制,太觉从严,特为减轻条例,时加赦宥。此次因民多犯法,吏好强谏,因欲为威虐,慑服群下,乃更定刑名,务尚苛刻,叫作刑经圣制。便在正武殿大醮告天,颁示刑法。一面令左右密伺群臣,小有过失,即加诛谴。自己独游宴沉湎,旬日不朝,群臣请事,统由宦官代奏。于是京兆郡丞乐运,舆榇入朝,陈主八失:(一)事多独断,不令宰辅参议。(二)采女实宫,仪

同以上诸女,不许擅嫁。(三)至尊入宫,数日不出,所有奏闻,统归阉人出纳。(四)下诏宽刑,未及半年,更严前制。(五)高祖斫雕为朴,崩未逾年,遽违遗训,妄穷奢丽。(六)劳役下民,供奉俳优角牴。(七)上书字误,辄令治罪,杜绝言路。(八)玄象垂诫,荧惑屡现,未能谘诹善道,修布德政。结末数语,乃是八过未改,臣见周庙将不血食了!看官,试想这种直言不讳的谏草,就使遇着中主,尚且忍受不起;况周主赟庸昏淫暴,哪肯听受直言。当下勃然大怒,命运入狱,即欲加运死罪。朝臣相率惶怖,莫敢营救,独内史中大夫元岩叹道:"臧洪同死,人且称愿;臧洪事见《三国志》。况同时遇着比干,岩情愿与他同毙。"遂诣阁入谏道:"乐运不惜一死,实欲沽名,陛下不如好言遣归,借示圣度!"也是讽谏。赟怒乃少解,越日召运与语道:"朕昨夜思卿所奏,实为忠臣。"乃赐运御食,运拜谢而出。朝臣初见周主盛怒,莫不为运寒心,及见运释归,乃为运道贺,说是虎口余生,不可多得了。

时大将军王轨,出为徐州总管,因见上昏下蔽,恐祸及己身,私语亲属道:"我昔在先朝,屡言储君失德,实欲为社稷图存。今事已至此,祸变可知,本州控带淮南,近接强寇,欲为身计,易如反掌,但忠义大节,究不可亏,况素受先帝厚恩,志在效死,怎得因获罪嗣主,遽背先朝?今惟有待死罢了!千载以后,或得谅我本心。"果然不到数月,大祸临头,好好一位百战功臣,又复死于非命。原来中大夫郑译,与轨有嫌,又恨及宇文孝伯,屡思报怨。事见七十八回,吐谷浑之役。可巧周主自扪杖痕,谓是何人所致?译乘机答道:"事由王轨、宇文孝伯。"赟恨恨道:"我誓当杀彼!"译复述及王轨捋须事,见上。越激动周主怒意,遂遣内史杜虔,赟敕杀轨。中大夫元岩不肯署敕,御正中大夫颜之仪进谏不从。岩复继脱巾顿首,三拜三进,周主怒道:"汝欲党轨么?"岩答道:"臣非党轨,正恐滥诛功臣,失天下望!"周主赟叱令内侍,殴击岩面,将他逐出,即日免官。并促令杜虔就道,未几即由虔返报,轨已诛讫。

上柱国尉迟运私语孝伯道:"我等与王公同事先朝,素怀忠直,今王公枉死,我辈亦将及难,奈何奈何?"孝伯道:"今堂上有老母,地下有武帝,为臣为子,去将何往?且委赟事人,义难逃死。足下若为身计,何勿亟求外调,还可免祸。"尉迟运依计而行,得出为秦州总管。才阅数日,周主赟召问孝伯道:"公知齐王谋反,何故不言?"孝伯道:"齐王效

第七十九回 老将失谋还师被虏 昏君嗣位惨戮沉冤

忠社稷,实为群小所谮,因致冤戮,臣受先帝嘱托,方愧不能切谏,此外尚有何言!陛下如欲罪臣,臣有负先帝,死亦甘心了!"周主赟也觉怀惭,俯首不语,待孝伯告退,竟下敕赐死。又因宇文神举,受宠先朝,亦尝毁己,索性尽加辣手,命内史赍着鸩酒,速赴并州;逼令饮鸩自尽。尉迟运至秦州,迭闻孝伯、神举,依次毕命,不由得忧惧成疾,也即暴亡。小子有诗叹道:

　　未信仁贤国已虚,哪堪勋旧尽诛锄!
　　人亡邦瘁由来久,黑獭从兹不食余。

　　周主赟既滥杀勋臣,又想出一种奇事,即拟施行。欲知周主有何设施,且至下回再表。

　　周主邕为一英武主,平齐以后,又复败陈,虽由陈将吴明彻之昏耄失算,以致兵败受擒,然非周将王轨之锁断下流,亦不至挫失如此。败陈者王轨,用轨者周主邕,推原立论,宁非由周主之英明乎?独周主邕号称知人,而不能自知其子,昏庸如赟,安得以大统相属?就令诸子尚幼,不堪承嗣,何妨援兄终弟及之例,传位同胞!况世宗毓已为前导,邕正可步厥后尘,奈何徒为予嗣计,不思为社稷计乎?及赟嗣位后,戮勋戚,杀功臣,种种失德,史不绝书,皆周主之贻谋不臧,有以致之。然当时如齐王宪辈,不能为伊霍之行,徒拱手而受戮,忠而近愚,亦不足取,身亡而国俱亡,此任圣之所以夐绝古今也!

第八十回

宇文妇醉酒失身　尉迟公登城誓众

却说周主赟嗣位改元,即封皇子衍为鲁王,未几立衍为太子。又未几即欲传位与衍。看官听着!赟年方逾冠,太子衍甫及七龄,如何骤欲内禅?这岂非出人意外的奇事!其实他的意见,是因耽恋酒色,不愿早起视朝,所以将帝座传与幼儿。诸王大臣无敢违忤,只好请出东宫太子,扶上御座,大家排班朝贺。太子衍莫名其妙,几乎要号哭出来。当下草草成礼,仍送衍入东宫。赟令衍易名为阐,改大成元年为大象元年,号东宫为正阳宫,令置纳言御正诸卫等官。自称天元皇帝,尊皇太后为天元皇太后,所居宫殿,称为天台,冕用二十四旒,车旗章服,皆倍常制,每与皇后妃嫔等列坐宴饮,概用宗庙礼器,罍彝珪瓒,作为常品。每对臣下,自称为天,臣下朝见,必先致斋三日,清身一日,然后许入。又不准臣民有高大的称呼,高祖改称长祖,姓高改作姓姜,官名称上称大,悉改为长,并令国中车制,只用浑成木为轮,不得用辐。境内妇人,不得施粉黛,惟宫人得乘辐车,用粉黛为饰。宫室窗牖,概用玻璃,帷帐多嵌金玉,五光十色,炫耀耳目。更命修复佛道二像,与己并坐,大陈杂戏。令士民纵观。继又集百官宫人外命妇,具列妓乐,作乞寒胡戏,乞寒亦名泼寒,是西域乐名。臣下稍或忤意,便加楚挞,每一笞杖,以百二十为度,叫做天杖。就是宫人内职,甚至皇后宠妃,亦所不免。历历写来,全是儿戏。

皇后为杨坚女,已见前回。次为朱氏,芳名满月,本系吴人,因家属坐事,没入东宫,时年已二十余岁,掌赟衣服。赟年甫十余,已是好色,见朱氏貌美多姿,便引与同寝,数次欢狎,即得成孕,分娩时产下一男,就是小皇帝阐。又次为元氏,系开府元晟次女,十五岁被选入宫,容貌秀丽,比朱氏更胜一筹。且年龄较稚,正如豆蔻梢头,非常娇嫩,一经侍寝,大惬赟心,当即拜为贵妃。惟赟多多益善,得陇更思望蜀,复选得大将军陈山提第八女,轻盈袅娜,不让元妃,年龄亦不相上下。尤妙在柔

第八十回　宇文妇醉酒失身　尉迟公登城誓众

情善媚，腻骨凝酥，不但朱氏无此温柔，就是元氏亦未堪仿佛，一宵受宠，立拜德妃。史官又揣摩迎合，奏称日月当蚀不蚀，乃称皇后杨氏为天元皇后，册妃朱氏为天元帝后。已而复纳司马消难女为正阳宫皇后，乃复尊帝太后李氏为天皇太后，改天元帝后朱氏为天皇后，并立妃元氏为天右皇后，陈氏为天左皇后。名位俱由独创，赟可谓大思想家。元氏父晟封翼国公，陈氏父山提封鄅国公。内史大夫郑译，本非懿戚，因执政有功，特别荣宠，亦封为沛国公。

正在天花乱坠、举国若狂的时候，忽闻突厥遣使请和，乃即令引见。突厥使乞请和亲，赟慨然允诺，特令赵王招女为千金公主，许字突厥。唯必须执送高绍义，方遣公主出嫁。突厥使唯唯而去，好几旬不见复命。赟因北方无事，欲南略示威，乃命上柱国韦孝宽为行军元帅，率同行军总管杞国公亮、赟从祖兄。郧国公梁士彦，出兵伐陈。孝宽进拔寿阳，亮拔黄城，士彦拔广陵，陈人望风退走，江北一带，陆续归周。

周主赟骄侈益甚，更命营造洛阳宫，遣使简视京兆及诸州，凡有民家美女，一律采选，充入宫中。又恐宫制狭陋，未如所望，特挈四皇后巡幸，赟亲御驿马，日驰三百里，命四皇后方驾齐驱，或有先后，便加谴责。文武侍卫，不下千人，并乘驿相随，人马劳敝，颠仆相继，赟反视为乐事。及至洛阳，宫尚未成，规模已经草创，壮丽异常。赟颇觉快意，乃但作十日游，命驾还都。都中所筑离宫，以天兴宫、道会苑为最大，赟随时行幸，晨出夜还，习以为常，侍臣皆不堪奔命。

大象二年正月朔，至道会苑受朝，命御座旁增造二宸，左绘日，右绘月，又改称诏制为天制，诏敕为天敕。过了数日，又尊皇太后阿史那氏为天元上皇太后，帝太后李氏为天元圣皇太后，立天元皇后杨氏为天元太皇后，天皇后朱氏为天太皇后，天右皇后元氏为天右太皇后，天左皇后陈氏为天左太皇后，正阳宫皇后司马氏，直称皇后。宫中大庆，所有王公大臣诸命妇，不得不联袂入朝。就中有一杞国公子妇尉迟氏，乃是蜀国公尉迟迥孙女，西阳公宇文温的妻室，生得丰容盛鬋，玉骨冰姿，当时亦入朝与宴，为赟所见，竟惹动欲念，想与她并效鸾凰。但命妇与座，不下数百，如何同她苟合？便想出一计，暗嘱宫女，迭劝尉迟氏进酒，把她灌得烂醉。待至宴毕撤席，大众散归，尉迟氏酒尚未醒，不能行动，当然扶入床帏，使她酣寝。赟见尉迟氏中计，心下大喜，便至尉迟氏卧处，把她卸去外衣，任意奸污。尉迟氏动弹不得，只好由他所为，占宿一宵。越日尚留住宫中，不肯放归，转眼间将要浃旬，始令归第。

杞国公亮已料子妇着了道儿，密嘱子温彻底盘问。尉迟氏不能自讳，据实说明，温当然悔恨，亮也觉懊怅。子妇被淫，与汝何涉？遂语长史杜士峻道："主上淫纵日甚,社稷将危,我忝列宗支,不忍坐见倾覆。今拟袭取韦公营寨,并有彼部,别推诸父为主,鼓行而前,谁敢不从?"士峻也以为然,遂夜率数百骑,往袭韦孝宽营。到了营前,遥望营内刁斗无声,只有数点星火,亮不辨好歹,麾众杀入,乃是一座空营,并无一人。当下情急胆虚,自知不妙,忙引众奔还,突听得一声呐喊,伏兵四至,把亮困住。亮拼命冲突,杀透一层,又有一层,好容易杀开血路,慌忙奔走。手下已只剩数人。约行半里,忽有大将带领人马,从斜刺里冲出,截住去路。亮望将过去,这员大将,正是上柱国郧国公韦孝宽。此时冤家路狭,无处逃生,不得已抵死力争。怎奈寡不敌众,被韦军用械乱刺,身受重伤,坠落马下,再经一刀,结果性命。孝宽传首入报,赟即命宿卫军抄斩亮家,把亮子温明等,尽行杀死,独赦免温妻尉迟氏,令带回宫中。倾家亡国,多缘美色。

嗣是得与尉迟氏连宵取乐,公然拜为长贵妃。嗣又欲立她为后,召问小宗伯辛彦之。彦之答道:"皇后与天子敌体,不应有五。"赟怫然不悦,转问博士何妥,妥进谀道:"帝喾四妃,虞舜二妃,先代立后,并无定限。"赟始易怒为喜道:"究竟是个博士,实获我心。"遂免彦之官,特添置天中太皇后位号,令天左太皇后陈氏充任。即立尉迟氏为天左太皇后。因造玉帐五具,使五后各居一帐,又用五辂相载,每有游幸,必令从行。或且令五辂为前驱,自率左右步随。寻复想入非非,募取京城少年,使乔扮作妇女装,入殿歌舞,自与五后及其他嫔御,列坐观演,恣为笑乐。不怕戴绿头巾么?

第八十回　宇文妇醉酒失身　尉迟公登城誓众

天元太皇后杨氏,性情柔婉,素来顺旨,就是四皇后与她同处,班次相亚,亦从未闻杨后有嫌,所以互相敬爱,情好甚谐。惟赟好色过度,尝饵金石,渐渐的阳竭精枯,神精瞀乱,暴喜暴怒,越令人不可测摸,朝晚施行天杖,动辄数百,连五皇后亦尝受天刑。杨后究系结发夫妻,免不得婉言规劝,顿时触动赟怒,命杖背百二十下。杨后仍从容面谏,词色如恒,赟大怒道:"汝可先死,我且灭汝家!"遂命将杨后牵入别宫,逼令自杀。当由宫监报知杨后母家,后母独孤氏大惊,亟诣阁陈谢,叩头流血,方得将杨后释出,仍还原宫。

既而赟又欲杀杨坚,召他入阁,先语左右道:"坚若变色,汝等即可为我动手。"左右领命待着。及坚入见,容止端详,言貌自若,乃得免祸,安然退出。

坚少与郑译同学,译见坚龙颜凤表,额上有五柱入顶,手中又有王字纹,知非常相,因深与结交。坚虑在朝罹祸,尝密语译道:"久愿出藩,公所深悉,何勿为我留意?"译答道:"如公德望,天下归心,欲求多福,自当代谋。"坚喜为道谢。未几译被召入内,与商南略事宜,译请简元帅,赟便令译举荐,译即以坚对。乃授坚为扬州总管,使偕译统兵伐陈。适坚有足疾,尚未果行。

时值仲夏,天气暴热,赟备法驾往天兴宫,为避暑计,是夕即病。次日复患喉痛,匆匆还宫,便召小御正刘昉,中大夫颜之仪,同入卧室,拟嘱后事。偏偏喉咙声哑,挣不成声,竟说不出一句话来。昉等慰解数语,便即趋出。之仪自归,昉独与郑译等商议国事。译引入御饰大夫柳裘、内使大夫韦䚮、御正下士皇甫绩,公同议决,请后父杨坚辅政。坚辞不敢当,昉作色道:"公若肯为,便当速为;必欲固辞,昉将自为了。"坚乃允诺。昉素以狡谄得幸,至是因幼主无用,乃更媚事杨坚,可见佥人万不可用,即如内史郑译亦可类推。既与坚有定约,因引坚入宫,托词受诏,居中侍疾,赟竟尔绝命。由昉、译主持宫禁,矫诏令坚总知中外兵马事。昉等一一署名,独颜之仪抗声道:"主上升遐,嗣子幼冲,阿衡重任,宜属宗英,方今赵王最长,议亲议德,合膺重寄。公等备受朝恩,当思尽忠报国,奈何欲以神器假人?之仪宁为忠义鬼,不敢诬罔先帝!"可谓朝阳鸣凤。昉等知不可屈,代为署敕,颁发出去,诸卫军遵敕行事,各听坚节制。坚乃就之仪索取符玺,之仪复正色道:"符玺系天子物,自有专属,宰相何事,乃欲索此?"坚不禁动怒,令卫士将他扶出,意欲置诸死刑,转思他有关民望,乃但黜为西边郡守。于是为故主赟发丧,迎幼主阐入居天台,罢正阳宫,大赦刑人,停止洛阳宫作。尊阿史那太后为太皇太后,杨后为皇太后,朱后为帝太后,所有陈后、元后、尉迟后,勒令出宫,并皆为尼。尉迟氏最不值得。追谥赟为宣皇帝,逾月奉葬。赟在位只越一年,禅位后又越一年,总算合成三年,殁时才二十二岁。得保首领,大幸大幸。

赟有六弟,介弟名赞,封汉王,次名赘,封秦王,又次名允,封曹王,又次名充,封道王,又次名兑,封蔡王,最幼名元,封荆王。汉王赞年将及冠,姿性庸愚,杨坚推他为上柱国右大丞相,阳示尊崇,实无权柄。自己为左大丞相,兼假黄钺,秦王赘为上柱国,此外皇叔并幼,不得入居朝列。幼主阐谅暗居丧,百官总己,听命左大丞相杨坚。坚又恐藩王有变,征令入朝,赵王招、陈王纯、越王盛、代王达、滕王逌五人,时皆就国。诸王皆不在朝,怪不得杨坚逞志,但赟俱皆遣散,自翦羽翼,安得不亡!至此闻有大丧,且接受诏旨,当然联翩入关。适突厥他钵可汗遣使吊丧,并迎千金公主。坚以为遗命当遵,遂与赵王招熟商,令他嫁女出番。特遣建威侯贺若谊等送往,多赍金帛,馈赠他钵,令执送高绍义。他钵乃伪邀绍义出猎,使谊候着,掩他不备,执还长安,坚因赦文甫下,免绍义死,流徙蜀中。绍义忧郁成瘵,不久即亡。了结高齐,缴足前文。

坚擅改正阳宫为丞相府,引司武上士郑贲为卫,潜令整顿兵仗,随坚入相府中。贲又召公卿与语道:"公等欲求富贵,宜即随行。"公卿相率骇愕,互谋去就,不意卫兵大至,迫众随入相府。众不敢违,相偕至正阳宫,又为门吏所阻,被贲瞋目叱去,坚乃得入。贲遂得典丞相府宿卫,郑译为丞相府长史,刘昉为司马。御正下大夫李德林,自齐入周,尝司诏诰,坚知他文艺优长,特召入与语道:"朝廷赐令总文武事,经国重任,今欲与公共事,愿公勿辞!"德林答道:"愿以死奉公!"坚闻言大喜,即令德林为府属。内史大夫高颎,明敏有识,习兵事,多计略,坚又引为司录,遂改革秕政,豁除苛禁,删略旧律,更作刑书要制,奏请施行。躬履节俭,政尚清简,中外被他笼络,相率归心。汉王赞常居禁中,与幼主阐同帐并坐,有所议论,当然主谋。坚尚以为忌。相府司马刘昉,为坚设法,特饰美妓数人,亲送与赞。赞少年贪色,喜得心花怒开,便视昉为好友，尝相往来。昉因说赞道："大王系先帝介弟，时望所归，孺子幼冲，岂堪大事！今先帝甫崩，群情尚扰，王且归第，待事宁后，入为天子，乃是万全计策呢。"赞信为真言，便出居私第，日与美妓饮酒取乐，不问朝政。

那时内外政权，都归左大丞相杨坚。坚遂欲篡周祚，夜召太史中大夫庾季才问道："我以庸才，受兹顾命，天时人事，卿以为何如？"季才已知坚意，顺口答道："天道精微，不能臆察，惟卜诸人事，符兆已定，季才纵言不可，公岂复得为巢、许么？"巢父、许由皆古隐士。坚沉思良久道："诚如君言。"坚妻独孤夫人为前卫公独孤信女，亦密语坚道："大事至此，势成骑虎，必不得下，宜勉图为要！"欲作皇后耶？抑欲报父仇耶？坚很以为然，特恐相州总管蜀国公尉迟迥，为周室勋戚，迥母为宇文泰姊。位望素重，或有异图。乃使迥子魏安公惇，赍诏至相州，饬令入都会葬，另派上柱国韦孝宽为相州总管，即日启行。

迥得诏书，料知坚谋篡逆，未肯应召，但遣都督贺兰贵，往候韦孝宽。孝宽行至朝歌，与贵相遇，晤谈多时，见贵目动言肆，察知有变，因称疾徐行，且使人至相州求取医药，阴伺动静。迥即令魏郡太守韦艺，持送药物，并促孝宽莅镇，以便交卸。艺系孝宽兄子，与迥相善，及见孝宽，但传述迥命，未肯实言。孝宽再三研诘，仍然不答，乃拔剑起座，竟欲斩艺，艺不觉大骇，始言迥有诡谋，不如勿往。孝宽即挈艺西走，每过亭驿，尽驱传马而去。且语驿司道："蜀公将至，宜速具酒食！"驿司依言照办。过了一日，果有数百骑到来，为首的并非尉迟迥，乃是奉迥所遣的将军梁子康，阳言来迎孝宽，实是追袭孝宽。驿中已无快马，只有盛馔备着，子康也是个酒肉朋友，乐得过门大嚼，聊充一饱。那孝宽叔侄，已早驰入关中去了。孝宽不谓无智，但助坚篡周，终属非是。

杨坚闻孝宽脱归，再令侯正破六韩裒，诣迥谕旨。并密贻相州长史晋昶等书，嘱令图迥。迥察泄隐情，杀裒及昶，遂召集文武官民，登城与语道："杨坚自恃后父，挟持幼主，擅作威福，逆迹昭彰，行路皆知，我与国家谊属舅甥，任兼将相，先帝命我处此，寄托安危，今欲纠合义勇，匡国庇民，君等以为何如？"大众齐声应命。迥乃自称大总管，起兵讨坚。坚即令韦孝宽为行军元帅，辅以梁士彦、元谐、宇文忻、宇文述、崔弘度、杨素、李询等七总管，大发关中士卒，往击尉迟迥。孝宽方才起行，雍州牧毕王贤,明帝毓长子。恰潜与五王同谋,五王即赵、陈、越、代、滕诸王。意欲杀坚,偏为坚所察觉,诬贤谋反,将贤捕戮,并及贤三子。只因外乱方起,未便尽杀五王,但佯作不知,且令秦王贽为大冢宰,杞公椿杞公亮弟,亮诛后,椿继任为大司徒,暂安众心。一面调兵转饷,专力图外。

青州总管尉迟勤,系迥从子,初由迥贻书相招,勤把原书赍送长安,自明绝迥。嗣闻相、卫、黎、洺、贝、赵、冀、沧、瀛各州,俱与迥相联络,更兼荣、申、楚潼

尉迟迥登城誓众

各刺史,亦应迥发难,单剩青州一隅,孤悬海表,如何抵挡得住,乃亦答复迥书,愿同戮力。迥又遣使联结并州刺史李穆,穆子士荣,劝穆从迥。穆独不愿,锁住来使,封上迥书。坚使内史大夫柳裘,驰驿慰穆,与陈利害,又使穆子左侍浑,往布腹心。穆即遣浑还报,奉一熨斗与坚,嘱浑致词道:"愿执持威柄,熨安天下!"还有十三镮金带,亦令浑带去持赠,十三镮金带,是天子服,明明是阴寓劝进的意思。专冀富贵,不顾名义。坚当然大悦,答书道谢,并令浑诣韦孝宽军前,详述穆意,免得孝宽后顾,好教他锐意前进。穆兄子崇为怀州刺史,本欲应迥,后知穆已附坚,慨然太息道:"阖门富贵,至数十人,今国家有难,竟不能扶倾定危,尚何面目处天地间呢!"话虽如此,怎奈孤掌难鸣,没奈何迁延从事。迥再招东郡守于仲文,仲文不从,迥即令大将军宇文胄、宇文济,分道攻仲文。仲文不能守,弃郡奔长安,妻孥不及随奔,尽被杀毙。迥又遣大将军檀让略地河南,杨坚因命于仲文为河南道行军总管,使击檀让。另调清河公杨素,使击宇文胄、宇文济。并自为都督中外诸军事。会郧州总

第八十回　宇文妇醉酒失身　尉迟公登城誓众

管荥阳公司马消难,亦因身为后父,愿保周室,亦举兵应迥。消难女为幼主阐后见前。坚乃复遣柱国王谊为行军元帅,出攻消难。军书旁午,日无暇晷,更兼天气盛暑,将士出发,亦未能兼程急进,害得杨坚欲罢不能,免不得日夕忧烦。

赵王招等入长安后,已见坚怀不轨,常欲杀坚,自毕王贤被杀,心愈不安,乃想出一法,邀坚过饮。坚亦防招下毒,特自备酒肴,令左右担至招第,方才敢往。招引坚入寝室,使坚左右留住外厢,惟坚从祖弟大将军弘,及大将军元胄,随坚入户,并坐户侧,招与坚同饮,酒至半酣,招拔佩刀刺瓜,接连啖坚。元胄瞧着,恐招乘势行刺,即挺身至座前道:"相府有事,不便久留,请相公速归!"招怒目呵叱道:"我方与丞相畅叙,汝欲何为?"胄亦厉声道:"王欲何为?敢叱壮士!"招始佯笑道:"我有什么歹意?卿乃这般猜疑。"因酌酒赐胄,胄一饮而尽,站立坚旁。仿佛鸿门会上时。招与坚续饮数觥,伪醉欲呕,将入后阁,胄恐他为变,扶令上坐,至再至三。招复自称喉渴,令胄就厨取饮,胄仍屹然不动。适滕王逌后至,坚降阶出迎,胄乃得与坚耳语道:"事势大异,可速告归!"坚答道:"彼无兵马,何足为虑!"胄又低声道:"兵马统是彼物,彼若先发,大事去了!胄不辞死,恐死无益!"坚似信非信,重复入座。胄格外留意,忽听室后有披甲声,亟扶坚下座道:"相府事繁,公何得流连至此?"一面说,一面扯坚出走,招不禁着急,亦下座追坚。胄让坚出户,呼弘保坚同行,自奋身挡住户门,不令招出。小子演述至此,随笔写成一诗道:

欲为壮士贵争名,保主何如保国诚!

当户虽然资大力,公私两字欠分明。

毕竟杨坚如何脱身,待看下回表明。

周主赟淫昏失德,并立五后,其最称丑秽者,为西阳公温妻尉迟氏。温父亮为赟从祖兄,温妻尉迟氏,赟之从祖侄妇也。尉迟氏有美色,赟乘其入朝,灌酒使醉,逼而淫之,亮因此谋叛,祸及一门,尉迟氏被迫入宫,公然为后。赟之不道,原不足责;尉迟氏不能保身,复不能保家,甘心受污,侈服翚翟,以视春秋时之怀嬴,其犹有愧辞乎?及昏君毕命,仍出为尼,嗟何及哉!尉迟迥累世贵戚,地居形胜,愤坚专擅,誓众兴师,不可谓非忠义士。司马消难,亦举兵响应,名正言顺,事若可成。然试思淫暴如赟,宁尚能泽及后嗣耶!天意亡周,人力亦乌能挽之?徒见其倏起倏败而已。然如尉迟迥之为国死义,亦足垂千古矣!

第八十一回

失邺城皇亲自刎　篡周室勋戚代兴

却说杨坚为赵王招所诱,几乎遭害,幸亏大将军元胄,将坚扶出,奋身当户,阻住赵王招,待至坚已去远,才转身趋归。赵王招见胄勇武,不敢与抗,眼见是纵虎出柙,自恨不先下手,因致迟误,徒落得弹指出血,结愤填胸。那杨坚怎肯罢休,即诬称赵王招图逆,与越王盛通谋,立刻驱策兵士,围住两王府第,屠戮全家;惟赏赐元胄,不可胜计。元胄、宇文弘,仿佛许褚、曹洪。会益州总管王谦,亦自蜀起兵,与尉迟迥、司马消难等,互相联络,尉迟迥更贻书后梁,请为声援。后梁诸将,竞劝梁主举兵,谓与迥等连盟,进可尽节周氏,退可席卷山南。梁主岿踌躇未决,岿嗣督位,见七十二回。乃使中书舍人柳庄,入周观衅。杨坚握手与语道:"孤昔开府,尝从役江陵,深蒙梁主殊眷,今主幼时艰,猥蒙顾托,与梁主共保岁寒,勿爽旧约,请君为我达意!"柳庄应命而还,具述坚言,且语梁主岿道:"尉迟迥虽是旧将,昏耄已甚,消难王谦,才具庸劣,更不足道。周朝将相,多为身计,统已归附杨氏,看来迥等终当覆灭,随公必移周祚,不若保境息民,静观时变为是。"梁主岿因敛兵不动,作壁上观。

周行军元帅韦孝宽,已引军至武陟,与尉迟迥军隔一沁水,水势适涨,两下相持不战。孝宽长史李询密报杨坚,谓总管梁士彦等,并受迥金,所以逗留。坚很加忧虑,与内史郑译等,商议易将。李德林独进言道:"公与诸将皆国家贵臣,未相服从,今但由公挟主示威,勉从号令,若非推诚相与,动辄猜疑,将来如何使人?况取金纳赂,事实难明,今或临敌易将,恐郧公以下,莫不自危,军心一离,大势尽去了。"坚谔然道:"今将奈何?"德林道:"依愚见,速遣一才望并优的干员,往达军前,察看情伪,诸将果有异心,亦不敢立时变动;万一变起,也是容易制驭哩。"坚大悟道:"非公言,几误大事。"乃命少内史崔仲方往监诸军。仲方以父在山东,不愿受命,改遣刘昉、郑译。昉说是未尝为将,译又以母

第八十一回　失邺城皇亲自刎　篡周室勋戚代兴

老为辞。无非怕死而已。坚不禁着急,幸司录高颎请行,乃即命出发,倍道至军,商诸孝宽,择沁水较浅处,筑桥渡军,一决胜负。

迥子魏安公惇率众十万,列阵至二十余里,麾兵少却,拟俟孝宽军半渡,然后进击,孝宽乘势渡桥,鸣鼓齐进。惇兵上前堵截,尽被杀退。颎又命

失邺城皇亲自刎

将浮桥毁去,自断归路,使将士上前死战,将士果然拼生杀去,尉迟惇不能抵挡,奔回邺城,军多散失。韦孝宽麾动各军,乘势追至邺下。惇父迥与惇弟祐,尽驱部卒出城,共十三万众,屯驻城南。迥自统万人,均戴绿巾,着锦袄,号称黄龙兵。迥弟勤又集众五万,由青州援兄,自领三千骑先至。迥素习军旅,老犹披甲临阵,麾下兵多关中人,相率力战。孝宽与战不利,只好退走。邺下士民观战,亦不下数万人。行军总管宇文忻道:"事已急了,我当用计破敌。"说着,即命兵士各抬弓搭箭,竟射观战的士民。士民当然骇走,哗声如雷。忻即大呼道:"贼败了,贼败了,我等将士,奈何不乘势立功?"众闻忻言,气势复振,再接再厉,杀入迥阵。迥众已为士民所扰,心神惶乱,怎禁得敌军大至,不由得仓皇四溃。迥无法支持,急与二子走回城中。孝宽纵兵围攻,毁城直入,邺城遂陷。迥窘迫升楼,由周将崔弘度追入,弘度妹曾嫁迥子为妻,至是见迥弯弓欲射,索性脱去兜鍪,遥语迥道:"颇相识否?今日各图国事,不得顾私,但亲谊相关,谨当禁遏乱兵,不许侵辱。事已至此,请公早自为计,不必多费踌躇了。"弘度果知为国么?迥自知难免,把弓掷下,极口骂坚十余声,拔剑自刎。弘度顾弟弘升道:"汝可取迥头。"弘升乃枭首而去,持献孝宽。勤与惇祐,俱东走青州。孝宽遣开府大将军郭衍,率兵追获,与迥首同送入长安。杨坚因勤尝呈入迥书,初意未差,特令赦罪,惟将悖祐处刑。总计尉迟迥起兵,只六十八日而败,后人说他举事颇正,驭变无才,所以有此败亡呢。论断谨严。

孝宽更分兵讨关东叛吏,依次削平。坚命徙相州治所至安阳,毁去邺城及邑居,分置相州为毛州、魏州,无非是地小力分,化险为夷的意思。时周行军总管于仲文,军至蓼堤,距梁郡约七里许,檀让引众数万,前来掩击。仲文用羸兵挑战,佯作败状,退走十里。让恃胜生骄,竟不设备,夜间被仲文还袭,霎时惊散,被俘五千余人。仲文进攻梁郡,守将刘子宽弃城遁去;再进击曹州,擒住尉迟迥所署刺史李仲康,又追檀让至成武。让再战再败,东窜数十里,终为仲文所获,槛送长安,眼见得是不能活命了。檀让又了,顾应前回。还有宇文威、宇文胄等,亦由杨素剿平,报捷复命。两宇文亦随笔了结。惟司马消难及王谦两军,尚未扑灭,坚深以为忧,促王谊进军郧州,速平消难,一面使上柱国梁睿为西征元帅,进图益州。司马消难素无才略,但因尉迟迥发难,也想乘势图利,出些风头,淫烝父妾,让你出头,战乃危事,如何轻试?一闻尉迟迥败灭,吓得魂不附身,忙遣人至建康,向陈乞援。陈军尚未出发,王谊军已将驰至,消难不待王谊攻城,便贪夜南奔,投降南朝。陈主顼命为车骑将军,兼职司空,加封随公。王谊当然告捷。坚以外患将平,功成在迩,便自为大丞相,罢去左右丞相官衔,又杀害陈王纯及纯子数人。

益州总管王谦,但望各军得胜,自出兵为后继,哪知各处军报,都化作瓦解烟消,免不得心惊肉跳,非常忧虑。隆州刺史高阿那肱,此子尚在耶?因被坚外调,怏怏失望,遂向谦献计道:"公若亲率精锐,直指散关,蜀人知公仗义勤王,必肯为公效命,这是上策。出兵梁汉,占据腹地,这是中策。若坐守剑南,发兵自卫,这便成为下策了。"谦因上策太险,欲参用中、下二策,总管长史乙弗虔,益州刺史达奚惎谓:"蜀道崎岖,来兵不能飞越,但当据险自固,俟衅出兵。"谦乃令两人率众十万,往堵利州。周西征元帅梁睿,调集利、凤、文、秦、成各州兵马,直向利州进发。途次与蜀兵相值,蜀兵不待交绥,便即溃散。乙弗虔、达奚惎两人,节节退走,梁睿节节进逼,两人无法可施,乃潜遣人至睿军,愿为内应,借赎前愆。睿当然允行。虔与惎遂退还成都。谦尚未知二人情伪,还道是自己心腹,令他守城,又命惎、虔子为左右军,仓猝出战。及睿军掩至,

第八十一回 失邺城皇亲自刎 篡周室勋戚代兴

左右两翼,先已叛去,谦手下只数十骑,逃回城下,但见城门紧闭,城上立着乙弗虔、达奚惎,同声语谦道:"我等已归附梁元帅,公请自便。"还算客气。谦不能入城,窜往新都。县令王宝,假意出迎,诱谦入城,把他杀毙,传首长安。梁睿驰入成都,擒得高阿那肱,械送入关。坚斩高阿那肱首,令与谦头一并示众。高阿那肱至此方死,也是出人意料。又传语梁睿谓:"惎、虔二人,本是首谋,不应贷死。"睿乃将二人斩首了事。数路大兵,统已荡平,权焰熏天的随公坚,便安安稳稳的好篡那周室江山了。

郧国公韦孝宽班师未几,便即病殁,年已七十有二。孝宽智勇深沉,世称良将,每遇劲敌,从容布置,常为人所未解。及成功以后,众才惊服。平时在军,笃意文史,有暇辄自披阅。又早丧父母,事兄嫂加谨,所得俸禄,不入私房,亲族孤贫,必加赈给,士论更翕然称颂。惟甘心为杨坚爪牙,铲灭义师,酿成杨氏篡周的祸祟,徒落得晚节不终,遗讥千古,这岂非一大可惜么?特为孝宽加评,隐寓惜才之意。杨坚很是悲悼,追赠太傅,予谥曰襄。高颎随军还朝,益得坚宠,命代刘昉为司马,且因此与郑译渐疏,虽未撤译官,独阴戒官属,不必向译白事。译渐觉自危,乞求解职。坚尚加慰勉,敷衍面子,但礼貌已是浸衰了。周室五王,已被坚害三人,只剩得代王达与滕王逌,毫无权力。坚尚不肯放过,索性也诬他通叛,均令自尽。于是胁周主阐下诏,进坚为相国,总百揆,进爵随王,以安陆等二十郡为随国。坚佯为谦让,但受十郡。已而复有敕颁下,加随王九锡礼,得建台置官,且进随王妃独孤氏为王后,世子勇为王太子,坚三让乃受。开府仪同大将军庾季才、卢贲,及太傅李穆等,俱劝坚应天受命,坚尚未肯遽允。又迁延逾年,至大象三年二月间,乃逼周主阐禅位,当有一道逊国诏书,略云:

> 元气肇辟,树之以君。有命不恒,所辅惟德。天心人事,选贤与能,尽四海而乐推,非一人所独有。周德将尽,妖孽递生,骨肉多虞,藩维构衅,影响同恶,过半区宇,或小或大,图帝国王,则我祖宗之业,不绝如线。相国随王,睿圣自天,英华独秀,刑法与礼仪同运,文德与武功并传。爱万物其如已,任兆庶以为忧。手运玑衡,躬命将士,芟夷奸宄,刷荡氛祲,化通冠带,威震幽遐。虞舜之大功二十,未足相比,姬发之合位三五,岂可并论?况木行已谢,火运既兴,河、洛出革命之符,星辰表代终之象,烟云改色,笙簧变音,狱讼

咸归，讴歌尽至。且天地合德，日月贞明，故已称大为王，照临下土。朕虽寡昧，未达变通，幽显之情，皎然易识。今便祗顺天命，出逊别宫，禅位于随，一依唐、虞、汉、魏故事。王其恪膺帝箓，幸勿再辞！

杨坚得此诏书，当然踌躇满志，惟表面上不得不三辞三让。乃再遣兼太傅杞公宇文椿奉册，大宗伯赵煚奉玺，至随王府中劝进，册书有云：

咨尔相国随王，粤若上古之初，爰启清浊，降符授圣，为天下君，事上帝而利兆人，和百灵而利万物，非以区宇之富，未以宸极为尊。大庭、轩辕以前，骊连、赫胥之日，咸以无为无欲，不将不迎。退哉其详，不可闻已。厥有载籍，遗文可观，圣莫逾于尧，美未过于舜。尧得太尉，已作运衡之篇，舜遇司空，便叙精华之竭。彼褰裳脱屣，贰宫设飨，百辟归禹，若帝之初，斯盖上则天时，不敢不授，下祗天命，不可不受。汤代于夏，武革于殷，干戈揖让，虽复异揆，应天顺人，其道靡异。自汉迄晋，有魏至周，天历逐狱讼之归，神鼎随讴歌而去。道高者称帝，箓尽者不王，与夫父祖神宗，无以别也。周德将尽，祸难频兴，宗戚奸回，咸将窃发。顾瞻宫阙，将图宗社，藩维连率，逆乱相寻，摇荡三方，不合如砺，蛇行鸟撄，投足无所。王受天明命，睿德在躬，救颓运之艰，匡坠地之业，拯大川之溺，扑燎原之火，除群凶于城社，廓妖氛于远服，至德合于造化，神用洽于天壤，八极九野，万方四裔，圜首方足，罔不乐推。往岁长星夜扫，经天昼现，八风比夏后之作，五纬同汉帝之聚，除旧之征，昭然在上。近者赤雀降祉，玄龟效灵，钟石变音，蛟鱼出穴，布新之征，焕焉在下。九区归往，百灵协赞，人神属望，我不独知，仰祗皇灵，俯顺人愿。今敬以帝位禅于尔躬，天祚告穷，天禄永终。于戏！王宜允执厥和，仪刑典训，升圜丘而敬苍昊，御皇极而抚黔黎，副率土之心，恢无疆之祚，可不盛欤！

杨坚收受册书，及皇帝玺绶，便直任不辞。大事告成，何必再辞。庾季才谓二月甲子日，应即帝位，坚依言办理。届期早起，召集百官，乘车入宫。宫中仪卫，已备齐衮冕，奉至坚前。坚立即被服，由百官拥至临光殿，升座受朝。一班舍旧从新的官吏，当然是舞蹈山呼，齐称万岁。国号随，改元开皇，坚本袭父封，号为随公，他却以随字中箝一辵旁，答

第八十一回　失邺城皇亲自刎　篡周室勋戚代兴

与辶同,音绰。义训为走,作为朝名,恐有不遑安处的预兆,所以去辶作隋,想望升平。徒从字义上着想,究有何益?命有司奉册至南郊,燔燎告天,兼祀地祇。少内史崔仲方,

请改周氏官仪,仍依汉、魏旧制,诏如所请。乃置三师三公,及尚书、门下、内史、秘书、内侍等五省,御史都水二台,太常等十一寺,左右卫等十二府,分司定职。又设上柱国至都督共十一等勋官,所以报功,特进至朝散大夫七等散官,所以旌贤。改称侍中为纳言,命相国司马高颎为尚书左仆射,兼纳言一职。相国司录虞庆则为内史监,兼吏部尚书。相国内郎李德林为内史令,典军元胄为左卫将军,追尊皇考忠为武元皇帝,庙号太祖。皇妣吕氏为元明皇后,立独孤氏为皇后,长子勇为皇太子。

杨氏系出弘农,相传为汉太尉杨震后裔。坚六世祖元寿,为后魏武川镇司马,遂留居武川。元寿玄孙就是杨忠,忠从周太祖举兵关西,赐姓普六茹氏,妻吕氏,生坚时,紫气充庭,有一尼来自河东,语吕氏道:"此儿骨相非凡,不宜留处尘俗。"吕氏乃托尼择一别馆,移坚居养,尼亦尝往来省视。一日,吕氏抱坚在怀,忽见坚头上出角,遍体鳞起,不禁大骇,将坚置地。尼适从外趋入,忙把坚抱起道:"已惊我儿,致令晚得天下。"吕氏再为复视,并无鳞角,依然形相如常。及坚既长成,尼已他去,不知下落。后来坚累迁显要,周室君臣,多加猜忌,竟得不死。至是竟篡周称帝,史家于一代崛兴,往往叙及祯祥,这也是习见之谈。降周主阐为介公,迁居别宫,食邑万户。车服礼乐,仍用周制。上书不为表,答表不称诏,似乎有永作隋宾的意义。阐后司马氏坐父消难叛周罪,已早废为

庶人，独周太后杨氏，系坚长女，年不过二十有奇，从前坚入宫辅政，杨太后本未与谋，但因嗣主幼冲，恐权畀他族，与己不利，既得乃父秉权，倒也喜如所愿。后来见父有异图，意颇不平，形诸词色，只是一介女流，如何抗得过当朝宰相？没奈何忍气吞声，迁延过去。既而周室被篡，杨氏越加愤懑，屡思与父面争。坚也自觉惭愧，不令入见，惟遣独孤后好言抚慰。嗣复改封为乐平公主。且见她芳年尚盛，欲令改嫁，杨氏誓死不从，方得守志终身。尚有周太皇太后阿史那氏，经隋革命，便即病终。坚却令有司仍用后礼，祔葬周武帝陵。周太帝太后李氏，与介公阐迁居别宫，李氏不免愤懑，情愿出俗为尼，改名常悲。就是介公阐生母朱氏，亦随着李氏一同削发披缁，改名法净。周宣帝赟五后，唯杨氏留居宫中，陈、元、尉迟三后，已早为尼，见前回。与李、朱二氏，同心念佛。朱氏首先逝世，李氏继殁，尉迟氏亦即随殒。陈、元二后，直至唐贞观年间，方才告终。杨后至隋炀帝大业五年病逝，得祔葬周宣帝陵。那被废的司马皇后，却改嫁与司州刺史李丹为妻，仍去做那宦家妇了。<small>总结一段，缴足前文。</small>

　　周氏诸王，尽降为公，另封皇弟邵国公慧为滕王，同安公爽为卫王，皇子雁门公广为晋王，俊为秦王，秀为越王，谅为汉王，命并州总管申国公李穆为太师，邓国公窦炽为太傅，幽州总管任国公于翼为太尉，金城公赵煚为尚书右仆射，汉安公韦世康为礼部尚书，义宁公元晖为都官尚书，昌国公元岩为兵部尚书，上仪同长孙毗为工部尚书，杨尚希为度支尚书，族子雍州牧邘国公杨惠为左卫大将军，从祖弟永康公杨弘为右卫大将军，从子陈留公杨智积为蔡王，杨静为道王。寻又令晋王广为并州总管，上柱国元景山为安州总管，当亭公贺若弼为楚州总管，新义公韩擒虎为庐州总管，神武公窦毅为定州总管。毅为邓国公窦炽从子，曾尚周太祖第五女襄阳公主，生有一女，尚未及笄，闻隋主受禅，自投堂下抚膺太息道："恨我不为男子，救舅氏患。"毅夫妇忙掩女口道："汝休妄言！恐灭我族。"<small>满朝官吏，不及一窦氏女儿。</small>后来此女嫁与唐公李渊，得做唐朝的开国皇后。可见人世无论男女，总要有些志向，志向一定，将来自然有一番事业哩！<small>唤醒庸人。</small>话休叙烦。

　　且说内史监虞庆则，劝隋主坚尽灭宇文氏，断绝后患。高颎、杨惠亦附和同声，独李德林力言不可。隋主坚变色道："君系书生，不足与

第八十一回　失邺城皇亲自刎　篡周室勋戚代兴

语大事。"遂令宿卫各军,搜捕宇文氏宗族,所有周太祖泰孙谯公乾恽、冀公绚、闵帝觉子纪公湜、明帝毓子酆公贞、宋公实、武帝邕子汉公赞、秦公贽、曹公允、蔡公兑、荆以元、宣帝赟子莱公衍、郢公术等,一古脑儿拘到狱中,勒令自杀。未几,又将介公阐害死宫中,谥曰静帝,年仅九龄,总算做了两年有零的小皇帝。统计周自闵帝觉篡魏,至静帝阐亡国,中历五主,共得二十五年。小子有诗叹道:

　　九龄幼主罪难论,惨祸临头忽灭门;
　　莫道覆宗由外戚,厉阶毕竟自天元。

隋主坚已灭尽宇文氏,安然为帝,从此疏远李德林,又另征一人为亲信侍臣。究竟此人为谁,待至下回报明。

　　周末起兵讨坚,以尉迟迥为首难,故本回于尉迟迥之死,叙述较详,隐寓惋惜之意。韦孝宽为北周大臣,义同休戚,乃甘心助坚,致迥败死,迥才不及孝宽,乃舍生取义,死且留名,孝宽之死,阒然而已,后世或且有鄙夷之者。本回叙孝宽行谊,似有褒词,实则褒之正所以贬之耳。杨后丽华,柔婉不忌,周旋暴君,接御妃嫔,颇有卫风硕人之德,及乃父受禅,愤悒不平,虽未能保全周祚,以视盈廷大臣之卖国求荣,相去固有间也。至若窦毅之女,年未及笄,且自恨不能救舅氏患,巾帼妇女,犹知节义,彼昂藏七尺躯,自命为须眉男子者,曾亦自觉汗颜否耶?

第八十二回

挥刀遇救逆弟败谋　酣宴联吟艳妃专宠

却说隋主坚起用一人，令为太子少保，兼纳言度支尚书。这人为谁？就是西魏度支尚书苏绰子威。先出官名，后出姓氏，笔法特变。威五岁丧父，哀毁若成人，及长颇有令名，周太祖泰代为申请，令袭爵美阳县公。嗣由大冢宰晋公宇文护，强妻以女。威见护擅权，恐自遭祸累，遁入山中，栖寺读书，后来屡征不起。至隋主坚为丞相时，因高颎荐引，召入与语，很加器重，约居月余，威闻坚将受禅，又遁归田里。颎请遣人追还，坚撚须道："彼不欲预闻我事，且从缓召至。"受禅数月，坚与李德林有嫌，乃复召威入朝，处以清要，追封绰为邳公，令威袭爵，观威后此行状，实是沽名钓誉。威遂得与高颎并参朝政，日见亲信。尝劝隋主减徭轻赋，尚俭戒奢，隋主坚很是嘉纳，除去一切苛征，所有雕饰旧物，悉命毁除。威又入白道："臣先人每戒臣云，但读《孝经》一卷，便足立身治国。"隋主坚亦深以为然。

先是周定刑律，颇从宽简，隋既建国，更命高颎、杨素等修正，上采魏、晋旧律，下至齐梁，沿革重轻，务取折衷主义，删去枭撵鞭各法，非谋反无族诛罪。始制定死刑二条，一绞一斩；流刑三条，自二千里至三千里；徒刑五条，自一年至三年；杖刑五条，自六十至百下；笞刑五条，自十至五十。士大夫有罪，必先经群臣公议，然后上请。罪有可原，酌量从减，或许赎金，或罚官物。人民有罪，须用刑讯拷掠，不得过二百，枷杖大小，俱有定式。民有枉屈，县不为理，得依次诉诸州郡省。州郡省仍不为理，准令诣阙申诉。自是法律简明，恩威两济。嗣隋主坚览刑部奏狱，数犹至万，尚嫌律法太严，乃敕苏威再从减省，法益简要，疏而不漏，且仍置法律博士弟子员，研究律意，随时改订，这也未始非慎重人命的美意。心乎爱民，宜加称扬。且隋、唐以后，刑法简明，亦皆导源于此。

惟郑译解职归第，尚留上柱国官俸。译怏怏失望，阴呼道士醮章祈福。适有婢女为译所殴，计奏译为厌蛊术，隋主坚召译入问道："我不负公,公怀何意?"译不能答辩,顿首谢罪。隋主仍不忍加谴,敕令闭门思过,译遵旨自去。会宪司劾译不孝,尝与母别居。隋主乃下诏道:"译嘉谟良策,寂尔无闻,鬻狱卖官,沸腾盈耳,若留诸世间,在人为不道之臣,戮诸朝市,入地为不孝之鬼。有累幽显,无可处置,宜赐以《孝经》,令彼熟读。"仍遣使与母同居。周之亡,译为首恶,隋主不忍加诛,反出此诙谐敕文,殊失政体。已而复授译为隆州刺史,译赴任未几,请还治疾,又得赐宴醴泉宫,许还官爵,这且慢表。

惟是时岐州刺史梁彦光,新丰令房恭懿,治绩称最,有诏迁彦光为相州刺史,擢恭懿为海州刺史,且饬令全国牧守,以二人为法。自是吏多称职,民物乂安。寻又因宇文孤弱,遂至亡国,特使三皇子分莅方面,作为屏藩。晋王广为河北行台尚书令,蜀王秀为西南行台尚书令,秦王俊为河南行台尚书令,一面通好南朝,与民休息。边境每获陈谍,皆赐给衣马,遣令南归。独陈尚未禁侵掠,并遣将军周罗睺、萧摩诃等,侵入隋境。隋主坚乃命上柱国长孙览、元景山两人,并为行军元帅,出兵攻陈,且持简尚书左仆射高颎,节度诸军。颎奉命南行,适值陈主顼新殂,太子叔宝嗣立,调回北军,且遣人至隋军求和。颎仰承上意,因奏请礼不发丧,隋主果然依议,诏令班师。

那陈朝却为了大丧,生出内乱,好容易才得荡平,说来亦是一番事迹,不得不约略表明。陈主顼子嗣最多,共生四十二男,长子就是叔宝,已立为皇太子,次子叫作叔陵,曾封始兴王,见第七十四回。累任方镇,性情淫暴,征求役使,无有纪极。夜常不寐,专召僚佐侍坐,谈论民间琐事,作为笑谑。且多置肴馔,昼夜噉嚼,自快朵颐,独不喜饮酒。每当入朝,却佯为修饰,车中马上,执简读书,高声朗诵,掩人耳目。陈主顼亦为所欺,迁擢至扬州刺史,都督扬、徐、东扬、南豫四军事。既而入治东府,好用私人,一经推荐,必须省阁依议,倘微有违忤,即设法中伤,使陷大辟。平时居府舍中,尝自执斧斤,为沐猴戏;又好游冢墓间,遇有著名茔表,辄令左右发掘取归,石志古器,并尸骸骨骼,持为玩物,藏诸库中;民间有少妇处子,略可悦目,即强取入府,逼为妾婢。及生母彭贵人病逝,他却请葬梅岭,就晋太傅谢安茔间,掘去谢棺,窆入母柩,又伪作哀毁形状,自称刺血写涅槃经,为母超荐,暗中即令厨子日进鲜食,且私召左右妻女,与他奸合。左右惮他淫威,不敢与校,但不免有怨言传出,为上所闻。陈主顼素来溺爱,不过召入呵责,并未加谴,因此叔陵得益加恣肆,潜蓄邪谋。

新安王伯固,系文帝蒨第五子,与叔陵为从父昆弟,形状眇小,独善为谐谑,得陈主欢。陈主顼宴集百官,往往引他入座,目为东方朔一流人物。溺爱己子,尚还不足,还要添入一侄,宜乎陈祚速亡。太子叔宝,更喜与伯固相狎,日必过从。叔陵却起了妒意,阴伺伯固过失,意欲加害。偏伯固生性聪明,做出一番柔媚手段,讨好叔陵,叔陵渐被笼络,不但变易恶念,反视伯固为心腹。叔陵好游,伯固好射,两人相从郊野,大加款昵。陈主顼怎知微意,用伯固为侍中,伯固有所闻知,必密告叔陵。太建十年,陈主命在娄湖旁筑方明坛,授叔陵为王官伯,使盟百官。又自幸娄湖誓众,分遣大使,颁诰四方。这是何意?适以阶身后之乱。叔陵既得为盟主,愈思夺嫡,只因乃父清明,未敢冒昧从事。

到了太建十四年春间,陈主顼忽然不豫,医药罔效,病且日深,太子叔宝当然入侍,叔陵与弟长沙王叔坚,陈主顼第四子。也入宫侍疾。叔坚生母何氏,本吴中酒家女,陈主顼微时,尝至酒肆沽饮,见何氏有色,密与通奸,至贵为天子,遂召何女为淑仪,生子叔坚,长有膂力,酗虐使酒。是谓遗传性。叔陵因何为贱隶,不愿与叔坚序齿,所以积不相容,常时入省,辄互相趋避。此次入侍父疾,只好一同进去。叔陵顾语典药吏道:"切药刀太钝,汝应磨砺,方好使用。"机事不密则害成,况自露意旨耶?典药吏不知何意。叔陵却扬扬踱入,在宫中厮混了两三日,忽见陈主病变,气壅痰塞,立致绝命。宫中仓猝举哀,准备丧事。那叔陵反嘱令左右,向外取剑,左右莫名其妙,取得朝服木剑,呈缴叔陵。叔陵大怒,顺手一掌,把他打出。似此粗莽,也想谋逆,一何可笑?叔坚在侧,已经瞧透隐情,留心伺变。越日昧爽,陈主小殓,太子叔宝伏地哀恸,叔陵觅得锉药刀,趋至叔宝背后,斫将下去,正中项上,叔宝猛叫一声,晕绝苦地。柳皇后惊骇异常,慌忙趋救叔宝,又被叔陵连斫数下。叔宝乳母吴氏急至叔陵后面,掣住右肘,叔坚亦抢走上前,叉住叔陵喉管,叔陵不能再行乱斫,柳皇后才得走开。叔宝晕绝复苏,仓皇扒起。看官听说!这锉药刀究竟钝锋,不利杀人,故叔宝母子,虽然受伤,未曾致命。叔陵尚牵住叔宝衣裾,叔宝情急自奋,竟得扯脱。叔坚手扼叔陵,夺去锉药刀,牵就柱间,自劈衣袖一幅,将他缚住。且呼问叔宝道:"杀却呢?还是少待

第八十二回　挥刀遇救逆弟败谋　酣宴联吟艳妃专宠

呢?"叔宝已随吴媼入内,未及应答。叔坚还想追问,才移数步,叔陵已扯断衣袖,脱身逃出云龙门,驰还东府,亟召左右截住青溪道,赦东城囚犯,充做战士,发库中金帛,取做赏赐。又遣人驰往新林,征集部曲,自被甲胄,着白布帽,登城西门,号召兵民及诸王将帅,竟无一应命。独新安王伯固单骑赴召,助叔陵指麾部众。叔陵部兵约千人,尽令登陴,为自守计。

叔坚见叔陵脱走,急向柳后请命,使太子舍人司马申,往召右卫将军萧摩诃。摩诃入见受敕,率马、步数百人,趋攻东府,屯城西门。叔陵不免惶急,因遣记室韦谅,送鼓吹一部与萧摩诃,且与约道:"事若得捷,必使公为台辅。"摩诃笑答道:"请王遣心膂节将,前来订约,方可从命。"叔陵乃复遣亲臣戴温、谭骐骥,出与订盟。摩诃把二人执送台省,立即斩首,枭示城下,城中大骇。叔陵自知不济,仓皇入内,驱妃张氏及宠妾七人,俱沉入井中,自领步、骑数百,与伯固夤夜出走,乘小舟渡江,欲自新林奔隋,行至白杨路,后面追兵大至,伯固避入小巷,叔陵亲自追还,拟与追军决一死战。锋刃未交,部下已弃甲溃奔。萧摩诃部将马容、陈智深,双刺叔陵,叔陵坠落马下,即被杀死。伯固亦为乱兵所杀,两首并传入都门,当下自宫中颁敕,所有叔陵诸子,一体赐死,伯固诸子,废为庶人。余党韦谅、彭暠、郑信、俞公喜等,并皆伏诛。于是叔宝即皇帝位,援例大赦,命叔坚为骠骑将军,领扬州刺史。萧摩诃为车骑将军,领南徐州刺史,晋封绥远公。立皇十四弟叔重为始兴王,奉昭烈王宗祀。余弟已经封王,一概照旧,未经封王,亦皆加封。尊谥大行皇帝为孝宣皇帝,庙号高宗,皇后柳氏为皇太后。总计陈主顼在位十四年,享年五十三,这十四年间,起兵数次,既得淮南,仍复失去,对齐有余,对周不足,只好算做一个中主。而且得国未正,传统未贤,偺大江东,终归覆灭,史称他德不逮文,智不及武,恰也是一时定评呢。褒贬得当。

叔宝已经嗣位,项痛未愈,病卧承香殿,不能听政,内事决诸柳太后,外事决诸长沙王叔坚。叔坚渐渐骄纵,势倾朝廷,叔宝未免加忌,只因他讨逆有功,含忍过去。寻且加官司空,仍兼将军刺史原官。立妃沈氏为皇后,皇子胤为皇太子。胤系孙姬所出。因产暴亡,沈后特别哀怜,养为己子。太建五年,已受册为嫡孙,寻封永康公,聪颖好学,常执经肄业,终日不倦;博通大义,兼善属文。既得立为储君,朝野慰望,共称得人。反射下文。越年正月,改元至德。叔宝疮疾早痊,亲自听政,都官尚书孔范,中书舍人施文庆,皆东宫旧侍,并得邀宠,遂日夕在叔宝前陈论叔坚过失。叔宝本已相猜,更兼二人从旁构煽,越加动疑,遂调回皇弟江州刺史豫章王叔英,陈主顼第三子。令为中卫大将军,出叔坚为江州刺史,另用晋熙王叔文陈主顼第十二子代刺扬州。叔坚入朝辞行,又由叔宝当面慰谕,留任司空,再调叔文往江州,命始兴王叔重为扬州刺史。甫经莅政,便已朝令暮改,自相矛盾。叔坚既不得专政,又不得外调,郁郁困居,绝无聊赖,乃雕刻木偶为道人装,中设机关,能自拜跪,使在日月下,醮祷求福。真是呆想。当有人讦他咒诅,被逮下狱,由内侍传敕问罪。叔坚答道:"臣本无他意,不过前亲后疏,意欲求媚,所以祈神保祐。今既犯天宪,罪当万死,但臣死以后,必见叔陵,愿陛下先传明诏,责诸泉下,方免为叔陵侮弄。"仍是呆话。这一席话,由内侍还报。叔宝也记念前勋,不思加刑,乃特下赦书,但免司空职衔,仍使还第,食亲王俸。过了数月,复起为侍中,兼镇左将军。

前太子詹事江总,素长文辞,与叔宝相昵,叔宝为太子时,总自侍东宫,为长夜饮,且养良娣陈氏为女,导太子微行。陈主顼闻总不法,将他黜免。叔宝嗣位,即除

授总为祠部尚书,未几又迁为吏部尚书,又未几且超拜尚书仆射。尝引总至内廷,作乐赋诗,互相唱和。侍中毛喜系累朝勋旧,叔陵谋逆,喜与叔坚并主军事,更得纪功。叔宝亦颇加优礼,或令入宴。喜因山陵初

第八十二回 挥刀遇救逆弟败谋 酣宴联吟艳妃专宠

毕,丧服未除,不应如此酣饮;且见后庭陈乐,所作诗章,多淫艳语,更觉看不过去,只一时不好多言。可巧叔宝酒酣,命喜赋诗,喜即欲规诫,又恐叔宝酒后动怒,乃徐徐升阶,佯为心疾,扑仆阶下。叔宝即命左右扶起,掖出省中。及叔宝酒醒,忆喜情状,顾语江总道:"我悔召毛喜,彼实无疾,不过欲阻我欢饮,托疾相欺,如此奸诈,实属可恨。"说着,即欲使人系喜,还是中书舍人傅縡,谓喜系先帝遗臣,不宜重谴,乃谪喜为永嘉内史。

自喜被外谪,言官相率箝口,无人进规,叔宝日益荒淫,不是使酒,就是渔色。沈皇后为望蔡侯沈君理女,母即高祖女会稽公主,公主早亡,后年尚幼,哀毁如成人。宣帝顼闻后孝思,所以待后及笄,纳为冢妇。已而君理逝世,后复出处别舍,日夕衔哀,叔宝目为迂愚。且因后端静寡欲,很不惬意,另纳龚、孔二女为良娣。龚氏有婢张丽华,系兵家女,家事中落,父兄以织席为业,不得已鬻女为奴。丽华得随龚入宫,年只十岁,龚、孔饶有容色,当然为叔宝所爱,张丽华生小玲珑,周旋主侧,善承意旨,早得叔宝欢心,越两三年,更出落得娉婷袅娜,妖艳风流,叔宝即欲染指禁脔,迫与淫狎。丽华半推半就,曲尽绸缪,惹得这位陈叔宝,魂魄颠倒,无梦不恬。好容易生下一男,取名为深,益令叔宝由爱生宠,视若奇珍。胡天胡帝,号称专房。就是龚、孔二氏,也俱落丽华后尘。叔宝即位,册丽华为贵妃,龚、孔二氏为贵嫔,贵妃位置,与皇后只隔一级,贵嫔又在贵妃下。沈皇后本来恬淡,竟把六宫事宜,让与贵妃主持,自己不过挂个皇后虚名,居处俭约,服无华饰,左右侍女,亦寥寥无几,但静阅图史,闲诵佛经,作为消遣。张贵妃百端献媚,与叔宝朝夕不离,叔宝卧病承香阁,屏去诸姬,独留张贵妃随侍。病痊后又采选美女,得王、李二美人,张、薛二淑媛,并袁昭仪、何婕妤、江修容等七人,轮流召幸,但不及张贵妃的宠眷。至德二年,特命在光照殿前,添筑临春、结绮、望仙三阁,各高数十丈,袤延数十间,凡窗牖壁带,悬楣栏槛,均用沉檀香木制成,炫饰金玉,杂嵌珠翠,外施珠帘,内设宝床宝帐,一切服玩,统是瑰奇珍丽,光怪陆离。每遇微风吹送,香达数里,旭日映照,光澈后庭。阁下积石为山,引水为池,种奇花,植异卉,备极点梁。叔宝自居临春阁,张贵妃居结绮阁,龚、孔二贵嫔居望仙阁。三阁并有复道,互便往来。

仆射江总,虽为宰辅,不亲政务,常与都管尚书孔范,散骑常侍王瑳等十余人,入阁侍宴,称为狎客。宫人袁大舍等,颇通翰墨,能作诗歌,叔宝命为女学士。每一宴会,妃嫔群集,女学士及诸狎客,两旁列坐,飞觞醉月,即夕联吟,彼唱此酬,无非是曼词艳语,靡靡动人。又选入慧女千余名,叫她学习新声,按歌度曲,分部迭进,更番传唱。歌曲有《玉树后庭花》,及《临春乐》等名目,统由狎客女学士编成。叔宝亦素工词赋,间加点窜,大略是赞美妃嫔,夸张乐事。最传诵的有二语,是"璧户夜夜满,琼树朝朝新"十字。此十字亦无甚佳妙,不过似近今吴人小调而已。且狎客名目,尤属非宜,岂叔宝特开妓馆耶?一笑。

张贵妃发长七尺,鬓黑如漆,光可照物,并且脸若朝霞,肤如白雪,目似秋水,眉比远山。偶一眄睐,光彩四溢,每在阁上靓妆玉立,凭轩凝眺,飘飘乎如蓬岛仙姝,下临尘世,性尤慧黠,才辩强记。起初但执掌内事,后来干预外政。叔宝荒耽酒色,尝不视朝,所有百司启奏,统由宦官蔡脱儿、李喜度传递。叔宝将贵妃抱置膝上,共决可否。李、蔡或不能悉记,贵妃即逐条裁答,无一遗漏。又好笼络内侍,无论太监宫女,都盛称贵妃德惠,芳名鹊起,益得主欢。自是内外连结,表里为奸,后宫家属,招摇罹法,但教向贵妃乞求,无不代为洗刷。王公大臣如不从内旨,亦只由贵妃一言,便即疏斥。因此江东小朝廷,不知有陈叔宝,但知有张贵妃。妇女擅权,势必至此。

还有都官孔范,与孔贵嫔结为姊妹,阿谀迎合,善伺主意。舍人施文庆心算口占,权算甚工,并得叔宝亲幸。文庆且荐引沈客卿、阳惠朗、

酬酢吟妃艳宠

徐哲、暨慧景等，概邀擢用。客卿为中书舍人，惠朗为大市令，哲为刑法监，慧景为尚书都令史，数人皆以小吏起家，不达大体，督责苛碎，聚敛无厌。叔宝方大兴土木，供亿浩繁，国用正虑不给，经数人爬罗剔抉，取供内库，当然得哄动天颜。叔宝大喜过望，重任施文庆，叹为知人。孔范又自称有文武才，举朝莫及，尝从容白道："外间诸将，起自行伍，统不过一匹夫敌，若望他有深见远虑，怎能及此？"叔宝信以为然，见将帅稍有过失，便黜夺兵权，把部曲分配文吏。领军将军任忠，素有战功，偶挂吏议，即夺忠部卒，交与孔范等分管。忠被徙为吴兴内史。于是文武懈体，士庶离心，覆亡即不远了。小子有诗叹道：

宵小都缘女蛊来，玄妻覆祀古同哀；
临春三阁今何在？空向江东话劫灰。

叔宝既已荒淫，又复骄侈，夜郎自大，挑衅强邻，欲知底细，容待下回再详。

叔陵之谋杀乃兄，残忍无亲，原为名教罪人，但实受教于乃父。乃父虽未尝杀兄，而兄子伯宗，因曾篡废之而贼害之也。兄子可杀，去杀兄仅一间耳。幸而药刀锋钝，手刃不殊，叔坚助顺，逆弟脱逃，卒窜死白杨道中，叔宝始得安然嗣立。厥后耽情酒色，恣意声歌，疏骨肉，宠妇寺，终致亡国败家。陈主顼欲为子孙计，而子孙仍为俘虏，谋国不仁，殃必及之，不于其身，必于其子，天道岂真无知欤？张丽华为江南尤物，与邺下之冯小怜相似，小怜亡齐，丽华亡陈，乃知尤物之贻祸国家，无古今中外一也。

第八十三回

长孙晟献谋制突厥　沙钵略稽首服隋朝

却说陈主叔宝，习成骄佚，当居丧时，隋主坚尝遣使赴吊，国书中自称姓名，并列顿首字样。叔宝疑为畏怯，答书多不逊语。隋主坚当然愤怒，出示廷臣。廷臣多献议伐陈，隋主方建筑新都，并因突厥未平，不遑南顾，乃暂从缓图。原来长安城制度狭小，宫阙亦多从简陋，隋主尝以为嫌。尚书苏威，亦劝隋主迁都，无非希旨。隋主再与高颎熟商，颎即为规划新都，夜半方休。翌晨，即由庾季才入奏道："臣仰观玄象，俯察图记，必有迁都情事。此城自两汉营建，将八百年，水皆咸卤，不甚宜人，愿陛下应天顺人，为迁徙计。"隋主愕然，顾语颎、威，诧为神奇。有何神奇，不过巧为迎合。乃诏颎等营造新都，择地龙首山麓，兴工赶筑。约近期年，新都告成，取名大兴城，涓吉移徙。一切规模，比旧都雄壮加倍。隋主坚自然惬心，遂遣将兴师，北图突厥。

突厥称雄朔漠，自伊利可汗为始，伊利传子科罗，科罗舍子摄图，独传弟俟斤。俟斤就是木杆可汗，木杆可汗临死，复舍子大逻便，立弟佗钵可汗。均见七十二回及七十九回。佗钵可汗，封兄子摄图为尔伏可汗，使统东方，弟褥但子为步离可汗，使居西方。当时北齐尚存，与北周争媚突厥，岁给缯絮锦彩，各数万匹。佗钵尝呼周、齐为两儿，谓："两儿常孝，何忧国贫？"已而齐为周灭，佗钵不及援齐，乃屡寇周边，且纳齐范阳王高绍义。周主赟与他和亲，封赵王招女为千金公主，嫁与佗钵。佗钵始执送高绍义，与周通好。才越一年，佗钵忽得暴病，自知将死，召子庵逻入嘱道："我兄舍子立我，我今病危，死在朝夕，但兄德未忘，汝当让与大逻便，休得相争！"佗钵尚知有兄，不如诸夏之亡。庵逻涕泣遵教。及佗钵已殂，庵逻果依父命，拟迎立大逻便，偏突厥部众谓："大逻便生母微贱，不愿相迎。"摄图亦奔丧到来，慨语国人道："若立庵逻，我愿率兄弟服事，若立大逻便，我必据境与争，备着长刃利矛，决一雌雄。"国人闻摄图言，越加踊跃，决立庵逻为嗣。大逻便不得入立，心常怏怏，常

第八十三回　长孙晟献谋制突厥　沙钵略稽首服隋朝

遣人詈辱庵逻。庵逻不能制,复让与摄图,摄图年长有力,国人归心,因即迎摄图,居都斤山,自号沙钵略可汗。庵逻降居独洛水,称第二可汗。大逻便又遣人语沙钵略道:"我与尔俱可汗子,各承父后,尔今极尊,我独无位,可算得公平么?"沙钵略无词可驳,乃使为阿波可汗,使领北部。又令从父玷厥为达头可汗,管辖西方。诸可汗各统部众,分镇四面。沙钵略居中抚驭,颇得众心。突厥遗俗,父兄死后,子弟得妻后母及嫂。千金公主出塞和亲,甫及一载,便成嫠妇,年龄不过及笄,当然是华色鲜妍。沙钵略很是羡慕,便援着俗例,纳千金公主为妻。千金公主也乐得另配,好做第二次的可贺敦。可贺敦三字,便是番俗对后的称呼。番俗原是如此,华女未免无耻。

是时隋已篡周,千金公主闻宗祀覆没,未免伤心,遂日夜请求沙钵略,为周复仇。沙钵略得了佳妇,正是新婚燕尔,鱼水情深,当下召集臣属,慷慨与语道:"我是周室亲戚,今隋公无故篡周,若非代为报仇,尚何面目见可贺敦呢?"臣下相率听命,沙钵略即遣使营州,与故齐刺史高宝宁连约,合兵攻隋。隋主坚甫经受禅,不暇北伐,但遣上柱国阴寿镇幽州,京兆尹虞庆则镇并州,屯边修城,以守为战。先是千金公主入突厥,司卫上士长孙晟,亦随送出塞,为突厥所留。沙钵略弟处罗侯,号称突利设。突厥称军帅为设。爱晟善射,密与相昵,至沙钵略继立,阴忌处罗侯。处罗侯潜与晟盟,约为心腹。沙钵略稍有所闻,乃遣晟南归,晟留居突厥年余,得考察山川形势,及部众强弱。既返长安,便一一启闻。隋主坚很是嘉奖,擢为奉车都尉。及突厥入寇,晟上书计事,略云:

臣闻丧乱之极,必致升平,是故上天放其机,圣人成其务。伏维皇帝陛下,当百王之末,膺千载之期,诸夏虽安,戎虏犹梗,兴师致讨,尚非其时,弃诸度外,又来侵扰。故宜密运筹策,渐以攘之。玷厥之于摄图,兵强而位下,外名相属,内隙已彰,鼓动其情,必将自战。处罗侯为摄图之弟,奸多势弱,曲取众心,国人爱之,因为摄图所忌,其心殊不自安,迹示弥缝,实怀疑惧。阿波首鼠,介在其间,摄图受其牵率,惟强是与,未有定心。今宜远交而近攻,离强而合弱,通使玷厥,说合阿波,则摄图回兵,自防右地,又引处罗,遗连奚霫,则摄图分众,还备左方,首尾猜嫌,腹心离沮,十数年后,乘衅讨之,必可一举而空其国矣。

隋主览表，叹为至计，因召晟与语战守事宜。晟复口陈形势，手画山川，状写虚实，皆如指掌。隋主益喜，悉依晟议，乃遣太仆元晖出伊吾道，往诣头可汗，赐给狼头纛。达头答使报谢，得隋优待，欢跃而去。又授晟为车骑将军，使出黄龙道，赍着金帛，颁赐奚霫、契丹等国。契丹愿为向导，密引晟至处罗侯所，重申前约，诱令内附。处罗侯恰也依从，晟即归报。沙钵略可汗，尚未知隋廷计画，号召五可汗部众，得四十万骑，突入长城，自兰州趋至周槃。隋行军总管达奚长儒，屯兵只二千人，与突厥兵相遇，沙钵略亲率十万骑挑战，长儒明知不敌，颜色却甚是镇定，且战且行；中途被番兵冲击，屡散屡聚，转斗三昼夜，交战十四次，刀兵皆折，士卒但徒手相搏，肉尽骨现。突厥兵损伤数千，且恐长儒诱敌，才停军不追。长儒身受五创，幸得生还，因功封上柱国，并荫一子。那沙钵略分兵四掠，击逐隋戍，且欲乘胜深入，偏达头可汗不从，引兵自去。长孙晟前策，已一次见效。

长孙晟又布散谣言，谓："铁勒已与隋联络，将袭沙钵略牙帐。"沙钵略闻谣生惧，乃收兵出塞。越年为隋开皇三年，春暖草肥，突厥复寇隋北境。隋主坚乃决计出师，命卫王爽为行军元帅，率同河间王弘，爽与弘俱见八十一回。及豆卢勣、窦荣定、高颎、虞庆则等，分八道出塞，往击突厥。爽行次朔州，探得沙钵略已至白道，距军营仅数十里。总管李充进议道："突厥骤胜而骄，必不设备，若用精兵袭击，定可破敌。"诸将闻言，多以为疑。独长史李彻，赞成充议，爽亦以为可行，即与充率精骑五千，夜袭突厥兵营。沙钵略果然无备，从睡梦中惊起，但见火炬荧荧，刀光闪闪，隋军四面冲入，几不知有若干万人，吓得心胆俱碎，见部众都已骇散，连左右都不知去向，一时仓皇失措，不及穿甲，就从帐后逃出，潜伏草中。还算有智。待隋军踏破营帐，寻不出沙钵略，方收拾驼马辎重，得胜回去。

沙钵略方敢出头，招集残众，急奔出塞，途次无粮，唯粉骨为食。又兼天热暑蒸，疫死甚众。幽州总管阴寿，闻突厥败还，乘势出卢龙塞，往攻齐营州刺史高宝宁。宝宁拒守数日，突厥不能救，势甚危急，乃弃城出奔，嗣为麾下所杀，传首军前，和龙遂平。卫王爽等多半归朝，但留窦荣定为秦州总管，并遣长孙晟辅佐荣定。荣定率步骑三万人，径出凉州，与阿波可汗相拒。阿波引众至高越原，屡战屡败，守寨自固。适前

第八十三回 长孙晟献谋制突厥 沙钵略稽首服隋朝

大将军史万岁,坐事褫职,流戍敦煌,至此诣荣定营,面请效力。荣定素闻万岁勇名,相见大悦,留居麾下,因遣使语阿波道:"士卒何罪?久战甚苦,今但各遣一壮士,与决胜负,我若不胜,愿即退兵。"阿波许诺,即遣一骑讨战。荣定语万岁道:"今日劳君一往,正效命立功的时候了。"万岁欣然应命,披甲上马,趋出营门。才阅半时,已斩得虏首,驰回报功。荣定益喜,自然叙功上闻。阿波大惊,不敢再战,遣使乞盟,引众自归。长孙晟却遣一辩士,追语阿波道:"摄图南来,每战辄胜,阿波才入,便即奔败,这岂非突厥的耻事吗?且摄图、阿波,势均力敌,今摄图日胜,阿波不利,摄图必进灭阿波,为阿波计,不若与隋连和,结连达头,相合图强,才算是万全上策。"明明是反间计,但愚诱番酋,即此已足。阿波竟信晟言,遣使随晟入朝。

长孙晟献谋制突厥

沙钵略已得知消息,不待阿波返帐,急引兵往袭阿波居庐,一鼓掩入,杀死阿波母妻。阿波还无所归,西奔达头。达头愿助阿波,使率部众攻沙钵略,连战皆捷,得复故地,势日强盛。沙钵略部众多叛归阿波,沙钵略因此浸衰。长孙晟前策二次见效。惟为了夫妻情谊,尚未肯与隋干休,又复鼓动余勇,入寇幽州。幽州总管阴寿,已经去任,后任叫做李崇,崇兵只有三千,转战数旬,卒因寡不敌众,中箭身亡。隋廷闻报,厚赠李崇,特遣高颎出宁州,虞庆则出原州,控骑数万,大攻突厥,且使人传语阿波,令与达头夹攻沙钵略。阿波果转告达头,并劝达头朝隋,达头遂派人向隋乞降,决与沙钵略断绝关系,定议东攻。沙钵略三面受敌,惊慌得了不得,没奈何与可贺敦熟商,只好委曲迁就,暂救燃眉。千金公主为势所迫，勉强承认，沙钵略乃使人往隋，乞请和亲，且为千金公主代作一表，自请改姓杨氏，为隋主女。认仇为父，也属过甚。隋主因遣开府徐平和，出使突厥，册封千金公主为大义公主，许与通好。沙钵略复书隋主，尚且称天生大突厥天下贤圣天子沙钵略可汗，隋主也不与多校，但答书云："朕为沙钵略妇翁，应视沙钵略如儿子，此后当时遣大臣，出塞省女，亦省沙钵略。"云云。

未几，即授虞庆则为尚书右仆射，长孙晟为车骑将军，同赴突厥。既至沙钵略庐帐，使沙钵略拜受敕书。沙钵略盛兵相见，高坐帐中，诈称有病不能起立，且狞笑道："我诸父以来，从未向人下拜。"庆则正言诘责，沙钵略仍不肯从。长孙晟接入道："突厥与隋俱大国天子，可汗不起，也不便违意，但可贺敦为隋帝女，可汗就是大隋女婿，怎得不敬礼妇翁？"沙钵略乃笑顾群下道："须拜妇翁吗？"乃起拜顿颡，跪受玺书，戴诸首上，方才起身，嘱达官款待隋使。待庆则等退往别帐，沙钵略又不禁自惭，甚至悲恸。越日，庆则又入见沙钵略，迫令称臣。沙钵略又顾左右道："臣字是什么讲解？"左右答道："隋朝称臣，就是我国称奴呢。"沙钵略道："得为大隋天子奴，统由虞仆射的功劳，不可无物相酬。"番奴究有呆气。乃馈庆则马十匹，并妻以从妹，留住数旬，方才遣归。

惟阿波可汗既与沙钵略有隙，独立北方，渐渐地拓土略地，役使诸胡，东控都斥，西越金山，所有龟兹、铁勒、伊吾诸部落，及西域各小国，相率投附，阿波遂自称西突厥。沙钵略隐惮阿波，又畏达头，复遣人向隋告急，愿率部众度漠南，寄居白道川。隋主允如所请，并命晋王广带兵往援，赍给粮食，赐以车服鼓吹。沙钵略得此资助，因西击阿波，得胜而归，乃与晋王广立约，指碛为界，且上表道："天无二日，土无二王，大隋皇帝是真皇帝，从此屈膝稽颡，永为藩附。"长孙晟之策，可算完功。当下遣子库合真入朝。库合真至隋都，隋主下诏道："沙钵略前虽通好，尚为二国，今作君臣，便成一体，华夷合德，共庆升平。"乃肃告郊庙，颁诏远近。且召库合真至内殿，赐以盛宴；又引见皇后，赏劳甚厚。库合真拜舞辞行，归报沙钵略，沙钵略大喜。嗣是岁时贡献，相续不绝。

隋主虽服役沙钵略，尚恐胡人为寇，乃更发丁夫，修筑长城。内地择要置仓，转运入关，使不乏食。又自大兴城东至潼关，凿渠引渭，借通

第八十三回　长孙晟献谋制突厥　沙钵略稽首服隋朝　·655·

运道,名为广通渠。尚书长孙平奏称:"每年秋季,令民家各出粟麦一石,贫富为差,储诸里社,预备凶荒。"隋主亦当然依议,取名义仓,一面减徭役,弛酒盐禁,求遗书,修五礼,罢郡为州,颁甲子元历,端的是兴朝气象,国泰民安。隋朝统一,实肇于此。

西方有党项羌,闻风款关,请求内附。隋主尉谕来使,礼遣归国,独吐谷浑太子诃乞降请兵,隋主不许,原来吐谷浑王夸吕,见七十七回。在位日久,尝出兵寇掠陇

西,惟不敢深入。隋初亦屡为边患,多被戍军击退。开皇六年,夸吕年已昏耄,喜怒无常,好几次废杀太子,少子嵬王诃依次为储,惩戒前辙,欲率部落万余户降隋,因上表隋廷,请兵出迎。隋主坚慨然道:"吐谷浑风俗浇漓,大异中华,父既不慈,子又不孝,朕以德训人,奈何反助成恶逆呢?"乃召来使入见,正色与语道:"父有过失,子当谏诤,岂可潜谋非法,自居不孝? 普天下皆朕臣妾,各为善事,便副朕心,汝嵬王既欲归朕,朕但饬嵬王谨守子道,怎得远遣兵马,助他为恶呢!"隋主此诏甚是,奈何教子无方,后来自蹈此辙。来使唯唯自去。诃乃不至。

先是尉迟迥败殁,隋用梁士彦为相州刺史,未几即召还京师,置诸散秩。士彦自恃功高,甚怀怨望。宇文忻与士彦同功,封拜右领军大将军,恩眷甚隆。独高颎谓忻有异志,不可久握兵权,乃免去官职,忻亦因此怏怏。两人闲居京师,屡相往来。忻遂密语士彦道:"帝王岂有定种,但得有人相扶,何不可为? 公可往蒲州起事,我必从征,两阵相当,即可从中取事,天下不难手定哩。"士彦甚喜,密商诸柱国刘昉,昉极力

赞成，愿推士彦为帝。看官听说！这刘昉自撤去司马，见疏隋主，本已抑郁无聊，此次推戴士彦，又别有一种用意。士彦继妻有美色，为昉所羡，因与士彦格外亲昵，交游日久，竟得把士彦妻勾搭上手，暗地通奸，士彦尚似睡在梦中，反引昉为知己。昉乃随口附和，幸得事成，当然是佐命元勋，否即归罪士彦，自己好设法摆脱，或得与士彦妻永久欢娱，亦未可知。淫恶已甚，天道难容。偏偏事出意外，三人密谋，竟被士彦甥裴通上书讦奏。隋主坚疑通挟嫌，或有诬控情事，因特授士彦为晋州刺史，且使人潜伺情伪。士彦语忻及昉道："这真是天意了。"言下很有喜色。隋主得报，待士彦入朝辞行，乃令卫士将他拿下，并饬拘忻及昉，研鞫得实，一并伏诛。士彦年已七十二，忻亦已六十四岁，唯昉尚不过半百。怪不得士彦继妻，与他通奸。老且谋逆，真是何苦！徒落得身首异处，贻臭万年，这且不必细表。

且说开皇七年，突厥沙钵略可汗，遣子入贡，且请游猎恒、代间，隋主优诏允许，更遣人驰至猎场，赐给酒食。沙钵略挈领徒众，再拜受赐。及还归营帐，得病身亡，讣达隋廷，隋主坚辍朝三日，并请太常卿吊祭，隐示怀柔。沙钵略有子雍虞闾，性质懦弱，所以沙钵略遗命，传位与弟处罗侯。处罗侯不受，且语雍虞闾道："我突厥自木杆可汗以来，尝以弟代兄，以庶夺嫡，违背祖训，不相敬畏。汝今当嗣位，我愿拜汝。"雍虞闾道："叔与我父共根连体，我乃枝叶，怎得不顾本根，屈尊就卑，况系亡父遗命，不可不遵，愿叔父勿疑！"两人逊让至五六次。处罗侯始入嗣兄位，号为莫何可汗，叔侄相让，不意复出诸番俗。遣使至隋，上表言状。隋使车骑将军长孙晟，驰节加封，并赐鼓吹旗幡，处罗侯自然拜谢，厚礼待晟，派兵送至境上。当下将所赐旗鼓，耀武扬威，西击阿波。阿波各部众，惊为隋兵相助，望风降附。处罗侯又素谙武略，竟得捣入北牙，擒住阿波，奏凯东归，上书隋朝，请处置阿波生死。隋主召群臣会议，安乐公元谐，谓宜就地枭斩，武阳公李充，谓宜生取入朝显戮，以示百姓。独长孙晟献议道："今若突厥叛命，原应正刑敕法，今彼兄弟自相残灭，并非由阿波负我国家，倘因彼穷困，便即取戮，转非招远怀携的至意，不如两存为是。"左仆射高颎亦谓："骨肉相残，不足示训，请从晟言以示宽大。"隋主乃赦免阿波，徙置荒郊，令处罗侯乘便管束，阿波愤郁而死。已而处罗侯西略诸胡，身中流矢，创重致毙。部众因拥立雍虞间,号为都蓝可汗。千金公主,还是一个半老徐娘,尚存丰韵,雍虞闾又援引俗例,据为己妇,于是千金公主,做了第三次的可贺敦。小子有诗叹道:

　　夷俗原来惯聚麀,如何汉女亦相俦?
　　堪嗟廉耻凌夷尽,淫妇宁能报国仇!

雍虞闾嗣立以后,仍然累岁朝贡,通使不绝。隋廷既得抚定西北,遂议经略东南,欲知后事,请看官续阅下回。

　　以夷攻夷,为中国制夷之上策,汉班超之所以制匈奴者在此,隋长孙晟之所以制突厥者亦在此。盖夷人无亲,又无信义,诱之以利,怵之以威,未有不为人所欺,而自相残杀者。晟上书计事,不过寥寥数语,而夷虏已在目中,厥后依策施行,无不获效,乃知制夷不难,难在无制夷之策,与制夷之人耳。千金公主,不忘宗祀,尚知不共戴天之义,然始妻佗钵,继妻沙钵略,最后又妻都蓝,节且不顾,义乎何有?况反颜事仇,甘为杨氏女耶?妇女见浅识微,断不足与语大事,有如此夫!

第八十四回

设行省遣子督师　避敌兵携妃投井

　　却说隋主坚既平西北,便思规划东南,可巧后梁启衅,召动隋师,于是后梁被灭,陈亦随亡。后梁主岿,孝慈俭约,颇得民心,尉迟迥发难,岿用柳庄言,不与联络,及闻迥等败殁,召庄入语道:"我若不从卿言,社稷已不守了。"嗣是贺隋登极,岁时致贡。隋主坚亦恩礼相加,屡给厚赐,寻且纳岿女为晋王广妃。补叙隋、梁交涉,为前后呼应文字。岿在位二十三年,至开皇五年五月病终,后梁谥为孝明帝,庙号世宗,子琮嗣位,年号广运,时人已谓运字从军从走,目为不祥。年号何关兴亡?附会之谈,不足尽信。琮在位后,遣大将军戚昕,率舟师袭陈境,不克乃还。未几有将军许世武,潜谋通陈,谋泄被诛。越年,隋主坚征琮入朝,江陵父老,送琮下舟,相率陨涕道:"我君恐不复返了。"如何晓得?隋廷因琮离江陵,特遣武乡公崔弘度引兵代守,行次鄀州,琮叔父岩及弟瓛等,恐弘度掩袭,遽向陈荆州刺史陈慧纪处,通使乞降。慧纪引兵至江陵,岩等遂驱文武官民一万余口,东奔陈国。隋主闻报,忙令高颎率兵往援,陈军乃退。颎留兵驻守,返报隋主。隋主不使琮南返,竟将江陵夷为郡县,派官治民,于是后梁灭亡。后梁自萧詧称帝,共历三世,合计得三十三年。琮留寓长安,受封莒国公,后幸得善终,不消细述。

　　先是隋主坚有意图陈,尝向高颎问计,颎答道:"江北地寒,收成较晚,江南水田早熟,若乘彼收获,稍征士马,扬言掩袭,彼必屯兵守御,旷废农时。彼既聚兵,我便解甲。如此数次,彼必谓我虚声恫吓,不足为虑,我乃济师渡江,直指建康,彼怠我奋,定可取胜。又江南土薄,舍多茅竹,所有储积,皆非地窖,当密遣人因风纵火,毁彼粮储,彼兵备既弛,粮食又罄,尚能不为我灭么?"隋主一再称善,如法困陈。陈人果困,至陈纳萧岩等降人,隋主益愤,顾语高颎道:"我为民父母,岂可限一衣带水,不往拯救么?"颎因请指日伐陈。隋主命大造战船,为出兵计,群臣请秘密从事,隋主道:"我将显行天诛,何必守密呢?"并使投楂江中,任

第八十四回　设行省遣子督师　避敌兵携妃投井

他东下,且颁谕道:"若彼知惧改过,我复何求?"居然想为仁义师。那陈主叔宝,却深居高阁,整日里花天酒地,不闻外事。中书舍人傅縡直谏被杀,江总、孔范专务贡谀,反得加官进禄。至德五年元日,有人报称甘露降,灵芝生,叔宝大喜,改年应瑞,就称是年为祯明元年。诏敕方颁,即闻地震,媚臣谐子,且随口捏造,称为阳气振动,万汇照苏的吉兆。及萧岩、萧瓛,渡江请降,陈廷又是一番庆贺,颁诏大赦,立授岩为平东将军,领东扬州刺史,瓛为安东将军,领吴州刺史,还道是布德行惠,近悦远来。太子胤未闻失德,尝在太学讲诵《孝经》,志在身体力行,尝使人入省母后,问安视暖。母后沈氏,免不得遣令左右,谕慰东宫。张贵妃宠冠后庭,密谋夺嫡,竟与孔贵嫔串同一气,谗构皇后太子,但说他往来秘密,恐有异图。孔范等又入为证人,更兼沈皇后素来无宠,遂致有道储君,无辜被废,降为吴兴王。张贵妃所生子深,竟得立为太子。已而妖异迭出,雨旸不时,鄞州水黑,淮渚暴溢,有群鼠渡淮入江,无数漂没。东冶铸铁,空中忽堕下一物,隆隆如雷形,色甚赤,铁汁致飞出墙外,毁及民居,还有蔓草久塞的临平湖,无故自辟,草死波流,朝野诧为奇事,哗传一时。叔宝才有所闻,心中亦未免惊异,因卖身佛寺,自愿为奴,作为厌胜。张贵妃本来佞佛,往往托词神鬼,蛊惑叔宝,至此在宫中竟设淫祀,召集妖巫,祈福禳灾。叔宝又敕建大皇寺,内造七级浮图,工尚未竣,为火所焚。那祭天告庙的礼仪,反多阙略,好几年不见驾临。大市令章

设行省遣子督师

华,博学能文,因为朝臣所抑,尝郁郁不得志,至是独上书极谏,略云:

昔高祖南平百越,北诛逆虏,世祖东定吴会,西破王琳,高宗克复淮南,辟地千里,三祖之功勤亦至矣。陛下即位,于今五年,不思先帝之艰难,不知天命之可畏,溺于嬖宠,惑于酒色,祠七庙而不出,拜三妃而临轩,老臣宿将,弃之草莽,谄谀逸邪,升之朝廷。今疆场日蹙,隋军压境,陛下犹不改弦更张,臣见麋鹿复游于姑苏矣。

这书呈入,顿时大触主怒,即令斩首,且益逞荒淫。一年容易,又是春来,叔宝遣散骑常侍袁雅等聘隋,又令散骑常侍周罗睺,出屯峡口,侵隋峡州。和中寓战,叔宝亦自诩妙计耶?隋主正令散骑常侍程尚贤等报聘,忽闻峡州被侵消息,乃决计伐陈,传敕中外,敕文有云:

昔有苗不宾,唐尧薄伐,孙皓僭虐,晋武行诛。有陈窃据江表,逆天暴物,朕初受命,陈顼尚存,厚纳叛亡,侵犯城戍。勾吴闽越,肆厥残忍,于时王师大举,将一车书。陈顼返地收兵,深怀震惧,责躬请约,俄而致殒。朕矜其丧祸,特诏班师。叔宝承风,因求继好,载伫克念,共敦行李。每见珪璋入朝,轺轩出使,何尝不殷勤晓谕,戒以维新?而狼子之心,出而弥野,威侮五行,怠弃三正,诛翦骨肉,夷灭才良,据手掌之地,恣溪壑之险,劫夺闾阎,资产俱竭,驱蹙内外,劳役弗已,微责女子,擅造宫室,日增月益,止足无期,帷薄嫔嫱,几逾万数,宝衣玉食,穷奢极侈,淫声乐饮,俾昼作夜,斩直言之客,灭无罪之家。欺天造恶,祭鬼求恩,盛粉黛而执干戈,曳罗绮而呼警跸,自古昏乱,罕或可比。介士武夫,饥寒力役,筋髓罄于土木,性命侯于沟渠。君子潜逃,小人得志,天灾地孽,物怪人妖,衣冠钳口,道路以目。倾心翘足,誓告于我。日月以冀,父老相寻。重以背德违言,摇荡疆场,巴峡之下,海漄以西,江北江南,为鬼为域,死垄穷发掘之酷,生居极攘夺之苦。抄掠人畜,断绝樵苏,市井不立,农事废寝。历阳、广陵,窥觎相继,或谋图城邑,或劫剥吏人,昼伏夜游,鼠窜狗盗。彼则羸兵敝卒,来必就擒,此则重门设险,有劳藩捍。天之所覆,无非朕臣,每关听览,有怀伤恻。有梁之国,我南藩也,其君入朝,潜相招诱,不顾朕恩。士女深迫胁之悲,城府致空虚之叹,非直朕居人上,怀此不忘,且百辟屡以为言,兆庶不堪其请,岂容对而不诛,忍而不救。近方秋始,谋欲吊民,益部楼船,尽

第八十四回　设行省遣子督师　避敌兵携妃投井

令东骛,便有神龙数十,腾跃江流,引伐罪之师,向金陵之路,船住则龙止,船行则龙去,三日之内,三军皆睹,岂非苍昊爱人,幽明展事,降神先路,协赞军威?以上天之灵,助戡定之力,便可出师授律,应机诛殄,在斯举也,永清吴越。其将士粮仗水陆资,须期会进止,一准别敕。特此颁告天下,使众周知!

敕书既发,又令钞录三十万纸,传示江南。陈廷闻隋将大举,再遣散骑常侍许善心,诣隋修和。隋主留置客馆,不复遣归,一面赍送玺书,数陈主二十过恶,并命就寿春设淮南行省,即用晋王广为行省尚书令,告诸太庙,授钺南征。再令秦王俊及清河公杨素,俱为行军元帅,使广出六合,俊出襄阳,素出永安,并饬荆州刺史刘仁恩出江陵,蕲州刺史王世积出寿春,庐州总管韩擒虎出庐州,吴州总管贺若弼出广陵,凡总管九十人,兵五十一万八千人,统受晋王广节度,旌旗舟楫,横亘数十里。重用次子,已开逆恶之萌。授左仆射高颎为晋王元帅府长史,右仆射王韶为司马,军事皆由二人参决,相机进行。

隋主相率临江,高颎问郎中薛道衡道:"江东可攻取否?"道衡道:"此去定可成功。尝闻晋郭璞有言,江东分王三百年,复与中国统合,今此数将周,是一可取;主上恭俭勤劳,叔宝荒淫骄侈,是二可取;国家安危,寄诸将相,彼用江总为相,唯事诗酒,萧摩诃、任蛮奴即任忠小字为大将,不过匹夫小勇,怎能当我大敌?是三可取;我有道,国势复大,彼无德,国势又小,彼甲士不过十万,西自巫峡,东至沧海,分成即势悬力弱,合屯又守此失彼,是四可取。有此四机,席卷江东不难了,何必多疑。"颎欣然道:"得君数言,成败已可预定,素知君才,今益令人信服了。"遂驱军前进。

陈命散骑常侍周罗睺,都督巴峡沿江诸军,堵御隋师。隋秦王俊屯兵汉口,节制上流。杨素率舟师下三峡,径至流头滩,与狼尾滩相近。狼尾滩地形险峭,却有陈将戚昕,带着战舰扼守。素待至夜间,亲督黄龙舟数千艘,衔枚疾进,冲击陈舰。昕仓猝遇敌,与战失利,弃滩东走。素俘得陈人,悉数纵还,秋毫无犯,遂驱水军东下,舳舻蔽江,旌旗耀日。素容貌壮伟,坐大船中,好似金甲神一般,陈人惊为江神,沿途溃散。江滨诸戍,相继告警。施文庆、沈客卿反匿不上闻。陈江中无一战船,上流戍兵,又皆为杨素军所阻,不得入援,眼见是长江天堑,为敌所逾。陈护军将军樊毅,闻隋军逼近,忙进白仆射袁宪道:"京口、采石,俱系要地，须各出锐兵五千，分载金翅舟二百艘，沿江守御，借备不虞。"宪亦以为然，乃与文武群臣共议，请如毅策。独施文庆、沈客卿以为多事，仍然迁延。宪又邀同萧摩诃，再三奏请，叔宝亦欲依议，偏文庆、客卿共启叔宝道："寇敌入境，已成常事，边城将帅，尽足堵御，何必多出兵船，自致惊扰。"叔宝再召江总熟商，总亦依违两可，未能决定。孔范独大言道："长江天堑，限制南北，今日虏军，岂能飞渡么？"叔宝遂耽乐如常，奏乐侑酒，赋诗不辍，且从容语侍臣道："金陵素钟王气，齐兵三来，周师再至，无不摧败。隋军亦何能为呢？"嗣是警报频来，悉置不问。

祯明三年正月朔，陈主叔宝朝会群臣，大雾四塞，殿中皆黑，叔宝不以为奇。退朝以后，张贵妃以下俱来庆贺，当下开筵欢饮，灌得烂醉如泥，入寝酣睡，直至昏黄，方才醒觉。越日，由采石镇驰到急报，乃是隋将贺若弼，自广陵引兵渡江，韩擒虎亦自横江夜渡采石，沿江一带，多已失守了。虽有天堑，无人如何为守。文庆等也不便抑置，只好奏闻叔宝。叔宝才觉惊忙，召公卿入议军情，内外戒严。命骠骑将军萧摩诃、护军将军樊毅、中领军鲁广达，并为都督，司空司马消难及新除湘州刺史施文庆，并为大监军，南豫州刺史樊猛，率舟师出白下，散骑常侍皋文奏，率兵镇南豫州，重立赏格，招募兵士，僧尼道士，尽令执役。急时抱佛脚，恐已来不及了。这边方调将遣兵，陆续出发，那边已乘风破浪，踊跃前来。贺若弼攻拔京口，擒住南徐州刺史黄恪，恪部下六千人，也尽作俘囚。弼给粮慰道，各付敕书，嘱他分道宣谕，于是所至风靡。韩擒虎先下采石，继陷姑熟，入南豫州城。皋文奏弃城东奔，所有樊猛妻子，悉被虏去。猛方与左卫将军蒋元逊，游弋白下，突闻妻子被虏，当然心惊。叔宝还防他有异志，欲遣镇东大将军任忠代猛，先令萧摩诃谕意。看官！试想这樊猛，愿意不愿意呢？摩诃因猛不愿意，启闻叔宝，叔宝又不便改调，仍令猛照旧办事。如此驭将，怎得死力？

鲁广达子世真留屯新蔡，与弟世雄同降隋军，且为隋招降广达。广达将书呈奏，并自劾待罪。叔宝传敕抚慰，仍使督军如故。怎奈隋军所向无前，贺若弼从南道进兵，韩擒虎从北道进兵，势如破竹，如入无人之境。叔宝连接警耗，亟使司徒豫章王叔英屯朝堂，萧摩诃屯乐游苑，樊毅屯耆阇寺，鲁广达屯白土冈，孔范屯宝田寺。适任忠自吴兴入援，令屯朱雀门。偏贺若弼进据钟山，韩擒虎进踞新林，隋元帅晋王广，又遣

第八十四回　设行省遣子督师　避敌兵携妃投井

总管杜彦助新林军。陈将纪瑱,驻守蕲口,复被隋蕲州总管王世积击走,陈人大骇,相率降隋。

叔宝素来淫佚,不达军事,至此已成眉急,才觉易喜为忧,昼夜啼泣,台中处分,尽任施文庆。文庆忌诸将有功,每遇将帅启请,皆搁置不行。萧摩诃屡请出战,并不见从。既而奉命入议,摩诃尚欲袭击钟山,任忠时亦在侧,独出言谏阻道:"兵法有言:'客贵速战,主贵持重。'今国家足食足兵,还应固守台城,沿淮立栅,北军虽来,勿与交战,但分兵阻截江路,又给臣精兵一万,金翅舟三百艘,下江径掩六合,且扬言欲往徐州,断彼归途,彼军前不得进,后不得归,必致惊乱,不战自走。待春水既涨上江,周罗睺等得顺流来援,表里夹攻,必可破敌,这岂非是良策吗?"此策若用,陈可不亡。叔宝终未能决,踌躇了一昼夜,忽跃然出殿道:"兵久相持,未分胜负,朕已厌烦得很,可呼萧郎出战。"摩诃承宣趋入。叔宝忙说道:"公可为我决一胜负!"摩诃答道:"出兵打仗,无非为国为身,今日出战,兼为妻子。"叔宝大喜道:"公能为我却敌,愿与公家共同休戚。"摩诃拜谢而退。任忠叩首力谏,坚请勿战。叔宝不答,但宣摩诃妻子入宫,先加封号,一面颁发金帛,犒军充赏。

摩诃部署军伍,严装戎行,令妻子入宫候命,自出都门御敌。摩诃前妻已殁,娶得一个继室,却是妙年丽色,貌可倾城,当下艳妆入宫,拜谒叔宝。叔宝见色动心,乃不料摩诃有此艳妻,一经见面,又把那国家大事,置诸度外,便令设宴相待,留住宫中。摩诃子引见后,嘱令出宫候封,自与摩诃妻调情纵乐,作长夜欢。妇人多半势利,况摩诃老迈,未及叔宝风流,一时情志昏迷,竟被叔宝引入龙床,勉承雨露。亡国已在目前,还要这般淫纵,真是无心肝。摩诃哪里知晓,出与诸军组织阵势,自南至北,从白土冈起头,最南属鲁广达,次为任忠,又次为樊毅、孔范,摩诃最北,好似一字长蛇阵,但断断续续,延袤达二十里,首尾进退,不得相闻。隋将贺若弼轻骑登山,望见陈军形势,已知大略,即驰下山麓,勒阵以待。鲁广达出军与战,势颇锐悍,隋军三战三却,约死二百余人。弼令军士纵火放烟,眯住敌目,方得再整阵脚,排齐队伍,暂守勿动。

萧摩诃闻南军交战,正拟发兵夹攻,忽有家报传到,妻室被宫中留住,已有数日,料知情事不佳,暗地里骂了几声昏君,不愿尽力,遂致观望不前。鲁广达部下初战得胜,枭得隋军首级,即纷纷还都求赏。贺若弼见陈军不整，复驱军再进，自率精兵攻孔范。范素未经战，蓦与若弼相值，不禁气馁。兵士方才交锋，他已拨马返走。主帅一奔，全军皆溃，就是鲁广达、樊毅两军，也被牵动，一并哗散。任忠本不欲战，自然退去。萧摩诃心灰意懒，也拟奔回。哪知隋军四面杀到，害得孤掌难鸣，且自己年力又衰，比不得少年猛健，一时冲突不出，竟被隋将员明擒去，送至贺若弼前。若弼命推出斩首，摩诃面不改色，反令若弼称奇，乃释缚不杀，留居营中。

任忠驰回都阙，报称败状，并向叔宝道："官家好住，臣无所用力了。"叔宝着急，尚给金两縢，使募人出战。忠徐徐道："陛下但当备具舟楫，往就上流诸军，臣愿效死奉卫。"叔宝应诺，命忠出集舟师，自嘱宫人装束以待。哪知忠已变意，潜赴石子冈，往迎韩擒虎军，直入朱雀门。守军欲战，忠摇手示意道："老夫尚降，诸军何事？"_{虽由主听不聪，如此作为，终属不忠。}大众听了，便即散走。台城内风声骤紧，文武百官，一概遁去。惟尚书仆射袁宪在殿中，尚书令江总在省中，叔宝见殿中无人，只留一宪，不禁泣语道："我向来待卿，未及他人，今日惟卿尚留，不胜追愧，朕原不德，也是江东气数，已经垂尽了。"_{尚不肯全然责己，还想诿诸气数。}说着，匆遽入内，意欲避匿。宪正色道："北兵入都，料不相犯，事已至此，陛下去将何往？不若正衣冠，御正殿，依梁武帝见侯景故事。"叔宝不待说完，便摇首道："兵锋怎好轻试？我自有计。"言已趋入，急引张贵妃、孔贵嫔两人，至景阳殿后，三人并作一束，同投井中。

台城已无守吏，一任隋军驰入。韩擒虎既至殿中，令部众搜寻叔宝，四觅无着，及见景阳井上，有绳系着，趋近探视，见下面有人悬住，连呼不应，乃拾石投入，才闻有号痛声。原来井中水浅，不致溺毙，隋军引绳而上，势若甚重，经数人提起，始见有一男二女，男子便是陈叔宝，当然大喜，即牵送至韩擒虎处，听候发落。豫章王叔英已经出降，沈皇后居处如常，太子深年方十五，开闼静坐，至隋军排闼进去，深从容与语道："戎旅在途，得勿劳苦么？"隋军见他颜色自若，却向他致敬，不敢相侵。鲁广达退守乐游苑，未肯降敌，贺若弼乘胜与争，广达苦斗不息，战至日暮，手下将尽，始解甲面台，再拜恸哭道："我身不能救国，负罪实深了。"乃出降隋军。

若弼闻韩擒虎已得叔宝，呼令相见。叔宝惶惧异常，向弼再拜。弼

第八十四回　设行省遣子督师　避敌兵携妃投井　·665·

与语道："小国君主，只当大国上卿，拜亦常礼，入朝不失作归命侯，何必多惧呢？"乃使叔宝居德教殿，用兵监守，自恨功落人后，与韩擒虎龃龉，且欲令叔宝作降笺，归己报闻。事尚未行，晋王广已使高颎入建康，料理善后事宜。颎子德弘，随后踵至，传述广命，使留张丽华。颎勃然道："昔太公灭纣，尝蒙面斩妲己，此等妖妃，岂可留得？"说着，便令兵士取入张贵妃，斩首以徇。小子有诗叹道：

避敌兵携妃投井

国既亡时身亦亡，临刑反为美人伤；
蛾眉蓁首成虚影，地下可曾悔惹殃？

晋王广既遣德弘传命，复启节东下，来视张丽华，途次闻丽华已死，禁不住愤闷起来。欲知后事，且阅下回。

　　叔宝之恶，不如子业、宝卷之甚。子业屠灭宗族，宝卷渎乱天伦，而叔宝无是也。但宠艳妃，嬖狎客，杀谏臣，有一于此，未或不亡，况并三者而具备耶？隋军大举，鼓楫渡江。沿江各戍，望风奔溃，叔宝尚委政宵小，恣情声色，可战不战，不可战而战，甚至敌临城下，犹奸通萧摩诃妻，如此淫肆，欲不亡得乎？景阳殿后，挈妃入井，向使毕命井中，即未足与殉社稷者比，而井底鸳鸯，冢成连理，未始非江东佳话。为叔宝计，其亦差足自慰欤？然天不从愿，出井见敌，再拜隋将，徒自贻羞，而张贵妃且难免刀头之厄，红颜白骨，作孽难逃，观于此而世之为妃妾者，可以返矣；世之为人主者，亦可以戒矣。

第八十五回

据湘州陈宗殉国　抚岭表冼氏平蛮

　　却说晋王广系念张丽华，驰诣建康，途中闻高颎违命，竟把丽华杀死，不由得惊愤道："古云无德不报，我必有以报高公。"言下犹恨恨不已。及既入建康，高颎等上前迎接，广虽心恨高颎，面上却不露声色，仍然照常相见，随即慰劳三军，安抚百姓，一面拿住施文庆、沈客卿、阳惠朗、徐哲、暨慧景五人，责他蔽主害民，一并斩首，即令高颎与元帅府记室裴矩，收图籍，封府库，所有金帛珍玩，广皆不取。当时军民人等，统说晋王贤德，哪知他是沽名钓誉，笼络人心呢。<small>隐伏下文。</small>

　　贺若弼先期决战，违背军令，广收付属吏，并遣使驰驿奏闻。隋主闻江南已平，很是欣慰，且传诏示广，谓："平定江表，功出韩、贺二人，不应吹求微疵，可将功抵罪，各赐帛万匹。"又别诏褒美韩、贺，并及前敌各将士。陈使许善心，尚留隋客馆中，隋主坚遣人相告，谓陈已灭亡，可归诚我朝。善心不禁大恸，改着缞服，就西阶下席草危坐，东向涕泣，三日不移。隋主复颁敕慰唁，越日又有诏至馆，命为通直散骑常侍，赐衣一袭。善心号哭尽哀，乃入房改服，出就北面，垂泪再拜，受隋敕书。<small>既愿事仇，何必如许做作。</small>翌晨，诣阙谢敕，伏泣殿下，悲不能兴。隋主顾左右道："我平陈国，只幸得此人，彼能怀念旧君，他日即我朝纯臣呢。"遂谕令平身，入直门下省，善心泣拜而退。从此遂低首下心，长作隋朝臣仆了。<small>含蓄不尽。</small>

　　陈水军都督周罗睺，与鄀州刺史荀法尚，尚守江夏。隋秦王俊督三十六总管，及水陆十余万众，屯驻汉口，不得前进。陈荆州刺史陈慧纪，又遣内史吕忠肃进据巫峡，凿岩系链，锁住上流，堵遏隋师，且自出私财，充作军用。隋清河公杨素，麾兵奋击，与忠肃大小四十余战，忠肃踞险力争，杀死隋兵五千余人。嗣闻建康被困，士无斗志，杨素乘间猛攻，忠肃不能固守，弃栅南奔，退据荆门境内的延洲，素驶舟追击，大破忠肃，俘得甲士三千余人，忠肃孑身遁去。于是陈慧纪亦自知难守，毁去储蓄,引兵东下。巴陵以东,尽为隋有。陈晋王叔文方卸任湘州,还至巴县,慧纪欲推为盟主,号召沿江各军,入援建康,偏被隋秦王俊军阻住。叔文又率巴州刺史毕宝等,向俊请降。慧纪徒望东慨叹,无计可施。

会建康已平,晋王广命陈叔宝作书,招谕上江诸将,诸城闻风解甲。周罗睺与诸将大哭三日,放兵散马,乞降俊军。陈慧纪势孤力蹙,也只好出降,上江皆平。隋将王世积在蕲口,移书告谕江南诸郡,江州、豫章,依次降隋,隋遂撤去淮南行省,但命诸将分途略定。陈吴州刺史萧瓛,自梁投陈,料知隋不相容,独募兵抗隋。隋大将军宇文述等,引兵进击,瓛连战皆败,竟为所擒。东扬州刺史萧岩,以会稽降,述将他弟兄并入囚车,押解长安。隋主坚责他负国忘恩,立命处斩。了结岩、瓛,顾应八十三回。

独湘州刺史岳阳王陈叔慎,系高宗顼第十六子,年甫十八,方才莅任,城中将士,闻隋军已据荆门,相距不远,相率谋降。叔慎设宴厅中,召集文武僚吏,举酒相属道:"君臣大义,就此扫地么?"长史谢基,投袂起座,伏地呜咽,助防遂兴侯陈正理,陈宗室。亦慨然起语道:"主辱臣死,诸君独非陈臣么?今天下有难,正当见危授命,就使无成,尚见臣节,今日不宜再误,宜力图恢复,后应者斩!"众闻此言,乃齐声许诺,自是刑牲结盟,誓同生死。适隋将庞晖,奉杨素命,招抚湘州,正理与叔慎商定密计,遣人赍诈降书,往迎庞晖。晖贸然驰至,叔慎伏甲待着,一俟晖入城门,发伏执晖,斩首徇众。晖手下有数十人,也同时拘住,杀得一个不留。叔慎亲至射堂,募集兵士,数日间得五千人。衡阳太守樊通,武州刺史邬居业,皆举兵入助。隋正命薛胄为湘州刺史,道过荆州,得见杨素,已知湘州拒命,便与素部下行军总管刘仁恩,会师进攻。行至湘州城下,陈正理、樊通督兵迎战,两下相交,隋军比守军加倍,且都是惯战健卒,哪里是陈、樊二人所能抵挡?战不多时,守兵四溃,陈、樊逃回城中,门未及阖,薛胄已加鞭追入,顺手一槊,击毙樊通。隋军一拥而上,突进城中,先擒正理,次擒叔慎。刘仁恩不欲收兵,即往击横桥。横桥为邬居业屯守地,当下拒战失利,也为所擒。三人俱被解至汉口,秦王俊诘问数语,叔慎词色不挠,即为所害。正理、居业,相继受刑。叔慎虽死,义烈可风。

湘州已下，进略岭南，高凉郡太夫人冼氏，威爱素孚，望重岭外。子石龙太守冯仆，壮年不禄，竟尔去世。回应第七十六回。仆长子魂，尚在少年，赖冼太夫人主持

镇湘州陈宗殉国图

郡事，所有岭南数郡，畏服如初。及陈为隋灭，岭南未有所属，便奉冼太夫人为主，称为圣母，保境安民。陈豫章太守徐璒，自豫章奔据南康，意欲联结岭南，独霸一方。隋命柱国韦洸等持节安抚，为璒所拒，洸等不得进，晋王广因岭南未平，复令叔宝作书，往贻冼太夫人，谕以陈亡，使她归隋。冼太夫人，乃召集首领会议，相对恸哭，结果是慎重民命，决迎隋使，乃遣冯魂率众迎洸。洸已调动军士，击杀徐璒，凑巧冯魂来迎，遂驰至广州，慰谕诸郡，略定岭南。表冯魂为仪同三司，册封冼太夫人为宋康郡夫人。衡州司马任瓌，劝都督王勇据岭南，求陈氏子孙，立以为帝。勇不能用，率部众降隋。瓌弃官自去，于是陈地悉入隋朝，得州三十，郡一百，县四百，陈亡。总计陈自武帝篡梁，至叔宝止，共历五主，凡三十二年。且由晋元帝东渡，偏安江左，中阅东晋、宋、齐、梁、陈五朝，共得二百七十三年，始为北朝所并，中国复归统一。唐李延寿作《南北史》把隋朝列入《北史》中，无非因他起自朔方，脱胎北周，后又仅得一传，便为李唐所灭，所以因类相聚，不复另起炉灶。小子就遵循故例，随笔叙下，看官不要疑我界划不明，模糊了事呢。再顾本书卷首，并将南北纪年叙清起讫，一笔不漏。闲文少叙。

且说晋王广振旅将归，奉诏毁平建康宫阙，俾民耕垦，更就石头城增置蒋州，派吏置兵，俱已就绪，乃奏凯还朝。所有陈叔宝以下，如后妃

第八十五回　据湘州陈宗殉国　抚岭表冼氏平蛮

子女、公卿大臣,一并带归。水陆相继,累累不绝,隋主坚亲至骊山,慰劳旋师诸军,并入长安,献俘太庙。陈叔宝为首列,王公将相,并乘舆服御、天文图籍等,依次继进。两旁用铁骑夹道,由晋王广、秦王俊引入庙中,献告如仪。礼毕入朝,晋授晋王广为太尉,特赐辂车乘马,衮冕圭璧。广谢恩而出。越日,由隋主坚坐广阳门观,召见陈叔宝等,使纳言宣诏抚慰,又令内史传敕,责他君昏臣佞,乃至灭亡。叔宝及王公大臣,并惶惧伏地,不敢答词。屏息良久,始下赦书。叔宝舞蹈谢恩,余众亦随着叩谢。惟陈司空司马消难,前曾得罪奔陈,此次陈、隋交战,受任大监军,一筹莫展,也为所虏。隋主坚本欲加诛,因消难尝为父执,权从末减,特免他死罪,配为乐户。甫阅二旬,又加恩释免,特别引见,消难未免增惭;年又垂老,未几即死。鲁广达自悼国亡,遇疾不医,也即病终。

隋主坚再御广阳门,赐宴将士,门外堆满布帛,直达南郭,按班赏赐,计用三百余万匹,封杨素为越国公,贺若弼为宋国公,各赐金宝。惟韩擒虎为有司所劾,说他驭下不严,士卒在建康时,尝淫污陈宫,所以不得爵赏。擒虎心甚不平,遂与若弼争功御前,若弼道:"臣在蒋山死战,破陈锐卒,擒陈骁将,震扬威武,遂平陈国,韩擒虎并未剧战,怎得与臣比功?"擒虎道:"本奉明旨,令臣与弼同时合势,进取伪都,弼乃先期进兵,遇贼即战,致将士伤毙甚多,臣但率轻骑五百,直捣金陵,降任蛮奴,注见前。执陈叔宝,据府库,倾巢穴,弼至夕方扣北掖门,由臣开关纳入。据此看来,弼功何在,尚得与臣比论么?"仿佛晋初浑浚。隋主坚温颜与语道:"两将俱为上勋,休得相争。"乃进擒虎位上柱国,赐帛八千匹,但仍未得封公。擒虎乃退。

隋主又召入高颎,面授上柱国,进爵齐公,赐帛九千匹,且面谕道:"公伐陈后,有人诬称公反,朕已将他斩讫。君臣道合,岂青蝇所得相间么?"颎再拜称谢。隋主又使与若弼论平陈事,颎答说道:"贺若弼先献十策,后在蒋山苦战破贼,功劳甚大。臣乃文吏,怎敢与大将论功?"隋主大笑道:"让德如公,真不可多得了。"嗣命秦王俊为扬州总管,都督四十四州军事,使镇广陵,令晋王广还镇并州。陈都官尚书孔范,散骑常侍王瑳、王仪,御史中丞沈瓘,统是误国佞臣。晋王广尚未加罪,至是由隋廷按查得实,投诸四裔,以谢吴、越。陈叔宝留寓隋都,尚蒙优待,惟宫人姊妹,多被没入掖庭,一妹进宫为嫔,就是将来的宣华夫人,一妹由隋主赐与杨素,一妹赐与贺若弼。叔宝全不在意,惟屡与监守官言,求一官号。监守官上白隋主,隋主坚微哂道:"叔宝全无心肝。"说着,又问叔宝平日何事?监守官答称:"叔宝常醉,少有醒时。"隋主又问他饮酒若干?监守官又答道:"每日与子弟共饮,约需一石。"隋主惊诧道:"一石如何使得,须要他节饮方好。"监守官应旨欲退,隋主又与语道:"随他罢,否则叫他如何过日?"因即命陈氏子弟,分置边州,使给田业,作为生计。又常给叔宝衣食,且随时引见,班同三品。并授陈尚书令江总,为上开府仪同三司。陈仆射袁宪,骠骑将军萧摩诃,领军任忠,为开府仪同三司。陈吏部尚书姚察为秘书丞。袁宪素有清操,且建康被陷,百官逃散,惟宪尚留住殿中,此事已为隋主所闻,隋主以为江表称首。陈散骑常侍袁元友,屡谏叔宝,隋主嘉他忠直,亦擢拜为主爵侍郎。隋主又尝语群臣道:"平陈时候,我悔不杀任蛮奴,彼受人荣禄,兼当重寄,不能横尸徇国,乃云无所用力。古有卫弘演纳肝,见列国时代。今乃有此任蛮奴,相差真太远了。"既知任忠不忠,奈何授为开府?况任忠以外,又有误国之江总,不诛而赏,俱属谬误。及陈水军都督周罗睺,入见隋主。隋主许以富贵,罗睺垂涕答道:"臣荷陈氏厚遇,坐视沦亡,无节可纪,今得免死,已沐陛下厚赐,还想什么富贵呢?"隋主颇为嘉叹,竟授为上仪同三司。南北混一,朝野清平,乃令武夫子弟,一体学经,所有民间甲仗,悉皆除毁。

贺若弼自矜前功,备述平陈计划,称为御授平陈七策,呈入殿廷。隋主坚不愿披阅,当即发还,且语若弼道:"公欲发扬我名吗?我不求名,公可自载家传。"若弼授书,怀惭退去。左卫将军庞晃等,入潛高颎,俱被隋主叱退,并召语颎道:"独孤公可比一镜,每被磨莹,皎然益明。"看官!你道隋主何故呼颎为独孤公?原来颎父宾尝为独孤信僚佐,赐姓独孤氏,所以呼为独孤公,优礼不名。颎前为帅府长史,曾奉隋主意旨,向上仪同三司李德林问计,转授晋王广。隋主坚因德林有功,加封郡公,已经宣诏。或语高颎道:"今若归功李德林,诸将必多愤惋,且公亦虚此一行了。"颎乃入白隋主,谓德林不应重赏,乃收回成命。德林本恃才好胜,累年不得升级,已是愤懑不堪,至此又不得叙功,未免恨上加恨。当时颎与苏威,大蒙宠任,德林屡与苏威异议,颎又尝左袒苏威,排斥德林。德林遂被黜为湖州刺史,未几复转徙怀州,竟致病死。

德林为三朝臣,死不足惜,但高颎亦未免营私。楚州参军李君才,上书劾颎,隋主大怒,召君才入问。君才抗辞如故,益致隋主增恼,立命捶毙。

隋主自平陈以后,免不得猜忌臣僚,往往密遣左右,觇视内外,察知微过,辄加重罪。又患令史赃污,私令人赂遗金帛,得犯立斩。每在殿中捶人,鞭挞至死,不死亦即斩首。高颎等屡谏不省,兵部侍郎冯基,亦再三切谏,方有悔意。然转恨群臣不谏,又谴责数人。柱国郑译,乘时贡谀,请修正雅乐。此子又来出头。隋主命太常卿牛弘,国子祭酒辛彦之、博士何妥等,会议音律。弘奏言中国旧音,多在江南,今既得梁、陈旧乐,请加修缉,以备雅乐。所有后魏、后周等乐声,未叶宫商,可悉令停罢。乃诏与许善心、姚察等,参酌订正。

乐尚未成,一声遥警,江南各州郡,又复大乱。越州乱首高智慧,苏州乱首沈玄憎,皆揭竿起事,自称天子,东攻西掠,陷没许多州县,所有陈国故土,大半震动,几乎前功尽隳,南北又要分疆。笔亦不测。原来江东习成奢靡,历代刑法,又多疏缓,自隋军平陈,尽反旧政,苏威复作五教,使民传诵,士民遂有怨言,并且谣诼纷纭,谓隋将尽徙南人,转入关中,于是民情益骇。至高、沈两人作乱,百姓相率依附,夺城池,戕守令,且哗然道:"尚能使我诵五教么?"这消息传到隋廷,隋主当然忧虑,即遣越国公杨素,率兵南征。素即日登程,将要渡江,先使部将麦铁杖,夜乘苇筏,越江战贼,还而复往,为贼所擒。贼使三十人监守,铁杖夺取贼刀,乱斫守役,三十人多被杀伤,脱械逃归。素大加赏识,奏授仪同三司,因即麾动舟师,自扬子津逾江击贼。玄憎败走,追擒伏诛。素乘胜进攻越州,用裨将来护儿为前驱,南下浙江,但见江东岸上,贼营编列,绵亘数十里。江中贼船,亦不可胜计。护儿用轻舸数百,直登江岸,袭破贼营,复顺风纵火,烟焰蔽天。素麾众继进,大破智慧。智慧逃入海中,走保闽越。

素遣总管史万岁,率兵二千,陆行逾岭,堵截海岸,自率大舰浮海,奄至泉州,贼众皆散。智慧穷蹙无归,由贼党执送军前,当然枭首。又分兵追捕余贼,约阅数旬,悉数荡平。惟史万岁杳无音信,还道他全军陷没,因致消息不通。后由海中得一竹桶,内藏万岁书函,略言"逾岭越海,攻破溪洞无数,前后七十余战,转斗至千余里,现已肃清海贼,指日北返"等语。素大喜过望,因即班师。且上奏万岁功绩,隋主也为叹美,厚赐万岁家属。此外平南诸将,自杨素以下,俱优叙有差。

素既北归,番禺夷人王仲宣,忽然起反,纠合叛众,围攻广州。柱国韦洸,尚在广州驻节,急忙招募兵士,开城拒贼,贼势甚是凶悍。洸与战不利,退回城中,登陴

督御,一面向高谅乞援。冼太夫人遣孙冯暄领兵援洸。暄至衡岭,遇着贼党陈佛智,屯兵岭上。佛智与暄素来认识,彼此通问往来,竟将战事搁起。冼夫人闻暄逗留,遣使执暄,拘系州狱,另遣孙冯盎往袭佛智。佛智未曾防备,突见盎军杀入,不及逃去,遂为所杀。时韦洸中箭身亡,副使慕容三藏,代理军事。隋廷亦遣给事郎裴矩,南行剿抚,矩至南康,发兵数千人,击斩仲宣别将,进至南海。可巧冯盎与三藏会合,击走仲宣。冼夫人又亲自接应,共至南海迎接裴矩。矩闻冼夫人到来,却也不敢生慢,更命军士排班恭待。过了片刻,前驱已至,来了一位少年军将,唇红齿白,烨烨有光,料知他就是冯盎,已足令人生羡,后面便是宋康郡冼夫人,首戴金冠,身披银铠,上张锦伞,下跨介马,前导骑士,后拥甲盾,虽已年越花龄,尚是春盈眉宇。矩不禁暗暗喝彩,未与晤谈,先已下马待着。非写裴矩有礼,实为冼夫人生色。冼夫人老眼无花,忙令孙儿下骑,自己亦从容下鞍。当由慕容三藏,从后趋到,邀同冼夫人及冯盎,上前见矩。彼此行过了礼,略谈数语,便相偕同入广州。矩因冼夫人望重岭南,请她一同巡行,安抚诸州。冼夫人绝不推辞,即同矩带着兵士,出城巡抚。苍梧首领陈坦,冈州首领冯岑翁,梁化首领邓马头,藤州首领李光略,罗州首领庞靖等,皆来参谒。矩承制署为刺史县令,还镇旧部,

第八十五回　据湘州陈宗殉国　抚岭表冼氏平蛮

各首领欢跃而去。

岭南复定，矩使人驰驿上闻，有诏拜盎为高州刺史，追赠盎祖宝为谯国公，冼夫人为谯国夫人，特给印章，许开幕府，置官属，得征发六州兵马，便宜行事。且赦免冯暄前罪，拜为罗州刺史。待裴矩归朝后，复降敕褒美，赐帛五千匹。皇后独孤氏，亦颁给服饰。冼夫人并收贮金箧，并将梁、陈赐物，亦各藏一库，每岁大会，皆陈列庭中，指示子孙道："汝等宜尽赤心向天子，我事三代主，唯用一好心，今赐物具存，便是忠孝的食报呢。"后来复抚定俚獠，劾诛贪污，岭南无不称颂。至仁寿初年，才报寿终，隋廷谥为诚敬夫人。小子有诗赞道：

几番平虏见奇功，岭表扬仁众口同。

《南北史》中争一席，休言巾帼不英雄！

欲知隋朝后事，待至下回再表。

隋文平陈，与晋武平吴相似，惟陈之亡，与吴不同，迹其情事，颇似蜀汉。刘禅乐不思蜀，叔宝全无心肝，其类似一也；刘禅乞降，犹有北地王谌，叔宝被虏，犹有岳阳王叔慎，其类似二也。故北地王谌死而蜀始亡，岳阳王叔慎死而陈始亡，特为标叙，正以存臣子之大节耳。冼夫人保境拒守，得叔宝书，乃召集首领，相向恸哭，妇人犹知枕戈之义，叔宝何心？乃稽颡隋阙，忾忾俔俔，为民吏羞乎？厥后为民命计，始迎隋使，及番禺之乱，发兵助讨，嗣复与裴矩巡抚诸州，易乱为治，岭南之得免兵戈，未始非冼夫人之所赐也。本回叙冼夫人处，亦特笔表明，借巾帼以励须眉，作书者固隐寓深心欤！

第八十六回

反罪为功筑宫邀赏　寓剿于抚徙虏实边

却说隋左卫大将军杨惠，佐命有功，易名为雄，初封邗国公，旋且晋封广平王，见八十一回。职掌禁旅，宠绝一时。长安人士，号为四贵中第一人。四贵除杨雄外，就是苏威、高颎、虞庆则。雄又宽容下士，甚得众心。隋主坚因此加忌，改拜雄为司空。雄知隋主夺他兵柄，虚示推崇，乃杜门谢客，不闻政事。寻改封为清漳王，未几又改封为安德王。还算明哲保身。滕王杨慧，亦见八十一回。曾尚周武帝邕妹顺阳公主，美秀而文，时人号为杨三郎。隋主命为雍州牧，且常引与同坐，呼为阿三，嗣复易名为瓒。瓒虽为隋主同母弟，但因隋主篡周，屠灭宇文氏，未免目为残忍。顺阳公主，轸念宗亲，更觉得日夕悲伤，阴生咒诅；且与独孤后素不相容，益增怅触。独孤后家世贵盛，姿禀聪明，书史无所不晓，隋主甚加宠爱。每当隋主临朝，后辄与并辇而进，至阁方止。密遣宦官伺察朝政，稍有所失，便即记忆，俟隋主退朝，同返燕寝，婉言规谏，十从八九，宫中号为二圣。又尝与隋主密誓，不得有异生子。悍妒可知。看官！试想独孤后如此专宠，怎能不恨及顺阳公主，从中构煽呢？果然隋主听信后言，劝瓒离婚。瓒昵情伉俪，不忍相离，再三乞请，始蒙隋主俞允，但从此恩礼益衰。开皇十一年，瓒从事栗园，侍宴方终，忽然腹痛异常，片刻即毙。隋主坚并未加赠，且徙出顺阳公主，除去属籍。看官不必细猜，便可知瓒被毒死了。是夕，上柱国郑译病死，却遗书吊祭，赐谥曰达。朝臣因瓒不得谥，代为申请，才勉强谥一"穆"字。

太子通事舍人苏夔，系尚书右仆射苏威子，少年能文，尤长音律，本名伯尼，因以知乐著名，威特令改名为夔。越公杨素，每加器重，尝戏语威道："杨素无儿，苏夔无父。"是时夔与国子博士何妥等，共议正乐，互有龃龉，相持不决，并使百僚会议。大众多阿附苏威，不敢黜夔。于是赞同夔议，十得八九。妥愤愤道："我席间函丈四十余年，为后生小子所屈辱么？"遂上书劾威父子，并及礼部尚书卢恺，吏部侍郎薛道衡，尚

第八十六回　反罪为功筑宫邀赏　寓剿于抚徙虏实边

书右丞王弘,考功侍郎李同和等,说他朋比为奸,滥用私人。隋主令第四子蜀王秀,秀本封越王,见八十一回,后复改封蜀王。及上柱国虞庆则等,推按得实,乃免威官爵,令以开封就第。卢恺私受威嘱,用王孝逸为书学博士,因坐罪除名。薛道衡等但加薄谴,未曾免官,遂任杨素为右仆射,与高颎共掌朝政。素风度比颎为优,器量远不如颎,朝贵如苏威以下,多被陵蔑,遂致侧目。大将军宋国公贺若弼,尤为不服,且自思功出素右,理当为相,至此反为素所夺,越觉不平;有时入朝晋谒,语多不逊,隋主坚与语道:"我用高颎、杨素为宰相,汝尝谓此二人只能噉饭,究是何意?"若弼应声道:"颎与臣故交,素系臣舅子,臣素知二人才具,原有此语。"骄矜已极。隋主不禁变色。公卿等仰承风旨,遂劾若弼意存怨望,罪当处死。隋主即谕令系狱,未几又召问道:"臣下守法不移,公可自思,有无生理?"若弼道:"臣将八千兵擒陈叔宝,愿因此事望活。"叔宝为韩擒虎所絷,若弼仍引为已功,始终不脱一矜字。隋主道:"这事已格外重赏。"若弼道:"臣今还格外望活。"隋主踌躇良久,始贷免死罪,革职为民。过了年余,乃仍赐还爵位。苏威亦复爵邳公,仍为纳言。上柱国韩擒虎与若弼互争短长,也是个矜才使气的人物,幸亏享年不永,尚得善终。

相传开皇十六年十一月,擒虎在家,邻母见擒虎门前,仪卫甚盛,因不禁诧问。卫吏答道:"我等特来迎王。"言讫不见。已而邻人暴疾,忽惊走入擒虎门,为门吏所阻,病人大言道:"我来谒王。"门吏问为何王?病人答称阎罗王。两下里喧噪起来,为擒虎子弟所闻,出探得实,欲挞病人。擒虎亦闻声出阻,遣归病人,且语子弟道:"生为上柱国,死作阎罗王,我愿亦足了。"是夕便即罹疾,未几即逝,享年五十有五。究竟擒虎是否作阎罗王,此事无从确证,但不过付诸疑案罢了。

越年二月,隋主命杨素至岐州北,督造仁寿宫。素奏举宇文恺、封德彝为土木监,恺与德彝,专知谀媚,一经委任,格外效力监工,于是夷山堙谷,创立宫殿,崇台累榭,相属不绝。可怜这班丁夫工匠,昼不得安,夜不得休,害得身疲力乏,也没有医生疗治,到了奄奄就毙,便把尸骸推入坑谷,尸上填尸,差不多似小山一般。当下充作基址,筑成平地,好容易过了两年有余,才把仁寿宫造成。端的是规模闳丽,金碧辉煌,只人数却死了万余,模模糊糊的上了一个总帐。完全是膏血涂成,怎得称为仁寿？

　　隋主坚令仆射高颎，前往探视，还称奢华过甚，徒伤人丁。隋主本来节俭，得颎复奏，当然恨及杨素。素颇加忧惧，急遣人密启独孤后，谓："历代帝王，统有离宫别馆，今天下太平，仅造一宫，何足言费？"独孤后即日复报，叫素不必耽忧，自然有法转圜。既而隋主坚亲往仁寿宫，巡视一周，果嫌太侈，便召素面诘道："朕叫汝督造此宫，原因汝老成勤慎，酌量丰俭，能体我意，为何造得这般绮丽，使我结怨天下？"素无言可答，不得不叩头谢罪。隋主坚全不理睬，自往便殿小憩。素忐忑不安，恐遭严谴，封德彝密语道："公勿过忧！俟皇后到来，必有恩诏。"话才说毕，已有人报称皇后驾到。素忙上前迎谒，由独孤后面加慰劳，随即入见隋主。素尚不敢随入，过了半响，已有旨宣素入对。隋主上坐，尚未开言，独孤后便从旁婉谕道："公知我夫妇年老，无以自娱，故饰此宫，使我夫妇安享天年，公真可谓忠孝了。"我夫妇二字，便已见得独孤权宠。隋主虽未加劳，面色已是温和，绝不似先前严厉。素当即拜谢。独孤后又代为申请，赐素钱百万缗，绢三千匹。素复启独孤后道："老臣无功可言，监役勤劳，要推封德彝为首。"佞人入朝，素实罪魁。独孤后点首道："德彝自当另赏，公不必让赐。"素因谢赐而退。未几，即有诏擢德彝为内史舍人。嗣是隋主尝幸仁寿宫，每出必与后同行，且拨遣宫女，使在仁寿宫中常住，充当盥馈洒扫诸役。宫中不足，随时选入，隋主坚也心为物役，渐渐地爱恋声色了。习俗移人，中主不免。

　　先是隋平江南，得陈叔宝屏风，颁赐突厥大义公主。即千金公主，见八十三回。大义公主已做了都蓝可汗的可贺敦，前虽改姓杨氏，终非所愿，不过暂救目前，勉强承认。及屏风赐至，复触动旧感，特借陈亡作诗，书入屏中。诗云：

　　　　盛衰等朝露，世道若浮萍。荣华实难守，池台终自平。富贵今安在？空事写丹青。杯酒恒无乐，弦歌讵有声？余本皇家子，漂流入虏庭。一朝睹成败，怀抱忽纵横。古来共如此，非我独申名。唯有昭君在，偏伤远嫁情。

　　这首诗传入隋廷，隋主知她诗中寓意，不免怀恨，自是礼赐寝薄。那大义公主，却也无义，既已三次改醮，复与胡人安遂迦暗地私通，适有流人杨钦，亡入突厥，谬云："彭国公刘昶，已与妻族宇文氏联络，指日

第八十六回　反罪为功筑宫邀赏　寓剿于抚徙虏实边　·677·

起事,请突厥发兵外应,定可灭隋。"云云。大义公主以为有隙可乘,遂煽动都蓝可汗,不修职贡,潜出扰边。隋主复使车骑将军长孙晟,驰往突厥,传敕诘问。晟见

反罪为功筑宫邀赏

大义公主,颇有微辞,公主语亦不屈。晟不与多辩,但在突厥住了旬日,侦察机密,已知都蓝叛隋,衅由杨钦及公主,且将公主私事,亦询得大略,当即起程归朝,详报隋主。

　　隋主再遣晟往索杨钦,都蓝不与,但诡称无此流人。晟密赂突厥达官,访得杨钦所在,乘夜掩捕,果得获钦,遂牵示都蓝,都蓝无词可对。晟索性直言不讳,竟将公主私通安遂迦,一并说出。都蓝可汗也不禁羞惭满面,立把安遂迦拿下,交付与晟。番酋尚有耻心,不若千金公主之厚颜。晟即将二人押回,并处死刑。隋主嘉晟有功,加授开府仪同三司,仍使赍敕西行,传语都蓝,废去大义公主名号。都蓝可汗尚怜爱公主,不忍废斥,隋再赐送美妓四人,饵诱都蓝。都蓝得了四个美人儿,自然把大义公主冷淡下去。

　　隋内史侍郎裴矩,谓必使都蓝杀死公主,方无后患。一再传谕,都蓝不从。时处罗侯子染干,自号突利可汗,镇守北方,独遣人至隋,乞许和亲。隋主使裴矩与语道:"能杀大义公主,方可许婚。"突利闻言,便捏造谣传,谓:"公主将谋害都蓝。"一面贻都蓝书,挑动怒意。都蓝果然中计,竟将大义公主杀死。淫妇该死久矣。当下报达隋廷,更上表求婚。长孙晟已早归国,独入阙献议道:"臣观雍虞间即都蓝可汗,见八十三回反复无信,不过与玷厥有隙,欲依我朝,就使许结婚姻,将来必致叛

去。况今使得尚主,仰托声威,玷厥、染干,力不能拒,或且受彼驱策,更为我患,计不如招抚染干,许与通婚,使他南徙入边,为我保障,雍虞闾虽有异心,料亦无能为了。"始终不外反间计。隋主依议,即遣晟慰谕染干,许尚公主。染干喜出望外,厚待长孙晟,优礼送归。惟公主尚未指定,染干也未遽来迎,又延宕了三、四年。

这三、四年间,事迹不一,未便缕述,所有内外大事,荦荦可纪:一是史万岁征服南宁蛮酋爨震,收降三十余部落,勒石铭功;二是周法尚讨平桂州俚帅李光仕,另遣令狐熙为总管,镇定华夷;三是汉王谅东伐高丽,无功而还,高丽王元亦遣使谢罪。这三件是对外的军政。还有并州总管晋王广,调镇扬州,弟秦王俊调镇并州。俊性好奢,又多内宠,妃崔氏奇妒,置毒瓜中,俊食瓜致疾,征还免官,崔妃赐死。杨素进谏隋主,谓不应严谴秦王。隋主道:"周公尚诛管蔡,我不及周公,怎能为子废法?"后来俊病已笃,始复拜上柱国,未几即殁。还是速死为幸。鲁公虞庆则,有爱妾与长史什柱相奸,什柱诬告庆则谋反,竟杀庆则,什柱得受封柱国。宜阳公王世积,出镇凉州,与皇甫孝谐有隙,孝谐上书告变,谓世积尝令道人相面,道人谓相法大贵,并言世积妻应作皇后,世积因此生谋,请早日惩处。隋主也不辨虚实,便召还世积,置诸死刑。左卫大将军元旻,右卫大将军元胄,及左仆射高颎,曾受世积馈遗,至是并发。两元罢官,惟颎得幸免,孝谐又得拜为上大将军。都由猜忌功臣,以致信谗戮旧。大都督崔长仁犯法当斩,隋主因崔与后有中表亲,意欲减免,后独慨请道:"既犯国法,怎得顾私?"长仁遂坐死。后异母弟独孤陀,为延州刺史,有婢事猫鬼,能驱令杀人。会后与杨素妻,同时罹病,医官目为猫鬼疾,隋主疑由陀所为,令高颎等讯鞫,得了证据,有诏赐陀自尽。后三日不食,替陀请命,且泣语隋主道:"陀若蛊政害民,妾不敢言。今为妾致死,妾实痛心,敢乞加恩赦宥!"乃减陀死罪一等,独孤后可谓习狎,看官莫被瞒过!惟严禁蛊毒魇魅等邪术,有犯必惩,投御四裔,这数件是治内的刑政。略叙一斑,已见隋主晚政之多失。

到了开皇十九年,复从事西征,特命汉王谅为元帅,使率高颎、杨素、燕荣等,分讨突厥。突厥北部突利可汗,即染干。既得隋主许婚,约越三年有余,乃遣使迎女。隋主令番使居太常寺,演习六礼,又经数旬,方遣宗女安义公主,随番使出塞和亲,并令牛弘、苏威、斛律孝卿等,相

第八十六回　反罪为功筑宫邀赏　寓剿于抚徙虏实边

继为使,厚结突利。突利亦屡次朝贡,前后不绝。隋主依长孙晟议,谕突利南徙,使仍居都斤山,作为屏藩,突利当然遵命。都蓝可汗闻突利得尚公主,自己反不得所求,气得无名火高起三丈,遂召语部众道:"我乃突厥大可汗,难道反不及染干么?"部众亦为不平,遂怂恿都蓝入寇。都蓝便誓绝朝贡,侵掠隋边。突利伺知动静,辄遣使奏闻,边鄙得预先戒备,不使都蓝逞志。都蓝因大修攻具,谋入寇大同城,又由突利遣人驰报。隋主亟使左仆射高颎,率兵出朔州道,右仆射杨素,率兵出灵州道,上柱国燕荣率兵出幽州道,统归元帅汉王谅节制。谅为隋主少子,素蒙宠爱,不愿临戎,乃延期出发,贻误军情。都蓝可汗,竟与达头可汗合兵,袭击突利,突利仓猝出战,一败涂地,弃帐南奔,兄弟子侄,尽为所杀。都蓝追击突利,渡河入蔚州,突利部落散亡。巧值长孙晟出使突利,中途相值,遂与晟一同南走,手下只有五人,沿途收得番众数百骑。突利即与密谋道:"今兵败入朝,不过一个降人,大隋天子,岂肯礼我?我与达头本无仇隙,不若投彼为是。"晟见他附耳密谈,料知突利已有异图,遂密遣从人往伏远镇,令速举四烽。突利远远瞧着,见有四烽齐起,不禁诧问。晟随答道:"我国边防,贼少,举二烽,来多,举三烽,大逼,举四烽。今四烽俱举,定是望见贼至,多而且近哩。"突利为晟所绐,不得已随晟南下,驰驿入朝。隋主厚赐突利,并迁晟为左勋卫骠骑将军。

适都蓝可汗亦遣使至隋廷,隋主令与突利辩难。突利理直气壮,乃叱退都蓝使人。都蓝弟都速六,亦不直都蓝所为,弃家奔隋。隋主发出珍玩,使

寓勒於抚徙虏实边

突利转赠都速六，都速六亦快慰异常。于是敕书分递，催促高颎、杨素等，进军西讨。高颎出朔州，使上柱国赵仲卿，率兵三千为先锋，至族蠡山，与都蓝军相遇，交战七日，大破都蓝军，追奔至乞伏泊。都蓝大举前来，围住仲卿，仲卿摆设方阵，四面拒战，相持至五日。高颎自率军往援，合兵夹击，复破都蓝，追奔七百余里，虏得牲畜人口，以千万计，乃收军而还。杨素出灵州，可巧遇着达头，素不设鹿角，但令诸军上马列阵。达头大喜，称为天赐，即麾精骑十余万，来突素军。上仪同三司周罗睺，随素从军，忙向素献议道："贼阵未整，速击为是。"素点首称善。罗睺遂率锐骑出战，素督大兵接应。突厥向恃骑兵，冲突无前，不意此次隋军，却也非常厉害，纵横驰骤，不可抵挡，番兵立即奔散。达头迟了一步，身上已受了数创，只好忍痛急奔。隋军追杀一阵，俘获甚多，两路番军，都窜出塞外去了。番兵实是无用。

隋主因封突利为启民可汗，使长孙晟至朔州，督建大利城，为启民宅居地。突厥散众，多归启民，男女共约万余口。安义公主虽由启民挈徙，途中迭受惊苦，竟致病殁。隋主复遣宗女义成公主，嫁与启民，且辟夏、胜二州间旷地，使得畜牧，再令上柱国赵仲卿屯兵五原，为启民代御达头。代州总管韩洪等，率步骑一万，往镇恒安，作为声援。达头复集十万骑入寇，韩洪出战败绩。惟仲卿邀击达头，得斩虏首千余级，达头驰去。隋主用长孙晟言，复将启民徙至五原，免致不测，一面再遣杨素等出击都蓝。师未出塞，都蓝已为部下所杀，达头自立为步迦可汗，突厥大乱。启民奉隋主命，遣部吏分道招慰，降附甚众。越年孟夏，达头已抚定境内，复来犯塞。有诏令晋王广为统帅，带同杨素、史万岁、长孙晟等，分途出击。晟命置毒水中，突厥人畜，取饮多死，即惊为天殃，贪夜遁去。愚如犬豕。史万岁追出塞外，至大斤山，将及达头。达头问隋将为谁？探骑说是史万岁。达头大惧，飞马急奔，余众不及遁走，被万岁督兵纵击，斩首数千，又北入沙碛数百里，见四处乏人，方才南归。既而达头复遣从子俟利伐，来攻启民，隋又发兵往救，与启民击退俟利伐。启民上表陈谢道："大隋圣人可汗，如天无不复，地无不载，染干似枯木更荣，枯骨更肉，千世万世，当为大隋典司羊马哩。"隋主又令赵仲卿增筑金河、定襄二城，保护启民，启民益感恩不置。小子有诗咏道：

　　区区小惠示羁縻，愚虏何知坐被欺？

只是和亲终下策,伤心远嫁感流离。

启民既诚心内属,北顾无忧,隋主调还各军帅,共享太平,究竟隋廷能否久安,容至下回续叙。

萧何筑未央宫,汉高以其壮丽而斥之,杨素筑仁寿宫,隋主亦以其壮丽而嫉之,两主初意,固甚善也。乃汉高因萧何之狡辩,易怒为喜,隋主因独孤后之回护,反罪为功,是皆为物欲所蔽,以致自相矛盾,前后不符。且隋主之猜忌功臣,亦与汉高相类,一念为民,转念即为妻孥,妻孥之念一生,于是种种猜嫌,因之而起。惟隋之历世,远不若汉之灵长者,汉之得国以正,而隋实篡窃而来,况更有屠灭周氏之大恶耶?长孙晟两谋突厥,先以反间计制沙钵略,继以反间计驭突利,番奴宗族,自相屠翦,而隋适收渔人之利,晟固有大造于隋者。然娄敬和亲,功不补患,汉之饵匈奴,隋之诱突厥,皆不得为上策。天子有道,守在四夷,岂必诈术为哉?岂必用儿女子以啖之哉?而番虏之贪利无亲,更不足道矣。

第八十七回

恨妒后御驾入山乡　谋夺嫡计臣赂朝贵

却说隋主享国，已有十八九年，内安外攘，物阜民康，好算是太平世界。古人有言："存不忘亡，安不忘危。"这正是持盈保泰的至理。无如饥寒思盗，饱煖思淫，乃是人人常态，隋主坚虽称英武，究竟不是圣主明王，自筑造仁寿宫后，渐渐地系情酒色，役志纷华，只因独孤后生性奇妒，别事或尚可通融，唯不许隋主召幸宫娥，所以宫中彩女盈丛，花一团，锦一簇，徒供那隋主双目，不能与之亲近，图一夕欢。小子却有一比，好比那哑子吃黄连，说不出的苦况。一日，独孤后稍有不适，在宫调养，隋主得了这个空隙，便自往仁寿宫，消遣愁怀。仁寿宫内，宫女已不下数百，妍媸作队，老少成行，隋主左顾右盼，却都是寻常姿色，没有十分当意。信步行来，踱入一座别苑中，适有一妙年女郎，轻卷珠帘，正与隋主打个照面，慌忙出来迎驾，上前叩头。隋主谕令起来，那宫女方遵旨起立，站住一旁。当由隋主仔细端详，但见她秋水为神，梨云为骨，乌云为发，白雪为肤，更有一种娇羞形态，令人销魂。隋主见所未见，禁不住心痒难熬，便开口问道："你姓甚名谁？何时进宫？"宫女复跪答道："贱婢乃尉迟迥女孙，坐罪入宫，拨充此间洒扫。"隋主又说是不必多礼，可导朕入苑闲游。尉迟女便即起身，冉冉前行，引隋主入苑。隋主心中，只注意女郎，所有苑中琪花瑶草，不过略略赏玩，随口与尉迟女问答。尉迟女情窦已开，料知隋主有意宠幸，乐得柔声娇语，卖弄风骚。错了错了，难道不闻有母夜叉么？隋主越加情动，竟与尉迟女趋入室中，使侍役供入酒肴，叫尉迟女在旁侍饮。尉迟女骤邀恩宠，正出意外，遂承旨饮了几杯，红霞上脸，越觉鲜妍。隋主越看越俏，连喝数觥，酒意已有五六分，索性开放情怀，与尉迟女调起情来。尉迟女若即若离，半推半就，那时隋主还记得什么皇后，什么旧盟，待至日暮，竟在苑中住宿。一宵快意，不消多说。嗣是绸缪数夕，方才还朝听政。

这独孤后病已略痊，见隋主数夕不归，早已含着醋意，密遣内侍侦

第八十七回　恨妒后御驾入山乡　谋夺嫡计臣赂朝贵

探行止。还报得实,气得三尸暴炸,七窍生烟,便伺隋主临朝时候,悄悄带着宫监侍女,乘辇往仁寿宫去了。隋主视朝已毕,入宫去探皇后,哪知独孤后早已他去,旁问内侍,还是含糊对答,经隋主动了怒意,方说皇后往仁寿宫。隋主听了,竟吓得非同小可,便也跨马追去。到了仁寿宫,急诣尉迟女住室,正值独孤后高声喝骂,声达户外,向内一望,摆着一个血肉模糊的尸体,细看不是别人,正是前日相偎相倚的尉迟女。痛煞!急煞!再看独孤后坐在上面,好是母夜叉一般,双眉直竖,两目圆睁,分明瞧着隋主,却尚是满口胡言,兀坐不动。气杀!隋主本是有名的惧内,一时不敢发作,只因悲愤交并,索性转身上马,扬鞭径去。独孤后恃宠作威,正望隋主趋入,再好发泄数语,偏隋主变色自行,倒也着忙起来,便下座追出,连呼陛下快回。隋主全不理睬,只没路的乱跑,急得独孤后仓皇失措,慌忙分遣内侍,宣召高、杨二相,及高颎、杨素,闻命驰至,距着隋主去时,已过了好一歇。既问明情由,便带着内侍数名,相偕追去。究竟两人是出将入相的豪杰,走马如飞,足足赶了二三十里,方见隋主在山村间,慢骑前行。二人齐声叫道:"陛下何往?"隋主闻声回顾,见高、杨二相赶来,乃勒马停住。二人忙即下马,趋至隋主马前,挽住丝缰,跪地进谏道:"至尊有何急事?竟尔轻身自出,难道可不顾社稷么?"隋主不禁长叹道:"说也可羞,自古帝王,莫不有三宫九嫔,朕召幸一个宫女,偏被独孤后殴死,朕想田家翁多收几斛麦,要思易妻,家有千金,也要买几个歌婢,朕贵为天子,反不得自由,何如出居民间,倒还逍遥自在呢?"高颎道:"陛下错了。陛下进身劳思,得有天下,岂可为一妇人,反把

恨妒后御驾入山乡

天下看轻？愿陛下三思，速即还驾！"隋主沉吟不语。杨素亦从旁力谏，且言："山僻村乡，断非御驾可以留憩。"隋主也自觉为难，可巧日已西沉，仪仗舆辇，并文武百官，一齐来迎。隋主怒亦稍平，方徐徐还朝。及驰入宫阙，已近夜半，独孤后倚阁待着，心下很是不安。你也有惶急时么？及闻御驾已回，方才放下了心。隋主尚不肯入宫，再由高颎、杨素，苦劝始入。行至阁门，独孤后见了，忙下拜道："贱妾一时暴戾，触怒圣衷，死罪死罪。但念妾十四于归，至今已数十年，与陛下无纤芥嫌，今因宫人得罪，还乞陛下恩宥！"隋主方答道："朕非不念夫妇旧情，但卿亦太觉忍心。事已至此，也不必多说了。"独孤后涕泣拜谢，依旧并辇入宫。高、杨二相也即随入，由隋主赐他夜宴，自与独孤后亦开樽饮酒，饮了数杯，不免记着尉迟女，露出悲悼情态。高、杨二相，与隋主虽然异席，却是相隔不远，又各出婉言和解，隋主始破涕为欢。待至斗转更阑，才命撤席。高、杨二相辞去，隋主与独孤后返入寝室，一宵易过，无容细表。自是独孤后稍易前情，从前选入的陈叔宝妹子，方许隋主得尝禁脔，见八十五回。陈家女国色天姿，不亚尉迟女孙，李代桃僵，老怀已适，当然把尉迟女的惨死搬置脑后了。皇帝统是负心汉。

　　惟当时追还隋主，多亏高、杨二相，但颎有一语，传入后耳，竟致怀恨在心，看官道是何语？便是上文载着扣马力谏的数语。独孤后因他目为妇人，未免意存藐视，所以怏怏不乐，尝语心腹内侍道："我道高颎是我父执，时常敬礼，不意他藐我至此，我乃堂堂国母，怎得轻为妇人呢？"你难道变做男子么？颎哪里知晓。一日，复应召入对，隋主与语道："有神告晋王妃，谓晋王必有天下，卿意以为如何？"颎正色答道："立储已定，怎可轻易？况长幼原有定序呢。"隋主嘿然，颎即趋出。为此一言，遂令独孤后怒上加怒，恨不得将高颎即日除去。看官听着！隋主生有五子，都是独孤后所出。隋主尝语群臣，谓："朕旁无姬侍，五子同母，可谓真兄弟，当不致有争立情事。"哪知一母所生的兄弟，也暗中相轧，并亲生母自己偏爱，酿成废立，反致正言相告的高仆射，无端牵入漩涡，坐罹谴谪，这也是出人意外的事情。大气盘旋。

　　太子勇小字睍地伐系隋主坚长子，素性坦率，不尚矫情，常参决军国大事，言多见纳。惟隋主尚俭，勇独文饰蜀铠，为父所见，尝面责道："从古帝王，好奢必亡，汝为储君，当先知俭约，乃能奉承宗庙，我平时

第八十七回　恨妒后御驾入山乡　谋夺嫡计臣赂朝贵

衣服,各留一袭,汝可随时取观,作为榜样。且赐汝旧刀一柄,俎酱一盒,令汝服食,汝宜默体我心。"勇虽应命趋出,但事过境迁,又复如常。会遇长至节日,百官皆往东宫贺节,勇张乐受贺,事为隋主所闻,愈滋不悦,特下诏戒谕群臣,此后不得擅贺东宫,嗣是恩宠渐衰,勇又多内嬖,昭训云氏,昭训系东宫女职。姿貌殊丽,尤得欢心,生子三人,还有高良娣、王良媛、成姬等,亦产下数男。独嫡妃元氏无宠,亦不闻生育。隋主坚却不暇计及,惟皇后独孤氏,最恨人宠妾忘妻,平时闻王置妾,或妾有怀孕等事,辄劝隋主惩诫,甚至免官。干卿甚事?偏皇太子亲蹈此辙,怎得不令独孤后生愤?冤冤相凑,那太子妃元氏,遇着心疾,两日即殁,独孤后疑为云氏下毒,越觉不平,每当太子入省,尝带怒容。太子勇亦漫不加察,竟使云氏专掌内政,居然视若嫡妃,益敦情好。独孤后暗暗咒骂,并尝遣内侍侦察,俟太子另有过失,便当请诸隋主,把他废斥。

就中有个阴谋诡计的晋王广,有心夺嫡,默窥父母隐情,巧为迎合,姬妾虽有数人,他却与萧妃日夕同居,就使后庭生子,亦不使养育,但说是未曾产男。有时隋主及后,亲临广第,广只留老丑婢仆,充当役使,自与萧妃又止衣敝缯,屏帐亦改用缣素,乐器任积尘埃,毫不拂拭,隋主当然惬意,独孤后愈觉生欢。及父母回宫,另遣左右探视,广不问贵贱,必与萧妃迎候门前,待以美馔,申以厚礼,因此宫中内侍,无不称晋王仁孝。隋主坚密遣相士来和遍视诸子,和答道:"晋王眉骨隆起,贵不可言。"隋主又问上仪同三司韦鼎,谓诸子谁当嗣立?鼎随口奏道:"至尊皇后,最爱何人,便使嗣统,此外非臣所敢知了。"来、韦二人,恐亦得杨广好处。隋主笑道:"卿尚不肯明言么?"鼎又道:"事在陛下,臣何必多言。"说毕自退。

会晋王广出镇扬州,甫经半载,便表请入觐,有旨允准。广即入觐父母,语言容止,无不加谨;就是接待朝臣,亦格外谦恭。宫廷内外,有口皆碑。及辞行还镇,并入宫别母,叙谈半日,无非是远离膝下、常怀孺慕的套话。待到天色将晚,将要出宫,又故意装出欲去不去的光景,欲言不言的情状。独孤后未免动疑,便问他有甚言语?广请屏去左右,只剩得母子两人,便伏地泣诉道:"臣儿愚蠢,不知忌讳,每念亲恩难报,所以上表请朝,不知东宫何意,怒及臣儿,谓臣儿觊觎名器,欲加屠陷,臣儿远到外藩,东宫日侍朝夕,倘若逸言交入,天高难辩,或赐三尺帛,或给一杯鸩,臣儿不知死所,恐未能再觐慈颜了。"好一张似簧利口。说至此,呜咽不止。独孤后且怜且恨道:"睍地伐见上真令人难耐,我为他娶元氏女,向无疾病,忽然一旦暴亡,他却与阿云等日夕淫乐,生了许多豚犬。我长媳遇毒丧生,我尚未曾穷治,他竟又想害汝,我在尚然,我死后,汝等只合配他做鱼肉了。况东宫今无嫡妃,至尊万岁千秋后,汝等兄弟,且向阿云前再拜问候,这不是更加苦痛么?"说着,亦泫然泣下。广又假意劝慰,说是:"臣儿不肖,转累慈圣伤心,更增罪戾。"云云。一擒一纵,独孤虽狡,怎能不堕入彀中?独孤后又咬牙密谕道:"汝尽管放心还镇,我自有区处,不使我儿屈死。"广闻言暗喜,面上尚带着惨容,再拜而去。

独孤后遂决意废立,屡在隋主面前,挑唆是非。隋主因令选东宫卫士,入台宿卫。朝臣无人敢谏,独高颎入奏道:"东宫宿卫,不便多调。"隋主不待说毕,便作色道:"朕有时出巡,卫士应求雄毅,太子毓德东宫,何须壮士?我熟见前朝旧事,公不必再循覆辙了。"这一席话,说得高颎面有惭色,只好退出。原来颎子表仁,曾娶太子勇女为妇,隋主言中寓意,越令高颎难以为情。既而颎妻病卒,独孤后乘间进言道:"高仆射年已将老,骤致悼亡,陛下奈何不为颎娶?"隋主因召颎入阙,面述后言。颎含泪答道:"臣今已老,退朝后惟斋居诵经,不愿再纳继室了。"隋主亦为悼叹,因即罢议。过了数月,颎妾生下一男。隋主颇为颎喜慰,惟独孤后很是不乐。隋主问为何因?后答道:"陛下尚再信高颎么?前陛下欲为颎续娶,颎心存爱妾,面欺陛下,今诈情已见,怎能再信?"看到此语,方知前时劝复娶,已寓阴谋。隋主亦以为然。及与颎商废立事,颎又提出长幼伦序,对答隋主,见上。于是隋主益疑颎有私,拟加谴谪。复忆及王世积一案,再加复验。有司希旨锻炼,谓颎实有通叛情事,乃即罢隋左仆射,以公爵就第。

先是汉王谅东伐高丽,尝令颎为长史,面加重托。谅年少任气,与颎言多不合意,遂致无功而归。谅入见独孤后道:"儿幸免为高颎所杀。"独孤后原记在心中,谅亦怀恨不休,常欲置颎死地。还有晋王广为张丽华事,又挟嫌伺颎,为此种种积仇,遂阴唆颎吏上书,讦颎私事,诬称颎子表仁,劝慰乃父,谓:"司马仲达,尝托疾不朝,卒有天下,父今遇此,安知非福。"等语。隋主得书大怒,遂拘颎至内史省,备加讯鞫。

第八十七回 恨妒后御驾入山乡 谋夺嫡计臣赂朝贵

法司按不得实,反捏报他事,谓:"沙门真觉,曾语颎云,明年国有大丧,尼令晖亦与颎言,皇帝将有大厄,十九年恐不可过。"隋主益怒,顾语群臣道:"帝王岂可力求?孔子为古来大圣人,作法垂世,岂不欲有天下?但天命未归,只好作罢了。"孔子岂肯效法篡逆么?有司请即诛颎,隋主复叹道:"去年杀虞庆则,今年斩王世积,若更诛,天下总道我残害功臣了。"乃褫颎爵邑,除名为民。颎有老母,尝诫颎道:"汝富贵已极,但欠一斫头呢,奈何不慎?"颎既被黜,回忆母言,尚自幸不死,倒也没有恨色。哪知生死有命,后来终难免一刀,这且慢表。

且说晋王广闻高颎免官,又少了一个对头,自思储君一席,此时不夺,更待何时?但一时也想不出妙计,默思安州总管宇文述,足智多谋,何不将他奏调过来,好与他秘密商量。当下写定一表,奏调宇文述为寿州刺史。隋主怎识密谋,便即批准。述受调南来,顺道谒广。广殷勤款待,向述问计。述答道:"皇太子失爱已久,令德仁闻,无一可及大王,将来入承正统,舍王为谁?但废立大事,实不易言,大王虽经二圣宠爱,究竟事关重大,未便遽移,必须有一亲信大臣,从中怂恿,方可成功。"广皱眉道:"亲信大臣,莫如杨素,但恐他不肯助我,奈何?"述接口道:"这也何难?大理少卿杨约,为杨仆射亲弟,事必与谋,述与约相识,愿入朝京师,乘便语约,为大王效劳,何如?"广大喜过望,便多出金宝,令述携带入关。

一到长安,述即往访约,彼此相别有年,欢然道故,自在意中。述即赠约珍玩数件,适合约意,当即开筵接风,备极款洽,尽兴始散。越日,述早起入

谋夺嫡计臣赂朝贵

朝,隋主照例召见,寥寥数语,即令退班。述回寓后,约正踵门答拜,述当然迎入,也即设宴相待,酒过数巡,席上陈设,多是南方佳玩,就是银杯象箸,亦无不雕刻玲珑。约且饮且赏,啧啧称美。述慨然道:"公既见爱,便当相赠。"说着,复取出周彝商鼎等类,与约过目。约爱不释手,赞不绝口,述见他已经入彀,复语约道:"述愿与公掷卢赌胜,就以此物为彩,可好么?"约趁着三分酒兴,便与述共博,述佯为不胜,把鼎彝等悉数输去。约得彩既多,也觉得难以为情,有谦让意。述附耳道:"公以为此物是述所输么?述哪能有此,实是晋王所赐,令述与公交欢呢。"约愕然道:"兄赐尚不敢当,若是晋王所赐,更不敢受。"述笑答道:"这些须珍玩,何足希罕?尚有一场永远大富贵,送与令昆玉。"约愈觉失惊。述从容道:"如公兄弟,功名盖世,当涂用事,已历多年,朝臣为公家所屈辱,岂止一、二人?且储君因所欲不行,往往切齿执政,一旦得志,至亲有云定兴等,定兴即昭训父。官僚有唐令则等,试问公家兄弟,尚能长保富贵吗?"约不禁失色道:"如此奈何?"述又道:"今皇太子失爱慈圣,主上已有废黜的微意,想公家兄弟,谅亦窥悉,若请立晋王,但教贤兄一语,便可做到,诚使因时立功,晋王必感念不忘,这岂非避危就安,是一场永远大富贵吗?"娓娓动人。约点首道:"君言甚是,待商诸家兄,再行报命。"说着,又畅饮数杯,方才告别。述将所赠珍玩,遣人送往杨家,自不消说。

约即往告素,素大喜道:"我尚想不到此,赖汝有此计策,我便照行便了。"约复道:"今皇后所言,上无不用,兄须看着机会,早自结托,庶可长保富贵,若再迟疑,一旦有变,令太子用事,祸至无日了。"素掀须道:"这个自然。"约见素已允,便悄悄地报知宇文述。述当然返报晋王广,不在话下。惟杨素怀着鬼胎,日思进言,可巧隋主召令侍宴,独孤后亦在座中。素即称赞晋王孝悌恭俭,酷肖至尊。隋主尚未开口,独孤后已顾素道:"公亦看重我次儿么?我儿大孝,每值内史往问,他知为我夫妇所遣,必迎接境上,言及违离,未尝不泣,且新妇萧氏,亦很觉可怜,我使婢去,必与她共寝同食,岂若睍地伐宠恋阿云,猜忌骨肉,全不像个储君体统?我所以益爱阿䗩,常恐他被人暗害呢。"说至此,不禁泣下。看官道阿䗩为谁?就是晋王广的小名。广将生时,独孤后梦见金龙入室,红光缭绕,后来忽堕落地上,跌断龙尾,变成一只老鼠模样,形大如牛。后猛然惊醒,随即产广。广生得丰颐广额,头角峥嵘,后甚是喜欢。及三日取名,后与隋主述及梦境,隋主半喜半惊,仔细忖量,似乎凶多吉少,但后事茫茫,究难预料,因他眉开额阔,便取名为广,小字阿㜷。俗本易㜷为摩,大误。所以独孤后向素答言,随口呼及晋王广的小名。素揣知后意,索性把东宫过失,直陈了一大篇,惹得隋主愈加懊恼,感叹了好几回。待素辞退后,独孤后又暗遣内侍,赍金赐素,素乐得拜受。小子有诗叹道:

  漫言五子属同胞,偏爱偏憎已混淆;

  更有权奸承内旨,几多谗口共謷謷。

  这事传入太子勇耳中,勇自然忧惧,要想设法保全,毕竟有无良策,容至下回再详。

  古人有言:"哲妇倾城。"又云:"谋及妇人,宜其死也。"夫古今来非无才智之妇人,但明通者少,悍妒者多。试观尉迟女之一经召幸,即被独孤后殴死,妒悍如此,尚能知大体乎?隋主坚不自类推,反以为五子同母,少长咸序,可无后患,讵知势均位敌,虽属同产至亲,不能无倾夺之害,况妇人最多偏爱,孽子又肆阴谋,浸润之谮,肤受之愬,非洞烛其奸,几何不为所蒙蔽也。高颎重臣,忠而见斥,杨素贪恋富贵,致为宇文述所饵,嬖子匹嫡,外宠贰政,而废立之衅成,而弑逆之祸,亦自此兆矣。

第八十八回

太子勇遭谗被废　庶人秀幽锢蒙冤

却说太子勇安居东宫,喜近声色,免不得有三五媚臣,导为淫佚。就是云昭训父定兴,亦出入无节,尝献入奇服异器,求悦太子。左庶子裴政,屡谏不从。政因语定兴道:"公所为不合法度。且元妃暴薨,人言藉藉,公宜亟自引退,方可免祸。"定兴不以为然,并将政语转告太子。太子勇便即疏政,出襄州总管,改用唐令则为左庶子。令则素擅音乐,勇使他教导宫人,弦歌不辍。右庶子刘行本,尝责令则道:"庶子当以正道佐储君,奈何取媚房帷,自干罪戾?"令则闻言,也觉赧然,但欲讨好东宫,仍然不改。会太子召集宫僚,开筵夜饮,令则手弹琵琶,歌斌媚娘,太子大悦。当时恼动了一位直臣,便起座进规道:"令则身为官僚,职当调护,今乃广座前,自比倡优,进淫声,秽视听,事若上闻,令则罪在不测,殿下宁能免累么?"太子勇怫然道:"我欲行乐,君勿多事!"说至此,那直臣知话不投机,也即趋出。这人为谁?就是太子洗马李纲。<small>叙法侧重李纲,为下文伏线。</small>勇由他自去,并不追问,仍使令则弹唱终席,方才遣散。嗣复与左卫率夏侯福手搏为戏,笑声外达。刘行本待福出来,召福面数道:"殿下宽容,赐汝颜色,汝何物小人,敢如此恣肆无礼呢?"因将福执付法吏。勇反替福请免,乃得释出。还有典膳监元淹,太子家令邹文腾,前礼部侍郎萧子宝,前主玺下士何𫗧等,俱专务谐媚,导勇非法。

勇内多姬媵,外多幸臣,整日里歌宴陶情,不顾后患。至废立消息,传到东宫,勇才觉着忙,闻新丰人王辅贤,素善占候,因召问吉凶。辅贤道:"近来太白袭月,白虹贯东宫门,均与太子有碍,不可不防。"勇越加惶急,遂与邹文腾、元淹熟商,引入巫觋,作种种厌胜术,又在后园内设庶人村,屋宇卑陋。勇常往寝处,布衣草褥,为厌禳计。<small>全是愚夫、愚妇的作为。</small>隋主坚颇有所闻,遂使杨素诇视虚实。素至东宫,已经递入名刺,却故意徘徊不进。勇束带正冠,伫待多时,方见素徐徐进来。勇不

第八十八回　太子勇遭谗被废　庶人秀幽锢蒙冤

觉懊恼，语多唐突。素即还报太子怨望，恐有他变。隋主尚将信将疑，再经独孤后遣人伺勇，每得小过，无不上闻，甚且架词诬陷，构成勇罪，说得隋主不能不信，乃自玄武门达至德门，分置候人，窥察东宫动静，所有东宫宿卫，及侍官以上名籍，悉令移交诸卫府。宫廷内外，俱知废立在迩，乐得顺风敲锣，投井下石，至如晋王广盼望佳音，更觉迫不及待，密嘱督王府军事段达，贿通东宫幸臣姬威，使伺太子过失，密告杨素。于是内外喧谤，说得这个太子勇无恶不作，自古罕闻。

会隋主幸仁寿宫，将要回銮，段达往胁姬威道："东宫罪恶，皇上尽知，已奉密诏，定当废立，君能和盘托出，大富贵就在目前了。"威满口应承。未几，隋主还朝，才阅一宵，已听得许多蜚语，越宿御大兴殿，即宣召东宫官属，怒目与语道："仁寿宫去此不远，乃令我每还京师，严备仗卫，好似身入敌国一般。我近患下痢，寝不解衣，昨夜至后房登厕，恐有警急，又还就前殿，岂非尔辈欲坏我家国么？"说至此，即叱令左右，拿下左庶子唐令则等数人，付法司讯鞫，一面命杨素陈述东宫事状，宣告群臣。素竟随口编造，说出太子许多骄倨，且有密谋不轨等情。隋主喟然道："此儿过恶久闻，皇后每劝我废去，我因此儿居长，且是布素时所生，格外容忍，望他渐改，不料他怙恶不悛，反敢私怨阿娘，不与一好妇女；且指皇后侍儿，谓将来终是我物。新妇元氏，性质柔淑，忽然暴亡，我疑他别有隐情，召他入间，他便抗辞道：'会当杀元孝矩。'试想孝矩为元氏父，现为庐州刺史，相隔甚远，何罪当杀？他无非意欲害我，借此迁怒呢。皇长孙俨，为云氏所出，朕与皇后老年得孙，抱养宫中，他偏不放心，遣人屡索，由今思昔，云氏系定兴女，与不肖儿在外私合，安知不是异种？昔晋太子取屠家女，生儿即好屠割，今若非类，便乱宗社。又闻不肖儿引入曹妙达，与定兴女同宴，妙达在外扬言，我今得劝妃酒，如此乖谬，想是因诸子庶出，恐人不服，特故意纵妾，欲收时望，我虽德惭尧、舜，怎可将社稷人民，付与这不肖子呢？"多是妇女琐屑之谈，奈何出诸帝口？语尚未毕，左卫大将军五原公元旻，听不入耳，竟出班面奏道："废立大事，天子无二言，诏旨若行，后悔无及。谗言罔极，请陛下三思！"隋主全然不理。

旻尚欲再言，偏姬威入朝抗表，迭称太子失德，隋主览表已毕，复传威入见，谕令尽言。看官！你想威有什么好话？无非说太子好奢好淫，好杀好忌，又把那厌蛊诸术，尽情说出，最后一语，谓太子尝令师姥卜吉凶，转语臣道："至尊忌在十八年，今已过期，好令人快意了。"隋主听到此言，气得老泪潸潸，且泣且叹道："谁非父母所生？乃竟至此。朕近览齐书，见高欢纵子为恶，不胜忿懑，我怎可效尤哩？"说着，即传敕禁勇诸子，及勇党羽，令杨素讯谳，自下御座退朝。素与弟约深文巧诋，锻炼成狱，有司更希承素意，奏称："元旻尝曲意事勇，当御驾在仁寿宫时，勇尝遣心腹裴弘，致书与旻，外面写着，毋令人知。"既云密书，又云外面有此数字，明明是诬蔑之言，构陷元旻。隋主看了，便失声道："朕在仁寿宫，事无巨细，东宫即已闻知，比驿马还要迅速，朕尝称为怪事，哪知有此辈引线呢。"遂遣武士拘旻下狱，并裴弘亦被拘入。右卫大将军元胄，尝入值帝前，时当退班，尚留连不去，至此始面奏道："臣向不退值，正为陛下防着元旻呢。"可恶之极。隋主被胄所欺，面加褒奖，胄欢跃而出。开皇二十年十月，隋主决意废太子勇，使人召勇入见。勇见朝使失色道："莫非欲杀我不成？"使臣支吾对付。勇只好硬着头皮，随使入武德殿。但见殿阶上下，兵甲森列，殿内东立百官，西立诸王，御座中坐着一位甲胄耀煌，威灵赫濯的大皇帝，不由得心胆俱碎，匍伏阶前。内史侍郎薛道衡，在阶上站着，朗声宣诏道：

> 太子之位，实为国本，苟非其人，不可虚立。自古储副，或有不才，长恶不悛，仍令守器，皆由情溺宠爱，失于至理，致使宗社沦亡，苍生涂地。由此言之，天下安危，系乎上嗣。大业传世，岂不重哉？皇太子勇，地则居长，情所钟爱，初登大位，即建春宫，方冀德业日新，隆兹负荷，而乃性识庸暗，仁孝无闻，暱近小人，委任奸佞；前后愆戾，难以具纪。但百姓者天之百姓，朕恭膺天命，属当安育，虽欲爱子，实负上灵，岂敢以不肖之子而乱天下？勇及其男女为王公主者，并废为庶人，顾维兆庶，事不获已，兴言及此，良深愧叹！

诏书读毕，当有卫士引勇诸子，趋入殿庭，褫去冠带，并由道衡传谕及勇道："如尔罪恶，人神共弃，欲求免废，尚可得么？"勇即免冠再拜道："臣合尸都市，为将来鉴，幸蒙哀怜，得全性命。"说着，泪如雨下，良久始舞蹈而去。盈廷诸臣，莫不感悯，但也不便多言。勇有十子，亦一并牵出。长子俨曾封长宁王，尚表乞宿卫，情词恳切。隋主览表心动，意欲留俨，杨素进言道："伏愿圣心同诸螫手，不宜再事矜怜。"素实可

第八十八回　太子勇遭谗被废　庶人秀幽锢蒙冤

杀。隋主乃怏怏入内。越日,又下诏书,斩元旻、唐令则、邹文腾、夏侯福、元淹、萧子宝、何𩇯七人,妻妾子孙并没入官庭。还有车骑将军阎毗,东郡公崔君绰,游骑尉沈福宝,术士章仇太翼,各杖百下,身及妻子为奴,资财田宅充公。副将作大匠高龙义,率更令晋文建,通直散骑郎元衡,并赐自尽。

太平公史万岁,与将士等共列朝堂,见太子被废,暗暗称冤,不辞而退。隋主记忆起来,召问杨素道:"万岁为何遽退?"素答道:"想是去谒东宫了。"隋主

太子勇遭谗被废

即召万岁入问,万岁为素所诬,当然不服,且言:"前征突厥,被杨素抑功不赏,将士多半怨素,素实老奸巨猾,不可轻信。"隋主此时,正深信杨素,便极口驳斥,万岁仍然反抗,词色益厉,顿时恼动上意,遽命左右推出朝门,把他击毙。已而不禁自悔,复令追还,那万岁的魂灵,已入枉死城,哪里还追得转呢?当下赐杨素帛三千段,元胄、杨约各千段。文林郎杨孝政进谏道:"皇太子为小人所误,宜加训诲,不宜废黜。"隋主又怒,喝令挞孝政胸,至数十下。孝政只得自认晦气,忍痛而出。隋主复召东宫官属,责他辅导无方,众皆惶惧,莫敢答言。独太子洗马李纲道:"废立大事,满朝文武大臣,皆知事不可行,但莫敢发言,臣何惜一死,不为陛下直陈。太子性本中人,可与为善,亦可与为恶。向使陛下选择正人,辅导太子,非不可嗣守鸿业,乃用唐令则为左庶子,邹文腾为家令,二人唯知谄媚取容,怎得不败?这乃陛下自误,不得尽归罪太子。"说至此,伏地呜咽。隋主亦不觉惨然,欷歔良久道:"李纲责我,不

为无理，但徒知其一，未知其二，我本择汝为宫僚，勇不肯亲信，虽有正人，究属何益？"纲又答道："臣所以不见亲信，实由奸人在侧，蒙蔽东宫，若陛下早斩令则、文腾，更选贤才辅佐太子，臣何致终被疏弃哩？从古来国家废立冢嫡，每至倾危，愿陛下深留圣恩，无贻后悔。"胆愈壮则词愈达。隋主听了，勃然变色，抽身入内。左右皆为纲寒心，纲却从容退归。已而有诏传出，移置废太子勇至内史省，恩给五品料食，又擢李纲为尚书右丞。朝臣始服纲胆识，交口称颂了。

过了数日，即立晋王广为太子，全国地震。广还要讨好父前，表请减杀章服，所用官僚，不向东宫称臣。隋主坚嘉他礼让，优诏允从。广即调用宇文述为左卫率，又因洪州总管郭衍，亦曾与谋夺嫡，召为左监门率。隋主又移废太子勇至东宫，锢置幽室，令广管束。勇自思罪不当废，屡请见父申冤。广不肯允，勇升树号呼，期达上闻。广商诸杨素，素即上言："勇志日昏，想为癫鬼所祟，不可复收。"隋主乃令广从严锢勇。勇遂如罪犯一般，不许自由。从此九重远隔，永不得见天日了。

先是隋主克陈，天下多想望太平，监察御史房彦谦，私语亲友道："主上忌刻苛酷，太子卑弱，诸王擅权，天下虽得暂安，不久必生祸乱。"彦谦子玄龄，亦密白乃父道："主上本无功德，徒用诈术取天下，诸子又皆骄奢不仁，将来必自相诛夷，危亡即不远了。"会新乐告成，协律郎祖孝孙及乐工万宝常，按律谱音，皆不见用，但创出一种繁闹的乐音，奉敕施行。宝常泫然道："淫厉而哀，天下不久便乱了。"自是辞去役使，情愿稿饿，并取乐谱毁去，且自叹道："用此何为？"未几竟绝粒而死。回应八十六回中订乐事，笔法不漏，且以见隋代之将亡。

隋主还道是立储得人，可无后忧。太史令袁充，当废立东宫时，曾进言天象告变，应该废立，至此又表称："隋兴以后，昼日渐长，兆庆升平。"隋主大喜，即改开皇二十一年为仁寿元年，大赦天下。地球绕日，自有常度，乌有无故增长之理？进杨素为左仆射，苏威为右仆射，文武百官，加秩有差。惟因日影增长，令百工作役，概加程课。丁匠等不免叫苦，隋主怎得与闻。散骑侍郎王劭，乘势献谀，谓自大隋受命，符瑞甚多，特辑成《皇隋灵感志》三十卷，进呈御览。隋主取阅全书，内容多系采集歌谣，旁及谶纬，并且掇拾佛书，意为注释，虽未免牵强附会，但自思得国未正，士民或有异议，正好借此宣示四方，表明应天顺人的征验。当

第八十八回　太子勇遭谗被废　庶人秀幽锢蒙冤

下将勋书颁行天下，并赏勋金帛千匹，且亲祀南郊，答谢天庥。

才阅一年，岐、雍二州地震，毁坏民庐，不可胜计。到了孟秋，独孤后受凉感疾，饮食无味，寝卧不安。御医逐日诊治，毫不见效，反且沉重起来。天文似亦预兆灾眚，八月初旬，月晕四重，又越五日，太白犯轩辕，是夜独孤后病殁永安宫，年正五十。隋主感伤数次，乃命礼官治办丧仪，殡灵白虎殿下。太子广至灵柩前，哀号擗踊，若不胜情，至退处私室，饮食言笑，仍如平时。又每朝令进二溢米，暗中却嘱取肥肉脯鲊，置竹筒中，用蜡封口，裹着衣襆，悄悄纳入，外人无从得知，反盛称太子孝思，誉不绝口。转眼间已过了三月，奉柩出葬泰陵，追谥文献。这泰陵地域，是由上仪同三司萧吉所择，奏云："卜年三千，卜世二百。"隋主说道："吉凶由人，不关墓兆。"话虽如此，意中实喜得嘉地，竟从吉言。言不由衷，无怪生儿更诈。吉密语知友道："前太子尝遣宇文左率，嘱我善择山陵，令太子早日得立，必当厚报。我答言地已择就，不出四年，太子必御天下。实告诸君，太子嗣位，隋必致亡。我所云三千年，乃系三十，二百世乃系二传。诸君记着！看我言果有验否？"吉为梁长沙王萧懿孙，既有此技，何前此无救国亡？吉友闻言，也似信非信，搁过一边。

且说隋主第四子蜀王秀，容貌壮伟，很有胆力，年未及壮，即多须髯，常为朝臣所侧目。隋主尝语独孤后道："秀将来恐不令终，我在尚可无虑，至兄弟时必反无疑。"独孤后以秀无他过，置诸不理。隋主乃命秀镇蜀，秀莅治益州，奢侈逾制，车马衣服，僭拟天子。隋主稍有所闻，即语群臣道："坏我家法，必在子孙。"因遣使赍敕谴责，秀终未肯改。及太子勇遭谗被废，晋王广得为太子，秀意甚不平。广亦防秀有变，阴令杨素进谗，构成罪状。隋主乃召秀还朝，秀入都进谒，但见隋主满面怒容，不与一言。秀再拜而出，隋主乃使朝臣责秀，秀答谢道："臣忝荷国恩，出临藩岳，不能奉法，罪当万死。"太子广闻秀被责，很是欣慰，外面装出爱弟形状，邀同诸王入宫，替秀解免。隋主反加怒道："从前秦王縻费，我以父道相责，今秀蠹害生民，我当以君道相绳。汝等不必多言，我自有法处治呢。"说着，即令将秀付诸法司。开府仪同三司庆整进谏道："庶人勇既废，秦王已薨，秦王俊病殁，见八十六回。陛下儿子无多，奈何屡加严谴？且蜀王性甚耿介，今被重责，或且不愿生全，也是可虑。"隋主大怒道："你敢来多嘴么，我且断你舌根！"随即顾群臣道："当斩秀市中，以谢百姓。"群臣俱跪伏殿庭，代为乞免，乃令杨素、苏威、牛弘、柳述等，再加按治。太子广阴作木偶，缚手钉心，上书隋主及汉王姓名，下署数语云："请西岳慈父圣母，速遣神兵，收系杨坚、杨谅神魂。"令人埋诸华山下。一面使杨素发掘，作为罪证。又云："秀妄造图谶，迭言京师妖异，捏称蜀地祯祥。"并有檄文草稿，略云："逆臣贼子，专弄威福，当盛甲陈兵，指期问罪。"等语。罪证已具，一并上奏。隋主见了，拍案盛怒道："天下有这等不肖子么？"便令废秀为庶人，幽锢内侍省，不得与妻孥相见，但给僚婢二人，充当役使。且缘秀连坐，计百余人。又中了逆奸相的诡计。秀上表称谢，表文中有云："伏愿慈恩，垂赐矜悯。今兹残息未尽，愿与瓜子相见，请赐一穴，令骸骨有归。""瓜子"二字，是指自己的爱子言。隋主反下诏数秀十罪，略云：

> 汝地居臣子，情兼家国。庸蜀重要，委以镇之。汝乃干纪乱常，怀恶乐祸，睥睨二宫，伫望灾衅，我有不和，汝便觇候，望我不起，便有异心。皇太子汝兄也，次当建立，汝假托妖言，乃云不终其位。自言骨相非人臣，德业堪承重器，诈称益州龙现，托言吉兆，重述木易之姓，更治成都之宫。妄说禾乃之名，以当八千之运，横生京师妖异，以证父兄之灾，妄造蜀地祯祥，以符己身之箓。鸠集左道，符书厌镇。汉王于汝，亲则弟也，乃画其形像，书其姓名。缚手钉心，妄云请西岳华山慈父圣母，收杨谅魂神。我之于汝，亲则父也，又画我形像，缚首撮头，仍云请西岳神兵，收杨坚魂神，如此悖谬，我不知杨坚、杨谅，果是汝何亲也。包藏凶慝，图谋不轨，逆臣之迹也。希父之灾，以为身幸，贼子之心也。怀非分之望，肆毒心于兄，悖弟之行也。嫉妒于弟，无恶不为，无孔怀之情也。违犯制度，坏乱之极也。多杀不辜，豺狼之暴也。剥削民庶，酷虐之甚也。唯求财货，市井之业也。专事妖邪，顽嚚之性也。弗克负荷，不材之器也。凡此十者，灭天理，逆人伦，汝皆为之，不祥之甚也。欲免祸患，长守富贵，其可得乎？

庶人秀得见此诏，吓得莫名其妙，自思诏书所言，纯是冤诬，不知被何人构造出来，锻成这般大罪。禁门深远，无从申诉，只好饮恨泣血，静

第八十八回　太子勇遭谗被废　庶人秀幽锢蒙冤

坐图圉。贝州长史裴肃独遣使上书,谓:"二庶人得罪已久,宁不革心,愿陛下弘君父之慈,顾天性之义,各封小国,再观后效,若能迁善,渐更增益,如或不悛,贬削未迟。"这书奏入,隋主顾杨素道:"裴肃忧我家事,也是一片诚心。"素默然不答。*不劾裴肃,还算厚道。* 于是征肃入朝,面谕二庶人不能曲恕,且罢肃原官,放归田里。惟庶人秀诸子,听令同处,小子有诗叹道:

　　谗言蔽主益神昏,父子相夷最贼恩;
　　一摘已稀偏再摘,可怜皇嗣两含冤!

庶人秀幽锢蒙冤

二庶人不得出头,太子广得步进步,更要做出逆天害理的大事来了。欲知他如何行事,请看下回便知。

　　太子勇非无过失,误在无正人以辅导之。如洗马李纲言,最为剀切。然有独孤后之偏爱,与晋王广之诡谋,就使勇无失德,亦必致废黜,况更有杨素之助桀为虐耶?隋主坚惩高欢覆辙,自谓不致纵子,而抑知妻儿谮诉,堕彼术中,其惑且比高欢为尤甚也。蜀王秀虽未免僭逾,而较诸废太子勇,更属无甚大罪,乃广、素相毗,百端构陷,复被废为庶人。自来阴贼险狠,莫如杨广,而隋主坚屡为所欺,溺爱不明,一至于此,有子者尚其鉴诸!

第八十九回

侍病父密谋行逆　烝庶母强结同心

却说太子广诈谋百出，构陷兄弟，全亏杨素一力帮助，因得如愿。素亦威权日盛，兄弟诸父，并为尚书列卿，诸子亦多为柱国刺史。广营资产，家僮数千，妓妾亦数千，第宅华侈，制拟宫禁。朝右诸臣，莫不畏附。惟尚书右丞相李纲及大理卿梁毗，正直不阿，与素异趋。毗且上书劾素，说他："权势日隆，威焰无比，所私无忠悫，所进皆亲戚，子弟布列，兼州连县，天下无事，容息异图，四海有虞，必为祸始。陛下以素为阿衡，臣恐他心同莽懿，伏愿揆鉴古今，量为处置，使得鸿基永固，率土幸甚！"隋主览奏大怒，收毗系狱，亲加鞫问。毗毫不畏缩，且极言："素擅宠弄权，杀戮无道，太子及蜀王得罪遭废，臣僚无不震悚，独素扬眉奋肘，喜见颜色，利灾乐祸，不问可知。"隋主听到此语，不由得忆念二子，发现天性，暗暗地吞声饮泪，不愿再鞫，乃命毗还系狱中，越日传敕赦毗。嗣又诏谕杨素道："仆射系国家宰辅，不应躬亲细务，但阅三五日，一至省中，评论大事，便为尽职。"等语。又出杨约为伊州刺史。素知隋主阴怀猜忌，更不自安；又见吏部尚书柳述，进参机密，得握政权，尤觉得心如芒刺，愤闷不平。好与杨广同谋弑逆了。

先是隋主第五女兰陵公主，下嫁仪同王奉孝，奉孝早逝，公主年才十八，隋主欲令她改嫁，晋王广因妻弟萧玚，正在择配，拟请将公主嫁玚。偏是乃父不从，令适内史柳述。隋主最爱此女，更闻她敬事舅姑，力循妇道，益加心慰，遂累擢述至吏部尚书。广既为太子，与述未协，并见述徼宠预政，越觉生嫌，再加杨素亦常憾述，眼见是虎狼在侧，怎得相安？当时龙门人王通，具有道艺，讲学河汾间，门徒甚众，目睹朝政日非，孽子权臣，互为表里，料知祸乱不远，因诣阙上书，胪陈太平十二策。隋主不能采用，通即拟告归。杨素夙慕通名，留通至第，劝他出仕。通答道："通尚有先人敝庐，足庇风雨，薄田数亩，足供饘粥，读书谈道，尽堪自乐，愿明公正己正人，治平天下，通得为太平百姓，受赐已多，何必

第八十九回　侍病父密谋行逆　悉庶母强结同心

定要出仕呢?"素闻通言,敬礼有加,因馆待数日。有人向素进谗道:"通实慢公,公何故敬通?"素亦不觉生疑,转以问通。通从容道:"公若可慢,是仆得计;不可慢,是仆失人。得失在仆,与公何伤?"素一笑而罢。不必多辩,已使权奸心折。通见素终未肯改过,便即辞归,仍然居家课徒。后来唐朝开国,如房玄龄、魏征诸贤臣,皆受教通门。通至隋大业末年,大业系隋炀帝年号,见下文。在家病卒,门人私谥为文中子,毋庸多表。不略王通,足补史传之阙。

会突厥步迦可汗,即达头可汗,见八十六回。屡扰隋边,并寇掠启民可汗庐帐,杨素发兵奋击,大破步迦。步迦穷蹙遁归,部众因此离心。铁勒仆骨等十余部落,并内附启用,突厥大乱。步迦奔往吐谷浑,隋主令启民归统部众,使长孙晟送出碛口。启民益感隋恩,岁修朝贡,亦不消细说。

且说隋主坚自皇后死后,不必惧内,遂专宠陈叔宝妹子,赐号贵人。叔宝亦得时常召见,隋主命修陈氏宗祀,令叔宝岁时致祭,且因此惠及齐梁,特许齐后高仁英,梁后萧琮,修葺祖陵,逐年祭扫。叔宝因妹邀宠,早把亡国的痛苦,撇置脑后。此之谓全无心肝。一日,从隋主登邙山,奉谕侍饮。叔宝即席赋诗道:"日月光天德,山河壮帝居。太平无以报,愿上东封书。"隋主亦不加可否。至陪辇回朝,叔宝又表请封禅。当下接得复敕,暂从缓议。过了旬月,复召叔宝入宴。叔宝本来好酒,见着这杯中物,胜似性命,连喝了数大觥,酒意醺醺,方才罢席,拜谢而出。隋主目视叔宝道:"亡国败家,莫非嗜酒,与其作诗邀功,何如回忆危亡时事。当贺若弼入京口时,陈人密启告急,叔宝饮酒不省;及高颎入宫,犹见启在床下,岂不可笑? 这是天意亡陈,所以出此不肖子孙。昔苻秦征伐各国,俘得亡国主,概赐爵禄,意欲沽名,实是违天,所以苻氏享国,亦未能长久呢。"休说别人,自己也要死亡了。仁寿四年,叔宝病死隋都,年五十二。隋廷追赠叔宝为长城县公,予谥曰炀。史家称为陈后主,或沿隋赠号,呼为长城公。但叔宝死时,在仁寿四年仲冬,隋主坚却比他早死了几个月,并且死得不明不白。照此看来,一个统领中原的主子,结果反不及一亡国奴,说来也觉得可怜可痛呢! 从陈女递入叔宝,从叔宝之死,回溯隋主之殁,叙笔不漏不紊。

原来隋主坚既宠一陈贵人,领袖六宫,复在后宫选一丽妹,随时召幸。这丽姝也由陈宫没入,母家姓蔡,籍隶丹阳,姿容秀媚,与陈贵人相差不远,隋主早已钟情,只因独孤后奇妒,不便染指。后死后,乃进蔡氏为世妇,享受温柔滋味,日加宠遇。寻亦拜为贵人。两贵人并沐皇恩,轮流服侍,隋主虽然快意,究竟消耗精神;况日间要治理万几,夜间要周旋二美,六十多岁的老头儿,哪里禁受得起?起初还是勉强支撑,至敷衍了一年有余,终累得骨瘦如柴,百病层出。仁寿四年孟春,尚挈二贵人往仁寿宫,想去调养身体,一切国事,均令太子广代理。无如万几虽卸,二美未离,总不免旦旦伐性。一住三月,偶感风寒,内外交迫,即致卧床不起,葠苓罔效,苓芨无灵。两贵人原是惶急,此外随驾人员,亦无不耽忧,便报知东宫太子,及在朝王公。太子广便即驰省,余如左仆射杨素,吏部尚书兼摄兵部尚书柳述,黄门侍郎元岩等,亦皆随往问疾。大众到了大宝殿,里面就是隋主寝所,便鱼贯而进,并至榻前。隋主正含糊自念,若使皇后尚存,朕不致有此重疾了。谁叫你老且渔色?还劳记忆妒吗?太子广已经听着,默忖一番,已寓后日诈谋。才开口启呼父皇。隋主始张目外视道:"汝来了吗?我念汝已久了。"广故作愁容,详问病状,语带凄音。隋主略略相告,并由杨素等上前请安。隋主亦握手欷歔,自言凶多吉少。素等俱出言劝慰,方得隋主颔首,面命太子广居大宝殿,俾便侍奉。杨素等出外伺候,太子广等领命退出。广与素密谈数语,素唯唯而去。看官听说!这太子广见隋主病重,料知死期在迩,心下很是喜欢,便嘱令杨素预先留意,准备登基。及素去后,又因言不尽意,常自作手书,封出问素。素条陈事状,复报太子。

偏偏冤家有孽,宫人误将杨素复书,传入御寝,隋主取来展阅,大略一瞧,已是肝气上冲,喘急异常。两贵人慌忙过侍,一捶背,一摩胸,劳动了好多时,方渐渐地平复原状,悲叹数声,始蒙眬睡去。这一睡却经过半日有余,醒来已是夜半,寝室中灯烛犹明,两贵人尚是侍着。隋主不禁怜惜道:"我病日剧,累汝两人侍我,劳苦得很,可惜我将不起,汝两人均尚盛年,不知将如何了局哩?"自然有人代汝效力,汝且不必耽忧。两贵人听了,连忙上前慰解,但心中各怀酸楚,虽勉强忍住珠泪,已是眼眦荧荧,隋主愈觉不忍,但又无可再言,只得命她寝息。越日传谕出去,加号陈氏为宣华夫人,蔡氏为容华夫人。两夫人得了敕旨,均加服环珮,并至榻前叩谢,隋主谕令平身。两人谢恩起立,容华夫人先出更衣,宣

第八十九回　侍病父密谋行逆　悉庶母强结同心

华夫人因隋主有所嘱咐,迟了一步,方才得出。

　　隋主见两夫人并去更衣,暂且闭目养神,似寐非寐,忽听得门帷一动,不同常响,急忙睁目外望,见有一人抢步进来,趋至榻前,露出一种慌张态度;再行审视,珮环依旧,钗钿已偏,不由得惊问道:"你为何事着忙?"那人欲言未言,经隋主一再诘问,不禁泣下,且呜呜咽咽地说出"太子无礼"四字。隋主忽跃然起坐,用手捶床道:"畜生何足付大事,独孤误我!"悔已迟了。说着,即呼内侍入室,命速召柳述、元岩,宣华亦劝阻不住。及述与岩奉召进来,隋主喘着道:"快……快召我儿!"述答道:"太子现往殿外,臣即去召来。"隋主又复喘着,说了勇、勇两声。述、岩应声出阁,互相商议道:"废太子勇现锢东宫,须特下敕书,方可召入。"乃取觅纸笔,代为草敕。敕文颇难措词,又经两人磋磨多时,方得告就。正要着人往召,不防外面跑入许多卫士,竟将两人牵去,两人问为何因?卫士并不与言,乱推乱扯,拥至大理狱中,始见太子左卫率宇文述趋至,手执诏书,对他宣读,说他侍疾谋变,图害东宫,着即将两人拘系下狱。两人好似做梦一般,明明由隋主亲口,嘱令召勇,如何从中又有变卦,另颁出一道诏书?看官!试想这诏书究从何来?若果是真,如何有这般迅速哩?原来太子广调戏宣华,见宣华不从,当然慌乱,便密召杨素入商。素惊诧道:"坏了!坏了!"广愈觉着急,求素设法,几乎要跪将下去。素用手挽住,口中还是吞吞吐吐,老贼狡猾,非极力描摹,不足示奸。急得广向天设誓,有永不负德等语。素始拈须沉吟,想了一会,方与广附耳数语。广乃易忧为喜,立召东宫卫士,驰入殿中。正值述、岩两人商议草敕,便命卫士掩入,拘去两人,随即令宇文述写起伪诏,持示述、岩,一面发出东宫兵帖,上台宿卫,门禁出入,均由宇文述、郭衍监查;再派右庶子张衡,入殿问疾,密嘱了许多话儿。

　　衡放步进去,正值隋主痰壅,只是睁着两眼,喉中已噎不能言。陈、蔡两夫人,脚忙手乱,在侧抚摩。衡抗声道:"圣上抱疾至此,两夫人尚未宣召大臣,面受遗命,究竟怀着甚么异图?"蔡夫人被他一诘,吓得哑口无言,还是陈夫人稍能辩驳,含泪答道:"妾蒙皇上深恩,恨不能以身代死,倘有不讳,敢望独生?汝休得无故罪人!"衡又作色道:"自古以来的帝王,只有顾命宰辅,从没有顾命妃嫔,况我皇上创业开国,何等英明,岂可轻落诸儿女子手中?今宰辅等俱在外伺候,两夫人速即回避,区区殉节,无关大局。且皇上两目炯炯,怎见得便要升遐,何用夫人咒诅呢?"陈夫人见拗他不过,只得与蔡夫人同出寝室,自往后宫。去不多时,即由张衡出报太子,说是皇上驾崩。太子广与杨素等,同入检视,果见隋主一命呜呼,气息全无,只是目尚开着。太子广便即哀号,杨素摇手道:"休哭!休哭!"广即停住哭声,向素问故。素说道:"此时不便发丧,须俟殿下登极,然后颁行遗诏,方出万全。"广当即依议,便遣心腹守住寝门,不准宫嫔内侍等入视。就是殿外亦屯着东宫卫士,不得放入外人,倘有王公大臣等问安,但言圣驾少安,尽可无虑。又令杨素出草遗诏,并安排即位事宜。素也即去讫。可怜这枭雄盖世的隋主坚,活了六十四岁的年纪,做了二十四年大皇帝,徒落得一朝冤死,没人送终,反将尸骸搁起龙床,无人伴灵,冷清清的过了一日一夜,究竟是命数使然呢?还是果报使然呢?数语足惊心动魄。

侍病父密谋行逆

但外面虽秘不发丧,宫中总不免有些消息,宣华夫人陈氏自退入后宫后,很是惊疑,未几即有人传报驾崩,更觉凄惶无主,要想往视帝尸,又闻得内外有人监守,俱是东宫吏卒,越吓得玉容惨澹,坐立不安。到了夕阳将下,忽有内使到来,呈入一个小金盒,说由东宫殿下嘱令传送,宣华一想,这盒中必是鸩毒,不觉浑身发抖,且颤且泣。道:"我自国亡被俘,已是拼着一生,得蒙先帝宠幸,如同再造,哪知红颜薄命,到头终是一死。罢罢!今日便从死地下,了我余生便了。"说至此,欲要取盒开视,又觉两手不能动弹,复哽咽道:"昨日为了名义关系,得罪东宫,哪知他这般无情,竟

第八十九回　侍病父密谋行逆　烝庶母强结同心

要我死!"说了复哭,内使急拟返报,便催促道:"盒中未必定是鸩毒,何弗开视,再作计较?"宣华不得已取过金盒,揭起封条,开盒一看,并不是什么鸩毒,乃是几个彩线制成的同心结。心下虽然少安,但面庞上又突然生热,手内一松,将盒子置在案上,倒退数步,坐下不语。何必做作。内使又催逼道:"既是这般喜事,应该收下。"宣华尚俯首无言,不肯起身。诸宫人便在旁相劝道:"一误不宜再误,今日太子,明日皇上,娘娘得享荣华,奈何不谢?"你一句,我一句,逼得宣华不能自主,乃勉强立起身来,取出同心结,对着金盒,拜了一拜。一拜足矣。内使见收了结子,便取着空盒,出宫自去。宣华夫人满腹踌躇,悲喜参半,宫人进陈夜膳,她也无心取食,胡乱吃了一碗,便即罢手。寻又倒身床上,长吁短叹。好一歇欲入黑甜,恍惚似身侍龙床,犹见隋主喘息模样,耳中复听到"畜生"二字,竟致惊醒,向外一望,灯光月色,映入床帷,正是一派新秋夜景。蓦闻有人传语道:"东宫太子来了。"宣华胸中,突突乱跳,几不知将如何对待。接连又走进几个宫女,拽的拽,扶的扶,竟将她搀起床中,你推我挽,出迎太子。太子广已入室门,春风满面,趋近芳颜,宣华只好敛衽上前,轻轻地呼了一声殿下。广即含笑相答道:"夫人请坐!"一面说,一面注视宣华,但见她黛眉半锁,翠鬓微松,穿一套淡素衣裳,不妆不束,别饶丰韵。越是美人,越是浅妆的好看。广又惊又爱道:"夫人何必自苦,韶华不再,好景难留,今宵月影团圞,正好及时行乐哩。"宣华斜坐一旁,似醉似痴,低头不答。广又道:"我为了夫人,倾心已久,几蹈不测,承夫人回心转意,辱收证物,所以特来践约,望夫人勿再却情!"说着,竟扬着右手,意欲来扯宣华。宣华方惊答道:"妾蒙殿下错爱,非不知感,但此身已侍先皇,义难再荐。况殿下登基在即,一经采选,岂无倾国姿容?如妾败柳残花,何足垂盼?还愿殿下尊重,勿使贻诮宫闱!"广复笑道:"夫人错了。西施、王嫱,已在目前,何必再劳采访?如为礼义起见,何以文君夜奔,反称韵事?请夫人不必拘执了。"宣华还要推却,广已欲火如焚,竟起身离座道:"千不是,万不是,都由夫人不是,如何生得这般美貌,使我寝食难忘?我情愿敝屣富贵,不愿错过佳人。"说到此处,又左右一顾,诸宫人统已识窍,纷纷避去。当即牵动宣华玉臂,曳入寝室。宣华自料难免,更且娇怯怯的身躯,如何挣扎,只好随广同入。广顺手关了寝门,拥入罗帏,于是舌吐丁香,芳舒豆蔻,国风好色,痴情适等鹑奔,巫雨迷情,非偶竟成鸳侣。蜂狂蝶采,几曾顾方寸花心? 凤倒鸾颠,管什么前宵茶苦。好骈文。一夜欢娱,倏忽天晓,广因与杨素订定,当日即位,没奈何起床梳洗,衣冠出去。素已在大宝殿中,伫候多时,一见便嚷道:"殿下奈何这般宴起,须知今日是何日哩?"广微笑不答。素复道:"文武百官,已在殿外候朝,请殿下速穿法服,出升御座。"广乃趋入殿旁左厢,已有人备好裳冕,立即穿戴,由左右簇拥出殿。广心悸足弱,升座时几乎跌倒,幸杨素从旁扶住,方得坐定。当下传入王大臣,排班谒贺,素从袖中取出遗诏,付宣诏官朗读道:

心同蛇蝎烝母庶

嗟乎! 自昔晋室播迁,天下丧乱,四海不一,以至周齐,战争相寻,生灵涂炭。上天降鉴,爰命于朕,拨乱反正,偃武修文,天下大同,声教远被。此乃天意欲宁区夏,所以昧旦临朝,不遑逸豫,一日万几,留心亲览。匪曰朕躬,盖为百姓计也。朕方欲令率土之人,永得安乐,不谓遘疾弥留,至于大渐。自思年逾六十,死不为夭,但筋力精神,一时劳竭,为国为民,所以致此。人生子孙,谁不爱念? 既为天下,事须割爱。勇及秀并怀悖恶,不惮废斥,古人有言:"知臣莫若君,知子莫若父。"若令勇秀得志,共治国家,必当戮辱遍于公卿,酷毒流于民庶。今恶子孙已为民屏黜,好子孙足堪负荷大业。乃父方死,到夜即烝庶母,真是个好子孙。太子广地居上嗣,仁孝著

第八十九回　侍病父密谋行逆　烝庶母强结同心

闻,内外群官,相与同心戮力,共治天下。朕虽瞑目,何所复恨?自古哲王,因人作法,前帝后帝,沿革随时。律令格式,或有不便于事者,宜依前敕修改,务当政要。列此数语,导广种种妄为。呜呼!敬之哉!无坠朕命!

群臣闻诏,哪个来分辨真假,无非是舞蹈殿阶,山呼新天子万岁罢了。就中有个伊州刺史杨约,也入贺新君,广瞧在眼里,待退朝后,复宣约兄弟入殿。彼此商议多时,又由杨素捏造遗诏,使约迅赴都中,然后令素主持丧事,颁发讣音。广既得素治丧,乐得自寻快活,踱入后宫,再与那宣华夫人调情去了。小子有诗叹道:

  人禽界划判几希,礼教防嫌在慎微。

  何物阿㦖同兽类?居然霸占父皇妃。

欲知后宫情事,且至下回再表。

  隋主坚以诈术得国,卒能平齐灭陈,混一中国,几若有逆取顺守之才,史家谓其明敏有大略,亦多溢美之词,庸讵知其天性雄猜,素无学术,徼幸于一时,安能垂贻于后世?况周族何辜,乃俱为之屠灭乎?夫绝人之后者,人亦必绝其后。而天意好奇,又故假手于其妻若孥,先令翦除骨肉,然后身遭子祸,亦一举而殉之,痛矣哉杨坚之不得其死也!宣华为杨坚宠妾,复为逆子广所烝,如宣华之贪生怕死,贻丑中冓,固不得为无咎,然谁纵逆子,以至于此?本回逐节演述,逐节描摹,禹鼎铸奸,穷形极相,尤令人不胜击节云。

第九十回

攻并州分遣兵戎　幸洛阳大兴土木

却说宣华夫人，已经被烝失节，迟明起床，自思夜间情事，未免萦羞，但木已成舟，无法挽回，不如将错便错，再博新皇恩宠。主意已定，遂复重施粉泽，再画眉山，打扮得娇娇滴滴，准备那新主退朝，好去谒贺。转念一想，中冓丑事，如何对人？倘或出迎御驾，越觉惹人讥笑。乃靓妆待着，俟至傍晚，方由宫人报称驾到。宣华便含羞相迎，俯伏门前，口称："陛下万岁，臣妾陈氏朝贺！"新皇帝当然大喜，亲手搀扶，同入寝宫，便令左右排上宴来。看官记着！这位弑父烝母的杨广，实与畜类相同，但后人沿袭旧史，统称他为隋炀帝，小子编述历史演义，凡统一中原的主子，大都以庙谥相呼，隋主坚庙谥为文，独不称为隋文帝，无非因他巧行篡夺，名为统一，仍与宋、齐、梁、陈、异辙同途，所以沿例顺叙。只隋炀帝是古今相传，如出一口，炀字本不是什么美谥，小子为看官便览起见，也只好称为炀帝，看官不要疑我变例呢。依俗道俗，应该如此。

炀帝既与宣华夫人宴叙，把酒言欢，备极温存。宣华亦放开情怀，浅挑微逗，更觉旖旎可人。况炀帝力逾壮年，春秋鼎盛，若与乃父相比，风流倜傥，胜过十倍，两下里我瞧你觑，风情毕露，且并有这红友儿助着雅兴，益觉情不自禁，更尚未起，酒即撤回，两人携手入床，再演那高唐故事，真个是男贪女爱，比昨宵的快乐，又自不同。偏晨鸡复来催逼，新天子又要视朝，免不得辜负香衾，处理国事。可巧杨约已来复命，由炀帝褒劳数语，约即拜谢而退。炀帝亦退入后庭，召语杨素道："令弟果堪大任，我好从此释忧了。"看官道是何事？原来使约入都，便是矫诏缢杀故太子勇，且顺便谪徙柳述、元岩，不但将官职尽行削去，还要将两人充戍岭南。杨素请封勇为王，掩饰人目，炀帝依了素议，追封勇为房陵王，但仍不为置嗣。

忽由外面呈入表章，便即取阅表文，乃是兰陵公主署名，请撤免公主名称，愿与本夫柳述同徙。炀帝冷笑道："世上有这等呆女儿，且与

第九十回　攻并州分遣兵戎　幸洛阳大兴土木

我宣进来！我当面为诱导。"语甫说出，即有内侍应声往召，不到半日，兰陵公主已至，行过了礼，炀帝便劝她改嫁，公主抵死不从。炀帝大怒道："天下岂无好男子？难道必与述同徙么？我偏不令汝随述。"公主泣答道："先帝遣妾适柳家，今述有罪，妾当从坐，不愿陛下屈法申恩。"<u>公主前曾改醮，此时何必欲守节，但论人亦当节取，杨家有此令女，足愧阿廆。</u>炀帝始终不允，叱令退去。兰陵公主号恸而出，自与柳述诀别。咫尺天涯，两不相见，公主竟忧郁成瘵，旋即告终。临殁时复上遗表道："昔共姜自誓，著美前诗，息妫不言，传芳往诰。<u>此语亦谬。</u>妾虽负罪，窃慕古人，生既不得从夫，死乞葬诸柳氏。"炀帝览表益怒，但使瘗诸洪渎川。柳述亦不得赦还，流死岭表。这是后话不题。

且说炀帝叱退公主，天色已晚，又记起那宣华夫人，偏又来了一个美貌宫嫔，且泣且拜，自称为尼。炀帝凝神一瞧，乃是容华夫人蔡氏，颦眉泪眼，仿佛似带雨海棠，虽比宣华稍逊一筹，也觉得世间少有，姿色过人。天下好色的男子，往往得陇望蜀，既已污了宣华，何不可再污容华？当下好言劝慰，仍叫她安居后宫，决不亏待。容华始收泪退入。哪知炀帝到了晚间，竟踱入容华宫中，也与宣华处同一作用。容华胆子更小，且知宣华已为先导，何妨勉步后尘，暂图目前快乐，于是曲从意旨，也与炀帝作长夜欢。一箭双雕，真大快事。<u>容华被烝，见《隋书》后妃列传，并非无端污蔑。</u>又过了六七宵，始奉梓宫还京师，谥隋主坚为文皇帝，庙号高祖。再阅两月，奉葬泰陵。太史令袁充又来献谀，谓："新皇即位，与帝尧受命，年月适合，应大开庆贺。"独礼部侍郎许善心，以为国哀未了，不宜称贺。宇文述素嫉善心，竟讽令御史交上弹章。善心降级二等，贬为给事中。

炀帝又恐汉王谅作乱，屡征入朝，第一道敕旨，还是在炀帝即位前，伪托乃父玺书，使车骑将军屈突通赍去。第二道敕旨，始由炀帝自己出名，哪知汉王谅始终拒绝，反发出大兵，惹起一场骨肉战争。先是谅出镇并州，乃父曾密谕道："若有玺书召汝，敕字旁当另加一点。又与玉麟符相合，方可前来。"<u>玉麟符系刻玉为符，上作麟形。</u>及屈突通赍书前去，书中与前言不符，谅知有他变，一再诘通。通终不吐实，方得遣还。至二次传敕，谅益不肯就征，即调兵发难。他尚未识弑逆阴谋，只托言杨素谋反，当入清君侧。总管司马皇甫诞泣谏不从，为谅所囚，遂遣所署

大将军余公理出太谷,进趋河阳。大将军綦良出滏口,进逼黎阳,大将
军刘建出井陉,进略燕赵。柱国乔钟葵出雁门,并署府兵曹裴文安为柱
国,使与柱国纥单贵王聃等,直指京师。谅自简精锐数百骑,各戴幂䍦,
系妇人帷帽。诈称宫人还长安,径入蒲州。城中骤乱,蒲州刺史邱和,逾
城逃去。谅既得蒲州,忽变易前策,召还裴文安。文安本劝谅直捣长
安,中途闻召,只好驰还,入与谅语道:"兵宜从速,本欲出其不意,一鼓
入京,今王既不行,文安又返,使彼得着着防备,大事去了。"谅竟不答
言,但令文安为晋州刺史,王聃为蒲州刺史,并使纥单贵堵住河桥,扼守
蒲州。代州总管李景,起兵拒谅,谅遣部将刘嵩袭景,为景所觉,邀斩嵩
首,悬示城门。谅闻报大愤,再遣乔钟葵率兵三万,往攻代州。代州战
士,不过数千,更且城垣不固,崩陷相继。景且战且筑,麾兵死斗,反得
屡挫钟葵,屹然自固。

这消息传达隋廷,炀帝商诸杨素。素从容定计,自请一行。果然老
将善谋,奉命就道,但率轻骑五千,夜至河滨,收得商贾船数百艘,席草
载兵,悄悄地渡往蒲州。纥单贵未曾预备,天明方起,已被杨素兵登岸
杀入,仓猝遇敌,如何交锋?不由得一哄而散。纥单贵匹马逃归。素进
蒲州城下,王聃料知难守,便即出降。真是易得易失。素入城安民,上书
报捷,有诏召素还朝,授素为并州道行军总管,兼河北道安抚大使,统着
大军,再出讨谅。谅闻隋军大举,乃自往介州堵御,令府主簿豆卢毓,及
总管朱涛留守。毓为谅妃兄,尝阻谅起兵,谅不能用,毓私语弟懿道:
"我匹马归朝,亦得免祸,但只为身计,非为国计,不若且静守待变。"及
留守并州,召涛与语道:"汉王构逆,败不旋踵,我辈岂可坐受夷灭,辜
负国家?当与君出兵拒绝,不令叛王入城。"涛大惊道:"王以大事付我
二人,怎得有此异语?"因拂衣径去。毓见涛不肯相从,竟惹动杀心,立
率左右追涛,把他杀死。又从狱中释出皇甫诞,协商军事,且与开府仪
同三司宿勤武等,闭城拒谅。毓似有大义灭亲之志,但甘助枭獍,亦不足取。
部署未定,已有人急往报谅,谅慌忙引还,西门守卒,纳谅入城,毓与诞
俱被杀死。

谅将余公理,自太行下河内,正值隋行军总管史祥,出守河阴。祥
语军吏道:"余公理轻率无谋,且恃众生骄,若能智取,一战就可破灭
呢。"因具舟南岸,佯欲渡兵,自率精锐潜出下流,乘夜渡河。公理只防

第九十回　攻并州分遣兵戎　幸洛阳大兴土木

南岸渡兵,聚众抵御,哪知祥从旁面杀到,一时措手不及,即被捣乱队伍,再加对面隋军,乘机急渡,也来夹攻公理。公理逃命要紧,当即返奔,余众死了一半,逃去一

半。祥东向黎阳,谅将綦良,方从滏口攻黎州,屯兵白马津,一闻公理败还,祥军掩至,便吓得魂胆飞扬,不战自溃。惟代州城尚在围中,李景与乔钟葵,相持约一月有余。朔州刺史杨义臣,奉敕往援,道出西陉,闻钟葵移兵逆击,自顾麾下兵寡,恐不能敌,乃想出一法,悉取军中牛驴,得数千头,复令数百人各持一鼓,潜匿涧谷间,然后进击乔钟葵。时已天晚,两军初交,义臣命谷中伏兵,驱着牛驴,鸣鼓疾进,顿时尘埃蔽天,喧声动地。钟葵军疑是伏兵,又兼天色将昏,无从细辨,不由得纷纷倒退。义臣复纵兵奋击,大破钟葵,钟葵落荒窜去,代州解围。杨素引兵四万,沿途招降。晋、绛、吕三州,俱向军前投诚。谅遣部将赵子开,拥众十万,栅断径路,屯踞高壁,列营延五十里。素令诸将攻栅,自引奇兵潜入霍山,攀藤援葛,穿出前谷,得绕至赵子开军后面,击鼓纵火,直捣子开各营。子开不知所为,麾众亟遁,自相蹂躏,杀伤至数万人。

谅得子开败报,很是惊惶,搜括部下兵士,尚有十万人,乃悉众出城,往堵嵩泽。会秋雨连绵,不便行军,谅欲引军退还,谘议参军王頍道:"杨素悬军深入,士马疲敝,王率锐骑往击,定可得胜。今未战先怯,挠动众心,待素军长驱到来,何人再为王效力呢?"谅不能用,竟退保清源。既不从裴文安,又不从王頍,怎得不败?王頍为梁朝王僧辩子,颇有智略,因见谅不肯依议,退回诫子道:"汉王必败,汝宜随我,免为所

擒。"遂密整行装，伺机潜遁。还有陈氏旧将萧摩诃，亦随谅麾下，年已七十有三，谅倚若长城，及素军进逼，摩诃率众出战，将士俱无斗志，单靠一个老摩诃，有何用处，反被素军擒去。谅弃了清源，走保晋阳。他本来仗着王頍、萧摩诃两人，偏偏一遁一擒，害得两臂俱失，不由得焦灼异常。素军又乘胜攻城，围得铁桶相似，眼见得朝不保暮，只得登城请降。素允他免死，谅即开城迎素，素系谅送长安，再分兵搜捕余党，或降或诛，悉数荡平。王頍欲出奔突厥，路梗道绝，自知不免，因即自刎；惟嘱子勿往故人家。頍子就石窟中，瘗埋父尸，自在山谷内躲避数日，无从得食，不得已违了父训，出访故人。果然被故人擒献军前，并因此获得頍尸，一并在晋阳枭首。萧摩诃亦即伏诛，妻子籍没。不知他继妻容色，又仍依旧否？并州吏民，坐谅死徙，共二十余万家。谅虽得免刑，终废为庶人，幽锢别室，竟致瘐死。隋文五子，除炀帝广外，已死三人，惟蜀王秀废锢如初，尚未遭害，俟后再表。

且说炀帝既得平并州，又好恣意淫乐，坐享太平。惟宣华、容华两夫人，究不便明目张胆，收为嫔御，只好令之出居别宫，有时私往续欢，却被萧妃瞧透机关，冷讥热讽，说得天良发现，也觉怀惭。自思闷坐深宫，太无兴味，因欲出外巡游，可巧术士章仇太翼，伺旨希宠，上言："雍州地居西位，西是属金，与陛下木命相冲，不宜久居。且谶文有云：'修治洛阳还晋家。'陛下何不营洛应谶。"炀帝大喜，即留长子晋王昭居守长安，自率妃嫔王公等，往幸洛阳，一面发丁夫数十万，掘堑为防，自龙门直达上洛，择要置关，借资守御。又改洛阳为东京，营建宫阙。当时尚有与奢宁俭的敕文，欺人耳目，一班曲意逢迎的官吏，奉命监工，昼夜赶筑，先创造了几座大厦，作为行宫，以便驻跸。炀帝就此居住，过了残冬。

次年元旦，便在行宫受朝，改元大业，大赦天下，立萧妃为皇后，并使侍臣赍敕至长安，立晋王昭为皇太子，授宇文述为左卫大将军，郭衍为左武卫大将军，于仲文为右卫大将军，改豫州为溧州，洛州为豫州，废诸州总管府。过了两三旬，杨素自并州还朝，进谒行在，因敕有司大陈金宝器玩，锦彩车马，引奏及从军有功诸将士，班列殿前，令奇章公牛弘宣诏，进素为尚书令，特给上赏。诸将依次进秩，赏赉有差。才阅片时，已将所陈各物，分给无遗，大众统叩首谢恩，欢呼万岁。炀帝亦欣然大

第九十回　攻并州分遣兵戎　幸洛阳大兴土木

悦,乃命素为东京总监工,盛造宫室,四处召募工役,多至二百万人,百堵皆兴,众擎易举,约阅月余,便已造成许多屋宇,统是规模闳敞,制度矞皇。炀帝因东京

幸洛阳大兴土木

人少,未免萧条,乃徙洛州郭内居民,及诸州富商大贾,凡数万户,尽至宫旁居住,蔚成一个繁华胜地,富庶名区。又嫌杨素所筑宫室,虽然宽展,未尽美丽,复命将大匠宇文恺,与内史舍人封德彝,另造离宫,再求精美。恺与德彝,是隋朝著名的佞臣,一奉命令,便至洛水南滨,相度形势,辟地数十里,迤南直至皂涧,造起地盘,大兴土木,一面差人分往东南,选办奇材异石,陆路用夫,水路用舟,所有江岭以南,水陆输运,络绎不绝。还要觅取奇花佳木,珍禽异兽,不论海内海外,但教寡二少双,总要采选来作为点缀。看官!试想为了一座离宫,须费财力多少,不要说几十围的大木,三五丈的大石,搬运艰难,就是一草一木,一禽一兽,也不知糜费若干钱粮,累死若干性命,方才得到洛阳。宇文恺、封德彝两人,只顾炀帝快意,不管那民间死活,府藏空虚,好容易造就一座宫室,上表告竣,请御驾亲幸落成。炀帝即日往阅,由恺与德彝迎入,东眺西瞩,端的是金辉玉映,翠绕珠围,当下笑语二人道:"从前江南的临春结绮,哪有这般富丽!似此华厦,方惬朕心。二卿功劳,诚不小了。"恺与德彝,忙即拜谢。炀帝留宫数日,一一游赏,无不合意,遂定名为显仁宫,且命皇后妃嫔等,概行迁入,索性就此安居。

萧后本后梁主萧岿女儿,才色兼优,也是个宫闱翘楚,士女班头,平时与炀帝很是恩爱,从未反目,此外有几个妃嫔,统生得绰约多姿,炀帝

得了这般妻妾,也好算是人生艳福。他忽然记起宣华夫人,不觉易喜为愁,整日里眉头不展,好似有一桩绝大心事,挂在面上。萧后素来婉顺,多方迎合,总未得炀帝欢心,至再三研诘,方由炀帝吐出实情。萧后微笑道:"妾还道是什么大事,原来为此。陛下既不忍割舍,妾若再来阻挠,便变一个妒妇了。好在此处不是长安,请遣使密召入宫,聊慰圣怀。"炀帝大喜称谢,即着内使飞马入都,往迎宣华。宣华正居仙都宫,虽觉寂寞寡欢,却还清闲自在,偏由内使到来,促她应召,她只得重加妆饰,出乘轻舆,兼程至洛阳显仁宫。炀帝正与萧后晚宴,得闻宣华到来,当即起座相见,不待宣华拜下,早已将她搀住,握手慰问。宣华见萧后在旁,便用目示意,请炀帝放手,然后至萧后面前,屈膝谒贺。亏她厚脸。萧后虽不惬意,但既许炀帝宣召,不如卖个人情,起身还了半礼,并令侍女扶起宣华,一同侍饮。席间有谈有笑,顿令炀帝心花怒开,宽饮了好几觥,连宣华也灌个半酣。萧后乐得做美,待至酒阑席撤,便令宫女掌灯,将炀帝、宣华两人,送入别宫。久旱逢甘,乐不胜言。自是今日赏花,明日玩月,饮酒赋诗,备极愉快。

惟显仁宫中的花木,多半从江南采来,炀帝是个贪得无厌的主子,有了这种,还想那种,自思江南山水,比洛阳还要秀丽,况且六朝金粉,传播一时,从前平陈时候,还想做些名誉,不便留恋江南,此时贵为天子,动作任情,何妨借名巡狩,一游江淮。但要去巡幸,也须铺排一番局面,方显得皇帝威风。当下传出诏旨,谓将巡历淮海,观风问俗。此诏一下,那宇文恺、封德彝等便争来献言,或说是如何通道,或说是如何登程。独有尚书右丞皇甫议谓:"陆行不便,须由水路南下,方可沿途观览,不致劳苦。惟江河俱向东流,欲要南北通道,必须开通济渠,引谷洛水达河,再引河水入汴,引汴入泗,才得与淮水相通。"看官!你想如议所言,这样的开凿工程,所需几何?炀帝也不管财力,但教有水可通,便即照办。皇甫议当然监工,发丁百万,依照自己的条陈,逐段开掘;还要沟通江淮,发民十万,疏凿邗沟,直达江都,沟广四十步,旁筑御道,遍植杨柳,且自长安至江都,每隔百里,筑一行宫,总计得四十余所。更由黄门侍郎王弘等,奉遣南下,特往江南督造龙舟,及杂船数十艘。郡县当差,人民执役,已是痛苦得很;再加这般巨工,须限日告竣,朝夜督促,不得少延,可怜这班工役,不胜劳苦,往往僵毙道旁,做了许多无告冤魂。

小子有诗叹道：

　　衰朝政令半烦苛，不似隋家役更多；
　　筑室开渠成惯事，可怜民血已成河！

　炀帝如此劳民，却有一位老年宰相，不甚赞成，竟欲入宫谏阻，可巧炀帝召他入宴，未知能否直言，且至下回再详。

　　汉王谅起兵晋阳，不讨杨广，独讨杨素，始谋已误。或者谓谅未识弑逆情事，不能无端罪广，似矣，然敕书不符，其由于杨之矫擅，已可概见。况太子被废，蜀王遭黜，祸皆起自杨广一人，欲加之罪，岂犹患无辞乎？裴文安劝谅直捣京师，名已不正，已非胜算，至王颁之请为孤注，更不足道，无怪其一败涂地也。炀帝未曾改元，便即幸洛，命以洛阳为东京。夫成周定鼎，曾设陪都，由后追前，非不足法，但迹若相同，心则大异，炀帝为淫侈计，岂有宅中而治之思？筑宫不足，又复开渠，极天下之财力民力，以供一人之耳目，试思民殚财尽，尚能独享繁华耶？故后世之论杨广者，或詈其狡，或病其淫，或斥其奢，而吾则蔽以一言曰："愚而已矣。"

第九十一回

促蛾眉宣华归地府　驾龙舟炀帝赴江都

却说杨素奉召入显仁宫，见过炀帝，满肚中怀着谏议，但一时未便开口，只好入座侍宴，才经数觥，即停住不饮。炀帝一再劝酒，素起座答道："老臣闻得酒荒色荒，有一必亡，不但臣宜节饮，就是陛下亦不宜耽情酒色。"炀帝听了，不免拂意，便道："卿言虽是有理，但目今天下太平，朝廷无事，把酒消遣，亦没有什么大害。况我朝勋旧，似公能有几人？今得一堂共乐，尽可畅饮数杯。"素见话不投机，便又说道："天下事都起自细微，渐成放荡，从前圣帝明王，慎微谨小，亦是为此。"杨素前营仁寿宫，继复为炀帝监造东京宫室，职为厉阶，奈何不思？炀帝默然不答。适宫人上前斟酒，素恐他再来加斟，用袖一拂，宫人不及防备，竟将手中所执的酒壶，斜倾在素身上，浇湿蟒袍。素正在恼怅，无从发泄，至此便迁怒宫人，勃然变色道："这般蠢才，如此无礼！怎敢在天子前，戏弄大臣？要朝廷法度何用？请陛下加重惩责！"炀帝仍然无语。素竟叱左右，迫令牵出宫人，且厉声道："国家政令，全被汝等妇女小人弄坏，怎得不惩？"左右见炀帝无言，又见素怒不可遏，只得把宫人拿了下去，敲责了一、二十下。素方向炀帝道："不是老臣无状，但由今日惩治，使这班宦官宫妾，晓得陛下虽然仁爱，还有老臣执法相绳，当不敢如此放肆了。"炀帝已十分不悦，但自思夺嫡密谋，全仗他一人做成，就是万分难耐，也只好含忍过去，当下强颜为笑道："公为朕执法无私，整肃宫廷，真好算是功臣了。"素即起座告辞。炀帝也不挽留，由他自去，一面退入后宫，另与后妃等调情解闷，不消细说。

素悻悻归第，顾语家人道："倨大郎君，由我一力提起，使作大家，现在酒色昏迷，不知他如何了得哩？"谁叫你提他起来？看官阅此，应知郎君二字，便是指着隋炀帝，素自恃功高，有时对着炀帝，亦直呼为郎君。炀帝终未曾驳斥，无非为了前时私约，不敢辜负的意思。还算能践前言。一日，素复入宫白事，炀帝正在池中钓鱼，待素将国事说明，便邀

第九十一回　促蛾眉宣华归地府　驾龙舟炀帝赴江都

素坐下同钓。素也不管君臣上下，即令左右移过金交椅，与炀帝并坐垂纶。时方初夏，日光渐热，炀帝命取过御盖，罩住上面。御盖颇大，巧巧蔽住两人。素毫不避让，从容钓鱼。炀帝钓了数尾，偏素不得一鱼，炀帝顾素道："公文武兼全，也有一长未擅，如何钓了许久，尚是无着？"素本来好胜，怎禁得炀帝奚落，便应口道："陛下只得小鱼，老臣却要钓一大鱼，岂不闻大器晚成么？"炀帝闻言，不由得忿恚交乘，又见素在赭伞下，风神秀异，相貌堂堂，数绺长髯，飘动如银，恍然有帝王气象，因此愈加生忌，遂投下钓竿，托词如厕，竟向后宫进去。当由萧后接着，见炀帝面带怒容，便即问为何事？炀帝道："杨素老贼，骄肆得很，朕意拟嘱遣内侍，杀死此贼。"萧后不待说毕，忙阻住道："使不得！使不得！杨素系先朝老臣，又有功陛下，今日诱杀了他，外官如何肯服？况素又是猛将，亦非几个内侍，可以制服，一被漏脱，出外弄兵，陛下将如何对待呢？"炀帝半响才道："投鼠原是忌器，且从缓议罢了。"乃长叹数声，仍复出外。适杨素钓了一尾金色鲤鱼，即向炀帝夸说道："有志竟成，老臣已得一鱼。"炀帝强笑不答。素已略窥炀帝微意，也即辞出。

炀帝当然退入，踱往宣华夫人住室。甫至室门，即由宫人迎驾，报称宣华有病在身，未能起迎。炀帝大惊，抢步入室，揭起床帏探视，但见双蛾敛翠，两鬓烁青，病态恹恹，似睡非睡。炀帝轻轻地问道："夫人今日为何不快？"宣华闻声，方睁眼瞧着，见炀帝亲来问疾，意欲勉强起坐，无如挣扎不住，稍稍抬头，已是晕痛难支，禁不住有娇呼模样。炀帝知情识意，忙用言温存道："夫人切勿拘礼，仍应安睡。"说至此，用手按宣华额上，很觉有些烫热，便道："夫人如此病重，奈何不速召御医？"宣华答道："妾病非药可治，看来要与陛下长辞了。"说着，腮边已流下泪来。胡不遄死？炀帝大加不忍，几乎也要泪下，徐徐说道："偶尔违和，医治即愈，奈何说此惊人语？"宣华且泣且语道："妾……妾负大罪，无所逃命，别人病原可治，妾病实不可为。"炀帝听她话中有因，便道："夫人有何罪过，速即明告，朕可代为设法消愆。"宣华欲言不言，如是数四。经炀帝催问数次，方从帐外四瞧。炀帝会意，即令宫人退去，始由宣华泣答道："妾近日屡觉头痛，不过忽痛忽止，尚可支持，昨更饮食无味，夜间睡着，很是不安，恍惚入梦，头被猛击，痛得不可名状，醒来仍然不解，所以妾自知不久了。"炀帝惊讶道："谁敢擅击夫人？"宣华道："陛下定要问妾,妾只好实告。妾梦中实见先帝,责妾不贞,亲执沉香如意,击妾头上,且云死罪难饶,妾辩无可辩,已拼一死,但愿陛下慎自珍重,勿再念妾了!"说毕,哽咽不止。炀帝也不觉大骇,勉强支吾道:"梦幻事不足凭信,夫人不必胡思,但教安心调养,自可无虞。"宣华不再答言,惟有涕泣。炀帝又劝慰了数语,且语宣华道:"我即去宣召御医,夫人万勿过虑为是。"宣华只答了一个"是"字。炀帝匆匆退出,传旨召医官诊治宣华,医官不敢迟挨,当即入诊。未几有复奏呈入,说是:"病入膏肓,不可救药。"等语,急得炀帝心如辘轳,正在没法摆布,忽有宫人入报道:"宣华夫人危急了。"炀帝三脚两步,驰往宣华寝宫。宣华气已上逆,见了炀帝,还错疑是文帝,硬挣着娇喉道:"罢罢!事由太子,妾甘认罪,愿随陛下同去罢!"说毕,两眼一番,呜呼哀哉!迟死一年,贻臭千载。年才二十九岁。炀帝不禁大恸。比父死时何如?可巧萧后亦来视疾,入见宣华已逝,也洒了数点珠泪。这是假哭。随即劝慰炀帝,挽出寝室,一面命有司厚办衣殓,择吉安葬。

只炀帝悲念宣华,连日不已,甚至好几天不能视朝。王公大臣,统入宫问安,杨素亦当然进去,甫至殿门,忽遇着一阵阴风,扑面吹来,不由得毛发森竖,定睛一瞧,见有一人首戴冕旒,身穿衮服,手中拿着一把金钺斧,下殿出来,这位威灵显赫的大皇帝,并不是炀帝杨广,乃是文帝杨坚。素不禁着忙,转身急走,耳边只听得厉声道:"此贼休走!我欲立勇,汝不从我言,反与逆子广同来谋我,我死得不明不白,今日特来杀汝。"素越觉惶骇,脚

第九十一回　促蛾眉宣华归地府　驾龙舟炀帝赴江都

下好似有物绊住，欲前反却，后面已像被他追着，扑的一声，头脑上着了一下，痛不可耐，便即晕倒，口吐鲜血不止。殿上本有卫士，一见杨素跌倒，忙来搀扶，素尚不省人事，当由卫士舁入卧舆，送归私第。家人忙即延医，用药灌治，半响才得醒来，开目顾视家人，凄声叹息道："我不得久活了，汝等可备办后事罢。"贼胆心虚。家人虽然应命，总还望他再生，四处访请名医，朝夕诊治。炀帝也遣御医往视，及御医返报，素一时虽不至死，但也不过苟延时日，难望痊愈。炀帝却很是喜欢，惟忆及宣华，总不免短叹长吁，萧后尝在旁劝慰道："人死不能复生，何必过悲？"炀帝道："佳人难再得，教朕如何忘怀？"萧后微笑道："天下甚大，难道除宣华外，就没有佳丽么？"这一语提醒炀帝，便命内监许廷辅等，出外采选，无论官宦士庶各家，视有绝色女子，速即选取入宫。

廷辅等奉差四出，格外巴结，不到月余，已各缮册入报，多约数十名，少约十余名，统共有好几十处，由炀帝通盘筹算，不下一、二千人，便自忖道："天下难道有许多美女么？大约连嫫母、无盐，都采取了来。"继又转念道："既已选集许多女子，总有几个可合朕意，且宫中充备洒扫，愈多愈妙，只显仁宫虽然浩大，究竟是个宫殿体裁，须要另辟一所大花园，方好安插许多女子。"计划已定，便召入一班佞臣，与他商议，就中有个内史侍郎虞世基，所议条陈，最为称旨，当即命他督造苑囿。世基就在洛阳西偏，辟地二百里，内为海，外为湖，湖分五处，暗寓天下五湖的意思。每湖周围十里，四面砌成长堤，尽种奇花异草，且百步一亭，五十步一榭，亭榭两旁，无非栽植红桃绿柳，湖内有青雀舫、翠凤舸，并有龙舟一艘，准备御驾乘坐。这五湖流水，均与内海相通，海周四十里，中筑三座大山，一名蓬莱，一名方丈，一名瀛洲，好似海外三神山一般，山上添造楼台殿阁，备极工巧，山顶高出百丈，西可回眺长安，南可远望江淮，湖海交界，造了一所正殿，轮奂崇闳，自不消说。海北一带，委委曲曲，筑成一道长渠，引接海中活水，纡回漾带，傍渠胜处，便置一院。院计十有六处，可以安顿宫人，在内供奉。天下无难事，总教现银子。世基监工才及数月，已是规模粗具，楚楚可观。适许廷辅等送入选女，炀帝便令往新苑中，候旨定夺，自挈萧后及妃嫔，乘舆至新苑游幸。虞世基当然接驾，由炀帝命为前导，逐段看来，无非钩心斗角，竞巧争新；更兼那海水澄青，湖光漾碧，三神山葱茏佳气，十六院点缀风流，桃成蹊，李列径,芙蕖满沼,松竹盈途,白鹤成行,锦鸡作对,金猿共啸,仙鹿交游,仿佛是缥缈云天,娜　福地。炀帝非常愉快,便问世基道:"五湖十六苑,可曾有名?"世基道:"臣怎敢自专?还乞陛下圣裁!"炀帝道:"这苑造在西偏,就可取名西苑。"世基才答一"是"字。炀帝又道:"苑中万汇毕呈,无香不备,亦可称为芳华苑。"实可名为腥血苑。世基极口称扬,炀帝徐徐地行入正殿,下舆小憩,用过茶点,便令世基取过纸笔,酌取五湖十六苑名号。炀帝本是个风流皇帝,颇有才思,世基又是个风流狎客,夙长文笔。一君一臣,你倡我和,费了两三小时,已将各名号裁定,由世基一一录出。小子亦照述如下:

五湖名称:东湖名为翠光湖,西湖名为金光湖,南湖名为迎阳湖,北湖名为洁水湖,中湖名为广明湖。

十六院名称:(一)景明院。(二)迎晖院。(三)栖鸾院。(四)晨光院。(五)明霞院。(六)翠华院。(七)文安院。(八)积珍院。(九)影纹院。(十)仪凤院。(十一)仁智院。(十二)清修院。(十三)宝林院。(十四)和明院。(十五)绮阴院。(十六)降阳院。

名称既定,已近昏黄,四面八方,悬灯爇烛,几似万点明光,绕成霞彩。炀帝格外动兴,乐不忘疲,便命内侍整办御肴,自与萧后等退入后殿。不消半时,酒肴等已依次陈上,炀帝就座取饮,后妃等列坐相陪,酒过数巡,炀帝顾语萧后道:"十六院已将造就,只不过少缺装潢。虞内侍煞是能干,眼见得指日告成,朕意各院中不可无主,须选择佳丽谨厚的淑媛,作为每院的主持,卿以为何如?"萧后乐得凑机,便含笑答道:"妾闻许廷辅等,已选入若干美人,何不就此挑选,充作十六院的夫人?"炀帝大喜道:"似卿雅量宽洪,周后妃不能专美了。"不妒却是妇人好处,然亦有坏处,试看萧后便知。当下乘着酒兴,宣召许廷辅入苑,命将所选采女,一起起的带引进来。廷辅等便即领命,逐名点入。炀帝且饮且瞧,真是柳媚花娇,目不胜接;况且灯光半焰,醉眼微蒙,急切里也辨不出什么妍媸,但只见得一簇娇娃,眩人心目。还是萧后替他品评,这一个是肉不胜骨,那一个是骨不胜肉,这一个是瑜不掩瑕,那一个是瑕不掩瑜,好容易选定了十六人,好算得姿容窈窕,体态幽娴。炀帝便亲自面谕,各封四品夫人,分管十六院事。又命虞世基监制玉印,上面镌着

第九十一回　促蛾眉宣华归地府　驾龙舟炀帝赴江都

院名及某夫人姓氏,制就后便即分给,又选得三百二十名,充作美人,每院分二十名,叫她们学习吹弹歌舞,以备侍宴。此外或十名,或二十名,分拨各处楼台亭榭,充当职役。千余名选女,拜谢皇恩,陆续散去,又好似风卷残云,浪逐桃花,俱去得无影无踪了。忽聚忽散,此中已可悟幻景。时已更阑,酒兴亦衰,炀帝方命撤席,与萧后还入显仁宫。

越日,命太监马忠为西苑令,专管出入启闭,且命虞世基逐处加饰,并诏天下境内,所有嘉木异卉,珍禽奇兽,一古脑儿运至西苑,点缀胜景。于是二百里的灵囿灵沼,倏变作锦绣河山,繁华世界。就是十六院中的四品夫人,都打扮得齐齐整整,袅袅婷婷,一心思想,盼望君王宠幸。那炀帝往来无时,或至这院,或至那院。运气的得博一欢,晦气的未邀一盼。

炀帝尚嫌不足,还想南下赏花,凑巧皇甫议等奏请河渠已通,龙舟亦成,喜得炀帝游兴勃发,便下了一道诏书,安排仪卫,出幸江都。宫廷内外,接读这道诏书,都要筹备起来,且知炀帝素来性急,一经出口,便要照行,势不能少许延挨,接连备办了十余日,忙碌得甚么相似,方才有点眉目,上表请期,好几日不见批答。看官道是何因?原来滕王瓒暴死栗园,见前文。嗣王纶曾拜邠州刺史,镇王爽亦已去世,嗣王集留居京师,未闻外调。纶与集俱系炀帝从弟,历见炀帝摧残骨肉,未免加忧。炀帝也只恐同族为变,虽是留恋洛阳,作宫作苑,但暗中却密遣腹心,伺察诸王,此次又要南幸,更宜格外加防。纶、集二人,常虑得罪,时呼术士入室,访问吉凶,并使巫祝章醮求福,有了这种动作,便被侦探得了隙头,立即报闻。炀帝趁这机会,想除二人,便将两人怨望咒诅的罪名,令公卿议定谳案。公卿统是希旨承颜,复称两人厌蛊恶逆,罪在不赦。炀帝假作慈悲,只说是:"谊关宗族,不忍加诛,特减罪宥死,除名为民,坐徙边郡。"两王已经迁谪,炀帝方安然无忌,始将南行的日期,批定仲秋出发,令左武卫大将军郭衍为前军统领,右武卫大将军李景为后军统领,扈驾南巡。文武官五品以上,赐坐楼船,九品以上,赐坐黄篾,并令黄门侍郎王弘,监督龙舟,奉迎车驾。

转眼间已是届期,炀帝与萧后龙章凤藻,打扮得非常华丽,并坐着一乘金围玉盖的逍遥辇,率领显仁宫、芳华苑内三千粉黛,出发东京,前后左右,统是宝马香车,簇拥徐行。扈从人员,又都穿服蟒衣玉带,跨马随着,前导的是左卫大将军郭衍,后护的是右卫大将军李景,各带着千军万马,迤逦至通济渠。王弘早拢舟伺候,这通济渠虽经开凿,还嫌浅狭,非龙舟所能出入,只好另用小航,渡出洛口,方得驾御龙舟。炀帝乃与萧后下辇,共入小朱航,此外男女人等,统有便舟乘载,鱼贯而下。一出洛口,方见有巨舟二艘,泊住中流,最大一艘,便是龙舟,内容分四重,高四十五尺,长二百尺,上重有正殿内殿东西朝堂,中二重有百二十号房间,俱用金玉饰成,下重体制较轹,乃是内侍所居。这舟为炀帝所乘,不消细说。比龙舟稍小的一艘,叫作翔螭舟,制度略卑,装饰无异,系是萧后坐船。另外有浮景九艘,中隔三重,充作水殿,又有漾彩、朱鸟、苍螭、白虎、玄武、飞翔、青凫、陵江、楼船、板舱、黄篾等数千艘,分坐诸王百官,妃嫔公主,及载内外百司供奉物品。最奇怪的是有五楼、道场、玄坛等数十艘,为僧尼道士薯客所乘,统共用挽船士八万余人,内有九千余名,系挽龙舟翔螭舟,各用锦彩为袍。卫兵所乘,又分平乘、青龙、艨艟、艚舻、八櫂、艇舸等数千艘,挽船不用人夫,须由兵士自引。龙旗舞彩,画舫联镳,相接至二百余里。岸上又有骑兵数队,夹河卫行,所过州县五百里内,概令献食,往往一州供至数百车,穷极水陆珍馐。炀帝、萧后,及后宫诸妃嫔,反视同草具,饮食有余,辄抛置河中。自来帝王巡幸天下,哪里有这般奢侈,这般骄淫?小子有诗叹道:

驾龙舟炀帝走江都

帝王多半好风流,欲比隋炀问孰俦?
南北舆图方混一,可怜只博两番游。

第九十一回 促蛾眉宣华归地府 驾龙舟炀帝赴江都

欲知炀帝南巡后事,下回再行表明。

写宣华夫人之死,及杨素之遇鬼,似属冤仇相报,跃然纸上,虽未必实有其事,而疑心生鬼,亦人情所常有。且以见人生之不可亏心,心苟一亏,魂魄不摇而自悸,有不至死地不止者,此作者警世之苦心也。炀帝穷奢极欲,为古今所罕闻,极力摹写,愈见其糟蹋妇女,荼毒生灵,天下宁有若是淫昏之主,而能长享太平,任所欲为耶?况事本韩偓《海山记》,并非无稽,而江都之游,又为大业元年间事,此系炀帝南巡第一次,越年仍返东京,俗小说中却谓其一去不回,竟似炀帝十年外事。夫炀帝固尝死于江都,然事在后起,并非一次即了,隋史中自有年月可证,得此编以序明之,而史事乃由条不紊,非杂乱无章之俗小说,所得同日语也。

第九十二回

巡塞北厚抚启民汗　幸河西穷讨吐谷浑

却说炀帝南幸江都,在途约历数旬,所有四十余所的杂宫,统是赶紧筑造,大致粗就,炀帝到一处,留一二日,尚嫌它未尽完善,所以不愿稽延,便扬帆直下,竟达江都。江都为南中胜地,山水文秀,扬名海内,炀帝与后妃人等,朝赏夕宴,不暇细表,好容易又阅残年,便是大业二年元旦。炀帝在江都升殿,受文武百官朝贺,越日,得东京将作大匠宇文恺奏报,内称洛阳宫苑,一体告成,当即进授文恺为开府仪同三司。过了正月,又诏吏部尚书牛弘,内史诗郎虞世基等,议定舆服仪卫,始备辇路,及五时副车,命开府仪同三司何稠为太府少卿,使他监造车服,由东京送达江都。稠智思精巧,参酌古今,衮冕统绣日月星辰,皮弁用漆纱制成,又作黄麾三万六千人仪仗,此外如皇后卤簿,及百官仪服,无非极意求华,仰称上意。尝责州县官采办羽毛,州县官使民弋捕大鸟,四处网罗,几无遗类。乌程有一大树,高逾百尺,上有鹤巢,卵育已久,百姓奉令取求,因高不可攀,特用刀刈根,为倒树计。鹤似解人意,恐雏为所杀,亟自拔氅毛,抛掷地上,时人反称为瑞兆,彼此谣传道:"天子造羽仪,鸟自献毛羽。"州县官乐得谀媚,遂将民间歌谣,充作贺表中文料,炀帝格外欣慰,待羽仪汇集,四面翼卫,每出游幸,卫士各执麾羽,填街塞路,绵亘约二十余里。不愧为大禽类。

再过了两月有余,江南春暮,桃柳将残,炀帝方欲返东京,下诏北归。月杪自江都出发,一切仪制,比南下时更加华丽。四月下常浣,行抵伊阙,陈列法驾,备具千乘万骑,驰入东京。炀帝自御端门,颁达赦书,豁免本年全国租赋,凡五品以上文官得乘车,在朝弁服佩玉,武官得跨马加珂,戴帻服袴褶,衣冠文物,盛极一时。太子昭本留守长安,闻炀帝已回东京,乃上表请觐,有旨准奏。昭即至洛阳,父子相见,免不得有一番恩谊。但炀帝是酒色迷心,把父子有亲的古训,当然忘记。既已无父,何知有子。昭入见时,不过淡淡地问了数语,便令退出,嗣是不复召

第九十二回　巡塞北厚抚启民汗　幸河西穷讨吐谷浑

见。昭一住数句，再请入省，炀帝虽未曾拒绝，惟面谕他速回长安。昭叩请少留，以便定省，反被炀帝叱责出去，惹得懊怅成疾；更兼形体素肥，天又盛暑，内外交迫，竟致绝命。炀帝闻耗，只哭了数声，便即止哀，草草丧葬，予谥元德。昭有三子，长名倓，次名侗，又次名侑，总算俱封王爵。倓为燕王，侗为越王，侑为代王，又立秦孝王俊子浩为秦王。俊为炀帝弟，见前文。可巧楚公杨素，亦同时病死。素本受封越公，太史尝言隋分野当有大丧，炀帝南幸时，特徙封素为楚公，因隋与楚，同一分野，意欲移祸与素。素老病居家，未尝从游，至将死时，弟约尚觅名医调治。素张目道：“我岂尚想求活么？”炀帝得素死信，喜语左右道：“使素不死，当灭他九族。”但表面上不好不敷衍过去，追赠素光禄大夫太尉公，赐谥景武，特给辒车班剑四十人，前后部羽葆鼓吹，粟麦五千石，赙帛五千段，命鸿胪卿监护丧事，也好算是生荣死哀，福寿全归了。句中有刺。

先是废太子勇生有十男，长男名俨，为云昭训所出，曾受封长宁郡王。勇被废后，俨亦坐斥。俨弟平原王裕，安城王筠，安平王嶷，襄城王恪，高阳王该，建安王韶，颍川王煚，均褫爵削籍。云昭训父云定兴，因纵勇为非，坐罪夺官，与妻子俱没为官奴。炀帝嗣位，闻定兴具有巧思，召至东京，襄办营造。定兴见宇文述得宠，曲意谀媚，特购集珍珠，络成宝帐，奉献与述。述喜出望外，兄事定兴，荐使督造兵器，且与语道："兄所作器仗，悉合上意。惟始终不得好官，无非为长宁兄弟，尚未处死哩。"定兴愤然道："此等俱无用物，何不劝上一体就诛。"忍哉定兴！述遂奏请处置俨等，炀帝当即依议，命鸩杀故长宁王俨，并将俨弟七人，充戍极边。襄城王恪妃柳氏，姿容端丽，四德俱全，恪前被废黜，柳氏毫无怨言，事夫益谨。及恪奉诏徙边，与妻诀别，柳氏泣语道："君若不讳，妾誓不独生。"恪亦呜咽不能成词，彼此大哭一场，怆颜别去。行至中途，复有诏使到来，勒令自尽。恪与兄弟七人，同时骈死。至恪柩发还，柳氏语朝使道："妾誓与杨氏同穴，若身死后，得免别埋，就是朝廷的恩惠了。"说罢，抚棺一恸，自缢身亡，里人均为下泪。特叙入以彰女贞。勇十男已去其八，只幼子孝实、孝范，后来也不见史传，想是贬为庶人，终身不得出头，小子也只好搁过不提。

且说突厥启民可汗，自徙居碛口，尽有达头遗众，尝感隋室旧恩，岁遣朝贡。大业二年冬季,复上表自请入朝。炀帝欲张皇威德,夸示番俗,因命太常少卿裴蕴,征集天下前世乐家子弟,充作乐户,就是庶民百姓,能谙音乐,俱令入肄太常,于是四方散乐,大集东京。不但八音六律,吹拍成腔,并演习各种鱼龙山车等杂戏,务为淫巧,悦人耳目。俟演习成熟,便在西苑中精翠池侧,依次奏技。炀帝亲挈后妃诸人往阅,但见有一舍利兽,先来跳跃,激水满衢,继而鼋鼍鱼鳖,俱从水中浮出,丛集两岸,又有鲸鱼喷雾翳日,倏忽化成黄龙,长七八尺。未几复见二人戴笠,笠上各登一人,体轻善舞,欻然腾过,左右易处。最可怪的是神鳌负山,幻人喷火,千变万化,备极神妙。炀帝非常称赏,饬京兆、河南两尹,为伎人赶制锦衣,两京彩缎,搜括一空。甚且御制艳篇,令乐正白明达凑造新声,按曲度腔,声极哀艳。一面特建进士科,视有诗歌纤冶,即令入选。

故相高颎闲居有年,不知炀帝寓着何意,偏召令为太常卿。想是颎命中应该斫头。颎独不赞成散乐,奏言:"弃本逐末,有碍盛治。"炀帝哪里肯依?反把从前的积恨,记忆起来。并见前文。颎又私语太常丞李懿道:"从前周天元好乐致亡,殷鉴不远,怎可效尤?"汝奈何不记母言?这数语又被炀帝闻知,越加生嫌,惟一时未便发作,姑从缓图。大业三年,启民可汗,来贺元日,炀帝命大陈文物,内外鼓吹。启民入朝拜谒,由炀帝赐他旁坐。启民东张西望,颇艳羡汉官威仪,急切未敢陈请。至退入客馆,方修表请袭冠带。炀帝初尚未许,及表文再上,乃准令易服。且语尚书牛弘道:"目今衣冠大备,使单于亦为解辫,岂不是古今盛治么?"弘极口称贺。炀帝又道:"这也未始非卿等功劳。"说至此,令侍臣出帛百匹,赐与牛弘。弘谢恩而退。启民可汗一住数日,宴赐甚厚。辞行时请车驾北巡,正合炀帝意旨,便即俞允,启民乃去。待至初夏,天气清和,炀帝借安抚河北为名,下诏首途,发河北十余郡丁男,凿穿太行山,北达并州,使通驰道,一面启行至赤岸泽。启民遣兄子毗黎伽特勒,入朝行在,且附表请入塞迎驾。炀帝不允,遣归毗黎伽特勒,令启民在帐守候。又过二月有余,山路始通,方再从赤岸泽出发,北至榆林郡,意欲出塞耀兵,道出突厥部落,进指涿郡,恐启民不免惊惶,特先遣武卫将军长孙晟,往谕帝意。启民奉旨,召集属部各酋长,约数十人,与晟相见。晟见牙帐中芜秽拉杂,欲令启民亲自芟蕱,为诸部倡,乃佯指帐前

第九十二回　巡塞北厚抚启民汗　幸河西穷讨吐谷浑

青草道："此草留植帐前，大约根必甚香。"启民未悟，拔草嗅鼻，毫无香气，遂答言不香。晟微哂道："天子巡幸，诸侯王宜躬自扫除，表明敬意。今牙内芜秽，我还道是留种香草，哪知却是寻常植物呢。"启民至此，始知晟有意嘲讽，慌忙谢罪道："这是奴不经意的过失。奴辈骨肉，皆天子所赐，得效筋力，岂敢惮劳？不过因僻居塞外，未知大法，今幸将军教奴，使奴得达诚驾前，受惠正不少哩。"说着，即拔佩刀自芟庭草。帐下贵人达官，及诸部酋长，亦相率仿效，才阅数刻，已将庭草除尽。他如帐外杂草，亦遣番役随处扫除，长孙晟辞回榆林，报明炀帝。晟用伪言，说动启民，亦非待人以诚之道。炀帝便发榆林北境，东达蓟州。沿途建筑御道，长三千里，广且百步。启民可汗带同义成公主，来朝行宫，还有吐谷浑、高昌两国，亦遣使入贡。炀帝大悦，盛宴启民夫妇，与两国使臣，越宿复亲御北楼，望河观渔，并赐百僚会宴。启民可汗又献名马至三千匹，炀帝赐帛至一万三千匹，启民复上表道：

窃念圣人先帝怜臣，赐臣安义公主，种种无乏，臣兄弟嫉妒，共欲杀臣，臣当是时，走无所适，仰视惟天，俯视惟地，奉身委命，依归先帝。先帝怜臣且死，养而生之，以臣为大可汗，还抚突厥之民，至尊今御天下，仍如先帝养生，臣及突厥之民，种种无乏。臣荷戴圣恩，言不能尽，臣今非昔日之突厥可汗，乃是至尊臣民，愿率部落，变改衣服，一如华夏，仰乞天慈，不违所请，谨此上闻！

炀帝览表，未以为然，因令群臣集议，群臣多请依启民言。炀帝始终不从，乃下诏答启民道：

先王建国，夷夏殊风，君子教民，不求变俗，断发文身，咸安其性，旃裘卉服，各尚所宜。因而利之，其道弘矣，何必拘拘削衽，縻以长缨，岂遂性之至理，非包含之远度。衣服不同，既辨要荒之叙，庶类区别，弥见天地之情。况碛北未静，犹须征战，峨冠博带，更属非宜，但使好心恭顺，固无庸变服为也。特此复谕！

这谕既下，又令宇文恺特设大帐，帐中可容数千人。炀帝亲御大帐，南向高坐，两旁备设仪卫，下作散乐。启民率酋长三千五百人，入帐朝谒，由炀帝尽赐盛宴，笙醴杂陈。诸胡骇悦，争献牛羊驼马数千万蹄。炀帝亦命发帛二十万段，作为答赐，并赏启民辂车乘马，鼓吹幡旗，赞拜不名，位在诸侯王上。寻又发丁男百余万人增筑长城，西距榆林，东至紫河。尚书左仆射苏威,力谏不听,太常卿高颎,礼部尚书宇文弨,音注见前。光禄大夫贺若弼,互有私议,大略谓:"待遇启民,未免过厚。"偏有媚臣诣子,奏劾三人怨谤,炀帝最恨直言,既有所闻,也不暇辨明是非,况与高颎本有宿忿,贺若弼又为颎所荐引,宇文闿也与颎友善,索性一律加罪,并置死刑。诏敕一颁,可怜三大臣俱无辜遭戮,骈首行辕。苏威亦连坐罢官。还有内史令萧琮,系是萧皇后兄弟,素邀恩眷,受爵莒国公,他与贺若弼往来莫逆,弼既被杀,复有童谣云:"萧萧亦复起。"炀帝因疑及萧琮,亦令罢官还家。嗣又出巡云中,溯金河而上,甲士前呼后拥,共达五十余万,旌旗辎重,千里不绝。令宇文恺等造观风行殿,内容数百人,可离可合,下施轮轴,倏忽推移,并筑置行城,周二千步,用布为干,上蔽以布。涂饰丹青,楼橹悉备,胡人俱惊为神奇。每在御营十里外,屈膝稽颡,无敢乘马。启民还至牙帐,饰庐清道,恭候乘舆。越旬余始见驾至,由启民跪迎入帐,奉觞上寿。王侯以下,均袒割帐前,莫或仰视。炀帝万分快活,即事赋诗道:

汗民启热厚北塞迎

鹿塞鸿旗驻,龙庭翠辇回。毡帷望风举,穹庐向日开。呼韩顿颡至,屠耆接踵来。呼韩、屠耆皆汉时单于名。索辫擎膻肉,韦韝献酒杯。何如汉天子,空上单于台。

启民奉觞既毕,面奏有高丽使臣来聘,不敢隐讳。炀帝即传高丽使臣入见,使臣惶恐顿首,乃使牛弘宣旨,谕高丽使臣道:"朕因启民诚心奉国,所以亲至彼帐,明年当诣涿郡,汝可还语汝王,宜早来朝,勿生疑惧。朕一视同仁,待遇亦如启民,若敢违朕命,必与启民同巡汝土,休得后悔!"为后文东征张本。高丽使唯唯而去。炀帝留宿启民牙帐,约有数日,萧后亦幸义成公主帐中。炀帝赐启民夫妇,金瓮各一,他如衣服被褥锦彩等,不可胜计。番酋以下,各赏赉有差。时已仲秋,启銮南归,使启民扈从入塞,行至定襄,乃令归藩。车驾返至太原,更营晋阳宫,为李渊据宫伏案。遂上太行山,开直道九十里,南通济源。幸御史大夫张衡宅中,留宴三日,才回东京。会西域诸胡,多至张掖交市,有诏使吏部侍郎裴矩,掌管市易事宜。矩访诸商胡,得悉西域山川风俗,特撰西域图记三卷,入朝奏闻。且别绘道里,分为三路。北路入伊吾,中路入高昌,南路入鄯善,总汇处在敦煌。略言:"国家威德及远,欲西度昆仑,易如反掌,只因突厥吐谷浑,分领羌胡,遏绝道途,所以未通朝贡。今得商胡密送诚款,愿为臣妾,但使一介行人,往抚诸番,自然帖服,无烦兵革。"云云。炀帝大喜,赐帛五百匹,每日引矩至御座前,问西域事。矩复盛称胡地多产珍宝,吐谷浑容易吞灭,惹得炀帝野心勃勃,也想似秦皇、汉武一般,侥功外域。于是任矩为黄门侍郎,使至张掖,引致诸胡。胡人本无意服隋,由矩用利相啖,诱令入朝,西域诸国,贪利东来,络绎不绝,所经郡县,动需送迎,糜费以亿万计,这也是中国疲敝的一大原因。

炀帝意尚未餍,至大业四年春季,复发河北诸军百余万众,穿永济渠引沁水南达黄河,北通涿郡,丁壮不敷差遣,竟至役及妇女。一面再筑长城,自榆谷东迤,又数百里,劳民伤财,不问可知。炀帝复游幸五原,顺道巡阅长城,仪卫繁盛,不亚前时。更有一种极大坏处,为炀帝杀身亡国的祸根,他生平喜新厌故,无论子女玉帛,宫室苑囿,一经享受,便觉生厌,暇时辄搜罗各处舆图,一一亲览,遇有胜地名区,常令建设行宫,所以晋阳宫尚未告竣,汾阳宫又复兴工,视民命如草芥,看金钱如粪土。又遣谒者崔君肃,赍诏往谕西突厥,征使朝贡。

自大逻便据突厥西境,号阿波可汗,突厥遂分东西二部,阿波旋为处罗侯所执,事见前文。国人另拥立泥利可汗。泥利传子达漫,称泥撅处罗可汗。处罗可汗母向氏,本中国人,因泥利病死,不耐寡居,转嫁泥利弟婆实特勒。开皇末年,向氏夫妇入朝,适值达头为乱,不敢西归,乃留居长安。及达头逃亡,西路少通。处罗可汗颇忆念生母,遣使入塞,访母所在。可巧裴矩出屯敦煌,得知此信,遂奏请招抚处罗。崔君肃奉诏西行,驰入西突厥牙帐,处罗踞坐胡床,不肯起迎,君肃正色与语道:"突厥中分为二,每岁交兵,经数十年,莫能相灭。今启民举部内附,借兵天朝,共灭可汗,天子已经俯允,师出有期,只因可汗母向夫人,留住京师,日夕守阙,吁请停兵,愿嘱可汗内属。天子格外加怜,故遣我到此,传达谕旨。今可汗乃如此倨慢,是向夫人有欺君大罪,必将伏尸都市,传首虏庭。且发大隋将士,合东国部众,左提右挈,来击可汗,试问可汗能自保否?奈何争小节,昧大局,违君弃母,自取灭亡?"说到"亡"字,那处罗已矍然起座,流涕再拜,跪受诏书。君肃又说处罗道:"启民内属,受赐甚厚,所以国富兵强。今可汗后附,欲与启民争宠,必须深结天子,方得如愿。"处罗闻言,忙向君肃问计。君肃道:"吐谷浑为启民妇家,今天子以义成公主嫁启民,启民畏天子威灵,与吐谷浑断绝亲交,吐谷浑亦因此怀恨,不修职贡,可汗若请讨吐谷浑,会同上国兵马,出境夹攻,定可破虏,然后躬自入朝,既邀主眷,复谒母颜,岂非一举两得么?"娓娓动听,才辩颇类长孙晟。处罗大喜,厚待君肃,寻即遣使随行,贡汗血马。并表请会讨吐谷浑。炀帝面谕来使,以隔岁为期,来使奉命去讫。

流光如驶,一瞬经年,已是大业五年。春光明媚,冰泮雪融。炀帝乃整顿行装,出巡河右,时裴矩已诱令铁勒部,袭破吐谷浑,吐谷浑可汗伏允,夸吕次子。东走

第九十二回　巡塞北厚抚启民汗　幸河西穷讨吐谷浑

西平境,遣人入塞,乞请援师。炀帝正欲击吐谷浑,乘机发兵,即遣安德王杨雄出浇河。许公宇文述出西平,托词迎允,实嘱使袭取庐帐。伏允却也狡猾,探知隋兵势盛,不敢迎降,复率众奔雪山。宇文述引兵迫住,连拔曼头、赤水二城,斩首三千余级,获王公以下二百人,虏男女四千口而还。所有吐谷浑故地,东西亘四千里,南北阔二千里,皆为隋有。分置郡县镇守,徙天下轻罪实边。炀帝又欲亲自耀威,出临平关,越黄河,入西平,陈兵阅武,将穷讨吐谷浑,特命内史元寿南逼金山,兵部尚书段文振北逼雪山,太仆卿杨义臣东屯琵琶峡,将军张寿西屯泥岭,四面围聚,为掩取伏允计。伏允率数十骑潜遁,嘱部酋诈为伏允,保守车我真山。隋右屯卫大将军张定和,恃勇无谋,自请往捕,身不被甲,即入山搜寻,不料山谷里面,伏兵四布,任你如何能耐,终是双手不敌四拳,白白的丧失性命。只有裨将柳武建,步步为营,得免险难。且斩俘吐谷浑兵数百人,左光禄大夫梁默等,追讨伏允,也被伏允诱斩。卫尉卿刘权出伊吾道,总算虏得千余口,回来报功。炀帝亲至燕支山,高昌王麴伯雅,伊吞吐屯没,官名,系突厥之监守伊吾者。及西域二十七国使臣,俱伏谒道旁。炀帝预嘱河西士女,盛饰纵观,夸耀富有,如有车服未鲜,令郡县督率改制,因此骑乘炫目,绵亘通衢。吐屯没请献地数千里,炀帝当然喜慰,分置西海、河源、鄯善、且末等郡,令刘权居守河源,大开屯田,捍御吐谷浑,通道西域。并因裴矩绥远有功,进授银青光禄大夫。小子有诗叹道:

有道明王守四夷,何劳玉帛示羁縻?
凿空博望犹遭议,况复隋臣好尚欺。

欲知炀帝西巡余事,待至下回再详。

本回述炀帝之好大喜功,北巡西讨,可谓隋朝极盛时代。突厥内附,启民可汗恭顺无违,炀帝亲幸庐帐,索辫擘肉,韦剧献酒,何其盛也?及西巡河右,出临平关,穷追吐谷浑,虽张定和、梁默等,均陷没敌中,然观燕支山之受谒诸羌,道旁罗拜,亦曷尝不足诧人?奢淫如炀帝,有此幸遇,岂非意外尊荣?然炎炎者灭,隆隆者绝,以炀帝之无功无德,乃有此羌胡之归命,是正所谓天夺之鉴而益其疾也。况外人并非心悦诚服,无非贪利而来,我之利有穷时,彼之贪无穷境,利尽而彼即掉头去矣,彼去而我益困。外患未来,内讧先起,瓦解土崩,有必然者,此裴矩之所以难辞祸首也。

第九十三回

端门街陈戏示番夷　观澜亭献诗逢鬼魅

却说高昌王曲伯雅,及伊吾吐屯没等来朝行在,由炀帝特设观风行殿,召入赐宴;此外如蛮夷使臣,陪列阶庭,差不多有一二千人。炀帝命奏九部乐,并及鱼龙杂戏,备极喧阗。宴罢散席,复搬出许多绢帛,遍赐夷人,不过博得几声万岁的欢呼,又耗去若干资财。至车驾东还时,行过大斗拔谷,山路仄狭,仅容一人一骑,鱼贯而行;又值天气寒冷,风雪晦冥,前后不能相顾,累得断断续续,劳乏不堪;驴马十死八九,吏卒亦多致僵毙,后宫妃主,或狼狈相失,与军士杂宿山间,徒落得男女无别,一塌糊涂。跟畜生同行,还要辨什么雌雄?

炀帝顺便入西京,住了两三个月,因长安无可游玩,很不耐烦,仍转赴东京。时已改称东京为东都,视为乐国,不愿再入长安。从此朝朝暮暮,酒地花天,再加四面八方,按时进贡,有献明珠异宝,有献虎豹犀象,有献名马,有献美女,一古脑儿收入西苑,留供宸赏。独道州献入一个矮民,姓王名义,生得眉浓目秀,舌巧心灵。炀帝召入,见他身材短小,举止玲珑,也觉奇异得很,却故意地诘问道:"汝有什么技能,敢来自献?"王义从容答道:"陛下怀柔远人,不弃刍荛,所以南楚小民,也来观化。虽无奇能绝技,却有一片愚忱,仰乞圣恩收录!"炀帝笑道:"朕有无数文臣猛将,没一个不竭诚事朕,要汝何用?"义又道:"圣恩宽大,惠及困穷,小臣系远方废民,无处求生,只好自投阙下,冀沐生成。"炀帝最喜谀言,听得王义数语,如漆投胶,不熔自化,便命他留侍左右,就便驱策。好在王义知情识意,一经差遣,俱能曲体上心,无孔不入,因此炀帝逐渐宠爱,几乎顷刻不能相离。

一日辍朝入宫,回头见王义随着,不禁皱眉道:"汝事朕多时,深合朕意,可惜非宫中物,不能随入宫中。"说着,又叹了几声,竟自入宫。义不好随入,但在宫门外痴然立着。凑巧有个老太监张成,自宫中出来,瞧着王义情状,问为何事踌躇?义便将炀帝谕言,重述一遍,且欲张

第九十三回 端门街陈戏示番夷 观澜亭献诗逢鬼魅

成设法,为入宫计。张成微哂道:"如欲入宫,除非净身不可。"义尚未知净身二字的意义?及张成再与说明,义竟不管死活,托张成替他买药,忍心自宫,接连病了数日。炀帝不免问及,经张成代为报明,益使炀帝感动,叹为忠义。及王义疮痕既愈,便令出入宫寝,有时使睡御榻下面,视作宫女一般。割势以媚君,殊非人情。

至大业六年正月,有盗数十人,素冠练衣,焚香持花,自称弥勒佛,竟潜入建国门,劫夺卫士甲仗,共谋作乱。亏得炀帝次子齐王暕,率兵出御,得将群盗诛死。暕有此功绩,并因元德太子早逝,位次当立,但暕生平渔色,尝私纳柳氏女为妾,并与妃姊韦氏相奸。韦氏已为元氏妇,无端为齐王所占,当然不服,虽未敢上书诉讼,怨谤已传达都中。暕毫不顾忌,反召相士,遍视后庭。相士谓韦氏当为皇后,暕益自喜,且恐炀帝册立嫡孙,阴嘱巫觋为厌蛊术,事皆被泄。府僚如长史柳謇之以下,多半得罪,韦氏亦坐是赐死。大约是阎罗王请去为后了。暕爵位未削,已失宠爱,故始终不得立储。惟都中有盗,也是一种骇闻,炀帝不以为意,仍然照常行乐。

会值诸番入朝,酋长毕集东都,炀帝又要夸张富丽,暗暗传旨,不论城内城外,所有酒馆饭肆,如遇番人饮食,俱要将上等酒肴款待,不得索钱;再命有司在端门街

上,搭设许多锦栅,排列许多绣帐,就是丛林杂树中,也都缠着缯帛,一面传集乐户,或歌或舞,有几处放烟火,有几处打鞦韆,有几处耍长竿,有几处蹴圆球,百戏杂陈,哗闹得不可名状。即如吹箫品竹的伶工,且

多至万八千人。自昏达旦,连日不休,外人看了,相率惊异道:"中国如此繁华,真不愧为天朝哩。"于是成群结队,纷纷游赏,或到酒肆中饮酒,或到饭店中吃饭,壶中无非佳酿,盘中悉是珍馐;及醉饱以后,取钱给值,偏肆主俱摇手道:"不要不要,我中国富饶得很,区区酒肴,算什么钱哩!"外人越觉称奇,便来来往往,饮过了酒,又去重饮,吃过了饭,又去重吃,乐得屠门大嚼,快我朵颐。有几个狡黠的胡奴,穿街逐巷,偶见穷民褴褛得很,体无完褐,不禁笑问市人道:"中国亦有贫家,何不将树上缯帛,给与了他,免得悬鹑百结哩?"市人惭不能答。炀帝哪里得知,一任外人游宴兼旬,方才遣归;且盛称裴矩才能,顾语群臣道:"裴矩大识朕意,凡所奏陈,统是朕欲行未行,倘非奉国尽心,怎能得此?"群臣无敢异议,也不过随声附和罢了。

　　是时炀帝幸臣,除裴矩外,尚有大将军宇文述,内史诗郎虞世基,御史大夫裴蕴,光禄大夫郭衍,工部尚书宇文恺等,皆以谄媚得宠。衍尝劝炀帝五日一视朝,炀帝嗫嚅道:"恐违先例。"衍又说道:"陛下御宇,与高祖不同,高祖手定天下,应该宵衣旰食,今四海承平,府库充实,何必效法先人,自取勤苦呢?"炀帝乃心喜道:"郭衍与朕同心,才不愧是忠臣。"以佞为忠,怎能长治?独司隶大夫薛道衡,上高祖颂,炀帝怅然道:"这乃是《鱼藻》的寓意哩。"看官听着!《鱼藻》是《小雅》篇名,诗序谓刺周幽王。炀帝以道衡隐寓讥刺,将加罪谴,会议行新令,历久未决。道衡语人道:"向使高颎不死,裁决已多时了。"裴蕴与道衡未协,因劾道衡负才怨望,目无君上。炀帝即收系道衡,处以绞罪,妻子俱流徙且末,天下称冤。御史大夫张衡已出为榆林太守,寻复调督江都宫役。衡恃有旧功,颇自骄贵,惟闻薛道衡被戮,也为不平。适礼部尚书杨玄感,即杨素子奉使至江都,与衡相见。衡他无所言,但说薛道衡枉死,至再至三。玄感即据言上报,又有江都丞王世充,奏称衡克减顿具,两人共劾一衡,不由炀帝不信,立发缇骑械衡,即欲加诛,转思大宝殿事,全出衡力,见九十回。不得不暂从宽典,免官贷死,放归田里。吏部尚书牛弘,学博量宏,素安沉默,得进位上大将军,改授右光禄大夫,至是病死,赙赠甚厚,追封文安侯,赐谥曰宪。隋朝文武官吏,惟弘富贵终身,不遭侮辱。史称他事上尽礼,待下尽仁,所以无好无恶,安然没世。弘弟名弼,好酒使性,尝射杀弘驾车牛,弘自公退食,妻迎语道:"叔射杀牛。"

第九十三回　端门街陈戏示番夷　观澜亭献诗逢鬼魅

弘怡然道："便可作脯。"至弘既坐定,妻又与语道："叔忽射杀牛,大是异事。"弘但言已知,仍然无言。宽和如此,故终得免难。看官以为如弘行止,究竟可取不可取？想列位自有定评,无庸小子哓哓了。同流合污,为德之贼。

且说炀帝安处东都,与萧后及十六院夫人,整日行乐。显仁宫及芳华苑,两处交通,中为复道,夹植长松高柳,御驾往来无常时,侍卫多夹道值宿,后庭佳丽,日多一日,今夕到这院留宿,明日到那院盘桓,或私自勾挑,或暗中牵合,不但十六院夫人,多被宠幸,就是三百二十名美女,有时凑着机缘,也得幸沾雨露。最邀宠的有几个芳名,什么朱贵儿、什么袁宝儿、什么韩俊娥、还有雅娘、杏娘、妥娘等美人,几不辨甚么姓氏,但教容貌生得俊媚,身材生得袅娜,都蒙皇恩下逮,命抱衾裯。甚至僧尼道士,亦召入同游,叫作四道场。或在苑中盛陈酒馔,不分男女,随派入座。从前高祖嫔御,往往令与皇孙燕王侊,梁公萧巨,千牛官名左右宇文皛,同列一席；僧尼道士,令与女官同列一席；自与后妃宠姬,同列一席。履舄交错,巾钗厮混,简直是不拘形迹,杂乱无章。甚至杨氏妇女,擅有姿色,亦公然留髡。就是妃嫔公主,亦免不得与幸臣交欢。女官尼觋,勾通僧道。炀帝也置诸不问,算是盛世宏恩。该谐得妙。又尝泛舟五湖,御制《望江南》八阕,分咏湖上八景,小子叙录如下：

（一）湖上月,偏照列仙家。水浸寒光铺枕簟,浪摇晴影走金蛇,偏欲泛灵槎。光景好,轻彩望中斜。清露冷侵银兔影,西风吹落桂枝花,开宴思无涯。

（二）湖上柳,烟里不胜摧。宿雾洗开明媚眼,东风摇动好腰肢,烟雨更相宜。环曲岸,阴伏画桥低。线拂行人春晚后,絮飞晴雪暖风时,幽意更依依。

（三）湖上雪,风急堕还多。轻片有时敲竹户,素华无韵入澄波,望外玉相磨。湖水远,天地色相和。仰面莫思梁苑赋,朝来且听玉人歌,不醉拟如何？

（四）湖上草,碧翠浪通津。修带不为歌舞缓,浓铺堪作醉人茵,无意衬香衾。晴霁后,颜色一般新。游子不归生满地,佳人远意寄青春,留咏卒难伸。

（五）湖上花,天水浸灵芽。浅蕊水边勾玉粉,浓苞天外剪明霞,只在列仙家。开烂漫,插鬓若相遮。水殿春寒幽冷艳,玉轩晴照暖添华,清赏思何赊?

(六)湖上女,精选正轻盈。犹恨乍离金殿侣,相将尽是采莲人,清唱漫频频。轩内好,嬉戏下龙津。玉管朱弦闻尽夜,踏青斗草事青春,玉辇从群真。

(七)湖上酒,终日助清欢。檀板轻声银甲缓,醁浮香米玉蛆寒,醉眼暗相看。春殿晚,仙艳奉杯盘。湖上风光真可爱,醉乡天地就中宽,帝主正清安。

(八)湖上水,流绕禁园中。斜日缓摇清翠动,落花香暖众纹红,苹末起清风。闲纵目,鱼跃小莲东。泛泛轻摇兰棹稳,沉沉寒影上仙宫,远意更重重。

这八阕词句,令宫女演习歌唱,每当月夜泛湖,歌声四起,一派脆生生的娇喉,真个似黄莺百啭,悦耳动人。就中有几个通文侍女,更将原阕分成波折,抑扬顿挫,愈觉旖旎风光,足动炀帝游兴。

一夕,炀帝泛舟北海,与内侍十数人同登海山,忽月光被薄云遮住,夜色迷濛,当然是不便上登,就在海旁观澜亭中小憩。炀帝正带着三分酒意,醉眼模糊,凭栏四望,恍惚有一扁舟过来,舟中似有数人,还疑是十六院中的美人儿,前来迎驾。霎时间驶在亭前,有一人首先登岸,报称陈后主谒驾。炀帝忘他已死,且前与陈后主时常会晤,颇觉气味相投,至此即令传见,才阅片时,果见陈后主款段前来,所着服饰,仿佛似做长城公形状。炀帝忙起身相迎,陈后主屈身再拜。炀帝忙用手挽住道:"朕与卿本是故交,何必拘此大礼。"说着,便令他旁坐。彼此已经坐定,陈后主开口道:"忆昔与陛下交游,情爱与骨肉相同,今日陛下贵为天子,富有四海,尚记得陈叔宝否?"炀帝惊问道:"卿别来已久,今在何处?"陈后主道:"亡国主子,何处寄身?无非往来飘泊,做一个异乡孤客罢了。"炀帝又道:"卿如何知朕在此,前来一会?"陈后主道:"闻陛下得登大宝,安享承平,心甚钦服,但初意总道陛下勤政爱民,得臻至治,哪知陛下亦纵乐忘返,取快目前,无甚美政。今又凿通洪渠,东游维扬,自觉一时技痒,特来献诗数章。"说罢,便从怀中取出一纸,捧呈炀帝。炀帝闻陈后主言,已是不悦,勉强接阅诗词,巧值月色渐明,乃凝神细视,但见纸上写着:

第九十三回　端门街陈戏示番夷　观澜亭献诗逢鬼魅

隋室开兹水，初心谋大赊。一千里力役，百万民呼嗟。水殿不复返，龙舟成小瑕。溢流随陡岸，浊浪喷黄沙。两人迎客至，三月柳飞花。日脚沉云外，榆梢噪冥鸦。如今游子俗，异日便天家。且乐人间景，休寻海上槎。人喧舟傍岸，风细锦帆斜。莫言无后利，千古壮京华。

炀帝阅罢，似解非解，但诗意总带着讥讽，不由得愤怒起来，便拂衣起坐道："死生有命，兴亡有数，尔怎知我开河通渠，徒利后人？"陈后主亦起身道："看汝豪气，能得几日，恐将来结果，还不及我哩。"一面说，一面走。炀帝亦从后追逐，又听陈后主揶揄道："且去且去！后日吴公台下，少不得与汝相见。"炀帝也不辨语意，尚用力追去。那陈后主已是下舟，舟中有一绝世美人，花容玉貌，倾国倾城，可惜月光半明半灭，急切里看不清楚，正思回呼左右，拘留此舟，不料海面上卷起一阵阴风，吹得毛骨森竖，待至风过浪平，连扁舟俱已不见，还有什么丽姝。观此可以悟道。炀帝到了此时，方猛然惊悟，自思叔宝早死，舟中美人，大约便是张丽华，两人都是鬼魂，如何与我相见？当下吓了一身冷汗，便把双眼睁开，仔细一望，仍然坐在亭中，便问左右道："你等曾看见什么？"左右道："不曾看见什么，但见万岁爷默然无言，恍似假寐，所以不敢惊动。"炀帝越加惊疑，忙出乘原舟，返入西苑，就近至迎晖院来。院妃王夫人接着，炀帝便与谈及陈后主相见事，王夫人也觉称奇，独朱贵儿入侍道："日有所思，夜有所梦，莫非陛下回忆张丽华，所以幻出这般奇梦。且怎知非花月精魂，晓得万岁在海中寂寞，故来与陛下相戏，此等幻梦，何足介意！"实是被鬼揶揄。炀帝听了，方才释疑。是夕便在迎晖院留宿，不劳絮叙。

既而夏气暄烦，苑中草木虽多，遮不住天空炎日，昼间未便冶游，到了日沉月上，清风拂暑，院落迎凉，炀帝但带着矮民王义，悄悄的入栖鸾院，院妃李庆儿方仰卧帘下，沉睡未醒，可巧月光映面，炀帝见她柳眉半蹙，檀口微张，杏靥上现出一种慌张情态，好似欲言难言，炀帝指语王义道："她莫非梦魇不成，快与我叫她醒来！"义走到榻前，连叫数声李娘娘。庆儿方得醒寤，已挣得满身珠汗，弱不胜娇。炀帝亲自将她扶起，坐了半晌，方才明白，起身下拜道："妾适在梦寐，未知驾临，有失迎候！"炀帝道："且住！卿梦中有何急事，露出这般慌张？"庆儿道："妾正在梦魇,亏得陛下着人唤醒,但梦中情节支离,是吉是凶,妾不敢直说。"炀帝道:"但说何妨。"庆儿道:"妾梦见陛下如平时一般,携了妾臂,往游各院,到了第十院中,李

花盛开,陛下入院高坐,开宴赏花,妾仍侍侧,哪知一阵风起,花光变作火光,烈腾腾的烧将过来,妾避火急奔,回视陛下尚在烈焰中,急忙呼人救驾,偏偏四面无人,妾正急杀,却得陛下唤醒,这梦不知主何吉凶?"炀帝沉吟半晌,方强解道:"梦兆往往相反,梦死正是得生,火势威烈,朕坐火中,正是得威得势,有何不吉?"庆儿乃喜。炀帝复令摆酒压惊,饮到夜静更阑,方共作阳台好梦。

晓起已迟,出过明霞院,正与院妃杨夫人相值。杨夫人且笑且语道:"陛下来得正好,妾正要前来报喜。"炀帝问有什么喜事?杨夫人道:"酸枣县所献玉李,竟尔暴兴,荫达数亩。"炀帝淡淡地答道:"玉李何故忽盛?"杨夫人道:"昨夕院中各人,闻空中有人聚语道'李木当茂',今晓往视,果然茂盛无比。"炀帝正因庆儿梦见李花,今又闻玉李忽盛,料知不是吉兆,便顾语王义道:"你去传语院役,还将玉李伐去。"义答道:"木德来助,正是瑞应,即使不祥,亦望陛下修德禳灾,伐树何益?"语颇有理。炀帝乃止,就在明霞院中勾留一日。越宿,往幸晨光院,院妃周夫人迎报道:"院中杨梅,今已繁盛。"炀帝喜问道:"杨梅茂盛,能如玉李否?"旁有宫女答道:"尚不及玉李的浓荫。"炀帝不答,掉头径去。后来梅李同时结实,院妃采实进献。炀帝问二果孰佳?院妃道:"杨梅虽好,味带清酸,终不若玉李甘美。"炀帝叹道:"恶梅好李,岂是

人情,莫非此中寓有天意么?"小子叙述至此,因作诗评驳道:

汤孙修德蹶祥桑,玉李何能为国殃?

怪底昏君终不悟,徒将气运诿穹苍。

未几夏尽秋来,草木皆凋,炀帝又欲往幸江都,后妃等多不愿行,设法阻止。究竟能否阻住炀帝,且至下回续叙。

陈百戏于端门,全是一种张皇气象。不知外夷之向背,非在中国之富贫。且糜费愈甚,财力益枵,国赋所出,全在民力,民力已尽,试问将何以御外人?甚矣哉炀帝之愚也!且外人谓中国亦有贫民,何不将树上缯帛与之?其于中国之情势,已了如指掌;德不足怀,威不足畏,徒为外人所嘲讽,果奚补乎?海山见陈后主一节,正史不详,惟韩偓《海山记》,却有此说。运衰遇鬼,炀帝之气焰,已将尽矣。后文如庆儿之梦魇,玉李之忽茂,俱自韩偓记中采取而来。近如坊间之《隋唐演义》、《隋炀艳史》,亦尝采人,但彼多附会,此从简明,终非穿凿者所得比也。

第九十四回

征高丽劳兵动众　溃萨水折将丧师

却说大业六年,炀帝又欲南幸江都,因为洛阳宫苑,草木俱凋,无可留玩,偶然忆及江都富丽,且有琼花一株,非常鲜艳,前次曾经看过,此时不知如何景色,所以更欲一观。惟萧后以下,不耐跋涉,好好的婉言劝阻,偏炀帝执意不从,且对后妃等说道:"卿等俱到过江都,应亦领略风景,与此处不同,不要说山川秀美,就是一花一木,也比此地格外鲜妍。并有琼花一株,是绝无仅有的珍品,今虽草木零落,当不似此间寂寞,所以朕更欲一游,聊抒愁闷。"说至此,有一美人接入道:"陛下要不致寂寞,亦没有难事,限妾三日,管教这芳华苑中,百花开放。"炀帝瞧着,乃是清修院内的秦夫人,不禁冷笑道:"卿有什么神术,能使万象回春?"秦夫人嫣然道:"妾怎敢在天子前,谬作诳言?待三日后,自见分晓。"炀帝将信将疑,好容易过了三日,便至苑中探验真伪,一入苑门,果然花木盛开,芳菲斗艳,就是池沼中荷芰菱茨等类,亦皆翠叶纷披,澄鲜可爱。当下惊喜得很,极口称奇。那十六院夫人,已带了许多宫女,出来迎驾。秦夫人先笑问道:"苑中花木,比江都何如?"炀帝迟疑道:"朕且问卿这般幻术,从何处学来?否则现在天气,哪里有这样繁盛?"众夫人听了此语,不禁哑然失笑,惹得炀帝越觉动疑。再三穷诘,方由大众奏明,乃是翦彩为花,制锦作叶,费了三日三夜的工夫,才布置得簇簇新新。炀帝仔细审视,方能辨明赝鼎,确是一个糊涂虫。又向秦夫人说道:"似卿这么慧想,也好算巧夺天工了。"遂与众夫人到处游玩,但见红一团,绿一簇,仿佛与春间无二。待至游兴已阑,便往清修院中,小作勾留。秦夫人早已备好肴馔,请炀帝上坐,自与众夫人递相劝酬,把炀帝灌得烂醉,便在院中倦卧。到了酒销醉醒,已是昏黄,众夫人俱已散去,但有秦夫人侍坐榻前,瞧见炀帝醒来,当然递过香茗,畀他解渴。炀帝见秦夫人晚妆如画,别饶丰韵,不由得引起欲火,索性叫她卸衣侍寝。秦夫人乐得承恩,先替炀帝脱去龙袍,然后自己亦解衣入帏,云雨巫山,销魂真个,这也是数见不鲜,不容描摹了。

且说秦夫人翦彩为花,制锦作叶,又把炀帝留住游赏,安居一二旬,但假花假叶,色易黯敝,虽经宫人时常掉换,终究是鱼目混珠,艳而不芳。炀帝复觉生厌,仍决计往江都一行。后妃等不好拦阻,听他启銮,惟萧后未曾随往,十六院夫人,也不过去了一小半。外如宫娥彩女,随意拣选数百名,随着炀帝,仍坐龙舟南驶。沿途自有卫士拥护,不过比第一次南下时,已觉得轻车减从,许多简便,途中观山览水,随意消遣,不多日已抵江都。江都宫监王世充,已将宫室赶筑,大致告成,并选得若干美女,入宫执役,一闻驾到,便出郊迎谒,导引炀帝入城。炀帝至宫中巡视,凡一切布置,尽皆合意,又见诸宫女统来叩谒,无一非仪容俊雅,眉目轻盈。炀帝顾着世充,很是嘉奖。世充口才,本来便佞,又经炀帝奖赏,更觉极口献谀,炀帝便将所携金帛,赏给若干,世充当然拜谢。且知炀帝嗜好,惟酒与色,便即呈上美酒盛馔,并令在宫女役,各携乐器,弹唱歌舞。那吴女一副歌喉,乃是天生成的娇脆,不比那北里胭脂,细中带粗,炀帝听了,只觉得靡靡动人,沁及心脾。惟所歌的多是本乡小调,不甚合宜,乃命世充录述《清夜游》曲,指导宫女,这《清夜游》曲系炀帝自撰,东都宫女,都能口诵,经世充录示诸女,到底吴中丽质,聪慧过人,有一半粗通文墨,用心默记,便能一一背诵,随口成腔;于是一半儿唱歌,一半儿鼓乐,炀帝且饮且听,但闻清声摇曳,歌云:

洛阳城里清夜矣,见碧云散尽,凉天如水,须臾山川生色,河汉无声,一轮金镜飞起,照琼楼玉宇,银殿瑶台,清虚澄澈真无比。良夜情不已,数千万乘骑,纵游西苑,天街御道平如砥,马上乐竹媚丝姣,奥中宴金甘玉旨。试凭三吊五,能几人不愧圣德穷华靡,须记取隋家潇洒王妃,风流天子。这是补录《清夜游》曲,故借此叙入,看官莫被瞒过!

炀帝见吴女绣口锦心,乐不可支,等到酒阑歌罢,便就吴女中拣选数名,留之旁侍。世充已知炀帝微意,即请炀帝安寝,拜辞出宫。炀帝挈领数名侍女,退入寝室,大约是轮流供御,从心所欲便了。但琼花已是凋谢,须待明春再开,炀帝就羁留江都,且思东游会稽,便命凿通江南河,自京口直达余杭,共计八百余里,使得通行龙舟。怎奈一时不能告成,只好耐心待着。

会接虎贲郎将陈棱捷报,乃是发兵航海,袭破琉球,击毙国王遏刺兜,虏归男女数千人,因此报功。原来琉球为东海岛国,风俗略似倭人,倭人即日本国,比琉球为大,大业四年,倭王阿每多利思北孤,日史称推古帝。曾贻隋书,有云:"日出处天子致书日没处天子无恙。"炀帝览书不悦,传旨鸿胪卿,谓蛮夷书如或无礼,勿再上闻。越年,乃遣文林郎裴清使倭国,倭王却优礼相待,并遣使人随贡方物。炀帝面问倭使,方知倭国东南,尚有琉球,因遣羽骑尉朱宽入海,赍诏宣抚。偏琉球国王不肯奉诏,宽当即还报,始令陈棱袭击。棱既得破灭琉球,炀帝更欲从事高丽,征高丽王高元入朝。看官阅过上文,应知炀帝在突厥时,已谕令高丽使臣,饬令朝贡。见九十二回。此时已越两年,高丽王并未应命,再行遣使征召,仍然不至。炀帝不禁动怒,拟即发兵亲征,课令天下富民,买马给役,每匹贵至十万钱,并饬戍官镇将,简阅器仗,务求精新,如或滥恶,立诛无贷。为这一役,又不免骚动中原。天下本无事,庸人自扰之。

到了大业七年的仲春,炀帝自江都出发,带了许多宫女,仍驾龙舟,经过永济渠,北向涿郡,途次颁诏四方,不论远近将士,概令会齐涿郡,东讨高丽。又敕幽州总管元弘嗣,速往东莱海口,造船三百艘。弘嗣不敢违慢,带同属吏,昼夜督造,工役日立水中,未尝少休,自腰以下,均皆生蛆,几乎十死三四。炀帝轻视民命,又发江、淮以南水手万人,弩手三万人,岭南排镩手三万人,并饬河南、淮南、江南三处,造戎车五万乘,送至高阳,供载衣甲幔幕,令兵士自挽赴军,再调两河民夫,供给军需。嗣又拨派江、淮民船,输运黎阳及洛口诸仓米,并至涿郡。舳舻千里,往返常数十万人,日夕不停,死亡相继。炀帝行抵涿郡,驻驾临朔宫,所有文武从官,俱令给宅安居,自在宫中迷恋酒色,不减平时。惟朝征粮,暮征兵,三令五申,不管兵民死活。可奈道途多阻,转运维艰,一时不能会集,没奈何捱延过去。自大业七年初夏开始,直至次年孟春,天下兵民,方趋集涿郡。

炀帝召入合水令庾质,当面询问道:"高丽兵民,不能当我一郡,今朕悉众往讨,卿以为必克否?"庾质答道:"以众临寡,何患不克?但不愿陛下亲行。"炀帝变色道:"朕统兵至此,怎可未战先退,自挫锐气?"质又说道:"胜负乃兵家常事,战若未克,反损威灵,不如车驾留此,但命猛将劲卒,指授方略,倍道兼行,出敌不意,方可必克。兵贵神速,迂

第九十四回　征高丽劳兵动众　溃萨水折将丧师

缓便恐无功了。"炀帝不从,反叱责道:"汝既惮行,尽可留此。"遂诏分全军为左右两翼,左十二军出镂方、乐浪等道,右十二军出粘蝉、襄平等道,络绎登程,总集平壤,共得一百十三万三千八百人,号称二百万,馈运饷糒,人数加倍。炀帝祃纛启行,亲授节度,每军置大将亚将各一人,骑兵四十队,队各百人,十队为团,步兵八十队,分作四团,团各有偏将一人,铠胄缨拂旗幨,每团异色,辎重散兵等,亦为四团,令步兵夹进,进止立营,各有次序。前军先行,后军继进,相距约四十里。御营六军,最后出发。历四十日,方才尽出涿城,首尾衔接。鼓角相闻,旌旗绵亘九百六十里,直是近古以来,少见少闻的军仪。不是行军,实同儿戏。途次,复令段文振为左候卫大将军,出南苏道,文振在道中婴疾,上表行在,略云:

窃见辽东小丑,未服严刑,远烦六师,亲劳万乘。但夷狄多诈,须随时加防,即日陈降款,亦不宜遽受。惟虑水潦方降,毋或淹迟,伏愿严勒诸军,星驰速发,水陆俱前,出其不意,则平壤孤城,势可拔也。若倾其本根,余城自克。如不及早裁定,待遇秋霖,必多艰阻,兵粮既竭,强敌在前,鞿鞨出后,迟疑不决,非上策也。臣不幸遘疾,命在须臾,恐不能效力戎行,为国杀贼,自知罪戾,有孚圣恩,所望陛下扫除小丑,指日凯旋,则臣虽死,亦瞑目矣。谨此上闻!

炀帝览表,尚未以为然,未几,即接到文振死耗,炀帝虽然痛惜,但如文振表中所言,仍是疑信参半,好几日始至辽水,众军总会,临水为阵。高丽兵阻水拒守,隋军不得前济。右屯卫大将军麦铁杖语人道:"丈夫性命,自有定数,怎能卧死儿女子手中呢?"乃自请为前锋,并语三子道:"我受国厚恩,今当死战。我若战死,汝等得长保富贵了。"为儿孙作马牛,亦属何苦。会工部尚书宇文恺,奉敕造浮桥三道,竟夜告成,引桥架辽水上面,自西至东,桥短丈余,不能相通,高丽兵大至,隋兵赴水接战,溺死甚众。麦铁杖一跃登岸,闯入高丽阵内,虎贲郎将钱世雄、孟义,亦跃过中流,与麦铁杖先后杀入,十荡十决,差不多与猛虎一般,高丽兵亦被杀无数。怎奈后队不能跃上,徒令三人奋身死斗,毕竟势孤力竭,相继捐躯。隋军不得已敛兵引桥,复就西岸。

炀帝闻铁杖战死,追赠为宿郡公,使长子孟才袭爵,次子仲才、季才,并拜正议大夫。更命少府监何稠,督工接桥,二日乃成,再架水上。诸军依次奋进,得渡辽水,大战东岸,杀得高丽兵七零八落,死了万人,余众都遁入辽东城。隋军乘势进攻,把辽东城团团围住。炀帝亦渡辽东进,命尚书卫文升招抚辽左人民,免役十年,且下诏戒谕诸将道:"朕此次东征,吊民伐罪,并非为功名起见,诸将或不识朕意,轻兵袭击,孤军独斗,徒思为己立功,冀邀爵赏,实非大军行法本旨。卿等进军,但当分为三道,有所攻击,必须三道相知,毋得轻进,猝致丧亡。并且军事进止,概宜预先奏闻,静待复报,如有专擅,就使有功,亦必加罪。"还想沽名,比宋襄犹且不如。诸将接到这道谕旨,莫敢先动。

高丽兵守御辽东城,日久未下。炀帝又觉焦急,亲阅城池形势,但见城不甚高,濠亦不甚广,偏如此旷日无功,想是将士疲玩所致,因复召诸将诘责道:"尔等竟视朕为木偶么?朕欲东征,尔等多不愿朕来,今朕既到此,正欲观尔等所为,果然尔等畏死,不肯尽力,难道朕不能加刑,乃敢这般玩法么?"说至此,声色俱厉。自相矛盾,叫人如何措手?诸将相率惊惶,并皆谢罪。于是右翊卫大将军来护儿,决计进攻平壤,自率江、淮水军,浮海先进,渡入浿水,去平壤约六十里,与高丽兵遇,乘锐邀击,大破敌兵,便麾兵进攻平壤城。副总管周法尚,从旁谏阻,谓宜俟各军偕至,然后进攻。护儿不听,即简精甲四万,直逼城下。高丽兵出来搦战,护儿督兵交锋,未及数合,高丽兵便即退回。护儿驱军入城,城门却也未闭,一任隋军掩入。明是诈计。隋军一入城阃,就分头四掠,无复

第九十四回　征高丽劳兵动众　溃萨水折将丧师

步伍,哪知城闉左右的空寺中,都有高丽兵伏着,一声胡哨,两旁杀出,好似斫瓜切菜一般。护儿见不是路,忙鸣金收军,军士半在城内,半在城外,内外不复相顾,死的死,逃的逃。护儿狼狈逃回,高丽兵在后追逐,还亏周法尚整军接战,方将高丽兵击退。护儿收拾残众,还屯海浦,不敢再进。其进锐者其退速。

左翊卫大将军宇文述,出扶余道;右翊卫大将军于仲文,出乐浪道;左骁卫大将军荆元恒,出辽东道;右翊卫将军薛世雄,出沃沮道;右屯卫将军辛世雄,出玄菟道;右御卫将军张瑾,出襄平道;右武候将军赵孝才,出碣石道;涿郡太守左武卫将军崔弘升,出遂城道;右御卫虎贲郎将卫文升,出增地道。这九军同时出发,约至鸭绿水西岸会齐。人马皆赍百日粮,又给排甲枪槊,并衣资戎具营帐等类,每人须负重三石,力不能胜。宇文述下令军中,如有遗弃粮仗,立斩无赦。士卒不堪负担,悄悄地掘了坑堑,埋窖粟米,才至中道,粮已将尽。高丽遣大臣乙支文德,诣营诈降。于仲文拟拘住文德,偏尚书右丞刘士龙为慰抚使,谓不应遽执来使,失外人心。仲文乃遣归文德,嗣复自悔,遣人往追,但说是尚有余议,诱令复来,那文德掉头不顾,渡江自去。仲文既失文德,甚是懊怅,及与宇文述相会,述因粮尽欲归,仲文还说是亟追文德,可以报功,述不愿再行。仲文悻然道:"将军统十万众,不能击破小丑,何面目回见主上?且仲文此行,早知无功,试想将多士众,人不一心,如何胜敌?"述不得已与诸将渡过鸭绿水,力迫文德。

高丽将士见隋军已有饥色,料知不能久持,佯用羸兵诱敌,每战辄走。自朝至暮,述七战七捷,恃胜骤骄,遂东渡萨水,距平壤城三十里,因山为营。文德复遣人诈降,向述传语道:"公若旋师,当奉高元来朝行在。"述见士卒疲敝,不可复战,又见平壤城险固难下,权时允许,引军西还。令部众结一方阵,防备不虞。果然高丽兵四面抄击,没奈何且战且行。及回渡萨水,各军半济,高丽兵从后掩击,隋将军辛世雄阵亡。隋军已无斗志,又见世雄战死,顿时惊溃,不可禁止。一日一夜,奔还鸭绿水,行至四百五十里。来护儿闻述等败归,亦自海浦奔回,惟卫文升一军独全。

先是九军渡辽,共三十万五千人,及返至辽东城,止二千七百人,资储器械,丧失殆尽。炀帝大怒,锁系宇文述等,收军驰还,留民部尚书樊子盖,居守涿郡,自驾龙舟还东都。宇文述素得上宠,子士及又尚帝女南阳公主,故炀帝不忍加诛,独斩刘士龙以谢天下,夺于仲文等官爵,进卫文升为金紫光禄大

夫。诸将皆委罪仲文,所以诸将得释,惟仲文不赦。仲文忧恚成疾,方得出狱,但已是病重身危,未几即死。得保首领,还是幸事。前御史大夫张衡,已经放黜,炀帝恐他怨谤,尝令人伺察,至从辽东还驾,忽由衡妾上书告变,讦衡怨望谤讪。衡不知有君,无怪衡妾不知有衡。有诏赐令自尽,遣使监视。衡临死大言道:"我为人作何等事,还敢望久活么?"监刑官自塞两耳,促令拶毙。

未几,又是大业九年,炀帝复欲再征高丽,征集天下兵至涿郡,且募民为骁果,因命代王侑留守西京,授卫文升为刑部尚书,使辅代王。越王侗留守东都,民部尚书樊子盖为辅,再议东击高丽,并诏复宇文述官爵,谓前时兵粮不继,致丧王师,这是由军吏供应不周,并非述罪,可仍令以原官统军,寻又加开府仪同三司。孟夏四月,复启跸东征,遣宇文述为前驱,与上大将军杨义臣,同趋平壤。左光禄大夫王仁恭,出扶余道,仁恭进军至新城,高丽兵数万拒战,仁恭率劲骑千人,首先突阵,击破高丽兵。高丽兵入城固守,炀帝自统大军攻辽东城,守兵随机守御,兼旬不拔,炀帝遍征攻具,四面扑城,仰攻用楼梯,俯攻用錾凿,终不见效。乃又饬造布囊百余万件,满贮土石,堆积城下,高与城齐,令战士上登攒击。又制八轮楼车,高出城墙,车上乘了弩手数百人,弯弓竞射。城中防不胜防,危蹙万状,正要一鼓攻入,不

料内讧迭起,警报频来,遂令这位荒淫骄纵的隋炀帝,只好引军折回。小子有诗叹道:

  无端劳动四方兵,功未成时祸已成。
  试看黎阳生巨变,乱阶毕竟始东征。

 欲知内乱详情,请看官续阅下回。

  炀帝之征高丽,聚天下兵顿于一城,彼不过夸耀兵威而已,安知兵法?夫曹操赤壁,苻坚淝水,皆以兵多致败,岂有劳师万里,水陆淹留,尚可痴望成功耶?庾质、段文振,相继进谏,言皆可行,乃听之藐藐,反戒诸军轻进,坐误因循,及辽东城相持不下,乃责诸军疲玩,以致来护儿、宇文述等,躁进丧师。至于督兵再举,不惩前辙,是即无内讧之猝起,恐亦不败不止耳。王者耀德不观兵,德无可言,徒欲以兵力屈人,试鉴诸隋炀而已然矣。

第九十五回

杨玄感兵败死穷途　斛斯政拘回遭惨戮

　　却说高丽事起，征兵索粮，骚动天下，百姓不堪供亿，铤而走险，相聚为盗。邹平民王薄，据长白山，*此系山东之长白山*。自称知世郎。平原民刘霸道，据豆子䴚，号为阿舅贼。蓨人高士达，聚众清河，鄃人张金称，聚众河曲，还有漳南人窦建德，也与同县孙安祖，戕官起事，攻陷高鸡泊，做起草头大王来了。既而济阴孟海公，齐郡孟让，北海郭方预，平原郝孝德，河间格谦，渤海孙宣雅，接踵为乱。暴客饥民，相率趋集，多或至十余万人，少亦数万，所在剽掠，村邑为墟。是时承平日久，人不习兵，地方官吏，与贼接战，往往败却。惟齐郡丞张须，骁勇果决，连败王薄、郭方预等，须陀部下有罗士信，年方十四，持槊当先，贼不敢进，每次交锋，必与须陀并进，贼众无不辟易，所以战无不克。但群盗如毛，山东糜烂，单靠张须陀一军，也只能保护一方，不能四面兼顾，坐是彼出此没，无术荡平。炀帝虽有所闻，尚说是么小贼，不足为虑，所以再出东征。偏有一个勋臣后裔，也乘势揭竿，起兵黎阳，遂令炀帝心中惶急，不得不搁起外事，还戢内忧。

　　看官道黎阳起事，究是何人？原来就是楚国公杨素子玄感。*本回以玄感为主，故上文群盗，只用简笔略过*。玄感体貌雄伟，膂力强盛，善骑射，好宾客。蒲山郡公李密，世为北周将领，父宽为隋初柱国，密得袭父爵，官左亲侍，与玄感为刎颈交。密有智术，尝语玄感道："临阵决胜，密不如公；居内运筹，公不如密。"玄感深服密言，故往来莫逆。会玄感迁任礼部尚书，奉炀帝诏敕，至黎阳督运，因闻山东盗起，乱事已发，料知天下从此多事，且乃父死时，炀帝尝谓素若不死，终当族灭，因此引以为忧。虎贲郎将王仲伯，汲郡赞治赵怀义，并为玄感腹心。玄感密与计议，欲令东征各军，乏粮致变，特使粮船故意逗留，可以伺隙起兵。玄感弟武贲郎将玄纵，及鹰扬郎将万硕，均从征辽东，由玄感密书招还。又令人至京师召出李密，令与季弟玄挺，同抵黎阳。适将军来护儿，调集

第九十五回　杨玄感兵败死穷途　斛斯政拘回遭惨戮

舟师,从东莱入海,将趋平壤。玄感即欲发难,暗遣家奴绕道东方,伪充驿使入城,托言护儿愆期谋反,煽惑人心,遂径入黎阳城,大索男夫。并移书旁郡,以讨护儿为名,令各发兵,会集仓所。既欲发难,何妨声明昏主过恶。乃徒诬及来护儿,欺诱军吏,是与汉王谅起兵时同一谬误。即用赵怀义为卫州刺史,东光县尉元务本为黎州刺史,河内主簿唐祎为怀州刺史。唐祎不肯受令,暗地逃回。

御史游元,与玄感共同督运,亦有违言。玄感与语道:"独夫肆虐,陷身绝域,正是天使灭亡,我今大举义师,往诛无道,君意以为何如?"元正色道:"尊公荷国宠荣,近古无比,公门皆拖青纡紫,正应竭诚尽节,上答鸿恩,奈何坟土未干,即图反噬?仆但知以死报君,不敢闻命。"玄感怒起,把他囚住,元始终不屈,竟为玄感所杀。乃就运夫中选集丁壮,得五千余人,舟子三千余人,刑牲誓众,当面宣谕道:"主上无道,不念民生,天下骚扰,从征辽东的兵民,死了无数,今与君等起兵,往救百姓,岂不甚善?"大众踊跃听命。玄感大喜,遂勒兵分部。可巧李密与玄挺偕来,玄感倒屣迎入,向密问计。密答说道:"天子远在辽东,公能出其不意,长驱入蓟,扼住咽喉,高丽闻有内变,必从后蹑击。不出旬日,征东各军,资粮皆尽,就使不降,亦必溃散,这乃是今日的上计。"玄感道:"中策若何?"密又道:"关中为都城所在,今若率众西行,经城勿攻,直取长安,天子虽还,根本已失。公据险临敌,进可战,退可守,尚不失为中计。"玄感又道:"此外便为下策吗?"密复道:"公若随近逐便,直向东都,一鼓突入,亦足号令四方,但恐唐祎往告,先已固守,引兵攻战,必延岁月。百日不克,天下兵四面兜聚,大势一去,恐无能为了。"李密三策,剀切详明。玄感笑道:"今百官家口,俱在东都,我若得取,先声夺人,从征官吏,不寒而栗,如公下计,实是上策。若冒险入蓟,恐成孤注,改图关中,又嫌迁远。且经城勿攻,如何示威?我却不愿出此哩。"遂不从密言,竟引众向洛阳,遣弟玄挺率骁勇千人,充作前锋,先取河内。唐祎已入城拒守,一面飞报东都留守越王侗。侗急与樊子盖等,勒兵为备,修武县兵民,亦相率守临清关。玄感不能度,乃至汲郡南渡河,亡命诸徒,相从如市。不到数日,有众数万,乃使弟积善,率兵三千,自偃师南沿洛水,向西进取,玄挺自白司马坡逾邙山,向南进行,玄感自领三千余人,从后接应。

东都留守越王侗，遣河南令达奚善意，统兵五千人，出拒积善，将作监河南赞治裴弘策，统兵八千人，出拒玄挺。善意至洛南，立营汉王寺，及积善兵到，未战即溃，铠仗皆为积善所取。弘策行至白司马坂，一战败走，退三四里，复收集散兵，列阵待着。玄挺徐至，连战至四五次，弘策皆败，奔还东都，玄挺直抵大阳门，玄感亦从后继至，屯上春门，尝对众宣誓道："我身为上柱国，家累巨万金，还要求什么富贵？今起兵来此，不顾灭族，无非欲解百姓倒悬，不得不尔，请大众原谅？"众闻言皆悦，父老争献牛酒，子弟亦诣军门自效，每日不下千数。内史舍人韦福嗣，出敌玄感，兵败被擒。玄感优礼相待，使掌文翰，令贻樊子盖书，直数炀帝罪恶，谓欲废昏立明，请勿拘小礼，自贻伊戚。子盖不答，复使裴弘策出战，弘策失利而还。子盖部署败军，再使弘策出击，弘策不肯行，被子盖叱出斩首，由是将吏震肃，令行禁止。玄感尽锐攻城，子盖随方拒守，一守一攻，杀伤相当。

西京留守代王侑，闻东都被围，忙遣副守卫文升督兵往援。文升至华阴，掘杨素冢，暴骨扬灰，遂鼓行出崤渑，直趋东都，率二万骑挑战。玄感用羸兵诱敌，精兵后伏，引卫文升兵追来，一声鼓号，四面伏发，杀死文升兵无数。文升慌忙逃回，前驱已经尽毙，无一得生。越三日再行交兵，两军初合，玄感诈使人大呼道："官军已获得玄感了。"文升兵莫名其妙，东张西望，心不一致，那玄感却带领精骑数千，突入文升阵内。文升麾下，统被吓退，就是文升亦似入梦中，只好随众并走。玄感趁势斩获，一场蹂躏，把文升部曲三四万人，杀死了一大半，单剩了八千人，保护文升，狼狈退去。玄感却是能兵，可惜初计不善。玄感兵威大震，趋附益众，多至十万人。

右武候大将军李子雄，曾坐事除名，诏令从来护儿东征，图功赎罪。自玄感变起，炀帝防他潜应玄感，令锁子雄达行在，子雄竟杀死诏使，逃奔洛阳，投入玄感军中，劝玄感速称尊号。玄感转问李密，密答道："秦陈胜自欲称王，张耳进谏被斥，魏武帝将求九锡，荀彧劝阻见诛，今密欲正言相规，还恐追踪二子，若阿谀顺意，又与密本意相违，试想公自黎阳起兵，虽得战胜数次，究竟未定一郡，未服一县，至若东都守御，坚固难拔，天下救兵，指日将至，公不速挺身力战，早定关中，乃急欲自尊，未免示人不广，请公三思！"玄感狞笑无言，暂将称尊事缓议，但心中不免芥

第九十五回　杨玄感兵败死穷途　斛斯政拘回遭惨戮

蒂,渐与密疏,专任元福嗣为心膂。福嗣每与划策,首鼠两端,密复谏玄感道:"福嗣本非同盟,实怀观望,明公初起大事,乃令奸人在侧,为所摇惑,他日必误军机,不如先诛为是。"玄感摇首道:"君所言太过,福嗣亦何至如此。"密退语所亲道:"杨公不信忠言,反毗匪类,恐我辈将一同为虏了。"何不速去?

已而炀帝返至涿郡,发兵四逼,使武贲郎将陈棱攻黎阳,武卫将军屈突通诣河阳,左翊卫大将军宇文述继进,右骁卫大将军来护儿,又从东莱还援,就是两战两败的卫文升,亦收拾余烬,进屯邙山南面,来决死战,与玄感一日数斗。玄感弟玄挺,伤重而死,余众少却。玄感方才知惧,又闻屈突通引兵将到,忙与李子雄商量对敌。子雄道:"屈突通晓习兵事,一得渡河,胜负难料,宜速分兵往拒,休使越河前来。"玄感依议,便欲遣兵拒通,偏樊子盖瞧破机关,屡出兵来扰玄感军营。玄感无暇分兵,眼见得屈突通军,长驱直至,于是东有屈突通,西有卫文升,更兼樊子盖自出夹攻,三路动手,任尔杨玄感如何骁勇,也是招架不住,三战三北,无法支持。玄感再向李子雄请计,子雄道:"东都援军四集,我师屡败,怎可久留?不如直入关中,据有府库,东向争天下,尚不失为霸王事业哩。"迟了。玄感乃释洛阳围,引众西行,至弘农宫。父老遮说玄感道:"宫城空虚,又多积粟,何不急攻?"玄感遂留兵攻扑,李密以为未可,促令急行,玄感仍然不从。督攻三日,终不能拔。还贪近利,不亡何时?那屈突通、宇文述等,陆续追至,玄感又不得不走,与追军且战且行。路过董杜原,为追军所困,玄感大败,仅率十余骑溃围出走,窜林木间,辗转至葭芦戍,饥渴交迫。玄感自知不免,返顾后面,只弟积善随着,乃泣叹道:"一败至此,尚有何言?我不能受人戮辱,汝可杀我。"积善情尚未忍,忽见后面尘头大起,料有官军追来,因抽刀斫死玄感,继即自刺,手颤刀落,已有追兵驰至,拘住积善,并玄感首俱送行在。积善伏诛,玄感首悬示行宫,并命将遗尸磔陈东都市。越三日,脔割付火,尽成灰烬。玄感弟玄纵万硕,自辽东潜逃,万硕至高阳,为监军许华所执,送斩涿郡。玄纵至黎阳,探得玄感败亡,微服私奔,不知下落。尚有义阳太守玄奖,朝请大夫仁行,皆玄感弟,一在义阳受诛,一在长安被磔,余党悉平,独李密逃去。为后文伏案。

炀帝尚欲穷治党羽,命大理卿郑善果至东都,从严推勘。善果奋然道:"玄感一呼,相从至十万人,可见天下不欲人多,多即为盗,不尽加诛,如何惩后?"遂派兵四捕,不分首从,一概枭首,所杀至三万余人。兵部侍郎斛斯政从驾东征,

连营屡败兵感玄杨

曾与玄感暗地通谋,至是恐株连坐罪,亡入高丽。政与弘化留守元弘嗣有婚媾谊,炀帝因政逃亡,遂疑及弘嗣,立遣卫尉少卿李渊,驰至弘化,把弘嗣拘入狱中,即令渊为留守。看官听说!这卫尉少卿李渊,系陇西郡成纪人,表字叔德,生得仪表雄伟,日角龙庭,若要追溯李氏世系,就是西凉武昭王暠七世孙,祖名虎,佐周代魏,赐姓大野氏。虎殁时得加封唐公,子炳袭爵。渊即炳子,复袭荣封,官拜卫尉少卿。至是留守弘化,便是唐朝发轫的初基。<small>唐室始祖,应该详叙</small>。炀帝怎能预料,总道他事君不贰,简放出去。那时李渊也确是效忠,依诏奉行。

炀帝自涿郡西还,安安稳稳的到了长安,但各处盗贼,仍所在蜂起。余杭人刘元进,手长尺余,臂垂过膝,自谓相表非常,阴蓄异志,当玄感起兵时,亦招集徒党,臂应玄感。玄感败死,元进气焰未衰,反得众数万人。吴郡人朱燮,晋陵人管崇,且纠合亡命,攻破吴郡,迎入刘元进,奉为天子。燮与崇为左右尚书仆射,署置百官。毗陵、会稽、建安诸郡民,多半响应。炀帝闻报,亟遣将军吐万绪,光禄大夫鱼俱罗,率兵南讨,击斩管崇。元进与燮结栅拒绪,屡败屡战,终不少怠。绪因士卒疲敝,奏称天气骤寒,请待来春进讨。俱罗亦上言贼难骤平,且因诸子在洛,潜遣家仆往迎,偏为炀帝所闻,敕诛俱罗,召绪还京,另遣江都丞王世充讨元进,绪在道忧死。世充调兵渡江,连战皆捷,毙朱燮,枭刘元进,余贼

第九十五回　杨玄感兵败死穷途　斛斯政拘回遭惨戮

四散。世充佯为下令,投降免死。散贼多闻风来降,共约三万余人,被世充引至黄亭涧,悉数坑死。尚有未降诸贼,自知不能逃生,索性再聚为盗,出没江淮。章邱、杜伏威,年仅十六,勇冠贼中,共推为主。临济辅公祏,下邳苗海潮,亦勾通伏威,横行淮南。就是山东诸盗,亦迭起不已。惟唐县出了一个妖人宋子贤,自称弥勒佛出世,不到数月,总算伏法。哪知东边的弥勒佛,方才扑灭,西方的弥勒佛,又复出现。扶风僧徒向海明,也自号弥勒佛,哄动愚夫愚妇,居然造反,旋且僭称皇帝,改元白乌。还是隋廷用了太仆卿杨义臣,出讨海明,才得将这位弥勒皇帝,赶往西方。弥勒佛想做皇帝,无怪他不能济事。偏又贼帅唐弼,拥立李弘芝为主,有众十万,号称唐主。东反西乱,此仆彼兴,已闹得不可开交。独炀帝念念不忘高丽,反以为刁民作乱,不足计较,仍征天下兵东征,群臣莫敢进谏。

大业十年仲春,炀帝复往涿郡,士卒在途,逃亡相继,好容易到了怀远镇,已是夏尽秋来,将军来护儿为前锋,引兵至卑沙城,高丽发兵迎战,阵亡甚众,败奔平壤。护儿当然追逼,途中接得高丽来使,奉书乞降,且愿送还斛斯政。护儿飞报行在,炀帝大喜,命执斛斯政班师。护儿奉诏,报知高丽。高丽即将斛斯政交出,令护儿带归行在。炀帝命将士奏凯入关,即将高丽使臣,与罪犯斛斯政,献告太庙。出什么风头?大将军宇文述进奏道:"斛斯政有大罪,天地不容,人神同忿,若徒照国法处死,怎得惩戒乱贼?请变例处置!"炀帝允议,乃把政牵出金光门,缚诸柱上,令公卿百僚,更番迭射,以政为的。至矢集如猬,再将政尸支解,用镬烹炙,分食百官。百官多暗地抛去,惟几个佞臣媚吏,执肉大嚼,食至果腹,方才罢休。肉味如何?高丽使臣,赦免不诛,令他归语高元,速即入朝。高丽使去了多日,高元终不就征。炀帝再敕将帅整顿兵马,更图后举,但也是有名无实,行不顾言罢了。

未几,又有离石胡刘苗王造反,自称天子。汲郡人王德仁,亦起兵据林虑山,炀帝仍不以为意,又从西京出幸东都,太史令庾质谏阻道:"近年三次伐辽,民实劳敝,陛下宜镇抚关内,使百姓尽力农桑,阅三、五年,四海人民,稍得丰实,然后出巡东都,方为合宜。"炀帝不悦,决计东幸。质辞疾不从,竟至激怒炀帝,系质下狱,质旋即瘐死。炀帝径往东都,犹幸宫苑依然,后妃无恙,彼此重谈旧事,叙及东都被围情状,统是唏嘘泣下。炀帝在石榴裙下,最能体心着意,好好的温存一番,能使人破涕为笑,于是红灯绿酒,檀板金樽,重复陈设,三千粉黛,又各使出狐媚手段,挑逗炀帝。炀

帝恣情拥抱,挨次交欢,又不知有撩乱事。

温柔乡里,再过一年,是大业十一年。外面有军书报到,王世充大破齐郡贼孟让,还有余贼左孝文,也由齐郡丞张须陀讨平。炀帝很是喜慰,进世充为江都通守,须陀为河南讨捕大使。会涿郡人卢明月作乱,有众十余万,驻扎视阿。须陀发兵邀击,相持十余日,粮尽将退,顾语将士道:"贼见我退,必悉众来追,若率千人掩袭贼营,定可大捷,但不知何人敢往?"大众统面面相觑,不敢应令。独罗士信上前道:"小将愿往。"言未已,又有一裨将应声道:"琼亦愿往!"须陀大悦,便命两人悄悄出马,带着精兵千名,从旁道趋去。看官道琼是何人?原来就是历城人秦琼,表字叔宝,后来佐唐受命,绘像凌烟阁上,正是一位著名的健将。为了此人,方不略须陀之战。须陀弃营伪遁,果然贼渠卢明月,驱众力追,那罗、秦两将,探得贼众大出,便衔枚疾进,趋至贼栅。栅门已闭,两将猱升而入,杀死守贼数人,大开栅门,纳入外兵,随即放起一把无名火来,把贼寨三十余栅,一齐毁去。明月正追赶须陀,偶然回顾,遥见有一片火光,冲起霄汉,已是心惊,忽又来了一个贼目,报称营寨被焚,不得不还救根本,当下收众退回。须陀得趁势返击,大破贼众,明月只率数百骑遁去,后来转掠河南,为王世充所杀,当时谓须陀破贼,实是秦、罗二将,力破贼栅,因得立功。小子有诗叹道:

捣巢杀贼姓名标,列栅全归一炬烧。
　　可惜隋家王气尽,要图立绩在新朝。
　　须陀虽得破明月,但余贼四出,始终未能肃清,反且日甚一日。欲知后事,试看下回说明。

　　杨玄感发难黎阳,乘炀帝东征高丽,突然起兵,不可谓非良好之机会。但李密三策,以上策为最善。自来枭雄起事,非冒险不易成功。若中策则难得关中,安见隋军之不能四集?转斗于蜗角之中,坐自困敝,吾知其难也。或谓李渊得关中,终足兴唐,但彼一时,此一时,时势不同,安得相比?至下策则更不足道矣。玄感急进图功,至中策且不能用,兵败族夷,亦何足怪?但乃父杨素,实为弑君之首贼;首贼后嗣,苟能建功立业,天道何存?迫之反而绝其后,乃正所以见天道之昭昭也。斛斯政阴通玄感,亡入高丽,寻被高丽执送行在,惨死长安,政固自取其感。而炀帝之酷虐不仁,亦可概见。况用兵三次,仅得一逃犯而归。乃尚告诸太庙,置诸极刑,彼以为刑一儆百,足以威民,讵知民不畏死,奈何以死惧之?此盗贼之所以迭兴,而隋之所以终亡也。

第九十六回

犯乘舆围攻紫寨 造迷楼望断红颜

却说涿郡贼卢明月，虽然败死，上谷贼王须拔，复自称漫天王，据地称燕国，更有贼渠魏刀儿，自称历山飞，彼此各拥众十万，北连突厥，南掠燕赵。炀帝闻盗贼蜂起，户口逃亡，乃诏百姓各徙入城，就近给田。郡县驿亭村坞，概令增筑城垒，随时加防。适有方士安伽陀，上言李氏当为天子，劝炀帝尽诛李姓。炀帝王怀隐忌，又记起乃父在日，尝梦洪水淹没都城，因迁都大兴。此时有郕公李浑，为隋初太师李穆第十子，世受崇封，宗族强盛。且既是李姓，浑字右旁又是从水，并浑从子将作监李敏，小名洪儿，有此种种疑案，不能不先发制人，因召李敏入内，说他小名不佳，适应谶语。敏愿即改名，哪知炀帝是叫他自杀，免受明刑，惟一时不便出口。敏惶惧得很，及退归后，便告知从叔李浑，两下里设法求生，免不得日夕私议密图良策。偏有人传将出去，竟被宇文述闻知，这宇文述正是李浑冤家，前此李穆病殁，嫡孙筠应该袭爵，浑将筠谋死，且向述乞援，愿将采邑所出，一半酬劳，述因代为吹嘘，使浑得袭父封。后来浑竟背了前约，毫不酬述，述大生忿恨，日思报怨，可巧炀帝有疑浑意，遂暗嘱郎将裴仁基等，劾浑与敏背人私议，潜图不轨。述固贪狠，浑亦自取。炀帝遂收浑叔侄，饬问刑官从严鞫治，始终不得确证。述恐案狱平反，又使人诈诱浑妻，教她急速自首，免累家族。浑妻但求活命，竟依述言。述代为作表，诬供浑久蓄反意，前曾因车驾征辽，谋立敏为天子，事虽不果，心终未忘。这道表文，迫浑妻签名上呈，眼见是将无作有，浑与敏死有余辜了。浑欲袭封而图侄，其妻欲活命而诬夫，天道好还，安得不畏。当下颁敕诛浑，并及侄敏。浑妻总道得生，偏又被述遣人鸩死。就是李浑宗族，也一古脑儿坐罪遭刑，一班冤死鬼，共入冥府，这真叫做死不瞑目呢。都人统为浑、敏呼冤，偏亲卫校尉高德儒，奏称鸾集朝堂，显符瑞应。炀帝召问百官，是否属实？百官明知德儒捣鬼，只好说是也曾目睹，俯伏称贺。炀帝色喜，擢德儒为朝散大夫，赐帛百端。

第九十六回　犯乘舆围攻紫寨　造迷楼望断红颜

及百僚退班，互问真伪，有几个说是孔雀二头，由西苑飞集朝中，转睛间即已翔去，大家始付诸一笑，散归私第去了。这与指鹿为马，相去不远。

是时突厥启民可汗已死，子咄吉世嗣立，亦受隋廷册封，赐号始毕可汗。始毕因义成公主，尚在盛年，未免暗中生羡，即欲据为己妻，好在公主随缘乐助，也肯降尊就卑，竟与始毕成为夫妇。始毕遂援着胡俗，表请尚主，炀帝推己及人，并不加驳，反说是从俗从宜，应该准奏。始毕喜出望外，亲至东都朝谒，炀帝照章优待，慰劳有加，好几日方才辞去。始毕颇有勇略，招兵养马，部落渐盛，隋黄门侍郎裴矩，因始毕日强，恐为后患，奏请封始毕弟咄吉设为南面可汗，分减突厥势力。炀帝却也依议，便遣使册封咄吉设，怎奈咄吉设素性懦弱，不敢受诏，隋使徒劳跋涉，捧诏还朝。始毕闻报，明知隋廷是有意播弄，暗生怨怼。裴矩因初计不成，复探得突厥达官史蜀胡，为始毕谋主，遂用甘言厚币，诱他入边，暗中却设着埋伏，把史蜀胡杀死。始毕失了谋臣，越觉怀恨，从此与隋有仇。无故开衅，裴矩可杀。

会因汾阳宫告成，炀帝挈领妃嫔多名，并第三子赵王杲往幸汾阳，且恐途中遇盗，特调李渊为山西、河东抚慰大使，先往清道。渊亦姓李，名旁从水。奈何屡次重任，

岂真王者不死耶？果然有贼目母端儿，及敬盘陀等，往来龙门左右。渊发河东兵剿捕，击破母端儿，收降敬盘陀，道途肃清。炀帝乃得安抵汾阳宫，宫由新建，当然华丽异常，但为地所限，不甚闳敞。百官士卒，不能入居宫城，没奈何布散山谷，结草为营，暂时栖止。时为大业十一年初

夏,天气渐暖,炀帝欲在宫中避暑,竟留住了百余日,待至秋高气爽,本好启跸南归,偏他欲顺道北巡,复从汾阳出发,竟往塞外。既出长城,忽由突厥来了密使,乃是奉义成公主差遣,前来上书。炀帝取书披览,略瞧数行,便失色道:"不好了!不好了!始毕欲来袭我了!"说着,即命将来使留住,一面即饬扈从人等,速即回马,驰入雁门。大众闻有急变,仓猝回头,才将车驾拥返长城,把雁门关闭住。蓦闻胡哨声,号炮声,人马声,杂沓前来,当下登城北望,遥见胡骑漫山遍野,一齐驱至,前队统是弓弩手,未到关下,已是弯弓搭矢,似雨点般射来,飕的一声,把炀帝御盖穿通。炀帝把头一摸,侥幸脑上未被射着,那五尺有余的一支硬箭,从炀帝袍袖下拂落。炀帝吓得一身冷汗,忙趋还城下,与赵王杲相持涕泣,哭得双目皆肿,悔不可追。将士等前来请旨,报称始毕兵马,约有数十万人,倘若开关搠战,恐众寡不敌,不如拒守为是。炀帝踌躇多时,强勉镇定心神,令将士出外听宣,自己上马亲巡,传谕大众道:"可恨始毕,无端掩袭,尔等当努力拒贼,苟能保全,无患不富贵,向有官职,依次进阶,向无官职,便除六品。"将士等闻言踊跃,齐呼万岁,就是寻常兵民,也想乘此邀功,无一不摩拳擦掌,据关拒战。始毕麾众猛扑,守卒亦抵死不退,足足坚持了一二旬。

炀帝又诏令天下募兵,邻近守吏,各来勤王,屯卫将军云定兴,亦募集壮丁,遣令赴急,就中有一个少年豪杰,前来应募,定兴见他器宇非凡,便召问籍贯,那人答称姓李,名叫世民,乃是现任抚慰大使李渊次子。**唐太宗出现。**定兴喜道:"将门生将,古语不虚,但看汝尚属青年,恐未能为国效力。"世民朗声道:"世民年已十六,怎见得不能效劳?况将在谋不在勇,岂必临阵杀敌,方可为将么?"定兴不禁称奇,延令旁坐,问及救驾计策。世民道:"始毕骤举大兵,来围天子,必谓我仓猝不能赴援,故敢如此猖獗,此处兵少,应募诸徒,又皆乌合,不堪临敌,计惟有虚张声势,作为疑兵,日间引动旌旗,绵布数十里,夜间钲鼓相应,喧声四达,虏谓我救兵大至,不得逞志,自然望风遁去了。"**一鸣惊人。**定兴鼓掌称善,依计施行。始毕果然疑惧,不敢急攻雁门关。

炀帝又特遣密使,令突厥来使为导,相偕出关,从间道绕至突厥牙帐,请义成公主设法解围。义成公主乃致书始毕,伪称北方有急,促始毕还军。始毕不能前进,更致后顾,只得撤兵解围,嗒然引去。炀帝因

第九十六回　犯乘舆围攻紫塞　造迷楼望断红颜

始毕退还，又放大了胆，遣骑兵追蹑。始毕已经去远，只后面剩着老弱残兵，约有一二千人，被官军掳掠归来，复命报功。炀帝多命枭首，悬示关门，终不脱虚憍故智。然后启程南返。行次太原，宇文述等请仍还东都，忽有一老臣进谏道："近来盗贼不息，士马疲敝，愿陛下亟还西京，深根固本，为社稷计。"炀帝瞧着，乃是光禄大夫苏威，便怃然道："卿言甚是，朕当依卿。"威乃趋出。原来苏威自阻筑长城，忤旨被黜，未几复起任纳言，寻且进位光禄大夫，加封房公，此次亦从幸雁门，因有此请。炀帝见威已退出，复召宇文述入议。述答道："从官妻子多在东都，就使欲还西京，亦何妨先到洛阳，勾留数日，再从潼关入京，也不为迟。"炀帝本意，原欲赴洛，述希旨承颜，巧为迎合，当然语语投机，无不中听，遂不往关中，竟自太原南下，直达东都。炀帝顾视街衢，面语侍臣道："尚大有人在，不可不防。"侍臣多未明语意，唯唯而罢。嗣经慧黠诸徒，从旁窥测，才知炀帝此言，还以为前平玄感，杀人未多，余党或混迹都中，故不能无虑。其实是人民反侧，全仗君相善为慰抚，岂是一味嗜杀，所能治平？并且炀帝喜杀靳赏，性多刻薄，从前平玄感时，赏不副功，此番将士固守雁门，共计万七千人，事后录勋，只千五百人得进官阶，与在雁门时所颁谕旨，全不相符。将士以王言似戏，互有怨言，樊子盖为众上请，亦谓不宜失信。炀帝变色道："公欲收揽人心么？"子盖碰了一个钉子，哪里还敢复言。自是将士解体，各启贰心。

那炀帝益流连忘返，始终不愿入关中，整日里沉迷酒色，喝黄汤，偎红颜，尤雨殢云，不顾性命。一日，顾语近侍道："人主享天下富贵，应该竭天下欢乐，今宫苑建筑有年，虽是壮丽闳敞，足示尊荣，但可惜没有曲房小室，幽轩短槛，悄悄的寻乐追欢，若使今日有此良工，为朕造一精巧室宇，朕生平愿足，决计从此终老了。"得了大厦，还想小屋，真是欲望无穷。言未已，有近侍高昌奏陈道："臣有一友，姓项名升，系浙江人氏，尝自言能造精巧宫室，请陛下召他入问，定能别出心裁，曲中圣意。"炀帝道："既有此人，汝快去与我召来！"高昌领旨，飞马往召项升，才阅旬余，已将项升引至，入见炀帝。炀帝道："高昌荐汝能造宫室，朕嫌此处宫殿，统是阔大，没有逶迤曲折的妙趣，所以令汝另造。"升答道："小臣虽粗谙制造，只恐未当圣意，容先绘就图样，进候圣裁，然后开工。"炀帝道："汝说得甚是，但不可延挨。"升应旨出去，赶紧画图，费了好几日工夫，方将图样画就，面呈进去。炀帝展开细看，见上面绘一大楼，却有无数房间，无数门户，左一转，右一折，离离奇奇，竟看不明白。经项升在旁指示，方觉得有些头绪，便怡然道："图中有这般曲折，造将起来，当然精巧玲珑，得遂朕意。"说着，即令内侍取出彩帛百端，赏给项升，并面命即日兴工，升拜谢而出。炀帝复连下二诏，一是饬四方输运材木，一是催各郡征纳钱粮，并令舍人封德彝监督催办，如有迟延，指名参劾，不得徇私。于是募工调匠，陆续趋集，就在芳华苑东偏，拣了一块幽雅地方，依图赶筑。看官试想！天下能有多少财力，怎禁得穷奢极欲的隋炀帝，今日造宫，明日辟苑？东京才成，西苑又作，长城未了，河工又兴。还要南巡北狩，东征西略，把金钱浪掷虚化，一些儿不知节俭。就是隋文帝二十多年的积蓄，千辛万苦，省下来的民脂民膏，也被这位无道嗣君，挥霍垂尽。古人谓大俭以后，必生奢男，想是隋文帝俭啬太甚，所以有此果报呢。好大议论。

且说项升奉命筑楼，日夕构造，端的是人多事举，巧夺天工，才阅半年有余，已是十成八九，但教随处装潢，便可竣工。炀帝眼巴巴的专望楼成，一闻工将告竣，便亲往游幸，令项升引导进去，先从外面远望，楼阁参差，轩窗掩映，或斜露出几曲朱栏，或微窥见一带绣幕，珠光玉色，与日影相斗生辉，已觉得光怪陆离，异样精彩。及趋入门内，逐层游览，当中一座正殿，画栋雕甍，不胜靡丽，还是不在话下。到了楼上，只见幽房密室，错杂相间，令人接应不暇，好在万折千回，前遮后映，步步引入胜境，处处匪夷所思。玉栏朱楯，互相连属，重门复户，巧合回环，明明是在前轩，几个转弯，竟在后院；明明是在外廊，约略环绕，已在内房。这边是金虬绕栋，那边是玉兽卫门；这里是锁窗衔月，那里是珠牖迎风。炀帝东探西望，左顾右盼，累得目眩神迷，几不知身在何处，因向项升说道："汝有这般巧思，真是难得。朕虽未到过神仙洞府，想亦不过如是了。"升笑答道："还有幽秘房室，陛下尚未曾遍游。"炀帝又令项升导入，左一穿，右一折，果有许多幽奇去处。至行到绝底，已是水穷山尽，不知怎么一曲，露出一条狭路，从狭路走将过去，豁然开朗，又能有好几间琼室瑶阶，仿佛是别有洞天，不可思议。炀帝大喜道："此楼曲折迷离，不但世人到此，沉冥不知，就使真仙来游，亦为所迷，今可特赐嘉名，叫作迷楼。"愈迷愈昏，至死不悟。随即面授项升五品官阶。升俯伏谢恩。

炀帝不愿再还西苑,却叫中使许廷辅,速至宫苑中,选召若干美人,俱至迷楼。一面搬运细软物件,到楼使用,就便腾出上等绸缎千匹,赏与项升。一面加选良家童女三千名,入迷楼充作宫女,又在楼上四阁中,铺设大帐四处,逐帐赐名,第一帐叫做散春愁,第二帐叫做醉忘归,第三帐叫做夜酣香,第四帐叫做延秋月。每帐中约容数十宫女,更番轮值。炀帝除游宴外,没一日不在四帐中,干那风流勾当,所以军国大事,撇置脑后;甚至经旬匝月,不览奏牍,一任那三五幸臣,舞文弄法,搅乱朝纲。

少府监何稠又费尽巧思,造出一乘御女车,献与炀帝。什么叫做御女车呢?原来车制窄小,只容一人,惟车下备有各种机关,随意上下,可使男女交欢,不劳费力,自能控送。更有一种妙处,无论什么女子,一经上车,手足俱被钩住,不能动弹,只好躺着身子,供人摆弄。炀帝好幸童女,每嫌她娇怯推避,不能任意宣淫,既得此车,便挑选一个体态轻盈的处女,叫她上车仰卧。那处女怎知就里,即奉命登车,甫经睡倒,机关一动,立被钩住四肢,正要用力挣扎,不意龙体已压在身上,褪衣强合,无从躲闪,霎时间落红殷褥,痛痒交并,既不敢啼,又不敢骂,并且不能自主,罄控纵送,欲罢不能,没奈何咬定牙关,任他所为。炀帝此时,是快活极了,好容易过了一二时,云收雨散,方才下车。又将那女解脱身体,听她自去。破题儿第一遭,一个是半嗔半喜,一个是似醉似痴,彼此各要休养半天,毋容细叙。越日,赏赐何稠千金,稠入内叩谢,退与同僚谈及,自夸巧制。旁有一人冷笑道:"一车只容一人,尚不能算作佳器,况天子日居迷楼,正嫌楼中不能乘辇,到处须要步行,君何不续造一车,既便御女,又便登高,才算是心灵手敏呢。"稠被他一说,默然归家,日夜构思,又制了一乘转关车,几经拆造,始得告成。天下无难事,总教有心人,这乘车儿,下面架着双轮,左右暗藏枢纽,可上可下,登楼入阁,如行平地,尤妙在车中御女,仍与前车相似,自能摇动,曲尽所欢。稠既造成此车,复献将进去。炀帝当即面试,一经推动,果然是转弯抹角,上下如飞。炀帝喜不自禁,便向稠说道:"朕正苦足力难胜,今得此车,可快意逍遥,卿功甚大,但未知此车何名?"稠答道:"臣任意造成,未有定名,还求御赐名号。"炀帝道:"卿任意成车,朕任意行乐,就名为任意车罢。"一面说,一面又命取金帛,作为赏赐,且加稠为金紫光禄大夫。稠再拜而退。

嗣是炀帝在迷楼中,逐日乘着任意车,往来取乐,又命画工精绘春意图数十幅,分挂阁中,引动宫女情欲,使她人人望幸,可以遏尽欢娱。凑巧有外官卸职来朝,献入乌铜屏数十面,高五尺,阔三尺,系是磨铜为镜,光可照人。炀帝即命取入寝宫,环列榻前,每夕御女,各种情态,俱映入铜镜中,丝毫毕露。炀帝大喜道:"绘画统是虚像,惟此方得真容,胜过绘像万倍了。"魑魅魍魉,莫能遁形。遂厚赏外官,调赴美缺。只是一人的精力有限,哪能把数千美女一一召幸?就中进御的原是不少,不得进御的也是甚多。一日,由内侍呈上锦囊,内贮诗笺,不可胜计。炀帝随意抽阅数首,书法原是秀丽,诗意又极哀感,便轻轻的吟诵起来。第一纸为自感三首,诗云:

庭绝玉辇迹,芳草渐成窠。隐隐闻箫鼓,君恩何处多?欲泣不成泪,悲来强自歌。庭花方烂漫,无计奈春何?春阴正无际,独步意如何?不及闲花草,翻承雨露多。

炀帝读罢,不禁大惊道:"这明明是怨及朕躬,但既有此诗才,必具美貌,如何朕竟失记?"再阅第二纸,乃是看梅二首,诗云:

砌雪无消日,卷帘时自颦。庭梅对我有怜意,先露枝头一点春。香清寒艳好,谁惜是天真?玉梅谢后和阳至,散与群芳自在春。

再阅第三纸,有妆成一首,自伤一首,更依次看下。妆成诗云:

妆成多自惜,梦好却成悲,不及杨花意,春来到处飞。

自伤诗云:

初入承明殿,深深报未央。长门七八载,无复见君王。春寒侵入骨,独卧愁空房。飒履步庭下,幽怀空感伤。平日新爱惜,自待聊非常。色美反成弃,命薄何可量?君恩实疏远,妾意待彷徨。家岂无骨肉?偏亲老北堂。此方无双翼,何计出高墙?性命诚所重,弃割良可伤。悬帛朱梁上,肝肠如沸汤。引颈又自惜,有若丝牵肠。毅然就死地,从此归冥乡。

炀帝看到此首,越觉失惊道:"阿哟!敢是已死了么?"随即问内侍道:"此囊究是何人所遗?"内侍答道:"是宫女侯氏遗下的,现在她已缢死了。"炀帝泫然泪下,手中正取过第四纸,上有遗意一首云:

秘洞扃仙卉,幽窗锁玉人。毛君真可戮,不肯写昭君。

第九十六回　犯乘舆围攻紫寨　造迷楼望断红颜　·761·

炀帝阅到此诗，转悲为怒道："原来是这厮误事。左右快与我拿来。"左右问是何人？炀帝说是许廷辅。待左右去讫，复问内侍道："侯女死在何处？"内侍答在显仁宫。炀帝忙驾着任意车，驰往宫中。内侍引入侯氏寝室，但见侯女已经小殓，尚是颦眉颦目，含着愁容，两腮上的红晕，好似一朵带露娇花，未曾敛艳。炀帝顿足道："此已死颜色，犹美如桃花，可痛！可惜！"小子叙述至此，也不禁恻然，随笔写下一诗道：

迢迢楼望断红颜

深宫寂寞有谁怜，拚死宁将丽质捐。
我为佳人犹一慰，尚完贞体返重泉。

炀帝见侯女死状，也不顾什么秽恶，便抚尸泣语，异常悲切。欲知他如何说法，下回自当表明。

雁门之围，为炀帝一大打击，若为中知以上之君，当痛加猛省，乐不可极，欲不可穷，诚使脱围返都，改过不吝，励精图治，天下事尚可为也。乃不从苏威之言，仍至东都淫乐，项升作迷楼，何稠献御女车及任意车，竭天下之财力，供一人之荒淫，虽欲不亡，讵可得乎？惟迷楼一事，未见正史，而韩偓撰《迷楼记》，当必有所本，至若侯夫人缢死，亦在《迷楼记》中叙及，本编所采，皆出自文献所遗，非徒录坊间小说者，所得借口也。

第九十七回

御苑赏花巧演古剧　隋堤种柳快意南游

却说炀帝抚侯女遗骸,且泣且语道:"朕本爱才好色,不意宫帏里面,有卿才貌,偏不相逢,朕虽未免负卿,但卿亦命薄,朕又缘悭,此去泉台,幸勿怨朕。"说罢又哭,哭罢又说,絮絮叨叨,好似潘岳悼亡,感念不休。忽有侍卫入报道:"许廷辅拿到了。"炀帝乃出宫御殿,见了廷辅,恨不得将他一脚踢死,当下厉声诘责,问他选召宫人,何故失却侯女?就中定有隐情,速即供明。廷辅极口抵赖,炀帝即把他叱出,付与刑官严讯。及刑官承旨拷问,方知侯女不得入选,实是廷辅索赂不遂,把她埋没。刑官当即复陈,炀帝怒不可遏,立将廷辅赐死,一面自制祭文,令内侍备好香果,至侯女柩前,亲奠三樽,并朗诵祭文道:

呜呼妃子!痛哉苍天!天生妃子,貌丽色妍,奈何无禄,不享以年。十五入宫,二十归泉。长门掩采,冷月寒烟。既不遇朕,谁为妃怜?呜呼痛哉!一旦自捐,览诗追悼,已无及焉。岂无雨露,痛不妃沾,虽妃之命,实朕之愆。悲抚残生,犹似花鲜。不知色笑,何如嫣然?泪下几行,心伤如煎。纵有美酒,食不下咽。非无丝竹,耳若充瑱。妃不遇朕,长夜孤眠,朕不遇妃,遗恨九原。朕伤死后,妃苦生前。死生虽隔,情则不迁。千秋万岁,愿化双鸳。念妃香洁,酹妃兰荃。妃其有灵,来享兹筵。呜呼哀哉,痛不可言!

读罢,复泪下如丝,呜咽不止。经内侍在旁劝解,方才收泪,命照夫人礼厚葬,又敕郡县官厚恤侯夫人父母。侯氏虽生前不得受用,死后倒也备极荣华。侯女之死,还算值得。惟炀帝犹怀伤感,无从排遣,没情没趣的乘着原车,回到迷楼。众美人都已得报,联翩前来,替炀帝设法解闷,就是萧皇后也登楼劝慰,炀帝终有几分不快。凡家人到死过以后,往往令人追忆,把从前歹事撇去,专记起他的好处。况侯夫人入宫多年,并未与炀帝相会,此番见她如许清才,如许美色,怎得不悲悔交乘?体会入微。钟情深处,容易成痴,几视迷楼中许多佳丽,没一个得及侯夫人,因此闲居索兴,游玩无心。芳草尽成无意绿,夕阳都作可怜红,正是炀帝当日情景。

萧后本逢场作戏,顺风敲锣,目睹炀帝如此凄切,便乘间进言道:"侯女既死,想她何益?况天下甚大,岂无第二个侯夫人?但教留意采选,包管有绝色到来。"炀帝听了,不觉又触起往事,又想到那江都风景,便对萧后道:"朕前观壁上广陵图,忆及江东春色,贤卿劝我一游,果得饱尝风味,那年再往游览,为了东征高丽,不得久留,今日欲选择美女,除非是六朝金粉,或有遗留,若长在关洛,恐今生不能相遇了。"从炀帝口中,追叙观图一事,是为补笔。萧后自觉失言,忙转机道:"陛下何必多劳跋涉,只简放官吏数人,令往江东物色,便易办到。"炀帝道:"俗语说得好:'眼见是真。'朕看内外官吏,多半是靠不住的,倘都是许廷辅一流人物,岂不是一误再误么?"说着,即命左右往整龙舟,克日南巡。萧后知不可阻,只好听他自由。炀帝又令妃嫔侍御等整顿行装,满望即日就道,偏经内使返报:"龙舟遭劫,统被杨玄感乱党,焚毁无遗,现在只好另造了。"炀帝闻报,立即颁敕,命江都再造龙舟。江都通守王世充,素来是奉君为恶,一经奉旨,便即督工赶造,但终非咄嗟可办,总须经过若干时日,方能有成。炀帝虽然性急,也只好勉强忍耐。

那四面八方的盗贼,又复竞起。东海出了剧盗李子通,与章邱杜伏威相合,嗣复分作两路,自据海陵。城父县内的朱粲,本是一个县佐,亡命为盗,自称迦楼逻王,众至十余万。淮北贼左才相,又复四出骚扰,残忍好杀,可怜人民涂炭,家室仳离,炀帝但在迷楼中,终日沉湎,不闻世事。至大业十二年元旦,御殿受朝,有二十余郡的守吏,未尝遣使表贺,才知寇盗未靖,道梗不通,乃分遣朝使赴十二道,发兵讨捕盗贼,一面诏毗陵通守路道德,在郡东南筑造宫苑,候驾巡幸。转眼间又是上巳,天和日暖,草绿花红,西苑中湖海风光,格外明媚。炀帝召集群臣,至西苑水上会宴,命学士杜宝撰水师图经,采古水事七十二种,使朝散大夫黄衮,督率伎士,演剧水中,作傀儡戏。人物俱能自动,击鼓敲钟,不烦人力,能成节奏。又遣妓航酒船,往来穿梭,画桨齐飞,绿波似织,端的是赏心悦耳,游目骋怀。待至夕阳西下,灯火齐明,才命停罢,尽兴而归。

又越一月,西苑忽然失火,炀帝正在苑中,疑是有盗入苑,急忙避匿草间,亏得苑中人多,七手八脚,环绕拢来,你挑水,我扑火,方将祝融氏驱回。炀帝经此一吓,遂成了心悸病,每夕在睡梦中,辄呼有贼,必由数妇人在旁摇抚,乃得少眠。未几又是夏天,腐草为萤,纷飞不绝。炀帝想入非非,令宫苑内侍,齐捉萤火,收贮纱囊,得数百斛。遂乘着五月朔日,夜游海山,把纱囊中的萤火,一齐放出,光遍岩谷。都人远远望见,还道苑中又复失火,哪晓得是一片萤光呢。总算会寻快乐。

炀帝喜极归寝,酣睡一宵,越宿接到急报,乃是魏刀儿部贼甄翟儿,率众十万寇太原,将军潘长文战死。炀帝因太原要地,有此贼焰,也觉心惊,亟调山西、河东慰抚大使李渊,往讨甄翟儿。嗣是连得军警,左翊卫大将军宇文述,恐炀帝不乐,往往匿不上陈,炀帝稍有所闻,一日临朝,顾问群臣道:"近来盗贼如何?"宇文述出班奏道:"近已渐少。"光禄大夫苏威,独引身隐柱。炀帝召威过问,威答道:"臣未主军旅,不知盗贼多少,但虑盗贼渐近。"炀帝问为何因?威说道:"前日贼据长白山,今近在汜水,且往日租赋工役,今皆无着,岂不是尽化为盗么?"炀帝道:"区区小贼,尚不足虑。惟高丽王高元,至今未见来朝,实属可恨!"威复答道:"高丽在外,盗贼在内,臣谓外不足恨,内实可忧。况陛下在雁门时,许罢东征,今复欲征发,民不聊生,怎能不相率为盗呢?"炀帝勃然变色,拂袖退朝。到了端午节,百僚竞献珍玩,威独献入《尚书》一部,有人从旁谮威道:"《尚书》有五子之歌,威欲借此谤上。"炀帝正未明威意,听到此言,当然愈怒。既而复议伐高丽,廷臣莫敢进谏,独威入内奏请道:"欲讨高丽,何必发兵,但赦免各处盗贼,便可得数百万人,饬令东征,必能立功

第九十七回　御苑赏花巧演古剧　隋堤种柳快意南游

赎罪,高丽不难平服了。"炀帝不答,面有愠色,威当即趋出,御史大夫裴蕴进奏道:"威大不逊,天下何处有许多盗贼。"炀帝恨恨道:"老革犹言多兵多奸,虚张贼势,意欲胁朕,朕拟令人批颊,因念他是多年耆旧,所以忍耐一二。"蕴亦辞退,另唆人上章劾威,说他前时典选,滥授人官。炀帝即夺去威官,除名为民。过了月余,又有人讦威私通突厥。裴蕴奏诏推按,证成威罪,请即处死。还是炀帝不忍加诛,许贷一死,惟并威子孙三世除名。

时光易过,又是秋来,江都新造龙舟,报称完工,制度比前日宏丽。炀帝甚喜,即拟南幸,江都留越王侗居守。右候卫大将军赵才进谏道:"今百姓疲劳,府藏空竭,盗贼蜂起,禁令不行,愿陛下亟还西京,安抚兆庶,奈何反欲南巡呢?"炀帝大怒,命将才拘系狱中。建节尉任宗,奉信郎崔民象及王爱仁,先后谏阻,均为所杀。他人乃莫敢进言。这番南巡,自后妃以下,尽行带去,外如仪仗一切,比第一次还要繁盛。甫出西苑,见有一人俯伏在地,口称小臣送驾,语带呜咽。炀帝从辇中俯视,乃是西苑令马守忠,便道:"汝在此看守西苑,不劳送行。"守忠道:"銮舆已经出发,料难挽回,只望陛下早日还驾,小臣愿整顿西苑,敬候乘舆。"说罢,泪如雨下。炀帝亦不觉怅然,半晌又说道:"朕偶然游幸,自当早回,何必这般过悲。"守忠道:"陛下造这西苑,不知费了多少财力,始得有此五湖四海三神山十六院的风景,陛下岂不爱恋?乃舍此远游,致小臣对景伤心,故不禁下泪。"炀帝黯然道:"朕难道永离此苑?但教汝好生看守,毋使园林零落,殿宇萧条。"说至此,因口占一诗道:"我慕江都好,征辽亦偶然。但存颜色在,离别只今年。"吟罢,命从吏录出,递与守忠,留别宫人。守忠乃起,让过銮驾。左右见守忠奏请,炀帝答言,均寓悲感,统有些诧异起来,死机已兆。但也只好隐忍过去,拥了御驾,行至河滨。炀帝下辇登舟,望见新造船只,多半有云龙装饰,灿烂夺目,当然欣慰,便与萧后分坐最大的龙舟。十六院夫人,亦各坐龙舟一艘,规模略小。此外美人,也都一一分派,各有坐船。文武百官,或在船中居住,或在岸上夹护,鱼贯前进,连绵不绝。非奉停泊号令,就是夜间,亦要进行。起程这一夕,秋高气爽,水面上的凉飔阵阵,拂除那日间余暑,炀帝却不能安睡,起开舰窗,眺望夜景,但听得一片歌声,顺风刮来。歌云:

我兄征辽东,饿死青山下;今我挽龙舟,又困隋堤道。方今天下饥,路粮无些小,前去千万里,此身安可保?暴骨枕荒沙,幽魂泣烟草;悲损门内妻,望断吾家老。安得义男儿?焚此无主尸;引其孤魂回,负其白骨归。

炀帝听罢,禁不住心中气愤,便令左右缉捕歌夫。左右奉命往捕,闹了半夜,并无踪迹,炀帝亦傍徨不寐,等到天晓,经左右复报,但说是没人唱歌,所以无从缉捕。炀帝虽然惊疑,却也只好略过一边,仍命启行。越日,天气忽然暴热,竟致秋行夏令,好似盛暑一般。龙舟虽然宽敞,尚觉得天气困人。岸上牵缆诸役夫,统是挥汗如雨,不胜劳惫。炀帝亦为怜悯,用翰林学士虞世基言,令就汴渠两堤,移裡柳枝。且诏谕地方人民,献柳一株,即赏一缣。是时柳尚未凋,百姓都掘柳来献,炀帝从舟中登岸,自种一株,作为首倡,百官亦各种一株,然后令百姓分种,照柳给赏。百姓非常踊跃,越种越多,且随口编出几句歌谣道:"栽柳树,大家来,好遮阴又好当柴。天子自栽,然后百姓栽。"炀帝听着,满心欢喜,又取钱散给百姓,并亲书金牌,悬挂最高的柳树上,赐柳姓杨,因此后人呼柳为杨柳。说本韩偓《开河记》,但古时杨柳并称,训诂家谓杨枝上挺,柳枝下垂,今混称杨柳,是否起于隋时,待考。

嗣是柳荫满堤,迷天一碧,自大梁迤逦南下,到处都种柳树,顿时化热为凉,无风亦韵。江都通守王世充,又献上吴越女子五百名,在半途供应役使。炀帝也

隋堤种柳快意南游

不暇细阅,但使彼充作殿脚女,在岸上同牵船缆。每船用殿脚女十人,

第九十七回　御苑赏花巧演古剧　隋堤种柳快意南游　·767·

嫩羊十口,相间而行。于是蛾眉成队,粉黛分行,彩袖勃空,一路上绮罗荡漾,香风蹴地,两岸边兰麝氤氲。炀帝看了,喜不自胜,蓦见一个女子,生得非常俊俏,也夹在殿脚女中,好似鹤立鸡群,不同凡艳。炀帝不觉失声道:"如此妙女,怎得使充贱役?"遂令左右宣召进来。既到面前,果然是明眸皓齿,玉貌花肤,更有两道黛眉,状如新月,格外动怜。炀帝笑滋滋地问道:"汝是何处人?姓甚名谁?"那女子跪答道:"贱婢乃姑苏人氏,姓吴名绛仙。"炀帝赞叹道:"好一个绛仙眉黛,可留此侍朕,不劳牵缆。"当下传将出去,着派他女另补,就叫绛仙在旁侍酒。到了夜间,便挽绛仙入帏,演了一出水上鸳鸯,不消细说。又是一好女儿晦气。绛仙既得宠幸,便珠膏玉沐,愈觉鲜妍,那黛眉更画得精工,就是文君再世,亦恐要输她一筹,又妙在知书识字,颇善诗歌。炀帝似遇洛妃,如逢神女,覆雨翻云,一些儿不嫌寂寞。

　　及行过雍邱,渐达宁陵地界,忽由虎贲郎将护缆使鲜于俱入奏道:"前面水势湍急,阻碍龙舟,急切里驶不上去。"炀帝道:"朕尝两幸江都,并没有什么搁浅,为何今日有此阻碍?"说着,便召宇文述等同入御舟,问个明白。宇文述道:"从前占天监耿纯臣上言,睢阳有王气环绕,此处地近睢阳,想是地脉灵长,所以浅深忽变。"炀帝道:"就是地脉变迁,也没有这般迅速。"当下检查当日凿河人员,所有宁陵至睢阳一路,乃是总管麻叔谋监工,可巧麻叔谋亦扈驾同行,一召便至。炀帝当即盘问,叔谋道:"臣前时监工凿河,测量甚准,并没有什么浅深。今日忽然淤浅,连臣也不知何因。"炀帝道:"想是开河工役,偷工躲懒,不曾挖得妥当,遂致今日搁浅,这却如何区处?"叔谋道:"容臣再去开挖,将功赎罪。"炀帝道:"若只一处搁浅,还易为力,只怕前途还有浅处,须要探视才是。"护缆使鲜于俱道:"臣看水势湍急,人不能下去,篙又打不到底,怎能探试明白?"翰林学士虞世基接入道:"这却不难,请为铁脚木鹅,长一丈二尺,上流放下,如木鹅拦住,便是浅处。"炀帝依议,亟令右翊卫将军刘岑,制造木鹅,往验浅深。及刘岑返报,自雍邱至灌口,共有一百二十九处淤浅。炀帝大怒道:"这明明是从前工役,不肯尽心开掘,致误国家大事,若非严法处死,如何镇压天下?"遂令刘岑往淤浅处,查究役夫姓名,悉行捕住,把他倒埋岸下,教他生作开河夫,死作抱沙鬼,可怜这一百二十九处地方,共捕得五万余人,照敕处置,活埋了事。令人发指。

　　麻叔谋见坑杀了许多丁夫,也觉寒心,连夜催督兵民,掘通淤道,请龙舟逐段过去。炀帝得了吴绛仙,日日纵欢,也不十分催促。每日或行三十里,或行二十里,或行十里,并未计较,因此麻叔谋得有工夫,逐节疏通,得至睢阳。炀帝猛记得宇文述语,睢阳留有王气,应该掘断龙脉,方可免患。当即召入麻叔谋,正色问道:"睢阳地方,曾掘去多少坊市?"叔谋道:"睢阳地灵,不好触犯,臣所以未敢开掘。"炀帝勃然道:"朕为天子,百灵均当效命,有什么不好触犯,显见汝挟有隐情。"叔谋无可回答,只得饰词答辩道:"陛下以爱民为心,臣见坊市复杂,好罢手便即罢手,况改道开河,相去不远,何必定就道睢阳?"炀帝听说,尚属有理,即命刘岑查探河道,究竟有无远近。哪知刘岑却是叔谋的对头,一经查勘,迂远至二十里左右,便据实报明。炀帝遂将叔谋拿下,囚系狱中。

　　究竟叔谋何故剩出睢阳,小子查阅稗史,却是别有原因。叔谋本是个贪暴人物,从前奉旨开河,管什么民居多少。当督工开掘时,在上源驿旁,挖得一口绝大棺木,叔谋疑棺内必有宝藏,揭盖启视,一尸容貌如生,发从前覆,长过胸腹,此外别无珍宝,只搜得一石铭,上有古篆,多不能识。只有一下邳人能读,篆文中云:"我是大金仙,死来一千年;数满一千年,背下有流泉。得逢麻叔谋,葬我在高原,发长至泥丸;更候一千年,方登兜率天。"叔谋听着,乃自备棺椁,安葬城北隅。偷鸡勿着蚀把米。及掘至陈留,可巧有朝使到来,用少牢礼,并白璧一双,祭留侯张良庙中,向神假道。祭毕风起,失去白璧,后来有一中牟丁夫,在途中遇一贵人,峨冠博带,跨马前来。前后有人呵护,召夫至前,取白璧相授道:"与我报尔十二郎,还尔白璧一双,尔当宾诸天。"中牟夫莫名其妙,跪拜受讫,不见贵人,当时非常惊愕,料知此璧,定有来历,不敢隐匿,即奉献叔谋,并述神语。叔谋细忖一番,也想不出语中寓意,但见白璧很是莹洁,便充入私囊,且杀死中牟夫,为灭口计。天下事若要不知,除非莫为,当然有人传说。后来炀帝缢死江都,在位虽有十三年,扣足只有十二年,才知十二郎三字,便是指着炀帝。叔谋贪匿白璧,复监工至雍邱,适有一祠宇当道,叔谋问为何祠? 村人答道:"古老相传,内有隐士墓,甚有灵兆。"叔谋道:"何物隐士? 敢当此冲?"遂命丁夫人祠掘墓,才经

第九十七回　御苑赏花巧演古剧　隋堤种柳快意南游

数尺,忽听得一声怪响,下露一洞,里面灯火荧荧,无人敢入。独有武平郎将狄去邪,愿往一窥,叔谋喜道:"狄郎将胆量过人,真好算荆轲聂政一流哩。"去邪扎束停当,用绳系腰,命役夫执住绳端,缒将下去。小子有诗咏道:

奋身下穴入幽城,聂政荆卿足并名;
若使逡巡甘却步,何来仙引得长生?

毕竟狄去邪所见何物,且待下回再表。

纲目于大业十二年三月,大书特书曰:"宴群臣于西苑。"夫自西苑告成以后,宁独此次召宴群臣?其所以大书特书者,志其末也。盖是年七月,炀帝幸江都,自是不得复返,而西苑之设宴演剧,为东都淫乐之结局,越月而西苑遂火,天之儆炀帝也,亦可谓至矣。昏主不悟,犹决意南游,除苏威名,连杀谏官任宗、崔民象、王爱仁,言莫予违,写尽昏淫气象。至隋堤种柳,令种柳一株,赏帛一缣,虽有利民生,而无故费财,要不得谓仁恩之下逮。及宁陵搁浅,枉杀丁役至五万人,彼岂尚有爱民之心欤?正史中于麻叔谋一事,未曾叙及,而韩偓《开河记》言之甚详,是与上回迷楼相类,想不至全出虚诬也。

第九十八回

麻叔谋罪发受金刀　李玄邃谋成建帅府

却说狄去邪缒入深穴,约数十丈,脚方及地。去邪见有路可通,竟将腰中绳索解去,鼓勇前进,约行百余步,入一石室,东北各有四石柱,铁索二条,系一巨兽,形状似牛,仔细一瞧,乃是一个人间罕有的巨鼠,不由得骇了一惊。蓦闻石室西面,砉然一声,慌忙回顾,门已洞开,有一道童模样,出问去邪道:"汝非狄去邪么?"去邪答声称"是"。道童道:"皇甫君待汝已久,汝可速入。"去邪乃随他进去,见里面有一大堂,颇也宽敞,堂上坐着一位方面长髯的神君,服朱衣,戴云冠,也不知为何神,只好倒身下拜。那神君端坐不动,亦不发言,旁立一绿衣吏,待去邪拜讫,令他起身,引出西阶上立着。约过片时,里面有声传出道:"快取阿麽来!"阶下即有人应声而去。须臾,即见武夫数人,牵入一物,就是柱上系着的大鼠。去邪本知炀帝小字,叫作阿麽,此时也无从访问,只得屏气待着,但听堂上神责鼠道:"我遣尔暂脱皮毛,为中国主,如何虐民害物,不遵天道?"大鼠本不能言,但点头摇尾,作冥顽状。堂上神益怒,命武士挝击鼠脑,鼠即大吼,声似雷鸣。武士再拟击下,俄一童子捧天符下来,堂上神起座降陛,俯伏听旨。童子宣言道:"阿麽数本一纪,今尚未满,俟限期既届,当用练巾系颈而死,今尚不必动刑。"说罢自去,堂上神仍然复位,令将巨鼠仍系原处,并召语去邪道:"为我告麻叔谋,谢他掘我茔域,来年当赠他二金刀,勿嫌我轻酬哩。"说罢,即令绿衣吏引了去邪,自他门趋出,经过一林,径回路仄,蹑石扳藤,方得过去。回顾已失绿衣吏,去邪只好踽踽独行。又约三里许,见有茅舍,一老叟坐土榻上,去邪上前问讯,老叟道:"此地为嵩阳少室山下,汝从何处来此?"去邪具述所由。老叟道:"汝已亲见各状,想亦能悟通玄机,汝能辞官,便能脱身虎口了。"想是去邪人品循良,故得种种指引。去邪称谢而行。回视茅屋,又无影迹,自知身入仙境,已蒙指迷,惟不能不复报麻叔谋。乃趋往宁阳,得与叔谋相见,约略叙明。先是去邪入墓,墓忽崩陷。

叔谋谓去邪已死，今日却来，目为狂人。去邪将错便错，即佯狂自去，隐居终南山。闻炀帝正患脑痛，月余不愈，益信冥中挝击，果然不虚。嗣是修道辟谷，竟得无疾而终。此身原是有道骨。

那叔谋既至宁陵，适患风逆，起坐不安。医生谓用羊羔蒸熟，糁药同食，方可疗治。叔谋如法泡制，果得全愈。嗣是蒸食羊羔，习以为常。宁陵人陶榔儿，家中巨富，性甚凶悖，恐先茔逼近河道，或为所掘，乃盗他人婴儿，割去头足，蒸献叔谋。叔谋咀嚼甚美，远胜羊羔，因召榔儿穷诘。榔儿初尚讳言，叔谋使人劝酒，把他灌醉，才得榔儿实告。叔谋不以为忍，反赏金十两，令工役保护榔儿先茔，一面专窃他人婴孩，宰割供食。宁陵、睢阳境内，失去婴孩数百，哀声四达。左屯卫将军令狐达，曾为开渠副使，上书弹劾，被中门使段达遏住，不使上闻。段达尝受叔谋巨贿，所以代为蒙蔽。叔谋法外逍遥，凿河至睢阳城。睢阳坊市豪民，都恐宅墓被掘，酿金三千两，将献叔谋，尚苦无人介绍。适叔谋监掘古冢，穿通石室，室中漆灯棺木等，遇风化灰，惟得一石铭云："睢阳土地高，竹木可为壕；若也不回避，奉赠二金刀。"叔谋不解，转问土人。答言故老传闻，谓是宋司马华元墓。叔谋奋然道："小国陪臣，怕他什么？"

到了夜睡蒙眬，忽有一人宣召，即随与同行，约经里许，恍惚见有宫殿，由来使导入，上面坐着一王，着绛绡衣，戴进贤冠。叔谋向他再拜，王亦起座答拜，且与语道："寡人便是宋襄公，奉上帝命，镇守此地，将二千年，今将军来此掘河，幸回护此城，勿使人民失所。"叔谋不答。王又说道："此地五百年后，当有兴王崛起，上帝命寡人保护，岂可为了暴主逸游，掘伤王气？"暗指宋太祖事。叔谋仍然不答。忽殿外有人入报道："大司马华元来了。"未几，即有一紫衣官趋入，拜觐王前，王与言保护睢阳事，未得叔谋允许，紫衣官怒视叔谋道："上帝有命，保护此城，何物顽奴，既毁我墓，又欲把此城毁掘？"便向王进议道："顽奴倔强，应用严刑。"是极。王说道："何刑最酷？"紫衣官道："熔铜灌口，烂腐肠胃，此为最酷。"王点首称善。紫衣官叱令左右，把叔谋曳至铁柱前，褫去衣冠，缚诸柱上，复有一人持过铜汁，盂中犹沸，欲灌入叔谋口中。叔谋吓得魂不附体，连声大呼道："愿依尊命，回护此城。"读至此，我为一快。当由殿中传令解缚，给还衣冠，入殿拜谢。紫衣官微笑道："上帝赐叔谋金三千两,令取诸民间。"说毕,挥手令人引出叔谋。叔谋闻有金可赐,因私问冥使道:"上帝如何赐金?"冥使道:"阴注阳受,自有睢阳百姓献汝,汝放心去罢。"一面说,一面推仆叔谋。叔谋出一大惊,便即醒寤,方知乃是一梦。越日,果有家奴持入黄金三千两,说是睢阳坊市所献,请免掘城市。叔谋回忆梦中情状,老实收受,令役夫绕道西偏,委屈东回,竟将睢阳城腾出。

掘至彭城,路经大林,中有徐偃王墓,令人开掘,掘至数尺,里面坚不可挖,乃是生铁熔成,旁竖石门,键镭甚严。叔谋用鄹人杨民计议,用巨石撞开墓门,叔谋自往探望,有二童子在门内迎接,且语叔谋道:"我王久望将军,请速进来!"叔谋亦不知不觉,随他进去。内有宫殿,差不多与前梦相似。殿上亦坐着一王,冠服雍容,叔谋下拜,王起身答礼,和颜与语道:"寡人茔域,适当河道,今请将军保护,愿奉玉宝为酬。"言讫,取出玉印,给与叔谋。叔谋瞧着,乃是历代帝王受命符玺,不觉又惊又喜,但闻王又续说道:"将军须保重此宝,这是刀刀的预兆哩。"叔谋茫乎若迷,谢别出墓,传令役夫将墓盖好,仍复原状。时炀帝正失去国宝,四处搜觅,并无下落,只好秘密不宣。那叔谋得了国宝,还道是神灵相助,将来可身登九五,非常快乐,就把国宝好好藏着,不令外人知道。

至拘入睢阳狱中,正在惶急得很,偏经令狐达再上弹章,历述:"叔谋盗食人子,义贼陶榔儿,私受睢阳民金三千两,擅易河道。"等情。炀帝问他何不早奏?令狐达谓臣早经奏报,想被段达扼定,不得进呈。炀帝即命查抄叔谋私

产，得黄金若干，尚辨不出是睢阳贿赂。这留侯所还白璧，及一颗受命符宝，搜将出来，却是字纹明显，一见便知。炀帝大惊道："金与璧尚是微物，不必说起，只朕的国宝，如何被他取来？"便召令狐达入问。令狐达道："闻叔谋尝令陶榔儿窃取人子，莫非国宝亦被盗不成？"炀帝失色道："叔谋今日盗我宝，明日将盗我头，这还了得！"你的首级，却是不甚牢固。便令法司严鞫叔谋，且捕得陶榔儿，一并审问。叔谋据实招供，问官尚说是凭空捏造，便指榔儿为巨窃。榔儿只供称窃儿是实，不敢窃宝。问官如何肯信？再四拷逼，竟将榔儿毙诸杖下，且定了谳案，请置叔谋极刑。炀帝道："叔谋原有大罪，姑念他开河有功，赦免子孙，但将叔谋腰斩结案。"先一夕，叔谋在狱，梦一童子从天降语道："宋襄公与大司马华元，特遣我来，感念将军护城厚意，因将去年所许二金刀，命我奉赠。"叔谋尚不知金刀为何物，向他索取。童子厉声道："死且不悟，明晨自见分晓了。"叔谋惊觉，细思梦境，才悟不祥，喟然叹道："我腰领恐难保了。"还想食婴孩否？越日辰牌，已有敕文传至，将叔谋如法捆绑，驱至河滨，斩为三段，家产籍没。中门使段达，助守东都，未曾扈驾，由炀帝遥传诏敕，加恩贷死，贬为洛阳监门令。睢阳、宁陵一带的百姓，闻叔谋被诛，相率称快，男男女女，都到河边来看叔谋死尸，你一砖，我一石，掷成肉酱，方才散去，这且不必细表。

且说炀帝小住睢阳，约过数天，复启程南下，沿途无甚阻碍，惟大将军许公宇文述，在道病亡，述子化及、智及，统皆无赖，前次尝从幸榆林，两人干犯禁令，与突厥互市。炀帝本欲骈诛，因念述有旧勋，特从宽免。述死，厚加赙恤，予谥曰恭。且授化及为右屯卫将军，智及为将作少监，仍令从行。智及弟士及，尚炀帝长女南阳公主，还称循谨，一对青年夫妇，亦随幸江都，后文自有表见。

惟一方面銮驾畅游，一方面寇盗益炽，前此在逃未获的李密，往投王薄、郝孝德，均见九十五回。皆不见礼，乃走匿淮阳村舍，变姓名为刘智远，聚徒教授，郡县长官，颇以为疑，遣吏往捕，又被遁去。适东都法曹翟让，坐事当斩，狱吏黄君汉，惜他骁勇，破械出狱，令自逃生。让拜谢而去，潜往瓦岗寨为盗。同郡人单雄信，善用马槊，雄长乡里，也纠合少年，入寨助让。还有离狐人徐世勣，年少多才，亦至让处献议道："东郡于公，与世勣谊属同乡，人多相识，不宜侵掠。荥阳、梁郡，系是汴水通流，商旅不绝，若剽掠商舟，便足自给了。"世勣即徐懋功，初次献议，即导让剽掠商舟，无怪子孙被夷。让即依议，令徒党入二郡间，掠夺商舟财货，充作用费。当时人心思乱，辗转引附，不多时便至万余人。此外有外黄盗王当仁，济阳盗王伯当，韦城盗周文举，雍邱盗李公逸，与翟让各据一方，不相通问。

李密既得漏网，往来诸贼帅间，劝他乘乱崛兴，规取中原。各贼帅初尚未信，经密说得天花乱坠，也觉动心，推为谋主。密互为联络，差不多如苏秦约纵一般，大家互相告语道："今人皆云杨氏当灭，李氏将兴，此人得一再脱险，莫非就是古人所言，王者不死么？"因相率敬密。会王伯当与翟让交通，互相往来，密即由伯当介绍，往见翟让，为让划策，并替他说降诸小盗。让遂与亲爱，尝同计事。密因说让道："刘、项皆起自布衣，得为帝王，今主德日昏，民生日困，大乱已起，正是刘、项奋起的机会，如足下雄才大略，拥众万余，若席卷二京，诛除暴虐，怎见得不如刘、项呢？"让谢不敢当。会东都有李玄英亡命，径访李密，倾心相事，他人问为何因？玄英道："近来民间歌谣，有桃李章云：'桃李子，皇后绕扬州，宛转花园里，勿浪语，谁道许？'这数语隐寓预谶。桃李子，谓李子逃亡，皇后宛转扬州，是天子将在扬州毕命，勿浪语，谁道许，是隐隐藏一密字，他日身为真主，所以特来投诚。"既而宋城尉房彦藻等，亦来依密，共处瓦岗寨中。密又与瓦岗军师于雄结交，令说让出图中原。雄因说让道："公若自立，恐未必成事，若立蒲山公，事无不济。"蒲山公见前。让笑道："蒲山公果得为王，何必依我？"雄答道："将军姓翟，翟义为泽，蒲非泽不生，所以来依将军。"亏他附会。让信为真言，遂依密前议，发兵攻取荥阳诸县。

荥阳通守郇王庆，懦弱无能，急向行在求援。炀帝特调张须陀为荥阳通守，使讨翟让。须陀系百战骁将，到了荥阳，屡破让众。让勒兵欲遁，密坦然道："须陀有勇无谋，兵又骤胜，既骄且狠，再战必败，公且列阵待着，密自有计破他，万勿加忧。"让不得已麾众再战。须陀已经轻让，直前搏击，让众已似惊弓之鸟，哪里支撑得住，纷纷却退。须陀驱兵追赶，约十余里，过一大林，林内一声号炮，杀出两支生力军，左为王伯当，右为徐世勣，合裹拢来，围住须陀。须陀冲突出围，见左右不能尽出，再跃马突入，欲救余众，李密在高阜望见，急命弓弩手四面注射，箭

第九十八回　麻叔谋罪发受金刀　李玄邃谋成建帅府　·775·

如飞蝗，可怜一员隋朝勇将，竟堕入李密狡计，中箭身亡。部兵除被杀外，狼狈遁去，号泣不止。河南郡县，统皆丧气。有诏令光禄大夫裴仁基，为河南道讨捕大使，徙镇虎牢。

翟让经此大胜，喜出望外，乃分兵与密，别建一营，号为蒲山营。让获得辎重甲仗，便欲还向瓦岗。实无大志。密苦劝不从，竟与密别去。密独率麾下西行，沿路招降诸城，大获资储。让闻报甚悔，因复引众从密。密遂拟进击东都，忽闻太仆杨义臣，击毙张金称、高士达，逐走窦建德，兵势甚盛。密恐他还援东都，未敢骤进。后来又探得义臣罢归，窦建德复取饶阳，乃再议进行。这位隋太仆杨义臣，本是一个庸中佼佼的好官，自出兵河北，迭破群盗，辄列状上闻。内史虞世基，专事谄谀，谓义臣虚张贼势，居心叵测，不如撤归为是，炀帝深信世基，竟追还义臣，且遣散他麾下士卒，于是贼势复张。鄱阳复出一个剧盗，姓林名士弘，有众数万，攻杀隋御史刘子翊，居然自称楚帝，建元太平，据有九江、临川、南康、宜春等郡，猖獗南方。涿郡虎贲郎将罗艺，亦称兵造反，自称幽州总管，骚扰北境。惟伪燕王格谦，见四十五回。总算由王世充击死，但谦党高开道，收集败众，又复出掠燕地，气焰复张。光禄大夫陈棱，往讨杜伏威，又为所败，再加鲁郡起了徐圆朗，马邑起了刘武周，朔方起了梁师都，真是一波未平，一波又起，直使四方官吏，无可措手，只好得过且过，任盗所为。随笔插叙，省却无数笔墨。

李密闻天下大乱，亟欲进取东都，据有腹地，号召四方，乃屡语翟让道："今东都空虚，越王年幼，留守诸官，皆非将军敌手，若将军能用仆计，天下可指麾即定哩。"让犹怀疑惧，因遣党人裴叔方，往觇东都虚实。留守诸官，方才察觉，缮城为备，且驰表告急行在。时已为大业十三年，翟让得叔方还报，谓东都有备，又生疑阻。密语让道："事已如此，不得不发。密闻洛口仓储粟甚多，若引众袭取，赈给贫乏，远近孰不趋附，百万众亦可立集。然后檄召四方，引贤豪，选骁悍，智勇俱备，得天下如反掌了。"让答道："这是英雄计略，非仆所能，但任君指麾，尽力从事，请君先发，仆为后殿。"密乃选三千人为前驱，让率四千人继进，出阳城，北逾方山，直抵洛口仓。仓中守卒，寥寥无几，顿时骇散。密攻破仓门，让亦踵至，开仓发粟，任民恣取，穷民大悦。前朝议大夫时德叡，举尉氏县应密，故宿城令祖君彦，亦自昌平来附。君彦素有才名，密引为记室,令掌书牍。

东都留守越王侗,遣虎贲郎将刘长恭,光禄少卿房崱,率步骑万五千人,来援洛口,又使河南讨捕使裴仁基,自汜水西进,从后夹攻。密已探知信息,分部众为十队,四队伏横岭下,截住仁基,六队列阵石子河,静待长恭等军。长恭鼓锐前来,势甚汹涌。让出当敌冲,接战不利,且战且走。长恭未曾朝食,忍饥追逐。中途被李密率兵冲出,截为两橛,军士已皆枵腹,不耐久战。更因遇伏心慌,统吓得弃甲曳兵,仓皇逃散。长恭见不可支,也解衣潜窜,遁归东都。隋兵十死五六,资械荡尽无余。密与让威名大振,让乃推密为主,号为魏公,自称元年。密登坛置吏,拜让为上柱国,兼司徒东郡公。单雄信、徐世勣,为左右大将军,此外各封拜有差。凡赵魏以北,江淮以南,许多贼帅,多闻风响应,愿受节制。密悉给官爵,仍使统领原部,自就洛口城扩地为垣,周围四十里,作为根据地,特设行军元帅府,分兵四出,迭取河南郡县,并授齐郡盗孟让为总管,使他夤夜往袭东都。让至洛阳城下,城上不及防备,竟被让众扒入,焚掠外郭,还亏内城急忙抵御,才得保全。让手下只二千人,恐一经天晓,内城发兵来攻,不能抵挡,乃鼓啸而去。

河南讨捕使裴仁基,遇事迁延,洛口一战,愆期不至,又恐得罪朝廷,进退维谷。李密知他狼狈,使人诱降。仁基竟举虎牢降密,密封他为上柱国,使与翟让同袭

回洛东仓,应手而下,遂烧天津桥,纵兵大掠。适东都出兵堵击,仁基等与战败绩,相率退还。李密督众自往回洛仓,大修营垒,进逼东都。还

有秦叔宝、罗士信等，本在张须陀部下，须陀战死，秦、罗失了主帅，无处可依，也来投密。更有程咬金、赵仁基诸人，亦率众归密，密皆署为总管，分统部卒，遂令记室祖君彦，草就檄文，堂堂正正的声讨炀帝，数他十罪，恰是有理。略云：

宛公大元帅李密，谨以大义布告天下！隋帝以诈谋入承大统，罪恶滔天，不可胜数。素乱天伦，谋夺太子，罪之一也；弑父自立，罪之二也；伪诏杀弟，罪之三也；迫奸父妃，罪之四也；诛戮先朝大臣，罪之五也；听信奸佞，罪之六也；开市扰民，征辽黩武，罪之七也；大兴宫室，开掘河道，土木之工遍天下，虐民无已，罪之八也；荒淫无度，巡游忘返，不理政事，罪之九也；政烦赋重，民不聊生，毫不知恤，罪之十也。有此十罪，何以君临天下？可谓罄南山之竹，书罪无穷，决东海之波，流恶难尽。密今不敢自专，愿择有德以为天下君，仗义讨贼，望兴仁义之师，共安天下，拯救生灵之苦。檄文到日，速为奉行！

檄语煌煌，钲鼓渊渊，乱世枭雄李玄邃，是密表字。得机得势，风靡海内，似乎兴王盛业，要属此人，哪知后来的真命天子，不是此李，却是别有一李。小子有诗咏道：

历代兴亡几变迁，半由人事半由天。

刘歆应谶翻遭戮，谁识玄机在事先？

究竟李密以外，尚有何处李姓，得成帝业，容待下回叙明。

麻叔谋腰斩一事，亦见韩偓《开河记》，正史中略而不详，意者以事同微渺，不可尽信欤？然既有文献之足征，不得谓竟无其事。况韩偓作记，年月并详，当非寓言可比。本编依记演述，存其真也。瓦岗寨始于翟让，而李密因之，密之自号魏公，已在洛口城中，并不在瓦岗寨，且秦叔宝、罗士信、程咬金等之依附，均在密称魏公之后，所与翟让共起寨中者，第单雄信、徐世勣二人已耳。《隋唐演义》，混叙不明，且以瓦岗寨为绝大根据地，此于正史杂记中，向无所见，故绝不混述，可采者从之，不可采者舍之，下笔时固自有斟酌也。

第九十九回

迫起兵李氏入关中　嘱献书矮奴死阙下

却说李密传檄四方,余盗响应,总道是唾手中原,可以应谶,偏偏天命所归,不属李密,却付诸太原留守李渊。渊奉炀帝敕旨,调兵击破甄翟儿,遂在太原镇守。会晋阳令刘文静,与李密素有婚谊,坐罪除名,因系狱中。渊子世民,已随父至太原,与文静素来友善,屡往探视,且代为叹惜。文静怅然道:"近来天下大乱,性命原轻似鸿毛,除非汉高祖、光武帝复生,或能重见天日。"世民道:"君怎知今世无人?我来相省,正欲与君共议大事,难道效儿女子哭泣么?"文静乃与世民密谈,想出一种下手方法,请世民父子掩取关中。世民颇费踌躇,再经文静附耳授计,始喜跃而去。

原来晋阳宫监裴寂,为渊旧友,文静知世民不便劝父,特嘱他结好裴寂,作为导线。寂尝使酒好博,世民投寂所好,尝引与宴昵,且故意输钱。寂遂日夕过从,彼此甚是欢洽。世民因举密谋相告,寂徐徐答道:"恐尊公不从奈何?"世民一再相恳,寂想了片时,方道:"有了有了,他日报命。"过了一两天,寂引渊入晋阳宫,盛宴相待,饮至半醉,却走出两个美人儿,前来侑觞。渊已酒醉糊涂,也不问明底细,还道是歌伎一流,乐得借色陶情,畅饮遣怀,不多时颓倒玉山,沉沉欲睡。酒色两字,最足迷人,古来多少英雄,往往逃不过此关。两美人扶他入寝,伴宿一宵。及天已黎明,渊才醒来,开眼一瞧,竟有两美人侍着,不禁咄咄称奇,连忙问及来历,乃是晋阳宫中的尹、张二妃。渊大惊而起,慌忙趋出,召问裴寂。寂答称不妨。渊失色道:"这宫是天子的行宫,尹、张二美人,是天子留住行宫的嫔御,如何叫她侍寝?若被天子闻知,我还想保全性命吗?"谁叫你着了道儿?寂笑道:"唐公!为何这般胆小?不要说起几个宫人,就是隋室江山,也可唾手取来。"渊只是顿足,连呼:"误我!"忽有一人走报,突厥兵进寇马邑。渊只好匆匆出宫,亟遣副留守高君雅,率兵出援。

第九十九回 迫起兵李氏入关中 嘱献书矮奴死阙下

君雅去了数日,即有败报到来,渊很是不安。世民乘间进言,请渊速图大事。渊叱他妄言,嘱令缄口。越日,世民再向渊密陈利害,渊始觉心动,喟然叹道:"今日破家亡躯,由汝一人,化家为国,亦由汝一人了。"话虽如此,但因眷属尚在河东,一时不敢发难,忽由江都传到消息,乃是炀帝疑忌李渊,说他不能御寇,将遣使执诣江都,渊益加惊惧。世民复约同裴寂,共劝渊及早定计。渊为保身起见,也只好依他所议,勒兵待发。会江都又传到赦诏,仍令渊照旧供职,渊稍稍放心,暂且按兵不动。那世民却急不暇待,已暗地差遣心腹,赴河东去接家眷,一俟眷属至太原,便拟兴师。看官听着!这李渊的妻室,便是北周上柱国窦毅的女儿。毅曾尚周武帝姊襄阳公主,隋受周禅,窦女曾自恨我非男子,不能救舅家,见八十一回。毅已目为奇女。后来画屏射雀,因渊得中目,招为女夫。生子四,女一,长名建成,次即世民,又次名玄霸、元吉,一女适临汾人柴绍。是时窦氏已殁,可惜不得见隋灭唐兴。玄霸亦早逝,建成、元吉,接到世民密书,便邀同柴绍,同赴太原。那刘文静已与世民密谋起事,怂恿裴寂速即劝渊。寂正恐宫人侍寝,事泄被罪,屡次催渊起兵。渊乃释出文静,令他诈为敕书,发太原、西河、雁门、马邑人民,使讨高丽。百姓怎知诈谋,急得魂梦不安,日夕思乱。

偏马邑乱首刘武周,闯入汾阳宫,掠得宫中妇女,往献突厥,请他为助。突厥竟立武周为定杨可汗,僭号称元。又有流人郭子和起兵榆林,金城校尉薛举,起兵陇西,西北一带,几无宁宇。武周又逼近太原,闹得李渊无法图存,不得已冒险起事。可巧高君雅回城乞援,渊佯与议事,还有副留守王威,也在座中。刘文静引入司马刘政会,讦告威与君雅,潜召突厥入寇。两人怎肯诬认,正在辩论,世民已引兵趋入,立将两人拿下,送入狱中。才阅两日,突厥兵数万人,果入寇晋阳,即太原。渊命裴寂等埋伏城闉,竟将城门洞开。突厥兵不敢驰入,回头径去。渊遂诬称威与君雅,实召外寇,斩首以徇。兵民信为实事,哪个为两人呼冤!

建成、元吉,与柴绍同至太原,渊因家眷已至,便好安心发兵。刘文静恐突厥牵制,劝渊自作手书,通好突厥,啗以厚利。突厥始毕可汗,惟利是图,当然应允。且云唐公当自为天子,方出兵马相助。渊不敢骤然称尊,用裴寂计,尊隋帝为太上皇,立代王侑为帝,移檄郡县,改易旗帜,阳示突厥有更新意;并与突厥订约,共定京师,有土地归唐公,子女玉帛归突厥等语。突厥遂馈马千匹，作为军资。渊即遣建成、世民，往攻西河郡，一鼓即下，擒住郡丞高德儒。世民面责德儒道："汝指野鸟为鸾，欺惑人主，见九十六回。我故特兴义师，前来诛汝。"说至此，即令将德儒推出斩首，此外不戮一人，令百姓各安旧业，远近称颂。建成、世民，引还晋阳，往返只越九日。渊大喜过望，遂自称大将军，开府置官，发仓赈民。裴寂为大将军府长史，遂将晋阳宫中子女玉帛，俱移送将军府中。于是尹、张二妃，由渊老实受用，左拥右抱，趣味可知。已开后世宫闱之祸。

待至新秋，渊自督兵西行，留季子元吉居守晋阳，传檄示众，无非说是发兵入关，拥立代王。代王侑却遣郎将宋老生屯霍邑，大将军屈突通屯河东，两路拒渊。渊途中遇雨，不能急进。会接李密来书，自恃兵强，欲为盟主。渊姑与周旋，复书推密，令他塞住河洛，牵缀隋兵。好几日才得天晴，用建成、元吉为前驱，进攻霍邑，阵斩宋老生，乘胜下临汾、绛郡，招降韩城。刘文静出使突厥，也引突厥兵五百人，马二千匹，前来相会。关中积盗孙华，望风投顺，愿为向导，遂引渊渡河。另在河东留住偏师，围攻屈突通。关中士民，陆续趋附。冯翊太守萧造，亦输款投诚。渊再命建成、刘文静等屯永丰仓，守住潼关，控制河东。世民、刘弘基等，往略渭北，自寓长春宫，居中调度。忽来了一队娘子军，为首的女英雄，就是李渊女儿，柴绍妻室。她本熟谙武略，因与从叔神通，募集丁壮，起应父兄，夫妻相聚，骨肉重逢，自有一番欢愉气象。世民进屯泾阳，收降关中群盗，有众九万人。柴绍夫妇，各置幕府，亦随世民同进。代王侑急命将军阴世师，郡丞骨仪，保守关中，登城备御。那世民复自泾阳出发，一路秋毫无犯，经过延安、上郡、雕阴诸境，无不叩马迎降，因向长春宫报捷，请渊督兵会攻。渊乃启节西行，往会世民。世民已先抵长安城下，至渊来会师，合兵二十余万，先遣使传谕守吏，愿拥立代王。守将阴世师不服，叱回去使。渊乃下令攻城，并约将士入城后，不得犯隋七庙，及代王宗室。将士奉令攻扑，前仆后继，连日不退。军头雷永吉，首先登城，余众随上，杀散城头守卒，逾城开门，迎纳渊军。阴世师、骨仪，战败被擒。代王侑年只十三，有什么能力，逃匿东宫，抖做一团。渊率军搜寻，得见代王，当下将他拥出，徙居大兴殿后厅，自寓长乐宫，与民约法十二条，悉除从前苛禁，杀阴世师、骨仪等十数人，余皆不问。

第九十九回 迫起兵李氏入关中 嘱献书矮奴死阙下

越日即拥立代王侑为皇帝，遥尊炀帝为太上皇，改元义宁。此举毋乃多事。渊自为大丞相，都督内外军事，晋封唐王。命建成为世子，世民为秦公，元吉为齐公。

嗣接刘文静军报，已擒住屈突通，械送长安。原来河东各隋军，闻长安失守，家属被虏，当然恟惧。屈突通留部将桑显和，镇守潼关，自率众趋洛阳。显和举关降刘文静，并与文静偏将窦琮，合兵追通。两下相见，显和大呼道："今京城已陷，汝等皆关中人，去将何往？"通众闻言，即释仗愿降，且将通执住，送至文静营中。文静乃转解长安。渊见了屈突通，忙令释缚，好言劝慰。通无法反抗，只得唯命是从。渊命通为兵部尚书，兼封蒋公，遣往河东城下，招谕通守尧君素。君素却是一个硬头子，但知为隋效死，不肯屈节，且举正言责通，说得通羞惭满面，还报李渊。渊暂将河东搁置，专探听东都消息。

自李密进逼东都，越王侑一再遣使，向江都告急，虞世基尚谓越王少不更事，太属慌张，炀帝也以为然。至警报迭来，始命将军庞玉等，往援东都。越王侑亦使

迫起兵李氏入关中

段达出兵，夜会庞玉，夹攻李密。密将柴孝和，劝密速袭长安，密不肯从，但在东都城下搏战。偏被庞段两军掩击，竟致大败。密身中流矢，奔回洛口。既而复部署散卒，再向东都，杀败隋军，又遣徐世勣袭取黎阳仓。泰山道士徐洪客，向密上书，谓："宜沿流东指，直向江都，执取独夫，号令天下。"此计最佳，比柴孝和之策，尤见优胜。密也为称善，作书招致洪客，竟不知去向。适王世充等奉炀帝命，带领江淮劲卒，来击李密。

密不能东行,只好与世充对垒。又值军中有变,正要设法除患,遂令徐洪客一条好计,徒作虚言。

先是密为翟让所推,得为主帅,让却虚心乐戴,偏让兄翟弘,心下不服,尝语让道:"汝不欲为天子,尽可与我,何必与人。"让司马王儒信,亦劝让自为冢宰,让置诸不答。偏密得此信息,不免怀疑。左司马郑颋,更劝密除让,密因与颋等计议,竟诱让入宴,把他杀死,并捕戮翟弘、王儒信。部众以密忍心负友,多半不平,经密历加慰抚,方才少定。王世充私料李、翟二人,必不相容,拟乘他自乱,乘间进击。及闻让死,顿觉失望;且与密数次交锋,败多胜少,徘徊洛水,不得进救东都。这消息传入长安,李渊特命建成为抚宁大将军,世民为副,渡河南下,声言为东都援应,实是牵制李密,与他争鹿中原。

忽由江都传到急报,炀帝被弑,宇文化及另立秦王浩为帝,渊不禁恸哭道:"我北面事人,不能救主,怎得不哀恸呢?"恐是喜极成泪。看官听说!自炀帝到了江都,荒淫益甚,宫中设百余房舍,各盛供张,每房居一美人,轮流作东道主。炀帝自作上客,东游西宴,天天的酒色昏迷。时炀帝年将半百,怎能禁此朝朝红友,夜夜新郎?更兼平时屡服春药,为纵欢计,当时原是百战不疲,一夕能御数女,后来力尽精枯,诸病杂起,并因天下危乱,也觉不安,尝戴幅巾,着短衣,策杖步游,遍历宫院,汲汲顾影;或夜与后妃至高台中,一面饮酒,一面观星,顾着萧后,效为吴语道:"外间大有人图侬,侬虽失天下,当不失为长城公,卿亦不失为沈后,且暂管眼前行乐罢!"萧后素来柔顺,但知随声附和,因循过去。妇人过柔,亦有坏处。又越数日,晨起揽镜,复语萧后道:"好头颅谁当斫我?"也自知不得为长城公么?萧后惊问何因?炀帝道:"贵贱苦乐,循环相寻,有什么可惊哩!"已而江都粮尽,扈驾兵多关中人,久客思归,炀帝见中原已乱,无志北还,且欲徙都丹阳,士卒多半不愿。郎将窦贤,竟不别而行,率部西去。炀帝急遣卫士追杀窦贤,无如人不畏死,仍然悄悄逃走。虎贲郎将司马德戡,与直阁将军裴虔通等,也密议西归,辗转勾引,有一宫人闻知,报知萧后道:"外间已人人欲反了。"萧后道:"汝可奏达上闻。"宫人因申奏炀帝,炀帝怒道:"汝晓得什么国事,乃来妄言?"随叱令左右牵出宫人,把她处死。自是无人敢言。

虎牙郎将赵元枢,已由司马德戡、裴虔通等,串通一气,约期西遁,

第九十九回 迫起兵李氏入关中　嘱献书矮奴死阙下

他本与将作少监宇文智及,为莫逆交,因将密谋转告。智及微哂道:"主上虽然淫虐,威令尚行,君等亡去,亦恐蹈窦贤覆辙,自取死亡了。"元枢皱眉道:"如此奈何?"智及道:"今天已丧隋,英雄并起,同心谋叛,眼前且不下数万人,若因此举事,小为王,大且为帝呢。"元枢半响才答道:"欲行大事,必推主帅,看来惟公兄弟,足当此任。"智及道:"这却须与我兄熟商。"元枢乃出,告知同党,德戡等亦皆赞成。又复约同智及,相偕至化及居处,推他为帅。化及胆怯,蓦闻此谋,不由得大惊失色。嗣经党人怂恿,再由智及力劝,方勉强允诺。德戡出召骁果军吏,晓示密谋,大众齐声道:"唯将军命!"于是摩厉以须,届期行事。炀帝未尝不防,并因微识星象,往往夜起观天,望见天象不佳,即召问太史令袁充。充伏地垂涕道:"星文大恶,贼星逼帝座甚急,恐祸生旦夕,非修德无以禳灾。"炀帝愀然不乐,起入便殿,俯首欷歔。回顾见王义在侧,乃与语道:"汝知天下将乱么?汝何故不言?"义泣对道:"天下大乱,由来已久,小臣服役深宫,不敢预政,如或越俎早言,恐臣骨已早朽了。"炀帝炫然道:"卿今为我直陈,令我知晓。"迟了迟了。义答道:"待小子具牍奏明。"说毕趋退。越宿即面呈一书,究竟是否出自义手,亦不得而知。但书中指陈前弊,却是深切著明,书云:

　　臣本南楚卑薄之民,逢圣明为治之时,不爱此身,愿从入贡,出入左右,积有岁华,浓被恩私,皆逾素望,臣虽至鄙,颇好穷经,略知善恶之本源,少识兴亡之所以,深蒙顾问,方敢敷陈。自陛下嗣守元符,体临大器,圣神独断,谏议莫从。独发睿谋,不容人献。大兴西苑,两至辽东,龙舟逾于万艘,宫阙遍于天下,兵甲常役百万,士民穷乎山谷。征辽者百不存十,没葬者十未有一。帑藏全虚,谷粟涌贵,乘舆竟往,行幸无时,遂令四方失望,天下为墟。方今有家之村,存者可数,子弟死兵役,老弱困蓬蒿,饿莩盈郊,尸骸如岳,膏血草野,狐犬尽肥。阴风无人之墟,鬼哭寒草之下。目断平野,千里无烟,万民剥落,莫保朝昏。父遗幼子,妻号故夫,孤苦何多?饥荒尤甚,乱离方始,生死孰知?人主爱人,一何如此?陛下恒性毅然,孰敢上谏,或有鲠言,又令赐死。臣下相顾,箝结自全。龙逢复生,安敢议奏?左右近臣,阿谀顺旨,迎合帝意,造作拒谏,皆出此途,乃蒙富贵。陛下过恶,从何得闻?方今又败辽师,再幸东土,社稷危于春雪,干戈遍于四方,生民已入涂炭,官吏犹未敢言。陛下自维,若何为计?陛下欲幸永嘉,坐延岁月,神武威严,一何销铄?陛下欲兴师,则兵吏不顺,欲行幸则侍卫莫从,适当此时,如何自处?陛下虽欲发愤修德,加意爱民,然大势已去,时不再来。巨厦之倾,一木不能支,洪河已决,掬壤不能救。臣本远人,不知忌讳,事已至此,安敢不言?臣今不死,后必死兵。敢献此书,延颈待尽,窃不胜惶切待命之至。

炀帝看罢,不禁太息道:"从古以来,哪有不亡的国家,不死的主子?"义跪伏涕泣道:"陛下到了今日,尚自饰己过,臣闻陛下尝言,朕当跨三皇,超五帝,俯视商周,为万世不可及的圣主。今日时势至此,连乘舆都不能回京,岂非大悖前言么?"炀帝也不能自辩,只泣下沾襟道:"汝真忠臣,朕悔已无及了。"义又泣道:"臣昔不言,尚是贪生,今既具奏,愿一死报谢圣恩,请陛下自爱!"说至此,即叩头辞去。炀帝方再阅义书,有一人入报道:"王义自刎了。"却也难得,可惜徒死无益,未当国殇。炀帝惊叹道:"有这等事吗?可悲可痛!"遂命有司具礼厚葬。是日又接到几处警报,武威司马李轨,占据河西,自称凉王。罗川令萧铣,占据巴陵,自称梁王。还有金城乱首薛举,前僭号西秦霸王,今且移据天水,居然自称秦帝了。两路新发,一路已见上文。炀帝急得没法,只有自嗟自叹。好容易又阅数宵,正与后妃等饮酒排遣,忽见东南角上,火光冲天,且有一片喧噪声,慌忙召入直阁将军,问为何因?那直阁将军不是别人,正是密谋作乱的裴虔通。虔通入对炀帝道:"不过草坊中失火,外面兵民扑救,所以有此哗声,愿陛下勿虑!"炀帝遂放了心,但令虔通出外严守,自己酣饮至醉,挈了萧后、朱贵儿,安然同寝去了。只有此宵。

未几,鸡声报晓,天色微明,那叛兵已拥入玄武门,大刀阔斧,杀入宫来。玄武门前,本有宫奴数百人,统皆强壮,由炀帝特别简选,给他重饷,常令把守,是夕由司宫魏氏,得了叛党的贿嘱,矫诏放出,令得休息。司马德勘先驱进宫,如入无人之境,再加裴虔通作为内应,将宫门一律闭住,只开了东门,驱出宿卫,容纳叛党。惟右屯卫将军独孤盛,与千牛备身独孤开远,尚未与叛党勾通,眼见得情势不佳,即出来诘问虔通。虔通道:"事已至此,与将军无干,将军不必动手,同保富贵。"独孤盛怒骂道:"老贼说出什么话来?"遂拔刀与虔通奋斗,战约数合,司马德戡已率叛众直入,来助虔通,独孤盛手下,只有数人,哪能敌得住许多的叛党,霎时间盛被刺死,左右逃散,独孤开远忙驰叩阁门,请炀帝亲自督战。途中集卫兵数百名,至阁门外大呼大叫,并没有一人答应,叛党已经驰到。开远回马接战,也是寡不敌众,被他刺中马首,掀落地上,为乱兵牵扯去了。阁内无人守住,由叛党斩门突入,趋至寝殿,来寻炀帝。小子有诗叹道:

群雄逐鹿几经秋,锦绣河山已半休。
到此昏君犹不悟,萧墙怎得免戈矛?

欲知炀帝曾否起床,且看后文结末的一回。

李渊之起兵,实不及李密之光明。狎宫妃,事突厥,铤而走险,不过为身家计。初无吊民伐罪之心,其所由得入关中者,全仗世民一人。世民才智,远过乃父,而李密无此佳儿,此其所以终落人后也。且李密曾劝杨玄感入关,及其自为元帅,反顿兵东都,利令智昏,不败不止,徒恃一祖君彦之文笔,究何益乎?炀帝至濒亡之际,戎辂伏于帷墙,尚自荒淫不悟,王义一书,痛快淋漓,读之令人酸鼻,而正史不录其事,岂因义为宫掖小人,本不足道,且一死谢君,固不过如匹夫匹妇之为谅乎?韩偓《海山记》,独表而出之,故本编亦不肯苟略云。

第 一 百 回

弑昏君隋家数尽　鸩少主杨氏凶终

却说裴虔通、司马德戡等入寻炀帝，趋至正寝，空帏寂寂，不见一人，当即退出，另向各处搜寻。行至永巷，撞着了一个宫人，挟了细软物件，拟往别处逃生。适被裴虔通一把拿住，便问主上现在何处？宫人尚推说不知。虔通举刀相逼，只得手指西阁，向他明示。虔通乃放去宫人，领着乱党，闯入西阁，校尉令狐行达，拔刀先进。炀帝正与萧后、朱贵儿，闻变急起，自正寝逃匿西阁，猛闻阁下人声喧杂，亟开窗俯瞰，正值行达耀武扬威，恶狠狠地持刀过来，便惊问道："汝欲来杀我么？"行达道："臣不敢为逆，但欲奉陛下西还哩。"说着，即突入阁门，登楼逼下炀帝。虔通亦入，炀帝与语道："汝非我故人么？何为叛我？"虔通道："臣不敢反，只因将士思归，即奉陛下还京。"炀帝道："朕非不思归，正为上江米船未至，是以迟迟，今便与汝等同归罢！"虔通乃出，但令行达等把守阁门，不准外人出入。一面遣同党孟秉，往迎化及。化及驰入朝堂，由司马德戡迎谒。化及犹俯首据鞍，自称罪过。实是无用。德戡等扶他下马，拥入殿中，推为丞相，宣召百僚。

裴虔通复入语炀帝道："百官统在朝堂，俟陛下亲出慰谕。"炀帝尚不欲出阁，由虔通迫令上马，挟出宫门。萧后、朱贵儿俱未及晓妆，蓬头披发，随在马后，将欲出殿，被化及瞧着，忙向虔通摇手道："何用持此物来！"虔通乃引炀帝至寝殿，自与德戡持刀夹侍。炀帝问世基何在？下面立着叛党马文举，厉声答应道："已枭首了。"炀帝叹道："我何罪至此？"文举道："陛下违弃宗庙，巡游不息，外勤征讨，内极奢淫，丁壮毙锋刃，老弱转沟壑，四民丧业，专任佞谀，拒谏饰非，怎得说是无罪？"炀帝道："朕负百姓，不负汝等。汝等荣禄兼至，奈何负朕？今日事孰为戎首？"德戡应声道："普天同怨，何止一人？"言未已，忽有一女子振着娇喉，挺身出骂道："何等狂奴，胆大妄言！试想天子至尊，就使小有过失，亦望汝等好生辅导，怎得无礼至此？况三日以前，曾有诏令宫人各

第一百回 弑昏君隋家数尽 鸩少主杨氏凶终

制絮袍,分赐汝等,天子方很加体恤,奈何汝等负恩,反敢迫胁乘舆?"德戡怒目注视,乃是炀帝幸姬朱贵儿,便反唇道:"天子不德,都是汝等淫婢,巧为蛊惑,以致如此。今日反来多言吗?"朱贵儿尚大骂逆贼不止,惹得德戡性起,顺手一刀,把贵儿砍死,一道芳魂,已先入鬼门关,静候炀帝去了。《海山记》载及此事,故特录及以表节烈。德戡复语炀帝道:"臣等原负陛下,但今天下俱乱,两京已为贼据,陛下欲归无路,臣等亦求生无门,且自思已亏臣节,不能中止,愿借陛下首以谢天下。"炀帝听了,吓得魂飞天外,哑口无言。蓦见舍人封德彝趋入,还道他是心腹忠臣,必来救护,哪知德彝亦满口胡言,历数炀帝罪恶,促令自裁。炀帝不禁动怒道:"武夫不知名分,还可说得,汝乃士人,读书明礼,也来助贼欺君。汝且自想,该不该呢?"德彝也不觉自惭,赧颜退出。可为信佞者作一榜样。赵王杲系炀帝幼子,年仅十二,见炀帝如此被逼,竟上牵父衣,号啕大哭。虞通听得讨厌,索性也赠他一刀,杲当然倒毙,血溅御袍,便欲顺手行弑。炀帝道:"天子死自有法,怎得横加锋刃?快去取鸩酒来。"叛党不许。令狐行达复上前逼帝自决,炀帝乃自解练巾,授与行达。行达便将巾套帝颈上,用力一绞,一个淫昏无道的主子,气决归天。总计炀帝在位十三年,享年五十。

  叛党既弑了炀帝,便出报宇文化及,化及语众道:"昏主已死,宜立新帝,前蜀王秀尚被囚禁,近亦随至东都,不如迎立为主罢。"大众喧嚷道:"斩草须要除根,奈何再立蜀王?"遂不待化及命令,分头搜戮,杀死蜀王秀、齐王暕、燕王倓,并及杨氏宗戚,无论少长,一律斩首。惟皇侄秦王浩,系炀帝弟秦王俊子,炀帝曾令他袭封,平素与智及往来,智及一力保护,幸得免死。又杀内史侍郎虞世基、御史大夫裴蕴、左翊卫大将军来护儿、太史令袁充、右翊卫将军宇文协、千牛宇文皛、梁公萧钜等十数大臣。黄门侍郎裴矩,向来是炀帝幸臣,因他扈驾东都,曾替将士献议,搜括寡妇处女,分配将士,颇得众欢;且当化及入宫时,迎拜马首,所以得免。前光禄大夫苏威,亦往驾化及,化及优礼相待,推为耆硕。百官闻威亦入贺,相率趋集。实是怕死。独给事郎许善心不至,化及恨他反对,即遣骑士就善心家,把他擒至朝堂,问他何故不贺?善心道:"公为隋臣,善心亦食隋禄,难道天子被戕,尚有心称贺么?"化及无言可驳,乃令释缚。善心拂衣趋出,绝不道谢。化及又不禁动怒道:"此人负气太甚,决不可留!"因复遣党人擒回,把他斩首,发尸还葬。善心母范氏,已九十二岁,抚柩不哭,但向尸叹息道:"能死国难,不愧我子。"说着,扶杖还卧,绝粒数日而终。母子同心,足愧佞臣。

化及自称大丞相,总掌百揆,令弟智及为左仆射,士及为内史令,裴矩为右仆射,司马德戡、裴虔通等,各有封赏。时已天暮,乱党欣喜跃而归。化及闲着,便带

着亲丁数名,入视宫寝,行至正宫,但见一班妇女,围住萧皇后,在那里啼哭。化及朗声道:"汝等在此哭什么?"萧后前见朱贵儿被杀,吓得魂胆飞扬,逃入后宫,抖个不住,此时听得化及一声,又道他前来加刃,不由得起身离座,向后躲避。化及见她玉容乱颤,翠袖斜欹,已觉可怜得很,再从左右顾盼,无一非钗鬟半瑳,眉目含颦,当下且怜且语道:"主上无道,故遭横祸,与汝等本无干涉,不必过慌。"一班美人儿,你觑我,我觑你,莫敢发言。还是萧后接着道:"将军请坐,我等命在须臾,幸乞将军保全!"叫你献出禁脔,自然保全。化及再注视萧后,更暗暗称奇。原来萧后虽已四十许人,望去却与盛年无二,依然是丰容盛鬋,秀色可餐,便踅近一步道:"皇后不必过悲,倘不见嫌,愿共保富贵。"说着,复回顾亲丁道:"快到御厨中往取酒肴,与后妃等压惊。"亲丁奉令自去。化及复顾语萧后道:"十六院夫人,俱在此处否?"萧后道:"多半在此。"化及道:"快去召齐,到此饮酒。"萧后乃遣宫女分头往召,不一时俱已到来。好在酒肴亦俱搬入,化及分定宾主,自坐客席。萧后以下,列坐主席。起初尚觉有些羞耻,及饮了几杯,彼此忘怀,居然有说有笑,好似化及是

个炀帝转身,一些儿不分同异。惟萧后婉语道:"将军既有此义举,何不立杨氏后人,自明无私?"化及道:"我亦做这般想。现惟秦王浩尚存,明日立他为帝便了。"萧后称谢。到了酒酣饭罢,席撤更阑,化及醉意醺醺,令众美人散归本室,自己搂住萧皇后,同入欢帏。萧后贪生怕死,也顾不得什么名义,屈节受污。嗣是化及占据六宫,把十六院夫人,挨次淫乱,就是吴绛仙、袁宝儿一班美人,也难幸免。一班畜生。看官听着!这隋炀帝烝淫无忌,纵欲无度,已受了白练套头的惨报,凡从前所有的预兆,一一应验,并且子孙被人诛,妻妾被人淫,好一座锦绣江山,平空断送,可见得衣冠禽兽,总要遭殃,就是贵为天子,也难逃此重谴哩。如闻响钟。

且说宇文化及占住后妃,方依萧后所请,托奉皇后命令,立秦王浩为帝,草草把炀帝棺殓,殡诸西院流珠堂。此外被杀各人,俱命藁葬。秦王浩惟一坐正殿,朝见百官,嗣后迁居尚书省,用卫士十余人监守,差不多与罪犯一般。国家大事,均归化及兄弟专断,但遣令史至尚书省,迫浩画敕。百官亦不得见浩。化及自奉,一如炀帝生前,纵恣月余,始从众议,欲还长安,命左武卫将军陈棱,为江都太守,领留后事。

当下出令戒行,皇后六宫,仍依旧式为御营,营前立帐。化及居中视事,仪卫队伍,概拟乘舆。凡少帝浩以下,并令登程,夺江都人民舟楫,取道彭城水路,向西进行。到了显福宫,虎贲郎将麦孟才,虎牙郎钱杰,与折冲郎将沈光,拟乘夜袭杀化及,为炀帝报仇,不幸事泄,被司马德戡引兵围住,一律斗死。及行抵彭城,水路不通,夺得民间牛车二千辆,并载宫人珍宝。此外器仗,悉令兵士背负,道远力疲,俱有怨言,就是司马德戡、赵行枢等,亦皆生悔意,谋杀化及。偏又为化及所闻,遣士及诱他入谒,一并擒斩,该死的坏党。复带领部众,向巩洛进发。途次为李密所阻,不得西进,乃暂入东郡,借图休息,再与李密交兵。

唐王李渊,本欲掩取东都,才拟称帝,适建成、世民,自东都引归,劝渊称尊,号召天下,渊乃自为相国,职总百揆。过了数日,群僚再三劝进,因迫隋帝侑禅位,唐王渊公然称帝,即位受朝,改义宁二年为武德元年,废帝侑为酅国公,追谥太上皇为炀帝,但选录杨氏宗室,量才授职,总算与前朝篡国的主子,稍稍异趋,若要正名立论,恐终难免一篡字呢。月旦公评。李氏自起兵至即位,俱用简文,详见《唐史演义》。

那东都留守各官,既闻炀帝凶耗,又接关中警信,遂推越王侗嗣皇帝位,改元皇泰,进用段达、王世充为纳言,元文都为内史令,共掌朝政。会闻宇文化及率众西来,东都人民,相率恟惧。有士人盖琮上书,请招谕李密,合拒化及,元文都等颇以为然,即授琮为通直散骑常侍,赍敕赐密。密与东都,相持多日,又恐世充化及,左右夹攻,也乐得将计就计,复书乞降,愿讨化及以赎罪。皇泰主册拜密为太尉,兼魏国公,令先平化及,然后入朝辅政。密乃与世充息争,专拒化及。世充引众入东都,正值元文都等,张饮上东门,设乐侑觞。世充忿然道:"汝等谓李密可恃么?密恐陷入围中,假意求降,宁有真心?况朝廷官爵,轻授贼人,试问诸君意欲何为?乃反置酒作乐,自鸣得意么?"文都虽不与多辩,心下很是不平,遂与世充有隙。嗣接李密连番捷报,已将化及杀退。东都官僚,互相称贺,独世充扬言道:"文都等皆刀笔吏,未知贼情,将来必为李密所擒。况我军屡与密战,杀伤不可胜计,密若入都辅政,必图报复,我等将无噍类了。"这一席话,明明是挑动部曲,反抗朝议。文都情急,忙与段达密议,欲乘世充入朝,伏甲除患。偏段达转告世充,世充遂勒兵夜袭含嘉门,斩关直入。文都闻变,亟奉皇泰主御乾阳殿,派兵出拒世充。世充逐节杀入,无人敢当,进攻紫微宫门,皇泰主使人登紫微观,问世充何故兴兵?世充下马谢过,且言:"文都私通外寇,请先杀文都,然后杀臣。"皇泰主得报,迟疑未决。可巧段达趋进,顾视将军黄桃树,把文都拿下。文都语皇泰主道:"臣今朝死,恐陛下也不能保暮了。"说虽甚是,但也失之过激。皇泰主无法调停,只得垂泪相送,一经文都出门,便被世充麾下,乱刀斫死。世充趋入殿门,谒见皇泰主,皇泰主愀然道:"未曾闻奏,擅相诛戮,臣道岂应如此?公自逞强力,莫非又欲及我么?"世充拜伏流涕道:"文都包藏祸心,欲召李密,共危社稷,臣不得已称兵加诛。臣受先帝殊恩,誓不敢负陛下,若有异心,天日在上,使臣族灭无遗。"仿佛猪八戒罚咒。皇泰主信为真言,乃引令升殿,命世充为左仆射,总督内外诸军事。世充又收杀文都党羽,令兄弟典兵,独揽大权,势倾内外,皇泰主但拱手画诺罢了。

李密追击宇文化及,直至魏县,乃引兵趋还东都,到了温县,闻东都有变,始还屯金墉城。适东都大饥,流民出都觅食,密开洛口仓赈济难民,收降甚众。王世充伪与密和,愿以布易米。密军多米乏衣,许与交

第一百回 弑昏君隋家数尽 鸩少主杨氏凶终

易,东都得食,遂无人往降。密方知堕世充狡计,绝不与交。哪知世充已挑选精锐,前来攻密。密留王伯当守金墉,邴元真守洛口,自引众出偃师北境,抵御世充。世充夜遣轻骑,潜入北山,伏溪谷中。更命军士秣马蓐食,待晓即发,掩击密军。密藐视世充,不设壁垒,被世充麾兵杀入,行伍大乱。再由北山伏兵,乘高驰下,锐不可当。密众大溃,遁回洛口。邴元真已愿降世充,闭门不纳。密东奔虎牢,王伯当亦弃金墉城,来与密会议行止。诸将多半解体。密乃决计入关,往降唐朝。当时随密同行,只一王伯当,他将多投入世充。唐授密为光禄卿,赐爵邢国公,密意尚未足,后来又与王伯当叛唐,终为唐行军总管盛彦卿所杀。王伯当亦死。惟徐世勣曾为密所遣,居守黎阳,寻即受唐招谕,赐姓李氏。

李渊因河东未下,尝遣刺史韦义节往攻,不利,再命华州刺史赵慈景,与工部尚书独孤怀恩,率兵往攻。怀恩行至蒲坂,未曾设备,被河东守将尧君素发兵掩袭,怀恩败走,赵慈景挺身断后,力屈被擒,枭首城外。慈景曾尚李渊女桂阳公主,听得女夫战死,当然悲悼,桂阳公主,更哭得似泪人儿一般,力请为夫复仇。渊劝她返家守丧,更促怀恩进攻,且查得君素妻室,尚在长安,特遣人执住,送至河东城下,使招君素。君素怒道:"天下名义,岂妇女所能知晓?"说至此,即弯弓发矢,将妻射倒。又复誓众死守,决计不降。后来粮食告罄,守兵惶急,君素部下薛宗,竟刺杀君素,持首出降。偏别将王行本,又登陴拒守,趁着怀恩无备,鼓众出击,杀退怀恩,复得向别处运粮,接济城中士卒。唐廷责备怀恩,怀恩心怀怨望,反与行本联络,谋附刘武周。嗣经唐廷察觉,方将怀恩调回治罪,另遣将军秦武通往代,方得攻下河东,擒斩行本,但已是二年有余了。

这二年内,四方扰攘,迭起不已,吴兴太守沈法兴,独树一帜,据有江表十余郡,自称江南道大总管。东南亦不能安枕,就是前时剧盗,称帝称王,亦屡有所闻。此外小盗,忽起忽灭,不可胜数。那宇文化及退至魏县,兵势日衰,因怨智及无故发难,徒负弑君恶名。智及不服,彼此交哄,众益离叛。化及叹道:"人生总有一死,但得能一日为帝,死也甘心。"皇帝滋味,果如是甘美么?遂鸩杀秦王浩,僭称许帝。才阅半年,为唐淮南王李神通所破,逃往聊城。可巧窦建德驱众杀来,化及等不能抵挡,生生被他擒住。惟建德对着萧后,却拱手称臣,不敢亵慢。恐淫妇未必见情。复立炀帝神位,素服发哀,把宇文智及等,枭斩致祭。独化及尚囚住槛车,载归乐寿,斩首示众。建德素不好色,因将隋家妃妾,悉数遣归,只萧后无从安顿,令她安居别室。嗣经突厥可敦义成公主,遣使来迎,方送她出塞。还有炀帝幼孙杨政道,系齐王暕遗腹子,未曾遭害,也随萧后同赴突厥。突厥立政道为隋主,令与萧后同居定襄,萧后方安心住下了。姑作一束,详见《唐史演义》。

东都既归王世充掌握,渐渐的骄恣不法,俄而自封太尉尚书令,俄而自称郑王加九锡,又俄而背了前言,竟将皇泰主废去,自做皇帝,国号郑。皇泰主降为潞公,

不到一月,遣人致鸩皇泰主。皇泰主布席礼佛道:"愿自今以后,不复生帝王家。"乃取鸩饮下,一时尚未绝气,竟被来使用帛勒死。尤可怪的是东死一侗,西死一侑,两兄弟不约而同,好似冥冥中注有定数,要他一年间同见阎王。于是杨家称帝的子孙,覆亡净尽。唐谥侑为恭帝,王世充亦谥侗为恭帝,两恭帝在位,又同是二年。《隋书》帝纪,但录恭帝侑,不及恭帝侗,这是唐臣书法,不免徇私,其实是侑已被废,侗才嗣立,就隋论隋,未始非一线所存,应该称为隋朝皇帝。总计隋自文帝篡周,共历四主,凡三十七年。隋史自此告终,南北史也即收场,欲要问及群雄的结果,请看小子所编的《唐史通俗演义》,本书恕不缕述了。划然而止,余音绕梁。看官不要遽尔掉头,尚有俚句二首,作为全书的锻尾声。

南北纷争二百年,隋家崛起始安全;
如何骤出淫昏主,破碎江山又荡然。

第一百回　弑昏君隋家数尽　鸩少主杨氏凶终

六朝金粉尽成空,殿血模糊尚带红;
漫道帝王真个贵,谁家全始得全终?

　　炀帝恶贯满盈,到头应有此劫,三千粉黛,殉主只一朱贵儿,而正史不载,非《海山记》之特为表彰,几何不同流合污,泯没无闻耶?化及立秦王浩,浩不能讨贼,且仍为贼所弑,原不足道。代王侑为李氏所立,越王侗为东都所立,虽其后同归废死,然李渊、王世充等,究与化及有间,侑废而唐兴,侗死而隋乃亡,稽古者固不得徒据隋书,存侑而略侗也。观隋家之如此收场,益见主德之不可不明,过眼繁华,皆泡影耳。人能悟此,庶乎近道矣。